新譯閱微草堂筆記 目次

下冊

卷十五 姑妄聽之一

卷十六　姑妄聽之二

卷十七　姑妄聽之三

卷十八　姑妄聽之四

卷十九　灤陽續錄一

卷二十　灤陽續錄二

卷二十一　灤陽續錄三

卷二十二　灤陽續錄四

卷二十三 灤陽續錄五

卷二十四 灤陽續錄六

附錄

卷十五 姑妄聽之一

余性耽孤寂，而不能自閒。卷軸筆硯，自束髮❶至今，無數十日相離也。三十以前，講考證之學❷，所坐之處，典籍環繞如獺祭❸。三十以後，以文章與天下相馳驟，抽黃對白❹，恆徹夜構思。五十以後，領修祕籍❺，復折而講考證。今老矣，無復當年之意興，惟時拈紙墨，追錄舊聞，姑以消遣歲月而已。故已成〈灤陽消夏錄〉等三書，復有此集。緬昔作者，如王仲任❻、應仲遠❼，引經據古，博辨宏通；陶淵明、劉敬叔❽、劉義慶❾，簡淡數言，自然妙遠。誠不敢妄擬前修，然大旨期不乖於風教。若懷挾恩怨，顛倒是非，如魏泰❿、陳善⓫之所為，則自信無是矣。適盛子松云欲為剞劂⓬，因率書數行弁⓭於首。以多得諸傳聞也，遂採莊子之語名曰〈姑妄聽之〉⓮。乾隆癸丑⓯七月二十五日，觀弈道人⓰自題。

【章旨】此章是〈姑妄聽之〉的一篇小序，作者簡略回顧了自己的學術生平，袒露了編寫〈姑妄聽之〉的經過和心情。

【注釋】❶束髮　古代男孩長成童時束髮為髻，因以為成童的代稱。成童，長到一定年齡的兒童。❷考證之學　也叫考據。研究歷史、語言等的一種方法。根據事實的考核和例證的歸納，提供可信的材料，作出一定的結論。考證方法主要是訓詁、校勘和資料蒐輯整理。清代乾隆、嘉慶兩朝，考證之學最盛，後世稱為考據學派，或乾嘉學派。❸獺祭《禮記・月令》：「（孟春之月）魚上冰，獺祭魚。」按獺貪食，常捕魚陳列水邊，如陳物而祭，稱為祭魚。後因謂多用典故、堆砌成文為「獺祭」。此處指書籍堆陳。❹抽黃對白　謂只求對仗工穩。唐柳宗元〈乞巧文〉：「眩耀為文，瑣碎排偶，抽黃對白，啽哢飛走。」❺祕籍　參見本書卷一卷首注釋❷。❻王仲任　即王充。字仲任，東漢會稽上虞（今屬浙江）人。出身「細門孤族」。少遊洛陽太學，曾師從班彪，好博覽而不守章句。歷任郡功曹、治中等官，後罷職家居，從事著述。著有《論衡》，是東漢著名哲學家。❼應仲遠　即應劭。字仲遠，東漢汝南南頓（今河南項城西南）人。獻帝時，任泰山太守。著有《漢宮儀》十卷、《風俗通義》三十卷。所著《漢書集解音義》，唐顏師古注《漢書》多所徵引。❽劉敬叔　南朝宋彭城（今江蘇徐州）人。起家中兵參軍。元嘉中官給事黃門郎。所著《異苑》，辭旨簡澹，無小說家猥瑣之習。❾劉義慶　南朝文學家，彭城（今江蘇徐州）人。曾任南兗州刺史、都督加開府儀同三司、編撰有《世說新語》，記述漢末、魏、晉士大夫的言行。原有集，已失傳。❿魏泰　字道輔，號溪上丈人，宋襄陽（今湖北襄樊）人。曾布妻弟。卜居漢上，頗恃布勢以患苦鄉里。紀昀《四庫總目》引宋人言，稱其場屋不得志，喜偽作他人著書。作《東軒筆錄》，用私喜怒誣前人。晁公武《郡齋讀書志》稱此書「是非多不可信」。但上述議論並不公允。⓫陳善　宋代人，著有《捫虱新話》十五卷，貶詆「三蘇」及韓愈、孟子，顛倒是非。⓬剞劂　雕板。即出版書籍。⓭弁　放在最前面。⓮姑妄聽之　語出《莊子・齊物論》：「予嘗為女妄言之，女以妄聽之。」意為隨便說說，姑且聽聽。⓯乾隆癸丑　即清乾隆五十八年，西元一七九三年。⓰觀弈道人　參見本書卷十一卷首注釋❽。

【語譯】我生性喜歡清靜而甘於寂寞，卻不能閒著。我和詩文書畫、筆墨硯臺，從我成童以來至今，沒有離開幾十天過。我在三十歲以前，鑽研考證之學，在我所坐的地方，圖書典籍環繞堆放身邊如同獺祭。三十歲以後，我以寫文章和天下文人比高下，文章只求對仗工整，經常徹夜構思。五十歲以後，我負責編輯整理許多難以得見的珍貴書籍，又重新回過頭來鑽研考證之學。如今我已經年老了，再也沒有當年的意氣和興致，只是時常拿起筆墨，追憶記錄過去聽說的事情，姑且用來消磨歲月而已。所以在已經寫成〈灤陽消夏錄〉等三本書後又再寫了這本書。我緬懷過去的作者，如漢代的王充、應劭，他們的著作引經據典，博辨而宏大通達；魏晉南北朝時的陶淵明、劉敬叔、劉義慶，他們的著作風格簡約淡雅，寥寥幾句話，意境自然而妙趣深遠。我確實不敢狂妄地拿自己與先賢相比，然而我寫作的主旨希望不會乖離於風俗教化。至於胸中懷有私人恩怨，在書中顛倒是非，如宋人魏泰、陳善的所為，那麼我自信是沒有的。恰好盛子松說打算刊印這本書，因而寫了幾行字放在卷首。因為本書的內容大多得自於傳聞，於是採用莊子的話命名為〈姑妄聽之〉。乾隆五十八年七月二十五日觀弈道人自題。

【研析】作者闡述了寫作本書的主旨在於「不乖風教，消遣歲月」，聲明絕無「懷挾恩怨，顛倒是非」之處。作者此說並非多餘，可能當時文人中已有這種指責，使得作者不得不鄭重聲明。但至今仍有部分學者持這種觀點，卻不知他們是否讀過作者的這篇小序。作者袒露胸襟，直抒情懷，表現了一位大學者的自尊自重。

探本之論

馮御史靜山家，一僕忽發狂自撾，口作譫語云：「我雖落拓以死，究是衣冠❶。何物小人，傲不避路？今懲爾使知。」靜山自往視之，曰：「君白晝現形耶？幽明異路，恐於理不宜。君隱形耶？則君能見此輩，此輩不能見君，又何從而相避？」其僕俄如昏睡，稍頃而醒，則已復常矣。門人桐城❷耿守愚，狷介❸自好，而喜與人爭禮數。余嘗與論此事，曰：「儒者每盛氣凌轢，以邀人敬，謂之自重。不知重與不重，視所自為。苟道德無愧於聖賢，雖王侯擁篲❹不能榮，雖胥靡版築❺不能辱。可貴者在我，則在外者不足計耳。如必以在外為重輕，是待人敬我我乃榮，人不敬我我即辱，輿臺❻僕妾皆可操我之榮辱，毋乃自視太輕歟？」守愚曰：「公生長富貴，故持論如斯。寒士不貧賤驕人❼，則崖岸❽不立，益為人所賤矣。」余曰：「此田子方❾之言，朱子已駁之，其為客氣不待辨。即就其說而論，亦謂道德本重，不以貧賤而自屈；非毫無道德，但貧賤即可驕人也。信如君言，則乞丐較君為更貧，奴隸較君為更賤，群起而驕君，君亦謂之能立品乎？先師陳白崖先生，嘗手題一聯於書室曰：『事能知足心常愜，人到無求品自高。』斯真探本之論，七字可以千古矣！」

【章旨】此章論述了儒生自尊自重的基礎是道德。

【注釋】❶衣冠　參見本書卷十〈布商韓某〉則注釋❸。❷桐城　今安徽桐城。❸狷介　參見本書卷十一〈真山民〉則注釋❹。❹王侯擁篲　《史記・孟子傳》載，騶子如燕，昭王擁篲而迎。篲，掃帚。古人迎候尊貴。常擁篲以示敬意。❺胥靡版築　胥靡，古代對一種奴隸的稱謂。因被用繩索牽連著強迫勞動，故名。版築，築土牆，用兩版相夾，裝滿泥土，以杵築之使堅實，即成一版高的牆。版，牆板。築，杵。商王武丁即選拔傅說於版築之中。❻輿臺　不同等級的奴僕。❼寒士不貧賤驕人　《史記・魏世家》記載：戰國魏太子擊與士人田子方相遇於路，擊下車拜見，田子方不為禮。擊問：「富貴者驕人乎？且貧賤者驕人乎？」田答：「亦貧賤者驕人耳。」❽崖岸　矜莊；孤高。宋曾鞏〈故翰林侍讀學士錢公墓誌銘〉：「公平居樂易，無崖岸，及至有所特立，人固有所不能及者。」❾田子方　戰國時人，學於子貢，與子夏、段干木同為魏文侯所優禮。

【語譯】 馮靜山御史家裡，有個僕人忽然發狂打自己的耳光，口中說胡話道：「我雖然落拓不得志而死，畢竟是個讀書人。你是個什麼東西，敢狂傲地不讓路給我？如今要懲罰你讓你知道。」馮靜山親自前去探望那個僕人，說：「您是在白天現形嗎？陰間與陽間不是同路，您這樣做恐怕在理上說不應該；您是隱形嗎？那麼您能看見這些僕人，而這些僕人卻不能看見您，他們又怎麼能迴避您呢？」他的僕人一會兒變得像是在昏睡，不久便醒過來，就已恢復正常了。我有個門人叫耿守愚，是桐城人，性情耿直，潔身自好，而且喜歡與人爭論禮節。我曾經和他談論這件事，說：「儒生往往盛氣凌人，想以這種方法引得別人的尊敬，以為這就是自重。卻不知道人們對他尊重還是不尊重，是看他做的怎麼樣。如果一個人的道德無愧於聖賢，那麼雖然王侯親自拿著掃把掃地來迎接他，也不能增添他的榮耀；雖然是當奴隸築牆也不能羞辱他。最可貴的在於自身，那麼外在的東西根本不值得計較。如果一定要根據別人的態度來衡量自己的輕重，那麼就是要等待人家尊敬我，我才榮耀；人家不尊敬我，我就恥辱。這樣，奴隸僕人婢女小妾就都可以操縱我的榮辱，這不是把自己看得太輕了嗎？」耿守愚說：「先生生長在富貴人家，所以才持有這種看法。貧寒的讀書人如果不以自己的貧賤來傲人，就不能顯示自己的尊嚴和清高，會更加被人看不起的。」我說：「這是田子方的話，朱熹已經駁斥過了，這種話是場面上的客氣話不必再辯了。即使就這種說法本身而論，也是說以道德為根本重要的，不應該因為貧賤而輕視自己；而並不是說一個人可以毫無道德，只要貧賤就可以在別人面前驕傲了。如果真像你所說的，那麼乞丐比你更貧窮，奴隸比你更低賤，他們都群起在你面前傲氣十足，你也認為他們是能夠樹立自己的品格嗎？先師陳白崖先生，他曾寫了一副對聯掛在書房裡，對聯上寫道：『萬事能夠知足，心中便常常愜意，一個人到無所追求，人品自然高。』這真是探求根本的觀點，這七個字對聯可以流傳千古了。」

【研析】 讀書人自尊自重的基礎是完善的自我修養和高尚的道德情操。顏回一簞食，一瓢飲，身居陋巷，不改其樂。孔子讚許顏回這種對精神歡愉的追求，同時也引得了數千年的崇敬。這就是讀書人的真正自尊自重。至於金錢、地位、名聲等等都是身外之物，與自尊自重無關。無論是貧賤傲人還是富貴傲人，都是把身外物作為籌碼，偏離了自尊自重的根本。

驅狐演戲

龔集生言：乾隆己未❶，在京師，寓靈佑宮❷，與一道士相識，時共杯酌。一日觀劇，邀同往，亦欣然相隨。薄暮歸，道士拱揖曰：「承諸君雅意，無以為酬，今夜一觀傀儡❸可乎？」入夜，至所居室中，惟一大方几，近邊略具酒果，中央則陳一棋局。呼童子閉外門，請賓四面圍几坐。酒一再行，道士拍界尺❹一聲，即有數小人長八九寸，落局上，合聲演劇。呦呦嚶嚶，音如四五歲童子；而男女裝飾，音調❺關目❻，一一與戲場無異。一齣終（傳奇❼以一折為一齣。古無是字，始見吳任臣❽《字彙補注》，曰讀如尺。相沿已久，遂不能廢，今亦從俗體書之）。瞥然不見。又數人落下，別演一齣。眾且駭且喜。暢飲至夜分，道士命童子於門外几上置雞卵數百，白酒數罌。戛然樂止，惟聞餔啜之聲矣。詰其何術。道士曰：「凡得五雷法❾者，皆可以役狐。狐能大能小，故遣作此戲，為一宵之娛。然惟供驅使則可，若或役之盜物，役之祟人，或攝召狐女薦枕席，則天譴立至矣。」眾見所未見，乞後夜再觀，道士諾之。次夕詣所居，則早起已攜童子去。

【章旨】此章講述了一個道士能夠驅使狐狸精演戲的故事。

【注釋】❶乾隆己未　即清乾隆四年，西元一七三九年。❷靈佑宮　京師道觀名。❸傀儡　木偶戲裡的木頭人。也作為木偶戲（即傀儡戲）的簡稱。❹界尺　寫字時用以間隔行距的文具。❺音調　指有表現意義的旋律。❻關目　戲曲中的說白。❼傳奇　明清以唱南曲為主的戲曲形式，是宋元南戲的進一步發展。結構大致與南戲相同，但更完整，曲調更豐富，兼用一些北曲，腳色分行更細，每本一般分四五十齣。明嘉靖到乾隆年間，最為盛行。當時劇種如昆腔、弋陽腔、青陽腔等，都以演唱傳奇劇本為主。❽吳任臣　名志伊，以字行，號託圓，清仁和（今浙江杭州）人。諸生。康熙中舉鴻博，授檢討。著有《春秋正朔考辨》、《十國春秋》等。❾五雷法　參見本書卷六〈文儀班〉則注釋❽。

【語譯】龔集生說：他乾隆四年在北京時，住在靈佑宮，認識了一位道士，時常在一起飲酒。有一天去看戲，他邀請道士一同前往，道士也很高興地跟著去了。傍晚時回來，道士拱手作揖說：「承蒙各位的好意，我沒有什麼可以報答各位的，今晚請各位看一場傀儡戲，好嗎？」到了夜裡，大家來到道士住的屋子裡，只見屋子中央僅有一張大方桌，桌邊略微放了些酒和果品，中間則放了一個棋盤。道士叫童子關上大門，請賓客們四面圍著桌子坐。酒過幾巡後，道士把界尺拍了一聲，就有幾個小人，有八九寸高，落在棋盤上，一起演起戲來。他們發出的聲音呦呦嚶嚶，像是四五歲小孩的聲音。然而男女的裝飾、音調說白，和戲院子裡演戲完全相同。演完一齣戲（傳奇把一折戲稱為一齣。古代沒有這個「齣」字，最初見於吳任臣的《字彙補注》，說讀如尺。相沿已經很久，於是就不能廢除了。如今也依從俗體這樣寫了）。這些演員轉眼間就不見了。又有幾個人落在棋盤上，另演一齣戲。大家看得既驚奇又高興。大家暢飲到半夜，道士命童子在門外桌子上放雞蛋數百個，白酒數罈，演唱聲忽然停止，只聽到吃吃喝喝的聲音。

大家問道士是什麼法術，道士說：「凡是學得了五雷法的人，都可以役使狐狸精。狐狸精能變大也能變小，所以驅使他們來演這場戲，供各位一夜的娛樂。不過只叫他們供驅使是可以的，如果派他們去偷竊東西，或者役使他們去害人，或者攝召狐女來陪自己睡覺，那麼上天的懲罰立刻就會降臨。」大家看到了從來不曾看到過的戲法，請求明天夜裡再來觀看道士的演戲，道士答應了。第二天晚上，大家來到道士的住處，道士卻一大早就已帶著童子離去了。

【研析】道士靠法術驅使狐狸精演戲，類似故事在唐人傳奇中已有記載。然而，傀儡戲起源於中國，宋代已很普遍。故而有人懷疑所謂驅使狐狸精演戲，實際是一場魔術表演。其實，人們並不關心這是不是一場魔術，作者也只是聊供讀者一笑而已。

莫逃定數

卜者❶童西磵言：嘗見有二人對弈，一客預點一弈圖，如黑九三白六五❷之類，封置笥中。弈畢發視，一路不差。竟不知其操何術。按《前定錄》❸載：開元❹中，宣平坊王生，為李揆卜進取。授以一緘，可數十紙，曰：「君除拾遺❺日發此。」後揆以李璆❻薦，命宰臣試文詞：一題為〈紫絲盛露囊賦〉，一題為〈答吐蕃書〉，一題為〈代南越獻白孔雀表〉。揆自午至酉而成，凡塗八字，旁注兩句。翌日，授左拾遺。旬餘，乃發王生之緘視之，三篇皆在其中，塗注者亦如之。是古有此術，此人偶得別傳耳。夫操管運思，臨枰布子，雖當局之人，有不能預自主持者，而卜者乃能先知之。是任我自為之事，尚莫逃定數❼；巧取強求，營營然日以心鬥者，是亦不可以已乎！

【章旨】此章通過引述兩個小故事，說明人生一世，都是由命運安排的。

【注釋】❶卜者　以占卜算命為職業的人。❷黑九三白六五　指在圍棋棋盤上的位置。因為圍棋棋盤由縱橫十九條直線交叉而成，黑白棋子就下在交叉點上。❸前定錄　一卷。唐代鍾輅撰。唐人傳奇小說。❹開元　唐玄宗李隆基的年號（七一三—七四一年）。❺拾遺　唐代諫官名。唐武則天時置，分屬門下、中書兩省，職掌和左右補闕相同。北宋改為左右正言。後隨設隨罷。❻李璆　唐李素節子。天寶初拜宗正卿。❼定數　定命。指人世禍福都由前定。

【語譯】占卜人童西磵說：他曾經看見有兩個人下棋，一個人預先畫了一張棋譜，在棋譜上標好如黑九三、白六五之類，封存在竹匣中。等棋下完，把事先封存的棋譜取出來與實際下的棋對照，一路棋都沒有差，人們最終也不知道那人用的是什麼法術。按《前定錄》記載，唐代開元年間，京城長安宣平坊有個姓王的書生為李揆卜算功名仕途。王生給了李揆一個封好的紙包，裡面大約有幾十張紙，說：「您被任命為拾遺的這一天打開這個紙包看。」後來李揆得到李璆的推薦，皇帝叫宰臣考核他的文學才能和寫作能力，第一道題是寫一篇〈紫絲盛露囊賦〉，第二道題是寫一篇〈答吐蕃書〉，第三道題是寫一篇〈代南越獻白孔雀表〉。李揆從中午寫到傍晚而把這三篇文章寫成，三篇文章總共塗改了八個字，旁邊注了兩句。第二天，朝廷任命李揆為左拾遺。十多天後，他才打開王生給的紙包看，發現自己寫的三篇文章都在裡面，塗改和加注的地方也都一模一樣。這樣看來，古時就有這種法術，那個畫棋譜的人偶爾得到其中一個支派的傳授罷了。像拿筆構思文章，面對棋盤布棋下子，雖然是當事人，尚有不能預先知道自己決定的結果，然而占卜人卻能事先知道結果，可見即使是任憑自己隨意做的事情，尚且不能逃脫定數；那些巧取豪奪、天天挖空心思鑽營用心計的人，難道不應該罷手嗎！

【研析】命運前定，莫逃定數，這是典型的宿命論，而作者深信不疑，並藉此抨擊官場中營營奔求之徒，不必枉費心計。這是作者面對官場黑暗，而自己無能為力改變現狀的最後告誡，是一位老人發出的警世之言。

西藏野人

烏魯木齊遣犯❶剛朝榮言：有二人詣西藏貿易，各乘一騾，山行失路，不辨東西。忽十餘人自懸崖躍下，疑為「夾壩」（西番以劫盜為「夾壩」，猶額魯特之「瑪哈沁」也）。漸近，則長皆七八尺，身毵毵❷有毛，或黃或綠，面目似人非人，語啁哳❸不可辨。知為妖魅，度必死，皆戰栗伏地。十餘人乃相向而笑，無搏噬之狀，惟挾人於脅下，而驅其騾行。至一山坳，置人於地，二騾一推墮坎中，一抽刃屠割，吹火燔熟，環坐吞噉。亦提二人就坐，各置肉於前。察其似無惡意，方飢困，亦姑食之。既飽之後，十餘人皆捫腹仰嘯，聲類馬嘶。中二人仍各挾一人，飛越峻嶺三四重，捷如猿鳥，送至官路旁，各予以一石，瞥然竟去。石巨如瓜，皆綠松❹也。攜歸貨之，得價倍於所喪。事在乙酉❺、丙戌❻間。朝榮曾見其一人，言之甚悉。此未知為山精❼，為木魅❽，觀其行事，似非妖物。殆幽岩穹谷之中，自有此一種野人，從古未與世通耳。

【章旨】此章講述了兩個商人前往西藏經商途中遇見野人的故事。

【注釋】❶遣犯　指被遣送邊地服刑的囚犯。❷毵毵　毛髮細長貌。❸啁哳　形容聲音繁雜而細碎。❹綠松　即綠松石。礦物名。通常呈隱晶質膠體形態，如腎狀、皮殼狀等。天藍色、蘋果綠色或帶綠的淺灰色。顏色美麗的可作裝飾品。❺乙酉　即清乾隆三十年，西元一七六五年。❻丙戌　即清乾隆三十一年，西元一七六六年。❼山精　傳說中的山中怪獸。❽木魅　參見本書卷三〈紅柳娃〉則注釋❷。

【語譯】被遣送到烏魯木齊的犯人剛朝榮說：有兩個人到西藏去做生意，每人騎著一頭騾子，在山裡迷了路，分辨不清方向。忽然有十幾個人從懸崖上跳下來，他倆懷疑這些人是「夾壩」（西域的番人稱強盜為「夾壩」，就像額魯特人所說的「瑪哈沁」）。這些人漸漸走近，他倆發現這些人身高都有七八尺，渾身長著細長的毛，有的黃色有的綠色，面孔像人又不太像人，說話聲音奇特細雜難懂。他倆知道碰上妖怪，心想自己必定會死了，都渾身顫抖趴在地上。那十幾個人卻互相看看笑了起來，沒有做出要搏鬥吞噬他倆的樣子，只是把他倆夾在腋窩下，然後驅趕著他們的騾子走。來到一個山坳裡，他們把兩人放在地上，把一頭騾子推落在土坑裡，拔刀把另一頭騾子殺死，吹火點燃柴禾把騾肉烤熟，圍坐著狼吞虎嚥吃起肉來。他們把那兩個商人也提過來坐下，各放了一些肉在兩人面前。兩個商人觀察他們似乎沒有惡意，自己也正飢餓困乏，於是姑且先吃起肉來。吃飽之後，那十幾個人都摸著肚子朝天發出呼嘯，聲音像馬的嘶鳴一樣。其中兩個人又各自挾了一個商人，飛快翻過三四道險峻的山嶺，動作敏捷得好像猿猴和飛鳥一樣。他們把兩人送到官路邊，各給了一塊石頭，轉眼間就離去了。那石頭有瓜那麼大，都是綠松石。他們帶著寶石回家賣掉，得到的錢超過損失貨物價值的一倍。這件事情發生在乾隆三十、三十一年間。

剛朝榮曾經見過兩個商人中的一個人，說得十分詳細。這不知道他們遇見的是山精還是木魅，看他們的作為，似乎不是妖怪。大概在深山幽谷中，自古就有這樣一種野人，從古到今一直沒有與外在世界來往吧。

【研析】野人之說，自古以來，傳說不斷。至今還流傳著在西藏、湖北神農架等地有野人出沒的消息。有關機構曾組織科學考察隊前去探險考察，但最終也沒有結果。作者此段記載，沒有將這群人看作是妖魅鬼怪，而看成是沒有與世界交通的野人。作者在此並沒有將未知世界推向神秘世界，而是留下了繼續探究真相的餘地。

漳州水晶

漳州❶產水晶，云五色皆備，然赤者未嘗見，故所貴惟紫。別有所謂金晶者，與黃晶迥殊，最不易得；或偶得之，亦大如豇豆如瓜種止矣。惟海澄公❷家有一三足蟾，可為扇墜，視之如精金熔液，洞徹空明，為希有之寶。楊制府景素❸官汀漳龍道❹時，嘗為余言，然亦相傳如是，未目睹也，姑錄之以廣異聞。

【章旨】此章介紹了福建漳州地區出產的各種水晶。

【注釋】❶漳州　今福建漳州。在福建南部、九龍江下游。❷海澄公　即黃梧。字君宣，清平和（今屬福建）人。明亡，為鄭成功總兵，守海澄。清順治間降，封海澄公。❸楊制府景素　楊景素，字樸園，清揚州（今屬江蘇）人。官至直隸總督。制府，參見本書卷一〈李公遇仙〉則注釋❺。❹汀漳龍道　即負責監察汀州、漳州、龍巖的道。道，明清時在省、府之間所設置的監察區。

【語譯】福建漳州出產水晶，據說各種顏色的水晶都有，然而紅色的水晶從來不曾看到過，所以最為貴重的是紫水晶。另外有一種所謂的金水晶，與黃水晶全然不同，最不容易得到；即使偶然得到了，也只不過如豇豆、瓜籽那麼大。只有海澄公家有一隻金水晶的三足蟾，可以作扇墜，看這塊金水晶像是純金熔液凝結而成，晶瑩透明，是件稀有的寶物。直隸總督楊景素任福建汀漳龍道道臺時，曾對我說起過這件寶物，但也不過是傳聞如此，沒有親眼目睹過。我姑且記載在這裡，以增廣人們知道的奇聞異事。

【研析】福建漳州和江蘇東海縣都是我國水晶的著名產地。水晶以大而純淨為美，但難得的是文中所說的紫晶，而金水晶則是水晶中的極品，不是常人所能得見的。作者此處記載，也為讀者開了眼界。

陳家古硯

陳來章先生，余姻家❶也。嘗得一古硯，上刻雲中儀鳳形。梁瑤峰❷相國為之銘曰：「其鳴將將，乘雲翱翔。有媯❸之祥，其鳴歸昌❹。雲行四方，以發德光。」時癸巳❺閏三月也（按：原題惟作閏月，蓋古例如斯）。至庚子❻，為人盜去。丁未❼，先生仲子聞之，多方購得。癸丑❽六月，復乞銘於余。余又為之銘曰：「失而復得，如寶玉大弓❾。孰使之然？故物適逢。譬威鳳之翀❿雲，翩沒影於遙空；及其歸也，必仍止於梧桐。」故家⓫子孫，於祖宗手澤，零落棄擲者多矣。余嘗見媒媼攜玉佩數事，云某公家求售。外裹殘紙，乃北宋槧《公羊傳》⓬四頁，為悵惘久之。聞之於先人已失之器，越八載購得，又乞人銘以求其傳。人之用心，蓋相去遠矣。

【章旨】此章講述了父子兩代愛惜一方古硯的故事，並引發了作者的無盡感歎。

【注釋】❶姻家　泛指有婚姻關係的親戚。此指兒女親家。❷梁瑤峰　即梁國治。字階平，號瑤峰，一號豐山，清會稽（今浙江紹興）人。乾隆進士，授修撰，累官東閣大學士兼戶部尚書。❸嬀　陳姓。魯莊公二十二年，陳公子奔齊國，後代為田氏，占有了齊國。❹歸昌　鳳凰集合在一起時的鳴叫聲。❺癸巳　即清乾隆三十八年，西元一七七三年。❻庚子　即清乾隆四十五年，西元一七八〇年。❼丁未　即清乾隆五十二年，西元一七八七年。❽癸丑　即清乾隆五十八年，西元一七九三年。❾寶玉大弓　《左傳》載，魯國陽貨搶了寶玉、大弓叛亂，後來又送回來了。這兩樣東西是周成王賜給魯公的，是魯國國寶。❿翀　通「沖」。向上直飛。⓫故家　世家大族。也泛指古時作官的人家。⓬公羊傳　參見本書卷十〈鬼索錢〉則注釋❷。

【語譯】陳來章先生是我的親家，他曾得到一方古硯，上面刻著儀鳳在雲中飛翔的圖案。梁瑤峰相國為這方古硯寫了幾句銘文刻在上面：「鳳鳴鏘鏘，乘著雲彩翱翔。有嬀氏的祥瑞，鳳集合在一起鳴叫。乘雲飛向四方，以發仁德之光。」這是乾隆三十八年閏三月的事（按：銘文只署「閏月」，古人的慣例就是如此）。到了乾隆四十五年，這方古硯被人盜走。乾隆五十二年時，陳先生的二兒子陳聞之想方設法把它購回來。乾隆五十八年六月，陳聞之又請我為它再寫幾句銘文，我寫道：「失而復得，如同寶玉大弓。是誰使它有如此經歷？故物失去恰又重逢。譬如威儀的鳳衝入雲霄，翩翩飛逝於遙遠的空中；待牠歸來時，必然仍舊棲息在梧桐樹上。」官宦人家的子孫，對於祖宗留傳下來的東西，隨意零落拋棄變賣的情況我見得多了。我曾見一個媒婆拿著幾件玉佩，說是某官宦人家要賣掉的。這些玉佩外面包著幾張破舊的紙，原來是北宋年間刊刻的《公羊傳》的四頁，我為之悵惘感慨不已。陳聞之對於先人已丟失的東西，隔了八年後把它購買回來，又請人寫銘文，以求它能長久留傳下去。人與人的用心，真是相距太遠了。

【研析】古人云：「君子之澤，五世而斬。」所說很有道理。凡大家子孫，能夠保持祖宗榮耀的，屈指可數；而敗家子則不勝枚舉。一方古硯的失而復得，引起作者的無盡感歎。

三寶與四寶

董家莊佃戶丁錦，生一子曰二牛。又一女贅曹寧為婿，相助工作，甚相得也。二牛生一子曰三寶。女亦生一女，因住母家，遂聯名曰四寶。其生也同年同月，差數日耳。姑嫂互相抱攜，互相乳哺，襁褓中已結婚姻。三寶四寶又甚相愛，稍長，即跬步❶不離。小家不知別嫌疑，於二兒嬉戲時，每指曰：「此汝夫，此汝婦也。」二兒雖不知為何語，然聞之則已稔矣。七八歲外，稍稍解事，然俱隨二牛之母同臥起，不相避忌。會康熙辛丑❷至雍正癸卯❸歲屢歉，錦夫婦並歿。曹寧先流轉至京師，貧不自存，質四寶於陳郎中❹家（不知其名，惟知為江南人）。二牛繼至，會郎中求館僮，亦質三寶於其家，而誡勿言與四寶為夫婦。郎中家法嚴，每笞四寶，三寶必暗泣；笞三寶，四寶亦然。郎中疑之，轉質四寶於鄭氏（或云，即貂皮鄭也。）而逐三寶。三寶仍投舊媒媼，又引與一家為館僮。久而微聞四寶所在，乃夤緣❺入鄭氏家。數日後，得見四寶，相持痛哭，時已十三四矣。鄭氏怪之，則詭以兄妹相逢對。鄭氏以其名行第相連，遂不疑。然內外隔絕，僅出入時相與目成而已。後歲稔，二牛、曹寧並赴京贖子女，輾轉尋訪至鄭氏。鄭氏始知其本夫婦，意甚憫惻，欲助之合巹，而仍留服役。其館師❻嚴某，講學家❼也，不知古今事異，昌言排斥曰：「中表❽為婚禮所禁，亦律所禁，違之且有天誅。主人意雖善，然我輩讀書人，當以風化為己任，見悖理亂倫而不沮，是成人之惡，非君子也。」以去就力爭。鄭氏故良懦，二牛、曹寧亦鄉愚，聞違法罪重，皆懾而止。後四寶鬻為選人❾妾，不數月病卒。三寶發狂走出，莫知所終。或曰：「四寶雖被迫脅去，然毀容哭泣，實未與選人共房幃❿。惜不知其詳耳。」果其如是，則是二人者，天上人間，會當相見，定非一瞑不視者矣。惟嚴某作此惡業，不知何心，亦不知其究竟。然神理昭昭，當無善報。或又曰：「是非泥古，亦非好名，殆覬覦四寶，欲以自侍耳。」若然，則地獄之設，正為斯人矣。

【章旨】此章講述了一對農家兒女相親相愛，臨結婚時被一個講學家活活拆散，導致兩人一死一狂的悲慘故事。

【注釋】❶跬步　半步；跨一腳。❷康熙辛丑　即清康熙六十年，西元一七二一年。❸雍正癸卯　即清雍正元年，西元一七二三年。❹郎中　參見本書卷四〈白晝見鬼〉則注釋❶。❺夤緣　攀附上升。❻館師　學館的教師。❼講學家　指道學家。❽中表　參見本書卷二〈嫁禍於神〉則注釋❷。❾選人　唐代以後稱候選、候補的官員。❿房幃　參見本書卷十〈蒲姓狐〉則注釋❸。

【語譯】董家莊的佃戶丁錦生了一個兒子，取名叫二牛。他又有一個女兒，招曹寧入贅為女婿，互相幫助幹活，彼此間很合得來。二牛生了個兒子叫三寶。曹寧夫婦也生了一個女兒，因為住在女方娘家，於是順著排下來取個名字叫四寶。兩個孩子出生在同年同月，前後相差幾天而已。姑嫂兩人互相抱帶孩子，互相給孩子餵奶，孩子還在襁褓中的時候就給他們訂了婚。三寶和四寶兩人互相又很友愛，稍稍長大之後，兩人就寸步不離了。小戶人家不知道避嫌，在兩個孩子玩耍時，每每指著他們說：「這是你的丈夫，這是你的老婆。」兩個孩子雖然不懂是什麼意思，但聽這些話已經很熟悉了。七八歲以後，兩個孩子稍稍開始懂事，但都隨著二牛的母親一起睡，彼此也不避忌。恰逢康熙六十年到雍正元年連續三年災害，莊稼歉收，丁錦夫婦相繼去世。曹寧先輾轉流落到北京，貧窮得活不下去，只好把四寶質押給陳郎中家（陳郎中不知道叫什麼名字，只知道是江南人）。二牛接著也來到北京，正好陳郎中需要找一個書僮，二牛於是也把三寶質押給陳郎中家，並且告訴他不要說出自己與四寶是未婚夫妻。陳郎中家的家法很嚴，每當責打四寶的時候，三寶必然暗暗哭泣；責打三寶時，四寶也是一樣暗中哭泣。陳郎中懷疑兩人的關係，於是把四寶轉押給鄭家（有人說，就是「貂皮鄭」家）。而把三寶趕了出來。三寶仍舊去找原先的介紹人，又被帶到另一戶人家做書僮。過了一段時間，三寶稍稍打聽到了四寶所在的人家，於是便通過各種關係也進了鄭家。幾天後，三寶見到了四寶，兩人抱在一起痛哭，這時他們已經十三四歲了。鄭家感到奇怪，他們便謊稱是兄妹相逢來回答。鄭家人看他們的名字排行相連像是兄妹關係，於是也就不懷疑了。然而鄭家內宅和外宅隔絕，他們只有在出入時才能相互望上一眼。後來遇到年成豐收，二牛和曹寧都到北京來贖回子女，輾轉打聽尋訪到鄭家，鄭家才知道他們兩人原本是未婚夫妻，就很同情他們，想幫助他們操辦婚事，因而仍舊留他們在家裡幹活。鄭家的家庭教師姓嚴，是個講學家，不懂得古代與現在情況的不同，對這件事大加排斥攻擊說：「親表兄妹結婚是古代禮法所禁止的事情，也是法律所禁止的，違背禮法就會遭到上天的懲罰。主人的一片好意雖然善良，但我們讀書人應當以維護社會風氣教化當作自己的責任。看見違背禮法、亂倫敗俗的事情而不加制止，那就是幫助人做壞事，這不是君子的行為。」他以辭職來極力反對這件事。鄭家主人本是善良懦弱的人，二牛、曹寧也是沒有見識的鄉下人，聽說違法事罪重，都害怕起來而不敢為他們二人辦婚事了。後來四寶被賣給一個進京的候選官員作妾，沒有幾個月就病死了。三寶發狂出走，不知道他的下落。有人說：「四寶雖然被逼迫嫁人，然而毀壞自己容貌而痛哭不止，實際上沒有與那個候選官員同房，可惜不知道這件事的詳細情況。」倘若果真如此，那麼三寶和四寶兩人不管在天上還是人間，肯定會相見，肯定不會一閉眼睛就看不見了。只是那個嚴某人作了這樣的惡事，不知是何居心，也不知他究竟要幹什麼。然而神明天理昭昭，他肯定沒有好報。又有人說：「他既不是固執於古代禮法，也不是想博取好的名聲，而是對四寶存有非分之想，企圖自己占有四寶。」如果真是如此，那麼陰間設立的地獄，正是為這種人準備的。

【研析】講學家的蠻橫和專制，扼殺了一對年輕人的美好愛情，直接造成了一齣悲劇。作者對此悲憤交集，說出了「神理昭昭，當無善報」；「地獄之設，正為斯人」這樣的話語。如果不是氣憤到了極點，作者以古稀之年，又如何會說出如此激憤的話語。於此，我們看到了一位古稀老人對美好愛情的讚頌，對專制蠻橫的控訴，以及對假道學的揭露和批判。

水底羈魂

乾隆戊午❶，運河水淺，糧艘❷銜尾不能進。共演劇賽神，運官皆在。方演《荊釵記·投江》❸一齣，忽扮錢玉蓮者長跪哀號，淚隨聲下，口喃喃訴不止，語作閩音，啁哳無一字可辨。知為鬼附，詰問其故。鬼又不能解人語。或投以紙筆，搖首似道不識字，惟指天畫地，叩額痛哭而已。無可如何，掖於岸上，尚嗚咽跳擲，至人散乃已。久而稍蘇，自云突見一女子，手攜其頭自水出。駭極失魂，昏然如醉，以後事皆不知也。此必水底羈魂，見諸官會集，故出鳴冤。然形影不睹，言語不通。遣善泅者求屍，亦無跡。旗丁又無新失女子者，莫可究詰。乃連銜具牒，焚於城隍祠。越四五日，有水手無故自刎死，或即殺此女子者，神譴之歟！

【章旨】此章講述了一個水底冤魂附在演員身上鳴冤的故事。

【注釋】❶乾隆戊午　即清乾隆三年，西元一七三八年。❷糧艘　運糧船。❸荊釵記　南戲劇本。元柯丹丘作。現今流傳者多為明人改本。寫王十朋中狀元後，拒絕丞相逼婚，被貶潮州；妻錢玉蓮也拒絕富豪孫汝權的逼迫，投江自殺，為人救起，最後夫妻團圓。

【語譯】乾隆三年，大運河水位降低，運糧船首尾相接擱淺不能航行，於是大家一起請戲班子演戲祭水神，押運的官員都在場。剛演《荊釵記・投江》一齣戲時，扮錢玉蓮的演員忽然跪在舞臺上痛哭，聲淚俱下，口中喃喃說個不停，說的話好像是福建口音，但說話聲音細碎嘈雜一個字也聽不懂。大家知道這是鬼附在這個演員身上了，詢問這是怎麼回事。這個鬼又聽不懂人說話。有人扔給她紙和筆，她又搖頭好像是不識字，只是指天畫地，叩頭痛哭而已。人們沒有辦法，把那位演員扶到岸上，她仍然還在嗚咽掙扎，直至人們散去後才停止。過了很長時間，她才慢慢蘇醒過來，說突然見到一個女子，手裡提著自己的頭顱從水中出來，她害怕極了而嚇得失魂落魄，昏昏沉沉好像喝醉了酒似的，以後的事就都不知道了。這肯定是滯留在運河水底下的冤鬼，見眾多官員會集在場，所以出來喊冤。但是形影沒有顯現，言語又不通。人們派水性好的人到水底尋找屍體，也沒有發現什麼蹤跡。兵丁中也沒有發現誰新近丟失了女子的，無法探究追查。各位官員只好聯名寫了一篇告文，在城隍廟裡焚燒了。過了四五天，有個水手無緣無故自殺而死，或許他就是殺死這個女子的凶手，而遭到了神靈的懲罰吧！

【研析】作者信鬼神之存在，對所謂的鬼魂附體伸冤之事深信不疑。今人看來，不免好笑。如此故事，聊供談資而已。

文士爭名

鄭太守慎人言：嘗有數友論閩詩，於林子羽❶頗致不滿。夜分就寢，聞筆硯格格有聲，以為鼠也。次日，見几上有字二行，曰：「如『檄雨古潭暝，禮星寒殿開』，似錢、郎❷諸公都未道及，可盡以為唐摹晉帖❸乎？」時同寢數人，書皆不類；數人以外，又無人能作此語者。知文士爭名，死尚未已。鄭康成為厲❹之事，殆不虛乎！

【章旨】此章作者借一個小故事批評了文士喜好爭名的陋習。

【注釋】❶林子羽　即林鴻。字子羽，福清（今屬福建）人。明詩人，官至禮部精膳司員外郎。為閩中十才子之首，他的詩著力模仿唐人。有《鳴盛集》。❷錢郎　錢，錢起。字仲文，吳興（今屬浙江）人。唐詩人。官至翰林學士。有《錢考功集》。郎，郎士元。字君冑，中山（今河北定縣）人。唐詩人。官至郢州刺史。與錢起齊名。有《郎士元集》。

❸唐摹晉帖　唐人書法多以晉人為本，後因以「唐摹晉帖」比喻善於摹仿而少獨創。❹鄭康成為厲　《幽冥錄》載，王輔嗣注《易》，嘲笑鄭康成。夜裡來了一位老人，說你小子年紀輕輕，敢隨便譏笑老子！不久，王便死了。鄭康成，即東漢大學者鄭玄。

【語譯】鄭慎人太守說：曾有幾位朋友在一起評論福建人寫的詩，對明代的福建詩人林鴻的詩頗為不滿。夜裡就寢後，聽見筆和硯臺發出「格格」的聲音，大家以為是老鼠。第二天，大家見書桌上有兩行字，寫的是：「像『檄雨古潭而瞑，禮星寒殿為開』這樣的詩句，似乎唐代詩人錢起、郎士元等先生都沒有寫到過，你們能說我的詩全是唐摹晉帖嗎？」當時同寢室的幾個人，筆跡都與這幾個字不同；除了這幾個人之外，又沒有人能寫出這樣的語句來。可見文人喜歡爭名，死了也不罷休。傳說東漢鄭玄死後化為惡鬼為自己爭名之事，也許不是虛假的吧！

【研析】「文士爭名，死尚未已」這八個字，說到了文士的迂腐和固執。其實，中國人都好名，所謂的「青史留名」、「萬古流芳」，說的就是一個「名」字。連曹操也曾說過「不能流芳千古，亦當遺臭萬年」這樣極端的話，所關注的無非還是一個「名」字。正是因為在乎「名」，所以帝王將相行事有所顧忌，文人武將為國捐軀慷慨激昂。如此為「名」，豈非國家、民族之幸。因此，一概批評文士好名、爭名，所論並不公允。

西城扶乩者

黃小華言：西城有扶乩❶者，下壇詩曰：「策策西風木葉飛，斷腸花謝雁來稀。吳娘日暮幽房冷，猶著玲瓏白苧衣。」皆不解所云。乩又書曰：「頃過某家，見新來稚妾，鎖閉空房。流落仳離❷，自其定命；但飢寒可念，振觸人心，遂惻然詠此。敬告諸公，苟無馴獅❸、調象❹之才，勿輕舉此念，亦陰功也。」請問仙號。書曰：「無塵。」再問之，遂不答。按李無塵，明末名妓，祥符❺人。開封城陷❻，歿於水。有詩集，語頗秀拔。其〈哭王烈女〉詩曰：「自嫌予有淚，敢謂世無人！」措詞得體，尤為作者所稱也。

【章旨】此章講述了一個西城扶乩者請下乩仙降壇的故事。

【注釋】❶扶乩　參見本書卷二〈君不死〉則注釋❸。❷仳離　指婦女被遺棄而離家去。❸馴獅　蘇軾的朋友陳慥自稱飽參禪學。他的妻子柳氏最妒，每來客人如有聲妓作陪，她便以杖擊照壁大呼，以致把客人趕走。蘇軾寫詩「忽聞河東獅子吼」。借佛經獅子吼句，開陳慥的玩笑。❹調象　《法苑珠林》載，佛問馴象師調象方法，回答說：一是用鋼鉤鉤口，二是餓，三是打。❺祥符　舊縣名。宋大中祥符三年（一〇一〇年）改浚儀縣置，以年號為名。即今河南開封。❻開封城陷　指明朝末年，李自成農民軍攻陷開封城。

【語譯】黃小華說：西城有個扶乩的人，請來乩仙寫的降壇詩說：「陣陣西風樹葉飛舞，悲愁斷腸看花謝雁來稀。吳娘傍晚時分獨自坐在幽靜冷清的房間裡，身上仍穿著玲瓏剔透的白麻衣。」在場的人都不明白這是什麼意思。乩仙又寫道：「剛才路過某戶人家，見新娶來的年幼小妾被鎖在空房裡。她流落他鄉與家人別離，這自然是她命中注定的；但是她現在飢寒交迫實在可憐，使人感觸難過，於是我很傷感地吟詠了這首詩。我敬告各位先生，如果沒有能力控制自己的妒妻、沒有使妻妾和睦相處的本領，請不要輕易生出娶妾的念頭，這也算是積陰德啊。」大家請問乩仙的名號，只見寫道：「無塵。」大家再問這位乩仙，就不回答了。按李無塵，明代末年的名妓，開封祥符人，開封城陷落時，投水自盡。她著有詩集，詩句很雋秀俊拔。她的〈哭王烈女〉詩寫道：「自己嫌棄我有淚，豈敢說世上無人。」措詞很得體，尤其為善長作詩的人所稱道。

【研析】乩仙這首降壇詩，多是哀怨。正是封建社會允許男子可以妻妾成群，才有如此的幽女冤魂。但作者的批判僅此而已。因為他不是反對男子娶妾這個制度的本身，而是要求娶妾者先戒除妻子的妒嫉。這就說明了作者仍具有強烈的封建意識。

貪利失身

「遺秉」「滯穗」，寡婦之利❶，其事遠見於周〈雅〉❷。鄉村麥熟時，婦孺數十為群，隨刈者之後，收所殘剩，謂之「拾麥」。農家習以為俗，亦不復回顧，猶古風也。人情漸薄，趨利若鶩，所殘剩者不足給，遂頗有盜竊攘奪，又浸淫而失其初意者矣。故四五月間，婦女露宿者遍野。有數人在靜海❸之東，日暮後趁涼夜行，遙見一處有燈火，往就乞飲。至則門庭華煥，僮僕皆鮮衣；堂上張燈設樂，似乎燕賓❹。遙望三貴人據榻坐，方進酒行炙。眾陳投止意，閽者❺為白主人，頷之。俄又呼回，似附耳有所囑。閽者出，引一媼悄語曰：「此去城市稍遠，倉卒不能致妓女。主人欲於同來女伴中，擇端正者三人侑酒薦寢，每人贈百金；其餘亦各有犒賞。媼為通詞，犒賞當加倍。」媼密告眾。眾利得貲，慫恿幼婦應其請。

遂引三人入，沐浴妝飾，更衣裙侍客；諸婦女皆置別室，亦大有酒食。至夜分，三貴人各擁一婦入別院，闔家皆滅燭就眠。諸婦女行路疲困，亦酣臥不知曉。比日高睡醒，則第宅人物，一無所睹，惟野草芃芃❻，一望無際而已。尋覓三婦，皆裸露在草間，所更衣裙已不見，惟舊衣拋十餘步外，幸尚存。視所與金，皆紙錠。疑為鬼，而飲食皆真物，又疑為狐。或地近海濱，蛟螭水怪所為歟？貪利失身，乃只博一飽。想其惘然相對，憶此一宵，亦大似邯鄲枕❼上矣。先兄晴湖則曰：「舞衫歌扇，儀態萬方，彈指繁華，總隨逝水。鴛鴦社散之日，茫茫回首，舊事皆空，亦與三女子裸露草間，同一夢醒耳。豈但海市蜃樓，為頃刻幻景哉！」

【章旨】此章講述了幾個婦人貪圖小利而失身的故事，並引發了人生在世，一切虛幻的感歎。

【注釋】❶遺秉滯穗二句　語出《詩經・小雅・大田》：「彼有遺秉，此有滯穗，伊寡婦之利。」秉，禾稻一把。❷周雅　指《詩經》中的〈大雅〉和〈小雅〉。因《詩經》均為周代的詩，故稱。❸靜海　縣名。在天津西南部，鄰接河北。❹燕賓　即宴賓。宴請賓客。燕，通「宴」。❺閽者　守門人。❻芃芃　草木茂盛的樣子。❼邯鄲枕　唐人沈既濟〈枕中記〉載：盧生於邯鄲客店中遇道士呂翁，翁探囊中枕以授之，曰：「子枕吾枕，當令子榮適如志。」其枕青瓷，而竅其兩端。生就枕入夢，歷盡人間富貴榮華。夢醒，店主蒸黃粱未熟。後因以「邯鄲枕」喻虛幻之事。

【語譯】收穫時遺落下一把稻穗麥稈，這是留給寡婦們的一點好處，這種事情最早見於周代《詩經》中的〈小雅〉。鄉村麥子成熟時，婦女小孩幾十人成群結隊，隨著割麥子的人的後面，拾取遺落下來的麥穗，這叫做「拾麥」。農村人習以為常，割麥人也不回過頭來管，這算是保留下來的一種古老風俗。然而人心漸漸淡薄，唯利是圖，都拚命想爭好處，割麥子時所殘餘剩下的麥子不能使他們滿足，於是就會有人偷竊甚至搶奪，於是漸漸就失去了這種事情的本意了。所以每到四五月間，婦女為此露宿在外的遍野都是。有幾個拾麥子的婦女在靜海縣的東面，天黑後趁著涼快夜裡趕路，遠遠望見一處地方有燈火，就走近去討水喝。到了那裡見門庭富麗堂皇，奴僕們都穿著鮮豔的衣服；堂上點著燈奏著樂，似乎是在宴請賓客。遠遠望見三位貴人坐在榻上，正在喝酒吃菜。這幾個人說明了想投宿的意思，看門人報告了主人，主人點頭答應。過了一會兒，主人又叫回看門人，好像在他耳邊囑咐些什麼。看門人出來後，從這幾個人中拉過一個老年婦女，悄悄對她說：「這裡離城市較遠，倉猝間不能叫來妓女，我們主人想在你們同來的女伴中，選擇三個長得端正的人來陪酒陪睡。這三個人每人各贈送一百兩銀子，其他的人也都有犒賞。你如果能夠轉達我的這個意思，你的犒賞就會加倍。」這個老太婆悄悄告訴同來的人，大家貪圖得到犒賞，於是慫恿年輕婦女答應他們的要求。他們把三個女子帶進屋去，沐浴化妝打扮，換了衣裙陪客人飲酒。其餘的婦女都安置在其他的房子裡，也有很多酒飯招待。到了半夜，三位貴人各自摟著一個婦女走進別的院子裡，全家都滅了燈燭就寢。這些婦女走路走得疲乏困倦，也一夜酣睡而不知天亮。等太陽高高升起，這些婦女才醒過來，那座宅院和人物都不見了，只有野草茂盛，一望無際而已。她們尋找那三個陪夜的年輕婦女，卻發現她們都赤裸著身子躺在草叢裡，所更換的衣裙已經不見了，只有她們自己的舊衣裳拋棄在十多步遠的地方，幸好還在。看看主人犒賞的銀子，都是些紙錠。她們懷疑是遇到了鬼，但是吃的喝的又都是真實的物品，所以她們又懷疑可能是狐狸精。或許這裡靠近海邊，可能是蛟龍或水怪幹的吧？因為貪圖小利而失身，結果只換來飽吃一頓。想像這些女人茫然地互相你看著我我看著你，回憶起這一夜的情景時，大概也與盧生在邯鄲道上作黃粱美夢的情形相似了。先兄紀晴湖就說：「女子揚袂起舞，揮扇歌唱，儀態萬方，彈指之間的繁華，總要隨著流水而一去不復返。鴛鴦群離散的時候，茫茫世界回憶過去，舊事都是空幻的，這也和三個女子赤裸著身子躺在草叢中，同樣也是大夢醒來空幻一場。哪裡只有海市蜃樓才是頃刻間的幻景呢！」

【研析】古樸的風俗在人們貪圖利益的驅使下日漸失去其本來意義。這對於人們來說，失去的不僅僅是古樸的風俗，更是古樸的人心。因而常說「人心不古，世風日下」。作者講述這個故事，無非也是想提醒世人，人生在世，不要為貪圖小利而失去自身。

鬼酬失身女

烏魯木齊參將德君楞額言：向在甘州❶，見互控於張掖❷令者，甲云造言汙蔑，乙云事有實證。訊其事，則二人本中表。甲攜妻出塞，乙亦同行。至甘州東數十里，夜失道。遇一人似貴家僕，言此僻徑少人，我主人去此不遠，不如投止一宿，明日指路上官道。隨行三四里，果有小堡。其人入，良久出，招手曰：「官喚汝等入。」進門數重，見一人坐堂上，問姓名籍貫，指揮曰：「夜深無宿飯，只可留宿。門側小屋，可容二人；女子令與媼婢睡可也。」二人就寢後，似隱隱聞婦喚聲。暗中出視，摸索不得門，喚聲亦寂，誤以為耳偶鳴也。比睡醒，則在曠野中。急覓婦，則在半里外樹下，裸體反接，鬢亂釵橫，衣裳掛在高枝上。言一婢持燈導至此，有華屋數楹，婢媼數人。俄主人隨至，逼同坐。拒不肯，則婢媼合手抱持，解衣縛臂置榻上。大呼無應者，遂受其汙。天欲明，主人以二物置頭旁，屋宇頓失，身已臥沙石上矣。視頭旁物，乃銀二鋌，各鐫重五十兩；其年號則「崇禎」❸，其縣名則「榆次」❹。土蝕黑黯，真百年以外鑄也。甲戒乙勿言，約均分。後違約，乙怒詬爭，其事乃洩。甲夫婦雖堅不承，然詰銀所自，則云拾得；又詰婦縛傷，則云搔破。其詞閃爍，疑乙語未必誣也。今笑遣甲曰：「於律得遺失物當入官。姑念爾貧，可將去。」又瞋視乙曰：「爾所告如虛，則同拾得，當同送官，於爾無分；所告如實，則此為鬼以酬甲婦，於爾更無分。再多言，且笞爾。」並驅之出。以不理理之，可謂善矣。此與拾麥婦女事相類：一以巧誘而以財移其心，一以強脅而以財消其怒；其揣度人情，投其所好，伎倆亦略相等也。

【章旨】 此章講述了一個鬼魂幻化欺騙行路男女，並強暴女子，事後卻用銀子來消除其怒氣的故事。

【注釋】 ❶甘州　州、府、路名。轄境相當今甘肅高台以東弱水上游。❷張掖　今甘肅張掖。在甘肅河西走廊中部、鄰接內蒙古自治區。❸崇禎　參見本書卷二〈菜人〉則注釋❸。❹榆次　今山西榆次。在山西中部，汾河支流瀟河流貫。

【語譯】 烏魯木齊參將德楞額先生說：從前在甘州時，看見兩個人在張掖縣令面前互相告狀，甲說乙是造謠誣衊，乙說事情有確實證據。縣令問究竟是什麼事，原來兩人本來是表兄弟。甲帶著妻子出邊塞，乙也和他們同行。他們走到甘州以東數十里的地方，夜裡迷了路，遇見一個人好像是富貴人家的僕人。那人說這條路偏僻，很少有人走，我主人家離這裡不遠，不如去投宿一晚，明天我可以給你們指路上官道。他們隨著他走了三四里，果然有一座小堡。那人進了那座小堡，過了很久才出來，招手說：「我家官人叫你們進來。」他們進了好幾道門，看見一個人坐在堂上，問了他們三個人的姓名籍貫，便指示說：「夜深了，沒有晚飯供你們吃，只可以留你們住一宿。門旁的小屋可以睡兩個人，這個女子可以讓她與家裡的老媽子婢女一起睡吧。」甲和乙睡下後，似乎隱隱約約聽到女人的叫喚聲，黑暗中出來察看，卻摸不到門。女人的叫喚聲隨即也停止了，兩人誤以為是自己偶爾耳鳴。等睡醒過來，他們發現自己卻是睡在曠野中。他們急忙尋找女人，發現她在半里以外的樹下，赤裸著身體，雙手被反綁，鬢髮零亂，戴的首飾歪斜，衣裳掛在高高的樹枝上。女人說有個婢女拿著燈帶她來到這裡，有幾間華麗的房子，幾個婢女老媽子。不久主人隨後來到，逼迫她與自己坐在一起。女人拒絕不肯，那些婢女老媽子就一起上來把她抱住，脫掉衣服，捆住手臂，放在床上。女人大聲呼喊沒有人答應，於是遭到了主人的汙辱。天快亮的時候，主人把兩樣東西放在女人的脖子旁，房屋忽然就消失了，而女人的身體已經躺在沙石上了。甲與乙察看放在女人脖子旁的東西，原來是兩錠銀子，各刻著重五十兩，銀錠上刻的年號是「崇禎」，刻的縣名是「榆次」。銀錠表面因泥土鏽蝕而顏色黯黑，真是百年以前鑄造的。甲告誡乙不要聲張，約定兩人平分。後來甲違約不分給乙，乙怒罵爭吵，這事才洩露出來。甲夫婦雖然堅決不承認，但問他們銀子是從哪裡來的，就說是自己拾到的；又問女人被捆綁的傷痕是怎麼回事，就說是自己抓破的。他們說話閃爍其辭，縣令懷疑乙所說的話未必是謊言。張掖縣令笑著打發甲說：「根據法律，拾到遺失的物品應當交到官府。姑且念你貧窮，你可以把銀子拿走。」縣令又怒視著乙說：「你所告發的事情如果是假的，那麼你們是一起拾到遺失物，應該一起送交官府，對於你來說也沒有份；如果你告發的事情是真的，那麼這銀子是鬼用來酬勞甲的妻子的，對於你來說更沒有份。如果你再多說廢話，就要打你鞭子了。」於是把他們一起趕出了官衙。張掖縣令以不作處理來處理這件事，可以說是很妥當的。這事與拾麥子婦女一事相似：一個是設巧計引誘，而以錢財使之動心；一個是以強力逼迫，而後以錢財來消除其怒氣。這種揣度人們心理、投其所好的伎倆也大致相同。

【研析】作者認為這個故事中的鬼能夠揣度常人愛財的心理，投其所好，用錢財來消解當事人的怒氣，所用的伎倆並不高明。然而，總有那麼一些人會上當受騙。這就是人的貪欲沒有控制的結果。孔子曾說：「君子愛財，取之有道。」如果非分之財，君子自當不取。而常人總是想得到非分之財，故而也就難免上當。輕者失財，重者失身，甚而失去身家性命。人生在世，豈能不謹慎小心。

古今異尚

金重牛魚，即瀋陽❶鱘鰉魚❷，今尚重之。又重天鵝，今則不重矣。遼重毗離，亦曰毗令邦，即宣化❸黃鼠，明人尚重之，今亦不重矣。明重消熊棧鹿，棧鹿當是以棧飼養，今尚重之；消熊則不知為何物，雖極富貴家，問此名亦云未睹。蓋物之輕重，各以其時之好尚，無定準也。記余幼時，人參、珊瑚、青金石❹價皆不貴，今則日昂。綠松石❺、碧鴉犀❻價皆至貴，今則日減。雲南翡翠玉，當時不以玉視之，不過如藍田❼乾黃❽，強名以玉耳；今則以為珍玩，價遠出真玉上矣。又灰鼠舊貴白，今貴黑。貂舊貴長毳，故曰「豐貂」，今貴短毳。銀鼠舊比灰鼠價略貴，遠不及天馬❾，今則貴幾如貂。珊瑚舊貴鮮紅如榴花，今則貴淡紅如櫻桃，且有以白類車渠❿為至貴者。蓋相距五六十年，物價不同已如此，況隔越數百年乎！儒者讀《周禮》蚳醬⓫，竊竊疑之，由未達古今異尚耳。

【章旨】此章通過比較五六十年來物品價格的不同，指出古今異尚是導致這些變化的緣由。

【注釋】❶瀋陽　今遼寧瀋陽。在遼寧東部。❷鱘鰉魚　魚名。徐珂《清稗類鈔・動物・鱘鰉》：「鱘鰉，一名鱣。產江河及近海深水中。無鱗，狀似鱘魚。長者至一二丈，背有骨甲。」肉質肥美，目為珍品。❸宣化　今河北宣化。在河北西北部、洋河流域。❹青金石　寶石名。顏色為深藍、天藍、紫藍及淡綠藍等色。清代四品官帽頂就以此為飾。❺綠松石　參見本卷〈西藏野人〉則注釋❹。❻碧鴉犀　即「碧鵶犀」。寶石名。電氣石的一種，質如水晶，透明。有紅黃紫等色。❼藍田　縣名。在陝西渭河平原南緣。❽乾黃　藍田出產的一種玉石，似田黃而無田黃的滋潤，故稱。❾天馬　即沙狐。一種生於沙磧中的狐。《清一統志・奉天府五》：「沙狐生沙磧中，身小色白，皮集為裘，在腹下者名天馬皮，頷下者名烏雲豹，皆貴重。」❿車渠　海中大貝。殼內白皙如玉，清時用為頂珠。⓫蚳醬　蟻卵醬。蚳，蟻卵。古代取以為醬，供食用。《周禮・天官・醢人》：「饋食之豆，其實葵菹……蜃，蚳醢。」

【語譯】金朝人看重牛魚，就是瀋陽的鱘鰉魚，至今人們仍還看重牠。金朝人又看重天鵝，如今就不重視了。遼代人看重毗離，也稱為毗令邦，就是宣化黃鼠，明代人還看重牠，如今也不重視了。明代人看重消熊、棧鹿，棧鹿應該是用木棧圍欄飼養的，如今還重視。消熊就不知道是什麼東西，即使是極其富貴的人家，問起這個名稱，也回答說沒有見過。對於某種物品的喜愛與否，分別根據每個時代人們的喜好時尚為標準，而沒有一個固定不變的標準。記得我小時候，人參、珊瑚、青金石價格都不貴，現在價格就一天比一天昂貴；綠松石、碧鴉犀價格本來都特別貴，如今價格就一天天往下降。雲南的翡翠玉，當時不把它看作是玉，不過像藍田產的乾黃一樣，勉強把它稱作玉罷了。如今就把它當成了珍玩，價格遠遠超過真玉之上了。又譬如灰鼠皮，過去以白色為貴，如今卻以黑色為貴。貂皮，過去以毛長為貴，所以稱作「豐貂」，如今卻以短毛為貴了。銀鼠皮的價格過去比灰鼠皮略微貴一些，遠遠不及天馬皮，如今價格貴得就和貂皮差不多了。珊瑚，過去以顏色鮮紅像榴花的為貴，現在卻以顏色淡紅像櫻桃的為貴了，而且還有人把白得像車渠的看作是最貴的。前後相距五六十年，物價不同已經如此，何況隔了幾百年了。儒生讀《周禮》，發現有吃蚳醬的記載，私下裡很是疑惑，這是由於不了解古今風尚不同的緣故而已。

【研析】時尚不同，風俗為變。作者通過比較幾件物品受人們喜好程度的變化和價格的高低，得出了「古今異尚」的結論，頗有見地。當然，物價的變化還受供求關係的制約。常言道：「物以稀為貴。」如果把這個因素也考慮進去，作者的觀點就更加全面了。

猩唇

「八珍」❶惟熊掌、鹿尾為常見，駝峰❷出塞外，已罕覯矣（此野駝之單峰，非常駝之雙峰也。語詳〈槐西雜志〉）。猩唇則僅聞其名。乾隆乙未❸，閔撫軍少儀❹餽余二枚，貯以錦函，似甚珍重。乃自額至頦全剝而臘之，口鼻眉目，一一宛然，如戲場面具，不僅兩唇。庖人❺不能治，轉贈他友。其庖人亦未識，又復別贈。不知轉落誰氏，迄未曉其烹飪法也。

【章旨】此章講述了作者得到古人常說的八珍中的「猩唇」，並描述了其形狀。

【注釋】❶八珍　參見本書卷十二〈西域野畜〉則注釋❽。❷駝峰　駱駝背上的肉峰，內貯大量脂肪，富有營養，古時列為名菜。❸乾隆乙未　即清乾隆四十年，西元一七七五年。❹閔撫軍少儀　閔少儀，即閔鶚允。字少儀，別字峙庭，清歸安（今浙江湖州）人。乾隆進士。官至江蘇巡撫。撫軍，巡撫。❺庖人　廚師。

【語譯】「八珍」中只有熊掌和鹿尾比較常見，駝峰出產在塞外，已經不容易見到了（這是指野生駱駝的單峰，不是一般駱駝的雙峰，〈槐西雜志〉中有詳細說明）。猩唇就僅僅聽說過這個名稱。乾隆四十年，閔少儀巡撫贈給我兩枚，裝在錦盒裡，好像是極為珍貴的樣子。實際上是把猩猩的額頭到下巴全剝下來醃成臘味，嘴巴鼻子眉毛眼睛都清清楚楚，就像戲場上用的面具臉譜，並不僅僅是兩片猩猩嘴唇而已。我家廚師不會烹煮，我就把它轉贈給另外的朋友，他家的廚師也不認識這個東西，又轉贈了別人。不知最後轉到了誰家，至今我也不知道猩唇烹飪的方法。

【研析】古人所謂的「八珍」，今天看來真是匪夷所思，不可想像。如作者在文中所詳細描述的「猩唇」，令人髮指。如此殘酷對待人類近親猩猩，就是因為古人不把牠看作是與人有同等權利的生命體。這是古人的局限，我們不能苛求。

蘭花之蟲

李又聃先生言：東光❶畢公（偶忘其名，官貴州通判❷，征苗時運餉遇寇，血戰陣亡者也。）嘗奉檄勘苗峒❸地界，土官❹盛宴款接。賓主各一磁蓋杯置面前，土官手捧啟視，則貯一蟲如蜈蚣，蠕蠕旋動。譯者云，此蟲蘭開則生，蘭謝則死，惟以蘭蕊為食，至不易得。今喜值蘭時，搜岩剔穴，得其二。故必獻生❺，表至敬也。旋以鹽末少許灑杯中，覆之以蓋。須臾啟視，已化為水，湛然淨綠，瑩澈如琉璃，蘭氣撲鼻。用以代醯❻，香沁齒頰，半日後尚留餘味。惜未問其何名也。

【章旨】此章講述了西南地區一種以蘭花花蕊為食物的昆蟲的奇異之處。

【注釋】❶東光　縣名。在河北東南部、南運河東岸，鄰接山東。❷通判　參見本書卷二〈知命〉則注釋❺。❸苗峒貴州、廣西部分苗族聚居區的凡稱。❹土官　即「土司」。元、明、清時期於西北、西南地區設置的由少數民族首領充任並世襲的官職。❺獻生　指把生物活著獻上來，表示對客人的尊敬。❻醯　醋。

【語譯】李又聃先生說：東光人畢先生（我偶然忘記了他的名字，他是曾任貴州通判，征討苗民時負責運送糧餉，遇到盜賊襲擊，血戰陣亡的那個人。）曾奉命勘定苗族人居住地的地界，土司盛宴接待。賓主前面各放了一個瓷蓋杯，土司用手捧起杯子打開來看，那裡面放著一條蟲像是蜈蚣，在杯子裡慢慢地翻滾爬動。翻譯的人說：這種蟲蘭花開時就生出來，蘭花謝了時就死去，只以蘭花的花蕊為食物，非常不容易得到。如今正好是蘭花盛開的時候，派人搜遍岩縫土穴，才抓到兩條，所以一定要活的獻給您，以表示我們最高的敬意。隨即灑了一點鹽末在酒杯裡，再蓋上杯蓋，過了一會兒打開杯子一看，那蟲已經化成水，水色碧綠清澈透明，晶瑩剔透像琉璃一樣，蘭花香氣撲鼻。用它代替醋，馨香沁潤在牙齒面頰間，半天之後口中還留有餘香，可惜沒有問這種蟲叫什麼名字。

【研析】西南地區多奇異動植物，至今常有驚人發現。不過如文中所說的以蘭花花蕊為食的昆蟲，不見媒體報導。究竟為何物，直到現在仍是謎團。

西域之果

西域之果，蒲桃❶莫盛於土魯番❷，瓜莫盛於哈密❸。蒲桃京師貴綠者，取其色耳。實則綠色乃微熟，不能甚甘；漸熟則黃，再熟則紅，熟十分則紫，甘亦十分矣。此福松岩額駙❹（名福增格，怡府婿也。）鎮闢展❺時為余言。瓜則充貢品者，真出哈密。饋贈之瓜，皆金塔寺產。然貢品亦只熟至六分有奇，途間封閉包束，瓜氣自相鬱蒸，至京可熟至八分。如以熟八九分者貯運，則蒸而霉爛矣。余嘗問哈密國王蘇來滿（額敏和卓之子）：「京師園戶，以瓜子種殖者，一年形味并存；二年味已改，惟形粗近；三年則形味俱變盡。豈地氣不同歟？」蘇來滿曰：「此地上暖泉甘而無雨，故瓜味濃厚。種於內地，固應少減，然亦養子不得法。如以今年瓜子，明年種之，雖此地味亦不美，得氣薄也。其法當以灰培瓜子，貯於不濕不燥之空倉，三五年後乃可用。年愈久則愈佳，得氣足也。若培至十四五年者，國王之圃乃有之，民間不能待，亦不能久而不壞也。」其語似為近理。然其灰培之法，必有節度，亦必有宜忌，恐中國以意為之，亦未必能如所說耳。

【章旨】此章介紹了產自西域的葡萄、哈密瓜這兩種水果，並著重介紹了保存哈密瓜子的方法。

【注釋】❶蒲桃　植物名。即葡萄。❷土魯番　參見本書卷三〈風穴〉則注釋❹。❸哈密　縣名。在新疆維吾爾自治區東部，鄰接甘肅。❹額駙　參見本書卷八〈狐女〉則注釋❷。❺闢展　參見本書卷三〈風穴〉則注釋❸。

【語譯】西域出產的水果，葡萄則以吐魯番出產的最負盛名，瓜則以哈密出產的最負盛名。葡萄在京城以綠色為最好，這是人們只看重葡萄的顏色。其實綠色的葡萄是剛剛成熟，不可能很甜。葡萄稍稍成熟些就變成了黃色，再熟一些就變成了紅色，十分成熟就成了紫色，甜度也就到了十分。這是福松岩額駙（他名字叫福增格，怡王府女婿。）鎮守闢展時告訴我的。充作貢品的瓜，確實是哈密出產的。人們相互饋贈的瓜，都是金塔寺出產的。但是進貢的瓜也只有熟到六分多一點，運輸途中要密封包裹，瓜氣自相熏蒸，運到京城時可以熟到八分了。如果把熟到八九分的瓜貯運進京城，這些瓜就一定會在運輸途中熏蒸霉爛了。我曾經問哈密國王蘇來滿（他是額敏和卓的兒子）：「京城瓜農用哈密產的瓜的瓜子作種子，栽培出來的瓜，第一年瓜的形狀味道都還存在；第二年瓜的味道已經改變，只有形狀還大體和哈密產的瓜接近；第三年則瓜的形狀和味道都徹底改變了。這難道是因為土壤氣候不同的緣故嗎？」蘇來滿說：「哈密這地方氣候溫暖，泉水甘甜而不下雨，所以瓜的味道濃厚。這種瓜在內地種植，味道自然會稍微淡一些，但也是與沒有掌握保養種子的方法有關。如果用今年的瓜子明年種植，雖然在哈密本地，瓜的味道也不會好，因為這瓜子得的地氣還薄弱。正確的方法應該是用灰把種子埋上，然後把它們貯藏在不潮濕不乾燥的空庫房裡，過三五年後才可以用。時間越久種子的質量就越好，這是因為得的地氣足了。如果能夠保存到十四五年的種子，那麼只有國王的瓜園裡才會有，民間不可能等待那麼久的時間，也無法保存這麼長時間而不壞。」蘇來滿的話似乎很有道理。不過他們用灰掩埋種子保存的方法，肯定有些特殊的措施，也一定有些應該怎樣做、不應該怎樣做的規定。如果內地人只根據自己的理解來做，也未必能夠達到像他所說的那種效果。

【研析】西域光照時間長，雨水少，氣候乾燥，出產的瓜果都非常甘甜。筆者曾在土魯番的葡萄溝品嘗當地產的葡萄，在烏魯木齊品嘗哈密出產的甜瓜，甘甜膩人，可見新疆瓜果名不虛傳。作者並沒有僅僅停留在介紹新疆瓜果的甜美，而是虛心向當地人討教在內地種植新疆瓜果的要領。哈密國王說了育種的重要。育種固然重要，而更重要的還是氣候水土。因為新疆與內地的氣候水土不同，出產的瓜果自然滋味不同。即使今天，內地種植的哈密瓜的品質還是無法與哈密出產的哈密瓜相比，此間差距並不是靠技術條件的進步而能得到根本改善的。

年幼立心端正

裘超然編修❶言：楊勤愨❷公年幼時，往來鄉塾，有綠衫女子時乘牆缺窺之。或偶避入，亦必回眸一笑，若與目成。公始終不側視。一日，拾塊擲公曰：「如此妍皮❸，乃裹痴骨！」公拱手對曰：「鑽穴逾牆，實所不解。別覓不痴者何如？」女子忽瞠目直視曰：「汝狡黠如是，安能從爾索命乎？且待來生耳。」散髮吐舌而去。自此不復見矣。此足見立心端正，雖冤鬼亦無如何；又足見一代名臣，在童稚之年，已自樹立如此也。

【章旨】此章講述了清代名臣楊錫紱年幼時即立心端正，不受誘惑的故事。

【注釋】❶編修　參見本書卷二〈知命〉則注釋⓬。❷楊勤愨　即楊錫紱。字方來，號蘭畹，清清江（今屬江西）人。官至兵部尚書、漕運總督。卒諡勤愨。著有《漕運全書》。❸妍皮　美麗的外表。

【語譯】裘超然編修說：楊勤愨公年幼的時候，每天到鄉塾去上學，有個穿綠衣的女子經常在院牆的缺口處探出頭來偷看他。有時偶爾迴避走進屋中，她也必定會回眸一笑，好像是以目傳情的樣子。楊勤愨公卻始終不斜眼看她。一天，那女子撿起土塊扔向楊公，說：「這樣漂亮的外表，卻裹著一副呆骨頭！」楊勤愨公拱手回答說：「鑽洞翻牆這類事，我確實不會。你另外去尋覓不痴呆的如何？」那女子忽然瞪大眼睛直視著楊公說：「你如此狡猾聰明，我又怎能向你索命呢？且等下輩子罷。」說完，那女子披散頭髮吐出舌頭離去了，從此不再出現。由此可見，一個人立心端正，即使冤鬼也無可奈何。這也足以看出，像楊公這樣的一代名臣，在兒童之時，已經能夠約束自己、樹立自己的品格了。

【研析】立心、立身、立志，當從年幼時培養樹立。只有幼年養成高尚品德，才能將來成就大業。作者講述這個故事，其用意也在於此。

王仲穎遇鬼

河間王仲穎先生（安溪❶李文貞公❷為先生改字曰仲退。然原字行已久，無人稱其改字也），名之銳，李文貞公之高弟❸。經術湛深，而行誼方正，粹然古君子也。乙卯❹、丙辰❺間，余隨姚安公在京師，先生猶官國子監❻助教❼，未能一見，至今悵然。相傳先生夜偶至邸後空院，拔所種萊菔❽下酒，似恍惚見人影，疑為盜。倏已不見，知為鬼魅，因以幽明異路之理厲聲責之。聞叢竹中人語曰：「先生邃於《易》❾，一陰一陽，天之道也。人出以晝，鬼出以夜，是即幽明之分。人居無鬼之地，鬼居無人之地，是即異路焉耳。故天地間無處無人，亦無處無鬼，但不相干，即不妨並育。使鬼晝入先生室，先生責之是也。今時已深更，地為空隙，以鬼出之時，入鬼居之地，既不炳燭，又不揚聲，猝不及防，突然相遇，是先生犯鬼，非鬼犯先生。敬避似已足矣，先生何責之深乎？」先生笑曰：「汝詞直，姑置勿論。」自拔萊菔而返。後以語門人，門人謂：「鬼既能言，先生又不畏怖，何不叩其姓字，暫假詞色，問冥司之說為妄為真，或亦格物❿之一道。」先生曰：「是又人與鬼狎矣，何幽明異路之云乎？」

【章旨】此章講述了王仲穎先生遇見鬼，與鬼談論幽明異路的故事。

【注釋】❶安溪　縣名。在福建東南部。❷李文貞公　即李光地。字晉卿，號厚庵，清福建安溪人。康熙進士。累官至文淵閣大學士。❸高弟　指學生中的傑出者。❹乙卯　即清雍正十三年，西元一七三五年。❺丙辰　即清乾隆元年，西元一七三六年。❻國子監　簡稱「國學」。中國封建時代的教育管理機關和最高學府。北京內城東北安定門有國子監遺址，建於元代至元二十四年（一二八七年），明清時增修。今為首都圖書館所在地。❼助教　學官名。西晉立國子學，始設助教，協助國子博士傳授儒學。後世延置不廢。❽萊菔　即蘿蔔。❾易　《周易》的簡稱。儒家重要經典之一。「易」有變易（窮究事物變化）、簡易（執簡馭繁）、不易（永恆不變）三義，相傳係周人所作，故名。❿格物　參見本書卷五〈狐仙幻化〉則注釋❹。

【語譯】河間人王仲穎先生（安溪人李文貞公為他改字叫仲退。但他原來的字通行已久，沒有人稱呼他改過的字），名叫之銳，是李文貞公學生中的佼佼者。他對儒家經典研究的學術造詣很深，而且為人處事正派，純粹是位古代君子一樣的人物。雍正十三年、乾隆元年間，我隨父親姚安公住在京城，當時王先生還在擔任國子監助教，我沒有能見上一面，至今仍遺憾不已。相傳王先生有天夜裡偶爾到屋後的空院裡拔自己所種的蘿蔔下酒，好像恍恍惚惚看到人影，懷疑是盜賊，卻忽然間影子已經不見了。王先生知道是鬼魅，於是用陰間與陽世應有區別的道理嚴厲責備那個鬼。王先生聽見竹叢中有人回答說：「先生精通《易經》，一陰一陽，就是上天的道理。人在白天出來，鬼在夜晚出來，這就是陰間與陽世的區別；人住在沒有鬼的地方，鬼住在沒有人的地方，這就是人鬼不同路了。所以天地之間，無處沒有人，也無處沒有鬼，只要互不干擾，也就不妨相安並存。假如鬼白天跑進先生的房中，先生責備鬼，這是應該的。現在已是深更半夜，這地方又是空院裡，先生在應該是鬼出來活動的時候，跑進應該是鬼所居住的地方，既沒有拿著燈燭，又不發出聲音，使我猝不及防突然與先生相遇，是先生冒犯了鬼，而不是鬼冒犯了先生。我恭敬地迴避您似乎已經足夠了，先生為什麼還要責備得如此嚴厲呢？」王先生笑笑說：「你說得有道理，這事姑且就不提了。」他於是便拔了蘿蔔回屋。後來他把這件事告訴學生，學生們說：「鬼既然能說話，先生又不畏懼恐怖，為什麼不問問他姓名字號，裝作對他語氣嚴厲些，問問關於地府的說法是假的還是真的，這或許也是格物致知、豐富學問的一種途徑。」王先生說：「如果這樣做，就又是人與鬼之間不莊重了，這還說什麼陰間與陽世是不同路的話呢？」

【研析】人行人道，鬼走鬼道，互不相干，也就互不相擾了。這個鬼並不因為王先生的嚴詞厲色而膽怯，敢於大膽申辯；而王先生也並不因為自己品行方正就盛氣凌人。兩相溝通，也就少了一場無謂的紛爭。王先生與鬼都做得合乎情理，頗得作者紀昀讚許。

仙靈來往

鄭慎人言：曩與數友往九鯉湖❶，宿仙遊❷山家。夜涼未寢，出門步月。忽輕風泠然，穿林而過，木葉簌簌，棲鳥驚飛。覺有種種花香，沁人心骨，出林後沿溪而去。水禽亦磔格亂鳴，似有所見。然凝睇無睹也，心知為仙靈來往。次日，尋視林內，微雨新晴，綠苔如罽❸，步步皆印弓彎❹；又有跣足❺之跡，然總無及三寸者。溪邊泥跡亦然。數之，約二十餘人。指點徘徊，相與歎異，不知是何神女也。慎人有四詩紀之，忘留其稿，不能追憶矣。

【章旨】此章講述了幾個書生看見仙靈來往蹤跡的故事。

【注釋】❶九鯉湖 湖名。在福建仙遊北，諸水匯聚而成。❷仙遊 縣名。福建東部，木蘭溪上游。❸罽 一種毛織品。❹弓彎 指古時婦女裹纏如弓形的腳。❺跣足 赤腳。

【語譯】鄭慎人說：往日曾與幾位朋友到福建仙遊的九鯉湖去，晚上住在仙遊縣的一個山野人家。夜裡天氣涼爽，他們都沒有就寢，出門散步賞月。忽然一陣清涼怡人的微風吹過，穿過樹林，樹葉發出簌簌的響聲，樹上的鳥兒驚飛起來。接著，便聞到有種種花香，沁人心脾。那陣風出了樹林後沿著小溪而去，水鳥也發出格格磔磔的亂叫聲，好像是看到了什麼。但他們幾人凝神仔細看，又沒有看到什麼異常，大家心裡明白是有仙靈來往。第二天，他們來到樹林裡尋找察看，只見下過一場小雨，天剛放晴，地上的綠苔好似一層地毯，一步步都印著女子的小腳彎弓形狀的鞋印，還有赤著腳的腳印，然而都沒有超過三寸長的。小溪邊的泥土上也留下了同樣的印跡，數數這些腳印，大約有二十幾人。大家對著地上的腳印指指點點，徘徊很久，互相間驚歎奇異，不知這是什麼神女。鄭慎人寫了四首詩紀念這件事，我忘了留下他的詩稿，現在已經追憶不起來了。

【研析】書生偶遇仙子，唐人傳奇中經常有這樣的故事，而清人筆記小說中卻鮮有此類題材。如果說清人的浪漫情懷及想像力不及唐人，或許是說到了問題的癥結。

蛺蝶女子

慎人又言：一日，庭花盛開，聞婢嫗驚相呼喚。推窗視之，競以手指桂樹杪，乃一蛺蝶❶大如掌，背上坐一紅衫女子，大如拇指，翩翩翔舞。斯須過牆去，鄰家兒女又驚相呼喚矣。此不知為何怪，殆所謂花月之妖歟？說此事時，在劉景南家，景南曰：「安知非閨閣遊戲，以蓪草❷花朵中人物，縛於蝶背而縱之耶？」是亦一說。慎人曰：「實見小人在蝶背，有磬控❸駕馭之狀，俯仰顧盼，意態生動，殊不類偶人也。」是又不可知矣。

【章旨】此章記述了一隻蛺蝶背上坐著一位紅衣女子的奇特現象。

【注釋】❶蛺蝶　蝴蝶的一類。❷蓪草　藥用植物，即「通草」。參見本書卷七〈敝帚成魅〉則注釋❸。❸磬控　縱馬和止馬。泛指馭馬。意謂操縱自如。

【語譯】鄭慎人又說：有一天，庭院裡花兒盛開，忽然聽到婢女老媽子吃驚地互相呼喚。推開窗戶一看，見她們都用手指著桂樹梢。原來有一隻蛺蝶如手掌那麼大，蛺蝶背上坐著一個穿紅衫的女子，像拇指大小，在蛺蝶背上翩翩起舞。不一會兒，蛺蝶飛過牆去，鄰居家的兒女又吃驚地互相呼喚起來。這個女子不知是什麼妖怪，大概就是所謂的花月之妖吧？我們談論這件事時，就在劉景南家。劉景南說：「可能是閨房中的女孩子玩的遊戲，用蓪草紮成一個漂亮人物，把它綁在蛺蝶背上，然後把蛺蝶放飛而已？」

這也是一種說法。但是鄭慎人說：「我確實看見那個小人在蛺蝶背上，做出駕馭控制蛺蝶的樣子，而且她前俯後仰，左顧右盼，意態生動，根本不像是蒲草紮的假人。」這又不知道是怎麼回事了。

【研析】蛺蝶背上的小人，如果真有，當然不可能是活人，也不可能是仙人或是妖魅。劉景南的說法近乎事實。但不知那些姑娘是如何把草人綁在蛺蝶背上的？

泥鬼懲惡

舅氏安公介然言：曩隨高陽❶劉伯絲先生官瑞州❷，聞城西土神祠有一泥鬼忽仆地，又一青面赤髮鬼，衣裝面貌與泥鬼相同，壓於其下。視之，則里中少年某，偽為鬼狀也，已斷脊死矣。眾相駭怪，莫明其故。久而有知其事者曰：「某鄰婦少艾❸，挑之，為所詈。婦是日往母家，度必夜歸過祠前。祠去人稍遠，乃偽為鬼狀伏像後，待其至而突掩之，將乘其驚怖昏仆，以圖一逞。不虞神之見譴也。」蓋其婦弟預是謀，初不敢告人，事定後，乃稍稍洩之云。介然公又言：有狂童蕩婦，相遇於河間文廟❹前，調謔無所避忌。忽飛瓦破其腦，莫知所自來也。夫聖人道德侔乎天地，豈如二氏之教❺，必假靈異而始信，必待護法而始尊哉！然神鬼撝呵，則理所應有。必謂朱錦作會亢❻，由於前世修文廟❼，視聖人太小矣；

必謂數仞宮牆，竟無靈衛，是又儒者之迂也。

【章旨】此章講述了兩個小故事，說明褻瀆神靈、聖人，必然遭到神鬼懲罰的道理。

【注釋】❶高陽　今河北高陽。❷瑞州　州、路、府名。治所在今江西高安。❸少艾　年輕美好的女子。❹文廟　唐玄宗開元二十七年封孔子為文宣王，因稱孔廟為文宣王廟，明以後稱為「文廟」，相對「武廟」（關、岳廟）而言。❺二氏之教　指道教和佛教。❻會元　科舉制度中會試是聚集各省舉人到京會考之名，故通稱會試第一名為會元。會試之後，還有一次殿試，殿試第一名則稱狀元。❼前世修文廟　明上海人朱錦，原為潘尚書家人，其子入學，潘說，你的兒子已是朝廷士子，你我就不應再是主僕關係了，於是把賣身文書還了他。他要報恩，潘說，現文廟破舊，你要報恩，不如去修修它，朱錦照辦了。過了一百多年，清順治十六年的會元叫朱錦，也是上海人。人們說這兩人是前後身。

【語譯】我的舅父安介然先生說：從前隨高陽人劉伯絲先生在瑞州做官時，聽說城西土神祠裡有一尊泥塑的鬼忽然倒在地上，又有一個青面孔紅頭髮，衣服裝束面貌和泥塑鬼相同的鬼，被壓在泥鬼下面。人們一看那個被壓在下面的鬼，原來是村裡的一個年輕人某某，他假裝成鬼的樣子，已經被壓斷脊樑骨死了。大家都感到驚駭奇怪，不明白這是什麼緣故。時間長了，有知道事情真相的人說：「這個年輕人的鄰居少婦年輕貌美，他挑逗她，被少婦罵了一頓。少婦那天回娘家，這個年輕人心想少婦肯定夜裡回家來時要路過土神祠前。這座土神祠離開村裡人家較遠，於是他便偽裝成鬼的樣子藏在神像後面，準備等少婦路過時，突然衝出來襲擊她，乘那少婦驚嚇恐怖昏迷倒地的時候，以實現自己的邪念。沒有想到會遭到神的懲罰。」原來這年輕人妻子的弟弟也參預了這件事，起初不敢告訴別人，後來事情平息下來了，才慢慢把事情的真相洩露出來。安介然先生又說：有個狂妄的小子和一個淫婦，相遇在河間府的孔廟前，兩人互相開起下流玩笑而毫無避忌。忽然有塊瓦片飛來砸破了他們的腦袋，不知道這塊瓦片是從哪裡飛來的。聖人道德等同於天地，哪裡要像佛教、道教一樣，必須要借助靈異之事才能使人信服，必須要靠護法神保護才能顯示尊嚴呢！然而由神靈鬼怪來守護保衛，從道理上講也是應該的。一定要說朱錦考中會元，是因為他前生修了孔廟的緣故，這就把聖人看得太低了；但一定要說幾丈高的宮牆圍著的孔廟，竟然沒有神靈護衛，則又是儒生的迂腐之見了。

【研析】多行善，莫作惡，尤其不能褻瀆神靈，否則必遭報應。作者的這層意思在文中表露得十分明白，這也是作者的一貫理念。當然，這裡有迷信成分。但是，作者的拳拳向善之心，袒露無遺。

虎陷石穴

三座塔（蒙古名古爾板蘇巴爾，漢唐之營州柳城縣，遼之興中府也。今為喀刺沁右翼地。）金巡檢❶言（裘文達公之侄婿，偶忘其名。）：有樵者山行遇虎，避入石穴中，虎亦隨入。穴故嵌空而繚曲❷，輾轉內避，漸不容虎。而虎必欲搏樵者，努力強入。樵者窘迫，見旁一小竇，尚足容身，遂蛇行而入；不意蜿蜒數步，忽睹天光，竟反出穴外。乃力運數石，窒虎退路，兩穴並聚柴以焚之。虎被熏灼，吼震岩谷，不食頃，死矣。此事亦足為當止不止之戒也。

【章旨】此章講述了一隻老虎欲吞噬打柴人，卻身陷石洞喪命的故事，告誡世人行事當止不止，貽患無窮。

【注釋】❶巡檢　參見本書卷八〈夜遇無頭鬼〉則注釋❶。❷繚曲　迂迴曲折。

【語譯】三座塔（蒙古語叫古爾板蘇巴爾，就是漢朝和唐朝時的營州柳城縣，遼代的興中府。現在為喀刺沁右翼地。）的金巡檢（他是裘文達公的侄女婿，偶然忘記了他的名字）說：有個打柴人走山路時遇到老虎，為躲避老虎就鑽進一個石洞裡，那隻老虎也跟著進了石洞。石洞本來空間狹窄迂迴曲折，打柴人輾轉往裡躲，石洞漸漸小得容不下老虎。而那隻老虎一心要吃打柴人，勉強努力往裡鑽。打柴人危急之中，看見旁邊有一個小洞，還可以容下自己，於是扭動身子爬了進去。沒想到蜿蜒爬了幾步後，那個打柴人忽然見到外面光亮，竟然從石洞後面爬了出來。他就盡力搬了幾塊大石頭塞在洞口，堵住老虎的退路，在前後兩個洞口都堆積上柴草點火焚燒起來。老虎被煙熏火烤，發出的吼聲震動了山谷。不到一頓飯的時間，老虎就死了。這件事也足以成為那些應當止步而不肯止步的人的教訓了。

【研析】為人做事，當行即行，當止即止，這是為人做事的分寸，也是安身立命的基礎。凡事一旦過頭，未免失去分寸，也就失去了根本。作者借這個「虎陷石穴」故事告誡世人，用意也在於此。

艮嶽奇石

金巡檢又言：巡檢署中一太湖石❶，高出簷際，皴皺斑駁，孔竅玲瓏，望之勢如飛動。云遼金舊物也。考金嘗拆艮嶽❷奇石，運之北行，此殆所謂「卿雲萬態奇峰」耶？然金大定府❸為北京，今大寧城是也。遼興中府❹，金降為州，不應置石於州治，是又疑不能明矣。又相傳京師兔兒山石，皆艮嶽故物，余幼時尚見之。余虎坊橋宅，為威信公❺故第，廳事東偏，一石高七八尺，云是雍正中初造宅時所賜，亦移自兔兒山者。南城所有太湖石，此為第一。余又號「孤石老人」，蓋以此云。

【章旨】此章講述了與北宋東京艮嶽有關的兩塊太湖石的故事。

【注釋】❶太湖石　產於太湖區域的多孔而玲瓏剔透的石頭，供點綴庭院或疊作假山之用。❷艮嶽　山名。在今河南開封城內東北隅。宋徽宗政和七年於汴梁東北作萬歲山，宣和四年徽宗自為《艮嶽記》，以為山在國都之艮位，故名艮嶽。艮，方位名。指東北方。❸大定府　遼置，號中京，治所在大定縣（今內蒙古寧城西老哈河北岸大名城）。元初改置北京路。❹興中府　遼重熙十一年（一〇四二年）改霸州置，治所在今遼寧朝陽。❺威信公　即清岳鍾琪。字東美，號容齋，四川成都人。官至川陝總督，任寧遠大將軍。以漢人而握重兵，為清代（太平天國以前）所僅見。乾隆間以功封威信公，故稱。

【語譯】金巡檢又說：在巡檢衙門中有一塊太湖石，高出屋簷，石上紋路色彩斑駁陸離，孔洞玲瓏剔透，遠遠望去，這塊石頭的氣勢就像要飛動一樣。人們說這塊太湖石是遼、金時代留下來的舊物。據查考，金國人曾折走北宋徽宗在汴京造的艮嶽上的奇石，運到北方去，這塊太湖石難道就是當時所謂的「卿雲萬態奇峰」嗎？然而金國以大定府為北京，就是現在的大寧城。三座塔在遼代時是興中府，金代降為州，不應該把這塊太湖石放置在州衙，這又是我疑惑而不明白的地方了。又相傳京城兔兒山的石頭，都是艮嶽原來的東西，我年幼時還見過。我在虎坊橋的住宅，原來是威信公的舊府第，客廳偏東的地方有塊石頭高七八尺，據說是雍正年間剛建造府第時皇帝所賞賜的，也是從兔兒山移運來的。在南城地區所有的太湖石中，這塊石頭為第一。我又有個號叫「孤石老人」，就是因它而取的。

【研析】歷代文人都喜歡太湖石，因其「皺、漏、透、瘦」，與文人的審美情趣相吻合。如唐代白居易官罷蘇州刺史時，即將所得的太湖石以船運歸。作者亦不能免俗，因一塊太湖石而自號「孤石」，愛石之意，不遜前人。

藤花青桐思故人

京師花木最古者，首給孤寺呂氏藤花，次則余家之青桐，皆數百年物也。桐身橫徑尺五寸，聳峙高秀，夏月庭院皆碧色。惜蟲蛀一孔，雨漬其內，久而中朽至根，竟以枯槁。呂氏宅後售與高太守兆煌，又轉售程主事❶振甲。藤今猶在，其架用梁棟之材，始能支拄。其陰覆廳事一院，其蔓旁引，又覆西偏書室一院。花時如紫雲垂地，香氣襲衣。慕堂孝廉在日（慕堂名元龍，庚午❷舉人，朱石君之妹婿也。與余同受業於董文恪公），或自宴客，或友人借宴客，觴詠殆無虛夕。迄今四十餘年，再到曾遊，已非舊主，殊深鄰笛之悲❸。倪穟疇年丈❹嘗為題一聯曰：「一庭芳草圍新綠，十畝藤花落古香。」書法精妙，如渴驥怒猊❺，今亦不知所在矣。

【章旨】此章講述了京城舊有的一棵藤花和青桐，並勾起了作者思念故人的情懷。

【注釋】❶主事　參見本書卷八〈主事楊護〉則注釋❶。❷庚午　即清乾隆十五年，西元一七五〇年。❸鄰笛之悲　鄰家笛聲引發的悲傷。晉向秀〈思舊賦序〉：「余與嵇康、呂安居止接近；其人並有不羈之才，然嵇志遠而疏，呂心曠而放。其後各以事見法……余逝將西邁，經其舊廬，於時日薄虞淵，寒冰淒然，鄰人有吹笛者，發聲寥亮，追思曩昔遊宴之好，感音而歎，故作賦云。」後世即用「鄰笛」作為傷逝懷舊的象徵。❹年丈　參見本書卷九〈說鬼火〉則注釋❺。❺渴驥怒猊　形容勁急貌。常指書法矯健的筆勢。《新唐書・徐浩傳》：「嘗書四十二幅屏，八體皆備，草隸尤工。世狀其法曰：『如怒猊抉石，渴驥奔泉』云。」

【語譯】京城裡的花木最古老的，首推給孤寺呂家的藤花，其次就是我家的青桐樹，都是生長了幾百年的花木了。我家的青桐樹幹直徑一尺五寸，高聳茂盛，到了夏天，整個庭院都是一片綠色。可惜樹幹被蟲蛀了一個洞，雨水滲入樹幹裡面，久而久之，樹幹中間便腐爛了，一直腐爛到根部，終於枯死了。呂家住宅後來賣給高兆煌太守，高兆煌又轉賣給程振甲主事，藤樹至今還在。它的支架一定要用作棟樑的大木料來搭建，才能支撐得住。藤的濃蔭覆蓋了廳房的整個院子，藤蔓向旁邊伸延過去，又遮蓋了西偏書房的一個院子。藤花開時如同紫色的雲團下垂在地上，香氣襲人衣衫。慕堂舉人在世的時候（慕堂名元龍，乾隆十五年舉人，朱石君的妹婿，與我一同就學於董文恪公），或者自己宴請客人，或者朋友借這個地方宴請客人，飲酒作詩，簡直沒有空閒過一個晚上。至今已有四十多年了，我曾經再到那裡遊覽，那座住宅已經不是原來的主人，我很深切地感受到緬懷故人的傷悲。倪穟疇老先生曾為我題寫過一副對聯，說：「一個庭院芳草周圍新綠，十畝藤花還是舊時香味。」書法精妙，筆勢就像渴極的駿馬奔向泉水和發怒的獅子越過山石的樣子，如今也不知道遺落到什麼地方去了。

【研析】古樹是一個城市的積澱，也是其悠久文化的象徵。每棵古樹都有一段故事，都有一份抹不掉的記憶。作者眷戀北京的古樹，也就是眷戀與這古樹相關的人與事。從文中流露的濃濃思緒，已經使我們感受到了這份情義。

狐仙愛書

陳句山❶前輩移居一宅，搬運家具時，先置書十餘篋❷於庭。似聞樹後小語曰：「三十餘年，此間不見此物也。」視之闃如❸。或曰：「必狐也。」句山掉首曰：「解作此語，狐亦大佳。」

【章旨】此章講述了一位士大夫搬家，其藏書引起狐仙的旁觀和讚歎的故事。

【注釋】❶陳句山　即陳兆崙。字星齊，號句山，清錢塘（今浙江杭州）人。雍正進士。官至通政使，京師士大夫奉為文章宗匠。有《紫竹山房集》。❷篋　箱子。❸闃如　空虛；寂靜。

【語譯】陳句山前輩移居一處住宅，搬運家具時，先把十幾箱書運去，放在新房子的院子裡。人們好像聽到樹後有人小聲說：「三十多年了，這個地方沒有見過這東西。」大家順著聲音去看，卻什麼都沒有發現。有人說這肯定是狐狸精，陳句山先生回過頭來說：「能說出這樣的話，是狐狸精也非常好。」

【研析】書生愛書，這是本分。而狐仙愛書，則超出常人想像，遂引以為奇事。其實，世上並無狐仙。作者是藉著狐仙所說的「三十多年不見此物」，批評那些不學無術的官場混客或市井小人。

木偶為妖

先祖光祿公，康熙中於崔莊設質庫❶，司事者沈玉伯也。嘗有提傀儡❷者，質木偶二箱，高皆尺餘，製作頗精巧。逾期未贖，又無可轉售，遂為棄物，久置廢屋中。一夕月明，玉伯見木偶跳舞院中，作演劇之狀。聽之，亦咿嚶似度曲。玉伯故有膽，厲聲叱之。一時迸散。次日，舉火焚之，了無他異。蓋物久為妖，焚之則精氣爍散，不復能聚。或有所憑亦為妖，焚之則失所依附，亦不能靈。固物理之自然耳。

【章旨】此章講述了木偶年久成妖，被點火燒掉就了無他異的故事。

【注釋】❶質庫　當鋪。❷提傀儡　演木偶戲。傀儡，木偶戲裡的木頭人。也作為木偶戲（即傀儡戲）的簡稱。

【語譯】先祖父光祿公，康熙年間在崔莊開了一家當鋪，管事的人叫沈玉伯。曾經有個演木偶戲的人，拿了兩箱木偶來典當。那些木偶都有一尺多高，製作極為精巧。典當期過了，那人也沒有來贖回去，又沒有地方可以轉賣出去，於是就成了廢物，長期放在一間廢棄的屋子裡。一天晚上，月光明亮，沈玉伯見木偶在院子裡跳舞，作出演戲的樣子來。沈玉伯聽了聽，它們還咿咿嚶嚶好像在唱曲。沈玉伯本來就有膽量，就厲聲喝斥那些木偶，那些木偶轉眼間就四散不見了。第二天，沈玉伯點火把那些木偶都燒掉了，沒有發生什麼其他的怪事。大概物體歲月久了就會成妖，點火燒掉那麼它的精氣就會消散，不再能集聚起來。有的妖魅會依附在某些物體上也能成妖，燒掉那東西，那麼妖魅就失去了它所依憑的物體，也就不能顯靈作怪了。本來事物的道理就是這樣自然簡單的。

【研析】成妖作怪，並不可怕。只要像文中的沈玉伯那樣，一把火把它們燒掉，就一了百了，絕無後患。世上的惡人也是如此，只要人們敢於起來與之抗爭，惡人豈能得逞？這也是「固物理之自然耳」。

吏役無良

獻縣一令，待吏役❶至有恩。歿後，眷屬尚在署，吏役無一存問者。強呼數人至，皆猙獰相向，非復曩時。夫人憤恚，慟哭柩前，倦而假寐。恍惚見令語曰：「此輩無良，是其本分。吾望其感德已大誤，汝責其負德，不又誤乎？」霍然忽醒，遂無復怨尤。

【章旨】此章通過一個小故事，抨擊了衙署中的吏役本性無良、忘恩負義。

【注釋】❶吏役　官府中的胥吏和差役。

【語譯】獻縣有個縣令，對待縣衙裡的胥吏和差役很有恩惠。這個縣令去世後，他的家屬還住在縣衙官署裡，那些胥吏差役沒有一個人來慰問幫忙的。縣令家屬勉強叫了幾個人來，來的人對著縣令家屬都是橫眉豎眼、凶神惡煞的樣子，完全不像縣令在世時的模樣。縣令夫人極為憤怒，在靈柩前痛哭，哭累了就在靈柩前合眼休息，恍惚看見縣令對自己說：「這種人沒有良心，是他們的本分。我期望他們感激我的恩德已是大錯，你現在責備他們忘恩負義，不是又錯了麼？」夫人忽然醒來，於是不再怨恨了。

【研析】衙門裡的吏役無惡不作，就是作者也深有體會，故而筆下會寫出「此輩無良，是其本分」的句子。作者似乎是在說故事，還不如說是對這種惡吏暴役的一種抨擊。清代吏治之壞，並非僅僅是官員作惡，那些為虎作倀、狐假虎威的吏役也是要承擔很大責任的。

行善抵業報

康熙末，張歌橋（河間縣地）有劉橫者（「橫」讀去聲），以其強悍得此稱，非其本名也），居河側。會河水暴滿，小舟重載者往往漂沒。偶見中流一婦，抱斷櫓❶浮沉波浪間，號呼求救。眾莫敢援，橫獨奮然曰：「汝曹非丈夫哉？烏有見死不救者！」自棹舴艋❷追三四里，幾覆沒者數，竟拯出之。越日，生一子。月餘，橫忽病，即命妻子治後事。時尚能行立，眾皆怪之。橫太息曰：「吾不起也。吾援溺之夕，恍惚夢至一官府。吏卒導入，官持簿示吾曰：『汝平生積惡種種，當以今歲某日死，墮豕身，五世受屠割之刑。幸汝一日活二命，作大陰功，於冥律當延二紀❸。今銷除壽籍❹，用抵業報❺，仍以原注死日死。緣期限已迫，恐世人昧昧，疑有是善事，反促其生。故召爾證明，使知其故。今生因果並完矣，來生努力可也。』醒而心惡之，未以告人。今屆期果病，尚望活乎？」既而竟如其言。此見神理分明，毫釐不爽。乘除進退，恆合數世而計之。勿以偶然不驗，遂謂天道無知也。

【章旨】此章講述了一個惡人因有一善舉，即得以抵銷業報的故事。

【注釋】❶櫓　一種用人力推進船的工具。外形略似槳，但較大，支在船尾或船旁的櫓擔上。入水一端的剖面呈弓形，另一端繫於船上。用手搖動時水中的櫓片左右擺動，其前後面發生水壓的差異以產生推力。❷舴艋　小船。❸紀　紀年的單位，若干年數循環一次為一紀。人壽十二年為一紀。❹壽籍　壽數。❺業報　作惡的報應。

【語譯】康熙末年，張歌橋（在河間縣管轄地區內）有個叫劉橫的人（「橫」字讀去聲，因為他強暴凶悍而得了這個稱號，並不是他本來的名字），居住在河邊。恰逢河水暴漲，載重過多的小船往往被波浪打翻沉沒。劉橫偶然看見河中流有個婦人，抱著一枝折斷的船櫓飄浮在波浪中，呼喊救命。人們都不敢去救那個婦人，只有劉橫獨自挺身而出說：「你們不是男子漢大丈夫嗎？哪有見死不救的！」於是他自己駕著一隻小船，追了三四里，好幾次幾乎翻船，最後終於把那個婦人救了出來。第二天，那個婦人生下一個男孩。一個多月後，劉橫忽然生病，就囑咐老婆孩子準備後事。這時劉橫還能站立行走，大家都感到奇怪。劉橫歎息說：「我的病不會好了。我救起那個落水婦人的當天晚上，恍惚在夢中來到一座官府。吏卒把我帶進去，有位官員拿著一本簿冊給我看，說：『你一生幹了各種各樣的壞事，應當在今年某日死，墮入到畜生道變成豬身，以後五代要受到屠宰切割的刑罰。幸虧你在一天內救活了兩條人命，積了大陰德，按照陰間的法律應當延壽二紀共二十四年。如今銷除你應延長的壽命，用來抵銷你作惡的報應，所以你還是以原來注定的日子死。因為你的死期已經迫近，恐怕世人糊塗不明白，懷疑你作了這樣的善事，卻反而短命早死。所以召你來說明白，使你知道其中的緣故。你這一輩子的因果報應就此了結，下一輩子你再好好努力吧。』我醒來後內心裡厭惡這件事，所以沒有把這事告訴別人。如今期限到了，我果然生起病來，還能指望活下去麼？」不久事情的發展果然像他所說的一樣。由此可見神理分明，毫釐沒有差錯。人事的盛衰進退，總是要綜合本人幾輩子的善惡而計算的。不要因為偶然沒有應驗，就說天道無知而不知世間之事。

【研析】善惡都有果報。即使罪大惡極者，只要有一善念，行一善事，都會得到相應的果報。這就是所謂的「直指人心，見性成佛」，也是作者宣揚的主旨，明顯帶有佛教禪宗的色彩。當然，作者並非有意宣傳佛教，但其勸人向善之心迫切，客觀上為禪宗教義的傳播起到了推波助瀾的作用。

夫惡妻報

鄭蘇仙言：有約鄰婦私會，而病其妻在家者，夙負妻家錢數千，乃遣妻齎還。妻欣然往。不意鄰婦失期，而其妻乃途遇強暴，盡奪衣裙簪珥，縛置秫叢❶。皆客作❷流民，莫可追詰。其夫惟俯首太息，無復一言。人亦不知鄰婦事也。後數年，有村媼之子挑人婦女，為媼所覺，反覆戒飭，舉此事以明因果，人乃稍知。蓋此人與鄰婦相聞，實此媼通詞，故知之審；惟鄰婦姓名，則媼始終不肯洩，幸不敗焉。

【章旨】此章講述了一個丈夫欲與他人之妻私通，其妻卻先遭到強暴的故事。

【注釋】❶秫叢　高粱叢。❷客作　雇工。

【語譯】鄭蘇仙說：有個人約鄰居的妻子私下幽會，而嫌自己妻子在家礙事。他一向欠著妻子娘家幾千錢，於是他讓妻子帶著錢去還，妻子很高興地去了。沒想到鄰居的妻子失約，而自己的妻子在路上遇到強暴，那些惡人搶走了她全部的衣服首飾，把她捆綁著扔在高粱地裡。這些打劫的惡人都是雇工流民，沒有辦法去追查詢問。她的丈夫知道後只是低頭歎氣，一句話也說不出來。人們也不知道他與鄰居妻子幽會的事。幾年以後，村裡有個老太婆的兒子挑逗別人家的婦女，被老太婆發覺了。她反覆勸誡兒子，並舉出這件事來說明因果報應的道理，人們才慢慢知道當初是怎麼回事了。原來那人與鄰居妻子互相有來往，實際上是這個老太婆在中間牽的線，所以知道這件事很詳細。不過那個鄰居妻子的姓名，老太婆始終不肯洩露，那女人也幸虧這老太婆保密而沒有壞了名聲。

【研析】夫欲行惡，而其妻卻遭到報應。雖說夫妻一家，但夫與妻還是應該有所區別。誰人行惡，誰人得報，這才符合報應不爽的道理。看來，這個專司報應的神靈一時糊塗，將應該得到報應的人搞錯了。

狐鬼之幻化

狐所幻化，不知其自視如何，其互相視又如何。嘗於〈灤陽消夏錄〉論之。然狐本善為妖惑者也。至鬼則人之餘氣，其靈不過如人耳。人不能化無為有，化小為大，化醜為妍。而諸書載遇鬼者，其棺化為宮室，可延人入；其墓化為庭院，可留人居。其凶終之鬼，備諸惡狀者，可化為美麗。豈一為鬼而即能歟？抑有教之者歟？此視狐之幻，尤不可解。憶在涼州❶路中，御者❷指一山坳曰：「曩與車數十輛露宿此山，月明之下，遙見山半有人家，土垣周絡，屋角一一可數。明日過之，則數冢而已。」是無人之地，亦能自現此象矣。明器❸之作，聖人其知此情狀乎？

【章旨】此章作者質疑狐仙和鬼的幻化。

【注釋】❶涼州　今甘肅武威。參見本書卷三〈孟夫人〉則注釋❷。❷御者　駕駛馬車的人。❸明器　參見本書卷五〈說明器〉則注釋❶。

【語譯】狐仙的幻化，不知道他自己看起來如何，他們互相看起來又怎麼樣。我曾經在〈灤陽消夏錄〉中談論過這個問題。然而狐仙本來就是善於成妖來媚惑人的。至於鬼，則是人死後剩餘的精氣形成的，他的靈通不過像人一樣。人不能把沒有的東西變成有，不能把小的東西變成大，不能把醜的東西變成美。然而各種書上記載人遇到鬼，那些鬼的棺材可以化為宮殿房屋，可以把人請進去；他的墳墓可以化為庭院，可以留人居住。那些死於非命的鬼，本來呈現各種各樣醜惡的樣子，卻可以變得美麗。難道人一成了鬼而就能做到這些了麼？還是有誰教會他們了嗎？這與狐仙的幻化相比，更加難以理解。記得過去在涼州路上時，駕車的人指著一個山坳說：「從前我們曾經和幾十輛車子一起露宿在這座山裡，明亮的月光下，遠遠望見半山腰有人家居住，土壘的院牆四面圍繞，屋角一一清晰可數。第二天經過時，看見的卻只有幾座墳墓而已。」這樣看來，鬼在沒有人的地方，也能夠自己顯示出這種現象。古人提倡製作明器，聖人是否已經知道這種情形了嗎？

【研析】作者對民間傳說和歷代志怪小說記載狐仙和鬼都能幻化，提出了自己的疑惑。作者暫且不論狐仙的幻化，而針對所謂鬼能幻化，提出鬼是人之餘氣，人尚且不能化無為有，化小為大，化醜為妍，而人一成了鬼，就有如此神通，豈不使人「尤不可解」。事實上，作者的質疑已經從根本上動搖了鬼信仰的基礎，只是作者還沒有意識到這一點。

魔女誘僧

吳僧慧貞言：有浙僧立志精進，誓願堅苦，脅未嘗至席。一夜，有豔女窺戶。心知魔至，如不見聞。女蠱惑萬狀，終不能近禪榻。後夜夜必至，亦終不能使起一念。女技窮，遙語曰：「師定力如斯，我固宜斷絕妄想。雖然，師「忉利天」❶中人也，知近我則必敗道，故畏我如虎狼。即努力得到「非非想天」❷，亦不過柔肌著體，如抱冰雪；媚姿到眼，如見塵埃，不能離乎色相❸也。如心到四禪天❹，則花自照鏡，鏡不知花；月自映水，水不知月，乃離色相矣。再到諸菩薩天❺，則花亦無花，鏡亦無鏡，月亦無月，水亦無水，乃無色無相，無離不離，為自在神通，不可思議。師如敢容我一近，而真空不染，則摩登伽❻一意皈依，不復再擾阿難❼矣。」僧自揣道力足以勝魔，坦然許之。偎倚撫摩，竟毀戒體。懊喪失志，侘傺❽以終。夫「磨而不磷，涅而不緇❾」，惟聖人能之，大賢以下弗能也。此僧中於一激，遂開門揖盜。天下自恃可為，遂為人所不敢為，卒至潰敗決裂者，皆此僧也哉！

【章旨】此章講述了一個和尚在魔女的百般引誘、刺激下，最終喪失自身的故事。

【注釋】❶忉利天　參見本書卷六〈鬼隱〉則注釋❹。❷非非想天　指佛經裡所說的「非想非非想處」，為無色界第四天。指非一般思維所可了解的境界。❸色相　佛家指一切事物的形狀外貌。❹四禪天　參見本書卷十四〈論儒佛兩教〉則注釋❶。❺諸菩薩天　指自在神通、神祕奧妙的境界。❻摩登伽　古印度摩登伽種的淫女。《楞嚴經》卷一載，阿難乞食經過淫室，遇大幻術，摩登伽女用天咒把他攝入淫席，將毀掉他的戒體。❼阿難　梵文Ānanda音譯的略稱，意譯「無染」或「慶喜」。釋迦牟尼的從弟和十大弟子之一。❽侘傺　失意而神情恍惚的樣子。❾磨而不磷二句　語見《論語・陽貨》。意謂屢經磨礪而不碎，至白者染之於涅而不黑。涅，礦物名。古代用作黑色染料。

【語譯】吳地的和尚慧貞說：浙江有個和尚立志修行精進，發誓願意堅持苦行修煉，整天打坐，兩脅從來沒有碰到過坐席。一天晚上，有個豔麗的女子在窗外窺視。和尚心裡知道是妖魔到了，便如同沒有看見沒有聽到。那女子作出種種情態來蠱惑誘惑他，終究不能靠近和尚所坐的禪床。這以後那女子每天夜裡都一定來，也始終不能使和尚生起一絲欲念。女子的伎倆用盡了，於是遠遠地對和尚說：「師父的定力到了這種地步，我確實應該斷絕自己的妄想了。不過，師父是佛教所說的『忉利天』中的人，知道接近我就必定會敗壞自己的道行，所以畏懼我就像畏懼虎狼一樣。即使師父努力修行得以達到『非非想天』的境界，也不過只能做到懷抱女人柔軟的肌膚，如同抱著冰雪；美女嬌媚的姿態看在眼裡，如同看見塵埃而已，還不能擺脫色相。如果師父的內心修煉達到了『四禪天』的境界，像花自然映照在鏡子裡，鏡子並不知道有花；月亮自然映照在水中，水也並不知道有月亮，這就是擺脫了色相。再進一步達到自在神通、神祕奧妙的『諸菩薩天』的境界，那麼花也就是沒有花，鏡子也就是沒有鏡子，月亮也就是沒有月亮，水也就是沒有水，就是沒有顏色也沒有物象，無所謂離，也無所謂不離，這便是佛的自在神通，進入一種不可思議的神妙境界了。師父如果敢讓我接近您一次，而能做到本心真空不染，那麼我也將一心一意皈依佛門，就像當初摩登伽女敬服佛祖的大弟子阿難一樣，不會再來打擾您了。」和尚自認為自己的道行法力足以勝過魔女的誘惑，於是坦然答應了。那女子偎依在和尚懷中撫摸挑逗，終於使和尚控制不住欲念，與她發生性關係，破了自己修行的戒體。和尚事後懊喪自己失志，在苦惱悲憤中死去。孔子說：「至堅者屢經磨礪而不變成粉末，至白者屢經黑色染料印染而不變成黑色。」這種歷經磨難而不改變的品格，只有聖人才能做到，有大智慧以下的人都不能做到。這和尚中了魔女的一激，於是就開門把強盜請進門。天下凡自以為有能力做些什麼的人，於是就去做人們所不敢做的事，最終落得一敗塗地，都是這個和尚一類的人。

【研析】外魔易防，心魔難敵。這個和尚看上去似乎敗於外魔，仔細辨析，他還是敗於自己的心魔。因為這個和尚的好勝心仍存，故而經不起魔女的一激。佛祖要求人們去爭心、勝心、嗔心、喜怒之心。只有六根清靜，心魔不生，外魔自然不侵。其實人生在世，也要時時警惕內心生魔。作者最後的告誡，值得記取。

乩仙論古今勝心

德眘齋扶乩，其仙降壇不作詩，自署名曰劉仲甫❶。眾不知為誰，有一國手❷在側，曰：「是南宋國手，著有《棋訣》四篇者也。」因請對弈。乩判曰：「弈則我必負。」固請，乃許。乩果負半子。眾曰：「大仙謙挹，欲獎成後進之名耶？」乩判曰：「不然，後人事事不及古，惟推步❸與弈棋則皆勝古。或謂因古人所及，更復精思，故已到竿頭，又能進步，是為推步言，非為弈棋言也。蓋風氣日薄，人情日巧，其傾軋攻取之術，兩機激薄，變幻萬端，弔詭出奇，不留餘地。古人不肯為之事，往往肯為；古人不敢冒之險，往往敢冒；古人不忍出之策，往往忍出。故一切世事心計，皆出古人上。弈棋亦心計之一，故宋元國手，至明已差一路，今則差一路半矣。然古之國手，極敗不過一路耳；今之國手，或敗至兩路三路，是則踏實蹈虛之辨也。」問：「弈竟無常勝法乎？」又判曰：「無常勝法，而有常不負法。不弈則常不負矣。僕猥以夙慧，得作鬼仙，世外閒身，名心都盡，逢場作戲，勝敗何關！若當局者角爭得失，尚慎旃哉！」四座有經歷世故者，多喟然太息。

【章旨】此章以乩仙之言，闡述了古今人心之變，告誡名利場上角逐之人好自為之。

【注釋】❶劉仲甫　宋錢塘（今浙江杭州）人。精通圍棋，為南渡時國手。著有《棋訣》。❷國手　指棋藝高超、國內幾無敵手的棋手。❸推步　參見本書卷四〈論宋儒臆斷〉則注釋❾。

【語譯】德眘齋扶乩，他請下的乩仙降壇後不寫詩，自己署名叫劉仲甫。大家不知道是什麼人，有位棋藝高超的圍棋手在旁邊，他說：「他是南宋時的圍棋國手，著有《棋訣》四篇文章。」他接著請乩仙對弈一局。乩仙寫道：「如果下棋那麼我肯定輸。」這位國手堅持邀請，乩仙才答應了。這局棋乩仙果然輸了半子。大家都說：「大仙謙讓，想獎掖後輩成名吧？」乩仙下判語說：「不是這樣。後人事事都及不上古人，惟有測算天象和下棋則都勝過古人。有人也許會說這是因為後人在古人所達到的水平的基礎上，更進一步深思精慮，所以已經到了百尺竿頭，又能夠更進一步。然而這話只能對測算天文曆法而言，不是針對下棋說的。因為社會風氣日益澆薄，人情日益機巧狡猾，人們互相間傾軋攻奪的伎倆，敵對雙方互相激發推動，變幻萬端，層出不窮，挖空心思出奇鬥巧，不留任何餘地。古人不肯做的事情，後人往往肯做；古人不敢冒的險，後人往往敢冒；古人不忍心使出的計策，後人往往忍心使出。所以一切處世鑽營的心計，都超過了古人。下棋也是屬於心計的一種，所以宋元時代的國手，到明代已差了一路，如今就已經差了一路半了。然而，古代的圍棋國手，大敗也不過輸一路；如今的圍棋國手，有的輸到兩路三路的，這是因為古人踏實和今人虛浮的區別啊。」大家又問：「難道下棋終究沒有常勝的辦法嗎？」乩仙判語寫道：「沒有常勝的辦法，然而有常不敗的辦法。那就是不下棋，就永遠不會輸了。我僥倖靠著前生的聰慧，得以成為鬼仙，置身世外的悠閒之人，名利之心全都已消散了，現在只不過是逢場作戲，勝敗有什麼關係！如果當局者還在那裡角力爭奪勝負得失，應當小心謹慎啊。」當時在場的人中有些是經歷世故的，聽了這些話，大多深深歎息。

【研析】乩仙所言，直指今人。今人功利心重，為爭名奪利而不惜手段。故而有八字評語：「人心不古，世風日下。」但常在名利場上角逐，難免不敗。而敗者往往大輸，以致無法收拾。乩仙為角逐者指出的一條常不敗之路，就是退出名利場，置身紅塵之外。但本是紅塵中人，想退出也難；久在名利場上角逐，嗜名好利成癮。戒癮離場，豈非容易。故而乩仙只能以小心謹慎來告誡世人。

狐仙論所畏

季滄洲言：有狐居某氏書樓中數十年矣，為整理卷軸，驅除蟲鼠，善藏弆❶者不及也。能與人語，而終不見其形。賓客宴集，或虛置一席，亦出相酬酢，詞氣恬雅，而談言微中，往往傾其座人。一日，酒糾❷宣觴政❸，約各言所畏，無理者罰，非所獨畏者亦罰。有云畏講學者，有云畏名士者，有云畏富人者，有云畏貴官者，有云畏善諛者，有云畏過謙者，有云畏禮法周密者，有云畏緘默慎重、欲言不言者。最後問狐，則曰：「吾畏狐。」眾譁笑曰：「人畏狐可也，君為同類，何所畏？請浮大白。」狐哂曰：「天下惟同類可畏也。夫甌越❹之人，與奚霫❺不爭地；江海之人，與車馬不爭路。類不同也。凡爭產者，必同父之子；凡爭寵者，必同夫之妻；凡爭權者，必同官之士；凡爭利者，必同市之賈。勢近則相礙，相礙則相軋耳。且射雉者媒以雉❻，不媒以雞鶩；捕鹿者由以鹿，不由以羊豕。凡反間內應，亦必以同類；非其同類，不能投其好而入，伺其隙而抵也。由是以思，狐安得不畏狐乎？」座有經歷險阻者，多稱其中理。獨一客酌酒狐前曰：「君言誠確。然此天下所同畏，非君所獨畏。仍宜浮大白。」乃一笑而散。

余謂狐之罰觴，應減其半。蓋相礙相軋，天下皆知之；至伏肘腋之間，而為心腹之大患，託水乳之契，而藏鉤距❼之深謀，則不知者或多矣。

【章旨】此章藉著狐仙之言，論述了人們最可畏懼者是身邊親密之人的道理。

【注釋】❶藏弆　亦作「藏去」。收藏。❷酒糾　宴會飲酒時，勸酒監酒令的人。❸觴政　酒令。古代飲酒時助興取樂的遊戲。推一人為令官，餘人聽令輪流說詩詞，或做其他遊戲，違令或負者罰飲。❹甌越　古族名。古越族中的一支，亦稱「東甌」。秦漢時分布在今浙江南部甌江、靈江流域，相傳是越王句踐的後裔。❺奚霫　我國古代東北少數民族名。隋唐時，居潢水（今西拉木倫河）以北，以射獵為生，風俗與契丹略同。❻媒以雉　即雉媒。參見本書卷九〈前愚後智〉則注釋❸。❼鉤距　盤問人的一種方法，輾轉推問，究其情實。如：欲知馬價，先問狗價，再問羊價，又問牛價，然後才問及馬價，這樣，馬價的貴賤通過比較就清楚了。

【語譯】季滄洲說：有個狐仙住在某戶人家的藏書樓裡已經幾十年了。狐仙替主人整理書籍卷軸，驅除害蟲和老鼠，善於收藏保管的人也不如他。他能和人說話，但始終不顯現自己的形體。賓客飲宴聚會，有時安排一席空在那裡，他也會出來與大家應酬。說話溫文爾雅，而說的話又委婉中肯，往往使在座的人都為之傾倒。有一天，酒糾宣布喝酒的規則，約定各人說出自己所害怕的東西，說得沒有道理的人罰酒，說的不是某人獨自害怕的也要罰酒。有的說害怕講道學的人，有的說害怕所謂的名士，有的說害怕有錢的人，有的說害怕當大官的人，有的說害怕善於阿諛奉承的人，有的說害怕過分謙虛的人，有的說害怕講禮節周密繁瑣的人，有的說害怕那些沉默不語慎重小心、想說又不說的人。酒糾最後問狐仙，狐仙卻說：「我怕狐狸。」大家喧譁哄笑著說：「人害怕狐狸可以理解，您是狐狸的同類，為什麼害怕他呢？請喝一大杯酒！」狐仙嘲諷似的笑著說：「天下唯有同類最可怕。甌越之人與奚霫之人不會爭奪土地；在江海中駕船行駛的人，不會與在陸地上坐車騎馬的人爭路。這是因為他們類別不相同。凡是爭奪財產的，必定是同一個父親的兒子；凡是爭寵的，必定是同一個丈夫的妻妾；凡是爭權位的，必定是同朝為官的人士；凡是爭利的，必定是在同一個市場上做買賣的商人。他們所處的地位相近，就會相互妨礙；既然相互妨礙，就會相互傾軋。而且打野雞的人，總是以野雞作誘餌，不會用雞鴨作誘餌；捕鹿的人，總是用鹿把鹿引出來，不會用羊或豬來引誘鹿。凡是作反間擔任內應的，也必定是用他們的同類；如果不是他們的同類，就不能投其所好而乘虛而入，也就不能夠伺機抓住他們的弱點加以利用而達到目的了。根據這些來思考，狐狸怎能不害怕狐狸呢？」在座的人中有歷經坎坷的，大多說他分析得在理。獨有一位客人斟了一杯酒放在狐仙面前說：「您說的話誠然有道理。然而這是天下人都共同畏懼的，不是您所獨自畏懼的。仍然應該喝一大杯酒。」於是大家一笑而散。我認為狐仙罰酒應該減掉一半。因為相互妨礙、相互傾軋這樣的事，天下人都知道；至於潛伏在身邊，而將來可能成為心腹大患的惡人，那種假託如水乳交融般的親切關係，而心裡卻包藏著鉤距般的深謀遠慮，那麼不知道的人或許就多了。

【研析】借題發揮，論述世道的沉淪和人心的險惡。這只有歷經宦海風波，或飽嘗世間冷暖的過來人才會有深切體會，而其中甘苦，不足與外人道也。作者記述這個故事，並因而抒發感慨，聯想作者一生經歷，不難理解作者的感慨絕對不是無病呻吟，而確實是有感而發。

狐女巧計逃生

滄州李媼，余乳母也。其子曰柱兒，言昔在海上「放青」時（海濱空曠之地，茂草叢生。土人驅牛馬往牧，謂之「放青」），有灶丁夜方寢（海上煮鹽之戶，謂之灶丁），聞室內窸窣有聲。時月明穿牖，諦視無人，以為蟲鼠類也。俄聞人語嘈雜，自遠而至，有人連呼曰：「竄入此屋矣。」疑訝間已到窗外，扣窗問曰：「某在此乎？」室內泣應曰：「在。」又問：「留汝乎？」泣應曰：「留。」又問：「汝同床乎？別宿乎？」泣良久，乃應曰：「不同床誰肯留也！」窗外頓足曰：「敗矣。」忽一婦大笑曰：「我度其出投他所，人必不相饒。汝以為未必，今竟何如？尚有面目攜歸乎？」此語之後，惟聞索索人行聲，不聞再語。既而婦又大笑曰：「此尚不決，汝為何物乎？」扣窗呼灶丁曰：「我家逃婢投汝家，既已留宿，義無歸理。此非爾脅誘，老奴無詞以仇汝；即或仇汝，有我在，老奴無能為也。爾等且寢，我去矣。」穴紙私窺，闃然無影；回顧枕畔，則一豔女橫陳。且喜且駭，問所自來。言：「身本狐女，為此家狐❶買作妾。大婦妒甚，日日加捶楚。度不可住，逃出求生。所以不先告君者，慮恐怖不留，必為所執。故跧伏床角，俟其追至，始冒死言已失身，冀或相捨。今幸得脫，願生死隨君。」灶丁慮無故得妻，或為人物色，致有他虞。女言：「能自隱形，不為人見，頃縮身為數寸，君頓忘耶！」遂留為夫婦，親操井臼❷，不異貧家，灶丁竟以小康。柱兒於灶丁為外兄❸，故知其審❹。李媼說此事時，云女尚在。今四十餘年，不知如何矣。

此婢遭逢患難，不辭詭語以自汙，可謂鋌而走險。然既已自汙，則其夫留之為無理，其嫡去之為有詞，此冒險之計，實亦決勝之計也，婢亦黠矣哉。惟其夫初既不顧其後，後又不為之所，使此婢援絕路窮，至一決而橫潰，又何如度德量力，早省此一舉歟！

【章旨】 此章講述了一個狐女被賣作小妾，因遭到嫡妻迫害，逃到一戶灶丁家，巧計脫身的故事。

【注釋】❶冢狐　住在墳冢裡的狐狸精。❷井臼　打水舂米，指家務勞動。❸外兄　表哥。❹審　詳細。

【語譯】滄洲的李老太太是我的奶媽，她的兒子叫杜兒。他說從前在海邊「放青」時（海濱空曠的地方，青草長得十分茂盛。當地百姓把牛馬趕到那裡去放牧，叫做「放青」），有個灶丁夜裡剛上床睡覺（在海邊煮鹽的人家叫做「灶丁」），聽到屋裡有窸窸窣窣的聲音。當時明亮的月光透過窗戶照進屋裡，灶丁仔細查看，沒有看見人，以為是蟲子老鼠之類發出的聲音。不一會兒，灶丁便聽到人聲嘈雜，從遠而近，有人連聲呼喊說：「竄進這間屋子裡了。」灶丁正在疑惑驚訝的時候，那聲音已到了窗戶外面。有人敲著窗戶問道：「某某在這裡嗎？」只聽到屋裡一個哭泣著的聲音回答說：「在這裡。」外面的人又問：「主人留下你了嗎？」哭泣著的聲音又回答說：「留下了。」又問：「你和主人是同床睡呢？還是單獨睡？」屋子裡的哭泣聲持續了很長時間，才回答說：「不同床，誰肯留我呢！」窗戶外的人跺著腳說：「壞事了啊。」忽然有一個婦人大笑著說：「我心想她出去投奔其他人家，別人必定不會放過她，你認為未必，如今究竟如何呢？你還有臉面把她帶回去嗎？」這些說話聲之後，於是只聽見索索的人的走動聲音，沒有聽到人再說話的聲音。接著那個婦人又大笑著說：「這樣的事都不能決斷，你還算什麼東西呢？」這個婦人又敲著窗戶招呼灶丁說：「我家逃出來的婢女投到你家，你既然已經留下睡覺，從道理上來說就不能夠回去了。這不是你威脅誘騙來的，老東西沒有理由來仇恨你；即使他或許要找你的麻煩，有我在，老東西也不敢把你怎麼樣。你們好好睡吧，我走了。」灶丁把窗戶紙戳了一個洞偷偷往外看，外面連個人影都沒有。灶丁回頭一看枕頭邊，卻有一個美貌女子橫躺在床上。灶丁又喜歡又驚駭，問她從哪裡來。那女子說：「我本是個狐女，被這邊墳墓裡的狐狸買來作小妾。那狐狸的妻子非常妒嫉，天天毒打我。我想是住不下去了，因此逃出來求生。所以沒有事先把這事告訴您，是擔心您會害怕而不留下我，我就一定會被他們抓回去了。故而我蜷著身子躲在床角邊，等他們追到這裡來了，我才冒死說自己已經失身，希望他們或許會放過我。如今僥倖得以逃脫，我願意生死跟隨著您。」灶丁擔心無緣無故得到個妻子，倘若被別人發現追查，就會引來別的麻煩。那女子便說：「我能隱蔽自己的形體，不讓別人看見我。剛才我就把身子縮成幾寸長，您就忘了嗎！」於是灶丁留下她結為夫婦。那女子親自操持家務，與貧窮人家的女子沒有兩樣，灶丁竟因此而成了小康人家。柱兒是那個灶丁的表兄，所以這件事知道得很詳細。李老太太講起這件事時，說那女子還活著。如今又已經過去四十多年了，不知狐女怎樣了。這個婢女遭逢禍患苦難，不惜說謊話來玷汙自己，可以說是鋌而走險了。然而，她既然已玷汙了自己的名聲，那麼她的丈夫就沒理由留她，他的嫡妻把她趕走也有了理由。這是一個冒險的計策，實際上也是一個可以取得決定性成功的計策，這個婢女也夠狡黠的了。只是她丈夫當初買她時既不考慮納妾以後會怎麼樣，後來又不為她安排出路，使得這個婢女斷絕了指望而走投無路，以至於鋌而走險，造成這樣的後果。既然如此，她丈夫何不當初就估量自己的德行能耐，早早省卻而不要去做這件事呢！

【研析】這個狐女能夠脫身，並不僅僅是其敢於鋌而走險，還在於灶丁的收留，那個老狐狸的不予追究，和嫡妻的妒嫉排斥。這幾方面的關係糾纏在一起，才使得狐女最終能夠脫離苦海。作者並沒有為狐女能夠脫身感到特別高興，而是責備那個老狐狸在娶妾時欠考慮，沒有「度德量力」，以至於才會有這樣的結果。是否老狐狸考慮周全就能娶妾，看來作者的回答是肯定的。也就是說，作者並沒有對娶妾制度本身提出批評，而只是要求準備娶妾者要考慮的細緻周到。於此，我們看到了作者的局限。

狡黠舞文，今世得報

老儒周懋官，口操南音，不記為何許人。久困名場[1]，流離困頓，嘗往來於周西擎、何華峰家。華峰本亦姓周，或二君之族歟？乾隆初，余尚及見之，迂拘拙鈍，古君子也。每應試，或以筆畫小誤被貼❷，或已售而以一二字被落。亦有過遭吹索❸，如題目寫「曰」字偶稍狹，即以誤作「日」字貼；寫「己」字末筆偶鋒尖上出，即以誤作「已」字貼。尤抑鬱不平。一日，焚牒文昌祠❹，訴平生未作過惡，橫見沮抑。數日後，夢朱衣吏引至一殿，神據案語曰：「爾功名坎坷，遽瀆明神，徒挾怨尤，不知因果。爾前身本部院吏也，以爾狡黠舞文，故罰爾今生為書痴，毫不解事。以爾好指摘文牒，雖明知不誤，而巧詞鍛煉，以挾制取財，故罰爾今生處處以字畫見斥。」因指簿示之曰：「爾以『日』字見貼者，此官前世乃福建駐防❺音德布之妻，老節婦也，因咨文寫『音』為『殷』，譯語諧聲，本無定字。爾反覆駁詰，來往再三，使窮困孤嫠所得建坊之金，不足供路費。爾以『已』字見貼者，此官前世以知縣起服❻，本歷俸三年零一月。爾需索不遂，改其文『三』字為『五』，『一』字為『十』，又以五年零十月核計，應得別案處分。比及辨白，坐原文錯誤，已沉滯年餘。業報牽纏，今生相遇，爾何冤之可鳴歟？其他種種，皆有夙因，不能為爾備陳，亦不可為爾預洩。爾宜委順，無更嘵嘵。儻其不信，則緇袍黃冠❼，行且有與爾為難者，可了然悟矣。」語訖，揮出。霍然而醒，殊不解「緇袍黃冠」之語。時方寓佛寺，因遷徙避之。至乙卯❽鄉試，闈中❾已擬第十三。二場僧道拜父母判中，有「長揖君親」字，蓋用傅奕❿表「不忠不孝，削髮而揖君親」語也。考官以為疵累，竟斥落。方知神語不誣。此其館步丈⓫陳謨家（名登廷，棗強⓬人，官製造庫⓭郎中。）自詳述於步丈者。後不知所終，殆坎壈以歿矣。

【章旨】此章講述了一位書生因其前生擔任書吏時狡黠舞文，故而今生科舉遭到坎坷報應的故事。

【注釋】❶名場　參見本書卷八〈申鐵蟾〉則注釋❼。❷被貼　指考生的考卷因錯誤被貼上簽條而遭到剔除。❸吹索　即「吹毛索疵」。吹開皮上的毛，尋找裡面的毛病。比喻刻意挑剔過失或缺點。❹文昌祠　參見本書卷七〈鬼求代〉則注釋❻。❺駐防　駐防官。清在各省建置駐防八旗，設將軍或都統為長官。一般將軍與都統不並置，凡設將軍處，其下置副都統。❻起服　猶起復。古代官吏有喪，服未滿而起用。❼緇袍黃冠　指僧人與道士。因僧人穿緇服，道士戴黃冠。❽乙卯　即清雍正十三年，西元一七三五年。❾闈中　指考官。古代稱科舉考試院為「闈」。❿傅奕　唐初學者。相州鄴（今河北臨漳西南）人。曾任太史令，上疏請除去佛法。著有《老子注》、《老子音義》等。⓫丈　對年輩長者的尊稱。⓬棗強　縣名。在河北東南部。⓭製造庫　官署名。

【語譯】老儒生周懋官，說話是南方口音，不記得他是什麼地方人了。他長久困頓於科舉考試，窮困潦倒而流離失所。他曾經來往於周西擎、何華峰兩家。何華峰本來也姓周，周懋官或許是他們兩家的族人吧？乾隆初年，我還見到過他。他迂腐拘謹笨拙，是個古君子式的人物。他每次參加科舉考試，或者因為寫字的筆劃有小毛病而被剔出判為不合格；或者已被錄取又因為一兩個字有問題而被黜落。也有遭到過分吹毛求疵的考官，如題目中寫的「日」字，偶爾寫得稍稍窄了一點，就被誤認為是寫成「曰」字而被剔出來；寫「己」字，最後一筆偶爾筆鋒稍微往上出了一點，就被誤認為是寫成「已」字而被剔出來。周懋官尤其感到抑鬱不平。一天，他到文昌祠焚燒了一份告文，訴說自己平生沒做過什麼壞事和過錯，卻橫遭阻止和壓抑。幾天後，他夢見有個穿紅衣的小吏帶他來到一座殿堂，神坐在案桌後說：「你求取功名不順利，便來埋怨褻瀆神靈，你只知道懷恨抱怨，卻不知道因果報應的道理。你前生本是部院裡的一名書吏，因為你狡詐善於舞文弄墨，故而罰你今生為書痴，絲毫不懂人情世故。因為你喜歡指摘他人寫的公文文件，雖然明明知道沒有差錯，也要詭辯羅織罪名，以威脅別人詐取錢財，所以罰你今生處處因為筆劃的原因被貶黜。」那神還指著簿子給他看，說：「你因為『日』字被剔出而遭黜落的，那位剔出你的考官前世乃是福建駐防官音德布的妻子，是位老節婦，因為表彰她為節婦的呈文把『音』字寫成了『殷』，這是譯音而且諧聲，本來沒有固定的用字，你卻反覆駁回責問，她多次來來去去，使得這位窮困的寡婦所得到的官府賞給她建節婦牌坊的銀子，還不夠做來回的路費。你因為『已』字被剔出而遭黜落，是因為這位考官前生守孝服未滿而起用復任知縣，本來任期滿三年零一個月。你卻因索取賄賂沒有得到，便把『三』字改成『五』字，把『一』字改成『十』字，又因為根據五年零十個月核計，他應該另案處理。等到他自己辯白清楚，因為原文的錯誤，他已被擱置了一年多。這些罪孽報應互相牽連糾纏，你今生又與他們相遇，你有什麼冤屈可喊的呢？你的其他各種事情，都有前世的原因，不能向你全部陳述，也不可以向你預先洩露。你應該委曲順從，不要再囉囉嗦嗦。倘若你不相信，那麼和尚道士也將會與你為難的，你就可以徹底省悟了。」說完，神揮手命周懋官出去。周忽然醒了過來，一點也不懂「和尚道士」等等是什麼意思。當時他正寄居在佛寺裡，因此遷居別處以避開和尚。到了雍正十三年參加鄉試，考官已經擬定他為第十三名舉人。但第二場考試時，題目是僧人道士拜見父母之事寫一段判語，周懋官的答卷中有「長揖君親」的句子，這是用了唐人傅奕上奏朝廷的表章中批評僧人「不忠不孝，削髮而揖君親」的典故。考官認為周懋官這句話有毛病而且多餘，竟然又把他黜落了。周懋官這才知道神所說的話果然不假。這些事都是他在步陳謨老先生（步先生名登廷，是棗強人，曾擔任製造庫郎中。）家當館師時，自己詳細告訴步老先生的。後來不知他結局如何，大概是在坎坷潦倒中死去了吧。

【研析】前世造孽，今世果報。兩世的糾纏牽連，一朝而得到清算。但周懋官的遭遇，還是令人寒心。因為佛祖、神靈沒有給他指出一條自新之路，只有當他坎坷終身，潦倒而死，才算得以解脫。那麼，如作者前文所謂的行一善念得一善報，豈非與周懋官無關？作者為了強調因果報應，而忽略了遭報應者的自新之路，如此，勸世向善的作用未免稍打折扣。這是作者所未曾想到的。

借屍再生

虞倚帆待詔❶言：有選人張某，攜一妻一婢至京師。僦居海豐寺街。歲餘，妻病歿。又歲餘，婢亦暴卒。方治櫬❷，忽似有呼吸，既而目睛轉動，已復蘇，呼選人執手泣曰：「一別年餘，不意又相見。」選人駭愕。則曰：「君勿疑譫語，我是君婦，借婢屍再生也。此婢雖侍君巾櫛❸，恆鬱鬱不欲居我下。商於妖尼，以術魘我。我遂發病死，魂為術者收瓶中，鎮以符咒，埋尼庵牆下。局促昏暗，苦狀難言。會尼庵牆圮，掘地重築，圬者❹劚土破瓶，我乃得出。茫茫昧昧，莫知所往，伽藍神❺指我訴城隍。而行魘法者皆有邪神為城社，輾轉撐拄，獄不能成。達於東嶽❻，乃捕逮術者，鞫治得狀，拘婢付泥犁❼。我壽未盡，屍已久朽，故判借婢屍再生也。」闔家悲喜，仍以主母事之。而所指作魘之尼，則謂選人欲以婢為妻，故詐死片時，造作斯語。不顧陷人於重辟❽，洶洶欲訐訟。事無實證，懼干妖妄罪，遂諱不敢言。然倚帆嘗私叩其僮僕，具道婦再生後，述舊事無纖毫差，其語音行步，亦與婦無纖毫異。又婢拙女紅，而婦善刺繡，有舊所製履未竟，補成其半，宛然一手，則似非偽託矣。此雍正末年事也。

【章旨】此章講述了一個婢女暴死，而其主母卻借屍再生的故事。

【注釋】❶待詔　官名。漢代徵士凡特別優異的待詔於金馬門。北齊後主置文林館，引文學之士充之，稱為待詔。唐玄宗時置翰林待詔，掌關於文詞之事。後改為翰林供奉。明清翰林院屬官有待詔，秩從九品，則為低級事務官，掌校對章疏文史。❷治櫬　準備棺材。櫬，小而薄的棺材。❸巾櫛　巾用以拭手，櫛用以梳髮。巾櫛指洗沐用具。古代貴族以侍執巾櫛為婢妾的事情，故以侍巾櫛為作妻子的謙詞。❹圬者　泥水工人。❺伽藍神　佛教寺院中的護法神。❻東嶽　即東嶽大帝。參見本書卷七〈心鏡〉則注釋❻。❼泥犁　即地獄。❽重辟　嚴懲。

【語譯】翰林院待詔虞倚帆說：有個候補官員張某人，帶著一妻一婢來到京城，租房子住在海豐寺街。過了一年多，他的妻子病故了。又過了一年多，他的婢女也突然死亡。他正在置辦棺材時，那個婢女忽然好像有了呼吸，接著眼睛也能轉動了，已經蘇醒過來。她呼喊著張某的名字，握著他的手哭道：「一別就是一年多，沒有想到又相見了。」張某驚駭愕然。婢女便接著說：「您不要以為我是在說胡話，我是您的妻子，現在是借婢女的屍體再生了。這個婢女雖然貼身侍候你，但總是鬱鬱不歡，不甘心居於我之下。她與妖尼商量，用妖術詛咒我，於是我就發病而死。我的魂魄被施法術的妖尼收在瓶子裡，用符咒鎮壓，埋在尼姑庵的牆下。那瓶子裡局促昏暗，我憋在裡面苦不堪言。恰好尼姑庵的牆倒塌了，挖地重新修築，泥水工人挖土時碰破了瓶子，我才得以出來。只見外面一片茫茫渺渺，我不知道往哪裡去。伽藍神指示我去向城隍申訴，然而行妖術的人都有邪神作後臺來庇護他們，因此我的案子輾轉僵持拖延，使我的控告不能立案。後來我的案子又告到東嶽大帝那裡，才下令逮捕使妖術的人，經審訊得知了實情，就將那婢女抓來送泥犁地獄。我的陽壽沒有盡，但屍體早已腐爛，所以判我借婢女的屍體再生。」全家人聽到這裡又悲又喜，於是把再生的女人仍當作女主人對待。而她所指認的那個施妖術的尼姑，就說張某想讓婢女為妻子，故意讓她裝死片刻，然後編造了這麼一套鬼話。她不顧將陷害人家遭到嚴懲的後果，氣勢洶洶地說要告到官府。因為事情沒有確實的證據，又怕沾上妖妄之罪，於是忌諱也不敢再說了。不過虞倚帆曾經私下詢問張家的僕人，他們都說那女人再生後，說起過去的事沒有一絲差錯；她說話的聲音、走路的樣子也與原來的女主人沒有絲毫差別。又說那婢女不會做針線活，而女主人則善於刺繡。女主人以前有雙鞋沒有做完，她再生後補成了剩下的一半鞋，像是完全出自一個人之手做出來的。這樣看來，這事似乎不是偽託的了。這是發生在雍正末年的事。

【研析】借屍再生，婢女就成了主母。張某人不用承擔立賤為嫡的失禮之議，婢女得到的是切實的名分，唯獨那個尼姑，無緣無故蒙受了妖尼的惡名。然而尼姑的申訴又有何用？因為世人都相信陰陽果報，所以如此離奇的故事也不會遭到質疑。

節孝之女

范蘅洲（山陰❶人，名家相，甲戌❷進士，官柳州府❸知府。）之侄女，未婚殉節，吞金環不死，卒自投於河。曾太守（嘉祥❹人，曾子❺裔也，偶忘其名字。）之女，以救母並焚死。其事跡始末，當時皆了了知之。今四十餘年，不能舉其詳矣。奇聞易記，庸行易忘，固事理之常歟！附存姓氏，冀不泯幽光。《孔子家語》❻

載弟子七十二人，固不必一一皆具行實爾。

【章旨】此章記述了兩位節孝女子的事跡。

【注釋】❶山陰　今浙江紹興。參見本書卷七〈虐謔〉則注釋❹。❷甲戌　即清乾隆十九年，西元一七五四年。❸柳州府　今廣西柳州。❹嘉祥　縣名。在山東西南部、大運河西岸。❺曾子　參見本書卷三〈某御史〉則注釋❹。❻孔子家語　參見本書卷十〈甲與乙〉則注釋❺。

【語譯】范蘅洲（山陰人，名家相，乾隆十九年進士，曾任柳州府知府。）的侄女，還沒有成婚便為去世的未婚夫殉節，吞下金耳環沒有死，結果自己投河而死。曾太守（嘉祥人，孔子學生曾子的後裔，偶然忘記他的名字。）的女兒為了救母親，和母親一起被燒死了。這兩件事情的經過，當時都知道得清清楚楚。如今過了四十多年，我已不能說出這兩件事的詳細情況了。奇異的見聞容易被記住，平常的行為容易被忘記，這固然是事物的常理啊！我把她們的姓氏附記在這裡，希望不泯滅她們的德行壯舉。《孔子家語》記載孔子弟子七十二人，本來就沒有必要把他們每個人的事跡都詳細記述下來。

【研析】兩位女子，一位為節而死，一位因孝而亡。今人看來，為節而死者，是死於封建禮教；為孝而亡者，則是甘於為親情獻身。為封建禮教而死者，並不值得；而為親情獻身者，至今令人景仰。作者雖將兩人並列，但畢竟有高下之別。

冥王慎斷疑案

蘅洲言：其鄉某甲甚樸愿❶，一生無妄為。一日晝寢，夢數役持牒攝之去。

至一公署，則冥王坐堂上，鞫以謀財殺某乙。某乙至，亦執甚堅。蓋某乙自外索逋❷歸，天未曙，趁涼早發。遇數人，見腰纏累然，共擊殺之，攜資遁，棄屍岸旁。某甲適棹舴艋❸過，見屍大駭，視之，識為某乙，尚微有氣。因屬鄰里，抱置舟上，欲送之歸。某乙垂絕，忽稍蘇，張目見某甲，以為眾奪財去，某甲獨載屍棄諸江也。故魂至冥司，獨訟某甲。冥王檢籍，云盜為某某，非某甲。某乙以親見固爭。冥吏又以冥籍無誤理，與某乙固爭。冥王曰：「冥籍無誤，論其常也。然安知千百萬年不偶此一誤乎？我斷之不如人質之也，吏言之不如囚證之也。」故拘某甲。某甲具述載送意。照以業鏡❹，如所言。某乙乃悟。某甲初竊怪誤拘，冥王告以故，某甲亦悟。遂別治某乙獄，而送某甲歸。夫折獄之明決，至冥司止矣；案牘之詳確，至冥司亦止矣。而冥王若是不自信也，又若是不憚煩也，斯冥王所以為冥王歟！

【章旨】 此章講述了一個冥王慎斷疑案的故事。

【注釋】 ❶樸愿　樸實忠厚。❷索逋　催討欠債。❸舴艋　參見本卷〈行善抵業報〉則注釋❷。❹業鏡　參見本書卷三〈宿怨〉則注釋❷。

【語譯】 范蘅洲說：他家鄉有位某甲，為人樸實忠厚，一生沒有肆意妄為過。一天，他在睡午覺，夢見幾個差役拿著公文把他攝了去。他被帶到一座官衙，只見閻王坐在堂上，審理他因為謀財而殺死某乙的事。這時某乙也被帶到，堅持認為是某甲殺了他。原來某乙從外面討債回家，天沒亮，他趁著天氣涼快早早上路。路上遇到幾個人，他們見某乙腰包鼓鼓的，就一起打死了某乙，搶了某乙的錢逃走，把某乙的屍體扔在岸邊。某甲正好駕著小船路過，看見屍體大吃一驚，仔細一看，認識是某乙，這時某乙還微微有口氣。因為某甲和某乙是鄰里鄉親，於是某甲把某乙抱到船上安置，打算送他回家。某乙臨死時，忽然稍稍蘇醒過來，張開眼睛看見是某甲，以為那些人把錢搶走了，讓某甲獨自一人用船載著屍體拋到江裡去。所以某乙的靈魂到了陰司，只告某甲一人。閻王檢閱簿籍，說強盜應是某某人，不是某甲。某乙因為是自己親眼所見，堅持認為是某甲。陰司官吏認為陰司的簿籍沒有出差錯的道理，因此與某乙極力爭辯。閻王說：「陰司的簿籍不會錯，這說的是一般情況。然而怎麼知道千百萬年來都沒有錯過一次，就不會偶然有這樣一次的錯誤呢？我來審問這個案子還不如讓人當面對質；官吏說的不如囚犯自己的供詞。」所以把某甲拘捕來了。某甲詳細說明了當時運載屍體想把他送回家的本意，用業鏡一照，映現的情形如同某甲所說的情況。某乙這才明白。某甲開始時心中暗暗責怪陰曹地府的誤捕，閻王把原因告訴他，某甲也就明白了。於是閻王另外審理某乙的案件，而送某甲回家。按說案情的明斷審理，到陰司就算到頂了；就案卷的詳細準確而言，到陰司也算是到頂了。而閻王還是這樣不專信自己，又是這樣地不嫌麻煩，這大概就是閻王之所以為閻王的原因吧。

【研析】閻王審理案情不專信自己，若有疑問就不嫌麻煩，一再調查研究，直至案情真相大白。如此審理案子，要想出錯也難。陰曹地府能夠如此，陽間人世為什麼就不能如此呢？作者用意，當也在此。

不為已甚

「仲尼不為已甚❶」，豈僅防矯枉過直哉？聖人之所慮遠也。老子❷曰：「民不畏死，奈何以死畏之？」夫民未嘗不畏死，至知必死乃不畏。至不畏死，則無事不可為矣。小時聞某大姓為盜劫，懸賞格購捕。半歲餘，悉就執，亦俱引伏。而大姓恨盜甚，以多金賂獄卒，百計苦之：至足不躡地，脅不到席，束縛不使如廁，褌❸中蛆蟲蠕蠕嘬股髀，惟不絕飲食，使勿速死而已。盜恨大姓甚，私計強劫得財，律不分首從斬；輪姦婦女，律亦不分首從斬。二罪從一科斷，均歸一斬，萬無加至磔裂❹理。乃於庭鞫時，自供遍汙其婦女。官雖不據以錄供，而眾口堅執，眾耳共聞，迄不能滅此語。不善大姓者又從而附會，謂盜已論死足蔽罪，而不惜多金又百計苦之，其銜恨次骨正以此。人言籍籍，亦無從而辨此疑，遂大為門戶玷，悔已無及。夫劫盜駢戮，不能怨主人；即拷掠追訊，桎梏幽縶，亦不能怨主人，法所應受也。至虐以法外，則其志不甘。擲石擊石，力過猛必激而反。取一時之快，受百世之汙，豈非已甚之故乎？然則聖人之所慮遠矣。

【章旨】此章用一個實例闡述了孟子所謂的「仲尼不為已甚」的道理。

【注釋】❶仲尼不為已甚　語出《孟子・離婁下》。意思是孔子主張凡事不做得過頭。❷老子　參見本書卷四〈狐友論道〉則注釋❽。❸褌　古代的一種褲子。❹磔裂　車裂人體。後亦指淩遲處死。

【語譯】孟子說：「孔子主張凡事不要做得過頭。」這豈是僅僅為了防止矯枉過正呢？聖人所考慮的是很深遠的。老子說：「老百姓連死都不怕，為什麼還要用死來威脅他們？」其實老百姓不是不怕死，只是知道必定要死時才不怕死了。到了不怕死的地步，那就沒有什麼事情不敢做了。我小時候聽說某大戶人家遭到強盜搶劫，大戶懸賞捉拿盜賊。過了半年多，強盜全都被抓獲，也都供認服罪。然而那個大戶人家極其痛恨這些強盜，用了很多錢財賄賂看守監獄的人，千方百計折磨那些強盜：把他們吊起來腳挨不著地，兩脅碰不到席子，把他們捆綁著不讓上廁所，致使他們的褲子裡生出了蛆蟲蠕動叮咬大腿，唯獨不斷絕他們的飲食，使得他們不能很快死掉而已。強盜們非常憤恨這大戶人家，私下商量：搶劫財物的罪狀，按法律不分首犯從犯，全部斬首；輪姦婦女，按法律也是不分首犯從犯，一律斬首。兩項罪加在一起審判，都歸於一個斬首，絕不會加刑至淩遲處死的道理。於是在官府當堂審問時，強盜們自己招供說把那個大戶人家的婦女全部強姦了。官府雖然沒有按照他們的話錄寫供詞，但強盜們眾口一詞堅持有這回事，在場的人也都聽到了，於是這話就不免傳揚開來。對這大戶人家不滿的人又因此附會說，強盜們已被判處死刑，足以抵得上他們的罪過了，而大戶人家不惜花費大量金錢，又要千方百計折磨他們，大戶之所以對他們恨到如此地步，正是因為這些強盜強姦了他家婦女的緣故。人們議論紛紛，大戶也無法為自己辯白，於是這個大戶人家蒙受了極大的羞辱，後悔已經來不及了。強盜們被全部處死，不能埋怨大戶；即使是被拷打追查審問，戴著枷鎖被關押，也不能埋怨這個大戶，這是根據法律規定他們應該接受的懲罰。至於在法律之外還要來虐待他們，那麼他們內心當然不甘。用拋擲石頭的辦法來擊打石頭，力量過猛，石頭必然會反彈回來。為了一時痛快，使整個家族蒙受百世的玷汙恥辱，這難道不是做事太過分的緣故麼？由此看來，聖人所考慮的確實是非常深遠的啊。

【研析】不說過頭之言，不做過頭之事，凡事留有餘地，不為已甚。二千多年前聖人已經如此教育我們，但二千多年後，作者還要舉出實例來加以說明。由此看來，二千多年來人們對於自己的好勝心、報復心仍沒有加以有效遏制；仍然不懂得聖人教誨的真正意義。其實，給人留餘地，就是給自己留餘地。對人「不為已甚」，就是對自己的「不為已甚」。如此道理，人們總要碰壁之後才會有深切體會。

擊盜報恩

霍養仲言：雍正初，東光❶有農家，粗具中人產。一夕，有劫盜，不甚搜財物，惟就衾中曳其女，掖入後圃，仰縛曲項老樹上，蓋其意本不在劫也。女哭詈。客作❷高斗，睡圃中，聞之躍起，挺刃出與鬥。盜盡披靡，女以免。女恚憤泣涕，不語不食。父母寬譬終不解，窮詰再三，始出一語曰：「我身裸露，可令高斗見乎？」父母喻意，竟以妻斗。此與楚鍾建事❸相類。然斗始願不及此，徒以其父病，主為醫藥；及死為棺斂，葬以隙地，而招其母司炊煮，故感激出死力耳。羅大經❹《鶴林玉露》❺載詠朱亥❻詩曰：「高論唐虞❼儒者事，負君賣友豈勝言。憑君莫笑金椎❽陋，卻是屠沽❾解報恩。」至哉言乎！

【章旨】此章講述了一個傭工為報主人之恩而奮勇擊走強盜，最終得到主人女兒為妻的故事。

【注釋】❶東光　縣名。在河北東南部、南運河東岸，鄰接山東。❷客作　雇工。❸楚鍾建事　鍾建，春秋楚大夫。吳師入郢，楚子奔鄖。鍾建負楚子之妹季芊以從。後楚子將嫁季芊，季芊辭曰：「所以為女子，遠丈夫也。鍾建負我矣，以妻鍾建。」以為樂尹。❹羅大經　字景綸，南宋廬陵（今江西吉安）人。嘗登第，為容州法曹掾。有《鶴林玉露》。❺鶴林玉露　筆記。十六卷。內容雜記讀書所得，多引南宋道學家之語，也評論詩文。書中所載，間有錯誤。❻朱亥　戰國魏大梁（今河南開封）人。有勇力。隱於屠肆。侯嬴薦之公子無忌。秦兵圍趙，無忌欲救之。使亥袖四十斤鐵椎擊殺晉鄙，奪其軍。遂退秦兵存趙。❼唐虞　即唐堯、虞舜。唐堯，傳說中父系氏族社會後期部落聯盟領袖。陶唐氏，名放勳。史稱唐堯。虞舜，傳說中父系氏族社會後期部落聯盟領袖。姚姓，有虞氏，名重華。史稱虞舜。❽金椎　鐵椎。❾屠沽　亦作屠酤。屠夫和賣酒的人。古時被視為執業賤卑的階層。

【語譯】霍養仲說：雍正初年，東光縣有戶農家，大約具有中等家產。一天晚上，有強盜進了他家，不大搜尋劫掠他家的財物，只是從被子中拖出這戶農家的女兒，拖到屋後的菜園裡，將她仰面朝上地綁在一棵彎曲的老樹上，看來強盜的本意不是為了劫奪錢財而來。那個農家女又哭又罵。這戶農家的雇工高斗睡在菜園裡，聽到聲音後跳起來，持刀和強盜格鬥。強盜們都被打跑了，那個農家女才得以倖免，但她羞愧憤怒地哭，不說話也不吃飯。父母反覆寬慰也沒有用，經過再三追問，她才說了一句話：「我的身體裸露，可以讓高斗看到麼？」父母明白了她的意思，於是就把她嫁給了高斗。這事與楚人鍾建的故事恰好相似。不過高斗當初救人時並沒有想到這一步，他只是因為以前自己父親生病時，這家主人幫助尋醫問藥；父親死後，主人又買了棺材幫助安葬在空地裡，而且讓他母親在他們家燒飯，高斗感激他們的恩情，所以拼命救出他們的女兒。宋人羅大經《鶴林玉露》中載有一首吟詠戰國俠客朱亥的詩說：「高論唐堯虞舜是儒生的事，負君賣友的事怎能數得過來。您不要嘲笑使用鐵椎的朱亥低賤，但是那些屠夫酒酤卻知道報恩。」話說得真是好極了啊！

【研析】赤心救主，不怕風險。高斗的故事引得作者的無盡感慨。高斗的義勇，得到了最好的結果，應驗了「好心有好報」，皆大歡喜。但讀了這個故事，未免有些疑惑：那些強盜來這戶人家好像就是為了促成高斗和主人女兒的好事。如此疑惑，不免有「以小人之心度君子之腹」之嫌。一笑。

夫妻情緣

太白❶詩曰：「徘徊映歌扇，似月雲中見；相見不相親，不如不相見。」此為冶遊言也。人家夫婦有睽離❷阻隔，而日日相見者，則不知是何因果矣。郭石洲言：中州❸有李生者，娶婦旬餘而母病，夫婦更番守侍，衣不解結者七八月。母歿後，謹守禮法，三載不內宿。後貧甚，同依外家。外家亦僅僅溫飽，屋宇無多，掃一室留居。未匝月❹，外姑❺之弟遠就館，送母來依姊。無室可容，乃以母與女共一室，而李生別榻書齋，僅早晚同案食耳。閱兩載，李生入京規進取，外舅亦攜家就幕江西。後得信，云婦已卒。李生意氣懊喪，益落拓不自存，仍附舟南下覓外舅。外舅已別易主人，隨往他所。無所棲託，姑賣字糊口。一日，市中遇雄偉丈夫，取視其字曰：「君書大好。能一歲三四十金，為人書記❻乎？」李生喜出望外，即同登舟。煙水渺茫，不知何處。至家，供張亦甚盛。及觀所屬筆札，則綠林豪客也。無可如何，姑且依止。慮有後患，因詭易里籍姓名。主人性豪侈，聲伎滿前，不甚避客。每張樂，必召李生。偶見一姬，酷肖其婦，疑為鬼。姬亦時時目李生，似曾相識。然彼此不敢通一語。蓋其外舅江行，適為此盜所劫，見婦有姿首，並掠以去。外舅以為大辱，急市薄櫬，詭言女中傷死，偽為哭斂，載以歸。婦懼死失身，已充盜後房。故於是相遇，然李生信婦已死，婦又不知李生改姓名，疑為貌似，故兩相失。大抵三五日必一見，見慣亦不復相目矣。如是六七年，一日，主人呼李生曰：「吾事且敗，君文士不必與此難。此黃金五十兩，君可懷之，藏某處叢荻❼間。候兵退，速覓漁舟返。此地人皆識君，不慮其不相送也。」語訖，揮手使急去伏匿。未幾，聞哄然格鬥聲。既而聞傳呼曰：「盜已全隊揚帆去，且籍其金帛婦女。」時已曛黑，火光中窺見諸樂伎皆披髮肉袒，反接繫頸，以鞭杖驅之行，此姬亦在內，驚怖戰栗，使人心惻。明日，島上無一人，痴立水次。良久，忽一人棹小舟呼曰：「某先生耶？大王故無恙，且送先生返。」行一日夜，至岸。懼遭物色，乃懷金北歸。至則外舅已先返。仍住其家，貨所攜，漸豐裕。念夫婦至相愛，而結褵❽十載，始終無一月共枕席。今物力稍充，不忍終以薄櫬葬。擬易佳木，且欲一睹其遺骨，亦夙昔之情。外舅力沮不能止，詞窮吐實。急兼程至豫章❾，冀合樂昌之鏡❿。則所俘樂伎，分賞已久，不知流落何所矣。每回憶六七年中，咫尺千里，輒惘然如失。又回憶被俘時，縲絏鞭笞之狀，不知以後摧折，更復若何，又輒腸斷也。從此不娶。聞後竟為僧。戈芥舟前輩曰：「此事竟可作傳奇，惜末無結束，與《桃花扇》⑪相等。雖曲終不見，江上峰青⑫，綿邈含情，正在煙波不盡，究未免增人怊悵耳。」

【章旨】此章講述了一個淒婉的愛情故事，李生夫妻終究天各一方，令人無限惆悵。

【注釋】❶太白　參見本書卷十〈乩仙詩〉則注釋❼。❷睽離　闊別。❸中州　古地區名。即中土、中原。狹義的中州指今河南一帶，因其地在古九州之中得名。❹匝月　指滿一個月。❺外姑　指岳母。❻書記　古時在官府擔任文書工作。❼叢荻　此指蘆葦叢。荻，多年生草本植物，與蘆同類。生長在水邊，較蘆葦短小。❽結褵　結婚。❾豫章　古縣名。治所在今江西南昌。❿樂昌之鏡　參見本書卷九〈連貴〉則注釋❹。⓫桃花扇　傳奇劇本。清孔尚任作。寫明末閹黨阮大鋮為了收買侯方域，暗中出錢讓侯結識秦淮名妓李香君；侯、李拒絕阮的收買，阮就依附大學士馬士英，對他們進行迫害；清軍破南京後，侯、李在棲霞山會，共約出家。劇本反映了南明弘光王朝的政治動亂。⓬曲終不見二句　語出唐詩人錢起〈省試湘靈鼓瑟〉詩。原詩句為「曲終人不見，江上數峰青」。

【語譯】唐代大詩人李白的詩寫道：「低吟徘徊映著歌詠舞扇，好似明月在雲中出現。相見之時卻不相親近，不如還是不相見。」這是寫那些尋花問柳的人的。普通人家夫妻有相互分離阻隔，卻是天天見面的，那就不知道是什麼因果報應造成的了。郭石洲說：中州有位姓李的書生，娶妻才十多天，母親就病了。夫妻倆輪流守護照料，沒有脫衣服上床睡覺的日子有七八個月。母親去世後，他們嚴格遵守禮法規定，丈夫三年不進房與妻子同宿。後來他們窮得實在生活不下去了，就一同去投靠岳父家。岳父家也僅僅能維持溫飽，房子也不多，只能打掃出一間屋子給他們住。不滿一個月，李生岳母的弟弟要到遠處去坐館教書，把母親送來投靠姐姐。沒有房間可以安置，只好讓岳母與李生妻子她們母女倆住在一間房裡，而李生就在書房裡搭了一個鋪。夫妻倆只在早晚同桌吃飯而已。這樣過了兩年，李生到京城去求取功名，他岳父也帶著全家到江西去給官府做幕僚。後來李生接到岳父的信，說妻子已死。李生灰心喪氣，更加落魄而無法養活自己，於是便搭船南下去尋找岳父。而他的岳父已經換了主人，並隨新主人到另外的地方去了。李生無地安身，姑且以賣字糊口度日。一天，李生在集市上遇到一個魁梧的男子，那人拿起李生寫的字看看，說：「你的字寫得很好，能不能一年給你三四十兩銀子，給人做文書工作呢？」李生喜出望外，隨即與那個男子一起上船而去。一路上煙波浩渺，不知到了什麼地方。到那男子家後，招待供應也很豐盛。李生等到看了那些需要答覆的書信，才知道主人是綠林強盜。李生無可奈何，只好暫且安身。李生擔心將來會有後患，於是謊報了自己的籍貫姓名。主人性情豪爽生活奢侈，養著許多歌妓，也不大迴避男客。他家每次宴會安排歌舞表演，必定召李生來一起觀看。李生偶爾見到一個歌妓，酷似自己的妻子，差點懷疑她是鬼了；那歌妓也時時朝李生看，好像曾經相識，然而兩人彼此間不敢相互說一句話。原來，李生的岳父帶著家人乘船沿江而行，恰好遭到這個強盜搶劫。這個強盜見李生的妻子有姿色，就一起搶走了。李生岳父認為這是奇恥大辱，於是急忙買了一副薄皮棺材，謊稱女兒受傷死亡，假裝哭泣著收殮，載著空棺材帶回去了。李生妻子因怕死而失身強盜，已經充任強盜的侍妾了。所以兩人得以在強盜家裡相遇。但李生相信自己的妻子已經死了，而李生妻子又不知道李生已經改了姓名，兩人都懷疑對方只是面貌相似，因此兩人相見卻沒有相認。兩人大概三五天就肯定會見上一面，見慣了也就不再互相注意了。這樣過了六七年。一天，主人叫來李生說：「我的事要敗露了。你是個讀書人，不必遭遇這場災難。這裡是黃金五十兩，你可帶在身上，藏在某個地方的蘆葦叢裡。等來追捕我們的官兵退走了，你趕緊找一條漁船回家吧。這地方的人都認識你，不必擔心他們不送你。」說完，揮手讓李生趕快去躲藏起來。不一會兒，李生聽到哄然喧鬧的格鬥聲，接著又聽到有人高聲傳報說：「強盜已經全都乘船逃走了，就查封強盜的錢財、女人吧。」當時天色已暗，李生在火光中偷偷看見那些歌妓都披頭散髮，敞胸露懷地被雙手反綁著，用繩子繫在脖子上，被用鞭子趕著走，而那個像自己妻子的歌妓也在裡面。她驚慌恐懼，嚇得渾身發抖，看了使人痛心。第二天，島上一個人也沒有了，李生呆呆地站在水邊。過了很久，忽然有個人駕著一隻小船過來呼喊道：「是某某先生吧？我們大王平安沒事，我現在送先生回去。」船行了一天一夜，到了岸邊。李生擔心遭到緝捕，於是懷帶著金子返回北方。到了老家，他的岳父已經先回了家。於是李生仍住在他家，賣掉隨身帶回的金子，生活漸漸豐裕起來。他念及夫妻極其相愛，但結婚十年，始終沒有一個月的時間同枕共寢。如今財力稍稍寬裕一些，不忍心還是用薄皮棺材埋葬妻子。李生打算換一副優質木料做的棺材，同時也想再看看妻子的遺骨，也算是夫妻一場的情分。岳父竭盡全力也未能阻止李生，無奈之下只好說明實情。李生急忙日夜兼程趕到豫章，希望能與妻子破鏡重圓。但上次被官府俘獲的歌妓早已分賞，李生的妻子不知流落到哪裡去了。李生每次回憶起兩人六七年間近在咫尺，卻好似相隔千里的情景，就惘然若失。李生又回憶起妻子被俘時遭到捆綁鞭打的情形，不知那以後還會遭到多少摧殘折磨，那情況更會是怎樣，就又傷心腸斷。李生從此不再娶妻，聽說後來竟當了和尚。戈芥舟老先生說：「這件事真可以寫成一篇傳奇故事，可惜最後沒有結局，與《桃花扇》差不多。雖然有『曲子終了人卻不見，惟餘江上數峰青青』的韻味，纏綿含情，正在那不盡的煙波浩渺之中，終究不免增添了人們的無限惆悵。」

【研析】故事淒婉纏綿，令人惆悵無限。如此完整的傳奇故事，在《閱微草堂筆記》中也不多見。雖然李生夫妻最終天各一方，但比破鏡重圓的結局更能激起人們的遐思。李生的迂腐和膽小，其妻的怯弱和無助，李生岳丈的虛偽和世故，江湖豪客的豪爽和直率，無不栩栩如在眼前。作者駕馭文字之功力，於此可見。

趙公失金丹

金可亭（此浙江金孝廉，名嘉炎。與金大司農❶同姓同號，各自一人）言：有趙公者，官監司❷。晚歲家居，得一婢曰紫桃，寵專房，他姬莫當夕。紫桃亦婉孌善奉事，呼之必在側，百不一失。趙公固聰察，疑有異，於枕畔固詰。紫桃自承為狐，然夙緣當侍公，與公無害。昵愛久，亦弗言。家有園亭，一日立兩室間，呼紫桃。則兩室各一紫桃出。乃大駭。紫桃謝曰：「妾分形也。」偶春日策杖郊外，逢道士與語，甚有理致。情頗洽，問所自來。曰：「為公來。公本謫仙，限滿當歸三島❸。今金丹已為狐所盜，不可復歸。再不治，慮壽限亦減。僕公舊侶，故來視公。」趙公心知紫桃事，邀同歸。道士踞坐廳事，索筆書一符，曼聲長嘯。邸中紛紛擾擾，有數十紫桃，容色衣飾，無毫髮差，跪庭院皆滿。道士呼真紫桃出。眾相顧曰：「無真也。」又呼最先紫桃出。一女叩額曰：「婢子是。」道士叱曰：「爾盜趙公丹已非，又呼朋引類，務敗其道，何也？」女對曰：「是有二故：趙公前生，煉精四五百年，元關❹堅固，非更番迭取不能得。然趙公非碌碌者，見眾美遝進，必覺為蠱惑，斷不肯納。故終始共幻一形，匿其跡也。今事已露，願散去。」道士揮手令出，顧趙公太息曰：「小人獻媚旅進，君子弗受也。一小人伺君子之隙，投其所尚，眾小人從而陰佐之，則君子弗覺矣。《易・姤卦》❺之初六，一陰始生，其象為繫於金柅❻。柅以止車，示當止也。不止則履霜之初，即堅冰之漸。浸假而〈剝卦〉❼六五至矣。今日之事，是之謂乎？然苟無其隙，雖小人不能伺；苟無所好，雖小人不能投。千金之堤，潰於蟻漏，有鏬故也。公先誤涉旁門，欲講容成之術❽；既而耽玩豔冶，失其初心。嗜欲日深，故妖物乘之而麇集。釁因自起，於彼何尤？此始此終，固亦其理。驅之而不譴，蓋以是耳。吾來稍晚，於公事已無益。然從此攝心清靜，猶不失作九十翁。」再三珍重，瞥然而去。趙公後果壽八十餘。

【章旨】此章講述了一個退休官員因迷戀美色而最終喪失本元的故事。

【注釋】❶大司農　參見本書卷一〈無畏而鬼滅〉則注釋❶。❷監司　監察州縣的地方長官的簡稱。宋代轉運使和提點刑獄有監察一路官吏的責任，故或稱監司。清代通稱督察府州縣的高級官員（布政使、按察使及各道道員）為監司。❸三島　指傳說中的蓬萊、方丈、瀛洲三座海上仙山。亦泛指仙境。❹元關　即玄關。元，作者避康熙玄燁諱，改「玄」為「元」。玄關，佛教稱入道之門。《普燈錄》卷十七：「玄關大啟，正眼流通。」❺易姤卦　六十四卦之一，巽下乾上。❻金柅　金屬製的車剎。《易・姤卦》：「初六，繫於金柅，貞吉。」王弼注：「金者堅剛之物，柅者制動之主。」❼剝

卦　參見本書卷三〈雪蓮〉則注釋❻。❽容成之術　即指仙人法術。容成，相傳為黃帝大臣，發明曆法。《漢書・藝文志》「陰陽家」有《容成子》十四篇，又「方技、房中」有《空成陰道》二十六卷，皆不傳。後道家將其附會為仙人。

【語譯】金可亭（這位是浙江的金舉人，名嘉炎。與戶部尚書金先生同姓、同號，但各是一人）說：有位趙先生，曾擔任過監司官員，晚年退休在家居住，得到了一個婢女名叫紫桃。趙先生很寵愛紫桃，晚上只到她房間去，其他姬妾就再也沒有機會陪趙先生過夜。紫桃也委婉嫵媚善於侍候主人，只要趙先生一叫，她必定早已在身邊，每次都是如此。趙先生本是個精明機警的人，懷疑她有什麼異樣，同寢時在枕頭邊一再追問。紫桃承認自己是狐狸，然而前世有緣應該侍候趙先生，而且對趙先生沒有危害。趙先生因為一直喜愛她，也就沒把這事說出去。趙家有花園亭閣。一天趙先生站在兩間房子中間叫紫桃，那兩間房中各跑出來一個紫桃。趙先生於是大為吃驚，紫桃道歉說：「這是我的分身術。」趙先生偶爾在春天裡拄著拐杖到郊外走走，遇見一位道士閒談起來。道士說話很有道理情致，兩人談得很融洽。趙先生問道士從哪裡來，道士說：「正為您而來。您本是貶謫到人間的仙人，貶謫期限滿後應該返回三島仙境。如今您修煉的金丹已被狐狸精盜走了，您就再也不能返回仙島了。如果你再不懲治這些妖狐，恐怕你的壽命也會減短。我是您在仙境的老友，所以來看望您。」趙先生心裡明白是指紫桃的事，於是邀請道士一起回家。道士大模大樣地坐在廳堂上，要來紙筆畫了一道符，然後拖長聲音發出長嘯，整座住宅裡紛紛擾擾，有幾十個紫桃走出來，容貌衣服裝飾都一模一樣，沒有絲毫差別。一起跪在庭院裡，把院子都跪滿了。道士叫真的紫桃出來，那些女子互相看看說：「沒有真的紫桃。」道士又叫最先來的紫桃出來。一個女子上前跪地叩頭說：「奴婢便是。」道士斥責說：「你盜取趙先生的金丹已經是罪過，又呼朋喚友引來這麼多同類，務必要破壞他的道行，這是為了什麼？」那女子回答說：「這是有兩個原因：趙先生前生修煉精氣四五百年，玄關堅固，如果我們不是輪番去盜取，是得不到金丹的；然而趙先生不是平庸糊塗的人，如果見有眾多美女連翩而來伴寢，一定會發覺自己被妖魅蠱惑，絕對不肯接納。故而我們大家始終都幻化成同一個形狀，是想藏匿自己的蹤跡。如今事情已經敗露，我們願意散去。」道士揮手讓她們出去，回頭對趙先生歎息說：「小人一起來獻媚說好話，君子是不會接受的。如果一個小人發現君子的弱點，投其所好，眾多小人從而暗中幫助他，那麼君子就不會覺察出來。《周易・姤卦》的初六，卦形是一陰始生，它的象是繫於金柅。柅是用來阻止車輪滾動，意思就是應該停止了。如果不停止，那剛剛踩到霜的時候，就意味著堅硬的冰塊漸漸要形成。逐漸『剝卦』的『六五』就要到了。今天這件事，不正是這樣的嗎？然而如果本身沒有弱點，即使是小人也不能窺伺；如果本身沒有嗜好，即使是小人也不能投其所好。千金修築的大堤，崩潰於小小的蟻穴，就是因為有縫隙的緣故。您先誤入旁門左道，想講求容成子提倡的採陰補陽的法術。這之後沉溺於妖豔的美色，失去了自己當初的道心。嗜好欲念一天天加深，所以妖狐乘機而聚集在這裡。災禍是因為自己而引起的，對於狐狸精有什麼好怪罪的呢？這件事的開始和結局，確實也就是這個道理。我現在驅逐狐狸精而沒有加以懲治，就是因為這個緣故。我來得稍晚了一點，對您的事已無法幫助了。但是你如能從此收回心思，清靜修養，還是能夠當個九十歲的老人。」道士再三囑咐趙先生自己珍重。眨眼間就不見了，趙先生後來果然活到八十多歲。

【研析】人的墮落都是自己造成的，這是作者一再強調的道理。本文中作者重申了這一點，並指出：「苟無其隙，雖小人不能伺；苟無所好，雖小人不能投。」話說得精彩極了。然而還是有許多人不明白這個道理。一旦出錯犯事，總要先尋找其他理由。如此執迷不悟，豈不辜負作者的告誡之意。

避世修道

哈密❶屯軍，多牧馬西北深山中。屯弁❷或往考牧，中途恆憩一民家。主翁或具瓜果，意甚恭謹。久漸款洽，然竊怪其無鄰無里，不圃不農，寂歷空山，作何生計？一日，偶詰其故。翁無詞自解，云實蛻形之狐。問：「狐喜近人，何以僻處？狐多聚族，何以獨居？」曰：「修道必世外幽棲，始精神堅定。如往來城市，則嗜欲日生，難以煉形服氣，不免於媚人採補，攝取外丹❸。儻所害過多，終干天律。至往來墟墓，種類太繁，則蹤跡彰明，易招弋獵，尤非遠害之方。故均不為也。」屯弁喜其樸誠，亦不猜懼，約為兄弟。翁亦欣然。因出便旋，循牆環視。翁笑曰：「凡變形之狐，其室皆幻；蛻形之狐，其室皆真。老夫尸解以來，久歸人道，此並葺茅伐木，手自經營，公毋疑如海市❹也。」他日再往，屯軍告月明之夕，不睹人形，而石壁時現二人影，高並丈餘，疑為鬼物，欲改牧廠❺。屯弁以問，此翁曰：「此所謂木石之怪夔罔兩❻也。山川精氣，翕合而生，其始如泡露，久而漸如煙霧，久而凝聚成形，尚空虛無質，故月下惟見其影；再百餘年，則氣足而有質矣。二物吾亦嘗見之，不為人害，無庸避也。」後屯弁洩其事，狐遂徙去。惟二影今尚存焉，此哈密徐守備❼所說。徐云久擬同屯弁往觀，以往返須數日，尚未暇也。

【章旨】此章講述了一隻狐狸精遠避塵世，修煉道行的故事。

【注釋】❶哈密 縣名。在新疆維吾爾自治區東部，鄰接甘肅。❷屯弁 駐兵軍官。❸外丹 參見本書卷八〈老翁論養生〉則注釋❾。❹海市 參見本書卷八〈孟達遭誣〉則注釋❹。❺牧廠 清設在長城和柳邊以外的牧馬場所。轄以總管等員，直屬於中央。❻夔罔兩 指精怪妖魅。夔，古代傳說中的一種奇異的動物。罔兩，也作「魍魎」。古代傳說中的精怪名。❼守備 參見本書卷二〈妻妾易位〉則注釋❷。

【語譯】哈密的駐軍，大多在哈密西北的深山中放牧馬匹，駐軍的軍官有時去檢查放牧情況，中途經常在一戶百姓家休息。這家主人是位老人，有時準備一些瓜果，態度非常恭敬謹慎。時間長了便漸漸熟悉起來，然而軍官私下奇怪這位老人居住的地方沒有鄰居沒有村落，老人不種菜不種莊稼，在這寂靜空曠的大山中他是靠什麼維持生活的呢？有一天，軍官偶然問起這其中的緣故，老人無法解釋，只得承認自己實際上是蛻換形體的狐狸。軍官問：「狐狸喜歡接近人，你為什麼住在這個荒僻的地方呢？狐狸往往聚族而居，你為什麼一人獨居呢？」老人回答說：「修道必須要住在世外幽靜的地方，才能精神堅定。如果經常往來於城市，那麼嗜好欲望就會一天天增加起來，就難以煉形服氣，於是不免要去媚惑人採補精氣，攝取外丹。倘若所害的人過多，終究會觸犯上天的律條而遭到懲罰。至於在廢墟墓地中出沒，因為這種地方的狐狸種類繁多，蹤跡太過於明顯，容易遭到獵人的捕殺，這更加不是遠避災禍的辦法。所以我不這樣做。」軍官喜歡老人的樸實誠懇，也不猜疑害怕，和老人約定結為兄弟。老人也欣然答應。軍官出屋子小便，繞著圍牆環視老人的住宅，老人笑著說：「凡是幻化變形的狐狸，他們的房子都是虛幻的；凡是已經蛻換形體的狐狸，他們的房子都是真實的。我自從蛻換形體以來，早已歸於人道，過著人的生活，這房子就是我割茅草砍伐木頭親手建造起來的，您不要懷疑這房子和海市蜃樓一樣是虛假的。」過了一些日子，軍官再去牧場檢查，駐守的士兵告訴說，在月光明亮的晚上，他們沒看到人形，卻時常看見石壁上映現兩個人影，都有一丈多高，懷疑是鬼怪，因此想換一個地方放牧。軍官將這事詢問老人，老人說：「這就是所謂的木石妖怪夔和魍魎。他們是山川精氣交合而產生的。開始時他像泡影露水，久而久之漸漸像煙霧，又久而久之便會凝聚成形。因為他們本身還是空虛而沒有質量的物體，所以在月光下只能看到他的影子。再過一百多年，他精氣足了而就有實體了。這兩個影子我也曾見過，不會對人造成傷害，用不著躲避。」後來軍官洩露了老人的情況，老人於是就遷走了。只有那兩個影子如今還存在，這是哈密的徐守備所說的。徐守備還說早就打算同軍官一起去看那影子，因為往返需要幾天時間，所以還沒有空去。

【研析】這位老人所說甚是，凡要修煉成正果，必須清心寡欲，遠離塵世。如果身在紅塵中，享受人世間的繁華，又豈能修成正果？作者深意，讀者自當心領。

驚馬失路

烏魯木齊牧廠一夕大風雨，馬驚逸者數十匹，追尋無跡。七八日後，乃自哈密山中出。知為烏魯木齊馬者，馬有火印❶故也。是地距哈密二十餘程，何以不十日即至？知穹谷幽岩，人跡未到之處，別有捷徑矣。大學士溫公❷，遣臺軍❸數輩，裹糧往探。皆糧盡空返，終不得路。或曰：「臺軍憚路遠，在近山逗遛旬日，詭云已往。」或曰：「臺軍憚伐山開路勞，又憚移臺搬運費，故諱不言。」或曰：「自哈密闢展至迪化（即烏魯木齊之城名，今因為州名），人煙相接，村落市廛，郵傳館舍如內地，又沙平如掌。改而山行，則路既險阻，地亦荒涼，事事皆不適。故不願。」或曰：「道途既減大半，則臺軍之額，驛馬之數，以及一切轉運之費，皆應減大半，於官吏頗有損，故陰掣肘。」是皆不可知。然七八日得馬之事，終不可解。或又為之說曰：「失馬譴重，司牧者以牢醴❹禱山神。神驅之故馬速出，非別有路也。」然神能驅之行，何不驅之返乎？

【章旨】此章講述了由烏魯木齊牧場驚逸的馬匹，卻在比正常行程少一半多的時間內在哈密發現。官府為探尋新路而引發了人們的種種議論。

【注釋】❶火印　以金屬圖識烙物留下的印記。❷溫公　即溫福。參見本書卷三〈賣藥道士〉則注釋❺。❸臺軍　參見本書卷一〈鬼牒〉則注釋❼。❹牢醴　用牲畜和酒祭祀神靈。

【語譯】烏魯木齊牧場一天晚上遭到暴風雨的襲擊，放牧的馬受驚跑了幾十匹，追尋也沒有找到蹤跡。七八天後，這些馬匹卻從哈密山中跑了出來。人們所以知道是烏魯木齊牧場的馬，是因為馬身上烙有火印。從馬逃逸的地方距離哈密有二十多天的路程，那些馬為什麼不到十天時間就跑到了呢？由此可以知道在深山峽谷、人跡不到的地方，另外有一條近路。大學士溫公派了幾個守軍帶著乾糧前往探查，但他們都因為帶的糧食吃完而空手返回，始終沒有找到這條近路。有人說：「守軍怕路遠，在附近的山裡逗留了十多天，謊稱已經前往探查過了。」又有人說：「守軍是擔心找到後要鑿山開路的辛勞，又擔心搬遷駐地要花費許多錢，所以故意隱瞞不說。」還有人說：「從哈密、闢展到迪化（就是烏魯木齊的城名，現在用作州名），一路人煙不斷，村莊、市鎮、驛站、館舍如同內地，而且沙漠平坦如同手掌。如果改走山路，那麼山路既險阻，而且一路上也很荒涼，什麼事都不方便，所以不願意找到這條近路。」也有人說：「如果這條近路的路程既然縮短一大半，那麼駐軍的名額、驛站配備的馬匹數量，以及一切轉送運輸的費用，也都要相應減少一大半，這對於官吏們來說很有損害，所以官吏們暗中阻撓這件事。」這些說法都無法弄清楚了。然而七八天就在哈密得到馬匹這件事，終究讓人無法解釋。又有人為之解釋說：「丟失馬匹要遭到嚴懲，所以管牧場的人備下祭品禱告山神。山神驅趕馬匹，所以馬匹才很快就跑出來了，並非另外有近路。」然而山神既驅趕馬匹往哈密跑，為什麼不把馬匹驅趕回烏魯木齊呢？

【研析】從烏魯木齊前往哈密，有數百公里之遙。這些馬匹如何能在七八天裡跑完這些路程，令人費解。因為從地圖上看，山中並無近路可覓。作者用意並不是在這條近路本身，而是在尋覓這條近路的過程中，各種人士的不同議論。世態萬象，於此可見。

首似羊

奴子王廷佑之母言：幼時家在衛河❶側，一日晨起，聞兩岸呼噪聲。時水暴漲，疑河決，踉蹌出視，則河中一羊頭昂出水上，巨如五斗栲栳❷，急如激箭，順流向北去。皆曰羊神過。余謂此蛟螭❸之類，首似羊也。《埤雅》❹載龍九似，亦稱首似牛云。

【章旨】此章講述了衛河中出現的巨大羊首，作者認為是蛟螭之類，首似羊而已。

【注釋】❶衛河　參見本書卷十〈西洋貢獅〉則注釋❺。❷五斗栲栳　可盛放五斗糧食的竹器。❸蛟螭　古代傳說中一種動物，蛟龍之屬。❹埤雅　參見本書卷二〈鬼詩〉則注釋❷。

【語譯】奴僕王廷佑的母親說：小時候家住在衛河岸邊，一天早晨起來，聽見兩岸響起一片呼喊聲。當時河水暴漲，以為是河堤決口了，踉踉蹌蹌跑出來一看，原來河中央有一隻羊頭高高昂出水面，那隻羊頭巨大得如同裝五斗米的栲栳，迅急得如同激射的箭，順著水流向北去了。人們都說是羊神經過。我認為這應該是蛟螭一類的動物，牠的頭像羊而已。《埤雅》記載說龍的外形分別像九種動物，也有龍頭像牛的說法。

【研析】羊頭巨大如五斗栲栳，令人難以置信。作者解釋為蛟螭之類，似乎也難以說通。姑存一說，且待後解。

棒椎魚

居衛河側者言：河之將決，中流之水必凸起，高於兩岸；然不知其在何處也。至棒椎魚集於一處，則所集之處不一兩日潰矣。父老相傳，驗之百不失一。棒椎魚者，象其形而名，平時不知在何所，網釣亦未見得之者，至河暴漲乃麇至❶。護堤者見其以首觸岸，如萬杵齊築，則決在斯須間矣，豈非數哉！然唐堯❷洪水，天數也；神禹❸隨刊，則人事也。惟聖人能知天，惟聖人不委過於天。先事而綢繆，後事而補救，雖不能消弭，亦必有所挽回。

【章旨】此章講述了衛河河堤潰決前會出現一種棒椎魚，這種魚以頭撞擊堤岸，就會導致河堤潰決。

【注釋】❶麇至　成群而至。❷唐堯　傳說中父系氏族社會後期部落聯盟領袖。陶唐氏，名放勳，史稱唐堯。傳說其時洪水暴漲，唐堯命鯀治理洪水。鯀九年不成，被虞舜殺死在羽山。虞舜命鯀之子禹治理洪水，終獲成功。❸神禹即大禹。參見本書卷九〈燒海〉則注釋❹。

【語譯】居住在衛河兩岸的人說：衛河將要決口時，河水中流的水必然會凸起，高於兩岸，然而不知道河水將在哪裡決口。到了棒椎魚聚集在某個地方，那麼這個地方不要一兩天肯定決口。這個知識是父老世代相傳下來的，經過驗證百無一失。棒椎魚是因為形狀像棒椎而得名的。這種魚平時不知道在什麼地方，網捕鉤釣也從來沒有捕捉到過，等到河水暴漲時，牠們便成群結隊出現了。守堤的人見牠們用頭來撞擊河岸，好像千萬根杵頭一齊向堤岸猛搗，那時大堤潰決就在頃刻間了，這難道不是天數嗎！然而上古唐堯在位時發生洪水災害，這是天數；大禹實地勘察，因勢利導，那麼他是盡人事。只有聖人能知道天命，也只有聖人不把罪責推給上天。事先有所考慮籌畫，事後努力加以補救，雖然不能從根本上消除災害，也一定能夠挽回損失。

【研析】棒椎魚出現，導致河堤潰決。作者以為河堤潰決雖是天數，但人並不是無能為力的，可以「先事而綢繆，後事而補救」。在自然災害面前，不是怨天尤人，而是努力挽回損失，如此積極的人生態度，足以垂法後世。

李榮盜酒

先曾祖母王太夫人八旬時，賓客滿堂。奴子李榮司茶酒，竊滄酒❶半罌❷，匿房內。夜歸將寢，聞罌中有鼾聲，怪而撼之。罌中忽語曰：「我醉欲眠，爾勿擾。」知為狐魅，怒而極撼之。鼾益甚。探手引之，則一人首出罌口，漸巨如斗，漸巨如栲栳。榮批其頰，則掉首一搖，連罌旋轉，砰然有聲，觸甕而碎，已涓滴不遺矣。榮頓足極罵，聞樑上語曰：「長孫無禮（長孫，榮之小名也）！許爾盜不許我盜耶？爾既惜酒，我亦不勝酒。今還爾。」據其項而嘔。自頂至踵，淋漓殆遍。此與余所記西城狐事❸相似而更惡作劇。然小人貪冒，無一事不作奸，稍料理之，未為過也。

【章旨】此章講述了一個家奴偷盜了主人的半罈美酒，卻遭到狐仙捉弄的故事。

【注釋】❶滄酒　即滄州酒。清代滄州所出名酒。傳說品質十分優異，飲至極醉，也不過四肢暢適，恬然高臥而已，與常酒大不相同。但釀造和儲存極為不易，故價格昂貴，得之甚難。❷罌　口小腹大的盛酒器皿。❸西城狐事　參見本書卷七〈狐戲人〉則。

【語譯】先曾祖母王太夫人八十大壽時，家中賓客滿堂，奴僕李榮負責供應茶和酒水。他偷了半罈滄酒，藏在自己房裡。晚上回屋準備睡覺時，李榮聽到酒罈裡有鼾聲。李榮奇怪地搖了搖酒罈，酒罈裡忽然有聲音說：「我喝醉了要睡覺，不要來打擾我。」李榮知道是狐妖，憤怒地用力搖動酒罈子，裡面的鼾聲反而更大了。李榮伸手到酒罈子裡去拉，就有一個人頭伸出罈口，漸漸變得像斗那麼大，又漸漸變得像栲栳那麼大。李榮打那個怪物的耳光，那怪物就掉轉頭一搖，連帶著酒罈一起旋轉，發出砰然的聲音。酒罈碰到甕上撞碎了，連一滴酒也沒剩下來。李榮跺腳大罵，聽見屋樑上有聲音說：「長孫無禮（長孫，李榮的小名）！只許你偷盜就不許我偷盜嗎？你既然可惜你的酒，我也不勝酒力，現在就還給你。」狐狸就朝著李榮的脖子嘔吐起來，吐得李榮從頭頂到腳跟渾身都是嘔吐物。這件事與我所記載過的西城狐狸的事相似，而這個狐狸更加惡作劇。然而小人本性貪婪，沒有一件事不耍詭計的，稍微懲罰他們一下，也不算過分。

【研析】作者對家奴沒有好感，認為都是奸邪小人。本書中作者多次嘲諷家奴，此篇又是一例。這個李榮只不過偷了主人半罈酒，就遭到狐仙如此戲弄，作者還認為「未為過也」。作者對家奴的態度，於此昭然。

說賭博

安州❶陳大宗伯，宅在孫公園（其後廢墟即孫退谷❷之別業❸）。後有樓貯雜物，云有狐居，然不甚露形聲也。一日，聞似相詬誶，忽亂擲牙牌❹於樓下，琤琤如雹。數之，得三十一扇，惟闕二四一扇耳。二四么二，牌家謂之至尊（以合為九數故也），得者為大捷。疑其爭此二扇，怒而拋棄歟？余兒時曾親見之。杜工部❺大呼「五白」，韓昌黎❻博塞爭財，李習之❼作《五木經》，楊大年❽喜葉子戲❾，偶然寄興，借此消閒，名士風流，往往不免，乃至「元邱校尉❿」亦復沿波，余性迂疏，終以為非雅戲也。

【章旨】此章借講述狐狸嗜賭的故事，闡述了作者自己對賭博的看法。

【注釋】❶安州　舊縣名。治所在今河北安新西南安州。❷孫退谷　即孫承澤。世隸上林苑籍，故亦稱北平。字耳北，號北海，又號退谷，清益都（今屬山東）人。明崇禎進士，官給事中。李自成僭位。為四川防禦使。入清仕至吏部左侍郎。有《庚子銷夏記》、《尚書集解》等。❸別業　即別墅。❹牙牌　亦稱「骨牌」。用象牙或獸骨所製的賭具，也用作占卜。❺杜工部　即杜甫。參見本書卷六〈驅除山魈〉則注釋❹。杜甫〈今夕行〉詩：「憑陵大叫呼五白，赤跣不肯成梟盧。」❻韓昌黎　即韓愈。參見本書卷一〈鬼牒〉則注釋❾。韓愈有「五白氣爭呼，六奇心運度」的聯句。❼李習之　即李翺。唐散文家、哲學家。字習之，隴西成紀（今甘肅秦安東）人，一說趙郡人。官至山南東道節度使。有《李文公集》等。下文所說五木是一種賭具。❽楊大年　即楊億。北宋文學家。字大年，浦城（今屬福建）人。淳化進士，任翰林學士兼史館修撰。著作多佚，現存《武夷新集》。❾葉子戲　即彩選。也叫「葉子格」，簡稱「葉子」。古代博戲。❿元邱校尉　指狐狸。《宣室志》載張鋋歸蜀至巴西天晚，遇狐狸自稱「元邱校尉」。

【語譯】安州人陳禮部尚書，他的住宅在孫公園（這座住宅的後面有一片廢墟，就是原來孫退谷的別墅）。宅後有一間樓房貯藏雜物，據說有狐狸住在裡面，然而不怎麼出聲露形。一天，人們似乎聽見牠們互相爭吵謾罵，忽然又往樓下亂扔牙牌，琤琤作響好像下冰雹一樣。人們數了一下，牠們共扔下來三十一扇，惟獨缺「二四」一扇。「二四」和「么二」，打牌的人稱為「至尊」（因為它們合成「九」的緣故），得到的人就可以大贏。人們懷疑狐狸是不是為了爭這二扇牌，才發怒而把牙牌扔下樓的？我小時候曾親眼看見這事。杜甫曾大叫「五白」，韓愈以賭博來贏取錢財，李翺寫過《五木經》，楊億喜歡葉子戲之類的賭博遊戲。偶爾以此寄託興致，藉此來消磨時光，名士風流瀟灑，往往也難免喜歡這類東西，以至於連「元邱校尉」也跟著沾染上了這種嗜好。我這個人生性迂腐疏懶，始終認為這不是一種高雅的遊戲。

【研析】賭博是一種不良嗜好，但名士風流，也難免沾染。作者列舉了從杜甫以來的好賭名士，其實今人好賭不遜古人。作者認為賭博「非雅戲」，表示了自己對賭博的厭惡。

攝屍復生

蔣心餘❶言：有客赴人遊湖約，至則畫船簫鼓，紅裙而侑酒者，諦視乃其婦也。去家二千里，不知何流落到此，懼為辱，噤不敢言。婦乃若不相識，無恐怖意，亦無慚愧意，調絲度曲，引袖飛觴，恬如也。惟聲音不相似。又婦笑好掩口，此妓不然，亦不相似。而右腕紅痣如粟顆，乃復宛然。大惑不解，草草終筵，將治裝為歸計。俄得家書，婦半載前死矣。疑為見鬼，亦不復深求。所親見其意態殊常，密詰再三，始知其故，咸以為貌偶同也。後聞一遊士來往吳越❷間，不事干謁，不通交遊，亦無所經營貿易，惟攜姬媵數輩閉門居；或時出一二人，屬媒媼賣之而已。以為販鬻婦女者，無與人事，莫或過問也。一日，意甚匆遽，急買舟欲赴天目山❸，求高行僧作道場❹。僧以其疏語掩抑支離，不知何事；又有「本是佛傳，當求佛佑，仰藉慈雲之庇，庶寬雷部❺之刑」語，疑有別故，還其襯施❻，謝遣之。至中途，果殞於雷。後從者微洩其事，曰：「此人從一紅衣番僧❼受異術，能持咒攝取新斂女子屍，又攝取妖狐淫鬼，附其屍以生，即以自侍。再有新者，即以舊者轉售人，獲利無算。因夢神責以惡貫將滿，當伏天誅，故懺悔以求免，竟不能也。」疑此客之婦，即為此人所攝矣。理藩院❽尚書留公亦言紅教喇嘛❾有攝召婦女術，故黃教❿斥以為魔云。

【章旨】此章講述了某人會一種能夠攝取新死亡的女子屍體，以妖狐淫鬼附身復活的妖術，姦淫買賣良家婦女，最終遭到上天誅殺的故事。

【注釋】❶蔣心餘　即蔣士銓。❷吳越　此指浙江和江蘇一帶。❸天目山　即天目山。在浙江西北部。多奇峰、竹林，為浙西名勝地。❹道場　參見本書卷一〈道士降狐〉則注釋❻。❺雷部　參見本書卷五〈役雷神〉則注釋❻。❻襯施　施捨財物給僧道。亦指所施捨的財物。❼紅衣番僧　穿紅色袈裟的少數民族僧人。❽理藩院　清官署名。掌管蒙古、西藏、新疆各地少數民族事務機關。下設六司，分掌部界、封爵、設官、戶口、耕牧、賦稅、兵刑、交通、會盟、貿易、宗教等事項。清初立蒙古衙門，崇德三年改為理藩院，屬禮部。順治十八年改與六部同等，置尚書、侍郎等官，以滿、蒙貴族充任。❾紅教喇嘛　喇嘛教「寧瑪派」的俗稱。喇嘛，喇嘛教對僧侶的尊稱。❿黃教　參見本書卷六〈黃教和紅教〉則注釋❷。

【語譯】蔣士銓說：有位客人應朋友的邀請去遊湖。他到了那裡，只見遊船華麗，船上簫鼓聲悠揚，有位紅衣女子為大家陪酒。這位客人仔細一看，竟然是自己的妻子。他想這裡離家有兩千里路，不知她是怎麼流落到這兒來的。客人擔心招致羞辱，所以閉口不敢說話。而那女子卻好像不認識他，沒有害怕的意思，也沒有慚愧的意思，調弦彈曲，揚起衣袖飲酒，顯得從容自在。只是這個女子與自己妻子聲音不像，而且妻子笑的時候喜歡掩嘴，這個歌妓卻不這樣，這一點也不一樣。但是，客人妻子右手腕上有顆粟米大的紅痣，這歌妓右手腕上也有顆一模一樣的紅痣，客人因此而大惑不解。他草草應酬到宴席結束，便打算整理行裝回家去。不久，這人收到家中來信，說他妻子在半年前就已死了。客人懷疑那天在船上見到的是鬼，也就不再去深究了。他的親友見他心情神態有些不正常，私下裡再三詢問，才知道其中原因，大家都認為這是兩個人的相貌偶然相同而已。後來聽說有個遊歷之士經常來往於江蘇、浙江一帶，他不去依附那些有權勢的人，不與他人交往，也不做任何生意買賣，只是攜帶幾個小妾，整天閉門不出；或者有時放出一兩個女人，託付媒婆賣掉。人們以為他是個販賣婦女的人販子，因為與別人不相干，所以沒有人去過問他。有一天，這人顯得極為匆忙慌張，急急忙忙買了船打算趕往天目山，求道行高深的和尚作道場。和尚見他寫的禱文和說話支吾掩飾，不知他究竟是為了什麼要作道場，而且又有「本來佛祖所傳授，應當懇求佛祖保佑。希望得到佛祖慈悲的庇護，使我能免遭雷神的懲罰」之類的話，懷疑他另有別的緣故，於是退還了他布施的錢物，謝絕為他作道場，把他打發走了。這人走到半路，果然被雷擊死了。後來隨從他的人稍稍把真相洩露出來，說：「這人從一個紅衣番僧那裡學到一種怪異的法術，能夠通過念咒語攝取新埋葬的女子屍體，又能攝取妖狐和淫鬼來附在女屍身上復活，用來侍候自己。如果再有新得到的女子，便把舊的女子轉賣給他人，獲取的利益無法計算。他因為夢見神靈斥責他惡貫將要滿盈，應該遭到上天的誅滅，所以到佛寺去懺悔，以求免遭上天誅殺，然而終究已經是不可能的了。」人們懷疑那位客人的妻子，就是被這個人攝去的。理藩院尚書留公也說紅教的喇嘛確實有攝取婦女的妖術，所以黃教斥之為魔教。

【研析】攝取屍體，將狐鬼之魂附在其身復活，用以謀取私利，如此惡行，必遭上天嚴懲。當然，這種妖術並不存在，人們不必當真。讀者聊作傳奇故事一覽，以增茶餘飯後談資。

厚葬遭盜

外祖安公，前母安太夫人父也。歿時，家尚盛，諸舅多以金寶殉。或陳「璠璵」之戒❶，不省。又築室墓垣外，以數壯夫邏守，柝聲❷鈴聲，徹夜相答。或曰：「是樹幟招盜也。」亦不省。既而果被發。蓋盜乘守者晝寢，衣青蓑，逾垣伏草間，故未覺其入。至夜，以椎鑿破棺。柝二擊則亦二椎，柝三擊則亦三椎，故轉以擊柝不聞聲。伏至天欲曉，鈴柝皆息，乃逾垣遁，故未覺其出。一含珠巨如龍眼核，亦裂頰取去，先聞之也。告官，大索❸未得間。諸舅同夢外祖曰：「吾夙生負此三人財，今取償，捕亦不獲。惟我未嘗屠割彼，而橫見酷虐，刃劙❹斷我頤，是當受報，吾得直於冥司矣。」後月餘，獲一盜，果取珠者。珠為屍氣所蝕，已青黯不值一錢。其二盜灼知姓名，而千金購捕不能得，則夢語不誣矣。

【章旨】此章講述了作者外祖父死後，因厚葬而遭到盜墓的故事。

【注釋】❶璠璵之戒　比喻多財遭禍。《左傳》桓公十年：「周諺有之：『匹夫無罪，懷璧其罪。』」杜預注：「人利其璧，以璧為罪。」璠璵，魯國的美玉。❷柝聲　古時巡夜者擊以報更的梆聲。❸大索　搜索。❹劙　割。

【語譯】我的外祖父安公，是我前母安太夫人的父親。他去世時，家道還很興旺，幾個舅舅用很多金銀珠寶給他陪葬。有人勸說墓裡埋的金銀珠寶多，容易被盜墓，反而是禍害，但舅舅們不聽。他們又在墓地院牆外建造房屋，派幾個壯漢擔任巡邏守護，守夜的梆子聲、鈴聲，整夜互相應答。有人勸說道：「這是樹旗幟招來強盜啊。」但是，舅舅們還是不聽。不久，外祖父的墓果然被盜了。原來盜墓者乘著守墓人白天睡覺時，穿著青蓑衣，翻過垣牆藏伏在草叢裡，所以人們沒有發覺盜墓人已經進來了。到了晚上，盜墓人用錐子鑿破棺材，梆子敲兩聲，他們也鑿兩下，敲三聲，他們也就鑿三下，所以反而因為有敲梆子的聲音而聽不到他們鑿棺材的聲音。他們潛伏到天快亮時，梆子聲鈴聲都停下來了，便翻牆逃走，故而守墓人沒有發覺盜墓人已經逃走了。有一顆含在屍體口中的珍珠如同龍眼核那麼大，也被盜墓人割開外祖父屍體的下頦取去，這是他們原先聽說的消息。外祖父家告到官府，官府大肆搜查，也沒有結果。這時幾位舅舅同時夢見外祖父說：「我前生欠了這三個人的錢，如今他們是來討還補償的，搜捕也不會抓到他們。只是我沒有屠割過他們，卻慘遭他們殘酷虐待，用刀割破我的下頦，他們應該受到報應，我已經在陰間官府告贏了。」過了一個多月，官府抓獲一個強盜，果然就是那個動手取珍珠的盜墓人。那顆珍珠被屍體氣息所侵蝕，已經變得黯淡發青不值一文錢了。另外兩個盜墓人，官府已經查明他們的姓名，懸賞上千兩銀子緝捕，結果還是沒有抓到，可見夢中外祖父的話不假。

【研析】古人云：「匹夫無罪，懷璧其罪。」意思是有了錢財或寶貝，必須深藏不露，以免遭到嫉恨而惹禍上身。而作者外祖父家就不懂這個道理，以致墳墓被盜，先人屍體不得安寧。人們總有一種炫耀的心理，有錢有勢，都要炫耀一番，以光宗耀祖。平民百姓如此，叱咤風雲的英雄也是如此。其後果卻是輕者破財，重者喪國。以小見大，為人豈能不謹慎。

逃妾構訟，一女兩嫁

表叔王月阡言：近村某甲買一妾，兩月餘，逃去。其父反以妒殺焚屍訟。會縣官在京需次❶時，逃妾構訟，事與此類，觸其舊憤，窮治得誣狀。計不得逞，然堅不承轉鬻。蓋無誘逃實證，難於究詰，妾卒無蹤。某甲婦弟住隔縣，婦歸寧❷，聞弟新納妾，欲見之。妾閉戶不肯出，其弟自曳之來。一見即投地叩顙，稱死罪，正所失妾也。婦弟以某甲舊妾，不肯納；某甲以曾侍婦弟，亦不肯納。鞭之百，以配老奴，竟以孌婢❸終焉。夫富室構訟，詞連帷薄❹，此不能日夕結也，而適值是縣官。女子轉鬻，深匿閨幃，此不易物色求也，而適值其婦弟。機械百端，可云至巧，烏知造物更巧哉！

【章旨】此章講述了一個小妾從人家裡逃出，被其父轉賣他人。而此人正是小妾前夫的妻弟，此事遂遭敗露的故事。

【注釋】❶需次　古時指官吏受職後，按照資歷依次補缺。❷歸寧　指已出嫁的女子回娘家探親。❸爨婢　執炊的婢女。爨，燒火煮飯。❹帷薄　指家庭內部男女隱私之事。

【語譯】表叔王月阡說：鄰村有個某甲買了一個小妾，兩個多月後，那小妾逃走了。小妾的父親反而以女兒遭到妒嫉被殺害，某甲家又焚屍滅跡為理由告到官府。正好那位縣官在京城等候補缺時，因小妾逃走而遭到誣告，和這件事相類似，這個案子引起了他的舊恨，因此他極力追查，弄清了小妾父親誣告的真相。小妾父親的陰謀沒有得逞，但他堅決不承認是把小妾轉賣給了另一家。因為沒有引誘小妾逃走的真實證據，難以進一步審理，那個小妾也一直沒有下落。某甲妻子的弟弟住在鄰縣，某甲妻子回娘家探親，聽說弟弟新娶了一個小妾，想見個面。那小妾關著門不肯出來，某甲妻子的弟弟自己把她拖了出來。她一見了某甲的妻子，就跪在地上叩頭，稱自己有死罪，原來她就是從某甲處逃走的那個小妾。某甲的妻弟因為她是姐夫的舊妾，不肯要了；某甲又因為她曾經侍奉過妻弟，也不肯接納。於是打了她一百鞭，許配給了一個老年奴僕，她最終一輩子做了個燒火做飯的婢女。富人家打官司，案子涉及家庭內部的男女隱私之事，這案子不可能幾天內就了結的，而這次正好碰上了這樣一位縣官。女子被轉賣他人，深藏在閨房內室裡，這是不容易查訪到的，然而這次恰恰遇上了某甲的妻弟。這個小妾和她父親機詐萬端，可以說是夠巧妙的了，誰知造物主的安排比他們更巧妙呢！

【研析】這個小妾逃跑後被轉賣，籌畫者是其父親，得利者也是其父親，而這個小妾自己並無好處。然而，最終的懲罰卻落在這個小妾身上。且不說婦女被買賣，就是一種天大的壓迫。而且這個小妾遭到如此下場，又是一種不公平。說到天道昭昭，報應卻是並不公平。

不貪非分之福

門人葛觀察❶正華，吉州❷人。言其鄉有數商，驅騾綱❸行山間。見樵徑上立一道士，青袍棕笠，以麈尾❹招其中一人曰：「爾何姓名？」具以對。又問籍何縣，曰：「是爾矣，爾本謫仙，今限滿當歸紫府❺。吾是爾本師，故來導爾。爾宜隨我行。」此人私念平生不能識一字，魯鈍如是，不應為仙人轉生；且父母年已高，亦無棄之求仙理，堅謝不往。道士太息，又招眾人曰：「彼既墮落，當有一人補其位。諸君相遇，即是有緣，有能隨我行者乎？千載一遇，不可失也。」眾亦疑駭無應者，道士咈然❻去。眾至逆旅❼，以此事告人。或云仙人接引，不去可惜。或云恐或妖物，不去是。有好事者，次日循樵徑探之，甫登一嶺，見草間殘骸狼藉，乃新被虎食者也。惶遽而返。此道士殆虎倀❽歟？故無故而致非常之福，貪冒者所喜，明哲者所懼也。無故而作非分之想，僥幸者其偶，顛越者其常也。謂此人之魯鈍，正此人之聰明可矣。

【章旨】此章以一個虎倀以得道成仙來引誘常人的故事，說明不能貪圖非分之福的道理。

【注釋】❶觀察　清代對道員的尊稱。❷吉州　今江西吉安。❸騾綱　結隊而行馱載貨物的騾群。❹麈尾　即拂塵。❺紫府　參見本書卷九〈說神仙感遇〉則注釋❺。❻咈然　不悅的樣子。❼逆旅　旅舍。❽虎倀　亦稱「倀鬼」。古時傳說人被虎咬死時，鬼魂為虎服役；虎行求食，倀必與俱，為虎前導。後指助暴為虐為「為虎作倀」。

【語譯】我的門人葛正華觀察是吉州人，他說他的家鄉有幾個商人，趕著一隊騾子馱著貨物在山裡趕路。他們看見山路上站著一個道士，穿著青色的道袍，戴著棕笠，用麈尾招呼他們中的一個人說：「你的姓名叫什麼？」那個商人回答了。道士又問他的籍貫是哪個縣，然後說：「就是你了。你本是天上被貶謫下凡的仙人，如今貶謫期限已滿，應當回歸仙境。我是你原來的師父，所以來引導你，你應該跟隨我走。」這個商人心中暗想自己這輩子不認識一個字，如此蠢笨，不應該是仙人轉生的。而且自己父母年事已高，也沒有拋棄他們而去求仙問道的道理。於是他堅決謝絕不去。道士長歎一聲，又招呼其他商人說：「他既然已經墮落，應該有一人補他的位子。你們今天與我相遇，就是有緣。你們有誰肯跟我走的嗎？這是千載難逢的機會，不可錯過了啊！」其他商人也都疑惑害怕，沒有一個人答應，道士不高興地走了。大家到了一家旅店，把這事告訴了別人。有人說仙人來接引成仙，不去實在太可惜。有的就說恐怕是妖怪，不跟著去是對的。有個喜歡管閒事的人，第二天順著砍柴人走的山路去探查，剛登上一道山嶺，只見草叢裡屍體殘骸遍地，都是剛剛被老虎吃剩下的人的殘骸。那人驚惶害怕而急忙跑了回來。這道士也許是引誘人給老虎吃的倀鬼吧？所以，無緣無故而獲得不同尋常的福分，這是貪婪的人所喜歡的，卻是明智的人所懼怕的。無緣無故而產生非分之想，僥倖成功只是偶然的，因此而招來災禍則是常見的。可以說這個人的蠢笨，實際上正是他的聰明之處。

【研析】作者藉著這個故事告誡世人，不貪非分之財，不享非分之福，就不會遭無妄之災。在某些聰明人眼裡或許顯得魯鈍，而其魯鈍正是其聰明之處。話雖說得有點拗口，卻是過來人的肺腑之言，值得閱世不深的年輕人記取。

惡僕錮習

宋人〈詠蟹〉詩曰：「水清詎免雙螯黑，秋老難逃一背紅。」借寓朱勔❶之貪婪必敗也。然他物供庖廚，一死焉而已。惟蟹則生投釜甑❷，徐受蒸煮，由初沸至熟，至速亦逾數刻，其楚毒❸有求死不得者。意非夙業深重，不墮是中。相傳趙公宏燮官直隸巡撫時（時直隸尚未設總督），一夜夢家中已死僮僕媼婢數十人，環跪階下，皆叩額乞命，曰：「奴輩生受豢養恩，而互結朋黨，蒙蔽主人，久而枝蔓牽纏，根柢膠固，成牢不可破之局。即稍有敗露，亦眾口一音，巧為解結，使心知之而無如何。又久而陰相掣肘，使不如眾人之意，則不能行一事。坐是罪惡，墮入水族❹，使世世罹湯鑊之苦。明日主人供膳蟹，即奴輩後身，乞見赦宥。」公故仁慈，天曙，以夢告司庖，飭舉蟹投水，且為禮懺作功德。時霜蟹肥美，使宅所供，尤精選膏腴。奴輩皆竊笑曰：「老翁狡獪，造此語怖人耶？吾輩豈受汝紿者！」竟效校人❺之烹，而以已放告；又乾沒其功德錢❻，而以佛事已畢告。趙公竟終不知也。此輩作奸，固其常態；要亦此數十僮僕媼婢者，留此錮習，適以自戕。「請君入甕」❼，此之謂歟！

【章旨】此章講述了一個官宦人家的奴僕欺騙主人成習，而因果報應恰恰害了自己的故事。

【注釋】❶朱勔　北宋末年蘇州人。商人出生，諂事蔡京、童貫，冒軍功為官。時徽宗垂意花石，朱勔取浙中珍異以進，後歲歲增加，至政和中極盛，號花石綱。流毒東南二十年，被稱為「六賊」之一。後被欽宗所殺。❷釜甑　炊具。甑，古代蒸飯用的瓦器。❸楚毒　如受酷刑般的痛苦。❹水族　指魚蟹蝦一類的水中動物。❺校人　管池塘的小官。《孟子》中載，有人送給鄭國子產一條魚，子產叫校人放生，校人把魚吃了，卻回來報告說魚在水裡搖頭擺尾地游走了。❻功德錢　佛教徒替人誦經或做法事的工錢。❼請君入甕　來俊臣和周興都是唐代酷吏。有人告發周興謀逆，武則天讓來俊臣審理。來俊臣請來周興，問他犯人不招怎麼辦？周興說，用大甕，周圍放上炭，把犯人放在裡面最好使。來俊臣說，這回就得請你入甕了。周興於是招供。

【語譯】宋代人有一首〈詠蟹〉詩說：「水清也難免雙螯黑色，秋天蟹老難逃煮熟殼紅的下場。」這是借螃蟹來暗寓朱勔的貪婪必定要失敗的下場。然而其他動物用來做菜，不過一死而已。唯有螃蟹是活的放在鍋或甑中，慢慢地被蒸煮，從水剛燒開到螃蟹被蒸熟，最快也要過幾刻鐘，所遭受的痛苦慘烈，真是求死不得。我想如果人不是前輩子造孽深重，是不會墮入到螃蟹這一類的。相傳趙宏燮先生擔任直隸巡撫時（當時直隸還沒有設總督），一天夜裡夢見家中已死的男女老少奴僕幾十個人，繞著一圈跪在石階下，都叩頭請求饒命，說：「我們這些奴僕活著的時候受到您的豢養之恩，然而互相勾結成朋黨，蒙蔽主人。久而久之，互相纏結在一起，根深蒂固，形成牢不可破的局面。即使有某個人幹了壞事偶爾敗露，大家也是眾口一詞，巧妙地替他解脫，使主人即使心裡明白，卻也無可奈何。時間長了，我們還暗中互相牽制拖後腿，使得主人行事如果不如我們大家的心意，我們就使得您一件事也辦不成。因為我們犯下這些罪過，死後託生墮入為水族，世世代代遭受蒸煮的痛苦。明天主人膳食中有螃蟹，那就是我們這些奴才託生的，因此懇求您赦免我們。」趙先生本來就仁慈，天亮後，把夜裡做的這個夢告訴了廚師，叫他們把這些螃蟹丟進水裡放生，而且為這些奴僕作一場法事，替他們懺悔超度。當時正是深秋霜降時節，螃蟹肥美，供給趙先生家裡的螃蟹，尤其精選螃蟹膏黃肥美的。那些奴僕聽了主人的話都偷偷笑道：「這老頭子狡猾，編造出這套話來嚇唬人嗎？我們這些人怎麼會被你騙呢！」於是，他們就像春秋時子產手下的校人一樣把這些螃蟹煮了吃，卻告訴主人說已經全部放生了。這些奴僕又吞沒了主人叫他們辦法事的錢，向主人報告時卻說法事已經辦過了。而趙先生始終被蒙在鼓裡，什麼也不知道。這些奴僕們作奸耍詭計，當然是他們的常態。追究起來，也是以前那幾十個奴僕留下來的惡習，恰恰是害了自己。「請君入甕」，自作自受，就是這個意思吧。

【研析】作者對奴僕的厭恨，根深蒂固，不僅僅是在本文中流露。但仔細推究趙家主僕間關係，其中情由頗費推究。趙宏燮家數十年間（此以趙宏燮壽命較長統計）就有數十名奴僕死亡，如果沒有受到殘酷虐待，豈能有這樣高的死亡率。主人惡待奴僕，奴僕自然如此對待主人，這裡談不上忠誠與奸詐。如果對待奴僕尚且如此，豈能指望他們善待天下生靈。

魂與形離

魂與魄交而成夢，究不能明其所以然。先兄晴湖，嘗詠高唐神女❶事曰：「他人夢見我，我固不得知；我夢見他人，人又烏知之？孱王自幻想，神女寧幽期？如何巫山❷上，雲雨今猶疑。」足為瑤姬❸雪謗。然實有見人之夢者。奴子李星，嘗月夜村外納涼，遙見鄰家少婦掩映棗林間，以為守圃防盜，恐其翁姑及夫或同在，不敢呼與語。俄見其循塍西行半里許，入秫叢中。疑其有所期會，益不敢近，僅遠望之。俄見穿秫叢出行數步，阻水而返，痴立良久，又循水北行百餘步，阻泥濘又返，折而東北入豆田。詰屈行，顛躓者再。知其迷路，乃遙呼曰：「幾嫂深夜往何處？迤北更無路，且陷淖中矣。」婦回顧應曰：「我不能出，幾郎可領我還。」急赴之，已無睹矣。知為遇鬼，心驚骨栗，狂奔歸家。乃見婦與其母坐門外牆下，言適紡倦睡去，夢至林野中，迷不能出，聞幾郎在後喚我，乃霍然醒。與星所見，一一相符。蓋疲苶❹之極，神不守舍，真陽❺飛越，遂至離魂。魄與形離，是即鬼類，與神識起滅自生幻象者不同，故人或得而見之。獨孤生之夢遊❻，正此類耳。

【章旨】此章以一個青年看見他人夢境的故事，論述了人的神思夢境。

【注釋】❶高唐神女　參見本書卷八〈彭杞女〉則注釋❼。❷巫山　在湖北、重慶邊界，長江穿流其間，成為三峽。相傳赤帝之女瑤姬，未嫁而卒，葬於巫山之陽，楚懷王遊高唐，晝寢，夢中與其神相遇，自稱「巫山之女」，後人附會，為之立像，稱為「巫山神女」。後亦用為男女幽會的典實。❸瑤姬　即巫山神女。見上注。❹疲苶　疲倦貌。❺真陽　指人的元氣、魂魄。❻獨孤生之夢遊　《河東記》載，獨孤遐叔遊歷劍南，兩年後，回家途中，在佛堂見一群公子、女郎在宴飲，其妻也在內。他摸起一磚頭砸去，什麼也不見了。到家後，丫環說娘子夢魘剛醒來，夢中所見與獨孤生所見相同。

【語譯】人的魂與魄相交合就形成夢，但是終究不能明白夢是怎麼回事。先兄紀晴湖曾寫過一首詠高唐神女的詩說：「他人夢見我，我固然不得而知；我夢見他人，人又如何知曉？那軟弱的楚王自己的幻想，神女怎能和他幽會？說什麼在巫山上，神女雲雨至今我猶懷疑。」這足以為巫山神女瑤姬洗雪毀謗了。然而世界上確實有人見到別人的夢。奴僕李星，曾經月夜在村外納涼，遠遠望見鄰居家少婦在棗樹林裡忽隱忽現。李星以為她是在看護菜園防盜，恐怕她的公公婆婆和丈夫或許和她在一起，因此不敢呼喊她跟她說話。接著李星見她沿著田埂往西走了半里多路，鑽進高粱叢裡去了。李星懷疑她是與人偷偷約會，更加不敢靠近，只是遠遠地望著。又過了一會兒，李星見她穿過高粱叢出來走了幾步，被水擋住而折回，呆呆地站了好久，又沿著水流往北走了一百多步，被泥濘擋住又返回來，折向東北方向走進豆田裡，繞來繞去，摔倒了好幾次。李星知道她是迷路了，於是遠遠喊道：「某嫂，你深夜要到哪裡去？往北更沒有路了，而且會陷在沼澤裡。」那女人回頭答應說：「我出不來了，某郎，你來帶我出去吧。」李星急忙趕過去，卻什麼也沒有看見。李星知道遇見了鬼，心驚膽戰，狂奔回家。回到家裡，李星卻看見鄰居家的那個少婦和母親坐在門外牆下，說剛才紡紗疲倦而睡著了，夢見自己走到野外樹林中，迷路走不出來。聽見某郎在後面叫我，於是我就突然醒了過來。她說的與李星所見到的完全一樣。這大概是因為人在疲倦之極的時候，神不守舍，人的真陽就會飛越出身體，於是使人的魂與形體相分離。如果魄與人的形體分離，這就是鬼一類的了，這與人的神思中自生自滅而形成的幻象是不同的，所以別的人有時能夠看見。相傳獨孤生夢遊的事，正是屬於這一類。

【研析】夢遊不罕見，但夢遊之人的形體和魂魄並不分離，只是一時失去對形體的控制罷了。作者此處所說的魂離開形體形成幻影，能被他人看見。也就是說，人的魂離開形體，就有了兩個像：一是實象，即人的形體；一是幻象，是魂的影。一實一虛，合而為一，方始為人。這種說法太過玄妙，難以推究，留待高人解說。

天地無心，視聽在民

有州牧❶以貪橫伏誅。既死之後，州民喧傳其種種冥報❷，至不可殫書。余謂此怨毒未平，造作訛言耳。先兄晴湖則曰：「天地無心，視聽在民；民言如是，是亦可危也已。」

【章旨】此章講述了一個州官貪橫害民，即使被朝廷誅殺後，還是民怨沸騰，說他在陰間遭受報應的故事。說明「天地無心，視聽在民」的道理。

【注釋】❶州牧　參見本書卷八〈生魂〉則注釋❶。❷冥報　指在陰間遭到的報應。

【語譯】有個州官因為貪婪殘暴而被朝廷處死。他被誅殺以後，這個州的百姓還紛紛喧譁，傳說他在陰曹地府所遭受的種種報應，各種說法甚至多到無法都記下來。我認為這是百姓怨恨這個州官的怒氣沒有平息，所以才編造出這些謠言。但先兄紀晴湖說：「天地原本是無心的，所見所聞完全根據百姓的反映。現在百姓的議論都是這樣，那個州官在陰間的遭遇就很危險了。」

【研析】州官貪橫，死後也不得安寧。作者告誡為官者明白，百姓之心就是天地之心。善待百姓就是善待天地，也就是善待自己。否則，必遭報應。

服灰除積食

里媼遇飯食凝滯❶者，即以其物燒灰存性，調水服之。余初斥其妄，然亦往往驗。審思其故，此皆油膩凝滯者也。蓋油膩先凝，物稍過多，則遇之必滯。凡藥物入胃，必湊其同氣。故某物之灰，能自到某物凝滯處。凡油膩得灰即解散，故灰到其處，滯者自行，猶之以灰浣❷垢而已。若脾弱之凝滯，胃滿之凝滯，氣鬱之凝滯，血瘀痰結之凝滯，則非灰所能除矣。

【章旨】此章介紹了服灰消除積食的民間驗方，並敘述了自己對此方的認識過程。

【注釋】❶飯食凝滯　即民間所說的積食。指食物滯留胃內不消化。❷浣　洗。

【語譯】農村裡的老太太遇到患積食的人，就用造成他積食的食物燒成灰，保存它的本性，讓病人把灰用水和了吃下去。我起初斥責這種辦法是胡來，然而這種方法卻往往有效。我仔細思考其中的原因，原來積食都是因為油膩吃多了在胃裡凝滯而造成的。因為油膩在胃裡會先凝結滯留，其他食物稍稍多吃一些，那麼遇到已凝結的油膩必然就會積食。凡是藥物進入胃裡，必然接近與它性質相同的食物。所以某種食物的灰，就能自動到達這種食物凝滯的地方。凡是油膩遇灰就會分解散開，所以灰到了胃裡積食的地方，那裡凝滯的食物自然會下去，這就好像用灰擦洗汙垢一樣。如果是脾弱引起的凝滯，胃飽漲引起的凝滯，氣鬱積引起的凝滯，血鬱積痰鬱結引起的凝滯，就不是灰所能消除的了。

【研析】民間驗方往往有效，因為這是千百年來經驗的積累。或許現在還沒有什麼醫理的支持，但這不是民間驗方的錯，而是我們的醫學家沒有下功夫去整理研究。如作者起初對灰能治療積食心存疑惑，但在事實面前，他不但承認了這個事實，而且努力去探究其中的原因。且不說這種看法是否有道理，但作者勇於探究的精神值得讚揚。如果我們的醫學家都能夠對民間驗方進行深入研究，那麼我們民族的傳統遺產中將綻放新的奇葩。

狼扮番婦

烏魯木齊軍校王福言：曩在西寧❶，與同隊數人入山射生❷。遙見山腰一番婦❸獨行，有四狼隨其後。以為狼將搏噬，番婦未見也，共相呼噪。番婦如不聞。一人引滿射狼，乃誤中番婦，倒擲墮山下。眾方驚悔，視之，亦一狼也。四狼則已逸去矣。蓋妖獸幻形，誘人而啖，不幸遭殪也。豈惡貫已盈，若或使之歟！

【章旨】此章講述了一條惡狼假扮番婦，卻被人意外射殺的故事。

【注釋】❶西寧　舊府名。治所在今青海西寧。❷射生　射取生物。唐代有射生手、射生軍。❸番婦　指少數民族或外國婦女。

【語譯】烏魯木齊有個軍校叫王福，他說過去在西寧時，和同隊的幾個人進山打獵。他們遠遠望見山腰有個番婦獨自行走，有四條狼跟在後面。大家以為狼將要吞吃那個番婦，而那個番婦還沒有察覺，於是就一起鼓噪呼喊，但是那個番婦像是沒有聽見似的。他們其中一人拉開弓箭向狼射去，卻誤中了那個番婦。

那個番婦倒地掉下山坡。大家正在驚慌後悔時，仔細一看那個番婦，原來也是一條狼。另外四條狼卻已經逃走了。大概是妖獸幻化成女人的樣子，以此來誘惑人而吞噬他，不幸卻自己遭到射殺。難道是這條惡狼已經惡貫滿盈，冥冥中有人使牠落得這個下場吧！

【研析】惡狼假扮番婦，以此誘惑人上當，想法是美，卻沒有料到會被人誤殺。俗話說：「人算不如天算。」人尚且算不過天，何況是條惡狼。以此勾當害人，豈能不遭上天懲罰。

卷十六　姑妄聽之二

情與理

天下事，情理而已，然情理有時而互妨。里有姑虐其養媳❶者，慘酷無人理，遁歸母家。母憐而匿別所，詭云未見，因涉訟。姑以朱老與比鄰，當見其來往，引為證。朱私念言女已歸，則驅人就死；言女未歸，則助人離婚。疑不能決，乞籤於神。舉筒屢搖，籤不出。奮力再搖，籤乃全出。是神亦不能決也。辛彤甫❷先生聞之曰：「神殊憒憒❸！十歲幼女，而日日加炮烙❹，恩義絕矣，聽其逃死不為過。」

【章旨】此章講述了一個童養媳因婆婆虐待而逃回家，婆婆上門要人，在情與理之間，神靈都感到兩難。

【注釋】❶養媳　即童養媳。因家庭貧窮，從小被出賣或由家庭包辦訂婚，在婆家生活的媳婦。❷辛彤甫　參見本書卷八〈青騾〉則注釋❶。❸憒憒　昏庸糊塗。❹炮烙　用烙鐵烙人。

【語譯】天下的事情，不過是情、理兩方面而已，然而情和理有時也會互相衝突。鄉里有個婆婆虐待自己的童養媳，慘酷而不人道。童養媳逃回娘家，母親可憐女兒而把她藏在別的地方，謊稱沒見她回來，於是兩家打起了官司。婆婆因為姓朱的老人和童養媳娘家相鄰而居，應當看見童養媳與娘家來往，於是請他作證。朱老心中暗想如果說女孩已經回娘家，就等於是把她逼上絕路；如果說女孩沒回娘家，就是幫助他人離婚。老人疑慮不決，於是就到神像前去求籤。他舉著籤筒搖了多次，籤一根都沒有掉出來。他再奮力一搖，籤卻全部掉了出來。這是說神靈也不能作出決斷了。辛彤甫先生聽說這件事後，說：「神太昏憒糊塗了。一個十歲的幼女，天天遭受炮烙一樣的酷刑，恩義已經斷絕了，聽憑她逃生不算過分。」

【研析】幼女逃生，如果尚有憐憫之心的話，也當相助一把。然而這個神靈卻猶豫不決，故作糊塗，未免要被人稱為「憒憒」。

詩入夢

戈孝廉仲坊，丁酉❶鄉試❷後，夢至一處，見屏上書絕句數首。醒而記其兩句曰：「知是蓬萊❸第一仙，因何清淺幾多年？」壬子❹春，在河間見景州李生，偶話其事。李駭曰：「此余族弟屏上近人題梅花作也。句殊不工，不知何以入君夢？」前無因緣，後無徵驗，《周官》❺六夢❻，竟何所屬乎？

【章旨】此章講述了一個人夢見他人題詩的故事。

【注釋】❶丁酉　即清乾隆四十二年，西元一七七七年。❷鄉試　參見本書卷二〈科名有命〉則注釋❷。❸蓬萊　參見本書卷十三〈苦樂無盡境〉則注釋❼。❹王子　即清乾隆五十七年，西元一七九二年。❺周官　即《周禮》。儒家經典之一。蒐集周王室官制和戰國時代各國制度，添附儒家政治理想，增減排比而成的彙編。近人曾從周秦銅器銘文所載官制，參證該書中的政治、經濟制度和學術思想，定為戰國時代的作品。❻六夢　古代把夢分為六類，根據日月星辰以占其吉凶。《周官・春官・占夢》：「以日月星辰占六夢之吉凶：一曰正夢，二曰惡夢，三曰思夢，四曰寤夢，五曰喜夢，六曰懼夢。」

【語譯】舉人戈仲坊在乾隆四十二年參加鄉試後，夢見到了一個地方，見屏風上題寫著幾首絕句。他醒來後還記得其中有兩句詩是：「知道是蓬萊山的第一仙，卻不知因為什麼疏落了這麼多年？」乾隆五十七年春天，他在河間府遇到景州的李生，偶然說起這件事，李生驚駭地說：「這是我族弟家的屏風上近人題吟梅花寫的詩，句子很不工整，不知怎麼會入了您的夢中？」事前沒有什麼因緣，事後也沒有什麼徵兆應驗。《周官》中記載夢有六種，這樣的夢究竟應歸入哪一類呢？

【研析】夢中之事，今人也難以解釋。如果硬要解說的話，無非是說此人以前見過此詩，而自己後來忘記了，故而才有如此驚駭。但這種說法肯定不符合作者原意。作者就是想提出詩為何會入他人夢中的問題，看來，只能由解夢師來解說了。

雄雞下蛋

《新齊諧》（即《子不語》❶之改名。）載雄雞卵事，今乃知竟實有之。其大如指頂，形似閩中落花生，不能正圓，外有斑點，向日映之，其中深紅如琥珀，以點目眚❷，甚效。德少司空❸成、汪副憲❹承霈皆嘗以是物合藥。然不易得，一枚可以值十金。阿少司農❺迪斯曰：「是雖罕睹，實亦人力所為。以肥壯雄雞閉籠中，縱群雌繞籠外，使相近而不能相接。久而精氣摶結，自能成卵。」此亦理所宜然。然雞秉巽風❻之氣，故食之發瘡毒。其卵以盛陽不洩，鬱積而成，自必蘊熱，不知何以反明目？又《本草》❼之所不載，醫經之所未言，何以知其能明目？此則莫明其故矣。汪副憲曰：「有以蛇卵售欺者，但映日不紅，即為偽託。」亦不可不知也。

【章旨】 此章講述了雄雞生蛋及雄雞蛋的藥用價值。

【注釋】 ❶子不語　參見本書卷十〈僵屍〉則注釋❹。❷目眚　眼睛上生翳。角膜變質形成的白膜。❸少司空　參見本書卷二〈知命〉則注釋❷。❹副憲　參見本書卷二〈巨蟒〉則注釋❷。❺少司農　參見本書卷一〈無畏而鬼滅〉則注釋❶。❻巽風　東南風。又稱清明風、景風。古有八卦主八風之說。《淮南子・墬形》：「東南曰景風。」高誘注：「巽氣所生也。一曰清明風。」❼本草　記載中藥的書籍，多稱「本草」。如《神農本草經》、《新修本草》、《本草綱目》等等。

【語譯】 袁枚的《新齊諧》（即《子不語》一書的改名。）載有雄雞生蛋的事，現在我才知道竟然確實有這樣的事。這種蛋大小像手指頭，形狀像福建的落花生，不會是正圓形，蛋殼外表有斑點，把蛋對著太陽映照，蛋裡是好像琥珀般的深紅色。用它來治療眼睛生翳很有效。工部侍郎德成、左副都御史汪承霈等人都曾經用它配藥。然而雄雞蛋很不容易得到，一枚可以值十兩銀子。戶部侍郎阿迪斯說：「這東西雖然很罕見，實際上也是人想辦法弄出來的。把肥壯的雄雞關在籠子裡，放一群母雞圍繞在籠子外，使牠們相互靠近卻不能相交配，久而久之，雄雞的精氣凝結鬱積，自然能變成蛋。」這也是情理之中的事。然而雞秉存巽風之氣，所以吃雞容易引發毒瘡。雄雞蛋是因為盛陽得不到發洩，鬱積而成的，自然應該是蘊藏著大熱，不知道為什麼這種雄雞蛋卻反而能明目？而且雄雞蛋，《本草》中沒有記載，醫家經典中沒有提到過，人們怎麼知道它能明目的呢？這些情況，人們就都不知道其中的緣故了。汪左副都御史還說：「有人用蛇蛋假冒雄雞蛋出售騙人，但蛇蛋對著太陽映照裡面不紅，根據這一點就可判斷出是假雄雞蛋。」這一點也不可以不知道。

【研析】母雞會變成公雞，這是《尚書》中就有記載的事。但是，雄雞會下蛋，卻是聞所未聞。尤其是人工可以誘使公雞下蛋，而且這種蛋還有藥用價值，值得我們生物學家好好研究一番。

變雞償債

沈媼言：里有趙三者，與母俱傭於郭氏。母歿後年餘，一夕，似夢非夢，聞母語曰：「明日大雪，牆頭當凍死一雞，主人必與爾。爾慎勿食。我嘗盜主人三百錢，冥司判為雞以償。今生卵足數而去也。」次日，果如所言。趙三不肯食，泣而埋之。反覆窮詰，始吐其實。此數年內事也。然則世之供車騎受封煮[1]者，必有前因焉，人不知耳。此輩之狡黠攘竊者，亦必有後果焉，人不思耳。

【章旨】此章講述一個農村婦女因偷盜主人三百文錢，來生變成母雞，以生蛋來償債的故事。

【注釋】❶封煮　宰殺和烹煮。封，割。

【語譯】沈老太說：鄉里有個叫趙三的，和母親一起在郭家幫工。母親去世一年多後，一天晚上，趙三似夢非夢中聽到母親說：「明天下大雪，院牆上會凍死一隻雞，主人肯定會把這隻雞送給你，你千萬別吃。我曾經偷了主人三百文錢，陰曹地府判我變成雞償還欠債。如今生的蛋已經足夠賣三百文錢，我就要離開這裡了。」第二天，果然一切都像她所說的。趙三不肯吃那隻雞，流著眼淚把牠掩埋掉。主人反覆追問，趙三才說了實話。這是近幾年的事。由此看來，世上供人拉車和乘騎的牛馬、受到屠宰烹煮的家禽家畜等動物，肯定都是有前因的，只是人們不知道而已。這些人中的狡猾偷竊的，也必定會遭到報應，只是人們沒有好好思考罷了。

【研析】一位村婦僅僅偷了三百文錢，就被陰間判處託生為母雞還債。如此重罰，未免太過嚴厲。當然，陰曹地府不會如此冷酷，而是說故事的人的冷酷無情。而作者看待奴僕，都有惡感，認為奴僕中沒有好人。這個故事，印證了作者的成見。因此不僅記述故事，而且還要有所發揮。由此，我們看到了作者的不足和局限。

千里尋父遺骸

余十一二歲時，聞從叔燦若公言：里有齊某者，以罪戍黑龍江❶，殁數年矣。其子稍長，欲歸其骨，而貧不能往，恆蹙然❷如抱深憂。一日，偶得豆數升，乃屑以為末，水摶成丸；衣以赭土，詐為賣藥者以往，姑以紿取數文錢供口食耳。乃沿途買其藥者，雖危證亦立愈。轉相告語，頗得善價，竟藉是達戍所❸，得父骨，以篋負歸。歸途於窩集❹遇三盜，急棄其資斧，負篋奔。盜追及，開篋見骨，怪問其故。涕泣陳述。共憫而釋之，轉贈以金。方拜謝間，一盜忽擗踊❺大慟曰：「此人孱弱如是，尚數千里外求父骨。我堂堂丈夫，自命豪傑，顧乃不能耶？諸君好住，吾今往肅州❻矣。」語訖，揮手西行。其徒呼使別妻子，終不反顧，蓋所感者深矣。惜人往風微，無傳於世，余作〈灤陽消夏錄〉諸書，亦竟忘之。癸丑❼三月三日，宿海淀❽直廬，偶然憶及，因錄以補志乘之遺。儻亦潛德未彰，幽靈不泯，有以默啟余衷乎！

【章旨】 此章講述了一位孝子克服重重困難，千里尋找父親遺骸，感動了攔路搶劫的強盜的故事。

【注釋】 ❶黑龍江　即今黑龍江。在我國東北地區北部。為我國冬季最長的省區。❷蹙然　皺著眉頭，很憂愁的樣子。❸戍所　充軍流放去的邊境哨所。❹窩集　指吉林黑龍江一帶的原始森林，落葉常數尺，泉水雨水皆不流，盡為泥滓，人行甚難，當地人稱為窩集。參見《清史稿・地理志三》。❺擗踊　亦作「辟踊」。形容極度悲哀。擗，用手拍胸。踊，以腳頓地。❻肅州　舊州名。轄境相當今甘肅酒泉、高台兩地。❼癸丑　即清乾隆五十八年，西元一七九三年。❽海淀　亦作「海甸」。地名。在北京城西北。附近有頤和園，以及圓明園、暢春園遺址。

【語譯】 我十一二歲時，聽堂叔燦若公說，鄉里有個齊某人，因為犯罪被流放到黑龍江充軍，已經去世好幾年了。他的兒子慢慢長大，想去把父親的遺骨運回來，然而因為家裡貧窮不能前去，總是皺著眉頭好像心中有深深的憂傷一樣。一天，他偶然得到幾升豆子，便把這些豆子磨成粉末，和水摶成丸子，外面包上一層紅土，假裝成個賣藥的就上路前去了，他是想姑且藉這些假藥丸子騙得幾文錢來路上糊口。然而沿途買了他藥的人，即使是危急病症吃了也就立刻痊癒。人們輾轉相告，於是他的藥丸子賣得個好價錢。他竟然靠著這一方法到達了父親充軍的地方，找到父親遺骨，裝在竹筐裡背著往回走。回家路上，他走到黑龍江、吉林一帶的原始森林時，遇到三個強盜，他急忙丟下身上所有的行李和錢，背著竹筐狂奔逃跑。強盜追上他，打開竹筐見到遺骨，奇怪地問他是怎麼回事。他流著眼淚說了事情的經過，強盜們都同情可憐他而把他放了，又轉送給他一些銀子。他正跪在地上表示感謝時，一個強盜忽然捶胸頓腳地嚎啕大哭，說：「這個人如此瘦弱，還能到幾千里外去尋求父親的遺骨。我這個堂堂的大丈夫，自以為是個豪傑，難道反而不能做到嗎？你們好自為之，如今我到肅州去了。」說完，他揮揮手就往西走。他的同夥叫他和妻子告個別後再走，他一直沒有回頭，大約他是受到的感動太深了。可惜這人不久便被人們遺忘了，他的事跡沒有流傳於世，我作《灤陽消夏錄》等書時，竟然也忘了這件事。乾隆五十八年三月三日，我住在海淀值班的地方，偶然回憶起這件事，於是記錄下來，用以補充方志的遺漏。這或許也是因為孝子的德行被埋沒，沒有得到彰顯，他的靈魂沒有泯滅，所以暗暗啟發我的內心世界吧！

【研析】中國人最重視一個「孝」字。以孝立身，以孝立家，以孝立國。數千年來，概莫如是。尤其在如今的金錢世界，親情日漸淡漠，孝字也漸被銅臭熏沒。讀讀紀昀的這篇短文，不由感慨萬千。當然，文中的這位孝子造假藥騙人之舉，今人當不會效仿。

老翁遭狐媚

李蟠木言：其鄉有灌園叟，年六十餘矣。與客作數人同屋寢，忽聞其啞啞作顫聲，又呢呢作媚語，呼之不應。一夕，燈未盡，見其布衾蠕蠕掀簸，如有人交接者，問之亦不言。既而白晝或忽趨僻處，或無故閉門。怪而覘之，輒有瓦石飛擊。人方知其為魅所據。久之不能自諱，言：「初見一少年至園中，似曾相識，而不能記憶；邀之坐，問所自來。少年言：『有一事告君，祈君勿拒。君四世前與我為密友，後忽藉胥魁❶勢豪奪我田。我訴官，反遭笞。鬱結以死，訴於冥官。主者以契交隙末，當以歡喜解冤。判君為我婦二十年。不意我以業重，遽墮狐身，尚有四年未了。比我煉形成道，君已再入輪迴❷，轉生今世。前因雖昧，舊債難消；夙命牽纏，遇於此地。業緣湊合，不能待君再墮女身，便乞相償，完此因果。』我方駭怪，彼遽噓我以氣，惘惘然如醉如夢，已受其汙。自是日必一兩至，去後亦自悔恨，然來時又帖然意肯，竟自忘為老翁，不知其何以故也。」一夜，初聞狎昵聲，漸聞呻吟聲，漸聞悄悄乞緩聲，漸聞切切求免聲；至雞鳴後，乃噭然失聲。突樑上大笑曰：「此足抵笞三十矣。」自是遂不至。後葺治草屋，見樑上皆白粉所畫圈，十圈為一行。數之，得一千四百四十，正合四年之日數。乃知為所記淫籌。計其來去，不滿四年，殆以一度抵一日矣。或曰：「是狐欲媚此叟，故造斯言。」然狐之媚人，悅其色，攝其精耳。雞皮鶴髮，有何色之可悅？有何精之可攝？其非相媚也明甚。且以扶杖之年，講分桃之好❸，逆來順受，亦太不情。

其為身異性存，夙根未泯，自然相就，如磁引針，亦明甚。狐之所云，殆非虛語。然則怨毒糾結，變端百出，至三生之後而未已，其亦慎勿造因哉！

【章旨】此章講述了一個老頭因前世夙因而遭到狐狸媚惑的故事。

【注釋】❶胥魁　差役的頭目。❷輪迴　參見本書卷四〈暫入輪迴〉則注釋❽。❸分桃之好　指喜好男色。語本《韓非子・說難》：「昔者彌子瑕有寵於衛君……與君遊於果園，食桃而甘，不盡，以其半啗君，君曰：『愛我哉，忘其口味，以啗寡人。』及彌子瑕色衰愛弛，得罪於君，君曰：『是固嘗矯駕吾車，又嘗啗我以餘桃。』故彌子瑕之行未變於初也，而以前之所以見賢，而後獄罪者，愛憎之變也。」後多以借指男寵之事。

【語譯】李蟠木說：他的家鄉有個種蔬菜花木的老頭，年齡已經六十多歲了，和幾個雇工同住在一間屋子裡。雇工們忽然聽到老頭發出低低的呻吟聲，一會兒又喃喃地說些淫蕩肉麻的話，叫他也不答應。有天晚上，油燈沒有熄滅，只見老頭的被子蠕蠕地抖動，好像有人在被子下性交的樣子。別人問他，他也不回答。後來，這老頭在白天有時會突然跑到某個偏僻的角落，有時無緣無故把門關上。大家感到奇怪而偷偷窺視他的舉動，就有瓦片石塊飛來打人，大家這才明白老頭是被鬼魅迷住了。時間長了，老頭自己也無法隱瞞，只得說出：「最初看見一個少年來到菜園裡，似乎曾經見過面，但又記不清他是誰了。我請他坐下，問他從哪裡來。少年說：『有件事要告訴你，請你不要拒絕。你在四世以前，和我是親密朋友，後來你忽然借助衙役頭目和土豪的勢力，奪取了我的田產。我告到官府，反而遭到一頓打。我含冤憂鬱而死，告到陰曹地府。主持審理的官員認為我們是好朋友而結下怨仇，應該以歡歡喜喜的方式解開冤仇，判你作我妻子二十年。沒有想到我罪孽太重，很快就墮入畜生道，託生為狐狸，還有四年夫妻的緣分沒有了結。等我修煉得道，你已經再次入輪迴，轉生為今世。你對前世因緣的記憶雖然已經模糊不清了，但舊債還是不能消除。因為前世夙命的牽扯糾纏，我與你在這裡相遇。因緣湊成。我不能等到你再轉生為女人，希望你現在就償還這筆債，了結這段因果吧。』我正感到驚駭奇怪，他就朝我噓了一口氣，在我迷迷糊糊像做夢或像喝醉酒時，已經遭受到了他的姦汙。從這以後，他每天都要來一兩次。他離去後，我自己也感到羞愧悔恨。然而他一來，我又心甘情願地接受，竟然忘了自己是老頭，也不知道這究竟是什麼緣故。」一天夜裡，大家又聽到那老頭開始發出調情親熱的聲音，漸漸就聽到老頭發出呻吟聲，又漸漸聽到老頭悄悄要求慢一點的聲音，再漸漸聽到老頭急切求饒的聲音，到雞叫之後，老頭又失聲叫喚起來。突然屋樑上有個聲音大笑道：「這足以抵得上打三十板子了。」從此以後，那狐狸就不再來。後來修繕那間草屋時，人們看見屋樑上都是用白粉畫的圈，十圈為一行，數了數，一共是一千四百四十個圈，正好符合四年的天數，於是知道是那狐狸記錄姦淫老頭次數的標記。計算他來的時間不滿四年，大概是以姦淫老頭一次抵一天吧。有人說：「是狐狸想迷惑這個老頭，所以才故意編造出這篇鬼話。」然而狐狸的媚惑人，都是因為喜歡某個人的美貌，或者想攝取他的精氣。這個老頭渾身皮膚像雞皮似的，頭髮像鶴那樣雪白，有什麼美貌來討人喜歡？有什麼精氣可以被攝取呢？這個狐狸不是為了想媚惑老頭是很清楚的。而且這老頭已到了拄拐杖的年歲，還去做別人的男寵，逆來順受，這也太不合情理。他們都是因為形體已改變，但本性還保留，前世的緣分未斷，所以自然互相湊合，如同磁石吸引鐵針，這個道理也是很清楚的。那狐狸說的話，也許不是假話。由此看來，人與人之間的怨仇纏繞糾結，變化百出，到三世之後還沒有了結，人們也應該謹慎，不要造下夙因啊。

【研析】故事實在無謂無趣，甚至叫人噁心。作者講述這個故事用意在於警醒人們，行事須謹慎，不要犯下因果，否則會幾世糾纏不清。作者用意是好的，也符合其一貫思想。但用這個故事來印證自己觀點，未免倒人胃口，使人覺得作者是否已經技窮？

少年卻妖

文水❶李秀升言：其鄉有少年山行，遇少婦獨騎一驢，紅裙藍帔❷，貌頗嫻雅，屢以目側睨。少年故謹厚，慮或招嫌，恆在其後數十步，俯首未嘗一視。至林谷深處，婦忽按轡不行，待其追及，語之曰：「君秉心端正，大不易得，我不欲害君。此非往某處路，君誤隨行。可於某樹下繞向某方，斜行三四里即得路矣。」語訖，自驢背一躍，直上木杪，其身漸漸長丈餘，俄風起葉飛，瞥然已逝。再視其驢，乃一狐也。少年悸幾失魂。殆飛天夜叉❸之類歟？使稍與狎昵，不知作何變怪矣！

【章旨】此章講述了一個青年本性端莊忠厚，故而沒有遭到妖魅引誘的故事。

【注釋】❶文水　縣名。在山西中部、太原盆地西緣，汾河支流文峪河流經境內。❷帔　披肩。❸飛天夜叉　能夠飛天而行的夜叉。夜叉，參見本書卷二〈鬼怕人〉則注釋❾。

【語譯】文水縣人李秀升說：他家鄉有個年輕人在山裡趕路，遇見一個少婦獨自騎著毛驢，穿著紅裙子藍披肩，容貌神情很嫻雅秀麗。那個少婦幾次用眼睛側視年輕人，年輕人本來性情忠厚謹慎，擔心或許會招惹嫌疑，總是在那個少婦身後幾十步遠，低著頭沒有望過她一眼。走到山林深處，少婦忽然停下毛驢，待年輕人趕上後對他說：「您秉心端正，很不容易，我不想害您。這條路不是前往某地去的路，您跟在我身後走錯路了。可以在某棵樹下繞往某個方向，再斜著走三四里，就能找到路了。」說完，她從驢背上一躍，直上樹梢，她的身體也漸漸變大到一丈多長。接著一陣風起，樹葉紛飛，一眨眼間，她已不見了。再看她騎的那頭毛驢，原來是一隻狐狸。年輕人嚇得失魂落魄。這大概是所謂的飛天夜叉之類的妖怪吧？要是年輕人稍稍和她輕薄親熱一些，不知道會出現怎麼樣的變怪呢！

【研析】妖魅能不能夠害人，關鍵還是在於人自己。如果自己本性端正，妖魅無從下手，也就不會受害了。如果本人或貪財、或貪色、或心存不良，那麼在種種誘惑前就會迷失自我，上當受害就是早晚之事。所以，先哲的大聲疾呼，理當記取。

舉子遇鬼發狂

癸丑❶會試，陝西一舉子於號舍❷遇鬼，驟發狂疾❸。眾掖出歸寓，鬼亦隨出，自以首觸壁，皮骨皆破。避至外城，鬼又隨至，卒以刃自刺死。未死間，手書片紙付其友，乃「天網恢恢，疏而不漏」八字。雖不知所為何事，其為冤報則鑿鑿矣。

【章旨】此章講述了一個舉子在考場裡遇鬼發瘋的故事。

【注釋】❶癸丑　即清乾隆五十八年，西元一七九三年。❷號舍　參見本書卷二〈鬼殊憒憒〉則注釋❹。❸狂疾　即發瘋。

【語譯】乾隆五十八年會試時，陝西的一位舉人在考場的號舍裡遇見鬼，突然發了瘋病。大家把他扶出，送回到住處，鬼也跟了出來。那個舉人自己用頭撞牆壁，撞得頭皮和頭骨都撞破了。這個舉人躲到外城，鬼又跟著來到外城，舉人終於用刀自殺而死了。舉人在沒有死之前，寫了一張紙條交給自己的朋友，上面寫著「天網恢恢，疏而不漏」八個字。雖然人們不知道這個舉人究竟為了什麼事，但他遭受了冤孽報應，則是肯定無疑的。

【研析】舉人遇鬼發狂的故事，作者已經說過幾個。舉子因何發狂，本來可以找到科學解釋。如果排除神鬼因素，可能是那些舉子，一旦進了考場，面臨巨大的精神壓力，加上平生做過的虧心事，民間的神鬼報應傳說等等因素綜合起來，使得那些舉子中某些心智本來就比較脆弱的人經受不住，導致精神崩潰而發狂。但古人寧可相信神鬼報應，也不願意尋求理性的解釋，故而才會一再有如此的傳說故事產生。

死後榮辱

南皮❶郝子明言：有士人讀書僧寺，偶便旋❷於空院，忽有飛瓦擊其背。俄聞屋中語曰：「汝輩能見人，人則不能見汝輩。不自引避，反嗔人耶？」方駭愕間，屋內又語曰：「小婢無禮，當即笞之，先生勿介意。然空屋多我輩所居，先生凡遇此等處，宜面牆便旋，勿對門窗，則兩無觸忤矣。」此狐可謂能克己。余嘗謂僮僕吏役與人爭角而不勝，其長恆引以為辱，世態類然。夫天下至可恥者，莫過於悖理。不問理之曲直，而務求我所隸屬人不能犯以為榮，果足為榮也耶？昔有屬官私其胥魁，百計袒護。余戲語之曰：「吾儕身後，當各有碑誌一篇，使蓋棺論定，撰文者奮筆書曰：『公秉正不阿，於所屬吏役，犯法者一無假借。』人必以為榮，諒君亦以為榮也。又或奮筆書曰：『公平生喜庇吏役，雖受賕骫法❸，亦一一曲為諱匿。』人必以為辱，諒君亦以為辱也。何此時乃以辱為榮，以榮為辱耶？」先師董文恪曰：「凡事不可載入行狀❹，即斷斷不可為。」斯言諒❺矣。

【章旨】此章藉著一個狐狸精能夠不袒護自己小婢的故事，論述了不能袒護自己部屬家奴的道理。

【注釋】❶南皮　縣名。在河北東南部，南運河東岸，鄰接山東。❷便旋　小便。❸骫法　枉法。❹行狀　文體名。亦稱「狀」、「行述」。是記述死者世系、籍貫、生卒年月日和生平概略的文章。❺諒　信實。

【語譯】南皮人郝子明說：有個讀書人在佛寺裡讀書，偶爾在空院裡小便，忽然有一塊瓦片飛來打在他的脊背上，接著就聽到屋裡有聲音說：「你們能看見人，人卻不能看見你們。你們不自己注意迴避，反而要怪人嗎？」這個讀書人正感到驚愕害怕時，屋裡又有聲音說道：「小婢女無禮，馬上就會懲罰她，先生不要在意。不過這裡的空屋大多是我們居住，先生凡是遇到這種情況，應該面對著牆小便，不要對著門窗，那麼我們相互間就不會發生衝突了。」這個狐狸精可以說是能夠克制約束自己的了。我曾經說過，奴僕或吏役與人發生爭執而沒占上風，他們的主人或官長總認為是自己的恥辱，人情世態大多類此。然而天下最可恥的事情，莫過於悖理。有人不管道理上的是非曲直，卻務必要求別人一概不能侵犯自己的屬下，以為這很榮耀，這樣就真算得上是榮耀嗎？以前我有個屬官，偏私自己手下的吏役頭目，千方百計袒護。我對他開玩笑說：「我們這些人死後應該各有墓誌銘一篇，是對我們一生作最後的評判，如果撰寫這篇墓誌銘的人舉筆寫道：『先生堅持正義不阿私情，對屬下的吏役，凡是犯法者不講情面而堅決懲治。』人們必定認為這是一種榮耀，我想您也認為是一種榮耀。如果那人舉筆寫道：『先生平生喜歡庇護吏役，即使他們貪贓枉法，也一一設法替他們隱匿掩蓋。』那麼人們必定認為這是一種恥辱，我想您也會認為這是一種恥辱。你為什麼這時卻以恥辱為榮耀，又把榮耀當成恥辱呢？」先師董文恪公說：「凡是某件事不可以記載在自己行狀裡的，就絕對不可以做。」這話說得實在讓人信服。

【研析】古人有言，「宰相家奴七品官」。不是說宰相的家奴都有七品的官銜，而是說他們身在宰相府，能夠借助宰相的聲威而狐假虎威。而外人忌諱宰相，也不敢與他們計較。這種情況非但古代常有，今天也不罕見。這就要求位高權重者能夠自覺約束自己的部下、家人，以免讓後人非議。

魅戲慳商

侍鷺川言（侍氏未詳所出，疑本侍其氏，明洪武❶中，凡複姓皆令去一字，因為侍氏也）：有賈於淮上者，偶行曲巷，見一女姿色明豔，殆類天人。私訪其近鄰。曰：「新來未匝月，只老母攜婢數人同居，未知為何許人也。」賈因賂媒媼覘之。其母言：「杭州❷金姓，同一子一女往依其婿。不幸子遘疾，卒於舟；二僕又乘隙竊貲逃。煢煢❸孤嫠，懼遭強暴，不得已稅❹屋權住此，待親屬來迎。尚未知其肯來否？」語訖，泣下。媒舔❺以既無所歸，又無地主，將來作何究竟？有女如是，何不於此地求佳婿，暮年亦有所依。母言：「甚善，我亦不求多聘幣❻。

但弱女嬌養久，亦不欲草草。有能製衣飾奩具約值千金者，我即許之。所辦仍是渠家物，我惟至彼一閱視，不取纖芥歸也。」媒以告賈，賈私計良得。旬日內，趣辦金珠錦繡，殫極華美；一切器用，亦事事精好。先親迎一日，邀母來觀，意甚愜足。次日，簫鼓至門，乃堅閉不啟。候至數刻，呼亦不應。詢問鄰舍，又未見其移居。不得已逾牆入視，則闃無一人。徧索諸室，惟破床堆髑髏數具，乃知其非人。回視家中，一物不失，然無所用之，重鬻僅能得半價。懊喪不出者數月，竟莫測此魅何所取。或曰：「魅本無意惑賈。賈妄生窺伺，反往覘魅，魅故因而戲弄之。」是於理當然。或又曰：「賈富而慳，心計可以析秋毫。犯鬼神之忌，故魅以美色顛倒之。」是亦理所宜有也。

【章旨】此章講述一個富商因貪圖美色，而遭到妖魅戲弄的故事。

【注釋】❶洪武　明太祖朱元璋的年號（一三六八—一三九八）。❷杭州　今浙江杭州。❸煢煢　孤單無靠。❹稅　租賃。❺舔　引誘。❻聘幣　參見本書卷七〈居鋐命窮〉則注釋❷。

【語譯】侍鷺川說（我不知道侍姓的出處，我懷疑本來是侍其氏，明朝洪武年間，朝廷下令凡是複姓都要除去一個字，因而變為侍姓）：有個商人在淮河邊上做生意，偶然經過一條小巷，看見一個女子姿色豔麗動人，幾乎就像天仙。商人私下向附近的居民打聽，他們說：「這女子剛來這裡沒有滿一個月，只有老母親帶著幾個婢女住在一起，不知是什麼樣的人。」商人於是賄賂媒婆去打探消息。那個女子的母親對媒婆說：「我們是杭州人，姓金，和一個兒子一個女兒一起去投靠女婿。兒子不幸得病死在船上，兩個僕人又乘機盜取錢財逃走了。我們孤零零的寡母幼女，害怕在路上遭到強暴，不得已在這裡租了房子，暫且住下，等待親屬來迎接，還不知道他們肯不肯來接我們？」說完這些話，她就哭了起來。媒婆引誘著對她說，既然你們現在無處可去，在這裡又沒有人可依靠，將來作怎麼樣的打算呢？有女兒長得這麼漂亮，為什麼不在這裡找一個好女婿，晚年也就有了依靠。那老母親說：「你的話說得很對，我也不想要很多聘禮。只是我的這個女兒嬌生慣養了這麼多年，我也不想草草把她嫁出去。如果有人能給她添置些衣裳首飾嫁妝等東西，價值折合起來約一千兩銀子，我就答應把女兒嫁給他。男家置辦的這些嫁妝到時候仍然是他家的東西，我只是到他那裡看一看，不帶絲毫東西回來。」媒婆把這話告訴商人，商人心想這事很合算。於是在十天內，急忙催人買了黃金珠寶綾羅綢緞，都極其華美；一切器具，也樣樣精緻上乘。在迎親的前一天，他請那老母親來驗看，老母親相當滿意。第二天，迎親隊伍吹吹打打來到女方家門前，只見大門緊閉不開。大家在門外等了好幾刻鐘，呼喊也沒有人答應。詢問鄰居，又說沒見她們搬走。這些人不得已而翻牆進去看，屋子裡空無一人。人們找遍各個房間，只發現在一張破床上堆著幾具髑髏，這才知道她們不是人。商人回到家裡，置辦的物品一件也沒少，只是毫無用處了，重新賣掉也只能得到一半的價錢。商人十分懊喪，幾個月不出家門，始終也不知道這妖魅究竟想做什麼。有人說：「這妖魅本來無意媚惑商人，商人自己生出妄念，反而去窺探妖魅，妖魅因而戲弄他。」這在情理上來說是當然可能的。又有人說：「這商人富有而慳吝，心計細密可以辨析一絲一毫，這就觸犯了鬼神的忌諱，所以妖魅用美女來戲弄他。」這話說的道理也是情理中所應該有的。

【研析】商人貪圖美色而遭到戲弄，怨不得別人。凡是上當受騙者，一般都因為自己或是貪財、或是貪色，或是貪名等等。如果自己沒有私欲，妖魅無隙可尋，無處可入，又怎會上當受騙呢？此事可為天下私欲薰心、追名逐利者戒。

瘡中飛出白蝙蝠

《宣室志》❶載隴西❷李生左乳患癰，一日癰潰，有雉自乳飛出，不知所之。《聞奇錄》❸載崔堯封外甥李言吉左目患瘤，剖之有黃雀鳴噪而去。其事皆不可以理解。札閣學❹郎阿親見其親串家小婢項上生瘡，瘡中出一白蝙蝠。知唐人記二事非虛。豈但「六合之外，存而不論❺」哉？

【章旨】此章講述了一個婢女脖子長瘡，瘡潰爛時卻飛出一隻白蝙蝠的怪事。

【注釋】❶宣室志　參見本書卷十〈牛戒〉則注釋❷。❷隴西　縣名。在甘肅東部、渭河經過境內。❸聞奇錄　志怪小說。五代于逖撰。有《合刻三志》本。❹閣學　明清內閣學士稱閣學。❺六合之外二句　語出《莊子・齊物論》。原文為「六合之外，聖人存而不論」。意思是人世之外的事物，聖人是採取存疑而不去討論的態度。

【語譯】《宣室志》中記載，隴西人李生，左乳上生了個毒瘡，一天毒瘡破裂潰爛，有隻野雞從乳房裡飛出來，不知道飛到哪裡去了。《聞奇錄》中記載，金州防禦使崔堯封的外甥李言吉左眼上長個瘤子，剖開瘤子有隻黃雀鳴叫著飛走。這兩件事都叫人不可以理解。內閣學士札郎阿親眼見到他親戚家有個小婢女，脖子上生了個瘡，瘡中飛出來一隻白蝙蝠。由此可知唐代記載的上述兩件事不是假的。怎麼能夠用「人世之外的東西，存疑而不作討論」的話來迴避呢？

【研析】瘡癰中飛出動物的怪事令人無法理解，作者卻還振振有辭地批評莊子「存而不論」的觀點。我們無法苟同，也只能「存而不論」了。

無心暗合

曹慕堂宗丞❶有乩仙所畫〈醉鍾馗圖〉，余題以二絕句曰：「一夢荒唐事有無，吳生❷粉本❸幾臨摹；紛紛畫手多新樣，又道先生是酒徒。」「午日❹家家蒲酒❺香，終南進士❻亦壺觴；太平時節無妖厲，任爾閒遊到醉鄉。」畫者題者，均弄筆狡獪而已。一日，午睡初醒，聽窗外婢媼悄語說鬼：有王媼家在西山，言曾月夕守瓜田，遙見雙燈自林外冉冉來，人語嘈雜，乃一大鬼醉欲倒，諸小鬼掖之踉蹌行。安知非醉鍾馗乎？天地之大，無所不有。隨意畫一人，往往遇一人與之肖；隨意命一名，往往有一人與之同。無心暗合，是即化工❼之自然也。

【章旨】此章記述了作者戲題的兩首絕句，並認為無心暗合，就是化工自然。

【注釋】❶宗丞　指宗人府丞。❷吳生　指吳道玄。唐畫家。字道子，陽翟（今河南禹縣）人。少時孤貧，未弱冠，窮丹青之妙，人稱畫聖。傳曾於大同殿壁畫嘉陵江三百餘里山水，一日而畢。又善畫佛像。❸粉本　指古代中國畫施粉上樣的稿本。後來只用墨筆鉤描的畫稿，也叫粉本。❹午日　即端午日。農曆五月初五日。歲時節日。民間有吃粽子、賽龍舟、將艾草紮成人形掛在門上，飲菖蒲浸泡的酒等習俗。❺蒲酒　即用菖蒲浸泡的酒，民間習俗認為在端午日飲用可以解毒。❻終南進士　參見本書卷十一〈巨鳥〉則注釋❼。❼化工　天工；自然創造或生長萬物的功能。語本賈誼〈鵩鳥賦〉：「天地為爐兮，造化為工。」

【語譯】宗人府丞曹慕堂有一幅乩仙畫的〈醉鍾馗圖〉，我曾在畫上題了兩首絕句，一首是：「一夢中的荒唐事或有或無，吳生的粉本幾次被臨摹。紛紛而來的畫手大多是新模樣，又說先生是個酒徒。」另一首是：「端午日家家蒲酒香，終南進士也要來喝酒。太平時節沒有妖魅厲鬼，任憑你閒遊到醉鄉。」無論是畫者還是題詩之人，都是在狡獪地玩弄筆墨而已。一天，我午睡剛醒，聽到窗外婢女老媽子正在悄悄地談論鬼，有個姓王的老媽子家住在西山，她說曾在月夜守瓜田，遠遠望見一對燈籠從樹林外慢慢而來，人聲嘈雜，原來是一個大鬼喝醉酒要倒下，許多小鬼扶著他踉踉蹌蹌地往前走。怎麼知道這不就是喝醉酒的鍾馗呢？天地之大，無所不有。隨意畫一個人，往往會遇見一個和這畫中人相似的人；隨意取個名字，往往有一個人與這名字相同。無心而暗中巧合，這就是天地自然的安排。

【研析】人生在世，往往會遇到無心巧合之事。人們無法解釋，只能歸於造化使然。讀者也不必當真，聊作談資而已。

狐之習儒者

相傳魏環極❶先生嘗讀書山寺，凡筆墨几榻之類，不待拂拭，自然無塵。初不為意，後稍稍怪之。一日晚歸，門尚未啟，聞室中窸窣有聲；從隙竊覘❷，見一人方整飭書案。驟入掩之，其人瞥穿後窗去。急呼令近，其人遂拱立窗外，意甚恭謹。問：「汝何怪？」磬折❸對曰：「某狐之習儒者也。以公正人，不敢近，然私敬公，故日日竊執僕隸役❹。幸公勿訝。」先生隔窗與語，甚有理致❺。自是雖不敢入室，然遇先生不甚避，先生亦時時與言。一日，偶問：「汝視我能作聖賢乎？」曰：「公所講者道學，與聖賢各一事也。聖賢依乎中庸❻，以實心勵實行，以實學求實用。道學則務語精微，先理氣❼，後彝倫❽，尊性命❾，薄事功❿，其用意已稍別。聖賢之於人，有是非心，無彼我心；有誘導心，無苛刻心。道學則各立門戶，不能不爭；既已相爭，不能不巧詆以求勝。以是意見，生種種作用，遂不盡可令孔孟見矣。公剛大之氣，正直之情，實可質鬼神而不愧，所以敬公者在此。公率其本性，為聖為賢亦在此。若公所講，則固各自一事，非下愚之所知也。」公默然遣之。後以語門人曰：「是蓋因明季黨禍⓫，有激而言，非篤論⓬也。然其抉摘情偽，固可警世之講學者。」

【章旨】此章藉狐狸精之言，對理學各派的爭論不息提出了尖銳批評。

【注釋】❶魏環極　即魏象樞。字環極，號庸齋，清山西蔚州（今河北蔚縣）人。官至刑部尚書。有《儒宗錄》、《知言錄》、《寒松堂集》等書。❷竊覘　偷看。覘，看；窺看。❸磬折　彎腰如磬，表示恭敬。❹執僕隸役　從事奴僕做的事。❺理致　思理意致。指談吐很有學問、造詣很深。❻中庸　儒家倫理思想。指處理事情不偏不倚、無過無不及的態度，認為是最高的道德標準。❼理氣　中國哲學的一對基本範疇。理，指事物的條理或準則。氣，指的是一種極細微的物質。自宋以後，理氣關係問題就成了哲學史上爭論的問題。❽彝倫　猶言倫常。指人與人之間的道德關係。❾性命　中國哲學範疇。《易．乾卦》：「乾道變化，各正性命。」古代哲學家中，有的認為人物之性都是天生的，人性是天道或天理在人身上的體現。❿事功　功利。⓫明季黨禍　指明代的東林黨被閹黨迫害之禍。⓬篤論　確當的評論。

【語譯】相傳魏環極先生曾在山中佛寺讀書，凡是房中筆墨、几案、床鋪之類，不用收拾打掃，便自然沒有灰塵。魏先生開始還不在意，後來才稍稍感到有些奇怪。一天，他很晚才回來，房門還沒打開，聽到房間裡有窸窸窣窣的聲音。魏先生從門縫裡悄悄往裡看，只見有個人正在整理書桌。魏先生突然闖進去，那個人一晃就穿過後窗而去。魏先生急忙叫他回來，那人就拱手站在窗戶外，神情很恭謹。魏先生問：「你是什麼妖怪？」他彎腰恭敬地回答說：「我是學習儒教的狐狸精。因為您是正人君子，所以我不敢靠近，但心裡很敬仰您，所以天天偷偷來侍候您，請您不要感到驚訝。」魏先生隔著窗戶和他說話，他的話很有條理情趣。從此以後，他雖然不敢進入魏先生的房間，但是遇到魏先生也不大迴避，魏先生也經常和他談話。一天，魏先生偶然問他說：「你看我能成為聖賢嗎？」他回答說：「您講習的是道學，與儒家聖賢是兩回事。聖賢依據的是中庸之道，以實心實意來激勵做實際行為，以實在的學問來求得實際的效用。道學則務必追求語言的精細微妙，首先注重探討理氣問題，其次才講人倫道德；尊重性命之學的研究，而輕視通過做具體事情建立功業。這兩家的用意本來已稍有區別。聖賢對待人，有是非的觀念，沒有分別你我的觀念；有誘導的願望，沒有苛刻要求的願望。道學則各派自立門戶，互相之間不能不發生爭論；既然各派之間相互爭論，就不可能不用盡心思巧妙地詆毀對方以求獲勝。由於從這種想法出發，就會做出各種各樣的事情，而這些事情就不可能全部是可以讓孔子、孟子看的了。先生剛直正大的氣魄，正直的性情，確實可以面對鬼神而不慚愧，我之所以敬仰您就是因為這些。您如果按照自己的本性行事，成為聖人賢人也在於這些原因。至於先生所講的道學，就確實是兩回事，不是我這樣愚昧的人所能理解的。」魏先生聽了默默地打發狐狸精走了。後來魏先生把狐狸精的這些話告訴學生，說：「這是狐狸精因為看到明代黨禍造成的災難，有所激憤才說的話，不是公正中肯的議論。然而他揭露出某些人的真實心理，確實是可以警戒世上那些講道學的人。」

【研析】此篇對道學的批評入木三分。道學與孔孟之學的差別儘管能列舉不少，但文中所列舉的是漢學家對理學的基本評價：指出理學好空談而輕務實，好爭名而輕團結等等，切中明清以來理學之所以走向衰落的種種弊病，是紀曉嵐對理學的一次全面批判，研究者不能不讀。

沉河石獸

滄州南一寺臨河干，山門圮❶於河，二石獸並沉焉。閱十餘歲，僧募金重修，求二石獸於水中，竟不可得，以為順流下矣。棹❷數小舟，曳鐵鈀，尋十餘里無跡。一講學家設帳寺中，聞之笑曰：「爾輩不能究物理。是非木柿❸，豈能為暴漲攜之去？乃石性堅重，沙性鬆浮，湮於沙上，漸沉漸深耳。沿河求之，不亦顛乎？」眾服為確論。一老河兵❹聞之，又笑曰：「凡河中失石，當求之於上流。蓋石性堅重，沙性鬆浮，水不能沖石，其反激之力，必於石下迎水處齧沙為坎穴。漸激漸深，至石之半，石必倒擲坎穴中。如是再齧，石又再轉。轉轉不已，遂反溯流逆上矣。求之下流，固顛；求之地中，不更顛乎？」如其言，果得於數里外。然則天下之事，但知其一，不知其二者多矣，可據理臆斷歟？

【章旨】此章以一個老河兵指點打撈石獸，抨擊了講學家的無知和淺薄。

【注釋】❶圮　坍塌。❷棹　搖船的用具。這裡作動詞用，是「搖」的意思。❸木柿　刨削下來的木材碎片。❹河兵管理河道的老兵。

【語譯】滄州南面有座寺廟靠近河岸，廟的山門坍塌在河裡，門口的兩隻石獸也一起沉入水中。過了十幾年，廟裡的和尚募集錢財重修山門，在河裡尋找那兩隻石獸，竟然沒有找到。和尚認為石獸順著水流被沖到下游去了，於是駕著幾隻小船，拖著鐵鈀到下游找尋了十幾里，卻沒有發現石獸的蹤跡。有個講道學的先生在廟裡設私塾教書，聽說後笑道：「你們這些人不能探究事物的道理。石獸又不是木片，怎麼可能被暴漲的河水沖走呢？因為石頭的特性是堅硬而沉重，而沙的特性是鬆軟而輕浮。石獸沉沒在沙上，漸漸越沉越深。沿著河流去尋求石獸，不也太荒謬了麼？」眾人都信服講學家的話，認為是確實無疑的高見。一個老河兵聽說這件事後，又笑著說：「凡是在河流中掉落石頭，應當在沉落地點的上游去尋找。因為石性堅硬而沉重，沙性鬆軟而輕浮，水不能沖動石頭，水流反激的力量必然在石頭下面迎著水流的那一邊的沙子上沖出個坑窪來。水流漸漸越沖越深，等到超過石頭一半深時，石頭就必定會翻倒在沙坑裡。像這樣水流再沖沙，石頭再向上翻倒，如此翻倒了又翻倒，於是石頭反而溯流而上了。到下游去尋找，固然荒謬；到水底的泥沙中去尋找，不是更荒謬嗎？」大家按照老河兵的話，果然在幾里外的上游找到了石獸。由此可見，對於世上的事情，只知其一，不知其二的人是很多的，怎麼能根據一個道理就想當然地加以臆斷呢？

【研析】真知出於實踐。尋找沉入水中的石獸，和尚想當然地往下游去找，自然是無功而返。而講學家自認為高人一等，要求尋找者往水底泥沙中去找，也是緣木求魚，枉費時間。唯獨那個老河兵，憑其在河邊數十年的經驗，指出尋找石獸的唯一正確方向是往上游去找。人們根據老河兵的指點，果然找到了石獸。事情雖不大，但以小見大，講學家的空談和自以為是的虛浮，表露無遺。作者對講學家的抨擊，也更深一層。

佻達者戒

交河❶及友聲言：有農家子，頗輕佻。路逢鄰村一婦，佇目睨視。方微笑挑之，適有饁者❷同行，遂各散去。閱日，又遇諸途，婦騎一烏牸牛❸，似相顧盼。農家子大喜，隨之。時霖雨之後，野水縱橫，牛行沮洳❹中甚速。沾體濡足，顛躓者屢，比至其門，氣殆不屬。及婦下牛，覺形忽不類；諦視之，乃一老翁。恍惚驚疑，有如夢寐。翁訝其痴立，問到此何為，無可置詞，詭以迷路對，踉蹌而歸。次日，門前老柳削去木皮三尺餘，大書其上曰：「私窺貞婦，罰行泥濘十里。」乃知為魅所戲也。鄰里怪問，不能自掩，為其父捶幾殆。自是愧悔，竟以改行。此魅雖惡作劇，即謂之善知識可矣。友聲又言：一人見狐睡樹下，以片瓦擲之。不中，瓦碎有聲，狐驚躍去。歸甫入門，突見其婦縊樹上，大駭呼救。其婦狂奔而出，樹上縊者已不見。但聞簷際大笑曰：「亦還汝一驚。」此亦足為佻達❺者戒也。

【章旨】此章講述了一個舉止輕佻隨便的農家子遭到狐狸精懲罰的故事。

【注釋】❶交河　縣名。在河北中部偏南、南運河和滏陽河之間。❷饁者　指給在田地裡耕作者送飯之人。❸烏牸牛　黑色的母牛。牸，母牛。❹沮洳　低窪的濕地。❺佻達　輕佻隨便。

【語譯】交河人及友聲說：有個農家子弟，生性很輕佻。他在路上遇見鄰村的一位婦女，就斜眼盯著那個婦女看。他剛要笑著挑逗她時，恰好有往田裡送飯的婦女同路走來，於是各自散開。第二天，他在路上又遇見那位婦女，那位婦女騎著一頭黑色的母牛，好像在向他以目傳情，這個農家子大喜，於是跟著她走。當時剛下過一場大雨，田野裡到處都是積水，牛在泥濘地裡走得很快。這個農家子跟在牛後，渾身上下都沾滿泥漿水，幾次摔倒在地，等走到她家門前，已經累得氣都喘不過來了。等到那位婦女跳下牛背，這個農家子忽然覺得形狀不像，仔細一看，原來是個老頭。他恍惚驚疑，好像是在做夢。那老頭奇怪他呆呆站在那裡，問他到這裡來幹什麼，他無話可答，謊稱是迷了路，就踉踉蹌蹌地回到家裡。第二天，那個農家子家門前的老柳樹的樹皮被削去三尺多，上面寫著幾個大字：「偷偷窺伺貞婦，罰在泥濘地裡行走十里。」他這才知道是被妖魅戲弄了。鄰居們奇怪地來問他，他無法掩飾，只得說出實情，被他父親一頓捶打，幾乎打死了。他從此以後慚愧後悔，竟因此改了品性。這個妖魅雖然是惡作劇，但要說他善於教育人也是可以的。及友聲又說，有個人見一隻狐狸睡在樹下，便撿起一塊瓦片打過去，沒有打中，瓦片落地發出碎裂聲，狐狸驚醒過來跳起逃走了。那人回家剛進門，突然看見自己妻子在樹上上吊，大驚而呼喊救人。他妻子狂奔出來，而樹上吊著的人已經不見了。只聽見屋簷上大聲笑著說道：「也還你吃一驚。」這事也足以叫那些行為輕佻隨便的人引以為戒了。

【研析】輕佻之人，薄懲示戒。悔而改之，不失正途。作者講述這個故事，既肯定了狐狸精對這個青年的懲罰所起的教育作用，也肯定了青年能夠迷途知返的良知未泯。至於第二個小故事中描述的那個狐狸精，活脫脫像個淘氣女孩，叫人氣也不是，惱也不是。

不察部屬，適以自敗

同年陳半江言：有道士善符籙，驅鬼縛魅，具有靈應。所至惟蔬食茗飲❶而已，不受銖金寸帛也。久而術漸不驗，十每失四五。後竟為群魅所遮，大見窘辱，狼狽遁走。訴於其師。師至，登壇召將，執群魅鞫狀。乃知道士雖不取一物，而其徒往往索人財，乃為行法；又竊其符籙，攝狐女媟狎。狐女因竊汙其法器❷，故神怒不降，而仇之者得以逞也。師拊髀歎曰：「此非魅敗爾，爾徒之敗爾也；亦非爾徒之敗爾，爾不察爾徒，適以自敗也。賴爾持戒清苦，得免幸矣，於魅乎何尤！」拂衣竟去。夫天君❸泰然，百體從令，此儒者之常談也。然奸黠之徒，豈能以主人廉介，遂輟貪謀哉？半江此言，蓋其官直隸時，與某令相遇於余家，微以相諷。此令不悟，故清風兩袖，而卒被惡聲，其可惜也已。

【章旨】此章藉著一個道士沒有管束好自己徒弟而遭至失敗的故事，論述了管束好自己部屬的重要。

【注釋】❶茗飲　指喝茶。茗，茶。❷法器　指僧道舉行宗教儀式所用的鐘、鼓、鐃、鈸、引磬、木魚等器物。❸天君　指思維器官「心」。《荀子・天論》：「心居中虛，以治五官，夫是之謂天君。」

【語譯】我的同年陳半江說：有個道士善於畫符驅除鬼怪縛捉妖魅，都很靈驗。每到一個地方，他只吃蔬菜喝茶而已，從不接受他人絲毫的金銀絲帛。久而久之，他的法術漸漸變得不靈驗了，十次總有四五次失敗。後來這個道士竟在降妖時被一群妖魅圍住，受到極大的窘迫和羞辱，只得狼狽逃走。這個道士去告訴自己的師父。師父趕來，登壇召喚神將，抓來那群妖魅審問詳情。這才知道，這個道士雖然沒有收取任何財物，但他的徒弟們卻往往索取他人財物，然後才肯施行法術。而且他們還常常竊取道士的符籙，用它召來狐女淫樂。狐女因此偷偷乘機玷污道士的法器，所以神靈發怒而不肯降臨，而怨恨他們的人也因此得逞。師父拍著大腿歎息說：「這不是妖魅敗壞你，是你的徒弟敗壞了你；也不是你的徒弟敗壞了你，而是你沒有察覺你的徒弟所做的壞事，恰恰是你自己敗壞了自己。幸虧你本人持戒清苦，得以免遭傷害，有什麼好怨恨妖魅的呢！」師父說完，一甩袖子就走了。人的頭腦安寧清靜，所有的器官都會遵從號令，這是儒家常說的話。然而奸詐狡猾的人，怎麼會因為主人的清廉正直，於是便停止他們貪婪的陰謀呢？陳半江說這話，是因為他在直隸做官時，與某位縣令在我家裡相遇，所以用這個故事來委婉勸諫他。但那位縣令卻沒有省悟，所以他雖然兩袖清風，卻還是落了個壞名聲，真是可惜啊。

【研析】自律再嚴，如果沒有管束好自己的部屬或家人，照樣會給社會帶來傷害，而自己也會蒙上惡名。如此簡單的道理，卻往往不被人們理解。作者用心良苦，讀者自當體會。

小人狙詐遭報應

里有少年，無故自掘其妻墓。幾見棺矣。時耕者滿野，見其且詈且掘，疑為顛癎，群起阻之。詰其故，堅不肯吐；然為眾手所牽制，不能復掘，荷鍤恨恨去。皆莫測其所以然也。越日，一牧者忽至墓下，發狂自撾曰：「汝播弄是非，間人骨肉多矣。今乃誣及黃泉❶耶？吾得請於神，不汝貸也。」因縷陳始末，自齧其舌死。蓋少年恃其剛悍，顧盼自雄，視鄉黨如無物。牧者惎❷焉，因為造謗曰：「或謂某帷薄不修❸，吾固未信也。昨偶夜行，過其妻墓，聞林中嗚嗚有聲，懼不敢前，伏草間竊視。月明之下，見七八黑影，至墓前與其妻雜坐調謔，媟聲豔語，一一分明。人言其殆不誣耶！」有聞之者，以告少年。少年為其所中，遽有是舉。方竊幸得計，不虞鬼之有靈也。小人狙詐❹，自及也宜哉。然亦少年意氣憑陵❺，乃招是忌。故曰：「君子不欲多上人。」

【章旨】此章講述了一個牧人因嫉恨某年輕人的盛氣凌人，遂造謠誣衊這個年輕人已去世的妻子，結果遭到鬼魂報應的故事。

【注釋】❶黃泉　陰間。❷惎　怨毒；憎恨。❸帷薄不修　閨門不整肅。即指女眷有淫蕩的行為。❹狙詐　謂狡猾奸詐。❺憑陵　侵擾。此處指盛氣淩人。

【語譯】鄉里有個年輕人，無緣無故自己跑去掘妻子的墳墓，幾乎就要挖到棺材了。當時耕田的人遍布田野，見他一邊罵一邊掘，懷疑他是得了狂病，大家都過來勸阻他，問他是什麼緣故，他堅決不肯說。然而因被眾人所牽制拉住，不能再繼續挖掘，只得背起鐵鍬憤恨地走了，大家都想不出他究竟為什麼這樣做。過了一天，一個放牧人突然來到墳前，發瘋似地打自己的嘴巴，說：「你搬弄是非，離間人家的骨肉親情已經夠多了，如今竟然還誣衊到埋在地下的死人嗎？我已得到神靈的允許，饒不了你。」接著他詳細敘述了事情的來龍去脈，最後自己咬斷舌頭而死。原來，這個年輕人倚仗自己剛勇強悍，揚揚得意，自以為了不起，對鄉黨鄰里毫不放在眼裡。這個放牧人很怨恨他，因此造謠說：「有人說某某人家閨房不整肅，我本來不相信。昨天夜裡我偶然路過某人妻子墓邊，聽到樹林裡有嗚嗚的響聲。我害怕不敢上前，伏在草叢裡偷看。只見明亮的月光下，有七八個黑影來到墓邊，與某人的妻子混雜坐在一起打情罵俏，淫蕩輕薄的話語，聽得非常清楚。人們傳說的話看來不是誣陷她的啊！」有人聽到這些謠言，告訴了年輕人。這個年輕人信以為真，於是便有了挖掘妻子墳墓的事來。放牧人正在慶幸自己的陰謀得逞，沒有想到鬼也是會顯靈的。小人狡猾奸詐，自作自受是應該的。但那年輕人太盛氣凌人，才招到了別人的嫉恨。所以說：「君子不要老是把自己居於別人之上。」

【研析】牧人遭到報應是咎由自取，但這個年輕人卻因為自己的盛氣凌人而招致無妄之災。還是作者所說的對：「君子不欲多上人。」如果沒有多年的閱歷，豈能說出這樣的話來？

七婿俱燼

從孫樹寶，鹽山劉氏甥也。言其外祖有至戚，生七女，皆已嫁。中一婿，夜夢與僚婿❶六人，以紅繩連繫，疑為不祥。會其婦翁歿，七婿皆赴弔。此人憶是噩夢，不敢與六人同眠食；偶或相聚，亦稍坐即避出。怪詰之，具述其故。皆疑其別有所嫌，託是言也。一夕，置酒邀共飲，而私鍵❷其外戶，使不得遁。突殯宮❸火發，竟七人俱燼。乃悟此人無是夢則不避六人，不避六人則主人不鍵戶，不鍵戶則七人未必盡焚。神特以一夢誘之，使無一得脫也。此不知是何夙因？同為此家之婿，同時而死，又不知是何夙因？七女同生於此家，同時而寡，殆必非偶然矣。

【章旨】此章講述了一家七個女婿同時遭遇火災而被燒死的故事。

【注釋】❶僚婿　姐妹的丈夫間的互稱或合稱。今人多稱「連襟」。❷鍵　鎖。❸殯宮　停放靈柩的靈堂。

【語譯】我的侄孫紀樹寶，是鹽山縣劉家的外甥。他說他外祖父家有個至親，生了七個女兒，都已出嫁。其中一個女婿晚上夢見與另外六個女婿被用一根紅繩繫在一起，懷疑不是好兆頭。這時正好碰上他們的岳父去世，七個女婿都去弔祭。這個女婿想起這個噩夢，就不敢與另外六人一起吃飯睡覺。偶爾相聚，他也只是稍微坐一坐就避開出來。大家感到奇怪，都來問他，他說出其中的原因，大家都認為他有另外的事情不滿意，才假託這話。一天晚上，主人擺酒邀他一起飲酒，而偷偷把大門從外面鎖上，使他跑不了。突然停放靈柩的靈堂起火，竟把他們七個人一起燒死。於是人們才明白，這人不做這個夢就不會躲避另外六個人；不躲避另外六個人那麼主人就不會鎖門；不鎖門那麼七個人未必會一齊燒死。神只是用一個夢來引誘他們，好使他們沒有一個人逃脫得了。這不知是因為前生有什麼冤孽？七個人同做這家的女婿，又同時被燒死，這也不知道是因為前生有什麼冤孽？七個女兒一同出生在這戶人家，同時成為寡婦，大約也不是偶然的。

【研析】一門七女婿，同時被燒死。這樣的事情駭人聽聞，難以用一個「巧」字來解釋。還是人們太大意，對於火災缺乏警惕。人們常說：「水火無情。」面對水火災難，人們還是應該小心為是。

孝為德之至

周密庵言：其族有孀婦，撫一子，十五六矣。偶見老父攜幼女，飢寒困憊，踣不能行，言願與人為養媳。女故端麗，孀婦以千錢聘之，手書婚帖，留一宿而去。女雖孱弱，而善操作，井臼皆能任；又工針黹，家藉以小康。事姑先意承志，無所不至，飲食起居，皆經營周至，一夜往往三四起。遇疾病，日侍榻旁，經旬月目不交睫。姑愛之乃過於子。姑病卒，出數十金與其夫使治棺衾。夫詰所自來，女低回良久曰：「實告君，我狐之避雷劫者也。凡狐遇雷劫，惟德重祿重者庇之可免。然猝不易逢，逢之又皆為鬼神所呵護，猝不能近。此外惟早修善業，亦可以免。然善業不易修，修小善業亦不足度大劫。因化身為君婦，黽勉❶事姑。今藉姑之庇，得免天刑，故厚營葬禮以申報，君何疑焉！」子故孱弱，聞之驚怖，竟不敢同居。女乃泣涕別去。後遇祭掃之期，其姑墓上必先有焚楮❷酹酒跡，疑亦女所為也。是特巧於逭❸死，非真有愛於其姑。然有為為之，猶邀神福，信孝為德之至矣。

【章旨】此章講述了一個狐女為躲避雷劫，託身一戶寡婦家當媳婦。她盡力侍奉婆婆，竟然得到神靈寬恕的故事。

【注釋】❶黽勉　勤勉；努力。❷焚楮　燒紙錢。楮，指楮錢。即祭祀時焚化的紙錢。❸逭　避；逃。

【語譯】周密庵說：他的族人中有個寡婦，撫養一個兒子，已經十五、六歲了。一天，她偶然看見一個老頭帶著個幼女，飢寒交迫，疲憊困頓，跌倒在地再也走不動了，老頭說願意把女兒送給人做童養媳。那女孩本來就長得端莊秀麗，於是那個寡婦用一千文錢作聘禮留下女孩。老頭親手寫了婚約，住了一夜便走了。女孩雖然長得瘦弱，然而善於料理家務，打水舂米的活都能勝任，又善於做針線活，寡婦家靠她過上了小康生活。她侍奉婆婆事事都能預先料想到，十分周到細緻。她照料婆婆的飲食起居，也都安排得很周到，一夜往往要起來三四次。遇到婆婆生病，她便天天守護在病床邊，十天半月不合眼睡覺。婆婆喜歡她超過自己的兒子。婆婆病死後，她拿出幾十兩銀子給丈夫，讓丈夫買棺材做壽衣。丈夫問她錢是從哪裡來的，她低頭猶豫了好久，才說：「實話告訴您，我是狐狸，是來躲避雷劫的。凡是狐狸將要受到雷劫，只有得到品德高尚地位顯赫的人的庇護才能倖免，然而倉猝間很難遇到這樣的人，即使遇到了這樣的人，他們周圍往往又有鬼神呵護著，也不能突然靠近他們。除此之外，只有早早行善，積下功德，也可以免禍。然而善業也不容易修行，修成小小的善業也不足以度過大的劫難。因此我化身成為你的妻子，勤勤懇懇侍候婆婆。如今靠婆婆的庇佑，我得以免遭上天的懲罰，所以要隆重地厚葬婆婆來報答她的恩情，您還有什麼可懷疑的呢！」她的丈夫本是個膽小怕事的人，聽了這事驚嚇恐怖，竟然不敢和她同住在一起，狐女於是流著眼淚告別離去。以後每逢祭祀掃墓的日期，她婆婆墳上必定先有人來燒過紙錢酹酒祭拜過的痕跡，懷疑也是狐女做的。這狐女只是善於利用人來逃避死亡，並非真心敬愛婆婆。然而，即使是有目的而去做這些事，仍然得到了神靈的寬恕，可見孝道確實是至高無上的美德啊。

【研析】狐女行孝為避雷劫，雖說目的不純，但因為她盡心盡力去做了，仍然得到上天的寬恕。作者講述這個故事，就是要告誡天下人，萬事孝為先。只要恪盡孝道，就能得到神靈庇佑。

村女完璧

聞有村女，年十三四，為狐所媚。每夜同寢處，笑語媟狎，宛如伉儷❶。然女不狂惑，亦不疾病，飲食起居如常人，女甚安之。狐恆給錢米布帛，足一家之用。又為女製簪珥衣裳，及衾枕茵褥之類，所值逾數百金。女父亦甚安之。如是歲餘，狐忽呼女父語曰：「我將還山，汝女奩具亦略備，可急為覓一佳婿，吾不再來矣。汝女猶完璧❷，無疑我始亂終棄也。」女故無母，倩鄰婦驗之，果然。此余鄉近年事，婢媼輩言之鑿鑿，竟與乖崖❸還婢其事略同。狐之媚人，從未聞有如是者。其亦夙緣應了，夙債應償耶？

【章旨】此章講述一個村女雖遭到狐媚，但狐狸精最終沒有禍害她的故事。

【注釋】❶伉儷　夫妻。❷完璧　指處女。❸乖崖　即張詠。字復之，自號乖崖，北宋鄄城（在今山東鄄城北舊城）人。官至吏部尚書。有《乖崖集》。他知益州時，屬官怕他，沒人敢畜侍婢。他不想絕人之常情，便自買一婢，於是屬官們才敢畜養侍婢。待他回朝廷時，召婢女嫁人，這個婢女仍是處女。

【語譯】聽說有個村女，年齡約十三、四歲，被狐狸精所媚惑。狐狸精每天晚上都要來與她一起睡，兩個調情開玩笑，如同夫婦一樣。然而這個村女不發狂，也不生病，飲食起居和常人一樣，這個少女也很泰然安定。狐狸精經常給少女家送來錢、米和布匹，足夠一家所用。他又為少女添置了首飾衣裳，以及枕頭、被褥之類物品，價值合起來達到幾百兩銀子。少女的父親也很泰然習慣。這樣過了一年多，狐狸精忽然對少女的父親說：「我要回山裡去了，你女兒的嫁妝也準備得差不多了，你儘快給她找個好女婿，我不會再來了。你女兒還是個處女，不要懷疑我是先玩弄她最終又拋棄她。」少女本來就沒了母親，請鄰居家的婦女驗看，果然還是處女。這是我家鄉近年發生的事，婢女老媽子說起來是言之鑿鑿，這事竟然和北宋張乖崖還婢女的事相類似。狐狸精媚惑人，從來沒有聽說過有這樣的。大概也是因為有前生的緣分應該了結，或有前生的欠債應該償還吧？

【研析】狐狸精媚惑人總是以害人始，而以害人終。而這個狐狸精卻能處處照顧村女及其家庭，不玷汙村女的貞節，最終又幫助將村女嫁人。如此情節是作者筆下的眾多狐狸精故事中所罕見。作者為了尋求解釋，將其歸為夙因，讀者以為如何呢？

轉念可師

楊雨亭言：登萊❶間有木工，其子年十四五，甚姣麗。課之讀書，亦頗慧。一日，自鄉塾獨歸，遇道士對之誦咒，即惘惘不自主，隨之俱行。至山坳一草庵，四無居人，道士引入室，復相對誦咒。心頓明了，然口噤不能聲，四肢緩嚲❷不能舉。又誦咒，衣皆自脫。道士掖伏榻上，撫摩偎倚，調以媟詞，方露體近之，忽蹶起卻坐曰：「修道二百餘年，乃為此狡童敗乎？」沉思良久，復偃臥其側，周身玩視，慨然曰：「如此佳兒，千載難遇。縱敗吾道，不過再煉氣二百年，亦何足惜！」奮身相逼，勢已萬萬無免理。間不容髮之際，又掉頭自語曰：「二百年辛苦，亦大不易。」掣身下榻，立若木雞；俄繞屋旋行如轉磨。突抽壁上短劍，自刺其臂，血如湧泉。欹倚❸呻吟，約一食頃，擲劍呼此子曰：「爾幾敗，吾亦幾敗，今幸俱免矣。」更對之誦咒。此子覺如解束縛，急起披衣。道士引出門外，指以歸路。口吐火焰，自焚草庵，轉瞬已失所在，不知其為妖為仙也。余謂妖魅縱淫，斷無顧慮。此殆谷飲岩棲，多年胎息❹，偶差一念，魔障❺遂生；幸道力原深，故忽迷忽悟，能勒馬懸崖耳。老子❻稱不見可欲，使心不亂；若已見已亂，則非大智慧不能猛省，非大神通不能痛割。此道士於欲海橫流，勢不能遏，竟毅然一決，以楚毒斷絕愛根，可謂地獄劫❼中證天堂果❽矣。其轉念可師，其前事可勿論也。

【章旨】此章講述了一個道士在美色面前能克制淫欲，而奮然自拔的故事。

【注釋】❶登萊　登州和萊州。登，登州府。治所在今山東蓬萊。萊，萊州府。治所在今山東掖縣。❷嚲　下垂。❸欹倚　傾斜倚靠。❹胎息　道家的一種修養方法。《抱朴子．釋滯》：「得胎息者，能不以鼻口噓吸，如在胞胎之中。」意謂氣功達到如此程度，即如胎兒在母腹鼻無呼吸，故名。❺魔障　佛教名詞。指能奪人生命，障礙善事的惡鬼神。❻老子　參見本書卷四〈狐友論道〉則注釋❽。❼地獄劫　地獄劫難。地獄，參見本書卷一〈無賴呂四〉則注釋⑫。

❽天堂果　進入天堂。天堂，指人死後靈魂居住的美好的地方。跟「地獄」相對。

【語譯】楊雨亭說：登州、萊州一帶有個木匠，木匠的兒子年齡十四、五歲，長得很俊秀。教他讀書，也很聰明。一天，木匠兒子從鄉里私塾獨自回家，遇到一個道士對著他念咒語，他就迷迷糊糊不由自主地跟著道士走了。他們走到山坳裡的一間草屋前，四周無人居住。道士將他帶進屋，又對著他念咒語，他心裡頓時清醒過來了，然而嘴巴不能說出話，四肢鬆弛下垂不能舉起來。道士又對著他念咒語，他身上的衣服都自動脫落了。道士把他扶到床上讓他伏下，偎倚在他身旁撫摸他的身體，並說些下流話挑逗他。道士剛脫掉自己衣服靠近他時，突然跳起來後退坐在一邊說：「我修煉道行二百多年，難道就被這個狡童敗壞掉嗎？」道士沉思了很久，又臥躺在男孩身邊，對男孩全身玩弄欣賞，感慨地說：「這麼俊秀的男孩，真是千載難逢的機會。縱然敗壞了我的道行，不過再修煉二百年而已，這又有什麼好可惜的！」於是道士又奮起身體向著男童逼迫過來，當時的情形已經是男孩萬萬不可能不遭姦汙的了。就在這千鈞一髮之際，道士又掉過頭自言自語道：「二百年的辛苦修煉，也很不容易。」於是他又抽身跳下床，站在那裡呆若木雞。接著他像是在推磨般繞著草屋轉圈，突然抽出牆壁上的短劍，刺向自己的胳膊，血流如同泉湧。道士斜靠著牆呻吟，大約一頓飯的功夫，他丟掉短劍招呼男孩說：「你差點完了，我也差點完了，如今幸好都免於災難。」道士再次對著男孩念咒語，男孩覺得好像解脫了捆綁，急忙起身披上衣服。道士把他帶到門外，指給他回家的路。然後道士口裡吐出火焰，自己燒掉草屋，轉眼間，道士已經不見了，也不知道他是妖怪還是神仙。我認為妖魅縱欲姦淫他人，絕對沒有什麼顧慮。這個道士可能是在深山峽谷中，修煉胎息多年，偶然因為一念之差，心中便生起魔障。幸好他道力本來深厚，所以忽而迷惑忽而省悟，最後終於能夠懸崖勒馬。老子說不見到可以引起欲念的東西，可以使心思不被擾亂；如果已見到了而且心思已被擾亂，那麼不是具有大智慧的人不能猛然省悟，不是具有大神通的人也不能忍痛割捨。這個道士能夠在欲海橫流，其勢不能遏止的情況下，竟毅然作出決斷，以痛苦的手段斬斷情欲，可以說是處於下地獄的劫難中而修得了上天堂的正果。他轉變想法的行為值得效法，至於他這之前的事就可以不去計較了。

【研析】人的一生往往會面對許多誘惑，在這些誘惑前如何不迷失方向，是一種選擇，更是一種關隘。跨了過去，就能進入新的高度；一旦沒能跨過去，就會陷於萬劫不復的境地。君不見，在金錢、美色、權力面前，有多少人沒能跨過去而墜入深淵。當然，在千鈞一髮之際，尚能懸崖勒馬、迷途知返者，不失為是老子所言的具大智慧、大神通者。作者也正是在這一點上，肯定了道士的作為。

怨婦之詩

朱秋圃初入翰林時，租橫街一小宅，最後有破屋數楹，用貯雜物。一日，偶入檢視，見塵壁仿佛有字跡。拂拭諦觀，乃細楷書二絕句，其一曰：「紅蕊幾枝斜，春深道韞❶家。枝枝都看遍，原少並頭花。」其二曰：「向夕對銀釭❷，含情坐綺窗。未須憐寂寞，我與影成雙。」墨跡黯淡，殆已多年。又有行書一段，剝落殘缺。玩其句格，似是一詞，惟末二句可辨，曰：「天孫❸莫悵阻銀河，汝尚有牽牛❹相憶。」不知是誰家嬌女，寄感摽梅❺。然不畏人知，濡毫題壁，亦太放誕風流矣。余曰：「〈摽梅〉三章，非女子自賦耶？」秋圃曰：「舊說如是，於心終有所格格。憶先儒有一說，云是女子父母所作（按：此宋戴岷隱之說），是或近之。」倪餘疆聞之曰：「詳詞末二語，是殆思婦之作，遘脫輻之變❻者也。」二公其皆失之乎！」既而秋圃揭換壁紙，又得數詩，其一曰：「門掩花空落，樑空燕不來。惟餘雙小婢，鞋印在青苔。」其二曰：「久已梳妝懶，香奩偶一開。自持明鏡看，原讓趙陽臺❼。」又一首曰：「咫尺樓窗夜見燈，雲山似阻幾千層。居家翻作無家客，隔院真成退院僧❽。鏡裡容華空若許，夢中晤對亦何曾。侍兒勸織回文錦❾，懶惰心情病未能。」則餘疆之說信矣。後為程文恭公❿誦之。公俯思良久，曰：「吾知之，吾不言。」既而曰：「語語負氣，不見答也亦宜。」

【章旨】此章記述了幾首怨婦所作的詩詞，並大致分析了詩詞的作者。

【注釋】❶道韞　即謝道蘊。東晉女詩人。陳郡陽夏（今河南太康）人。王凝之之妻。聰慧有才辯。❷銀釭　銀燈。釭，燈。❸天孫　織女星。織女為民間神話中巧於織造的仙女，為天帝之孫，故名。❹牽牛　即河鼓。星座名。俗稱牛郎星。亦指牛郎織女神話傳說故事中的人物。❺摽梅　即〈摽有梅〉。《詩經·召南》篇名之一。比喻女子已達適婚年齡。❻脫輻之變　比喻夫妻不和。後亦以為夫妻離異之稱。脫輻，亦作「脫輹」。❼趙陽臺　前秦秦州刺史竇滔的寵妾，善於歌舞。❽退院僧　指僧人脫離寺院。❾回文錦　前秦竇滔鎮守襄陽，帶寵姬趙陽臺赴任，久不給妻蘇蕙回信。蘇蕙織錦為文，縱橫反覆，皆成章句，計有詩二百餘首，寄給竇滔。此圖又稱璇璣圖。❿程文恭公　即程景伊。字聘三，清武進（今江蘇無錫）人。乾隆進士。官至文淵閣大學士、兼吏部尚書。卒謚文恭，故稱。

【語譯】朱秋圃剛進翰林院時，租了橫街一處小宅院居住。宅院最後有幾間破屋，用來貯藏雜物。一天，朱秋圃偶然進去查看，見滿是灰塵的牆壁上彷彿有字跡。他拂去塵土仔細一看，原來是用小楷書寫的兩首絕句，一首是：「花開紅蕊幾枝斜，春意深深道韞家。花開枝枝都看遍，原來缺少並頭花。」另一首是：「夜晚獨自對銀燈，含情坐在綺窗前。不須憐憫寂寞時，我與我影成一雙。」墨跡暗淡，大概已經有許多年了。牆上又有一段行書，已經剝落殘缺。玩味它的句式，好像是一首詞，只有最後兩句尚可辨認，這兩句是：「織女不要惆悵銀河阻隔，你還有牛郎思念著你。」不知道是哪戶人家的嬌女，以此來寄託已到結婚年齡還沒有出嫁的苦悶。然而不怕別人知道，揮筆寫在牆壁上，也太過風流放誕了。我說：「《詩經》中的〈摽有梅〉三章，寫的就是女子已到結婚年齡而還沒有出嫁的心事，不也是女子自己寫的嗎？」朱秋圃說：「過去的解釋是這種觀點，但我心裡總覺得難以接受。回憶先儒有一種說法，說這是女子的父母所寫的，這可能接近真實。」倪餘疆聽說此事後說：「仔細體會詞的最後兩句，這大約是思念丈夫的妻子所作，她可能遭到遺棄了。二位先生也許都沒有說對吧。」後來朱秋圃揭換牆上的壁紙，又見到幾首詩。其一說：「門關著花兒白白落下，屋樑空燕子不再飛來。只剩下兩個小婢女，把鞋印印在青苔上。」其二說：「已經很久都懶得梳妝，香奩偶爾才打開一次。手拿著鏡子自照，容貌本來就輸給趙陽臺。」又一首詩說：「那近在咫尺的樓窗在夜晚我還能看見燈光，中間卻好像阻隔了幾千重的雲山。我住在家裡反而成了無家的客人，只不過隔著院子卻像是脫離寺廟的僧人。白費鏡裡如此的容貌丰采，也不曾和他在夢中相見談話。婢女勸我織一篇表達深情的回文錦，我卻因為心情懶散消沉而無法做到。」這樣看來，那麼倪餘疆的說法是正確的。後來我們把這些詩念給程文恭公聽，他低頭思索了很久，然後說：「我知道是誰了，但我不說。」接著他又說：「這些詩句句都含有怨氣，沒有得到回音也是應該的。」

【研析】怨婦之詩，總是飽含思念深情。那個程文恭公未免古板偏見，竟然不許怨婦稍有怨恨之意。難道天底下，只許丈夫遺棄妻子，卻不許妻子發出幾句思怨之聲？

人預鬼鬥遭鬼擾

季漱六言：有佃戶所居枕曠野。一夕，聞兵仗格鬥聲，闔家驚駭，登牆視之，無所睹。而戰聲如故，至雞鳴乃息。知為鬼也。次日復然，病其聒不已，共謀伏銃擊之，果應聲啾啾奔散。既而屋上屋下，眾聲合譟曰：「彼劫我婦女，我亦劫彼婦女為質，互控於社公❶。社公憒憒，勸以互抵息事。俱不肯伏，故在此決勝負，何預汝事？汝以銃擊我？今共至汝家，汝舉銃則我去，汝置銃則我又來，汝能夜夜自昏至曉，發銃不止耶？」思其言中理，乃跪拜謝過，大具酒食紙錢送之去。然戰聲亦自此息矣。夫不能不為之事，不出任之，是失幾❷也；不能不除之害，不力爭之，是養癰也。鬼不干人，人反干鬼，鬼有詞矣，非開門揖盜乎？孟子❸有言，鄉鄰有鬥者❹，被髮纓冠而往救之，則惑也；雖閉戶可也。

【章旨】此章講述了鄉村發生鬼打鬥，農人無知去干預，遂遭到鬼騷擾的故事。

【注釋】❶社公　土地神。❷失幾　亦作「失機」。錯過時機；失誤事機。❸孟子　戰國思想家、政治家、教育家。名軻，字子輿，鄒（今山東鄒縣東南）人。被認為是孔子學說的繼承人。著作有《孟子》。❹鄉鄰有鬥者　語出《孟子・離婁下》。意思是鄉鄰打架，慌慌張張前去幫助，那就是糊塗了。就算是關上門不理睬也是可以。

【語譯】季漱六說：有個佃戶人家，居住的地方靠近一片曠野。一天晚上，這戶人家聽到兵器格鬥的聲音，全家人都驚嚇害怕，爬上牆頭一看，什麼也沒有看到。直到雞叫時才停息。然而廝殺打鬥聲依然如故，他們知道是鬼在打架。第二天又是如此，這家人嫌他們吵鬧不休，共同商量埋伏土槍轟擊這些鬼，果然槍聲一響，鬼都啾啾叫著奔逃四散走了。接著這戶人家的屋上屋下一齊發出了吵鬧聲，說：「他們搶了我們的婦女，我們也搶了他們的婦女做人質。我們雙方都告到土地神那裡，土地神糊塗，竟然勸我們互相抵銷了事。我們雙方都不服，所以在這裡一決勝負。這關你們什麼事，你們竟用土槍轟擊我們？如今我們共同來到你家，你舉起槍，那麼我們就跑；你放下槍，那麼我們就又來，你能天天夜裡從黃昏到拂曉都不停地開槍嗎？」這家人聽鬼說的話有道理，於是跪下賠禮道歉，並準備了許多酒食和紙錢送走了鬼，不過鬼的打鬥聲也從此停息了。世界上不能不去做的事，不出來承擔它，這是失去時機；不能不除掉的危害，不出來力爭除掉它，這就是養癰遺患。鬼沒有侵犯人，人反而侵犯鬼，鬼就有藉口了，這不等於是開門把強盜請進來嗎？孟子有過這樣的話：鄰居有人打架，自己披頭散髮不繫帽帶去援救，這就是不明白事理，就算是把門關上不理不睬也是可以的。

【研析】世上事，不該干預者而去干預了，就會引火燒身；而該干預者不去干預，也會坐失時機，或者養癰遺患。作者講述這個故事，就是告誡人們處事須謹慎：無所作為和過猶不及都不是處理事情的正確態度。

趙延洪

伊松林舍人言：有趙延洪者，性伉直，嫉惡至嚴，每面責人過，無所避忌。偶見鄰婦與少年語，遽告其夫。夫偵之有跡，因伺其私會駢斬之，攜首鳴官。官已依律勿論矣。越半載，趙忽發狂自摑，作鄰婦語，與索命，竟齧斷其舌死。夫蕩婦逾閑，誠為有罪。然惟其親屬得執之，惟其夫得殺之，非亂臣賊子，人人得而誅者也。且所失者一身之名節❶，所玷者一家之門戶，亦非神姦巨蠹，弱肉強食，虐焰橫煽，沉冤莫雪，使人人公憤者也。律以隱惡揚善之義，即轉語他人，已傷盛德。儻伯仁❷由我而死，尚不免罪有所歸；況直告其夫，是誠何意？豈非激以必殺哉！遊魂為厲❸，固不為無詞。觀事經半載，始得取償，其必得請於神，乃奉行天罰矣。然則以訐❹為直，固非忠厚之道，抑亦非養福之道也。

【章旨】此章講述了一個名叫趙延洪的人揭露他人妻子隱私，導致丈夫殺死妻子，而他自己也被女子鬼魂索命的故事。

【注釋】❶名節　名譽和節操。❷伯仁　晉周顗的字。元帝時為僕射，與王導交情很深。永昌元年，導堂兄江州刺史王敦起兵反，王導赴闕待罪。周顗在元帝前為王導辯護，帝納其言而王導不知。及王敦入朝，問王導如何處置周顗，王導不答，王敦遂殺周顗。後來王導知道周顗曾救己，不禁痛哭流涕說：「吾雖不殺伯仁，伯仁由我而死。幽冥之中，負此良友！」❸厲　災禍；禍患。❹訐　攻擊別人的短處或揭發別人的隱私。

【語譯】伊松林舍人說：有個叫趙延洪的人，性情耿直，嫉惡如仇，非常嚴厲，往往當面指責別人的過錯，無所迴避忌諱。他偶然看見鄰居家婦人與一個年輕男子交談，就立刻告訴了那個婦人的丈夫。她丈夫偵察他們二人的行蹤，發現了姦情，因而等他們兩人私下相會時，將兩人都殺死了，帶著人頭到官府自首。官府根據法律免予追究。過了半年，趙延洪突然發狂打自己的耳光，以鄰居家女人的口吻，向他索討性命，他竟咬斷自己的舌頭而死。淫蕩的婦女做出越軌的事情，誠然是有罪的，但只有她的親屬可以去捉拿姦情，只有她的丈夫可以殺死她。她並不是那種造反叛亂的亂臣賊子，人人都有權去誅殺。況且這女子所喪失的只是她自己一身的名節，所玷汙的只是她一家的門戶，也不是那種大奸大惡、弱肉強食，凶虐氣焰熏天，使人們沉冤無處伸張，而讓人人公憤的那種人。根據隱惡揚善的道德原則，即使是將這種事情轉告他人，也已有損高尚的品德了。倘若這女子因為自己的緣故而被殺，雖然不是自己親手所殺仍不免要承擔一定的責任；何況直接告訴她的丈夫，這究竟是什麼意思？豈不是非要激怒她丈夫，使他殺掉她不可嗎！那女子的鬼魂作祟害他，本來就不是沒有道理的。觀察這件事已經過了半年，那個女子的鬼魂才能夠來向他索命，肯定是她向神靈請求而得到允許，然後才代表天意來懲罰他的。由此看來，把攻擊別人當做直率，固然不是忠厚的做法，而且也不是給自己造福的行為。

【研析】趙延洪就是到死，也沒有明白自己為什麼會遭到鬼魂的報應。一般來說，嫉惡如仇是一種美德。但如果不分場合、不問事由、不講方式、不顧後果，那麼這種「嫉惡」本身有時也會變成一種惡行。本文所說的故事就是一例，足以發人深省。

惡奴誣主

御史❶佛公倫❷，姚安公老友也。言貴家一傭奴，以遊蕩為主人所逐。銜恨次骨，乃造作蜚語，誣主人帷薄不修，縷述其下烝❸上報狀，言之鑿鑿，一時傳布。主人亦稍聞之，然無以箝其口，又無從而與辯，婦女輩惟爇香❹籲神而已。一日，奴與其黨坐茶肆，方抵掌縱談，四座聳聽，忽噭然一聲，已仆於几上死。無由檢驗，以痰厥具報。官為斂埋，棺薄土淺，竟為群犬搰❺食，殘骸狼藉。始知為負心之報矣。佛公天性和易，不喜聞人過，凡僮僕婢媼，有言舊主之失者，必善遣使去，鑑此奴也。嘗語昀曰：「宋党進❻聞平話❼說韓信❽（優人❾演說故實，謂之平話。《永樂大典》❿所載，尚數十部），即行斥逐。或請其故，曰：『對我說韓信，必對韓信亦說我，是烏可聽？』千古笑其憒憒，不知實絕大聰明。彼但喜對我說韓信，不思對韓信說我者，乃真憒憒耳。」真通人之論也。

【章旨】此章講述了一個傭工誣陷主人而遭報應的故事。

【注釋】❶御史　參見本書卷一〈道士降狐〉則注釋❶。❷佛公倫　即佛倫，清滿州正白旗人。姓舒穆祿氏。初由筆帖式選兵部主事。康熙間累擢戶部尚書，後官至文淵閣大學士。❸烝　指與母輩通姦。❹爇香　焚香。爇，焚燒。❺搰　挖出。❻党進　北宋馬邑人。宋太祖部下猛將。歷官至忠武軍節度使。❼平話　宋元間講史的別稱。現在所見的作品以宋代佚名《五代史平話》為最早。一般認為後世之評書、評話係平話的發展。❽韓信　參見本書卷十一〈妓女椒樹〉則注釋❹。❾優人　指藝人。❿永樂大典　參見本書卷十二〈李芳樹刺血詩〉則注釋❻。

【語譯】御史佛倫先生，是姚安公的老朋友。他說有個富貴人家雇了一個傭工，因為遊手好閒不務正業，被主人驅逐。這個傭工於是對主人恨之入骨，便造謠誹謗，誣衊主人家裡男女之間淫亂，詳細描繪長輩小輩之間亂倫的狀況，說得有根有據，一時間便流傳開來。主人也略有所聞，然而無法讓他閉口不說，又無法與他爭辯，主人家的婦女們只能焚香禱告神靈而已。一天，這個傭工與他的同黨坐在茶館裡，正在拍著手大談特談，在座的人也都聽得入神，他忽然「噭」地叫了一聲，已經撲倒在茶桌上死了。驗屍人檢驗不出死因，就以被痰堵住而死上報官府。官府出面為他收斂埋葬，棺材板薄，土埋得淺，他的屍體竟被一群狗挖出來啃噬，屍體的殘骸散得滿地都是，人們這才知道是他背叛主人而遭到的報應。佛先生天性溫和平易，不喜歡聽說別人的壞話。凡是家裡男女老少僕人，有人說他們原來主人壞話的，他必定妥善打發他離開，就是鑑於這個傭工的教訓。他曾經對我說：「宋代的党進聽人說平話講到韓信（藝人演說故事，叫做平話，《永樂大典》所載的，還有幾十部），立即將他斥責趕走。有人問這是為什麼，党進回答說：『他對著我說韓信，必定對著韓信也要說我，怎麼能聽他胡說呢？』千古以來，人們都笑話党進糊塗，卻不知道這正是他極聰明之處。那些只喜歡當著我的面說韓信，而沒有想到對著韓信的面會說我的人，才是真正的糊塗啊！」這真是通達的人的見識啊。

【研析】孔子曾說小人難養。小人不可理喻、不懂報恩，最好的辦法或許就是敬而遠之。

斥鬼

福建泉州❶試院❷，故海防道署也，室宇宏壯。而明季兵燹，署中多攖殺戮；又三年之中，學使按臨僅兩次。空閉日久，鬼物遂多。阿雨齋侍郎❸言：嘗於黃昏以後，隱隱見古衣冠人，暗中來往。即而視之，則無睹。余按臨是郡，時幕友❹孫介亭亦曾見紗帽紅袍人入奴子室中，奴子即夢魘。介亭故有膽，對窗唾曰：「生為貴官，死乃為僮僕輩作祟，何不自重乃爾耶？」奴子忽醒，此後遂不復見。意其魂即棲是室，故欲驅奴子出；一經斥責，自知理屈而止歟？

【章旨】此章講述了在福建泉州官署，有鬼作祟。但一經斥責，鬼就銷聲匿跡的故事。

【注釋】❶泉州　今福建泉州。❷試院　科舉考試考場。❸侍郎　參見本書卷四〈尊官妒嫉〉則注釋❽。❹幕友　參見本書卷五〈異類淳良〉則注釋❶。

【語譯】福建泉州的科舉考試考場，從前是海防道的衙門，房舍宏偉壯麗。但在明代末年的戰亂中，衙門裡有很多人遭到殺戮。加上三年之中，學政只來這裡視察兩次。由於房子長期空閒著，日子一久，鬼物便多起來。阿雨齋侍郎說，曾在黃昏以後，隱隱約約看見有穿著古代衣帽的人在暗中往來，走近一看，就什麼也沒有看見。我做學政巡視到這個郡時，我的幕僚孫介亭也曾看見戴著紗帽穿著紅袍的人進入奴僕的房裡，奴僕隨即就夢魘。孫介亭本來就有膽量，對著窗戶吐唾沫罵道：「你生前是貴官，死後卻對奴僕作祟，為什麼這樣不自重呢？」那奴僕忽然醒過來，從此以後就再也沒見到那個鬼。想來他的魂魄就住在這間屋子，所以想驅趕奴僕搬出來。一經斥責，就自知理虧而罷休了吧？

【研析】作者相信世上有鬼，而且相信物件時間長了也會成妖。作者的這種想法正是當時絕大多數人的看法。泉州試院出現的鬼魅現象，正是這些信鬼之人心理活動的一種反照，讀者不必當真。

習俗卜生死

里俗遇人病篤❶時，私剪其著體衣襟一片，熾火焚之。其灰有白文，斑駁如篆籀❷者，則必死；無字跡者，即生。又或聯紙為衾，其縫不以糊粘，但以秤錘就搗衣砧上捶之。其縫綴合者必死，不合者即生。試之，十有八九驗。此均不測其何理。

【章旨】此章講述了當地卜病人生死的兩個習俗。

【注釋】❶病篤　病勢沉重。❷篆籀　參見本書卷十二〈祆教傳入中原〉則注釋㉞。

【語譯】鄉里習俗，遇到有人病危時，偷偷剪一塊他貼身穿的衣服，點火燒掉。如果布灰中有白色的紋理，斑斑駁駁像小篆與籀書文字的樣子，那麼這個人必死無疑；布灰如果沒有字跡，這個人就可以活下去。又有一種方法，或者把紙聯接成被子，紙連接處不用漿糊粘，而是把它放在捶衣石上，用秤錘去捶。如果接縫聯接起來，那麼這個人必死；如果不聯在一起，就可以活下去。用這種辦法試驗，十有八九都很靈驗。這都不明白是什麼緣故。

【研析】民間習俗也有許多迷信，如卜病人生死的習俗就毫無道理。除了迷信，難以解釋。

一念分禍福

莆田❶林生霈言：聞泉州有人，忽燈下自顧其影，覺不類己形。諦審之，運動轉側，雖一一與形相應，而首巨如斗，髮鬔鬙如羽葆❷，手足皆鉤曲如鳥爪，宛然一奇鬼也。大駭，呼妻子來視，所見亦同。自是每夕皆然，莫喻其故，惶怖不知所為。鄰有塾師聞之，曰：「妖不自興，因人而興。子其陰有惡念，致羅剎❸感而現形歟？」其人悚然具服，曰：「實與某氏有積仇，擬手刃其一門，使無遺種，而跳身以從鴨母（康熙末，臺灣逆寇朱一貴❹結黨煽亂。一貴以養鴨為業，閩人皆呼為鴨母云）。今變怪如是，毋乃神果警我乎？且輟是謀，觀子言驗否？」是夕鬼影即不見。此真一念轉移，立分禍福矣。

【章旨】此章講述了一個人因心存惡念，鬼即隨身；一除惡念，鬼即離去的故事。

【注釋】❶莆田　市名。在福建東部沿海、木蘭溪下游。❷羽葆　即羽蓋。古時用鳥羽裝飾的車蓋。《漢書・王莽傳下》：「莽乃造華蓋九重，高八丈一尺，金瑵羽葆。」❸羅剎　惡鬼。❹朱一貴　清臺灣人。康熙時臺灣知府王珍稅斂繁苛，百姓憤而造反。以朱一貴姓朱，託為明裔，因奉之為渠首。朱一貴率軍攻陷臺灣，稱中興王。後被水師提督施世驃等討伐平定。

【語譯】莆田人林生霈說：聽說泉州有個人，忽然在燈下看見自己的影子，覺得不像自己的模樣。仔細審視那影子，運動轉側，雖然一一都與自己的身形相應，然而腦袋有斗那麼大，頭髮蓬亂如同羽蓋，手腳都彎曲得像鳥的爪子，恰如一個奇怪的鬼。那人非常驚駭，急忙叫妻子來看，看到的情況也相同。從此以後，每天晚上都是如此，不知是什麼緣故，那人驚慌恐懼，不知該怎麼辦。鄰居家有位私塾先生聽說此事，說：「妖怪不會自己產生，都是因為人自身的原因而產生的。你是否暗地裡有險惡的念頭，招致羅剎鬼受到感應而現形呢？」那人驚恐地徹底承認說：「我確實與某某人有舊日累積的仇恨，我打算親手殺死他們全家，叫他家斷子絕孫，然後逃走而去投靠鴨母（康熙末年，臺灣叛逆的強盜朱一貴聚眾煽動造反。朱一貴曾經以養鴨為職業，所以福建人都稱他為鴨母）。如今變怪這樣顯現，不就是神果然在警告我麼？暫且絕了這個念頭，看你的話是否得到應驗？」當天晚上鬼影就不見了。這真是一個念頭轉變，就可以立即分出了禍福。

【研析】一個念頭，往往繫於生死禍福。塾師提出「妖不自興，因人而興」的觀點，其實也是作者一貫堅持的觀點。只要自己思想中沒有邪念、惡念，自然不會產生妖魅。作者的告誡，還是值得記取。

拉花

丁御史芷溪言：曩在天津，遇上元❶，有少年觀燈夜歸，遇少婦甚妍麗，徘徊歧路，若有所待，衣香鬢影，楚楚動人。初以為失侶之遊女，挑與語，不答。問姓氏里居，亦不答。乃疑為幽期❷密約遲所歡而未至者，計可以挾制❸留也，邀至家少憩。堅不肯，強迫之同歸。柏酒❹粉團❺，時猶未徹，遂使雜坐妻妹間，聯袂❻共飲。初甚靦覥❼，既而漸相調謔，媚態橫生，與其妻妹互勸酬。少年狂喜，稍露留宿之意。則微笑曰：「緣蒙不棄，故暫借君家一卸妝。恐伙伴相待，不能久住。」起解衣飾卷束之，長揖徑行，乃社會中拉花者也（秧歌隊中作女妝者，俗謂之拉花）。少年憤恚，追至門外，欲與鬥。鄰里聚問，有親見其強邀者，不能責以夜入人家；有親見其唱歌者，不能責以改妝戲婦女，竟哄笑而散。此真侮人反自侮矣。

【章旨】此章講述了一個青年將路上遇見的一個少婦拉回家中，由自己妻子妹妹相伴，圖謀不軌。誰知這個少婦卻是男子假扮的。這個青年賠了夫人又折兵，徒留笑柄。

【注釋】❶上元　即元宵節。❷幽期　指男女間的祕密約會。❸挾制　抓住別人的弱點，加以威脅，使聽從自己的支配。❹柏酒　即柏葉酒。古代風俗。以柏葉浸酒，元旦共飲，以祝壽和避邪。❺粉團　是一種室內的節日遊戲。據《天寶遺事》，宮中每到端陽節，做粉團角黍，放在金盤中，用小角弓架箭射盤中粉團，中者行食。當時都中盛行這種遊戲。❻袂　衣袖。❼靦覥　也作「靦腆」。害羞。

【語譯】丁芷溪御史說：過去他在天津時，正遇上元宵節。有個年輕人晚上看過燈後回家，遇到一個長得很豔麗的少婦，在岔路口徘徊，好像在等什麼人。她的衣服發出幽香，頭上的髮髻高聳，在夜幕中更顯得楚楚動人。年輕人開始以為是與夥伴走散了的觀燈的女子，故意挑逗與她搭話，她不回答；問她姓什麼住在哪裡，她也不說。於是年輕人懷疑她是與人幽會而正在等人，情人還沒有來，心想可以用這一點來要挾她留下來，於是年輕人邀請她到自己家稍稍休息片刻。她堅決不肯，但年輕人強迫她和自己一齊回家。家裡人正在喝柏葉酒，玩粉團遊戲，過元宵節的宴席還沒有結束，那個年輕人就讓她坐在自己妻子和妹妹中間一起飲酒。她開始還很靦腆，不久便漸漸互相調笑起來，只見她媚態橫生，與年輕人的妻子妹妹互相勸酒。年輕人狂喜，稍稍露出想留她住下的意思。那個少婦就微笑著說：「因為你盛情邀請，所以我暫時借你家卸一下妝。怕夥伴們在等我，我不能久留了。」此人說完便起身脫下外衣，和首飾捲在一起，作一個揖就揚長而去，原來這人是鄉里廟會演戲的拉花者（秧歌隊裡裝扮女子的男人，俗稱之為拉花）。年輕人憤怒極了，追到門外想和他打架。鄰居們聚攏來詢問事情原委，有人親眼看見是年輕人強行邀請他來的，所以不能責備他在夜晚私自闖進民宅；有人親眼看見他唱歌，所以也不能責備他改扮妝束調戲婦女，最後眾人竟哄笑而散。這真是本想侮辱人反而侮辱了自己。

【研析】青年圖謀不軌，羊肉沒有吃到，卻惹了一身羊膻氣。用一句俗語可以概括這個青年的行為：「孫權招親，賠了夫人又折兵。」

盧泰舅

老僕盧泰言：其舅氏某，月夜坐院中棗樹下，見鄰女在牆上露半身，向之索棗。撲數十枚與之。女言今日始歸寧❶，兄嫂皆往守瓜，父母已睡。因以手指牆下梯，斜盼而去。其舅會意，躡梯而登。料女甫下，必有几凳在牆內，伸足試踏，乃踏空墮溷❷中。女父兄聞聲趨視，大受捶楚。眾為哀懇乃免。然鄰女是日實未歸，方知為魅所戲也。前所記騎牛婦❸，尚農家子先挑之；此則無因而至，可云無妄之災。然使招之不往，魅亦何所施其技？仍謂之自取可矣。

【章旨】此章講述了一個農人，因受到鄰居家女子引誘而翻牆進入她家院子，誰知卻掉進糞坑的故事。

【注釋】❶歸寧　指已嫁的女子回娘家探視父母。❷溷　廁所。❸騎牛婦　參見本卷〈佻達者戒〉則。

【語譯】老僕人盧泰說：他的舅舅某人，一個月夜坐在院中的棗樹下，看見鄰居家女兒在牆上露出半截身子，向他討棗子吃。某人打下幾十個棗子給她。那女子說我今天才回娘家，哥哥嫂嫂都去看守瓜田，父母已經睡下。接著她用手指一指牆下的梯子，然後斜看了某人一眼就下牆去了。某人明白她的意思，踩著梯子爬上牆，心想女子剛從牆上下去，必定有桌凳之類墊腳的東西放在牆根下，伸出腳試著一踏，卻踏了個空而掉進糞坑裡。女子的父親哥哥聽到聲音趕來，把他痛打了一頓。大家為他苦苦哀求，他們這才罷手。然而鄰居家女兒這天實際上並沒有回娘家，他這才知道是被妖魅戲弄了。我在前文記載的騎黑牛婦女的故事，還是那個農家子先挑逗她的。這一次卻是妖魅沒什麼原因就自己找上門來，可以說是無妄之災。然而，如果某人被妖魅招引而不去，妖魅有什麼辦法施詭計？因此也可以說是某人自取其辱。

【研析】此人如果在妖魅誘惑前不動色心，妖魅伎倆豈能得逞？世人遭受侮辱也往往類此。在金錢、美色前面不能把持自己，以致中了圈套，迷失自我。作者一再以此告誡世人，也不是多餘的。

偷窺得罪

李芍亭言：有友嘗避暑一僧寺，禪室甚潔，而以板窒其後窗。友置榻其下。一夕，月明，枕旁有隙如指頂，似透微光。疑後為僧密室，穴紙覘之，乃一空園，為厝棺❶之所。意其間必有鬼，因側臥枕上，以一目就窺。夜半，果有黑影，仿佛如人，來往樹下。諦視❷粗能別男女，但眉目不了了。以耳就隙竊聽，終不聞語聲。厝棺約數十，然所見鬼少僅三五，多不過十餘。或久而漸散，或已入轉輪❸歟？如是者月餘，不以告人，鬼亦竟未覺。一夕，見二鬼媟狎於樹後，距窗下才七八尺，冶蕩之態，更甚於人。不覺失聲笑，乃闃然滅跡。次夜再窺，不見一鬼矣。越數日，寒熱大作，疑鬼為祟，乃徙居他寺。變幻如鬼，不免於意想之外，使人得見其陰私。十目十手，殆非虛語。然智出鬼上，而卒不免為鬼驅。察見淵魚者不祥❹，又是之謂矣。

【章旨】此章講述一個人借住佛寺，偷看鬼的隱私，遭到鬼懲罰的故事。

【注釋】❶厝棺　停放棺材。❷諦視　仔細看。❸轉輪　即輪迴。參見本書卷四〈暫入輪迴〉則注釋❽。❹察見淵魚者不祥　古代諺語。明察太過，知道別人隱私者不祥。《列子・說符》：「周諺有言：『察見淵魚者不祥，知料隱匿者有殃。』」也可理解為見事太明，做事即失其勇。

【語譯】李芍亭說：有個朋友曾在一座佛寺裡避暑，寺中的禪房很乾淨，但禪房的後窗卻用木板堵住了。朋友把床鋪安在窗戶下面。一天晚上，月光明亮，朋友睡的枕頭旁牆壁上有指尖那麼大的一個空隙，似乎透著微光。朋友懷疑是和尚們的密室，於是把窗戶紙捅破偷偷往外看，原來是一個空院落，用來寄放棺材的地方。朋友心想這裡一定會有鬼，於是側躺在枕頭邊，用一隻眼睛湊著空隙往外偷看。半夜，果然有黑影出現，彷彿像人的樣子，在樹下來來往往。仔細觀察，能大致分辨男女，但是長相面貌就看不清楚了。他把耳朵貼在空隙處偷聽，一直沒有聽到說話聲。那座空院裡停放的棺材有幾十具，然而見到的鬼少的僅三五個，多的不過十幾個。或許久而久之有些鬼漸漸就散掉了，或許有些鬼已經入輪迴轉生了吧？這樣過了一個多月，他沒把這事告訴別人，鬼竟然也沒有覺察到他。一天晚上，他看見兩個鬼在樹後親熱，距離窗戶才七八尺遠，他們淫蕩的樣子，比人還要過分，他不覺失聲笑了出來，兩個鬼轉瞬間就沒了蹤影。他在第二天晚上再偷看時，院子裡看不到一個鬼了。過了幾天，他生了一場寒熱大病，懷疑是鬼在作祟，於是就搬遷到別的寺廟去住了。像鬼這樣變幻莫測，還是不免在意料之外被人看見自己的隱私。《禮記》中說，人的任何一種舉動，都有十隻眼睛十隻手盯著指著，這話絕不是虛假的。然而人的智慧超過鬼，而最終不免被鬼驅逐。古代諺語說，一個能看清深淵裡魚的人，是不吉利的，說的就是這種情況。

【研析】人都有偷窺欲，希望能夠看到聽到別人的隱私。文中此人也是因為偷窺欲發作，而去偷窺鬼的隱私。雖然鬼只給了此人小懲，也夠此人記取了。

移甲代乙

大學士溫公鎮烏魯木齊日，軍屯報遣犯王某逃，緝捕無跡。久而微聞其本與一吳某皆闔人，同押解至哈密出關展問❶，王某道死。監送臺軍不通閩語，不能別孰吳孰王。吳某因言死者為吳，而自冒王某之名。來至配所數月，伺隙潛遁。官府據哈密文牒，緝王不緝吳，故吳幸跳免。然事無左證，疑不能明，竟無從究詰。軍吏巴哈布因言：有賣絲者婦，甚有姿首。忽得奇疾，終日惟昏昏臥，而食則兼數人。如是兩載餘。一日，嗷然長號，僵如屍厥❷。灌治竟夜，稍稍能言。自云：「魂為城隍判官所攝，逼為妾媵，而別攝一餓鬼附其形。至某日壽盡之期，冥牒拘召，判官又囑鬼役❸別攝一餓鬼抵。餓鬼亦喜得轉生，願為之代。迨城隍庭訊，乃察知偽狀，以判官鬼役付獄，遣我歸也。」後判官塑像無故自碎，此婦又兩年餘乃終。計其復生至再死，與其得疾至復生，日數恰符。知以枉被掠奪，仍還其應得之壽矣。然則移甲代乙，冥司亦有，所惜者此少城隍一訊耳。

【章旨】此章講述了兩個分別發生在陰陽兩個世界的冒名頂替的故事。

【注釋】❶哈密闢展間　今新疆哈密與新疆鄯善之間。❷屍厥　病名。症狀為突然昏倒，不省人事。❸鬼役　冥司的衙役、雜差。

【語譯】大學士溫公鎮守烏魯木齊時，駐軍報告流放犯王某逃走了，官府搜緝追捕，不見蹤跡。很久以後才慢慢聽說，王某本來與一姓吳的人都是福建人，一同被押送到哈密、闢展一帶。王某半路上死了，押送的駐軍聽不懂福建話，不能分辨哪個人姓吳哪個人姓王。吳某於是謊稱死的人是吳某，而自己冒充王某的名字。來到流放地幾個月後，他尋找機會逃跑了。官府根據哈密轉來的公文，通緝王某而不通緝吳某，於是吳某僥倖逃脫了。然而事情沒有旁證，只能懷疑而不能證實，最終還是無法追究查問。軍吏巴哈布接著說起一件事：有個賣絲商人的妻子，長得很漂亮，忽然得了怪病，整天只是昏昏沉沉地躺著，但吃飯卻抵得上幾個人的飯量。這樣過了兩年多。一天，她嗷地一聲長叫，渾身僵硬就像屍體。人們灌水灌藥搶救了一個通宵，她終於慢慢可以講話了。她自己說：「我的魂被城隍判官攝去，逼著我做他的小妾，而另外攝來一個餓鬼，附在我的形體上。到了某一天我壽命終結的日子，陰司公文拘召我去，判官又吩咐鬼役另攝一個餓鬼替代我。那餓鬼也很高興能夠轉生，願意替代我。一直到城隍神當堂審問時，才察覺了假冒的真相，將判官和鬼役關到監獄中，打發我回來了。」後來城隍廟裡判官的塑像無緣無故自己碎裂，而這個女人又過了兩年多才去世，計算她復生到再死的時間，與她得病到復生的天數正好相等，知道她是冤枉被判官掠奪去，所以仍舊還給她應得的壽命。如此說來，以甲代替乙的事，陰司裡也是有的，所可惜的是陽世間少了城隍神當堂一審而已。

【研析】移甲代乙，陽世間的吳某是為了逃命，陰間的判官卻是為了私欲。故而吳某無人追究，而判官被判入獄。有些小手腕並不是不能耍，關鍵在於耍這種手腕是為了什麼。如果為了私欲而耍手腕，必遭報應。故事告訴我們的道理，或許就是這個。

狐復仇

李阿亭言：灤州❶民家，有狐據其倉中居，不甚為祟；或偶然拋擲磚瓦，盜竊飲食耳。後延術士劾治，殪數狐；且留符曰：「再至則焚之。」狐果移去。然時時幻形為其家婦女，夜出與鄰舍少年狎；甚乃幻其幼子形，與諸無賴同臥起。大播醜聲，民固弗知。一日，至佛寺，聞禪室嬉笑聲。穴紙竊窺，乃其女與僧雜坐。憤甚，歸取刃。其女乃自內室出。始悟為狐復仇，再延術士。術士曰：「是已竄逸，莫知所之矣。」夫狐魅小小擾人，事所恆有，可以不必治，即治亦罪不至死。遽駢❷誅之，實為已甚，其銜冤也固宜。雖有符可恃，狐不能再逞，而相報之巧，乃卒生於所備外。然則君子於小人，力不足勝，固遭反噬；即力足勝之，而機械潛伏，變端百出，其亦深可怖已。

【章旨】此章講述了一戶百姓整治狐狸精的手段過分，遭到狐狸精報復的故事。

【注釋】❶灤州　州名。治所在今河北灤縣。❷駢　本指並列。此處指一起。

【語譯】李阿亭說：灤州有戶人家，有狐狸精占據他家的倉庫居住，不怎麼作祟，只不過偶爾拋擲磚瓦、偷竊些食物而已。後來這戶人家請來法師作法整治，殺死了幾隻狐狸。而且法師還留下一道符，說：「如果狐狸精再來，就焚燒這道符。」狐狸精果然都搬走了。然而狐狸精卻經常幻變成他家婦女的樣子，夜裡出去與鄰居家的年輕男子嬉戲；甚至竟變成他家小兒子的模樣，與一群無賴混在一起。以致這戶人家臭名遠揚，但他們家卻還不知道。一天，這家主人到佛寺去，聽到禪室中有嬉笑聲。他捅破窗戶紙偷偷觀看，原來是自己的女兒與和尚雜坐在一起。他憤怒極了，回家拿刀，卻看見自己女兒從內室走出來，這才明白是狐狸精在復仇。於是主人再延請法師來，法師說：「狐狸精已經逃走了，我不知道他們逃到什麼地方去了。」狐狸精稍稍打擾人，這種事是常有的，可以不必去整治他們，即使要整治他們，他們的罪過也不至於死。突然將他們一齊殺死，實在做得太過分了，他們銜冤懷恨也是應該的。這家主人雖然有符可以憑恃，狐狸精不敢再來逞強直接報復，然而狐狸精報復方法的巧妙，還是大大超出了人們所能防備的範圍之外。由此可見，君子對於小人，如果力量不足以勝過他們，固然會遭到他們的侵害；即使力量足以勝過他們，但他們詭計多端、巧詐萬變，也是足以令人深深感到可怕的。

【研析】作者講述這個故事，無非是告訴我們處事不可過分。即使對付狐狸精這樣的妖物，也不可過分。否則，遭到他們的報復時會後悔莫及。作者由此想到生活中常會遇見像狐狸精這樣的小人，如何恰到好處地對付他們，確實是一件難事。

狐女誅狐女

嵩輔堂閣學❶言：海淀❷有貴家守墓者，偶見數犬逐一狐，毛血狼藉。意甚憫之，持杖擊犬散，提狐置室中，俟其蘇息，送至曠野，縱之去。越數日，夜有女子款扉❸入，容華絕代。駭問所自來。再拜曰：「身是狐女，昨遘大難，蒙君再生，今來為君拂枕席。」守墓者度無惡意，因納之。往來狎昵，兩月餘，日漸瘵瘦❹，然愛之不疑也。一日，方共寢，聞窗外呼曰：「阿六賤婢！我養創甫愈，未即報恩，爾何得冒託我名，魅郎君使病？脫有不諱，族黨中謂我負義，我何以自明？即知事出於爾，而郎君救我，我坐視其死，又何以自安？今偕姑姊來誅爾。」女子驚起欲遁，業有數女排闥入，掊擊立斃。守墓者惑溺已久，痛惜恚忿，反斥此女無良，奪其所愛。此女反覆自陳，終不見省，且拔刃躍起，欲為彼女報冤。此女乃痛哭越牆去。守墓者後為人言之，猶恨恨也。此所謂「忠而見謗，信而見疑❺」也歟！

【章旨】此章講述了一個狐女因報答救命之恩，誅殺媚惑恩人的另一個狐女的故事。

【注釋】❶閣學　參見本書卷四〈暫入輪迴〉則注釋❼。❷海淀　參見本卷〈千里尋父遺骸〉則注釋❽。❸款扉　叩門；敲門。款，叩；敲擊。扉，門扇。❹瘵瘦　憔悴；枯瘦。❺忠而見謗二句　語出《漢書・鄒陽傳》。原文為「忠無不報，信不見疑」。

【語譯】內閣學士嵩輔堂說：海淀有個為貴人家守墓的人，偶然見到幾條狗追一隻狐狸，狐狸傷口流血，毛髮凌亂。守墓人很憐憫這隻狐狸，拿起棍棒把狗打散了，把狐狸提進屋裡，等牠醒過來後，又把牠送到曠野裡，讓狐狸逃走了。過了幾天，一天夜晚，有個女子敲門進來，有著絕世美貌。守墓人吃驚地問她從哪裡來。女子拜了兩拜說：「我是狐女，前幾天遇到大難，蒙您救了我的命，今天是來侍奉您的。」

守墓人心想這隻狐狸沒有惡意，於是便接納了她。他們兩人往來親熱愛昵，過了兩個多月，守墓人日漸枯瘦，然而他愛這個狐女，所以沒有懷疑她。一天，他們正在一起睡覺，聽到窗外叫道：「阿六你這個賤丫頭，我養傷剛痊癒，還沒來得及報恩，你怎能假託我的名字，媚惑郎君使他生病呢？如果郎君有個不測，我們族黨中都會說是我忘恩負義，我怎麼來為自己辯白呢？即使知道是你幹的壞事，但郎君救了我，我眼看著他被你害死而不管，我又怎能安心呢？今天我和姑姑姐姐們一起來除掉你。」那狐女驚慌地起身想逃走，已經有幾個女子推門進來，立即把狐女打死了。守墓人受她媚惑時間已久，既悲痛惋惜又氣憤暴怒，反而指責後來的那個女子居心不良，奪走了他心中所愛的人。這個女子反覆對他解釋，他仍然不省悟，甚至拔出刀跳起來，要為那狐女報仇。這個女子只能痛哭著越過牆頭而去。守墓人後來對人說起這事，仍然恨恨不已。這可以說是忠心而被毀謗，誠信而遭懷疑了。

【研析】狐女媚人，不是稀罕之事；而狐女救人，卻是很少聽說。這個狐女為報救命之恩，不惜誅殺自己的同類；而那個當事人卻執迷不悟，反將好心當惡意，拔刀相向。難怪作者會發出「忠而見謗，信而見疑」的感歎了。

講學者丟醜

董曲江前輩言：有講學者，性乖僻，好以苛禮繩生徒❶。生徒苦之，然其人頗負端方❷名，不能詆其非也。塾後有小圃，一夕，散步月下，見花間隱隱有人影。時積雨初晴，土垣微圮❸，疑為鄰里竊蔬者。迫而詰之，則一麗人匿樹後，跪答曰：「身是狐女，畏公正人不敢近，故夜來折花。不虞為公所見，乞曲恕❹。」

言詞柔婉，顧盼間百媚俱生。講學者惑之，挑與語。宛轉相就，且云妾能隱形，往來無跡，即有人在側亦不睹，不至為生徒知也。因相燕昵。比天欲曉，講學者促之行。曰：「外有人聲，我自能從窗隙去，公無慮。」俄曉日滿窗，執經者麇至❺，女仍垂帳偃臥。講學者心搖搖，然尚冀人不見。忽外言某媼來迓❻女。女披衣徑出，坐皋比❼上，理鬢訖，斂衽❽謝曰：「未攜妝具，且歸梳沐。暇日再來訪，索昨夕纏頭錦❾耳。」乃里中新來角妓❿，諸生徒賄使為此也。講學者大沮，生徒課畢歸早餐，已自負衣裝遁矣。外有餘必中不足，豈不信乎？

【章旨】此章講述一個講學家因嫖妓而當眾出醜的故事。

【注釋】❶生徒　學生；門徒。❷端方　言行舉止端莊方正。❸圮　坍塌。❹乞曲恕　請求曲意寬恕。❺麇至　群集而來。❻迓　迎接。❼皋比　參見卷十〈崇真懲偽〉則注釋❶。❽斂衽　猶斂袂。整一整衣袖。❾纏頭錦　用作纏頭的羅錦。借指買笑尋歡的費用。纏頭，古時歌舞的人把錦帛纏在頭上作妝飾。❿角妓　古時稱藝妓。

【語譯】董曲江前輩說：有個講學的先生，性格乖僻，喜歡用苛刻的禮法約束學生。學生們被他管束得很苦，然而這人頗有品行端正的名聲，所以不能指責他的不對。學塾後面有個小菜園，一天晚上，這個講學先生在月光下散步，看見花叢間隱隱約約有個人影。當時下了長時間的雨剛剛放晴，菜園的土牆稍稍有些崩塌，他懷疑是鄰居來偷菜，於是便走近去查問。只看見一個美女躲在樹後。跪著回答說：「我是個狐女，畏懼先生是個正人君子，我不敢靠近，所以夜裡來折花，沒有想到被您看見了，請求先生饒恕。」這女子說話言詞溫柔委婉，目光顧盼間媚態橫生。這個講學先生被迷住了，用話語挑逗她，她便很婉轉柔順地應允了，並且說自己能隱匿形體，來往沒有蹤跡，即使有人在旁邊也看不見，所以不會讓學生們知道的。講學先生於是和她纏綿親昵。等到天快亮時，講學先生催促她離開，她說：「儘管外面有人說話的聲音，我自能從窗戶的縫隙出去，您不必擔心。」不一會兒，早晨的陽光照到整個窗戶上，拿著儒家經典來讀書的學生們成群而來，那個女子仍然放下帳子在床上躺著。講學先生心神不安，然而還指望人們看不見她。忽然外面有人說某老媽子來接女兒了。這個女子披起衣服徑直走出來，坐在講學先生的講座上，理了理頭髮，整理一下衣服行禮說：「我沒有帶梳妝用具來，暫且回家去梳洗，有閒暇時間再來探望您，並且索要昨天晚上的酬金。」原來她是當地新來的妓女，是學生們賄賂讓她這麼做的。講學先生非常沮喪，趁著學生們上完課回去吃早飯，講學先生就已背著行李逃走了。外表過分內裡必然有所不足，這話怎麼能夠不相信呢？

【研析】講學者以道學家自居，虛偽造作，其實「外有餘必中不足」，學生們稍稍作弄，這位講學者便原形畢露。明清以來，人們對道學的批判主要集中在對那些鼓吹道學之人的「言與行」、「表與裡」、「形與質」的不統一。仔細辨析作者對道學的批判，大致也是如此。

陪葬之物

曲江又言：濟南有貴公子，妾與妻相繼歿。一日，獨坐荷亭，似睡非睡，恍惚若見其亡姬。素所憐愛，即亦不畏，問：「何以能返？」曰：「鬼有地界，土神❶禁不許闌入。今日明日，值娘子誦經期，連放焰口❷，得來領法食❸也。」問：「娘子已來否？」曰：「娘子獄事未竟，安得自來！」問：「施食無益於亡者，作焰口何益？」曰：「天心仁愛，佛法慈悲，賑人者佛天❹喜，賑鬼者佛天亦喜。是為亡者資冥福，非為其自來食也。」問：「泉下況味何似？」曰：「墮女身者妾夙業，充下陳者君夙緣。業緣俱滿，靜待轉輪❺，亦無大苦樂。但乏一小婢供驅使，君能為焚一偶人乎？」懵騰而醒，姑信其有，為作偶人焚之。次夕見夢，則一小婢相隨矣。夫束芻❻縛竹，剪紙裂繒，假合成質，何亦通靈？蓋精氣摶結，萬物成形；形不虛立，秉氣含精。雖久而腐朽，猶蜎蠕❼以化，芝菌以蒸。故人之精氣未散者為鬼，布帛之精氣，鬼之衣服，亦如生。其於物也，既有其質，精氣斯凝，以質為範，象肖以成。火化其渣滓，不化其菁英，故體為灰燼，而神聚幽冥。如人殂謝，魄降而魂升。夏作明器❽，殷周相承，聖人所以知鬼神之情也。若夫金釭❾、春條❿，未閟佳城，殯宮闃寂，彳亍夜行，投畀炎火，微聞呷嚶。是則衰氣所召，妖以人興，抑或他物之所憑矣。（有樊媼者，在東光⓫見有是事。）

【章旨】此章講述了一個貴公子夢見去世的侍妾向自己討要偶人的故事，並論述了偶人何以通靈的理由。

【注釋】❶土神　土地神。❷放焰口　參見本書卷四〈鬼念〉則注釋❷。❸法食　祭祀用的食物。❹佛天　對佛的尊稱。佛教徒認為佛的法力廣大，能普濟眾生，故以天為喻。❺轉輪　即輪迴。參見本書卷四〈暫入輪迴〉則注釋❽。❻芻　草。❼蜎蠕　蟲豸之屬飛翔或蠕蠕而行。借指能飛翔或爬行的昆蟲。❽明器　參見本書卷五〈說明器〉則注釋❶。❾金釭　金質的燈盞、燭臺。《靈怪集》載，稱金釭變為婢女。❿春條　一說是玉環。《博異記》中為婢女名，由明器所變。⓫東光　縣名。在河北東南部、南運河東岸，鄰接山東。

【語譯】董曲江又說：濟南有個貴公子，侍妾和妻子相繼去世。一天，他獨自坐在荷花亭中，似睡非睡，恍恍惚惚中好像看見自己已經去世的侍妾。他一向喜歡她，所以也不害怕，問她：「為什麼能回來？」侍妾回答說：「鬼有畫分的地界，土地神禁止不許亂走。今明兩天，正逢娘子誦經的日期，連日放焰口作布施，因此我得以來領取法食。」這個貴公子問：「娘子來了沒有？」侍妾回答說：「娘子的案子還沒有了結，怎能自己來呢！」貴公子又問：「施捨食物無益於已經亡故的人，放焰口又有什麼用呢？」侍妾回答說：「上天心意仁愛，佛法也以慈悲為本。賑濟活著的人，上天和佛祖都歡喜；賑濟鬼，上天和佛祖也歡喜。所以布施是為了替亡故的人在陰間積德添福，並不是為了叫他來自己吃的。」貴公子問：「在陰曹地府中的感受像什麼樣？」侍妾回答說：「我墮入託生為女人，是因為我前生的罪業；給你作侍妾，是您前世的緣分。如今罪業緣分全都已滿，靜靜等待再次轉生，也沒有什麼很苦或快樂的感覺。只是缺少個小婢女供使喚，您能為我焚燒一個偶人嗎？」貴公子懵然驚醒，姑且相信夢中有那麼回事，便為侍妾做了一個偶人焚燒給她。第二天晚上侍妾又來託夢，在她身邊已有個小婢女相隨了。捆草把綁竹子、剪紙撕布做成偶人，只不過假裝做成那麼個模樣而已，為什麼也會通靈呢？大概因為精氣凝結，才形成萬物的形狀；萬物的形體不是空虛的存在，而是包含著精氣。雖然時間久了形體也要腐朽，但還能化成微小的蟲子，蒸騰生成靈芝菌類之物。所以，人的精氣沒有散失的就成為鬼，布匹絲帛的精氣，做成鬼的衣服，也像真實的布作活人的衣服一樣。這個道理對於其他器物來說也是一樣，既然有了本體，精氣就凝結在其中了。物以本體作框架，於是便形成了某種物體的形狀。火焚燒掉了這物體的渣滓，但不會燒化它的菁華。所以物的形體成為了灰燼，而它的精神卻聚集在幽冥世界中。就好像人去世了，他的魄下降而魂上升一樣。夏代開始製作殉葬用的明器，殷商和周代繼承這個制度，這大概是因為當時的聖人已經知道鬼神的情況了。至於像金釭、春條之類，被長期埋在墳墓裡，墳墓裡寂寞幽靜，夜裡便會變成精怪出來走動；如果把這些東西丟進烈火裡焚燒，會隱隱約約聽到咿嚶的聲音。這是人自身的衰竭之氣召來的，因為妖是因人而出現，或許是由別的怪物依附在它上面而作怪了。（有個姓樊的老婦人，在東光縣看見有這種事。）

【研析】人們相信「侍死如侍生」，凡是人世間的一切，希望亡靈能在陰間也能享受，故而為亡靈焚燒紙糊的洋房別墅、汽車美女者都有。如作者所言，這些紙糊的東西中也有精氣凝結，也都會成精作怪。那麼，陰間精怪未免太多，也難以安頓了。作者所說的虛妄一望可知。

峰巔人家

朱子穎運使❶言：昔官敘永❷同知❸時，由成都回署，偶過茂林，停輿小憩。遙見萬峰之頂，似有人家；而削立千仞，實非人跡所到。適攜西洋遠鏡，試以窺之，見草屋三楹，向陽啟戶，有老翁倚松立，一幼女坐簷下，手有所持，似俯首縫補；屋柱似有對聯，望不了了。俄雲氣滃鬱，遂不復睹。後重過其地，林麓依然，再以遠鏡窺之，空山而已。其仙靈之宅，誤為人見，遂更移居歟？

【章旨】此章講述了一位官員望見山峰之巔有戶人家，再次經過眺望時，這戶人家已經不見的故事。

【注釋】❶朱子穎運使　參見本書卷一〈漢學與宋學〉則注釋❶。❷敘永　今四川敘永。❸同知　參見本書卷二〈鬼誠〉則注釋❶。

【語譯】轉運使朱子穎說：過去擔任敘永同知時，從省城成都回敘永的官署，偶然經過一片茂密的樹林，於是停下轎子稍事休息。他遠遠望見萬峰之巔好像有人家，然而那座山峰陡削壁立，高達千仞，確實不是人能夠上去的。他當時正好帶著西洋望遠鏡，便試著用它觀察，看見山頂上是三間草屋，向著太陽開門，有個老人靠著松樹站立，有個小女孩坐在屋簷下，手裡拿著什麼東西，好像是低著頭在縫補。屋柱上似乎有對聯，但看不清楚。不久雲霧瀰漫上升，便看不見了。後來再次路過這個地方，樹林山麓依然如故，再用望遠鏡觀察，看見的只是一座空山而已。這或許是仙人神靈的住宅，因不小心被人看見了，於是就移居別處去了麼？

【研析】遙望山巔人家，如同仙境；如果能夠近觀，還是普通百姓。因為遙望，人們總帶有一些想像；至於近觀，則一覽無遺，沒有想像存在的空間。筆者曾去武夷山，從九曲溪往上眺望，山崖真是壁立千仞，無法攀援。但實際上，每座山峰的後山都有山路直通山頂。如果只知其一、不知其二，未免會犯迷糊，以為真的到了什麼仙境。

梅花畫

潘南田❶畫有逸氣，而性情孤峭，使酒罵座，落落然不合於時。偶為余作梅花橫幅，余題一絕曰：「水邊籬落影橫斜，曾在孤山處士❷家。只怪樛枝❸蟠似鐵，風流畢竟讓桃花。」蓋戲之也。後余從軍塞外，侍姬輩嫌其皺黯，竟以桃花一幅易之。然則細瑣之事，亦似皆前定矣。

【章旨】此章講述了潘南田為作者所畫的一幅梅花圖的故事。

【注釋】❶潘南田　即潘是稷。字南田，清乾隆間畫家。❷孤山處士　即指北宋詩人林逋。字君復，錢塘（今浙江杭州）人。隱居西湖之孤山，不娶無子，所居植梅畜鶴，人因稱梅妻鶴子。❸樛枝　樹木下垂的枝條。

【語譯】潘南田的畫風格飄逸，然而他為人性情孤僻倔強，經常藉酒罵人，落拓孤單而與世人合不來。他曾經為我畫了一幅梅花橫幅，我在畫上題了一首絕句，說：「水邊籬落樹影橫斜，曾經生長在孤山處士家。只怪枝幹蟠曲似鐵，風流畢竟不如桃花。」這首詩不過是遊戲之作。後來我隨軍來到塞外，家裡的姬妾們嫌這幅畫破舊黯淡，竟用一幅桃花圖把它換掉了。可見即使是細小瑣碎的事情，也似乎都是先前就注定了的。

【研析】一幅畫，一首詩，畫與人合，孤峭而獨立；詩與人似，才華橫溢而有怨氣。儘管作者聲明是遊戲之作，但詩中流露的怨憤之氣是難以抹去的。

真鬼與假鬼

青縣❶王恩溥，先祖母張太夫人乳母孫也。一日，自興濟❷夜歸，月明如晝，見大樹下數人聚飲，杯盤狼藉。一少年邀之入座，一老翁嗔語少年曰：「素不相知，勿惡作劇。」又正色謂恩溥曰：「君宜速去，我輩非人，恐小兒等於君不利。」恩溥大怖，狼狽奔走，得至家，殆無氣以動。後於親串家作弔，突見是翁，驚仆欲絕，惟連呼：「鬼！鬼！」老翁笑掖之起，曰：「僕耽曲蘗❸，日恆不足。前值月夜，荷鄰里相邀，酒已無多。遇君適至，恐增一客則不滿枯腸，故詭語遣君。君乃竟以為真耶！」賓客滿堂，莫不絕倒。中一客目擊此事，恆向人說之。偶夜過廢祠，見數人轟飲❹，亦邀入座。覺酒味有異，心方疑訝，乃為群鬼擠入深淖，化磷火熒熒散。東方漸白，有耕者救之，乃出。緣此膽破，翻疑恩溥所見為真鬼。後途遇此翁，竟不敢接談。此表兄張自修所說。戴君恩詔則曰實有此事，而所傳殊倒置。乃此客先遇鬼，而恩溥聞之。偶夜過某村，值一多年未晤之友，邀之共飲。疑其已死，絕裾❺奔逃。後相晤於姻家，大遭詬誶也。二說未審孰是。然由張所說，知不可偶經一事，遂謂事事皆然，致失於誤信；由戴所說，知亦不可偶經一事，遂謂事事皆然，反敗於多疑也。

【章旨】此章批評了兩個人因自己的遭遇而對世上事物或誤信或多疑的處世態度。

【注釋】❶青縣　縣名。在河北東南部，鄰接天津。❷興濟　縣名。治所在今河北滄州北興濟。❸耽曲蘗　好飲酒；嗜酒。曲蘗，酒母。也指酒。❹轟飲　狂飲。❺絕裾　扯斷衣襟。指去意堅決。

【語譯】青縣人王恩溥，是我先祖母張太夫人奶媽的孫子。一天夜裡，他從興濟回家，月光明亮如同白天。他見大樹下有幾個人聚在一起飲酒，杯盤狼藉。這時一個年輕人邀請他也入座，一個老人責備年輕人說：「你和他素不相識，不要惡作劇戲弄人家。」又很嚴肅地對王恩溥說：「你應該趕快走，我們不是人，恐怕這些孩子會對你不利。」王恩溥感到非常恐怖，倉惶奔逃，等跑到家時，已經累得氣都喘不過來，無法動彈了。王恩溥後來去一個親戚家弔喪，突然見到這個老人，王恩溥驚嚇得倒在地上差一點昏過去，只知道連聲呼喊：「鬼！鬼！」老人笑著把他扶起，說：「我特別愛喝酒，天天都喝不夠。前些天的那個月夜，承蒙鄉親們邀請飲酒。當時酒已經不多了，這時你正好走來，我怕增加一個客人就不夠我喝了，所以說假話把你趕走，你難道竟以為我們真是鬼嗎！」當時賓客滿屋子，沒有一個人不哈哈大笑的。其中有一位客人，親眼看見這事，經常向別人說起。這位客人偶然在夜裡經過一座廢棄的祠堂，見幾個人正在大聲狂飲，他們也邀請他入座。他覺得酒的味道不對，心裡正在驚疑不定，卻被那群鬼擠進了深深的泥潭裡，這群鬼化成點點磷火四散去了。東方漸漸發白，有耕田的人經過才把他救了出來。他因為這個緣故嚇破了膽。反而懷疑王恩溥所見的是真鬼。後來他在路上遇到那個老人，竟然不敢和他交談。以上是我的表兄張自修所說的。戴恩詔則說，確實有這樣的事，然而人們傳說正好顛倒了。原來是這位客人先遇到了鬼，而王恩溥聽說了這件事。他後來偶爾在夜裡路過某村，遇見了一個多年沒有見面的朋友，邀請他一起喝酒。他懷疑朋友已經死了，於是扯破衣襟逃走了。後來他們又在某位親戚家相遇，結果那人把王恩溥痛罵了一頓。兩種說法不知哪一種是對的。然而根據張自修所說的，那麼可以知道人們不應該偶爾經歷了一件事，就認為事事都是如此，以致因為誤信而造成過失；根據戴恩詔所說的，那麼人們也不應該偶爾經歷了一件事，便認為事事都是如此，反而因為多疑而造成過失。

【研析】人裝鬼，鬼扮人，人鬼混雜，難以分辨。作者叫人既不要誤信，也不要多疑。話雖說的不錯，但做起來卻沒有那麼容易。不免會把人當成鬼，或把鬼看作人。對於常人來說，只有在他們自己露出馬腳時，才能分辨清楚。

諍友嚴師

李秋厓言：一老儒家，有狐居其空倉中，三四十年未嘗為祟。恆與人對語，亦頗知書；或邀之飲，亦肯出，但不見其形耳。老儒歿後，其子亦諸生，與狐酬酢如其父。狐不甚答，久乃漸肆擾。生故設帳❶於家，而兼為人作訟牒❷。凡所批課文，皆不遺失；凡作訟牒，則甫具草輒碎裂，或從手中掣其筆。凡脩脯❸所入，毫釐不失；凡刀筆❹所得，雖扃鎖嚴密，輒盜去。凡學子出入，皆無所見；凡訟者至，或瓦石擊頭面流血，或簷際作人語，對眾發其陰謀。生苦之，延道士劾治。登壇召將，攝狐至。狐侃侃辯曰：「其父不以異類視我，與我交至厚。我亦不以異類自外，視其父如弟兄。今其子自墮家聲，作種種惡業，不隕身❺不止。我不忍坐視，故撓之使改圖；所攫金皆埋其父墓中，將待其傾覆，周❻其妻子，實無他腸。不虞煉師❼之見譴，生死惟命。」道士蹶然❽下座，三揖而握其手曰：「使我亡友有此子，吾不能也；微❾我不能，恐能者千百無一二。此舉乃出爾曹乎！」不別主人，太息徑去。其子愧不自容，誓輟是業，竟得考終❿。

【章旨】此章講述了一個狐狸精因與一位老儒結為好友，在老儒死後嚴格管教老儒之子，使他走上正道的故事。

【注釋】❶設帳　指設館授徒。❷訟牒　訴狀。❸脩脯　即束脩。指致送老師的酬金。❹刀筆　指訴訟案牘。❺隕身　亡身；死亡。❻周　通「賙」。救濟。❼煉師　參見本書卷十三〈道士與狐精〉則注釋❸。❽蹶然　疾起貌。❾微　不僅；不獨。❿考終　老壽而死；善終。

【語譯】李秋厓說：一位老儒的家裡，有狐狸住在空倉房中，三四十年裡從來不作祟。他經常與人對話，也很理解書的內容。有時邀請他一起飲酒，他也肯出來，只是看不見他的形體罷了。老儒死後，他的兒子也是個秀才，與狐狸應酬交往，和他父親在的時候一樣。但狐狸不大答理他，時間長了，狐狸漸漸放肆騷擾起人來。秀才本來在家裡設私塾教書，而且兼為別人寫訴狀。凡是秀才批改的學生功課，都不會遺失；凡是秀才寫的訴狀，要麼剛起了個草稿就被狐狸撕碎，或者被狐狸抽去手中的毛筆。凡是秀才教學生所得的報酬，毫釐都不會丟失；凡是秀才寫訴狀所得到的報酬，即使鎖藏得十分嚴密，也會被狐狸偷走。凡是學生進進出出，什麼都沒有看到；凡是打官司的人來了，或被瓦片石塊打在頭上臉上流血不止，或在屋簷上發出人說話的聲音，當著眾人揭露他們私下的陰謀。秀才被這隻狐狸弄得很困擾，便請道士來懲治。道士登壇召喚神將，把狐狸拘來，狐狸理直氣壯地為自己辯解說：「他的父親不把我當異類看待，與我交情深厚；我也不把自己當成異類而故意疏遠他，把他父親看作如同自己兄弟。如今他的兒子自己敗壞家庭名聲，做了種種壞事，不到喪命不肯罷休。我不忍心看著不管，所以阻撓他幹壞事使他改走正路。我所拿的錢財都埋在他父親的墓中，打算等他敗亡後，用來周濟他的老婆孩子，我確實沒有其他的想法。沒有想到法師會來懲罰我，我是生是死就聽天由命吧。」道士急忙走下法壇，對狐狸作了三個揖，然後握著狐狸的手說：「如果是我死去的老朋友有這樣的兒子，你的行為是我所做不到的；不僅我做不到，恐怕能夠做到的人千百人中也沒有一兩個。這樣的舉動竟然出於你們族類中。」道士不與主人告別，歎息著徑直離去了。秀才慚愧得無地自容，發誓不再幫人寫訴狀，他後來竟然得以善終。

【研析】這個狐狸真是老儒兒子的嚴師諍友，時時規勸約束，而那個道士也能明辨是非，不是簡單地以人妖異途來決定自己的行動。那個老儒的兒子最後能夠幡然悔悟，重新做人，亦值得嘉獎。故事的結局皆大歡喜，豈不美滿。需要說明的是，古人將訴訟看作壞事，而幫人寫訴狀打官司的訟師，更是不齒於人。與今人的看法全然不同。好在我們讀這篇故事，只在於理解其精神，並不是照搬照抄。

貴官還魂為僕婦

乾隆丙辰、丁巳❶間，戶部❷員外郎❸長公泰有僕婦，年二十餘，中風昏眩，氣奄奄如縷，至夜而絕。次日，方為營棺斂，手足忽動，漸能屈伸。俄起坐，問：「此何處？」眾以為猶譫語也。既而環視室中，意若省悟，喟然者數四，默默無語，從此病頓愈。然察其語音行步，皆似男子；亦不能自梳沐，見其夫若不相識。覺有異，細詰其由。始自言：「本男子，數日前死。魂至冥司，主者檢算未盡，然當謫為女身，命借此婦屍復生。覺倏如睡去，倏如夢醒，則已臥板榻上矣。」問其姓名里貫，堅不肯言，惟曰事已至此，何必更為前世辱。遂不窮究。初不肯與僕同寢，後無詞可拒，乃曲從；然每一薦枕，輒飲泣至曉。或竊聞其自語曰：「讀書二十年，作官三十餘年，乃忍恥受奴子辱耶？」其夫又嘗聞囈語曰：「積金徒供兒輩樂，多亦何為？」呼醒問之，則曰未言。知其深諱，亦姑置之。長公惡言神怪事，禁家人勿傳，故事不甚彰，然亦頗有知之者。越三載餘，終鬱鬱病死。訖不知其為誰也。

【章旨】此章講述了一個貴官受到陰間懲罰，借僕婦之屍還魂，遂由貴官成為一個僕婦的故事。

【注釋】❶乾隆丙辰丁巳　即清乾隆元年、二年，西元一七三六、一七三七年。❷戶部　參見本書卷七〈盜呼〉則注釋❷。❸員外郎　官名。原指設於正額以外之郎官。明清各部以郎中、員外郎、主事為司官三級，得以遞升。員外郎通稱副郎。

【語譯】乾隆元年、二年間，戶部員外郎長泰先生家有個僕人的妻子，年齡二十多歲，突然中風昏迷過去，只剩下一絲氣息，到夜裡就死了。第二天，人們正在買棺材準備給她收殮時，她的手腳忽然動了起來，漸漸能屈能伸，不久便坐了起來，問道：「這是什麼地方？」大家以為她是在說胡話。隨後她把房子裡四下察看了一遍，神情好像是省悟了什麼，連連歎氣，默默無語，從此病也頓時全好了。然而觀察她說話的聲音和走路的姿勢，都像是男子，而且她自己也不會梳妝打扮，見到她的丈夫也好像根本不認識。大家覺察有異常情況，仔細詢問她其中的緣由，她自己才說：「我本是個男子，幾天前死了。魂到了陰曹地府，主管的人查核出我的壽命還沒完，然而應當貶謫為女身，便命我借這個婦人的屍體復生。我只覺得忽然好像睡著了，忽然又好像夢醒了，就已經躺在板床上了。」人們問她的姓名籍貫，她堅決不肯講，只是說：事情已到了這一步，何必還給前世帶來羞辱。人們也就不再追問了。一開始她不肯與那個僕人同寢，後來沒有理由拒絕，只得曲意服從。然而每次她與僕人性交，她都要低聲哭泣直到天亮。有人偷偷聽到她自言自語說：「讀了二十年書，做了三十多年官，卻要忍受羞恥被奴才侮辱嗎？」她丈夫又曾聽到她說夢話道：「積累金錢，只是供兒輩們享樂而已，多又有什麼用？」丈夫叫醒了她詢問，她就回答沒有說過。知道她對前世的事諱莫若深，也姑且就不問了。長泰先生厭惡談論神怪之類的事，禁止家人不要傳出去，所以這件事沒怎麼張揚，然而也有不少人知道。過了三年多，她終於鬱鬱不樂地病死了，人們終究還是不知道她的前生是誰。

【研析】貴官借屍還魂成為僕婦，這個轉變有兩個方面：一是身分忽然由貴官轉變為僕人，一是由男人轉變為女子。前一種轉變是地位身分的失落；後一種轉變不僅是性別的轉換，而且還是在性生活方面的轉變，要陪人睡覺，滿足他人的性欲要求。如此轉變，對於一個貴官來說，真是難以接受，生不如死。當然，這只是個故事。從這個故事所反映的社會文化心理來看，是人們對那些貪官汙吏的憎恨，希望讓那些貪官們遭受最嚴厲的懲罰。為官當權者，應當切切小心了。

魅戲郭生

先師裘文達公言：有郭生，剛直負氣❶。偶中秋燕集，與朋友論鬼神，自云不畏。眾請宿某凶宅以驗之，郭慨然仗劍往。宅約數十間，秋草滿庭，荒蕪蒙翳❷。扃戶獨坐，寂無見聞。四鼓後，有人當戶立。郭奮劍欲起，其人揮袖一拂，覺口噤體僵，有如夢魘，然心目仍了了。其人磬折致詞曰：「君固豪士，為人所激，因至此。好勝者常情，亦不怪君。既蒙枉顧，本應稍盡賓主意。然今日佳節，眷屬皆出賞月，禮別內外，實不欲公見。公又夜深無所歸。今籌一策，擬請君入甕，幸君勿嗔；觴酒豆肉❸，聊以破悶，亦幸勿見棄。」遂有數人舁❹郭置大荷缸中，上覆方桌，壓以巨石。俄隔缸笑語雜遝，約男婦數十，呼酒行炙，一一可辨。忽覺酒香觸鼻，暗中摸索，有壺一、杯一、小盤四，橫閣象箸❺二。方苦飢渴，且姑飲啖。復有數童子繞缸唱豔歌，有人扣缸語曰：「主人命娛賓也。」亦靡靡可聽。良久，又扣缸語曰：「郭君勿罪，大眾皆醉，不能舉巨石。君且姑耐，貴友行至矣。」語訖，遂寂。次日，眾見門不啟，疑有變，逾垣而入。郭聞人聲，在缸內大號。眾竭力移石，乃闖然出，述所見聞，莫不拊掌。視缸中器具，似皆己物。還家訊問，則昨夕家燕❻，並酒肴失之，方詬誶大索也。此魅可云狡獪矣。然聞之使人笑不使人怒，當出甕時，雖郭生亦自啞然也，真惡作劇哉。余容若曰：「是猶玩弄為戲也。曩客秦隴❼間，聞有少年隨塾師讀書山寺。相傳寺樓有魅，時出媚人。私念狐女必絕豔，每夕詣樓外，禱以媟詞，冀有所遇。一夜，徘徊樹下，見小環招手。心知狐女至，躍然相就。小環悄語曰：『君是解人❽，不煩絮說。娘子甚悅君，然此何等事，乃公然致祝！主人怒君甚，以君貴人，不敢祟；惟約束娘子頗嚴。今夜幸他出，娘子使來私招君。君宜速往。』少年隨之行，覺深閨曲弄，都非寺內舊門徑。至一房，朱槅半開，雖無燈，隱隱見床帳。小環曰：

『娘子初會，覺靦覥，已臥帳內。君第解衣，徑登榻，無出一言，恐他婢聞也。』語訖，徑去。少年喜不自禁，遽揭其被，擁於懷而接唇。忽其人驚起大呼。卻立愕視，則室廬皆不見，乃塾師睡簷下乘涼也。塾師怒，大施夏楚❾。不得已吐實，竟遭斥逐。此乃真惡作劇矣。」文達公曰：「郭生恃客氣，故僅為魅侮；此生懷邪心，故竟為魅陷。二生各自取耳，豈魅有善惡哉！」

【章旨】此章講述了兩個魅戲書生的故事：一是因負氣而遭戲弄，一是有邪念而落入圈套。

【注釋】❶負氣　跟人賭氣。❷蒙翳　遮蔽；覆蓋。❸豆肉　盛放在食器中的肉。豆，古代食器。形似高足盤，或有蓋。用來盛放食物。❹舁　抬。❺象箸　象牙筷。❻家燕　家庭宴會。燕，通「宴」。❼秦隴　秦嶺和隴山的並稱。亦指今陝西、甘肅地區。❽解人　參見本書卷十四〈倚樹小童〉則注釋❹。❾夏楚　也作「檟楚」。古代撲責之具。《禮記・學記》：「夏楚二物，收其威也。」鄭玄注：「二者所以撲撻犯禮者。」

【語譯】先師裘文達公說：有個姓郭的書生，性格剛直，年少氣盛。偶然在一次中秋節宴會上，和朋友們談論鬼神，他說自己不怕鬼。大家請他到某處鬧鬼的凶宅住一晚，來驗證他是否真的不怕，郭生爽快地帶著寶劍就去了。這座住宅約有幾十間房子，庭院裡遍地都是秋天的枯草，荒蕪茂盛。郭生鎖上門，獨自坐在屋中，四周寂然沒有動靜。四更以後，有人對著門口站立，郭生揮劍正要起身，那人衣袖一甩動，郭生立刻覺得嘴巴像被封住似的說不出話來，全身僵硬，好像夢魘一樣，但是心裡明白，眼睛也看得見。那人彎腰行禮，對郭生說：「您確實是個豪邁之士，是被人所激，因此跑到這裡來的。這是好勝的人常有的事，我也不怪罪您。既然承蒙您來到這裡，我們本應該稍稍盡主人招待客人的義務。但是今天是中秋佳節，我的家眷都出來賞月，禮法講究內外有別，實在不想讓您見到她們。而您深夜又無處可去。現在我想出一個辦法，打算請您到一口大缸中，希望您不要生氣。有酒有肉，聊以解悶，也希望您不要嫌棄。」於是有幾個人抬起郭生，把他放進一口大荷花缸中，上面蓋一張方桌，方桌上再壓了一塊大石頭。接著郭生隔著缸聽見笑語喧譁，大約男女有幾十人，互相勸酒傳遞菜餚，一一聽得清清楚楚。郭生忽然覺得酒香撲鼻，在黑暗中摸索，摸到一把酒壺、一隻酒杯、四個小盤，上面橫擱著兩根象牙筷子。郭生正飢渴難忍，於是姑且吃喝起來。又有幾個兒童繞著荷花缸唱豔歌，有人敲著缸說：「這是主人命令娛樂客人的。」這歌唱得也柔美動聽。過了很久，又有人敲著缸說：「郭君不要怪罪，大家都喝醉了，不能搬動大石頭。您暫且忍耐，您的朋友就要來了。」說完，四周就寂然無聲了。第二天，眾人見大門沒有打開，擔心有什麼變故，翻牆進了那座住宅，郭生聽到有人說話聲，在缸中大喊大叫。眾人用盡力氣搬開石頭，郭生才一躍而出，講述了昨夜的所見所聞，大家莫不拍手大笑。郭生看那荷花缸中的器具，好像都是自己家的東西。郭生回到家裡一問，原來昨夜家中設宴，這些器具連帶酒菜都不翼而飛，家人正在吵罵著到處尋找呢。這個妖魅可以說是夠狡猾了，然而聽說這事，只會使人覺得好笑，不會使人憤怒。當郭生從荷花缸中出來時，就算他本人也不免啞然失笑。這妖魅真會惡作劇。余容若說：「這還不過是開個玩笑當遊戲而已。從前我客居陝、甘一帶時，聽說有個少年隨著塾師在山中寺廟裡讀書。相傳寺廟的樓房上有狐狸精，時常出來媚人。少年心中暗想狐女一定極其豔麗，於是每天晚上都跑到樓房前，用一些淫穢下流的話來祈禱，希望能遇見狐女。一天夜裡，他正在樹下徘徊，見一個小丫環向他招手。他心裡明白是狐女來了，急忙迎上去。小丫環悄悄說：『您是個明白人，不必細說。娘子很喜歡您，不過這是什麼樣的事情，您竟公然祈禱致祝辭。主人很惱恨您，但因為您是貴人，不敢作祟害您，只是把娘子管束得很嚴。幸好今天夜裡主人到別處去了，娘子叫我來偷偷帶您去，您最好快跟著我走。』少年跟著她走，覺得深深的閨房曲折的巷道，都不是寺中原有的道路。小丫環帶著他來到一間房前，朱門半開，雖沒有點燈，但隱隱約約看見有床鋪蚊帳。小丫環說：『娘子初次與人相會，覺得害羞，已躺在帳子裡了。你只要脫了衣服，直接上床，不要說一句話，恐怕別的婢女聽到。』說完，小丫環就走了。少年喜不自禁，急忙揭開被子，把被子裡的人抱在懷中就去親嘴，那人忽然驚跳起來大聲喊叫。少年慌忙退後站立，吃驚地一看，房屋家具都不見了，原來是塾師睡在屋簷下乘涼。塾師大怒，把少年狠狠打了一頓，少年不得不說出實情，結果被老師斥逐出去。這才真是惡作劇了。」裘文達公說：「郭生憑恃為客人的氣勢，所以僅僅遭到妖魅的戲弄；這個少年心懷邪念，所以被妖魅陷害。兩人的遭遇都是自己找的，並不是妖魅也有善惡之分。」

【研析】郭生負氣，遭到妖魅戲弄，仔細想想，真是好笑。那個少年因心存邪念，被妖魅捉弄，咎由自取。文達公以為妖魅並無善惡之分，此話不確。人以他物為妖，豈知他物卻以人為妖。人有善惡，怎知妖就沒有善惡。正如惠子所言：「子非魚，安知魚之樂？」

篤志事親勝禮佛

李村有農家婦，每早晚出饁，輒見女子隨左右。問同行者，則不見。意大恐怖。後乃漸隨至家，然恆在院中，或在牆隅，不入寢室。婦逼視，即卻走；婦返，即仍前。知為冤對，因遙問之。女子曰：「汝前生與我並貴家妾，汝妒我寵，以奸盜誣我致幽死❶。今來取償，詎汝今生事姑孝，恆為善神所護，我不能近，故日日相隨。揆度事勢，萬萬無可相報理。汝儻作道場❷度我，我得轉輪❸，即亦解冤矣。」婦辭以貧。女子曰：「汝貧非虛語，能發念誦佛號萬聲，亦可度我。」

問：「此安能得度鬼？」曰：「常人誦佛號，佛不聞也，特念念如對佛，自攝此心而已。若忠臣孝子，誠感神明，一誦佛號，則聲聞三界❹，故其力與經懺❺等。汝是孝婦，知必應也。」婦如所說，發念持誦。每誦一聲，則見女子一拜。至滿萬聲，女子不見矣。此事故老時說之，知篤志事親，勝信心禮佛。

【章旨】此章講述了一個事親孝順的農婦誦念佛號化解冤孽的故事。

【注釋】❶幽死　幽閉而死。❷道場　參見本書卷一〈道士降狐〉則注釋❻。❸轉輪　即輪迴。參見本書卷四〈暫入輪迴〉則注釋❽。❹三界　參見本書卷八〈論因果〉則注釋❺。❺經懺　設道場誦經懺悔。

【語譯】李村有個農家婦女，每天早晚兩次往田裡送飯，往往看見有個女子跟隨在她左右，問一起去送飯的人，就都說沒有看見，農婦非常恐懼。後來那個女子漸漸跟隨她到家來，但總是在院子裡，或在牆腳邊，不進寢室。農婦逼近看著她，她就退走；農婦返身走，她就又跟上來。農婦知道是自己的冤家對頭，於是便遠遠地問她為什麼，那女子說：「你前生和我同是某權貴人家的侍妾，你妒嫉我得寵，就用通姦盜竊的罪名誣陷我，致使我被幽閉空房而死。如今我是來討債的。誰知你今生事奉婆婆非常孝順，常常被善神保護著，我不能靠近你，所以天天跟著你。我心想現在的形勢，是絕對不可能報復你了。如果你作一場道場超度我，讓我得以轉生，也就能化解與你結的冤仇。」農婦推辭說家裡貧窮沒有錢作道場，那女子說：「你家貧窮這不是假話，你如果發願念誦佛號一萬聲，也可以超度我。」農婦問：「這怎麼能夠超度鬼呢？」那女子說：「常人念誦佛號，佛是聽不到的。他們只是自己念佛時彷彿面對著佛，以此來克制自己的心神而已。如果忠臣孝子，誠心感應神靈，一誦佛號，那麼聲音響徹三界，所以它的功力與設道場誦經懺悔相等。你是孝婦，所以知道你念佛肯定會應驗的。」農婦按照她所說的，發願堅持念誦佛號，每念誦一聲佛號，就看見那女子下拜一次，到滿一萬聲時那女子就不見了。這事老人們時常說起，由此可知，實實在在事奉尊親，勝過一心一意燒香拜佛。

【研析】世間有些人，禮佛時不惜金錢、時間，但孝親卻往往敷衍應付。這個故事就是告誡這些人，只知禮佛而不孝，佛祖「不聞」其禮佛，而不孝則有後患。至於忠臣孝子則「誠感神明」，佛祖自會佑護。因此，為人首先要做孝子。作者勸善之心昭然若揭。

劉某盡孝

又聞窪東有劉某者，母愛其幼弟，劉愛弟更甚於母。弟嬰痼疾，母憂之，廢寢食。劉經營療治，至鬻其子供醫藥。嘗語妻曰：「弟不救，則母可慮，毋寧我死耳！」妻感之，鬻及衵衣❶，無怨言。弟病篤，劉夫婦晝夜泣守。有丐者夜棲土神祠❷，聞鬼語曰：「劉某夫婦輪守其弟，神光照爍，猝不能入，有違冥限，奈何？」土神曰：「兵家聲東而擊西，汝知之乎？」次日，其母灶下猝中惡。夫婦奔視，母蘇而弟已絕矣。蓋鬼以計取之也。後夫婦並年八十餘乃卒。奴子劉琪之女，嫁於窪東，言聞諸故老曰，劉自奉母以外，諸事蠢蠢如一牛。有告以某忤其母者，劉掉頭曰：「世寧有是人？人寧有是事？汝毋造言。」其痴多類此，傳以為笑。不知乃天性純摯，直以盡孝為自然，故有是疑耳。元人〈王彥章❸墓〉

詩曰：「誰信人間有馮道❹？」即此意矣。

【章旨】此章講述了農夫劉某對母親盡孝的故事。

【注釋】❶袒衣　內衣；貼身衣。❷土神祠　土地廟。❸王彥章　五代時壽張（今併入山東陽谷、河南范縣）人，字賢明。以驍勇聞名，號王鐵槍。與後唐軍作戰，兵敗被俘不屈而死。❹馮道　參見本書卷六〈石馬為妖〉則注釋❶。

【語譯】我又聽說窪東有個劉某，他的母親疼愛他的小弟弟，他疼愛弟弟更超過母親。弟弟身患重病，母親憂愁小兒子的病，吃不下睡不著。劉某想方設法為弟弟治療，甚至賣掉了自己的兒子以供治療弟弟的醫藥費。他曾對妻子說：「弟弟死了，那麼母親也會讓人擔憂，因此寧願我死掉。」他的妻子深受感動，連內衣都賣掉了也沒有怨言。弟弟病危時，劉某夫婦日夜哭泣守護。有個乞丐晚上住在土神祠裡，聽到鬼說：「劉某夫婦輪流守護他們的弟弟，神光照耀，一時間我們無法進屋去，這樣會違反陰司規定的期限，該怎麼辦呢？」土地神說：「軍事家有條常用的計策叫做聲東而擊西，你們知道這條計策嗎？」第二天，劉某的母親在灶前突然暈倒，劉某夫婦奔過去察看，母親蘇醒而弟弟已經斷氣了。大概是鬼用計策取走了他弟弟的性命。後來劉某夫婦都活到八十多歲才去世。我家奴僕劉琪的女兒嫁到窪東，她聽老一輩的人講，劉某除了侍奉母親以外，對其他事情都蠢笨得像條牛。有人告訴他某某頂撞自己母親，劉某掉轉頭去說：「世界上難道有這樣的人嗎？人難道會做這樣的事嗎？你不要造謠胡說。」劉某痴呆大多就是這樣的，人們都傳為笑話。不知道這其實是劉某天性純摯厚道，只認為盡孝是自然的事情，所以才會有這樣的疑問。元代人寫的〈王彥章墓〉詩說：「誰相信人間會有馮道這樣的人？」就是這個意思。

【研析】劉某盡孝，連鬼神都要退讓三分。因此，古人認為萬事孝為先。這種觀點對於淨化社會風氣，自有其積極意義。

翰林院鬼

景少司馬❶介茲官翰林時，齋宿清祕堂。（此因乾隆甲子❷御題「集賢清祕」額，因相沿稱之，實無此堂名。）積雨初晴，微月未上，獨坐廊下。聞瀛洲❸亭中語曰：「今日樓上看西山，知杜紫微❹『雨餘山態活』句，真神來之筆。」一人曰：「此句佳在活字，又佳在態字烘出活字。若作山色山翠，則興❺象俱減矣。」疑為博晰之❻等尚未睡，納涼池上，呼之不應；推戶視之，闃無人跡。次日，以告晰之。晰之笑曰：「翰林院鬼，故應作是語。」

【章旨】此章講述了翰林院裡的鬼談論詩的故事。

【注釋】❶少司馬　參見本書卷五〈史抑堂暮年得子〉則注釋❶。❷乾隆甲子　即清乾隆九年，西元一七四四年。❸瀛洲　傳說中的仙山。《史記・秦始皇本紀》：「海中有三神山，名曰蓬萊、方丈、瀛洲，仙人居之。」❹杜紫微　即杜牧。曾任牧州刺史，訟簡刑法，號紫微太守。參見本書卷十二〈推命用時〉則注釋㉔。❺興　《詩經》六義之一。謂觸景生情，因事寄興。《詩・周南・關雎序》：「四曰興。」孔穎達疏引鄭司農云：「興者，託事於物，則興者，起也，取譬引類，起發己興。」❻博晰之　即博明。清滿洲鑲藍旗人。姓博爾濟吉特氏。字希哲，一字晰之，乾隆進士。博學多識，於經史詩文書畫藝術多有成就。

【語譯】兵部侍郎景介茲在翰林院任職時，持齋住宿在清祕堂（這是因為乾隆九年皇帝御筆題寫「集賢清祕」的匾額，後來人們因此沿襲這個名字來稱呼這裡，其實沒有這個堂名)。當時久雨剛剛放晴，微微的月光沒有升上夜空，景介茲獨自坐在屋廊下。他聽見瀛洲亭中有人說道：「今天在樓上看西山，才知道杜紫微的『雨停後山勢姿態像活的一樣』的詩句，真是神來之筆。」另一人說：「這句詩好在『活』字，又好在『態』字烘托出『活』字。如果作『山色』、『山翠』，那麼起興、想像都要減弱了。」景介茲以為是同僚博晰之等人還沒睡，在池邊納涼，就呼喊他卻沒有回答；景介茲推開門一看，根本沒有人的蹤跡。第二天，他把這事告訴博晰之，博晰之笑著說：「翰林院裡的鬼，當然應該說這樣的話。」

【研析】 翰林院裡，即使做鬼也是雅鬼，談文論詩，頗有理趣。作者恨不能與這些鬼把酒言歡，縱論詩文。

奪舍與換形

釋家能奪舍，道家能換形。奪舍者託孕婦而轉生；換形者血氣已衰，大丹❶未就，則借一壯盛之軀，與之互易也。狐亦能之。族兄次辰云，有張仲深者，與狐友，偶問其修道之術。狐言：「初煉幻形，道漸深則煉蛻形，蛻形之後，則可以換形。凡人痴者忽黠，黠者忽顛，與初不學仙而忽好服餌導引，人怪其性情變常，不知皆魂氣已離，狐附其體而生也。然既換人形，即歸人道，不復能幻化飛騰。由是而精進，則與人之修仙同，其證果❷較易。或聲色貨利，嗜欲牽纏，則與人之惑溺同，其墮輪迴亦易。故非道力堅定，多不敢輕涉世緣，恐浸淫而不自覺也。」其言似亦近理。然則人欲之險，其可畏也哉。

【章旨】此章講述了佛家奪舍和道家換形之究竟，並介紹了狐狸精修煉的幾種境界。

【注釋】❶大丹　指服後能夠成仙的丹藥。❷證果　參見本書卷三〈賣麵婦〉則注釋❸。

【語譯】佛教能夠奪舍，道教能夠換形。所謂奪舍就是託身孕婦而轉生；所謂換形，就是因為換形者血脈氣息已經衰竭，而大丹還沒有煉成，於是借一個強盛之人的軀體與他互換。狐狸也能換形。我的族兄紀次辰說：有個叫張仲深的人，與狐狸交朋友，偶爾問起他們修道的方法，狐狸說：「起初時是修煉變幻形體，道行漸深後就修煉蛻化形體。蛻化形體之後，就可以修煉換形了。凡是痴呆的人忽然變得狡黠起來，或狡黠的人忽然癲狂，以及原來不學仙的人忽然喜歡服用丹藥、修煉導引術，人們對他們性情的轉變感到奇怪，卻不知道他們的靈魂精氣都已經離去，是狐狸精附在他們的形體上而復生了。不過既然已換成人的形體，就歸入人道，不能再幻化飛騰了。在此基礎上努力修煉，就與人的修煉成仙一樣，這樣取得正果就比較容易。但也可能受聲色享受金錢財物等引誘，嗜好欲望互相牽連糾纏，這就和人的受誘惑而沉溺其中一樣，那麼也容易半途而廢墮入輪迴。所以，不是道行堅定的狐狸精，大多不敢輕易涉足世間塵緣，擔心受到人世間種種誘惑的浸染而自己還不知道。」這話似乎也有道理。然而這樣說來，人欲的險惡，真是令人可畏啊。

【研析】奪捨與換形都是借用他人軀體而達到自己轉生的目的。佛教的「奪舍」尚能為人們接受，因為所奪的是孕婦腹中的胎兒；而道教的「換形」卻肯定會引起人們反感，因為所換的是世間強盛之人。為一己私利而強奪他人之體，其自私之心昭然，其自利之意昭著。而自私自利之徒豈能成仙？我為之茫然。

神鏡照心

朱介如言：嘗因中暑眩瞀❶，覺忽至曠野中，涼風颯然，意甚爽適。然四顧無行跡，莫知所向。遙見數十人前行，姑往隨之。至一公署，亦姑隨入。見殿閣宏敞，左右皆長廊；吏役奔走，如大官將坐衙狀。中一吏突握其手曰：「君何到此？」視之，乃亡友張恆照。悟為冥司，因告以失路狀。張曰：「生魂誤至，往往有此，王見之亦不罪；然未免多一詰問。不如且坐我廊屋，俟放衙，送君返；我亦欲略問家事也。」入坐未幾，王已升座。自窗隙竊覘，見同來數十人，以次庭訊。語不甚了了，惟一人昂首爭辯，似不服罪。王舉袂一揮，殿左忽現大圓鏡，圍約丈餘。鏡中現一女子反縛受鞭像。俄似電光一瞥，又現一女子忍淚橫陳像。其人叩顙曰：「伏矣。」即曳去。良久放衙，張就問子孫近狀。朱略道一二，張揮手曰：「勿再言，徒亂人意。」因問：「頃所見者業鏡❷耶？」曰：「是也。」問：「影必肖形，今無形而現影，何也？」曰：「人鏡照形，神鏡照心。人作一事，心皆自知；既已自知，即心有此事；心有此事，即心有此事之象，故一照而畢現也。若無心作過，本不自知，則照亦不見。心無是事，即無是象耳。冥司斷獄，惟以有心無心別善惡，君其識之。」又問：「神鏡何以能照心？」曰：「心不可見，緣物以形。體魄已離，存者性靈。神識不滅，如燈熒熒。外光無翳，內光虛明，內外瑩澈，故纖芥必呈也。」語訖，遽曳之行。覺此身忽高忽下，如隨風敗籜❸。倏然驚醒，則已臥榻上矣。此事在甲子❹七月。怪其鄉試後期至，乃具道之。

【章旨】此章講述了一個書生曾因病遊陰間，見閻王用神鏡審案，從而得知神鏡照心的故事。

【注釋】❶眩瞀　昏憒；迷亂。❷業鏡　參見本書卷三〈宿怨〉則注釋❷。❸籜　俗稱「筍殼」。竹類主稈所生的葉。竹筍時期包於筍外，在竹稈生長時陸續脫落。❹甲子　即清乾隆九年，西元一七四四年。

【語譯】朱介如說：他曾因中暑昏迷，覺得自己忽然來到一片曠野中，涼風颯颯，感到非常涼爽舒適。然而四面望去沒有人的蹤跡，不知往哪個方向去。他遠遠望見有幾十個人在前面走，就姑且跟著他們。到了一座公署，他也就跟隨著那些人進去，只見殿閣宏大寬敞，左右都是長長的走廊，吏役們來往奔走，好像有大官要升堂的樣子。其中一個吏員突然握住朱介如的手說：「您為什麼到這裡來？」朱介如一看，原來是自己的亡友張恆照。朱介如這才省悟這裡是陰間官府了，因此告訴亡友自己迷路的經過。張說：「活人的魂誤到這裡，是經常會有的事，閻王見到了也不會怪罪，但不免要多一番詢問。你不如暫且到我的廊屋裡坐坐，等放衙後我送你回去，順便我還想稍微問問家裡的事。」朱介如進屋坐了不久，閻王已經升座。朱介如從窗縫偷看，看見同來的幾十個人依次當堂接受審訊，說的話聽不很清楚。其中只有一個人仰著頭爭辯，好像不服罪。閻王舉起衣袖一揮，只見大殿左面忽然出現一面大圓鏡，周長約一丈多。鏡中出現一個女子被反綁著受鞭打的影像。一會兒好像電光一閃，又出現一個女子忍著眼淚橫躺的影像。那個人叩著頭說：「我服了。」這人就被拉出去。過了很久放衙，張恆照過來問起自己子孫的近況，朱介如剛略微說了幾句，張揮手說：「不要再說了，只會叫人心煩意亂而已。」朱於是就問：「剛才見到的那面鏡子就是業鏡嗎？」張回答說：「是的。」朱又問：「影子必然像形體，如今沒有形體但鏡中為什麼會出現影子呢？」張回答說：「人的鏡子照形體，神的鏡子照心。人做了一件事，自己心裡都知道；既然自己已經知道，就是心中有了這件事；心中既已有了這件事，那麼心中便有了這件事的影像，所以鏡子一照就全部顯現出來了。如果是無意中而做了錯事，他自己心裡本來不知道，那麼照的時候也不出現，因為既然心裡不知道，心中也就沒有這事的影像。陰曹地府裡審判案子，只根據是有心做的還是無心做的來判別善惡，你可要記住了。」朱介如又問：「神鏡為什麼能照見心呢？」張恆照說：「心是不可見的，它要依附著物體而顯現。人死後的身體和靈魂已經分離，存在的是性靈。心識不會消滅，它像一盞熒熒亮著的燈火，外光沒有陰影遮掩，內光空徹通明，內外晶瑩透徹，所以絲毫的跡象都必然會顯現出來。」張恆照說完，急忙拉起他就走。朱介如覺得自己身體忽高忽低，像隨風飄動的枯竹葉。忽然驚醒，他就已經躺在床上了。這事發生在乾隆九年七月。我們奇怪朱介如參加鄉試怎麼會來晚了，他才詳細說了這件事。

【研析】陰間判案，以主觀意志為有罪與否的準繩。無心作過，不予追究；而要懲治的是那些有心作惡之人。且不說這個規定是否公正合理，但符合大多數老百姓的共同心理。也就是說無心之過，尚可原諒；有心作惡，罪不可恕。作者講述這個故事，無非也是希望世人少作惡事，多多向善。

東光馬節婦

東光❶馬節婦，余妻黨也。年未二十而寡，無翁姑兄弟，亦無子女。艱難困苦，坐臥一破屋中，以浣濯縫紉自給，至鬻釜以易粟，而拾破瓦盆以代釜。年八十餘，乃終。余嘗序馬氏家乘❷，然其夫之名字，與母之族氏，則忘之久矣。相傳其十一、二時，隨母至外家。故有狐，夜擲瓦石擊其窗。聞屋上厲聲曰：「此有貴人，汝輩勿取死。」然竟以民婦終，殆孟子所謂「天爵❸」歟？先師李又聃先生與同里，嘗為作詩曰：「早歲吟〈黃鵠〉❹，顛連四十春。懷貞心比鐵，完節鬢如銀。慷慨期千古，凋零剩一身。幾番經坎坷，此念未緇磷❺（原注：節婦初寡時，尚存薄田數畝。有欲迫之嫁者，侵凌至盡）。震撼驚風雨，撝呵賴鬼神（一歲霖雨經旬，鄰屋新造者皆圮，節婦一破屋，支柱欹斜，竟得無恙）。天原常佑善，人竟不憐貧。稍覺親朋少，羞為乞索頻。一家徒四壁，九食度三旬。絕粒腸空轉，傭針手盡皴。有薪皆掃葉，無甑可生塵。黧面真如鵠，懸衣半似鶉❻。遮門才破薦（原注：屋扉破碎不能葺，以破薦代扉者十餘年），藉草是華茵❼。只自甘飢凍，翻嫌話苦辛。偷兒嗤餓鬼，（原注：夜有盜過節婦屋上，節婦呼問，盜大笑曰：「吾何至進汝餓鬼家！」）女伴笑痴人。（原注：有同巷貧婦，再醮富室。歸寧時華服過節婦曰：「看我享用，汝豈非大痴耶！」）生死心無改，存亡理亦均。喧闐憑燕雀，堅勁自松筠❽。伊我欽賢淑，多年共里闉。不辭歌詠拙，取表性情真。公議存鄉校❾，廷評❿待史臣。他時邀紫誥⓫，光映九河⓬濱。」蓋先生壬申⓭公車⓮主余家時所作，故僅云「顛連四十春」。詩格絕類香山⓯。敬錄於此，一以昭節婦之賢，一以存先師之遺墨也。後外舅周籙馬公見此詩，遂割腴田三百畝為節婦立嗣⓰，且為請旌。或亦諷諭之力歟！

【章旨】此章記述了作者先師李又聃為讚頌馬寡婦所作的一首長詩。

【注釋】❶東光　縣名。在河北東南部、南運河東岸，鄰接山東。❷家乘　記載私家之事的文字。後相沿稱家譜為「家乘」。❸天爵　天然的爵位。古稱不居官位，因德高而受人尊敬。《孟子・告子上》：「仁人忠信，樂善不倦，此天爵也；公卿大夫，此人爵也。」❹黃鵠　指〈黃鵠曲〉。樂府吳聲歌曲，共四首。《烈女傳》卷四〈魯寡陶嬰〉：陶嬰少寡，不再嫁，作歌云：「黃鵠之早寡兮七年不變，鶏頸獨宿兮不與眾同。」因以名曲。讚頌寡婦守節。❺未緇磷　語出《論語・陽貨》。原文為：「磨而不磷，涅而不緇。」磷，薄。緇，黑。❻鶉　即鵪鶉。鶉鳥尾禿，像古時敝衣短結，故用以形容破舊的衣服。語出《荀子・大略》：「衣若懸鶉。」❼華茵　華美的草墊。❽筠　竹子的青皮。代指竹子。❾鄉校　古代地方學校。❿廷評　古時有官名廷評，亦稱「廷尉評」。西漢時為廷尉屬官。東漢光武帝省右平，唯有左平一人，掌平訣詔獄事。魏晉以後不分左右，稱廷尉評。此處指大臣在朝廷上評議。⓫紫誥　指詔書。古時詔書盛以錦囊，以紫泥封口，上面蓋印，故稱。⑫九河　泛指中原大地。古代黃河自孟津而北，分為九道，故名。《書禹貢》：「九河既道。」⑬壬申　即清乾隆十七年，西元一七五二年。⑭公車　舉人入京應試的代稱。⑮香山　即白居易。參見本書卷四〈臥虎山人降乩〉則注釋⑩。⑯立嗣　沒有兒子的人，選定同宗、輩分相當的人為嗣子的行為。

【語譯】東光縣的馬節婦，是我妻子家的親戚。她不到二十歲就守了寡，沒有公公婆婆兄弟，也沒有子女，艱難困苦，住在一間破屋中，靠替別人洗衣服縫縫補補維持生活，後來竟窮到把鍋賣了換點小米，而撿一個破瓦盆來代替鍋的地步。她活到八十多歲才去世。我曾經為馬家的家譜作序，然而她丈夫的名字和她娘家的姓氏，我已經忘記很久了。相傳她十一、二歲時，隨著母親到外祖父家。外祖父家本來有狐狸精，夜晚扔瓦片石塊砸她住的屋子窗戶。聽到屋頂上有個嚴厲聲音說道：「這兒有貴人，你們不要找死。」但她最終直到去世還只是一個普通民婦，這大概就是孟子所謂的「天爵」吧？先師李又聃先生和馬節婦是同鄉，曾經為她寫了一首詩，說：「早歲吟誦〈黃鵠曲〉，顛連困苦四十年。守貞之心比鐵堅，保全節操鬢如銀。慷慨期待千古留名，凋零只剩一身飄蕩。幾番經歷坎坷，此念沒有消磨（原注：馬節婦剛守寡時，家中還有幾畝貧瘠田地。有人想逼迫她改嫁，把她的這些田地全部侵占光了）。破屋震撼歷經風雨，暗中依賴鬼神守護（原注：有一年連著下了十幾天大雨，鄰居家新造的房屋都倒塌了，馬節婦的一間破屋子東倒西歪，竟然安然無恙）。天道本來常常佑護善人，人世間竟然不憐憫貧窮。只是稍稍覺得親朋少些，卻為經常乞討索要感到羞恥。一間破屋只剩四面牆壁，九頓飯還要度過三旬。沒有飯吃腸胃空轉，替人縫紉雙手盡是皴裂。即使有柴禾燒飯都是掃來的落葉，卻沒有蒸飯的瓦甑可以堆積塵土。黑黑的面孔真的如同天上飛的鵠鳥，身上穿的半截破衣恰似鵪鶉的尾巴。遮房門的只是破爛的草席（原注：馬節婦家的屋子門破爛不能修繕，有十幾年是用破草席代替屋子的大門），睡在草堆上當成是華美的床墊。只是自己甘心忍飢受凍，反而嫌棄他人說自己困苦辛勞。小偷嗤笑她是餓鬼（原注：有天夜裡有個盜賊經過馬節婦的屋上，馬節婦大聲呼問是誰，盜賊大笑說道：「我何至於會跑進你這個餓鬼的家門！」）女伴嘲笑她是痴人。（原注：有個和馬節婦同條街巷的貧窮婦女，丈夫死後改嫁有錢人家。她回娘家時，穿著華麗的衣服來看望馬節婦，說：「你看我的享用，你難道不是太痴心了嗎！」）無論生死此心不會改變，人活著或是死去道理也是相同的。喧鬧嘈雜任憑燕雀，堅挺勁直如同松竹。我欽佩她的賢淑，多年來同在一個鄉里。我不辭歌詠的拙劣，只取表達性情的真率。公眾議論把她的事跡保存在鄉校，朝廷評議留待史臣。那時得到皇上獎勉詔書，榮光映照九河之濱。」這是李先生乾隆十七年赴京參加進士考試，住在我們家時所作，所以僅僅說「顛連困苦四十年」。這詩的格調與白居易詩非常相似。我恭敬地把這首詩抄錄在這裡，一是為了昭示節婦的賢德，二是為了保存先師的遺作。後來我的岳父馬周籙先生見到這首詩，便捐贈良田三百畝，為馬節婦立了後嗣，而且為她向官府請求旌表，這或許也是這首詩諷諭的力量吧。

【研析】宋明以來，理學深入社會的各個階層，其宣揚的禮法規範，成為社會公認的道德準則。即使民間不識字的村婦民女，也知道守節終身。這與宋以前的社會風尚全然不同。作者雖然批評理學，但並不反對理學提出的倫理準則，而且還大加讚賞。如馬節婦，不到二十歲守寡，直至八十多歲去世，困苦艱難六十餘載，完全是一位受到理學影響的無知村婦。但作者卻讚不絕口。由此可知，作者的價值取向和對理學批判的局限了。

仙詩

余從軍西域時，草奏草檄，日不暇給，遂不復吟詠。或得一聯一句，亦境過輒忘。〈烏魯木齊雜詩〉百六十首，皆歸途追憶而成，非當日作也。一日，功加毛副戎❶自述生平，悵懷今昔，偶為賦一絕句曰：「雄心老去漸頹唐，醉臥將軍古戰場；半夜醒來吹鐵笛，滿天明月滿林霜。」毛不解詩，余亦不復存稿。後同年楊君逢元過訪，偶話及之。不知何日楊君登城北關帝❷祠樓，戲書於壁，不署姓名。適有道士經過，遂傳為仙筆。余畏人乞詩，楊君畏人乞書，皆不肯自言。人又微知余能詩不能書，楊君能書不能詩，亦遂不疑及，竟幾於流為丹青❸。迨余辛卯❹還京祖❺餞，於是始對眾言之。乃爽然若失。昔南宋閩人林外❻題詞於西湖，誤傳仙筆。元王黃華❼詩刻於山西者，後摹刻於滇南，亦誤傳仙筆。然則諸書所謂仙詩者，此類多矣。

【章旨】此章講述了作者寫的一首詩被誤認為是仙人手筆的故事。

【注釋】❶副戎　副總兵。清代總兵為綠營兵高級武官，受提督節制，本鎮軍務，又稱為總鎮。❷關帝　參見本書卷二〈嫁禍於神〉則注釋❹。❸丹青　丹和青是中國古代繪畫中常用之色。也泛指繪畫藝術。❹辛卯　即清乾隆三十六年，西元一七七一年。❺祖　古人出行時祭祀路神。❻林外　字豈塵，南宋晉江（今福建晉江）人。工詩詞。有詩：「藥爐丹灶舊生涯，白雲深處是吾家。江城戀酒不歸去，老卻碧桃無限花。」❼元王黃華　按：「元」當作「金」。王黃華，即王庭筠。字子端，自號黃華老人，金河東人。

【語譯】我在西域從軍時，起草各種奏章檄文，整天忙得不可開交，於是不再寫詩吟詩。有時做了一聯一句詩，也是事過就忘了。我寫的〈烏魯木齊雜詩〉一百六十首，都是我在回京城的路上追憶寫成的，不是當時所作。一天，功加毛副總兵講述了自己的生平經歷，我惆悵地緬懷今昔，偶然為他賦寫了一首絕句：「雄心老去日漸委靡不振，酒醉躺臥在將軍的古戰場。半夜醒來吹奏鐵笛，滿天的明月滿樹林的霜。」毛副總兵不懂詩，我也沒有留下底稿。後來我的同年楊逢元來看望我，我偶然說到這首詩。不知哪一天，楊君登上城北關帝祠的樓上，開玩笑似地把這首詩寫在牆壁上，沒有署姓名。恰好有道士經過，人們於是傳說那是仙人的手筆。我怕別人向我求詩，楊君怕人向他求書法，都不肯說出真相。人們又稍微知道我會寫詩而不善於書法，楊君書法好但又不善於寫詩，於是也沒有懷疑到我們兩人頭上，於是這事幾乎要被人們畫進畫裡流傳開來。等到我乾隆三十六年奉旨返回京城時，大家設宴為我餞行，於是我才當眾說出這件事。大家聽了反而好像失去了什麼。從前南宋福建人林外在西湖題了一首詞，人們誤傳為仙人的手筆。元代王黃華刻在山西的詩，後來雲南南部有人摹刻，也誤傳是仙人所作。那麼由此看來，各種書籍中記載的所謂仙詩，這類情況太多了。

【研析】所謂仙筆，當然都是凡人所作，此不辨自明。有意思的是，作者說出這首詩是自己所作，而非仙筆時，眾人若有所失的神情態度。細味這首詩的意境，惆悵而悲涼，正是多年流放在外人士的共同心聲。若真是仙筆，那麼仙人與凡夫俗子同有此心此念。現在卻是一位即將返回京城的人士所作，留在西域之人心中當別有一番滋味。若有所失者就是為此。

選人入贅

圖裕齋前輩言：有選人遊釣魚臺❶。時西頂社會，遊女如織。薄暮，車馬漸稀，一女子左抱小兒，右持鼗鼓❷，裊裊來。見選人，舉鼗一搖。選人一笑，女子亦一笑。選人故狡黠，揣女子裝束類貴家，而抱子獨行，又似村婦，蹤跡詭異，疑為狐魅，因逐之絮談。女子微露夫亡子幼意。選人笑語之曰：「毋多言，我知爾，亦不懼爾。然我貧，聞爾輩能致財。若能贍我，我即從爾去。」女子亦笑曰：「然則同歸耳。」至其家，屋不甚宏壯，而頗華潔；亦有父母姑姊妹。彼此意會，不復詰氏族，惟獻酬款洽而已。酒闌就宿，備極嬿婉❸。次日入城，攜小奴及僕被往，頗相安。惟女子治蕩無度，奔命殆疲。又漸使拂枕簟，侍梳沐，理衣裳，司灑掃，至於煙筒茗碗之役，亦遣執之。久而其姑若姊妹，皆調謔指揮，視如僮婢。選人耽其色，利其財，不能拒也。一旦，使滌廁牏❹，選人不肯。女子愠曰：「事事隨汝意，此乃不隨我意耶？」諸女亦助之誚責，由此漸相忤。既而每夜出不歸，云親戚留宿。又時有客至，皆曰中表，日嬉笑燕飲，或琵琶度曲，而禁選人勿至前。選人恚憤，女子亦怒，且笑曰：「不如是，金帛從何來？使我謝客易，然一家三十口，須汝供給，汝能之耶？」選人知不可留，攜小奴入京，僦住屋。次日再至，則荒煙蔓草，無復人居，並衣裝不知所往矣。選人本攜數百金，善治生，衣頗襤褸。忽被服華楚，皆怪之。具言贅婿狀，人亦不疑。俄又襤褸，諱不自言。後小奴私洩其事，人乃知之。曹慕堂宗丞❺曰：「此魅竊逃，猶有人理。吾所見有甚於此者矣。」

【章旨】此章講述了一個選人入贅狐女家，終因不合而分手的故事。

【注釋】❶釣魚臺　北京著名亭臺苑園之一。在阜成門外。❷鼗鼓　樂器名。即長柄的搖鼓，俗稱撥浪鼓。❸嬿婉　也作「燕婉」。舉止安閒和順貌。❹廁牏　便器。❺宗丞　參見本書卷十一〈奮力鬥鬼〉則注釋❶。

【語譯】圖裕齋前輩說：有個到京城候補官職的人去釣魚臺遊玩。當時西山正有賽神廟會，出來遊玩的女子很多。傍晚時分，車馬漸漸稀少，有個女子左手抱個小孩，右手拿一隻撥浪鼓，裊裊婷婷走過來，看見這個候補官員，舉起撥浪鼓一搖，候補官員一笑，女子也一笑。這個候補官員本來就狡黠，揣測女子的裝束像是富貴人家，卻抱著小孩獨自行走，又像是個鄉村婦女，蹤跡詭異，懷疑是個狐狸精，於是追上她敘談起來。女子微微露出丈夫已死孩子還小的意思，這個候補官員笑著對她說：「不用多說了，我知道你，也不怕你。不過我很窮，聽說你們能招來錢財，如果能贍養我，我就跟你去。」女子也笑著說：「那麼就一起回去吧。」到了她家，房子不很高大寬敞，但頗為華麗整潔。這個女子也有父母姑姑姐妹等，彼此心裡明白，也就不再互相打聽家族姓氏，只是擺酒歡宴而已。酒宴結束後兩人就寢，極其恩愛歡悅。第二天，這個候補官員回城裡，帶著一個小僕人，同時把行李也搬來了，兩人相處很安逸。只是那個女子性欲強烈沒有節制，這個候補官員拚命應付弄得疲憊不堪。那個女子又漸漸支使他收拾床鋪，侍奉她梳洗，幫她整理衣裳，負責灑水掃地，以至於點煙筒、泡茶之類的事也叫他去做。久而久之，那個女子的小姑及姐妹之類都隨便和他開玩笑，指揮他做這做那，好像把他看作是使喚的奴僕。這個候補官員迷戀她的美色，貪圖她的錢財，所以也不能拒絕。一天，這個女子竟然叫他去洗刷便具，他不肯去。女子生氣地說：「事事都隨你的意，這事就不能隨我的意嗎？」其他女人也幫著譏笑責備他，從此兩人之間漸漸發生矛盾。接著那女子經常夜裡出去不回家，說是親戚留下過夜。又時常有客人來，都說是表兄弟，天天嬉笑宴飲，有時彈著琵琶唱曲助興，卻禁止這個候補官員，不讓他靠前來。這個候補官員惱羞成怒，女子也非常生氣，並且嘲笑他說：「不這樣做，金銀財帛從哪裡來？叫我謝絕客人容易，但是一家三十口人，必須由你供養，你能辦到嗎？」這人知道無法再留下來了，帶著小奴僕回到京城租房子。第二天再去那女子家，只見一片野草叢生的荒涼土地，根本沒有人居住，連自己的衣服行李也不知到哪裡去了。這人本來帶了幾百兩銀子進京，善於安排生活，衣服很破舊。後來他忽然穿得衣冠楚楚起來，人們都感到奇怪。他詳細說明入贅當女婿的情況，人們也不懷疑。不久他又穿得破破爛爛了，他諱言這件事所以不肯說出來。後來小奴僕偷偷把這事洩露出去，人們才知道了。曹慕堂宗丞說：「這妖魅悄悄逃走，還算有做人的道理。我所見到的事有比這更過分的。」

【研析】選人貪色，又加之依賴狐女生活，兩人的決裂在情理之中。如此男人，就是在現實社會，也沒有幾個女子能夠容忍，遭到鄙夷亦是很正常的。人們如果將矛頭指向狐女，顯然有失公允。

紫陌看花

武強❶張公令譽，康熙丁酉❷舉人，劉景南之婦翁也。言有選人納一姬，聘幣頗輕，惟言其母愛女甚，每月當十五日在寓，十五日歸寧。悅其色美而值廉，竟曲從之。後一選人納姬，約亦如是。選人初不肯，則舉此選人為例，詢訪信然，亦曲從之。二人本同年，一日話及，前選人忽省曰：「君家阿嬌❸歸寧上半月耶？下半月耶？」曰：「下半月。」前選人大悟，急引入內室視之，果一人也。蓋其初鬻之時，已預留再鬻地矣。張公淳實君子，度必無妄言。惟是京師鬻女之家，雖變幻萬狀，亦必欺以其方，故其術一時不遽敗。若月月克日歸寧，已不近事理；又不時往來於兩家，豈人不能聞？是必敗之道，狡黠者斷不出此。或傳聞失實，張公誤聽之歟？然紫陌看花❹，動多迷路。其造作是語，固亦不為無因耳。

【章旨】此章講述了一個選人被小妾矇騙的故事。

【注釋】❶武強　縣名。在河北中部偏南、滏陽河下游。❷康熙丁酉　即清康熙五十六年，西元一七一七年。❸阿嬌　指侍妾。取金屋藏嬌之意。❹紫陌看花　語出唐劉禹錫〈元和十年戲贈看花諸君子〉詩：「紫陌紅塵拂面來，無人不道看花回。」紫陌，原指京都的道路。此借指在京城買小妾，未免上當。

【語譯】武強人張令譽先生，是康熙五十六年舉人，劉景南的岳父。他說有個赴京候選的官員納了一個侍妾，聘禮很輕，只是說她母親非常疼愛自己女兒，必須每月十五天在丈夫家裡，十五天回娘家。這人喜歡她的美貌，而且價錢便宜，就勉強同意了。後來又有一位赴京候選官員納妾，女方提出的要求也是這樣。這人起初不肯，女方就舉前面那個候選官員為例。這人去詢訪查問，確實是這樣的，也勉強答應了。兩個人本是同一年考中科舉的，一天說起這事，前面那個候補官員忽然省悟，問：「您家嬌妾回娘家是上半月呢？還是下半月？」後來的那個候補官員回答說：「是下半月。」前面那個候補官員徹底明白了，急忙把後面那個候補官員引進自家內室一看，果然是同一個人。原來那個女子家賣女兒時，已經預留了再次出賣她的餘地了。張先生是個誠實厚道的君子，估計他不會亂說。只是京城賣女兒的人家，雖然花樣百出，也必定是提出正當理由並利用對方的信任而加以欺騙，所以他們的詭計一時間不會立刻敗露。如果每個月規定日期回娘家，已經不近情理；又經常往來於兩家，人家怎會不知道？這種做法必然要敗露，狡黠的人是肯定不會這樣做的。或許人們傳聞失實，張先生聽錯了吧？然而在京城裡買小妾，很容易就會上當。那些編造出這個故事的人，也不是完全沒有根據的。

【研析】林子大了，什麼鳥兒都有。作者不相信真有其事，以為只是編造出來聳人聽聞而已。其實在大城市中，騙子手法多端，令人難以想像。稍不留意，就會上當，豈但納妾這種事。

姐妹同歸一人

朱青雷言：李華麓❶在京，以五百金納一姬。會以他事詣天津，還京之日，途遇一友，下車為禮。遙見姬與二媒媼同車馳過，大駭愕。而姬若弗見華麓者。恐誤認，思所衣繡衫又己所新製，益懷疑，草草話別。至家，則姬故在。一見，即問：「爾先至耶？媒媼又將爾嫁何處？」姬倉皇不知所對。乃怒遣家僮呼其父母來領女。父母狼狽至。其妹聞姊有變，亦同來。入門則宛然車中女，其繡衫乃借於姊者，尚未脫。蓋少其姊一歲，容貌略相似也。華麓方跳踉如虓虎❷，見之省悟，嗒然❸無一語。父母固詰相召意。乃述誤認之故，深自引愆。父母亦具述方鬻次女，借衣隨媒媼同往事。問價幾何？曰：「三百金，未允也。」華麓囅然❹，急開篋取五百金置几上曰：「與其姊同價可乎？」頃刻議定，留不遣歸，即是夕同衾焉。風水相遭，無心湊合。此亦可為佳話矣。

【章旨】一人因把小妾之妹誤認為小妾，造成誤會。誤會消除後，遂將妾妹也收入自己房中。

【注釋】❶李華麓　即李楨扆。字華麓，明任丘（今河北任丘）人。著名學者。❷虓虎　咆哮怒吼的老虎。❸嗒然　形容沮喪悵惘的神情。❹囅然　笑容貌。

【語譯】朱青雷說：李華麓在京城時，以五百兩銀子買了一個小妾。他恰好有其他事情到天津去，返回京城那天，半路上遇見一位朋友，下車施禮相見。這時他突然遠遠望見自己的小妾和兩個媒婆坐在同一輛車中迅速馳過，李華麓非常驚駭愕然，而那個小妾好像沒有看見李華麓一樣。李華麓怕自己認錯了人，但又一想她穿的繡花衫是自己新近為她做的，於是更加懷疑。草草與朋友告別，回到家裡，而小妾正在家裡。李華麓一見面，就問小妾：「你先回來了嗎？媒婆又要把你嫁到什麼地方去？」小妾莫名其妙，倉促間不知如何回答。於是李華麓怒氣沖沖地派家僮去叫她父母來把女兒領回去。小妾的父母慌慌張張趕來，小妾的妹妹聽說姐姐出了變故，也一起來了。一進門，李華麓認出她就是車中的那個女子，她穿的那件繡花衫，是借她姐姐的，還穿在身上沒有脫掉。原來她比姐姐小一歲，容貌長得很相似。李華麓剛才還在發怒咆哮如老虎，見到她後猛然省悟，沮喪而啞口無言了。小妾的父母固執地問他把他們叫來是為了什麼，李華麓只得說了認錯人的經過，並深表歉意。小妾父母也詳細講了正準備賣二女兒，讓她找姐姐借衣服隨著媒婆一齊去的事。李華麓問小妾父母買二女兒的價錢是多少？小妾父母回答說：「人家出三百兩銀子，我們還沒有答應。」李華麓笑笑，急忙開箱子取出五百兩銀子放在桌上，說：「和她姐姐同樣價錢，可以嗎？」雙方片刻時間就把這件事情議定，李華麓留下小妾的妹妹不讓她回去，當天晚上兩人就同枕共寢了。恰如風與水偶然相遇，無意間湊合在一起，這也可以說是一段佳話了。

【研析】買來小妾就是自己私有財產，不容小妾有絲毫越軌。當誤會澄清後，又用金錢買來妾妹。如此買賣霸占婦女，不把女子當人的舉動，竟然還被作者當成佳話一段，實在叫人不快。當然，作者生活的年代，婦女可以自由買賣，作者的小妾也是買來的。因此要求作者思想超越時代，也是一種苛求。

鬼戲狂生

劉東堂言：狂生某者，性悖妄❶，詆訾❷今古，高自位置。有指摘其詩文一字者，銜之次骨❸，或至相毆。值河間歲試❹，同寓十數人，或相識，或不相識。夏夜散坐庭院納涼，狂生縱意高談。眾畏其唇吻❺，皆緘口不答。惟樹後坐一人，抗詞與辯，連抵其隙。理屈詞窮，怒問：「子為誰？」暗中應曰：「僕焦王相也。」（河間之宿儒）。駭問：「子不久死耶？」笑應曰：「僕如不死，敢捋虎鬚耶？」狂生跳擲叫號，繞牆尋覓。惟聞笑聲吃吃，或在木杪，或在簷端而已。

【章旨】 此章講述鬼戲弄一個狂妄書生的故事。

【注釋】 ❶悖妄　荒謬狂妄。❷詆訾　毀謗；非議。❸銜之次骨　恨之入骨。❹歲試　參見本書卷六〈二牛鬥盜〉則注釋❺。❺唇吻　比喻議論、口才。

【語譯】 劉東堂說：有個書生某人，性情狂妄悖逆，詆毀辱罵古今人物，以此抬高自己。如果有人指摘他的詩文中的一個字，他就恨之入骨，有時甚至與人鬥毆。當時正逢河間府歲試，同住的十幾個人，有相識的，也有不認識的，夏夜散坐在庭院裡納涼。這個狂妄的書生肆意高談闊論，眾人怕和他發生爭論，都閉口不答理。只有樹背後坐著一個人，直接發話和他爭辯，連連指出他的漏洞。狂生理屈詞窮，憤怒地問道：「你是誰？」暗中那個聲音回答說：「我是焦王相。」（他是河間府的著名學者）。狂生吃驚地問道：「你不是早就死了嗎？」那個聲音笑著回答說：「我如果不死，敢摸老虎鬍鬚麼？」狂生跳著腳怒吼，繞著圍牆尋找，只聽見吃吃的笑聲，有時在樹梢上，有時在屋簷上。

【研析】書生狂妄，往往目中無人，卻被鬼嘲弄一番，使得滿腔怒火無處發洩。鬼的虛幻，狂生的膚淺，被作者用白描的手法描述得唯妙唯肖。

輕薄少年遭懲

王洪緒❶言：鄚州❷築堤時，有少婦抱衣袱行堤上，力若不勝，就柳下暫息。時傭作數十人，亦散憩樹下。少婦言歸自母家，幼弟控一驢相送。驢驚墮地，弟入秫田追驢，自辰至午❸尚未返。不得已沿堤自行。家去此西北四五里。誰能抱袱送我，當謝百錢。一少年私念此可挑，不然亦得謝，乃隨往。一路與調謔，不甚答亦不甚拒。行三四里，突七八人要於路曰：「何物狂且，敢覬覦我家婦女？」共執縛捶楚，皆曰：「送官徒涉訟，不如埋之。」少婦又述其謔語。益無可辯，惟再三哀祈。一人曰：「姑貰爾。然須罰掘開此塍，盡洩其積水。」授以一鍤，坐守促之。掘至夜半，水道乃通，諸人亦不見。環視四面，蘆葦叢生，杳無村落。疑狐穴被水，誘此人浚治云。

【章旨】此章講述一個輕薄少年心存邪念，遭到挖土通水道的懲罰。

【注釋】❶王洪緒　號洞庭山人，清蘇州（今江蘇蘇州）人。善於占卜，決定人的休咎如神。❷鄚州　唐景雲二年置，治所在鄚縣（今河北任丘北鄚州）。開元十三年（七二五年）改為莫州。❸自辰至午　從辰時到午時。辰時，七時至九時，午時，十一時至十三時。

【語譯】王洪緒說：鄚州築堤時，有個少婦抱著一個衣服包袱行走在大堤上，好像抱不動了，就在柳樹下暫時休息。當時有幾十個給人家幹活的人，也散坐在柳樹下休息。少婦說自己從娘家回來，小弟牽著一頭毛驢相送。毛驢突然受驚把她摔在地下。弟弟到高粱地裡去追毛驢，從上午辰時直到午時還沒有回來。不得已，她只好沿著河堤自己走回家。她的家從這裡往西北大約有四、五里路，誰能幫忙抱著包袱送她到家，她將以一百文錢相謝。有個年輕人心中暗想這個少婦可以挑逗，不然的話也能得到謝禮，於是就跟著她走。一路上年輕人和她調笑，她不太答理也不太拒絕。走了三四里，突然有七八個人攔在路上，說：「哪兒來的狂徒，竟然敢打我家婦女的主意？」他們一齊上前抓住年輕人痛打，都說：「送到官府告狀麻煩，不如活埋掉算了。」少婦又敘述了他一路上所說的調戲挑逗的話，他更加無法辯解，只是再三哀求。其中一個人說：「姑且饒了你，但必須罰你挖開這道田塍，把積水全部排掉。」他們給他一把鍬，坐著監督催促他。年輕人挖到半夜，水道才挖通，那些人也不見了。年輕人環顧四周，只見蘆葦叢生，周圍根本沒有村莊。人們懷疑是狐狸的洞穴被水淹了，於是引誘這個年輕人來為他們疏浚。

【研析】少年心存邪念，舉止輕薄，遭到薄懲也屬應該，好在只是挖土通水道而已。其實作者一再想說明這樣一個道理：妖由人興，禍因己生。只要自己行正坐直，妖魅無隙可乘，自然無事。這個道理說說簡單，但要做到豈是易事。無怪乎作者一言再言。

卷十七 姑妄聽之三

狐女因孝成道

族侄竹汀言：文安❶有傭工古北口❷外者，久無音問。其父母值歲荒，亦就食口外，且覓子。亦久無音問。後乃有人見之泰山❸下。言昔至密雲❹東北，日已暮，風雲並作。遙見山谷有燈光，漫往投止。至則土屋數楹，圍以秫籬❺，有老嫗應門，問其里貫，入以告。又遣問姓名年歲，並問：「曾有子出口否？子何名？年幾何歲？」具以實對。忽有女子整衣出，延入上坐，拜而侍立；促老嫗督婢治酒肴，意甚親昵。莫測其由，起而固詰。則失聲伏地曰：「兒不敢欺翁姑。兒狐女也，嘗與翁姑之子為夫婦。本出相悅，無相媚意。不虞其愛戀過度，竟以瘵亡。心恆愧悔，故誓不別適，依其墓以居。今無意與翁姑遇，幸勿他往，兒尚能養翁姑。」初甚駭怖，既而見其意真切，相持涕泣，留共居。狐女奉事無不至，轉勝於有子。如是六七年，狐女忽遣老嫗市一棺，且具鍤畚。怪問其故，欣然曰：「翁姑宜賀兒。兒奉事翁姑，自追念逝者，聊盡寸心耳。不期感動土地，聞於嶽帝❻。嶽帝憫之，許不待丹成，解形證果。今以遺蛻❼合窆❽，表同穴意也。」引至側室，果一黑狐臥榻上，毛光如漆；舉之輕如葉，扣之乃作金石聲。信其真仙矣。葬事畢，又啟曰：「今隸碧霞元君❾為女官，當往泰山。請共往。」故相偕至此，僦屋與土人雜居。狐女惟不使人見形，其供養仍如初也。後不知其所終。此與前所記狐女略相近❿，然彼有所為而為，故僅得逭⓫誅；此無所為而為，故竟能成道。天上無不忠不孝之神仙，斯言諒哉！

【章旨】此章講述了一個狐女因孝敬公婆而得道成仙的故事。

【注釋】❶文安　縣名。在河北中部、大清河下游，鄰接天津。❷古北口　參見本書卷十二〈楊令公祠〉則注釋❶。❸泰山　參見本書卷十三〈墨畫祕戲圖〉則注釋❾。❹密雲　縣名。在北京東北部、潮白河上游，鄰接河北。❺秫籬　高粱稈的籬笆。❻嶽帝　參見本書卷七〈心鏡〉則注釋❻。❼遺蛻　佛教、道教認為死是遺其形骸而化去，故稱其屍體為遺蛻。❽合窆　合葬。❾碧霞元君　道教神名。傳說是東嶽大帝的女兒，宋真宗時封為「天仙玉女碧霞元君」。❿前所記狐女略相近　參見本書卷十六〈孝為德之至〉則。⓫逭　避；逃。

【語譯】我的族侄紀竹汀說：文安縣有個人到古北口外去打工，很長時間沒有音信。他的父母因為遇上災年，於是也到口外去要飯，同時尋找兒子。他們一去也是很長時間沒有音信。後來有人在泰山腳下見到他們。他們說，當初走到密雲縣東北時，天色已晚，風雲並起，遠遠望見山谷中有燈光，兩人姑且前去投奔借宿。他們走近一看，原來是幾間土屋，周圍是一道用高粱稈編的籬笆。有個老年女僕出來招呼，問了他們的鄉里籍貫，進屋去稟報。屋裡人又派她出來問他們的姓名年齡，並問：「是否曾經有個兒子到古北口外去？兒子叫什麼名字？多少歲了？」他們都實話相告。忽然有個女子整理好衣衫走出來，請他們進去坐在上首座位上，拜見他們後，侍立在他們身旁，催促老年女僕去督促婢女準備酒菜，神情很親熱。兩位老人不知是怎麼回事，站起來一定要問清楚。那個女子突然伏在地上失聲痛哭說：「我不敢欺騙公公婆婆，我是個狐女，曾經與公公婆婆的兒子結為夫妻。本來出自相互愛慕，沒有媚惑他的意思。沒有想到他因為愛戀過度，竟然得重病去世了。我心裡一直慚愧後悔，所以發誓不再嫁別人，在他的墳墓旁住下來。如今無意中與公公婆婆相遇，希望你們不要到別的地方去了，我還能夠供養公公婆婆。」兩位老人剛開始很害怕，隨後見她情意真切，於是相互拉著手哭泣，留下來和狐女一起居住。狐女侍候公公婆婆無所不至，反而勝過有兒子的時候。這樣過了六七年，狐女忽然派老年女僕去買一具棺材，而且準備了鍬和畚箕。兩位老人感到奇怪，問是什麼緣故。狐女高興地說：「公公婆婆應該祝賀我。我侍奉公公婆婆，本只是因為懷念死去的丈夫，聊盡自己的一點心意而已。沒有想到感動了土地神，把這事報告了東嶽大帝。東嶽大帝同情我，允許我不必等到金丹煉成，就能蛻去形體修成正果。現在我要把蛻落下來的形體和丈夫葬在一起，以表示夫婦死後同墓穴的意思。」她把兩位老人帶到旁邊一間屋子裡，果然有一隻黑狐躺在床上，毛色像漆一樣光亮，舉起來像樹葉一樣輕，敲牠便發出金石一樣的聲音，於是他們相信狐女真是成仙了。安葬事宜完畢，狐女又對他們說：「我現在隸屬碧霞元君做女官，應當前往泰山，請你們一起去。」所以他們就跟著狐女到了這裡，租了房子與當地人住在一起。狐女只是不讓人看見她的形體，供養公婆還是像從前一樣。後來不知道他們結果怎麼樣了。這與前面所記載的狐女侍候公婆的事大致相近，但那個狐女是有目的而那麼做的，所以僅僅得以避免雷擊；這個狐女卻是沒有目的而這麼做，所以竟能修煉成道。天上沒有不忠不孝的神仙，這話一點也不假啊！

【研析】狐女孝順公婆也能得道成仙，這是為了宣揚孝道而編造的故事。人們一般認為，狐女要得道，比之常人更加困難：狐女是畜生道，要進入人道就非易事；何況由人道而入仙道。但這個狐女做到了常人難以做到的事，直接由畜生道進入仙道。如此成功跨越，全在於狐女能夠孝順公婆。由此說明，講求孝道才能成就正果。於是，一個故事完成了重大的教化任務。

人定勝天，確有是理

竹汀又言：有夜宿城隍廟廊者，聞殿中鬼語曰：「奉牒❶拘某婦。某婦戀其病姑，不肯死，念念固結，神不離舍，不能攝取，奈何？」城隍曰：「愚忠愚孝，多不計成敗。與命數爭，徒自苦者，固不少；精誠之至，鬼神所不能奪者，挽回一二，間亦有之。與強魂捍拒，其事迥殊，此宜申嶽帝取進止，毋遽以厲鬼❷往也。」語訖，遂寂。後不知究竟能攝否。然足知人定勝天，確有是理矣。

【章旨】此章講述了一個孝婦因惦記生病的婆婆，與命運抗爭的故事，由此來說明人定勝天，確有是理。

【注釋】❶牒　指官府公文。❷厲鬼　參見本書卷二〈視鬼〉則注釋❸。

【語譯】族侄紀竹汀又說：有人夜間睡在城隍廟的廊簷下，聽到大殿中有鬼說道：「我拿了公文去拘押某位婦女，她掛念生病的婆婆，不肯死，反覆念叨這一心願，以致她的靈魂不離開肉體，不能攝取拘押，怎麼辦呢？」城隍神說：「愚忠愚孝的人，大多不考慮成敗與否。與命定的壽數相抗爭，只不過是自己吃苦而已，這樣的情況確實不少；但精誠到了極點，鬼神也不能強迫其改變的人，稍微挽回一些壽命的情況，偶爾也是有的。這與那種強悍的魂靈頑固抗拒的情況，是兩種完全不同的事情。這件事應該報告東嶽大帝，聽他的指示來決定下一步行動，不要急著派厲鬼前去。」說完，殿中就寂靜無聲了。後來不知道究竟把那個婦女攝來了沒有。然而由此也足以知道，人定勝天的說法，確實是有它的道理的。

【研析】因為孝，就能與死亡對峙；因為孝，就能與命運抗爭，甚而改變命運。孝的力量如此之大，人們豈能漠視。作者為了宣揚孝道，真是不遺餘力了。

顧德懋言

顧郎中❶德懋，世所稱判冥❷者也。嘗自言平反一獄，頗自喜。其姓名不敢洩，其事則有姑出❸其婦者，以小姑之讒，非其罪也。姑性卞❹，倉卒度無挽回理；而母家親黨無一人，遂披緇尼庵，待姑意轉。其夫憐之，時往視婦，亦不能無情。庵旁有廢園，每約以夜伏破屋，而自逾牆缺私就之。來往歲餘，為其師所覺。師持戒嚴，以為汙佛地，斥其夫勿來，來且逐婦。夫遂絕跡，婦竟鬱鬱死。冥官謂既入空門❺，宜遵佛法，乃耽淫犯戒，當從僧律科斷，議付泥犁❻。顧駁之曰：「尼犯淫戒，固有明刑。然必初念皈依，中違誓願，科以僧律，百喙無詞。此婦則無罪仳離❼，冀收覆水❽，恩非斷絕，志且堅貞。徒以孤苦無歸，託身荒剎。其為尼也，但可謂之毀容，未可謂之奉法；其在庵也，但可謂之借榻，不可謂之安禪❾。若據其浮蹤，執為惡業，則瑤光奪婿❿，更以何罪相加？至其感念故夫，逾牆幽會，跡似『贈以芍藥⓫』，事均『采彼蘼蕪⓬』。人本同衾，理殊失節。陽律於未婚私媾，僅擬杖刑，猶容納贖。茲之違禮，恐視彼為輕。況已抑鬱捐生，縱有微愆，足以蔽罪。自應寬其薄罰，徑付轉輪⓭。準理酌情，似乎兩協。」事上，冥王竟從其議。此語真妄，無可證驗。然據其所議，固持平之論矣。又顧臨殁，自云以多洩陰事，謫為社公⓮。姑存其說，亦足為輕談溫室⓯者箴也。

【章旨】此章記述了一個所謂判冥者在陰間為一個遭到婆婆虐待而死的婦人申辯的故事。

【注釋】❶郎中　參見本書卷四〈白晝見鬼〉則注釋❶。❷判冥　參見本書卷十三〈餘氣〉則注釋❷。❸出　此指離棄。❹性卞　性格急躁。卞，急躁。❺空門　佛教名詞。佛教宣揚「諸法皆空」，以悟「空」為進入「涅槃之門」，故稱佛教為「空門」。❻泥犁　即地獄。❼仳離　離婚。❽覆水　指夫妻分離。相傳漢朱買臣家貧，其妻自願離異。後來朱買臣富貴，為會稽太守，其妻子求重新結合。朱買臣將一盆水傾潑地下，表示覆水難收。❾安禪　佛教語。指靜坐入定。俗稱打坐。❿瑤光奪婿　北魏世宗（宣武帝）在洛陽建的尼寺名瑤光寺。房舍五百餘間，妃嬪貴媛，多出嫁於此。永安三年（五三〇年），秀容部落首領爾朱兆攻入洛陽，縱兵大掠，時有騎兵十人入寺淫穢。此後頗有譏訕，語曰：「洛陽男兒急作髻，瑤光寺尼奪作婿。」參見《洛陽伽藍記》。⓫贈以芍藥　參見本書卷十〈詢狐〉則注釋❿。⓬采彼蘼蕪　典出《玉臺新詠》卷一〈古詩〉一：「上山采蘼蕪，下山逢故夫。」蘼蕪，香草名。⓭轉輪　即輪迴。參見本書卷四〈暫入輪迴〉則注釋❽。⓮社公　土地神。⓯溫室　宮殿名。漢長樂宮、未央宮都有溫室殿。取其冬天溫暖。帝王常在此和大臣商議軍國大事。《漢書・孔光傳》載，孔光謹慎，回家從來不說朝中事。「或問光：『溫室省中樹皆何木也？』光嘿不應，更答以它語，其不洩如是。」

【語譯】顧德懋郎中，就是人們所說的能斷陰司案子的那種人。他曾經說自己平反過一件冤案，感到很自豪。當事人的姓名他不敢洩露，這件事情是有個婆婆離棄了自己的兒媳婦，是因為婆婆聽信小姑的讒言，並不是這個媳婦的過錯。婆婆的性格急躁固執，兒媳婦心想一時之間沒有挽回的可能，而娘家親族一個人也沒有了，於是只好出家到尼姑庵做了尼姑，等待婆婆回心轉意。她的丈夫可憐她，經常去看望她，她也沒辦法不動心。尼姑庵旁有一個廢棄的院子，他們約定每次都由丈夫夜裡躲在破屋中，而她自己翻過尼姑庵院牆的缺口去和他相會。這樣來往了一年多，被她師傅發覺了。師傅持戒律非常嚴格，認為他們玷汙了佛地，斥責她的丈夫不要再來，如果再來就要把她逐出尼姑庵。丈夫於是從此不來了，這個婦人竟然憂鬱而死。陰司官員認為她既然已當了尼姑，就應該遵守佛法，卻沉湎於淫欲而犯了戒律，應該按照僧律定罪，商議將她打入泥犁地獄。顧德懋反駁說：「尼姑犯了淫戒，確實有明文規定的刑罰，但必須是此人一開始就立願皈依佛法，中途違背了自己的誓願，這種情況按僧人的戒律來處罰，犯罪者即使有一百張嘴巴也無話可說。這個婦人卻是無罪而被迫與丈夫分離，希望將來還能破鏡重圓，夫妻恩情沒有斷絕，她滿懷堅貞之志，對丈夫忠心不二。只不過因為孤苦伶仃而無家可歸，才在尼姑庵中暫且安身。她做尼姑，只可稱為毀壞容貌，不可以說是信奉佛法；她住在尼姑庵中，只可說是借宿，不可以認為是靜坐參禪。如果根據她的行為，就認定她犯下了惡業，那麼像北魏時瑤光寺的尼姑奪洛陽男子作夫婿的情況，又該判以什麼樣的罪名呢？至於她想念過去的丈夫，翻牆幽會，從表面上看好像《詩經．溱洧》中描寫的男女相互調情的情形一樣，而實際上卻和古詩〈上山采蘼蕪〉中描寫被休棄的妻子見到原來的丈夫的情況相同。他們本來是同衾共枕的人，從道理上說和失節不同。人間的法律對未婚而私下發生性關係的人，僅判以杖刑，而且還可以用兩人結婚來贖免懲罰。這兩人違背禮法的程度，恐怕比未婚私通要輕。何況她已經鬱鬱而死，縱然有小小的過錯，也足以抵銷了。因此應該從寬處以輕刑，直接讓她轉生。不管是從理還是從情方面考慮，這個判決似乎都很恰當。」這事上報後，閻王竟然同意按照顧德懋的意見處理。這些話是真實的還是虛假的，無法驗證。然而根據他所議論的情況來看，確實是公正的看法。又，顧德懋臨終前，說自己因為洩露陰間的事情太多，被貶為土地神。姑且記下他的說法留存在此，也足以讓那些隨便洩漏祕密的人引以為戒。

【研析】這個婦人因為婆婆虐待而失去丈夫、失去家庭，最終失去生命，古詩〈孔雀東南飛〉所說的悲劇在清代重現。一首〈孔雀東南飛〉將焦仲卿妻的故事流傳千古；而這個婦人也因紀昀的記述而永為人知。儘管作者並不自覺，但他記述的這個故事正是對封建社會摧殘婦女的深刻控訴。

任智終遇敵

庫爾喀喇烏蘇❶（庫爾喀喇，譯言黑；烏蘇，譯言水也）臺軍李印，嘗隨都司❷劉德行山中。見懸崖老松貫一矢，莫測其由。晚宿郵舍❸，印乃言昔過是地，遙見一騎飛馳來，疑為瑪哈沁❹，伏深草伺之。漸近，則一物似人非人，據馬上，馬乃野馬也。知為怪，發一矢，中之。嗡然如鐘聲，化黑煙去；野馬亦驚逸。今此矢在樹，知為木妖也。問：「頃見之何不言？」曰：「射時彼原未見我。彼既有靈，恐聞之或報復，故寧默也。」其機警多類此。一日，塔爾巴哈台❺押逋寇❻滿答爾至，命印接解。以鐵杻貫手，以鐵鍊從馬腹橫鎖其足。時已病，奄奄僅一息。與之食，亦不甚嚥；在馬上每欲倒擲下，賴縶足得不墮。但慮其死，不慮其逃也。至戈壁，兩馬相並，又作欲墮狀。印舉手引之。突挺然而起，以杻擊印仆馬下，即旋轡馳入戈壁去。戈壁東北連科布多❼（北路定邊副將軍所屬），綿亙數百里，古無人跡，竟莫能追，始知其病者偽也。參將岳濟，坐是獲重譴；印亦長枷。既而伊犁復捕得滿答爾。蓋額魯特❽來降者，賞賚最厚。滿答爾貪餌而出，因就擒。訊其何以敢再至，則曰：「我罪至重，諒必不料我來；我隨眾而來，亦必不疑其中有我。」其所計良是，而不虞識其頂上箭瘢也。以印之巧密，而卒為術愚；以滿答爾之深險，而卒以詐敗。日以心鬥，誠不知其所窮。然任智終遇其敵，未有千慮不一失者，則定理也。

【章旨】此章講述了兩個倚仗心計，而終究遇到敵手而失敗的故事。

【注釋】❶庫爾喀喇烏蘇　今新疆烏蘇。❷都司　參見本書卷十四〈新菌〉則注釋❶。❸郵舍　即驛站。❹瑪哈沁　額魯特語。即劫盜。❺塔爾巴哈台　清政區名。本稱雅爾。乾隆三十年（一七六五年）雅爾城參贊大臣移駐塔爾巴哈台城（今新疆塔城）後，又稱塔爾巴哈台。❻逋寇　逃寇；流寇。❼科布多　清政區名。乾隆二十六年（一七六一年）設參贊大臣一員，駐科布多城（今蒙古共和國吉爾格朗圖），屬定邊左副將軍節制。❽額魯特　參見本書卷三〈一隻繡花鞋〉則注釋❷。

【語譯】庫爾喀喇烏蘇（庫爾喀喇，譯為漢語是「黑」；烏蘇，譯為漢語是「水」）的駐軍李印，曾隨都司劉德在山中行走，看見懸崖的老松樹上穿著一支箭，不知道是怎麼回事。晚上他們在驛站住下，李印才說從前路過這地方時，遠遠望見一個人騎著馬飛馳而來，懷疑是瑪哈沁，於是伏在深草叢中等著他。馬漸漸馳近，就看見是一個似人非人的怪物騎在馬上，馬也是一匹野馬。李印知道是妖怪，就射出一支箭，射中那個怪物，發出嗡嗡的像撞鐘的聲音，妖物化成一道黑煙散去，野馬也驚跑了。現在這支箭穿在樹上，可知那是個木妖。劉德問：「剛才看到時為什麼不說？」李印回答說：「射箭的時候他本來沒有看見我，他既然有神靈，恐怕聽到後或許會來報復，所以我寧願沉默。」李印的機警往往就像這樣。一天，塔爾巴哈台押送來一名叫滿答爾的強盜，長官命令李印接著押送。李印用鐵銬銬住他的雙手，用鐵鏈從馬腹部下繞上來橫鎖住他的雙腳。滿答爾當時已經患病，虛弱得只剩奄奄一息。給他食物，他也不大嚥得下。他坐在馬上總要頭朝下倒栽下來，幸虧繫住了雙腳才沒有掉下來。李印只擔心他會死，而不擔心他會逃。到了戈壁，兩人的馬並列行走，滿答爾又做出要倒下的樣子，李印伸手去拉他，他突然挺身直起，用鐐銬把李印擊倒在馬下，立即掉轉馬頭馳入戈壁去了。戈壁東北連接科布多（屬北路定邊副將軍管轄），綿延數百里，自古就沒有人跡，根本無法追捕，這才知道他生病是假裝的。參將岳濟，因為此事受到嚴厲懲處，李印也長期戴上枷鎖。不久，伊犁又抓到滿答爾。原來，額魯特部落的人來歸降，朝廷給的賞賜最優厚。滿答爾貪圖賞錢而出來，因此被擒獲。問他為什麼敢再來，他回答說：「我的罪最重，推想你們肯定沒料到我還會來；我隨著眾人一起來，你們也肯定不會懷疑其中有我。」他算計的確實周到，卻沒想到人們會認出他頭頂上的箭傷疤痕。以李印這樣的縝密機巧，而結果還是中了圈套；像滿答爾這樣的陰險狡詐，而結果還是因為奸詐而落網。人們天天都在鉤心鬥角，實在不知道耍心計也有個盡頭。但是專門倚仗心計的人終究會遇到對手，從來沒有千慮而無一失的，這是肯定無疑的道理。

【研析】 成語有「百密一疏」、「千慮一失」，就是說無論你想得何等的周密，總有疏漏失誤之處。文中所說的兩個事例證明了這個道理。但凡事總想得周密些為好，所謂的疏漏失誤，往往發生在當事人自以為是的時候。如文中所說的事例也說明了這個道理。因此，疏漏失誤還是可以避免的，關鍵在於當事人心態的平和以及考慮問題的縝密。

鬼唱曲

李義山❶詩「空聞子夜鬼悲歌」，用晉時鬼歌〈子夜〉事❷也。李昌谷❸詩「秋墳鬼唱鮑家詩」，則以鮑參軍❹有〈蒿里行〉，幻窅❺其詞耳。然世固往往有是事。田香沚言：嘗讀書別業。一夕，風靜月明，聞有度昆曲❻者，亮折清圓，淒心動魄。諦審之，乃《牡丹亭》❼〈叫畫〉一齣也。忘其所以，靜聽至終。忽省牆外皆斷港荒陂，人跡罕至，此曲自何而來？開戶視之，惟蘆荻瑟瑟而已。

【章旨】此章講述了夜晚聽見鬼唱曲的故事。

【注釋】❶李義山　參見本書卷十三〈夜宿山家〉則注釋❷。❷晉時鬼歌子夜事　此處用晉代鬼唱〈子夜歌〉的典故。《宋書・樂志一》：「〈子夜歌〉者，有女子名子夜，造此聲。晉孝武太元中，琅邪王軻之家有鬼歌〈子夜〉。殷允為豫章時，豫章僑人庾僧度家亦有鬼歌〈子夜〉。殷允為豫章，亦是太元中，則子夜是此時以前人也。」❸李昌谷　即李賀。唐詩人。字長吉，福昌（今河南宜陽西）人。曾官奉禮郎。有《昌谷集》。❹鮑參軍　即鮑照。參見本書卷十〈乩仙詩〉則注釋❻。❺幻窅　玄幻隱晦。❻昆曲　戲曲劇種。清代一般稱昆腔為昆曲，後亦稱昆劇。原為元昆山（今屬江蘇）一帶流行的民間戲曲腔調。❼牡丹亭　一名《還魂記》。傳奇劇本。明湯顯祖作。寫杜麗娘與柳夢梅相愛的故事。

【語譯】唐代詩人李商隱的詩句「只聽到子夜時分鬼悲歌」，用的是晉代鬼唱〈子夜歌〉的典故。李賀的詩句「秋天墳邊鬼在唱鮑家詩」，就是因為鮑照寫過〈蒿里行〉，李賀把它說得更加玄幻隱晦而已。但是世界上往往真有這樣的事。田香沚說：他曾經在某個田莊裡讀書，一天晚上，風靜月明，忽然聽到有唱昆曲的聲音，曲折響亮，清麗圓潤，聽了叫人傷心感動。細細一聽，原來唱的是《牡丹亭》的〈叫畫〉這齣戲。田香沚聽得入神，靜靜聽到唱完。他才忽然想到，圍牆外面都是廢棄的港灣和荒涼的山坡，很少有人來這裡，這歌聲是從哪裡傳來的呢？他推開窗戶一望，只有蘆葦在夜色中瑟瑟搖動而已。

【研析】世上本無鬼，自然也沒有鬼唱歌。這本來是不需辯駁的問題。只是因為作者相信有鬼，就對所謂的鬼唱歌深信不疑。

老儒借書

香沚又言：有老儒授徒野寺。寺外多荒冢，暮夜或見鬼形，或聞鬼語。老儒有膽，殊不怖。其僮僕習慣，亦不怖也。一夕，隔牆語曰：「鄰君已久，知先生不訝。嘗聞吟詠，案上當有溫庭筠❶詩，乞錄其〈達摩支曲〉❷一首焚之。」又小語曰：「末句『鄴城❸風雨連天草』，祈寫『連』為『粘』，則感極矣。頃爭此一字，與人賭小酒食也。」老儒適有溫集，遂舉投牆外。約一食頃，忽木葉亂飛，旋飆❹怒捲，泥沙灑窗戶如急雨。老儒笑且叱曰：「爾輩勿劣相❺。我籌之已熟：兩相角賭❻，必有一負；負者必怨，事理之常。然因改字以招怨，則吾詞曲；因其本書以招怨，則吾詞直。聽爾輩狡獪，吾不愧也。」語訖而風止。褚鶴汀曰：「究是讀書鬼，故雖負氣求勝，而能為理屈。然老儒不出此集，不更兩全乎？」王穀原曰：「君論世法也。老儒解世法，不老儒矣。」

【章旨】此章講述了兩個鬼爭論溫庭筠的某句詩某字，請老儒驗證。老儒方正古板，拿出詩集，遂招致鬼怨的故事。

【注釋】❶溫庭筠　唐代詩人、詞人。原名岐，字飛卿，太原（今屬山西）人。仕途不得意，官止國子助教。原有集，已散失，後人輯有《溫庭筠詩集》、《金奩集》。❷達摩支曲　溫庭筠所作的一首七言詩。原載《花間集》。❸鄴城　今河南安陽。❹旋飆　即旋風。作螺旋狀的疾風。❺劣相　惡劣的樣子。❻角賭　爭賭勝負。

【語譯】田香沚又說：有個老儒生，在荒郊野外的一座寺廟裡教授學生。寺廟外有很多荒蕪的墳墓，夜晚有時會看到鬼的影子，有時會聽到鬼的說話聲。老儒生有膽量，根本就不怕；他的書僮和僕人習慣了，也不感到害怕。一天夜晚，有個鬼隔著牆說道：「和您作鄰居已經很久了，知道先生對我們不感到驚訝。曾經聽到您吟詠詩詞，您的書案上應該有溫庭筠的詩集。請您抄錄其中一首〈達摩支曲〉並焚燒它。」接著又小聲說道：「最後一句『鄴城風雨連天草』，請您抄寫的時候把『連』字寫成『粘』字，我就非常感謝了。剛才為了爭論這個字，我和別人賭了一點酒食。」老儒生正好有溫庭筠的詩集，於是拿起來扔到牆外。約過了一頓飯的時間，忽然樹葉亂飛，旋風怒捲，泥沙飛打在窗戶上像急雨一樣。老儒生笑著斥責道：「你們不要作出這種惡劣樣子，我已經仔細考慮過了。兩人打賭，必然有一個人要輸，輸的人必然會埋怨，這也是常理。然而因為改字而招致埋怨，那麼我就沒有道理；因為這本書的本身而招致埋怨，那麼我就有道理了。聽任你們怎樣狡獪奸猾，我也不感到慚愧。」他的話剛說完而風也就停了。褚鶴汀說：「到底是個讀書鬼，所以雖然賭氣爭勝，還能被道理折服。然而老儒生不拿出這本詩集，不是更加兩全其美嗎？」王穀原說：「您說的是世間人們處事的辦法。老儒生如果懂得這些辦法，也就不會是個老儒生了。」

【研析】老儒生的方正古板，鬼的狡獪，旁觀者的世故，被描述得唯妙唯肖。於此可見作者的文字功力，確實深厚。

倀鬼與虎

司爨❶王媪言（即見醉鍾馗者）：有樵者伐木山岡，力倦小憩。遙見一人持衣數襲，沿路棄之，不省其何故。諦視之，履險阻如坦途，其行甚速，非人可及；貌亦慘淡不似人，疑為妖魅。登高樹瞰之，人已不見。由其棄衣之路，宛轉至山坳，則一虎伏焉。知人為倀鬼❷，衣所食者之遺也。急棄柴自岡後遁。次日，聞某村某甲於是地死於虎矣。路非人徑所必經，知其以衣為餌，導之至是也。物莫靈於人，人恆以餌取物，今物乃以餌取人，豈人弗靈哉？利汩❸其靈，故智出物下耳。然是事一傳，獵者因循衣所在，得虎窟，合銃群擊，殪其三焉。則虎又以智敗矣。輾轉倚伏，機械又安有窮歟？或又曰：「虎至悍而至愚，心計萬萬不到此。聞倀役於虎，必得代乃轉生。是殆倀誘人自代，因引人捕虎報冤也。」倀者人所化，揆諸人事，固亦有之。又惜虎知倀助己，不知即倀害己矣。

【章旨】此章講述了倀鬼以小利引誘人來被虎吞噬，因此又引來獵人捕殺老虎的故事。

【注釋】❶司爨　掌管炊事。即廚師。❷倀鬼　亦稱「虎倀」。古時傳說人被虎齧死後，鬼魂為虎服役；虎行求食，倀必與俱，為虎前導。成語稱助暴為虐為「為虎作倀」。❸汩　擾亂。

【語譯】在我家燒飯的王婆說（就是看見過醉鍾馗的人）：有個砍柴人在山岡上砍樹，幹活疲倦了稍稍休息一會兒，遠遠望見一個人拿著幾件衣服，沿路丟棄，不明白他這樣做是什麼緣故。這個砍柴人仔細看那個丟衣服的人，只見他走過險峻的地方如同走在平坦的大路上，而且走路的速度很快，不是人可以做到的。他的臉色灰暗不像是人，砍柴人懷疑他是妖怪。砍柴人爬到高高的樹上朝下看，那人已經不見了。砍柴人沿著他丟棄衣服的路轉折走去，來到一個山坳，看見一隻老虎埋伏在那裡。他知道那人是倀鬼，衣服是被老虎吃掉的人遺留下來的，於是急忙丟掉柴禾，從山岡後面逃回家。第二天，就聽說某村某人在這個地方被老虎吃掉了。這條路不是人們走路時的必經之路，所以知道牠是用衣服作誘餌，把人引到那裡去。萬物沒有比人更聰明的，人總是用誘餌去捕取動物，如今動物卻以誘餌捕取人，難道是人不聰明了嗎？那是利欲擾亂蒙住了他的聰明，所以智慧反而在動物之下了。但這事傳開後，獵人沿著衣服所在的路線，找到了老虎洞。大家的火槍齊發，打死了三隻老虎。那麼老虎又是因為牠們的智謀而招致敗亡了。禍福輾轉互相倚伏，世界上的機巧狡獪又怎會有窮盡呢？又有人說：「老虎最凶悍而又最愚蠢，心計萬萬不可能達到這個程度。聽說倀鬼為老虎服役，必須要等到有新的倀鬼替代才能轉生。這事大概是倀鬼引誘人來替代自己，同時又把獵人引來捕殺老虎替自己報怨。」倀鬼是由人變的，根據人世間的事情來考察，這樣做也確實是很有可能的。又可惜老虎只知道倀鬼幫助自己，卻不知道就是倀鬼害了自己呀。

【研析】不貪小利就不會上當。當人們被小利擾亂心智，就會蒙蔽雙眼而自投羅網了。就像「螳螂捕蟬，黃雀在後」，當詭計得逞而自鳴得意時，往往也是敗亡之際。以小見大，為人做事，豈能不步步小心。

得道成仙之法

梁豁堂言：有粵東大商，喜學仙，招納方士數十人，轉相神聖，皆曰沖舉❶可坐致。所費不貲，然亦時時有小驗，故信之益篤。一日，有道士來訪，雖敝衣破笠，而神意落落，如獨鶴孤松。與之言，微妙玄遠，多出意表。試其法，則驅役鬼神，呼召風雨，如操券也；松鱸❷、台菌❸、吳橙❹、閩荔❺，如取攜也；星娥❻琴竽，玉女歌舞，猶僕隸也。握其符，十洲三島❼，可以夢遊。出黍顆之丹，點瓦石為黃金，百煉不耗。粵商大駭服。諸方士自顧不及，亦稽首稱「聖師」，皆願為弟子，求傳道。道士曰：「然則擇日設壇，當一一受汝。」至期，道士登座，眾拜訖。道士問：「爾輩何求？」曰：「求仙。」問：「求仙何以求諸我？」曰：「如是靈異，非真仙而何？」道士軒渠❽良久，曰：「此術也，非道也。夫道者沖漠❾自然，與元氣為一，烏有如是種種哉！蓋三教❿之放失久矣。儒之本旨，明體達用而已。文章記誦，非也；談天說性，亦非也。佛之本旨，無生無滅而已。

布施供養，非也；機鋒⑪語錄，亦非也。道之本旨，清淨沖虛而已。章咒符籙，非也；爐火服餌，亦非也。爾所見種種，是皆章咒符籙事，去爐火服餌，尚隔幾塵⑫，況長生乎？然無所徵驗，遽斥其非，爾必謂譽其所能，而毀其所不能，徒大言耳。今示以種種能為，而告以種種不可為，爾庶幾知返乎！儒家釋家，情偽日增，門徑各別，可勿與辯也。吾疾夫道家之滋偽，故因汝好道，姑一正之。」因指諸方士曰：「爾之不食，辟穀丸⑬也。爾之前知，桃偶人⑭也。爾之燒丹，房中藥⑮也。爾之點金，縮銀法⑯也。爾之入冥，茉莉根⑰也。爾之召仙，攝靈鬼也。爾之返魂，役狐魅也。爾之搬運，五鬼術⑱也。爾之辟兵，鐵布衫⑲也。爾之飛躍，鹿盧蹻⑳也。名曰道流，皆妖人耳。不速解散，雷部㉑且至矣。」振衣欲起，眾牽衣叩頷曰：「下士沉迷，已知其罪；幸逢仙駕，是亦前緣。忍不一度脫乎？」道士卻坐，顧粵商曰：「爾曾聞笙歌錦繡之中，有一人揮手飛升者乎？」顧諸方士曰：「爾曾聞炫術鬻財之輩，有一人脫屣羽化㉒者乎？夫修道者須謝絕萬緣，堅持一念，使此心寂寂如死，而後可不死；使此氣綿綿不停，而後可長停。然亦非枯坐事也。仙有仙骨，亦有仙緣。骨非藥物所能換，緣亦非情好所能結。必積功累德，而後列名於仙籍，仙骨以生；仙骨既成，真靈自爾感通，仙緣乃湊。此在爾輩之自度，仙家安有度人法乎？」因索紙大書十六字曰：「內絕世緣，外積陰騭㉓；無怪無奇，是真祕密。」投筆於案，聲如霹靂，已失所在矣。

【章旨】此章以一個高道之口，講述了得道成仙之法沒有訣竅，完全在於自身修煉的道理。

【注釋】❶沖舉　指得道成仙。❷松鱸　松江鱸魚。杜父魚科。鰓膜上各有兩條橙黃色的斜紋，古人誤以為四鰓，故又稱「四鰓鱸」。鱗退化，體呈黃褐色。生活在近岸淺海，夏秋進入淡水河川後，肉更肥美，尤以松江所產最為名貴。❸台菌　台州所產的鮮蘑。❹吳橙　吳地（長江中下游地區）所產的橙子。❺閩荔　福建地區產的荔枝。❻星娥　神話傳說中的織女。❼十洲三島　古代傳說神仙所居住的地方。據東方朔《海內十洲記》（一名《十洲三島記》）記載：巨海之中有祖、瀛、玄、炎、長、元、流、生、鳳麟、聚窟十洲，又有蓬丘、方丈、昆侖三島，乃人跡稀絕，神仙所居。合稱「十洲三島」。❽軒渠　原指兒童舉手聳身欲就父母。後轉為形容笑貌。渠，通「舉」。❾沖漠　指恬靜虛寂。❿三教　參見本書卷三〈打包僧〉則注釋❹。⓫機鋒　佛教禪宗名詞。指問答迅捷，不落跡象，含有深意的言詞。⓬塵　指六塵。佛教名詞。塵，梵文 Guna 的意譯，其義相當於「質點」或「因素」。六塵，色、聲、香、味、觸、法的合稱。塵，又有染汙義，《淨心誡觀》下：「云何名塵，坋汙淨心，觸身成垢，故名塵。」⓭辟穀丸　辟穀時所服用的藥物。辟穀，即不吃五穀的意思。據稱為中國古代的一種修養方法。辟穀時，仍食藥物，並須做導引等功夫。⓮桃偶人　用桃木製成的人像。古時人以為鬼畏桃樹，因削桃木為人形，立於戶側，用以驅鬼辟邪。⓯房中藥　房中術之藥。房中術，古代方士所說房中節欲、養生保氣之術。《漢書・藝文志・方技》著錄「房中八家，百八十六卷」。⓰縮銀法　古時方士所稱的一種法術，謂能將鉛汞去除雜質，縮小體積，點化為白銀。⓱茉莉根　相傳茉莉根有毒。用酒磨汁喝，一寸茉莉根可使人屍厥一日。⓲五鬼術　方士驅使鬼狐搬取他人財物的法術。⓳鐵布衫　一種拳術名。據說練了這門拳術，可以刀槍不入。⓴鹿盧蹺　亦作「鹿盧蹻」。道教所說的登高涉險的用具。晉葛洪《抱朴子・雜應》：「若能乘蹻者，可以周流天下，不拘山河。凡乘蹻道有三法：一曰龍蹻，二曰虎蹻，三曰鹿盧蹻。」㉑雷部　參見本書卷五〈役雷神〉則注釋❻。㉒羽化　中國古人稱成仙為羽化，即「變化飛升」之意。後世道教徒老病死者，也叫羽化。㉓陰騭

《書・洪範》：「惟天下陰騭下民。」意謂天默默地安定下民。騭，定。也稱陰德為「陰騭」，而謂暗中進行害人的事為「傷陰騭」。

【語譯】梁豁堂說：有位粵東大商人，喜歡學仙，招納了幾十個方士。這些方士們互相吹噓神聖，都說得道升天成仙可以坐在那裡就能辦到。這些方士花掉商人的錢財不少，但也常常有些小小的應驗，所以商人越來越相信他們。一天，有個道士來訪，雖然穿著舊衣，戴著破斗笠，但是神情灑脫，像單獨飛翔的仙鶴，又像孤立高聳的蒼松。商人和他交談，他的話微妙玄遠，多出乎人的意表。商人請他演示法術，他就驅使鬼神，呼風喚雨，如同手持憑證向人取物一樣有把握；至於松江的四鰓鱸魚、台州的鮮蘑、吳地的橙子、福建的荔枝等等，如同取出隨身帶著的東西一樣容易；召喚織女彈琴吹竽，召喚玉女唱歌跳舞，如同使喚自己奴僕一樣。握住他畫的符，十洲三島仙境，可以夢遊；他拿出黍米大的一顆丹藥，就能點化瓦片石頭變成黃金，雖經過一百次冶煉也不會損耗。這個粵東商人極其驚訝信服，眾多方士也自以為及不上這位道士，都叩頭稱他為「聖師」，都願意做他的弟子，請求他傳道。道士說：「那麼就挑個日子設壇，我就一一傳授給你們。」到了選定的日期，道士登壇坐下，眾人拜過道士，道士問道：「你們有什麼要求？」眾人回答說：「求仙。」道士又問：「求仙為什麼要來求我？」回答說：「你的法術如此靈驗奇異，你不是真正的仙人又是什麼呢？」道士笑了很久，然後說：「這是法術，不是道。所謂道是虛靜自然，與天地元氣成為一體，哪有這種種花樣呢！這是因為儒、佛、道三教喪失本來面目已經很久了。儒教的根本宗旨是明白事物的本體並能夠達到實用而已，不是記誦文章，也不是空談天道性理；佛教的根本宗旨是無生無滅而已，不是講施捨供養，也不是逞機鋒傳語錄；道教的根本宗旨是清淨空虛而已，不是念咒畫符，也不是煉丹服藥。你們所看到的種種法術，都是念咒畫符一類的法術，離煉丹服藥還隔著幾塵，何況成仙長生不老呢？然而我如果在這方面不顯示一些靈驗，而直接指出它們的謬誤，你們肯定會說我是褒獎自己所擅長的東西，而詆毀自己做不到的事情，只是說大話而已。如今我既然已經證明我能做這些事情，同時告訴你們這種種法術不能去學，你們或許能夠省悟而迷途知返了吧。儒家、佛家虛偽的東西一天天增加，因為他們與我們門戶不同，路數各異，可以不必與他們爭辯。我痛恨我們道家的虛偽也在滋生，所以借你們喜好道教的機會，姑且以正視聽。」他於是指著眾方士說：「你不吃飯，是服了辟穀丸；你預先知道將要發生的事，是靠桃木作偶人的法術；你煉的丹藥，實際上就是春藥；你的點金術，用的是縮銀法；你所謂的能進入陰間，靠的是茉莉根；你說能招來仙人，實際是攝來靈鬼；你能使人返魂復生，實際上是驅使狐狸精借屍體復生；你所謂的搬運術，不過用的是五鬼術；你所謂能夠刀劍不入，是練了鐵布衣的功夫；你所謂能夠飛躍，不過是學了鹿盧蹻的功夫。你們自稱道士，實際上都是些妖人。你們還不趕快解散離去，雷神就要來懲罰你們了。」這位道士整理一下衣服正要起身，眾人扯住他的衣服叩頭說：「我們這些下等人物一直沉迷在妖術中，現在已經知道自己的罪過了。幸運地遇上仙人，這也是前生修來的緣分，您忍心不超度我們嗎？」道士退後重新坐下，回頭看著粵商說：「你曾聽說過生活在笙歌鶯舞、錦繡富貴中的人，有哪一個人揮手飛升成仙的嗎？」又回頭對方士們說：「你們曾經聽說過賣弄法術騙取錢財的人中，有哪一個人脫離塵世成仙了嗎？修道的人必須謝絕所有俗緣，堅持一個信念，使自己的心沉寂如同死了一樣，然後才可以不死；使自己的氣息綿延不停，然後才可以長久停下來。但是要達到這種境界，不僅僅是靠枯坐修煉能夠達到的。成仙要有仙骨，也要有仙緣。仙骨不是靠藥物能夠換成的，仙緣也不是靠有學仙的愛好就能結成的。必須積蓄功德，然後你的名字才能夠被列入仙人的名冊，這樣就可以生出仙骨；仙骨既已長成，與仙靈之間自然互相感應，仙緣也就會合了。這事都靠你們自己超度自己，仙人哪有超度人的方法呢？」道士接著要了一張紙，寫了十六個大字：「內絕世緣，外積陰騭；無怪無奇，是真祕密。」寫完，他把筆扔在桌上，發出霹靂一樣的響聲，就已經不見了。

【研析】得道成仙，在於自度。這與作者的一貫主張相符，並無多少新意。但世人總是不明白，以為修煉可以成仙，得道在於點化。殊不知，無論成仙還是得道，都在於自我的努力。所謂「內絕世緣，外積陰騭」，真正能夠做到這八個字，也就離成仙不遠了。這個「真祕密」，實際並不祕密。

王洪生家狐

表伯王洪生家，有狐居倉中，不甚為祟；然小兒女或近倉遊戲，輒被瓦擊。一日，廚下得一小狐，眾欲捶殺以洩憤。洪生曰：「是挑釁也。人與妖鬥，寧有勝乎？」乃引至榻上，哺以果餌，親送至倉外。自是兒女輩往來其地，不復擊矣。此不戰而屈人❶也。

【章旨】此章講述了一個如何處理鄰里矛盾的故事。

【注釋】❶不戰而屈人　語出《孫子・謀攻三》。原文為：「不戰而屈人之兵，善之善者也。」意思是不經過戰鬥而迫使敵人屈服者，才是最高明的。

【語譯】我的表伯王洪生家有狐狸住在倉房中，不大作祟為害。但是如果小孩們在靠近倉房的地方遊戲，就會遭到瓦片的襲擊。一天，在廚房裡抓到一隻小狐狸，大家想把牠捶死以發洩心中的憤怒。王洪生說：「這是挑釁的舉動。人與妖魅爭鬥，怎麼能有獲勝的呢？」於是他把小狐狸放在床上，用果子點心餵牠，然後親手送到倉房外。從此以後，小孩們來往經過倉房，就再也沒有瓦片飛來襲擊了。這就是不通過動武而折服人。

【研析】王洪生可謂善於處理與狐狸精的關係了。以德報怨，而不是冤冤相報。正因為王洪生能夠投之以桃李，所以狐狸精也能夠報之以瓊琚。兩家化干戈為玉帛，豈非美事。其實鄰里關係若能如此，不就少了許多紛爭。

綠雲

又舅氏安公五占，居縣東留福莊。其鄰家二犬，一夕吠甚急。鄰婦出視無一人，惟聞屋上語曰：「汝家犬太惡，我不敢下。有逃婢匿汝家灶內，煩以煙熏之，當自出。」婦大駭，入視灶內，果嚶嚶有泣聲。問是何物，何以至此？灶內小語曰：「我名綠雲，狐家婢也。不勝鞭捶，逃匿於此，冀少緩須臾❶死，惟娘子哀之。」婦故長齋禮佛，意頗憐憫，向屋仰語曰：「渠畏怖不出，我亦實不忍火攻。苟無大罪，乞仙家捨之。」（里俗呼狐曰仙家。）屋上應曰：「我二千錢新買得，那能即捨？」婦曰：「二千錢贖之，可乎？」良久，乃應曰：「是或尚可。」婦以錢擲於屋上，遂不聞聲。婦扣灶❷呼曰：「綠雲可出，我已贖得汝。汝主去矣。」灶內應曰：「感活命恩，今便隨娘子驅使。」婦曰：「人那可畜狐婢？汝且自去；恐驚駭小兒女，亦慎勿露形。」果似有黑物瞥然逝。後每逢元旦，輒聞窗外呼曰：「綠雲叩頭。」

【章旨】此章講述了一個婦女救助狐婢綠雲的故事。

【注釋】❶須臾　遷延；苟延。❷扣灶　敲擊灶臺。扣，通「叩」。敲擊。

【語譯】又，我的舅舅安五占先生，居住在縣東面的留福莊。他的鄰居家有兩條狗，一天晚上狗叫得很急，鄰居的妻子出門查看，沒有看見一人，只聽到屋頂上有個聲音說：「你家的狗太凶，我不敢下來。我家有個逃跑的婢女，躲在你家的灶坑裡，麻煩你用煙熏她，她自己會出來的。」鄰居的妻子大驚，進屋往灶坑裡一看，果然裡面有嚶嚶的哭泣聲。她問是什麼東西，為什麼跑到這裡來？灶坑裡發出小聲回答說：「我叫綠雲，是狐狸精家的婢女，受不了主人的鞭打，逃來藏在這裡，希望稍稍延緩一下死亡，只希望娘子可憐我。」鄰居的妻子本來一直吃齋拜佛，很是憐憫她，於是抬起頭向屋頂上說：「她害怕不敢出來，我也實在不忍心用火燒她。如果她沒有大的罪過，請求仙家放了她吧。」（鄉里人習慣稱狐狸精為仙家。）屋頂上回答說：「我花了兩千錢剛買來的，哪能就放了她？」鄰居的妻子說：「用兩千錢贖她可以嗎？」過了好一會兒，屋頂上才回答：「這或許還可以。」鄰居的妻子把錢扔到屋頂上，於是再沒有聽到聲音了。她敲著灶說：「綠雲，你可以出來了，我已經贖出你了。你的主人已經走了。」灶坑內回答說：「感謝活命之恩，從今以後就聽隨娘子使喚。」鄰居的妻子說：「人怎麼可以使喚狐狸婢女呢？你自己走吧。恐怕驚嚇著小孩子，也要小心不要露出形體。」果然好像有一個黑色東西一閃不見了。後來每逢元旦，就聽到窗外呼叫道：「綠雲叩頭來了。」

【研析】同情弱者，憐憫無助者，這是人的天良。只要人的天良未泯，都會有這樣的感情。這個故事讀後，只覺得有股溫馨在心頭湧起。

蒙古羊骨卜

蒙古以羊骨卜❶，燒而觀其坼兆❷，猶蠻峒雞卜❸也。霍丈易書在葵蘇圖軍臺❹時，有老婦解此術。使卜歸期。婦側睨良久，曰：「馬未鞍，人未冠，是不行也；然鞍與冠皆已具，行有兆矣。」越數月，又使卜。婦一視即拜曰：「馬已鞍，人已冠矣，公不久其歸乎！」既而果賜環❺。又大學士溫公言：曩征烏什，俘回部❻十餘人，禁地窖中。一日，指口訴飢。投以杏。眾分食訖，一年老者握其核，喃喃密祝，擲於地上，觀其縱橫奇偶，忽失聲哭。其黨環視，亦皆哭。既而駢誅之牒❼至。疑其法如《火珠林》❽錢卜也。是與蓍龜❾雖不同，然以骨取象❿者，龜之變；以物取數者，蓍之變。其藉人精神以有靈，理則一耳。

【章旨】此章介紹了蒙古人羊骨卜，並記述了其他幾種占卜方法。

【注釋】❶羊骨卜　用羊骨占卜。這與殷商時人們用龜甲占卜和越人用雞骨占卜一樣，都是一種習俗。❷坼兆　謂灼羊骨占卜之時，紋裂所顯示的預兆。❸雞卜　古代占卜法之一。《史記·孝武本紀》：「乃令越巫立越祝祠，安臺無壇，亦祠天神上帝百鬼，而以雞卜。」張守節正義：「雞卜法，用雞一狗一，生，祝願訖，即殺雞狗，煮熟又祭，獨取雞兩眼骨，上自有孔裂，似人物形則吉，不足則凶，今嶺南猶行此法也。」❹葵蘇圖軍臺　清代設在今新疆地區的郵驛。專管該地區的軍報和文書的遞送。葵蘇圖，在今新疆地區。❺賜環　參見本書卷五〈義犬四兒〉則注釋❷。❻回部回族。❼駢誅之牒　一併誅戮的命令。牒，官府的公文。❽火珠林　書名。漢京房著。❾蓍龜　參見本書卷四〈論扶乩〉則注釋❺。❿象　《周易》專用語，謂解釋卦象的意義。亦指卦象。

【語譯】蒙古人用羊骨頭占卜，把羊骨頭燒烤後，根據它的裂紋來預測吉凶，就像南方的各少數民族用雞骨占卜一樣。霍易書老先生在葵蘇圖軍臺時，有個老婦人會這種占卜術。霍先生請她占卜自己回內地的日期，這個老婦人斜著眼睛看了很久，說：「馬還沒有備鞍，人沒有戴上帽子，是不會走的。但馬鞍和帽子都已經準備好了，有回去的先兆了。」過了幾個月，霍先生又請她占卜，老婦人看了一眼就下拜說：「馬已備好鞍，人已戴上帽子，您不久就要回去了。」不久皇帝果然命他返回內地。又，大學士溫公說，從前征討烏什時，俘虜了十幾個回族人，監禁在地窖裡。一天，他們指著自己的嘴巴訴說肚子餓了，於是丟給他們一些杏子，他們分著吃完了。一個年老的回族人握著杏核，口裡喃喃地暗暗祈禱，把杏核丟在地上，觀察它們的縱橫排列以及是奇數還是偶數，忽然失聲痛哭。他的同夥圍過去看，也都哭起來了。不久將他們一齊斬首的命令就下達了。懷疑他們占卜的方法可能類似《火珠林》中用錢占卜的方法相同。這些占卜的工具雖然與蓍草、龜甲不同，但從骨頭上看圖像，是由用龜甲占卜的方法演變而來的；從物體上看數字，是由用蓍草占卜的方法演變而來的。這些占卜法都是靠人的精神感應而有靈驗，道理是一樣的。

【研析】般人信鬼神，故而也深信龜甲占卜。隨著文明程度的提高，中原人士信鬼神占卜者越來越少，這要歸功於儒家文化的傳播。因為孔子提倡「盡人事而聽天命」、「敬鬼神而遠之」，只要自己努力去做了，成功與否不是自己考慮的了。這種積極的人生態度沒有給鬼神預留下多少餘地，自然也就沒有了占卜者的地位。

狐打抱不平

康熙癸巳❶秋，宋村廠佃戶❷周甲，不勝其婦之捶楚，夜伺婦寢，逃匿破廟，將待曉，介鄰里乞憐。婦覺之，追跡至廟，對神像數其罪，叱使伏受鞭。廟故有狐。鞭甫十餘，方哀呼，群狐合噪而出，曰：「世乃有此不平事！」齊奪甲置牆隅，執其婦，褫無寸縷，即以其鞭鞭之，至流血未釋。突狐婦又合噪而出，曰：「男子但解護男子。渠背妻私昵某家女，不應死耶？」亦奪其婦置牆隅，而相率執甲。群狐格鬥爭救，喧哄良久。守田者疑為劫盜，大呼鳴銃為聲援。狐乃各散。婦已委頓，甲竭蹶負以歸。王德庵先生時設帳於是，見婦在途中猶喃喃罵也。先生嘗曰：「快哉諸狐！可謂禮失而求野❸。狐婦乃惡傷其類，又別執一理，操同室之戈。蓋門戶分而朋黨起，朋黨盛而公論淆，轇轕❹紛紜，是非蜂起，其相軋也久矣。」

【章旨】此章講述了公狐狸和母狐狸因分別幫助一對互相鬥毆的夫妻，而自己爭鬥起來的故事。

【注釋】❶康熙癸巳　即清康熙五十二年，西元一七一三年。❷佃戶　向地主租種土地的農戶。❸禮失而求野　謂都邑失禮則於外野求之。《漢書・藝文志》：「仲尼有言：『禮失而求諸野』，方今去聖久遠，道術缺廢，無所更索，彼九家者，不猶愈於野乎！」❹轇轕 交錯；糾纏。

【語譯】康熙五十二年秋天，宋村廠的佃戶周甲受不了他妻子的痛打，夜間乘妻子睡覺時逃出來，藏在破廟裡，想等天亮後請鄰居幫忙求饒。他妻子發覺後追著他的蹤跡來到廟裡，對著神像數落他的罪過，呵斥他趴在地上接受鞭打。這廟裡本來就有狐狸居住，鞭子剛抽了十幾下，周甲正在哀叫時，一群狐狸合夥鼓噪著衝出來，說：「世上竟有這樣的不平事！」他們一齊奪過周甲，把他放在牆邊，然後抓住他妻子，把她身上穿的衣服剝得一絲不掛，就用她自己的鞭子抽她，一直抽到流血了還不肯罷手。突然狐狸的妻子們又一齊鼓噪著衝出來，說：「男人只知道護著男人，他背著妻子偷偷和某家女子相好，不該死嗎？」她們也奪過周甲的妻子，把她放在牆邊，而一齊來抓周甲。於是狐狸們互相混鬥爭搶，喧鬧了很久。守莊稼的人懷疑是強盜來了，大叫大喊還放火槍作聲援，狐狸們這才各自散去。周甲的妻子已被打得癱軟在地，周甲費盡力氣把她背回家。王德庵先生當時正在當地設私塾教書，見周甲妻子在路上還口裡喃喃罵個不停。王先生曾經說：「做得真叫人痛快啊！這些狐狸。這可以說是禮儀失去了只能到民間去尋找。狐狸的妻子們因痛恨傷害到她們的同性，又另外根據一種道理，於是同室操戈，與她們的丈夫們打起來。分了門派，而朋黨就會興起；朋黨興盛而公正的看法就被混淆了。於是相互糾纏，是非紛紜複雜，彼此傾軋，這種情況存在已經很久了。」

【研析】丈夫竟然被妻子追著打，而且還毫無還手的餘地，可知這位農家女子在家中的地位了。即使如此，她的丈夫仍然在外面偷雞摸狗，也是色膽包天。如此一幕，也頗開人耳目。不過，那位王老夫子的一席話，將一幕喜劇又抹上了濃重的政治色彩，實在無趣。

狐仙知禮

張鉉耳先生家，一夕覓一婢不見，意其逋逃。次日，乃醉臥宅後積薪下。空房鎖閉，不知其何從入也。沃髮漬面，至午乃蘇。言昨晚聞後院嬉笑聲，稔知狐魅，習慣不懼，竊從門隙窺之。見酒炙羅列，數少年方聚飲。俄為所覺，遽躍起擁我逾牆入。恍惚間如睡如夢，噤不能言，遂被逼入坐。陳釀❶醇醲，加以苛罰，遂至沉酣，不記幾時眠，亦不知其幾時去也。鉉耳先生素剛正，自往數之曰：「相處多年，除日日取柴外，兩無干犯。何突然越禮，以良家婢子作倡女❷侑觴？子弟猖狂，父兄安在？為家長者寧不愧乎？」至夜半，窗外語曰：「兒輩冶蕩，業已笞之。然其間有一線乞原者：此婢先探手入門，作謔詞乞肉，非出強牽。且其月下花前，采蘭贈芍，閱人非一，碎璧多年，故兒輩敢通款曲。不然，則某婢某婢色豈不佳，何終不敢犯乎？防範之疏，僕與先生似當兩分其過，惟俯察之。」先生曰：「君既笞兒，此婢吾亦當痛笞。」狐哂曰：「過摽梅之年❸，而不為之擇配偶，鬱而橫決，罪豈獨在此婢乎？」先生默然。次日，呼媒媼至，凡年長數婢盡嫁之。

【章旨】此章講述了寄居在一戶人家中的狐仙克己知禮的故事。

【注釋】❶陳釀　陳年的酒；好酒。❷倡女　以歌舞娛人的婦女。亦指賣身的娼妓。❸摽梅之年　語出《詩・召南・摽有梅》：「摽有梅，其實七兮；求我庶士，迨其吉兮。」摽梅，謂梅子成熟後落下來。後因用此比喻女子已到結婚的年齡。

【語譯】張鉉耳先生家有天晚上找一個婢女沒有找到，以為她逃走了。第二天，人們發現她喝醉酒躺在宅後的柴堆下。那間空房子關閉而且鎖著，不知道她是怎麼進屋子去的。她蓬頭垢面，到中午才蘇醒。她說昨天晚上聽到後院有嬉笑聲，因為早就知道是狐狸精，所以習慣了並不害怕。偷偷從門縫朝裡面看，只見擺列著許多酒菜，幾個年輕人正在一起飲酒。不久我被他們發現了，突然跳起來擁著我翻牆進去，恍恍惚惚之間我像是在睡夢中，嘴巴說不出話來，於是被逼迫入坐。他們的陳年好酒醇厚濃烈，加上他們對我苛刻的罰酒，於是我喝得大醉，不記得是什麼時候睡著的，也不知道他們什麼時候離去。張鉉耳先生素來剛強正直，親自跑到後院斥責狐狸說：「我們相處多年，除了每天來取柴外，彼此互不侵犯。你們為什麼突然違背禮法，把清白人家的婢女當娼妓，讓她陪酒？子弟如此胡作非為，他們的父兄到哪裡去了？做家長的難道不慚愧嗎？」到了半夜，窗戶外有個聲音說道：「兒輩們放蕩無禮，我已經鞭打過了。但這裡面有一點希望能得到諒解：這個婢女先把手伸進門，說些開玩笑的話討肉吃，不是被強行拉進門來的。而且她在花前月下與人偷偷約會，互贈信物，交往的人不止一個，她失身已經多年了，所以兒輩們敢於與她交往。不然的話，那麼某個婢女某個婢女姿色難道不漂亮嗎，為什麼兒輩們終究不敢冒犯她們呢？防範的疏漏，我與先生似乎應該平分這個責任，只希望先生再考慮考慮。」張鉉耳先生說：「你既然已經懲罰了兒子，這個婢女我也應該痛打一頓。」狐狸略帶譏諷地笑著說：「她已經過了婚配的年齡，卻不替她選擇個配偶。使她心中鬱鬱而做出違禮的事來，罪過難道只在這個婢女身上嗎？」張鉉耳先生沉默不語了。第二天，他叫來媒婆，把凡是年紀大的幾個婢女全部嫁掉了。

【研析】那個張鉉耳先生外表一副道貌岸然、正人君子的樣子，但他把眾多婢女鎖閉在家，內心骯髒可想而知。那個狐仙卻直言不諱，直指張某人的軟肋。張某人為維護自己聲譽，不得不把幾個婢女送出去嫁人，而內心的酸楚難以言說。本文將張某人的偽善，狐仙的尖刻不容情，描述得清清楚楚，讀來頗有趣味。

杜奎不欺

邱縣丞❶天錦言：西商❷有杜奎者，不知其鄉貫，其語似澤、潞❸人也。剛勁有膽，不畏鬼神，空宅荒祠，所至恆襆被獨宿，亦無所見聞。偶行經六盤山❹麓，日已曛黑，遂投止。廢堡破屋，荒煙蔓草，四無人蹤。度萬萬無寇盜，解裝絆馬，拾枯枝爇火御寒，竟展衾安臥。方欲睡間，聞有哭聲。諦聽之，似在屋後，似出地下。時榾柮❺方燃，室明如晝，因側眠握刀以待之。俄聲漸近，已在窗外黑處，嗚嗚不已；然終不露形。杜叱問曰：「平生未曾見爾輩。是何鬼物？可出面言。」暗中有應者曰：「身是女子，裸無寸縷，愧難相見。如不見棄，許入被中，則有物蔽形，可以對語。」杜知其欲相媚惑，亦不懼之，微哂曰：「欲入即入。」陰風颯然，已一好女共枕矣。羞容靦覥，掩面泣曰：「一語才通，遽相偎倚。人雖冶蕩，何至於斯？緣有苦情，迫於陳訴，雖嫌造次，勿訝淫奔。此堡故群盜所居，妾偶獨行，為其所劫，盡褫衣裳簪珥，縛棄澗中。夏浸寒泉，冬埋積雪，沉陰冱凍，萬苦難名。後惡黨伏誅，廢為墟莽。無人可告，茹痛至今。幸空谷足音❻，得見君子，機緣難再，千載一時。故忍恥相投，不辭自獻，擬以一宵之愛，乞市薄櫬❼，移骨平原。庶地氣少溫，得安營魄。倘更作佛事，超拔轉輪，則再造之恩，誓世世長執巾櫛❽。」語訖拭淚，縱體入懷。杜慨然曰：「本謂爾為妖，乃沉冤如是！吾雖耽花柳❾，然乘人窘急，挾制求歡，則落落❿丈夫，義不出此。汝既畏冷，無妨就我取溫；如講幽期，則不如徑去。」女伏枕叩額，亦不再言。杜擁之酣眠，帖然就抱。天曉，已失所在。乃留數日，為營葬營齋。越數載歸里，有鄰家小女，見杜輒戀戀相隨。後老而無子，求為側室⓫。父母不肯，女自請相從，竟得一男。知其事者，皆疑為此鬼後身也。

【章旨】此章講述了一個西商憐憫孤苦女鬼，為她營葬做佛事，後來得到報答的故事。

【注釋】❶縣丞　官名。始於戰國，秦漢沿置，典文書及倉獄，為縣令輔佐。歷代所置略同。清代縣丞為正八品官。❷西商　指山西商人。❸澤潞　指澤州和潞州。澤州，在今山西晉城東北。潞州，在今山西長治北古驛。❹六盤山　在寧夏回族自治區南部和甘肅東部。南段又稱隴山。南北走向。長約二四〇公里。山路曲折盤旋，六重始達山頂，故名。❺榾柮　木塊。此處指木柴。❻空谷足音　《詩・小雅・白駒》：「皎皎白駒，在彼空谷。」《莊子・徐無鬼》：

「夫逃虛空者……聞人足音跫然而喜矣。」跫然，行人之聲。後常用以比喻極難得的音信或事物。❼棤　小而薄的棺材。❽執巾櫛　古時為人妻妾的謙辭。❾花柳　指妓院或娼妓。❿落落　猶磊落、豁達。⓫側室　古稱妾為側室。猶偏房。

【語譯】邱天錦縣丞說：有個山西商人叫杜奎，不知道他的鄉里籍貫，聽他的口音好像是山西澤州、潞州一帶人。他性情剛直有膽量，不怕鬼神，不管是無人居住的住宅還是荒涼廢棄的祠廟，他總是鋪下被褥便獨自睡下，也不曾見到或聽到什麼。他偶然路過六盤山麓，天色已晚，他於是找個地方住下來。他找到一處廢棄的堡寨裡的破爛屋子，周圍荒無人煙，只有叢生的蔓草，四周也沒有人的蹤跡。杜奎心想這裡絕不可能有強盜，於是解開行李，繫好馬，撿些枯樹枝生火禦寒，然後鋪下被褥安心睡覺。他正要睡著時，聽到有哭聲，仔細一聽，好像在屋子後面，似乎是從地底下傳出來的。當時火堆正燃燒著，照得屋裡像白天一樣明亮。杜奎於是側身躺著，手裡握著一把刀等著那聲音。不久那聲音漸漸靠近，已經在窗戶外的黑暗處，嗚嗚地哭個不停，然而還是不露出形體。杜奎叱問道：「我這一輩子沒有見過你們這類，是什麼鬼東西？可以出來當面說話。」暗中有聲音回答說：「我是個女子，裸露著身體一絲不掛，我感到羞愧難以與您相見。如您不嫌棄，讓我鑽進被子裡，那麼有東西遮蓋形體，就可以對話了。」杜奎知道她是想媚惑自己，但也不害怕，便用譏諷的口氣說：「想進來就進來吧。」只見一陣陰風吹過，就已有一個美貌女子躺在自己身旁了。她害羞靦覥，蒙著臉哭著說：「才說了一句話，就和你偎依在一起，即使淫蕩的人，何至於會到這個地步？因為我有痛苦的經歷要向您陳訴，雖然嫌太唐突了，但請您不要懷疑我是為淫樂而來。這個堡寨原來住著一群強盜，我偶然獨自路過，被他們所劫奪。他們把我身上的衣服首飾全部剝去，捆綁著扔在山澗中。我夏天被寒冷的泉水浸泡，冬天被厚厚的積雪掩埋，沉滯在陰冷寒冰之中，所受的萬般苦楚難以用語言描述。後來這群凶惡的強盜被捉住處死，這個堡寨便荒蕪成廢墟。我無人可以陳訴，忍受痛苦直到今天。幸好空曠的山谷中聽到有人的腳步聲，得以見到您。這樣的機會緣分恐怕再也不會有了，千年只有這麼一刻時間。所以我忍著羞恥投奔您，不惜自動獻出身體，打算用一夜的歡愛，能求您為我買一具薄皮棺材，把我的屍骨移到平地上埋葬。這樣或許地氣稍稍溫暖一些，能使我的靈魂得以安寧。如果您還能為我作一場佛事，超度我轉生，那麼您讓我重生的恩德，我發誓世世代代做您的妻妾侍候報答您。」說完，她擦乾眼淚，縱身鑽進杜奎的懷裡。杜奎感慨地說：「我本來以為你是妖魅，卻沒想到你有這樣大的沉冤。我雖然沉湎於花柳叢中喜歡玩女人，然而乘著別人危急時，靠著要挾求得歡樂，那麼我堂堂大丈夫，從道義上講是絕不會做這種事的。你既然怕冷，不妨靠著我取暖。如果要說偷情做愛，那麼你不如快走。」女子伏在枕頭上叩頭，也不再說什麼。杜奎抱著她酣睡，她也溫順地讓他抱著。天亮時，她已經不見了。於是杜奎在這裡停留了幾天，為她料理安葬，又為她作了一場佛事。過了幾年，杜奎回到家鄉，有個鄰居家的小女孩，見了杜奎就戀戀不捨地跟在後面。後來杜奎年老了而沒有兒子，請求娶她為妾。她的父母不肯，女孩主動請求嫁給他，後來竟生了個兒子。知道這件事情的人，都懷疑女孩是那個女鬼的後身。

【研析】君子不欺暗室。意思是君子不應當在人家有困難的時候，乘機要脅，謀取私利。這是古人非常看重的一種品德，也是做人的立身之本。杜奎說自己沉湎花柳，但此時卻能毅然拒絕那個女鬼的獻身，做到坐懷不亂，確實稱得上是男子漢大丈夫。可惜，這種古樸之風，在今天的滾滾紅塵中尚存幾何？

楊公珊瑚鉤

《宋書・符瑞志》❶曰：珊瑚鉤❷，王者恭信則見。然不言其形狀，蓋自然之寶也。杜工部❸詩曰：「飄飄青瑣郎❹，文采珊瑚鉤。」似即指此。蕭詮詩曰：「珠簾半上珊瑚鉤。」則以珊瑚為鉤耳。余見故大學士楊公一帶鉤❺，長約四寸餘，圍約一寸六七分。其鉤就倒垂椏杈，截去附枝，作一螭頭❻。其繫絲縧環柱，亦就一橫出之癭瘤，作一芝草。其幹天然彎曲，脈理分明，無一毫斧鑿跡，色亦純作櫻桃紅，殆為奇絕。其掛鉤之環，則以交柯連理之枝，去其外歧，而存其周圍相屬者，亦似天成。然珊瑚連理者多，佩環似此者亦多，不為異也。云以千四百金得諸洋舶。此在壬午、癸未❼間，其時珊瑚易致，價尚未昂云。

【章旨】此章描述了製作珊瑚鉤的材料以及珊瑚鉤的形制、做工等特點。

【注釋】❶宋書符瑞志　《宋書》中記載劉宋朝祥瑞的志書。符瑞，祥瑞的徵兆。猶言吉兆。《史記・封禪書》：「未有睹符瑞見而不臻乎泰山者也。」❷珊瑚鉤　古人認為的一種瑞應之物。❸杜工部　杜甫。參見本書卷六〈驅除山魈〉則注釋❹。❹青瑣郎　黃門侍郎的別稱。漢應劭《漢官儀》卷上：「黃門郎，每日暮，向青瑣門拜，謂之夕郎。」後因以「青瑣拜」稱拜黃門侍郎。❺帶鉤　束在腰間皮帶上的鉤。多用青銅製，也有鐵製的、玉製的。其制一端曲首，背有圓鈕。有作動物形的，也有鑄花紋的，漢晉時沿用。❻螭頭　古代彝器、碑額、殿柱、殿階及印章等之上所刻的螭形花飾。螭，古代傳說中的一種動物，蛟龍之屬。❼壬午癸未　即清乾隆二十七、八年，西元一七六二、一七六三年。

【語譯】《宋書・符瑞志》說：珊瑚鉤，在君王恭敬有信用的時候就會出現。但沒有描繪它的形狀，大約它是一種自然生成的寶物。杜甫有兩句詩說：「飄飄的青瑣郎，衣文采佩珊瑚鉤。」似乎就是指這種東西。蕭詮的詩說：「珠簾半挽掛上珊瑚鉤。」是說珊瑚鉤就是用珊瑚做成的鉤子而已。我見過已故的大學士楊公家有一隻帶鉤，長約四寸多，粗約一寸六七分。它的鉤是藉著珊瑚倒垂的枝丫，截去附屬的小枝，做成一個螭頭的形狀。它上面繫絲繩的環柱，也是藉著一個橫長出來的癭瘤，刻成一根芝草的形狀。它的主幹天然彎曲，脈絡紋理分明，沒有一絲一毫斧鑿的痕跡，顏色也是純正的櫻桃紅，真可以說是稀罕的絕世之寶。掛鉤的環則是利用珊瑚的連理枝，除去外面的分杈，而留下周圍連成一體的部分做成，也好像是自然生成的。然而珊瑚的連理枝很多，佩環像這樣子的也很多，不足為奇。據說它是用一千四百兩銀子從西洋商船上買到的。這事在乾隆二十七、八年間，當時珊瑚還容易得到，價格還沒有高起來。

【研析】如文中描述的珊瑚鉤這樣的寶物，出多少錢也難以求得，用一句俗話來說，稀世之寶，一物難求。這個寶物不知今天流落何處？如能再次面世，與本書這段文字對照，亦當是一段佳話。

溫公之玉

又，余在烏魯木齊時，見故大學士溫公有玉一片，如掌大，可作臂閣❶。質理瑩白，面有紅斑四點，皆大如指頂，鮮活如花片，非血浸，非油煉，非琥珀燙，深入腠理❷，而暈腳四散，漸遠漸淡，以至於無，蓋天成也。公恆以自隨。木果木之戰❸，公埋輪❹縶馬，慷慨捐生。此物想流落蠻煙瘴雨間矣。

【章旨】此章詳細講述了一塊美玉的大小、質地、顏色。

【注釋】❶臂閣　俗稱「手枕」。古時的一種文房用具。在書寫時用來支撐手肘，避免手肘與墨漬相觸而汙損紙面。❷腠理　中醫學名詞。指人體皮膚、肌肉和臟腑的紋理。❸木果木之戰　發生於清乾隆三十六年。參見本書卷十〈死有其地〉則注釋❼。❹埋輪　敵人進攻時，埋車輪於地，以示堅守不退。《孫子．九地》：「是故方馬埋輪，未足恃也。」曹操注：「埋輪，示不動也。」

【語譯】又，我在烏魯木齊從軍時，看見已故大學士溫公有一塊玉，像手掌那麼大，可以做臂閣。這塊玉質地晶瑩潔白，表面上有四個紅色斑點，都像手指頭那麼大，顏色鮮豔如同花瓣。它們不是因為血浸形成的，不是用油煉成的，也不是用琥珀燙成的。它們的顏色浸透到玉的脈理中，而暈腳向四周散開，漸遠漸淡，漸漸沒有了顏色，這是天然生成的。溫公總是把它帶在身邊。木果木之戰，溫公堅守陣地浴血奮戰，慷慨捐軀，這塊玉想必已流落在充滿瘴氣淫雨的蠻荒之地了。

【研析】中國人愛玉成癖，關於美玉的故事不勝枚舉。作者筆下的這塊美玉，同樣令人歎為觀止，可惜不得一見。

玉簪

又嘗見賈人持一玉簪，長五寸餘，圓如畫筆之管，上半純白，下半瑩澈如琥珀❶，為目所未睹。有酬以九百金者，堅不肯售。余終疑為藥煉❷也。

【章旨】此章介紹了一支玉簪，質地極佳，但作者懷疑是藥煉而成。

【注釋】❶琥珀　古代松柏樹脂的化石。色淡黃、褐或紅褐。摩擦帶電。質優的用作裝飾品，質差的用於製造琥珀酸和各種漆。中醫用為通淋化瘀、寧心安神的藥。❷藥煉　指用藥煉成。

【語譯】又，我曾看見有個商人拿著一支玉簪，長五寸多，圓圓的像畫筆的筆管，上半截是純白色，下半截晶瑩透明像琥珀，是我從來沒有見過的。有人出價九百兩銀子想買下來，商人堅決不肯賣，但我始終懷疑它是用藥物煉成的。

【研析】又是一件美玉。只是因為太完美了，使得作者不敢確信是天然的了。

玉蟹

五十年前，見董文恪公一玉蟹❶，質不甚巨，而純白無點瑕。獨視之亦常玉，以他白玉相比，則非隱青即隱黃隱赭❷，無一正白者，乃知其可貴。頃與柘林司農❸話及，司農曰：「公在日，偶值匱乏，以六百金轉售之矣。」

【章旨】此章介紹了一件玉蟹的可貴之處。

【注釋】❶玉蟹　蟹形的玉雕。❷赭　紅色。❸司農　參見本書卷一〈無畏而鬼滅〉則注釋❶。

【語譯】五十年前，我看見董文恪公家有一件玉蟹，形體不大，但顏色純白沒有一點瑕疵。單獨看這塊玉，會覺得也就是一般的玉；用其他的白玉相比，那麼其他的白玉不是隱隱現出青色，就是隱隱現出黃色或紅色，沒有一塊玉是純白色的，這才知道這件玉蟹的可貴。不久前我與戶部尚書柘林說起這件玉蟹，他說：「董文恪公在世的時候，偶然缺錢用，已經以六百兩銀子轉賣給他人了。」

【研析】這件玉蟹之可貴，在於其純淨無雜色。世上許多東西都是如此，只要純到極點，自然也就難得了。

亡祖溺愛孫兒

益都❶有書生，才氣飆發，頗為雋上❷。一日，晚涼散步，與村女目成。密遣僕婦通詞，約某夕虛掩後門待。生潛蹤匿影，方暗中捫壁竊行，突火光一掣，朗若月明，見一厲鬼當戶立。狼狽奔回，幾失魂魄。次日至塾，塾師忽端坐大言曰：「吾辛苦積得小陰騭，當有一孫登第。何逾牆鑽穴，自敗成功？幸我變形阻之，未至削籍，然亦殿兩舉矣。爾受人脩脯❸，教人子弟，何無約束至此耶？」自批其頰十餘，昏然仆地。方灌治間，宅內僕婦亦自批其頰曰：「爾我家三世奴，豈朝秦暮楚❹者耶？幼主妄行當勸戒，不從則當告主人。乃獻媚希賞，幾誤其終身，豈非負心耶？後再不悛，且褫爾魄！」語訖，亦昏仆。並久之，乃蘇。門人李南澗曾親見之。蓋祖父之積累如是其難，子孫之敗壞如是其易也，祖父之於子孫如是其死尚不忘也，人可不深長思乎？然南澗言此生終身不第，顑頷❺以終。殆流蕩不返，其祖亦無如何歟？抑或附形於塾師，附形於僕婦，而不附形於其孫，亦不附形於其子，猶有溺愛者存，故終不知懲歟？

【章旨】此章講述了一位已去世的祖父管束紈袴孫子，卻不是直接管束孫子本人，而是教訓他人。因為溺愛，最終這個紈袴孫子還是潦倒終身。

【注釋】❶益都　縣名。在山東中部。❷售上　指出類拔萃。❸脩脯　即束脩。指致送老師的酬金。❹朝秦暮楚　戰國時秦楚兩大強國對立，時常打仗，其他國家各視自己的利益所在，時而助秦，時而助楚。一般遊說之士亦復如此。

後因以「朝秦暮楚」比喻人的反覆無常。❺顑頷　面貌憔悴。

【語譯】益都有個書生，才華橫溢，雋秀超群。有一天，他晚上乘涼出去散步，和村女以目傳情勾搭上了。於是他暗中派僕婦去傳話，約定某天晚上村女虛掩後門等著他。書生這天晚上躲躲閃閃地出門，正當他暗中摸著牆壁往前走時，突然火光一閃，像月亮一樣明亮，只見一個厲鬼站在門口。書生狼狽地逃回家，差點嚇掉了魂魄。第二天，書生到私塾讀書，塾師忽然端端正正坐著大聲說道：「我辛辛苦苦積了一些小陰德，應該有一個孫子考中科舉。他為什麼要翻牆鑽洞與人私通，自己毀壞前程？幸虧我變幻形狀阻止了他，不至於讓他受到削除名籍的處分，然而考中進士也要推遲兩科了。你接受了人家的酬金，教人家的子弟，為什麼不加管教到這種地步呢？」塾師打了自己十幾下耳光，然後昏迷倒在地上。家裡人正在給塾師灌水救治時，在住宅裡的僕婦也打起自己耳光來，說：「你是我家三代的奴僕，難道和那些朝秦暮楚的奴僕一樣嗎？小主人胡作非為，你應當加以勸誡；如果他不聽，你就應該告訴主人。你卻獻媚討好他貪圖賞錢，幾乎誤了他的終身，這難道不是負心的行為嗎？以後再不悔改，就要奪走你的魂魄。」說完話，她也昏迷倒地。兩人過了好久才蘇醒過來。我的學生李南澗曾親眼見到這件事。祖父的積德是這樣的艱難，子孫們要敗壞它又是這樣的容易。祖父對於子孫就是這樣的，即便死了也忘記不了。每個人難道不應該好好深思一番嗎？然而李南澗說這個書生終身也沒有考上舉人進士，窮困潦倒而死。難道是這個人浪蕩慣了而不肯回頭，他的祖父也無可奈何麼？或許是因為他祖父附形在老師身上，又附形在僕婦身上，而不附形在孫子身上，也不附形在自己兒子身上，就是說對兒孫還有溺愛之心，所以那個書生終究不知道陰間的懲罰麼？

【研析】祖父關心孫子，到了陰間還放不下。然而如此關心，恰是害了他。孫子不學好，祖父本來應該直接管束兒子、孫子，卻責怪其身邊之人沒有管教好他。如此督責，豈不顛倒主次。古人有言：「養不教，父之過。」就是說，教育子女，是父母的責任。子女犯了錯，嚴加管束是防止他日後再犯的重要措施。

而這位老祖父倒好，孫子犯了錯卻去責怪他人，如此溺愛，對子孫豈是好事？他的潦倒終身，此時已現端倪了。

羅生娶狐女

狐魅，人之所畏也，而有羅生者，讀小說雜記，稔聞狐女之姣麗，恨不一遇。近郊古冢，人云有狐，又云時或有人與狎昵。乃詣其窟穴，具贄幣牲醴，投書求婚姻，且云或香閨嬌女，並已乘龍❶，或鄙棄樗材❷，不堪倚玉❸，則乞賜一豔婢，用充貴媵❹，銜感亦均。再拜置之而返，數日寂然。一夕，獨坐凝思，忽有好女出燈下，嫣然笑曰：「主人感君盛意，卜今吉日，遣小婢三秀來充下陳❺，幸見收錄。」因叩謁如禮，凝眸側立，妖媚橫生。生大欣慰，即於是夜定情。自以為彩鸞❻甲帳❼，不是過也。婢善隱形，人不能見；雖遠行別宿，亦復相隨，益愜生所願。惟性饕餮，家中食物，多被竊。食物不足，則盜衣裳器具，鬻錢以買，亦不知誰為料理，意有徒黨同來也。以是稍譙責之，然媚態柔情，搖魂動魄，低眉一盼，亦復回嗔。又冶蕩殊常，蠱惑萬狀，卜夜卜晝，靡有已時，尚嗛嗛❽不足。以是家為之凋，體亦為之敝。久而疲於奔命，怨詈時聞，漸起釁端，遂成仇隙。

呼朋引類，妖祟大興，日不聊生。延正一真人劾治，婢現形抗辯曰：「始緣祈請，本異私奔；繼奉主命，不為苟合。手札具存，非無故為魅也。至於盜竊淫佚，狐之本性，振古如是，彼豈不知？既以耽色之故，捨人而求狐；乃又責狐以人理，毋乃誖歟？即以人理而論，圖聲色之娛者，不能惜蓄養之費。既充妾媵，即當仰食於主人；所給不敷，即不免私有所取。家庭之內，似此者多。較攘竊他人，終為有間。若夫閨房燕昵，何所不有？聖人制禮，亦不能立以程限；帝王定律，亦不能設以科條。在嫡配尚屬常情，在姬侍尤其本分。錄以為罪，竊有未甘。」真人曰：「鳩❾眾肆擾，又何理乎？」曰：「嫁女與人，意圖求取。不滿所欲，聚黨喧哄者，不知凡幾，未聞有人科其罪，乃科罪於狐歟？」真人俯思良久，顧羅生笑曰：「君所謂求仁得仁，亦復何怨？老夫耄矣，不能驅役鬼神，預人家兒女事。」後羅生家貧如洗，竟以瘵終。

【章旨】此章講述了一個書生貪圖狐女美色，主動娶狐女為妾。卻因狐女本性不改而導致敗家傷身，最終因病而亡的故事。

【注釋】❶乘龍　晉張方《楚國先賢傳》：「孫攜字文英，與李元禮俱娶太尉桓焉女，時人謂桓叔元兩女俱乘龍。言得婿如龍也。」後因稱佳婿為「乘龍」。❷鄙棄樗材　指輕視看不起。鄙棄，輕視厭棄。樗材，無用之材。❸倚玉　南朝宋劉義慶《世說新語・容止》：「魏明帝使后弟毛曾與夏侯玄共坐，時人謂『蒹葭倚玉樹』。」案：此言二人品貌極不相稱。後以「倚玉」謂高攀或親附賢者。❹貴媵　小妾。❺下陳　古代統治者賓主相見，在堂下陳列禮品、站立儐從之處。借指宮中地位低下的姬侍。❻彩鸞　傳說中的仙女。與書生文蕭相戀，歸鍾陵為夫婦。見元林坤《誠齋雜記》。❼甲帳　漢武帝所造的帳幕，以甲乙為次序。後來指皇帝休息的地方。❽嗛嗛　不滿足的樣子。❾鳩　通「勼」。聚集。

【語譯】狐狸精是人人都害怕的，然而有一個姓羅的書生，讀小說雜記，熟知小說雜記中描寫的狐女姣美秀麗，恨不得能遇到一個。近郊有座古墳，人們說裡面有狐狸，又說常常有人與那裡的狐女親熱。於是羅生來到狐狸的洞穴前，預備了禮物祭品，投上一封書信，請求狐女與他結婚，並且說如果香閨裡的嬌女都已經嫁人，或者鄙夷我這蠢材，認為不能高攀，那麼請求賞賜給我一個豔麗的婢女，給我作寵妾，我也是同樣感激。羅生拜了幾拜，放下禮物然後回家去了。幾天過去了，毫無動靜。一天晚上，他獨自坐著凝神沉思，忽然有一個美貌女子出現在燈下，嫵媚地笑著說：「主人感激您的盛情，選定今天是個吉日，派小婢三秀來做您的小妾，希望您能收留。」接著她按照禮節叩頭拜見，然後目不轉睛地看著羅生側身站立，風情萬種，妖媚橫生。羅生欣喜欲狂，就在當天夜裡和她定情。以為就算是與仙女在甲帳共寢，也不過這麼快樂。這狐婢善於隱去形體，人不能見到她。即使羅生出門遠行在別處睡覺，她也會伴隨，這更加滿足了羅生的心願。只是她生性貪吃，家中的食物多被她偷吃掉。食物不夠，她就偷衣服器具等去賣錢再去買食物吃，也不知是誰幫她操辦的，料想她有同夥一起來。因此羅生稍稍斥責她，但她妖媚的體態，溫柔的情意，總使羅生心神蕩漾。她即使低著眉頭望一眼，也會使羅生消氣。而且她淫蕩非比尋常，挑逗媚惑羅生的花樣百出，日以繼夜，沒有停止的時候，這樣還嫌不滿足。正因為如此，羅生的家業因此衰敗，身體也因此拖垮了。久而久之，羅生疲於奔命，她時時發出怨言，於是漸漸產生矛盾，互相間便有了怨仇。三秀引來同夥，大肆騷擾作祟，攪得羅生一天也過不下去了。羅生請正一真人來懲治，狐婢現形抗辯說：「最初是因為他的請求我才來的，本來就與私奔不同。同時我也是奉主人之命而與他成親，不屬於苟且結合。他寫的書信都還在，我不是無緣無故來媚惑他。至於偷竊東西和過分淫蕩，這是狐狸的本性，自古以來就是如此，他難道不知道嗎？他既因為貪圖美色，捨棄人間女子而追求狐女，卻又以人的行為標準來要求狐狸，不是太荒謬了嗎？即使根據人世間的道理而言，貪圖聲色娛樂的人，就不能吝惜供養的費用；女子既作了小妾，就應該靠主人養活。如果所供給的不夠用，就不免偷偷拿一點。在家庭之中，類似這種情況是很多的。這比起偷別人家的東西，終究還是有區別的。至於夫妻在臥室裡親熱取樂，什麼樣的情形不會有？聖人制定禮法，也不能在這方面立下限制；帝王制定法律，也不能在這種事情上設立法律條文。做這種事情，對嫡妻來說也是屬於人之常情；對於做小妾的來說，這更是她的本分。要把這也作為我的罪過，我實在不甘心。」真人說：「那麼你糾集同夥大肆騷擾，又有什麼道理？」她回答說：「把女兒嫁給別人，就是為了獲取好處。如果願望得不到滿足，就聚集一夥人去吵，這種情況不知有多少，沒聽見有人來判他們的罪，今天卻要因此給狐狸治罪嗎？」正一真人低頭思索了很久，然後對羅生笑著說：「你這真可以說是追求什麼而就得到了什麼，還有什麼可埋怨的呢？老夫我老了，不能驅使鬼神來干預別人家中的兒女私事。」後來羅生家一貧如洗，他也因此患癆病而死了。

【研析】羅生貪圖美色，最終敗家傷身而死，怨不得狐女。狐女的一番話，已經把道理講明白。故而作者一再說：妖由人興，禍因己起。羅生不引狐女入室，豈會有如此下場？

丁文奎報恩

從侄秀山言：奴子吳士俊嘗與人鬥，不勝，恚而求自盡。欲於村外覓僻地，甫出柵，即有二鬼邀之。一鬼言投井佳，一鬼言自縊更佳，左右牽掣，莫知所適。

俄有舊識丁文奎者從北來，揮拳擊二鬼遁去，而自送士俊歸。士俊惘惘如夢醒，自盡之心頓息。文奎亦先以縊死者，蓋二人同役於叔父栗甫公家。文奎歿後，其母攖疾❶困臥。士俊嘗助以錢五百，故以是報之。此余家近歲事，與《新齊諧》❷所記針工❸遇鬼略相似，信鑿然有之。而文奎之求代而來，報恩而去，尤足以激薄俗矣。

【章旨】此章講述了一個縊死鬼為報恩而勸阻恩人自盡的故事。

【注釋】❶攖疾　患病。❷新齊諧　參見本書卷十〈僵屍〉則注釋❹。❸針工　裁縫。

【語譯】我的堂侄紀秀山說：奴僕吳士俊曾和人鬥毆，輸了，憤怒得要去自殺，想在村外找一個僻靜的地方。他剛走出柵欄，就有兩個鬼迎上來邀他，一個說跳井好，一個說上吊更好，一左一右拉扯他，吳士俊不知跟誰去好。這時有個過去認識的丁文奎從北面走來，揮拳把兩個鬼打跑，然後自己送吳士俊回家。吳士俊迷迷糊糊像從夢中醒過來，自殺的念頭頓時消失了。丁文奎也是之前上吊自殺而死的，他曾經和吳士俊一起在我叔父栗甫先生家幹活。丁文奎死後，他的母親生病困頓躺在床上，吳士俊曾經資助她五百文錢，所以丁文奎以此來報答他。這是我們家近年來發生的事，和袁枚《新齊諧》記載的裁縫遇見鬼的故事大致相似，我相信這是確實有過的。而丁文奎本來也是來找替身的，結果卻報恩後離去，這尤其足以激勵人們從澆薄的習俗中振奮起來。

【研析】古人說：「滴水之恩，當湧泉相報。」這也是古人立身的準則。如丁文奎，雖是一個奴僕，也知道報恩。作者講述這個故事，用意就在於「足以激薄俗」。

虐婢之報

周景垣❶前輩言：有巨室眷屬，連艫之任❷，晚泊大江❸中。俄一大艦來同泊，門燈檣幟，亦官舫也。日欲沒時，艙中二十餘人露刃躍過，盡驅婦女出艙外。有靚妝女子隔窗指一少婦曰：「此即是矣。」群盜應聲曳之去。一盜大呼曰：「我即爾家某婢父。爾女酷虐我女，鞭捶炮烙無人理。幸逃出遇我。爾追捕未獲。銜冤次骨，今來復仇也。」言訖，揚帆順流去，斯須滅影。緝尋無跡，女竟不知其所終，然情狀可想矣。夫貧至鬻女，豈復有所能為？而不慮其能為盜也。婢受慘毒，豈復能報？而不慮其父能為盜也。此所謂蜂蠆❹有毒歟！又李受公言：有御❺婢殘忍者，偶以小過閉空房，凍餓死，然無傷痕。其父訟不得直，反受笞。冤憤莫釋，夜逾垣入，並其母女手刃之。海捕❻多年，竟終漏網。是不為盜亦能報矣。又言京師某家火，夫婦子女並焚，亦群婢怨毒之所為。事無顯證，遂無可追求。是不必有父亦自能報矣。余有親串，鞭笞婢妾，嬉笑如兒戲，間有死者。一夕，有黑氣如車輪，自簷墮下，旋轉如風，啾啾然有聲，直入內室而隱。次日，疽發於項如栗顆，漸以四潰，首斷如斬。是人所不能報，鬼亦報之矣。人之愛子，誰不如我？其強者銜冤茹痛，鬱結莫申，一決橫流，勢所必至。其弱者橫遭荼毒，齎恨黃泉，哀感三靈❼，豈無神理！不有人禍，必有天刑，固亦理之自然耳。

【章旨】此章講述了幾個虐待婢女遭到報應的故事，告誡世人要善待婢女下人。

【注釋】❶周景垣　即周煌。字景垣，號海山，清涪州（今屬重慶）人。乾隆進士，授編修，以文學著名。官至左都御史。❷連艫之任　舟船相連去上任。比喻浩浩蕩蕩。連艫，舟船相連。❸大江　長江。❹蜂蠆　比喻狠毒凶殘。❺御　控制；約束。❻海捕　古時對逃亡或藏匿的人犯，以文書通行各地緝捕，稱「海捕」，猶後來的通緝。❼三靈　指天、地、人。亦指天神、地祇、人鬼。

【語譯】周景垣前輩說：有個大官帶著家屬，乘著幾條船浩浩蕩蕩去赴任，傍晚時停泊在長江中。不久又有一艘大船駛來停泊在一起，艙門口掛著燈籠，桅杆上飄著旗幟，也像是一艘官船。太陽快要下山時，那艘船的船艙中擁出二十幾個人拿著刀跳到大官的船上，把所有婦女都驅趕到艙外。那船上有個穿戴華麗的女子隔著窗戶指著一個少婦說：「這個就是。」那些盜賊應聲就把這個少婦拖了過去。一個強盜大聲呼喊說：「我就是你們家某婢女的父親，你女兒殘酷虐待我的女兒，鞭打火燙簡直沒有人性。幸虧她逃出來遇見了我，你們追捕沒有抓到。我們對你家恨之入骨，今天是來復仇的。」說完，他們扯起船帆順流駛去，轉眼間就不見了蹤影。官府緝捕搜尋沒有線索，這個大官的女兒不知後來結果怎樣，但她的處境是可想而知的。人家貧窮到賣女兒的地步，還能有什麼作為呢？沒有想到他還可以去做強盜；婢女受到殘酷虐待，她怎麼可能來報復？沒有想到她的父親可以做強盜來報仇。這就是人們常說的蜜蜂蠍子雖小，也有毒刺螫人！又，李受公說：有個人對待婢女十分殘忍，偶然因為一點小過錯，就把一個婢女鎖在空房裡，把她活活凍餓致死。而且因為這個婢女身上沒有傷痕，她的父親告狀沒有贏，反而遭到鞭打。他的冤憤無處釋放，就在夜間翻牆進入主人家，將主人母女倆一齊用刀殺死了。官府通緝多年，也沒有抓到他。這就是說不用做強盜也能報仇啊。又說京城某戶人家失火，夫婦子女全部被燒死，也是他家婢女們怨恨至極所做的事。因為這事沒有明顯的證據，於是也無法追究。這就是說不必有父親，自己也能報仇了。我有個親戚，鞭打婢女小妾時，還嬉笑如同兒戲，有時甚至有人被活活打死。一天晚上，有一股黑氣像車輪一樣，從屋簷上掉落下來，像風一樣旋轉，發出啾啾的聲音，直接飄進臥室而消失了。第二天，我那個親戚脖子上便長出了一個像粟米粒大小的癰疽，漸漸向四面潰爛，最後他的頭就像被刀砍了似的爛掉了。這就是說人不能報復，鬼也要報復了。人人都愛自己的兒女，誰不和自己一樣？那些剛強的人含冤忍痛，怨仇鬱積在心底無處申訴，一旦爆發就像決堤橫流的洪水，這是勢所必然的事情。那些軟弱的人橫遭毒害而含恨死去，他們的悲慘遭遇必然感動三靈，神靈一定會替他們作主。因此，那些虐待婢女的人，即使沒有遭到人為的禍患，也必定會遭到上天的懲罰，這本來就是很自然的道理。

【研析】作惡多端，必遭報應。聖人有言：「己所不欲，勿施於人。」也就是說凡事要將心比心，不要把自己不願意做的事、不願意有的遭遇強加在他人身上。而文中所說的幾個惡人就是忘記了這點，以致遭到報應。作者企圖用這幾個故事，規勸那些作惡之人，其心可鑑。

琢玉

世謂古玉皆昆吾刀❶刻，不盡然也。魏文帝❷《典論》已不信世有昆吾刀，是漢時已無此器。李義山詩：「玉集胡沙割。」是唐已沙碾矣。今琢玉之巧，以痕都斯坦❸為第一，其地即佛經之印度、《漢書》❹之身毒❺。精是技者，相傳猶漢武時玉工之裔，故所雕物象，頗有中國花草，非西域所有者，沿舊譜也。又云別有奇藥能軟玉，故細入毫芒，曲折如意。余嘗見瑪少宰❻與阿自西域買來梅花一枝，虯幹夭矯，殆可以插瓶；而開之則上蓋下底成一盒，雖細條碎瓣，亦皆空中。又嘗見一鉢，內外兩重，可以轉而不可出，中間隙縫，僅如一髮。搖之無聲，斷無容刀之理；刀亦斷無屈曲三折，透至鉢底之理。疑其又有粘合無跡之藥，不但能軟也。此在前代，偶然一見，謂之鬼工❼。今則納賮輸琛❽，有如域內，亦尋常視之矣。

【章旨】此章講述了玉器雕琢的流變和海外雕琢玉器的工藝。

【注釋】❶昆吾刀　參見本書卷十一〈司馬相如玉印〉則注釋❸。❷魏文帝　即曹丕。字子桓，譙（今安徽亳州）人。三國時魏國的建立者、文學家。曹操次子。西元二二〇—二二六年在位。著有《典論》。❸痕都斯坦　地名，在今印度。❹漢書　東漢班固撰。一百篇，分一百二十卷。我國第一部紀傳體斷代史。本書體例大略與《史記》相同，唯改書為志，廢世家入列傳，並創〈刑法〉、〈五行〉、〈地理〉、〈藝文〉四志，成為後世紀傳體史書的準繩。本書包舉一代，是研究西漢歷史的重要資料。❺身毒　古印度的別譯。見於《史記》、《漢書》。❻少宰　參見本書卷八〈狐女〉則注釋❸。❼鬼工　形容製作精巧，非人工所能及。❽納賮輸琛　指國外進貢珍寶。賮、琛，指進貢的寶物。

【語譯】世人說古代玉器都是用昆吾刀刻的，其實不完全這樣。魏文帝在《典論》中已不相信世上有昆吾刀，這就是說漢代時已經沒有這種器具了。李商隱的詩中說：「玉是集胡地所產沙來切割。」那麼是說唐代雕琢玉器已經用沙來碾磨了。現今雕琢玉器的技巧，以痕都斯坦為第一。這個地方就是佛經上所說的印度，《漢書》所說的身毒。當地精通這門技藝的人，相傳還是漢武帝時中國玉工的後裔，所以他們所雕玉器的形象花紋，有許多是產於中國的花草，不是西域所有的，這是因為他們還是沿用舊的圖譜刻的緣故。又有人說，他們有一種奇異的藥，能夠使玉變軟，所以玉雕的圖案細如毛髮麥芒，花紋可以隨意曲折。我曾經見過吏部侍郎瑪興阿從西域買來的一枝玉雕成的梅花，像龍一樣的枝幹彎曲起伏，幾乎可以插進花瓶中。而一打開，這枝花的上面是蓋，下面是底，合成一個盒子。即使是細細的枝條和零碎的花瓣，當中也都是空心的。我又曾經看見過一個玉缽，內外兩層，可以轉動卻不能拿出來，兩層之間的縫隙僅有一根頭髮那麼窄，搖動這個玉缽不會發出聲音，絕沒有放進刻刀雕刻的可能，刻刀也絕沒有彎曲幾次直伸到缽底的道理。我懷疑他們又有將玉粘合起來不留一點痕跡的藥，而不僅僅是有使玉變軟的藥。這樣的東西如果是在前代，人偶然見到一次，肯定會稱之為是神鬼製作的了。如今海外各地都把奇異珍寶運到中國來進貢朝廷，就像地方向朝廷進獻貢品一樣，於是人們也就把它看作平常事物了。

【研析】雕玉工藝，形成很早。上古時期已有玉器用作裝飾，殷商時期玉的加工工藝更趨成熟，歷代也都有精美玉器流傳後世。作者文中所說的這兩件玉器，精緻巧妙，讀來真有鬼斧神工之感。不過揣摩文意，似乎都是西域匠人的作品，由此可知西域匠人雕玉技藝之高妙了。

茉莉花根

閩人有女未嫁卒，已葬矣。閱歲餘，有親串見之別縣。初疑貌相似，然聲音體態，無相似至此者。出其不意，從後試呼其小名。女忽回顧。知不謬，又疑為鬼。歸告其父母，開冢驗視，果空棺，共往蹤跡。初陽[1]不相識，父母舉其胸脅瘢痣，呼鄰婦密視，乃具伏。覓其夫，則已遁矣。蓋閩中茉莉花根，以酒磨汁飲之，一寸可屍厥❷一日，服至六寸尚可蘇，至七寸乃真死。女已有婿，而私與鄰子狎，故磨此根使詐死，待其葬而發墓共逃也。婿家鳴官，捕得鄰子，供詞與女同。時吳林塘官閩縣❸，親鞫是獄。欲引開棺見屍律，則人實未死，事異圖財；欲引藥迷子女例，則女本同謀，情殊掠賣。無正條可以擬罪，乃仍以姦拐本律斷。人情變幻，亦何所不有乎！

【章旨】此章講述了一個女子為愛情而喝茉莉花根汁假死以追求幸福，最終還是失敗的故事。

【注釋】❶陽　通「佯」。假裝。❷屍厥　指假死。❸閩縣　舊縣名。隋開皇十二年改原豐縣置。一九一三年與侯官縣合併為閩侯縣。今福建福州。

【語譯】有個福建人的女兒沒出嫁就過世，已經下葬了。一年多後，有個親戚在外縣看見了這個女子。剛開始以為是面貌相似，然而聲音體態不可能有這麼相似的。於是親戚出其不意地在她身後試著叫了一聲她的小名，她忽然回頭看了一下。親戚知道不會錯了，又懷疑她是鬼，於是回去告訴她父母。她父母挖開墳墓驗看，果然是一口空棺材，於是一起到外縣去找她。她開始假裝不認識，父母說出她的胸肋處有痣瘢，叫鄰居家的婦女暗中偷看，她這才承認。找她的丈夫，卻已經逃走了。原來福建的茉莉花根用酒磨成汁來喝，喝一寸長的茉莉花根汁，可以使人假死一天，喝了六寸的量，人還能蘇醒過來，到喝了七寸的量，人就真的死了。這個女子已經有了未婚夫，卻偷偷與鄰居家的兒子相好，所以磨了茉莉花根喝了假裝死，等她埋葬後挖開墳墓，兩人一齊逃走。她的未婚夫家告到官府，官府抓到了鄰居的兒子，供詞與女子相同。當時吳林塘任閩縣知縣，親自審問這個案子，想按開棺見屍的罪名判刑，那麼棺材裡的這個人實際上沒有死，因此和貪圖錢財盜墓有區別；想按用藥麻醉別人子女的罪名判刑，那麼這個女子本來就是同謀，情況也與掠賣別人子女不一樣。因為沒有一條適當的法律可以用來定他們的罪，最後還是以通姦拐誘的罪名了結了這個案子。世俗人情的變幻，真是無奇不有啊！

【研析】這對青年男女為了追求幸福，不惜用生命作代價，他們的舉動與莎士比亞筆下的羅密歐與朱麗葉何等相似。令人遺憾的是，這對男女的抗爭和羅密歐與朱麗葉一樣也是以悲劇告終。

通犀與大理石

唐宋人最重通犀❶，所云種種人物，形至奇巧者。唐武后❷之簡，作雙龍對立狀。宋孝宗❸之帶，作南極老人扶杖像。見於諸書者不一，當非妄語。今惟有黑白二色，未聞有肖人物形者，此何以故歟？惟大理石往往似畫，至今尚然。嘗見梁少司馬❹鐵幢家一插屏❺，作一鷹立老樹斜柯❻上，嘴距翼尾，一一酷似；側身旁睨，似欲下搏，神氣亦極生動。朱運使❼子穎，嘗以大理石鎮紙贈亡兒汝佶，長約二寸，廣約一寸，厚約五六分。一面懸崖對峙，中有二人乘一舟順流下；一面作雙松欹立，針鬣❽分明，下有水紋，一月在松梢，一月在水。宛然兩水墨小幅。上有刻字，一題曰「輕舟出峽」，一題曰「松溪印月」，左側題「十岳山人」。

字皆八分書❾。蓋明王寅❿故物也。汝佶以獻余，余於器玩不甚留意，後為人取去。煙雲過眼矣，偶然憶及，因並記之。

【章旨】此章作者記述了自己所聞所見的通犀和珍稀大理石的故事。

【注釋】❶通犀　犀角的一種。《漢書・西域傳贊》：「明珠、文甲、通犀、翠羽之珍盈於後宮。」❷武后　即武則天。唐高宗后、武周皇帝。西元六九〇—七〇五年在位。名曌，并州文水（今山西文水東）人。❸宋孝宗　即趙昚。南宋皇帝。太祖七世孫，高宗嗣子。西元一一六二—一一八九年在位。淳熙十六年傳位與趙惇（光宗）。❹少司馬　參見本書卷五〈史抑堂暮年得子〉則注釋❶。❺插屏　几案上的一種擺設。於鏡框中插入圖畫或大理石、彩繪瓷版等，下有座架。❻斜柯　斜的樹枝。❼運使　參見本書卷一〈漢學與宋學〉則注釋❶。❽針鬣　松針。❾八分書　參見本書卷八〈孤松庵〉條注釋❹。❿王寅　明人。中年習禪。號十岳山人。

【語譯】唐宋時的人最看重犀牛角中的通天犀，據說通天犀上面有種種人物的圖案，這些圖案極其奇妙。唐代武則天的犀角簡上有兩龍對峙的圖案，宋孝宗的犀帶上有南極老人拄著拐杖的像。見於各種書裡的這類記載很多，應該不是胡說。現在的犀牛角只有黑白兩種顏色，沒聽說上面有像人或物的圖形，這是什麼緣故呢？唯有大理石往往有像圖畫一樣的圖案，至今還能看到。我曾經見過兵部侍郎梁鐵幢家有架插屏，上面的圖案是一隻老鷹站立在老樹斜枝上，嘴巴、腳爪、翅膀、尾部一一酷似，老鷹側身斜視，好像是要飛下搏擊的樣子，神氣也極為生動。轉運使朱子穎曾經把一塊大理石鎮紙送給亡兒汝佶，這塊鎮紙長約二寸，寬約一寸，厚約五六分。鎮紙一面的圖案是兩邊的懸崖對峙，中間有兩個人乘一隻小船順流而下；另一面的圖案是兩棵松樹斜立著，連松針也清晰可見。下面有水波紋，一個月亮在松樹枝頭，一個月亮在水中，宛然是兩小幅的水墨畫。鎮紙上刻有字，一面題的是「輕舟出峽」，一面題的是「松溪印月」。鎮紙的左側署名「十岳山人」，字體都是八分書，這塊鎮紙是明代王寅的遺物。汝佶把它給了我，我對這類器物古玩不很感興趣，後來這塊鎮紙就被人拿走了。對我來說這都好似過眼煙雲的往事，現在偶然回憶起，所以一併記在這裡。

【研析】作者說對「器玩不甚留意」，有古君子之風。當然，對於珍妙之物，作者的鑑賞力還是很強的。數十年前過眼的器物，至今還娓娓道來，可見這兩件物品對其影響之深。筆者十餘年前曾在雲南大理逗留數日，親眼目睹大理石的巧奪天工、精美絕倫，真令人歎為觀止，至今難忘。讀者如能親身前往遊歷一番，定當不虛此行。

北宋苑畫

舊蓄北宋苑畫❶八幅，不題名氏，絹絲如布，筆墨沉著，工密中有渾渾穆穆之氣，疑為真跡。所畫皆故事，而中有三幅不可考。一幅下作甲仗❷隱現狀，上作一月銜樹杪，一女子衣帶飄舞，翩如飛鳥，似御風而行。一幅作曠野之中，一中使❸背詔立；一人衣巾襤褸自右來，二小兒迎拜於左，其人作引手援之狀。中使若不見三人，三人亦若不見中使。一幅作一堂甚華敞，階下列酒罌五，左側作豔女數人，靚妝彩服，若貴家姬；右側作媼婢攜抱小兒女，皆侍立甚肅。中一人常服據榻坐，自抱一酒罌，持鑽鑽之。後前一幅辨為紅線❹，後二幅則終不知為誰。姑記於此，俟博雅者考之。

【章旨】此章記述了作者收藏的幾幅北宋苑畫的大致情況。

【注釋】❶苑畫　指北宋宮廷畫苑之畫。宋徽宗喜好繪畫，網羅畫家，擴充翰林圖畫院。所作之畫即稱苑畫。❷甲仗　指披鎧甲執兵器的衛士。❸中使　帝王宮廷中派出的使者，指宦官。❹紅線　唐袁郊所作傳奇小說集《甘澤謠》中〈紅線傳〉人物。故事梗概為唐潞州節度使薛嵩，憂慮魏博節度使田承嗣對他的武力兼併，薛嵩掌箋表青衣女紅線，自告奮勇，黑夜潛入魏郡，盜取田承嗣枕邊金盒以警告田承嗣。

【語譯】我家原來收藏有北宋宮廷畫苑的八幅畫，畫上沒有題姓名，作畫的絲絹像布，用筆著墨都沉著有力，工整細密中含有一種渾厚肅穆的氣象，我懷疑是真跡。這些畫所畫的都是故事，而其中有三幅畫考證不出畫的是什麼故事。一幅畫下半部畫有隱隱約約的軍隊，上面是一輪月亮掛在樹梢間，一個女子衣帶飄舞，隨風飛翔有如飛鳥，似乎是乘風飛行。一幅畫畫著在曠野之中，一個宦官肩背著詔書站立，一個穿著破破爛爛衣服的人從右邊過來，兩個小孩在左邊迎拜，這人作出用手去扶的樣子。宦官好像沒有看見這三個人，這三個人也好像沒看見宦官。一幅畫畫的是一座廳堂，非常華麗寬敞。臺階下擺著五個酒罈，左邊是幾個美女，濃妝彩服，似乎是富貴人家的姬妾。右邊是老媽子、婢女們抱著小男孩小女孩，都很恭敬地侍立著。中間一個人穿著日常衣服，坐在榻上，自己抱著一個酒罈，拿著鑽子在鑽這罈酒。後來辨認出前一幅畫畫的是紅線，後兩幅畫就一直不知道畫的是誰。現在姑且記載在這裡，等待博學典雅之士來考證。

【研析】北宋徽宗好畫，不僅網羅畫家為其作畫，而且身體力行，親自創作了許多幅，至今存世的就有〈芙蓉錦雞〉、〈池塘秋晚〉、〈雪江歸棹〉等多幅。作者家藏畫為研究北宋宮廷畫提供了文本線索，卻不知道這幾幅畫今天落入誰手。

為友之道

張石粼先生，姚安公同年老友也。性伉直，每面折人過；然慷慨尚義，視朋友之事如己事，勞與怨皆不避也。嘗夢其亡友某公盛氣相詰曰：「君兩為縣令，凡故人子孫零替❶者，無不收恤。獨我子數千里相投，視如陌路❷，何也？」先生夢中怒且笑曰：「君忘之歟？夫所謂朋友，豈勢利相攀援，酒食相徵逐哉？為緩急可恃，而休戚相關也。我視君如弟兄，吾家奴結黨以蠹我，其勢蟠固，我無可如何。我嘗密託君察某某，君目睹其奸狀，而恐招嫌怨，諱不肯言。及某某貫盈自敗，君又博忠厚之名，百端為之解脫。我事之僨❸不僨，我財之給不給，君皆弗問，第求若輩感激，稱長者而已。是非厚其所薄，薄其所厚乎？君先陌路視我，而怪我視君如陌路，君忘之歟？」其人瑟縮而去。此五十年前事也。大抵士大夫之習氣，類以不談人過為君子，而不計其人之親疏，事之利害。余嘗見胡牧亭為群僕剝削，至衣食不給。同年朱學士竹君❹奮然代為驅逐，牧亭生計乃稍蘇。又嘗見陳裕齋歿後，孀妾孤兒，為其婿所凌逼。同年曹宗丞慕堂亦奮然鳩率舊好，代為驅逐，其子乃得以自存。一時清議，稱古道者百不一二，稱多事者十恆八九也。又嘗見崔總憲❺應階娶孫婦，賃彩轎親迎。其家奴互相鉤貫❻，非三百金不能得，眾喙一音。至前期一兩日，價更倍昂。崔公恚憤，自求朋友代賃。朋友皆避怨不肯應，甚有謂彩轎無定價，貧富貴賤，各隨其人為消長，非他人所可代賃，以巧為調停者。不得已，以己所乘轎結彩繒用之。一時清議，謂坐視非理者亦百不一二，謂善體下情者亦十恆八九也。彼一是非，此一是非，將烏乎質之哉？

【章旨】此章舉了幾個事例論述了為友之道。

【注釋】❶零替　陵替；衰敗。❷陌路　路人；素不相識之人。❸僨　覆敗，即敗事。❹朱學士竹君　朱竹君，即朱筠。字竹君，一字美叔，號笥河，清大興（今北京南部）人。由翰林院侍讀學士降編修。博聞宏覽，好金石文字。學士，官名。明代設翰林院學士及翰林院侍讀、侍講學士，學士遂專為詞臣之榮銜。清代改翰林院學士為掌院學士，餘如故。❺總憲　參見本書卷二〈巨蟒〉則注釋❷。❻鉤貫　勾結串通。

【語譯】張石粼先生，是我父親姚安公同年考中科舉的老朋友。他性格剛直，經常當面指責別人的過錯。但他慷慨講信義，把朋友的事情看作自己的事情，任勞任怨，從不推辭。他曾夢見亡友某公，怒氣沖沖地責問他說：「你兩次擔任縣令，凡是老朋友的子孫敗落沒有依靠的，你無不收養撫恤，唯獨我的兒子奔走幾千里來投靠你，你卻像路上遇到陌生人一樣，這是為什麼？」張先生夢中又生氣又好笑地回答說：「你忘了嗎？所謂朋友，難道就是為了權勢利益而相互攀援利用，或者經常在一起吃吃喝喝的酒肉朋友嗎？為的是遇到危難的情況可以相互依靠，彼此的命運休戚相關。當初我把你看作兄弟，我家的奴僕結成死黨來侵吞我的家產，他們的勢力盤根錯節，我對他們已經無可奈何。我曾經祕密託你觀察某某，你親眼目睹了他的奸邪行徑，然而卻怕招嫌疑惹怨恨，忌諱他們而不肯告訴我。當某某惡貫滿盈自我敗露後，你又想博得個忠厚的好名聲，千方百計為他開脫。我的事敗壞不敗壞，我的財產保得住還是保不住，你都不問，只求這些奴僕能感激你，讚美你是忠厚長者而已。你這不是厚待應當疏遠的人，而疏遠應當厚待的人嗎？你已經先把我看作路上的陌生人了，卻來責怪我把你看作路上的陌生人，你忘記這些了嗎？」那人聽完垂頭喪氣地去了。這是五十年前的事了。一般士大夫的習氣，是以不談論別人過失就是君子，而不考慮這人的親疏、事情的利害。我曾經見胡牧亭被家裡的僕人們算計剝削到了衣食都供不上的地步，和他同年考中科舉的朱竹君學士奮然挺身而出，替他把這些奴僕驅逐出去，胡牧亭的生活才稍稍得以維持。我又曾見陳裕齋去世後，他的寡妾和孤兒被他的女婿欺凌逼迫，與陳裕齋同年考中科舉的曹慕堂宗丞也奮然挺身而出，聚集率領陳裕齋的老朋友替寡婦孤兒將女婿驅逐出去，陳裕齋的兒子才得以安然生存下來。一時間人們議論，認為他們是古道熱腸的，一百人中沒有一兩個；而認為他們是多事的，十個人中倒有八、九個。我又曾見左都御史崔應階娶孫媳婦，要租一頂彩轎去迎親，他家的奴僕們互相勾結串通，說沒有三百兩銀子不可能租到，眾口一詞。到了迎親的前一兩天，租彩轎的價格更是加倍昂貴。崔先生憤怒之極，自己求朋友們代租一頂。朋友們都怕招來僕人們怨恨而不肯答應，甚至有人說租賃彩轎本來沒有一定的價格，租賃彩轎的人貧富貴賤不同，出租者就看這個來租轎子的人以確定價格的高低多少，不是別人可以代租的。他們就是用這種巧詐的話來打圓場。崔先生迫不得已，只好把自己乘坐的轎子結上彩花，用來迎親。一時間人們議論，認為崔先生的朋友們坐視崔先生的困難是不合道理的，一百人中也沒有一兩個；認為崔先生的朋友們善於體察僕人們的情況的，也倒是十人中有八九個。那些人有那些人的是非標準，這些人也有這些人的是非標準，那麼，將怎麼樣來看待這種事呢？

【研析】為友之道，究竟是什麼？有諍友、摯友、親友、酒肉朋友、狐朋狗友等等褒貶不一的種種說法。

親友緣於血緣，酒肉朋友基於吃喝，狐朋狗友則基於利益，也就是歐陽脩所謂的「小人之朋」。而諍友是基於道義，摯友基於真心相助。作者顯然認為只有諍友、摯友才是為友之道的正途。

庸人自擾

朱青雷言：嘗謁椒山祠❶，見數人結伴入，眾皆叩拜，中一人獨長揖。或詰其故，曰：「楊公❷員外郎❸，我亦員外郎，品秩相等，無庭參❹禮也。」或又曰：「楊公忠臣。」拂然曰：「我奸臣乎？」于大羽因言：聶松巖❺嘗騎驢，遇一治磨者，嗔不讓路。治磨者曰：「石工遇石工（松巖安丘❻張卯君❼之弟子，以篆刻名一時），何讓之有？」余亦言：交河❽一塾師與張晴嵐❾論文相詆。塾師怒曰：「我與汝同歲入泮❿，同至今日皆不第，汝何處勝我耶？」三事相類，雖善辯者無如何也。田白巖曰：「天地之大，何所不有？遇此種人，惟當以不治治之，亦於事無害。必欲其解悟，彌出葛藤⓫。嘗見兩生同寓佛寺，一詈紫陽⓬，一詈象山⓭，喧詬至夜半。僧從旁解紛，又謂異端害正，共與僧鬥。次日，三人破額，詣訟庭。非天下本無事，庸人自擾之乎？」

【章旨】此章舉了幾個小故事來說明庸人無事生非的本性。

【注釋】❶椒山祠　祭祀明人楊繼盛的祠堂。❷楊公　即楊繼盛。字仲芳，號椒山，明保定容城（今屬河北）人。官至兵部員外郎。劾權相嚴嵩十大罪，下獄受酷刑，被殺，穆宗時諡忠愍。有《楊忠愍集》。❸員外郎　參見本書卷十六〈貴官還魂為僕婦〉則注釋❸。❹庭參　指屬員在公堂上按禮節謁見長官。❺聶松巖　即聶際茂。號松巖，清長山（今屬浙江）人。諸生。性淳篤。通六書。尤工篆刻。得到紀昀讚賞。❻安丘　縣名。在山東中部偏東，濰坊東南。❼張卯君　即張在辛。字卯君，號柏庭，清安丘人。工書法篆刻。❽交河　縣名。在河北中部偏南、南運河和滏陽河之間。❾張晴嵐　即張若靄。清張廷玉之子。字晴嵐。雍正進士。官至禮部尚書。❿泮　泮宮。古代學宮。⓫葛藤　比喻糾纏不清，佛教禪宗著作中常用此語。⓬紫陽　指朱熹。朱熹父親朱松讀書紫陽（山名，在安徽歙縣城南），後朱熹居福建崇安，仍榜其所居之聽事堂曰紫陽書堂，以示不忘。⓭象山　指陸九淵。參見本書卷十二〈鬼爭朱陸異同〉則注釋❷。

【語譯】朱青雷說：曾經去拜謁紀念楊繼盛的椒山祠，看見有幾個人結伴進入祠堂。眾人都叩頭拜謁，只有一個人獨自深深地作了一個揖。有人問他為什麼不拜，他回答說：「楊公是員外郎，我也是員外郎，官員品級相同，不應有當堂叩拜的禮節。」又有人說：「楊公是忠臣。」他很不高興地回答說：「我是奸臣嗎？」于大羽接著說了一件事：聶松巖曾經騎著驢子趕路，遇到一個製作石磨的人，聶松巖責問他為什麼不讓路。那人說：「石工遇到石工（聶松巖是安丘張卯君的學生，以篆刻著名當時），有什麼好讓路的？」我也說了一件事：交河縣有個塾師，與張晴嵐談論文章，互相抵忤斥責。塾師發怒說：「我和你是同一年考中秀才，同樣到今天都沒有考上舉人，你哪個地方勝過我了？」這三件事很相似，即使善於辯論的人對他們也無可奈何。田白巖說：「天地這麼大，什麼樣的人和什麼樣的事沒有？遇到這種人，只有置之不理來處理，這樣對事情也不會造成什麼損害。如果一定要讓他們有所省悟，可能會引出更多的糾葛。我曾經見兩個書生一同寄住在佛寺中，一人罵朱熹，一人罵陸九淵，喧鬧爭吵到半夜。和尚在旁邊勸解，兩人又說佛教是異端邪說，危害儒學正統，一起與和尚爭鬥。第二天，三個人都打破了頭，到官府去告狀。這不是天下本來沒有什麼事，那些庸人們自己沒事找事麼？」

【研析】文中所列舉的幾個故事中的爭執，實在無謂的很。作者也無可奈何地把這些爭執說成是：「天下本無事，庸人自擾之」了。

雞知報恩

昌平有老嫗，蓄雞至多，惟賣其卵。有買雞充饌者，雖十倍其價不肯售。所居依山麓，日久滋衍，殆以谷量❶。將曙時，唱聲競作，如傳呼之相應也。會刈麥曝於門外，群雞忽千百齊至，圍繞啄食。嫗持杖驅之不開，遍呼男女，交手撲擊，東散西聚，莫可如何。方喧呶❷間，住屋五楹，訇然摧圮，雞乃俱驚飛入山去。此與《宣室志》❸所載李甲家鼠報恩事相類。夫鶴知夜半，雞知將旦，氣之相感而精神動焉，非其能自知時也。故邵子❹曰：禽鳥得氣之先。至萬物成毀之數，斷非禽鳥所先知，何以聚族而來，脫主人於厄乎？此必有憑之者矣。

【章旨】此章講述了一位老婦人養了一群雞，這群雞在災難降臨時提醒主人，使主人免於災禍的故事。

【注釋】❶殆以谷量　此用烏氏倮的典故來形容數量之多。《史記・貨殖列傳》記載有烏氏倮，畜養牛馬用谷量。烏氏倮，北方少數民族，匈奴一支。❷喧呶　大聲說話；聲音雜亂。❸宣室志　參見本書卷十〈牛戒〉則注釋❷。❹邵子　即邵雍。參見本書卷四〈論宋儒臆斷〉則注釋❽。

【語譯】昌平有個老婦人，養了很多隻雞，她只賣雞蛋。有人要買她的雞殺了做菜吃，即使出十倍的價錢她也不肯出售。她的住所在山腳下，日子久了，雞繁殖得越來越多，像秦代烏氏倮的牛馬要用山谷來量一樣無法計數。每天天快亮時，雄雞競相鳴叫，好像千軍萬馬傳令呼應，此起彼伏。正逢這位老婦人家收割了麥子曬在門外，雞群忽然成百上千一齊趕來圍著麥子啄食。老婦人拿著棍子驅趕雞群，但趕也趕不開。於是就把家裡男男女女全叫出來幫著趕雞。他們把東邊的雞趕散開了，西邊的雞又聚攏來啄麥子，對這些雞真是束手無策，無可奈何。正當人們喧鬧叫嚷時，老婦人家的五間住房轟然一聲倒塌了，雞群這才都驚飛起來跑進山裡去了。這與《宣室志》所記載的李甲家老鼠報恩的事很相似。鶴知道半夜的時間，雞知道天將亮的時間，這是因為氣息的互相感應而使牠們的精神有所感觸所致，並非是這些動物本身真的知道時間。所以邵雍說：禽鳥可以最早感受到氣息的變化。至於世上萬物成敗的氣數，就絕不是禽鳥所能預先知道的。雞為什麼能夠聚集在一起而來，把主人從危難中解救出來呢？這必定是有神靈依憑在牠們身上了。

【研析】動物確實能夠感知人所感知不到的自然界的一些變化，這已經被現代科學所證實。至於說這群雞感知房屋將要倒塌，而主動來提醒主人，未免太過玄乎。較合理的解釋可能是當地將要發生地震，雞群的習性反常，導致人們跑出屋子來觀看，這時地震發生了，人因而倖免於難。

狐戲獵人

從侄汝夔言：甲乙並以捕狐為業，所居相距十餘里。一日，伺得一冢有狐跡，擬共往，約日落後會於某所。乙至，甲已先在，同至冢側，相其穴，可容人。甲令乙伏穴內，而自匿冢畔叢薄[1]中；待狐歸穴，甲禦其出路，而乙在內擒縶之。乙暗坐至夜分，寂無音響，欲出與甲商進止。呼良久，不應；試出尋之，則二墓碑橫壓穴口，僅隙光一線，闊寸許，重不可舉。乃知為甲所賣。次日，聞外有叱牛聲，極力號叫。牧者始聞，報其家往視。鳩人移石，已幽閉一晝夜矣。疑甲謀殺，率子弟詣甲，將執訟官。至半途，乃見甲裸體反縛柳樹上，眾圍而唾詈，或鞭撲之。蓋甲赴約時，路遇饁婦相調謔，因私狎於秫叢❷。時盛暑，各解衣置地。甫脫手，婦躍起，掣其衣走，莫知所向。幸無人見，狼狽潛歸。未至家，遇明火持械者，見之呼曰：「奴在此。」則鄰家少婦三四，睡於院中，忽見甲解衣就同臥。驚喚眾起，已棄衣逾牆遁，方共里黨❸追捕也。甲無以自白，惟呼天而已。乙述昨事，乃知皆為狐所賣。然伺其穴而掩襲，此戕殺之仇也。戕殺之仇，以遊戲報之：一閉使不出，而留隙使不死；一褫其衣使受縛無辯，而人覺即遁，使其罪亦不至死。猶可謂善留餘地矣。

【章旨】此章講述了兩個獵人想捕捉狐狸，卻遭到狐狸戲弄一番的故事。

【注釋】❶叢薄　草木叢生的地方。❷秫叢　高粱地裡。❸里黨　猶「鄉黨」。鄰里。

【語譯】我的堂侄紀汝夔說：有甲乙兩人都以捕捉狐狸為職業，所住的地方相距十幾里。一天，他們發現一座墳墓有狐狸的蹤跡，準備一起去捕捉，約定太陽下山後在某個地方會合。當乙到達約定地點時，甲已先在那裡了。他們一同來到那座墳墓旁，觀察那個狐狸洞，覺得能夠容納人。於是甲要乙埋伏在洞中，而自己躲藏在墓旁的草木叢裡，等待狐狸回洞穴時，甲堵住牠的出路，而乙在洞中捉住牠。乙在黑暗中坐到半夜，寂靜得沒有一點動靜，打算出來和甲商量下一步怎麼辦，叫了很久沒有人答應。他試著出來尋找，卻有兩塊墓碑橫壓在洞口上，只留了一線能透進光來的縫隙，僅有一寸多寬。那兩塊墓碑沉重，乙根本舉不動，這才知道被甲給騙了。第二天，乙聽到外面有吆喝牛的聲音，於是用力喊叫，放牛人才聽見，回來告訴他家裡人前去察看。乙家召集一些人去搬開墓碑，乙已經被關閉在裡面一天一夜了。他懷疑甲要謀殺自己，於是率領子弟去找甲，準備把甲抓去官府告狀。走到半路，卻見到甲渾身赤裸著被反綁在柳樹上，一夥人正圍著唾罵，有人還用鞭子棍棒抽打他。原來，甲在昨天赴約的路上，遇到一個往田裡送飯的婦女，兩人互相挑逗調戲，於是到高粱地裡去鬼混。當時正是盛夏，兩人各自把衣服脫了放在地上。甲剛把衣服放下，那個婦女跳起來拿了他的衣服就跑，不知跑到哪裡去了。幸好沒有人看見，甲十分狼狽地偷偷跑回家。還沒到家時，遇到一夥人打著火把拿著棍棒迎面趕來，見到他便喊道：「這奴才在這裡。」原來鄰居家有三四個少婦睡在院子裡納涼，忽然看見甲脫光衣服跑來和她們睡在一起。這些少婦驚慌地喊來眾人，甲已經丟下衣服翻牆逃走了，這些人正和村裡人一起來追捕他。甲無法為自己辯白，只有呼喊老天爺而已。乙敘述了昨天晚上的事，人們這才知道都是被狐狸戲弄了。不過，偵察狐狸洞而準備突然襲擊，這是殘殺的怨仇。對於這種殘殺的怨仇，只是以戲弄來報復，一個閉在洞中使他出不來，但留下縫隙使他不至於喪命；一個剝掉他的衣裳使他遭受捆綁而無法辯白，但人們一覺察狐狸就逃逸了，使他的罪過不至於該死。這狐狸可以說是善於給人留餘地的了。

【研析】兩個獵人如此遭到狐狸戲弄，讀來叫人噴飯。狐狸的精明和狡猾，獵人的愚蠢和貪婪好色，無不生動傳神。

爭祖墓

天下有極細之事，而皋陶❶亦不能斷者。門人折生遇蘭，健令也。官安定❷日，有兩家爭一墳山❸，訟四五十年，閱兩世矣。其地廣闊不盈畝，中有二冢，兩家各以為祖塋。問鄰證，則萬山之中，裹糧挈水乃能至，四無居人。問契券❹，則皆稱前明兵燹已不存。問地糧串票❺，則兩造具在。其詞皆曰：「此地萬不足耕，無錙銖之利，而有地丁❻之額。所以百控不已者，徒以祖宗丘隴，不欲為他人占耳。」又皆曰：「苟非先人之體魄，誰肯涉訟數十年，認他人為祖宗者？」或疑為謀占吉地，則又皆曰：「秦隴❼素不講此事，實無此心，亦彼此不疑有此心；且四圍皆石，不能再容一棺，如得地之後，掘而別葬，是反授不得者以間。誰敢為之？」竟無以折服，又無均分理，無入官理，亦莫能判定。大抵每祭必鬥，每鬥必訟官。惟就鬥論鬥，更不問其所因矣。後蔡西齋為甘肅藩司❽，聞之曰：「此爭祭非爭產也，盍以理喻之。曰：爾既自以為祖墓，應聽爾祭。其來爭祭者既願以爾祖為祖，於爾祖無損，於爾亦無損也，聽其享薦亦大佳，何必拒乎？」亦不得已之權詞，然迄不知其遵否也。

【章旨】此章講述了兩家為爭一塊墳地而訴訟幾十年的故事。

【注釋】❶皋陶　參見本書卷五〈張福匿冤〉則注釋⓬。❷安定　舊縣名。明洪武初降安定州為縣。治所在今甘肅定西。❸墳山　用做墳地的山。泛指墳地。❹契券　契據；證券。❺地糧串票　即「串票」。亦名「截票」、「糧串」。古時政府徵收田賦的繳款憑證。❻地丁　清「攤丁入地」後田賦和丁銀的合稱。明初，賦、役分別徵收。行一條鞭法後，徭役折成丁銀，逐漸併入田賦，但丁銀和田賦仍是兩個稅目。清代「攤丁入地」後，地丁合一，從此統稱「地丁」或「地丁錢糧」。❼秦隴　秦嶺和隴山的並稱。亦指今陝西、甘肅地區。❽甘肅藩司　即甘肅布政使。參見本書卷五〈鱉寶〉則注釋❶。

【語譯】天下有極細小的事情，但即使是皋陶也不能裁決。我有個學生叫折遇蘭，是個能幹的縣令。他擔任安定縣令時，有兩戶人家爭一塊墳地，案子訴訟了四五十年，已經經歷兩代人了。這塊墳地寬廣不足一畝，中間有兩座墳，兩家都說是自己家的祖墳。官府問是否有鄰居作證，那麼這塊地處於萬山之中，人們要攜帶乾糧和水才能到那裡，四周都無人居住。官府問是否有地契，那麼兩家都說在前朝明代的戰亂中已經丟失了。官府問有沒有交納田賦的串票，那麼兩家都有。他們都說：「這塊地方實在不可能耕種，沒有絲毫利益，反而有按畝出夫役的份額。他們之所以屢次打官司而不停止，只是因為是祖宗的墳地，不想被別人占去。」他們又都說：「如果不是祖先的遺骨埋葬在這裡，誰肯打幾十年官司，認別人的祖宗作祖宗呢？」有人懷疑他們兩家是想謀占風水寶地，兩家又都說：「陝西甘肅一帶的人從來不講究這種事情，確實沒有這種想法，彼此間也都不懷疑對方有這種心思。而且這塊墳地四周都是石頭，不可能再埋下一具棺材，如果得到這塊地後挖掉墳墓而另外埋葬，那麼反而是給沒有得到墳地的一方把柄，誰敢這麼做呢？」官府終究也沒有辦法使雙方都折服，又沒有平均分配這塊墳地的道理，也沒有將這塊墳地沒收的道理，因此官府也無法判決。大抵這兩家每逢祭祀必然要發生毆鬥，每次毆鬥就要到官府打官司。官府只能就毆鬥論毆鬥，而不去問發生毆鬥的根本原因了。後來蔡西齋擔任甘肅布政使，得知此事後說：「這是爭祭祀，不是爭地產，何不用道理來開導他們。對他們說：你們既然自認為這裡是你們的祖墳，就應該允許你們祭祀。他們來爭著祭祀的，既然願意把你們的祖宗當成他們的祖宗，對於你們的祖宗沒有損害，對你們也沒有損害。聽任他們去祭祀也是很好啊，何必拒絕呢？」這也是不得已的權宜之計，但直到現在我不知道他們是否遵照他說的話去做了沒有。

【研析】為爭墳地兩家訴訟數十年，雖說很少有這種事，但並不罕見。筆者曾在上海圖書館整理該館所藏家譜，經筆者之手整理的就有上千部。這些家譜中不乏有與他人爭奪田產墳山的訴訟記載。只是這兩家所爭墳地並無實際利益可言，所說理由似乎又太沒有功利因素，所以不為他人理解。或許秦隴之人仍存淳樸之心，而少功利之意，故而才會為此訴訟不止。

自比蠢人

胡牧亭言：其鄉一富室，厚自奉養，閉門不與外事，人罕得識其面。不善治生，而財終不耗；不善調攝，而終無疾病。或有禍患，亦意外得解。嘗一婢自縊死，里胥❶大喜，張其事報官。官亦欣然即日來。比陳屍檢驗，忽手足蠕蠕動。方共駭怪，俄欠伸，俄轉側，俄起坐，已復蘇矣。官尚欲以逼汙投繯❷，鍛煉羅織❸，微以語導之。婢叩首曰：「主人妾媵如神仙，寧有情到我？設其到我，方歡喜不暇，寧肯自戕？實聞父不知何故為官所杖殺，悲痛難釋，憤恚求死耳，無他故也。」官乃大沮去。其他往往多類此。鄉人皆言其蠢然一物，乃有此福，理不可明。偶扶乩召仙，以此叩之。乩判曰：「諸君誤矣，其福正以其蠢也。此翁過去生中，乃一村叟，其人淳淳悶悶，無計較心；悠悠忽忽，無得失心；落落漠漠，無愛憎心；坦坦平平，無偏私心；人或凌侮，無爭競心；人或欺紿❹，無機械心❺；人或謗詈，無嗔怒心；人或構害，無報復心。故雖槁死牖下，無大功德，而獨以是心為神所福，使之食報於今生。其蠢無知識，正其身異性存，未昧前世善根也。諸君乃以為疑，不亦誤耶！」時在側者，信不信參半。吾竊有味斯言也，余曰：「此先生自作傳贊，託諸斯人耳。然理固有之。」

【章旨】此章講述了一個書生自比蠢人而安度一生的故事。

【注釋】❶里胥　指里長。❷投繯　指上吊自殺。❸鍛煉羅織　羅織罪名，陷人於罪。❹欺紿　欺騙。❺機械心　指機巧奸詐之心。

【語譯】胡牧亭說：他家鄉有個富翁，在家養尊處優很會享受，關起門來不參預外面的事情，人們很少能見他一面。他不善於經營理財，然而家裡的財產總也不減少；他不善於調養身體，然而從來不生病。偶爾遭到什麼災禍，他也能意外得到解脫。他家曾經有個婢女上吊自殺，鄉里管事的人大喜，大肆張揚上報官府，官吏也興沖沖地當天就來了。等到停屍檢驗時，那婢女的手腳忽然蠕動起來。大家正感到驚詫奇怪時，她一會兒便開始欠伸，一會兒側轉翻身，接著坐了起來，就這樣蘇醒了。官吏還想以企圖逼姦迫使婢女上吊來羅織這個富翁的罪名，委婉地加以引導誘供，婢女叩頭回答說：「主人的姬妾都像天仙一般美麗，哪會鍾情在我身上？倘若他能夠看中我，我歡喜都來不及，怎麼肯自殺呢？其實是因為聽說父親不知由於什麼緣故被官府拷打而死，我的悲痛難以消除，憤恨之極，寧求一死罷了，沒有別的原因。」那官員於是極為沮喪地走了。這個富翁所遇到的其他的禍事也往往與此相似。鄉親們都說這個富翁那麼蠢的一個東西，卻有這樣的福氣，實在不明白這裡面的道理。有人偶然扶乩，召來乩仙問起這事，乩仙寫判詞說：「各位錯了。他的福氣正是因為他的愚蠢。這位老頭前生是個鄉村老頭，他為人淳樸老實不愛說話，沒有計較心；他遇事隨隨便便，沒有得失心；他一生平平淡淡，沒有愛憎心；他為人坦坦蕩蕩，沒有偏心私心；有人欺凌侮辱，他也沒有與人競爭的心思；有人欺騙他，他也沒有機巧奸詐之心；有人謾罵攻擊他，他也沒有憤怒生氣之心；有人陷害他，他也沒有報復他人的心思。所以，他雖然窮困老死在自己家裡，沒有什麼大的功德，然而就是以這樣的心地受到神靈的福佑，使他今生享受到報答。他雖然愚蠢沒有知識，正說明他身體雖已變換而本性仍然存在，沒有掩去前生的善良本性。諸位竟然對此產生懷疑，不是錯了嗎！」當時在場的人，相信和懷疑的各占一半，我卻認為這些話很耐人尋味。我說：「這是胡牧亭先生對自己一生所作的評價，而假託於這個老翁。不過，從道理上說應該是確實有的。」

【研析】不問世事，與世無爭，才能夠做到無人能夠與他相爭，這也是老子極為讚賞的境界，即「雞犬之聲相聞，老死不相往來」。但在現實世界中，又有幾個人能夠做到這一點呢？

劉寅之悲

劉約齋舍人言：劉生名寅（此在劉景南家酒間話及。南北鄉音各異，不知是此寅字否也），家酷貧。其父早年與一友訂婚姻，一諾為定，無媒妁，無婚書庚帖❶，亦無聘幣；然子女則並知之也。劉生父卒，友亦卒。劉生少不更事❷，窶❸益甚，至寄食僧寮❹。友妻謀悔婚，劉生無如之何。女竟鬱鬱死，劉生知之，痛悼而已。是夕，燈下獨坐，悒悒不寧。忽聞窗外啜泣聲，問之不應，而泣不已。固問之，彷彿似答一「我」字。劉生頓悟，曰：「是子也耶？吾知之矣。事已至此，來生相聚可也。」語訖，遂寂。後劉生亦夭死，惜無人好事，竟不能合葬華山❺。〈長恨歌〉❻曰：「天長地久有時盡，此恨綿綿無了期。」此之謂乎！雖悔婚無跡，不能名以貞；又以病終，不能名以烈。然其志則貞烈兼矣。說是事時，滿座太息，而忘問劉生里貫❼。約齋家在蘇州❽，意其鄉里歟？

【章旨】此章講述了一對青年男女自幼訂婚，卻因女方母親嫌棄男方貧窮而遭拆散，男女雙方均鬱鬱而死的愛情悲劇故事。

【注釋】❶庚帖　古代訂婚時，男女雙方互換的帖子，上寫姓名、生辰八字、籍貫、祖宗三代等，也叫八字帖。❷不更事　不懂人情世故。❸窶　貧窮。❹僧寮　僧舍。❺合葬華山　此處用華山畿典故。見《古今樂錄》：「宋少帝時，南徐一士子，從華山畿往雲陽，見客舍女子，悅之，遂感心疾。女聞，感之。生死葬時，車載從華山度此女門，牛不肯前，女妝點沐浴而出，歌曰：『華山畿，君既為儂死，獨活為誰施。歡若見憐時，棺木為儂開。』棺應聲開，女遂入棺，家人無如之何。乃合葬，呼曰神女冢。」原文這句意為劉寅未能與未婚妻合葬。❻長恨歌　參見本書卷十一〈此夫此婦〉則注釋❸。❼里貫　籍貫。❽蘇州　市名。在江蘇南部，太湖東北。

【語譯】劉約齋舍人說：有個書生叫劉寅（這件事是在劉景南家飲酒時談到的。南北口音各自不同，不知是不是這個寅字），家裡極為貧窮。他父親早年與一位朋友訂了婚約，約定作兒女親家，只是口頭答應，沒有媒人，沒有寫婚書，雙方也沒有交換生辰八字，也沒有下聘禮；但是彼此的子女都知道這門親事。後來劉寅的父親去世了，父親的朋友也死了。劉寅年輕不懂事，家裡變得更加貧窮，甚至於到寺廟裡討飯吃。父親朋友的妻子想悔棄婚約，劉生也無可奈何。他的未婚妻竟然鬱鬱而死，劉寅知道這件事後，只能痛心悼念而已。這天晚上，他獨自坐在燈下，心中悶悶不樂，忽然聽到窗戶外面有抽泣聲。他問了一聲沒有回答，但抽泣聲沒有停止。劉寅再三追問，才彷彿回答了一個「我」字。劉寅頓時省悟過來，說：「是你麼？你的心意我知道了。但事情已到了這一步，讓我們下一輩子再相聚吧。」劉寅說完話，那窗外的聲音便沒有了。後來劉寅也年紀輕輕就死了，可惜沒有熱心人做好事，把他們兩人合葬在一起。白居易的〈長恨歌〉中說：「天長地久有終了的時候，這種遺恨卻綿綿沒有終了的時候。」說的就是這類情況吧。雖然那女子母親的悔婚還沒有成為事實，不能稱之為貞節；她又是因病而死的，也不能稱之為烈。但她的心志卻是兼有貞、烈的品格。講這件事時，在場的人都為之歎息，然而卻忘記問劉寅的籍貫了。劉約齋的家在蘇州，也許劉寅就是他的同鄉吧？

【研析】類似的愛情悲劇在古代常發生，總能引起許多人的同情和憐憫。然而同情和憐憫者往往又是這種悲劇的製造者，這就是封建社會的一種悖論。

騙人術

河間有遊僧❶，賣藥於市。以一銅佛置案上，而盤貯藥丸，佛作引手取物狀。

有買者，先禱於佛，而捧盤進之。病可治者，則丸躍入佛手；其難治者，則丸不躍。舉國信之。後有人於所寓寺內，見其閉戶研鐵屑。乃悟其盤中之丸，必半有鐵屑，半無鐵屑；其佛手必磁石為之，而裝金於外。驗之信然，其術乃敗。會有講學者，陰作訟牒❷，為人所訐。到官昂然不介意，侃侃而爭。取所批《性理大全》❸核對，筆跡皆相符，乃叩額伏罪。太守❹徐公，諱景曾，通儒也。聞之笑曰：「吾平生信佛不信僧，信聖賢不信道學。今日觀之，灼然不謬。」

【章旨】此章講述了一個和尚和一個講學家騙人的故事，反映了作者對僧道及講學家的態度。

【注釋】❶遊僧　雲遊四方的和尚。❷訟牒　訴狀。❸性理大全　宣揚理學的書。明胡廣等奉成祖命編撰。共七十卷。所採宋儒之說凡一百二十家，其中有自為卷帙者如《太極圖說》、《皇極經世》等，計九種，共二十六卷。二十七卷以下，分門編纂為理氣、鬼神、性理、道統、聖賢、諸儒、學、諸子、歷代、君道、治道、詩、文等十三類。清康熙帝命李光地擷其精華，編為《性理精義》十二卷。❹太守　參見本書卷十四〈老僧論微服私訪〉則注釋❸。

【語譯】河間縣有個雲遊和尚，在集市上賣藥。他將一尊銅鑄佛像放在桌上，用一個盤子盛放藥丸，那佛像做成伸手拿東西的樣子。有人來買藥，先對佛像祈禱，然後捧著盤子放在佛像前。如果病可以治療好的，藥丸就跳到佛像手中；如果病難以治癒，那麼藥丸就不跳到佛像手中。人們全都相信這個銅佛的靈驗。後來有人在遊方和尚寄居的寺廟裡，發現他關著門磨鐵屑，這才明白和尚放在盤中的藥丸，必定是一半藥丸有鐵屑，一半藥丸沒有鐵屑，那佛像的手肯定是用磁石做成的，而在外面包了一層銅。檢驗那座銅佛，果然如此，於是那個遊方和尚的騙術才敗露。當時有個講道學的先生，暗中替人家寫狀紙，被人揭發，告到官府。這位先生到官府衙門後，態度傲慢毫不在乎，根本不當一回事。他侃侃而談，極力爭辯。官府拿來他批點的《性理大全》核對，書上的筆跡與狀紙上的筆跡完全相同，他才叩頭認罪。太守徐景曾先生，是一位博通古今的學者，聽說這件事後笑著說：「我平生相信佛，但不相信和尚；信奉聖賢，但不相信道學家。今天看來，真是一點不錯。」

【研析】遊方和尚騙人錢財只是作者的一個引子，作者批判的矛頭其實直指那個講學家，也就是那些口中高談性命道德，暗中卻做些見不得人的醜事的道學之徒。這樣的批判對道學來講是致命的，也容易為人所接受。需要說明的是，作者只是批判那些口是心非的講學家，而對宋明理學的諸位大師還是心懷景仰的。

孤鬼問路

楊槐亭前輩有族叔，夏日讀書山寺中。至夜半，弟子皆睡，獨秉燭咿唔❶。倦極假寐，聞叩窗語曰：「敢問先生，此往某村當從何路？」怪問為誰，曰：「吾鬼也。溪谷重複，獨行失路。空山中鬼本稀疏，偶一二無賴賤鬼，不欲與言；即問之，亦未必肯相告。與君幽明雖隔，氣類原同，故聞書聲而至也。」具以告之，謝而去。後以語槐亭，槐亭憮然曰：「吾乃知孤介❷寡合，即作鬼亦難。」

【章旨】此章講述了一個孤獨的鬼魂向陽世人問路的故事。

【注釋】❶咿唔　讀書聲。❷孤介　孤傲耿介。

【語譯】楊槐亭前輩有個族叔，夏天在一座建在山中的寺廟裡讀書。到了半夜，學生們都睡了，他獨自坐在燭光下誦讀。他倦困極了打瞌睡時，聽到有人敲著窗戶說：「冒昧地敬問先生，從這裡到某某村去應該走哪條路？」他奇怪地問是誰，窗外回答說：「我是鬼。這裡溪流峽谷縱橫交錯，我獨自行走迷了路。空山之中鬼本來就稀疏，偶爾遇到一兩個無賴賤鬼，我不想和他們說話；即使問他們，他們也未必肯告訴我。我與您雖然陰陽相隔，但氣質性格原本就屬於同類，所以我聽到您讀書的聲音就找到這裡來了。」族叔詳細告訴了那個鬼該怎麼走，那個鬼感謝後便離去了。後來族叔把此事告訴楊槐亭，楊槐亭很感慨地說：「我這才知道性格孤傲耿介不合群的人，就是做鬼也是很艱難的。」

【研析】以鬼擬人，說鬼實際是說人。孤僻耿介，換句話說就是清高孤立。這樣的人，無論在什麼地方都難以合群。楊槐亭說這個鬼的故事，還不如說就是說他自己。

鬼論詩詞

李秋厓與金谷村嘗秋夜坐濟南歷下亭❶，時微雨新霽，片月❷初生。秋厓曰：「韋蘇州❸『流雲吐華月』句興象天然，覺張子野❹『雲破月來花弄影』句便多少著力。」谷村未答，忽暗中人語曰：「豈但著力不著力，意境迥殊。一是詩語，一是詞語，格調亦迥殊也。即如《花間集》❺『細雨濕流光』句，在詞家為妙語，在詩家則靡靡矣。」愕然驚顧，寂無一人。

【章旨】此章講述了一個鬼與人論說詩詞的故事。

【注釋】❶歷下亭　一稱「客亭」。在山東濟南大明湖畔。面山環湖，風景佳麗。約建於北魏年間。❷片月　指天上的月亮如片狀。即不是滿月。❸韋蘇州　參見本書卷一〈漢學與宋學〉則注釋㉑。❹張子野　即張先。北宋詞人。字子野，烏程（今浙江湖州）人。歷官都官郎中。工詩詞。著有《張子野詞》。❺花間集　詞總集。五代後蜀趙崇祚編。十卷。選錄晚唐、五代詞十八家，五百首，其中不少作品，賴此書得以保存。

【語譯】李秋厓與金谷村曾在一個秋天的夜晚坐在濟南歷下亭中，當時下過一場小雨天剛放晴，一片月亮初上夜空。李秋厓說：「韋應物的詩句『流動的雲彩吐出明亮的月亮』，興起意象天然自成，對比之下就覺得張先的詞句『雲散月來花朵弄影』露出的人為痕跡就明顯多了。」金谷村還沒來得及回答，忽然黑暗中有人說道：「那裡只是天然與人為的區別，意境也迥然不同。一是詩的語言，一是詞的語言，格調也迥然不同。即使如《花間集》中『細雨打濕了流光』這一句，在詞家看來是妙句，在詩人看來就太細巧柔弱了。」李秋厓和金谷村吃驚地回頭往四下看，周圍寂靜沒有一個人影。

【研析】論詩談詞是作者最愛。這個鬼的見解不同凡響，確實高明。

道士論天地

膠州❶法南野，嘗偕一友登日觀❷。先有一道士倚石坐，傲不為禮。二人亦弗與言。俄丹曦❸欲吐，海天滉耀，千匯萬狀，不可端倪。南野吟元人詩曰：「『萬古齊州❹煙九點，五更滄海日三竿❺。』不信然乎！」道士忽哂曰：「昌谷❻用作〈夢天〉詩，故為奇語。用之泰山，不太假借❼乎？」南野回顧，道士即不再言。

既而踆烏❽湧上，南望謂其友曰：「太陽真火，故入水不濡也。」道士又哂曰：「公謂日自海出乎？此由不知天形，故不知地形；不知地形，故不知水形也。蓋天橢圓如雞卵，地渾圓如彈丸，水則附地而流，如核桃之皴皺。橢圓者東西遠而上下近，凡有九重❾，最上曰宗動，元氣之表，無象可窺。次為恆星，高不可測。次七重，則日月五星各占一重，隨大氣旋轉，去地且二百餘萬里，無論海也。渾圓者地無正頂，身所立處皆為頂；地無正平，目所見處皆為平。至廣漠之野，四望天地相接處，其圓中規，中高而四隤之證也，是為地平❿。圓規以外，目所不見者，則地平下矣。湖海之中，四望天水相合處，亦圓中規，是又水隨地形，中高四隤之證也。然江河之水狹且淺，夾以兩岸，行於地中，故日出地上始受日光。惟海至廣至深，附於地面，無所障蔽，故中高四隤之處，如水晶球之半。日未至地平，倒影上射，則初見如一線；日將近地平，則斜影橫穿，未明先睹。今所見者是日之影，非日之形。是天上之日影隔水而映，非海中之日影浴水而出也。至日出地平，則影斜落海底，轉不能見矣。儒家蓋嘗見此景，故以為天包水，水浮地，日出入於水中。而不知日自附天，水自附地。佛家未見此景，故以須彌山⓫四面為四州⓬，日環繞此山，南晝則北夜，東暮則西朝，是日常旋轉，平行竟不入地。證以今日所見，其謬更無庸辯矣。」南墅驚其博辯，欲與再言。道士笑曰：「更竟其說。子不知九萬里之圍圓，以漸而迤，以漸而轉，漸迤漸轉，遂至周環，必以為人能正立，不能倒立，拾楊光先⑬之說，苦相詰難。老夫慵惰，不能與子到大郎山上看南斗（大郎山在亞祿國，與中國上下反對。其地南極出地三十五度，北極入地三十五度），不如其已也。」振衣徑去，竟莫測其何許人。

【章旨】此章通過一個道士之口，講述了當時的天體知識和地理知識。

【注釋】❶膠州　今山東膠縣。❷日觀　指泰山日觀峰。❸丹曦　太陽。❹齊州　中州。指中國。❺五更滄海日三竿　語出元代詩人張養浩〈登泰山詩〉。❻昌谷　即李賀。參見本書卷九〈說鬼火〉則注釋❻。李賀〈夢天〉詩有句：「遙望齊州九點煙。」❼假借　此處指生搬硬套。❽踆烏　指太陽。《淮南子·精神》：「日中有踆烏。」踆烏，古代傳說中太陽裡的三足烏。❾九重　指天。❿地平　通過觀測者垂直於天頂與天底聯線的平面。這個平面與天球相交的大圓稱為「地平圈」。⓫須彌山　原為古印度神話中的山名，後為佛教所採用，指一個小世界的中心。山頂為帝釋天所居，山腰為四天王所居。四周有七山八海、四大部洲。⓬四州　即指四大部洲。古印度神話中的洲名。以為它們是人類所住的世界，佛教也採用此說。分列在須彌山四方鹹海中，一稱「四天下」。即東方勝身洲，南方贍部洲，西方牛貨洲，北方俱盧洲。⓭楊光先　字長公，清歙（今安徽歙縣）人。因力攻西洋人湯若望、南懷仁下獄。

【語譯】膠州人法南墅曾經和一位朋友一起登泰山日觀峰。日觀峰上先有一位道士靠著岩石坐著，見有人來，很傲慢地不與兩人施禮相見。法南墅他們兩人也不和他搭話。不一會兒，紅日欲出，霞光在大海和天邊相接處滉漾閃耀，千姿萬態，難以揣摩，無法形容。法南墅吟誦起元朝詩人寫的詩句說：「『萬古以來遙望中國像是煙九點，五更天滄海升起紅日三竿』，不是寫得極真切嗎！」道士忽然譏諷地說：「唐代李賀把頭一句用在〈夢天〉詩中，用它描寫夢中天地的情景，所以是奇句。如果用在吟誦泰山的詩中，不是太生搬硬套了嗎？」法南墅回頭看那個道士，道士就不說話了。一會兒，一輪火紅的太陽湧出，法南墅對友人說：「太陽是真火，所以能進入海水中而不沾濕。」道士又譏諷地笑了一聲說：「您認為太陽是從海裡出來的嗎？這是因為您不知道天的形狀，所以不知道地的形狀；又因為不知道地的形狀，所以不知道海水的形狀。整個天體是橢圓形像雞蛋；地的形狀渾圓形像彈丸，水是附在地面上流動，就像核桃殼表面的褶皺。天體是橢圓的，是指它從東到西遠，而從上到下近。天體有九層，最上面的一層叫宗動，是元氣的外表，沒有形狀無法看見。其次一層是恆星，太高了而無法測量。其餘還有七層，就是太陽、月亮、以及水、火、木、金、土五星各占一層。它們隨著大氣旋轉，離開地面還有二百多萬里，更不用說離開海面有多遠了。地球是渾圓形，它沒有一個唯一的正頂點，每個人所立的地方都是頂點。地球也沒有一道唯一的正平線，眼睛所望到的都可以說是正平線。在廣袤的原野上，朝四面望去，一直望到天地相接的地方，視力望見的正好是一個正圓形，這就是中間高而四周低的證明，這叫做地平線，眼睛所見的正圓形以外的地方，就在地平線以下了。如果身處大湖大海之中，四面望去，水天相接處也構成一個正圓形，這是水面隨著地形伸展，也是中間高而四周低下去的證明。然而江河之水既狹窄又淺，夾在兩岸之間，在地面中流動，所以太陽高過地平線後，地面才能照到日光。只有大海極其深極其廣闊，附在地面上，沒有什麼屏障遮擋，所以海洋中間高而四面低，像是水晶球的一半。當太陽還沒到達地平線時，它的光線往上倒射，所以人們剛開始見到地平線上有一道光線。太陽快要接近地平線時，它的光線傾斜照射，所以人們在太陽還沒出來時便見到了它。現在我們見到的是太陽的影子，而不是太陽本身；是天上的太陽隔著地平線的水映現出來，而不是海中的太陽從水中鑽出來。等到太陽高出地平線後，那麼太陽照在水中的影子落了海底，陸地上的人反而看不見了。儒家學者大概曾注意到這種現象，所以認為天包著水，水浮著地，太陽從水中出入，而不知道太陽實際附著在天空上，水卻附著在大地上。佛家沒有注意到這種現象，所以他們以為須彌山四面有四大洲，太陽環繞著這座山，南面是白天，北面就是夜晚；東面是傍晚，西面就是早晨。太陽總是圍繞地球平行旋轉，卻不會入地。用我們今天觀察到的情況來檢驗，這種看法的荒謬更用不著辯論了。」法南墅很驚奇道士的知識淵博和能言善辯，想和他再交談。道士笑著說：「讓我再把這個問題說完。你不知道地球表面有九萬里，它的圓形漸漸伸展，也漸漸彎曲，漸伸漸轉，於是就轉了一周。你必定以為人能正著站立，不能倒立，拿著楊光先的這種說法，來與我苦苦追究爭辯。我懶惰無力，不能和你一起到大郎山上去看南斗星（大郎山在亞祿國，與中國正好上下相對。那裡南極高出地平線三十五度，北極低於地平線三十五度），不如就到此為止吧。」說完，那道士抖抖衣衫徑直走了，竟然無法揣測他究竟是什麼人。

【研析】從本文中可以基本了解清代乾隆時期人們對天體地理的認識水平。顯然，這一時期的士大夫們已經接受了部分的西方近代文明和科學知識，尤其是對地球是個球體，水是附著在地球表面等等的科學知識有了更深入的認識。可惜，這種科學文明的趨勢卻為清朝後來的歷史所阻斷，使近代中國未能與世界同步發展。

生刳人皮

大學士溫公言：征烏什時，有驍騎校腹中數刃，醫不能縫。適生俘數回婦❶，醫曰：「得之矣。」擇一年壯肥白者，生刳❷腹皮，冪於創上，以匹帛纏束，竟獲無恙。創愈後，渾合為一，痛癢亦如一。公謂非戰陣無此病，非戰陣亦無此藥。信然。然叛徒逆黨，法本應誅；即不剝膚，亦即斷脰❸。用救忠義之士，固異於殺人以活人爾。

【章旨】此章講述了清軍在平定新疆回民叛亂時，為治療傷員而生刳活人腹部皮膚的故事。

【注釋】❶回婦　回族婦女。❷刳　剖割。❸脰　脖子。

【語譯】大學士溫公說：他率軍征討烏什時，有位驍騎校腹部中了幾刀，醫生無法縫合傷口。這時正好俘虜了幾個回族婦女，醫生說：「有辦法了。」他選擇了一個正當壯年的又白又胖的回族婦女，活活地割下她肚子上的一塊皮膚，覆蓋在那個軍校的傷口上，用一塊絲帛緊緊捆紮住，這軍校竟然因此活了下來。傷口痊癒後，移植的皮膚和原有的皮膚完全結合在一起，連痛癢的感覺也一樣。溫公說，不是因為在戰場上打仗就沒有這樣的傷病，不是在戰場上打仗也沒有這樣的藥。這話說得確實如此。但是那些叛徒亂黨，按法律本就應該處死；即使不剝取她的皮膚，她也要被砍頭處死。用她的皮膚來救忠義將士的生命，當然和以殺人來救人性命的情況是不同的。

【研析】活刳人皮，是無比殘酷之事，在道德上須承擔巨大壓力。作者也清楚地意識到這一點，因而解釋說這些人都要被處死，用她們的皮膚來挽救忠義將士之命是應該的，也是值得的。顯然，用今天的道德觀念來看，這種辯解是無力的，無法掩蓋事實本身的殘酷和不道德。然而，作者寫作本文的用意不在於為此事辯解，著重點在醫生移植皮膚救治傷員獲得成功這件事上。從醫學角度看，說明清人已經比較熟練地掌握了皮膚移植技術。

道學與功利

周化源言：有二士遊黃山❶，留連松石，日暮忘歸。夜色蒼茫，草深苔滑，乃共坐於懸崖之下，仰視峭壁，猿鳥路窮，中間片石斜欹，如雲出岫。缺月微升，見有二人坐其上，知非仙即鬼，屏息靜聽。右一人曰：「頃遊嶽麓❷，聞此翁又作何語？」左一人曰：「去時方聚眾講《西銘》❸，歸時又講《大學衍義》❹也。」右一人曰：「《西銘》論萬物一體，理原如是。然豈徒心知此理，即道濟天下乎？父母之於子，可云愛之深矣，子有疾病，何以不能療？子有患難，何以不能救？無術焉而已。此猶非一身也，人之一身，慮無不深自愛者，己之疾病，何以不能療？己之患難，何以不能救？亦無術焉而已。今不講體國經野之政，捍災禦變之方，而曰吾仁愛之心，同於天地之生物。果此心一舉，萬物即可以生乎？吾不知之矣。至《大學》條目，自格致❺以至治平，節節相因，而節節各有其功力。譬如土生苗，苗成禾，禾成穀，穀成米，米成飯，本節節相因。然土不耕則不生苗，苗不灌則不得禾，禾不刈則不得穀，穀不舂則不得米，米不炊則不得飯，亦節節各有其功力。西山作《大學衍義》，列目至齊家而止，謂治國平天下可舉而措之。不知虞舜⑥之時，果瞽瞍⑦允若而洪水即平，三苗⑧即格乎？抑猶有治法在乎？又不知周文⑨之世，果太姒⑩徽音而江漢即化，崇侯⑪即服乎？抑別有政典存乎？今一切棄置，而歸本於齊家，毋亦如土可生苗，即炊土為飯乎？吾又不知之矣。」左一人曰：「瓊山⑫所補，治平之道其備乎？」右一人曰：「真氏⑬過於泥其本，丘氏⑭又過於逐其末，不究古今之時勢，不揆南北之情形，瑣瑣屑屑，縷陳多法，且一一疏請施行，是亂天下也。即其海運一議，臚列歷年漂失之數，謂所省轉運之費，足以相抵。不知一舟人命，詎止數十；合數十舟即逾千百，又何為抵乎？亦妄談而已矣。」左一人曰：「是則然矣。諸儒所述封建井田⑮，皆先王之大法，有太平之實驗，究何如乎？」右一人曰：「封建井田，斷不可行，駁者眾矣。然講學家持是說者，意別有在，駁者未得其要領也。夫封建井田不可行，微駁者知之，講學者本自知之。知之而必持是說，其意固欲借一必不行之事，以藏其身也。蓋言理言氣，言性言心，皆恍惚無可質，誰能考未分天地之前，作何形狀；幽微曖昧之中，作何情態乎？至於實事，則有憑矣。試之而不效，則人人見其短長矣。故必持一不可行之說，使人必不能試，必不肯試，必不敢試，而後可號於眾曰：

『吾所傳先王之法，吾之法可為萬世致太平，而無如人不用何也！』人莫得而究詰，則亦相率而歡曰『先生王佐之才，惜哉不竟其用』云爾。以棘刺之端為母猴⑯，而要以三月齋戒乃能觀，是即此術。第彼猶有棘刺，猶有母猴，故人得以求其削。此更託之空言，並無削之可求矣。天下之至巧，莫過於是。駁者乃以迂闊議之，烏識其用意哉！」相與太息者久之，劃然長嘯而去。二士竊記其語，頗為人述之。有講學者聞之，曰：「學求聞道而已。所謂道者，曰天曰性曰心而已。忠孝節義，猶為末務；禮樂刑政，更末之末矣。為是說者，其必永嘉⑰之徒也夫！」

【章旨】此章藉神鬼之口批判了理學的虛妄和偽善，指出理學家鼓吹的學術觀點有著極強的功利因素，是無法驗證的偽學術。

【注釋】❶黃山　古稱黟山，唐改黃山。在安徽南部，青弋江上游源地。為著名休養、遊覽勝地。❷嶽麓　嶽麓山。一稱麓山。在湖南長沙、湘江西岸。❸西銘　參見本書卷四〈某公挨磚〉則注釋❻。❹大學衍義　書名。南宋真德秀撰。❺格致　參見本書卷二〈翳鏡〉則注釋❺。❻虞舜　上古五帝之一。姓姚，名重華，因其先國於虞，故稱虞舜。為古代傳說中的聖君。❼瞽瞍　亦作「瞽叟」。人名。古帝虞舜之父。❽三苗　古族名。亦稱有苗、苗民。《史記・高祖本紀》載其地在江、淮、荊州（今河南南部至湖南洞庭、江西鄱陽一帶）。傳說舜時被遷到三危（今甘肅敦煌一帶）。❾周文　周文王。參見本書卷十三〈富家子〉則注釋❻。❿太姒　亦作「大姒」。有莘氏之女，周文王妻，武王母。後用為賢母的典實。⓫崇侯　即崇侯虎。商紂臣。西伯昌（即周文王）聞紂醢九侯，脯鄂侯，竊歎。崇侯虎知道後，暗中報告紂說：西伯積善累德，諸侯皆向之，將不利於帝。紂於是囚西伯於羑里。西伯脫歸後，討伐崇侯虎而作豐邑。⓬瓊山　指丘濬。字仲深，明廣東瓊山人。官至禮部尚書、文淵閣大學士。熟悉當代掌故。著《大學衍義補》，有《邱文莊集》。⑬真氏　真德秀。南宋大臣、學者。字景元，後改景希，學者稱西山先生，建州浦城（今屬福建）人。慶元進士。著有《西山文集》、《文章正宗》、《大學衍義》等書。⑭丘氏　即丘濬。⑮井田　中國殷周時代的一種土地制度。因這種土地劃作「井」字形，故名。⑯棘刺之端為母猴　《韓非子・外儲左上》記載：戰國時宋國有個人說能為燕王在荊棘的尖端上刻個母猴，但說燕王要齋戒三個月後才能看見。以此比喻不能做到的空話。棘刺，荊棘的刺。⑰永嘉　永嘉學派。以南宋永嘉（今屬浙江）人薛季宣、陳傅良、葉適為代表的理學學派。主張「功利」之學，反對朱熹、陸九淵「專以心性為宗主」的理學，此派在當時影響甚大，與朱、陸二派形成鼎足。

【語譯】周化源說：有兩位書生遊覽黃山，留連於奇松怪石之間，太陽下山了還忘了回去。這時夜色蒼茫，山路上草深苔滑，於是他們一起坐在懸崖下，仰望陡峭的山壁。那峭壁上是猿猴飛鳥都上不去的，中間有一塊石頭斜伸出來，好像從峽谷中飄起的一朵雲彩。當殘月剛剛升起時，他們看見有兩個人坐在那塊石頭上，知道坐在石頭上的人不是神仙就是鬼魅，於是屏住呼吸靜聽他們說些什麼。坐在右邊的那個人問道：「最近你到湖南嶽麓山去遊歷，聽這位老先生又在說些什麼？」坐在左邊那個人回答說：「我去的時候他正聚集了眾人在講張載的《西銘》，我回來時他又開始講真德秀編的《大學衍義》了。」右邊那個人說：「《西銘》主張世界上萬事萬物本屬於一體，道理上本來確實如此。然而只是心中明白了這個道理，就能拯救天下嗎？父母對於兒女，可謂愛得極深。兒女有疾病，父母為什麼不能治療？兒女遇到災禍患難，父母為什麼不能救護？這都是因為沒有方法罷了。兒女與父母畢竟不是一個身體，人對自己的身體，想來沒有不非常愛惜的，自己生了疾病，為什麼不能自己治療？自己遇到災禍患難，為什麼不能自己救護？這也是因為沒有方法罷了。如今不講體察國家、安撫百姓的策略，不講抵禦災害防禦突發事變的方法，而講什麼我的仁愛之心，同於天地萬物一樣。果真只要有這種仁愛之心一舉發，萬物就可以生長發育嗎？我不知道。至於《大學》一書的條目，從格物、致知到治國、平天下，節節互相承接，而每一節各有它不同的功力。就好像土地生長出幼苗，幼苗長成稻禾，稻禾生成稻穀，稻穀磨成大米，大米做成米飯，本來就是各個環節緊密聯繫。然而土地不耕耘就不會生長出幼苗，幼苗不灌溉就長不成稻禾，稻禾不收割就不能成為稻穀，稻穀不舂就不能變成大米，大米不燒煮就不能變成米飯，也是各個環節都有各自相應的功力。真德秀編著《大學衍義》，列的條目到『齊家』為止，認為治國平天下可以用這些措施而自然做到。不知虞舜在位的時候，果真因為舜的父親瞽瞍最終為舜的大孝所感化而信服順從了，於是洪水災害自然就平息了，三苗等叛亂就自然歸順了呢？還是另有治理的辦法呢？又不知道周文王在位時，果然因為他的王妃太姒講了幾句有德行的話，於是長江漢水流域的部落就自然歸化了，殷商的後裔崇侯虎就自然服從了呢？還是這一切都是另有一系列政令法典存在才實現的呢？如今把這一切都拋棄在一邊，而全歸結於修養本身、管好家庭，這就好像是泥土可以生出禾苗，於是就煮泥土做飯吃，這行得通嗎？這也是我所不知道的。」左邊那個人說：「那麼明代丘濬的《大學衍義》中關於治國、平天下的策略，他的補充完備嗎？」右邊那個人說：「真德秀過分拘泥於本旨，丘濬又過於探究一些細枝末節，他們不考慮古今時勢的變化，不審度南北情形的不同，零碎瑣細，羅列了各種政策方法，而且一一上疏請朝廷實施，這必將擾亂天下。就說他主張把南方的糧食通過海路運往北方這一件事吧，他羅列了歷年海運翻船沉沒的數字，認為所節省的費用與走運河運輸的費用足以相抵。卻沒想到一條船上人命不止幾十條，幾十條船加在一起，就超過千百條人命，這又用什麼來相抵呢？他的說法不過是胡說八道而已。」左邊那人說：「這件事確實是這樣的。歷代儒家學者所說的分封諸侯王、實行井田制等等，這些都是上古時代先王所奉行的根本大法，他們並提出實踐井田制度能讓天下太平的實證，這究竟怎麼樣呢？」右邊那個人說：「分封諸侯王、推行井田制等都絕不可以實施，批駁它的人很多。不過，講學家中堅持這種說法的人，是另有意圖的，批駁他們的人沒有抓住其中要害。分封制和井田制的不可能推行，不僅批駁的人知道，講學家們自己也知道。他們知道不可行而還是堅持這種說法，其意圖在於故意藉一種必不可能推行的主張，作為掩飾自己學說主張的擋箭牌。因為談論理、氣、心、性等等，都是恍恍惚惚摸不著邊際的話題，誰能考察出天地未分之前究竟是什麼樣子的！複雜微妙的心理活動中『性』與『情』又各是什麼樣子？至於實際的事情，就要有事實可以把握。試驗而沒有生效，那麼人人都能看出它的長短優劣。於是，他們必須堅持一種根本不可能實施的學說，使別人必定不能夠試驗，必定不敢去試驗，然後他們就可以號召眾人說：『我所傳授的是先代聖王的大法，我的大法可以為千秋萬代帶來太平，可惜沒有人來實施這些大法，又有什麼辦法呢！』旁人也無法考察他們的話究竟是真是假，於是也都跟著一齊嚷嚷說『先生有輔佐聖君的才能，可惜呀，你們的才能不能充分施展』等等。《韓非子・外儲左上》記載，戰國時宋國有個人說能為燕王用荊棘刺的尖做個母猴，但說要燕王齋戒三個月後才能看見，用的就是這種騙術。但那個人還得有荊棘刺，還得有一個實實在在的母猴，所以人們還可以要求看他究竟使用的是什麼刻刀。而講學家所說的這一套更加空洞，並且連刻削的刻刀也無法要求觀看。天下最巧妙狡猾的計策，沒有超過這種手段的。批駁的人總認為它的過失在於迂腐，哪裡知道他們的真實用意呢！」兩個人彼此歎息了好久，然後發出長嘯飄然離去了。兩位書生偷偷記住他們所說的話，經常複述給別人聽。有個講學家聽到後，說：「學習的目的是為了懂得大道而已，所謂大道，也就是天、性、心而已。至於忠孝節義之類，還屬於細碎的事情，而禮樂刑法政治制度等等，就更加是細碎中的細碎了。說這種話的人，肯定是講究王霸之學和重視功利的永嘉學派的門徒了。」

【研析】這又是一篇討伐理學的檄文，矛頭直指理學的崇尚空談、不務實際。這與明末清初以來，思想界學術界講求經世致用，反對理學空談誤國的學術取向是一致的。而且，還指出理學的崇尚空談，提出不切實際的主張包藏不可告人的目的。論說有力，或許可以看作是作者對理學的一次全面批判。

記乩仙二詩

劉香畹寓齋扶乩，邀余未赴。或傳其二詩曰：「是處春山長藥苗，閒隨蝴蝶過溪橋。林中借得樵童斧，自斫槐根木癭❶瓢。」「飛岩倒掛萬年藤，猿狖❷攀緣到未能。記得隨身棕拂子❸，前年遺在最高層。」雖意境微狹，亦楚楚有致。

【章旨】此章記述了乩仙的兩首降壇詩。

【注釋】❶癭　原指囊狀腫瘤。此指樹木外部隆起如瘤者。❷猿狖　猿猴。狖，黑色的長尾猿。❸棕拂子　用棕毛做的拂塵。

【語譯】劉香畹在自己住所扶乩請仙，邀我前往，我沒有去。有人傳出乩仙寫的兩首降壇詩，一首詩說：「這裡的春山生長藥苗，閒適地隨著蝴蝶過溪橋。林中借得砍柴少年的斧子，自己斫下槐根上的木癭做成瓢。」另一首詩是：「似凌空飛起的岩石倒掛著萬年生長的藤木，猿狖攀緣都沒有能夠爬上去。記得我隨身帶的棕拂子，前年遺落在最高層。」雖然這兩首詩意境稍微狹隘了一些，但也很有文采韻味。

【研析】作者喜詩，凡稍有意味之詩，都一一加以評點。此處所作評語，也很中肯恰當。

論春秋原心與誅心之法

《春秋》❶有原心❷之法，有誅心❸之法。青縣❹有人陷大辟❺，縣令好外寵，其子年十四五，頗秀麗。乘其赴省宿館舍，邀之於途，託言牒訴而自獻焉。獄竟解。實為孌童，人不以孌童賤之，原其心也。里有少婦與其夫狎昵無度，夫病瘵死。姑察其性佚蕩，恆自監之，眠食必共，出入必偕，五六年未嘗離一步，竟鬱鬱以終。實為節婦，人不以節婦許之，誅其心也。余謂此童與郭六事相類❻，惟欠一死耳（語詳〈灤陽消夏錄〉）。此婦心不可知，而身則無玷。〈大車〉❼之詩所謂「畏子不奔，畏子不敢」者，在上猶為有刑政，則在下猶為守禮法。君子與人為善，蓋棺之後，固應仍以節許之。

【章旨】此章從兩個事例討論了《春秋》的原心之法和誅心之法。

【注釋】❶春秋　參見本書卷六〈讀書應知禮〉則注釋❹。❷原心　即略跡原心，推究其本心。《漢書・薛宣傳》：「《春秋》之義，原心定罪。」顏師古注：「原，謂尋求其本也。」❸誅心　猶誅意。謂指責人的行為動機。❹青縣　縣名。在河北東南部，鄰接天津。❺大辟　中國古代五刑之一。商、周時期死刑的通稱。❻此童與郭六事相類　參見本書卷三〈農婦郭六〉則。❼大車　《詩・王風》篇名。這是一首女子熱戀情人的詩。她很想和情人同居，但不曉得情人心裡究竟如何想，所以不敢私奔。但是她對情人發出誓詞，表示她的愛是始終不渝的。

【語譯】《春秋》有追究行為動機的原則，有嚴懲行為動機的原則。青縣有個人因罪被判處死刑，當時的縣令喜歡孌童，罪犯的兒子當時十四五歲，長得很秀麗。他乘著縣令到省城途中住宿的機會招請他，並假裝要打官司遞交訴狀而主動獻身於縣令，這件案子竟因此而化解。這個少年實際上是做了孌童，但人們不因為他做了孌童而鄙視他，是因為同情他做這一事情的動機。鄉里有個少婦與她丈夫淫樂沒有節制，丈夫因此得癆病死了。婆婆覺察她性情淫蕩，總是親自監督她，睡覺吃飯必定和她在一起，進出家門必定和她在一起，五六年間沒有離開她一步，她竟然鬱悶壓抑而死。她事實上是個貞節的婦人，但人們不認為她是節婦，這也是因為追究她的本心。我認為這少年的事情與郭六的行為相似，只不過少了一死而已（郭六的事詳見〈灤陽消夏錄〉）。這少婦的本心究竟如何不知道，而她身體卻沒有玷汙。《詩經・大車》中的「因害怕你猶豫所以我不敢私奔，因害怕你猶豫所以我不敢這樣做」的詩句，對上來說有刑罰政令加以約束，對下來說就是遵守了禮法。君子應該與人為善，這位少婦死後，我們對她的評論，還是應該稱她為節婦。

【研析】原心、誅心之說，影響了長達數千年的中國社會，而不僅僅是封建社會。人們追究一個人行為的是非對錯時，不是追究這個行為的本身，而是追究產生這個行為的動機，這就是所謂的原心、誅心之說。這樣，人們就用自己的好惡來取代事情的是非，用公眾的意見來取代法律的客觀。這就是在中國長達數千年的人治社會。

啄木鳥禹步劾禁

啄木能禹步❶劾禁，竟實有之。奴子李福，性頑劣，嘗登高木之杪，以杙❷塞其穴口，而鋸平其外，伏草間伺之。啄木返，果翩然下樹，以喙畫沙若符篆，畫畢，以翼拂之，其穴口之杙，錚然拔出如激矢。此豈可以理解歟？余在書局，銷毀妖書，見《萬法歸宗》❸中載有是符，其畫縱橫交貫，略如小篆兩無字相並之形。不知何以得之，亦不知其信否也。

【章旨】此章記述了啄木鳥能作禹步劾禁的故事。

【注釋】❶禹步　參見本書卷一〈李公遇仙〉則注釋⓫。❷杙　小木樁。❸萬法歸宗　記載各種邪教方術的書籍。

【語譯】相傳啄木鳥能走禹步作法，竟然確實有這樣的事。我家的奴僕李福性情頑劣，曾爬到一棵大樹的樹梢，用一截小木樁塞住啄木鳥鳥巢的洞口，並把露在外面的部分鋸平，然後趴在草叢裡觀察。只見啄木鳥飛回來後，發現鳥巢洞口被堵塞了，果然翩翩飛落地面，用嘴在沙土上畫出像符篆一樣的圖案，畫完後用翅膀一拂，那塞在鳥巢洞口的小木樁錚地一聲如同疾飛的箭一樣拔出來。這種現象怎麼用道理來解釋呢？我在書局工作時奉命銷毀妖書，曾見《萬法歸宗》中載有這道符咒，它的筆畫縱橫交錯，大抵像小篆體的兩個「無」字合在一起的形狀。不知這道符咒當初是怎樣來的，也不知道這道符咒是否靈驗。

【研析】這個故事令人匪夷所思。啄木鳥作法，竟然能夠使木樁自動飛出，說來叫人難以置信。然而作者深信不疑。姑且存疑，留待鳥類學家去作解釋。

學鬼來鬼

李福又嘗於月黑之夜，出村南叢冢❶間，嗚嗚作鬼聲，以恐行人。俄燐火四起，皆嗚嗚來赴。福乃狼狽逃歸。此以類相召也。故人家子弟，於交遊當慎其所召。

【章旨】此章從一個年輕人學鬼叫而引來鬼的故事，引申出年輕人交友要謹慎的道理。

【注釋】❶叢冢　墳墓叢聚亂葬的地方。

【語譯】李福又曾經在一個沒有月亮的黑夜跑到村子南面的亂墳堆中，發出嗚嗚的聲音假裝鬼叫，以嚇唬過往的行人。不久磷火從四面出現，都發出嗚嗚的聲音向他身邊聚攏來。李福嚇得狼狽地逃了回來。這就是因為同類的東西相互招引的緣故。所以一般人家子弟，在平常交往中，應當慎重選擇朋友。

【研析】物以類聚，人以群分。古人對於交友極為謹慎，故而有「近朱者赤，近墨者黑」的說法。作者藉一個小故事對年輕人諄諄告誡，拳拳之心，理當體會。

美婦變虎

壬午順天鄉試❶，與安溪❷李延彬前輩同分校。偶然說虎，延彬曰：「里有入山樵採者，見一美婦隔澗行，衣飾華麗，不似村妝。心知為魅，伏叢薄❸中覘所往。適一鹿引麑❹下澗飲，婦見之，突撲地化為虎，衣飾委地如蟬蛻❺，徑搏二鹿食之。斯須仍化美婦，整頓衣飾，款款循山去。臨流照影，妖媚橫生，幾忘其曾為虎也。」秦澗泉❻前輩曰：「妖媚蠱惑，但不變虎形耳，搏噬之性則一也。偶露本質，遽相驚訝，此樵何少見多怪乎！」

【章旨】此章講述了一個美婦變成老虎搏殺動物的故事。

【注釋】❶壬午順天鄉試　參見本書卷十三〈墨畫祕戲圖〉則注釋❷❸❹。❷安溪　縣名。在福建東南部。❸叢薄　草木叢生的地方。❹麑　幼鹿。❺蟬蛻　亦稱「蟬衣」，蚱蟬自幼蟲化為成蟲時所脫下的殼。❻秦澗泉　即秦大士。字魯一，又字澗泉，號秋田老人，清江寧（今江蘇南京）人。乾隆進士。官至侍講學士。書法直逼歐柳，晚年兼喜繪畫，名重一時。

【語譯】乾隆二十七年順天鄉試，我和安溪人李延彬前輩一起擔任同考官。我們偶然談起老虎，李延彬說：「鄉里有個人進山砍柴，看見隔著山澗有個美貌婦女在行走，衣服妝飾華麗，不像鄉村女人的妝束。砍柴人心裡知道這肯定是妖魅，於是躲在樹叢中看她往哪裡去。這時正好有隻鹿帶著一隻小鹿下到山澗邊喝水，那婦女見了，突然撲在地上化為老虎，衣服首飾脫落在地上就像蟬蛻下殼一樣，徑直撲向兩隻鹿搏殺吃掉。一會兒，她又仍舊變化成美貌婦女，整理了一下衣服首飾，然後娉娉婷婷順著山路走了。她在山澗邊照照自己影子，妖媚無比，使人幾乎忘記了她曾變為老虎。」秦澗泉前輩說：「妖媚女子蠱惑人，只是沒有變出老虎的形狀而已，其實搏殺吃人的本性卻是相同的。這個美女偶爾露出老虎的本相，砍柴人便如此驚訝，這個砍柴人真是少見多怪啊。」

【研析】中國人什麼事都要加上些微言大義。比如講個小故事，也要帶上點警世的意思。這個故事就是此類。本來講個美女變老虎的傳奇故事，卻非得引出一番要提防老虎般美女的話題，未免使人厭煩。

伍公之詩

大學士伍公❶鎮烏魯木齊日，頗喜吟詠，而未睹其稿。惟於驛❷壁見一詩曰：「極目孤城上，蒼茫見四郊。斜陽高樹頂，殘雪亂山坳。牧馬嘶歸櫪❸，啼鳥倦返巢。秦兵❹真耐冷，薄暮尚鳴骹❺。」殊有中唐❻氣韻。

【章旨】此章記述了伍彌泰寫的一首西域詩。

【注釋】❶伍公　即伍彌泰。清蒙古正黃旗人。姓伍彌。雍正間襲三等伯。官至東閣大學士。撒哈爾回民叛亂，伍彌泰率兵往援，解蘭州圍。卒謚文端。❷驛　即驛站。古時供傳遞公文的人或來往官員途中歇宿、換馬的處所。❸櫪　馬槽。❹秦兵　秦地的士兵。❺鳴骹　響箭。❻中唐　指唐代中期。中唐有兩種說法：一說從唐代宗大歷年間到文宗大和年間為中唐。一說由代宗大歷年間至憲宗元和末年為中唐。

【語譯】大學士伍公鎮守烏魯木齊時，很喜歡寫詩，然而我卻沒有機會見過他寫的詩稿。我只是在驛站的牆壁上看到過他題寫的一首詩：「在孤城上極目遠望，在蒼茫中看見四郊。斜陽掛在高高的樹頂，殘雪散亂在山坳。牧馬嘶叫著回槽，疲倦的鳥兒啼叫著返巢。秦地的士兵真耐冷，黃昏時分還在放響箭。」這首詩很有中唐詩歌的氣格韻味。

【研析】作者曾在西域渡過數年光陰，卻沒有在西域寫下一首詩。故而凡是吟誦西域邊塞的詩歌，都能引起他的共鳴。此處記述這首詩歌，或許也是出於這種情感。

李氏婦

東州❶佃戶邵仁我言：有李氏婦，自母家歸。日薄暮，風雨大作，避入廢廟中。入夜稍止，已暗不能行。適客作（俗謂之短工。為人鋤田刈禾，計日受值，去來無定者也）數人荷鉏入。懼遭強暴，又避入廟後破屋。客作暗中見影，相呼追跡。婦窘急無計，乃嗚嗚作鬼聲。既而牆內外並嗚嗚有聲，如相應答。數人怖而反。夜半雨晴，竟潛蹤得脫。此與李福事相類❷，而一出偶相追逐，一似來相救援。雖謂秉心貞正，感動幽靈，亦未必不然也。

【章旨】此章講述了一個農家婦女在危急時刻學鬼叫得以免禍的故事。

【注釋】❶東州 舊縣名。治所在今河北大成西南。❷此與李福事相類 參見本卷〈學鬼來鬼〉則。

【語譯】東州佃戶邵仁我說：有個姓李人家的媳婦，從娘家回婆家。快到傍晚時分，風雨大作，她便跑進一座破廟裡避雨。天黑後風雨稍稍停下來，但外面已黑得無法走了。這時正好有幾個打短工的人（當地人一般稱他們叫短工，他們替人鋤地割莊稼，按天數算工錢，來去行蹤不定）扛著鋤頭走進來。李家媳婦怕遭到強暴，又躲進廟後面的破屋中。那些打工的人暗中看見她的人影，互相叫喊著追了上來。她窘迫焦急沒有辦法，只得嗚嗚學鬼叫，接著屋裡屋外都響起嗚嗚的聲音，好像在互相應答一樣。幾個打工的人害怕而退了回去。半夜雨停天晴，她竟然悄悄地逃回了家。這事和前文所說的李福的事相似，然而一是鬼偶爾來追逐，一是鬼似乎有意來救援。即使說這是李家媳婦秉心端正，因而感動了鬼神，也未必沒有道理。

【研析】作者筆下的鬼未必沒有同情憐憫之心。一個農婦夜遭惡人追趕的危急時刻，鬼能及時援救，真是說鬼無情卻有情了。

灶婢縱火擒盜

仁我又言：有盜劫一富室，攻樓門垂破。其黨手炬露刃，迫脅家眾曰：「敢號呼者死！且大風，號呼亦不聞，死何益！」皆噤不出聲。一灶婢❶年十五六，睡廚下，乃密持火種，黑暗中伏地蛇行，潛至後院，乘風縱火，焚其積柴。煙焰燭天，闔村驚起，數里內鄰村亦救視。大眾既集，火光下明如白晝，群盜格鬥不能脫，竟駢首就擒❷。主人深感此婢，欲留為子婦。其子亦首肯，曰：「具此智略，必能作家，雖灶婢何害？」主人大喜，趣❸取衣飾，即是夜成禮。曰：「遲則講尊卑，論良賤，是非不一，恐有變局矣。」亦奇女子哉！

【章旨】此章講述了一個灶婢智擒強盜的故事。

【注釋】❶灶婢　在灶下幹活的婢女。❷駢首就擒　一併被擒獲。❸趣　催促。

【語譯】邵仁我又說：有夥強盜搶劫一戶富庶人家，攻打樓門快要攻下了。強盜們手舉火把、利刃，威脅這戶人家的家人說：「敢叫喊的一律殺死。而且正颳大風，呼喊也沒人聽見，白白送死有什麼用！」這戶人家的人都閉口不敢出聲。有個在廚房燒火的婢女，年紀十五六歲，睡在廚房裡。她於是偷偷帶著火種，黑暗中趴在地上爬到後院，乘著大風放火，焚燒堆在後院的乾柴。烈火濃煙照到半空中，全村人都被驚起，幾里路以內的鄰村人也來救火。大夥聚集到這戶人家，火光下明亮的如同白天。強盜們與眾人打鬥無法逃脫，竟然全部被擒。主人非常感謝這個婢女，要留她作兒媳婦。他兒子也點頭答應，說：「有這樣的智慧膽略，必定會持家，雖然是燒火的婢女，又有什麼關係呢？」主人很高興，催促馬上取來衣服首飾，就在當天夜裡舉行婚禮。主人說：「這件事一遲疑就會講究尊卑，考慮什麼良賤，贊成反對的意見不一，婚事就會發生變化。」這個婢女也算得上是一位奇特的女子了。

【研析】這個故事與阿拉伯民間故事《一千零一夜》中〈阿里巴巴與四十大盜〉相類似。都是婢女靠智慧抓獲強盜，救了主人全家，主人欣賞婢女的智慧，娶婢女為媳婦。看來，古代民族的智慧是相通相近的。

鬼魅能語

邊秋崖前輩言：一宦家夜至書齋，突見案上一人首，大駭，以為咎徵❶。里有道士能符籙，時預人喪葬事。急召占之，亦駭曰：「大凶！然可禳解，齋醮❷之費，不過百餘金耳。」正擬議間，窗外有人語曰：「身不幸伏法就終，幽魂無首，則不可轉生，故恆自提攜，累如疣贅。頃見公棐几❸滑淨，偶置其上。適公猝至，倉皇忘取，以致相驚。此自僕之粗疏，無關公之禍福。術士妄語，慎不可聽。」道士乃喪氣而去。又言：一宦家患狐祟，延術士劾治。法不驗，反為狐所窘。走投其師，更乞符籙至。方登壇檄將，已聞樓上搬移聲、呼應聲，洶洶然相率而去。術士顧盼有德色，宦家亦深感謝。忽舉首見壁上一帖曰：「公衰運將臨，故吾輩得相擾。昨公捐金九百建育嬰堂，德感神明，又增福澤，故吾輩舉族而去。術士行法，適值其時；據以為功，深為忝竊。賜以觴豆❹，為稍障羞顏，庶幾或可；若有所酬贈，則小人太徼幸矣。」字徑寸餘，墨痕猶濕。術士慚沮，竟噤不敢言。梁簡文帝❺〈與湘東王書〉引諺曰：「山川而能語，葬師❻食無所；肺腑而能語，醫師面如土。」此二事者，可謂鬼魅能語矣，術士其知之。

【章旨】此章講述了術士以驅妖捉怪騙取財物，卻被鬼和狐狸戳穿的故事。

【注釋】❶咎徵　過失的報應；災禍將要發生的兆頭。❷齋醮　道教設壇祭禱的一種儀式。即供齋醮神，借以求福免災。❸棐几　用棐木做的几桌。亦泛指几桌。棐，通「榧」。木名。即香榧。❹觴豆　「觴酒豆肉」之省。泛指飲食、筵席。❺梁簡文帝　即蕭綱。南朝梁皇帝。字世纘。西元五四九—五五一年在位。後為侯景所殺。❻葬師　風水先生。

【語譯】邊秋崖前輩說：有位當官的人夜裡到書房去，突然看見書桌上有個人頭，非常驚訝，以為是個凶險的兆頭。當地有個道士能畫符念咒，時常參與百姓家的喪葬事情，這個官員急忙把他召來占卜這事。這個道士也驚駭地說：「是大凶的兆頭！不過可以用祈禱做法事來避免，做法事的費用不過一百多兩銀子。」兩人正在商議時，窗外有人說道：「我不幸因犯罪被斬首，幽魂沒有頭就不能轉生，所以我總是自己提著它，很是累贅。剛才見您的書桌平整乾淨，偶然把頭放在上面，剛好您突然來到，我倉促躲避而忘記取走，以致讓您受驚了。這只是我的疏忽而導致的，與您的禍福毫無關係。術士胡說，請您千萬不要相信。」那道士於是垂頭喪氣地走了。邊秋崖前輩又說：有個官宦人家有狐狸精作祟，於是請了術士來鎮治驅逐。這個術士的法術不靈驗，反而被狐狸精弄得很窘迫。術士跑去投奔師父，請了新的符咒來到這戶人家。術士剛登壇召喚神將，就已經聽到樓上有搬家的聲音，有互相招呼的聲音，狐狸精轟轟鬧鬧相繼離去了。這個術士左顧右盼很是得意，這戶官宦人家也非常感謝他。忽然，他們抬頭看見牆壁上貼了一張帖子，上面寫道：「您衰敗的命運將要來臨，所以我們敢來打擾。昨天您捐獻九百兩銀子建育嬰堂，您的德行感動了神明，又給您增加了福澤，所以我們全族都遷走了。術士做法事正好趕上這個時機，便以為是自己的功勞，這實際上是剽竊。您賞賜他一些祭祀剩下的酒菜，為他稍微遮遮羞，這還是可以的。如果還要給他酬謝，那麼這種小人也太僥倖了。」那張帖子上的字有一寸多大，墨跡還是濕的。術士慚愧沮喪，竟然閉口不敢說話。梁簡文帝〈與湘東王書〉引用當時的諺語說：「如果山川能說話，那麼風水先生的衣食就沒有著落；如果人的肺腑能說話，那麼醫師就會面色如土。」上述兩件事，可以說是鬼魅能說話了，術士應該知道這些事吧。

【研析】術士以行騙為生，由來已久。從秦始皇到漢武帝，無不上當受騙。鄉村無知百姓，受術士欺騙就更為普遍。志怪小說所載故事情節也往往是鬼魅作祟，術士作法驅逐。而由鬼魅自己來戳穿術士謊言的故事，卻在志怪小說中不太多見，讀來頗有趣味。

偏心之報

朱導江言：有妻服已釋忽為禮懺❶者，意甚哀切，過於初喪。問之，初不言。所親或私叩之，乃泫然曰：「亡婦相聚半生，初未覺其有顯過。頃忽夢至冥司，見女子數百人，鎖以銀鐺，驅以骨朵❷，入一大官署中。俄聞號呼淒慘，栗魄動魂。既而一一引出，並流血被骭❸，匍匐膝行，如牽羊豕。中一人見我招手，視即亡婦。驚問：『何罪至此？』曰：『坐事事與君懷二意。初謂為家庭常態，不意陰律至嚴，與欺父欺君竟同一理，故墮落如斯。』問：『二意者何事？』曰：『不過骨肉之中私庇子女，奴隸之中私庇婢媼，親串之中私庇母黨，均使君不知而已。今每至月朔❹，必受鐵杖三十，未知何日得脫。此累累者皆是也。』尚欲再言，已為鬼卒曳去。多年伉儷，未免有情，故為營齋❺造福耳。」夫同牢❻之禮，於情最親，親則非疏者所能間；敵體❼之義，於分本尊，尊則非卑者所能違。故二人同心，則家庭之纖微曲折，男子所不能知、與知而不能自為者，皆足以彌縫其闕。苟徇其私愛，意有所偏，則機械百出，亦可於耳目所不及者無所不為，種種釁端，種種敗壞，皆從是起。所關者大，則其罪自不得輕。況信之者至深，託之者至重，而欺其不覺，為所欲為，在朋友猶屬負心，應干神譴；則人原一體，分屬三綱❽者，其負心之罪不更加倍蓰乎？尋常細故，斷以嚴刑，固不得謂之深文❾矣。

【章旨】此章講述了妻子因偏心而在陰間遭受嚴懲的故事。

【注釋】❶禮懺　佛教語。謂禮拜佛菩薩，誦念經文，以懺悔所造之罪惡。通稱拜懺。❷骨朵　參見本書卷十二〈漢學務實，宋學近名〉則注釋⓬。❸骭　本指小腿骨，亦指小腿。❹月朔　每月的朔日。指農曆初一。❺營齋　設齋食以供僧道，請為死者超度靈魂。❻同牢　古代結婚儀式中新郎新娘同吃一份牲牢，表示共同生活的開始。❼敵體　彼此地位相等，不分上下。❽三綱　參見本書卷三〈狐仙讀經〉則注釋❻。❾深文　謂制定或援用法律條文苛細嚴峻。

【語譯】朱導江說：有個人為妻子服喪的期限已滿，忽然又為她做法事祈禱，神情很哀痛悲切，超過妻子剛剛去世的時候。有人問他，他起初不肯說。和他關係親近的人中有人私下詢問，他才流淚說道：「我與亡妻共同生活了半輩子，一直沒覺得她有什麼明顯的過錯。不久前我忽然夢見到了陰曹地府，看見幾百個女人被鐵鏈鎖著，後面有人拿著骨朵驅趕，把她們趕進一座大衙門中。隨後便聽到淒慘的叫喊聲，驚心動魄。接著那些女人一一被帶出來，個個都血流到小腿，匍匐在地上用膝蓋爬行，被人像豬羊一樣牽著。其中有一個女人向我招手，我仔細一看，就是我的亡妻。我吃驚地問：『你犯了什麼罪過，竟遭到這樣的懲罰？』她回答說：『因為事事都對你懷有二意。開始時我以為這是家庭中常有的情形，沒想到陰間的法律極為嚴厲，欺騙丈夫與欺騙父親、君王是同等的罪過，所以我墮落到如此地步。』我問：『你說的懷二意是指哪些事情？』她回答說：『不過就是在骨肉之中我私下庇護自己的親生兒女，奴僕之中我私下庇護婢女老媽子，親屬之中我私下庇護娘家人，並且都不讓你知道而已。現在每到月初，我一定要被鐵杖打三十下，不知哪一天才能解脫。這些被鐵鏈鎖著的女人，都和我的情況相同。』我本還想再說幾句，她已經被鬼卒拉走了。我們多年的夫妻，不免有些感情，所以我為她做法事營齋祈福。」

男女經過同食的結婚儀式結為夫婦，在感情上是最親密的，既然親密，就不是疏遠的人所能離間的；夫妻的地位相等，理當相互尊重，互相尊重後就不是卑賤的人所能離間的。所以，夫妻倆同心協力，那麼家庭中細碎曲折的事情，男人所不能知道的，以及知道了而不便親自處理的，妻子都足以能彌補丈夫的疏漏。倘若妻子只顧自己的私心所愛，心中有所偏袒，那麼機詐就會花樣百出，也可能在丈夫聽不到看不見的地方無所不為。種種禍害的起因，種種敗壞的緣由，都會由此引起。這事關係重大，那麼在這方面犯了罪過自然就不會輕。何況丈夫對妻子最為信任，委託妻子的責任最重，然而妻子卻欺負丈夫不知道，自己為所欲為，這種事情即使發生在朋友之間也是負心的行為，也應遭到神靈的懲罰。那麼本為一體，關係上分屬三綱的夫妻，妻子對丈夫負心的罪不是應該加倍懲處嗎？即使是因為一些日常小事，被處以嚴酷的刑罰，也不能說是援用法律條文苛細嚴峻了。

【研析】三綱之中，夫為妻綱，這是封建社會中對夫妻關係的基本規定，不能違反。但在宋代以前，並沒有那麼強調，故而強悍女人屢見不鮮。兩宋理學興起後，理學家對封建社會中最重要的君臣、父子、夫妻關係作了重新界定，強調了主次和從屬。從家庭夫妻關係來說，妻子的地位進一步下降。顯然，這個故事就是反映了這種變化。作者雖然反對理學，尤其反對所謂的講學家。但對理學所強調的社會關係，並沒有絲毫反對的意思，從本文中讀者不難發現作者的取向。

因貪受餌

人情狙詐❶，無過於京師。余常❷買羅小華❸墨十六鋌，漆匣黯敝，真舊物也。試之，乃摶泥而染以黑色，其上白霜，亦盦❹於濕地所生。又丁卯❺鄉試，在小寓買燭，爇之不燃。乃泥質而冪以羊脂。又燈下有唱賣爐鴨❻者，從兄萬周買之。乃盡食其肉，而完其全骨，內傅以泥，外糊以紙，染為炙煿❼之色，塗以油，惟兩掌頭頸為真。又奴子趙平以二千錢買得皮鞾❽，甚自喜。一日驟雨，著以出，徒跣❾而歸。蓋鞾❿則烏油高麗紙⓫揉作縐紋，底則糊粘敗絮，緣之以布。其他作偽多類此，然猶小物也。有選人⓬見對門少婦甚端麗，問之，乃其夫遊幕⓭，寄家於京師，與母同居。越數月，忽白紙糊門，合家號哭，則其夫訃音⓮至矣。設位祭奠，誦經追薦⓯，亦頗有弔者。既而漸鬻衣物，云乏食，且議嫁。選人因贅其家。又數月，突其夫生還。始知為誤傳凶問。夫怒甚，將訟官。母女哀吁⓰，乃盡留其囊篋，驅選人出。越半載，選人在巡城御史⑰處，見此婦對簿。則先歸者乃婦所歡，合謀挾取選人財，後其夫真歸而敗也。黎丘之技⑱，不愈出愈奇乎！

又西城有一宅，約四五十楹，月租二十餘金。有一人住半載餘，恆先期納租，因不過問。一日，忽閉門去，不告主人。主人往視，則縱橫瓦礫，無復寸椽，惟前後臨街屋僅在。蓋是宅前後有門，居者於後門設木肆，販鬻屋材，而陰拆宅內之樑柱門窗，間雜賣之。各居一巷，故人不能覺。累棟連甍⑲，搬運無跡，尤神乎技矣。然是五六事，或以取賤值，或以取便易，因貪受餌，其咎亦不盡在人。錢文敏公⑳曰：「與京師人作緣，斤斤自守，不入陷阱已幸矣。稍見便宜，必藏機械，神奸巨蠹，百怪千奇，豈有便宜到我輩。」誠哉是言也。

【章旨】此章列舉了京師人以騙術騙取他人錢財的五六個故事，並指出上當受騙者也是因為有所貪圖才會落入圈套的。

【注釋】❶狙詐　狡猾奸詐。❷常　通「嘗」。曾經。❸羅小華　即羅龍紋，明代新安（今安徽涇縣）人。善於製墨，名動天下，時人都爭購其製作的墨。❹奩　覆蓋。❺丁卯　即清乾隆十二年，西元一七四七年。❻爐鴨　烤鴨。❼煿　烤炙。❽皮韡　皮靴。❾徒跣　光著腳步行。❿靿　即靴筒。⓫高麗紙　原為書寫紙的一種。我國造紙術傳至朝鮮以後，朝鮮人民利用本國原料製成的具有獨特風格的書畫用紙，故稱為「高麗紙」。現用為生活用紙，類似皮紙，可作糊窗和皮襖襯裡之用。⓬選人　唐代以後稱候補、候選的官員。⓭遊幕　古時稱外出作幕僚為遊幕。⓮訃音　死訊。⓯追

薦　請僧道為死者誦經禮拜，祈禱祝福。⓰哀吁　哀號訴苦。⓱巡城御史　御史的一種。職掌京城治安。⓲黎丘之技　參見本書卷十三〈黎丘之技〉則注釋❸。⓳甍　屋脊。⓴錢文敏公　即錢維城。參見本書卷一〈卜宅〉則注釋❶。

【語譯】人情的狡猾險詐，沒有超過京城地區的。我曾經買到明代製墨名家羅小華製作的墨十六錠，裝墨的漆匣顏色黯淡破舊，看上去真是古舊的東西。我用這墨錠一試，才發現它是用泥巴捏成，外表染上黑色，墨錠表面的白霜也是放在陰暗潮濕地方長出來的。乾隆十二年參加鄉試，我在小客店買了蠟燭，怎麼點也不會燃燒，原來這蠟燭也是泥捏的，外面蒙上一層羊油。又有一件事：晚上油燈下有人叫賣烤鴨，我的堂兄紀萬周買了一隻。把買來的烤鴨拆開一看，原來是把鴨肉吃光了，而保留鴨子完整的骨頭架子，裡面糊上泥巴，在泥巴外糊上一層紙，染成經過燒烤的顏色，再塗上一層油，這隻鴨子只有兩隻腳掌和頭頸是真的。還有一件事：我家僕人趙平用兩千文錢買到了一雙皮靴，自己很高興。一天突然下雨，他穿著皮靴出門去，卻光著腳回家來。原來皮靴的靴筒是用烏油高麗紙揉出一些皺紋做成的，靴底則是用漿糊把爛棉絮粘成一塊，外面再包上布做成的。其他造假的事大多與這些事類似，但這還不過是些小把戲。有個赴京候選官職的人，見對門住的少婦長得很端莊秀麗，一打聽，才知道她的丈夫在外地當幕僚，暫時把家眷安置在京城，讓她和母親住在一起。過了幾個月，少婦家門口忽然糊上白紙，全家號哭，原來是她丈夫的死訊傳到了。她家設起靈位祭奠，又請和尚念經超度，也有不少人來弔唁。這以後不久，那個少婦漸漸開始變賣衣物，說是難以維持生活，而且商議準備嫁人。這個候選官員於是就入贅到少婦家。又過了幾個月，這個少婦的丈夫突然活著回來了，這才知道是誤傳了死訊。她丈夫非常憤怒，要到官府告狀。母女倆百般哀求調停，才留下候選官員的所有錢財行李，把他趕了出來。過了半年，這個候選官員在巡城御史那裡看到這個少婦正在接受審訊。原來先前回來的那個丈夫是少婦的相好，他們兩人合謀要挾那個候選官員並奪取了他的錢財。後來那個少婦的丈夫真的回來了，他們詐騙的事情才敗露了。黎丘的鬼把戲，不是越變越奇異了麼？又有一件事：京師西城有一處住宅，約有四五十間房子，每月租金二十多兩銀子。有個人租住了半年多，總是在規定的日期前就把租金交來，於是房主也不過問其他事。一天，他忽然關門離去，沒有告訴房主。房主跑去一看，那處住宅的院子裡碎磚爛瓦散落滿地，沒有剩下一寸長的椽子，只有前後臨街的房子還保存著。原來這處住宅前後都有門，租住的人在後門口設了個木材店，販賣建房用的木材，而暗中偷偷拆下住宅裡的房樑、房柱和門窗，夾雜在木材中賣掉。因為前後門不在一條街巷，所以人們沒能發覺。這處住宅內的大片房屋的木料磚瓦，都不留痕跡地被全部搬運光了，這騙術真可謂神乎其技了。然而以上所講的五六件事，受騙的人或者是看中了它的價格低廉，或者是取它的方便容易，都是因為有所貪圖而上當受騙，責任也不全在騙子身上。錢文敏公說：「與京城裡的人打交道，如果能夠處處小心，不落入別人設置的陷阱就算是幸運的了。稍有便宜的事情，其中必然藏有圈套。京城裡的人都是奸詐狡猾、害民不淺的奸惡之徒，他們騙人的手法千奇百怪，怎麼會有便宜落到我們這些人身上。」這話說得真深刻啊。

【研析】大都市裡的人，奸詐之徒相對外省就要多些，他們騙人的手法也要高明的多，古往今來，概莫能外。讀了這些小故事，好笑之極，不由令人噴飯。作者所說甚是：上當受騙者都是「因貪受餌」，故而「其咎亦不盡在人」。

待人如待己

王青士言：有弟謀奪兄產者，招訟師至密室，篝燈籌畫。訟師為設機布阱，一一周詳，並反間內應之術，無不曲到。謀既定，訟師掀髯曰：「今兄雖猛如虎豹，亦難出鐵網矣。然何以酬我乎？」弟感謝曰：「與君至交，情同骨肉，豈敢忘大德？」時兩人對據一方几，忽几下一人突出，繞室翹一足而跳舞，目光如炬，長毛毿毿❶如蓑衣，指訟師曰：「先生斟酌：此君視先生如骨肉，先生其危乎！」且笑且舞，躍上屋簷而去。二人與侍側童子並驚仆。家人覺聲息有異，相呼入視，已昏不知人。灌治至夜半，童子先蘇，具述所聞見。二人至曉乃能動。事機已洩，人言藉藉，竟寢其謀，閉門不出者數月。相傳有狎一妓者，相愛甚。然欲為脫籍❷，則拒不從；許以別宅自居，禮數如嫡，拒益力。怪詰其故，喟然曰：「君棄其結髮❸而昵我，此豈可託終身者乎？」與此鬼之言，可云所見略同矣。

【章旨】此章講述了兩個小故事，說明如何對待他人，就是如何對待自己的道理。

【注釋】❶毿毿　毛髮細長貌。❷脫籍　古時妓女，列名樂籍，從良嫁人或不再為妓，均須取得主管官員批准，把籍中的名字除掉，稱為「脫籍」，也叫「落籍」。❸結髮　猶「束髮」。本指年輕之時。後稱元配妻子。

【語譯】王青士說：有個弟弟圖謀奪取哥哥的家產，找來一個訟師到密室裡，兩人點起燈來籌畫。訟師替他設計圈套，布置陷阱，每個步驟都很周到詳細，並且連施行反間計、安排內應等等，也都安排得沒有一點破綻。計謀商量確定後，訟師捋捋鬍鬚說：「你的哥哥即使凶猛如虎豹，也難以逃脫我布下的鐵網。然而你準備怎樣酬謝我呢？」這位弟弟感謝說：「我與你是最親密的朋友，感情如同骨肉兄弟，怎麼敢忘記你的大恩大德？」當時兩人對坐在一張方桌兩邊，忽然從桌子底下跳出來一個人，繞著屋子翹起一隻腳跳舞，目光閃閃發亮像火把，渾身長著長長的毛，如同披著蓑衣，指著訟師說：「先生仔細想想，這個先生把你看作骨肉兄弟，先生恐怕就很危險了！」那人一邊笑一邊跳舞，躍上屋簷而消失了。兩人和在旁邊侍候的童子都嚇得驚倒在地。家裡人發覺聲音有異常，呼叫著走進密室察看，他們幾人都已昏迷不省人事。家裡人給他們灌湯水救治到半夜，童子先蘇醒過來，把自己所看到和所聽到的一切全說了出來。弟弟和訟師兩人到早晨才能動彈，但是陰謀已經洩露，人們議論紛紛，弟弟被迫放棄這一陰謀，閉門不出有好幾個月時間。相傳有個人喜歡一個妓女，兩人非常相愛，但這個人提出要為妓女贖身，她卻拒絕不肯答應；此人答應給這個妓女另找一處住宅獨自居住，並按正妻的禮數對待她，她拒絕得更加堅決。這人奇怪地問她為什麼，這個妓女長歎一聲說道：「你拋棄自己的結髮妻子而喜歡我，這樣的人怎麼可以託付終身呢？」這個妓女說的話與上面那個鬼所說的話，可以說是見解大體相同了。

【研析】觀察一個人，不管他說得如何，只要看他如何對待他的家人、如何對待他身邊周圍的人，就可以大體了解這個人了。他如何對待別人，就會得到他人如何對待自己的報應，這是很淺顯的道理，然而還是有許多人弄不明白，以致終了生出種種遺恨。

婦女偏私

張夫人，先祖母之妹，先叔之外姑也。病革❶時，顧侍者曰：「不起矣。聞將死者見先亡，今見之矣。」既而環顧病榻，若有所覓，喟然曰：「錯矣！」俄又拊枕曰：「大錯矣！」俄又瞑目齧齒，掐掌有痕曰：「真大錯矣！」疑為譫語❷，不敢問。良久，盡呼女媳至榻前，告之曰：「吾向以為夫族疏而母族親，今來導者皆夫族，無母族也；吾向以為媳疏而女親，今亡媳在左右而亡女不見也。非一氣者相關，異派者不屬乎？回思平日之存心，非厚其所薄，薄其所厚乎？吾一誤矣，爾曹勿再誤也。」此三叔母張太宜人❸所親聞。婦女偏私，至死不悟者多矣。此猶是大智慧人，能回頭猛省也。

【章旨】 此章講述了一個老婦人臨死時省悟夫家人比娘家人親的道理。

【注釋】 ❶病革　病勢危急。❷譫語　病中胡言亂語。❸宜人　參見本書卷二〈物異〉則注釋❶。

【語譯】 張夫人，是先祖母的妹妹，也是先叔父的岳母。她病危時，回頭看著旁邊侍候的人說：「我的病不會好了。聽說快要死的人能看見已經去世的人，如今我已經看到了。」接著她環視病榻周圍，似乎在找什麼，歎息說：「錯了！」接著她又拍著枕頭說：「大錯了！」接著閉上眼睛咬緊牙關，把自己手掌掐出很深的痕跡，說：「真的大錯了！」在旁邊侍奉的人以為她在說胡話，不敢詢問。過了很久，她把所有的女兒媳婦都召到床前，告訴她們說：「我一向以為夫家的人疏遠而娘家的人親近，如今來引導我的都是夫家的鬼，沒有娘家的鬼；我一向以為媳婦疏遠而女兒親近，如今去世的媳婦都來到我身旁，而去世的女兒卻沒有看見。這不正表明同一血脈的人才互相關懷，而另是一家的人就沒有關係了嗎？回想我平日的看法，不是厚待了自己應該疏遠的人，而疏遠了自己應該厚待的人嗎？我已經錯過一次了，你們不要再錯了。」這些是我的三叔母張太宜人所親耳聽到的。女人們有偏愛和私心，到死而不省悟的人太多了。像張太夫人這樣還算是具有大智慧的人，能夠回頭忽然覺悟。

【研析】 不問可知，這是封建社會重男輕女者編造的故事。其實，如今現實生活中，照顧老人的往往是女兒而不是兒媳。畢竟血濃於水。

老乳母諷諫女主人

孔子有言：諫有五❶，吾從其諷❷。聖人之究悉物情❸也。親串中一婦，無子而陰忮❹其庶子；侄若婿又媒櫱短長，私黨膠固，殆不可以理喻。婦有老乳母，年八十餘矣。聞之，匍匐入謁，一拜，輒痛哭曰：「老奴三日不食矣。」婦問：「曷不依爾侄？」曰：「老奴初有所蓄積，侄事我如事母，誘我財盡。今如不相識，求一盂飯不得矣。」又問：「曷不依爾女若婿？」曰：「婿誘我財如我侄，我財盡後，棄我亦如我侄，雖我女無如何也。」又問：「至親相負，曷不訟之？」曰：「訟之矣，官以為我已出嫁，於本宗為異姓；女已出嫁，又於我為異姓。其收養為格外情，其不收養律無罪，弗能直也。」又問：「爾將來奈何？」曰：「亡夫昔隨某官在外，娶婦生一子，今長成矣。吾訟侄與婿時，官以為既有此子，當養嫡母，不養則律當重誅。已移牒拘喚，但不知何日至耳。」婦爽然若失，自是所為遂漸改。此親戚族黨唇焦舌敝不能爭者，而此嫗以數言回其意。現身說法，言之者無罪，聞之者足以戒耳。觸龍之於趙太后❺，蓋用此術矣。

【章旨】此章講述了一個老婦人現身說法，規勸女主人的故事。

【注釋】❶諫有五　即五諫。向君主進諫的五種方式。《後漢書》卷五七〈李雲傳論〉：「禮有五諫，諷為上。」注引《大戴禮》：「五諫，謂諷諫、順諫、闚諫、指諫、陷諫也。」❷諷　諷諫。不直指其事，而用委婉曲折的語言進諫。《史記・滑稽列傳》：「常以談笑諷諫。」❸物情　物理人情；世情。唐孟浩然〈上張吏部〉詩：「物情多貴遠，賢俊豈遙今？」❹陰忮　陰險嫉妒。❺觸龍之於趙太后　觸龍，一作觸讋。戰國時趙臣。官左師。趙孝成王新立，太后掌權，秦急攻趙，趙求救於齊。齊欲以太后所愛少子長安君為質，太后不肯。經他進諫，太后即遣長安君到齊為質。參見《戰國策・趙四・趙太后新用事》。

【語譯】孔子說過：勸諫的方式有五種，我採用諷諫的方法。這表明聖人洞察和把握人情世故十分準確深刻。我的親戚中有個婦人，自己沒有兒子，然而卻嫉恨自己的庶子，侄兒和女婿又從中挑撥離間、造謠中傷，他們結成私黨勾結串通，幾乎不能用道理使她省悟了。婦人有個老奶媽，已經八十多歲，聽說這件事後，爬著來拜見她，拜了一拜就痛哭起來，說：「老奴已經有三天沒有吃飯了。」這個婦人問：「為什麼不去投靠你的侄兒？」老奶媽回答說：「我原先積蓄了一點錢財，侄兒對待我就像對待自己母親一樣，把我的錢財全都誘騙光了。如今看到我好像不認識一樣，向他要一碗飯也得不到了。」這個婦人又問：「為什麼不去投靠你的女兒女婿？」老奶媽回答說：「女婿騙取我的錢財，和侄兒一模一樣。我的錢財沒有了，他拋棄我也和侄兒一樣，即使我的女兒也無可奈何。」這個婦人又問：「骨肉至親的人如此負恩，你為什麼不去告狀？」老奶媽說：「去官府告過狀了，官府說我已經出嫁，對娘家人來說已經是異姓人了；我女兒也已出嫁，對我來說她也已經是異姓人了。他們如果願意收養我，那是他們格外的恩情；他們不肯收養，在法律上沒有罪過，所以官府不能為我作主。」這個婦人又問：「那你將來怎麼辦呢？」老奶媽說：「我死去的丈夫從前跟隨某位官員，在外面娶了一個妾，生了一個兒子，如今他長大成人了。我到官府告侄兒和女婿的時候，官府說我既然有這個兒子，他應該贍養我這個嫡母，如果不肯贍養，那麼按照法律就要嚴懲。官府已發出公文傳他來這裡，只是不知他哪天才能到。」婦人聽了恍惚若有所失，從此以後，她的行為也就漸漸改變了。這件事是親戚族人說得口乾舌燥也無法爭辯的，然而這個老人只用幾句話就使她回心轉意。用自己作例子來說明道理，說的人沒有罪過，聽的人足以用來警戒自己。觸龍說服趙太后，用的就是這種方法。

【研析】現身說法，可能效果最好。戰國時，有觸龍言說趙太后；唐武周時，有狄仁傑勸諫武則天；清初，卻有這個老奶媽諷諫女主人。事情有大小，道理卻是一個，將心比心，以情理服人。

卷十八　姑妾聽之四

智擒盜賊

馬德重言：滄州城南，盜劫一富室，已破扉❶入，主人夫婦並被執，眾莫敢誰何。有妾居東廂，變服逃匿廚下，私語灶婢曰：「主人在盜手，是不敢與鬥。渠輩屋脊各有人，以防救應，然不能見簷下。汝抉❷後窗循簷出，密告諸僕：各乘馬執械，四面伏三五里外。盜四更後必出，四更不出，則天曉不能歸巢也。出必挾主人送；苟無人阻，則行一二里必釋，不釋恐見其去向也。俟其釋主人，急負還而相率隨其後，相去務在半里內。彼如返鬥即奔還，彼止亦止，彼行又隨行。再返鬥仍奔，再止仍止，再行仍隨行。如此數四，彼不返鬥則隨之，得其巢。彼返鬥則既不得戰，又不得遁，逮至天明，無一人得脫矣。」婢冒死出告，眾以為中理，如其言，果並就擒。重賞灶婢。妾與嫡故不甚協，至是亦相睦。後問妾何以辨此，泫然曰：「吾故盜魁某甲女，父在時，嘗言行劫所畏惟此法，然未見有用之者。今事急姑試，竟僥幸驗也。」故曰，用兵者務得敵之情。又曰，以賊攻賊。

【章旨】此章講述了一個侍妾因了解盜賊的要害而設計擒獲盜賊的故事。

【注釋】❶扉　門。❷抉　挖出。引申為撬開。

【語譯】馬德重說：滄州城南，有一夥強盜搶劫一戶富裕人家，已打破大門衝進院子裡，主人夫婦都被抓住，全家人因此不敢反抗。這家主人有個侍妾住在東廂房，她換身衣服逃到廚房藏了起來，悄悄對燒火丫頭說：「主人落在強盜手裡，因此不敢和他們打鬥。那夥人在屋頂上都安排了人，以防有人來救援，然而看不到屋簷底下的人。你撬開後面的窗戶，順著屋簷逃出去，悄悄告訴僕人們，讓他們都騎上馬拿著武器，在三五里以外的地方四面埋伏。強盜們四更天後必定會撤走，因為四更天還不走，天亮時就不能回到老窩了。他們撤走的時候一定會挾持主人給他們送行，如果無人阻攔，那麼走一二里路後肯定會放掉主人，不放掉主人的話，恐怕主人會看出他們逃走的方向。等他們放了主人，就立即把主人背回來，然後一起尾隨在強盜後面，與強盜相隔一定要在半里以內。他們如果回過頭來格鬥，你們就立即往回跑；他們停下，你們也停下；他們走，你們就又跟上去；他們再回頭來格鬥，你們仍然立即往回跑；他們停下，你們也就再停下；他們又走，你們仍舊跟著他們走。這樣反覆幾次，他們不回頭格鬥就一直跟隨在他們身後，這樣可以發現他們的老窩在哪裡。他們回過頭來格鬥的話，既無法和我們作戰，又無法逃走。等到天亮，這些強盜就一個也逃不掉了。」燒火丫頭冒死跑出去告訴眾人，大家都認為那個侍妾說的話有道理，於是按照她所說的做，果然將強盜全部擒住。主人重賞了燒火丫頭。妾本來和嫡妻不大和睦，從這以後兩人的關係也相互和睦了。後來問侍妾怎麼能想出這樣的辦法來，侍妾流著淚說：「我本來是強盜頭子某甲的女兒，父親生前曾經說去打劫最怕的就是這種辦法，但是沒有見人用過這種辦法。當時情況危急，我姑且試一試，沒想到竟然僥倖成功了。」所以說，用兵的人，一定要了解敵方的情況。又有一種說法，叫做以賊攻賊。

【研析】了解敵情，才能制敵於死地。故而孫子說：「知己知彼，百戰不殆。」這個侍妾並不懂得兵法，她只是從盜賊父親那裡聽到了些皮毛，然而一試竟然靈驗。可見克敵制勝並無訣竅，全在於了解敵情，措施得當，就能立於不敗之地。

狐鬼兩傷

戴東原❶言：有狐居人家空屋中，與主人通言語，致饋遺❷，或互假器物，相安若比鄰。一日，狐告主人曰：「君別院空屋，有縊鬼多年矣。君近拆是屋，鬼無所棲，乃來與我爭屋。時時現惡狀，恐怖小兒女，已自可憎；又作祟使患寒熱，尤不堪忍。某觀道士能劾鬼，君盍求之除此害。」主人果求得一符，焚於院中。俄暴風驟起，聲轟然如雷霆。方駭愕間，聞屋瓦格格亂鳴，如數十人奔走踐踏者，屋上呼曰：「吾計大左❸，悔不及。頃神將下擊，鬼縛而吾亦被驅，今別君去矣。」蓋不忍其憤，急於一逞，未有不兩敗俱傷者。觀於此狐，可為炯鑑❹。又呂氏表兄言（忘其名字，先姑之長子也）：有人患狐祟，延術士禁咒。狐去而術士需索無厭，時遣木人紙虎之類至其家擾人，賂之，暫止。越旬日復然，其祟更甚於狐。攜家至京師避之，乃免。銳於求勝，借助小人，未有不遭反噬者。此亦一徵矣。

【章旨】此章講述了兩個小故事，表達了遇事不能忍受一時之憤，急於報復，最終會造成兩敗俱傷的道理。

【注釋】❶戴東原　即戴震。參見本書卷五〈鬼亦大佳〉則注釋❷。❷饋遺　贈送禮品。遺，贈予；致送。❸左　不便；不順。❹炯鑑　亦作「烱鑑」。明顯的鑑戒。

【語譯】戴東原說：有狐狸精住在一戶人家的空屋中，和屋子主人對話、互相贈送禮物，互相借用器具物品，相安無事就像鄰居一樣。一天，狐狸告訴主人說：「你另一個院子的空屋中有個吊死鬼，已經有很多年了。你近來拆掉了那間房屋，鬼沒有地方棲身，於是跑來和我爭奪屋子居住。他常常現出凶惡的樣子，嚇唬我的小孩，這已經很可惡了，又作祟讓我的孩子患上寒熱病，更是無法忍受。某座道觀裡的道士能懲治惡鬼，你為何不請他來除掉這個禍害呢？」主人果然從道士那裡求來了一道符，焚燒在院子裡，不一會兒暴風驟然而起，聲音轟隆隆就像雷霆。主人正感到驚愕時，聽到屋頂上的瓦片格格亂響，好像有幾十個人在屋頂上奔走踐踏。屋頂上有個聲音大聲呼喊說：「我的計策大錯了，後悔也來不及了。剛才神將衝下來攻擊，那個吊死鬼被捆綁了，而我也被驅逐，如今與你告別，我們要離開了。」如果不能忍受一時的憤怒，急於一逞報復之心，沒有不兩敗俱傷的。看看這隻狐狸的下場，就是一個明顯的鑑戒。又有一件事。我的一位姓呂的表兄說（我忘了他的名字，他是先姑母的大兒子）：「有個人遭狐狸作祟為害，請來術士用符咒鎮治。狐狸被趕走了，而術士卻貪得無厭，勒索不止，經常派遣一些木人紙虎之類的東西到他家搗亂，送了錢財，就暫時停止，過上十來天，又再來騷擾，這個術士的為害更甚於狐狸。

這人只好帶著家眷到京城以逃避這個術士，才得以倖免。急於求勝，而借助於小人幫忙的，沒有不被小人反咬一口的，這件事也是一個明證。

【研析】遇事不冷靜，沒有度量，急於報復，以求一逞，這種人往往會嘗到兩敗俱傷的苦果。還是孔夫子的話有道理，凡事講究一個「恕」字。以寬恕之心待人，退一步海闊天空，自然也就免除了許多煩惱。

山精

烏魯木齊參將❶海起雲言：昔征烏什❷時，戰罷還營，見崖下樹椏間一人探首外窺。疑為間諜，奮矛刺之（軍中呼矛曰苗子，蓋聲之轉），中石上，火光激迸，矛折，臂幾損。疑為目眩，然矛上地上皆有血跡，不知何怪。余謂此必山精❸也。深山大澤，何所不有？〈白澤圖〉❹所載，雖多附會，殆亦有之。又言：有一遊兵，見黑物蹲石上。疑為熊，引滿射之。三發皆中，而此物夷然如不知。駭極，馳回呼伙伴，攜銃往，則已去矣。余謂此亦山精耳。

【章旨】此章講述了在新疆山中發現的疑為山精的怪物的故事。

【注釋】❶參將　參見本書卷八〈鑿井築城〉則注釋⑯。❷烏什　地名。在今新疆地區。❸山精　參見本書卷十五〈西藏野人〉則注釋❼。❹白澤圖　白澤，神獸名。傳說黃帝巡狩東至海，登桓山，於海濱得白澤神獸，能言，達於萬物之情。因問鬼神之事，一萬一千五百二十種。帝令以圖寫之，以示天下。參閱《雲笈七籤·軒轅本紀》。

【語譯】烏魯木齊參將海起雲說：從前征討烏什時，一天打仗結束返回營地時，看見山崖下的樹杈間有個人伸出頭來朝外張望。他懷疑是奸細，奮力舉矛刺向那人（軍隊中稱矛叫苗子，大約是聲音相近而轉的），卻刺中在石頭上，火星迸散，矛折斷了，胳膊也差一點受傷。他懷疑是自己眼睛看花了，但矛上和地上又都有血跡，不知究竟是個什麼怪物。我認為這肯定是個山精。深山大澤中，什麼東西生長不出來？〈白澤圖〉所載的各種妖物，雖然大多數是附會捏造出來的，或許也有實際存在的。海起雲又說，有個巡邏兵看見一個黑乎乎的東西蹲在石頭上，懷疑是熊，彎弓搭箭射向那怪物，連續三箭都射中，但那東西竟安然像是不知道似的。士兵非常驚慌，急忙騎馬跑回來，叫了一群夥伴，帶著火槍再去，那東西卻已不在那裡了。我認為這也是山精。

【研析】山精究竟是何物，無人知道。作者把不知名的怪物稱為山精就說明了這一點。新疆地域廣大，人口稀少，茫茫千里戈壁，漫漫萬里沙漠，或許還有許多未知的奧祕留待人們去發現。

長姐怒斥妖魅

常山❶峪道❷中加班轎夫劉福言（九卿❸肩輿，以八人更番，出京則加四人，謂之加班）：長姐者，忘其姓，山東流民之女，年十五六，隨父母就食於赤峰❹（即烏藍哈達。「烏藍」譯言「紅」，「哈達」譯言「峰」也。今建為赤峰州），租田以耕。一日，入山採樵，遇風雨，避岩下。雨止已昏黑，畏虎不敢行，匿草間。遙見雙炬，疑為虎目。至前，則官役數人，衣冠不古不今，叱問何人，以實告。

官坐石上，令曳出。眾呼跪，長姐以為山神，匍匐聽命。官曰：「汝夙孽❺應充我食。今就擒，當啖爾。速解衣伏石上，無留寸縷，致掛礙齒牙。」知為虎王，觳觫❻祈免。官曰：「視爾貌尚可，肯侍我寢，當赦爾。後當來往於爾家，且福爾。」長姐憤怒躍起曰：「豈有神靈肯作此語？必邪魅也。啖則啖耳，長姐良家女，不能蒙面作此事。」拾石塊奮擊，一時奔散。此非其力足勝之，其氣足勝之，其貞烈之心足以帥其氣也。故曰：「其為氣也，至大至剛。」

【章旨】此章講述了一個農家少女怒斥妖魅，使得妖魅落荒而逃的故事。

【注釋】❶常山　本名恆山，漢避文帝劉恆諱、宋避真宗趙恆諱改。為五嶽中的北嶽。在今河北曲陽西北。❷峪道　指山谷中的道路。❸九卿　九卿本是中央各行政機關長官的總稱。清代諭旨中常以六部九卿並稱，一般不將六部尚書計算在九卿之內，九卿究指某幾種官，無明文規定。小九卿則指宗人府、太常寺、太僕寺、光祿寺、國子監祭酒等官員。❹赤峰　在內蒙古自治區昭烏達盟南部、老哈河上游，清置赤峰縣，後改赤峰直隸州，一九一三年復改赤峰縣。今為內蒙古自治區赤峰市。❺夙孽　前世冤孽。❻觳觫　恐懼顫抖貌。

【語譯】在常山山道上當加班轎夫的劉福說（九卿一級的官員坐的轎子用八個人輪番抬，出京城就增加四個人，稱為加班）：有個女孩子叫長姐，忘記她姓什麼了，是個山東流民的女兒，年紀十五六歲，隨父母一起到赤峰謀生（就是烏藍哈達。「烏藍」譯成漢語是「紅」，「哈達」譯成漢語是「峰」。現在這裡設為赤峰州），租田耕種。一天，長姐進山砍柴，遇到風雨，她躲在山岩下避雨。等到雨停，天已昏黑，長姐害怕有老虎，不敢回家，因此躲在草叢中。這時長姐遠遠望見有兩個火炬，懷疑是老虎的眼睛。等走到近前，才發現是一個官員和幾個僕人，穿戴的衣服帽子不像古代人又不像當代人。那個官員喝問是什麼人，長姐如實相告。那官員坐在石頭上，命令僕人把長姐從草叢中拖出來。僕人們叫長姐跪下，長姐以為遇到了山神，於是趴在地上聽命。那官員說：「你前生犯了罪，應該充當我的食物。如今抓住你了，應該吃掉你。快把衣服脫掉趴在石頭上，身上不要留下一絲一縷，免得布絲塞我的牙齒。」長姐這才知道他是虎王，渾身顫抖著祈求饒命。那官員說：「看你容貌還可以，如果肯陪我睡覺，我就饒了你。以後我會常到你家去，並且會給你帶來福分。」長姐憤怒地跳起來，說：「哪有神靈肯說出這種話？你必定是個妖怪。你要吃就吃吧。我長姐是個良家婦女，絕不能蒙著自己的臉做這種事。」說完，她撿起石頭奮力亂打，那些妖怪一時間四處逃散了。這不是她的力量足以戰勝妖怪，而是她的正氣足以戰勝妖怪，她的堅貞剛烈的心靈又足以統帥她的正氣。所以說：「堅貞剛烈成為正氣，是最強大最剛強的。」

【研析】中國人最重氣節，南宋末年文天祥的一首〈正氣歌〉酣暢淋漓地表達了士大夫的這種志向，然而民間如長姐這樣不識字、沒有讀過書的農家少女竟也有如此志向，正說明了儒家宣揚的氣節觀已深深紮根於中華民族，成為民族心理和民族文化的重要組成部分。

妓女智平糧價

張太守墨谷言：德、景❶間有富室，恆積穀而不積金，防劫盜也。康熙、雍正間，歲頻歉，米價昂。閉廩❷不肯糶升合，冀價再增。鄉人病之，而無如何。有角妓❸號「玉面狐」者曰：「是易與，第備錢以待可耳。」乃自詣其家，曰：「我為鴇母❹錢樹，鴇母顧虐我。昨與勃谿❺，約我以千金自贖。我亦厭倦風塵，願得一忠厚長者託終身，念無如公者。公能捐千金，則終身執巾櫛❻。聞公不喜積金，即錢二千貫亦足抵。昨有木商聞此事，已回天津取資。計其到，當在半月外。我不願隨此庸奴。公能於十日內先定，則受德多矣。」張故惑此妓，聞之驚喜，急出穀賤售。廩已開，買者坌至❼，不能復閉，遂空其所積，米價大平。穀盡之日，妓遣謝富室曰：「鴇母養我久，一時負氣相詬，致有是議。今悔過挽留，義不可負心，所言姑俟諸異日。」富室原與私約，無媒無證，無一錢聘定，竟無如何也。此事李露園亦言之，當非虛謬。聞此妓年甫十六七，遽能辦此，亦女俠哉！

【章旨】此章講述了一個妓女利用富戶貪色而平抑糧價的故事。

【注釋】❶德景　德，德州。在山東西北部。景，景州。在今河北東南部，鄰接山東。❷廩　米倉，亦指儲藏的米。❸角妓　古時稱藝妓。❹鴇母　指妓女的養母，亦稱老鴇。❺勃谿　家裡的爭吵。❻執巾櫛　古時為人妻妾的謙辭。❼坌至　紛至；一齊到來。

【語譯】張墨谷太守說：德州、景州一帶有個富戶，常常囤積糧食而不積蓄金錢，為的是防備強盜。康熙、雍正年間，連年歉收，米價昂貴。這個富戶關著倉門不肯賣一升一合的米，希望糧價再往上漲。當地的百姓對他很不滿，卻又無可奈何。有個藝妓外號叫「玉面狐」的說：「這容易對付，你們只管把錢準備好，等候買糧吧。」於是她自己來到這個富戶家，說：「我是鴇母的搖錢樹，她卻虐待我。昨天我和她吵了一架，已約定我用一千兩銀子贖身。我也厭倦了妓院裡的生活，願意找一個忠厚老實的人，倚託終身，想來想去沒有比您更合適的了。您如果能拿出一千兩銀子，那麼我一輩子都將侍候您。聽說您不喜歡積蓄金錢，那麼用兩千貫銅錢也足以抵數。昨天有個木材商人知道了這事，已回天津取錢去了。估計他再半個月左右就能回來，我不願意跟隨那個庸俗的人，您如果能在十天內先定下來，那麼我會非常感激您的恩德。」這個姓張的富戶本來就一直迷戀這個妓女，聽了這番話非常驚喜，急忙拿出穀物來低價賤售。糧倉一開，買糧的人一湧而來，倉門無法再關上，結果他糧倉中的穀物全部賣空，糧價也大大平抑下來。穀物賣完的那天，妓女派個人來對這個富戶道歉說：「鴇母養我這麼久，我一時鬥氣和她爭吵，以至於有贖身的想法。如今鴇母後悔認錯，要挽留我，按情理我不能負心，我和你所約的事等以後再說吧。」這個富戶原來與她只是私下約定，沒有媒人，沒有證人，也沒有拿出一文錢作聘禮，對這個妓女竟也無可奈何。這件事李露園也說起過，應該不會是假的。聽說這個藝妓才十六七歲，就能做成這種事情，也算得上是一位女俠了！

【研析】富戶貪色，於是中了這個藝妓的圈套。藝妓本是風塵之人，並沒有社會地位。然而這個藝妓做成此事，獲得了大家的一致稱讚，連作者也稱讚藝妓是一位女俠。作者在塑造藝妓這個人物時，合情合理，令人相信確有其事。

狐妾自辯

丁藥園言：有孝廉四十無子，買一妾，甚明慧。嫡不能相安，旦夕詬誶。越歲，生一子。益不能容，竟轉鬻於遠處。孝廉惘惘如有失。獨宿書齋，夜分未寐，妾忽搴帷入。驚問：「何來？」曰：「逃歸耳。」孝廉沉思曰：「逃歸慮來追捕，妒婦豈肯匿？且事已至此，歸何所容？」妾笑曰：「不欺君，我實狐也。前以人來，人有人理，不敢不忍詬；今以狐來，變幻無端，出入無跡，彼烏得而知之？」因嬿婉如初。久而漸為僮婢洩，嫡大恚，多金募術士劾治。一術士檄將拘妾至，妾不服罪，攘臂與術士爭曰：「無子納妾，則納為有理；生子遣妾，則夫為負心。無故見出，罪不在我。」術士曰：「既見出矣，豈可私歸？」妾曰：「出母未嫁，與子未絕；出婦未嫁，於夫亦未絕。況逐我者妒婦，非見出於夫。夫仍納我，是未出也，何不可歸？」術士怒曰：「爾本獸類，何敢據人理爭？」妾曰：「人變獸心，陰律陽律皆有刑。獸變人心，反以為罪，法師據何憲典耶？」術士益怒曰：「吾持五雷法❶，知誅妖耳，不知其他。」妾大笑曰：「妖亦天地之一物，苟其無罪，天地未嘗不並育。上帝所不誅，法師乃欲盡誅乎？」術士拍案曰：「媚惑男子，非爾罪耶？」妾曰：「我以禮納，不得為媚惑；倘其媚惑，則攝精吸氣，此生久槁矣。今在家兩年，復歸又五六年，康強無恙，所謂媚惑者安在？法師受妒婦多金，鍛煉周內❷，以酷濟貪耳，吾豈服耶！」問答之頃，術士顧所召神將，已失所在。無可如何，嗔目曰：「今不與爾爭，明日會當召雷部。」明日，嫡再促設壇，則宵遁矣。蓋所持之法雖正，而法以賄行，故魅亦不畏，神將亦不滿也。

相傳劉念台❸先生官總憲❹時，題御史臺❺一聯曰：「無欲常教心似水，有言自覺氣如霜。」可謂知本矣。

【章旨】此章講述了一個狐妾為維護自己利益與術士爭辯的故事。

【注釋】❶五雷法　參見本書卷六〈文儀班〉則注釋❽。❷鍛煉周內　比喻枉法陷人於罪。內，通「納」。❸劉念台　即劉宗周，字起東，號念台。官至左都御史，明亡，絕食死。因講學蕺山，學者稱蕺山先生。著作有《劉子全書》、《劉子全書遺編》。❹總憲　參見本書卷二〈亘蟒〉則注釋❷。❺御史臺　參見本書卷二〈亘蟒〉則注釋❶。

【語譯】丁藥園說：有個舉人四十歲了還沒有兒子，於是買了一個妾。那妾非常聰明智慧，嫡妻不能和她和平共處，天天都指責謾罵她。過了一年，這個妾生了個兒子，嫡妻更不能容納，竟把她轉賣到很遠的地方去了。舉人精神恍惚若有所失，晚上獨自睡在書房裡，半夜還沒入睡，忽然見妾掀起門簾走進來。舉人驚訝地問她：「怎麼能回來？」妾說：「是逃回來的。」舉人沉思了一會說：「你逃回來，擔心你的新主人來追捕，那個妒婦怎肯將你藏住？而且事情到了這一步，你回來她又怎麼容得下你呢？」妾笑著說：「不瞞你，我實際上是狐狸。從前是作為人而來，人有人的道理，我不敢不忍受她的怒罵；如今我是作為狐狸而來，我會變幻無窮，出入不見蹤跡，她怎能知道呢？」於是兩人又像當初一樣親熱恩愛。時間一久，狐狸的事漸漸被婢女奴僕們洩露出來，嫡妻大怒，花了很多銀子請術士來懲治。一個術士下檄文召神將把妾抓來，妾不服罪，激動地與術士爭辯說：「沒有兒子而納妾，那麼納妾就是有理的；妾生了兒子卻把妾趕走，那是作丈夫的負心。無緣無故遭到休妻，罪責不在於我。」術士說：「你既然已經被休了，怎麼可以私自跑回來？」妾說：「已被休的女人沒有嫁人，那麼與她親生兒子的關係沒有斷絕；已被休的妻子沒有嫁人，那麼與丈夫的關係也還沒有斷絕。何況賣我的是那個妒婦，不是出於丈夫的主意。丈夫仍然容納我，那麼等於是還沒休我，我為什麼不能回來？」術士發怒說：「你本來是獸類，怎敢依據人的道理來爭辯？」妾說：「人變成了禽獸的心腸，那麼陰間的法律和陽間的法律都要處以刑罰；禽獸變成了人的心腸，反而認為有罪，法師依據的是什麼法律？」術士更加惱怒，說：「我用五雷法，只知道誅滅妖怪，不知道其他事情。」妾大笑說：「妖怪也是天地間的一種物體，如果他沒有罪，天地未嘗不把他和世界萬物一起養育。上帝都不誅滅的東西，法師卻要全部誅滅嗎？」術士拍著桌說：「你媚惑男子，這不是你的罪嗎？」妾說：「我是按禮節納的妾，不能算是媚惑。倘若真是媚惑，就會攝他的精、吸他的氣，他早就枯槁而死了。如今我在他家過了兩年，重新回來又已五六年，他身體強健，沒有疾病，所謂媚惑他又從何說起？法師你接受了妒婦的許多賄賂，千方百計給我編造羅織罪名，用殘酷的手段實現貪婪的目的，我怎能服呢！」就在他們相互回答的時候，術士發現召喚來的神將，已經不知到哪裡去了。他無可奈何，瞪著眼睛喝道：「今天不和你爭了，明天我一定召喚雷神來。」第二天，那個嫡妻派人再來催促術士設壇鎮治，那個術士已在夜裡逃走了。因為他所依仗的法術雖然正大光明，然而他行使法術卻是因為接受賄賂，所以妖怪也不怕，神將也不滿。相傳明代末年劉宗周先生作左都御史時，曾為都察院題寫了一副對聯：「沒有欲望常常就能做到心靜似水，有話要說自己覺得氣壯如同嚴霜。」這話可以說是說到了根本上。

【研析】古人說：「無欲則剛。」本文中的狐狸並沒有作祟，她與嫡妻的矛盾只是家庭糾紛，外人本來就不應或者不便加入。那個術士卻因為收受了嫡妻的錢財而來鎮妖，自然不能理直氣壯，即使有好的法術也無法施展，遭到失敗也是意料中事。

莫雪崖言

莫雪崖言：有鄉人患疫，困臥草榻，魂忽已出門外，覺頓離熱惱，意殊自適。然道路都非所曾經，信步所之。偶遇一故友，相見悲喜。憶其已死，忽自悟曰：「我其入冥耶？」友曰：「君未合死，離魂到此耳。此境非人所可到，盍同遊覽，以廣見聞。」因隨之行，所經城市墟落，都不異人世；往來擾擾，亦各有所營。見鄉人皆目送之，然無人交一語也。鄉人曰：「聞有地獄，可一觀乎？」友曰：「地獄如囚牢，非冥官不能啟，非冥吏不能導，吾不能至也。有三數奇鬼，近乎地獄，君可以往觀。」因改循歧路，行半里許，至一地，空曠如墟墓。見一鬼，狀貌如人，而鼻下則無口。問：「此何故？」曰：「是人生時，巧於應對，諛詞頌語，媚世悅人，故受此報，使不能語；或遇焰口漿水❶，則飲以鼻。」又見一鬼，尻❷聳向上，首折向下，面著於腹，以兩手支拄而行。問：「此何故？」曰：「是人生時，妄自尊大，故受此報，使不能仰面傲人。」又見一鬼，自胸至腹，裂罅❸數寸，五臟六腑，虛無一物。問：「此何故？」曰：「是人生時，城府深隱，人不能測，故受是報，使中無匿形。」又見一鬼，足長二尺，指巨如椎，踵巨如斗，重如千斛之舟，努力半刻，始移一寸。問：「此何故？」曰：「此人生時，高材捷足，事事務居人先，故受是報，使不能行。」又見一鬼，兩耳拖地，如曳雙翼，而混沌無竅。問：「此何故？」曰：「此人生時，懷忌多疑，喜聞蜚語，故受此報，使不能聽。是皆按惡業淺深，待受報期滿，始入轉輪。其罪滅地獄一等，如陽律之徒流也。」俄見車騎雜遝，一冥官經過，見鄉人，驚曰：「此是生魂，誤遊至此，恐迷不得歸。誰識其家，可導使去。」友跪啟是舊交。官即令送返。將至門，大汗而醒，自是病愈。雪崖天性爽朗，胸中落落無宿物；與朋友諧戲，每俊辯橫生。此當是其寓言，未必真有。然《莊生》❹、《列子》❺，半屬寓言，義足勸懲，固不必刻舟求劍爾。

【章旨】此章記述了一個宣揚陰曹地府報應的寓言故事。

【注釋】❶焰口漿水　放焰口時的水或食物湯汁。焰口，參見本書卷四〈鬼念〉則注釋❷。❷尻　臀部。❸罅　縫隙。❹莊生　即莊子。參見本書卷九〈伶人方俊官〉則注釋❸。❺列子　參見本書卷三〈紅柳娃〉則注釋❻。

【語譯】莫雪崖說：有個鄉人患了瘟疫，困乏地躺在草席上，靈魂忽然已經出了門外，覺得頓時離開了燥熱煩惱，感到非常舒適。然而道路都是自己不曾走過的。他信步往前走，偶然遇到一位老朋友，相見時悲喜交集。回憶起這位朋友已經死了，他突然省悟，說：「我這是到了陰間嗎？」朋友說：「你還不應該死，是你的靈魂離開軀體飄到這裡來了。這地方不是人能夠來的，你既然來了何不遊覽一番，長長見識。」這人於是隨著朋友走，一路上經過的城鎮村落，都與人間沒有什麼兩樣。人們匆忙地來來往往，也都在各幹各的事情。他們看見他都望著他，卻沒有一個人和他說話。這個鄉人說：「聽說陰間有地獄，可以去看看嗎？」朋友說：「陰間的地獄就像人間的囚牢，不是陰司的官員不能開門，不是陰間的吏役不能引路，我不能到那裡去。有幾個形狀奇怪的鬼，和在地獄裡的鬼模樣差不多，你可以去看看。」於是他們改朝一條岔路走去，走了半里路左右，來到一個地方，空曠得好像是墓地。這個鄉人看見一個鬼，形狀面貌像人，然而鼻子下面卻沒有嘴巴。鄉人問：「這是什麼緣故？」朋友回答說：「這人活著的時候，巧於應酬說話，用阿諛奉承的話來取悅世人，所以受到這種報應，使他不能說話；有時遇到人間放焰口施捨食物，他只能用鼻子飲一些漿水。」鄉人又看見一個鬼臀部朝上，腦袋折過來向下，臉貼在肚子上，用兩隻手支撐著走路。鄉人問：「這個人又是什麼緣故？」友人回答說：「這人生前妄自尊大，所以受到這種報應，使他不能再仰著臉做人。」鄉人又看見一個鬼從胸部到腹部裂開幾寸長，裡面五臟六腑一樣都沒有。鄉人問：「這個人又是什麼緣故？」友人回答說：「這個人活著的時候城府深沉隱蔽，叫人不能猜測，所以受到這種報應，使他的胸腹中不能隱藏任何東西。」鄉人又看見一個鬼腳長二尺，腳趾大得像棒槌，腳後跟巨大像斗，重得像是運載千萬斤的一艘船，要使勁半天才能移動一寸。鄉人問：「這個人是什麼緣故？」友人回答說：「這個人生前很有才幹，辦事快捷，什麼事都搶在別人前面，所以受到這種報應，使他不能夠走動。」鄉人又看見一個鬼，兩隻耳朵拖在地上，好像是拖著兩扇翅膀，而上面卻沒有耳孔。鄉人問：「這是什麼緣故？」友人回答說：「這人活著的時候，胸懷妒嫉生性多疑，喜歡聽流言蜚語，所以受到這種報應，使他不能夠聽到聲音。這些都是按照他們生前所造孽的深淺而遭到的報應。等待他們受報應的期限滿後，他們才得以轉生。他們的報應只比下地獄輕一等，相當於人世間法律中的流放。」不一會兒，只看見車馬雜亂，一個陰司官員經過，看見鄉人，吃驚地說：「這是個活人的魂，誤遊到這裡，怕他迷路不能回去。誰知道他的家，可帶他出去。」友人跪著稟告：「我是他的老朋友。」陰司官員立即命令他送鄉人回去。鄉人快走到自己家大門口時，渾身大汗，忽然醒來，從此病也就痊癒了。莫雪崖這人天性爽快開朗，胸中光明磊落不藏任何事情，和朋友們開玩笑，往往口若懸河，滔滔不絕。他說的這個故事，大概是編造的寓言，不一定真有其事。然而《莊子》、《列子》中，一半是寓言，只要它包含的道理足以給人以警戒，就不必像刻舟求劍那樣去作徒勞的刨根究底了。

【研析】用寓言來表達自己思想，這種手法早在春秋戰國時代就已經很成熟了，因此這裡採用這種方式並不新奇。看來編這個寓言者對阿諛奉承之徒、妄自尊大之輩、城府深隱之人，以及疾足先得者、懷忌多疑者都抱有很深的惡感，非要他們在陰間遭受報應而後快。其實，以上列舉的種種人等，是社會上常見的，並非都是惡人惡事，有些不過是做人的不足和缺陷，如果都要懲治，反而顯得編造寓言者的心胸狹窄，不能容物了。

多情書生與多情鬼

陳半江言：有書生月夕遇一婦，色頗姣麗，挑以微詞，欣然相就。自云家在鄰近，而不肯言姓名。又云夫恆數日一外出，家有後窗可開，有牆缺可逾，遇隙即來，不能預定期也。如是五六年，情好甚至。一歲，書生將遠行，婦夜來話別。書生言隨人作計，後會無期。淒戀萬狀，哽咽至不成語。婦忽嘻笑曰：「君如此情痴，必相思致疾，非我初來相就意。實與君言，我鬼之待替者也。凡人與鬼狎，無不病且死，陰剝陽也。惟我以愛君韶秀[1]，不忍玉折蘭摧，故必越七八日後，待君陽復，乃肯再來。有剝有復，故君能無恙。使遇他鬼，則縱情冶蕩，不出半載，索君於枯魚之肆❷矣。我輩至多，求如我者則至少，君其宜慎。感君義重，此所以報也。」語訖，散髮吐舌作鬼形，長嘯而去。書生震栗幾失魂，自是雖遇冶容❸，曾不側視。

【章旨】此章講述了一個書生與鬼的愛情故事，在分手之前，鬼為斷絕書生的思念，故意裝出恐怖的樣子嚇唬書生，使書生斷絕了對這個女鬼的思念。

【注釋】❶韶秀　漂亮清秀。❷枯魚之肆　典出《莊子．外物》：「莊周家貧，故往貸粟於監河侯。監河侯曰：『諾。我將得邑金，將貸子三百金，可乎？』莊周忿然作色曰：『周昨來，有中道而呼者。周顧視車轍中，有鮒魚焉。周問之曰：「鮒魚來！子何為者邪？」對曰：「我，東海之波臣也。君豈有斗升之水而活我哉？」周曰：「諾。我且南游吳越之王，激西江之水而迎子，可乎？」鮒魚忿然作色曰：「吾失我常與，我無所處。吾得斗升之水然活耳，君乃言此，曾不如早索我於枯魚之肆！」』」❸冶容　指美貌女子。

【語譯】陳半江說：有個書生在一個月夜遇到一位女子，容貌很豔麗。書生說些含蓄的話來挑逗她，她便很愉快地投向書生懷抱。她說自己的家就在附近，然而不肯說出自己姓名。又說她的丈夫常常隔幾天就要外出一次，家裡有後窗可以打開，院牆上有缺口容易跨過，只要有機會就會來與他相會，但是不能預定時間。像這樣過了五六年，兩人感情非常深厚。一年，書生要出遠門，女子夜裡來話別。書生說自己的命運都由別人來支配，將來不知什麼時候再能和她相會。說到這裡，書生不勝傷感留戀，以致哽咽說不出話來。那女子忽然嬉笑著說道：「你這樣痴情，必然會因相思而生病，這可不是當初我與你來往的本意。實話對你說，我是一個正在等待替身的鬼。凡是人與鬼親熱，沒有不生病而且死亡的，這是因為陰氣耗損陽氣的緣故。只因為我愛你的清秀漂亮，不忍心摧殘你讓你夭折，所以一定要相隔七八天後，當你的陽氣已經恢復時，我才肯再來一次。有耗損有恢復，所以你能夠安然無恙。如果你遇到別的鬼，必定會盡情淫樂，那麼不出半年，就得上乾魚鋪上去找你了。像我這樣的鬼很多，但要尋求像我一樣重情的鬼卻極少，你可要慎重啊。我為你的情義深重所感動，就把這些話告訴你以作為報答。」說完，她披頭散髮，吐出舌頭，現出鬼的形狀，發出長長的嘯聲離去了。書生心驚膽戰，嚇得幾乎喪魂落魄。從此以後，他即使遇到豔麗妖冶的美女，也不會側眼望一下。

【研析】書生多情，難以割捨與女子的情義；而那個女鬼雖然以斷然之舉割斷了書生的思念，然而其內心的傷痛更甚於書生。她因愛書生之深，才會採取如此斷然舉動，帶給自己的傷痛也就更加難以癒合。這真是作者筆下一則美麗的愛情故事，淒婉而動人。

村婦戲縣吏

王梅序言：交河❶有為盜誣引❷者，鄉民樸愿，無以自明，以賂求援於縣吏。吏聞盜之誣引，由私調其婦，致為所毆，意其婦必美，卻賂❸而微示以意曰：「此事祕密，須其婦潛身自來，乃可授方略。」居間者❹以告鄉民。鄉民憚死失志，呼婦母至獄，私語以故。母告婦，婦怫然不應也。越兩三日，吏家有人夜扣門。啟視，則一丐婦，布帕裹首，衣百結破衫，闖然入。問之不答，且行且解衫與帕，則鮮妝華服豔婦也。驚問所自，紅潮暈頰，俯首無言，惟袖出片紙。就所持燈視之，「某人妻」三字而已。吏喜過望，引入內室，故問其來意。婦掩淚曰：「不喻❺君語，何以夜來？既已來此，不必問矣，惟祈毋失信耳。」吏發洪誓，遂相嬿婉❻。潛留數日，大為婦所蠱惑，神志顛倒，惟恐不得當婦意。婦暫辭去，言村中日日受侮，難於久住，如城中近君租數楹，便可託庇蔭，免無賴凌藉❼，亦可朝夕相往來。吏益喜，竟百計白其冤。獄解之後，遇鄉民，意甚索漠❽。以為狎昵其婦，愧相見也。後因事到鄉，詣其家，亦拒不見。知其相紿，乃大恨。會有挾妓誘博者訟於官，官斷妓押歸原籍。吏視之，鄉民婦也，就與語。婦言苦為夫禁制，愧相負，相憶殊深。今幸相逢，乞念舊時數日歡，免杖免解。吏又惑之，因告官曰：「妓所供乃母家籍，實縣民某妻。宜究其夫。」蓋覬慫恿官賣，自買之也。遣拘鄉民，鄉民攜妻至，乃別一人。問鄉里皆云不偽。問吏何以誣鄉民，吏不能對，第曰風聞。問聞之何人，則噤無語。呼妓問之，妓乃言吏初欲挾汙鄉民妻，妻念從則失身，不從則夫死，值妓新來，乃盡脫簪珥，賂妓冒名往，故與吏狎識。今當受杖，適與相逢，因仍誑託鄉民妻，冀脫棰楚。不虞其又有他謀，致兩敗也。官覆勘鄉民，果被誣。姑念其計出救死，又出於其妻，釋不究，而嚴懲此吏焉。神奸巨蠹，莫吏若矣，而為村婦所籠絡，如玩弄嬰孩。蓋愚者恆為智者敗，而物極必反，亦往往於所備之外，有智出其上者，突起而勝之。無往不復，天之道也。使智者終不敗，則天地間惟智者存，愚者斷絕矣，有是理哉！

【章旨】此章講述了一個縣吏利用職權要挾村民，卻被村民妻子戲弄一番，遭到嚴懲的故事。

【注釋】❶交河　縣名。在河北中部偏南、南運河和滏陽河之間。❷誣引　無中生有地攀引他人入罪。❸卻賂　退回賄賂。❹居間者　中間人。❺喻　通曉；了解。❻嬿婉　歡好；和美。❼凌藉　侵陵；欺侮；欺壓。❽索漠　指淡漠、冷淡。

【語譯】王梅序說：交河縣有個村民被強盜誣陷，村民忠厚老實，無法替自己辯白，於是送禮給縣吏請他幫忙。縣吏聽說強盜之所以要誣陷那個村民，是因為強盜曾偷偷調戲村民的妻子，被村民打了一頓。縣吏想村民的妻子一定很美麗，於是拒絕收取賄賂，而暗示村民說：「這件事很隱密，必須你的妻子悄悄到這裡來，才可以給她出主意。」中間人把縣吏的話告訴了村民，村民怕死失去了志氣，就把岳母叫到監獄，私下告知此事。岳母回家後告訴女兒，女兒憤怒而不加理睬。過了兩三天，縣吏家夜裡有人敲門，縣吏打開門一看，是一個討飯的女人，用布帕包著頭，身上穿的衣服破破爛爛，竟然闖了進來。縣吏問她是誰，她也不回答。她一邊走，一邊脫去衣衫和頭巾，原來是個穿著華麗衣飾、濃妝豔抹的嬌美女子。縣吏吃驚地問她從哪裡來，她滿臉羞紅，低著頭不說話，只是從衣袖中遞出一張小紙片。縣吏就著手持的燈一看，上面只有「某某妻」三個字而已。縣吏大喜過望，把她引入寢室，故意問她來幹什麼。女子用衣袖擦著眼淚說：「我不明白你的話是什麼意思，怎麼會在夜間到這裡來？現在既然已經來了，這就不必問了，只是求你不要失信。」縣吏發了大誓，於是兩人便親熱同宿。女子在縣吏家偷偷留住了幾天，縣吏完全被她迷住了，神魂顛倒，惟恐不合女子的心意。那個女子暫時告辭離去，說在村裡天天受侮辱，難以長住下去。如果城中與縣吏家鄰近的地方可以租到幾間房子，她便可以得到縣吏的保護，免受無賴們的欺淩，也可朝夕與縣吏互相來往。縣吏聽了這番話更加高興，竟千方百計為村民辯明冤枉。村民被無罪釋放後，縣吏遇到村民，村民神情平淡冷漠，縣吏以為是玩弄了他的妻子，所以他羞愧不願見面。後來縣吏因事到鄉下去，來到村民的家，村民夫婦也拒絕與他見面。縣吏明白他們是要與自己斷絕往來，非常憤恨。正好這時有個人利用妓女引誘賭博，被告到官府審問，縣官判處妓女押解回原籍。縣吏看到那妓女，原來就是村民的妻子，於是走過去和她說話。那個女子說自己因為被丈夫管束得很嚴，不能按約定來往而感到非常慚愧，非常想念縣吏。今日幸得相逢，求縣吏看在往日幾天歡樂的分上，想辦法讓她免受杖刑，免押解回原籍。縣吏又被這個女子迷惑住了，於是告訴縣官說：「妓女原來招供的是娘家的籍貫，她實際上是縣裡某村民的妻子，現在應該追究她丈夫的責任。」縣吏是想慫恿縣官判她由官府拍賣，然後自己買下來。官府派人拘押來村民，村民帶著妻子一同到來，才發現村民的妻子是另外一人。縣官詢問鄉里百姓，都說不是假的。縣官於是問縣吏為什麼要誣陷村民，縣吏無法回答，只好說是聽別人說的。問他是聽誰說的，而他又說不出來。縣官叫妓女過來一問，妓女回答說：縣吏當初是想通過要挾來姦汙村民的妻子，村民的妻子想順從縣吏就要失身，不順從縣吏那麼丈夫就會被害死。正好這個妓女新來，村民的妻子便把自己所有的首飾脫下來送給她，讓她冒名頂替去縣吏家，與縣吏親熱，所以相互認得。如今要受杖刑，恰好又與縣吏相逢，因此仍舊誆騙縣吏說自己是那個村民的妻子，希望縣吏能幫助她免遭杖刑。沒想到縣吏又有其他的計謀，致使兩人都遭敗露。官府重審了村民的案子，發現他確實是被冤枉的。姑且念他當初有意讓妻子獻身於縣吏是為了救命，後來的事又出於他妻子的計謀，所以釋放了那個村民免予追究，而嚴懲了那個縣吏。世上的大奸賊大蠹蟲，莫過於官府中的吏員，然而這個縣吏卻被一位鄉村婦女愚弄，就好像玩弄一個嬰兒。這是因為愚蠢者總是被聰明的人所欺負，但事情發展到極端就會向相反的方向轉化，也往往有出乎聰明人所防備的地方，有智慧更超過他的人突然出現而戰勝他。沒有只有往而沒有來的事，這是上天的規律。倘若聰明的人永不失敗，那麼這世界上就只剩下聰明的人，愚蠢的人早就絕跡了，難道會有這樣的道理嗎！

【研析】像縣吏這樣的神奸巨蠹，往往自以為聰明，卻沒有想到會敗在一個村婦之手。這並不是村婦有多高明，而是縣吏太不把村婦放在眼裡，以為村婦這類人是自己可以隨便玩弄於股掌之中的小人物，但往往就是這類小人物能將那些貌似強大的大人物打翻在地。作者的結語頗可玩味：「無往不復，天之道也。」為人自當深思這個道理。

野鬼吃人

鬼魘人至死，不知何意。倪餘疆曰：「吾聞諸施亮生矣，取啖其生魂耳。蓋鬼為餘氣，漸消漸減，以至於無；得生魂之氣以益之，則又可再延。故女鬼恆欲與人狎，攝其精也。男鬼不能攝人精，則殺人而吸其生氣，均猶狐之採補耳。」因憶劉挺生言：康熙庚子❶，有五舉子晚遇雨，棲破寺中。四人已眠，惟一人眠未穩，覺陰風颯然，有數黑影自牖入，向四人噓氣，四人即夢魘。又向一人噓氣，心雖了了，而亦漸昏瞀，覺似有拖曳之者。及稍醒，已離故處，似被縶縛，欲呼則噤不能聲，視四人亦縱橫偃臥。眾鬼共舉一人啖之，斯須而盡；又以次食二人。至第四人，忽有老翁自外入，厲聲叱曰：「野鬼無造次！此二人有祿相，不可犯也。」眾鬼駭散。二人倏然自醒，述所見相同。後一終於教諭❷，一終於訓導❸。鮑敬亭先生聞之，笑曰：「平生自薄此官，不料為鬼神所重也。」觀其所言，似亮生之說不虛矣。

【章旨】此章講述了一個野鬼吃人，卻不敢吃有祿命的人的故事。

【注釋】❶康熙庚子　即清康熙五十九年，西元一七二〇年。❷教諭　參見本書卷一〈林教諭〉則注釋❷。❸訓導　參見本書卷三〈魏忠賢下落之謎〉則注釋⓭。

【語譯】鬼魘人直到把人弄死，不知道是什麼用意。倪餘疆說：「我聽施亮生說，這是鬼在吞吃活人的靈魂。因為鬼是人的餘氣所構成的，這種氣會漸漸消失減少，直到完全散盡；若能得到生魂的氣來補充，則又可以再次延長存在的時間。所以女鬼總是喜歡與人淫樂，這是為了攝取人的精氣。男鬼不能攝取人的精氣，就把人殺死後吸取他的生氣，這都和狐狸精採人的精氣補充自己的內丹相類似。」我因此回憶起劉挺生曾經說：康熙五十九年，有五個趕考的書生夜晚遇到下雨，躲進一座破廟棲身避雨。四個人已經入睡，只有一個人還沒有睡著，他忽然覺得一陣陰風吹來，有幾個黑影從窗戶進來，對著四個人噓氣，四個人便夢魘了。那黑影又對沒睡著的這個人噓氣，這個人心裡雖然明白，但也漸漸昏迷，恍惚中覺得似乎有人在拖自己。等他稍微清醒一點，就發覺自己已經離開原來的地方了，似乎被捆綁著，想喊叫卻發不出聲音，再看另外四個人也交雜錯縱地仰臥在地上。眾鬼共同舉起一個人來吃，不一會兒就吃完了；又接著吃了兩個人。等他們正要吃第四個人時，忽然有個老頭子從外面進來，厲聲喝斥道：「野鬼不要亂來！這兩個人有做官的福相，你們不可侵犯。」眾鬼嚇得散開跑了。這兩個人忽然間便醒了過來，敘述所見到的情況都相同。後來他們一個當了縣學的教諭，一個當了訓導。鮑敬亭先生聽說這件事後笑著說：「我這輩子就看不上這個官職，沒有想到鬼神還這樣看重。」從這個故事來看，施亮生的說法似乎不會是虛妄的。

【研析】鬼是人的餘氣構成，作者已在前文中講述過。只是鬼怕有祿命在身的人，不敢侵犯，是害怕觸犯上天的律條。然而做官者少而平民百姓多，似乎平民百姓就是鬼魅們的魚肉了。難道人一旦成了鬼就能將平民百姓當成魚肉了嗎？這個道理作者始終沒有也不可能講清楚。

鬼之託付

李慶子言：朱生立園，辛酉❶北應順天試❷。晚過羊留❸之北，因繞避泥濘，遂迂迴失道，無逆旅❹可棲。遙見林外有人家，試往投止。至則土垣瓦舍，凡六七楹，一童子出應門，朱具道乞宿意。一翁衣冠樸雅，延賓入，止旁舍中。呼燈至，黯黯無光。翁曰：「歲歉油不佳，殊令人悶，然無如何也。」又曰：「夜深不能具肴饌，村酒小飲，勿以為褻。」意甚款洽。朱問：「家中有何人？」曰：「零丁孤苦，惟老妻與僮婢同居耳。」問朱何適，朱告以北上。曰：「有一札及少物欲致京中，僻路苦無書郵。今遇君甚幸。」朱問：「四無鄰里，獨居不怖乎？」曰：「薄田數畝，課奴輩耕作，因就之卜居。貧無儲蓄，不畏盜也。」朱曰：「謂曠野多鬼魅耳。」翁曰：「鬼魅即未見，君如怖是，陪坐至天曙，可乎？」因借朱紙筆，入作書札；又以雜物封函內，以舊布裹束，密縫其外。付朱曰：「居址已寫於函上，君至京拆視自知。」天曙作別，又切囑信物勿遺失，始殷勤分手。

朱至京，拆視布裹，則函題「朱立園先生啟」字，其物乃金簪銀釧各一雙。其札稱：「僕老無子息，誤惑婦言，以婿為嗣。至外孫猶間一祭掃，後則視為異姓，紙錢麥飯，久已闕如；三尺孤墳，亦就傾圮。九泉茹痛，百悔難追。謹以殉棺薄物，祈君貨鬻，歸途以所得之直，修治荒塋，並稍浚冢南水道，庶淫潦不浸幽窀❺。如允所祈，定如杜回結草❻。知君畏鬼，當暗中稽首，不敢見形，勿滋疑慮。亡人楊寧頓首。」朱駭汗浹背，方知遇鬼；以書中歸途之語，知必不售，既而果然。還至羊留，以所賣簪釧錢遣僕往治其墓，竟不敢再至焉。

【章旨】此章講述了一個老鬼託付書生為其整修墳墓的故事。

【注釋】❶辛酉　即清乾隆六年，西元一七四一年。❷順天試　順天鄉試。參見本書卷十三〈墨畫祕戲圖〉則注釋❸、❹。❸羊留　即羊流店。在今山東新泰西北羊流店。❹逆旅　旅店。❺幽窀　指墓穴。❻杜回結草　參見本書卷二〈生死相隨〉則注釋❽。

【語譯】李慶子說：有個叫朱立園的書生在乾隆六年北上參加順天鄉試。晚上經過羊留店北面，因為繞道避開泥濘的道路，於是迂迴曲折而迷失了方向，沒有找到旅店可以棲身。他遠遠望見樹林外有戶人家，便試著前去投宿。到了那裡，看見泥土砌成的圍牆裡是瓦房，共有六七間。一個童子出來接待，朱立園詳細說明了請求住宿的意思。這時一位衣冠樸素而清雅的老翁走出來，他請客人進去，安排他在廂房裡居住。老翁叫僕人拿燈來，那油燈卻黯淡無光。老翁說：「這年頭農作物歉收，燈油也不好，很令人煩悶，然而又無可奈何。」老翁又說：「夜深了，不能準備菜肴，只有一點鄉村釀的酒，請客人稍微喝一點，不要嫌棄招待得太輕慢了。」兩人談得很投機。朱立園問老翁說：「家裡有些什麼人？」老翁回答說：「我孤苦零仃，只有老妻和幾個童僕婢女住在一起。」老翁問朱立園去什麼地方，朱立園回答說是北上到京城去的。老翁說：「我有一封信和少量東西想送到京城去，但苦於這個地方偏僻，沒有傳送書信的人路過。今天遇到您真是太幸運了。」朱立園問：「四周都沒有鄰居，獨自住在這裡不害怕嗎？」老翁說：「我在這裡有幾畝薄田，督促奴僕們耕種，因而就近在這裡住下。家裡貧窮沒有什麼積蓄，不怕強盜。」朱立園說：「我的意思是指曠野裡有很多鬼魅。」老翁說：「鬼魅卻沒有見過。你如果害怕這個，我陪你坐到天亮，好嗎？」接著他向朱立園借了紙和筆，進屋去寫了書信，又將一些東西放在信函裡，然後用舊布把信包得嚴嚴實實，外面又密密縫上，交給朱立園說：「收信人的住址已寫在信函上了，您到京城後拆開看，自然就知道了。」天亮後朱立園向老翁告別，老翁又反覆叮囑信和東西不要遺失，然後才依依分手。朱立園到京城後拆開包裹一看，只見信封上寫著「朱立園先生啟」幾個字，裡面包的東西是金簪和銀釧各一雙。他的信上說：「我年老沒有兒子，誤信妻子的話，以女婿作為繼承人。到外孫時還偶爾來祭奠掃墓，後來就被看作異姓人，紙錢、麥飯早就沒有人來上供了；我這三尺寬的一座孤墳，也就要漸漸塌陷了。我在九泉之下悲悽難過，百般後悔也難以挽回。我謹以殉葬的一點微薄之物，請您把它們賣掉，回來的路上，用賣得的錢幫我修一修墳墓，並稍微疏浚墳墓南面的水溝，使積水不會浸入我的墓穴。如能答應我的請求，我一定會像《左傳》中記載的那個結草繩絆倒杜回的老人一樣，報答您的恩情。我知道您怕鬼，所以我會在暗中給你叩頭，不敢現出形體，請不要有什麼疑慮。亡人楊寧頓首。」朱立園驚駭得汗流浹背，這才知道是遇見了鬼；因書信中有回來的路上這樣的話，朱立園心知這次考試肯定落榜，結果果然如此。朱立園在回程路過羊留店時，用賣掉金簪銀釧所得的錢，派僕人去為老翁整修墳墓，自己竟再也不敢到那裡去了。

【研析】老翁顧託得人，不枉陪朱立園一夜；朱立園能夠不負鬼之託付，也算是有情有義之人。只是，老翁為沒有後人祭祀而感到難過，其實世上的孤魂野鬼不知幾何，這些都是身外事，放開了想自然無怨無恨。

鬼批儒家無鬼論

吳雲巖言：有秦生者，不畏鬼，恆以未一見為歉。一夕，散步別業❶，聞樹外朗吟唐人詩曰：「自去自來人不知，歸時惟對空山月。」其聲哀厲而長。隔葉窺之，一古衣冠人倚石坐。確知為鬼，遽前掩之，鬼亦不避。秦生長揖曰：「與君路異幽明，人殊今古，邂逅相遇，無可寒溫。所以來者，欲一問鬼神情狀耳。敢問為鬼時何似？」曰：「一脫形骸，即已為鬼，如繭成蝶，亦不自知。」問：「果魂升魄降，還入太虛❷乎？」曰：「自我為鬼，即在此間。今我全身現與君對，未嘗隨絪縕元氣❸，升降飛揚。子孫祭時始一聚，子孫祭畢則散也。」問：「果有神乎？」曰：「鬼既不虛，神自不妄。譬有百姓，必有官師。」問：「先儒稱雷神❹之類，皆旋生旋化，果不誣乎？」曰：「作措大❺時，飽聞是說。然竊疑霹靂擊格，轟然交作，如一雷一神，則神之數多於蚊蚋；如雷止神滅，則神之壽促於蜉蝣。以質先生，率遭呵叱。為鬼之後，乃知百神奉職，如世建官，皆非頃刻之幻影。恨不能以所聞見，再質先生。然爾時擁皋比❻者，計為鬼已久，當自知之，無庸再詰矣。大抵無鬼之說，聖人未有。諸大儒恐人諂瀆，故強造斯言。然禁沉湎可，並廢酒醴則不可；禁淫蕩可，並廢夫婦則不可；禁貪惏可，並廢財貨則不可；禁鬥爭可，並廢五兵❼則不可。故以一代盛名，挾百千萬億朋黨之助，能使人噤不敢語，而終不能愜服其心，職是故耳。傳其教者，雖心知不然，然不持是論，即不得稱為精義之學，亦違心而和之曰，理必如是云爾。君不察先儒矯枉之意，生於相激，非其本心；後儒辟邪之說，壓於所畏，亦非其本心。竟信儒者，真謂無鬼神，皇皇質問，則君之受紿久矣。泉下之人，不欲久與生人接；君亦不宜久與鬼狎。言盡於此，餘可類推。」曼聲長嘯而去。案：此謂儒者明知有鬼，故言無鬼，與黃山二鬼❽謂儒者明知井田封建不可行，故言可行，皆洞見癥結之論。僅目以迂闊，猶墮五里霧中矣。

【章旨】此章借鬼之口，批駁了儒家提出的無鬼說。

【注釋】❶別業　即別墅。❷太虛　指宇宙、天空。❸絪縕元氣　古代指天地陰陽二氣交互作用的狀態。❹雷神　參見本書卷五〈役雷神〉則注釋❸。❺措大　指貧寒的讀書人，含有輕慢意。❻皋比　參見本書卷十〈崇真懲偽〉則注釋❶。❼五兵　五種兵器：戈、殳、戟、酋矛、夷矛。❽黃山二鬼　參見本書卷十七〈道學與功利〉則。

【語譯】吳雲巖說：有個姓秦的書生不怕鬼，總是以沒能親眼見一次鬼而感到遺憾。一天晚上，他在別墅散步，聽到樹林外面有人高聲朗誦唐代人的詩句：「自去自來別人不知道，歸來時唯有對著空山中的月亮。」聲音哀傷淒厲拖得很長。秦生隔著樹葉偷看，一個穿著古代衣冠的人靠著石頭坐在那裡。秦生確知他是鬼，突然衝出去站在他的面前，鬼也不避開。秦生作了個長揖說：「我與您是陰陽不同世界的人，而且也是古今不同時代的人，今天與您邂逅相遇，彼此沒有什麼好寒暄的。我之所以來，是想問問鬼神的情況。請問變成鬼時是什麼情形？」那個鬼回答說：「人的靈魂一脫離軀體，就已成了鬼，好像繭化成了蝶，自己也不知道是怎麼回事。」秦生又問：「變成鬼後，確實是魄下降散滅，而魂上升，還入太虛宇宙中麼？」鬼回答說：「我自變成鬼後就一直在這裡，如今我現出全身，與你相對，並沒有隨天地間的元氣升降飛揚，只是在子孫祭祀時才聚合，子孫祭祀完畢就重新分散。」秦生問：「果然有神靈麼？」鬼回答說：「既然鬼確實存在，神自然也就不是虛妄的了。譬如人間有百姓，必然有官吏師長。」秦生問：「先前的儒家學者說雷神之類都是隨時產生隨時消失的，這種說法果然正確麼？」鬼回答說：「我作貧寒書生時，也聽多了這類說法。然而我當時就私下懷疑，霹靂閃電，轟然作響下擊，如果一次雷擊就是一個雷神，那麼神的數量將多於蚊子；如果雷停了雷神也就消失，那麼神的壽命比蜉蝣還要短。當時我向老師問起這些問題，總是遭到呵斥。我直到做了鬼之後，才知道各種神靈奉行著各自的職責，就好像人間設置各種官職一樣，都不是頃刻間就會消失的幻影。我恨不能將我親眼所見親耳所聞的情形再去請教老師。不過，當時坐在講臺上講課的人，我想變成鬼也已經很久了，他們自己也應該已經知道，用不著我再去責問了。大致說來，世上沒有鬼的這種說法，聖人從來沒有說過。只是各位著名儒家學者擔心人們過分迷信鬼神，所以勉強提出的這種說法。然而，禁止沉湎其中是可以的，如果連帶祭祀都一起廢止就不可以了；禁止淫蕩是應該的，如果連帶著禁止夫妻之愛就不對了；禁止貪婪是可以的，如果連帶著將所有財產貨物都禁止就是荒謬的了；禁止爭鬥是可以的，如果連帶著禁止一切武器就不對了。所以那些儒家憑藉享有一代盛名，並有千百萬朋黨的協助，往往能使人不敢開口說話，然而終究不能使人們心服，就是因為這個緣故。傳授儒家學說的人，雖然心裡明白事實不是這樣，但因為不主張這種學說，他的學問就不能被稱為高深精義的學問，所以也只好違心地附和他說：按道理應該是這樣的吧。你沒有體察到先代儒者矯枉過正的說法，是由於彼此互相激發而產生的，其實不是他們的真心話；後代儒家辟邪的說法，是因為他們受到壓力有所畏懼才這麼提出的，其實也不是他們的真心話。你如今竟然相信這些儒者的話，真的以為沒有鬼神，並且堂堂皇皇地向我問起這些問題，那麼你是被他們騙得太久了。我是泉下之人，不想長久與活人接觸，你也不宜長時間與鬼在一起，我的話說到這裡，其餘的問題可由此類推。」說完，他發出長嘯離去了。案：這個鬼說儒家明知道有鬼，卻故意說沒有鬼，這與前面記載的黃山二鬼說儒學家們明知井田制及分封制行不通，卻故意說可行，這都是洞察到問題癥結所在的議論。世人如果僅僅以為這些儒學家們只是太迂腐的話，就還是像墮入五里霧中看不清問題的真相。

【研析】孔子並沒有提出無鬼論，他只是不說怪力亂神，對神鬼採取敬而遠之的態度。最早提出無鬼論是在東漢時期，南北朝時期的范縝提出神滅論，說「形存則神存，形滅則神滅」，提出形與神不能分離的著名論點。然而這只是儒家的一個流派，其他儒家學者並不贊同這一觀點。如紀曉嵐就堅持有鬼論，並藉神鬼之口抨擊主張無鬼論的儒家學者是包藏禍心。於此可知紀昀雖主張有鬼論，卻未免缺乏與無鬼論正面交鋒的理論勇氣。

乩仙論古今

汪主事❶厚石言：有在西湖扶乩者，下壇詩曰：「舊埋香處草離離，只有西陵❷夜月知。詞客情多來弔古，幽魂腸斷看題詩。滄桑幾劫湖仍綠，雲雨千年夢尚疑。誰信靈山散花女❸，如今佛火對琉璃。」眾知為蘇小小❹也。客或請曰：「仙姬生在南齊，何以亦能七律？」乩判曰：「閱歷歲時，幽明一理。性靈不昧，即與世推移。宣聖❺惟識大篆❻，祝詞❼何寫以隸書？釋迦❽不解華言，疏文何行以駢體❾？是知千載前人，其性識❿至今猶在，即能解今之語，通今之文。江文通⓫、謝玄暉⓬（按：謝玄暉當係謝希逸⓭之誤。愛妾換馬事見《纂異記》⓮。）能作〈愛妾換馬〉八韻律賦，沈休文⓯子青箱能作〈金陵懷古〉五言律詩，古有其事，又何疑於今乎？」又問：「尚能作永明體⓰否？」即書四詩曰：「歡來不得來，儂去不得去。懊惱石尤風⓱，一夜斷人渡。」「歡從何處來？今日大風雨。濕盡杏子衫，辛苦皆因汝。」「結束蛺蝶裙，為歡棹舴艋⓲。宛轉沿大堤，綠波雙照影。」「莫泊荷花汀⓳，且泊楊柳岸。花外有人行，柳深人不見。」蓋〈子夜歌〉⓴也。雖才鬼依託，亦可云俊辯矣。

【章旨】此章講述了扶乩請下的一位乩仙縱論古今，並留下不同時代風格的幾首詩的故事。

【注釋】❶主事　參見本書卷三〈事皆前定〉則注釋❸。❷西陵　南朝齊錢塘名妓蘇小小的墓。唐李賀〈蘇小小墓〉詩：「西陵下，風吹雨。」❸靈山散花女　參見本書卷十三〈道沖畫扇〉則注釋❽。❹蘇小小　文學故事人物。六朝時南齊著名歌妓。家住錢塘（今浙江杭州）。❺宣聖　即孔子。參見本書卷一〈無雲和尚〉則注釋❽。❻大篆　參見本書卷三〈雷擊李善人〉則注釋❹。❼祝詞　祭祀時祝禱之語或文辭。❽釋迦　中國佛教用作釋迦牟尼的簡稱，後又用來泛指佛教。❾駢體　即駢文。文體名。指用駢體寫成的文章，有別於散文而言。起源於漢魏。以偶句為主，講究對仗和聲律，易於諷誦。有以四字六字相間定句者，稱「四六文」。❿性識　天分；悟性。佛教稱眾生的根性心識。⓫江文通　即江淹。南朝文學家。字文通，濟陽考城（今河南蘭考東）人。歷仕宋、齊、梁三代。梁時官至金紫光祿大夫。

後人輯有《江文通集》。⑫謝玄暉　即謝朓。南朝齊詩人。字玄暉，陳郡陽夏（今河南太康）人。曾任宣城太守、尚書吏部郎等職。後被蕭遙光誣陷，下獄死。工詩，為李白推許，後世與謝靈運對舉，亦稱小謝。後人輯有《謝宣城集》。⑬謝希逸　即謝莊。南朝宋文學家。字希逸，陳郡陽夏（今河南太康）人。曾任吏部尚書，明帝時官金紫光祿大夫。明人輯有《謝光祿集》。⑭纂異記　志怪小說集。唐人李玫撰。今存一卷。⑮沈休文　即沈約。南朝梁文學家。字休文，吳興武康（今浙江德清武康鎮）人。歷仕宋齊二代，後官至尚書令。卒諡隱。明人輯有《沈隱侯集》。⑯永明體　南朝齊武帝永明時期所形成的詩體，亦稱新詩體。這種詩體要求嚴格遵照四聲八病之說，強調聲韻格律，對近體詩的形成有重大影響。八病，古代關於詩歌聲律的術語。相傳為南朝梁沈約所提出，謂作詩應當避忌的八項弊病。⑰石尤風　逆風；頂頭風。⑱舴艋　小船。⑲汀　水中或水邊的平地。⑳子夜歌　樂府〈吳聲歌曲〉名。《宋書・樂志一》：「子夜歌者，有女子名子夜，造此聲。」故名。南朝樂府又有〈子夜四時歌〉，係據〈子夜歌〉變化而成。

【語譯】汪厚石主事說：有人在杭州西湖扶乩，請下的乩仙作了一首下壇詩說：「舊時掩埋香魂的地方荒草離離，只有西陵的夜晚月亮知曉。詩人多情來憑弔古跡，幽魂悲傷斷腸地看著詩人題詩。滄桑幾劫湖水仍舊是綠色，雲雨千年夢中仍還疑惑。誰相信靈山的散花女，如今佛火對著琉璃。」大家知道這是南北朝時的名妓蘇小小。於是有人問道：「仙姬生在南朝齊時，為什麼也能作唐代以後才有的七言律詩呢？」乩仙寫道：「經歷年月時代，陰間與陽世是同一個道理。鬼神的性靈沒有湮滅，就能隨著時間的推移而更新知識。孔子生前只認識大篆體的文字，如今人們祭祀他時的祭文為什麼卻可用隸書體書寫？釋迦牟尼不懂中國的語言，而現在的祈禱文卻用漢語中的駢體文來寫？由此可知千年以前的人，他們的識見至今還存在的，就聽得懂現在的話，通曉今天的文章。南朝齊、梁時的文人江文通、謝玄暉（按：謝玄暉應當是謝希逸之誤，愛妾換馬的故事見於《纂異記》。）能夠作〈愛妾換馬〉的八韻律賦，沈休文的兒子青箱能夠作〈金陵懷古〉的五言律詩。古代就有這樣的事，為什麼對今天的事情卻又有所懷疑呢？」在場的人又問：「你還能作齊梁時盛行的永明體詩嗎？」乩仙隨即寫了四首詩：「所喜歡的人要來卻不能來，我想去卻不得去。懊惱遇上了頂頭風，整整一夜阻斷人家渡河。」「我所喜歡的人從什麼地方來？今日颮起大風雨。雨水濕透了杏子衫，這麼辛苦都是為了你。」「穿戴好蛺蝶裙，為了所喜歡的人駕著小船。宛轉沿著大堤划船，綠波浪中映照著一雙倩影。」「小船不要泊在荷花汀，而要泊在楊柳岸。荷花汀外有人行，柳蔭深處人不見。」這些都是〈子夜歌〉的形式。雖然這是個有才華的鬼依託蘇小小，但也可以說是能言善辯的了。

【研析】作者愛詩，竟將這些下壇詩全部抄錄在此。讀讀這些下壇詩，不由得為這位扶乩者的才情所折服。

屍首失蹤案

表兄安伊在言：河城❶秋穫❷時，有少婦抱子行塍上，忽失足仆地，臥不復起。穫者遙見之，疑有故；趨視，則已死，子亦觸瓦角腦裂死。駭報田主❸，田主報里胥❹。辨驗死者，數十里內無此婦；且衣飾華潔，子亦銀釧紅綾衫，不類貧家。大惑不解，且覆以葦箔❺，更番守視，而急聞於官。河城去縣近，官次日晡時至，啟箔檢視，則中置稿秸一束，二屍已不見；壓箔之磚固未動，守者亦未頃刻離也。官大怒，盡拘田主及守者去，多方鞫治，無絲毫謀殺棄屍狀。糾結繳繞至年餘，乃以疑案上。上官以案情恍惚，往返駁詰。又歲餘，乃姑俟訪，而是家已蕩然矣。此康熙癸巳、甲午❻間事。相傳村南墟墓間，有黑狐夜夜拜月，人多見之。是家一子好弋獵，潛往伏伺，彀弩中其股。噭然長號，化火光西去。搜其穴，得二小狐，縶以返。旋逸去，月餘而有是事。疑狐變幻來報冤。然荒怪無據，人不敢以入供，官亦不敢入案牘，不能不以匿屍論，故紛擾至斯也。又言：城西某村有丐婦，為姑所虐，縊於土神祠❼。亦箔覆待檢，更番守視。官至，則屍與守者俱不見，亦窮治如河城。後七八年，乃得之於安平❽（深州❾屬縣）。蓋婦頗白皙，一少年輪守時，褫下裳而淫其屍。屍得人氣復生，竟相攜以逃也，此康熙末事。或疑河城之事當類此，是未可知。或並為一事，則傳聞誤矣。

【章旨】此章講述了兩樁屍首失蹤的案例，一件案子疑惑不清，一件案子是死而復活。

【注釋】❶河城　即今河北獻縣河城鎮。在獻縣東南，亭子河經其南。❷秋穫　秋天收穫莊稼。❸田主　土地的主人。❹里胥　指里長。❺葦箔　蘆葦編的席子。❻康熙癸巳甲午　即清康熙五十二、三年，西元一七一三、一七一四年。❼土神祠　土地廟。❽安平　縣名。在河北中部偏南、滹沱河下游。❾深州　州名。清雍正初升直隸州，轄境相當今河北深縣、安平、饒陽、武強等縣地。

【語譯】我的表兄安伊在說：河城秋收時，有個少婦抱著孩子在田塍上走，忽然失足跌倒在地，倒下就沒有再起來。收割莊稼的人遠遠望見，懷疑出了什麼事情，跑過去一看，那個少婦已經死了，孩子也撞在瓦片角上腦袋開裂而死。人們驚駭地急忙告訴這塊田地的主人，主人報告里胥，大家辨認檢驗死者，方圓幾十里內都沒有這個少婦；而且她穿戴的衣飾華麗整潔，孩子也戴著銀手釧，穿著紅綾衫，不像是貧窮人家的。人們大惑不解，暫且用蘆席蓋著屍體，輪番看守，同時急忙派人報告官府。河城離縣城很近，縣官第二天下午就趕到了現場。等揭開蘆席一看，裡面卻只有一捆枯萎的秸稈，兩具屍體已經不見了。

壓蘆席的磚頭確實沒有動過，看守屍體的人也片刻沒有離開過。縣官大怒，把土地的主人及看守的人全部拘捕去，用多種方式審問，也沒有發現絲毫謀殺棄屍的跡象。這件案子糾纏折騰了一年多，才以疑案上報上級官府。上級官府以案情不清楚，反覆駁回責問。這樣又折騰了一年多，才作為疑案待以後再訪查而擱置下來，而這塊土地的主人已經傾家蕩產了。這件事發生在康熙五十二、三年間。相傳當地村子南面的墓地裡有隻黑狐狸，夜夜出來望月而拜，很多人都看到過。土地主人家有個兒子喜歡打獵，偷偷潛伏在那裡窺伺，安上弩箭射中了黑狐狸的大腿。黑狐狸噭然尖聲長叫，化為一團火光向西逃去。他搜尋黑狐狸的洞穴，發現兩隻小狐狸，於是把牠們捆著帶回家，但不久就逃掉了。過了一個多月，就發生了這樣一件事。人們懷疑是狐狸變幻成少婦來報冤仇。然而這種說法太荒誕怪異缺乏證據，人們不敢把這件事寫入供詞中，官府也不敢把它寫入案卷中，於是不得不以藏匿屍首論處，所以紛紛擾擾了這麼長時間。安伊在還說，城西某個村子有個要飯的婦女遭到婆婆虐待，在土神祠裡上吊自殺。她的屍體也是用草席蓋著，等候官府來檢驗。人們輪番看守，官員到場時，屍體和看守的人都不見了。於是官府也像河城那件案子一樣千方百計追查審訊。過了七八年，人們發現他們兩人在安平（安平縣屬深州）。原來那個要飯婦女長得很白淨，一個年輕人輪到看守時，脫掉她下身的衣服而姦淫她的屍體。屍體受到活人氣息竟然復活了，於是那個年輕人帶著女子逃到了安平，這事發生在康熙末年。有人懷疑河城的案子可能也是這種情況，但不知究竟怎樣。又有人把兩件事情說成是一件事，這是傳聞錯誤造成的。

【研析】兩件案子都是人死後而屍體失蹤，前一個案子始終沒有頭緒，說是狐狸作祟未免虛妄；後一個案子卻是因姦屍而使人復活，兩人逃走躲匿而造成屍體失蹤的假象。作者對前一個案子沒有說法，姑且記錄在此，以作談資。

攝魂馴妻

同年龔肖夫言：有人四十餘無子，婦悍妒，萬無納妾理，恆鬱鬱不適。偶至道觀，有道士招之曰：「君氣色凝滯，似有重憂。道家以濟物為念，盍言其實，或一效鉛刀❶之用乎！」異其言，具以告。道士曰：「固聞之，姑問君耳。君為製鬼卒衣裝十許具，當有以報命。如不能製，即假諸伶官❷亦可也。」心益怪之，然度其誑取無所用，當必有故，姑試其所為。是夕，婦夢魘，呼不醒，且呻吟號叫聲甚慘。次日，兩股皆青黯。問之，祕不言，吁嗟而已。三日後復然。自是每三日後皆復然。半月後，忽遣奴喚媒媼，云將買妾。人皆弗信，其夫亦慮後患，殊持疑。既而婦昏瞀累日，醒而促買妾愈急，布金於案，與僮僕約：三日不得必重抶❸，得而不佳亦重抶。觀其狀，似非詭語。覓二女以應，並留之。是夕，即整飾衾枕，促其夫入房。舉家駭愕，莫喻其意；夫亦惘惘如夢境。後復見道士，始知其有術能攝魂：夜使觀中道眾為鬼裝，而道士星冠羽衣坐堂上，焚符攝婦魂，言其祖宗翁姑，以斬祀不孝，具牒訴冥府，用桃杖決一百；遣歸，克期令納妾。

婦初以為噩夢，尚未肯。俄三日一攝，如徵比❹然。其昏瞀累日，則倒懸其魂，灌鼻以醋，約三日不得好女子，即付泥犁❺也。攝魂小術，本非正法。然法無邪正，惟人所用，如同一戈矛，用以殺掠則劫盜，用以征討則王師耳。術無大小，亦惟人所用，如不龜手之藥❻，可以洴澼絖❼，亦可以大敗越師耳。道士所謂善用其術歟！至嚚頑❽悍婦，情理不能喻，法令不能禁，而道士能以術制之。堯牽一羊，舜從而鞭，羊不行，一牧豎驅之則群行。物各有所制，藥各有所畏。神道設教，以馴天下之強梗，聖人之意深矣。講學家烏乎識之？

【章旨】此章講述了一個人中年無子，其妻凶悍妒嫉，不准他娶妾。他請道士作法，攝取其妻子的魂魄，嚴加拷打，迫使妻子主動為其娶妾的故事。

【注釋】❶鉛刀　鉛質的刀，言其不鋒利。比喻才力微弱，此有自謙之意。❷伶官　演戲藝人。❸抶　鞭打。❹徵比　古代稱徵用人力和考校服役成績為「徵比」。❺泥犁　即地獄。❻不龜手之藥　使手不凍裂的藥。典故出自《莊子・逍遙遊》：「宋人有善為不龜手之藥者，世以洴澼絖為事。客聞之，請買其方百金……客得之，以說吳王。越有難，吳王使之將。冬，與越人水戰，大敗越人。裂地而封之。」❼洴澼絖　謂在水上漂洗棉絮。洴澼，漂洗。一說擊絮之聲。絖，棉絮。❽嚚頑　愚頑。

【語譯】我的同年龔肖夫說：有個人四十多歲了還沒有兒子，妻子凶悍嫉妒，絕沒有納妾的可能，這人因此總是鬱鬱不樂。他偶然來到一座道觀，有個道士招呼他說：「你的氣色凝滯，好像有很深的憂愁。我們道家以幫助人為目的，你為什麼不把真實情況告訴我，或許我能略微幫上一點忙呢！」這人覺得道士的話很不同尋常，於是便把實際情況告訴了道士。道士說：「其實我早就知道這事了，姑且問問你而已。你去縫製十來件鬼卒穿的衣服，我肯定能為你做點什麼。如果你不能縫製，即使去向藝人借也是可以的。」這人心裡更加覺得奇怪，但想想道士即使騙取這些衣物也沒有什麼用，肯定是有什麼緣故，姑且試試他準備怎麼辦。當天晚上，這人的妻子就做惡夢，叫也叫不醒，而且呻吟號叫的聲音十分淒慘。第二天，她的兩條大腿上全是青紫的傷痕。這人問她，她守著祕密不肯說，只是長歎短吁而已。三天後又是這樣的情況。從這以後，每過三天都會重複出現這種情況。半個月後，她忽然派奴僕去叫媒婆，說是要為丈夫買妾。人們都不相信，她的丈夫也擔心會有後患，所以非常懷疑猶豫。接著她便一連昏迷了幾天，醒來後更加急迫地催促買妾，把銀子放在桌子上，還與僕人約定：三天內沒有買到妾，必定重重拷打；買到了妾但是長得不好看，她也要重重拷打。看她那樣子，似乎不是在說假話。僕人們找到兩個女子來應付，她把兩人一齊留下。當天晚上，她就收拾整理床鋪，催自己丈夫入房和妾同睡，全家人都感到驚奇愕然，不明白她是什麼意思，丈夫也迷迷糊糊好像是在夢中一樣。後來他再次見到道士，才知道道士有法術能夠攝取人的魂魄。那個道士夜裡讓道觀中的道眾們穿上那些準備好的衣服扮成鬼卒，而道士自己便戴著七星冠，穿上羽服坐在堂上，焚燒符咒攝來那女人的魂魄，說她家的祖宗公公婆婆等，因為她斷了他們家的後代是大不孝，就準備了訴狀告到陰司官府，官府判決用桃木杖打這婦人一百下；然後把她放回去，限定期限命令她買妾。這個婦人開始以為是做惡夢，還不肯執行。此後每過三天這個婦人的魂魄就被攝去一次，就像人間官府定期拷問追賠一樣。她一連昏迷幾天，則是她的魂魄被倒懸著，往鼻子裡灌醋，約定三天內沒有買到美女給丈夫作妾，就把她打入泥犁地獄。像攝人魂魄這種小法術，本來不是正大光明的法術。然而法術本身無所謂邪與正，就看人怎麼用它了。比如說同是一根戈矛，用來殺人搶劫就是強盜，用來征討敵寇就是王者之師。法術本身也沒有大小，也看人怎麼用它。如《莊子》裡就記載，同是這種使人手上的皮膚不裂開的藥，可以用它來幫助自己漂洗絲棉，也可以利用它來幫助吳國的軍隊大敗越國軍隊。這個道士可以說是善於運用他的法術了。至於這個愚蠢頑固凶悍的婦女，講情理不能使她省悟，法律不能禁止她，而道士卻能用法術制服她。唐堯牽著一隻羊，虞舜跟在後面鞭打，那隻羊不走；但一個牧羊人驅趕羊群，則羊群就一起奔跑。每種物體各自有制約它的事物，每種藥物各自有畏懼抵銷它藥效的東西。提倡神道施行教化民眾，以此來馴服天下那些強悍頑固的人，聖人的用意是極為深遠的。講學家哪裡知道這裡面的奧妙呢？

【研析】某人為娶妾，不惜讓妻子遭受毒刑；而那妻子為維護自己權益就得蒙上悍妒惡名，封建社會婦女地位究竟如何低下，讀過此篇就能明白。讀者還須注意作者論說了設立神道之教的用意：「以馴天下之強梗」。於此也可知道，作者鼓吹神鬼論，還是為其政治目的服務的。

狐不平

褚鶴汀言：有太學生[1]，資巨萬。妻生一子死。再娶，豔於色，太學惑之，託言家政無佐理，迎其母至。母又攜二妹來。不一載，其一兄二弟亦挈家來。久而僮僕婢媼皆妻黨，太學父子反煢煢[2]若寄食。又久而管鑰簿籍、錢粟出入，皆不與聞；殘杯冷炙，反遭厭薄矣。稍不能堪，欲還奪所侵權，則妻兄弟哄於外，妻母妹等詬於內。嘗為眾所聚毆，至落鬢敗面，呼救無應者。其子狂奔至，一擲仆地，惟叩額乞緩死而已。恚不自勝，詣後圃將自經。忽一老人止之曰：「君勿爾，君家之事，神人共憤久矣。我居君家久，不平尤甚。君但焚牒土神祠，云乞遣後圃狐驅逐，神必許君。」如其言。是夕，果屋瓦亂鳴，窗扉震撼，妻黨皆為磚石所擊，破額流血。俄而妻黨婦女並為狐媚，雖其母不免。晝則發狂裸走，醜詞褻狀，無所不至；夜則每室坌集數十狐，更番嬲戲，不勝其創，哀乞聲相聞。廚中肴饌，俱攝置太學父子前；妻黨所食，皆雜以穢物。知不可住，皆竄歸。太學乃稍稍招集舊僕，復理家政，始可以自存。妻黨覬覦未息，恆來探視，入門輒被擊。或私有所攜，歸家則囊已空矣。其妻或私饋亦然。由是遂絕跡。然核計資產，損耗已甚，微狐力，則太學父子餓殍矣。此至親密友所不能代謀，此狐百計代謀之，豈狐之果勝人哉？人於世故深，故遠嫌畏怨，趨易避難，坐視而不救；狐則未諳世故，故不巧博忠厚長者名，義所當為，奮然而起也。雖狐也，為之執鞭，所欣慕焉。

【章旨】此章講述了一戶太學生家因後妻親屬想霸占其家產，住在他家的狐狸抱不平，嚴懲妻黨，並將他們驅逐出門的故事。

【注釋】❶太學生　參見本書卷七〈某太學遇鬼〉則注釋❶。❷煢煢　孤獨無所依靠的樣子。

【語譯】褚鶴汀說：有個太學生，家中的財產巨萬。妻子生了一個兒子就死了，太學生再娶了一個女人，這個女人長得很漂亮，太學生被她迷惑了。她假託家務事沒人幫忙料理，把她的母親接來。她母親又把兩個妹妹也帶來了。不到一年，她的一個哥哥兩個弟弟也帶著家眷來了，久而久之，這個太學生家裡的男女僕人也都成了後妻的人，太學生父子反而孤苦沒有依靠，就好像寄居在別人家裡討飯吃一樣。又過了一段時間，太學生家裡的鑰匙帳簿、錢糧收支等情況，都不讓太學生父子過問。他們兩人只能吃點殘湯冷菜，反而遭到妻子家裡人的嫌棄。太學生稍微表示一點不滿，想奪回被侵吞的權力，那麼後妻的哥哥弟弟在外面哄吵，後妻的母親妹妹等在內室裡謾罵。太學生還曾經遭到他們一夥的圍攻毆打，被打得鬍鬚被扯掉，臉被抓破，拚命喊救命，也沒人答應。太學生的兒子狂奔來救助，竟被一巴掌打倒在地，只得磕頭求饒，乞求讓自己多活幾天而已。太學生憤恨之極，跑到後院準備上吊自殺。忽然有位老人制止他說：「你不要這樣。你家的事情，神靈和人們都早已憤憤不平。我在你家住了很久，尤其為你抱不平。你只要到土神祠裡燒一篇祈禱文，請求土神派遣住在你家後院的狐狸驅逐那夥人，土神必定會答應你的要求。」太學生按照他的話做了，當天晚上果然屋上的瓦片亂響，窗戶房門震動搖晃，後妻家的人都被磚塊擊中，頭破血流。不久後妻家的婦女都被狐狸媚惑，即使後妻的母親也無法倖免。她們白天就發狂赤裸著身體亂跑，說些不堪入耳的下流話，作出些不堪入目的下流動作，無所不至；到了夜裡，每人的臥室中都聚集著幾十隻狐狸，輪番姦汙她們，她們忍受不了痛楚，哀叫求饒的聲音此起彼伏。廚房裡的食物往往都被攝取在太學生父子面前，後妻家一夥人吃的東西往往夾雜著汙穢之物。他們知道住不下去，都逃回去了。太學生於是漸漸召回原來的僕人，重新整頓家事，這才可以存活下來。後妻家的人對太學生的家產還不死心，時常來窺探，但一進門就會遭到襲擊。有時他們想偷偷帶走些東西，但是回到家後袋子卻是空的。太學生的妻子偷偷送給他們的財物也是如此，於是他們終於不敢再來。然而核計太學生的家產，損耗已經很慘重了。如果不是狐狸出力，那麼太學生父子勢必會餓死。這種事情，即便是關係最密切的親友也不能代他出主意，而這隻狐狸卻千方百計為他想辦法。難道是狐狸果然勝過人嗎？人受世故的影響深，所以總是遠遠避開嫌疑畏懼與人結怨，總是挑容易的事情做而迴避困難的事情，於是見人有危難也坐視不救。狐狸不懂得世故，所以不想用機巧的手段博取忠厚長者的名聲。根據道義應該做的事情，他們就奮然挺身而出。雖然他們是狐狸，即使為他們執鞭趕車，也是我欣然願意做的事情。

【研析】家庭糾紛，外人確實難以置喙。但有些事確實不公，就需要有人挺身而出，主持公道。作者可能對此深有感觸，一再讚許那些在朋友危急時刻，能夠挺身為朋友解難的人。本文中，作者極為稱讚那個狐狸，甚而說道：「為之執鞭，所欣慕焉。」可見作者的心態了。

瞽者報仇

瞽者劉君瑞言：一瞽者❶年三十餘，恆往來衛河旁，遇泊舟者，必問：「此有殷桐乎？」又必申之曰：「夏殷之『殷』，梧桐之『桐』也。」有與之同宿者，其夢中囈語，亦惟此二字。問其姓名，則旬日必一變，亦無深詰之者。如是十餘年，人多識之，或逢其欲問，輒呼曰：「此無殷桐，別覓可也。」一日，糧艘泊河干，瞽者問如初。一人挺身上岸曰：「是爾耶？殷桐在此，爾何能為？」瞽者狂吼如虓虎❷，撲抱其頸，口齧其鼻，血淋漓滿地。眾前拆解，牢不可開，竟共墮河中，隨流而沒。後得屍於天妃宮❸前（海口不受屍，凡河中求屍不得，至天妃宮前必浮出），桐捶其左脅骨盡斷，終不釋手；十指掐桐肩背，深入寸餘；兩顴兩頰，齧肉幾盡。迄不知其何仇，疑必父母之冤也。夫以無目之人，偵有目之人，其不得決也；以孱弱❹之人，搏強橫之人，其不敢亦決也。此較伍胥❺之仇楚，其報更難矣。乃十餘年堅意不回，竟卒得而食其肉，豈非精誠之至，天地亦不能違乎！宋高宗❻之歌舞湖山，究未可以勢弱解也。

【章旨】此章講述了一個盲人為復仇，苦苦尋覓仇人十幾年，終於得以復仇的故事。

【注釋】❶瞽者　盲人。❷虓虎　咆哮怒吼的老虎。❸天妃宮　祭祀天妃的神廟。天妃，海神名。即媽祖。《元史・祭祀志五》：「惟南海女神惠靈夫人，至元中以護海運有奇應，加封天妃神號。」❹孱弱　懦弱；衰弱。❺伍胥　即伍子胥。春秋時楚國人，因其父伍奢及兄伍尚為楚平王殺害，子胥逃到吳國，勸吳王夫差伐楚，攻下楚都，子胥掘平王墓並鞭其屍以報父兄之仇。❻宋高宗　即趙構。南宋皇帝。西元一一二七—一一六二年在位。初封康王。徽欽二帝被俘後在南京（今河南商丘）即位，一一六二年傳位於趙昚（孝宗）。

【語譯】盲人劉君瑞說：有一個盲人年紀三十多歲，經常來往於衛河邊，遇到停船的人，就必定要問：「這裡有殷桐嗎？」而且又必定會說明：「是夏殷的『殷』，梧桐的『桐』。」有人和這個盲人住在一處，聽到他說夢話時也總是叨念這兩個字。問他的姓名，那麼他過十天半月肯定就要變一次，也沒有人深入地問他個究竟。這樣過了十多年，人們都認識他了。有時他正要開口問，人們就說：「這裡沒有殷桐，你到別處去找吧。」一天，運糧的船隊停泊在岸邊，這個盲人又像往常一樣去問，只見一個人挺身跳上岸來，說：「是你嗎？殷桐在這裡，你能把我怎麼樣？」只見這個盲人發出狂吼如同咆哮怒吼的猛虎，撲上去抱住他的脖子，嘴巴咬住他的鼻子，鮮血淋漓流淌滿地。眾人上前想把兩人拉開，但盲人抱得死死的，根本拉不開，結果兩人一齊滾入河中，隨著水流沉沒了。後來人們在天妃宮前發現他們的屍首（屍首漂不出海口。凡是河中沒有找到的屍體，在天妃宮前一定會浮出來），只見殷桐將盲人左邊的肋骨全部捶斷，但盲人始終沒有放手，他的雙手十指摳進殷桐的肩背，深達一寸多；殷桐兩邊面頰上的肉幾乎全被咬掉。人們至今不知道他有什麼冤仇，懷疑必定是殺害父母的冤仇。以一個沒有雙眼的人，來搜尋一個有眼睛的仇人，不可能找到幾乎是肯定無疑的；以一個殘疾弱小的人，來與一個強壯凶橫的人搏鬥，不可能取勝也幾乎是肯定無疑的。和伍子胥要報楚王的殺父之仇相比，這個盲人的復仇是更為困難的。但他仍然十幾年意志堅定不放棄，結果竟然咬了仇人的肉報了冤仇，這難道不是因為他精誠所至，連天地也不能違背他的意願嗎！宋高宗不肯出師北伐，而躲在臨安湖光山色之中，享受輕歌曼舞，終究不能以國勢衰弱為理由替自己開脫的。

【研析】這個盲人究竟為什麼而苦苦尋找仇人十幾年，對此，人們已經不再關心。人們為這個盲人永不放棄的信念、勇氣所感動。故而，作者在本文末尾會對宋高宗的靡靡心態提出了嚴正的批判。

神鬼論詩畫

王昆霞作《雁宕遊記》一卷，朱導江為余書掛幅，摘其中一條云：四月十七日，晚出小石門，至北磵，耽玩忘返，坐樹下待月上。倦欲微眠，山風吹衣，栗然❶忽醒。微聞人語曰：「夜氣澄清，尤為幽絕，勝罨❷畫圖中看金碧山水❸。」以為同遊者夜至也。俄又曰：「古琴銘云：『山虛水深，萬籟蕭蕭。古無人蹤，惟石嶕嶢❹。』真妙寫難狀之景。嘗乞洪谷子❺畫此意，竟不能下筆。」竊訝斯是何人，乃見荊浩？起坐聽之。又曰：「頃東坡❻為畫竹半壁，分柯布葉，如春雲出岫，疏疏密密，意態自然，無杈椏怒張之狀。」又一人曰：「近見其〈西天目〉❼詩，如空江秋淨，煙水渺然，老鶴長唳，清飆遠引，亦消盡縱橫之氣。緣才子之筆，務殫心巧；飛仙之筆，妙出天然，境界故不同耳。」知為仙人，立起仰視。忽撲簌一聲，山花亂落，有二鳥沖雲去。其詩有「躡屐頗笑謝康樂❽，化鶴親見徐佐卿❾」句，即記此事也。

【章旨】此章記述了王昆霞所作《雁宕遊記》中的一段神鬼論詩畫的文字。

【注釋】❶栗然　恐懼；瑟縮。❷勝罨　勝過。罨，掩覆。❸金碧山水　中國山水畫的一種。以泥金、石青和石綠三種顏料作為主色，比「青綠山水」多泥金一色。泥金一般用於鉤染山廓、石紋、坡腳、沙嘴、彩霞，以及宮室樓閣等建築物。❹嶕嶢　高聳貌。❺洪谷子　即荊浩。五代後梁畫家。字浩然，沁水（今屬山西）人。通經史，能文章，隱居太行山的洪谷，號洪谷子。著《筆法記》。他對中國山水畫的發展有重要影響。❻東坡　指蘇東坡。參見本書卷七〈遊士排場〉則注釋❾。❼天目　即天目山。在浙江西北部。多奇峰、竹林，為浙西名勝地。❽謝康樂　即謝靈運。南朝宋詩人。陳郡陽夏（今河南太康）人。移籍會稽。晉時襲封康樂公，故稱謝康樂。其愛穿木屐遊覽山水，上山則去木屐前齒，下山則去木屐後齒。❾化鶴親見徐佐卿　《廣德神異錄》載，唐明皇獵於沙苑，見雲中有鶴，射之中，鶴將落地又翩然飛走。益州城西道觀，有個叫徐佐卿的自稱青城道士。有一天從外歸，說偶被箭射中，但不一會兒便沒事了。這支箭我當留著還主人。徐就是中箭之鶴。

【語譯】王昆霞作了《雁宕遊記》一卷，朱導江為我書寫一幅書法掛軸時，摘錄了其中一條，說：四月十七日，晚上從小石門出來，到北磵。因為貪戀賞玩景色，忘記返回，只得坐在樹下，等待月亮上來。身體困倦正想稍稍睡一會時，一陣山風吹起我的衣服，我在朦朧中忽然清醒。這時隱隱約約聽到有人說話聲，說：「夜氣澄清，更加幽靜，在這裡坐坐，勝過看圖畫中的金碧山水畫。」我以為這是一同遊山的人夜裡來到這裡。過了一會兒又聽那邊說道：「古時琴銘中說：『山虛水深，萬籟蕭蕭。古來沒有人蹤，唯有山石高聳。』這真是善於描繪一種很難描繪的景象。我曾請洪谷子按這幾句話的意思畫一幅畫，他竟無法下筆。」我暗自吃驚這是什麼人呀，竟然能夠見到五代時的著名畫家荊浩？於是我坐起來聽他們說話。一個聲音又說道：「前不久蘇東坡為我畫了半面牆壁的竹，分布枝杈竹葉，如同春天的雲霧飄湧出秀麗的山峰，或疏或密，意趣神態非常自然，沒有枝杈橫衝直伸的形狀。」又一個人說：「近日我見到他寫的〈西天目山〉詩，那意境像是空曠的江面在秋天裡特別明淨，煙水渺然；又像老鶴發出長長的叫聲，淒清嘹亮，傳向遠方，也消盡了他原來詩中的那種縱橫傲岸的氣勢。大約因為他是才子，下筆往往追求充分表現心思的巧妙；飛仙的筆法，天然神妙，所以境界不同。」我知道說話的人必定是仙人，便站起來仰面望去，忽然撲簌一響，山間的野花紛紛散落，有兩隻鳥沖向雲中飛走了。王昆霞的詩有「踏著木屐頗笑謝康樂，變化為鶴親眼看見徐佐卿」的句子，就是記載這件事的。

【研析】論詩說畫，作者興趣最高。此段摘錄的文字也確實有種空靈神妙的意境，頗能引起詩人共鳴。

狐狸辯冤

劉擬山家失金釧❶，掠❷問小女奴，具承賣與打鼓者（京師無賴遊民，多婦女在家倚門，其夫白晝避出，擔二荊筐，操短柄小鼓擊之，收買雜物，謂之「打鼓」。凡僮婢幼孩竊出之物，多以賤價取之。蓋雖不為盜，實盜之羽翼。然贓物細碎，所值不多，又蹤跡詭祕，無可究詰，故王法亦不能禁也）。又掠問打鼓者衣服形狀，求之不獲，仍復掠問，忽承塵上微嗽曰：「我居君家四十年，不肯一露形聲，故不知有我。今則實不能忍矣。此釧非夫人檢點雜物，誤置漆奩❸中耶？」如言求之，果不謬，然小女奴已無完膚矣。擬山終身愧悔，恆自道之曰：「時時不免有此事，安能處處有此狐！」故仕宦二十餘載，鞫獄❹未嘗以刑求。

【章旨】此章講述了一戶官宦人家因丟失物品，嚴刑拷打小女奴。住在這戶人家的狐狸精難以忍受這種無辜拷打，挺身為小女奴辯冤的故事。

【注釋】❶金釧　金手鐲。❷掠　拷打。❸漆奩　即漆匣。古代盛放梳妝用品的器具。❹鞫獄　審理案件。

【語譯】劉擬山家丟失了金釧，便拷問小女奴，小女奴承認是偷賣給打鼓人了（京城中的無賴遊民，女人大多數倚門賣笑招攬嫖客，她的丈夫白天迴避出門去，挑著兩個荊條筐，拿著短柄的小鼓敲打，收買雜物廢品，稱為「打鼓」。凡是別人家中的童僕婢女或小孩偷出來的東西，打鼓人往往用很低的價錢買來。他們雖然不直接偷盜，實際上是盜賊的同夥。然而他們收買的贓物零碎細小，值不了幾個錢，而他們行蹤又很詭祕，根本無法追查，所以王法也不能禁止他們）。又拷打追問那打鼓人穿什麼衣服、長什麼模樣，結果還是沒有找回金釧，於是又重新拷打小女奴。忽然天花板上有人輕輕咳嗽了一下，說：「我在你們家住了四十年，從來沒有顯露形跡聲響，所以你們不知道有我。今天我實在不能忍受了。這隻金釧不是你家夫人檢點雜物時錯放進漆盒中了嗎？」劉家人根據這話去尋找，果然不錯，然而那個小女奴已經被打得遍體鱗傷了。劉擬山終身為此感到慚愧後悔，總是自己說起這件事，說：「這樣的事情經常會發生，但怎能處處有這樣的狐狸在身邊呢！」所以他做官二十多年，審問案件從來不用嚴刑逼供。

【研析】無辜小女奴無端遭受毒打，神鬼共憤。那個官員為官二十多年，審案不動刑具，這也算是善於從中吸取教訓的了。

才女多情

多小山言：嘗於景州❶見扶乩者，召仙不至。再焚符，乩搖撼良久，書一詩曰：「薄命輕如葉，殘魂轉似蓬。練拖三尺白，花謝一枝紅。雲雨期雖久，煙波路不通。秋墳空鬼唱，遺恨宋家東❷。」知為縊鬼，姑問姓名。又書曰：「妾系本吳門❸，家僑楚澤。偶業緣之相湊，宛轉通詞；詎好夢之未成，倉皇就死。律以聖賢之禮，君子應譏；諒其兒女之情，才人或憫。聊抒哀怨，莫問姓名。」此才不減李清照❹；其「聖賢兒女」一聯，自評亦確也。

【章旨】此章記述了扶乩請下的一位才女所作的怨艾詩文。

【注釋】❶景州　今河北景縣。❷宋家東　宋玉在〈登徒子好色賦〉中說：他家東鄰的姑娘總是爬牆偷窺他。❸吳門　蘇州的別稱。或泛指舊蘇州、平江府、平江路、蘇州府全境。❹李清照　南宋女詞人。號易安居士，濟南（今屬山東）人。後人有《漱玉詞》輯本。今人輯有《李清照集》。

【語譯】多小山說：他曾在景州見有人扶乩，召仙人不來。扶乩者再焚符咒，乩搖晃了許久，乩仙然後寫出一首詩：「薄命輕如樹葉，殘魂轉似蓬草。拖著三尺白練，一枝紅花凋謝。雲雨期望雖久，煙波道路不通。秋墳空有鬼唱，遺恨如宋家東院之女。」大家看了詩知道這請下的乩仙是個吊死鬼，於是問她的姓名，就又寫了幾句話：「我本來是蘇州人，僑居在楚地。偶爾因前生緣分的互相湊合，與心上人相遇，彼此吐露了心跡。不料好夢沒有成功，我就倉促地走上死路。以聖賢制定的禮法來要求，正人君子肯定要譏諷我；但體諒痴情兒女的一段感情，多情才子或許會予以憐憫。我姑且抒發自己的悲哀怨恨，請你們不要問我的姓名了。」這位女子的才華不比李清照差，她所說的「聖賢兒女」那一聯，作為對自己的評價也是很恰當的。

【研析】才女薄命，真是令人扼腕歎息。然而不必過多傷感，因為所謂扶乩請仙，不過是一種遊戲而已。

呂留良闢佛辯

《新齊諧》❶載冥司榜呂留良❷之罪曰：「闢佛太過。」此必非事實也。留良之罪，在明亡以後，既不能首陽❸一餓，追跡夷齊❹；又不能戢影❺逃名，鴻冥世外❻，如真山民❼之比。乃青衿❽應試，身列膠庠❾；其子葆中，亦高掇科名，以第二人入翰苑❿。則久食周粟⓫，斷不能自比殷頑⓬。何得肆作謗書，熒惑黔首⓭？詭託於桀犬之吠堯⓮，是首鼠兩端，進退無據，實狡黠反覆之尤。核其平生，實與錢謙益⓯相等。歿罹陰譴，自必由斯。至其講學闢佛，則以尊朱⓰之故，不得不闢陸、王⓱為禪。既已闢禪，自不得不牽連闢佛，非其本志，亦非其本罪也。金人入夢⓲以來，闢佛者多，闢佛太過者亦多。以是為罪，恐留良轉有詞矣。抑嘗聞五臺⑲僧明玉之言曰：闢佛之說，宋儒深而昌黎⑳淺，宋儒精而昌黎粗。然而披緇之徒，畏昌黎不畏宋儒，銜昌黎不銜宋儒也。蓋昌黎所闢，檀施㉑供養之佛也，為愚夫婦言之也。宋儒所闢，明心見性之佛也，為士大夫言之也。天下士大夫少而愚夫婦多；僧徒之所取給，亦資於士大夫者少，資於愚夫婦者多。使昌黎之說勝，則香積㉒無煙，祇園㉓無地，雖有大善知識，能率恆河沙眾㉔，枵腹露宿而說法哉！此如用兵者先斷糧道，不攻而自潰也。故畏昌黎甚，銜昌黎亦甚。使宋儒之說勝，不過爾儒理如是，儒法如是，爾不必從我；我佛理如是，佛法如是，我亦不必從爾。各尊所聞，各行所知，兩相枝拄，未有害也。故不畏宋儒，亦不甚銜宋儒。然則唐以前之儒，語語有實用；宋以後之儒，事事皆空談。講學家之闢佛，於釋氏毫無所加損，徒喧哄耳。錄以為功，固為讜論㉕；錄以為罪，亦未免重視留良耳。

【章旨】此章批駁了袁枚《新齊諧》中說呂留良在陰間遭到報應是因為他闢佛的緣故，指出呂留良遭報應是因為他既不能為前明朝殉難，又在歸順大清朝後批評新朝的緣故。

【注釋】❶新齊諧　參見本書卷十〈僵屍〉則注釋❹。❷呂留良　參見本書卷十〈僵屍〉則注釋❷。❸首陽　首陽山。一稱雷首山。在山西永濟南，傳為伯夷、叔齊采薇隱居處。❹夷齊　伯夷、叔齊。參見本書卷十〈善全骨肉〉則注釋

❷。❺戢影　藏匿蹤跡。❻鴻冥世外　即「鴻飛冥冥」。鴻雁飛向又高又遠的空際。比喻隱者遠走高飛，全身避害。亦比喻隱者的高遠蹤跡。❼真山民　參見本書卷十一〈真山民〉則注釋❶。❽青衿　指讀書人。❾膠庠　周代學校名。周時膠為大學，庠為小學。後世用以通稱學校。❿翰苑　翰林院的別稱。⓫周粟　周代的祿食。《史記・伯夷列傳》：「天下宗周，而伯夷、叔齊恥之，義不食周粟，隱於首陽山，采薇而食之。」後多指有氣節者不接受的新朝俸祿。⓬殷頑　指殷代遺民中不服從周朝統治的人。後泛指不順服之民。⓭黔首　戰國及秦代對國民的稱謂。⓮桀犬之吠堯　桀是夏代暴君，堯是傳說中遠古時代的聖君。比喻為人臣僕或奴才，像桀所畜養的狗一樣，只知道遵從主子的命令去咬人，不問誰善誰惡。⓯錢謙益　字受之，號牧齋，晚號蒙叟，明末清初常熟（今屬江蘇）人。明萬曆進士。官禮部侍郎。清兵入關南下，率先迎降。官至禮部尚書。詩文有名當時。⓰尊朱　推尊朱熹。參見本書卷一〈鬼談〉則注釋❾。⓱陸王　陸九淵、王守仁。參見本書卷六〈崔寅談易〉則注釋❻。⓲金人入夢　《續文獻通考》載，漢明帝夢見金人，問群臣，傅毅解釋為佛。於是遣使往天竺訪佛。⓳五臺　即五臺山。⓴昌黎　即韓愈。㉑檀施　施主。㉒香積　佛寺；寺廟。㉓祇園　全稱「祇樹給孤獨園」或「祇園精舍」，印度佛教聖地之一。㉔恆河沙眾　參見本書卷五〈債鬼〉則注釋❹。㉕讜論　正直的議論。

【語譯】袁枚《新齊諧》記載陰曹地府中張榜公布呂留良的罪過是批判佛教太過分，這肯定不是事實。呂留良的罪過，是在明朝滅亡之後，既不能像伯夷、叔齊那樣不吃新王朝的糧食，餓死在首陽山；又不能隱姓埋名，逃避人世之外，像真山民那樣隱居。他自己和眾多童生一起參加了國朝的科舉考試，作了秀才；他兒子呂葆中還高中進士，以第二名進入翰林院。那麼他們父子早就享受了新王朝的功名俸祿，絕不能還把自己看作是舊王朝的遺民了。他們怎能寫誹謗國朝的著作，迷惑煽動老百姓呢？他們詭詞假託自己像是夏桀的狗對著堯叫是忠於主人，這種瞻前顧後、進退無準的行為，其實是最狡猾反覆無常的表現。考核他的平生作為，實際上和錢謙益相同。他死後遭到陰間的懲罰，自然必定是因為這個緣故。至於他講理學，排斥佛學，那是因為他要尊從程朱理學的緣故，就不得不批駁陸九淵、王守仁一派的學說為禪學；既然已經斥責禪學，自然不得不牽連著批駁佛學。所以批判佛學並不是他的本意，也不是他真正的罪過。自從佛教在東漢明帝時傳入中國以來，批駁佛教的人很多，批駁佛教太過分的人也很多。以批判佛教作為呂留良的罪過，恐怕他反而有了為自己辯解的理由。而且我曾聽五臺山和尚明玉說過：批駁佛教的主張，宋代儒家深刻而韓愈膚淺，宋代儒家精緻而韓愈粗疏。然而剃了頭髮披起袈裟做和尚的人怕韓愈而不怕宋代儒家，恨韓愈而不恨宋代儒家。因為韓愈所批判的是佛教信徒們供養的佛，這是針對無知的老百姓所說的；宋代儒家批判的是明心見性的佛，是針對士大夫們而說的。天下士大夫少而無知的老百姓多，和尚們生活所需的東西，也是取自於士大夫們的少，而取自於無知的老百姓的多。假使韓愈的主張獲勝，那麼寺廟的廚房裡必然要斷了炊煙，想建寺院也沒有了土地。即使有佛學造詣極深的和尚，他難道能夠率領像恆河沙子那樣多的和尚們，餓著肚子坐在露天裡說佛法嗎！這就好像調兵作戰的人先切斷了敵軍的糧草供給線，敵軍就將不戰而自我潰敗了。所以和尚們非常害怕韓愈，也非常恨韓愈。假使宋代儒家的主張獲勝，不過是你們儒家的道理是這樣，儒家的禮法是這樣，你不必聽從我；我佛家的道理是這樣，佛教的禮法是這樣，我也不必聽從你。你我可以各自信奉尊崇自己的學說，各自施行自己所理解的理論，彼此兩相對峙，對雙方都沒有什麼危害。所以，佛教徒不怕宋代儒家，也不太恨宋代儒家。由此可見，唐代以前的儒家，所說的每句話都有實用；宋代以後的儒家，每件事都是空談。講理學的人批判佛教，實際上對佛教毫無影響，只不過是亂喧鬧起哄而已。把批判佛教當作功勞，固然是正直的議論；然而把批判佛教當作罪過，也未免太重視呂留良了。

【研析】作者批評呂留良，指責他參加朝廷的科舉考試，故而不能稱作遺民；拿了朝廷的俸祿，就不能再留戀舊朝，批評新朝。看上去似乎道理不錯。但其依據的事實完全錯了，因此對呂留良的批評也就失去了基礎。明朝滅亡，呂留良散家財結客，圖謀復興，備嘗艱苦。事敗，他家居授徒。他學宗程朱，特別表揚朱熹的種族思想，對清廷御用的程朱學派表示激烈的反對。認為「華夷之辨」更大於「君臣之倫」。清廷舉博學鴻詞，他誓死拒薦。後來剪髮為僧，名耐可。臨死前作〈祈死詩〉六篇。從其生平來看，他何嘗歸順過清朝？雖說作者也是著名學者，學通古今，但如此攻擊呂留良，不知出於何種居心？

救人遭鬼怒

奴子王發，夜獵歸。月明之下，見一人為二人各捉一臂，東西牽曳，而寂不聞聲。疑為昏夜之中，剝奪衣物，乃向空虛鳴一銃。二人奔迸❶散去，一人返奔歸，倏皆不見，方知為鬼。比及村口，則一家燈火出入，人語嘈囋❷，云：「新婦縊死復蘇矣。」婦云：「姑命晚餐作餅，為犬銜去兩三枚。姑疑竊食，痛批❸其頰。冤抑莫白，痴立樹下。俄一婦來勸：『如此負屈，不如死。』猶豫未決，又一婦來慫恿之。恍惚迷瞀❹，若不自知，遂解帶就縊，二婦助之。悶塞痛苦，殆難言狀，漸似睡去，不覺身已出門外。一婦曰：『我先勸，當代我。』一婦曰：『非我後至不能決，當代我。』方爭奪間，忽霹靂一聲，火光四照，二婦驚走，我乃得歸也。」後發夜歸，輒遙聞哭詈，言破壞我事，誓必相殺，發亦不畏。一夕，又聞哭詈。發訶曰：「爾殺人，我救人，即告於神，我亦理直。敢殺即殺，何必虛相恐怖！」自是遂絕。然則救人於死，亦招欲殺者之怨，宜袖手者多歟？此奴亦可云小異矣。

【章旨】此章記述了一個奴僕救了一名上吊婦女，卻遭來吊死鬼怨恨的故事。

【注釋】❶奔迸　逃散。❷嘈囋　聲音雜亂；喧鬧。❸批　手擊。這裡指批頰，即打耳光。❹迷瞀　迷糊；困惑。

【語譯】奴僕王發有天夜裡打獵回來，在月光下，看見有個人被兩個人各拉著一隻胳膊，一個向東拉扯，一個向西拉扯，然而寂靜沒有發出任何聲音。王發懷疑是有人在黑夜裡搶奪衣裳錢物，於是向空中放了一槍。那兩個人奔跑散開，被拉的那個人急忙奔回來，轉眼間都不見了，王發這才知道遇上了鬼。等他走到村口，看見有戶人家燈火通明，很多人進進出出，人聲嘈雜，說：「新媳婦上吊自殺，現在已復蘇了。」那新媳婦說：「婆婆叫我晚飯做餅，餅被狗銜走了兩三個。婆婆懷疑是我偷吃了，狠狠打我耳光。我感到冤屈無處訴說，呆呆地站在樹下。不久就有一個婦女過來勸我說：『這樣受冤屈，還不如死了。』我正猶豫不決，又過來一位婦女，也慫恿我尋死算了。我恍恍惚惚迷迷糊糊，自己不知不覺就解下腰帶上吊，兩個婦女在一旁幫助我。我憋悶痛苦，難受得無法形容，漸漸就像睡了過去，不知不覺身體已經出了門。一個婦女說：『是我先勸她的，應該替代我。』另一個婦女說：『不是我後面到來，她下不了決心，應該替代我。』她們正在爭奪時，忽然霹靂一聲巨響，火光照亮了四周，兩個婦女都驚走了，我才得以回來。」後來王發每次夜裡回家，就遠遠聽到哭罵聲，說你壞了我的事，我發誓一定要殺了你，王發也不害怕。一天晚上，他又聽到哭罵聲，於是怒喝道：「你殺人，我救人，就是告到神靈那裡，我也是有道理的。你敢殺我就來殺掉我，何必虛張聲勢嚇人！」從此以後，哭罵聲就停止了。由此看來，救人於死地，也會招來想殺他的人的怨恨，袖手旁觀的人應該很多吧？這個奴僕也可以說是與那些人稍有不同了。

【研析】佛家說：「救人一命，勝造七級浮屠。」這個奴僕救人，壞了吊死鬼的好事，遭到吊死鬼的謾罵也屬正常。雖說奴僕無心救人，卻是做了善事。好在這個奴僕不怕鬼，不信邪，一番義正詞嚴的斥責，使得吊死鬼啞口無言而去。所以，正能壓邪，邪惡終究是見不得天日的。

四救先生

宋清遠先生言：昔在王坦齋❶先生學幕❷時，一友言夢遊至冥司，見衣冠❸數十人累累入；冥王詰責良久，又累累出，各有愧恨之色。偶見一吏，似相識，而不記姓名，試揖之，亦相答。因問：「此並何人，作此形狀？」吏笑曰：「君亦居幕府❹，其中豈無一故交耶？」曰：「僕但兩次佐學幕，未入有司署❺也。」吏曰：「然則真不知矣。此所謂四救先生者也。」問：「『四救』何義？」曰：「佐幕者有相傳口訣，曰：救生不救死，救官不救民，救大不救小，救舊不救新。救生不救死者，死者已死，斷無可救；生者尚生，又殺以抵命，是多死一人也，故寧委曲以出之。而死者銜冤與否，則非所計也。救官不救民者，上控之案，使冤得申，則官之禍福不可測；使不得申，即反坐❻不過軍流❼耳。而官之枉斷與否，則非所計也。救大不救小者，罪歸上官，則權位重者譴愈重，且牽累必多；罪歸微官，則責任輕者罰可輕，且歸結較易。而小官之當罪與否，則非所計也。救舊不救新者，舊官已去，有所未了，羈留之恐不能償；新官方來，有所委卸，強抑之尚可以辨。其新官之能堪❽與否，則非所計也。是皆以君子之心，行忠厚長者之事，非有所求取巧為舞文❾，亦非有所恩仇私相報復。然人情百態，事變萬端，原不能執一而論。苟堅持比例，則矯枉過直，顧此失彼，本造福而反造孽，本弭事❿而反釀事，亦往往有之。今日所鞫，即以此貽禍者。」問：「其果報何如乎？」曰：「種瓜得瓜，種豆得豆。夙業牽纏，因緣終湊。未來生中，不過亦遇四救先生，列諸『四不救』而已矣。」俯仰之間，霍然忽醒，莫明其入夢之故，豈神明或假以告人歟？

【章旨】此章講述了清代官場中流行的不問是非曲直，而只顧息事寧人、枉法包庇的四救四不救的陋習。

【注釋】❶王坦齋　即王蘭生。字振聲，一字坦齋，清交河（今河北交河）人。康熙間賜進士，官至刑部右侍郎。❷學幕　指幕友這一行業。即幕僚。❸衣冠　參見本書卷十〈布商韓某〉則注釋❸。❹幕府　參見本書卷九〈余某〉則注釋❶。❺司署　官府衙門。❻反坐　法律用語。指按誣告別人的罪名對誣告人施行懲罰。❼軍流　參見本書卷十三〈黠鬼幻形〉則注釋❹。❽堪　勝任。❾舞文　即「舞文弄法」。玩弄文字，曲解法律。❿弭事　息事。

【語譯】宋清遠先生說：他從前在王坦齋先生的學府衙門中作幕僚時，有個朋友說夢遊中來到了陰曹地府，看見幾十個士大夫模樣的人連續不斷地來到地府，閻王訊問斥責了很久，然後他們又相繼走出來，每個人都露出慚愧悔恨的神情。這人偶然看見一個吏員，似乎相識，但記不得他的姓名了，試著向他打招呼，他也回了禮。於是問他：「剛才都是些什麼人，為什麼這般神情模樣？」吏員笑著說：「你也是身在幕府，剛才這些人中你難道就沒有一個老朋友嗎？」這人回答說：「我只是作了兩次提學使的幕僚，沒有當過行政官署長官的幕僚。」吏員說：「要是這樣，你就是真的不知道了。這些人就是所謂的『四救先生』。」這人問：「『四救』是什麼意思？」吏員回答說：「凡是當幕僚的，都有相傳的幾句口訣，叫做：救生不救死，救官不救民，救大不救小，救舊不救新。救生不救死的意思是指死的人已經死了，絕對救不過來了；但生者還活著，又把他殺了抵命，就是多死一個人。所以寧願想方設法使他免於死罪，而死者含冤與否，就不去管它了。救官不救民的意思是指向上一級官府上訴的案子，讓上訴的冤屈得以伸冤雪恥，那麼原先主持審判的官員的禍福就難以測度了；使上訴人的冤屈不得伸張，就是反坐上訴人的誣告之罪也不過是充軍流放而已。而原來審案官員究竟錯判與否，就不去管它了。救大不救小的意思是指罪過如果落到上級官員頭上，權力越大地位越高的官員，遭到的懲處也就越嚴厲，而且牽連犯罪的人也必定越多；如果罪過落到小官身上，責任越輕的處罰越輕，而且比較容易結案。然而小官究竟應該定罪與否，就不去管它了。救舊不救新的意思是指原來的官員已經離任，如果還有什麼案子沒有了結，把他扣留下來，恐怕他也不可能賠償；新任官員剛來，推諉不幹前任未了的公事，但施加壓力強迫他去做，他還是可以辦到的。至於新官是否能夠承受得了，也就不去管它了。這些都是以君子的心腸，做忠厚長者該作的事情，並不是企圖得到什麼好處而巧妙地利用法律的漏洞，也不是因為自己有什麼私恩私仇而以公報私。然而人情世態，變化萬端，原本就不能一概而論。如果堅持這種規矩，就往往可能會矯枉過正，顧此失彼。本是為了替人造福，卻反而造了孽；本來是為了平息事端，卻反而釀成了事變，這種情況也會經常發生。今天所審問的這些人，就是因為這樣而造成了禍害的人。」這人問：「他們將會遭到怎樣的報應？」吏員回答說：「種瓜得瓜，種豆得豆。前世的罪孽牽連糾纏，有這個因緣就終究會相遇。他們在來生中也將遇到四救先生，而被列入『四不救』的行列，如此而已。」正在談著話，這人忽然間醒來，不明白自己入夢的原因，難道是神靈或許藉著這個人來告誡世人嗎？

【研析】 聽那個幕僚解釋「四救」「四不救」，不由得毛骨悚然。如果官場就是以此為遊戲規則，那麼公道何在？天理何在？看來作者也是對此深惡痛絕的，故而借陰曹地府，讓這些四救先生遭到四不救的報應。不過，四救四不救的陰魂至今不散，難道不是這樣嗎？

石膏治瘟疫

乾隆癸丑❶春夏間，京中多疫。以張景岳❷法治之，十死八九；以吳又可❸法治之，亦不甚驗。有桐城❹一醫，以重劑石膏❺治馮鴻臚❻星實之姬，人見者駭異。然呼吸將絕，應手輒痊。踵其法者，活人無算。有一劑用至八兩，一人服至四斤者。雖劉守真❼之《原病式》、張子和❽之《儒門事親》，專用寒涼，亦未敢至是，實自古所未聞矣。考喜用石膏，莫過於明繆仲淳（名希雍，天、崇❾間人，與張景岳同時，而所傳各別）。本非中道，故王懋竑❿《白田集》有〈石膏論〉一篇，力辯其非，不知何以取效如此。此亦五運六氣⓫，適值是年，未可執為定例也。

【章旨】此章記述了乾隆年間京城發生瘟疫，醫生用大劑量石膏治療瘟疫的故事。

【注釋】❶乾隆癸丑　即清乾隆五十八年，西元一七九三年。❷張景岳　明代醫學家。名介賓，字會（惠）卿，會稽（今浙江紹興）人。學醫於金英（夢石）。鑽研《內經》一書，深有領會，歷時三十年時間進行整理、注釋，著成《類經》和《類經圖翼》、《類經附翼》，又著有《景岳全書》、《質疑錄》等。❸吳又可　明末醫學家。名有性，姑蘇洞庭（今屬江蘇蘇州）人。所著《溫疫論》一書，對豐富溫病學內容，促進溫病學發展，貢獻很大。❹桐城　今安徽桐城。❺石

膏　礦物名。中醫學上用為清熱瀉火藥，性大寒，味辛甘，主治高熱煩渴、肺熱、喘咳及胃火牙痛等症。加熱至150℃，脫水成「燒石膏」，或稱「煅石膏」，供外用，可生肌斂瘡。❻鴻臚　官署名。或指該官署官員。漢武帝時始稱大鴻臚，主掌接待賓客之事，清沿置。主官或稱卿，或稱正卿。副職為少卿。❼劉守真　即劉完素。金代醫學家。字守真，河間（今屬河北）人。嘗遇異人飲以酒，乃寤。洞達醫術。自號通玄處士。撰有《素問玄機原病式》等。❽張子和　金代醫學家。名從正，號戴人，睢州考城（今河南蘭考東）人。著有《儒門事親》。❾天崇　明天啟、崇禎年間。❿王懋竑　字子中，清寶應（今江蘇寶應）人。官安慶府教授。著有《白田草堂集》、《朱子年譜》等。⓫五運六氣　五運，指金、木、水、火、土五行。六氣，指風、熱、濕、火、燥、寒六氣。

【語譯】乾隆五十八年春夏間，京城裡發生瘟疫，用張景岳的醫方治療，十人中有八九人死亡；用吳又可的醫方治療，也不很有效驗。有位桐城來的醫生，用大劑量的石膏治療馮星實鴻臚的姬妾，人們看到了都感到害怕奇怪。然而這個姬妾呼吸就要斷絕時，服了他的一劑藥就治癒了。人們仿效這種療法，救活的人無法計算。有的一劑藥石膏用量甚至達到八兩，有的病人一人服用的石膏達到四斤。雖然劉守真的《素問玄機原病式》、張子和的《儒門事親》等醫學著作，都是專門使用寒涼類藥物，但也不敢用這麼大的劑量，這麼大的劑量實在是自古以來都沒有聽說過的。據考查，歷代喜歡用石膏的醫生，沒有人超過明代的繆仲淳（繆仲淳名希雍，明代天啟、崇禎年間人，與張景岳同時，而所傳醫術各自有別）。這本不屬於用藥的中和之道，所以王懋竑《白田集》中有一篇〈石膏論〉，極力辯駁繆仲淳的錯誤，但不知道石膏為什麼竟有這麼大的療效。這也是金、木、水、火、土五運與風、熱、濕、火、燥、寒六氣的運行，正好在這年相協調，不能據此把它當作一種確定不變的療法。

【研析】發生瘟疫，用常規醫方無法治療時，就要有創新之舉。然而凡是創新，必然帶有冒險成分。如以大劑量石膏入藥就是前人不敢想也不敢做的，但在醫治瘟疫時卻大獲成功。由此可知，中醫中藥確實是個寶庫，還有許多奧祕有待人們發現。

敬鬼神而遠之

從伯君章公言：中表某丈，月夕納涼於村外。遇一人似是書生，長揖曰：「僕不幸獲譴於社公，自禱弗解也。一社之中，惟君祀社公最豐，而數十年一無所祈請。社公甚德君，亦甚重君。君為一禱，必見從。」表丈曰：「爾何人？」曰：「某故諸生，與君先人亦相識，今下世三十餘年矣。昨偶向某家索食，為所訴也。」表丈曰：「己事不祈請，乃祈請人事乎？人事不祈請，乃祈請鬼事乎？僕無能為役，先生休矣。」其人掉臂❶去曰：「自了漢❷耳，不足謀也。」夫肴酒必豐，敬鬼神也；無所祈請，遠之也。敬鬼神而遠之，即民之義也。視流俗之諂瀆，迂儒之傲侮，為得其中矣。說此事時，余甫八九歲，此表丈偶忘姓名。其時鄉風淳厚，大抵必端謹篤實之家，始相與為婚姻，行誼似此者多，不能揣度為誰也。「高山仰止，景行行止❸」，俯仰七十年間，能勿睪然❹遠想哉！

【章旨】此章通過一個鬼託人情的故事，說明了敬鬼神而遠之的道理。

【注釋】❶掉臂　甩著臂膊走路，即不顧而走。❷自了漢　指只管一身而不顧大局的人。❸高山仰止二句　語出《詩經・小雅・車舝》。指崇高的德行。❹睪然　高遠貌。睪，通「皋」。

【語譯】我的堂伯君章公說：有個表丈月夜在村外納涼，遇到一個人好像是個書生，對著他作了一個長揖說：「我不幸遭到土地神的譴責，自己祈禱無法解脫。在這個地方只有您祭祀土地神的供品最豐厚，而且幾十年來沒有祈求過土地神任何一件事情。土地神很感激您，也很敬重您。您如果為我祈禱土地神，土地神必然會聽從。」表丈問：「你是什麼人？」他回答說：「我是個已經去世的秀才，與您的先人也認識，如今已經去世三十多年了。昨天偶爾向某家索取食物，被他告到土地神那裡。」表丈說：「自己的事情我都不去祈請，還能為別人的事去祈請嗎？人的事情不去祈請，還能為鬼的事情去祈請嗎？我不能為你效力，先生還是打消這個念頭吧。」那書生一甩手離去了，說：「你不過是個只顧自己的人罷了，不值得和你商量。」祭祀鬼神的酒菜供品務求豐厚，這是表示對鬼神的恭敬；不去祈求鬼神，這是為了與鬼神保持距離。尊敬鬼神而又與他們保持距離，這就是百姓應該遵循的原則。相較於那些世俗之人對鬼神的諂媚褻瀆，迂腐的儒生對鬼神的傲慢凌侮，這可說是一種適中的態度。堂伯說起這事時，我才八九歲，這位表丈的姓名我也偶然忘記了。當時鄉間的風俗淳樸忠厚，大約必定是端正謹慎、篤厚實在的家庭，才會互相結為兒女親家。我家的親戚中為人處事像這位表丈的很多，現在也不能猜度是哪位了。《詩經》中說：「高山仰止，景行行止。」他們的品德像高高聳立的山峰，令我仰望。不知不覺已經七十年過去了，我怎能不悠然想起遙遠的過去呢！

【研析】敬鬼神而遠之，這是儒家對待鬼神的態度，經過數千年的浸潤也已成為平民百姓的普遍意識。故而在中國社會中，平民百姓是進廟就燒香，見菩薩就叩頭。至於這個廟是什麼廟，這位菩薩是何方神聖，都不去管，也不去理會。一般百姓燒好香，叩過頭，一出廟門，就把菩薩的教誨放在一邊。除了儒家學說，任何宗教都無法在中國社會占據統治地位。從這個故事中我們可以清楚地看到這一點。

黃葉道人潘班

黃葉道人潘班，嘗與一林下巨公連坐，屢呼巨公為兄。巨公怒且笑曰：「老夫今七十餘矣。」時潘已被酒，昂首曰：「兄前朝年歲，當與前朝人序齒，不應闌入本朝。若本朝年歲，則僕以順治二年❶九月生，兄以順治元年❷五月入大清，僅差十餘月耳。唐詩曰：『與兄行年較一歲。』稱兄自是古禮，君何過責耶？」滿座為之咋舌。論者謂潘生狂士，此語太傷忠厚，宜其坎壈❸終身，然不能謂其無理也。余作《四庫全書總目》❹，明代集部以練子寧❺至金川門卒龔詡❻八人列解縉❼、胡廣❽諸人前，並附案語曰：「謹案練子寧以下八人，皆惠宗❾舊臣也。考其通籍❿之年，蓋有在解縉等後者。然一則效死於故君，一則邀恩於新主，梟鸞異性，未可同居，故分別編之，使各從其類。至龔詡卒於成化辛丑⓫，更遠在縉等後，今亦升列於前，用以昭名教是非。」千秋論定，紆青拖紫⓬之榮，竟不能與荷戟老兵爭此一紙之先後也。黃泉易逝，青史難誣。潘生是言，又安可以佻薄⓭廢乎？

【章旨】此章作者藉黃葉道人潘班嘲笑明朝降臣的故事，說明《四庫全書總目》編修時對前明忠臣、降臣的態度。

【注釋】❶順治二年　即西元一六四五年。順治，清世祖愛新覺羅福臨的年號。❷順治元年　即西元一六四四年。❸坎壈　困頓；不得志。❹四庫全書總目　參見本書卷十二〈推命用時〉則注釋⓯。❺練子寧　名安，明江西新淦（今新干）人。惠帝時為吏部侍郎，遷御史大夫，與方孝孺並被信用。燕王（即成祖）入京師（今江蘇南京）奪帝位，他殉節死。著有《金川玉屑集》。❻龔詡　明人。字大章。一名翊。父因事貶戍五開衛，遂隸軍籍。年十七，為金川門卒。燕王朱棣兵至，慟哭而去。隱居教授而終。門人私謚安節先生。有《野古集》。❼解縉　字大紳，明江西吉水人。建文帝時官侍讀學士。燕王篡位，與人相約自殺。後負約，永樂初任翰林學士，主持纂修《永樂大典》。著有《文毅集》、《春雨雜述》等。❽胡廣　字光大，明江西吉水人。建文二年廷試欽賜第一。明成祖即位，他與解縉迎附。累官至文淵閣大學士。卒謚文穆。❾惠宗　明惠帝朱允炆。西元一三九九—一四〇二年在位。年號建文。❿通籍　籍是二尺長的竹片，上寫姓名、年令、身分等，掛在宮門外，以備出入時查對。「通籍」謂記名於門籍，可以進出宮門。後來也稱初做官為「通籍」。意謂朝中已經有了名籍。⓫成化辛丑　明成化十七年，西元一四八一年。⓬紆青拖紫　謂身佩印綬。形容地位尊顯。⓭佻薄　輕浮淺薄。

【語譯】黃葉道人潘班，曾經和一個退居田野的大人物同席飲酒，潘班幾次稱呼他為兄，這位大人物十分惱怒，勉強笑著說：「老夫如今已經七十多歲了。」當時潘班已經喝醉酒，昂著頭回答說：「兄長在前明朝所過的年歲，應當用於和前明朝的人排列長幼順序，不應一併算進本朝來。如果根據本朝的年歲，那麼我是順治二年九月生，兄長是順治元年五月才歸順本朝，我和你只相差十幾個月。唐代詩歌中有『和兄排起年紀來差一歲』的句子，我稱你為兄長，當然是古已有之的禮節，你何必過分指責呢？」當時在座的人都為他的話感到吃驚。評論這件事的人都認為潘班是個狂士，他說的這話太傷忠厚之道，也活該他這一輩子坎坷不得志。但是我認為不能說他的話沒有道理，我在編修《四庫全書總目》明代集部時，將練子寧至金川門卒龔詡等八個人列在解縉、胡廣等人之前，並且附案語說：「謹此說明練子寧以下八人都是建文帝的舊臣，考察他們考中科舉登上仕途的年月，有的在解縉等人之後的。然而一是為原來君主建文帝殉難，一是投靠新君主永樂皇帝獲取恩寵。他們像梟鳥與鳳凰本來不是一類，不可以排列在一起，所以我將他們分別編列，使他們各自歸入自己所屬的一類。至於龔詡去世於成化十七年，更遠在解縉等人之後。如今也把他列在前面，是用以昭示禮義綱常和人事是非。」千秋萬載論定是非，那些變節投降的人，生前享受了高官厚祿的榮耀，死後竟然不能與一個手持武器的老兵爭青史上列名的先後。死去的人很容易被人們遺忘，但史書中的是非卻不能顛倒。潘班說的這番話，又怎能說它是輕佻刻薄而加以否定呢？

【研析】作者通過對明代建文帝舊臣的褒貶，鮮明地表示了對忠義之士和奸偽小人的態度：一是大加褒揚，一是無情貶黜。這就是作者所謂的「黃泉易逝，青史難誣」。儘管前者是默默無聞的小卒，而後者是顯赫無比的權貴。確實，正是這些大大小小的堅貞之士，挺起了中國的脊梁。當然，作者的褒貶也是與清朝政局有關。清人打江山時，需要前明朝的叛臣效命；坐穩了江山，就要群臣忠心不二。那些前明朝的叛臣自然失去了利用價值，遭到口誅筆伐也就是正常不過的事情了。

鬼論訴訟

曾映華言：有數書生赴鄉試❶，長夏溽暑❷，趁月夜行。倦投一廢祠之前，就階小憩，或睡或醒。一生聞祠後有人聲，疑為守瓜棗者，又疑為盜，屏息細聽。一人曰：「先生何來？」一人曰：「頃與鄰家爭地界，訟於社公。先生老於幕府❸者，請揣其勝負。」一人笑曰：「先生真書痴❹耶！夫勝負烏有常也？此事可使後訟者勝，詰先訟者曰：『彼不訟而爾訟，是爾興戎侵彼也。』可使先訟者勝，詰後訟者曰：『彼訟而爾不訟，是爾先侵彼，知理曲也。』可使後至者勝，詰先至者曰：『爾乘其未來，早占之也。』可使先至者勝，詰後至者曰：『久定之界，爾忽翻舊局，是爾無故生釁也。』可使富者勝，詰貧者曰：『爾貧無賴，欲使畀訟賂爾也。』可使貧者勝，詰富者曰：『爾為富不仁，兼併不已，欲以財勢壓孤煢[5]也。』可使強者勝，詰弱者曰：『人情抑強而扶弱，爾欲以膚受之訴[6]聳聽也。』可使弱者勝，詰強者曰：『天下有強凌弱，無弱凌強。彼非真枉，不敢冒險攖[7]爾鋒也。』可以使兩勝，曰：『無券無證，糾詰安窮？中分以息訟，亦可以已也。』可以使兩敗，曰：『人有阡陌，鬼寧有疆畔？一棺之外，皆人所有，非爾輩所有，讓為閒田可也。』以是種種勝負，烏有常乎？」一人曰：「然則究竟當何如？」一人曰：「是十說者，各有詞可執，又各有詞以解，紛紜反覆，終古不能已也。城隍社公不可知，若夫冥吏鬼卒，則長擁兩美莊[8]矣。」語訖遂寂。此真老於幕府之言也。

【章旨】此章講述了一個寓言故事，通過兩個鬼之口，揭露了官府衙門判案不論是非，隨意無據，草菅人命的黑暗和腐敗。

【注釋】❶鄉試　參見本書卷二〈科名有命〉則注釋❷。❷溽暑　又濕又熱。指盛夏的氣候。❸幕府　參見本書卷九〈余某〉則注釋❶。❹書痴　猶「書淫」。《舊唐書・竇威傳》：「威家世勳貴，諸昆弟並尚武藝而威耽玩文史，介然自守，諸兄哂之，謂為書痴。」亦用來嘲笑只愛讀書而不通世故的人。❺孤煢　孤獨；無依無靠。❻膚受之訴　參見本書卷五〈刈麥婦〉則注釋❺。❼攖　觸犯。❽美莊　美好的莊田。比喻施惠於人，將得美報。唐李亢《獨異志》下：「唐崔群為相……夫人李氏因暇日，常勸其樹莊田，以為子孫計。笑答曰：『余有三十所美莊，良田遍天下，夫人復何憂？』夫人曰：『不聞君有此業？』群曰：『吾前歲放春榜三十人，豈非良田耶。』」

【語譯】曾映華說：有幾個書生趕去參加鄉試，當時正值盛夏酷暑，天氣炎熱難當，於是他們趁著月光在夜裡趕路。一行人走得疲倦了，便來到一座廢棄的祠堂前，坐在臺階上稍事休息，有的睡著了，有的還醒著。其中一個書生聽見祠堂後面有人說話的聲音，懷疑是看守瓜田棗樹的村民，又懷疑可能是強盜，於是屏住呼吸仔細傾聽。他聽見有個人說：「先生從哪裡來？」又一個人回答說：「我剛才與安葬在我旁邊的墳墓主人爭地界，現在告到土地神那裡去了。先生在官府長期當幕僚，請你估量這件訴訟誰勝誰負。」前面那個人笑著說：「先生真是個書呆子啊！打官司的勝負哪裡有一定的呢？這件事可以讓被告獲勝，只要責問原告說：『他不告狀而你告狀，是你挑起事端侵犯他。』也可以讓原告獲勝，只要責問被告說：『他向官府告狀而你不來告狀，就是你先侵犯了他，自己知道理虧而不敢來告狀。』可以使後來占地的那個人獲勝，只要責問先占地的那個人說：『你趁他還沒有到來，早就占據了他的地界。』也可以讓先占地的那個人獲勝，只要責問後占地的那個人說：『早就畫定的地界，你突然要推翻舊有的格局，是你無緣無故挑起矛盾。』可以讓有錢的人獲勝，只要責問貧窮的人說：『你因為貧窮而耍無賴，想利用對方害怕打官司的心理而送你錢財。』也可以讓貧窮的人獲勝，只要責問那個有錢的人說：『你為富不仁，兼併別人的土地沒有個止境，你是想憑藉財勢欺壓孤苦零丁無依無靠的人。』可以讓強大的一方獲勝，只要責問弱小的一方說：『人之常情是抑制強者而保護弱小的一方，你是想通過受到點皮肉之苦來聳人聽聞，搏取人們的同情心。』也可以讓弱小的一方獲勝，只要責問強大的一方說：『天下只有強者欺凌弱者，卻沒有弱者欺凌強者。對方如果不是真的冤枉，是不敢冒險惹你的。』可以讓雙方都獲勝，就說：『你們雙方都沒有地契，又沒有證人，這麼糾纏下去什麼時候才能了結呢？你們雙方把這塊地平分了，以平息這場爭執，你們也就可以罷休了。』也可以使雙方都失敗，說：『人是有地界的，而鬼哪裡有什麼地界？除了一具棺材之外，都屬於人所有，不歸你們所有，你們把這塊地讓出來當作閒田算了。』因此種種勝負的情形，怎麼會有一定的呢？」後面那個人問：「那麼這個案子究竟應該怎樣處置呢？」前面那個人說：「以上這十種說法，各有各的道理可以依據，又各有各的理由可以駁倒它。這樣反覆紛亂爭論，永遠也不能完結。城隍土地神究竟會怎樣處置我們無法預先知道，而那些陰曹地府中的吏員和鬼卒，就可以長期通過這個案子向雙方索取賄賂好處，就好像擁有兩處肥美的莊院田地了。」說完，周圍就重新歸於沉寂。這些話真是熟知衙門幕府的人才說得出的啊。

【研析】如以鬼列舉的這十種說法，天下難道就真的沒有了是非、沒有了黑白嗎？然而事實還確實是如此：審案全憑官員的主觀臆斷。幾千年來的封建社會中，像包拯、海瑞這樣的清官少，而貪贓枉法者多。如果審案的官員貪贓枉法，加上小吏的左右其手，衙役的狐假虎威，中飽私囊，種種黑幕就構成了封建社會的司法腐敗。作者通過這個故事揭露封建社會的司法黑幕，正是作者懷有正義之心，不甘墮落的表現。

生啖毒物

蛇能報冤，古記有之，他毒物則不能也。然聞故老❶之言曰：「凡遇毒物，無殺害心，則終不遭螫❷；或見即殺害，必有一日受其毒。」驗之頗信。是非物之知報，氣機❸相感耳。狗見屠狗者群吠，非識其人，亦感其氣也。又有生啖毒蟲者，云能益力。毒蟲中人或至死，全貯其毒於腹中，乃反無恙，此又何理歟？崔莊一無賴少年習此術，嘗見其握一赤練蛇，斷其首而生齧，如有餘味。殆其剛悍鷙忍❹之氣足以勝之乎？力何必益？即益力方藥亦頗多，又何必是也？

【章旨】此章講述了有毒動物會報復傷害牠的人，然而也有人敢於生啖毒蟲而毫髮無傷的故事。

【注釋】❶故老　老人。❷螫　蜇。此處指被胡蜂、蠍子等毒蟲用尾部的毒刺刺傷。❸氣機　參見本書卷五〈解夙因〉則注釋⓫。❹鷙忍　凶殘。宋洪邁《夷堅丁志・蔡郝妻妾》：「婦人天資鷙忍，故殺子隕身而不憚。」

【語譯】蛇能夠報復冤仇，古時記載有這樣的事，其他有毒的動物就不能如此。然而聽老人們說：「凡是遇到有毒的動物，只要沒有殺害牠的心思，那麼終究不會遭到牠的蜇咬。如果一看見這些有毒動物就加以殺害，那麼必然有一天要遭到牠們同類的蜇毒。」這並不是因為動物知道報仇，而是因為氣息相互感應的緣故。狗見到宰狗的人便成群地對著他狂吠，這並不是因為牠們認識這個人，而是也感受到了他身上氣息的緣故。又有人吞吃活的毒蟲，說是能增加自己的力量。毒蟲刺中人有時會致人於死地，但這些人把毒蟲吃進肚子裡，就是把牠們的毒素全部儲存在自己肚子裡卻反而沒事，這又是什麼道理呢？崔莊有個無賴少年學會了這種把戲，我曾經親眼看見他手裡握著一條赤練蛇，砍掉蛇頭然後活生生地吃下去，還吃得津津有味。也許是他的凶悍殘忍的血氣，足以勝過那條蛇的毒性吧？人的力量何必要增加？即使要增添自己的力量，流傳的藥方也有很多，又何必要用這種方法呢？

【研析】毒蟲會報復之說，今人看來似乎虛妄的很，然而古人篤信不疑。至於作者所謂的你不傷害毒蟲，毒蟲就不會傷害你的說法，就更是無稽之談了。世上許多人遭到毒蟲的傷害，並不是因為他們傷害了毒蟲，這是不需辨析的事實。人能夠生吃活的毒蟲和蛇類動物，是因為這些動物的毒性進入人的肌肉、血液才能造成人的中毒，而只要人的粘膜沒有損傷，一般就不會中毒。而且蛇的毒腺和毒牙都在頭部，文中那個少年吃蛇時把蛇頭砍掉不吃，那麼就更加安全了。如此說來，作者以為稀罕之事，在現代科學面前似乎並不神奇了。

輕薄狐妻遭報

賈公霖言：有貿易來往於樊屯❶者，與一狐友。狐每邀之至所居，房舍一如人家，但出門後，回顧則不見耳。一夕，飲狐家。婦出行酒，色甚妍麗。此人醉後心蕩，戲捘❷其腕。婦目狐，狐側睨笑曰：「弟乃欲作陳平❸耶？」亦殊不怒，笑謔如平時。此人歸後，一日忽家中客作控一驢送其婦來，云得急信，君暴中風❹，故借驢倉皇連夜至。此人大駭，以為同伴相戲也。旅舍無地容眷屬，呼客作❺送歸，客作已自去。距家不一日程，時甫辰巳❻，乃自控送歸。中途遇少年與婦摩肩過，手觸婦足。婦怒詈，少年惟笑謝，語涉輕薄。此人憤與相搏，致驢驚逸入歧路，蜀秫❼方茂，斯須不見。此人捨少年追婦，尋蹄跡行一二里，驢陷淖中，婦則不知所往矣。野田連陌，四無人蹤，徹夜奔馳，旁皇❽至曉。姑騎驢且返，再商覓婦。未及數里，聞路旁大呼曰：「賊得矣。」則鄰村驢昨夜被竊，方四出緝捕也。眾相執縛，大受捶楚。賴遇素識多方辯說，始得免。懊喪至家，則紡車琤然❾，婦方引線。問以昨事，茫然不知。始悟婦與客作及少年皆狐所幻，惟驢為真耳。狐之報復惡矣，然釁則此人自啟也。

【章旨】此章講述了一個商人因喝醉酒而調戲狐狸精妻子，狐狸精以戲弄商人作為報復的故事。

【注釋】❶樊屯　或即樊村鎮。在今山西河津。❷捘　按；捏。❸陳平　西漢初武陽（今河南原陽東南）人。少時家貧。陳勝起義，他投奔魏王咎，為太僕。後從項羽入關，任都尉。不久歸劉邦。漢朝後歷任丞相，屢建奇功，是漢初名臣。《史記．陳丞相世家》載，絳侯周勃、灌嬰等人說陳平在家時盜嫂，即與嫂子通姦。❹中風　腦內小血管破裂，使病者突然昏倒，中醫稱為中風。❺客作　傭工。❻辰巳　七時至十一時。❼蜀秫　即高粱。子實供食用，也可釀酒（高粱酒）或製飴糖。❽旁皇　也作「彷徨」。徘徊；游移不定。❾琤然　聲音清脆。

【語譯】賈公霖說：有個商人經常來往於樊屯一帶做生意，與一個狐狸精交了朋友。狐狸精經常邀請他到自己的住處來，狐狸精家的房屋和普通人家毫無區別，但是商人一走出狐狸精家的大門，再回頭看，就什麼都不見了。一天晚上，商人又在狐狸精家喝酒，狐狸精的妻子出來給商人斟酒勸飲，她的容貌非常豔麗。商人喝醉酒了，因而心神蕩漾，開玩笑似地捏她的手腕。她朝狐狸精看看，狐狸精斜著看了一眼笑著說：「老弟想學陳平調戲嫂嫂嗎？」狐狸精看上去一點也沒有發怒，說話開玩笑還是和平時一樣。商人回去後，有一天，忽然看見家裡的雇工牽著一頭驢子，把自己的妻子送來，說是得到急信，說你突然中風了，所以借了驢子急忙連夜趕到這裡。商人非常驚駭，以為是同伴和自己開玩笑。旅店裡沒有地方住家眷，商人叫雇工仍舊把自己妻子送回去，但雇工卻已經自己先走了。商人住的旅店距離家不到一天的路程，而當時正是上午，於是商人自己牽著驢子送妻子回家。途中遇到一個年輕人與妻子擦肩而過，他的手碰了一下妻子的腳，妻子怒罵，那個年輕人只是嬉笑著道歉，說出來的話又很輕薄無禮。商人極為憤怒，就和那個年輕人互相拉扯著廝打起來，致使妻子坐的那頭驢子受驚，跑到岔路上去了。當時田地裡的高粱長得正茂盛，轉眼間那頭驢子就不見了。商人丟下年輕人去追趕妻子，順著驢子的蹄印走了一兩里地，發現驢子陷在泥潭中，而自己妻子卻不知跑到哪裡去了。周圍田野阡陌相連一望無際，四周沒有人跡。商人一整夜到處奔跑尋找，心裡彷徨不知所措，直至天亮。商人只得姑且騎著驢子回家去，再想辦法尋找妻子。商人沒走出幾里路，忽然聽到路邊有人大聲叫道：「找到盜賊了。」原來鄰村有戶人家的毛驢昨天被偷走了，村子裡的人正在四處追尋搜索。眾人一擁而上將商人捆住，狠狠地痛打一頓。那個商人幸虧遇到過去認識的人千方百計為他辯解求饒，他才得以倖免。那個商人懊惱沮喪地回到家裡，就聽到紡車紡線時琤琤的聲音，妻子正在那兒紡線。商人問起昨天發生的事情，她卻茫然全不知道。商人這時才明白，妻子、雇工和那個年輕人都是狐狸精所幻化的，只有那頭驢子是真實的。狐狸精的報復可以說是夠惡毒的了，然而這場災禍的起因卻是這個商人自己造成的。

【研析】酒能亂性。如果平時，那個商人絕對不敢調戲狐狸精的妻子，然而一旦喝醉了酒，就忘乎所以，色膽包天了。那個狐狸精懲治這個商人，構想得極為巧妙，不須自己動手，借助他人之力，既狠狠教訓了這個商人，又不至於造成太過嚴重的結果，分寸可以說掌握得極好。推想作者講述這個故事的用意也在於告誡人們，凡事都應謹慎，不可因小事而失禮，以免釀成大禍。

木商生魂

壬子❶春，灤陽❷採木者數十人夜宿山坳，見隔澗坡上有數鹿散遊，又有二人往來林下，相對泣。共詫人入鹿群，鹿何不驚？疑為仙鬼，又不應對泣。雖崖高水急，人徑不通，然月明如晝，了然可見，有微辨其中一人似舊木商❸某者。俄山風陡作，木葉亂鳴，一虎自林突出，搏二鹿殪❹焉。知頃所見，乃其生魂矣。東坡❺詩曰：「未死神先泣。」是之謂乎！聞此木商亦無大惡，但心計深密，事事務得便宜耳。陰謀者道家❻所忌，良有以夫。

【章旨】此章講述了木材商人因生性深密，死後投生成鹿，又被老虎吞噬的故事。

【注釋】❶壬子　即清乾隆五十七年，西元一七九二年。❷灤陽　參見本書卷一卷首注釋❸。❸木商　指做木材生意的商人。❹殪　殺死。❺東坡　即蘇軾。蘇軾號東坡居士，故稱。❻道家　我國古代的一種思想流派，以老子、莊子為代表。道家的思想崇尚自然，主張清靜無為、與世無爭。

【語譯】乾隆五十七年春天，在灤陽砍伐木材的幾十個人夜裡露宿在山坳裡，他們隔著山澗看見對面山坡上有幾隻鹿分散遊蕩，又有兩個人在樹林邊走來走去，相對著哭泣。這些伐木人都感到奇怪，那兩個人走入鹿群中時，鹿群為什麼不驚散逃逸呢？人們懷疑他們是神仙或者鬼怪，那麼他們又不應該相對哭泣。雖然山崖高聳，流水洶湧湍急，人沒有路走過去，然而當時月光照耀如同白天，對面的景象清晰可見。有人稍稍辨認出那兩個人中的一個像是以前的木材商人某某。不一會兒，陡然颳起一陣山風，樹葉被風颳得嘩嘩亂響，一隻老虎突然從樹林中衝出來，撲住兩隻鹿咬死了。於是人們這才明白剛才看見的，是木材商人和另一個人的生魂。宋代大詩人蘇東坡的詩中有：「還沒有死去神靈就會先流下眼淚。」說的就是這種情況吧。聽說這個木材商人平生也沒有大的罪惡，只是心計深刻細密，事事都一定要占得便宜而已。耍陰謀詭計的人是道家所忌諱的，真有這種事啊。

【研析】生前作下罪孽，死後六道輪迴，墮入畜生道，轉生為畜生，這是佛教的說法。轉生為畜生道者，當是犯有大奸大惡之人。然而據本文所說，這個木材商人似乎只是心計深密，事事好占便宜而已，並無多大罪惡。那麼將他貶為畜生，懲罰未免太重。這不過是個寓言故事，所反映的是作者的意見。既然如此，就不難看出作者對心計深密者的痛恨了。

替死

又聞巴公彥弼言：征烏什❶時，一日攻城急，一人方奮力酣戰，忽有飛矢自旁來，不及見也；一人在側見之，急舉刀代格，反自貫顱❷死。此人感而哭奠之。夜夢死者曰：「爾我前世為同官，凡任勞任怨之事，吾皆卸爾；凡見功見長之事，則抑爾不得前。以是因緣，冥司注今生代爾死。自今以往，兩無恩仇。我自有賞恤，毋庸爾祭也。」此與木商事相近。木商陰謀，故譴重；此人小智，故譴輕耳。然則所謂巧者，非正其拙歟！

【章旨】此章講述了一個軍士因前生與他人同衙門為官時，好占便易，故而今生被地府判處替死的故事。

【注釋】❶烏什　地名。在今新疆地區。❷貫顱　射穿腦袋。

【語譯】我又聽巴彥弼說：他在征討烏什時，一天攻打城池的戰鬥打得很激烈，一個人正在奮力酣戰，忽然有一支箭從旁邊飛射過來，他來不及發覺；另一個人在旁邊看見，急忙舉起刀去代他撥開，自己卻反被箭射穿頭顱而死。這個獲救的人非常感激，哭著祭奠他，夜裡夢見那個被箭射死的人對自己說：「你和我前世同在一個衙門做官，凡是勞累或易招人怨恨的事情，我總是推卸給你；凡是容易立功表現自己才幹的事情，我總是排擠你不讓你參與。因為這個緣故，陰曹地府判我這一輩子要代替你去死。從今以後，我們之間就無恩無仇了。我自有朝廷的賞賜撫恤，也就用不著你祭祀了。」這件事和木材商人的事很相似。木材商人暗中謀畫算計人，所以遭到的懲罰很重；這個人只是耍點小聰明，所以遭到的懲罰很輕。這樣看來，一個人所謂的巧智，不正是他的愚蠢之處嗎！

【研析】這個替死鬼也是因為前生對不起人，故而今生要報答他人。不過說他前生對不起人是那個受益者所說的，不免讓人覺得他受了別人的天大恩惠，卻還要用死人無法辯白的事情來誣衊死者，實在太不厚道。厚誣死者也是要遭到報應的，不知講這個故事的人是否已經意識到這一點。

狐懼郝瑷

門人郝瑷，孟縣❶人，余己卯❷典試❸所取士也。成進士，授進賢❹令。菲衣❺惡食❻，視民事如家事。倉庫出入，月月造一冊。預儲歸途舟車費，扃❼一笥中，雖窘急不用銖兩。囊篋皆結束室中，如治裝狀，蓋無日不為去官計。人見其日日可去官，亦無如之何。後患病乞歸，不名一錢，以授徒終於家。聞其少時，值春社❽，遊人如織。見一媼將二女，村妝野服，而姿致天然。瑷與同行，未嘗側盼。忽見媼與二女，踏亂石橫行至絕澗，鵠立❾樹下。怪其不由人徑，若有所避，轉凝睇視之。媼從容前致詞曰：「節物⑩暄妍⑪，率兒輩踏青，各覓眷屬。以公正人不敢近，亦乞公毋近兒輩，使刺促不寧⑫。」璦悟為狐魅，掉臂去之。然則花月之妖⑬，為人心自召明矣。

【章旨】此章講述了一個士大夫因自己的一身正氣，使得狐狸精不敢近身的故事。

【注釋】❶孟縣　縣名。在河南西北部、黃河北岸。❷己卯　即清乾隆二十四年，西元一七五九年。❸典試　主持考試之事。❹進賢　縣名。在江西中部，撫河下游。❺菲衣　單薄的衣服。❻惡食　粗劣的食物。❼扃　本意為關閉。此處指存放。❽春社　古代在立春後第五個戊日祭祀土神。謂之春社。❾鵠立　謂如鵠之延頸而立，形容盼望。鵠，即天鵝。❿節物　應時節的景物。⓫暄妍　指天氣和暖，景物明媚。⓬刺促不寧　指恐懼不安。⓭花月之妖　指花妖狐狸精之類妖魅。

【語譯】我的門生郝璦，是孟縣人，是我在乾隆二十四年主持科舉考試時錄取的舉人。他考中進士後，被朝廷任命為進賢縣令。他在擔任縣令時，總是穿著破舊的衣服，吃著粗劣的飯菜，把老百姓的事情當成自己家裡的事情。縣庫裡的錢糧出入，他每個月都登記造成表冊。他還預先準備好回家途中所需的車船費用，鎖在一個箱子裡，即使自己經濟非常拮据，也絕不動用箱子裡的一文錢。他把自己的箱子包裹都整理好放在房間裡，好像是打點好行李準備動身走的樣子，這是他沒有一天不為自己作好被罷官的準備。別人見他天天作好被罷官的準備，也就不能把他怎麼樣了。後來他因生病請求免官回家，沒有積下一文錢的財產，就靠教授學生維持生活直到去世。聽說他年輕時，有一年正逢春社日，遊玩的人非常多。有個老婦人帶著兩個女兒，鄉村姑娘打扮，穿著平常衣服，然而都是天生麗質，極其漂亮。郝璦和她們一同行走，卻沒有側過頭去看上一眼。忽然見那個老婦人帶著兩個女兒踩著亂石往旁邊的方向走去，來到一條深澗旁邊，站立在樹下張望。郝璦對她們不走人們常走的路，好像在躲避什麼感到奇怪，轉過頭去望著她們。只見那個老婦人從容不迫地走到郝瓊面前說：「應時的景物美好，天氣晴朗，我帶著孩子們出來踏青，給她們各自找婆家。因為您是個正人君子，所以不敢靠近。也請求您不要靠近孩子們，以免使得她們恐懼不安。」郝瓊這才明白她們是狐狸精，於是轉身甩手離去。這樣看來，花妖狐狸精之類的妖魅，都是因為人自己有不正當的心思而招引來的，這是很明白的事情了。

【研析】無欲無求，胸無邪念，妖魅自然不敢近身。這個道理想來許多人都懂。然而，大多數的人無法做到，就是因為有私心雜念。如本文中的郝瓊，不圖官位，不貪錢財，不戀美色，一生清貧，卻一身正氣，何種妖魅敢接近他呢？作者一再強調，妖由人興，就是告誡人們要戒除私心邪念。他的拳拳之心，讀者當能體會。

猛虎化石

木蘭❶伐官木❷者，遙見對山有數虎。懸崖削壁，非迂迴數里不能至；人不畏虎，虎亦不畏人也。俄見別隊伐木者，銜虎徑過。眾頓足危栗。然人如不見虎，虎如不見人也。數日後，相晤話及。別隊者曰：「是日亦遙見眾人，亦似遙聞呼噪聲。然所見乃數巨石，無一虎也。」是殆命不遭咥❸乎？然命何能使虎化石？其必有司命者❹矣。司命者空虛無朕，冥漠無知，又何能使虎化石？其必天與鬼神矣。天與鬼神能司命，而顧謂天即理也，鬼神二氣之良能❺也。然則理氣渾淪，一屈一伸，偶遇斯人，怒而搏者，遂峙而嶙峋❻乎？吾無以測之矣。

【章旨】此章講述了一隊伐木人發現幾隻老虎，在人們經過時，那幾隻老虎卻化成巨石的故事。

【注釋】❶木蘭　圍場名。約當今河北圍場縣地。清康熙、雍正諸朝，皇帝常於每年秋季率王公等於此圍獵習武，稱木蘭秋獮，其地稱木蘭圍場。木蘭，滿語吹哨引鹿之意。❷官木　屬於朝廷所有的木材。❸咥　咬。《易・履卦》：「履虎尾，不咥人，亨。」❹司命者　參見本書卷一〈劃壁〉則注釋❺。❺良能　孟子用語。指天賦的能力。《孟子・盡心上》：「人之所不學而能者，其良能也。所不慮而知者，其良知也。」❻嶙峋　山石重疊不平的樣子。

【語譯】在木蘭圍場為朝廷砍伐木材的人，遠遠望見對面山上有幾隻老虎。中間隔著懸崖峭壁，不是迂迴繞上幾里路不能到達那裡，所以砍伐木材的人不害怕那些老虎，那些老虎也不怕這些人。不久，看見另外一隊伐木的人在老虎面前經過，大家都驚嚇得直跺腳為他們提心吊膽，但那些人好像沒有看見老虎，老虎也好像沒有看見這些人。幾天後，兩隊伐木的人相見會面談起這事，那一隊伐木人說：「那天也遠遠望見你們，也好像遠遠聽到了你們呼喊鼓噪聲，但我們看到的只是幾塊巨大的石頭，沒有一隻老虎。」這大概是他們命中注定不應該遭到被老虎吃掉的惡運嗎？然而命運又怎麼能使老虎化為石頭呢？這肯定是有主管命運的神存在了。然而主管命運的神空虛沒有實體，渺渺茫茫沒有知覺，又怎麼能使老虎化為石頭呢？這必定是天和鬼神在起作用。天和鬼神能主宰人的命運，然而人們都說天就是理，鬼神就是陰陽二氣互相影響的產物。如果是這樣，那麼理與氣渾淪沒有分離，一屈一伸，偶爾遇到了人，於是發怒要吃人的老虎就變成了聳立而嶙峋的大石頭了嗎？我無法推測這件事了。

【研析】遠望是老虎，而近觀是岩石，這是人們在山裡遠望時產生的錯覺嗎？還是如作者所說的天與神鬼所為？作者對此無法解釋，我們除了認為是人們的視覺發生錯誤外，也想不出有什麼更合理的解釋。讀者朋友又如何看待此事呢？

高冠瀛之命

景州高冠瀛，以夢高江村❶而生，故亦名士奇。篤學能文，小試❷必第一，而省闈❸輒北，竟坎壈❹以終。年二十餘時，日者❺推其命，謂天官❻、文昌❼、魁星❽貴人皆集於一宮，於法當以鼎甲❾入翰林。而是歲只得食餼❿。計其一生遭遇，亦無更得志於食餼者。蓋其賦命⓫本薄，故雖極盛之運，所得不過如是也。田白巖曰：「張文和公⓬八字⓭，日者以其一生仕履，較量星度⓮，其開坊⓯僅抵一衿⓰耳。此與冠瀛之命，可以互勘。術家宜以此消息，不可徒據星度，遽斷休咎⓱也。」又嘗見一術士云，凡陣亡將士，推其死綏⓲之歲月，運必極盛。蓋盡節一時，垂名千古，馨香百世，榮逮子孫，所得有在王侯將相之上者故也。立論極奇，而實有至理。此又法外之意，不在李虛中⓳等格局中矣。

【章旨】此章講述了一個窮困書生坎坷一生，與術士推算的命運全然不同，作者遂得出「不可徒據星度，遽斷休咎」的結論。

【注釋】❶高江村　即高士奇。字澹人，號江村，故稱。清初錢塘（今浙江杭州）人。為康熙皇帝所寵信。能詩，善書法，精鑑賞。官至禮部侍郎。著作甚豐，有《江村消夏錄》、《春秋地名考略》、《扈從西巡日錄》等多種。❷小試清代童生參加府、縣官及學政的考試稱小試，也稱小考。❸省闈　唐宋時試進士由尚書省禮部主持，故稱。又稱禮闈。元以後，稱各行省主持的考試，中試者為舉人，又稱鄉闈。❹坎壈　困頓；不得志。❺日者　古時候占候卜筮的人。❻天官　道教所奉三官之一，三官為天官、地官、水官。宋梅堯臣〈觀楊之美畫〉詩：「天官乘車建朱旗，赤旛前亞風卷披。」❼文昌　參見本書卷五〈說仕宦〉則注釋❸。❽魁星　中國古代神話中的主文運、文章的奎星。「奎星」是中國古代天文學中二十八星宿之一。東漢緯書《孝經援神契》中有「奎主文章」之說，後世附會為神，建奎星閣並塑神像以崇祀之，並改「奎星」為「魁星」。❾鼎甲　科舉制度中狀元、榜眼、探花之總稱。鼎有三足，一甲共三名（一甲限三人，始於元順帝時），故稱。❿食餼　參見本書卷十三〈賈姓書生〉則注釋❷。⓫賦命　指命運。南朝宋鮑照〈代空城雀〉詩：「賦命有厚薄，長歎欲如何？」⓬張文和公　即張廷玉。字衡臣，號研齋，清桐城（今安徽桐城）人。官至保和殿大學士、軍機大臣，加太保。卒謚文和，故稱。有《傳經堂集》。⓭八字　中國傳統習俗認為一個人出生的年、月、日、時，各有天干地支相配，每項用兩個字代替，四項就有八個字。根據這八個字，即可推算一個人的命運。故在訂婚時須先交換八字帖，也叫「庚帖」。⓮星度　指星象命運。⓯開坊　明清制度，翰林院編修、檢討升一級即為詹事府的中允、贊善等官。這些官都屬於左右春坊，所以稱翰林初任官的升遷為開坊。開坊以後，一般都可逐步升任高級京職。⓰一衿　一領青衿。指考中秀才。⓱休咎　吉凶。⓲死綏　效死沙場。⓳李虛中　字常容，唐魏郡（治今河北大名）人。貞元進士，官至殿中侍御史。信道教長生不死之術。精通五行書。以人的生年、月、日，按日辰干支推算壽夭貴賤。後世推為星命家之祖。世傳《李虛中命書》三卷，署名鬼谷子撰，虛中注。事跡見韓愈〈殿中侍御史李君墓誌銘〉。

【語譯】景州人高冠瀛，因為他母親夢見高士奇而生下了他，所以他也取名士奇。他讀書勤奮，擅長寫文章，每次小考必然得第一名，但每次參加省試就名落孫山，以致一生坎坷不得志而死。他二十多歲的時候，算命的人推算他的命運，說是天官、文昌、魁星貴人都集聚在同一命宮，根據法術推算他應該以一甲進士進入翰林院。然而他那一年只是考了個廩膳秀才。縱觀他一生的遭遇，也沒有比成為廩膳秀才更得志的事情了。這是因為他的命運本來很薄，所以雖然他遇上極其旺盛的時運，所得到的也不過如此。田白巖說：「張文和公的生辰八字，算命的人以他一生的仕宦經歷和他的命運星相相比較，說他科舉考試按命運只是考中秀才的福分而已。這和高冠瀛的命運恰好可以互相勘證對照。算命的人應該根據這些事實吸取教訓，不可以僅僅根據星相命運，就馬上判斷人的吉凶禍福。我還曾聽到一個算命的人說：凡是陣亡的將士，推算他們為國捐軀的某年某月的時間，可以發現他們的星運必定極旺盛。這是因為他們在這個時刻為國捐軀，而他們的英名將流傳千古，他們的事跡將流芳百世，他們的光榮將延及子孫，他們所得到的有比王侯將相的功名利祿更加寶貴的。這種說法極為奇特，而實際上包含著深刻的道理。這又是推算命運的法術以外的內容，不在李虛中等人創立的推命方法之中。

【研析】人們相信算命，是對自己命運難以把握，缺乏信心的表現。當人們把命運握在自己手裡時，就是那些星象家們失意的時候。至於所謂高冠瀛的命運與時運向背的說法，也是不足評說的。因為算命的術士本來就是信口開河之徒，看來的是什麼人，就說什麼樣的話。這樣的術士太多了，故而人們不必當真。

捉狐

冠瀛久困名場❶，意殊抑鬱，嘗語余及雪崖曰：「聞舊家❷一宅，留宿者夜輒遭魘，或鬼或狐，莫能明也。一生有膽力，欲伺為祟者何物，故寢其中。二更後，果有黑影瞥落地，似前似卻，聞生轉側，即伏不動。知其畏人，佯睡以俟之，漸作鼾聲。俄覺自足而上，稍及胸腹，即覺昏沉，急奮右手搏之，執得其尾，即以左手扼其項。嗷然一聲，作人言求釋。急呼燈視之，乃一黑狐。眾共捺制，刃穿其髀❸，貫以索而自繫於左臂。度不能幻化，乃持刀問其作祟意。狐哀鳴曰：『凡狐之靈者，皆修煉求仙：最上者調息煉神，講坎離❹龍虎之旨❺，吸精服氣，餌日月星斗之華，用以內結金丹，蛻形羽化❻。是須仙授，亦須仙才。若是者吾不能。次則修容成❼素女之術❽，妖媚蠱惑，攝精補益，內外配合，亦可成丹。然所採少則道不成，所採多則戕人利己，不干冥謫，必有天刑。若是者吾不敢。故以剽竊之功，為獵取之計，乘人酣睡，仰鼻息以收餘氣，如蜂採蕊，無損於花，湊合漸多，融結為一，亦可元神❾不散，歲久通靈。即我輩是也。雖道淺術疏，積功亦苦。如不見釋，則百年精力，盡付東流，惟君子哀而恕之。』生憫其詞切，竟縱之使去。此事在雍正末年，相傳已久。吾因是以思，科場上者鴻才碩學，吾亦不能；次者行險徼幸，吾亦不敢；下者剽竊獵取，庶幾能之，而吾又有所不肯，吾道窮矣。二君皆早掇科第，其何以教我乎？」雩崖戲曰：「以君作江村後身，如香山❿之為白老⓫矣。惟此一念，當是身異性存。此病至深，僕輩實無藥相救也。」相與一笑而罷。蓋冠瀛為文，喜戛戛生造⓬，硬語盤空，屢躓⓭有司，率多坐是。故雩崖用以為戲。《賈長江集》⓮有「獨行潭底影，數息樹邊身」一聯，句下夾注一詩曰：「兩句三年得，一吟雙淚流；知音如不賞，歸臥故山秋。」千山畸人⓯，其意見略相似矣。

【章旨】此章記述了一個落第士子所說的書生捉狐狸精的寓言故事，這個士子用以比喻自己一直參加科舉考試，卻總是落第的經歷。

【注釋】❶名場　古代讀書人求功名的場所，指科舉考試。唐杜荀鶴〈哭友人〉詩：「病向名場得，終為善誤身。」❷舊家　猶世家，指上代有勳勞和社會地位的家族。❸髀　股部；大腿。❹坎離　猶言鉛汞、水火、陰陽。《易．說卦》：「坎為水……離為火。」坎、離本為《周易》的兩卦，道教以「坎男」借指汞，內丹家謂為人體內部的陰精；以「離女」借指鉛，內丹家謂為人體內部的陽氣。❺龍虎之旨　道家語，謂水火。宋朱熹考異：「坎離、水火、龍虎、鉛汞之屬，只是互換其名，其實只是精氣二者而已。精，水也，坎也，龍也，汞也；氣，火也，離也，虎也，鉛也。」❻羽化　指修煉道術，以求羽化成仙的人。❼容成　相傳為黃帝大臣，發明曆法。後來道教將其附會為仙人。❽素女之術　道家的房中術。有《素女祕道經》、《素女經》等。❾元神　元氣；精力；精神。❿香山　即唐代大詩人白居易。參見本書卷四〈臥虎山人降乩〉則注釋❿。⓫白老　據《蔡寬夫詩話》載，白居易晚年很愛李商隱詩，說死後轉為他的兒子我就滿足了。李生了兒子，便以「白老」命名。此處即用這個典故。⓬戛戛生造　形容文辭之別出心裁，雖有獨創性，但難免生硬難懂。⓭躓　謂事情不順利，處於困境。⓮賈長江集　別集名。唐賈島（曾官長江主簿）作。十卷，錄詩三百七十餘首。⓯畸人　不合於世俗的異人。《莊子．大宗師》：「子貢曰：『敢問畸人？』（孔子）曰：『畸人者，畸於人而侔於天。』」成玄英注：「畸者，不耦之名也。修行無有，而疏外形體，乖異人倫，不耦於俗。」

【語譯】高冠瀛在科舉考試中長期不得意，心情非常壓抑鬱悶。他曾經對我和雪崖說：「我聽說有個大戶人家有處住宅，凡是夜裡在這處住宅中住宿的人，必然會遭到夢魘，到底是鬼還是狐狸精，一直弄不明白。一個書生有膽力，想查出為祟作怪的到底是什麼東西，所以睡在這處住宅裡。二更天以後，果然有個黑影翩然落在地上，又想向前又想後退，一聽到書生翻身，牠就伏在地上不動。書生知道牠是怕人，於是假裝成睡著的樣子等候牠，並漸漸發出打鼾聲。書生不久就感覺到那個怪物從腳上爬上來，剛爬到腹部胸口之間，書生便覺得昏昏沉沉，於是急忙用右手奮力一抓那個怪物，抓住了牠的尾巴，隨即用左手掐住牠的脖子，這個怪物嗷然發出一聲尖厲的叫聲，像人一樣的講起話來，請求書生放了牠。書生急忙叫人把燈拿來一照，原來是隻黑色狐狸。大家一起用力按住黑狐狸，用刀刺穿牠的大腿，穿上繩子，書生把繩子的另一頭繫在自己的左臂上，料想牠不可能再變化了，於是拿著刀問牠為什麼要作祟。黑狐狸哀叫著說：『凡是狐狸中有靈性的，都希望修煉成仙。最上乘的狐狸是調養氣息，修真煉神，講究水火相生相剋的深妙意義，吸納天地的精氣，服食日月星斗的精華，靠這些在腹中凝結成金丹，然後蛻落形體，飛升成仙。這必須得到仙人的傳授，被傳授的也要先具備成仙的資質。像這樣的修煉方法，我不能做到。次一等的狐狸就是修煉容成子和素女傳下來的法術，變成美女或美男子用妖媚去蠱惑人，通過性交去吸取人的精氣，補充增加自己的精氣。外面吸取和內裡修養的相互配合，也可以修煉成金丹。但如果所採的精氣太少，就不足以修煉成金丹；如果所採的精氣太多，就是傷害人而自己獲得利益，即使沒有遭到陰曹地府的譴責，也必然會遭到上天的懲罰。如果用這種辦法來採集精氣，我是不敢的。所以我只好採取剽竊的辦法，作為獵取精氣的手段，乘著人們熟睡時，去接受他們鼻孔中呼出來的氣息，就好像蜜蜂採花蕊一樣，對花不會造成損害。收取的餘氣慢慢湊合漸漸增多，也能融合凝結成金丹，也可以達到元神不散，年歲久了，就能夠感通靈氣而飛升成仙。像我這一類狐狸就是通過這種方式修煉的。雖然我道行淺薄，法術低微，然而積累功力也非常艱苦。如果你們不放過我，那麼我百年來耗費精力修煉，全部都要付諸東流了，只求先生憐憫饒恕我。』書生憐憫牠說的一番話意思懇切，就把牠放掉了。

這件事發生在雍正末年，相傳已經很久了。我因此想到，在科舉考場上，那些上等人物才華橫溢，學問淵博，我也不能做到；其次有些人用冒險的方法以求僥倖獲取功名，我也不敢那樣做。最下一等的人靠剽竊獵取混個出身，我或許能夠做到，然而我又不屑於這麼做。我是沒有路可走了。你們兩位先生都是很早就考取了功名，有什麼可以教給我一些嗎？」雪崖開玩笑地說：「你是高士奇的後身，就像白居易託生成了李商隱的兒子白老一樣。只是這種倔強不肯隨俗的念頭還存在，大概是高士奇的形體雖然已經變換，但本性還保存。這個毛病根深蒂固，我們實在沒有藥能救得了你。」於是三人互相一笑而作罷。

原來高冠瀛寫文章喜歡標新立異，生搬硬套，用的語句生硬而且空虛，每次被考官黜落，往往都是因為這個緣故，所以雪崖用這事與他開玩笑。賈島的《賈長江集》中有「獨自行走的身影照在潭底，時常在樹邊休息而無人作伴」的詩句，這詩句下面還夾注著一首詩：「這兩句詩歷經三年才得到，一吟起這詩句不由雙眼淚流。知音如果不賞識這詩句，我就歸隱故山臥看秋天。」千古以來，這些性格經歷很特殊的人，他們的想法大致是相似的。

【研析】落第書生說狐狸修煉的三種方法，以比喻士子參加科舉考試考取功名的三條途徑，似乎頗有道理。然而他沒有說那些明明無法考取卻還要強求之人的悲劇。在科考中，天資高的人自然不必說了，就是那些天賦較低的人，他們抱定這個目標，而他們的能力又與這個目標差距太大，除了皓首窮經，一無所獲外，只能終老林下，悲苦一生。這是悲劇，也是事實，可惜身在其中者往往不能明白這個道理。

黑毛人

吉木薩❶臺軍言：嘗逐雉入深山中，見懸崖之上，似有人立。越澗往視，去地不四五丈，一人衣紫氆氌❷，面及手足皆黑毛，茸茸長寸許；一女子甚姣麗，作蒙古裝，惟跣足❸不靴，衣則綠氆氌也，方對坐共炙肉。旁侍黑毛人四五，皆如小兒，身不著寸縷，見人嘻笑。其語非蒙古、非額魯特❹、非回部❺、非西番❻，啁哳❼如鳥不可辨。觀其情狀，似非妖物，乃跪拜之。忽擲一物於崖下，乃熟野騾肉半肘也。又拜謝之，皆搖手。乃攜以歸，足三四日食。再與牧馬者往跡，不復見矣。意其山神歟？

【章旨】此章講述了西域駐軍在深山中偶遇黑毛人，黑毛人並送給他們野騾腿的故事。

【注釋】❶吉木薩　地名。在新疆伊犁哈薩克自治州西北。❷氆氌　藏語音譯。藏族人用手工生產的一種羊毛織品。一般用作衣服和坐墊等材料。❸跣足　光著腳沒有穿鞋襪。❹額魯特　參見本書卷三〈一隻繡花鞋〉則注釋❷。❺回部　參見本書卷六〈烏什闊面巨人〉則注釋❷。❻西番　指西洋人。❼啁哳　形容聲音雜亂而細碎。

【語譯】吉木薩的駐軍說：他們曾經因追趕野雞進入深山中，看見在懸崖上面，好像有人站著。於是他們爬過山澗走近去看，那懸崖離地面不過四五丈高。有個人穿著紫色的氈衣，面部和手腳上都是黑毛，毛茸茸的有一寸來長。另有一個女子，長得很姣美，穿著是蒙古人的妝束，只是光腳沒有穿靴子，衣服則是綠色的毛氈製成的。他們正面對面地坐著一起在烤肉吃。旁邊侍候的黑毛人還有四五個，身材都像是小孩，身上一絲不掛，他們看見人就嘻笑起來。他們說話的語音既不是蒙古話、也不是額魯特話、也不是回族話、也不是西番話，聲調就像鳥叫聲，雜亂細碎難以分辨。看他們的神情形狀，似乎不是妖怪。軍士們於是向他們跪拜，他們忽然把一件物品扔到懸崖下，原來是烤熟的半隻野騾腿。軍士們又跪拜表示感謝，他們都搖搖手表示不謝。軍士們把這隻熟騾腿帶回來，足夠三四天吃的了。後來他們再和牧馬人前往那裡，就再也沒有看見黑毛人的蹤跡了。莫非他們是山神嗎？

【研析】以新疆之大，人們沒有發現的稀罕事肯定還有許多。作者在本書中已經記載多次，黑毛人又是一例。如今離開作者的時代又有二百多年，黑毛人是否還是無恙，我們不得而知。不過，人們至今還在傳說湖北神農架有野人出沒，西藏雪域高原或許有雪人存在，那麼我們也有理由相信，科學家或許也會去搜尋新疆黑毛人。

虹說

世言虹見❶則雨止，此倒置也，乃雨止則虹見耳。蓋雲破日露，則回光返照，射對面之雲。天體渾圓，上覆如笠❷，在頂上則仰視，在四垂則側視，故斂為一線。其形隨下垂，兩面之勢，屈曲如弓。又側視之中，斜對目者近，平對目者遠。以漸而遠，故重重雲氣，皆見其邊際，疊為重重紅綠色；非真有一物如帶，橫亙天半也。其能下澗飲水，或見其首如驢者（見《朱子語錄》❸），並有能狎昵婦女者（見《太平廣記》❹），當是別一妖氣，其形似虹；或別一妖物，化形為虹耳。

【章旨】此章作者論說了自己對彩虹的認識。

【注釋】❶見　通「現」。出現。❷笠　即斗笠。用竹箬或棕葉等編成。❸朱子語錄　即《朱子語類》，南宋朱熹講學語錄。原有池州、饒州、建安所刊三種《語錄》，眉州、徽州所刊二種《語類》，後經黎靖德合併，編輯成今本。共一百四十卷。為研究朱熹思想的重要資料。❹太平廣記　參見本書卷一〈劃壁〉則注釋❹。

【語譯】世人說虹出現了雨就停了，這種說法是弄顛倒了，應該是雨停了虹就會出現。這是因為雲霧破散，陽光露出，那麼它的回光返照到對面天空的雲彩。天體是渾圓形的，蓋在上面好像斗笠。在頂上的人就要仰視，在四邊的人就要側視。所以太陽光能聚成一條線。它的形狀隨四周天頂向下垂，兩面下垂的趨勢，彎曲成弓的模樣。又在側視之中，斜對眼睛的天體距離近，平對眼睛的天體距離遠，漸斜漸遠，所以一層層的雲氣都可以看到它的邊際。這些雲氣的邊緣疊成一層層的紅綠色，並不是真有一件像帶子一樣的物體橫跨在半天空。有人說虹能垂頭到澗裡飲水，也有人說看見虹的頭像驢子（這種說法見《朱子語類》），又有人說虹還能調戲婦女（這種說法見《太平廣記》），這應該是另外的一種妖氣，它的形狀與虹近似；或者是另外一種妖怪變化成虹的形狀罷了。

【研析】古人對於彩虹的認識，經過了幾個階段。如說彩虹能垂頭到澗裡飲水，或者說彩虹的頭像驢子、彩虹會調戲婦女等等，都是人們對彩虹不同階段的認識。其實，作者已經知道彩虹是在雨後出現的，是太陽光的返照等正確的知識。但對彩虹的成因和天體的認識還不科學，這是時代的局限，故不能責怪作者的愚昧。

蠅作人言

及孺愛先生言：嘗親見一蠅，飛入人耳中為祟，能作人言，惟病者聞之。或謂蠅之蠢蠢，豈能成魅？或魅化蠅形耳。此語近之。青衣童子之宣赦❶，渾家門客之吟詩❷，皆小說妄言，不足據也。

【章旨】此章講述了一個人耳朵裡鑽進一隻會說人話的蒼蠅的故事。並指出歷代志怪小說所說的蒼蠅能夠變幻的說法都是虛妄的。

【注釋】❶青衣童子之宣赦　唐代志怪小說載，前秦皇帝苻堅閉門寫大赦令，等宣布時大家早已知道了，說是一青衣童子宣布的。苻堅想起寫赦書時有隻大青蠅來了又飛走了。❷渾家門客之吟詩　《幽怪錄》載，滕某到洛陽，求宿一家，主人不在，出來一人說是渾家的門客姓麻，兩人吟詩談論。主人回來喊滕某，滕某一看，自己在廁所裡，所謂麻門客，乃是一隻大麻蠅。

【語譯】及孺愛先生說：他曾親眼看見一隻蒼蠅飛進人的耳朵中作怪，能說人話，只有患病者本人能聽見蒼蠅的說話。有人認為蒼蠅如此愚蠢，怎能成為妖精？也許是妖魅變成蒼蠅的形狀吧。這話也許接近事實。如前秦皇帝苻堅時有隻蒼蠅變成青衣童子宣布大赦的消息，唐睿宗時有隻麻蠅變成渾家門客和客人吟詩談論，這些都是小說虛構出來的，不能作為憑據。

【研析】蒼蠅說人話，還不如說是人在說胡話。作者也不相信這種傳奇故事，連帶前朝志怪小說的記載，也被作者認為是「小說妄言，不足據」。

辟塵珠與選響豆

辟塵之珠❶，外舅❷馬公周籙曾遇之，確有其物，而惜未睹其形也。初，隆福寺鬻雜珠寶者，布茵❸於地（俗謂之擺攤），羅諸小篋於其上。雖大風霾，無點塵。或戲以囊有辟塵珠，其人椎魯❹，漫笑應之。弗信也。如是半載，一日，頓足大呼曰：「吾真誤賣至寶矣！」蓋是日飛塵忽集，始知從前果珠所辟也。按：醫書有服響豆法。響豆者，槐實之夜中爆響者也，一樹只一顆，不可辨識。其法槐始花時，即以絲網冪樹上，防鳥鵲啄食。結子熟後，多縫布囊貯之，夜以為枕，聽無聲者即棄去。如是遞枕，必有一囊作爆聲者。取此一囊，又多分小囊貯之，枕聽，初得一響者則又分。如二枕漸分至僅存二顆，再分枕之，則響豆得矣。此人所鬻之珠，諒亦無幾。如以此法分試，不數刻得矣，何至交臂失之乎？乃漫然不省，卒以輕棄，當緣祿相❺原薄耳。

【章旨】此章講述了一個販賣珠子的商人因愚昧而失去辟塵珠的故事，並因此說了民間挑選響豆的辦法。

【注釋】❶辟塵之珠　傳說中能夠驅避灰塵的寶珠，非常珍貴。❷外舅　即岳父。❸茵　墊子、褥子、毯子的通稱。❹椎魯　愚鈍。蘇軾〈六國論〉：「其力耕以奉上，皆椎魯無能為者，雖欲怨叛，而莫為之先。」❺祿相　參見本書卷四〈李慶子遭逐〉則注釋❷。

【語譯】可以驅避灰塵的珠子，我的岳父馬周籙老先生曾經遇到過，確實存在這種寶物，但可惜沒有看見它的形狀。以前，隆福寺有個賣各種各樣珠寶等物品的商人，他在地上鋪了一塊墊子（百姓稱為擺攤），然後把各種小盒子擺列在上面。即使是颳大風沙土飛揚，他的攤子上也沒有一點灰塵。有人開玩笑說他的袋子裡有辟塵珠，這個人傻乎乎地隨口笑笑回應，其實並不相信，這樣過了半年。一天，他忽然跺著腳大叫道：「我真的錯賣掉了最貴重的寶貝。」原來這一天飛揚的灰塵忽然都集中落在他的地攤上，他才知道以前果然是有辟塵珠在避灰塵。按：醫書上有服用響豆的方法。所謂響豆，就是槐樹結的籽會在夜裡爆響的。一棵槐樹上只結有一顆，無法辨認。要獲取這顆響豆的方法是，當槐樹剛開始開花時，就用絲網罩在樹上，防止鳥鵲來啄食。槐樹結籽成熟後，縫製很多布袋，將它們全部裝好貯存起來，然後夜裡用這些布袋做枕頭，沒有聽到聲音就丟棄掉。就這樣依次輪換枕頭，必定有一個布袋中會發出爆響聲。於是把這一袋中的槐樹籽又分別裝進許多小布袋中，然後用這些小布袋作枕頭。只要聽到哪個小布袋中有爆響的聲音，那麼就又將裡面的槐樹籽分裝進多個更小的布袋中。就這樣從兩個枕頭依次漸漸分下去，一直到僅剩下兩顆時，再分開枕著聽，那麼響豆就可以得到了。這個商人所賣的珠子，想必也不會有很多。如果用這個辦法分開加以試驗，不要幾刻鐘就可以分辨出那顆辟塵珠了，怎麼會與辟塵珠失之交臂呢？然而他卻漫不經心沒有領悟，結果輕易地失去了這件寶貝，應當是因為他的富貴榮祿之相本來就很薄吧。

【研析】辟塵珠是民間傳說中的寶物，實際並不存在。不過作者所說的挑選響豆的方法還是很正確的。如果把這些槐樹籽每次不是分裝在許多小口袋中，而是每次都分裝在兩個口袋中，那麼挑選響豆的速度會大大提高。

孝心感動天地

乾隆甲辰❶，濟南多火災。四月杪，南門內西橫街又火，自東而西，巷狹風猛，夾路皆烈焰。有張某者，草屋三楹在路北，火未及時，原可挈妻孥出；以有母柩，籌所以移避，既勢不可出，夫婦與子女四人，抱棺悲號，誓以身殉。時撫標參將❷方督軍撲救，隱隱聞哭聲，令標軍❸升後巷屋尋聲至所居，垂綆❹使縋出。張夫婦並呼曰：「母柩在此，安可棄也？」其子女亦呼曰：「父母殉父母，我不當殉父母乎？」亦不肯上。俄火及，標軍越屋避去，僅以身免。以為闔門並煨燼，遙望太息而已。乃火熄巡視，其屋巋然獨存。蓋回飆❺忽作，火轉而北，繞其屋後，焚鄰居一質庫❻，始復西也。非鬼神呵護，何以能然！此事在癸丑❼七月，德州❽山長❾張君慶源錄以寄余，與余〈灤陽消夏錄〉載孀婦事❿相類。而夫婦子女，齊心同願，則尤難之難。夫「二人同心，其利斷金⓫」，況六人乎！庶女一呼⓬，雷霆下擊，況六人並純孝乎！精誠之至，哀感三靈⓭，雖有命數，亦不能不為之挽回。人定勝天，此亦其一。事雖異聞，即謂之常理可也。余於張君不相識，而張君間關⓮郵致，務使有傳，則張君之志趣可知矣。因為點定字句，錄之此編。

【章旨】此章講述了濟南發生火災，在大火燒來時，一戶人家為保護母親靈柩而沒有出門躲避，然而大火卻改變方向，使得這戶孝子之家得以保全的故事。

【注釋】❶乾隆甲辰　即清乾隆四十九年，西元一七八四年。❷撫標參將　清代綠營的統兵官，位次於副將，正三品武官，統理本營軍務。清代稱巡撫所直轄的綠營兵為撫標。❸標軍　即綠營兵。❹綆　繩索。❺回飆　旋轉的狂風。❻質庫　當鋪。❼癸丑　即清乾隆五十八年，西元一七九三年。❽德州　市名。在山東西北部，鄰接河北。❾山長　參見本書卷四〈縊鬼魅人〉則注釋❶。❿孀婦事　參見本書卷二〈破屋獨存〉則。⓫二人同心二句　語出《周易．繫辭上》。意思是只要兩人齊心協力，那麼他們的力量就能折斷金屬。⓬庶女一呼　《淮南子》載：寡婦無子不嫁，侍候婆婆；小姑貪財，殺母誣賴寡婦，寡婦冤結呼天，雷擊景公之臺。⓭三靈　參見本書卷十七〈虐婢之報〉則注釋❼。⓮間關　道路艱險、崎嶇。

【語譯】乾隆四十九年，濟南多次發生火災。四月末，南門內西橫街又失火，火勢從東向西燒，巷道狹窄，風勢又猛，街道兩邊都是烈焰沖天。有個姓張的，家裡三間草屋位於路北邊。大火還沒有燒來時，他原本可以帶著妻子兒女逃出去。因為他母親的靈柩停放在家裡，他為了想辦法把母親靈柩移出去而耽誤了時間，結果全家人被困在大火中出不來了。張某夫婦和四個子女抱著棺材悲傷地哭喊，發誓要與棺材同殉難。當時撫標參將正督促士兵撲救火災，隱隱約約聽到哭聲，他於是命令綠營兵爬上後巷的屋頂查看，士兵順著聲音找到了張某一家的屋子。士兵們扔下繩子準備吊他們出來，張某夫婦一齊呼喊道：「母親的靈柩在這裡，怎麼可以拋棄不管呢？」他們的幾個子女也呼喊說：「父母為他們的父母殉死，我們不應該為我們的父母殉死嗎？」也不肯上去。不久大火燒過來了，綠營兵越過屋頂逃避而去，也僅僅隻身逃了出來。大家都以為張某全家幾口人肯定全部被燒成灰燼了，遠遠望著大火歎息而已。等到大火熄滅後，士兵們巡視火災現場，發現張某家的房子巋然聳立在那裡沒有被火燒著。原來當時忽然颳起一股旋風，大火轉折向北燒去，從張某家的屋後繞過，燒掉張某鄰居家的一間典當庫，然後重新向西面燒去。要是沒有鬼神的呵護，怎麼會出現這種事情呢！這件事是在乾隆五十八年七月，德州書院山長張慶源先生記載下來寄給我的。這件事與我在〈灤陽消夏錄〉中記載的寡婦一事相類似，而張某夫婦子女能夠齊心同願盡孝，這尤其難得。《周易》上說：「兩人同心協力，力量就可以折斷金屬。」何況是六個人呢！平民女子一聲呼叫，雷霆可以為之下擊，何況這六個人都是一片純孝之心呢！精誠所至，他們的哀情可以感動天地鬼神，雖然有命運注定，但也不能不為之挽回。人通過主觀努力一定可以勝過天命，這也算是例證之一了。這件事雖然聽起來覺得是件奇聞軼事，但把它看作一般道理也是可以的。我和張慶源先生不相識，但張先生輾轉把這個故事寄告我，務使這件事得以傳播後世，那麼張先生的志趣也就可想而知了。因此我將他的記載稍加修改，把它收錄在這本書裡。

【研析】褒揚孝子，是本書的宗旨之一。其實，每個人都是父母所養，都有兄弟姐妹，血緣之親就是孝悌產生的基礎。也就是說，孝悌之心存在於每人心中。只是歲月久遠，有的人淡忘了，有的人丟失了。作者講述這樣的故事，就是告訴人們說，孝悌之心得到天地鬼神的庇佑，希望後人牢記而不忘。

智埋靈柩

呂太常❶含暉言：京師有一民家，停柩遇火，無路可出，亦無人肯助舁❷。乃闔家男婦，鍬钁刀鑱，合手於室內掘一坎，置棺於中，上覆以土。坎甫掩而火及，屋雖被焚，棺在坎中，竟無恙，火性炎上故也。此亦應變之急智，因張孝子事附錄之。

【章旨】此章講述了京城一戶百姓遇到火災，為挽救停放在家中的靈柩免遭火焚，挖坑掩埋，遂得以倖免的故事。

【注釋】❶太常　參見本書卷四〈不忘舊情〉則注釋❸。❷舁　抬。

【語譯】呂含暉太常說，京城有戶百姓，家中停放著靈柩，突然遇上火災，沒有路可以把靈柩運出去，也沒有人肯幫助抬靈柩。於是全家男女拿起鍬钁刀鑱等工具，一起動手合力在屋子中央挖了一個坑，把棺材放在裡面，上面覆蓋泥土。土坑剛用泥土掩埋好，大火就燒到了。結果房屋雖然被焚毀了，棺材在土坑中竟安然無恙，這是因為火的特性是向上燃燒的緣故。這也是應付突發事變而急中生智，因上文談到張孝子的事，所以把這件事也一併附錄在這裡。

【研析】為了保護靈柩免遭火焚，挖土坑掩埋，這也是在危急時刻想出來的辦法。清人忌諱靈柩被火焚燒掉。其實宋代以前，人死後採用火葬的習俗很普遍。如《水滸傳》中武大郎的屍體就是採取火葬。理學興起後，理學家認為將先人的遺體火葬是對先人的不孝，故而土葬成為社會的主要喪葬習俗。從這兩個故事，也可以看出民俗的演變。

王飛骰

交河❶泊鎮❷有王某，善技擊，所謂「王飛骰」者是也（「骰」俗作「腿」，相沿已久，然非正字也）。一夕，偶過墟墓間，見十餘小兒當路戲，約皆四五歲，叱使避，如不聞。怒摑其一，群兒共噪詈。王愈怒，蹴以足。群兒坌湧，各持磚瓦擊其踝，捷若猿猱，執之不得；拒左則右來，禦前則後至，盤旋撐拄，竟以顛隕；頭目亦被傷，屢起屢仆，至於夜半，竟無氣以動。次日，家人覓之歸，兩足青紫，臥半月乃能起。小兒蓋狐也。以王之力，平時敵數十壯夫，尚揮霍自如；而遇此小魅，乃一敗塗地。《淮南子》❸引堯誡曰：「戰戰栗栗，日慎一日，人莫躓於山而躓於垤❹。」《左傳》❺曰：「蜂蠆有毒。」信夫！

【章旨】此章講述了一個號稱「王飛骰」的鄉村無賴，因毆打小孩，遭到懲治的故事。

【注釋】❶交河　縣名。在河北中部偏南、南運河和滏陽河之間。❷泊鎮　即泊頭鎮。在河北交河東五十里，跨南運河。兩岸皆有集市，自古為要隘地。❸淮南子　亦稱《淮南鴻烈》。西漢淮南王劉安及其門客蘇非、李尚、伍被等著。《漢書・藝文志》著錄內二十一篇，外三十三篇。內篇論道，外篇雜說。書中以道家思想為主，糅合了儒、法、陰陽五行等家，一般認為它是雜家著作。❹垤 螞蟻做窩時堆在穴口的小土堆，也叫蟻封、蟻冢。《詩・豳風・東山》：「鸛鳴於垤。」❺左傳 參見本書卷二〈鬼醉酒〉則注釋❹。

【語譯】交河縣泊頭鎮有個王某，善於拳腳功夫，人們所稱說的「王飛骸」就是他（「骸」字，世人都寫作「腿」，相沿已久，但這不是字的正體）。一天晚上，他偶然路過一片墓地，看見十幾個小孩在路上遊戲，大約都是四五歲的樣子。王某喝叱讓他們避開，他們好像沒有聽見一樣。王某發怒，打了其中一個小孩一巴掌，小孩們一起吵鬧謾罵王某。王某更加惱怒，又用腳去踢小孩。小孩們蜂擁而上，各自拿著磚頭瓦片打他的腳踝，動作敏捷得就像猿猴，王某想抓也抓不到。王某抵擋了左邊的小孩，那麼右邊的小孩就又攻上來；防禦前面的小孩，那麼後面的小孩又打了上來。王某轉著圈子支撐抵擋，竟然被撞倒在地，頭和眼睛也被打傷。王某幾次爬起來，又幾次被打倒，一直打到半夜，王某竟然沒有力氣再動彈了。第二天，王某家裡人找到他抬回家，只見王某的兩隻腳全部青紫，在床上躺了半個月才能起來。那些小孩原來是狐狸精啊。以王某的力氣，平時對付幾十個壯漢還綽綽有餘，然而遇到這些小狐狸精，竟然輸得一敗塗地。《淮南子》引用唐堯告誡人們的話說：「人應該時刻戰戰兢兢，一天比一天謹慎。人往往不是跌倒在高山上，而是跌倒在螞蟻洞口的小土堆上。」《左傳》中說：「蜂蠍雖然小，卻也是有毒的。」確實是這樣啊。

【研析】這個王某肯定不是善類，僅僅因為小孩擋了他的路，他出手就打，拔腿就踢，幸虧這些小孩不是通常孩子，而是一群小狐狸精，於是王某人就遭到了一頓懲罰。看來作者也並沒有站在王某人一邊，故而會這樣告誡世人：為人應該小心謹慎。

莫名報復

郭彤綸言：阜城❶有人外出，數載無音問。一日，倉皇夜歸，曰：「我流落無藉，誤落群盜中，所劫殺非一。今事敗，幸跳身❷免；然聞他被執者已供我姓名居址，計已飛檄拘眷屬。汝曹宜自為計，俱死無益也。」揮淚竟去，更無一言。闔家震駭，一夜星散盡，所居竟廢為墟，人亦不明其故也。越數載，此人至其故宅，訪父母妻子移居何處。鄰人告以久逃匿，亦茫然不測所由。稍稍蹤跡，知其妻在彤綸家傭作。叩門尋訪，乃知其故。然在外實無為盜事，後亦實無夜歸事；彤綸為稽官牘❸，亦並無緝捕事。久而憶耕作八溝時（漢右北平❹之故地也），築室山岡。岡後有狐，時或竊物，又或夜中嘷叫擾人睡。乃聚徒劚❺破其穴，薰之以煙，狐乃盡去。疑或其為魅以報歟？

【章旨】此章講述了一個在外幫工的人，忽然回家說自己在外當強盜殺了人，被官府發現，要家人分散逃命。後來才發現不知是誰假冒他誤傳消息，使得他家庭離散的故事。

【注釋】❶阜城　縣名。在河北東南部。❷跳身　輕身逃走。❸稽官牘　查閱官府的文書。稽，查考。❹右北平　郡名。戰國燕置。轄境相當今河北承德、天津薊縣以東，遼寧大淩河上游以南、六股河以西地區。❺劚　大鋤。引申為掘。

【語譯】郭彤綸說：阜城縣有個人離家外出，幾年沒有音信。一天夜裡，這人突然慌慌張張趕回家，說：「我在外面流落無法安定下來，錯誤地加入了強盜團夥，所搶劫殺害的人不止一個。如今事情敗露，我僥倖逃了出來，然而聽說其他被抓的人已供出了我的姓名和家庭住址，我想官府已傳遞公文要來拘捕家屬了。你們應該快點各自想辦法逃命，和我一起去死是沒有好處的。」說完，這個人揮淚就走了，再也沒有說一句話。全家人驚慌恐懼，一夜之間全都逃散了，這家人所住的房屋竟被廢棄成了廢墟，人們也不明白是怎麼回事。過了幾年，這個人回到自己的原來住宅，尋訪父母妻子兒女搬到哪裡去了。鄰居告訴他早已逃走了，他還茫然不知是怎麼回事。他後來慢慢打聽，知道自己的妻子在郭彤綸家當女傭。他於是登門尋訪，才知道其中的緣故。但他在外面確實沒有當強盜的事，後來也確實沒有在夜裡回家的事。郭彤綸為他到官府去查閱公文案卷，也並沒有追捕他和他家人的事。過了好久，他才回憶起在八溝替人種地時（八溝，即漢代右北平郡的所在地），在山崗上建造房子居住。山崗後有狐狸，有時候來偷盜東西，有時又在半夜裡嗥叫，打擾人睡覺。他於是邀了一些人掘開狐狸的洞穴，用煙去熏，狐狸才全都逃走了。人們懷疑或許是這些狐狸作祟來報復的吧？

【研析】這個傭工出門在外幫工，實屬不易，卻還要遭到不知何方妖魅的捉弄，害得他家庭離散。如果說是因為他掘了狐狸洞，就要遭到如此報復，那麼狐狸的報復未免也太過分了。因為是狐狸有錯在先，不能責怪這個傭工。即使狐狸一定要報復，也不能過分。其實人世間也是如此，冤冤相報，無不過分，以致沒有窮盡。如果都能夠以寬恕之心待人，那麼這類事情自然就會絕跡。

李六夫婦

奴子史錦文，嘗往滄州延醫。暑月未攜襆被，乘一馬而行。至張家溝西，痁①

忽作，乃繫馬於樹，倚樹小憩。漸懵騰❷睡去，夢至一處，草屋數楹，一翁一嫗坐門外，見錦文邀坐，問姓名；自言姓李行六，曾在崔莊住兩載，與其父史成德有交，錦文幼時亦相見，今如是長成耶。感念存歿，意頗淒愴。嫗又問：「五魁無恙否（五魁，史錦彩之乳名）？三黑尚相隨否？」（三黑李姓，錦文異父弟，隨繼母同來者也）亦頗周至。翁因言：「今年水潦，由某路至某處水雖深，然沙底不陷；由某路至某處水雖淺，然皆紅土膠泥，粘馬足難行。雨且至，日已過午❸，爾宜速往，不留汝坐矣。」霍然而醒，遙見四五丈外，有一孤冢，意即李六所葬歟？如所指路，晚至常家磚河，果遇雨。歸告其繼母，繼母曰：「是嘗在崔莊賣瓜果，與爾父日遊醉鄉者也。」殂謝黃泉❹，尚惓惓❺故人之子，亦小人之有意識者矣。

【章旨】此章講述了一對老夫婦已經成了鬼，還十分關心故人之子的故事。

【注釋】❶痁　瘧疾。段玉裁《說文解字注・疒部》：「痁，有熱無寒之瘧也。」❷懵騰　亦作「瞢騰」。半睡半醒；朦朧迷糊。❸已過午　中午已過。午，十一時至十三時。❹黃泉　陰間。❺惓惓　也作「拳拳」。形容懇切。

【語譯】奴僕史錦文曾經前往滄州請醫生，當時正值夏天，他沒有帶被褥，騎著一匹馬就出發了。走到張家溝西面時，瘧疾忽然發作，於是把馬繫在樹上，靠著樹稍作休息。他漸漸朦朧地睡著了，做夢來到了一個地方，有幾間草屋，一位老頭和一位老婦人坐在門外。他們見到史錦文，就邀請他坐下。史錦文問他們的姓名，老頭自己說姓李，排行第六，曾經在崔莊住過兩年，與史錦文的父親史成德有交情，史錦文年幼時也曾見到過，如今都長這麼大了。老人感慨地說起哪些人還健在，哪些人已經去世，看他的神情似乎很淒涼悲傷。老婦人又問：「五魁還好嗎（五魁是史錦文的弟弟史錦彩的乳名）？三黑還住在一起嗎？」（三黑姓李，是史錦文的異父弟弟，是隨史錦文的繼母一同來的）打聽得也很周詳。老頭接著說：「今年雨水多，到處有積水。從某條路到某處，積水雖深，但水底是沙地不會陷進去；從某條路到某處，積水雖淺，但水底都是紅土，膠泥會粘住馬足，所以很難走。大雨就要來了，現在已經過了中午，你應該趕快去，我們就不留你坐了。」史錦文猛然間醒來，遠遠看見四五丈遠的地方有座孤墳，心想這就是埋葬李六的地方吧？他按李六所指的路線走，晚上到常家磚河時，果然遇上大雨。回家後把這事告訴他的繼母，繼母說：「這是曾在崔莊賣瓜果，和你父親天天在一起喝酒遊醉鄉的人啊。」李六已經葬身黃泉之下，還對老朋友的兒子十分關切，也是小人物中有主意有見識的人了。

【研析】人生活在社會中，不能沒有朋友。故而古人將朋友作為君臣、父子、夫婦、兄弟、朋友五倫之一，也稱之為五常。這是五種最重要的社會關係。人生得一知己有何等之難？作者感歎這位李六，已經身在黃泉，還對故人之子如此關懷，拳拳之心，深深打動了作者。

拘禮而誤人命

奴子傅顯，喜讀書，頗知文義，亦稍知醫藥。性情迂緩❶，望之如偃蹇❷老儒。一日，雅步❸行市上，逢人輒問：「見魏三兄否？」（奴子魏藻，行三也）或指所在，復雅步以往。比相見，喘息良久。魏問相見何意，曰：「適在苦水井前，遇見三嫂在樹下作針黹❹，倦而假寐。小兒嬉戲井旁，相距三五尺耳，似乎可慮。男女有別，不便呼三嫂使醒，故走覓兄。」魏大駭，奔往，則婦已俯井哭子矣。夫僮僕讀書，可云佳事。然讀書以明理，明理以致用也。食而不化，至昏憒僻謬❺，貽害無窮，亦何貴此儒者哉！

【章旨】此章講述了一個僕人喜愛讀書，卻食而不化，以致誤害人命的故事。

【注釋】❶迂緩　遲緩；遲鈍。❷偃蹇　困頓。❸雅步　走路閒雅的樣子。❹針黹　指縫紉、刺繡等針線工作。❺僻謬　乖僻荒謬，違背正理。

【語譯】我家的奴僕傅顯喜歡讀書，很理解書中的文章意思，並且稍微懂一點醫藥知識。只是他性情迂腐遲緩，看上去就像個古板不得志的老儒生。一天，他在街上閒雅地漫步，遇到人就問：「看見魏三兄了嗎？」（奴僕魏藻，排行第三）有人告訴他魏藻所在的地方，他又閒雅地漫步走去。等到他看見魏三，喘息了好久還沒開口說話，魏藻問他找自己有什麼事，他才說道：「我剛才在苦水井邊，遇見三嫂在樹下做針線活，疲倦了正在閉眼打瞌睡。你家的小孩子在井邊玩耍，相距井口只有三五尺遠，似乎令人擔心。男女有別，我不便把三嫂叫醒，所以走來找你。」魏藻大驚，急忙奔向井臺，那時妻子已趴在井邊哭兒子了。奴僕們讀書，可以說是件好事。然而讀書的目的是為了明白道理，明白道理的目的是為了實際應用。像傅顯這樣讀書死記住一些條條框框，卻沒有理解它的意義，以至於做事昏庸糊塗，行為荒謬怪僻，真是帶來無窮的危害，這樣的儒者又有什麼價值呢！

【研析】讀書是為了明理，明理是為了致用。簡而言之，讀書就是為了明理致用。這是作者認為的讀書宗旨，也應該是大家一致公認的道理。那個奴僕傅顯錯在以為讀書是為了拘守禮法規矩，不知在情況緊急時禮法規矩也是可以變通的。如果讀書人讀了書卻食之不化，那就真像作者所說的會做出些昏憒僻謬之事，這樣的儒生真的又有「何貴」？

縱賊保身

武強❶一大姓，夜有劫盜，群起捕逐。盜逸去，眾合力窮追。盜奔其祖塋❷松柏中，林深月黑，人不敢入，盜亦不敢出。相持之際，樹內旋飆❸四起，沙礫亂飛，人皆瞇目不相見，盜乘間突圍得脫。眾相詫異，先靈何反助盜耶？主人夜夢其祖曰：「盜劫財不能不捕，官捕得而伏法，盜亦不能怨主人。若未得財，可勿追也；追而及，盜還鬥傷人，所失不大乎？即眾力足殪❹盜，盜殪則必告官，官或不諒，坐以擅殺，所失不更大乎？且我眾烏合，盜皆死黨；盜可夜夜伺我，我不能夜夜備盜也。一與為仇，隱憂方大，可不深長思乎？旋風我所為，解此結也，爾又何尤焉！」主人醒而喟然曰：「吾乃知老成遠慮，勝少年盛氣多矣！」

【章旨】此章講述一戶人家遭強盜搶劫，這戶人家追捕強盜時，卻被其先祖之魂颳的一陣旋風阻止，其先祖之魂並解說了為何縱賊的道理的故事。

【注釋】❶武強　縣名。在河北中部偏南、滏陽河下游。❷祖塋　祖墳。❸旋飆　旋風。❹殪　殺死。

【語譯】武強縣有個大戶人家，夜裡有上門來搶劫的強盜，全家人群起搜捕追逐強盜。強盜逃走，大家便合力一起窮追不捨。強盜們奔逃進這大戶人家祖墳的松柏林中，樹林深深，月光暗淡，眾人不敢攻進樹林去，強盜也不敢離開樹林出來。眾人和強盜就在這樣相持不下的時候，松柏林中突然颳起一陣旋風，沙石亂飛，在樹林外圍捕強盜的人們都被風吹得迷了眼而互相看不見，強盜們卻乘機突破包圍得以逃脫了。眾人都感到詫異，自己祖先的靈魂為什麼反而幫助強盜呢？這戶人家的主人夜裡夢見祖宗對自己說：「強盜搶劫錢財，不能不追捕。如果是官府追捕捉住他們，而將他們處死，強盜們也不能怨恨主人。如果強盜沒有搶劫到財物，那麼可以不去追趕。如果追上了強盜，強盜回過頭來格鬥殺害了人，所損失的不大嗎？即使眾人的力量足以殺死強盜，強盜被殺死了就必須上報官府，如果官府不予諒解，給你們加上個擅自殺人的罪名，所損失的不就更大了嗎？況且追補強盜的我方人員都是湊合的烏合之眾，強盜們都是死黨結夥而成。強盜們可以夜夜都來窺伺我們尋找機會報仇，我們卻不可能夜夜都在那裡防備盜賊。今天一旦與他們結了仇，潛在的危險就更大了，能不長遠地思考嗎？旋風是我颳起來的，是為了解開這場冤仇，你們又有什麼好埋怨的呢！」主人醒來後，長歎一聲說道：「我這才真正明白，老成穩重的人深謀遠慮，比起年輕人的年少氣盛，不知要勝過多少啊！」

【研析】除惡務盡，才能不留後患。而這戶人家的先祖之魂卻要求其子孫，除賊留有餘地，不可逼迫太甚，得饒人處且饒人，以免後患。前者反映的是一種正氣，不計後果，不考慮自身安危；後者則是明哲保身，只要自己利益沒有受到傷害，就可以縱容罪惡。兩種觀點截然相反，不知讀者站在哪一邊？

平姐拒誘

滄州城守尉[1]永公寧與舅氏張公夢徵友善。余幼在外家，聞其告舅氏一事曰：

「某前鋒❷有女曰平姐，年十八九，未許人。一日，門外買脂粉，有少年挑之，怒詈而入。父母出視，路無是人，鄰里亦未見是人也。夜扃戶❸寢，少年乃出於燈下。知為魅，亦不驚呼，亦不與語，操利剪偽睡以俟之。少年不敢近，惟立於床下，誘說百端，平姐如不見聞。少年倏去，越片時復來，握金珠簪珥數十事❹，值約千金，陳於床上，平姐仍如不見聞。少年又去，而其物則未收。至天欲曙，少年突出曰：『吾伺爾徹夜，爾竟未一取視也！人至不可以利動，意所不可，鬼神不能爭，況我曹乎？吾誤會爾私祝一言，妄謂託詞於父母，故有是舉，爾勿嗔也。』斂其物自去。蓋女家素貧，母又老且病，父所支餉不足贍，曾私祝佛前，願早得一婿養父母，為魅所竊聞也。」然則一語之出，一念之萌，曖昧中俱有伺察矣。耳目之前，可塗飾假借乎？

【章旨】此章講述了一個貧家女子拒絕金錢誘惑，維護自身尊嚴的故事。

【注釋】❶守尉　本指郡守和郡尉。此處指守衛當地的軍事長官。❷前鋒　清代守衛皇城的滿蒙旗人。❸扃戶　鎖著房門。❹事　器物的件數。

【語譯】駐守滄州城的軍官永寧和我的舅舅張夢徵先生是好朋友。我小時候在外祖父家，聽他告訴舅舅一件事說：「某個前鋒有個女兒，名叫平姐，年紀已有十八九歲，還沒有許配人家。一天，平姐到門外買胭脂香粉，有個年輕人挑逗她，她把年輕人怒罵一頓就進了家門。父母出門查看，街道上沒有這個年輕人，鄰居們也沒有看見過這個人。夜晚平姐拴好房門睡覺，那個年輕人卻出現在油燈下。平姐知道是妖怪，也不驚叫，也不和他說話，只是手中握著一把鋒利的剪刀假裝睡著等候他。那個年輕人不敢靠近平姐，只是站在床旁，花言巧語勸誘，平姐就好像沒有看見也沒有聽到一樣。那個年輕人忽然離去，過了片刻又回來了，拿著幾十件金珠簪珥之類的首飾物品，價值約千兩銀子，陳列在床上，平姐仍然好像沒有看見沒有聽到似的。那個年輕人又離去了，而那些物品就放在床上沒有收走。到天快亮時，年輕人突然又出現了，說：『我偷偷觀察了你整整一個晚上，你竟然沒有從這些首飾中拿一件東西看看。人如果到了錢財都不能打動的地步，那麼他所不情願做的事情，就是鬼神也無法勉強，何況是我們這類妖魅呢？我誤會你私下裡祝禱的意思，誤認為你是假託為父母祈禱，所以我才會有這樣的舉動，希望你不要生氣。』說完，那個年輕人收拾起床上的首飾物品就離去了。原來平姐家一向貧窮，母親又年老多病，父親領的軍餉不足以養活全家人。平姐曾私下在佛像前暗暗祈禱，希望能夠早日找到一個夫婿來贍養父母，然而沒想到被妖怪偷聽到了。」由此可見，說出的每一句話，萌生出的每一個念頭，即使在冥冥之中，也都有在一旁窺伺觀察的。那麼，當著眾人的眼睛耳朵前，還想對自己的意圖掩飾偽裝，這樣能夠辦得到嗎？

【研析】平姐不懼妖魅，不受錢財誘惑，妖魅自然無法可想。古人曾說過，天下事如要做好，朝廷為官者就要做到：文官不愛財，武將不怕死。如果一個人既不怕死，又不愛財，那麼天底下還有什麼能夠阻止他的呢？作者講述一個少女的故事，是否也是想樹起這樣一個榜樣來呢？

狐教賭徒悔過

瑤涇❶有好博❷者，貧至無甑❸，夫婦寒夜相對泣，悔不可追。夫言：「此時但有錢三五千，即可挑販給朝夕，雖死不入囊家❹矣。顧安所從得乎？」忽聞扣窗語曰：「爾果悔？是亦易得，即多於是亦易得，但恐故智復萌耳。」以為同院尊長憫惻相周，遂飲泣設誓，詞甚堅苦。隨開門出視，月明如晝，寂無一人，惘惘莫測其所以。次夕，又聞扣窗曰：「錢已盡返，可自取。」秉火起視，則數百千錢累累然皆在屋內，計與所負適相當。夫婦狂喜，以為夢寐，彼此掐腕皆覺痛，知灼然是真（俗傳夢中自疑是夢者，但自掐腕覺痛者是真，不痛者是夢也）。以為鬼神佑助，市牲醴❺祭謝。途遇舊博徒曰：「爾術進耶？運轉耶？何數年所負，昨一日盡復也？」罔知所對，唯諾而已。歸甫設祭，聞簷上語曰：「爾勿妄祭，致招邪鬼。昨代博者是我也。我居附近爾父墓，以爾父憤爾遊蕩，夜夜悲嘯，我不忍聞，故幻爾形往囊家取錢歸。爾父寄語：事可一不可再也。」語訖，遂寂。此人亦自此改行，溫飽以終。嗚呼！不肖之子，自以為惟所欲為矣，其亦念黃泉之下，有夜夜悲嘯者乎？

【章旨】此章講述了一個賭徒輸光了家產，正在走投無路時，得到狐狸精相助，遂痛改前非重新做人的故事。

【注釋】❶瑤涇　即涇源。縣名。在寧夏回族自治區南部。❷博　賭博。❸甑　古代蒸食炊器。如同現代的蒸鍋。❹囊家　設局聚賭抽頭取利者。❺牲醴　指祭祀用的牲畜和甜酒。

【語譯】瑤涇有個喜歡賭博的人，家裡貧窮得連個瓦盆也沒有剩下。夫妻倆在一個寒冷的夜晚相對哭泣，追悔莫及。丈夫說：「這時候只要有三五千銅錢，我就可以挑著貨擔早晚做個小生意養家糊口，就是死我也不會再進賭場的門了。可是這三五千錢能夠從哪裡得到呢？」夫妻倆忽然聽見有人敲著窗戶說：「你果真後悔了嗎？這點錢也容易得到，即使比這些錢更多的錢也容易得到，只是怕你老毛病又復發而已。」夫妻倆以為是同院中的長輩們同情他們要給予周濟，於是流著眼淚發誓，話說得堅決而悽苦。隨即他們打開門出去察看，只見月光明亮如同白天，四周寂靜空無一人。他們迷迷惘惘不知道這究竟是什麼緣故。第二天晚上，又聽見有人敲著窗戶說話，那人說道：「錢已經全都拿回來了，可以自己來取了。」夫妻倆點著油燈起身一看，只見幾百貫錢一串一串都已堆在屋裡了，估計與過去輸的錢數目差不多。夫妻倆狂喜，以為自己是在做夢，互相用指甲掐手腕都感覺到疼痛，這才相信確確實實是真的（民間習俗相傳如果自己懷疑是在做夢，只要掐自己的手腕，感覺到疼痛就是真的，不感覺到疼痛就是在做夢）。他們以為是鬼神的保佑幫助，於是去買了酒肉果品來祭祀感謝。路上遇見過去在一起賭博的人，他們都說：「你的賭技長進了嗎？還是你時來運轉了呢？為什麼幾年間所輸掉的錢，昨天一天就全贏了回去？」這人迷迷糊糊不知道該怎麼回答，只是連連點頭答應而已。回家後剛開始擺設祭品，夫妻倆聽到屋簷上有個聲音說：「你不要胡亂祭祀，恐怕招來邪鬼。昨天代替你去賭的人就是我。我住的地方靠近你父親的墳墓，因為你的父親恨你整日遊蕩，不務正業，天天夜裡都悲傷呼叫不已，我不忍心聽下去，所以變幻成你的模樣，到賭場老闆家把錢取了回來。你的父親讓我傳話給你：這種事情只可以發生一次，不可能有第二次。」這些話說完，周圍重歸寂靜。這人也從此改變自己的行為，得以溫飽終生。嗚呼！世上不長進的兒孫們，自以為可以為所欲為，沒人管得了他們，他們也能夠想到黃泉之下，有人正為自己的行為夜夜悲哀哭泣嗎？

【研析】父母關心子女的感情至死也不會改變，然而子女體恤父母的心情又是如何呢？這個賭徒能夠懸崖勒馬，也稍稍慰藉了其父親九泉之下的孤魂；而那些紈袴子弟在花天酒地之時，豈能聽到其長輩們的悲傷呼喊嗎？祖輩創業艱難，後輩守業也不是件易事。古人曾說：「君子之澤，五世而斬。」難道真是如此嗎？那些不肖之子，還能夠聽到作者的呼喊嗎？

賑災捐金得孫

李秀升言：山西有富室，老惟一子。子病瘵，子婦亦病瘵，勢皆不救，父母甚憂之。子婦先卒，其父乃趣❶為子納妾。其母駭曰：「是病至此，不速之死乎？」其父曰：「吾固知其必不起。然未生是子以前，吾嘗祈嗣於靈隱❷，夢大士❸言：『汝本無後，以捐金助賑活千人，特予一孫送汝老。』不趁其未死，早為納妾，孫自何來乎？」促成其事。不三四月而子卒，遺腹果生一子，竟延其祀。山谷❹詩曰：「能與貧人共年穀，必有明月生蚌胎❺。」信不誣矣。

【章旨】此章講述了一個有錢人因捐錢賑災，救活千人，故而菩薩賜予他一個孫子，為他養老送終的故事。

【注釋】❶趣　催促。《史記・陳涉世家》：「(陳王)趣趙兵亟入關。」❷靈隱　指靈隱寺。在浙江杭州西湖西北靈隱山麓。東晉始建，明代重建，清康熙時曾改名雲林寺。為西湖遊覽勝地。❸大士　指觀音大士。即觀音菩薩。參見本書卷三〈插花廟尼〉則注釋❶。❹山谷　即北宋詩人黃庭堅。參見本書卷七〈丐者識偽〉則注釋❷。❺蚌胎　即指珠胎。蚌腹內尚未剖出的珠子。西漢揚雄〈羽獵賦〉：「椎夜光之流離，剖明月之珠胎。」後多用以稱婦女懷孕。

【語譯】李秀升說：山西有個富戶，主人年老了只有一個兒子。兒子患了肺病，兒媳婦也患了肺病，看樣子都沒救了，父母非常憂慮。兒媳婦先死了，父親便催促為兒子納妾。母親吃驚地說：「兒子都病成這樣了，這不是叫他死得更快嗎？」父親說：「我當然知道他的病肯定不會好了。然而我們還沒有生這個兒子之前，我曾經到靈隱寺祈求後嗣，夢見觀音菩薩對我說：『你本來不應該有後人，因為你捐獻錢財幫助賑濟災民，救活了上千人，特地給你一個孫子，為你養老送終。』如今我們不趁著兒子還沒有死，早點為他納妾，孫子從哪裡來？」於是他們催促著很快辦成了這件事。不到三四個月，兒子就去世了。後來妾果然生下一個遺腹子，終於使他家的血脈得以延續下去。宋代詩人黃庭堅的詩中說道：「如果能夠與貧人共享每年收穫的穀物，必然會有明月一樣的珍珠生在蚌胎中。」這話真是一點不假啊。

【研析】有錢人賑濟貧民，這是天經地義之事，也是積功積德之事。福及當代，澤延後世。古代有許多人明白這個道理，當今世界上也有不少富翁明白這個道理。如果世上的富人都能像黃山谷詩中所說的那樣與貧民分享財富，世界豈不會變得更加美好？

艾子誠尋父

寶坻❶王泗和，余姻家❷也。嘗示余〈書艾孝子事〉一篇，曰：「艾子誠，寧河❸之艾鄰村人。父文仲，以木工自給。偶與人鬥，擊之踣，誤以為死，懼而逃，雖其妻莫知所往，第仿佛傳聞似出山海關❹爾。是時妻方娠❺，越兩月，始生子誠。文仲不知已有子；子誠幼鞠於母，亦不知有父也。迨稍有知，乃問母父所在，母泣語以故。子誠自是惘惘如有失，恆絮問其父之年齒狀貌，及先世之名字，姻婭❻之姓氏里居。亦莫測其意，姑一一告之。比長，或欲妻以女，子誠固辭曰：『烏有其父流離，而其子安處室家❼者？』始知其有志於尋父，徒以孀母在堂，不欲遠離耳。然文仲久無音耗，子誠又生未出里閭，天地茫茫，何從蹤跡？皆未信其果能往。子誠亦未嘗議及斯事，惟力作以養母。越二十年，母以疾卒。營葬畢，遂治裝裹糧赴遼東，有沮以存亡難定者，子誠泫然曰：『苟相遇，生則共返，歿則負骨歸。苟不相遇，寧老死道路間，不生還矣。』眾揮涕而送之。子誠出關後，念父避罪亡命，必潛蹤於僻地。凡深山窮谷，險阻幽隱之處，無不物色。久而資斧既竭，行乞以糊口。凡二十載，終無悔心。一日，於馬家城山中遇老父，哀其窮餓，呼與語。詢得其故，為之感泣，引至家，款以酒食。俄有梓人❽攜具入，計其年與父相等。子誠心動，諦審其貌，與母所說略相似。因牽裾泣涕，具述其父出亡年月，且縷述家世及戚黨，冀其或是。是人且駭且悲，似欲相認，而自疑在家未有子。子誠具陳始末，乃噭然相持哭。蓋文仲輾轉逃避，乃至是地，已閱四十餘年；又變姓名為王友義。故尋訪無跡，至是始偶相遇也。老父感其孝，為謀歸計。而文仲流落久，多逋負❾，滯不能行。子誠乃踉蹌奔還，質田宅，貸親黨，得百金再往，竟奉以歸。歸七年，以壽終。子誠得父之後，始娶妻。今有四子，皆勤儉能治生。昔文安⑩王原尋親萬里之外，子孫至今為望族。子誠事與相似，天殆將昌其家乎？誠佃種余田，所居距余別業⑪僅二里。余重其為人，因就問其詳而書其大略如右，俾學士大夫，知隴畝間有是人也。時癸丑⑫重陽⑬後二日。」案：子誠求父多年，無心忽遇，與宋朱壽昌⑭尋母事同，皆若有神助，非人力所能為。然精誠之至，故哀感幽明，雖謂之人力亦可也。

【章旨】此章講述了一個孝子歷時二十載，千里尋訪父親的故事。

【注釋】❶寶坻　縣名。在今天津北部，鄰接河北。❷姻家　指兒女親家。❸寧河　縣名。在今天津北部，鄰接河北。❹山海關　一稱榆關，又稱渝關。在河北秦皇島市。長城起點。自古為交通要衝，有「天下第一關」之稱。❺方娠　正在懷孕。❻姻婭　泛指有婚姻關係的親戚。❼室家　指結婚成家。❽梓人　古代木工之一。後世亦以稱建築工人。❾逋負　指欠債。❿文安　縣名。在河北中部、大清河下游，鄰接天津。⓫別業　即別墅。⓬癸丑　即清乾隆五十八年，西元一七九三年。⓭重陽　參見本書卷九〈巨硯〉則注釋❽。⓮朱壽昌　字康叔，宋天長（今屬安徽）人。以父巽蔭守將作監。官至司農少卿。母子失散互相不通消息長達五十年。神宗熙寧初，朱壽昌棄官刺血寫《金剛經》，走四方尋求母親，最後在陝州找到，於是把母親和兩個弟弟一起接了回來。由是朱壽昌以孝聞名天下。

【語譯】寶坻縣人王泗和，是我的兒女親家。他曾經給我看了一篇題目叫〈書艾孝子事〉的文章，文章寫道：「艾子誠，寧河縣艾鄰村人。他的父親叫艾文仲，以做木工為生。艾文仲偶然和人家爭鬥，把對方擊倒在地，誤以為已經把人打死了，故而畏罪逃走了，即使他的妻子也不知道他逃往什麼地方，只彷彿聽人傳說他逃出了山海關。當時艾文仲的妻子正懷著身孕，過了兩個月，就生下兒子艾子誠。艾文仲不知道自己已經有了兒子；艾子誠從小由母親撫養長大，也不知道自己還有個父親。等他稍微有點懂事了，於是就問母親，自己的父親在哪裡，母親流著眼淚把真相告訴他。從此以後，艾子誠便茫茫然好像若有所失似的，總是不厭其煩地詢問母親自己的父親年紀有多大，長相是什麼樣子，以及祖先叫什麼名字，親戚的姓名住址等等，母親也不知道他有什麼用意，姑且把實情一一告訴了他。等艾子誠長大後，有人要把女兒嫁給他作妻子，艾子誠堅決拒絕，說：『哪有自己的父親流離在外，而他的兒子卻在家裡安心地成家過日子的呢？』人們這才知道他有志於去尋找父親，只是因為寡母還在堂上，自己不想遠離罷了。但是艾文仲久無音信，而且艾子誠出生以後又從來沒有離開過家鄉，天地茫茫無邊，他到哪裡去尋找父親的蹤跡呢？所以人們都不相信艾子誠果真會前往尋找父親。艾子誠自己也從來沒有提起過這事，只是努力耕作，贍養母親。又過了二十年，艾子誠的母親因病去世。料理完母親的喪葬事後，他就收拾行李，準備乾糧，出發前往遼東。有人勸阻他，說他父親不知道是否還活著，艾子誠淚流滿面地說道：『我們父子如果能相遇，父親還活著，我就和他一起返回家鄉來；父親要是已經死了，我就把他的遺骨背回家鄉來。如果我們父子不相遇，我寧願老死在道路中，絕不活著回來。』鄉親們抹著眼淚送他上了路。艾子誠出了山海關後，想到父親是逃避罪行亡命天下的，肯定會隱蔽自己蹤跡，躲在偏僻的地方。於是凡是深山幽谷、艱險僻靜而沒有人煙的地方，他沒有一處不仔細搜尋的。時間長久了，艾子誠帶的路費用完了，他只得靠乞討糊口。這樣過了二十年，他始終沒有後悔的意思。一天，艾子誠在馬家城山中遇到一位老人，那位老人憐憫他又窮又餓的樣子，叫他過來說話。當老人詢問得知艾子誠是為了尋找父親而落到這種地步時，感動得流下了眼淚，於是把艾子誠帶回家，用酒菜食物來招待他。不一會兒，有個木匠拿著工具進來，艾子誠估計他的年紀與自己父親的歲數相仿。艾子誠不由得心裡一動，接著仔細打量這個人的相貌，發現他和母親告訴自己的也大致相似。於是艾子誠拉著這個人的衣襟，流著眼淚把自己父親出逃的年月詳細告訴他，而且仔細敘述了自己的家世和親戚的情況，希望這個人或許就是自己的父親。這個人既吃驚又悲傷，似乎想相認，但又懷疑自己在家時並沒有兒子。艾子誠又把事情的來龍去脈陳述了一遍，於是這個木匠才噭然大叫一聲和艾子誠抱在一起痛哭起來。原來艾文仲輾轉逃避來到這個地方，已經過了四十多年。而且他還改換了姓名叫王友義，所以艾子誠一直尋訪不到他的蹤跡，到這時兩人才偶然相遇。那個老人為艾子誠的孝心所感動，為他們謀畫回家的辦法。然而艾文仲流落時間很久了，欠了別人許多錢，故而滯留在當地無法脫身。艾子誠於是又匆匆忙忙地奔回老家，抵押了房子和田地，又向親戚朋友借債，湊足了一百兩銀子再去那裡，最後終於把父親接了回來。父親回家七年後，因年老去世。艾子誠找到父親回家鄉後，才娶了妻子。如今艾子誠已經有了四個兒子，都勤儉持家能夠過日子。從前文安縣的王原尋找親人遠至萬里之外，他的子孫至今仍然家族興旺。艾子誠的事情和他相類似，也許上天也要使他家族興旺昌盛吧？艾子誠租種我家的田地，他所住的屋子距我家的別墅僅有兩里路。我敬重他的為人，因此前去他家裡詢問詳細情況，而記錄下這件事的大概如上，希望能使讀書做官的人們知道，在鄉村的平民百姓中也有這樣的人物。我寫這篇文章的時間，是乾隆五十八年重陽節後兩天。」案：艾子誠尋找父親多年，而在無意中忽然相遇，這和宋代朱壽昌尋找母親的經歷相同，都好像是有神的力量在幫助，並不是人的力量能夠做到的。但是，正因為他們的精誠到了極點，故而他們的哀情才使神靈受到感動。所以，就算說是靠他們的人力所做到的，這種說法也是可以接受的。

【研析】孝子千里尋父，事跡相當感人。作者說，要讓士大夫們知道，平民百姓中也有這樣的人物。那麼是否說，作者用意不僅僅是為了教化百姓，而且也是希望能夠對士大夫們有所教益。當然，這個故事也略有破綻：文中說艾子誠是在其父親出逃後兩個月出生的，長大後「惟力作以養母」，如果艾子誠沒有十幾歲，又何以「力作以養母」？「越二十年」，其母去世，艾子誠開始其尋訪父親的歷程。尋訪父親「凡二十載，終無悔心」，最終找到了父親。那麼，艾子誠應是多少歲？至少應該是五十多歲了吧。但文中又說，其父親輾轉逃避至是地「四十餘年」，兩相比較，似乎時間上難以湊合。但小疵不掩大瑜，這篇文章對百姓的教化還是有相當影響的。

一胎產三男

引據古義，宜徵經典；其餘雜說，參酌而已，不能一一執為定論也。《漢書❶・五行志》以一產三男列於人痾❷，其說以為母氣盛也，故謂之咎徵❸。然成周❹八士❺，四乳而生，聖人不以為妖異，抑又何歟？夫天地氤氳❻，萬物化醇，非地之自能生也。男女構精，萬物化生，非女之自能生也。使三男不夫而孕，謂之人痾可矣；既為有父之子，則父氣亦盛可知，何獨以為陰盛陽衰乎？循是以推，則嘉禾❼專車，異畝同穎❽，見於〈書序〉❾者，亦將謂地氣太盛乎？大抵〈洪範五行〉❿，說多穿鑿，而此條之難通為尤甚，不得以源出伏勝⓫，遂以傳為經。國家典制，凡一產三男，皆予賞賚⓬。一掃曲學⓭之陋說，真千古定議矣。余修《續文獻通考》⓮，於〈祥異考〉⓯中，變馬氏⓰之例，削去此門，遵功令也。癸丑⓱七月草此書成，適儀曹⓲以題賞一產三男本稿請署。偶與論此，因附記於書末。

【章旨】此章作者就民間婦女一胎生三男的事件，批駁了所謂是人痾的奇論怪說，指出這是正常的生育現象，並充分論述了自己的觀點。

【注釋】❶漢書　參見本書卷十七〈琢玉〉則注釋❹。案：《漢書》沒有如是記載，疑《漢書》是《元史》之誤。《元史・五行志》：元世祖「中統二年（一二六一年）九月，河南民王四妻鄒氏一產三男。」❷人痾　即生理變態或人事災異。古稱妖異影響六畜者為禍，影響人者為痾。《清史稿・災異志一》：「幾恆寒、恆陰、恆霜……人痾、疾疫……皆屬之於水。」❸咎徵　過失的報應；災禍應驗。❹成周　古地名。即西周的東都洛邑。在今河南洛陽東北白馬寺之東。西周成王時由周公主持擴建，遷殷民居此。戰國時改名洛陽城。❺八士　相傳周代八個有才能的人。《逸周書・和寤》：「王乃厲翼於尹氏八士，唯固允讓。」《論語・微子》列八士的姓名為伯達、伯適、仲突、仲忽、叔夜、叔夏、季隨、季騧。❻氤氳　氣或光色混和動盪貌。唐張九齡〈湖口望廬山瀑布泉〉詩：「靈山多秀色，空水共氤氳。」❼嘉禾　生長得特別茁壯的禾稻。古人視為瑞徵。《論衡・講瑞》：「嘉禾生於禾中，與禾中異穗，謂之嘉禾。」《漢書・公孫弘傳》：「甘露降，風雨時，嘉禾興。」❽穎　亦稱「穎片」。禾本植物小穗基部的兩枚苞片。此指穗。❾書序　指《尚書》各篇篇首的〈序〉。《漢書・藝文志》：「故《書》之所起遠矣。至孔子纂焉，上斷於堯，下訖於秦，凡百篇而為之〈序〉，言其作意。」以〈序〉為孔子所作。宋代吳棫、朱熹表示懷疑；近代康有為《新學偽經考》且指為西漢末劉歆所偽造。❿洪範五行　見《尚書・洪範》篇。即以五行配庶徵，以陰陽災異，附合其文，謂之〈洪範五行傳〉。⓫伏勝　即伏生。西漢今文《尚書》的最早傳授者。濟南（郡治今山東章丘南）人。曾任秦博士。西漢的《尚書》學者，都出於他的門下。今本今文《尚書》二十八篇，即由他傳授而存。⓬賞賚　賞賜。⓭曲學　古指邪僻之學，以別於當時所謂的正學。《商君書・更法》：「曲學多辨。」《漢書・轅固傳》：「固曰：『公孫子務正學以言，無曲學以阿世。』」⓮續文獻通考　《文獻通考》的續編。清乾隆十二年（一七四七年）官修，後經紀昀等校訂，共二百五十卷。體例與《文獻通考》相同，記載自宋寧宗嘉定年間至明末四百多年政治經濟制度的沿革，根據王圻的《續文獻通考》改編，引徵各代舊史以及文集、史評、語錄、說部等，加以考證；對《文獻通考》所未詳處亦有所補正。⓯祥異考　《續文獻通考》中一考，記載歷代吉凶祥異。⓰馬氏　指馬端臨。宋元之際史學家。字貴與，樂平（今屬江西）人。元初任慈湖、柯山兩書院山長。著《文獻通考》，歷二十餘年始成，為記述歷代典章制度的重要著作。⓱癸丑　即清乾隆五十八年，西元一七九三年。⓲儀曹　官名。魏晉以後，祠部所屬有儀曹，掌吉凶禮制，後世因稱禮部郎官為儀曹。

【語譯】引用古書上的定義作論據，應該徵引經典著作。其他的各家雜說，只能提供參考斟酌而已，不能一一都當作定論。《漢書・五行志》把婦人一胎生了三個男孩當作有關人體的災異現象，認為這是母親的氣血太旺盛的緣故，所以稱之為不吉祥的徵兆。然而周代的八個賢能之士，是四對雙胞胎，聖人也不認為是妖異，這又是為什麼呢？天地之氣互相感應，孕育出萬物，並不是大地自己單獨就能生出萬物。男女的精血交合融匯，萬物孕育而生，並不是女子自己就能單獨生出孩子。如果三個男孩是這個女子沒有與丈夫性交而生下的，那麼說他們是人妖是可以的。既然他們是有父親的孩子，那麼他們父親的氣血顯然也很強盛這就可想而知的了，為什麼唯獨認為這是陰盛陽衰的表現呢？按照這個說法類推，那麼生長得特別茁壯的稻穗可以單獨裝滿一輛車子，分別生長在兩壟地上的稻禾結穗時卻連成一體等等，這些記載見於相傳是孔子所作的〈書序〉中，也要說成是地氣太盛了麼？一般說來，〈洪範五行傳〉中的說法，大多屬於穿鑿附會，而且這一條尤其說不通。不能因為《尚書‧洪範》是由西漢初年的伏勝傳下來的，就把實屬於傳的東西當作經。大清朝制定的國家典章制度規定，凡是女子一胎生三個男孩的，官府都給予賞賜。這個制度一舉掃清了那些邪僻學說的迂腐淺陋說法，真可謂是千古以來聖明的定論。我編修《續文獻通考》時，在〈祥異考〉這部分的編修中，改變了馬端臨編修《文獻通考》的體例，刪去了這個門類，這是為了遵循朝廷的法令制度。乾隆五十八年七月，我這本書剛剛寫成，恰好禮部郎官把報請皇帝賞賜一胎生三男的人家的奏稿請我簽署。我偶然和他們論及這個問題，並附記在本書的末尾。

【研析】一胎三子，是很正常的生育現象。據報載，如今一胎五子、六子的都有，而且全部存活。今人雖然當成新聞，卻不會把它看成怪異。而在元朝以前，類似的事情卻還被史學家當成怪異記載在史書中。到了清代，人們對這種現象已經有了較科學的認識，朝廷也相應制定了獎勵一胎生三子的家庭，這是社會的進步，作者也據此批駁了歷代史書記載及一些迂腐學者的陳舊落後觀點。

卷十九　灤陽續錄一

景薄桑榆❶，精神日減，無復著書之志，惟時作雜志，聊以消閒。〈灤陽消夏錄〉等四種，皆弄筆遣日者也。年來並此懶為，或時有異聞，偶題片紙；或忽憶舊事，擬補前編。又率不甚收拾，如雲煙之過眼，故久未成書。今歲五月，扈從❷灤陽，退直❸之餘，晝長多暇，乃連綴成書，命曰〈灤陽續錄〉。繕寫既完，因題數語，以誌緣起。若夫立言之意，則前四書之序詳矣，茲不復衍焉。嘉慶戊午❹七夕❺後三日，觀弈道人❻書於禮部直廬❼，時年七十有五。

【章旨】本篇是〈灤陽續錄〉的小序，闡述了撰寫〈灤陽續錄〉的由來。

【注釋】❶桑榆　指日落時餘光所在處，謂晚暮。《後漢書．馮異傳》：「失之東隅，收之桑榆。」東隅指日出處，桑榆指日落處。也用來比喻人的垂老之年。如：桑榆晚景。❷扈從　此處指帝王的隨從。❸退直　亦作「退值」。當值完畢。多指退朝。❹嘉慶戊午　即清嘉慶三年，西元一七九八年。❺七夕　節日名。農曆七月初七的晚上。古代神話，七夕牛郎織女在天河相會。❻觀弈道人　即本書作者紀昀。自號觀弈道人。❼禮部直廬　禮部值宿的地方。禮部，參見本書卷十三〈李再瀛〉則注釋❹。

【語譯】我已經接近垂老之年，精神一天不如一天，不再有著書立說的志向，只是不時寫一些雜記，聊以消遣而已。我所寫的〈灤陽消夏錄〉等四種筆記，都是閒來弄弄筆墨消遣時日寫成的。近年來，我連這種雜記也都懶得寫了，有時聽說了異聞奇事，便偶爾寫在一張紙上；有時忽然回憶起以往的事情，也隨手記下來，打算補充到前面寫的幾本書裡。這些寫下來的零零碎碎的篇章，我又都不太收拾整理，如同過眼煙雲，因此很久沒有編成一本書。今年五月，我隨從皇帝來到灤陽，在不值班的空餘時間裡，因白天長而空暇時間多，於是我就把這些寫下來的篇章整理編輯成書，書名題為〈灤陽續錄〉。我把全書抄寫完成後，便在卷首題寫了幾句話，用來說明撰寫這本書的緣故。至於寫這些雜記的用意，那麼我在前四本書的小序中已經說得很詳細了，在這裡就不再多說了。嘉慶三年七夕節後三天，觀弈道人寫於禮部值班處，時年七十五歲。

【研析】作者撰寫〈灤陽續錄〉時已經七十五歲了，垂垂老人，精力不濟確是實情。然而一輩子寫作，要想罷手也難，故而作者又撰成此書。〈灤陽續錄〉也是作者的封筆之作，對於研究作者晚年思想具有極大的意義。

揣骨相術

嘉慶戊午五月，余扈從灤陽。將行之前，趙鹿泉❶前輩云：有瞽者郝生，主彭芸楣❷家，以揣骨❸遊士大夫間，語多奇驗。惟揣胡祭酒❹長齡，知其四品，殆不知其狀元耳。在江湖術士中，其藝差精。郝自稱河間人。余詢鄉里無知者，殆久遊於外歟？郝又稱其師乃一僧，操術彌高，與人接一兩言，即知其官祿。久住深山，立意不出。其事太神，則余不敢信矣。案：相人之法，見於《左傳》，其書《漢志》❺亦著錄；惟太素脈❻、揣骨二家，前古未聞，太素脈至北宋始出，其授受淵源，皆支離附會，依託顯然。余於《四庫全書總目》已詳論之。揣骨亦莫明所自起。考《太平廣記》一百三十六引《三國・典略》稱：北齊❼神武❽與劉貴❾、賈智❿等射獵，遇盲嫗，遍捫諸人，云並富貴；及捫神武，云皆由此人。似此術南北朝已有。又《定命錄》⓫稱：天寶⓬十四載，東陽縣⓭瞽者馬生，捏趙自勤頭骨，知其官祿。劉公⓮《嘉話錄》⓯稱：貞元⓰末，有相骨山人，瞽雙目。人求相，以手捫之，必知貴賤。《劇談錄》⓱稱：開成⓲中，有龍復本者，無目，善聽聲揣骨。是此術至唐乃盛行也。流傳既古，當有所受。故一知半解，往往或中，較太素脈稍有據耳。

【章旨】此章作者列舉了古代典籍中有關揣骨相術的記載，認為這種法術是流傳已久的一種相人之術。

【注釋】❶趙鹿泉　即趙佑。字啟人，號鹿泉，清仁和（今浙江杭州）人。乾隆進士。由編修歷官左都御史。著有《清獻堂集》。❷參知　參見本書卷十一〈先兆〉則注釋❻。❸揣骨　也叫「摸骨相」。相術的一種。這種相術認為揣摸人的骨骼高低、廣狹、長短等，即可推知人的貧富、智愚、貴賤、壽夭。❹祭酒　參見本書卷二〈韓生〉則注釋❷。❺漢志　即《漢書・藝文志》。《漢書》十志之一。班固據劉歆《七略》編成。分六藝、諸子、詩賦、兵書、術數、方技六略，共收書三十八種，五百九十六家，一萬三千二百六十九卷。為我國最早的目錄學文獻。❻太素脈　相術的一種。

通過診脈知貴賤吉凶。❼北齊　朝代名。北朝之一。西元五五〇年高歡子高洋代東魏稱帝，國號齊，建都鄴（今河南臨漳西南）。史稱北齊。五七七年為北周所滅。共歷六帝，二十八年。❽神武　即齊神武帝高歡。一名賀六渾，東魏渤海蓨（今河北景縣）人。世居懷朔鎮（今內蒙古包頭東北），成為鮮卑化的漢人。曾為爾朱榮大將。執魏政十六年。死後，其子高洋代東魏稱齊帝，追尊高歡為神武帝。❾劉貴　後魏曲陽（在今河北西部曲陽）人。剛格有氣斷。高歡起兵，劉貴棄城歸高歡。東魏天平中除御史中尉。卒諡忠武。❿賈智　後魏人。字顯智。少有膽量，以軍功累遷金紫光祿大夫。以貪縱聞名。後因罪被處死。⓫定命錄　唐代筆記小說集。呂道生撰，今存十七則。⓬天寶　唐玄宗李隆基的年號（七四二—七五六年）。⓭東陽縣　在浙江中部、錢塘江支流金華江上游。⓮劉公　即劉禹錫。唐文學家、哲學家。字夢得，洛陽（今屬河南）人，自言系出中山（今河北定縣）。官至禮部尚書。世稱劉賓客。和柳宗元交誼很深，人稱「劉柳」，後與白居易唱和甚多，也並稱「劉白」。著有《劉夢得文集》。⓯嘉話錄　唐代筆記小說集。劉禹錫撰。今存一卷。《四庫全書》著錄題名《劉賓客嘉話錄》。⓰貞元　唐德宗的年號（七八五—八〇五年）。⓱劇談錄　傳奇小說集。唐康駢撰。二卷。康駢，字駕言，池州（州治今安徽貴池）人。主要寫中唐、晚唐時的故事，內容多屬於神鬼靈異和武俠之類，常為以後的舊小說所取材。⓲開成　唐文宗的年號（八三六—八四〇年）。

【語譯】嘉慶三年五月，我隨從皇帝去灤陽。行將出發前，趙鹿泉前輩說：有一位盲人郝生，居住在彭芸楣參知家裡，以揣骨相術交遊於士大夫之間，他推算大多非常靈驗。惟獨在揣摸胡長齡祭酒的骨相時，只知道他官至四品，卻不知道他是狀元出身。在江湖術士中，郝生的相術技藝可以說是相當不錯了。郝生自稱是河間人。我詢問鄉里人，卻沒有人知道他，大概是他長期出遊在外的緣故吧？郝生又自稱他的師傅是一位僧人，揣骨技藝尤其高明，只要和別人交談一兩句話，就能知道那人的官位俸祿。他長期住在深山中，立下心願絕不出山。郝生說的這事太神奇，所以我不敢相信。案：給人看相的這種法術，在《左傳》中已經有記載。有關相術的著作，《漢書‧藝文志》也有著錄；只有太素脈、揣骨這兩家法術，在上古時期沒有聽說過。太素脈到北宋時期才出現，關於它的授受淵源，都是支離破碎、牽強附會的傳說，依託的痕跡非常明顯。對此，我在《四庫全書總目》中已經詳細論述過了。揣骨相術也不知道興起於什麼時候，我查考《太平廣記》卷一百三十六引《三國・典略》稱：北齊神武帝高歡和劉貴、賈智等人去射箭打獵，遇到一位盲人老太太。那位盲人老太太摸遍所有人的骨相，說他們將來都會富貴；等她摸到高歡時，說你們這些人的富貴都是由這個人而來。似乎這種揣骨相術，南北朝時已經出現了。又，《定命錄》稱：唐朝天寶十四年，東陽縣盲人馬生，捏趙自勤的頭骨，就知道他的官位俸祿。《劉賓客嘉話錄》稱：唐朝貞元末年，有位相骨山人，雙目失明，有人來求他相命，他用手摸那個人一遍，必然就能知道那人的貴賤。《劇談錄》稱：唐朝開成年間，有一位叫龍復本的人，沒有眼睛，擅於聽聲音和揣摸骨相。由此可見，揣骨相術到唐代已開始盛行了。這種相術既然流傳久遠，就應當有所傳授。因而，即使一知半解的術士，也往往能夠言中，比起太素脈來也較有依據罷了。

【研析】在人們無法主宰自己命運時，相人之術就會大行其道。至於古人的相人之術，除了本文列舉的揣骨相術、太素脈等兩種外，還有諸如著名的麻衣相法、看骨相、看手相等等，至於求籤、測字、占卦就更不必說了。現代社會，人們的命運有時也並不是由自己來主宰的，故而相人之術歷經數千年，至今沒有絕跡。這究竟說明了什麼，見仁見智，讀者自會得出自己的見解。

映日回光

誠謀英勇公阿公（文成公之子，襲封）言：燈市口❶東有二郎神❷廟。其廟面西，而曉日初出，輒有金光射室中，似乎返照。其鄰屋則不然，莫喻其故。或曰：「是廟基址與中和殿❸東西相直，殿上火珠（宮殿金頂，古謂之火珠。唐崔曙❹有〈明堂火珠〉詩是也）映日回光耳。」其或然歟？

【章旨】此章探討了京城裡位於燈市口東面，坐東朝西的二郎神廟為何會在拂曉有金光射入的原因。

【注釋】❶燈市口　地名。在北京城內王府井大街與東四南大街之間。❷二郎神　神話人物。〈寶蓮燈〉稱二郎神為三聖母（華山聖母）之兄。小說稱二郎神姓楊，或名楊戩，住灌口，疑從李冰次子故事轉變而來。傳說李冰次子奉父命在灌口斬蛟，為民除害。死後民間祀為二郎神。❸中和殿　北京故宮三大殿之一。在太和殿後，保和殿前。明初建時稱華蓋殿，後改名中極殿。清順治二年（一六四五年）重建，改名中和殿。為帝王舉行大典時演習禮儀之地。❹崔曙　唐定州（今河北定縣）人。開元進士。嘗作〈明堂火珠〉詩，有「夜來雙月合，曙後一星孤」句，以是得名。

【語譯】誠謀英勇公阿公（文成公的兒子，世襲的封號）說：京城裡燈市口東面有座二郎神廟。那座廟坐東朝西，然而拂曉太陽剛出來時就有金光射入廟室中，似乎是太陽光的返照。而與那座廟相鄰的房屋就沒有這種情形，人們不知道是什麼緣故。有人說：「這座廟的廟址和皇宮中的中和殿東西互相垂直，中和殿上的火珠（宮殿的金頂，古代稱之為『火珠』。唐代崔曙有一首〈明堂火珠〉詩，指的就是這個）把太陽光反射到廟裡來。」也許是這樣的吧？

【研析】從地理位置看，燈市口大街與故宮中和殿在一條直線，清代乾隆年間又沒有今天那麼多的高層建築阻隔陽光，故而當時人說清晨射進二郎廟裡的金光是中和殿金頂的反光是完全有道理的。可惜如今燈市口大街及其東面已經完全變樣，那座二郎神廟也不知何時就已不知去向了。我們只有從作者的文章中來體會清代北京城的風采。

刑天與山海經

阿公偶問余刑天❶干戚❷事，余舉《山海經》❸以對。阿公曰：「君勿謂古記荒唐，是誠有也。昔科爾沁❹台吉❺達爾瑪達都嘗獵於漠北深山，遇一鹿負箭而奔，因引弧殪之。方欲收取，忽一騎馳而至，鞍上人有身無首，其目在兩乳，其口在臍，語啁哳自臍出。雖不可辨，然觀其手所指畫，似言鹿其所射，不應奪之也。從騎皆震懾失次。台吉素有膽，亦指畫示以彼射未仆，此射乃獲，當剖而均分。其人會意，亦似首肯，竟持半鹿而去。不知其是何部族，居於何地。據其形狀，豈非刑天之遺類歟？天地之大，何所不有，儒者自拘於見聞耳。」案《史記》❻稱：「《山海經》、《禹本紀》❼所有怪物，余不敢信。」是其書本在漢以前。《列子》❽稱：「大禹❾行而見之，伯益❿知而名之，夷堅⓫聞而志之。」其言必有所受，特後人不免附益又竄亂之，故往往悠謬⓬太甚；且雜以秦漢之地名，分別觀之，可矣。必謂本依附〈天問〉作《山海經》⓭，不應引《山海經》反注〈天問〉，則太過也。

【章旨】此章記述了有人曾在漠北見過「刑天」模樣的人的故事，並因而質疑朱熹所謂的依附〈天問〉在《山海經》的觀點。

【注釋】❶刑天　一作「形天」。神話人物。因和天帝爭權，失敗後被砍去了頭，埋在常羊山。他不甘屈服，以兩乳為目，肚臍當嘴，依然拿著盾牌的板斧揮舞著。見《山海經．海外西經》。陶淵明〈讀山海經〉詩「刑天舞干戚，猛志固常在」，即詠其事。❷干戚　盾與斧。古代兩種兵器。亦為武舞所執的舞具。《詩・大雅・公劉》：「弓矢斯張，干戈戚揚，爰方啟行。」❸山海經　參見本書卷三〈紅柳娃〉則注釋❹。❹科爾沁　蒙古舊部名。牧地約當今內蒙古自治區哲里木盟、黑龍江省杜爾伯特蒙古族自治縣以及吉林前郭爾羅斯蒙古族自治縣等地。❺台吉　歷史上蒙古貴族的稱號。源出漢語「太子」。成吉思汗時只用於皇子，後來漸成為成吉思汗後裔的通稱。清朝沿用這一名稱作為封爵之一，在王、貝勒、貝子、公之下。❻史記　原名《太史公書》。西漢司馬遷撰。一百三十篇，為我國第一部紀傳體通史。作者職居史官，據《左氏春秋》、《國語》、《世本》、《戰國策》、《楚漢春秋》及諸子百家之書，利用國家收藏的文獻，取材極富。為後世各史所沿用。在文學史上亦有很高的地位。❼禹本紀　古代典籍名。記載大禹生平事跡。❽列子　參見本書卷三〈紅柳娃〉則注釋❻。❾大禹　參見本書卷九〈燒海〉則注釋❹。❿伯益　亦稱「大費」。古代嬴姓各族的祖先。相傳善於畜牧和狩獵，被舜任為虞。他為禹所重用，助禹治水有功，被選為繼承人。益，亦作「翳」。⓫夷堅　上古之博物者。宋洪邁的筆記小說集《夷堅志》，因取夷堅之名以名其書。⓬悠謬　荒誕無稽。潘桂〈瑞石賦〉：「安知不與補天之事同疑其悠謬哉！」⓭必謂本依附天問作山海經　這是南宋大思想家朱熹在其《楚辭辨證》中提出的觀點，作者在《四庫全書總目》中已經對這個觀點提出質疑，認為「似乎不然」。天問，《楚辭》篇名。戰國楚人屈原作。是對「天」的質問。或說係「援天命以發問」。全篇由一百七十多個問題組成，包括自然現象、神話傳說、歷史人物等方面，反映出深刻的探索精神，並保存許多神話傳說的資料。

【語譯】阿公偶然問我刑天舞干戚的事，我舉出《山海經》上的記載來回答。阿公說：「你不要以為古代記載荒唐，這種事確實是有的。從前科爾沁台吉達爾瑪達都曾經到大漠以北的深山去狩獵，遇上一隻鹿中了箭還在狂奔逃命，便引弓射死了牠。正當他想去把鹿取走時，忽然一匹馬飛快地奔馳到他跟前，馬鞍上坐著的人有身體沒有頭顱，他的眼睛長在兩個乳房上，他的嘴巴長在肚臍上，說話的聲音吱吱啞啞從肚臍中發出來。儘管無法辨識他說的話，但觀察他手勢的比劃可以看出，似乎在說那隻鹿是他射中的，不應該把牠奪走。台吉的隨從都嚇得驚慌失措。台吉向來以有膽量著稱，也用手勢比劃告訴那人，他那一箭沒有把鹿射死，而是自己的這一箭才把鹿射死的，應當把鹿剖開對半分。那人領會了台吉的意思，似乎也表示同意，就拿了半隻鹿而離去了。不知道那人是什麼部族，居住在什麼地方。根據他的形狀，難道不是刑天的後裔嗎？天地之大，無奇不有，儒生們太拘泥於自己的見聞了。」案《史記》稱：「《山海經》、《禹本紀》上所記載的所有怪物，我是不敢相信的。」這是因為《史記》所列舉的那些書本來就撰寫在西漢之前。《列子》中說：「大禹四處奔走時遇到過那些怪物，伯益知道那些怪物並給他們命名，夷堅聽說那些怪物並把他們記載下來。」這種說法必定是有所依據的，只是後人難免有所增補又任意篡改，所以往往太過荒誕無稽；而且還有不少秦漢時期的地名夾雜在裡面，把這些加以區別開來考察，是可以把問題搞清楚的。如果堅持認為古人是根據〈天問〉而寫成《山海經》的，不應該引用《山海經》反過來注釋〈天問〉，那麼這種說法就太過分了。

【研析】今人知道像「刑天」這樣有身體沒有腦袋的人，世界上是不可能存在的。當然我們不必拘泥於這點上。作者撰寫此章的目的之一，在於辯駁朱熹關於《山海經》依據屈原〈天問〉而作的觀點。如今學術界一般認為《山經》成書不遲於戰國，《海經》有不少篇目雜有秦漢時期地名，當有秦漢時期的內容摻入。而屈原〈天問〉是戰國時期作品，《山海經》是否完全依據〈天問〉成書，看來還不能下如此的結論，姑且留待專家學者們再作探討。

說鬼之形

胡中丞❶太初、羅山人兩峰，皆能視鬼。恆閣學❷蘭臺，亦能見之，但不能常見耳。戊午❸五月在避暑山莊❹直廬❺，偶然話及。蘭臺言：鬼之形狀仍如人，惟目直視。衣紋❻則似片片掛身上，而束之下垂，與人稍殊。質如煙霧，望之依稀似人影。側視之，全體皆見；正視之，則似半身入牆中，半身凸出。其色或黑或蒼，去人恆在一二丈外，不敢逼近。偶猝不及避，則或瑟縮匿牆隅，或隱入坎井❼，人過乃徐徐出。蓋燈昏月黑、日暮雲陰，往往遇之，不為訝也。所言與胡、羅二君略相類，而形狀較詳。知幽明之理，不過如斯。其或黑或蒼者，鬼本生人之餘，氣漸久漸散，以至於無。故《左傳》稱新鬼大，故鬼小❽，殆由氣有厚薄，斯色有濃淡歟？

【章旨】此章記述了幾人論說鬼的形狀的故事，並再次陳述了鬼是人的餘氣凝結而成的觀點。

【注釋】❶中丞　參見本書卷四〈借屍回生〉則注釋❷。❷閣學　參見本書卷二〈醫家同類相忌〉則注釋❶。❸戊午　即清嘉慶三年，西元一七九八年。❹避暑山莊　亦稱「承德離宮」、「熱河行宮」。在河北承德東北。為清代帝王避暑行宮，是清初第二個政治中心。現為我國著名古園林，全國重點文物保護單位。❺直廬　古代侍臣在皇宮值宿的地方。❻衣紋　衣服。❼坎井　廢井；淺井。❽左傳稱新鬼大二句　語出《左傳》文公二年：「且明見曰：『吾見新鬼大，故鬼小。』」

【語譯】中丞胡太初、山人羅兩峰，都能看見鬼。閣學恆蘭臺也能看見鬼，但不能經常看見罷了。嘉慶三年五月，在避暑山莊值宿的時候，我們偶然說起鬼，恆蘭臺說：鬼的形狀也像人一樣，只是兩眼直視。身上穿的衣服就像是一片片地掛在身上，而且束在腰間往下垂，和人的穿著稍有不同。鬼的體質像是煙霧，看上去依稀像人影。從側面看，能看到他的整個身體；從正面看，就好像有半個身體隱在牆壁中，半個身體凸現出來。鬼的顏色有的是黑色有的是青色，距離人總是在一二丈之外，不敢逼近人。偶爾倉猝間突然遇見人，來不及避開，就會或者蜷縮身體隱藏在牆角裡，或者躲避到坎井中，等人走過去後才慢慢地出來。在燈光昏暗、月亮無光、黃昏時分或者烏雲密布的日子，往往會遇見鬼，但不必為此驚訝。

恆蘭臺所說的鬼與胡太初、羅兩峰所說的大致相同，只是描述鬼的形狀更加詳細。可見，陰間和陽世的情況，不過如此而已。鬼的顏色有的是黑色有的是青色，那是因為鬼本來就是活人的餘氣形成的，時間愈久就會愈消散，以至於完全消失了。所以《左傳》文公三年中說新鬼大，舊鬼小，這大概是由於人的餘氣有厚薄，那麼他的顏色也就有濃淡吧？

【研析】人如果真能看見鬼，用一句俗話來說，就是活見鬼了。讀到這裡，大家肯定是一笑而已，不會當真。然而作者卻把鬼的存在當成是確定無疑的事實，並進一步論說了鬼的形狀之所以如此的理論依據。可見，像作者這樣的哲人，一旦沉溺於某些荒誕的奇談怪論時，也會執迷不悟，難以自拔的。

說龍

蘭臺又言：嘗晴晝仰視，見一龍自西而東，頭角略與畫圖同，惟四足開張，搖撼如一舟之鼓四棹❶；尾扁而闊，至末漸纖，在似蛇似魚之間；腹下正白如匹練❷。夫陰雨見龍，或露首尾鱗爪耳，未有天無纖翳❸，不風不雨，不電不雷，視之如此其明者。錄之亦足資博物❹也。

【章旨】此章記錄了某人看見龍而描述其形狀的一段敘述。

【注釋】❶棹　槳。❷匹練　白絹。常以形容奔馳的白馬、瀑布、水面、雲霧等。❸纖翳　微小的障蔽。多指浮雲。❹博物　博通萬物，知識廣博。

【語譯】恆蘭臺又說：他曾經在一個晴朗的白天朝天空仰望，看見一條龍從西邊往東邊飛來，龍頭和龍角與畫圖上描繪的大致相同，只是龍的四條腿張開，龍在飛行時四條腿搖晃著就像一條船上的四根船槳在划動。龍的尾巴扁平而且寬闊，到末梢逐漸變得纖細，在既像蛇又像魚的尾巴之間。龍的腹部純白如同一條白練。陰雨天出現的龍，有時不過顯露首尾和一鱗半爪而已，從來沒有聽說過天空沒有一絲雲彩，沒有颳風沒有下雨，沒有閃電沒有雷霆，看見的龍是如此的清晰。我把這段話記錄下來，也足以讓人增廣見聞。

【研析】這位恆蘭臺閣學既能活見鬼，又能活見龍，如果他不是有意胡說的話，那麼也是一位想像力極其豐富的人。看來作者也不一定確信這位閣學的敘述，只是表示聽了這個故事可以增廣見聞而已。讀者也可以以姑妄讀之的心態，看待類似的記載。

冥使貪吃

趙鹿泉前輩言：孫虛船❶先生未第時，館於某家。主人之母適病危。館童❷具晚餐至，以有他事，尚未食，命置別室几上。倏見一白衣人入室內，方恍惚錯愕，又一黑衣短人逡巡❸入。先生入室尋視，則二人方相對大嚼。厲聲叱之，白衣者遁去，黑衣者以先生當門，不得出，匿於牆隅，先生乃坐於戶外觀其變。俄主人踉蹌出，曰：「頃病者作鬼語，稱冥使奉牒來拘。其一為先生所扼，不得出。恐誤程限，使亡人獲大咎。未審真偽，故出視之。」先生乃移坐他處，仿佛見黑衣短人狼狽去，而內寢哭聲如沸矣。先生篤實君子，一生未嘗有妄語，此事當實有也。惟是陰律至嚴，神聽至聰，而攝魂吏卒不免攘奪❹病家酒食，然則人世之吏卒，其可不嚴察乎！

【章旨】此章講述了兩個陰間使者前往陽世拘人魂魄，卻在這戶人家偷吃酒飯的故事。

【注釋】❶孫虛船　即孫灝。字載黃，號虛船，清錢塘（今浙江杭州）人。雍正進士。官至左都副御史。有《道盥齋集》。❷館童　即「館僮」。書僮。❸逡巡　有顧慮而遊移不前。❹攘奪　掠奪；奪取。

【語譯】趙鹿泉前輩說：孫虛船先生沒有登第之前，曾經在某戶人家坐館教授學生。當時主人的母親正在病危之中。館童送晚餐來的時候，孫先生因為有其他的事情，還沒有食用，叫館童放到另一間房間的桌子上。他忽然看見一個白衣人閃入那個房間，正當孫先生驚愕不定之際，他又看見一個穿著黑色衣服的矮個子遲疑不決地走進那間房間。孫先生走進那個房間查看，那兩個人正面對面坐在那裡大吃館童送來的那份晚餐。孫先生厲聲呵斥他們兩人，白衣人逃了出去，穿著黑衣的矮個子因孫先生擋在門口，無法出去，就躲在牆角邊，孫先生於是就坐在門外觀察他的變化。不一會兒，主人從內室踉踉蹌蹌地走出來，說：「剛才病人說鬼話，聲稱陰間使者手持公文來拘拿她。其中一個陰間使者被先生所困住，在房間裡出不去。他們擔心貽誤期限，使死者獲大罪。我不能判定病人所說話的真假，所以出來看看。」孫先生就移坐到其他地方，彷彿看見那個穿黑衣的矮個子狼狽離去，而這時內室的哭聲大起。孫先生是個誠實的君子，一生從來沒有說過虛妄的話語，這件事應該確實是有的。只是陰間的律法非常嚴格，神的聽覺極其靈敏，而那兩個來攝取魂魄的吏卒尚且不免還要攘奪病人家的酒食，那麼人世間的官吏衙役，怎麼能夠不嚴加管束督察呢！

【研析】陰間鬼役到陽世拘人魂魄，卻利用職務之便，不忘偷吃人間酒飯。如此陰間鬼役，與人世間的衙役有何區別？不過，那兩個陰間鬼役還心存顧忌，在主人大聲喝斥時還知道躲避藏匿，不敢公然作惡。而人世間的衙役就沒有那麼老實，狐假虎威、假公濟私是他們的拿手好戲。杜甫一首〈石壕吏〉寫出了那些衙役的凶蠻。至於作者所謂的對人世間的衙役要嚴加督察的話，不過是一種美好的願望而已。

以邪招邪

門人伊比部❶秉綬言：有書生赴京應試，寓西河沿旅舍中。壁懸仕女一軸，風姿豔逸，意態如生。每獨坐，輒注視凝思。客至或不覺。一夕，忽翩然自畫下，宛一好女子也。書生雖知為魅，而結念既久，意不自持，遂相與笑語嬿婉❷。比下第南歸，竟買此畫去。至家懸之書齋，寂無靈響，然真真之喚❸弗輟也。三四月後，忽又翩然下。與話舊事，不甚答。亦不暇致詰，但相悲喜。自此狎媟❹無間，遂患羸疾。其父召茅山道士❺劾治。道士熟視壁上，曰：「畫無妖氣，為祟者非此也。」結壇作法。次日，有一狐殪壇下。知先有邪心，以邪召邪，狐故得而假借。其京師之所遇，當亦別一狐也。

【章旨】此章講述了一個書生因愛慕美色，遂招致妖魅上身的故事。

【注釋】❶比部　官名。魏晉以後設比部，原掌稽核簿籍。後變為刑部所屬四司之一。金元以後廢。明清以比部為刑部司官的一般稱呼。❷嫵婉　歡好；和美。❸真真之喚　《聞奇錄》載，唐進士趙某得一圖，圖上畫有一女人極美。畫工說，畫中女人名叫真真，呼她一百天她就下來了。❹狎媟　相處過於親昵而近於放蕩。❺茅山道士　茅山原稱句曲山。在江蘇西南部，南北走向，有蓬壺、玉柱、華陽三洞和唐碑、元碣等名勝古跡。傳說西漢茅盈兄弟三人修道於此，因又名三茅山。晉許謐、梁陶弘景、唐吳筠等著名道士，均曾於此修道。道教稱為「第八洞天」。在此山上修煉的道士稱茅山道士。

【語譯】我的門人伊秉綬比部說：有個書生赴京城趕考應試，住在西河沿的旅舍中。房間牆壁上懸掛著一幅仕女圖，畫上的仕女風姿豔麗飄逸，神態栩栩如生。書生每當獨自靜坐時，就注視著仕女圖聚精會神地想念，有時連客人來了也不知道。一天傍晚，仕女忽然從畫上翩然下來，宛然是一位美麗的女子。書生雖然明白這個女子是妖魅，但因為思念已經很久了，竟把持不住自己，於是就和這位女子說笑親近。等到這個書生沒有考中科舉回南方時，竟然把那幅畫買下帶回了家。回到家裡，書生把這幅畫懸掛在書齋裡，但這幅畫卻寂然沒有什麼靈異響動。書生每天對著仕女圖呼喚她的名字，一直沒有停止過。三、四個月後，那個仕女忽然又從畫上翩然下來，書生和她說起過去的事情，她不怎麼回答。書生也沒有閒暇時間多問什麼，只顧與她訴說久別重逢的悲喜之情。從此兩人親昵無間，書生於是患了身體越來越瘦弱的疾病。他的父親召來茅山道士懲治妖魅。道士仔細觀察了牆壁上的那幅仕女畫，說：「畫上沒有妖氣，作祟的妖魅不是這幅畫。」於是，道士築壇作法。第二天，有一隻狐狸死在法壇下。由此得知，是書生先有了邪心，因為邪心召來了邪氣，狐狸精才得以冒充仕女而來。書生在京城所遇見的仕女，應當也是另一隻狐狸精所幻化的。

【研析】書生愛慕美女，並無過錯。就是孔老夫子刪定的《詩經》中，也有「關關雎鳩，在河之洲。窈窕淑女，君子好逑」的詩句。愛美之心，人皆有之。不能因為書生愛美，就說書生先有邪心。最多只能說書生多情，看的志怪小說太多，心中渴望奇遇，故而妖魅能夠趁虛而入。作者說書生是「先有邪心，以邪召邪」，未免失於公道和開明通達，反而有一股陳舊酸腐氣息透出紙面，令人難以接受。

婢女柳青

斷天下之是非，據禮據律而已矣。然有於禮不合，於律必禁，而介然❶孤行其志者。親黨❷家有婢名柳青，七八歲時，主人即指與小奴益壽為婦。迨年十六七，合婚❸有日。益壽忽以博負逃，久而無耗。主人將以配他奴，誓死不肯。婢頗有姿，主人乘間挑之，許以側室❹，亦誓死不肯。乃使一媼說之曰：「汝既不肯負益壽，且暫從主人，當多方覓益壽，仍以配汝。如不從，即鬻諸遠方，無見益壽之期矣。」婢暗泣數日，竟俯首薦枕席，惟時時促覓益壽。越三四載，益壽自投歸。主人如約為合巹❺。合巹之後，執役如故，然不復與主人交一語。稍近之，輒避去。加以鞭笞，並賂益壽，使逼脅，訖不肯從。無可如何，乃善遣之。臨行以小篋置主母前，叩拜而去。發之，皆主人數年所私給，纖毫不缺。後益壽負販，婢縫紉，拮据自活，終無悔心。余乙酉❻家居，益壽尚持銅磁器數事來售，頭已白矣。問其婦，云久死。異哉，此婢不貞不淫，亦貞亦淫，竟無可位置，錄以待君子論定之。

【章旨】此章講述了婢女柳青在未婚夫出逃沒有音信時，被迫與主人同居。未婚夫回來與柳青成婚後，柳青堅決拒絕主人的非分要求，寧願窮苦一生的故事。

【注釋】❶介然　耿介；堅貞。❷親黨　指親戚朋友。❸合婚　舊俗，婚前男女雙方交換庚帖，以卜八字是否相配，謂之「合婚」。❹側室　指侍妾。❺合巹　古代結婚儀式之一。後以此稱結婚。❻乙酉　即清乾隆三十年，西元一七六五年。

【語譯】判斷天下事是非的標準，無非根據禮法和法律而已。然而也有不合乎禮義、於法律必然禁止，卻堅定不移而獨自實現自己志向的人。我的親戚家有一個名叫柳青的婢女，她在七八歲時，主人就把她許配給小奴僕益壽為妻。等到柳青十六七歲，快要成親時，益壽忽然因為賭博欠債逃跑了，很長時間沒有音信。主人要將柳青許配給別的奴僕，她誓死不肯。柳青很有幾分姿色，主人趁機挑逗她，答應娶她做側室，她也誓死不肯。主人就讓一個老婦人來勸說她：「你既然不肯有負益壽的婚約，姑且暫時順從主人，主人肯定會多方設法尋找益壽，找回來後仍然和你結婚。如果你不順從主人，他就要把你賣到遙遠的地方去，你就永遠沒有見到益壽的日子了。」柳青暗暗哭泣了幾天，最後低頭答應了與主人同居，只是時常催促主人尋找益壽。過了三四年，益壽自己跑回主人家。主人按照約定為他們舉辦了婚禮。結婚之後，柳青還像以前一樣幹活，但是不再同主人交談一句話。主人稍微親近她，她就躲避開去。主人鞭打她，並賄賂益壽，讓他威脅逼迫妻子與主人私通，她始終不肯順從。主人無可奈何，只得好好打發他們離開。柳青臨走之前，把一隻小箱子放到主母面前，叩頭禮拜而去。主婦打開箱子，裡面都是主人幾年來私下給她的東西，一件也沒缺少。後來，益壽當小商販，柳青做針線活，日子過得很艱難，但她始終沒有後悔之心。乾隆三十年，我住在家裡，益壽還拿著幾件銅器、磁器來賣給我，他的頭髮已經花白。我問起他妻子的事，他說早就死了。真是奇怪啊，像柳青這樣的婢女，不貞節不淫蕩，也貞節也淫蕩，居然不知道把她放在什麼位置上。我把這事記錄下來，留待君子們來加以論定。

【研析】作者身為士大夫中的上層分子，自然不能理解柳青的操守和辛酸，竟然驚詫莫名地說她「不貞不淫，亦貞亦淫」。其實柳青是一位有操守、有志向的青年婦女。她為了自己的操守和志向，誓死不做老爺側室，寧願嫁給奴僕，過清貧艱難的日子。至於那個主人，用威逼手段霸占柳青，而柳青的丈夫在利誘前竟然出賣自己妻子。那個主人和柳青的丈夫都是寡義無恥的東西，卻都沒有遭到作者的譴責。難道因為柳青是個女子，就要遭到如此不公的對待？封建社會對婦女的專制和壓迫，於此可見一斑。

善詈者戒

吳茂鄰，姚安公門客❶也。見二童互詈，因舉一事曰：交河❷有人嘗於途中遇一叟泥滑失足，擠此人幾仆。此人故暴横，遂辱詈叟母。叟怒，欲與角❸，忽俯首沉思，揖而謝罪，且叩其名姓居址，至歧路❹別去。此人至家，其母白晝閉房門。呼之不應，而喘息聲頗異。疑有他故，穴窗窺之。則其母裸無寸絲，昏昏如醉，一人據而淫之。諦視，即所遇叟也。憤激叫呶，欲入捕捉，而門窗俱堅固不可破。乃急取鳥銃自櫺外擊之，嗷然而仆，乃一老狐也。鄰里聚觀，莫不駭笑。此人詈狐之母，特託空言，竟致此狐實報之，可以為善詈者戒。此狐快一朝之憤，反以隕身，亦足為睚眦❺必報者戒也。

【章旨】此章講述了一個人因辱罵一隻老狐狸的母親，而自己的母親就遭到了這隻老狐狸姦淫的故事。

【注釋】❶門客　寄食於貴家門下並為之服務的人。❷交河　縣名。在河北中部偏南、南運河和滏陽河之間。❸角較量；競爭。❹歧路　即岔路。❺睚眦　亦作「睚眥」。瞪眼睛；怒目而視。引申為小怨小忿。

【語譯】吳茂鄰是先父姚安公的門客。他看見兩個兒童相互辱罵，就舉出一個事例對他們說：在交河縣那個地方，有個人曾在路途中遇到一個老人，那個老人因為泥濘路滑摔了一跤，差點把這個人也撞倒了。這個人本來就很粗暴蠻橫，於是開口就辱罵那個老人的母親。老人非常憤怒，要和這個人打架角鬥，忽然低頭沉思，向這個人作揖謝罪，並且詢問這個人的姓名和住址。兩人走到叉路口，就分手告別離去。這個人回到家，他的母親大白天房門緊閉著。他呼喊母親，房間裡沒有人答應，然而房間裡傳出來的喘息聲很異常。他懷疑出了什麼事，就把窗戶紙捅個洞往房間裡看。只見他的母親赤身裸體，昏昏沉沉如同喝醉了酒，有一個人正在姦淫她。仔細一看，就是路上遇到的那個老人。他憤怒得亂嚷亂叫，想衝進房間去捉住那老頭，但房間的門窗都很堅固，沒有辦法打破。他就急忙取來鳥銃，從窗戶外朝房間裡射擊，那個老人噭然叫了一聲倒在地下，原來是一隻老狐狸。鄰居們聚集圍觀，沒有人不感到驚奇好笑的。這個人辱罵老狐狸的母親，只是隨口說說一句空話而已，居然招致老狐狸用姦淫他母親的實際行為來報復他，這可以讓善於辱罵人的人引以為戒。這個老狐狸只圖發洩一時的憤恨，反而導致喪命，也足以讓那些為一點點小事就要予以報復的人引以為戒。

【研析】一飯之德必償，睚眥之怨必報。這是司馬遷用來描寫戰國時秦國范雎氣量狹窄，不能容物。卻被作者用在這個故事裡，用來比喻那個老狐狸的度量小，以致喪命的下場。作者講述這個故事，就是為了告誡世人，遇事要寬容，不能事事斤斤計較，待人不能苛求；對己要學會克制忍讓。如能這樣，世上就會少了許多無謂的衝突和爭鬥。然而，這個道理不是每個人都懂的，只有閱世深者才能悟出這個道理。

小溪巨蚌

誠謀英勇公言：暢春苑❶前有小溪，直夜內侍❷，每雲陰月黑，輒見空中朗然❸懸一星。共相詫異，輾轉尋視，乃見光自溪中出。知為寶氣，畫計取之。得一蚌，橫徑四五寸。剖視得二珠，綴合為一，一大一稍小，巨似棗，形似壺盧❹。不敢私匿，遂以進御❺，至今用為朝冠❻之頂。此乾隆初事也。小溪不能產巨蚌，蚌珠❼未聞有合歡❽，斯由天命。聖人❾因地呈符瑞，壽躋❿九旬，康強如昔，豈偶然也哉！

【章旨】此章講述了在北京海淀暢春苑外小溪中發現巨蚌，巨蚌中有兩粒葫蘆形珍珠的故事。

【注釋】❶暢春苑　園名。清康熙時，就明代李偉清華園舊址改建，為清聖祖、清高宗處理政事及遊憩之所。故址在北京西直門外海淀。❷內侍　在皇帝宮廷侍奉，供使喚。主要為宦官之職。❸朗然　光明；明亮。❹壺盧　即葫蘆。❺進御　指獻給皇帝。❻朝冠　君臣上朝時所戴之冠。❼蚌珠　河蚌裡養成的珍珠。❽合歡　原言歡聚、聯歡。後多指男女相結合。❾聖人　封建時代對帝王的尊稱。此指清高宗乾隆皇帝。他生於西元一七一一年，卒於西元一七九九年，活了將近九十歲。❿躋　登；升。

【語譯】誠謀英勇公阿公說：暢春苑前面有一條小溪，值班守夜的內侍們發現，每當陰天烏雲密布、月亮無光之時，就能看見天空中懸掛著一顆明亮的星星。內侍們相互都感到非常驚奇，到處尋找查看，才發現那道光芒是從暢春苑前的小溪中發出的。他們知道這是寶物之氣，設法把這個寶物取了出來。他們得到的是一隻河蚌，橫放著的直徑有四五寸寬。他們剖開河蚌，發現裡面有兩粒珍珠，這兩粒珍珠綴合在一起，一粒大一粒稍微小些，體積巨大像顆紅棗，形狀像葫蘆一樣。內侍們不敢私自藏匿留下，就把這兩粒珍珠進獻給皇上，至今還用來作為皇帝朝冠的頂子。這是乾隆初年的事情。小溪不可能生出巨蚌，更沒有聽說過河蚌裡生出的珍珠有合歡連成一對的，這大概是由於天命的緣故吧。乾隆皇帝因為大地呈現祥瑞，享壽至九十歲，康健強壯如同往昔，這怎麼會是偶然的呢！

【研析】古人喜歡珍珠，因為珍珠有明亮豔麗的光澤，更因為珍珠的難得，尤其大珠更為難得，故而古人將珍珠與其他寶物合稱為珠寶。如今人們已經掌握珍珠養殖技術，珍珠已成為工廠化生產的產品，並不稀罕。當然，要得到如文章中所說的巨珠，還不是件容易事。而在古代，更非易事。古人不懂人工養殖技術，能得到珍珠全靠運氣，如果能得到巨珠更是天大的喜事，所以作者會將得到巨珠與乾隆皇帝的高壽聯繫起來。今人看了，未免會覺得過於牽強。

避暑山莊蓮花

蓮以夏開，惟避暑山莊之蓮至秋乃開，較長城以內遲一月有餘。然花雖晚開，亦復晚謝，至九月初旬，翠蓋紅衣，宛然尚在。苑中每與菊花同瓶對插，屢見於聖製詩[1]中。蓋塞外地寒，春來較晚，故夏亦花遲。至秋早寒而不早凋，則莫明其理。今歲恭讀聖製詩注，乃知苑中池沼匯武列水[2]之三源，又引溫泉以注之，暖氣內涵，故花能耐冷也。

【章旨】此章講述了承德避暑山莊中蓮花秋天開放的奇景，並說明了其中的原因。

【注釋】❶聖製詩　皇帝所寫的詩。此處指乾隆皇帝寫的題詠避暑山莊荷花的詩詞。❷武列水　古水名。舊名熱河，今名武烈河，在河北。水有三源，合而西南流，有溫泉注入，始名熱河，南流過承德，再東南流注入灤河。

【語譯】蓮花在夏天開放，只有承德避暑山莊的蓮花到秋天才會開放，比長城以南的地區遲了一個多月。但是，蓮花雖然開得晚，也凋謝得晚。到九月上旬時，蓮花池中綠葉襯著紅花，依然生機一片。皇苑中往往把蓮花和菊花對插在同一個花瓶中，這種情況多次在皇帝寫的詩作中見到。大概是塞外地氣寒冷，春天來得較晚，所以夏天的花也開放得較遲。至於秋天寒冷來得早但蓮花卻不會過早凋謝，我就不明白其中的道理。今年，我敬讀皇帝為自己詩所作的注釋，才知道皇苑中的池沼匯集了武列水的三個源頭，又引來溫泉水注入池塘，暖氣蘊涵在池塘中，所以池塘中的蓮花能耐寒冷。

【研析】避暑山莊位於河北承德，已在長城以北。塞外風光，卻有一池荷花在秋天開放，亭亭玉立、翠蓋紅衣，引得作者驚歎不已。不過，乾隆皇帝自己解說了荷花晚開晚謝的原因，是因為有溫泉水引入荷花池，荷花得到較高水溫的保護，才得在以秋天綻放而不過早凋零。如果沒有皇帝的這番合乎客觀情況的解說，又不知會生出多少奇談怪論來了。

烏銃兩種

戴遂堂先生諱亨，姚安公癸巳❶同年也。罷齊河❷令歸，嘗館余家。言其先德❸

本浙江人，心思巧密，好與西洋人爭勝。在欽天監❹，與南懷仁❺忤（懷仁西洋人，官欽天監正❻），遂徙鐵嶺❼。故先生為鐵嶺人。言少時見先人造一鳥銃，形若琵琶，凡火藥鉛丸皆貯於銃脊，以機輪開閉。其機有二，相銜如牝牡❽，扳一機則火藥鉛丸自落筒中，第二機隨之並動，石激火出而銃發矣。計二十八發，火藥鉛丸乃盡，始需重貯。擬獻於軍營，夜夢一人訶責曰：「上帝好生，汝如獻此器使流布人間，汝子孫無噍類❾矣。」乃懼而不獻。說此事時，顧其侄秉瑛（乾隆乙丑❿進士，官甘肅高臺⓫知縣）曰：「今尚在汝家乎？可取來一觀。」其侄曰：「在戶部⓬學習時，五弟之子竊以質錢，已莫可究詰矣。」其為實已亡失，或愛惜不出，蓋不可知。然此器亦奇矣。誠謀英勇公因言：征烏什時，文成公與勇毅公明公犄角為營，距寇壘約里許。每相往來，輒有鉛丸落馬前後，幸不為所中耳。度鳥銃之力不過三十餘步，必不相及，疑溝中有伏。搜之無見，皆莫明其故。破敵之後，執俘訊之，乃知其國寶器有二銃，力皆可及一里外。搜索得之，試驗不虛，與勇毅公各分其一。勇毅公征緬甸⓭，歿於陣，銃不知所在。文成公所得，今尚藏於家，究不知何術製作也。

【章旨】此章記述了兩種鳥銃：一種可以連發的鳥銃是國人發明的，一種可以射遠的鳥銃是在戰場上繳獲的，這在當時的歷史條件下都是極其稀罕的武器。

【注釋】❶癸巳　即清康熙五十二年，西元一七一三年。❷齊河　縣名。在山東西部。❸先德　有德行的先輩。也用來尊稱他人之父。❹欽天監　官署名。掌管觀察天象，推算節氣曆法。明清設監正、監副等官。清制漢、滿並用，亦有個別歐洲傳教士參加。❺南懷仁　清初來中國的天主教耶穌會傳教士。比利時人。初在陝西傳教，康熙七年（一六六八年）被起用，管理欽天監監務，製造天文儀器，並為清政府監鑄大炮。著作有《教要序論》、《康熙永年曆法》等。❻欽天監正　欽天監設監正，為欽天監長官。❼徙鐵嶺　指貶謫到鐵嶺。鐵嶺，縣名。在遼寧東北部、遼河中游。❽牝牡　雌雄兩性。《老子》：「未知牝牡之合而全作，精之至也。」❾噍類　原指能飲食的動物。此指活著的人。❿乾隆乙丑　即清乾隆十年，西元一七四五年。⓫甘肅高臺　今甘肅高臺。在甘肅河西走廊中部、黑河中下游。⓬戶部　參見本書卷七〈盜呼〉則注釋❷。⓭緬甸　國名。位於東南亞中南半島西部，同中國、老撾（寮國）、泰國、印度、孟加拉國為鄰。

【語譯】戴遂堂先生，名字叫亨，是在康熙五十二年和先父姚安公同榜登第的。他從齊河縣令的職位上被罷免回鄉後，曾經在我家坐館教書。他說他的父親原本是浙江人，心靈手巧，喜歡和西洋人爭高低。他的父親在欽天監為官時，與南懷仁發生矛盾（南懷仁是西洋人，擔任欽天監正的職位），被貶謫到鐵嶺。所以戴先生成為鐵嶺人。戴先生說少年時看見父親製造過一支鳥銃，形狀如同琵琶，火藥鉛彈都貯存在銃的脊背裡，用機輪作開關。它的機關有兩個，一凸一凹互相銜接如同雌雄，扳動一個機關，火藥鉛彈就自動落到銃筒中，第二個機關隨之扳動，碰擊火石激發出火星點燃火藥，銃就發射了。共計可以連續發射二十八發，銃筒裡的火藥鉛丸就會射盡，才需要重新裝貯。他的父親打算將這支鳥銃獻給軍營，當天夜裡夢見一個人責備他說：「上帝有好生之德，你如果獻出這個武器，使它流傳於人間，你的子孫就會全部死光沒有活著的了。」戴先生的父親內心恐懼於是沒有獻出去。說到這件事情時，戴先生回頭對侄子戴秉瑛（乾隆十年進士，任甘肅高臺縣知縣）說：「鳥銃如今還在你家裡嗎？可以把它取來看一看。」

戴秉瑛說：「我在戶部學習時，五弟的兒子把這把鳥銃偷出去當了錢用，已經無法追究這支鳥銃的下落了。」這支鳥銃也許確實已經遺失了，或許因為主人愛惜而不肯拿出來，這就不知道了。然而，這支鳥銃也太奇巧了。誠謀英勇公接著說，征討烏什時，文成公與勇毅公明公互相結為犄角紮營，與敵人堡壘相距一里路左右。文成公與勇毅公每次互相往來，就會有鉛彈落在馬前馬後，幸好沒有被射中。他們估計鳥銃的射程不過三十多步，肯定不能射到這裡來，因而懷疑山溝裡有埋伏。派人去搜索，卻沒有發現敵人，大家都不知道是什麼緣故。打敗敵人之後，抓來俘虜審訊，才知道該國的寶器中有兩支銃，射程都可以達到一里以外。他們派人搜索得到這兩支鳥銃後，經過試驗果然說的不是虛假的，文成公和勇毅公各分得一支。勇毅公遠征緬甸時，在戰場上陣亡，那支銃不知流落到哪裡去了。文成公得到的一支銃，至今還藏在家裡。人們終究不明白這兩支銃是用什麼辦法製造出來的。

【研析】中國歷來不缺乏能工巧匠，製造的奇巧之物歷代都有。然而，在儒家思想統領社會思潮和習俗的情況下，傳統觀念都把工匠製造的奇妙器物貶之為淫巧，不許人們製造和使用，否則就是玩物喪志，就是傷風敗俗。故而我國的工藝技術始終不能得到有效的推進。如那種能夠連發的鳥銃，就是國人發明的，卻受到思想習俗的制約，沒有拿出來作進一步的改進提高。否則，或許在武器發展史上會增加一個中國人的名字。再有，如得到先進武器，獲得者不是拿出來供研究仿造，而是將它藏在家中作為寶物，如此狹隘的思想，又如何能推進科學技術的發展？

神臂弓

宋代有神臂弓❶，實巨弩也。立於地而踏其機，可三百步外貫❷鐵甲。亦曰克敵弓，洪容齋❸試詞科❹，有〈克敵弓銘〉是也。宋軍拒金，多倚此為利器。軍法不得遺失一具，或敗不能攜，則寧碎之，防敵得其機輪仿製也。元世祖❺滅宋，得其式，曾用以制勝。至明乃不得其傳，惟《永樂大典》❻尚全載其圖說。然其機輪一事一圖，但有短長寬窄之度與其牝牡凸凹之形，無一全圖。余與鄒念喬❼侍郎❽窮數日之力，審諦逗合❾，訖無端緒。余欲鉤摹其樣，使西洋人料理之。先師劉文正公曰：「西洋人用意至深，如算術借根法❿，本中法流入西域，故彼國謂之東來法。今從學算，反祕密不肯盡言。此弩既相傳利器，安知不陰圖以去，而以不解謝我乎？《永樂大典》貯在翰苑⓫，未必後來無解者，何必求之於異國？」余與念喬乃止。「維此老成，瞻言百里⓬。」信乎所見者大也。

【章旨】此章講述了宋代兵器神臂弓的威力，以及作者研究這種兵器卻沒有成功的經過。作者同時記述了本打算邀請西洋人參與研究，終因不信任他們而作罷的思考過程。

【注釋】❶神臂弓　弓名。相傳為北宋神宗熙寧中民間李宏所造。弓置架上，以足踩蹬張弓發射，距三百步，能穿重札，故名。札，鎧甲上的鐵片。❷貫　指射穿。❸洪容齋　即洪邁。南宋文學家。字景盧，別號野處，鄱陽（今江西波陽）人。官至端明殿學士。學識淵博。撰有《容齋隨筆》五集、《夷堅志》等，編有《萬首唐人絕句》。❹詞科　科舉名目之一，此科主要選拔學問淵博，文辭清麗，能草擬朝廷日常文稿的人才。清代專指博學鴻詞科。❺元世祖　元代開國皇帝。名忽必烈（一二一五—一二九四）。一二六〇—一二九四年在位。❻永樂大典　參見本書卷十二〈李芳樹刺血詩〉則注釋❻。❼鄒念喬　即鄒奕孝。字念喬，清無錫（今江蘇無錫）人。乾隆進士。累官國子祭酒，工部侍郎。鄒奕孝深通音律，郊祀大典中和韶樂。都是由其編定。❽侍郎　參見本書卷四〈尊官妒嫉〉則注釋❽。❾逗合　投合；

接合。⑩借根法　我國古代的一種算術方法。⑪翰苑　翰林院的別稱。《宋史・蕭服傳》：「服文辭勁麗，宜居翰苑。」⑫維此老成二句　此句化用《詩經・大雅・桑柔》「維此聖人，瞻言百里」句。意思是只有這位老成人有眼力，目光遠大望百里。

【語譯】宋代有一種武器叫神臂弓，實際上就是巨大的弩。把它豎立在地上，用腳踏動它的機關，射出去的弩箭能夠射穿三百步之外的鐵甲。神臂弓也稱為克敵弓，洪邁考博學鴻詞科，試題有〈克敵弓銘〉一篇可以證明。南宋軍隊抵抗金兵，大多依靠神臂弓作為銳利的兵器。軍法規定不得遺失一具神臂弓，軍隊如果打了敗仗無法帶回來，就寧可擊碎它，以防敵人得知其構造加以仿製。元世祖滅南宋，得到神臂弓的圖樣，曾經利用神臂弓來戰勝敵人。到了明代，神臂弓的製造方法已經失傳，只有《永樂大典》中還記載有它的全部圖說。然而神臂弓的機輪都是一個零件一張圖紙，只有長短寬窄的尺寸和各個零件互相間雌雄凸凹咬合的形狀，沒有一幅是神臂弓的全圖。我和鄒念喬侍郎花了幾天的時間，仔細審讀研究湊合，最終還是毫無頭緒。我想臨摹出神臂弓的圖樣，請西洋人去具體研究製造。先師劉文正公說：「西洋人用意最深刻，譬如算術的借根法，本來是中國的方法傳入西洋，所以在他們國家稱之為東來法。如今中國人向他們學習算術，他們反而保密不肯全部說出來。這種神臂弓既然是我們國家世代相傳的銳利武器，怎麼能夠知道他們不會在暗地裡把圖形仿製去，卻以不能理解來搪塞我們呢？《永樂大典》藏在翰林院裡，未必後來沒有能夠解開這個謎的人，何必求助於別國呢？」我和鄒念喬才打消了請教西洋人的念頭。套用《詩經・大雅・桑柔》中的一句詩：「只有這位老成人有眼力，目光遠大望百里。」先生的見識確實夠深遠的了。

【研析】神臂弓是由北宋李宏發明的，在神宗熙寧初就廣為製造，裝備軍隊。朝廷還專門規定了不准私造、私習，以及軍士毀棄、戰場陣亡丟失的條法，可謂嚴格管理。然而，一樣新式武器並沒有幫助北宋朝廷抵抗金兵南來，也無法挽回北宋朝廷的毀滅。同樣，南宋朝廷也沒有抵擋住蒙古鐵騎的南侵。故而，關係國家安危，武器固然重要，但不是決定的因素。同時，那位劉文正公所說的一席話可以看出在一些士大夫中的狹隘保守思想。其實當時西洋火器已經很發達，遠遠走在中國前頭，而這些士大夫還要保守與火器相比大大落後的神臂弓的祕密，真是既不知今，又不知洋。

變相鬼卒

貝勒❶春暉主人言：熱河❷碧霞元君❸廟（俗謂之娘娘廟）兩廂，塑地獄變相❹。西廂一鬼卒，慘淡可畏，俗所謂地方鬼也。有人見其出買雜物，如柴炭之類，往往堆積於廟內。問之土人，信然。然不為人害，亦習而相忘。或曰：「鬼不烹飪，是安用此？《左傳》曰：『石不能言，物或憑焉。』其他精怪歟？恐久且為患，當早圖之。」余謂天地之大，一氣化生。深山大澤，何所不有？熱河穹岩巨壑，密邇民居，人本近彼，彼遂近人，於理當有之。抑或草木之妖，依其本質；狐狸之屬，原其故居，借形幻化，託諸土偶，於理當亦有之。要皆造物所並育也。聖人以魑魅魍魎鑄於禹鼎❺，庭氏❻方相❼列於《周官》❽，去其害民者而已，原未嘗盡除異類。既不為害，自可聽其去來。海客狎鷗❾，忽翔不下（「鷗」字《列子》本作「漚」，蓋古字假借。然古今行用。從無書作漚鳥者，故今以通行字書之）。

機心一起，機心應之，或反膠膠擾擾矣。

【章旨】此章記述了熱河碧霞元君廟裡塑造的地獄變相中的一尊鬼卒塑像，並認為只要妖魅不為害人，那麼人也應該寬容待他。

【注釋】❶貝勒　滿語。原為滿族貴族的稱號，複數為「貝子」，其尤尊者稱和碩貝勒。清崇德元年（一六三六年），定封爵，置貝勒於親王、郡王下。崇德以前的貝勒，實即後來的親王。❷熱河　參見本書卷十三〈羅漢峰〉則注釋❷。❸碧霞元君　道教神名。傳說是東嶽大帝的女兒，宋真宗時封為「天仙玉女碧霞元君」。❹地獄變相　敷演佛經的內容而繪成的具體圖相。一般繪製在石窟、寺院的牆壁上或紙帛上，多用幾幅連續的畫面表現故事的情節，是廣泛傳播教義的佛教通俗藝術。❺禹鼎　參見本書卷十四〈朱子論鬼神〉則注釋❽。❻庭氏　官名。《周禮》秋官之屬。掌射殺都城附近的鴟鴞、狼、狐之類夜間鳴叫的鳥獸。❼方相　原為職掌驅鬼之官。《周禮・夏官》有方相氏「蒙熊皮，黃金四目，玄衣朱裳，執戈揚盾。」❽周官　參見本書卷十六〈詩入夢〉則注釋❺。❾海客狎鷗　《列子》載，海邊有個人天天和海鷗在一起玩，他父親叫他捉一隻來。他再到海邊時，海鷗便不落下來了。海客，此指海邊人。

【語譯】貝勒春暉主人說：熱河的碧霞元君廟（民間俗稱為娘娘廟）東西兩邊廂房，塑造的是地獄變相世界。西廂房裡的一個鬼卒塑像，面目陰森可怕，就是民間所謂的地方鬼。有人看見他外出購買雜物，如柴火木炭之類，往往堆積在廟裡。人們詢問當地人，確實有這樣的事。但是，他不作祟危害百姓，人們因為經常看見也就習以為常了。有人說：「鬼不做飯燒菜，為什麼需要柴火木炭呢？《左傳》說：『石頭不能夠說話，也許有什麼東西依附在石頭上面說話。』可能是其他精怪吧？恐怕時間長了會成為禍患，應當趁早除掉它。」我認為天地之大，都是由元氣化生出來的。在深山大澤之中，有什麼東西會沒有呢？熱河地區懸崖高峻、峽谷幽深，貼近百姓的住房，人本來靠近高山峽谷中的精怪，高山峽谷中的精怪也靠近人。從情理上看，應當是有這種事的。或許草木變化而成的妖魅，依憑他的本質；狐狸之類的妖物，原來就居住在這裡，藉著鬼卒的形狀幻化出來，依附到泥土塑造的神像上，從情理上看，也是應當會有的。總之，這些都是造物主一起培育出來的。聖人把魑魅魍魎的圖形塑造在禹鼎上，把官名庭氏、神像方相寫進《周禮》中，只是想除去為害百姓的鬼怪而已，原意就沒有想要除盡異類。鬼怪既然不為害百姓，自然可以聽任他們自由來去。海邊之人一旦暗中打算戲弄海鷗，海鷗就忽然在天空飛翔而不落下來棲息（「鷗」字《列子》本作「漚」，那是古字假借。但古今通用，從來沒有寫成「漚鳥」的，所以現在以通用字書寫）。可見，只要海邊之人機詐之心一旦萌動，海鷗就以機詐之心來對付他，就可能反而弄得更加動亂不安了。

【研析】地獄變相，在佛教盛行的年代到處都有，至今卻留存不多，最著名者，當數敦煌的莫高窟。作者雖受佛教影響，但儒家思想在其頭腦中更加根深蒂固，不可動搖。如對待妖魅的態度，作者就主張採取「既不為害，自可聽其去來」，不贊成對妖魅採取趕盡殺絕的做法。這與佛教主張清除妖魅，弘揚佛法的主張相距甚遠，倒近似孔子「敬鬼神而遠之」，「子不語怪力亂神」的原則。故而儘管作者一再宣揚因果報應，卻到底還是一位儒家學者。

陳鶴齡

宛平❶陳鶴齡，名永年，本富室，後稍落。其弟永泰，先亡。弟婦求析箸❷，不得已從之。弟婦又曰：「兄公男子能經理，我一孀婦，子女又幼，乞與產三分之二。」親族皆曰不可。鶴齡曰：「弟婦言是，當從之。」弟婦又以孤寡不能徵逋負❸，欲以資財當二分，而以積年未償借券，並利息計算，當鶴齡之一分。亦曲從之。後借券皆索取無著，鶴齡遂大貧。此乾隆丙午❹事也。陳氏先無登科者，是年鶴齡之子三立，竟舉於鄉❺。放榜之日，余同年李步玉居與相近，聞之喟然曰：「天道固終不負人。」

【章旨】兄弟兩人組成一個大家庭，弟弟去世後，弟媳要求分家，當兄長的處處委屈求全，把家產全部給了弟媳。但上天有眼，讓兄長的兒子在鄉試中考中舉人。

【注釋】❶宛平　舊縣名。治所在今北京西南，屬豐臺區。❷析箸　指分家。箸，筷子。❸逋負　拖欠；短少。指拖欠債務。❹乾隆丙午　即清乾隆五十一年，西元一七八六年。❺舉於鄉　指鄉試中舉。

【語譯】宛平人陳鶴齡，名字叫永年，原來是戶富裕人家，後來家境漸漸衰落。他的弟弟永泰已經先去世了，弟媳婦要求與哥哥分家，他不得已才答應了。弟媳婦又說：「兄長是男人，會經營料理家財，我是一個寡婦，子女又幼小，請分給我家庭財產的三分之二。」親屬們都說這樣不可以，陳鶴齡說：「弟媳婦說得有道理，應當聽從她的意見。」弟媳婦又以自己是孤兒寡母人家，不能出門去追討別人的欠債為理由，想以家中資產抵償她應得的那二份家產，而把幾年來別人沒有償還的債券連同利息一併計算，用來抵償陳鶴齡應得的那一份家產。陳鶴齡也全都委屈地聽從她。後來，陳鶴齡拿著債券去索取債務人的欠債，都沒有著落，陳鶴齡於是落得非常貧窮。這是乾隆五十一年的事。陳氏家族先前沒有登科及第的人，這一年，陳鶴齡的兒子陳三立，竟然在鄉試中考中舉人。放榜那天，與我同榜登科的李步玉，與陳鶴齡住得很近，聽到這個消息後很感歎地說：「天道終究還是不會辜負善人！」

【研析】這位兄長在兄弟分家時，處處忍讓吃虧，在家財的劃分上是大大吃虧，然而卻避免了一場骨肉相仇，這位兄長的氣度和胸懷都值得讚許。司馬遷曾在《史記‧伯夷列傳》中對「天道無親，常與善人」

的說法提出了強烈的質疑，認為善人往往沒有得到好的下場。但作者認為好人還是會有好報的。這位陳鶴齡就因為自己在分家時的善舉，使得當年他的兒子就考中舉人。當然，這種附會讀者不必介意，作者記述這個故事，用意還是勸人向善。

緣心生像

南皮❶張浮槎❷，名景運，即著《秋坪新語》者也。有一子，早亡，其婦縊以殉。縊處壁上，有其子小像，高尺餘，眉目如生。其跡似畫非畫，似墨非墨。婦固不解畫，又無人能為追寫；且寢室亦非人所能到。是時親黨畢集，均莫測所自來。張氏紀氏為世姻，紀氏之女適張者數十人，張氏之女適紀者亦數十人。眾目同觀，咸詫為異。余謂此烈婦精誠之至極，不為異也。蓋神之所注，氣即聚焉。氣之所聚，神亦凝焉。神氣凝聚，象❸即生焉。象之所麗，跡即著焉。生者之神氣動乎此，亡者之神氣應乎彼，兩相翕合❹，遂結此形。故曰緣心生象，又曰至誠則金石為開也。浮槎錄其事跡，徵士大夫之歌詠。余擬為一詩，而其理精微，筆力不足以闡發，凡數易稿，皆不自愜❺，至今耿耿於心，姑錄於此以昭幽明之感，詩則期諸異日焉。

【章旨】此章記述了一個青年夭亡，其妻子殉死。在其妻子殉死處發現一幅小像，人們認為是這位青年與其妻子陰陽互相感應的結果。

【注釋】❶南皮　縣名。在河北東南部，南運河東岸，鄰接山東。❷張浮槎　即張景運。字浮槎，清南皮人。著作有《秋坪新語》。❸象　此指圖像。❹翕合　協調一致。❺愜　指滿意、滿足。

【語譯】南皮縣人張浮槎，名字叫景運，是撰著《秋坪新語》的作者。他有一個兒子，早年就去世了，他的媳婦上吊殉死。媳婦上吊殉死的房間牆壁上，有他兒子的小幅畫像，高有一尺多，畫的眉毛眼睛栩栩如生。這幅小畫像的形跡好像是畫的又不是畫的，好像是用墨勾勒的又不是用墨勾勒的。他的媳婦本來不會畫畫，又沒有人能夠為她憑回憶補畫一張，況且寢室也不是外人所能到的地方。這時，親戚朋友都聚集來了，大家都不知道小像的來源。張氏家族和紀氏家族為世代姻親，紀氏家族的女兒嫁給張氏家族的有幾十個人，張氏家族的女兒嫁給紀氏家族的也有幾十個人。大家一同觀看這幅畫，都感到驚奇詫異。我認為這是烈婦的精誠到了極點而導致的，完全不必感到驚異。大凡精神專注於某個人，那人的氣息就會聚集於眼前。氣息一旦聚集，那人的神情也就凝結起來。神情氣息一旦凝結，那人的形象就產生了。形象一旦有所依附，那人的形跡就顯現出來了。生者的精神氣息湧動於此，而死者的精神氣息呼應於彼，兩者相互感應，相互聚合，於是就形成了這幅小像。所以說是由於內心的思念而生出了形象，又所以說人心至誠，那麼金石為開。張浮槎記錄了他們的事跡，徵集士大夫們的歌詠。我打算寫一首詩，然而其中的事理精細隱微，我的筆力不足以充分闡發，寫了好幾張稿子，我都感到不滿意。至今，我仍時時記掛在心中，姑且把這件事記錄在這裡，以昭示陰間和陽世之間的感應，如果說寫詩，那麼只好留待來日了。

【研析】妻子殉死丈夫事，在明清兩代時有所聞，這是理學傳播所造下的惡孽。儘管程子大聲疾呼：「餓死事小，失節事大。」但暴殄天命，不珍惜寶貴生命的價值觀無論如何是不足取的。從作者對這件事的記敘中，也能看到作者批評理學，批評的是他們的空談性命之學和言行不一致的虛偽學風，而對理學家提出的社會倫理道德並沒有批評，反而大加讚賞。當然，作者認為這幅小像是「緣心生像」，是陰陽互相感應的產物。今人看來，不免失笑。因為作者將虛妄看作現實，將鬼話當成真理了。

服藥求仙

神仙服餌❶，見於雜書❷者不一，或亦偶遇其人；然不得其法，則反能為害。戴遂堂先生言：嘗見一人服松脂❸十餘年，肌膚充溢，精神強固，自以為得力。然久而覺腹中小不適，又久而病燥結，潤以麻仁❹之類，不應。攻以硝黃❺之類，所遺者細僅一線。乃悟松脂粘掛於腸中，積漸凝結愈厚，則其竅愈窄，故束而至是也。無藥可醫，竟困頓至死。又見一服硫黃❻者，膚裂如磔❼，置冰上，痛乃稍減。古詩：「服藥求神仙，多為藥所誤。」豈不信哉！

【章旨】此章講述了兩個人為成仙得道而服用松脂、硫磺之類藥物，最終因為藥物中毒的後遺症而白白送了性命的故事。

【注釋】❶餌　藥餌。指藥物。❷雜書　古指小說、雜記、隨筆一類的著作。❸松脂　從松樹樹幹採割而得的樹脂。剛流出的新鮮松脂無色透明。暴露在空氣中，則松節油逐漸揮發，樹脂酸部分氧化，呈白色或淡黃色粘滯液體或塊狀固體。❹麻仁　大麻種子的仁。可以榨油，又供藥用，是輕瀉劑。❺硝黃　指芒硝（即硫酸鈉水合物）類藥物。其性寒、味鹹苦辛。功能瀉下、滌熱、潤燥、軟堅，主治腸胃實熱積滯、大便燥結、痰熱壅積等症；外用治腸癰、乳癰初起、痔瘡等。❻硫黃　即硫磺。中藥學上係由天然硫磺礦初步加工而成。性溫、味酸，有毒，功能溫陽、祛寒，主治虛寒腹痛、陽虛便祕等症；外用治皮膚濕瘡、疥癬等，有殺蟲作用。❼磔　肢體分裂。

【語譯】要想得道成仙而服用丹藥的故事，見於各種雜書的記載都不一樣，或許也能偶爾遇到這種人；但是如果服用丹藥不得其法，那麼反而會危害身體。戴遂堂先生說，他曾經見到一個人服用了十多年的松脂，肌膚豐滿紅潤，精力旺盛，自以為這種方法很得力。然而，時間長了，他卻感到腹部有點不舒服。又過了一段時間，他得了便祕，大便拉不出來，他服用麻仁之類的瀉藥去滋潤腸胃，卻不起任何作用。他又用芒硝之類的能夠導致大瀉的藥物去強攻自己便祕的毛病，然而排泄出的大便細得僅僅只有一條線。他這時才省悟是松脂粘掛在腸道中，逐漸凝結，越積越厚，就導致腸道越來越窄，所以到了這種地步。這個病沒有藥可以醫治，那個人終於困頓而死。戴先生又見到一個服用硫黃的人，皮膚開裂就像受到刀子碎割一樣，把這個人放在冰上，疼痛才會減輕一些。古詩說：「服用藥物尋求成為神仙，大多被藥物所耽誤。」難道不是確實的嗎！

【研析】服用丹藥而成仙，這是道教主張的一種修煉方法。而煉丹所需的藥物都是如水銀、硫磺之類劇毒的藥物，人胡亂服用後往往會生出嚴重後果，甚至喪命。如明代皇帝相信道教，往往服用金丹藥丸。剛即位的明光宗患病，服用了內侍進獻的紅丸，當即斃命。這個案子成為明末三大案中的紅丸之案，至今也不清楚光宗服用的是什麼丹藥。清朝皇帝在這方面頭腦比較清醒，不再胡亂服用丹藥，故而康熙、乾隆等皇帝都能安享高壽。作者在此又舉了兩個實例，告誡人們服藥求仙之虛妄害人。

承德附近山峰

長城以外，萬山環抱，然皆坡陀❶如岡阜。至王家營迤東，則嶔崎❷秀拔，皴皺❸皆含畫意。蓋天開地獻，靈氣之所鍾❹故也。有羅漢峰❺，宛似一僧趺坐❻，頭項胸腹臂肘，歷歷可數。有磬錘峰❼，即《水經注》❽所稱武列水側有孤石雲舉者也，上豐下銳，屹若削成。余修《熱河志》❾時，曾躡梯挽綆至其下，乃無數石卵與碎砂凝結而成，亙古不圮，莫明其故。有雙塔峰，亭亭對立，遠望如兩浮圖，拔地湧出。無路可上，或夜聞上有鐘磬經唄聲❿，晝亦時有片雲往來。乾隆庚戌⓫，命守吏構木為梯，遣人登視。一峰周圍一百六步，上有小屋。屋中一几一香爐，中供片石，鐫「王仙生」三字。一峰周圍六十二步，上種韭二畦；塍畛⓬方正，如園圃之所築。是決非人力所到，不謂之仙蹤靈跡不得矣。耳目之前，惝怳⓭莫測尚如此，講學家執其私見，動曰此理之所無，不亦顛乎？（距雙塔峰里許有關帝廟，住持僧悟真云：乾隆壬寅⓮，一夜大雷雨，雙塔峰墜下一石佛，今尚供廟中。然僅粗石一片，其一面略似佛形而已。此事在庚戌⓯前八年。毋乃以此峰尚有靈異，欲引而歸諸彼法歟？疑以傳疑，並附著之。）

【章旨】此章描述了承德避暑山莊附近的幾座山峰的形狀，並詳細記述了雙塔峰頂的狀況。

【注釋】❶坡陀　亦作「坡陁」。山勢起伏。唐杜甫〈北征〉詩：「坡陀望鄜時，岩谷互出沒。」❷嶔崎　山高峻的樣子。❸皴皺　縐紋。指山石、峰巒和樹身表皮的各種脈絡紋理。❹鍾　彙聚。《國語・周語下》：「澤，水之鍾也。」

❺羅漢峰　即彌勒峰。在今河北承德避暑山莊前面。❻趺坐　「結跏趺坐」的略稱。佛教中修禪者的坐法，即雙足交疊而坐。❼磬錘峰　在河北承德東北十六里，翹然秀拔，上豐下銳，俗稱棒棰峰。❽水經注　古代地理名著。北魏酈道元著。四十卷（原書宋代已佚五卷，今本仍作四十卷，乃經後人割裂改編而成）。此書名為注釋《水經》，實則以《水經》為綱，作了二十倍於原書的補充和發展，自成巨著。❾熱河志　地方志。清乾隆年間和珅、梁國治奉敕領銜撰。書名為《欽定熱河志》一百二十卷。有乾隆四十六年刻本。《四庫全書》所收此書作八十卷。作者紀昀曾參預其事。❿經唄聲　佛教徒所唱誦的贊偈聲。⓫乾隆庚戌　即清乾隆五十五年，西元一七九〇年。⓬塍畛　田畦；田間的界路。⓭惝怳　迷迷糊糊；不清楚。《楚辭・遠遊》：「視倏忽而無見兮，聽惝怳而無聞。」⓮乾隆壬寅　即清乾隆四十七年，西元一七八二年。⓯庚戌　即清乾隆五十五年，西元一七九〇年。

【語譯】長城以外的地區，萬山環抱，但都連綿起伏就像山岡土丘。這些山岡土丘綿延到了王家營再往東，則山峰高聳，秀麗挺拔，蜿蜒曲折的形狀都含著圖畫的意境。大概是因為開天闢地以來，天地靈氣聚集在那裡的緣故。那裡有一座羅漢峰，就像一個和尚兩腳交疊而坐，腦袋、脖子、胸腹部、臂膀和手肘，都可以一一分辨清楚。有一座磬錘峰，就是酈道元《水經注》所稱武列水旁那塊高聳入雲的孤石。這塊孤石形狀是上面大下面小，屹立在那裡就像是用斧頭砍削而成的。我編修《熱河志》時，曾登著梯子攀繩到峰下考察，原來這座山峰是由無數的鵝卵石和碎砂子凝結而成的，但它卻自古迄今歷經風雨而不倒塌，不知是什麼緣故。還有雙塔峰，兩峰亭亭對立，遠遠望去就如同兩座佛塔拔地而起。這兩座山峰都沒有路能登上峰頂，有時夜裡能聽到山峰頂上有敲擊鐘磬和誦經的聲音，白天也時常有一片片雲彩在峰頂飄浮往來。乾隆五十五年，官府命令當地的地方官吏製造木梯，派人登上峰頂察看。其中一座山峰峰頂方圓有一百零六步，上面有一間小屋。小屋裡有一張桌子、一隻香爐，中間供奉著一塊扁平的石頭，石頭上鐫刻有「王仙生」三個字。另一座山峰峰頂方圓六十二步，上面種有兩畦韭菜。田畦形狀方方正正，好像是菜園子的樣子。這絕不是人力所能做到的，不說它是仙蹤靈跡也不可能有其他的解釋了。人們耳聞目睹的事情，尚且還如此模糊難以解釋，那些講學家卻固執自己的私見，動輒說這是情理中沒有的事，不也是顛倒是非嗎？（距離雙塔峰一里左右，有一座關帝廟，住持和尚悟真說：乾隆四十七年，有一個夜晚雷雨大作，雙塔峰上掉落下一個石佛，如今還供奉在廟裡。但那個石佛僅僅是一塊粗石，其中一面略微像佛形而已。這事發生在乾隆五十五年的八年前。難道是認為雙塔峰還有靈異，想把這件事歸結為佛的法力在起作用嗎？這就更是以疑傳疑了，一併附錄在這裡。）

【研析】承德避暑山莊所處的位置正在燕山山脈上。燕山山脈由潮白河谷直到山海關，東西走向，綿延一千多里，海拔四百至一千公尺。其南面是河北平原，其北側是大草原、大沙漠，乃至大平原，故而山雖不高，但從平地突兀而出，尤顯其高聳險峻。作者筆下描述的羅漢、磬錘、雙塔等幾座山峰，就有這個不高而險的特點，讀來不由使人產生身入其景之想。至於雙塔峰上的種種狀況，肯定是常人所為，與仙蹤靈跡毫無關係。作者卻還要藉此攻擊講學家幾句，未免無理。

西山詩跡

同年蔡芳三言：嘗與諸友遊西山，至深處，見有微徑，試緣而登，寂無居人，只破屋數間，苔侵草沒。視壁上大書一我字，筆力險勁。因入觀之，復有字跡，諦審乃二詩。其一曰：「溪頭散步遇鄰家，邀我同嘗嫩蕨芽❶。攜手貪論南渡❷事，不知觸折亞枝花。」其二曰：「酒酣醉臥老松前，露下空山夜悄然。野鹿經年❸相見熟，也來分我綠苔眠。」不著年月姓名。味其詞意，似前代遺民。或以為仙筆，非也。又表弟安中寬，昔隨木商出古北口❹，因訪友至古爾板蘇巴爾漢（俗稱三座塔，即唐之營州❺，遼之興中府❻也）。居停主人云：山家嘗捕得一鹿，方縛就澗邊屠割，忽繩寸寸斷，躍然逸去。遙見對山一戴笠人，似舉手指畫，疑其以術禁制之。是山陡立，古無人蹤，或者其仙歟？

【章旨】此章講述了幾個人到西山漫遊，發現西山深處廢棄的破屋牆上有兩首詩的故事。

【注釋】❶蕨芽　蕨菜之嫩芽。蕨，植物名。亦稱「蕨菜」、「烏糯」。幼葉可食，也供藥用，有去暴熱、利水等效用。❷南渡　東晉、南宋都曾渡長江偏安一隅，史均稱為南渡，此處或指明代福王事。❸經年　指經歷多年。❹古北口　參見本書卷十二〈楊令公祠〉則注釋❶。❺營州　古十二州之一。在今遼寧朝陽。❻興中府　參見本書卷十五〈艮嶽奇石〉則注釋❹。

【語譯】與我同榜及第的蔡芳三說：他曾經與幾位朋友遊西山，到西山的深處，發現有一條小路，大家試著順著這條小路攀援而上，那裡荒涼寂靜而沒有人居住，只有幾間破屋，周圍長滿青苔雜草。大家看見牆壁上寫有一個大大的「我」字，筆力險勁。大家因而走進破屋，牆上還有字跡，仔細審視，原來是兩首詩。其一說：「在溪頭散步遇見鄰居，邀請我一同品嘗嫩嫩的蕨芽。兩人攜手只顧談論南渡之事，不知不覺中觸折亞枝花。」其二說：「酒酣醉臥在老松樹前，露水降下空山夜晚悄然無聲。野鹿經過幾年相見已經熟悉了，也來分我的綠苔睡眠。」詩沒有題寫年月姓名。體味這兩首詩的意境，好像是出自前代遺民之手。有人認為這是神仙的手筆，那是不正確的。又，表弟安中寬過去跟隨木材商人出古北口，因走訪朋友來到古爾板蘇巴爾漢（民間俗稱三座塔，就是唐代的營州，遼代的興中府）。旅店主人說，山中有戶人家曾經捕捉到一隻鹿，捆綁著正要到溪邊去宰殺，忽然捆綁鹿的繩索一寸寸斷裂，鹿跳起來迅速逃走了。這時，遠遠看見對面山上一個戴斗笠的人，似乎舉手比劃，懷疑就是他用法術弄斷繩索的。這座山陡峭壁立，自古以來人蹤罕至，那人或許是神仙吧？

【研析】作者閒情逸致，記述傳聞故事，以抒發老年情懷。詩詞始終是作者之最愛，有所發現，往往不惜篇幅全詩抄錄。本章僅數百字，也記錄了在西山深處發現的兩首七言詩。這兩首詩含有山野閒情，頗有雅趣。至於仙蹤仙跡之事，讀者聊作小說看待，不必當真。

詩讖

先師何勵庵先生，諱琇，雍正癸丑❶進士，官至宗人府❷主事❸。宦途坎坷，貧病以終。著有《樵香小記》❹，多考證經史疑義，今著錄《四庫全書》❺中。為詩頗喜陸放翁❻。一日，作〈詠懷〉詩曰：「冷署蕭條早放衙，閒官風味似山家。偶來舊友尋棋局，絕少餘錢落畫叉❼。淺碧好儲消夏酒，嫣紅已到殿春花。鏡中頻看頭如雪，愛惜流光倍有加。」為余書於扇上。姚安公見之，沉吟曰：「何摧抑哀怨乃爾，殆神志已頹乎？」果以是年夏秋間謝世。古云詩讖❽，理或有之。

【章旨】此章記述了作者先師何勵庵仕途坎坷，晚年寫詩抒發自己壓抑哀怨的心懷，當年就貧病而死。他寫作的這首詩遂被認為是詩讖的故事。

【注釋】❶雍正癸丑　即清雍正十一年，西元一七三三年。❷宗人府　官署名。管理皇室宗族事務的機構。以親王任宗人令，其後事權歸於禮部。清代沿置，長官改稱宗令，其事務長稱府丞、理事官。❸主事　官名。本為雇員性質，不在正規職官之內。金元以後，始以士人為主，明代遂定為各部司官中最低之一級。清代相沿，進士分部，須先補主事，遞升員外郎、郎中。官階為正六品。❹樵香小記　書名。清雜學類筆記。何琇著。二卷。今有《四庫全書》本。❺四庫全書　參見本書卷十二〈李芳樹刺血詩〉則注釋❾。❻陸放翁　即陸游。南宋大詩人。字務觀，號放翁，山陰（今浙江紹興）人。官至寶章閣待制。晚年退居家鄉，一生創作詩歌很多，今存九千多首，內容極為豐富。有《劍南詩稿》、《渭南文集》、《南唐書》、《老學庵筆記》等。❼畫叉　張掛畫幅用的長柄叉。北宋文豪蘇軾在答秦太虛的書信中說，他被貶到黃州時，生活拮据，便把錢掛在屋樑上，每天用畫叉挑來用，以省吃儉用。❽詩讖　指詩人所賦詩無意中預示後事的朕兆。《南史・侯景傳》：「初，簡文〈寒夕〉詩云：『雪花無有蒂，冰鏡不安臺。』又〈詠月〉云：『飛輪了無轍，明鏡不安臺。』後人以為詩讖，謂無蒂者，是無帝。不安臺者，臺城不安。輪無轍者，以邵陵名綸，空有赴援名也。」

【語譯】先師何勵庵先生，名字叫琇，雍正十一年進士，官至宗人府主事。他仕途坎坷，貧病交加而去世。何先生著有《樵香小記》，內容大多考證經史疑義，如今已著錄在《四庫全書》中。何先生寫詩很喜歡南宋陸游的風格。一天，何先生寫了一首〈詠懷〉詩：「清冷的官署蕭條早就放衙，當閒官的風味就像當個山家。偶爾老朋友來尋我下局棋，絕少會有餘錢靠畫叉挑落。淺碧色的美酒好好儲存用來作為消夏之酒，殿前春花已姹紫焉紅地開放。經常對著鏡中看看自己頭白如雪，於是更加愛惜流逝的時光。」何先生替我把這首詩書寫在摺扇上。我的父親姚安公看到扇子上的詩作，沉思良久，說：「怎麼壓抑哀怨憂傷到如此地步，大概他的神志已經頹廢了吧？」果然，何先生就在這一年的夏秋之間去世了。古代所說的詩讖，或許是存在的。

【研析】一位老儒仕途坎坷，晚年貧病交加，心中哀怨難以言說，只能在自己詩作中曲折表述。古人說：「詩言志。」這首詩全然沒有了勃勃生氣，只有壓抑哀傷，正如作者父親姚安公所說的，其神志已經頹廢，對未來不抱任何希望。一個人如果對未來喪失信心，那麼離生命的終點也就不遠了。在這層意義上說這首詩是不祥之兆，也是合乎情理的。

鬼怪假託神靈

趙鹿泉前輩言：呂城❶，吳呂蒙❷所築也。夾河兩岸，有二土神祠。其一為唐汾陽王郭子儀❸，已不可解。其一為袁紹❹部將顏良❺，更不省其所自來。土人祈禱，頗有靈應。所屬境周十五里，不許置一關帝祠，置則為禍。有一縣令不信，值顏祠社會❻，親往觀之，故令伶人演《三國志》❼雜劇❽。狂風忽起，捲蘆棚苫蓋❾至空中，斗擲而下，伶人有死者；所屬十五里內，瘟疫大作，人畜死亡；令亦大病幾殆。余謂兩軍相敵，各為其主，此勝彼敗，勢不並存。此以公義殺人，非以私恨殺人也。其間以智勇之略，敗於意外者，其數在天，不得而尤人。以駑下之才，敗於勝己者，其過在己，亦不得而尤人。張睢陽❿厲鬼殺賊，以社稷安危，爭是一郡，是為君國而然，非為一己而然也。使功成事定之後，歿於戰陣者皆挾以為仇，則古來名將，無不為鬼所殛矣，有是理乎！且顏良受殲已久，越一二千年，曾無靈響，何忽今日而為神？何忽今日而報怨？揆以天理，殆必不然。是蓋廟祝師巫，造為詭語，山妖水怪，因民聽熒惑而依託之。劉敬叔《異苑》⓫

曰：「丹陽縣⑫有袁雙廟，真第四子也。真為桓宣武誅⑬，便失所在。太元⑭中，形見於丹陽，求立廟。未即就功，大有虎災。被害之家，輒夢雙至，催功甚急。百姓立祠，於是猛暴用息。常以二月晦，鼓舞祈祠，其日恆風雨。至元嘉⑮五年，設奠訖，村人邱都於廟後見一物，人面鼉⑯身，葛巾⑰，七孔端正而有酒氣。未知為雙之神，為是物憑也。」余謂來必風雨，其為水怪無疑，然則是事古有之矣。

【章旨】此章講述了呂城地區有座顏良祠，顏良因怨恨關羽而經常作祟的故事，作者引用前人著述，認為這是鬼怪假託神靈作祟害人以騙取祭祀。

【注釋】❶呂城　北宋屬丹陽縣，即今江蘇丹陽東南呂城鎮。明洪武九年（一三七六年）置巡檢司治此。❷呂蒙　字子明，三國汝南富陂（今安徽阜南東南）人。少依孫策部將鄧當，當死，代領其部屬。從孫權攻戰各地，任橫野中郎將。後隨周瑜、程普等大破曹操於赤壁。他接受孫權勸告，多讀史書、兵書，後魯肅見他，稱其「學識英博，非復吳下阿蒙」。魯肅卒，代領其軍，襲破關羽占領荊州。不久病死。❸郭子儀　唐大將。華州鄭縣（今陝西華縣）人。以武舉累官至天德使兼九原太守。因配合回紇兵收復長安、洛陽有功，升中書令，後又進封汾陽郡王。❹袁紹　字本初，東漢末汝南汝陽（今河南商水西南）人。初為司隸校尉。何進召董卓誅宦官，董卓未至而事洩，何進被殺，他盡殺宦官。董卓至京專朝政，袁紹逃奔冀州（今河北中南部），號召起兵攻董卓。後在各地方勢力的混戰中，成為當時地廣兵多的割據勢力。建安五年（二〇〇年）為曹大敗，不久病死。❺顏良　袁紹部將，勇猛無比。但後被關羽所殺。❻社會　參見本書卷三〈謀奪人妻〉則注釋❺。❼三國志　西晉陳壽撰。六十五卷，分〈魏〉、〈蜀〉、〈吳〉三志。紀傳體三國史。無表志。三志本獨立，後世始合為一書。為二十四史之一。❽雜劇　戲曲名詞。中國戲曲史上有多種以雜劇為名的表演形式，但其特點則各有不同。晚唐已有雜劇之名，唐李德裕《李文饒文集》卷十二：「雜劇丈夫兩人。」其後歷代均見此名。有宋雜劇、元雜劇、溫州雜劇、南雜劇等，通常多指元雜劇。❾苫蓋　茅草編的覆蓋物。《左傳》

襄公十四年：「乃祖吾離被苫蓋，蒙荊棘，以來歸我先君。」❿張睢陽　即張巡。唐鄧州南陽（今屬河南）人。安史之亂中與太守許遠共同作戰，守衛睢陽（今河南商丘）。在內無糧草，外無援兵的情況下，依靠人民堅守數月不屈。睢陽失守後，遭殺害。他在城破之時，向西而拜，說：臣當死為厲鬼以殺賊。⓫劉敬叔異苑　劉敬叔，南朝宋彭城（今江蘇徐州）人。起家中兵參軍。元嘉中官給事黃門郎。所著《異苑》，為志怪小說集。十卷。記述自先秦迄劉宋的怪異之事，尤以晉代為多。詞旨簡澹，無小說家猥瑣之習。⓬丹陽縣　今江蘇丹陽。在江蘇西南部，東北濱長江。有六朝陵墓。⓭真為桓宣武誅　《晉書》載：桓溫北伐，在枋頭大敗，桓溫怪罪袁真，將其廢為庶人。袁真在壽陽造反，後病死。部將擁立其子袁瑾，被桓溫生擒滅族。真，袁真，桓溫部將。桓宣武，即桓溫。字元子，東晉譙國龍亢（今安徽懷遠西）人。明帝婿。永和四年（三四五年）任荊州刺史，繼庾氏握長江上游兵權。專擅朝政。⓮太元　晉孝武帝的年號（三七六—三九六年）。⓯元嘉　南朝宋文帝的年號（四二四—四五三年）。⓰鼉　鱷魚的一種。也叫揚子鱷或鼉龍，是生活在長江中的我國特產動物。俗稱豬婆龍。丹陽一帶是其活動區域。⓱葛巾　用葛布製成的頭巾。葛布，表面有花紋的絲織品。用絲作經，棉或毛線作緯織成。如毛葛。

【語譯】趙鹿泉前輩說：呂城是三國時吳國大將呂蒙所建造的。夾著河道兩岸，有兩座土神祠。其中一座祭祀的是唐代汾陽王郭子儀，已經令人無法理解。另一座祭祀的是袁紹的部將顏良，更不清楚為什麼他的神祠會建在這兒。當地人祈禱，還很有靈驗。呂城所屬境內周圍十五里，不許設置一座關帝祠，一旦設置就會招致禍害。有一個縣令不相信，正值顏良祠舉辦廟會，他親自前往觀看，故意叫演員演《三國志》雜劇。忽然狂風大作，將演戲的蘆棚苫蓋捲到空中，絞成一團拋擲下來，有的演員竟然被砸死；呂城所屬十五里內，瘟疫大起，人和牲畜死亡無數；縣令也大病一場，幾乎死去。我認為兩軍對壘，各為自己的君主效力，此勝彼敗，勢不兩立。這是因為公義而殺人，而不是因為私恨而殺人。這裡面有人憑智慧與勇力的謀略，卻意外地遭受失敗，這是天意，不能怪罪他人。因為自己低下的才智，被強於自己的人打敗，那麼過錯在於自己，也不能怪罪他人。張睢陽成為厲鬼殺死賊人，以社稷安危為己任，爭奪這一個郡，是為了君王和國家才這樣做，而不是為了自己這樣做的。如果功成事定之後，那些戰死沙場的將士都挾此以為是仇恨，那麼自古以來名將就沒有不被怨鬼所殺的了，有這種道理嗎！況且顏良被殺已經很久遠了，過了一二千年都不曾顯示靈驗，為什麼今日忽然變成了神靈？為什麼今日忽然來報冤仇？以天理來衡量這件事，肯定不會是這樣的。這可能是廟祝巫師製造的胡說八道，山妖水怪因百姓受到迷信蠱惑而假託顏良的名字作怪。劉敬叔《異苑》說：「丹陽縣有座袁雙廟。袁雙是袁真的第四個兒子。袁真被桓宣武殺後，袁雙便不知去向。太元年間，袁雙在丹陽現形，要求百姓為他立廟。廟宇還沒有建成時，發生了大規模老虎吃人的災難。被老虎傷害的人家往往夢見袁雙到來，於是急促地催建祠廟。百姓建立了祠廟，老虎傷人的災難才得以平息。百姓經常在二月最後一天，到祠廟中歌舞祈禱，這一天經常風雨交加。到了元嘉五年，祭典完畢後，村人邱都在祠廟後面看到一個怪物，人頭鼉身，戴著葛布頭巾，眼鼻口耳等七孔端正而渾身酒氣。不知道這個袁雙的神靈，竟是這個怪物所依憑的。」我認為怪物一來必定伴隨颺風下雨，那肯定是水怪無疑。如此看來，這種假託神靈的事古已有之。

【研析】鬼魅假託神靈作祟，為害百姓，說來也是尋常之事。就是在人世間，那些狐假虎威者假借名義害人牟利，不是與鬼魅假託神靈作祟近似嗎？這就要求人們有股不怕鬼、不信邪，不畏名人、不怕官府的精神，只要堅信自己做的事是正義的、是正確的，就堅持不懈地完成它，任憑黑風摧城、泰山壓頂，我自歸然不動。

老狐兄弟爭鬥

舅氏張公夢徵（亦字尚文，諱景說）言：滄州吳家莊東一小庵，歲久無僧，恆為往來憩息地。有月作人❶，每於庵前遇一人招之坐談，頗相投契。漸與赴市沽飲，情益款洽。偶詢其鄉貫居址，其人愧謝曰：「與君交厚，不敢欺，實此庵中老狐也。」月作人亦不怖畏，來往如初。一日復遇，挈鳥銃相授曰：「余狎一婦，余弟亦私與狎，是盜嫂也。禁之不止，毆之則余力不敵。憤不可忍，將今夜伺之於路歧，與決生死。聞君善用銃，俟交鬥時，乞發以擊彼，感且不朽。月明如晝，君望之易辨也。」月作人諾之，即所指處伏草間。既而私念曰：「其弟無禮，誠當死。然究所媚之外婦，彼自有夫，非嫂也。骨肉之間，宜善處置，必致之死，不太忍乎？彼兄弟猶如此，吾時與往來，儻有睚眦，慮且及我矣。」因乘其糾結不解，發一銃而兩殺之。〈棠棣〉❷之詩曰：「兄弟鬩於牆，外禦其侮❸。」家庭交構，未有不歸於兩傷者。舅氏恆舉此事為子侄戒，蓋是人負兩狐歸，嘗目睹也。

【章旨】此章講述了一對狐狸兄弟因爭奪一個婦人，互相打鬥。兄長買通月作人，讓他趁機下手殺死弟弟。沒有想到那個月作人卻將這兩隻狐狸一併殺死的故事。告誡人們家庭間必須和睦相處的道理。

【注釋】❶月作人　按月受雇為人勞作的人。❷棠棣　《詩・小雅・棠棣》的篇名。棠棣也作「常棣」。是一首申述兄弟應該互相友愛的詩。棠棣，後常用以指兄弟。❸兄弟鬩於牆二句　意思是：「兄弟在家雖爭吵，卻能同抗外來的強暴。」

【語譯】舅舅張夢徵先生（他的字也叫尚文，名字叫景說）說，滄洲吳家莊東邊有一座小庵，年歲久遠沒有和尚居住，時常成為往來人們的休息場所。有一位月作人經常在小庵前遇到一個人招呼他坐下來交談，兩人談得很投機。兩人漸漸一起赴鬧市飲酒，感情更加融洽。月作人偶然詢問那人的籍貫、住址，那人慚愧地說：「與你交情深厚，不敢欺騙你，我實際上是住在這庵裡的老狐狸。」月作人聽了也不感到害怕畏懼，仍像往常那樣和他來往。一天，月作人又遇到那人，那人拿了一支鳥銃交給他，說：「我和一個婦人相好，我弟弟也私下與她偷情，這是與嫂嫂私通的行為。我制止他，他不聽從；與他打架，我又打不過他。我氣憤得忍無可忍，今晚我將在叉路口等著他，和他決一生死。聽說你善於打銃，等我們交手打鬥時，請你發銃擊斃他，我會永遠感激你的。夜晚月光明亮如同白天，你看過去很容易辨清我們的。」月作人答應那人的要求，就埋伏在那人指定地點的草叢中。埋伏好後月作人私下在想：「他的弟弟行為無禮，應該被處死。然而，推究他所喜歡的那個婦人，自己有丈夫，不是他弟弟的嫂子。兄弟骨肉之間，應當妥善處理這件事，一定要致弟弟於死地，不也太殘忍了嗎？他們兄弟之間尚且如此，我時常和他來往，倘若兩人產生小小的矛盾，他可能就會以同樣的手段報復我了。」這個月作人就乘兩隻狐狸扭打在一起的時候，發射一銃子彈，把兩隻狐狸都擊斃了。《詩經》的〈棠棣〉詩說：「兄弟在家雖爭吵，卻能同抗外來的強暴。」家庭內部鬧糾紛相互爭鬥，沒有不兩敗俱傷的。舅舅經常舉出這件事告誡子侄們，因為那個月作人背著兩隻狐狸回來，他曾經親眼看見的。

【研析】自古骨肉相殘，沒有不兩敗俱傷的。故而兄弟相爭，人們總是舉出《詩經．棠棣》加以規勸。而且，古代社會最重要的五種關係，即「五倫」之中，兄弟關係排在第四位，是封建倫理制度認為必須大力維護的社會關係之一。不管以任何原因引發的兄弟之爭，都會被認為是一種失禮。這雖然是古代宗法思想和宗法禮制的體現，但今天還是有其存在價值的。

失節與自贖

司庖❶楊媼言：其鄉某甲將死，囑其婦曰：「我生無餘資，身後汝母子必凍餓。四世單傳❷，存此幼子。今與汝約：不拘何人，能為我撫孤則嫁之，亦不限服制❸月日，食盡則行。」囑訖，閉目不更言，惟呻吟待盡。越半日，乃絕。有某乙聞其有色，遣媒妁請如約。婦雖許婚，以尚足自活，不忍行。數月後，不能舉火，乃成禮。合巹之夜，已滅燭就枕，忽聞窗外歎息聲。婦識其謦欬❹，知為故夫之魂，隔窗嗚咽，語之曰：「君有遺言，非我私嫁。今夕之事，於勢不得不然，君何以為祟？」魂亦嗚咽曰：「吾自來視兒，非來祟汝。因聞汝啜泣卸妝，念貧故使汝至於此，心脾淒動，不覺喟然耳。」某乙悸甚，急披衣起曰：「自今以往，所不視君子如子者，有如日。」靈語遂寂。後某乙耽玩豔妻，足不出戶。而婦恆惘惘如有失。某乙倍愛其子以媚之，乃稍稍笑語。七八載後，某乙病死，無子，亦別無親屬。婦據其資，延師教子，竟得游泮❺。又為納婦，生兩孫。至婦年四十餘，忽夢故夫曰：「我自隨汝來，未曾離此。因吾子事事得所，汝雖日與彼狎昵，而念念不忘我，燈前月下，背人彈淚。我皆見之，故不欲稍露形聲，驚爾母子。今彼已轉輪❻，汝壽亦盡，餘情未斷，當隨我同歸也。」數日果微疾，以夢告其子，不肯服藥，荏苒❼遂卒。其子奉棺合葬於故夫，從其志也。程子❽謂餓死事小，失節事大❾。是誠千古之正理，然為一身言之耳。此婦甘辱一身，以延宗祀❿，所全者大，似又當別論矣。楊媼能舉其姓氏里居，以碎璧歸趙⓫，究非完美，隱而不書。憫其遇，悲其志，為賢者諱也。又吾鄉有再醮故夫之三從表弟者，兩家所居，距一牛鳴地⓬。嫁後仍以親串禮回視其姑，三數日必一來問起居，且時有贍助，姑賴以活。歿後，出資斂葬，歲恆遣人祀其墓。又京師一婦，少寡，雖頗有姿首，而針黹⓭烹飪，皆非所能。乃謀於翁姑，偽稱己女，鬻為宦家妾，竟養翁姑終身。是皆墮節之婦，原不足稱；然不忘舊恩，亦足勵薄俗。君子與人為善，固應不沒其寸長。講學家持論務嚴，遂使一時失足者，無路自贖，反甘心於自棄，非教人補過之道也。

【章旨】此章講述了幾個寡婦改嫁，仍然奉養公婆子女的故事，對理學家不許寡婦改嫁的觀念提出了修正，認為只要奉養公婆和子女，她們的行為還是「足勵薄俗」的。

【注釋】❶司庖　廚師。❷四世單傳　指連續四代只有一個兒子傳宗接代。❸服制　古代服喪的制度，按與死者關係的遠近，分為斬衰、齊衰、大功、小功、緦麻五等。❹謦咳　輕輕的咳嗽聲。❺游泮　參見本書卷十二〈省悟得報〉則注釋❶。❻轉輪　即輪迴。參見本書卷四〈暫入輪迴〉則注釋❽。❼荏苒　形容時光漸漸過去。❽程子　一般指程頤、程顥二程兄弟。參見本書卷二〈農家少婦〉則注釋❽。此處特指程頤。❾餓死事小二句　封建禮教，歧視婦女，夫死不許再嫁，再嫁者稱為失節。宋道學家倡之於前，明清限制益嚴，為束縛婦女精神枷鎖之一。《二程全書》卷二二下〈伊川先生（程頤）語〉八下：「又問：或有孤孀貧窮無託者可再嫁否？曰：只是後世怕寒餓死，故有是說，然餓死事極小，失節事極大。」❿宗祀　對祖宗的祭祀。⓫碎璧歸趙　此處套用成語「完璧歸趙」，特指某甲妻子死後與某甲合葬。碎璧，指失身。此處指寡婦改嫁他人，已非完璧。⓬牛鳴地　牛叫所能聽到的地方。比喻離開不遠。⓭針黹　縫紉；刺繡。

【語譯】我家廚師楊老太太說：她的家鄉有個某甲將要去世時，叮囑自己妻子說：「我生前沒有剩餘的財產，我死後，你們母子倆必定要受凍挨餓。我家四世以來一直是單傳，只有這麼一個兒子傳宗接代。我現在和你約定：不管什麼人，能為我撫養孤兒的，你就嫁給他，也不要受喪期的限制，家裡的食物吃完就去嫁人吧。」叮囑完畢，某甲就閉上眼睛不再說話，只是呻吟著等死。過了半天，某甲才斷了氣死去。有個某乙聽說某甲妻子有姿色，派了媒婆來說親。某甲妻雖然答應了婚事，但因為還能過日子，不忍心馬上改嫁。幾個月後，家裡已經無法生火煮飯，才和某乙舉行了婚禮。結婚同房那天晚上，他們已吹熄蠟燭就寢，忽然聽到窗外有歎息聲。某甲妻熟悉那輕輕的咳嗽聲，知道是前夫的陰魂，就隔著窗戶流淚哭泣，對他說：「你有遺言在先，這不是我私自嫁人。今天晚上的事，從情理上講是不得不這樣做的，你為什麼要來作祟？」她前夫的幽魂也哭泣著說：「我自己是來看望兒子的，不是來作祟你們。我因為聽到你一邊抽泣一邊卸妝，想起因為貧窮才使得你這樣做，內心感到淒慘，不知不覺發出歎息聲了。」某乙十分害怕，急忙披衣起床說：「從今往後，我如果不將你的兒子當作自己的兒子看待，天上的太陽也不饒恕我。」那個幽魂才寂然不再說話。後來，某乙愛戀妻子的美麗，整天足不出戶。但某甲妻卻經常茫然若有所失。某乙加倍疼愛她的兒子，以此討取她的歡心，某甲妻才逐漸有了笑語。七八年後，某乙病死，沒有兒子，也沒有別的親屬。某甲妻擁有了他的資產，請老師教兒子讀書，兒子竟然考中秀才。某甲妻又給兒子娶了媳婦，生下兩個孫子。某甲妻子四十多歲時，忽然夢見前夫某甲說：「我自從跟隨你來到這裡，從來沒有離開過。因為我的兒子事事都有了著落，你儘管天天與某乙親昵，卻念念不忘我，燈前月下，背著別人流眼淚，我都看在眼裡，所以不想稍微顯露形跡聲音，以免驚嚇你們母子倆。如今某乙已經轉世投胎，你的壽命也到頭了，我們倆餘情沒有斷絕，你應該隨我同歸陰間。」幾天以後，某甲妻果真患了小毛病，她把那個夢告訴兒子，不肯服藥治病，時間不長就死去了。她的兒子將她與某甲合葬，遵從她的志願。程頤先生說：餓死事小，失節事大。這誠然是千古的正理，但這是就一個人自身來說的。這個婦人甘願辱沒自身，以求延續某甲的宗祀，她所成全的是大事，這似乎又應該另當別論。楊老太能說出某甲妻子的姓氏、居住地址，因為碎璧歸趙終究不是完美的事，所以我隱瞞而不把這些寫出來。這是同情她的遭遇，悲哀她的志節，才替賢慧的某甲妻子隱諱的。又，我的家鄉有一位寡婦，再嫁給前夫的三從表弟。表弟家與她原來的婆家距離很近。她改嫁後，仍然以親戚關係的身分去看望自己的婆婆。兩三天必然要回去一次探問婆婆起居情況，而且時常有所供養補助，她的婆婆因此而能存活下來。婆婆死後，她拿出錢來為婆婆收殮安葬，每年總是派人去掃墓。又，京城有一位婦女，年輕守寡，雖然很有姿色，但針線烹飪等活都不會做。她於是同公公、婆婆商量，假稱是他們的女兒，賣給仕宦人家做妾，居然憑此而贍養公公、婆婆終身。這些都是失節的婦女，原來不足以稱頌；但是，她們不忘舊恩，也足以勸勉澆薄的世俗。君子與人為善，本來就應該不埋沒她們的點滴善行。講學家持論太嚴，就使得一時失足的人，無法自贖罪孽，反而甘心自暴自棄，這不是教人改過自新的方法。

【研析】寡婦改嫁，在宋代以前，並不是一件值得關注的事。如在唐代，離婚極為普遍，再嫁也不以為非。唐代公主再嫁、三嫁者甚多，僅以唐肅宗以前諸帝公主計，再嫁者二十三人，三嫁者四人，沒有人提出非議。宋代理學提出「餓死事小，失節事大」後，隨著封建統治者的提倡，至明清兩代，已成為社會的主流思潮。儘管法律沒有規定寡婦不得改嫁，然而社會輿論已經將改嫁的寡婦看作是失節者，把寡婦改嫁看作是應該鄙夷的行為。在這種輿論引導下，婦女的地位愈加低下，她們的權益受到更大的限制。這是理學的黑暗一面。作者雖然對理學大加抨擊，但對這一迫害婦女的陋習還是贊成的，吹捧為「千古之正理」。由此，讀者對作者批評理學的不徹底性可以有一個比較直觀的認識。

讀書遇鬼

慧燈和尚言：有舉子於豐宜門外租小庵過夏，地甚幽僻。一日，得揣摩祕本❶，於燈下手鈔。聞窗外似窸窣有人，試問為誰。外應曰：「身是幽魂，沉滯於此，不聞書聲者百餘年矣。連日聽君諷誦，棖觸❷夙心，思一晤談，以消鬱結。與君氣類，幸勿相驚。」語訖，揭簾徑入，舉止溫雅，甚有士風。舉子惶怖，呼寺僧。僧至，鬼亦不畏，指一椅曰：「師且坐，我故識師。師素樸野，無叢林❸市井氣❹，可共語也。」僧及舉子俱踧踖❺不能答。鬼乃探取所錄書，才閱數行，遽擲之於地，奄然❻而滅。

【章旨】此章講述一個舉人夜晚讀書，引來愛書之鬼的故事。

【注釋】❶祕本　即祕書。指讖緯圖籙等朝廷禁止的書籍。❷棖觸　感觸。❸叢林　參見本書卷三〈老僧說法〉則注釋❷。❹市井氣　俗氣。❺踧踖　恭敬不安的樣子。❻奄然　忽然。《後漢書・侯霸傳》：「未及爵命，奄然而終。」

【語譯】慧燈和尚說：有一位舉人在豐宜門外租了一座小庵度夏，那個地方十分幽靜偏僻。一天，舉人正在揣摩得到的祕本，在燈下親手抄寫。他聽到窗外窸窸窣窣的聲音，好像有人在活動，就試探著問是誰。窗外回答說：「我是幽魂，滯留在這裡，有一百多年沒有聽到讀書聲了。連日來聽你朗誦，觸動了我平素之心，想同你會談一次，以消除胸中壘塊。我與你同是讀書人，請不用驚慌。」說完話，他就揭開門簾徑直走了進來，舉止溫雅，頗有士人風度。舉人驚嚇恐懼，呼叫寺裡的僧人。寺裡僧人到來，那個鬼也不畏懼，指著一張椅子說：「師父姑且請坐，我早已認識您。您一向質樸自然，沒有人世間的市儈氣息，我們可以一起談談。」寺僧和舉人都局促不安，不能答話。鬼就拿過舉人所抄錄的書，才閱讀幾行，便急忙擲在地上，忽然消失了。

【研析】鬼愛聽讀書聲，生前當是讀書人，故而死後還念念不忘。然而那位舉人卻不解風情，叫來和尚，遂使一場好戲被大煞風景。不過估計那個鬼喜歡的是正經典籍詩文，對那些圖讖之類的祕本書籍並無多大興趣。於是才會翻閱數行，就將書「擲之於地，奄然而滅」了。

巨蛇報復

楊雨亭言：萊州❶深山，有童子牧羊，日恆亡一二，大為主人撲責。留意偵之，乃二大蛇從山罅❷出，吸之吞食。其巨如甕，莫敢攖也。童子恨甚，乃謀於其父，設犁刀於山罅，果一蛇裂腹死。懼其偶之報復，不敢復牧於是地。時往潛伺，寂無形跡，意其他徙矣。半載以後，貪是地水草勝他處，仍驅羊往牧。牧未三日，而童子為蛇吞矣。蓋潛匿不出，以誘童子之來也。童子之父有心計，陽❸不搜索，而陰祈營弁❹藏一炮於深草中，時密往伺察。兩月以外，見石上有蜿蜒痕，乃載燧❺夜伏其旁。蛇果下飲於澗，簌簌有聲。遂一發而糜碎焉。還家之後，忽發狂自撾曰：「汝計殺我夫，我計殺汝子，適相當也。我已深藏不出，汝又百計以殺我，則我為枉死矣，今必不捨汝。」越數日而卒。俚諺有之曰：「角力不解，必同仆地；角飲❻不解，必同沉醉。」斯言雖小，可以喻大矣。

【章旨】此章講述巨蛇與人冤冤相報的故事。

【注釋】❶萊州　州、府名。治所在今山東掖縣。❷罅　縫隙。❸陽　通「佯」。假裝。❹營弁　綠營兵。❺燧　古代取火的用具。❻角飲　指比喝酒。

【語譯】楊雨亭說：在萊州的深山裡，有一個少年放牧羊群，這群羊每天都要丟失一兩隻，因此遭到主人嚴厲責備和懲罰。少年於是留意查看，原來是兩條大蛇從石縫裡爬出來，把羊吸過去吞食了。這兩條蛇的蛇身像酒甕那樣粗，少年不敢去觸犯。少年非常憤怒，就和父親一起商量，把犁刀放在石縫中，一條蛇果然在游出時，腹部被犁刀剖裂而死。少年擔心會遭到另一條蛇的報復，不敢再去那個地方放牧羊群，但時常偷偷到那裡去觀察，寂然沒有任何蛇的形跡，心想那條蛇已遷移到別處去了。半年之後，少年貪圖那個地方的水草勝過別處，仍然趕著羊群去放牧。放牧不到三天，少年就被那條蛇吞食了。原來那條蛇隱匿不出來，是為了引誘少年的到來。少年的父親很有心計，表面上不去搜尋那條蛇，暗地裡卻讓士兵把一門炮藏在深草叢中，時常祕密去窺伺偵察。兩個月以後，他看到岩石上有蛇蜿蜒爬過的痕跡，就在夜裡帶著火石埋伏在炮的旁邊。那條蛇果然下來到溪澗飲水，發出簌簌的聲音。他就發射一炮把那條蛇炸得粉碎。回家之後，他忽然發狂地自己打自己耳光，說：「你用計殺死我的丈夫，我用計殺死你的兒子，正好兩相抵消。我已經深藏不出來了，你又想盡各種方法來殺死我，那麼我就是屬於冤屈而死了，今天必定不會放過你。」過了幾日，少年父親就死去了。民間有諺語這樣說：「如果角力而大家都不罷手，必然一同仆倒在地；如果角飲而大家都不罷手，必然一同沉湎醉鄉。」這話講的雖是小事，但可以隱喻大事。

【研析】巨蛇的報復可以說是毫無道理，因為其貪吃牧童的羊隻在先，而且偷吃不止一隻，遭到牧童懲罰是咎由自取，怨不得別人。然而巨蛇非要報復，連傷兩條人命，想來那條巨蛇即使在陰間也會遭到懲罰的。作者的感歎似乎也屬於沒有道理。兩人角鬥，不罷手自然會兩敗俱傷。然而，遭到侵害而就忍聲吞氣，處處退讓，這樣自然可能會少了些爭鬥，卻肯定會多了些弱肉強食的現象。只有弱者不畏強暴，敢於挺身與惡勢力鬥爭，才會使得惡勢力減少作惡，世界才會變得太平。

凡事皆非偶然

孟鷺洲自記巡視臺灣事曰：「乾隆丁酉❶，偶與友人扶乩，乩贈余以詩曰：

『乘槎❷萬里渡滄溟❸，風雨魚龍會百靈❹。海氣粘天迷島嶼，潮聲簸地走雷霆。鯨波❺不阻三神島❻，鮫室❼爭看二使星❽。記取白雲飄渺處，有人同望蜀山❾青。』

時將有巡視臺灣之役，余疑當往。數日，果命下。六月啟行，八月至廈門❿，渡海，駐半載始歸。歸時風利，一晝夜即登岸。去時飄蕩十七日，險阻異常。初出廈門，即雷雨交作，雲霧晦冥⑪。信帆而往，莫知所適。忽腥風觸鼻，舟人曰：『黑水洋也。』其水比海水凹下數十丈，闊數十里，長不知其所極。黝然而深，視如潑墨。舟中搖手戒勿語，云其下即龍宮，為第一險處，度此可無虞矣。至白水洋，遇巨魚鼓鬣⑫而來，舉其首如危峰障日，每一撥剌，浪湧如山，聲砰訇如霹靂，移數刻始過盡。計其長，當數百里。舟人云來迎天使，理或然歟？既而颶風四起，舟幾覆沒。忽有小鳥數十，環繞檣竿。舟人喜躍，稱天后⑬來拯。風果頓止，遂得泊澎湖⑭。聖人在上，百神效職，不誣也。遐思所歷，一一與詩語相符，非鬼神能前知歟？時先大夫尚在堂，聞余有過海之役，命兄到赤嵌⑮來視余。遂同登望海樓，並末二句亦巧合。益信數皆前定，非人力所能為矣。戊午⑯秋，扈從灤陽，與曉嵐宗伯話及。宗伯方草《灤陽續錄》，因書其大略付之，或亦足資談柄耶。」（以上皆鷺洲自序）考唐鍾輅⑰作《定命錄》，大旨在戒人躁競，毋涉妄求。此乩仙預告未來，其語皆驗，可使人知無關禍福之驚恐，與無心聚散之蹤跡，皆非偶然，亦足消趨避之機械矣。

【章旨】此章記述了孟鷺洲自己寫下的奉旨巡視臺灣時的渡海見聞，與其在京城扶乩，請下的乩仙所寫的下壇詩正相吻合，作者遂認為凡事皆非偶然。

【注釋】❶乾隆丁酉　即清乾隆四十二年，西元一七七七年。❷乘槎　神話謂乘木筏上天。《博物志》卷三：「天河與海通，近世有人居海渚者……乘槎而去。」此處指乘船赴臺灣。❸滄溟　海水瀰漫。常用來指大海。唐元稹〈俠客行〉：「此客此心師海鯨，海鯨露背橫滄溟。」❹百靈　百神。漢人班固〈東都賦〉：「禮神祇，懷百靈。」❺鯨波　比喻驚濤駭浪。❻三神島　即蓬萊、方太、瀛洲三島。在渤海中，傳說為仙人所居。❼鮫室　指鮫人所居之室，《搜神記》載：南海之外，有鮫人水居如魚。❽二使星　指二位使者。事見《後漢書・李郃傳》。漢和帝時派使者微服到州縣觀采風謠。使者二人到益都。投李郃舍。郃問曰：「二君發京師時，寧知朝廷遣二使邪？」二人問：「何以知之？」郃指星示云：「有二使星向益州分野，故知之耳。」❾蜀山　蜀地山岳的泛稱。唐白居易〈長恨歌〉：「蜀江水碧蜀山青，聖主朝朝暮暮情。」❿廈門　今福建廈門。在福建東南沿海。⓫晦冥　昏暗。⓬鬣　指魚龍之屬頷旁的鬐。杜牧〈華清宮三十韻〉：「鯨鬣掀東海，胡牙揭上陽。」⓭天后　海神名。據傳說宋莆田林愿第六女，卒後曾屢顯應於海上，元至元中封天妃神號，清康熙時又加封為天后。⓮澎湖　群島名。在臺灣西部、臺灣海峽中，有大小六十四島。⓯赤嵌　古城名。在今臺灣臺南。臺南市周圍地區原有赤嵌社之稱，是臺灣開發最早的地區。⓰戊午　即清嘉慶三年，西元一七九八年。⓱鍾輅　唐太和中人。官崇文館校書郎，有《前定錄》一卷。（按：《唐書・藝文志》作鍾簵。此從《四庫全書總目提要》。）

【語譯】孟鷺洲自己記錄巡視臺灣之事說：「乾隆四十二年，我偶然與朋友扶乩，乩仙降壇贈詩給我說：『乘著木筏萬里渡過大海，風雨魚龍都來會見百靈。海氣粘連著天空島嶼迷失，潮聲簸動大地走響雷霆。鯨波沒有阻礙三神島，鮫室爭相觀看二使星。記取在白雲縹緲的地方，有人和你一同遙望蜀山青青。』當時朝廷將有巡視臺灣的差事，我猜想應當會派我前往。幾日後，皇帝的旨命果然下來。我們六月從京城啟程，八月到達廈門。渡過大海後，我們在那裡駐留半年才返回，歸來時正好順風，一晝夜就登岸了。去的時候卻在海上漂蕩了十七天，歷盡艱險。船剛駛出廈門，就遇上雷雨交加，雲霧瀰漫，天昏地暗。

只好任憑風吹著船帆，不知船會漂到哪裡去。忽然一陣腥風撲鼻而來，船夫們說：『這是到了黑水洋。』這裡的水比其他海面凹下去幾十丈，寬有幾十里，長度則不知道它的邊際。海水黑黝黝深不見底，看上去像一灘潑灑的墨汁。船夫搖手告誡大家不要說話，他說這水面下就是龍宮，是海上的第一危險的地方，渡過這裡便沒有什麼可擔心的了。船航行到白水洋，遇到巨大的魚豎起脊鰭游來，舉起頭如同高高的山峰遮蔽了日光，每翻騰一下，浪頭湧起如同小山，聲音砰訇響如霹靂。過了幾刻鐘那條巨大的魚才游過去，估計牠的長度當有幾百里。船夫說這是來迎接皇帝派遣的使臣的，或許是這樣吧？不久，颶風四起，我們乘坐的船差點傾覆沉沒。忽然，有幾十隻小鳥飛來，環繞在桅竿旁。船夫欣喜跳躍，說是天后來拯救我們。說著，颶風果然頓時停止了，於是船就停泊在澎湖。有聖人在上，百神就會效力，這不是假話。回想自己的經歷，每一件事都與詩中的話相符合，莫非是鬼神有先知嗎？當時先父在世，聽說我有渡海的差事，就叫哥哥到赤嵌來看望我。我們一起登望海樓，與詩中最後兩句的意思也正巧相合。我更加相信命數是前世注定，絕不是人力能辦到的。嘉慶三年秋天，我隨從皇帝來到灤陽，與宗伯紀曉嵐談及此事，紀宗伯正在寫作〈灤陽續錄〉，我就寫出大意交給他，或許也可以成為一種談資。」（原注：以上都是孟鷺洲的自序）考唐代鍾輅的《定命錄》，主旨在於勸戒人們不要性急而好與人爭權勢，不要妄想非分奢求。這個乩仙預告未來，詩中的話語都已靈驗，可以使人們知道產生與禍福無關的驚恐和與聚散無關的蹤跡，都不是偶然的，這也足以讓人打消趨福避禍的心機了。

【研析】自康熙皇帝收復臺灣，清廷就在臺灣設立了官署衙門，負責管理臺灣事務，還時常派遣使者巡訪臺灣。此則就是記載朝廷派遣使者巡視臺灣時，途中遇風浪巨魚，最終平安抵達臺灣的過程。但寫作者的用意並不在此，其主旨在說明接受朝廷使命出發前的一場扶乩，乩仙降壇詩所預示的與其經歷完全吻合。故作者感歎凡事「皆非偶然」，告誡人們不要動心計去做那些趨福避禍的事了。

妖不勝德

高密❶單作虞言：山東一巨室，無故家中廩❷自焚，以為偶遺火也。俄怪變數作，闔家大擾。一日，廳事上砰磕有聲，所陳設玩器❸俱碎。主人性素剛勁，厲聲叱問曰：「青天白日之下，是何妖魅，敢來為祟？吾行訴爾於神矣！」樑上朗然應曰：「爾好射獵，多殺我子孫。銜爾次骨❹，至爾家伺隙八年矣。爾祖宗澤厚，福運未艾，中霤神❺、灶君❻、門尉❼禁我弗使動，我無如何也。今爾家兄弟外爭，妻妾內訌，一門各分朋黨，儼若寇仇。敗徵已見，戾氣❽應之，諸神不歆爾祀，邪鬼已闞爾室，故我得而甘心焉。爾尚憒憒哉！」其聲憤厲，家眾共聞。主人悚然有思，撫膺太息曰：「妖不勝德，古之訓也。德之不修，於妖乎何尤？」乃呼弟及妻妾曰：「禍不遠矣，幸未及也。如能共釋宿憾，各逐私黨，翻然一改其所為，猶可以救。今日之事，當自我始。爾等聽我，祖宗之靈，子孫之福也；如不聽我，我披髮入山矣。」反覆開陳，引咎自責，淚涔涔漬衣袂。眾心感動，並伏几哀號，立逐離間奴婢十餘人。凡彼此相軋之事，並一時頓改。執豕於牢❾，歃血盟神曰：「自今以往，懷二心者如此豕！」方彼此謝罪，聞樑上頓足曰：「我復仇而自漏言，我之過也夫！」歎詫而去。此乾隆八九年間事。

【章旨】此章講述了山東一大戶人家因家庭不和睦，引來妖魅作祟。這家人幡然省悟，家庭和睦，妖魅只得離去的故事，說明「妖不勝德」的道理。

【注釋】❶高密　縣名。在山東東部。❷廩　儲藏糧食的倉庫。❸玩器　指古玩器皿。❹次骨　猶言入骨。形容程度極深。❺中霤神　參見本書卷四〈痴鬼情深〉則注釋❿。❻灶君　參見本書卷十三〈灶神〉則注釋❷。❼門尉　參見本書卷四〈痴鬼情深〉則注釋❽。❽戾氣　邪惡之氣。❾牢　關牲畜或野獸的欄圈。此指豬圈。

【語譯】高密縣的單作虞說：山東有一大戶人家，家裡的糧倉無緣無故起火自焚，主人以為是偶然失火所引起的。不久，家裡又屢屢發生奇怪的事情，把全家人弄得心神不安。一天，廳堂上發出砰磕的響聲，陳設在那裡的古玩器物全都破碎了。主人性格向來剛勁，於是就厲聲叱問說：「青天白日之下，是什麼妖魅敢來作祟？我將到神靈面前控訴你的罪行。」只聽見屋樑上高聲應答說：「你喜好射獵，殺了我很多子孫。我對你恨之入骨，到你家等候機會已經八年了。你祖宗恩澤深厚，福運未盡，中霤神、灶君、門神禁止我不要亂動，我也無可奈何。如今你家兄弟相爭於外，你家妻妾互相爭鬥於內，一家人各自分了朋黨，簡直就像仇人一樣。敗落的跡象已經顯現，邪惡之氣相應而生，諸位神靈已經不享用你家的祭祀，邪鬼已在窺視你的家門，所以我可以稱心快意地作祟害你了。你卻還處在昏憒糊塗之中！」那個聲音憤怒而宏亮，全家人都聽到了。主人聽了恐懼而反思，拍著胸脯歎息說：「妖魅無法勝過德行，這是古代的訓示。我家沒有好好修養德行，對妖魅有什麼好責怪的？」主人就叫來弟弟及妻妾，說：「我們離禍害不遠了，幸虧還沒有到來。我們如果能夠放下以前的怨仇，每人趕走自己的私黨，幡然改變自己的所作所為，還可以挽救。今天的事，應當從我做起。你們聽從我，那是祖宗的神靈起了作用，也是子孫的福氣；你們如果不聽從我，我就披散頭髮入山林隱居去了。」他反覆開導勸說，引咎自責，淚水涔涔濕透衣裳。大家內心感動，一起伏在桌子上哀傷號哭，立刻驅逐十多個挑撥離間的奴婢。凡是彼此間相互傾軋的事，都立刻改掉。大家從豬圈裡牽來豬，對神歃血盟誓說：「從今往後，懷有二心的人都像這頭豬一樣的下場！」眾人正在彼此謝罪，聽到屋樑上踩腳的聲音，說：「我本想復仇，自己卻說漏了嘴，這是我的過錯啊！」說完，歎息詫異著離去。這是發生在乾隆八、九年間的事。

【研析】家庭是社會的最小細胞，是社會穩定的基石，也是家庭成員賴以寄託感情的場所。故而俗話說：「家和萬事興。」古人也十分重視家庭的作用，甚至把「齊家」放在「治國平天下」之前，就是充分認識到家庭的重要性。此章所講的家庭矛盾是一般家庭都會遇到的，然而處置不當，就會引來外部勢力的趁虛而入，從而加速家庭的衰敗；如果處置得當，善於吸取教訓，痛改前非，重新讓家庭和睦，還是能夠挽回既往的損失的。作者講述這個故事，就是想告誡人們，家庭和睦，才能得到幸福生活。

兩處空花

侍姬明玕，粗知文義，亦能以常言成韻語❶。嘗夏夜月明，窗外夾竹桃❷盛開，影落枕上，因作〈花影〉詩曰：「絳桃映月數枝斜，影落窗紗透帳紗。三處婆娑❸花一樣，只憐兩處是空花。」意頗自喜。次年竟病歿。其婢玉臺，侍余二年餘，年甫十八，亦相繼夭逝。「兩處空花」，遂成詩讖。氣機❹所動，作者殊不自知也。

【章旨】此章講述了作者的一個侍妾寫了一首花影詩，意境淒婉，卻正好印證了她自己的命運的故事。

【注釋】❶韻語　指押韻的文詞。特指詩詞。❷夾竹桃　植物名。夾竹桃科。常綠灌木。葉對生或三枚輪生，夏季開花，花桃紅色或白色，呈頂生的聚傘花序。❸婆娑　猶扶疏。形容枝葉紛披。張籍〈新桃〉詩：「桃生葉婆娑，枝葉四面多。」❹氣機　參見本書卷五〈解夙因〉則注釋⓫。

【語譯】我的侍妾明玕粗略懂得文章的含義，也能用平常的語言作詩。她曾經在一個夏天的夜晚，月光明亮，照著窗外盛開的夾竹桃，花影落在枕頭上，因而即興寫了一首〈花影〉詩：「絳紅色的桃花映照著月光有數枝傾斜，花影落在窗紗上透過帳紗。三處婆娑的花影都一樣，只是可憐兩處是空花。」詩寫成後她自己很有點喜悅的情緒。第二年，她竟然因病去世了。她的婢女玉臺，侍候我兩年多，年齡才十八歲，也相繼早逝了。「兩處空花」於是就成為詩讖。實際上，生命的氣機已有所觸動，只是作者自己沒有意識到而已。

【研析】侍妾明玕頗有才情，所作〈花影〉詩借物抒情，淒婉哀怨，不禁令人感傷。作者作為詩人，對明玕這首詩中流露的傷感不可能沒有體察。只是解鈴還須繫鈴人，作為明玕的主人，他不可能給予明玕自由之身，故而明玕的哀怨只能在詩中抒發了。有如此哀怨的年輕女子，怎麼可能長壽，她的夭亡也就在意料之中了。作者給她的夭亡定義為詩讖，是真的不知道明玕的哀怨，還是有意迴避呢？就不得而知了。

褊急之氣頓消

一庖人❶隨余數年矣，今歲扈從灤陽，忽無故束裝❷去，借住於附近巷中。蓋挾余無人烹飪，故居奇❸以索高價也。同人皆為不平，余亦不能無憤恚。既而忽憶武強❹劉景南官中書❺時，極貧窘，一家奴偃蹇❻求去。景南送之以詩曰：「飢寒迫汝各謀生，送汝依依尚有情。留取他年相見地，臨階惟歎兩三聲。」忠厚之言，溢於言表。再三吟誦，覺褊急❼之氣都消。

【章旨】此章講述跟隨作者的一個廚師忽然辭職，意在謀取高薪；作者本來氣憤難平，後來讀了他人的一首詩，不平之氣頓消的故事。

【注釋】❶庖人　廚師。❷束裝　整理行裝。❸居奇　即奇貨可居的意思。❹武強　縣名。在河北中部偏南、滏陽河下游。❺中書　參見本書卷六〈詩讖〉則注釋❻。❻偃蹇　驕傲；傲慢。❼褊急　氣量狹隘，性情急躁。

【語譯】一位廚師跟隨我已有好幾年了，今年我隨從皇帝來到灤陽，他忽然無緣無故整理行李離去了，借住在附近的街巷中。原來他是以沒有人為我烹飪來要挾我，想要以奇貨可居來索取高價。同事們都為我抱不平，我也不能不因此氣憤。不久，我忽然想起武強縣的劉景南任中書時，家裡極其貧窮困窘，一個家奴傲慢地請求離去。劉景南寫了詩送他說：「因為飢寒迫使你我各自謀生，送別你依依尚且還有別情。留取他年重新相見的餘地，臨別對著石階只有歎息兩三聲。」他的忠厚性情，溢於言表。我再三吟誦這首詩，覺得自己狹隘的怒氣都已消失了。

【研析】趁人之危，要挾高價，確實令人氣憤。然而氣憤他人就是懲罰自己，這個道理想來也有許多人懂得，但事到臨頭，往往不能自已。如作者已是七十多歲高齡，早已過耳順之年，進入物我兩忘的隨心所欲階段，卻仍為此事而耿耿於懷，可見要拋開人間恩怨不是件易事。好在作者誦讀了一首平心靜氣的詩作，恍然省悟，不再為此事鬱悶生氣，也不愧是明智之人。

卷二十 灤陽續錄二

滿盈取禍

一館吏❶議敘❷得經歷❸，需次❹會城❺，久不得差遣❻，困頓殊甚。上官有憐之者，權令署典史❼。乃大作威福，復以氣焰轢❽同僚，緣是以他事落職。邵二雲❾學士偶話及此，因言其鄉有人方夜讀，聞窗櫺有聲，諦視之，紙裂一罅，有兩小手擘之，大才如瓜子。即有一小人躍而入，彩衣紅履，頭作雙髻，眉目如畫，高僅二寸餘。掣案頭筆舉而旋舞，往來騰踏❿於硯上，拖帶墨瀋⓫，書卷俱汙。此人初甚錯愕，坐觀良久，覺似無他技，乃舉手撲之，噭然就執。蹉跼掌握之中，音呦呦如蟲鳥，似言乞命。此人恨甚，徑於燈上燒殺之，滿室作枯柳木氣，迄無他變。煉形甫成，毫無幻術，而肆然侮人以取禍，其此吏之類歟！此不知實有其事，抑二雲所戲造，然聞之亦足以戒也。

【章旨】此章講述了一個小吏剛做官就志滿意得，欺凌同事遂被免職的故事，說明做人不應自滿驕盈的道理。

【注釋】❶館吏　指四庫全書館吏員。清乾隆三十七年設四庫全書館纂修《四庫全書》。經十年始成。❷議敘　清制考核官事以後，對成績優良者給以議敘，以示獎勵。議敘之法有二，一加級，二紀錄。又由保舉而任用之官亦稱議敘，如議敘知縣之類。❸經歷　官名。明清的布政司、按察使均設經歷，職掌出納文書。❹需次　候補官員遞次以進，故稱候補為需次。❺會城　省城。《儒林外史》第一回：「這山東雖是近北省分，這會城卻也人物富庶，房舍稠密。」❻差遣　此指實際職務。❼署典史　署，代理；暫任。典史，明清時知縣之下掌管緝捕、獄囚的屬官。❽轢　削弱；毀謗。❾邵二雲　即邵晉涵。字與桐，一字二雲，號南江，清餘姚（今浙江餘姚）人。乾隆進士。入四庫全書館，官至侍讀學士。博聞強識，於經學、史學無不研究。參加纂修「續三通」、《八旗通志》等書。著有《韓詩內傳考》、《方輿金石編目》、《輶軒日記》、《南江詩文集》等。❿騰踏　提起腳踏或踢。⓫墨瀋　墨汁。

【語譯】四庫全書館的一個吏員經過考核，得到經歷的任職資格，他到省城按次序等候補缺，時間很久了還沒有得到實際職務，生活非常困難。上級官員中有人憐憫他，暫時讓他擔任代理典史。他當了官就作威作福，又氣焰囂張、欺凌同事，因為這個緣故被上司藉口其他事撤消了職務。邵晉涵學士偶然說到這件事，附帶說起他的家鄉有個人一天夜裡正在讀書，聽到窗格上有聲音，仔細一看，窗戶紙裂開了一條小縫，有兩隻小手正在拉開它，小手的大小就像瓜子那樣。隨即有一個小人跳進屋子來，身上穿著彩色衣服，腳上穿著紅鞋，頭上紮著雙髻，長得眉清目秀就像畫的一樣，而身高僅有二寸多。這個小人拿著桌子上的毛筆舉起來旋轉舞蹈，在硯臺上來來回回跳來跳去，把墨汁拖帶著到處都是，連書籍畫卷都被汙染了。這個讀書人起初很驚訝，坐著觀看了很久，覺得這個小人似乎沒有別的技能，於是就伸手捕捉小人，小人嗷嗷叫著被讀書人抓住。只見小人捲縮在讀書人的手掌中，發出呦呦如同鳥蟲鳴叫的聲音，似乎是在說饒命。讀書人非常憤恨，逕自在油燈上燒殺了這個小人，滿房間都是枯柳木的氣味，始終沒有其他的變怪。那個妖魅剛剛修煉人形成功，毫無變幻的法術，卻放肆地侮辱別人以至於招禍身亡，他與那位館吏大概屬於同一類型的吧。這件事不知道是實有其事，還是邵晉涵開玩笑編造出來的，但是聽到這個故事也足以引以為戒了。

【研析】稍有成功就氣焰囂張，欺凌他人，沒有不招致失敗的。如果那個官員能夠低調行事，那個小人兒能夠韜光養晦，他們怎麼可能招致免職、丟命的橫禍呢？古人說：「滿招損，謙受益。」這不僅僅是做人的原則，也是閱世已久的過來人的肺腑之言。作者講述這個故事，無非也是提醒世人，處世應低調行事，不囂張蠻橫、不盛氣凌人，走的路自然會平坦得多。

魂猶報國

昌吉❶守備❷劉德言：昔征回部❸時，因有急檄，取珠爾士斯路馳往。陰晦失道❹，十餘騎皆迷，裹糧垂盡，又無水泉，姑坐樹根，冀天晴辨南北。見崖下有人馬骨數具，雖風雪剝蝕❺，衣械並朽，察其形制，似是我兵。因對之慨歎曰：「再兩日不晴，與君輩在此為侶矣。」頃之，旋風起林外，忽來忽去，似若相招。試縱馬隨之，風即前導；試暫憩息，風亦不行，曉然知為斯骨之靈。隨之返行三四十里，又度嶺兩重，始得舊路，風亦欻然❻息矣。眾哭拜之而去。嗟乎！生既捐軀，魂猶報國；精靈長在，而名氏翳如❼，是亦可悲也已！

【章旨】此章講述了一隊騎兵在執行任務途中迷路，幸虧得到為國捐軀的將士英魂引導指路，才得以脫離險境的故事。

【注釋】❶昌吉　參見本書卷三〈廝養巴拉〉則注釋❹。❷守備　武官名。清代綠營統兵官，分領營兵。❸回部　即「回疆」。清代對新疆天山南路的通稱。因天山南路為維吾爾族所聚居，清代稱維族為「纏回」，故名。❹失道　迷失道路。❺剝蝕　物體受侵蝕而損壞。❻欻然　忽然。《莊子・庚桑楚》：「出無本，入無竅。」晉郭象注：「欻然自生，非有本。欻然自死，非有根。」欻，通「忽」。❼翳如　湮滅無聞。

【語譯】昌吉守備劉德說：過去征討回族叛亂時，因為有緊急檄文，就取道珠爾士斯路騎馬奔馳前往。當時天氣陰暗，故而迷失了道路，十幾個騎兵都迷了路，隨身帶的糧草也快吃完了，又沒有找到飲水或泉水，大家姑且坐在樹底下，希望天色放晴時能夠辨別方向。大家看到山崖下有幾具人和馬的屍骨，雖然經過風雪的侵蝕而損壞，衣服和兵械都已朽爛，但觀察這些東西的形狀和式樣，似乎是我方的士兵。大家因而對著屍骨感歎道：「再過兩天，天氣不放晴，我們就和你們在這裡成為夥伴了。」不一會兒，一陣旋風在樹林外颳起來，忽來忽去，似乎像是在招呼他們。大家試著縱馬跟隨旋風而去，旋風就在前面引導；大家試著暫時休息，旋風也停下不往前行，大家省悟到那是屍骨的靈魂。大家跟著旋風往回走了三四十里路，又越過兩座山嶺，才找到原路，這時旋風也忽然停息了。大家哭著跪拜屍骨靈魂後才離去。嗚呼！活著時為國捐軀，成為幽魂還在報效祖國。他們的精靈永存，然而他們的姓名卻隱沒了，這也確實可悲啊！

【研析】中國從來就不缺少忠臣義士。忠義報國的思想已經滲入中華民族的骨髓，是民族精神的重要支柱，是民族文化的重要組成部分。作者講述這個故事，主旨就在弘揚忠義報國的精神。其實，作者最後的那句感歎未免多餘。英烈們為國捐軀，並沒有想過青史留名，也沒有指望過後人的瞻仰。他們只是覺得應該這樣去做，也就這樣做了。正因為如此，他們更加值得後人的景仰。

說神仙

謂無神仙，或云遇之；謂有神仙，又不恆遇。劉向❶、葛洪❷、陶宏景❸以來，記神仙之書，不啻百家；所記神仙之名姓，不啻千人。然後世皆不復言及。後世所遇，又自有後世之神仙。豈保固精氣，雖得久延，而究亦終歸遷化❹耶？又神仙清淨，方士幻化，本各自一途。諸書所記，凡幻化者皆曰神仙，殊為無別。有王媼者，房山❺人，家在深山。嘗告先母張太夫人曰：山有道人，年約六七十，居一小庵，拾山果為糧，掬泉而飲，日夜擊木魚❻誦經，從未一至人家。有就其庵與語者，不甚酬答，饋遺❼亦不受。王媼之侄傭於外，一夕，歸省母，過其庵前。道人大駭曰：「夜深虎出，爾安得行！須我送爾往。」乃琅琅擊木魚前導。未半里，果一虎突出。道人以身障之，虎自去，道人不別亦自去。後忽失所在。此或似仙歟？從叔梅庵公言：嘗見有人使童子登三層明樓上（北方以覆瓦者為「暗樓」，上層作雉堞❽形以備禦寇者為「明樓」），以手招之，翩然而下，一無所損。又以銅盂投溪中，呼之，徐徐自浮出。此皆方士禁制之術，非神仙也。舅氏張公健亭言：磚河❾農家，牧數牛於野，忽一時皆暴死。有道士過之，曰：「此非真死，為妖鬼所攝耳。急灌以吾藥，使臟腑勿壞。吾為爾劾治，召其魂。」因延至家，禹步❿作法。約半刻，牛果皆蹶然⓫起。留之飯，不顧而去。有知其事者曰：「此先以毒草置草中，後以藥解之耳。不肯受謝，示不圖財，為再來熒惑⓬地也。吾在山東，見此人行此術矣。」此語一傳，道士遂不復至。是方士之中，又有真偽，何概曰神仙哉！

【章旨】此章講述了幾個有關神仙和方士施行方術的小故事，並區分神仙和方士的不同。

【注釋】❶劉向　參見本書卷七〈徼外之鬼當有〉則注釋❻。❷葛洪　東晉道教理論家、醫學家、煉丹術家。字稚川，自號抱朴子，丹陽句容（今屬江蘇）人。著有《抱朴子・內篇》、《神仙傳》等。❸陶宏景　南朝齊梁時期道教思想家、醫學家。字通明，自號華陽隱居，丹陽秣陵（今南京）人。仕齊拜左衛殿中將軍。入梁，隱居句曲山（茅山）。梁武帝禮聘不出，但經常向他諮詢朝廷大事，人稱山中宰相。著有《真誥》、《陶氏效驗方》、《藥總訣》等。❹遷化　指人死。《漢書・外戚傳上》：「忽遷化而不反兮，魄放逸以飛揚。」❺房山　今北京房山區。❻木魚　佛教法器名。木製，刻為魚形，誦經時敲之，以調音節。❼饋遺　饋贈。❽雉堞　城上排列如齒狀的矮牆，作掩護用。❾磚河　即今河北滄州西南磚河鎮。❿禹步　參見本書卷一〈李公遇仙〉則注釋⓫。⓫蹶然　疾起。⓬熒惑　迷惑；炫惑。

【語譯】如果說沒有神仙，有人就會說遇到過神仙；如果說有神仙，人們卻又不經常遇到。劉向、葛洪、陶宏景以來，記載神仙的書籍，不下於一百家，所記載神仙的姓名，不下於一千人。然而，後人都不再說起這些神仙。後世人們所遇到的，又自有後世的神仙。難道說神仙保存鞏固精氣，雖然能夠得以延長生命，然而終究也要歸結於死亡了嗎？又說神仙清淨，方士幻化，本來各自都有各自的一條路，各書所記載的，凡是能夠幻化的都稱為神仙，很少加以區別。有一個王老太太，是房山縣的人，家住在深山之中，她曾經告訴先母張太夫人說：山中有一位道士，年紀約六七十歲，居住在一個小庵中，拾取山裡的野果作糧食，掬取泉水而飲用，日夜敲木魚誦經，從來沒有到過百姓家去。有人來到這座小庵裡和他交談，他不太與人家應酬答話，別人的饋贈他也不接受。王老太太的侄兒在外地當傭工，一天晚上，他回家來探望母親，經過那座小庵前。道士非常驚駭地說：「夜深了老虎出來，你怎麼能夠趕路，必須由我送你前往。」道士於是就琅琅地敲著木魚在前面引路。還沒走出半里路，果然一隻老虎突然跳出來。道士用身體擋著他，老虎自己就離去了，道士沒有和他告別也自己走了。後來，這個道士忽然不知去向。這位道士或許就像是神仙吧？我的堂叔梅庵公說，他曾經看見一個人叫一個兒童登上三層高的明樓上（北方把屋頂覆蓋瓦片的樓房稱之為「暗樓」，樓房頂層作雉堞形用來防禦盜賊的樓房稱之為「明樓」），用手招呼他，那個兒童就翩然跳了下來，身體一點都沒有受傷。這個人又把銅盂投入溪水中，呼叫那個銅盂，那個銅盂就從溪水中慢慢浮了出來。這些都是方士所禁止制造的幻術，而不是神仙。我的舅舅張健亭先生說，滄州磚河鎮有戶農家，在曠野外放牧幾頭牛，幾頭牛忽然都在一時間暴死。有位道士來拜訪他，說：「這些牛不是真的死亡，是牠們的魂被妖魔鬼怪攝去了。立即把我配的藥給這些牛灌下去，可以使這些牛的內臟不損壞。我為你鎮駭那些妖魔鬼怪，召回牛的靈魂。」這個農民就把道士請到家中，道士邁禹步作法。大約過了半刻鐘，那幾頭牛果然都突然站立起來。那個農民留道士吃飯，道士連頭都不回就走了。有知道這個道士內情的人說：「這是道士事先把毒草放在牛吃的青草中，然後再用藥來解毒罷了。他不肯接受農民的感謝，是表示他不貪圖錢財，為下次再來迷惑人們作準備。我在山東時，已經看見過他施行這種騙術了。」這句話一傳開，道士就不再來了。這樣說來，在方士之中又有真的和假的，怎麼可以把他們都稱之為神仙呢！

【研析】世上本無神仙，也無長生不老之藥，但人們為尋仙問道，尋求長生不老而樂此不疲。早在三千年前，就有穆天子西遊崑崙山向西王母求長生藥；過了一千年，又有秦始皇、漢武帝搞出好幾齣尋仙求藥的鬧劇，蓬萊仙島沒有找到，仙人也不可能尋見，長生不老之藥自然更是霧中花、水中月了，徒留下歷史的嘲諷，貽笑後人。近二千年後，作者卻還要論說神仙與方士的區別，論說神仙、方士的均有真假之別，真不知說作者是迂腐呢？還是痴迷不悟呢？

輕薄招侮

李南澗言，其鄰縣一生，故家子❶也。少年佻達❷，頗漁獵男色。一日，自親串家飲歸，距城稍遠，雲陰路黑，度不及入，微雪又簌簌下。方躊躇間，見十許步外有燈光，遣僕往視，則茅屋數間，四無居人，屋中惟一童一嫗。問：「有棲止處否？」嫗曰：「子久出外，惟一孫與我住此。尚有空屋兩間，不嫌湫隘❸，可權宿也。」遂呼童繫二馬樹上，而邀生入坐。嫗言老病須早睡，囑童應客。童年約十四五，衣履破敝，而眉目極姣好。試挑與言，自吹火煮茗❹，不甚答。漸與諧笑，微似解意，忽乘間悄語曰：「此地密邇❺祖母房，雪晴當親至公家乞賞也。」生大喜慰，解繡囊玉玦❻贈之，亦羞澀而受。軟語良久，乃掩門持燈去。生與僕倚壁倦憩，不覺昏睡。比醒，則屋已不見，乃坐人家墓柏下，狐裘貂冠，衣褲靴襪，俱已褫無寸縷矣。裸露雪中，寒不可忍，二馬亦不知所在。幸僕衣未褫，乃脫其敝裘蔽上體，蹩躠❼而歸，詭言遇盜。僕二馬識路自歸，已盡剪其尾鬣。衣冠則得於溷中，並狼藉汙穢，灼然非盜。無可置詞，僕始具洩其情狀。乃知輕薄招侮，為狐所戲也。

【章旨】此章講述了一個世家子弟因行為輕浮，而遭到狐仙戲弄的故事。

【注釋】❶故家子　世家子弟。❷佻達　輕薄；戲謔。❸湫隘　低下狹小。❹煮茗　煮茶。茗，茶的通稱。如香茗、品茗。❺密邇　貼近。《國語．魯語下》：「齊師退而後敢還，非以求遠也，以魯之密邇於齊，而又小國也。」❻玉玦　佩玉的一種，其形如環而有缺口。古代的玩飾。❼蹩躠　跛行；匍匐而行。

【語譯】李南澗說：他家鄉鄰近的某縣有個書生，是世家子弟。這個書生年輕輕浮，很喜歡漁獵男色。一天，他從親戚家飲酒回家，因為離縣城較遠，雲層陰暗，道路昏黑，估計已經來不及趕進城裡，小雪又簌簌地落下。這個書生正在猶豫之際，看到十幾步外有燈光，便派僕人前往察看，原來是幾間茅屋，四周沒有鄰居，屋子裡只有一個童子一個老婦人。僕人問他們：「有沒有住宿的地方？」老婦人回答說：「兒子長期出門在外，只有一個孫子和我居住在這裡。還有兩間空房，如果不嫌棄房間低下狹小，你們可以暫且住下吧。」老婦人於是叫童子把兩匹馬繫在樹上，邀請那個書生進屋坐。老婦人說自己年老多病必須早睡，叮囑童子招待客人。那童子年紀大約十四五歲，身上穿的衣服鞋子都很破舊，然而容貌卻長得非常俊俏漂亮。這個書生試著與他說話來挑逗他，童子自顧吹爐火煮茶，不怎麼答話。書生漸漸地與他開玩笑，那個童子似乎有點理解書生的意思，忽然乘機悄悄地對書生說：「這裡靠近祖母房間，等雪晴之後，我會親自到您家去乞求賞賜的。」書生非常歡喜慰藉，解下身上佩戴的繡囊玉玦送給童子，童子也羞澀地接受了。兩人說了很長時間的親熱話，才關上門拿著燈離去。書生和僕人靠著牆壁疲倦地歇息，不知不覺中昏睡過去。等到兩人醒過來，那房屋卻已經不見了，兩人竟坐在人家墓地的松柏下。書生的狐皮裘衣和貂皮頭冠，以及衣服褲子靴襪，都被脫到身上不剩一根布絲。書生光著身子裸露在雪地裡，冷得無法忍受，兩人騎的兩匹馬也不知去向。幸而僕人的衣服沒有被脫去，書生就脫下僕人的破衣遮蔽著上身，十分狼狽地回了家，書生謊稱自己路上遇到強盜。一會兒，兩匹馬認得道路自己歸來，牠們的尾鬣已被全部剪去。衣褲靴帽則在糞坑中發現，都狼藉汙穢不堪，顯然不是被強盜搶劫的。那個書生無法找別的託詞，僕人才把真實情況洩露出來。人們才知道書生行為輕薄而招致侮辱，被狐狸所戲弄了。

【研析】聖人曾說：「非禮勿視，非禮勿聽，非禮勿言，非禮勿動。」這種要求對於常人而言，未免太高；然而言行端莊，舉止得體卻還是做人的本分。這個青年就是因為自己的輕薄，遭到狐仙的懲治。雖說這只是個寓言故事，卻也值得世人記取，而作者的用心也正在此。

臨陣指揮若定

戊子❶昌吉之亂，先未有萌也。屯官❷以八月十五夜，犒諸流人❸，置酒山坡，男女雜坐，屯官醉後逼諸流婦❹使唱歌，遂頃刻激變，戕殺屯官，劫軍裝庫，據其城。十六日曉，報至烏魯木齊。大學士溫公促聚兵。時班兵散在諸屯，城中僅一百四十七人，然皆百戰勁卒，視賊蔑如❺也。溫公率之即行，至紅山口❻，守備劉德叩馬曰：「此去昌吉九十里，我馳一日至城下，是彼逸而我勞，彼坐守而我仰攻，非百餘人所能辦也。且此去昌吉皆平原，瑪納斯河❼雖稍闊，然處處策馬可渡，無險可扼，所可扼者此山口一線路耳。賊得城必不株守，其勢當即來。公莫如駐兵於此，借陡崖遮蔽。賊不知多寡，俟其至而扼險下擊，是反攻為守，反勞為逸，賊可破也。」溫公從之。及賊將至，德左執紅旗，右執利刃，令於眾曰：「望其塵氣，雖不過千人，然皆亡命之徒，必以死鬥，亦不易當。幸所乘皆屯馬，未經戰陣，受創必反走。爾等各擎槍屈一膝跪，但伏而擊馬，馬逸則人亂矣。」又令曰：「望影鳴槍，則槍不及賊，火藥先盡，賊至反無可用。爾等視我旗動，乃許鳴槍；敢先鳴者，手刃之。」俄而賊眾槍爭發，砰訇❽動地。德曰：「此皆虛發，無能為也。」迨鉛丸擊前隊一人傷，德曰：「彼槍及我，我槍必及彼矣。」舉旗一揮，眾槍齊發。賊馬果皆橫逸，自相衝擊。我兵噪而乘之，賊遂殲焉。溫公歎曰：「劉德狀貌如村翁，而臨陣鎮定乃爾。參將❾都司❿，徒善應對趨蹌耳。」故是役以德為首功。然捷報不能縷述曲折，今詳著之，庶不湮沒焉。

【章旨】此章講述了在昌吉叛亂發生時，一位中下級軍官指揮一百多名士兵一舉殲滅千餘名叛賊的故事。

【注釋】❶戊子　即清乾隆三十三年，西元一七六八年。昌吉之亂發生在乾隆三十二年（一七六七年），戊子似為丁亥之誤。❷屯官　掌管屯田事務的官員。❸流人　此處指被流放邊疆的犯人。❹流婦　被流放犯人的妻子；流放的女犯人。❺蔑如　輕視。❻紅山口　在新疆烏魯木齊西北郊。當地山色都是紅色，故稱。山上佛教寺廟林立。❼瑪納斯河　河流名。在新疆維吾爾自治區準噶爾盆地西南部。源出天山北麓，北流入瑪納斯湖。❽砰訇　響聲宏大。李白〈梁甫吟〉：「雷公砰訇震天鼓，帝旁投壺多玉女。」❾參將　參見本書卷八〈鑿井築城〉則注釋⑯。❿都司　參見本書卷十四〈新菌〉則注釋❶。

【語譯】乾隆三十三年昌吉發生了一場叛亂，叛亂發生前沒有一點跡象。當地的屯官因為是八月十五中秋節的夜晚，犒勞流放的犯人，在山坡上設置酒席，男男女女混雜坐在一起。屯官喝醉酒之後，逼迫諸多流放的女犯人唱歌，於是頃刻間就激發了事變。流放犯人殺死了屯官，搶劫軍用倉庫，占據昌吉城。十六日拂曉，緊急公文報到烏魯木齊。大學士溫公督促集合士兵。當時班兵分散在各個屯裡，烏魯木齊城中只有一百四十七人，但都是身經百戰的勁兵，非常輕視叛賊。溫公率領這些士兵立刻出發，軍隊走到紅山口時，守備劉德在溫公馬前叩見說：「這裡距離昌吉九十里，我們騎馬奔馳一天到達城下，這是他們安逸而我們疲勞，他們坐守而我們仰攻，這不是一百多人的兵力所能制勝的。而且這裡到昌吉一路都是平原，瑪納斯河雖然比較寬闊，然而到處騎著馬就可以渡河，沒有險要之地可以扼守，所能扼守的只有這個山口一線的道路而已。叛賊奪得城池必定不會死守，他們勢必會立即來進攻。您不如把軍隊駐守在這裡，借助陡峭的山崖隱蔽。叛賊不知道我們的軍隊有多少，等到他們來到這裡而我軍扼守險要地形趁勢向下衝擊，這樣是反攻為守，反勞為逸，叛賊就能被打敗了。」溫公遵從他的建議。等到叛賊快要來到時，劉德左手拿著紅旗，右手拿著鋒利的快刀，命令士兵們說：「我從他們揚起的塵埃來看，雖然不過千把人，但都是亡命之徒，勢必拼死戰鬥，也不容易抵擋。幸好他們所騎的都是些耕田的屯馬，沒有經歷過戰陣，受到創傷一定會往回跑。你們每人各拿一桿火槍屈一個膝蓋跪在地上，只管趴在那裡朝著馬射擊。馬逃散了那麼叛賊就會大亂了。」劉德又命令說：「看見叛賊的影子就放槍，那麼槍彈還沒打到叛賊，火藥倒先用光了，叛賊來到面前反而沒有火藥可用了。你們看到我的旗子搖動後，才允許放槍。誰敢先放槍的，我就立刻殺了他。」一會兒，叛賊們的火槍爭先恐後地鳴放，乒乒乓乓的槍聲震天動地。劉德說：「這些槍彈都是憑空亂放的，沒有什麼作用。」等到叛賊的槍彈擊傷前隊一名士兵時，劉德說：「叛賊的槍彈能打到我們，我們的槍彈也必然能夠打到他們了。」他舉起旗子一揮，大家的火槍一齊鳴發。叛賊騎的馬果然都亂奔亂跑，互相衝撞。我方士兵叫喊著衝殺過去，於是叛賊就被殲滅了。溫公感歎地說：「劉德的外貌如同一個鄉村老頭，然而臨陣殺敵卻如此鎮定。參將、都司那些將官，只是善於官場應對禮節而已。」所以，這一場平叛戰鬥以劉德為首功。然而捷報不能詳細敘述戰鬥的曲折經過，我如今詳細地記敘下來，也算是沒有湮沒劉德的功績了。

【研析】《孫子》有言：「知己知彼，百戰不殆。」這位劉守備就是能夠做到知己知彼的指揮者，故而能打勝仗，但作者在文章中並沒有說及溫公的作用。其實，一員軍官本事再強，還需有人賞識，給予他施展本事的天地，他才能盡情施展自己的才華。而那位溫公用人恰恰能夠不拘一格，才能讓劉守備指揮軍隊獲得大勝。如果那個溫公剛愎自用，不肯聽取劉守備之言，這場戰鬥豈能獲勝？因此，溫公的虛懷若谷，從善如流，不拘一格用人，也可說是這場戰鬥獲勝的原因之一。

神顯威靈

由烏魯木齊至昌吉，南界天山，無路可上；北界葦湖❶，連天無際，淤泥深丈許，入者輒滅頂。賊之敗也，不西還據昌吉，而南北橫奔，悉入絕地，以為惶遽迷瞀❷也。後執俘訊之，皆曰驚潰之時，本欲西走。忽見關帝❸立馬雲中，斷其歸路，故不得已而旁行，冀或匿免也。神之威靈，乃及於二萬里外。國家之福祚，又能致神助於二萬里外。螞蜂螳斧❹，潢池❺盜弄何為哉！

【章旨】此章講述了在平定昌吉叛亂時，據說有關帝顯靈幫助平叛的故事。

【注釋】❶葦湖　在新疆輪臺，四面環水，湖中廣生蘆葦。❷迷瞀　亦作「迷鶩」。猶迷亂。瞀，亂。❸關帝　即關羽。參見本書卷二〈嫁禍於神〉則注釋❹。❹螞蜂螳斧　比喻微弱的力量。引申為不堪一擊的武裝。❺潢池　即天潢，本星名，轉義為天子之池。《漢書・龔遂傳》：「(龔)遂對曰：『海瀕遐遠，不霑聖化，其民困於飢寒，而吏不恤，故使陛下赤子，盜弄陛下之兵於潢池中耳。』」後以「弄兵潢池」為造反的諱稱。

【語譯】從烏魯木齊到昌吉去，道路的南面是天山，沒有路可走；道路的北面是葦湖，湖面一望連天，無邊無際，湖中的淤泥深達一丈左右，走進去就會遭到沒頂之災。叛賊被打敗後，不往西逃回去據守昌吉，而是往南北兩個方向奔逃，都跑進了無路可走的絕地，人們認為他們是因為驚惶失措才迷失方向的。後來抓住俘虜審訊，俘虜們都說兵敗驚慌潰散之時，本來想往西逃走。忽然看見關帝騎馬站立在雲中，阻斷了他們的歸路，所以不得已才往兩旁逃跑，希望或許能夠隱匿逃脫。神的威嚴靈驗，能夠達到二萬里路之外；國家的福祚，又能使得神靈的幫助達到二萬里路之外。小小叛賊聚集叛亂，又能有什麼作用呢！

【研析】正如作者前文所說平定昌吉叛亂，關鍵在於溫公用人得當，劉守備指揮若定，叛賊行動失誤，幾方面因素的湊合，才能獲得勝利，根本無關神靈之事。卻不知作者為何要把關羽搬來助陣。其實，關羽狂妄自大，剛愎自用，故有敗走麥城之舉。靠他輔佑，也是打不了勝仗的。

忠義赫爾喜

昌吉未亂以前，通判❶赫爾喜奉檄調至烏魯木齊，核檢倉庫。及聞城陷，憤不欲生，請於溫公曰：「屯官激變，其反未必本心。願單騎迎賊於中途，諭以利害。如其縛獻渠魁❷，可勿勞征討；如其梟獍❸成群，不肯反正，則必手刃其帥，不與俱生。」溫公阻之不可，竟櫜鞬❹馳去，直入賊中，以大義再三開導。賊皆曰：「公是好官，此無與公事。事已至此，勢不可回。」遂擁至路旁，置之去。知事不濟，乃掣刀奮力殺數賊，格鬥而死。當時公論惜之曰：「屯官非其所屬，流人非其所治，無所謂徇縱❺也。釁起一時，非預謀不軌，無所謂失察❻也。奉調他出，身不在署，無所謂守禦不堅與棄城逃遁也。所刦者軍裝庫❼，營弁所掌，無所謂疏防也。於理於法，皆可以無死。而終執『城存與存，城亡與亡』之一言，甘以身殉。推是志也，雖為常山❽、睢陽❾可矣。」故於其柩歸，罔不哭奠。而於屯官之殘骸歸（屯官為賊以鐵剉❿自踵寸寸剉至頂。亂定後，始掇拾之），無焚一陌⓫紙錢者。

【章旨】此章講述了原任昌吉通判的赫爾喜在昌吉叛亂爆發時，挺身出去阻止叛亂，最後壯烈殉國的故事。

【注釋】❶通判　參見本書卷二〈知命〉則注釋❺。❷渠魁　首領。古代統治階級稱武裝反抗者或敵對一方的首腦。《書・胤征》：「殲厥渠魁，脅從罔治。」❸梟獍　參見本書卷八〈某甲與某乙〉則注釋❶。❹櫜鞬　指整束馬鞍裝備。❺徇縱　徇私縱容。《三國演義》第四四回：「大軍到處，不得擾民。賞勞罰罪，並不徇縱。」❻失察　疏於檢查監督。❼軍裝庫　軍用倉庫。❽常山　指唐人顏杲卿。字昕，京兆萬年（今陝西西安）人。天寶十四年（七五五年）

安祿山叛亂，他任常山（今河北正定）太守。與從弟顏真卿起兵斷安祿山後路。次年因常山被史思明攻破而遭殺害。❾睢陽　指唐人張巡。參見本書卷十九〈鬼怪假託神靈〉則注釋❿。❿鐵鍘　鐵製刀具。⓫陌　錢一百文。《舊五代史・五章傳》：「官庫出納緡錢，皆以八十為陌。」緡錢，成串的錢。

【語譯】昌吉沒有發生叛亂之前，昌吉通判赫爾喜奉命調到烏魯木齊，負責核查檢驗倉庫。等到聽說昌吉城被攻陷時，他憤怒得不想活了，向溫公請求說：「屯官激起事變，叛賊造反未必出自他們真心。我願意獨自一人騎馬去途中迎候他們，用利害關係來勸諭他們。如果他們把罪魁禍首捆綁送上，就可以不必煩勞您率軍征討了；如果他們都是豺狼成性之徒，不肯返歸正途，我一定會殺死他們的頭目，和他們同歸於盡。」溫公阻止他不可以去，他竟然備好座騎奔馳而去，徑直衝入叛賊隊伍中，以朝廷大義再三開導他們。叛賊們都說：「您是個好官，這件事與您無關。事情發展到這種地步，勢必不可挽回了。」叛賊們於是把他擁送到路旁，放下他就離去了。赫爾喜知道勸說已無濟於事，就拔出刀來奮力殺死幾個叛賊，與叛賊格鬥而死。當時的公眾輿論惋惜他說：「屯官不是他的部屬，流放犯人不是他管理的，根本無所謂徇私縱容壞人的罪名。叛亂事件一時間爆發，不是預先謀畫造反，也說不上失於檢查監督的罪名。奉命調往別處任職，自己不在官署，也說不上守備防禦不堅固和放棄城池逃走的罪名。叛賊劫奪的軍器庫，是綠營士兵所把守的，也無所謂疏於防範的罪名。不管是從道理上說還是從法律上說，他都可以不要去死。然而，他始終遵循『城池存在與之共存，城池亡陷與之俱亡』的這樣一句話，甘願以身殉國。推想他的志向氣節，即使是比作常山的顏杲卿、睢陽的張巡，也是可以的。」所以在他的靈柩扶歸中原的時候，沒有人不哭奠他的。而在屯官的殘骸歸葬的時候（屯官是被叛賊用鐵鍘從腳開始一寸寸地零碎鍘到頭頂，叛亂平定後，才把他的屍體收攏起來），沒有燒一陌紙錢送他的人。

【研析】忠義之士永遠得到人們的尊敬和景仰，而那些胡作非為、激起民變之徒，永遠被人們所不齒。作者記述赫爾喜的事跡，其用意也是為其留名青史，教化百姓。赫爾喜可以感到欣慰，他的名字和他的事跡將與作者的這本名著永遠共存。而讀者也正是通過《閱微草堂筆記》，才得以知曉赫爾喜的事跡。

紀夢二首

朱青雷言：曾見一長卷❶，字大如杯，怪偉極似張二水❷。首題「紀夢十首」，而蠹蝕❸破爛，惟二首尚完整可讀。其一曰：「夢到蓬萊❹頂，瓊樓❺碧玉山。波浮天半壁，日湧海中間。遙望仙官立，翻輪野老❻閒。雲帆三十丈，高掛徑西還。」其二曰：「鬱鬱長生樹，層層太古苔。空山未開鑿，元氣尚胚胎。靈境❼在何處？夢遊今幾回？最憐魚鳥意，相見不驚猜。」年月姓名，皆已損失，不知誰作也。嘗為李玉典書扇，並附以跋。或曰：「此青雷自作，託之古人。」然青雷詩格婉秀如秦少游❽〈小石調〉❾，與二詩筆意不近。或又曰：「詩字皆似張東海❿。」《東海集》⓫余昔曾見，不記有此二詩否，待更考之。（青雷跋謂：前詩後四句，未經人道。然昌黎⓬詩：「我能屈曲自世間，安能從汝求神仙？」即是此意，特襲取無痕耳。）

【章旨】此章記述了朱青雷所說的兩首紀夢詩，並查考了詩作的源流。

【注釋】❶長卷　指長的橫幅書畫卷。❷張二水　即張瑞圖。明代著名畫家。字長公，號二水，晉江（今福建晉江）

人。萬曆進士。因為依附魏忠賢，官至建極殿大學士。善畫山水，尤工書法。與邢侗、米萬鍾、董其昌齊名，時稱「邢張米董」。❸蠹蝕　指被蟲蛀壞。清俞樾《春在堂隨筆》卷五：「舊稿蠹蝕不復存，今僅能追憶一二語。」❹蓬萊　參見本書卷十三〈苦樂無盡境〉則注釋❼。❺瓊樓　瑰麗堂皇的建築物。詩文中有時指仙宮中的樓臺。清龔自珍〈天仙子〉詞：「天仙偶厭住瓊樓，乞得人間一度遊。」❻野老　村野老人。❼靈境　泛指風景名勝之地。唐柳宗元〈界圍岩水簾〉詩：「靈境不可狀，鬼工諒難求。」❽秦少游　北宋詞人。名觀。字少游、太虛，號淮海居士，高郵（今屬江蘇）人。曾任祕書省正字，兼國史院編修等職。著有《淮海集》。❾小石調　樂府篇名。❿張東海　即張弼。明松江華亭（今上海松江）人。字汝弼，自號東海。成化進士。官南安知府時，治績甚著。善詩文，工草書。他曾經自言：「吾書不如詩，詩不如文。」⓫東海集　別集名。張弼撰。⓬昌黎　即唐代大文豪韓愈。參見本書卷一〈鬼牒〉則注釋❾。

【語譯】朱青雷說：他曾看過一幅書法長卷，字像杯子那麼大，筆力怪奇壯偉，極像張瑞圖的書法。卷首題寫著「紀夢十首」，卻被蠹蟲蛀蝕得破爛不堪，只有兩首詩還完整可以閱讀。其一寫道：「夢中到了蓬萊山頂，上有瓊樓碧玉山。波浪上飄浮著藍天半壁，紅日湧動在大海中間。遙望仙官站立在那兒，反而不如村野老人悠閒自在。雲帆高達三十丈，高高掛起徑直西還。」其二寫道：「鬱鬱蔥蔥的長生樹，層層疊疊的太古苔。空山從來沒有經過開鑿，元氣尚處於胚胎狀態。靈境在什麼地方呢？夢遊至今已經第幾回？最喜歡游魚飛鳥之意，相見時不會驚嚇猜疑。」詩寫作時的年月姓名都已損壞，不知道是誰作的。朱青雷曾經用這兩首詩為李玉典書寫扇面，並附上跋語。有人說：「這是朱青雷自己寫的詩，而假託於古人。」然而，朱青雷詩的風格委婉秀麗像秦少游的〈小石調〉，和這兩首詩的筆意不接近。又有人說：「這兩首詩和書法都像是張東海的。」《東海集》，我以前曾經讀過，不記得是否有這兩首詩，只有留待以後再查考了。（朱青雷的跋語認為：前一首詩的後面四句，從來沒有人說起過。然而，韓愈的詩：「我能屈曲自世間，安能跟從你求神仙？」就是這個意思，只不過那四句詩襲用韓愈詩卻不露痕跡而已。）

【研析】這兩首詩表達的意境曠達自在。作者不求得道成仙，卻求悠閒無拘。這種生活是許多士大夫們所追求的。許多士大夫喜歡追求閒暇無拘的生活，即使入朝為官，但在內心深處還是嚮往著那種田園風光：

與三五知己煮茗論詩，把酒賞菊。這種生活，即使今天，仍然是許多知識分子嚮往的。作者雖然為官數十年，但其內心深處，仍然萌動著這種希望。文章末尾，作者略微賣弄了自己的淵博。這也是士大夫們的通病，積習難改。

人而狐

同郡有富室子，形狀擁腫，步履蹣跚；又不修邊幅，垢膩❶恆滿面。然好遊狹斜❷，遇婦女必注視。一日獨行，遇幼婦，風韻❸絕佳。時新雨泥濘，遽前調之曰：「路滑如是，嫂莫要扶持否？」幼婦正色曰：「爾勿憒憒，我是狐女，平生惟拜月❹煉形，從不作媚人採補事。爾自顧何物，乃敢作是言，行且禍爾！」遂掬沙屑灑其面。驚而卻步，忽墮溝中，努力踊出，幼婦已不知所往矣。自是心恆惴惴，慮其為祟，亦竟無恙。數日後，友人邀飲，有新出小妓侑酒。諦視，即前幼婦也。疑似惶惑，罔知所措，強試問之曰：「某日雨後，曾往東村乎？」妓漫應曰：「姊是日往東村視阿姨，吾未往也。姊與吾貌相似，公當相見耶？」語殊恍惚，竟莫決是怪是人，是一是二，乃託故逃席去。去後，妓述其事曰：「實憎其醜態，且懼行強暴，姑詭以偽詞，冀求解免。幸其自仆，遂匿於麥場積柴後。

不虞其以為真也。」席中莫不絕倒。一客曰：「既入青樓，焉能擇客？彼固能千金買笑者也，盍挈爾詣彼乎？」遂偕之同往，具述妓翁姑及夫名氏，其疑乃釋（妓姊妹即所謂大楊、二楊者，當時名士多作〈楊柳枝詞〉，皆借寓其姓也）。妓復謝以小時固識君，昨喜見憐，故答以戲謔，何期反致唐突，深為歉仄，敢抱衾枕以自贖。吐詞嫻雅，姿態橫生，遂大為所惑，留連數夕。召其夫至，計月給夜合❺之資。狎昵經年，竟殞於消渴❻。先兄晴湖曰：「狐而人，則畏之，畏死也。人而狐，則非惟不畏，且不畏死，是尚為能充其類也乎？『行且禍汝』，彼固先言。是子也死於妓，仍謂之死於狐可也。」

【章旨】此章講述一個富家子雖然因為害怕狐仙，沒有與狐仙交往；卻因為好色而喪失生命的故事。

【注釋】❶垢膩　骯髒。❷狹斜　小街曲巷。多指妓院。古樂府有〈長安有狹斜行〉，述少年冶遊之事。❸風韻　風度，韻致。唐李白〈贈宣州靈源寺仲濬公〉詩：「風韻逸江左，文章動海隅。」後多指婦女的神態。❹拜月　指月夜拜見月亮，是傳說中狐仙修煉的一種方法。❺夜合　合歡的別名。這裡指賣身。❻消渴　古代稱糖尿病為消渴症。

【語譯】我的家鄉有一個富家子弟，他長得體態臃腫，步履蹣跚，而且又不修邊幅，常常滿臉汙垢油膩。不過，他卻喜歡嫖娼宿妓，見了婦女必定盯著看。有一天，他獨自行走，遇到一位少婦，風韻絕佳。當時剛下過雨，道路泥濘，他就立刻上前調戲那個少婦說：「道路這麼滑，嫂子要不要我扶著你走？」少婦嚴肅地說：「你不要昏了頭，我是狐女，平生只是拜月修煉形體，從來不做迷惑人採補精氣的事。你看看自己是個什麼東西，竟然敢講這種話，我要叫你災禍臨頭！」說著，便抓起一把沙土灑向他的臉。他驚恐地往後退了幾步，忽然掉到溝裡，他用力跳出溝來後，那個少婦已經不知去向。從此，他心裡常常惴惴不安，擔心那個少婦會來作祟，但居然也沒有發生什麼禍患。幾天後，朋友邀請他飲酒，有新來的一位小妓女勸酒。他仔細一看，就是前幾天遇到的那個少婦。他疑惑惶恐，不知所措，勉強試探著問這個妓女說：「某天下過雨後，你曾經前往東村嗎？」那個妓女漫不經心地回答說：「姐姐這天去東村看望阿姨，我沒有去。姐姐與我的容貌相似，你遇見過她嗎？」她說話的語氣恍惚不定，那個富家子竟然難以判定她是妖怪還是人，是一個還是兩個，於是就找個藉口離席逃走了。他離開之後，妓女講述這件事說：「當時我實在憎惡他的醜態，而且怕他強暴我，所以編了假話誆騙他，希望能夠脫身，幸好他自己跌倒了，我就躲到麥場的柴堆後面。不料他竟然把我的話信以為真。」酒席上的人聽了無不笑得前俯後仰。一位客人說：「你既然身入青樓，怎麼可以挑選客人呢？他是個肯花千金買笑的人，何不由我帶你到他那裡去？」於是兩人就一起前往，客人詳細敘述妓女的公婆及丈夫姓名，這個富家子的疑慮才消除（妓女姐妹就是叫做大楊、二楊的，當時有名的士大夫大多作〈楊柳枝詞〉，都是寓意她們的姓氏）。這個妓女又道歉說：我小時候就認識你，昨天很高興得到你的憐愛，故意以玩笑的話語回答你，沒想到反而唐突了你，我深感歉意，願意抱著衾枕來贖罪。她的談吐嫻雅，又有說不盡的嬌媚，於是富家子完全被她的美色所迷惑，留連了好幾夜。後來又叫來她的丈夫，按月付給宿娼的費用。親昵狎玩了一年多，那個富家子最終死於消渴病。先兄紀晴湖說：「狐狸來媚惑人，人們就害怕狐狸，實際是怕死。人來媚惑人，人們非但不怕她，而且不怕死，這是因為她與自己是同類嗎？『災禍就要臨頭了』，這話是她事先就說過的。這個人死在妓女手裡，說他死在狐狸手裡也是可以的。」

【研析】古人說：「食色，性也。」將飲食和性愛看作是人的本性。也就是說，古人不反對人正常的生理需求，並認為這是人類應有的權利。但是，凡事都有個限度，越過這個限度，就可能有不測之事發生。

如貪戀美色，縱欲過度，就會傷害身體。這是古人所反對的。那個富家子雖然對狐仙有所提防，卻還是因為貪戀美色，而失去生命。作者講述這個故事，是想告誡人們，貪戀美色也會有受到狐仙媚惑一樣的後果。

三槐自咎

郭大椿、郭雙桂、郭三槐，兄弟也。三槐屢侮其兄，且詣縣訟之。歸憩一寺，見緇袍❶滿座，梵唄❷競作。主人雖吉服，而容色慘沮❸，宣疏❹通誠之時，淚隨聲下。叩之，寺僧曰：「某公之兄病危，為叩佛祈福也。」三槐癡立良久，忽發顛狂，頓足捶胸而呼曰：「人家兄弟如是耶？」如是一語，反覆不已。掖至家，不寢不食，仍頓足捶胸，誦此一語，兩三日不止。大椿、雙桂故別住，聞信俱來，持其手哭曰：「弟何至是？」三槐又癡立良久，突抱兩兄曰：「兄固如是耶？」長號數聲，一踴而絕。咸曰神殛之，非也。三槐愧而自咎，此聖賢所謂改過，釋氏所謂懺悔也。苟充是志，雖田荊❺、姜被❻，均所能為。神方許之，安得殛之？其一慟立殞，直由感動於中，天良激發，自覺不可立於世，故一瞑不視，戢影❼黃泉，豈神之褫其魄哉？惜知過而不知補過，氣質用事，一往莫收；無學問以濟之，無明師益友以導之，無賢妻子以輔之，遂不能惡始美終，以圖晚蓋，是則其不幸焉耳。昔田氏姊買一小婢，倡家女也。聞人誚鄰婦淫亂，瞿然驚曰：「是不可為耶？吾以為當如是也。」後嫁為農家妻，終身貞潔。然則三槐悖理，正坐不知，故子弟當先使知禮。

【章旨】此章講述一家三兄弟，老三與兩位哥哥不和睦，後來老三幡然省悟，卻因悔恨而癲狂至死的故事。

【注釋】❶緇袍　指僧人。因僧人穿緇服。❷梵唄　佛教讚歌。唄，是梵文「讚歎」的意思。❸慘沮　沮喪失色。明宋濂〈秦士錄〉：「兩生相顧慘沮，不敢再有問。」❹疏　僧道拜懺時所焚化的祈禱文。❺田荊　田真，漢朝城（在今山東本部）人。兄弟三人分家，堂前有一棵紫荊樹很茂盛，他們決定剖開為三份。沒幾天紫荊樹竟然枯死。兄弟三人感歎曰：「木本同株，因分析而摧悴，況人兄弟孔懷，而可離乎？」決定不分家，這棵紫荊樹又枝葉繁茂起來。後比喻兄弟和睦友愛。❻姜被　《後漢書・姜肱傳》載：姜肱與弟仲海、季江相友愛，常同被而眠。後比喻兄弟友愛。❼戢影　匿跡；隱居。

【語譯】郭大椿、郭雙桂、郭三槐，是三兄弟。三槐多次侮辱哥哥，而且到縣衙去告哥哥們的狀。回家途中，他在一座寺廟裡休息，看見寺廟裡坐滿僧人，誦經唱讚之聲大作。施主雖然穿著平常的服裝，然而面容卻露出憂傷悲痛的神色，宣讀祈禱文以表達誠意時，聲淚俱下。郭三槐問是怎麼回事，寺廟裡的和尚說：「某公的哥哥病情危急，他為哥哥到廟裡來拜佛祈福。」三槐呆呆地站了很長時間，忽然發起癲狂來，頓腳捶胸地呼喊說：「人家的兄弟是這樣的嗎？」就是這樣一句話，他反反覆覆說個不停。人們把他扶回家，他不睡覺不吃飯，仍然頓腳捶胸，念誦著這句話，過了兩三天還不停。大椿、雙桂原來居住在別處，聽到消息都趕來，握著三槐的手哭著說：「弟弟怎麼會到這種地步？」三槐又痴痴地站立很長時間，突然抱著兩個哥哥說：「哥哥本來是這樣的嗎？」三槐長號了幾聲，向上一跳就斷了氣。人們都說是神懲罰他，這樣說是不對的。三槐是由於內心慚愧而責怪自己，這就是聖賢所說的改過，佛家所說的懺悔。假如他能夠發揮這種心志，即使是田氏兄弟、姜氏兄弟那樣兄弟和睦的感情，都是能夠做到的。神正是讚許他的這種懺悔，怎麼會懲罰他呢？他一陣痛哭之後就立刻死去，只是因為內心受到感動，天良受到激發，自己覺得沒有顏面活在世上，所以一死了之，命歸黃泉，這怎麼會是神奪去他的魂魄呢？可惜的是他知道自己的過錯卻不知道補救，意氣用事，一去不復返；他沒有學問來幫助自己，沒有良師益友來開導他，沒有賢惠妻子來輔助他，於是就不能始於惡而終於美，以圖有個好的晚節，這就是他的不幸。過去田氏姐姐買了一個小婢，是妓女家的女兒。小婢聽到別人責罵鄰居婦女淫亂，吃驚地說：「這種事是不能做的嗎？我還以為應當如此呢。」她後來出嫁成為農家妻子，終身貞潔。那麼就是說三槐以前做的那些違背情理的事，正是因為他不懂得道理。所以，對於子弟應該先讓他們懂得禮義。

【研析】郭三槐最終兄弟和睦，是因為受到啟發。通過這個故事，作者想說明一個道理：百姓不是天生就懂得禮義，靠的是後來的教化。只有告訴百姓，讓他們知道禮義，才能使百姓遵禮守法，從而達到家庭和睦、社會安定的目的。作者反對不教而誅，而且認為一般人是可以教而向善的。作者相信人心向善，相信教化的作用，充分反映了儒家治世思想。

棋子兩奩

朝鮮使臣鄭思賢，以棋子兩奩❶贈予，皆天然圓潤，不似人工。云黑者海灘碎石，年久為潮水沖激而成；白者為小車渠❷殼，亦海水所磨瑩，皆非難得。惟檢尋其厚薄均，輪廓正，色澤勻者，日積月累，比較抽換，非一朝一夕之力耳。置之書齋，頗為雅玩❸。後為范大司農❹取去。司農歿後，家計蕭然，今不知在何所矣。

【章旨】此章詳細描述了朝鮮使臣贈送的一副圍棋子，反映了作者依依不捨的感情。

【注釋】❶奩　指精巧的小盒子。❷車渠　海中大貝，大者長二、三尺。殼內白皙如玉，清時用來做官帽的頂珠。❸雅玩　高雅的玩賞品。❹范大司農　即范宜恒。乾隆時曾任戶部尚書。大司農，官名。即戶部尚書。參見本書卷一〈無畏而鬼滅〉則注釋❶。

【語譯】朝鮮使臣鄭思賢，把兩盒圍棋贈送給我。這些圍棋子都是天然生成，晶瑩圓潤，不像人工做成的。鄭思賢說黑子是海灘邊的碎石子，長年累月被潮水沖激而成的；白子是小車渠殼，也是經過海水沖刷磨光而成的，都不是難以得到的東西。只是搜檢尋找那些厚薄均勻、輪廓端正、色澤勻稱的棋子，需要日積月累，反覆比較調換，不是一朝一夕所能做到的。把這兩盒圍棋子放在書齋裡，是很雅致的玩物。後來，這兩盒棋子被戶部尚書范宜恒拿去了。范宜恒死後，家境蕭條衰落，如今不知道這副棋子的下落了。

【研析】古人所說的琴棋書畫，棋指的就是圍棋。圍棋只有黑白兩色棋子，一張縱橫十九道的棋盤，兩人對弈，卻能下出無窮變化的對局來。由喜歡下圍棋，愛屋及烏，因而喜歡圍棋子，這也是人之常情。據明沈德符《萬曆野獲編》記載，明朝嘉靖間，抄沒嚴嵩家時，曾抄出用碧玉、白玉做成的圍棋子數百副。這是權臣的愛好，自有拍馬者奉上。而像作者這樣的一介書生，潔身自愛，自然不會妄取一物。故而一副碎石子、小貝殼做成的圍棋子，就會珍愛如此。以小及大，作者的為官清廉也可想而知了。

佛界仙境

海中三島十洲❶，崑崙❷五城十二樓，詞賦家沿用久矣。朝鮮、琉球❸、日本諸國，皆能讀華書。日本余見其《五京地志》及《山川全圖》，疆界袤延數千里，無所謂仙山靈境也。朝鮮、琉球之貢使，則余嘗數數與談，以是詢之，皆曰東洋自日本以外，大小國土凡數十，大小島嶼不知幾千百，中朝人所必不能至者，每帆檣萬里，商船往來，均不聞有是說。惟琉球之落漈❹，似乎三千弱水❺。然落漈之舟，偶值潮平之歲，時或得還，亦不聞有白銀宮闕，可望而不可即也。然則三島十洲，豈非純構虛詞乎？《爾雅》❻、《史記》❼，皆稱河出崑崙。考河源有二：一出和闐❽，一出蔥嶺❾。或曰蔥嶺其正源，和闐之水入之；或曰和闐其正源，蔥嶺之水入之。雙流既合，亦莫辨誰主誰賓。然蔥嶺、和闐，則皆在今版圖內，開屯列戍四十餘年，即深岩窮谷，亦通耕牧。不論兩山之水，孰為正源，兩山之中，必有一崑崙確矣。而所謂瑤池❿、懸圃⓫、珠樹⓬、芝田⓭，概乎未見，亦概乎未聞。然則五城十二樓，不又荒唐矣乎？不但此也，靈鷲山⓮在今拔達克善⓯，諸佛菩薩，骨塔⑯具存，題記梵書⑰，一一與經典相合。尚有石室六百餘間，即所謂大雷音寺⑱，回部游牧者居之。我兵追剿波羅泥都⑲、霍集占⑳，曾至其地，所見不過如斯。種種莊嚴，似亦藻繪㉑之詞矣。相傳回部祖國，以銅為城。近西之回部云，銅城㉒在其東萬里。近東之回部云，銅城在其西萬里。彼此遙拜，迄無人曾到其地。因是以推，恐南懷仁㉓《坤輿圖說》㉔所記五大人洲，珍奇靈怪，均此類焉耳。周編修㉕書昌則曰：「有佛緣㉖者，然後能見佛界；有仙骨者，然後能見仙境。未可以尋常耳目，斷其有無。曾見一道士遊崑崙歸，所言與舊記不殊也。」是則余不知之矣。

【章旨】此章考證古籍中所謂的佛界仙境存在與否，指出那些都是子虛烏有之事。

【注釋】❶三島十洲　參見本書卷十七〈得道成仙之法〉則注釋❼。❷崑崙　傳說中仙人所居之地。據《漢書・郊祀志》應劭曰：「崑崙玄圃，五城十二樓，仙人之所常居。」❸琉球　指琉球群島。日本西南部島群，又稱南西群島。在九州島與臺灣之間。❹落漈　海底深陷處。《元史・瑠求傳》：「西南北岸皆水，至彭湖漸低，近瑠求，則謂之落漈。漈者，水趨下而不回也。」瑠求，即琉球。❺三千弱水　古代神話傳說中險惡難渡的河流湖海。宋人蘇軾〈金山妙高台〉詩：「蓬萊不可到，弱水三萬里。」《西遊記》第二二回：「八百流沙界，三千弱水深。」❻爾雅　參見本書卷一〈漢學與宋學〉則注釋㉚。❼史記　參見本書卷十九〈刑天與山海經〉則注釋❻。❽和闐　舊縣名。在新疆維吾爾自治區西南部。一九五九年改為和田縣。❾葱嶺　舊對帕米爾高原和崑崙山、喀喇崑崙山脈西部諸山的總稱。❿瑤池　古代傳說中崑崙山上的池名，西王母所居住的地方。《史記・大宛列傳贊》：「崑崙其高二千五百餘里，日月所相避隱為光明也；其上有醴泉瑤池。」⑪懸圃　亦作「玄圃」。傳說中崑崙山頂名。《楚辭・哀時命》：「願至昆侖之懸圃兮。」⑫珠樹　古代神話傳說中的仙樹。《淮南子・墬形》：「掘昆侖虛以下地，中有增城九重……珠樹、玉樹、琁樹、不死樹在其西。」⑬芝田　古代傳說中仙人種芝草的地方。鮑照〈舞鶴賦〉：「朝戲於芝田，夕飲乎瑤池。」⑭靈鷲山　參見本書卷六〈老僧入冥〉則注釋㉑。⑮拔達克善　今屬阿富汗。又稱巴達克山。唐代屬苑湯州。⑯骨塔　即安葬高僧靈骨的舍利塔。⑰梵書　此處指用梵文寫成的文字。⑱大雷音寺　佛教傳說西天佛祖所居的寺廟。⑲波羅泥都　清乾隆年間西域回部的叛亂部落首領，後被剿滅。⑳霍集占　即「小和卓木」。新疆伊斯蘭教白山派的和卓。初曾被準噶爾囚禁在伊犁，清乾隆二十年準噶爾平定後獲釋。他於乾隆二十二年自稱巴圖爾汗，舉兵叛亂。乾隆二十四年清王朝出兵平亂，統一南疆，霍集占被殺。㉑藻繪　亦作「藻繢」。修飾；作美麗的描繪。㉒銅城　傳說中西域回民的聖地是用銅打造的城池。㉓南懷仁　參見本書卷十九〈鳥銃兩種〉則注釋⑤。㉔坤輿圖說　地理學著作，南懷仁著，二卷。上卷自坤輿至人物，分十五條，論述地之所生。下卷載海外諸國道里、山川、民風物產、分為五大州、而終之以西洋七奇圖說。大致與艾儒略《職方外紀》互相出入，而也時有詳略異同。有《四庫全書》本。㉕編修　參見本書卷二〈知命〉則注釋⑫。㉖佛緣　指與佛有緣分的人。

【語譯】海中的三島十洲，崑崙山上的五城十二樓，詞賦家沿用很久了。朝鮮、琉球、日本等國家，都能讀懂漢文的書籍。日本，我看過他們的《五京地志》和《山川全圖》，疆界廣袤綿延幾千里，但沒有以前所說的仙山靈境。朝鮮、琉球的貢使，我曾經多次和他們交談，我就仙山靈境的事情詢問他們，他們都說，東洋自日本以外，大大小小的國家還有幾十處，大大小小的島嶼不知有幾百幾千，中國人必定不能到達的那些地方，每每海船行程萬里，商船來來往往，都沒有聽說過有這種仙山靈境的說法。只是琉球有一處海水低陷的地方，似乎是傳說中的三千弱水。然而經過這處地方的船，偶爾遇到潮水低平的年歲，有時或許還能得以返回，也沒有聽說有什麼白銀宮闕，可望而不可即的地方。那麼所謂的三島十洲，豈不是純屬虛構的說法而已嗎？《爾雅》、《史記》，都稱黃河的源頭在崑崙山。考查黃河的源頭有二個：一個出自和闐，一個出自葱嶺。有人說葱嶺是黃河的正宗源頭，和闐的河水匯流其中；有人說和闐是黃河的正宗源頭，葱嶺的河水匯流其中。兩條河流已經匯合，也就無法分辨哪一條河流是主哪一條河流是賓了。然而葱嶺、和闐如今都在大清朝的版圖內，駐軍戍邊屯田四十多年了，即便是在深山窮谷之中，也有人耕種放牧。不管這兩座山的水源哪一處是黃河的正宗源頭，但這兩座山之間必定有一座崑崙山是確定無疑的。而所謂的瑤池、懸圃、珠樹、芝田，全都沒有看見過，也全都沒有聽說過。那麼所謂的五城十二樓，不又是荒唐的嗎？不僅如此，靈鷲山在如今的拔達克善，諸位佛祖菩薩的骨塔都還存在，上面用梵文書寫的題記，一一都與佛家經典相符。那裡還有石室六百餘間，就是所謂的大雷音寺，回族的游牧者居住在裡面。我軍士兵追剿波羅泥都、霍集占，曾經到過這個地方，所見所聞不過如此。所以那些各種莊嚴的傳說，似乎也不過是華美的詞藻描繪成的。相傳回民部落的祖國，用銅築城。居住在靠近西面的回民部落說，銅城在他們東面萬里之外。居住在靠近東面的回民部落說，銅城在他們西面萬里之外。他們彼此遙相朝拜銅城，至今沒有人曾經到過銅城。由此類推，恐怕南懷仁的《坤輿圖說》所記的五大人洲、以及珍奇靈怪之物，也都是此類性質罷了。周書昌編修卻說：「有佛緣的人，才能見到佛界；有仙骨的人，才能見到仙境。不能以平常凡夫俗子沒有看見或聽說，就斷定佛界仙境的有無。我曾經看見一位遊崑崙山歸來的道士，他所講的與古籍記載的沒有什麼不一樣。」這種說法就是我所不知道的了。

【研析】古人對地理知識了解不多，故而對未知世界的許多描述，都是想像而已。隨著疆域的擴大，各國各民族間交往的增加，人們對世界的認識也得以逐步提升。作者通過調查，得出所謂的佛界仙境似乎是「藻繪之詞」，這本來是進一步認識世界的正確途徑。然而作者卻就此止步，將自己調查所得出的結論無限擴大，推論南懷仁介紹世界的著作也是虛妄之言，這就把自己的經驗當成是解決一切問題的唯一途徑。作者的局限，也就難免了。

害人必害己

蔡季實殿撰❶有一僕，京師長隨❷也。狡黠善應對，季實頗喜之。忽一日，二幼子並暴卒，其妻亦自縊於家。莫測其故，姑殮之而已。其家有老媪私語人曰：「是私有外遇，欲毒殺其夫，而後攜子以嫁。陰市砒❸製餅餌，待其夫歸。不虞二子竊食，竟並死。婦悔恨莫解，亦遂併命。」然媪昏夜之中，窗外竊聽，僅粗聞祕謀之語，未辨所遇者為誰，亦無從究詰矣。其僕旋亦發病死。死後，其同儕❹竊議曰：「主人惟信彼，彼乃百計欺主人。他事毋論，即如昨日四鼓詣圓明園❺侍班，彼故縱駕車騾逸，御者追之復不返。更漏❻已促，叩門借車必不及。急使雇倩，則曰風雨將來，非五千錢人不往。主人無計，竟委曲從之，不太甚乎？奇禍或以是耶！」季實聞之，曰：「是死晚矣，吾誤以為解事❼人也。」

【章旨】此章講述了一個僕人用心狡詐，但卻因為妻子有外遇而害了一家人性命的故事。

【注釋】❶殿撰　宋有集賢殿修撰等官，簡稱殿撰。明清進士一甲第一名按例授翰林院修撰，故沿稱狀元為殿撰。❷長隨　明代指地位卑下、做隨從的宦官。《明史・何鼎傳》：「弘治初，為長隨。」後泛指隨從官吏聽候使喚的僕役。❸砒　即砒霜（三氧化二砷）。劇毒藥物。白色固體，加熱時易昇華。❹同儕　同輩；同類。❺圓明園　參見本書卷七〈鬼求代〉則注釋❸。❻更漏　古代用滴漏計時，夜間憑漏刻傳更，故名時間為「更漏」。❼解事　通曉事理。

【語譯】翰林院修撰蔡季實有個僕人，是京城的長隨出身。這個僕人為人狡黠，善於應酬對答，蔡季實非常喜歡他。忽然有一天，這個僕人的兩個兒子一起暴死，他的妻子也在家裡上吊自殺。他不知道是什麼緣故，姑且收殮下葬而已。他家有個老婦人私下對人說：「他妻子暗中有了外遇，想毒死自己丈夫，然後帶著兒子嫁人。她暗地裡買來砒霜，製成餅餌，等待丈夫回來讓他吃。不料兩個兒子偷吃了餅餌，竟然一起中毒死亡。這個婦人又後悔又怨恨，無法開解，也就上吊自殺了。」然而，那個老婦人是在昏黑的夜晚躲在窗外偷聽的，僅僅粗略地聽到密謀的這些話，卻沒有分辨出她的外遇是誰，也就無從查究了。蔡季實的這個僕人不久也生病死去。這個僕人死後，他的同伴們私下議論說：「主人只信任他，他卻千方百計欺騙主人。其他事情不去說他，就說昨日四更天主人要去圓明園站班，他事先故意放駕車的騾子逃走，駕車人追騾子來不及返回。時間已經很緊迫，去找人家敲門借車必定來不及了。主人急忙讓他去雇車，他卻說風雨就要來了，沒有五千錢，車夫不願意前往。主人沒辦法，只好委屈順從，答應了他的要求。他這樣做不是太過分了嗎？他遭受這樣的離奇災禍，或許是因為這些事情吧。」蔡季實聽說這事，說：「他這是死得太晚了，我從前誤以為他是個很懂事理的人。」

【研析】害人者必害己。那個僕人的妻子想謀害丈夫，卻沒有想到害了自己兩個兒子，連帶自己的性命也一起葬送。那個僕人一心想謀取東家錢財，卻沒有想到自己一家子會命喪黃泉，鬱悶之下，自己也一命嗚呼了。這就是作者所宣揚的天道人情。作者講述這個故事，就是要告誡人們不要心存歹念，以免遭到報應。

子敗父財

楊槐亭前輩言：其鄉有宦成歸里者，閉門頤養❶，不預外事，亦頗得林下之樂❷，惟以無嗣為憂。晚得一子，珍惜殊甚。患痘❸甚危，聞勞山❹有道士能前知，自往叩之。道士囅然❺曰：「賢郎尚有多少事未了，那能便死！」果遇良醫而愈。後其子冶遊驕縱，竟破其家，流離寄食，若敖之鬼❻遂餒。鄉黨論之曰：「此翁無咎無譽，未應遽有此兒。惟蕭然寒士，作令不過十年，而宦橐❼逾數萬。毋乃致富之道有不可知者在乎？」

【章旨】此章講述了一個退休官員因老年得子，嬌寵無比，以致敗壞家業的故事。

【注釋】❶頤養　保養。❷林下之樂　隱居山野田園的樂趣。林下，指幽僻之境，引申為退隱或退隱處。李白〈安陸寄劉綰〉詩：「獨此林下意，杳無區中緣。」❸痘　病名。俗稱天花，也稱痘瘡或天瘡。❹勞山　即嶗山。參見本書卷十一〈老翁遠行〉則注釋❷。❺囅然　笑貌。《莊子・達生》：「桓公囅然而笑。」❻若敖之鬼　即若敖氏之鬼。若敖氏的後代楚國令尹子文，擔心他的侄兒椒將來會使若敖氏滅宗，臨死時，對族人哭著說：「若敖氏之鬼，不其餒而！」餒，餓。意思是若敖氏的鬼將因滅宗而無人祭祀。❼宦橐　猶宦囊。指因做官而得到的錢財。

【語譯】楊槐亭前輩說：他的家鄉有位做官退休回歸故里的人，終日閉門頤養天年，不參與外面的事，也很享受隱居的樂趣，只是因為沒有兒子而憂心忡忡。後來他晚年生了一個兒子，非常愛惜。他兒子患痘症，病情很危急，他聽說嶗山上有位道士能夠預見以後的事，就親自前去拜訪。道士笑著說：「你的兒子還有許多事沒有了結，那能就死呢！」他的兒子果然遇到良醫而被治癒了。後來，他的兒子尋歡作樂，驕奢放縱，竟然敗了家業，以致到處流落乞討，他家的祖宗們也就斷了香火祭祀。鄉里人議論說：「這個老頭沒有過錯也沒有聲譽，不應該有這麼個兒子。不過他原來是個貧寒的讀書人，當縣令不過十年，而腰包裡積攢的銀兩超過幾萬，莫非他的致富之道有不可告人之處嗎？」

【研析】老年得子，加之家中略有錢財，往往會嬌寵孩子，這個孩子就很可能成為不學無術的紈袴子弟，最終敗了家業。這樣的事例不勝枚舉，作者講述這個故事，也有告誡之意。不過，人們議論的是這個退休官員，任縣官不過十年，就能積蓄數萬兩錢財，如果不是搜刮民財、收受賄賂，又豈能如此發財？真應了一句老話：「三年清知府，十萬雪花銀。」

貪惏遭懲

槐亭又言：有學茅山法❶者，劾治鬼魅，多有奇驗。有一家為狐所祟，請往驅除。整束法器❷，克日將行。有素識老翁詣之曰：「我久與狐友。狐事急，乞我一言。狐非獲罪於先生，先生亦非有憾於狐也。不過得其贄幣❸，故為料理耳。狐聞事定之後，彼許饋廿四金。今願十倍其數，納於先生，先生能止不行乎？」因出金置案上。此人故貪惏❹，當即受之。次日，謝遣請者曰：「吾法能治凡狐耳。昨召將檢查，君家之祟乃天狐，非所能制也。」得金之後，意殊自喜。因念狐既多金，可以術取。遂考召四境之狐，脅以雷斧❺火獄，俾納賄焉。徵索既頻，狐不勝擾，乃共計盜其符印❻。遂為狐所憑附，顛狂號叫，自投於河。群狐仍攝其金去，銖兩不存。人以為如費長房❼、明崇儼❽也。後其徒陰洩之，乃知其致敗之故。夫操持符印，役使鬼神，以驅除妖厲，此其權與官吏侔矣。受賂縱奸，已為不可；又多方以盈其溪壑，天道神明，豈逃鑑察❾？微❿群狐殺之，雷霆之誅，當亦終不免也。

【章旨】此章講述一個掌握法術的人因貪婪而濫用法術，逼迫狐狸精而索取賄賂，最終遭到狐狸精報復的故事。

【注釋】❶茅山法　指茅山道士傳授的法術。茅山原稱句曲山。在江蘇西南部，南北走向，有蓬壺、玉柱、華陽三洞和唐碑、元碣等名勝古跡。傳說西漢茅盈兄弟三人修道於此，因又名三茅山。道教稱為「第八洞天」。在此山上修煉的道士稱茅山道士。❷法器　參見本書卷十六〈不察部屬，適以自敗〉則注釋❷。❸贄幣　參見本書卷七〈某太學遇鬼〉則注釋❺。❹貪惏　貪婪；不知足。❺雷斧　傳說中雷神用以發霹靂的工具。其形如斧，故稱。❻符印　符籙印信等法物的統稱。❼費長房　參見本書卷十二〈僧遭狐算〉則注釋❶。❽明崇儼　參見本書卷十二〈僧遭狐算〉則注釋❷。❾鑑察　鑑別；察看。《晉書・呂光載記》：「鑑察成敗，遠侔古人。」❿微　無；沒有。《論語・憲問》：「微管仲，吾其被髮左衽矣。」

【語譯】楊槐亭又說：有一位學習茅山道士法術的人，鎮治鬼魅，大多有神奇的效驗。有一戶人家被狐狸精作祟為害，請求他前往驅除。他收拾法器，按約定的日期正要出發。有位他一向熟悉的老翁來見他說：「我和狐狸精交朋友時間很久了。現在狐狸精的處境危急，請求我來說句話。這個狐狸精並沒有得罪先生，先生和狐狸精也沒有什麼仇恨。先生只不過是得了那人的錢財，所以替那人辦事罷了。狐狸精聽說事成之後，那人答應饋贈給先生二十四兩銀子。如今狐狸精願意交納相當那人十倍的數額給先生，先生能罷手不去管這事嗎？」老翁說著就將銀子放到桌上。這個人本來就很貪婪，當即就把這些銀子接受下來。第二天，他謝絕了前來請他的人說：「我的法術能夠懲治普通的狐狸精而已。昨天，我召神將來檢查，在你家作祟的是天狐，這不是我所能制服的。」他獲得這些銀子後，心裡十分高興，繼而又想狐狸精既然有很多銀子，就可以用法術去索取。於是他用法術召集四方的狐狸精，用雷擊和烈火焚燒的地獄威脅他們，使他們向他納賄。由於他頻繁地索取，狐狸精承受不了，就一起商量盜走了他的符籙印信。於是他被狐狸精所依附，發瘋癲狂，大喊大叫，自己投河自殺了。狐狸精們就把他的銀子攝去，一點也沒有留下。人們卻以為他像費長房、明崇儼那樣升天去了。後來，他的徒弟暗中洩露了他的祕密，人們這才知道導致他失敗的原因。操持符籙印信，役使鬼神，用以驅除妖魅厲鬼，這種權力和官吏的權力是相似的。接受賄賂，放縱作奸犯科的狐狸精，已經是不可以做的事了；卻又想方設法來滿足自己的貪欲，天道神明，豈能逃脫鬼神的明鑑暗察？即使沒有這群狐狸精殺死他，那麼上天雷霆的誅殺，他應當終究也避免不了。

【研析】這個故事似乎是說術士與狐狸精，實際說的是人事。掌握權力者，必須明白權力是為百姓服務的，不能用以謀取私利，更不能用以收受賄賂，否則必遭懲治。作者用心良苦，勸世之意昭然。

偷雞蝕米，弄巧成拙

天地高遠，鬼神茫昧❶，似與人無預。而有時其應如響，殫人之智力，不能與爭。滄洲上河涯，有某甲女，許字❷某乙子。兩家皆小康，婚期在一二年內矣。有星士❸過某甲家，阻雨留宿。以女命使推。星士沉思良久曰：「未攜算書❹，此命不能推也。」覺有異，窮詰之。始曰：「據此八字❺，側室命也，君家似不應至此。且聞嫁已有期，而干支無刑克❻，斷不再醮。此所以愈疑也。」有黠者聞此事，欲借以牟利，說某甲曰：「君家資幾何？加以嫁女必多費，益不支矣。命既如是，不如先詭言女病，次詭言女死，市空棺速葬；而夜攜女走京師，改名姓鬻為貴家妾，則多金可坐致矣。」某甲從之。會有達官嫁女，求美媵。以二百金買之。越月餘，泛舟送女南行，至天妃閘❼，闔門俱葬魚腹，獨某甲女遇救得生。以少女無敢收養，聞於所司。所司問其由來。女在是家未久，僅知主人之姓，而不能舉其爵里；惟父母姓名居址，言之鑿鑿。乃移牒至滄州，其事遂敗。時某乙子已與表妹結婚，無改盟理。聞某甲之得多金也，憤恚欲訟。某甲窘迫，願仍以女嫁其子。其表妹家聞之，又欲訟。紛紜轇轕，勢且成大獄。兩家故舊戚眾為調和，使某甲出資往迎女，而為某乙子之側室，其難乃平。女還家後，某乙子已親迎。某乙以牛車載女至家，見其姑，苦辯非己意。姑曰：「既非爾意，鬻爾時何不言有夫？」女無詞以應。引使拜嫡，女稍趑趄❽。姑曰：「爾買為媵時，亦不拜耶？」又無詞以應，遂拜如禮。姑終身以奴隸畜之。此雍正末年事。先祖母張太夫人，時避暑水明樓，知之最悉。嘗語侍婢曰：「其父不過欲多金，其女不過欲富貴，故生是謀耳。烏知非徒無益，反失所本有哉！汝輩視此，可消諸妄念矣。」

【章旨】此章講述一戶人家因貪圖錢財，將自己已經許配他人為妻的女兒偷賣給人作妾。後來事情敗露，其女兒仍然嫁給未婚夫，卻只能作妾的故事，說明貪心太重，反失所本有的道理。

【注釋】❶茫昧　幽暗不明；模糊不清，不可測度。❷字　《禮記·曲禮上》：「男子二十，冠而字……女子許嫁，笄而字。」因稱女子許嫁為字。如待字、字人。❸星士　以星命術為人推算命運的術士。❹算書　用來依據算命的書。算命，根據人的生辰八字，以陰陽五行推斷人的命運吉凶禍福。❺八字　舊俗認為一個人出生的年、月、日、時，各有天干地支相配，每項用兩個字代替，四項就有八個字。根據這八個字，即可推算一個人的命運。❻刑克　即「刑剋」，星相術語。謂三刑相害，五行相克。如：子卯為一刑；寅巳申為二刑；丑戌未為三刑。凡逢三刑則凶。五行相克：即所謂水、火、金、木、土五者互相克制。其順序是：水克火，火克金，金克木，木克土，土克水。❼天妃閘　在江蘇淮陰。明萬曆間，河臣潘季馴移建通濟閘於甘羅城南泰山墩，清時移建今所。因其在天妃廟口，故名。運河穿淮河而南來，出天妃閘，河水陡落，古為行船之險要。❽趑趄　亦作「次且」。且前且卻，猶豫不進。

【語譯】天高地遠，鬼神幽暗不明，似乎與人沒有關係。然而，有時它們的應驗如同回聲，竭盡人的智慧和力量，也不能與之抗爭。在滄洲上河涯，有個某甲的女兒，已經許配給某乙的兒子。兩家都是小康人家，婚期定在一兩年之內。有位算命先生來到某甲家，因下雨天無法趕路，便留宿家中。某甲請他推算自己女兒的命運。算命先生沉思良久說：「我沒有帶算命書，這個命不能推算。」某甲覺得他說話有異常，不斷地追問他。算命先生這才說：「根據這個八字，你女兒是做妾的命。看你家的情況，好像不應該到這種地步。況且聽說她出嫁的日期已經定下來，而且她和未婚夫的干支也沒有相克，她絕不會因為丈夫去世而再嫁人。這就使我更加懷疑了。」有個狡猾的傢伙聽說這件事，想借這事來牟利，便勸某甲說：「您的家產有多少？加上嫁女兒肯定要費很多錢，這就更加承擔不起了。女兒的命既然如此，不如先謊稱女兒病了，然後再謊稱女兒死了，買個空棺材迅速埋葬。而你在夜裡帶著女兒趕往京城，改名換姓，把她賣給富貴人家做妾，那麼你就會不費力氣得到很多銀錢。」某甲依照他的話行事。恰好有個高官嫁女兒，尋求長得漂亮的女子當隨嫁婢女，用二百兩銀子將某甲的女兒買去。過了一個多月，那個高官用船送女兒到南方去，船行到天妃閘時翻了，全家都葬身魚腹，只有某甲的女兒遇救生還。由於她是個少女，沒有人敢收養，便報告了當地官府。當地官府問她的由來，因為她在主人家的時間不長，僅僅知道主人的姓氏，卻不能說出他的官爵原籍，而對自己父母的姓名、住址，她卻講得十分確鑿。官府於是就發公文到滄州，這件事才敗露了。當時，某乙的兒子已經與表妹結婚，沒有改變婚約的道理。某乙聽說某甲賣女兒得到很多銀子，憤恨得要去告官訴訟。某甲窘迫無奈，願意仍然把女兒嫁給他兒子。某乙表妹家聽說這事，又打算到官府告某乙。於是三家糾纏錯綜複雜，看樣子要釀成大案。某甲與某乙兩家的親戚朋友出面調和，叫某甲拿錢出來去滄州接回女兒，嫁給某乙兒子作偏房，這場難辦的糾紛才得以平息。某甲女兒回家後，某乙兒子已經和表妹舉行了婚禮。某乙用牛車把某甲的女兒載回家。某甲女兒拜見婆婆，苦苦申辯這一切不是自己的本意。婆婆說：「既然不是你的本意，賣你的時候為什麼不說自己已經有了丈夫呢？」某甲女兒沒有話來回答。領著某甲女拜見正妻，某甲女稍有遲疑，婆婆便說：「你被賣作隨嫁婢女時，難道也不拜正妻嗎？」她又無話可對，於是按照禮節拜見了正妻。而她的婆婆終身把她當婢女看待。這是雍正末年的事。先祖母張太夫人當時在水明樓避暑，對這件事知道得最詳細。她曾經對侍婢說：「她的父親不過是想多得些銀錢，他女兒不過是想過富貴生活，故而才想出了這個計謀。怎麼會知道這樣做不僅無益，反而失去本來應該擁有的呢！你們看看這件事，就可以消除那些痴心妄想了。」

【研析】古人有「弄巧成拙」、「偷雞蝕米」這樣的俗語，說的就是這種人。然而，某甲的貪心起於那個算命先生。如果沒有此人的胡言亂語，某甲也不會生出如此的計謀，這以後的故事也就不會發生。當然，責怪算命先生並無多少道理，因為決定最終是某甲作出的，自然後果也應由其承擔。只是說到此處，未免對這個算命先生頗有微詞，正是有了這種人，才使得天下無事紛擾。

文鸞託夢

先四叔母李安人❶，有婢曰文鸞，最憐愛之。會余寄書覓侍女，叔母於諸侄中最喜余，擬以文鸞贈。私問文鸞，亦殊不拒。叔母為製衣裳簪珥，已戒日❷脂車。有妒之者嗾其父多所要求，事遂沮格❸。文鸞竟鬱鬱發病死。余不知也。數年後稍稍聞之，亦如雁過長空，影沉秋水矣。今歲五月，將扈從啟行，摒擋小倦，坐而假寐。忽夢一女翩然來。初不相識，驚問：「為誰？」凝立無語。余亦遽醒，莫喻其故也。適家人會食❹，余偶道之。第三子婦，余甥女也，幼在外家與文鸞嬉戲，又稔知其齎恨事，瞿然曰：「其文鸞也耶？」因具道其容貌形體，與夢中所見合。是耶非耶？何二十年來久置度外，忽無因而入夢也？詢其葬處，擬將來為樹片石。皆曰丘隴已平，久埋沒於荒榛蔓草，不可識矣。姑錄於此，以慰黃泉。憶乾隆辛卯❺九月，余題〈秋海棠〉詩曰：「憔悴幽花劇可憐，斜陽院落晚秋天。詞人❻老大風情減，猶對殘紅一悵然。」宛似為斯人詠也。

【章旨】此章講述了一個名叫文鸞的婢女，本要侍候作者，卻因種種原因未能如願，鬱鬱而死。作者晚年，曾夢見文鸞入夢，遂抒發了自己的一段思念。

【注釋】❶安人　宋徽宗時所定命婦封號，在宜人之下，自朝奉郎以上至朝散大夫之妻封之。明清則為六品官之妻的封號。如係封給母及祖母，稱太安人。❷戒日　語本《周禮・天官・大宰》：「祀五帝……前期十日，帥執事而卜日，遂戒。」後以「戒日」指卜日。卜日，占卜時日的吉凶。❸沮格　阻止；阻撓。宋蘇轍〈上皇帝書〉：「去官者久而不得調，又多為條約以沮格之。」❹會食　相聚進食。❺乾隆辛卯　即清乾隆三十六年，西元一七七一年。❻詞人　詞的作者。如辛棄疾是南宋的大詞人。此處是作者自比。

【語譯】先四叔母李安人有個婢女叫文鸞，四叔母最憐愛她。恰好我寄信給四叔母，請她代為找一個侍女，四叔母在幾個侄兒中最喜歡我，於是打算將文鸞送給我。四叔母私下問文鸞，她也不很拒絕。四叔母就為她製辦衣服首飾，並已經選定出發的日子。有個妒嫉她的人慫恿她的父親提出許多要求，這件事因此而作罷。文鸞竟然憂鬱成病而死。當時我不知道這些事。幾年後，我才漸漸聽到一些情況，不過也像大雁飛過長空、影子沉於水底那樣，沒有留下什麼印象。今年五月，我隨從皇帝出行將要啟程時，臨行前收拾行李有些累了，便坐著閉眼休息。忽然夢見一個女子翩翩走來。初次見面並不認識，我吃驚地問：「你是誰？」她站在那裡凝視著我，卻默默無語。我也突然醒來了，不明白這是什麼緣故。等到和家人一起吃飯時，我偶然說起這個夢。我第三個兒子的媳婦是我的外甥女，自幼在外婆家與文鸞一起玩耍，又熟知她含恨而死的事，猛然省悟說：「這大概是文鸞吧？」於是她就詳細說出文鸞的容貌身形，和我夢中所見的女子完全相符。這到底是不是呢？為什麼二十年來我一直沒有把她放在心上，卻忽然無緣無故地進入了我的夢境？我打聽她埋葬的地方，打算將來替她樹一塊石碑。知道的人都說她的墳丘已成平地，早就埋沒在荒蕪的亂樹雜草之中，辨認不出來了。我姑且把這個夢境記錄在此，以此來安慰黃泉下的文鸞。記得在乾隆三十六年九月，我題寫了一首〈秋海棠〉詩，詩中說：「幽靜的花朵憔悴太可憐，開在晚秋斜陽之下的院落裡。詞人年紀老大風情衰減，仍對著殘花感到很悵然。」似乎就好像是為文鸞題詠的。

【研析】文鸞本想得到一個美好的生活，卻不能如願。自古女子紅顏薄命，難逃悲慘一生。然而，她跟隨作者紀昀果真就能得到幸福？筆者也是懷疑的。因為文鸞改變不了自己婢女的身分，也就改變不了被人擺布的局面。要說幸福，豈不是痴心妄想。作者晚年，往事不由自主地湧上心頭，想起文鸞，也在情理之中。文章中一股淡淡的憂思，讀者還是能夠體會到的。

拙鵲亭記

宗室❶敬亭先生❷，英郡王❸五世孫也。著《四松堂集》五卷，中有〈拙鵲亭記〉曰：「鵲巢鳩居❹，謂鵲巧而鳩拙也。小園之鵲，乃十百其侶，惟林是棲。窺其意，非故厭乎巢居，亦非畏鳩奪之也。蓋其性拙，視鳩為甚，殆不善於為巢者。故雨雪霜霰，毛羽褵褷❺；而朝陽一晞，乃復群噪於木杪，其音怡然，似不以露棲為苦。且飛不高翥❻，去不遠揚，惟飲啄於園之左右。或時入主人之堂，值主人食棄其餘，便就而置其喙；主人之客來，亦不驚起，若視客與主人皆無機心❼者然。辛丑❽初冬，作一亭於堂之北，凍林❾四合，鵲環而棲之，因名曰拙鵲亭。夫鳩拙宜也，鵲何拙？然不拙不足為吾園之鵲也。」案：此記借鵲寓意，其事近在目前，定非虛構，是亦異聞也。先生之弟倉場侍郎❿宜公，刻先生集竟，余為校讎⓫，因掇而錄之，以資談柄。

【章旨】此章摘錄了敬亭先生所作的一篇文章，以鵲鳥寄寓憤憂。

【注釋】❶宗室　指皇族成員。❷敬亭先生　即敦誠。清宗室。阿濟格裔。字敬亭。別號松堂。有《四松堂詩文集》、《鷦鷯菴筆麈》等。❸英郡王　即阿濟格。清太祖十二子。從代善征扎魯特部，封貝勒。與明兵戰，屢有功，封和碩英親王。李自成敗後，自邊外直趨陝西，連戰連捷，陝西遂定。多爾袞死，其謀攝政，被削爵賜自盡。❹鵲巢鳩居　語出《詩・召南・鵲巢》：「維鵲有巢，維鳩居之。」毛傳：「鳲鳩不自為巢，居鵲之成巢。」本比喻女子出嫁，以夫家為家，後用以比喻占據他人的居處。❺褵褷　也作「離褷」。羽毛濡濕粘合的樣子。皮日休〈奉和魯望白鷗〉詩：「雪羽褵褷半惹泥。」❻高翥　高高地飛翔。翥，飛舉。❼機心　機巧的心思。《莊子・天地》：「有機事者，心有機心。」後指深沉權變的心計。❽辛丑　即清乾隆四十六年，西元一七八一年。❾凍林　指冬天的樹林。❿倉場侍郎　參見本書卷八〈虞美人花〉則注釋❻。⓫校讎　指校勘核對文字。

【語譯】宗室敬亭先生是英郡王的五世孫。他著有《四松堂集》五卷，其中有一篇〈拙鵲亭記〉寫道：「鵲鳥的巢被鳩占據，人們都說鵲鳥靈巧而鳩笨拙。我小園裡的鵲鳥，卻成十成百地結伴，只在樹林裡棲息。仔細觀察鵲鳥的樣子，並不是討厭住在鳥巢裡，也不是害怕鳩奪走自己的巢。這是因為鵲鳥的本性笨拙，看上去比鳩還笨，大概是不善於築巢的吧。所以這些鵲鳥在雨雪霜霰的天氣裡，身上的羽毛淋濕粘在一起；而早上太陽一出來，就又聚集在樹梢上呱噪叫個不停，鳴叫聲怡然自得，似乎並不以露天棲息為苦。而且鵲鳥從不高飛，也不遠離，只是在小園周圍覓食飲水。有時飛進主人的堂上，碰上主人吃飯扔點剩餘的食物，鵲鳥就圍攏來把它啄吃了；主人有客人來，鵲鳥也不驚飛，好像把客人和主人看成都是沒有心計的人。乾隆四十六年初冬，我在堂的北面建造了一座亭子，冬天裡樹林四面圍繞，鵲鳥環繞亭子棲息，因此題名為拙鵲亭。說鳩笨拙是理所當然的，鵲鳥為什麼也笨拙呢？然而，如果鵲鳥不笨拙，那就不是我園中的鵲鳥了。」案：這篇文章是借鵲鳥寄寓深意，這件事就近在眼前，肯定不是虛構出來的，這也是一段異聞。敬亭先生的弟弟是倉場侍郎宜公，刻成敬亭先生的詩文集，我為他校讎文稿，因而把這篇文章摘錄下來，用來作為談話的材料。

【研析】紀昀說這篇〈拙鵲亭記〉寄寓深意，仔細研讀，文章作者將鵲鳥自比，無非是一股憤世嫉俗的怨氣。不知敬亭先生身為宗室，還有什麼事情不能隨心？借用《紅樓夢》中王熙鳳的一句名言：「大有大的難處。」自然，敬亭先生大也有大的煩惱。敬亭先生的煩惱不是我們平民百姓所能體會的。紀昀將其「以資談柄」，看來也只能如此了。

楊橫虎

瘍醫❶殷贊庵，自深州❷病家歸，主人遣楊姓僕送之。楊素暴戾，眾名之曰橫（去聲）虎，沿途尋釁，無一日不與人競也。一日，昏夜至一村，旅舍皆滿。乃投一寺，僧曰：「惟佛殿後空屋三楹。然有物為祟，不敢欺也。」楊怒曰：「何物敢祟楊橫虎！正欲尋之耳。」促僧掃榻，共贊庵寢。贊庵心怯，近壁眠；橫虎臥於外，明燭以待。人定❸後，果有聲嗚嗚自外入，乃一麗婦也。漸逼近榻，楊突起擁抱之，即與接脣狎戲。婦忽現縊鬼形，惡狀可畏。贊庵戰栗，齒相擊。楊徐笑曰：「汝貌雖可憎，下體當不異人，且一行樂耳。」左手攬其背，右手遽褪其褌，將按置榻上。鬼大號逃去，楊追呼之，竟不返矣。遂安寢至曉。臨行，語寺僧曰：「此屋大有佳處，吾某日還，當再宿，勿留他客也。」贊庵嘗以語滄州王友三曰：「世乃有逼姦縊鬼者，橫虎之名，定非虛得。」

【章旨】此章講述了一個鬼也怕惡人的故事。

【注釋】❶瘍醫　指專治瘡傷的外科醫生。❷深州　今河北深縣。❸人定　指夜深人靜的時候。

【語譯】瘍醫殷贊庵從深州病人家回家去，主人派了一個姓楊的僕人護送他。這楊某素來脾氣暴戾，人們都叫他為橫（讀去聲）虎。楊某一路上尋釁滋事，沒有一天不和別人爭吵的。一天，他們入夜時分走到一個村莊，旅店都已經客滿，他們就到一座寺廟投宿，寺廟裡的和尚說：「只有佛殿後面有三間空屋。但是那裡有怪物作祟，我不敢瞞騙你們。」楊某發怒說：「什麼怪物敢來禍害我楊橫虎！我正想去找他呢！」楊某催促和尚打掃床榻，就和殷贊庵一起睡在裡面。殷贊庵心中恐懼，靠近牆壁睡下。楊橫虎睡在外面，點著蠟燭等待怪物。夜深人靜以後，果然有嗚嗚的聲音從門外進來，卻是一個漂亮的婦人。她慢慢走近床榻，楊橫虎突然跳起擁抱住她。就和她接吻狎戲。這個婦人忽然現出吊死鬼的原形，凶惡的形狀令人可怕。殷贊庵渾身發抖，嚇得牙齒互相叩擊。楊橫虎慢慢笑著說：「你的面貌雖然可憎，但你的下身應當不會和人兩樣，姑且行樂一次。」楊某左手攬住她的背，右手就脫去她的褲子，將要把那個女鬼按倒在床榻上。那個女鬼大叫著逃走，楊橫虎追著喊她，她始終沒有回來。於是他們安安穩穩地睡到天亮。臨走時，楊橫虎對寺廟裡的和尚說：「這間屋子真是不錯，我某天回來還要住宿在這裡，不要留宿其他的客人。」殷贊庵曾經把這件事告訴滄州人王友三說：「世上居然有逼姦吊死鬼的人，橫虎的名字，肯定不是憑空得來的。」

【研析】俗話說：「鬼也怕惡人。」這個故事就是一個例證。其實，鬼是利用人們的畏懼心理而得逞；一旦去畏懼而呈強悍，鬼自然也要畏懼三分了。當然，這只是一個故事而已。人世間有像鬼一樣的惡人，只要你比他更凶惡，那像鬼一樣的惡人也會退避。

房官軼事

科場❶為國取人材，非為試官❷取門生也。後以諸房額數有定，而分卷之美惡則無定，於是有撥房❸之例。雍正癸丑❹會試，楊丈農先❺房（楊丈諱椿，先姚安公之同年）撥入者十之七。楊丈不以介意，曰：「諸卷實勝我房卷，不敢心存畛域❻，使黑白倒置也。」（此聞之座師❼介野園先生，先生即撥入楊丈房者也）乾隆壬戌❽會試，諸襄七❾前輩不受撥，一房僅中七卷，總裁❿亦聽之。聞靜儒前輩，本房第一，為第二十名。王銘錫竟無魁選⓫。任釣臺⓬前輩，乃一房兩魁。戊辰⓭會試，朱石君前輩為湯藥岡前輩之房首⓮，實從金雨叔前輩房撥入，是雨叔亦一房兩魁矣。當時均未有異詞。所刻同門卷，余皆嘗親見也。庚辰⓯會試，錢籜石前輩以藍筆畫牡丹，遍贈同事，遂遞相題詠。時顧晴沙員外⓰撥出卷最多，朱石君撥入卷最多，余題晴沙畫曰：「深澆春水細培沙，養出人間富貴花。好是豔陽三四月，餘香風送到鄰家。」邊秋厓前輩和余韻曰：「一番好雨淨塵沙，春色全歸上苑⓱花。此是沉香亭畔種（上聲），莫教移到野人家。」又題石君畫曰：「乞得仙園花幾莖，嫣紅姹紫不知名。何須問是誰家種，到手相看便有情。」石君自和之曰：「春風春雨剩枯莖，傾國何曾一問名。心似維摩老居士⑱，天花來去不關情⑲。」張鏡壑前輩繼和曰：「墨搗青泥硯滴沙，濃藍寫出洛陽花⑳。云何不著胭脂染，擬把因緣問畫家。」「黛為花片翠為莖，《歐譜》㉑知居第幾名？卻怪玉盤承露冷，香山居士㉒太關情。」蓋皆多年密友，脫略形骸，互以虐謔為笑樂，初無成見於其間也。蔣文恪公㉓時為總裁，見之曰：「諸君子跌宕風流，自是佳話。然古人嫌隙，多起於俳諧。不如並此無之，更全交之道耳。」皆深佩其言，蓋老成之所見遠矣。錄之以志少年綺語之過，後來英俊，慎勿效焉。

【章旨】此章講述了科舉考試時，各房房官在評閱試卷，錄取考生及閒暇時的一些軼事趣聞。

【注釋】❶科場　指科舉時代考試士子的地方。❷試官　主持考試的官吏。❸撥房　明清時鄉試、會試分房閱卷，各房考官初取或複取的試卷，送他房複評。❹雍正癸丑　即清雍正十一年，西元一七三三年。❺楊農先　即楊椿。字農先，清武進（今江蘇無錫）人。康熙進士，官至侍講學士。精研經史，至老不倦，著有《古周易尚書定本》、《詩經釋辨》、《春秋類考》等。❻畛域　範圍；界限。如：不分畛域。《莊子・秋水》：「泛泛乎其若四方之無窮，其無所畛域。」❼座師　也叫「座主」。唐代進士用以稱主試官。明清舉人、進士，亦用稱其本科主考或總裁官。❽乾隆壬戌　即清乾隆七年，西元一七四二年。❾諸襄七　即諸錦。字襄七，號草廬，清秀水（今浙江嘉興）人。雍正進士，曾任金華府教授。博聞強識，志節皦然，甘守寂莫。著有《毛詩說》、《饗禮補亡》等。❿總裁　明清主持會試的官員。⓫魁選　科舉考試中的第一名。明陸粲《庚巳編・太學》：「迄今百四十年來，學生居此堂者，往往占魁選。」後泛指位居第

一、最優者。⑫任釣臺　即任啟運。字異聖，因其居處近古釣臺，世稱釣臺先生，清荊溪（今江蘇宜興）人。雍正進士，改庶吉士，授編修，官至宗人府丞。著作有《周易洗心》、《宮室考》、《清芬堂文集》等。⑬戊辰　即清乾隆十三年，西元一七四八年。⑭房首　明清時鄉試、會試分房閱卷，每一房試卷的第一名，即為房首。⑮庚辰　即清乾隆二十五年，西元一七六〇年。⑯員外　參見本書卷二〈陰律〉則注釋❶。⑰上苑　皇家的園林。⑱維摩老居士　即維摩詰。佛經中人名。《維摩詰經》中說他和釋迦牟尼同時，是毘耶離城中的一位大乘居士。後常用以泛指修大乘佛法的居士。⑲關情　動心；牽動情懷。⑳洛陽花　牡丹花的別稱。因唐宋時洛陽牡丹最盛，故稱。㉑歐譜　指北宋歐陽脩撰寫的《牡丹譜》。即《洛陽牡丹記》。此書計三篇，是我國現存最早的牡丹專書。㉒香山居士　參見本書卷四〈臥虎山人降乩〉則注釋❿。㉓蔣文恪公　即蔣溥。字質甫，號恆軒，清常熟（今江蘇常熟）人。雍正進士，乾隆間官至東閣大學士，兼管戶部事。性格寬厚，警敏絕倫。卒諡文恪，故稱。

【語譯】科舉考試是為國家選拔人材，而不是為房官選取門生的。後來因為各房考官錄取人數有一定的名額，但考官批閱試卷的優劣標準卻不一致，於是就有了撥房的制度。雍正十一年會試，楊農先生評閱的試卷中（楊公名椿，和先父姚安公是同年登榜）撥入的試卷占了十分之七。楊先生毫不介意，說：「這些試卷確實勝過我房評閱的那些試卷，我不敢心存門戶之見，使得黑白倒置。」（這件事是從我的座師介野園先生那裡聽來的，介野園先生就是被撥入楊先生試房而登第的）乾隆七年會試，諸襄七前輩不接受撥入的試卷，一房僅錄取七名，總裁官也聽之任之。聞靜儒前輩評閱的試卷是本房第一名，在全部考生中只排到第二十名。王銘錫前輩房中評閱的試卷居然空缺第一名。任釣臺前輩房中評閱的試卷卻出現兩個第一名。乾隆十三年會試，朱石君前輩的試卷是湯藥岡前輩試房的第一名，實際上是從金雨叔前輩的試房中撥入的。這樣，金雨叔的試房中也出現了兩個第一名。當時的考官都沒有異議。所刻印的同門考卷，我都曾親眼看見過。乾隆二十五年會試，錢籜石前輩用藍色的筆畫牡丹，遍贈各位同事，大家就相繼在畫上題詠。當時，顧晴沙員外房中撥出的試卷最多，朱石君房撥入的試卷最多，我在顧晴沙的牡丹畫上題寫道：「用春水深深澆透，細細栽培土壤，養出人間的富貴花。正是豔陽三四月的天，餘香由風送到鄰居家。」邊秋厓前輩和我的詩韻也題寫了一首詩：「一番好雨洗淨灰塵沙土，春色全部歸於上苑的牡丹花。這是沉香亭畔的種子萌發的（讀上聲），不要讓人移到平民百姓家。」我又為朱石君的牡丹畫題寫一首詩：「乞求得到仙人花園的幾枝花，嫣紅姹紫不知叫什麼名字。何須問這是誰家的花種，到手相看便有情誼。」朱石君和我的詩韻題寫了一首詩：「春風春雨後剩下枯萎的花莖，傾國名花何曾一一問清名目。我心恰似維摩老居士，任憑天花來去都不關心。」張鏡壑前輩接著和韻道：「墨池中搗著青泥硯臺沾汙沙土，濃濃的藍色寫出洛陽牡丹花。問說為什麼不著胭脂紅來染色，打算把這個因緣去問畫家。」「黛色為花片翠色為花莖，在歐陽脩的《牡丹譜》裡不知排在第幾名？卻怪玉盤承接的露水太冷，香山居士太過於關情。」大家都是交結多年的親密朋友，稍微拋開身分地位，相互戲謔打趣為玩笑取樂，彼此之間毫無成見。蔣文恪公當時擔任總裁官，見到這些題詠，說：「各位君子跌宕風流，固然是一段佳話。然而古人之間產生的嫌隙，大多起因於戲謔玩笑。不如都沒有這些戲謔玩笑，那是更可以保全彼此友誼的正道。」大家都深深佩服他說的這些話，這是老成人的見識深遠啊。我把這些記錄下來以表明我年輕時炫耀文辭的過錯，希望後起的英才俊傑之士，千萬不要仿效了。

【研析】科舉考試，本是天下士人進身之本。儘管多有弊病，但其選拔人才的方式至今難以替代。作者講述了評閱試卷時的撥房之例，及房官間互相題詩戲謔撥房，雖說是一場文人遊戲，但其中不難品出嘲諷和譏笑。還是蔣文恪公閱世老辣，告誡說：「古人嫌隙，多起於俳諧。」故而即使朋友間，也是以禮相待為好。蔣公告誡，意氣飛揚者當深思。

拜榜小考

科場填榜完時，必卷而橫置於案。總裁、主考，具朝服[1]九拜，然後捧出，堂吏❷謂之拜榜，此誤也。以公事論，一榜皆舉子，試官何以拜舉子？以私誼❸論，一榜皆門生，座主何以拜門生哉？或證以《周禮》❹拜受民數之文，殊為附會。蓋放榜之日，當即以題名錄❺進呈。錄不能先寫，必拆卷唱一名，榜填一名，然後付以填榜之紙條，寫錄一名。今紙條猶謂之「錄條」，以此故也。必拜而送之，猶拜摺之禮也。榜不放，錄不出；錄不成，榜不放。故錄與榜必並陳於案，始拜。榜大錄小，燈光晃耀之下，人見榜而不見錄，故誤認為拜榜也。厥後，或繕錄未完，天已將曉；或試官急於復命，先拜而行。遂有拜時不陳錄於案者，久而視為固然。堂吏或因可無錄而拜，遂竟不陳錄。又因錄既不陳，可暫緩寫而追送，遂至寫榜竣後，無錄可陳，而拜遂潛移於榜矣。嘗以問先師阿文勤公❻，公述李文貞❼公之言如此。文貞即公己丑❽座主也。

【章旨】此章作者考辨了所謂「拜榜」的由來和演變。

【注釋】❶朝服　古時君臣朝會時所穿的禮服。尊卑異制，歷代異制。❷堂吏　唐宋時中書省的辦事吏員。原自中央各機構抽補。宋太祖以其擅中書事權，多生弊端，改令吏部於士人中選授。宋太宗太平興國九年，始以京朝官充任。明清時沿用該稱呼。❸私誼　私人的交誼。❹周禮　參見本書卷一〈漢學與宋學〉則注釋⑯。《周禮・秋官》：「孟冬祀司民，獻民數於王，王拜受之。」❺題名錄　又名登科錄。科舉中登第人員的記錄名冊。❻阿文勤公　即阿克敦。清滿州正白旗人。姓章嘉氏，字沖和，一字立恆。康熙進士。乾隆間官至太子太保，協辦大學士。卒諡文勤。有《德蔭堂集》。❼李文貞公　即李光地。字晉卿，號厚庵，清安溪（今福建安溪）人。康熙進士，官至文淵閣大學士。卒諡文貞，故稱。❽己丑　即清康熙四十八年，西元一七〇九年。

【語譯】科場評閱試卷結束填寫完榜後，必定將榜捲起來橫放在公案上。總裁官、主考官都身穿朝服，對著榜行九拜之禮，然後捧出去發榜，堂吏稱這種儀式為「拜榜」，這是誤解。以公事而論，一榜上列名的都是考生，試官為什麼要跪拜考生？以私誼而論，一榜上所列名的都是自己的門生，座主為什麼要跪拜門生呢？有人引用《周禮》孟冬祀司民，王拜受民數的文字來證明，這更是牽強附會。其實是因為放榜那天，應當立即將題名錄進呈皇上。題名錄不能事先寫好，必須拆卷唱一名，榜文填上一名，然後將填榜的紙條交付書寫題名錄的人，才在題名錄上寫上一名。所以如今這紙條還稱之為「錄條」，就是這個緣故。題名錄必須跪拜後才送出，就如同行拜摺之禮。沒有放榜，題名錄不能寫出來；題名錄沒有寫成，榜就不能放。所以，題名錄和榜必然一起陳放在公案上，才行跪拜禮。榜文體積大，題名錄體積小，在燈光搖晃照耀之下，人們只看到榜而沒有看見題名錄，所以誤認為是拜榜。此後，或許題名錄沒有抄錄完畢，天就快要亮了；或許試官急於回朝廷復命，先行拜禮就走了，於是就有官員行拜禮時沒有陳列題名錄在公案上的情況。久而久之，這種做法被看作是理所當然的了。堂吏或許因為官員沒有題名錄也可以行拜禮，於是就居然不把題名錄陳列在公案上。又因為題名錄既然可以不陳列在公案上，可以暫緩登錄而後追送，以至於發展為榜文寫成之後，沒有題名錄可以陳列，而官員的跪拜禮就漸漸潛移到榜上了。我曾就此事請教先師阿文勤公，阿文勤公說李文貞公就是這樣解釋的。李文貞公就是阿文勤公在康熙四十八年參加會試時的主考官。

【研析】拜榜的由來及演變，雖說是小事，但其演變的過程值得深思。本是一件尋常之事，往往在傳承過程中會改變其本來意思，後世的解釋與其本意完全不同。其實，世上許多事就是如此。以誤傳誤，以訛傳訛，以致模糊了事情的真相。如果沒有有心人加以辨析，豈不蒙混了天下人？

官場衙門禁忌

翰林院❶堂不啟中門，云啟則掌院❷不利。癸巳❸開四庫全書館，質郡王臨視，司事者啟之。俄而掌院劉文正公❹、覺羅❺奉公相繼逝。又門前沙堤中，有土凝結成丸，儻或誤碎，必損翰林。癸未❻，雨水沖激，露其一，為兒童擲裂。吳雲巖前輩旋歿。又原心亭之西南隅，翰林有父母者，不可設坐，坐則有刑克❼。陸耳山❽時為學士，毅然不信，竟丁外艱❾。至左角門久閉不啟，啟則司事者有譴謫，無人敢試，不知果驗否也。其餘部院，亦各有禁忌。如禮部❿甬道屏門，舊不加搭渡（搭渡以夾木二方，夾於門限，坡陀如橋狀，使堂官乘車者可從中入，以免於旁繞）。錢籜石⓫前輩不聽，旋有天壇燈杆之事⓬者，亦往往有應。此必有理存焉，但莫詳其理安在耳。

【章旨】此章記述了在翰林院及禮部衙門中，人們所認為的幾處禁忌。對此，作者也是深信不疑的。

【注釋】❶翰林院　參見本書卷七〈拆字〉則注釋❼。❷掌院　清代翰林院掌院學士的省稱。掌院學士，翰林院的長官。順治十五年始設，滿漢各一人，正三品，兼禮部侍郎銜。乾隆五十八年規定不再兼禮部侍郎銜。❸癸巳　即清乾隆三十八年，西元一七七三年。❹劉文正公　即劉統勳。字延清，號爾鈍，清諸城（今山東諸城）人。雍正進士，官至東閣大學士。卒謚文正，故稱。❺覺羅　清制，奉努爾哈赤的父親顯祖塔克世為大宗，稱其直系子孫為宗室；對其伯叔兄弟的旁支子孫，則稱為覺羅。❻癸未　即清乾隆二十八年，西元一七六三年。❼刑克　參見本卷〈偷雞蝕米，弄巧成拙〉則注釋❻。❽陸耳山　參見本書卷十一〈先兆〉則注釋❼。❾丁外艱　同「丁父憂」。指遭逢父親喪事。❿禮部　參見本書卷十三〈李再瀛〉則注釋❹。⓫錢籜石　即錢載。字坤一，號籜石，清秀水（今浙江嘉興）人。乾隆進士，由翰林院編修累官至禮部左侍郎。⓬天壇燈杆之事　指乾隆年間在天壇舉行祭天儀式，燈杆出了問題。錢籜石時任禮部左侍郎，險些因此獲罪。天壇，明清兩代帝王用以祭天和祈禱豐年的建築，在原北京外城的東南部，著名的「回音壁」就在此。天壇是我國現存精美的古建築群之一。

【語譯】翰林院正堂不開啟中門，說是一旦開啟中門，就會對掌院不利。乾隆三十八年開四庫全書館，質郡王親臨翰林院視察，負責此事的人開啟中門迎接。不久，掌院學士劉文正公、覺羅奉公相繼去世。又，翰林院門前的沙堤中有泥土凝結成的泥丸。如果有人把這種泥丸不小心弄碎，肯定會損害到翰林學士。乾隆二十八年，由於雨水沖刷，沙堤中露出一顆泥丸，被兒童投擲而摔裂了。吳雲巖前輩隨即就去世了。又，翰林院內原心亭的西南角，父母健在的翰林學士，不能在那裡設立座位，坐在那裡就會克父母。陸耳山當時為翰林學士，堅決不相信，結果他的父親就去世了。至於翰林院左角門是長期關閉不開的，如果開啟，那麼主事的人就會遭到貶謫，故而沒有人敢去試一試，不知是否果然應驗。京城裡的其他部院，也各有各的禁忌。如禮部衙門內的甬道屏門，原來不加搭渡（所謂搭渡，是用二方木料夾在門限上，坡度像橋的形狀，使乘車的堂官可以從中間進去，以免從旁邊繞道），錢籜石前輩不聽別人勸告而加了搭渡，不久就有天壇燈杆的事情發生，這些禁忌也都往往應驗。這其中必然有道理存在，只是不能詳細知道它的道理在什麼地方罷了。

【研析】文中所說的種種禁忌，今人看來不免好笑。然而，今人不必笑古人，今人也有許多莫名其妙的禁忌，難以理解。或許，這應該從民族文化和民族心理去探求究竟。對於禁忌，一般來說，人們寧可信其有，而不可信其無，這就是禁忌得以存在的社會基礎。就作者紀昀而言，他對文中所說的種種禁忌，也是深信不疑的。

二姑娘

相傳翰林院寶善亭，有狐女曰二姑娘，然未睹其形跡。惟褚筠心❶學士齋宿❷時，夢一麗人攜之行，逾越牆壁，如踏雲霧。至城根高麗館❸，遇一老叟，驚曰：「此褚學士，二姑娘何造次❹乃爾？速送之歸。」遂霍然醒。筠心在清祕堂❺，曾自言之。

【章旨】此章講述了一位翰林院學士夢中與傳說中的狐女二姑娘交往的一段故事。

【注釋】❶褚筠心　即褚廷璋。字左莪，號筠心，清長洲（今江蘇蘇州）人。乾隆進士，官至翰林院侍讀學士。❷齋宿　謂隔夜就齋戒，表示虔誠。《史記・秦本紀》：「（秦）繆公虜晉君以歸，令於國齋宿，『吾將以晉君祠上帝』。」❸高麗館　朝廷接待朝鮮使臣的館驛。❹造次　魯莽；輕率。❺清祕堂　翰林院中的一處建築。

【語譯】相傳翰林院的寶善亭中有個狐女叫二姑娘，然而沒有人看見過她的形蹤。惟獨褚筠心學士在翰林院齋宿時，夢見一個美麗女子帶著他行走，跨越牆壁就如同踏著雲霧一樣。狐女帶著他來到城牆邊的高麗館，遇到一位老人，那老人吃驚地說：「這位是褚學士，二姑娘怎麼如此輕率魯莽？趕快送他回去。」於是褚學士猛然間驚醒了。褚筠心在清祕堂時，曾經自己說起過這件事。

【研析】日有所思，夜有所想，遂成夢境。這位褚學士當也是風流中人物，雖想與狐女成一樁風流美事，卻被硬生生地拗斷了。破其美夢者，與其說是夢中的那位老人，還不如說是褚學士自己本人。因為現實中不可能存在那個老者，而褚學士潛意識中的做人準則卻時時提醒他不做越軌之事。於是褚學士才會猛然驚醒。不知讀者然否？

使奸弄巧而喪生

神奸機巧，有時敗也；多財恣橫，亦有時敗也。以神奸用其財，以多財濟其奸，斯莫可究詰矣。景州❶李露園言：燕❷、齊❸間有富室失偶，見里人新婦而豔之。陰遣一媼，稅屋與鄰，百計遊說，厚賂其舅姑，使以不孝出其婦，約勿使其子知。又別遣一媼與婦家素往來者，以厚賂遊說其父母，偽送婦還。舅姑亦偽作悔意，留之飯，已呼婦入室矣。俄彼此語相侵，仍互詬，逐婦歸，亦不使婦知。於是買休賣休，與母家同謀之事，俱無跡可尋矣。既而二媼詐為媒，與兩家議婚。富室以憚其不孝辭，婦家又以貧富非偶辭，於是謀娶之計亦無跡可尋矣。遲之又久，復有親友為作合，乃委禽❹焉。其夫雖貧，然故士族❺，以迫於父母，無罪棄婦，已怏怏成疾，猶冀破鏡再合；聞嫁有期，遂憤鬱死。死而其魂為厲於富室，合巹之夕，燈下見形，撓亂不使同衾枕，如是者數夜。改卜其晝，婦又恚曰：「豈有故夫在旁，而與新夫如是者？又豈有三日新婦，而白日閉門如是者？」大泣不從。無如之何，乃延術士劾治。術士登壇焚符，指揮叱吒，似有所睹，遽起謝去，曰：「吾能驅邪魅，不能驅冤魄也。」延僧禮懺，亦無驗。忽憶其人素頗孝，故出婦不敢阻。乃再賂婦之舅姑，使諭遣其子。舅姑雖痛子，然利其金，姑共來怒詈。鬼泣曰：「父母見逐，無復住理，且訟諸地下耳。」從此遂絕。不半載，富室竟死。殆訟得直歟？富室是舉，使鄧思賢❻不能訟，使包龍圖❼不能察。且恃其錢神，至能驅鬼，心計可謂巧矣，而卒不能逃幽冥之業鏡❽。聞所費不下數千金，為歡無幾，反以殞生。雖謂之至拙可也，巧安在哉！

【章旨】此章講述了一個富戶使奸弄巧，自以為得計，但最終卻害了自己性命的故事。

【注釋】❶景州　今河北景縣。❷燕　舊時河北的別稱。❸齊　地區名。今山東泰山以北黃河流域及膠東半島地區，為戰國時齊地。漢以後仍沿稱為齊。❹委禽　下聘禮。委，致送。禽，指雁，古代訂婚用的禮物。❺士族　此處指世代是讀書人的家族。與東漢以後所說的士族有所區別。❻鄧思賢　人名，善於訴訟。曾著有《鄧思賢》一書，為宋代民間流行的訴訟書，講述訴訟之法。宋沈括《夢溪筆談》二五：「有一書名《鄧思賢》，皆訟牒法也。……蓋思賢，人名也。人傳其術，遂以之名書。」❼包龍圖　即包拯。字希仁，北宋廬州合肥（今屬安徽）人。曾任天章閣待制、龍圖閣直學士。官至樞密副使。知開封府時，以廉潔著稱，執法嚴峻，不畏權貴，當時稱為「關節不到，有閻羅包老」。他的事跡長期流傳民間。❽業鏡　參見本書卷三〈宿怨〉則注釋❷。

【語譯】奸詐狡猾、工於心計的人，有敗露的時候；依仗財富多、恣意橫行霸道的人，也有失敗的時候。但奸詐狡猾的人支配自己的財富，用財富來幫助行使奸詐，那樣就很難追究查問了。景州人李露園說：在河北、山東交界的地方有個富戶死了妻子，看見本鄉有戶人家新娶的媳婦很美而就喜歡上了她。他暗地裡派一個老婦人，租間屋子和這戶人家作鄰居，千方百計地加以遊說，用重金賄賂這個新媳婦的公公、婆婆，使他們以不孝的名義將她休掉，並且約定不讓他們的兒子知道事情的原委。這個富戶又另派一個與這個新娘家一向有來往的老婦人，用重金賄賂並遊說她的父母，假裝把女兒送還婆家。公公、婆婆也假裝作出後悔的樣子，留親家吃飯，已經把媳婦叫進屋來了。不一會兒，兩親家彼此說話中語言不合，於是就相互指責謾罵，公公婆婆又把媳婦趕回娘家去，也不讓媳婦知道事情的原委。於是這樣買進被休的女人和賣掉被休的媳婦，以及與媳婦娘家同謀的事情，都沒有絲毫蹤跡可尋了。不久這兩個老婦人假裝做媒人，為富戶和這女子家議婚。富戶以擔心那個女子不孝為由而拒絕這門親事，這個女子娘家又以貧富不當為理由推辭，於是他們謀畫嫁娶的事情也絲毫沒有蹤跡可尋了。這樣又過了很久，又有親戚朋友來為他們撮合，富戶才給女方送上聘禮定婚。那個女子的丈夫雖然貧窮，然而卻是士族出身，只因被父母逼迫，才把無罪的妻子遺棄，已經憂鬱不快而生了病，但還希望能與妻子破鏡重圓；聽說她婚嫁的日期已經定下，於是憤恨鬱悶而死。死後他的鬼魂在那個富戶家作祟，在富戶新婚之夜，他在燈下顯形，阻撓擾亂他們，使得他們不能同床，這樣的情況持續了幾夜。富戶要改在白天和妻子同床，妻子又憤怒地說：「哪有去世的前夫在身旁，而與新丈夫幹這種事的？又哪有進門才三天的新娘，而白天關上門幹這種事的？」她大聲哭泣而堅決不同意。富戶無可奈何，於是就請來術士劾治鬼魂。術士登壇焚符，指揮喝叱，似乎看見了什麼，便急忙起身告辭，說：「我能夠驅除邪魅，卻不能驅除冤魂。」富戶請來和尚做法事懺悔，也沒有效果。富戶忽然想起妻子的前夫素來很孝順，所以父母把媳婦趕出門而他不敢阻攔。富戶就再次賄賂妻子原來的公公、婆婆，讓他們告訴兒子離開。公公、婆婆雖然因為失去兒子而感到悲痛，然而貪圖那個富戶的金錢，姑且一起來怒罵兒子。鬼魂哭泣著說：「被父母驅逐，我沒有理由再住在這兒了。我要到陰曹地府去告狀。」從此這個鬼魂在富戶家絕跡。不到半年，這個富戶竟然死了。大概是那個鬼魂在陰間勝訴了吧？富戶的這番舉動，即使鄧思賢也不能提出訴訟，即使包龍圖也不能察明真相。而且他依仗錢財能夠通神，甚至能驅走鬼魂，他的心計可以說是夠機巧的了，然而最終卻不能逃脫陰間的業鏡。聽說他為此花費不下幾千兩銀子，尋歡作樂沒有多長時間，反而因此喪生。即使說他極為笨拙也是可以的，他的機巧究竟在哪裡呢！

【研析】使奸弄巧，害人謀利，終究要遭到報應。這是一般常人的看法。人們常說：「多行不義必自斃。」也就是這個意思。如果換一個角度看，或許正是人們對這種惡行的無可奈何，故而寄希望於冥冥之中的報應。

張相公廟

京師有張相公廟，其緣起無考，亦不知張相公為誰。土人或以為河神。然河神❶宜在沽水❷、漷縣❸間，京師非所治也。又密雲❹亦有張相公廟，是實山區，並非水國，不去河更遠乎！委巷❺之談，殊未足徵信。余謂唐張守珪❻、張仲武❼皆曾鎮平盧❽，考高適❾〈燕歌行〉❿序，是詩實為守珪作。一則曰：「戰士軍前半死生，美人帳下猶歌舞。」再則曰：「君不見邊庭征戰苦，至今猶憶李將軍⓫。」於守珪大有微詞。仲武則摧破奚寇⓬，有捍禦保障之功，其露布⓭今尚載《文苑英華》⓮。以理推之，或士人立廟祀仲武，未可知也。行篋⓯無書可檢，俟扈從回鑾後，當更考之。

【章旨】此章考訂了京城張相公廟的由來。

【注釋】❶河神　亦稱「河伯」。傳說中掌管河流的水神。❷沽水　古水名，一作沽河。上游即今河北白河。故道自順義東南李遂鎮西南流至通縣東北會溫榆河，即今北運河。又海河亦稱沽河。❸漷縣　明洪武五年（一三七二年）降漷州為縣，治所在今北京通州區東南。❹密雲　縣名。在北京東北部、潮白河上游，鄰接河北。❺委巷　僻陋曲折的小巷。借指民間。❻張守珪　唐陝州河北（今山西陸平）人。唐開元十五年鎮守瓜州，修築州城，連敗吐蕃兵。開元二十一年，移鎮幽州（今北京），任河北節度副大使。屢次戰勝吐蕃兵。後被貶為括州刺史。❼張仲武　唐范陽（今河北涿縣）人。唐會昌初任雄武軍使。以破回鶻功，官兵部尚書。後累官檢校司徒。❽平盧　唐方鎮名。治所在營州（今遼寧朝陽）。領平盧、盧龍二軍。❾高適　字達夫，一字仲武，唐渤海蓨（今河北滄縣）人。少時貧困，浪遊天下。後曾任西川節度使、左散騎常侍。是唐代著名的邊塞詩人。❿燕歌行　樂府〈相和歌・平調曲〉名。原序云：「開元二十六年，客有從御史大夫張公出塞而還者，作〈燕歌行〉以示適。感征戍之事，因而和焉。」張公即指張守珪。⓫李將軍　指漢代名將李廣，武帝時為右北平太守，以防匈奴，他身先士卒，與士卒同甘共苦，深受士卒愛戴，匈奴畏之，避不敢犯。《史記・李將軍列傳》：「（李）廣廉，得賞賜輒分其麾下，飲食與士共之。……廣之兵將，乏絕之處，見水，士卒不盡飲，廣不近水；士卒不盡食，廣不嘗食。寬緩不苛，士以此愛樂為用。」一說是戰國時趙國名將李牧。⓬奚寇　指北方的少數民族。⓭露布　古代用稱檄文、捷報或其他緊急文書。封演《封氏聞見記》卷四：「露布，捷書之別名也。諸軍破賊，則以帛書建諸竿上，兵部謂之『露布』。蓋自漢以來有其名。所以名『露布』者，謂不封檢露而宣布，欲四方速知。」⓮文苑英華　總集名。宋太宗時李昉、扈蒙、徐鉉、宋白等奉敕編。一千卷。「宋四大書」之一。輯集南朝梁末至唐代詩文，以上續《文選》。⓯行篋　指行李箱。篋，箱子。

【語譯】京城有座張相公廟，它的緣起已經無從考證，也不知道張相公是誰。當地人中有人認為張相公是河神。然而，河神應該在沽水、漷縣之間，京城不屬於河神的管轄範圍。又，密雲縣也有座張相公廟。密雲縣實際上是山區，並不是水鄉澤國，不是離開河流更遠了嗎！民間百姓的說法，實在不足以相信。我認為唐代的張守珪、張仲武都曾經鎮守平盧，考唐代詩人高適〈燕歌行〉序，這首詩實際上是為張守珪所作。詩中一處說：「戰士在戰場前線生死各半，將軍在帳中還在看美人歌舞。」詩中另一處說：「君不見邊庭征戰苦，至今人們仍舊思念李將軍。」這首詩對張守珪很有批評之意。張仲武卻是挫敗了北方奚族的入侵，有捍衛國家保障邊境安定的功勞，他的露布至今還記載在《文苑英華》中。根據這個道理來推測，或許是讀書人建廟祭祀張仲武，我還不敢肯定。我隨身行李中沒有書可以翻檢，等我護駕回到京城之後，當再作考證吧。

【研析】京城張相公廟由來已久，無人去考究其緣由和祭祀何神。作者當時垂垂老矣，且又隨駕遠在熱河。夜來無事，卻將此事作了一番考訂。雖說此番考訂無關緊要，但也於此可見作者思辨之清晰和知識之淵博。

卷二十一 灤陽續錄三

輪迴

輪迴之說，鑿然有之。恆蘭臺之叔父，生數歲，即自言前身為城西萬壽寺❶僧。從未一至其地，取筆粗畫其殿廊門徑，莊嚴陳設，花樹行列。往驗之，一一相合。然平生不肯至此寺，不知何意。此真輪迴也。朱子❷所謂輪迴雖有，乃是生氣未盡，偶然與生氣湊合者，亦實有之。余崔莊佃戶商龍之子，甫死，即生於鄰家。未彌月❸，能言。元旦父母偶出，獨此兒在襁褓。有同村人叩門，云賀新歲。兒識其語音，遽應曰：「是某丈耶？父母俱出，房門未鎖，請入室小憩可也。」聞者駭笑。然不久夭逝。朱子所云，殆指此類矣。天下之理無窮，天下之事亦無窮，未可據其所見，執一端論之。

【章旨】此章作者通過兩個小故事來論證輪迴之說的存在。

【注釋】❶萬壽寺　在北京西郊。清乾隆年間，乾隆帝為慶皇太后六十壽辰，在西郊甕山下建寺祝喜，即萬壽寺。並賜山名為萬壽。清光緒間在此建頤和園。❷朱子　即朱熹。參見本書卷七〈徼外之鬼當有〉則注釋❼。❸彌月　胎兒足月。《詩・大雅・生民》：「誕彌厥月。」謂妊娠滿足十個月誕生。今俗稱小兒生後滿一月為「彌月」，也叫「滿月」。

【語譯】關於輪迴的說法，確實是有這種事的。恆蘭臺的叔父，出生才幾歲，就說自己前身是城西萬壽寺的和尚。他從來沒有到過那個地方，拿起筆來大略勾畫出了萬壽寺的殿堂廊房門徑、寺裡的莊嚴陳設，寺院裡的花木行列。拿著這畫去萬壽寺驗證，都一一相符。但是，他終生不肯去那個寺，不知道是為什麼。這是真的輪迴。朱熹所謂的輪迴雖然有，卻只是指死人的生氣沒有盡，偶然與活人的生氣湊合起來，這種事情也是確實存在的。我家崔莊佃戶商龍的兒子，剛剛去世，就出生在鄰居家。鄰居家這孩子沒有滿月，就能說話。元旦那天，他的父母偶然外出，只有這個孩子在襁褓中。有個同村人來敲門，說是來恭賀新年。這個嬰兒能辨別出他說話的聲音，馬上回答說：「是某某老伯嗎？父母都出去了，房門沒有鎖，請進屋來歇歇。」這人聽到他說話，又吃驚又好笑。但是不久以後，這個孩子就夭折了。朱熹所說的，大概是指這類情況。天下的理是沒有窮盡的，天下的事也是沒有窮盡的，不可以根據自己的見聞，拘泥於某一方面來評斷。

【研析】輪迴之說，本出自古印度婆羅門教的教義，佛教沿襲而加以發展，亦成為佛教的重要教義。佛教傳入中土，逐漸與儒家文化融合，輪迴之說也漸漸被士大夫們所接受。如朱熹還試圖用「生氣」來解釋輪迴，而紀昀就已經全盤接受了佛教的解釋，並篤信「輪迴之說」的「鑿然有之」。於此可見士大夫們對佛教的接受和融合。

旅舍遇魅

德州❶李秋厓言：嘗與數友赴濟南❷秋試❸，宿旅舍中，屋頗敝陋。而旁一院，屋二楹，稍整潔，乃鎖閉之。怪主人不以留客，將待富貴者居耶？主人曰：「是屋有魅，不知其狐與鬼，久無人居，故稍潔，非敢擇客也。」一友強使開之，展襆被獨臥，臨睡大言曰：「是男魅耶？吾與爾角力❹；是女魅耶？爾與吾薦枕❺，勿瑟縮不出也。」閉戶滅燭，殊無他異。人定後，聞窗外小語曰：「薦枕者來矣。」方欲起視，突一巨物壓身上，重若盤石，幾不可勝。捫之，長毛鬖鬖❻，喘如牛吼。此友素多力，因抱持搏擊。此物亦多力，牽拽起仆，滾室中幾遍。諸友聞聲往視，門閉不得入，但聽其砰訇而已。約二三刻許，魅要害中拳，嗷然遁。此友開戶出，見眾人環立，指天畫地，說頃時狀，意殊自得也。時甫交三鼓，仍各歸寢。此友將睡未睡，聞窗外又小語曰：「薦枕者真來矣。頃欲相就，家兄急欲先角力，因爾唐突。今渠已愧沮不敢出，妾敬來尋盟也。」語訖，已至榻前，探手撫其面，指纖如春蔥，滑澤如玉，脂香粉氣，馥馥襲人。心知其意不良，愛其柔媚，且共寢以觀其變。遂引之入衾，備極繾綣。至歡暢極時，忽覺此女腹中氣一吸，即心神恍惚，百脈沸湧，昏昏然竟不知人。比曉，門不啟，呼之不應，急與主人破窗入，噀水噴之，乃醒，已儽然❼如病夫。送歸其家，醫藥半載，乃杖而行。自此豪氣都盡，無復軒昂❽意興矣。力能勝強暴，而不能不敗於妖冶。歐陽公❾曰：「禍患常生於忽微，智勇多困於所溺。」豈不然哉！

【章旨】此章講述了一個書生在旅舍中力勝強暴，卻敗於妖冶的故事。

【注釋】❶德州　市名。在山東西北部，鄰接河北。❷濟南　今山東濟南。在山東中部偏西、黃河下游南岸。❸秋試　亦稱「秋闈」。明清科舉制度，每三年的秋季，在各省省城舉行一次考試，即鄉試。因在秋季舉行，故稱「秋試」。❹角力　比武。《禮記・月令》：「(孟冬之月)天子乃命將帥講武，習射御，角力。」現代摔跤運動尚沿用角力之名。如古典式角力、自由式角力。❺薦枕　指侍寢。即陪同睡覺。❻鬖鬖　毛髮下垂貌。❼儽然　疲困貌。❽軒昂　形容氣度不凡。❾歐陽公　即宋歐陽脩。參見本書卷七卷首注釋❹。

【語譯】德州人李秋匡說：他曾經同幾位朋友赴濟南參加秋試，住宿在旅舍中，房屋很破舊簡陋，而旁邊一個院子裡有兩間屋子，稍稍整潔些，屋子卻是鎖著的。他們責問店主人不讓客人住在那屋裡，難道是要把整潔的房間留給有錢人來住嗎？店主人說：「這屋子裡有妖魅，不知這妖魅是狐狸精還是鬼魅，很久沒有人居住，所以稍稍整潔些，並不是我敢選擇客人。」一位朋友堅持要店主人打開那屋子的門，鋪開被褥獨自一人睡下，臨睡前大聲地說：「是男的妖魅嗎？我同你角力比武。是女的妖魅嗎？你與我同床共枕，不要畏縮著不出來！」然後關好房門，吹滅蠟燭，也沒有發生什麼異常情況。到了夜深人靜的時候，他聽到窗外低語說：「陪你睡覺的人來了。」他正要起來看時，突然一個巨大的物體壓在身上，重得就像大石，幾乎承受不了。他用手摸摸，長長的毛髮下垂著，喘氣聲就像牛吼一樣。這人向來力氣很大，就抱住怪物搏鬥起來。這個怪物力氣也很大，拉著他滾打搏擊，兩個在屋子裡滾打了好幾遍。朋友們聽到搏鬥聲都前去探視，卻因為房門關閉著無法進去，只聽到屋子裡傳出來砰砰訇訇的擊打聲音而已。大約過了二三刻鐘，妖魅的要害部位被擊中，嗷嗷叫喊著逃走了。這位朋友打開房門出來，看見大家圍成一圈站立著，就指天畫地般的手舞足蹈，訴說當時的情況，看上去似乎很得意的樣子。當時剛過了三更，於是大家各自回房去睡覺。這個朋友在將睡未睡時，聽到窗外又有小聲說：「同床共枕的人真的來了。剛才我想來你這裡，不料家兄急著想同你比武，因此唐突了你。如今他已羞愧沮喪得不敢出來，我特地恭敬地前來重申以前的約定。」話音剛落，她已來到床前，伸出手去撫摸他的臉，手指像春蔥般纖細，如美玉般潤滑，脂粉香氣馥郁襲人。這位朋友心裡知道她的來意不良，卻喜歡她的溫柔嫵媚，暫且和她睡在一起以觀察她的變化。於是就把她擁入自己的被窩，兩人彼此情意無限，極其纏綿。正當他歡暢到了極點的時候，忽然感覺這個女子腹中一吸氣，自己就心神恍惚，渾身的血脈沸騰湧動，竟然昏迷過去而不省人事。等到天亮時，他的房門沒有打開，叫他又沒有答應，人們急忙與店主人打破窗戶進了房內，用涼水噴他，他這才蘇醒過來，卻已虛弱得像個病夫。人們把他送回家，醫治了半年，他才能拄著手杖走路。從此以後，他的豪氣都消耗殆盡，不再有那種軒昂的意氣風度了。勇力能夠戰勝強暴，卻不能不敗給妖冶。宋代歐陽脩先生說：「禍患經常發生在細微的小事中，智勇大多受困於所溺愛的人或事。」難道不是這樣的嗎！

【研析】強暴者容易對付，因為當事人敵我分明；妖冶者難以對付，卻是因為當事人易受蠱惑。這個人面對強暴，意氣奮發，所以能夠戰而勝之；但面對妖冶，受其蠱惑，以為一切都在掌握之中，放鬆警覺，也因此失敗。故而作者感歎說：「力能勝強暴，而不能不敗於妖冶。」其實，妖冶並非不能擊敗，關鍵在於當事人是否能夠不受蠱惑，而世上許多事都是同樣的道理。

村婦遇鬼

余家水明樓與外祖張氏家度帆樓，皆俯臨衛河❶。一日，正乙真人❷舟泊度帆樓下。先祖母與先母，姑侄也，適同歸寧❸。聞真人能役鬼神，共登樓自窗隙窺視。見三人跪岸上，若陳訴者；俄見真人若持筆判斷者。度必邪魅事，遣僕偵之。僕還報曰：對岸即青縣❹境。青縣有三村婦，因拾麥，俱僵於野。以為中暑，舁之歸。乃口俱喃喃作譫語，至今不死不生，知為邪魅。聞天師舟至，並來陳訴。天師亦莫省何怪，為書一符，鈐印其上，使持歸焚於拾麥處，云姑召神將勘之。數日後，喧傳三婦為鬼所劫，天師劾治得復生。久之，乃得其詳。曰：三婦魂為眾鬼攝去，擁至空林，欲迭為無禮。一婦俯首先受汙。一婦初撐拒，鬼揶揄曰：「某日某地，汝與某幽會秫叢❺內。我輩環視嬉笑，汝不知耳，遽詐為貞婦耶？」婦猝為所中，無可置辯，亦受汙。十餘鬼以次媟褻，狼藉困頓，殆不可支。次牽拽一婦，婦怒詈曰：「我未曾作無恥事，為汝輩所挾，妖鬼何敢爾！」舉手批其頰。其鬼奔仆數步外，眾鬼亦皆辟易❻，相顧曰：「是有正氣，不可近，誤取之矣。」乃共擁二婦入深林，而棄此婦於田塍，遙語曰：「勿相怨，稍遲遣阿姥送汝歸。」正旁皇❼尋路，忽一神持戟自天下，直入林中。即聞呼號乞命聲，頃刻而寂。神攜二婦出曰：「鬼盡誅矣，汝等隨我返。」恍惚如夢，已回生矣。往詢二婦，皆呻吟不能起。其一本倚市門，歎息而已；其一度此婦必洩其語，數日，移家去。余常疑婦烈如是，鬼安敢攝？先兄晴湖曰：「是本一庸人婦，未遘患難，無從見其烈也。迨觀兩婦之賤辱，義憤一激烈心，陡發剛直之氣，鬼遂不得不避之。故初誤觸而終不敢干也。夫何疑焉！」

【章旨】此章講述了三個村婦遭到群鬼劫持，兩個村婦被辱，另一個村婦奮起反抗，群鬼因而退卻的故事。

【注釋】❶衛河　參見本書卷十〈西洋貢獅〉則注釋❺。❷正乙真人　即正一真人。漢張陵創「正一盟威之道」，奉《正一經》。「正一」即真一，正道、真道之意。即「天師道」，亦稱「正一派」。宋以後道教的符籙各派統稱「正一道」。主要奉持《正一經》，崇拜鬼神，畫符念咒、驅鬼降妖、祈福禳災等。此處指信奉正一道的道士。❸歸寧　已結婚的女子回娘家探親。❹青縣　縣名。在河北東南部，鄰接天津。❺秫叢　指高粱叢。❻辟易　驚退。❼旁皇　也作「彷徨」。徘徊；游移不定。

【語譯】我家的水明樓與我外祖父張家的度帆樓，都俯臨衛河。一天，正乙真人的船停泊在度帆樓下。先祖母和先母是姑母與侄女的關係，恰好一起回到娘家。她們聽說正乙真人能夠驅使鬼神，便一起登上度帆樓，從窗縫裡窺視正乙真人的舉止。她們看見三個人跪在河岸上，好像是在陳訴什麼，一會兒看見正乙真人好像手握著筆在判決什麼。她們推想這必定是有關邪魅的事，就派僕人去察看。僕人回來報告說：

河對岸就是青縣境內。青縣有三個農村婦女，因為拾麥穗，都僵臥在田野裡。家人以為她們中暑了，把她們抬回家。這三個村婦嘴裡都喃喃地說著胡話，直到現在還是不死不活的樣子，家人知道中了邪魅。聽說正乙真人的船來到，就一起來陳訴事因。正乙真人也不知道是什麼鬼怪，便給他們寫了一張符，在這張符上蓋了印章，叫他們拿回去焚燒在她們三人拾麥子的地方，說是姑且召喚神將來勘查這件事。幾天後，人們喧鬧著傳說這三個村婦被鬼所劫持，天師鎮治了鬼，村婦才得以復生。過了很久，人們才得知這件事的詳細經過。說：這三個村婦的魂被一群鬼攝去，這群鬼簇擁著她們來到濃密的高粱叢裡，打算依次對她們施暴。一個村婦最先低頭服從遭到姦汙。另一個村婦起初堅決拒絕，這群鬼嘲笑她說：「某一天在某個地方，你與某人在高粱地裡幽會。我們圍著你們觀看嬉笑，只是你不知道而已，你馬上就假裝成貞婦了嗎？」這個村婦的隱私突然間被他們言中，沒有話可以辯解，也受到鬼的姦汙。十幾個鬼依次猥褻姦汙了兩個村婦，把她們折磨得困頓不堪，幾乎無法承受了。接著，這群鬼去牽拉第三個村婦，這個村婦憤怒地罵道：「我沒有做過無恥事，卻被你們挾持來，妖魔鬼怪怎麼敢對我這樣！」說完，舉手打了一個鬼一巴掌。那個鬼倒退幾步跌倒在地，這群鬼也都紛紛驚退，互相看著說：「這個婦人有正氣，不可靠近，是我們誤抓了她。」這群鬼就一起帶了另外兩個村婦進入叢林深處，而把她丟棄在田塍上，遠遠地對她說：「不要怨恨我們，過一會兒，我們派個老婦人送你回家。」她正在徬徨尋找回家的道路時，忽然看到一個神將拿著戟從天而降，直奔叢林之中。隨即聽到呼叫哀求饒命的聲音，頃刻間而寂靜下來。神將帶著兩個村婦從叢林中出來，說：「鬼都被誅殺了，你們隨我回去吧。」她們恍恍惚惚像做了一場夢似的，就都已蘇醒過來。有人去問那兩個村婦，她們都呻吟著起不了床，其中一個村婦本來就是妓女，只是歎息而已。另一個村婦料想沒有受到姦汙的那個村婦肯定會把鬼說的話洩露出來，幾天以後，就搬家到別處去了。我曾經懷疑那個村婦如此剛烈，鬼怎麼敢攝取她？先兄晴湖說：「她本來是一個平庸之人的妻子，沒有遭到過災禍，也就無從表現她的剛烈。等到看見另兩個村婦下賤受辱，她心中的義憤一下子就激起剛烈之心，陡然間激發出剛直之氣，鬼就不得不避開她了。所以說鬼起初誤抓了她，然而終究不敢觸犯她。這有什麼可懷疑的呢！」

【研析】從作者敘述看，兩個村婦遭到群鬼侮辱，似乎是咎由自取。作者如此評判未免不公，即使兩個村婦有錯，他人（包括鬼魅）也不能因此而侮辱她們。作者用意在於說明凡事都有因果，故而為人行事必須謹守法度。而作者寫的另一個村婦是貞烈的榜樣，只要自身端正，鬼魅就不敢侵犯。作者的說教，在行文中表露無遺。

學仙入魔

劉書臺言：其鄉有導引求仙者，坐而運氣，致手足拘攣❶，然行之不輟。有聞其說而悅之者，禮為師，日從受法，久之亦手足拘攣。妻孥患其閒廢至鬱結，乃各製一椅，恆舁於一室，使對談丹訣❷。二人促膝共語，寒暑無間，恆以為神仙奧妙，天下惟爾知我知，無第三人能解也。人或竊笑，二人聞之，太息曰：「『朝菌不知晦朔，蟪蛄不知春秋❸。』信哉是言，神仙豈以形骸論乎！」至死不悔，猶囑子孫祕藏其書，待五百年後有緣者。或曰：「是有道之士，託廢疾以自晦也。」余於雜書稍涉獵，獨未一閱《丹經》❹。然歟否歟，非門外人所知矣。

【章旨】此章講述了兩個人練術求仙，至死痴迷不悟的故事。

【注釋】❶拘攣　因筋肉收縮，而手足拘牽，不能伸展自如。❷丹訣　煉丹術。晉干寶《搜神記》卷一：「有人入焦山七年，老君與之木鑽，使穿一盤石……四十年，石穿，遂得神仙丹訣。」❸朝菌不知晦朔二句　出自《莊子・逍遙遊》。朝菌，朝生暮死的菌。晦，指農曆每月的最後一天。朔，農曆每月的第一天。蟪蛄，蟬的一種。牠春生夏死，夏生秋死。比喻極短促的生命。❹丹經　講述煉丹的專書。參見本書卷八〈老翁論養生〉則注釋❹。

【語譯】劉書臺說：他家鄉有個練導引術以求成仙的人，他坐在那裡運氣，以致手腳拘攣，然而他還是練習導引術而不停止。有個聽了他的說法而喜歡的人，便按照禮儀拜他為師，每天跟著他練習法術，久而久之，這個人手腳也發生了拘攣。兩人的妻子兒女擔心他們因為閒暇殘廢以至於鬱結成疾，就替他們兩人各做了一把椅子，經常把他倆抬放在一間屋子裡，讓他們面對面地坐著談論丹訣。兩人促膝交談，不管嚴寒酷暑也從不間斷，常以為神仙世界的奧妙，天下只有他們兩人知曉，沒有第三個人能夠理解。有人私下裡笑話他們，他們兩人聽說後，歎息說：「莊子說的：『朝菌不知道有月底月初，蟪蛄不知道有春天秋天。』這句話真是對極了。神仙怎麼可以從形體外表來論說呢？」他們一直到死也沒有悔悟，還叮囑子孫祕密珍藏他們的書籍，以等待五百年後有緣分的人來閱讀。有人說：「這兩人是有道之士，假裝身體的殘廢疾病而隱藏自己的真面目。」我對雜書稍許有所涉獵閱讀，唯獨沒有讀過《丹經》這類書。因此上述這種說法對還是不對，這不是像我這樣的門外漢所能知道的了。

【研析】尋覓成仙之路，以求長生不老，世人有這種想法，由來已久。如《史記》記載的秦始皇派徐福率三千童男童女下海尋仙；漢武帝上泰山封禪等許多愚蠢舉動就與此有關。降至明代，嘉靖皇帝的迷信道教，也是史有明文，故而民間百姓有人痴迷其中者也就不足為奇了。當然，作者並不相信這類法術，文中流露的嘲諷之意，讀者當能體會。

賣妻失妻

安公介然言：東州❶有貧而鬻妻者，已受幣，而其妻逃。鬻者將訟，其人曰：「賣休買休，厥罪均❷，幣且歸官，君何利焉？今以妹償，是君失一再婚婦，而得一室女❸也，君何不利焉？」鬻者從之。或曰：「婦逃以全貞也。」或曰：「是欲鬻其妹而畏人言，故託諸不得已也。」既而其妻歸，復從人逃。皆曰：「天也。」

【章旨】此章講述了一個以賣妻為藉口，而實際出賣自己妹妹，結果其妻子也跟人私奔的故事。

【注釋】❶東州　舊縣名。治所在今河北大成西南。❷賣休買休二句　指將妻子休掉再買賣，不管賣方還是買方都有罪。❸室女　指處女。

【語譯】安介然公說：東州有一個因貧窮而打算賣掉妻子的人，已經收下買主的錢，然而他的妻子卻逃走了。買主打算到官府告他，他說：「把休掉的妻子賣掉和買別人休掉的妻子，買賣雙方的罪行是一樣的，而且買賣的錢款都要沒收入官庫，你到官府告狀有什麼好處呢？如今我把妹妹賠償給你。這樣，你失去的是一個再婚的婦女，而得到的卻是一個處女，這對你有什麼不好呢？」買主同意他的這個主意。有人說：「他的妻子逃走是為了保全自己貞節。」也有人說：「他是想賣掉自己的妹妹；但又怕被別人指責，所以找一個不得已的理由來做藉口。」不久，他的妻子回到家裡，又跟別人私奔了。人們都說：「這是上天的報應啊。」

【研析】以賣妻為藉口，實際把自己妹妹賣掉，如此可惡的舉動，終要遭到報應。這是作者所要表達的意思，也是一般常人的想法，這個故事反映的就是這種百姓情緒。

生化之源

程編修❶魚門❷言：有士人與狐女狎，初相遇即不自諱，曰：「非以採補禍君，亦不欲託詞有夙緣，特悅君美秀，意不自持耳。然一見即戀戀不能去，儻亦夙緣耶？」不數數至，曰：「恐君以耽色致疾也。」至或遇其讀書作文，則去，曰：「恐妨君正務也。」如是近十年，情若夫婦。士子久無子，嘗戲問曰：「能為我誕育否耶？」曰：「是不可知也。夫胎者，兩精相搏，翕合而成者也。媾合之際，陽精至而陰精不至，陰精至而陽精不至，皆不能成。皆至矣，時有先後，則先至者氣散不攝，亦不能成。不先不後，兩精並至，陽先衝而陰包之，則陽居中為主而成男；陰先衝而陽包之，則陰居中為主而成女。此化生自然之妙，非人力所能為。故有一合即成者，有千百合而終不成者。故曰不可知也。」問：「孿生何也？」曰：「兩氣並盛，遇而相衝，正衝則歧而二，偏衝則其一陽多而陰少，陽即包陰；其一陰多而陽少，陰即包陽。故二男二女者多，亦或一男一女也。」問：「精必歡暢而後至。幼女新婚，畏縮不暇，乃有一合而成者，陰精何以至耶？」曰：「燕爾之際，兩心同悅，或先難而後易，或貌瘁而神怡。其情既洽，其精亦至，故亦偶一遇之也。」問：「既由精合，必成於月信❸落紅以後，何也？」曰：「精如穀種，血如土膏。舊血敗氣，新血生氣，乘生氣乃可養胎也。吾曾侍仙妃，竊聞講生化之源，故粗知其概。『愚夫婦所知能，聖人有所不知能』，此之謂矣。」後士人年過三十，鬚暴長。狐忽歎曰：「是鬑鬑❹者如芒刺❺，人何以堪！見輒生畏，豈夙緣盡耶？」初謂其戲語，後竟不再來。魚門多髯，任子田❻因其納姬，說此事以戲之。魚門素聞此事，亦為失笑。既而曰：「此狐實大有詞辯，君言之未詳。」遂具述其論如右。以其頗有理致，因追憶而錄存之。

【章旨】此章作者藉狐女之口，講述了當時人們所認識的男女生殖知識。

【注釋】❶編修　官名。宋代凡修國史、實錄、會要等均隨時置編修官，樞密院亦有編修官，均負責編纂記述。明清之翰林院編修，以一甲二三名進士及庶吉士之留館者充任，無定員，亦無實際職務。❷程魚門　即程晉芳。字魚門，清歙縣（今安徽歙縣）人。乾隆進士，曾任《四庫全書》纂修官、翰林院編修。參見本書卷三〈宿怨〉則注釋❶。❸月信　中醫學名詞。月經的別稱。❹鬑鬑　鬚髮稀疏貌。❺芒刺　草木莖葉、果殼上的小刺。❻任子田　即任大椿。字幼植，又字子田，故稱。清江蘇興化（今江蘇興化）人。乾隆進士，累官至御史，曾任《四庫全書》纂修。著作有《吳越備史注》、《小學鉤沉》等。

【語譯】程魚門編修說：有一位讀書人和狐女親熱狎玩。當初相遇時，狐女就直言不諱地告訴讀書人說：「我不是以採補精氣來損害你，也不想藉口說我們有前世緣分，只是喜歡你美秀的容貌，情不自禁而已。

然而，我一見到你就戀戀不捨，不能離去，或許這也是前世的緣分吧？」狐女不經常到讀書人這裡來，說：「我怕你會沉溺於女色之中而生病。」有時，她到讀書人這裡來，正好遇上讀書人正在讀書寫文章，就馬上離去，說：「我擔心妨礙你的正事。」讀書人和狐女像這樣來往了將近十年，兩人感情如同夫妻一般。讀書人很久都沒有兒子，曾經同狐女開玩笑說：「你能為我生育孩子嗎？」狐女回答說：「這是無法知道的事情。女子懷胎，是男女兩人的精氣相遇結合而產生的。兩人性交的時候，男子的陽精到來而女子的陰精沒有到來，或者女子的陰精到來而男子的陽精沒有到來，都不能形成胎兒。男女雙方的陽精和陰精都到來了，但時間上有先有後，那麼先來的精氣渙散去而不能收攏聚合，也不能形成胎兒。男女雙方的陽精和陰精一起到來，時間不先不後，如果陽精先衝入而被陰精包圍，那麼陽精就居中為主而形成男胎；如果陰精先衝入而被陽精包圍，那麼陰精居中為主而就形成女胎。這是生育繁殖的自然規律，不是人力所能控制的。所以，有一次性交就懷胎的事例，也有千百次性交而終究不能懷胎的事例。因此我說這是無法知道的事情。」讀書人又問道：「孿生是怎樣形成的？」狐女回答說：「男女兩人的精氣都很旺盛，相遇而互相衝撞。陽精與陰精正面衝擊，就一分而為二。陽精與陰精側面衝擊，那麼其中一種情況是陽精多而陰精少，那麼陽精包圍陰精；另一種情況是陰精多而陽精少，那麼陰精包圍陽精。所以，孿生雙胞胎中兩男兩女的情況居多，有時也有一男一女的。」讀書人又問：「精氣一定要到男女雙方性交歡暢之後才會到來。少女新婚，畏縮害怕都來不及，卻也有一次性交就使女子懷孕的，那麼女子的陰精怎麼會來呢？」狐女回答說：「新婚燕爾之際，男女兩人內心一樣喜悅，有的性交先難而後易，有的容貌憔悴而心神歡暢。兩人感情融洽，他們的精氣也就來了，所以說偶爾一次性交也會造成懷孕的。」讀書人又問：「胎兒既然是由男女兩方的精氣相合而成胎，必定在女子月經乾淨之後才成功，這是為什麼呢？」狐女回答說：「精氣就好像是穀種，血就好像是土壤。舊血會敗壞精氣，新血能夠生長精氣，乘著新血產生的生氣就能養胎。我曾經侍候仙妃，暗中聽到她講男女生育繁殖的緣由，所以略知梗概。『愚笨的普通百姓所知道做的，聖人卻有所不知道做』，說的就是這種情況吧。」後來，這個讀書人年過三十，鬍鬚暴長。狐女忽然歎息說：「這滿臉稀疏的鬍鬚如同芒刺，叫人怎麼能夠忍受！看到這些心中就產生畏懼，莫非是我們前世的緣分盡了嗎？」讀書人起初還以為狐女是開玩笑，後來狐女竟然不再來了。程魚門臉上鬍鬚很多，任子田就在他納妾的時候，講了這個故事來戲弄他。程魚門本來就知道這件事，卻也為任子田的說法而失笑。之後他說：「這個狐女實際上非常能言善辯，你說的這個故事還不夠詳細。」他就詳盡地敘述了狐女的上述這些議論。因為這些話講的很有道理，因而我就追憶並把它們記錄下來。

【研析】對於人類自身生殖繁衍知識的了解，有一個認識過程。如在人類早期，各民族普遍都存在過生殖器崇拜。隨著文明的發展，人類的認識也在不斷深化。文中講述的生殖理論科學而細緻，可以說是代表了當時人們的認識水平。還必須指出，作者沒有將所謂的「六道輪迴」、「轉世投胎」等說法摻雜進來，也反映了作者思想上進步的一面。

捉妖

《呂覽》❶稱黎丘之鬼❷，善幻人形，是誠有之。余在烏魯木齊，軍吏巴哈布曰：甘肅有杜翁者，饒於貲。所居故曠野，相近多狐獾穴。翁惡其夜中嗥呼，悉熏而驅之。俄而其家人見內室坐一翁，廳事又坐一翁，凡行坐之處，又處處有一翁來往，殆不下十餘。形狀聲音衣服如一，摒擋指揮家事，亦復如一。闔門大擾，妻妾皆閉門自守。妾言翁腰有繡囊可辨，視之無有，蓋先盜之矣。有教之者曰：

「至夜必入寢，不納即返者翁也，堅欲入者即妖也。」已而皆不納即返。又有教之者曰：「使坐於廳事，而舁器物以過，詐仆碎之。嗟惜怒叱者翁也，漠然者即妖也。」已而皆嗟惜怒叱。喧呶❸一晝夜，無如之何。有一妓，翁所昵也，十日恆三四宿其家。聞之，詣門曰：「妖有黨羽，凡可以言傳者必先知，凡可以物驗者必幻化。盍使至我家，我故樂籍❹，無所顧惜。使壯士執巨斧立榻旁，我裸而登榻，以次交接❺，其間反側曲伸，疾徐進退，與夫撫摩偎倚，口舌所不能傳，耳目所不能到者，纖芥❻異同，我自意會，雖翁不自知，妖決不能知也。我呼曰：『斫！』即速斫，妖必敗矣。」眾從其言，一翁啟衾甫入，妓呼曰：「斫！」斧落，果一狐腦裂死。再一翁稍趑趄，妓呼曰：「斫！」果驚竄去。至第三翁，妓抱而喜曰：「真翁在此，餘並殺之可也。」刀杖並舉，殪其大半，皆狐與貛也。其逃者遂不復再至。禽獸夜鳴，何與人事？此翁必掃其穴，其擾實自取。狐貛既解化形，何難見翁陳訴，求免播遷？遽逞妖惑，其死亦自取也。計其智數，蓋均出此妓下矣。

【章旨】此章講述了一群妖魅擾亂一戶人家，在人們束手無策之時，一個妓女用其特有的方式辨認出妖魅，最終將他們驅逐的故事。

【注釋】❶呂覽　即《呂氏春秋》。參見本書卷十二〈張子克〉則注釋❷。❷黎丘之鬼　古代傳說中黎丘所出現的奇鬼，喜歡變化成他人子侄兄弟的模樣，以戲弄他人。語本《呂氏春秋．疑似》：「梁北有黎丘部，有奇鬼焉，喜效人之子侄昆弟之狀。」❸喧呶　大聲說話；聲音雜亂。❹樂籍　古指樂戶的名籍，後為妓女登記冊的通稱。❺交接　指性交。❻纖芥　亦作「纖介」。細微。

【語譯】《呂氏春秋》中說黎丘之鬼，善於變幻成人的形體，確實是有這種事的。我在烏魯木齊時，軍吏巴哈布說：甘肅有位姓杜的老頭，家中很富裕。他的住所在寬曠的野地裡，附近有很多狐狸和獾子洞。杜老頭討厭這些野獸夜裡嗥叫的聲音，便把牠們都用煙熏跑了。不久，他的家人看見內室坐著一個杜老頭，廳堂裡又坐著一個杜老頭，凡是杜老頭走動坐臥的地方，就又到處都有一個杜老頭來來往往，大概不少於十多個。他們的形貌、說話的聲音、穿的衣服完全一樣，管理指示家務事也完全一樣。全家被攪得亂成一片，杜老頭的妻子、小妾都關上房門來保護自己。一個妾說杜老頭腰間掛著個繡囊，可以據此辨認。叫人去查看，這些杜老頭卻都沒有掛繡囊，原來繡囊已先被妖魅偷去了。有人教杜老頭的妻妾說：「到了夜裡，杜老頭一定要進內室睡覺，不讓他進屋子裡他就回去的是杜老頭，堅持要進入屋子的是妖魅。」不久，這些杜老頭一被拒絕進屋子，他們就都回去了，因此也分辨不出誰是真正的杜老頭。又有人給杜老頭的妻妾出主意說：「叫那些杜老頭都坐到廳堂上，讓僕人抬著器物走過去，假裝跌倒而把器物打碎。如果露出惋惜情緒而怒罵喝斥僕人的就是真正的杜老頭，表情漠然的就是妖魅。」妻妾按照所說的那樣做了，而那些杜老頭都表示惋惜怒罵。喧鬧了一晝夜，還是毫無辦法。有一個妓女，是杜老頭所喜歡的，杜老頭十天中常有三四天夜宿她家。她聽說這件事後，來到杜老頭家說：「妖魅有黨羽，凡是可以用語言來表達的事，他們都一定會先知道；凡是可以用器物來檢驗的事，他們都一定會變化。不如讓他們全部到我家來，我本來就是妓女，無所顧忌。你們叫壯士拿著大斧站在床邊，我裸體上床躺著，依次和他們性交。這性交中間的反側曲伸、快慢進退和撫摸偎依，都是語言所不能表達的，耳目所不能聽到看到的。細微的差別，只有我能夠意會，即使是杜老頭自己也不清楚，而妖魅絕不能知道的。我呼叫：『砍！』壯士就拿大斧迅速砍下，妖魅就必定敗露。」大家聽從她的話。一個杜老頭掀開被子剛睡進去，妓女呼叫說：「砍！」斧頭砍下，果然一隻狐狸腦袋破裂而死。又一個杜老頭稍微猶豫了一下，妓女呼叫說：「砍！」那個杜老頭果然驚慌逃走。等到第三個杜老頭上床，妓女抱著他高興地說：「真的杜老頭在這裡，其餘的都可以殺掉了。」眾人刀杖並舉，把那些假的杜老頭殺死一大半，都是狐狸和獾子變的。其他那些逃走的妖魅於是再也不敢來了。禽獸在夜裡鳴叫，礙著人什麼事了？這個杜老頭一定要掃蕩牠們的巢穴，他被妖魅騷擾實際上是他自找的。狐狸、獾子既然會變化形體，怎麼會難以見到杜老頭向他陳訴，請求別讓牠們遷徙流離呢？牠們卻馬上逞現妖惑，會被打死實際上也是自找的。料想這些妖魅的智謀，大概都不如這個妓女吧。

【研析】俗話說：「種瓜得瓜，種豆得豆。」世上的因果都是自己釀成的，自己種下因，自己也就必然得到這個果。杜老頭招惹妖魅，遭到妖魅報復；妖魅報復過當，遂遭殺身之禍。因果報應，明明白白。作者講述這個故事，想表達的也就是這個意思。雖說落於俗套，但勸善之心，讀者還當體會。

酒肉和尚與女鬼

吳青紆前輩言：橫街一宅，舊云有祟，居者多不安。宅主病之，延僧作佛事。入夜放焰口❶時，忽二女鬼現燈下，向僧作禮曰：「師等皆飲酒食肉，誦經禮懺殊無益；即焰口施食，亦皆虛拋米穀，無佛法點化，鬼弗能得。煩師傳語主人，別延道德高者為之，則幸得超生矣。」僧怖且愧，不覺失足落座下，不終事，滅燭去。後先師程文恭公❷居之，別延僧禪誦，音響遂絕。此宅文恭公歿後，今歸滄州李臬使❸隨軒。

【章旨】此章講述了一戶人家聘請和尚作佛事驅除作祟的女鬼，誰知請來的竟是酒肉和尚，不為女鬼懼怕的故事。

【注釋】❶焰口　參見本書卷四〈鬼念〉則注釋❷。❷程文恭公　即程景伊。字聘三，清武進（今江蘇常州）人。乾隆進士，官至文淵閣大學士兼吏部尚書。卒諡文恭，故稱。❸臬使　即「臬司」。明清時按察使的別稱。

【語譯】吳青紆前輩說：橫街有一處住宅，過去一直傳說有妖魅作祟，居住在這處住宅裡的人大多不安寧。房主憂慮這件事，便請來和尚作佛事。到了夜裡，和尚放焰口施食時，忽然有兩個女鬼在燈下現出身形，向和尚施禮說：「師父們都喝酒吃肉，誦經禮懺實際上毫無益處。即便是放焰口施捨食物，也都是白白地拋灑米穀。沒有得到佛法的點化，鬼不能夠得到這些米穀的。麻煩師父傳話給主人，另請道德高尚的和尚來作佛事，那麼我們才能幸運地得到超生。」和尚既恐懼又慚愧，不覺失足從座位上跌下，沒有作完佛事，就吹熄燈燭離去。後來，先師程文恭公居住在那所住宅裡，另請了和尚誦經禮懺，住宅的聲響才消失。程文恭公去世後，這處住宅現在歸滄州人李隨軒按察使所有。

【研析】道德高下，是古代中國社會評判一個人的首要標準。人們普遍信奉「正人必先正己」的道理，而這個故事告訴我們，在鬼的世界裡，這個原則也是適用的。因為作法事的和尚自身不檢點，犯了戒律，在女鬼面前，只能「不終事，滅燭去」。

賽商鞅

表兄安伊在言：縣人有與狐女暱者，多以其婦夜合之資❶，買簪珥脂粉贈狐女。狐女常往來其家，惟此人見之，他人不見也。一日，婦詬其夫曰：「爾財自何來，乃如此用？」狐女忽暗中應曰：「汝財自何來，乃獨責我？」聞者皆絕倒。余謂此自伊在之寓言，然亦足見惟無瑕者可以責人。「賽商鞅」者，不欲著其名氏里貫，老諸生❷也。挈家寓京師。天資刻薄，凡善人善事，必推求其疵纇❸，故得此名。錢敦堂編修歿，其門生為經紀棺衾，贍恤妻子，事事得所。賽商鞅曰：「世間無如此好人。此欲博古道❹之名，使要津❺聞之，易於攀援奔競耳。」一貧民母死於路，跪乞錢買棺，形容枯槁，聲音酸楚，人競以錢投之。賽商鞅曰：「此指屍斂財，屍亦未必其母。他人可欺，不能欺我也。」過一旌表節婦坊下，仰視微哂曰：「是家富貴，僕從如雲，豈少秦宮❻、馮子都❼耶？此事須核，不敢遽言非，亦不敢遽言是也。」平生操論皆類此。人皆畏而避之，無敢延以教讀者，竟困頓以歿。歿後，妻孥流落，不可言狀。有人於酒筵遇一妓，舉止尚有士風。訝其不類倚門者❽，問之，即其小女也。亦可哀矣！先姚安公曰：「此老生平亦無大過，但務欲其識加人一等，故不覺至是耳。可不戒哉！」

【章旨】此章講述了一個老書生憤世嫉俗，刻薄待人，最終落得下場悲慘的故事。

【注釋】❶夜合之資　指賣淫所得的錢。❷諸生　明清兩代稱已入學的生員。或指秀才。❸疵纇　缺點；毛病。❹古道　即「古道熱腸」。形容熱心好義。❺要津　亦作「津要」。比喻顯要的地位。此處指身居要職的人。❻秦宮　東漢梁冀的監奴。梁冀愛秦宮，令其可以出入內院。梁冀妻孫壽色美，遂與秦宮私通。秦宮內外兼寵，威權大震。❼馮子都　西漢大將軍霍光的監奴。霍光死後，他與霍光的繼室私通。❽倚門者　指倚門賣笑的妓女。

【語譯】我的表兄安伊在說：他所在的縣裡有個人和狐女相好。這個人用他妻子賣淫得來的錢財，買了首飾脂粉等贈送給狐女。狐女時常到他家裡來，只有這個人能看見狐女，別人都看不見。有一天，妻子辱罵自己丈夫說：「你的錢財是從哪裡來的，怎麼可以如此花用？」狐女忽然從暗中回應說：「你的錢財是從哪裡來的，怎麼可以只責怪我？」聽說這件事的人沒有一個不笑得前仰後翻。我認為這是安伊在編造的寓言，但也足以知道只有沒有缺點的人可以指責別人。有位綽號「賽商鞅」的人，我不想寫出他的姓名和籍貫，是一個老秀才。他攜帶家眷住在京城。他生性刻薄，凡是善人善事，都必定要挑出其中的毛病來，因此得到這個綽號。錢敦堂編修去世後，他的門生替他家辦理喪葬事務，贍養撫恤他的妻子和孩子，每件事都辦得很妥當。賽商鞅卻說：「人世間沒有這麼好的人。這是想博得古道熱腸的好名聲，要讓當權者聽說這件事，更容易攀附鑽營罷了。」一個貧民的母親死在道路上，這個貧民跪在地上討錢買棺材收殮母親，他的樣子枯瘦憔悴，聲音淒楚悲痛，人們爭相把錢投給他。賽商鞅卻說：「這個人是藉著屍體收取錢財，這個屍體也未必是他的母親。他可以欺騙別人，卻不能欺騙我。」賽商鞅經過一個旌表節婦的牌坊下，仰視牌坊，微微嘲笑著說：「這戶人家富貴，奴僕眾多，難道會缺少秦宮、馮子都那樣的人嗎？這件事必須核實，不敢立刻就說不是，也不敢立刻就說是。」賽商鞅平生議論都與這些相類似。人們都畏懼他而避開他，沒有人敢請他來家裡教書，他最終困頓而死。他死後，妻子兒女流離失所，處境悲慘，無法用言語來形容。有人在酒筵上遇見一個妓女，她的舉止還保有讀書人家的風度。這個人奇怪她不像倚門賣笑的妓女，詢問她，才知道她就是賽商鞅的小女兒。這樣的下場也太可悲了！先父姚安公說：「這位老兄平生也沒有多大過錯，但是務必要使自己的見識比別人高一等，所以不知不覺中落到這種地步。難道人們不應該引以為戒嗎！」

【研析】一個老儒一生坎坷，難免會變得憤世嫉俗，在旁人看來，就是「天資刻薄」了。其實，人性都是這樣，順境中心情大好，對事待人，均能報以寬厚之心；而一旦身處逆境，尤其是長久地身處逆境，期盼其寬厚待人，未免要求過高。即便如此，當身處逆境時，還能保持一顆平常心最為要緊。且不說待人，就是待己，也應該如此。

江湖遊士扶乩人

乾隆壬午❶九月，門人吳惠叔邀一扶乩者至，降仙於余綠意軒中。下壇詩曰：「沉香亭畔豔陽天，斗酒曾題詩百篇。二八嬌嬈親捧硯，至今身帶御爐煙。」「滿城風葉薊門❷秋，五百年前感舊遊。偶與蓬萊仙子遇，相攜便上酒家樓。」余曰：「然則青蓮居士❸耶？」批曰：「然。」趙春澗突起問曰：「大仙斗酒百篇，似不在沉香亭上。楊貴妃❹馬嵬隕玉，年已三十有八，似爾時不止十六歲。大仙平生足跡，未至漁陽❺，何以忽感舊遊？天寶❻至今，亦不止五百年，何以大仙誤記？」乩惟批「我醉欲眠」四字。再叩之，不動矣。大抵乩仙多靈鬼所託，然尚實有所憑附。此扶乩者，則似粗解吟詠之人，煉手法而為之，故必此人與一人共扶，乃能成字，易一人則不能書。其詩亦皆流連光景，處處可用。知決非古人降壇也。爾日❼猝為春澗所中，窘迫之狀可掬。後偶與戴庶常東原❽議及，東原駭曰：「嘗見別一扶乩人，太白降壇，亦是此二詩，但改『滿城』為『滿林』，『薊門』為『大江❾』耳。」知江湖遊士，自有此種稿本，轉相授受，固不足深詰矣。（宋蒙泉前輩亦曰：有一扶乩者至德州，詩頃刻即成。後檢之，皆村書❿《詩學大成》⓫中句也。）

【章旨】此章講述了江湖遊士扶乩降仙騙人的故事。

【注釋】❶乾隆壬午　即清乾隆二十七年，西元一七六二年。❷薊門　古地名。在今北京西南角。❸青蓮居士　即李白。參見本書卷五〈巨筆吐焰〉則注釋❶。❹楊貴妃　即楊太真。小字玉環，唐蒲州永樂（今山西永濟）人。入宮得玄宗寵愛，天寶四年（七四五年）封為貴妃。天寶十四年（七五五年）安祿山叛亂，玄宗逃奔到馬嵬驛（在今陝西興平西）時，軍士以咎在楊家，殺其堂兄楊國忠，她也被縊死。❺漁陽　古縣名。秦置。治所在今北京密雲西南。以在漁水之陽得名。❻天寶　唐玄宗的年號（七四二—七五六年）。❼爾日　當天。❽戴庶常東原　戴東原，即戴震。參見本書卷五〈鬼亦大佳〉則注釋❷。庶常，即「庶吉士」，參見本書卷二〈知命〉則注釋⓫。❾大江　指長江。❿村書　古時私塾教授蒙童所用的書。⓫詩學大成　村人學作詩的普及讀本。

【語譯】乾隆二十七年九月，我的學生吳惠叔請了一個扶乩人來我家，在我家的綠意軒中扶乩降仙。乩仙寫的下壇詩說：「沉香亭畔是豔陽天，喝了一斗酒曾題詩百篇。十六歲的少女親自捧著硯臺，至今身上還帶著皇帝御用香爐的煙味。」「滿城風颳著枯葉的秋天裡來到薊門，感歎五百年前故地舊遊。偶然與蓬萊仙子相遇，互相攜手便一起登上酒家的樓臺。」我說：「這樣看來，請來的這位仙人是青蓮居士嗎？」乩仙在乩盤上批寫道：「是的。」趙春澗突然站起來問道：「大仙喝了一斗酒而寫百篇詩，似乎不是發生在沉香亭上。楊貴妃在馬嵬坡身亡時，年齡已經三十八歲了，似乎那時不止是十六歲。大仙平生足跡不曾到過漁陽，怎麼忽然感歎起舊時的遊歷來呢？從唐代天寶年間到如今，也不止五百年，為什麼大仙會誤記呢？」乩仙只批了「我醉欲眠」四個字。人們再叩問他，乩筆不再動了。大概來說，乩仙多數是靈鬼所依託的，但是實際上還是有所倚憑託附的。這個扶乩人，好像是稍微懂得吟詠詩歌的人，練習扶乩的手法而來扶乩請仙，所以一定要這個人和另一個人共同扶乩，才能寫出字來，換一個人就不能寫字。他們寫下的這些詩也都是流連風光，處處可以適用。故而人們知道這絕不是古人降壇。那天，扶乩者突然被趙春澗所說的話擊中要害，他們窘迫的樣子就非常可笑了。後來，我偶然和戴東原庶吉士說起這件事，戴東原驚駭地說：「我曾經見到另外一個扶乩人，說是李太白降壇，寫下的也是這兩首詩，只是把『滿城』改為『滿林』，『薊門』改為『大江』而已。」可見，江湖遊士自然有這種稿本，相互傳授，本來就不足以深究。（宋蒙泉前輩也說：有一個扶乩人來到德州，詩在頃刻功夫間就寫成了。後來翻檢這些詩，都是村書《詩學大成》中的句子。）

【研析】扶乩本來就是江湖遊士騙人混飯吃的手段，故而扶乩只能是文人雅士的遊戲，當不得真。作者在本書中屢屢講述扶乩故事，並不是說明作者果真相信扶乩。作者的態度大抵是「姑妄聽之」，讀者也不必太過認真。

田耕野得古鏡

田文耕野，統兵駐巴爾庫爾時（即巴里坤❶。「坤」字以吹唇聲❷讀之，即「庫爾」之合聲），軍士鑿井得一鏡，製作精妙。銘字非隸非八分（隸即今之楷書，八分即今之隸書），似景龍❸鐘銘，惟土蝕多剝損。田文甚寶惜之，常以自隨。歿於廣西戎幕❹時，以授余姊婿田香谷。傳至香谷之孫，忽失所在。後有親串戈氏於市上得之，以還田氏。昨歲欲製為鏡屏，寄京師乞余考定。余付翁檢討❺樹培，推尋銘文，知為唐物。余為鐫其釋文於屏趺❻，而題三詩於屏背曰：「曾逐氈車❼出玉門❽，中唐❾銘字半猶存。幾回反覆分明看，恐有崇徽❿舊手痕。」「黃鵠⓫無由返故鄉，空留鸞鏡⓬沒沙場。誰知土蝕千年後，又照將軍鬢⓭上霜。」「暫別仍歸舊主人，居然寶劍會延津⓮。何如揩盡珍珠粉，滿匣龍吟送紫珍⓯。」香谷孫自有題識，亦鐫屏背，敘其始末甚詳。《夜燈隨錄》⓰載威信公岳公鍾琪⓱西征時，有裨將⓲得古鏡。岳公求之不得，其人遂遘禍。正與田文同時同地，疑即此鏡傳訛也。

【章旨】此章講述了一位統兵將領在西域得到一面古鏡的故事。

【注釋】❶巴里坤　即新疆鎮西縣治。本名巴里庫勒，亦作巴爾庫爾。❷吹唇聲　指嘴唇微閉，胸腔氣體從唇縫中吹出發出的聲音。❸景龍　唐中宗的年號（七〇七—七一〇年）。❹戎幕　指軍隊行軍作戰時住宿的軍帳。❺檢討　官名。掌修國史，唐宋均曾設置，位次編修。明清一般以三甲進士之留館者任翰林院檢討。❻屏趺　屏腳。趺，基址；底腳。❼氈車　以毛氈為篷的車子。氈，羊毛或其他動物毛經濕、熱、壓力等作用，縮製而成的塊狀材料。有良好的回彈、吸震、保溫等功能。❽玉門　指玉門關。故址在今甘肅敦煌西北小方盤城。❾中唐　唐代分為初唐、盛唐、中唐、晚唐四個歷史時期。一說以唐初到玄宗開元為初唐，開元到代宗大曆為盛唐，大曆到文宗大和為中唐，大和到唐末為晚唐，見明高棅《唐詩品彙》。一說以高祖武德至玄宗開元初為初唐，由開元至代宗大曆初為盛唐，由大曆至憲宗元和末為中唐，由文宗開成初至五代為晚唐。見徐師曾《文體明辨》（按元和末至開成初，中間尚有長慶、寶曆、大和等十六年，徐氏未包括在內）。此說本起於唐詩的分期，後來也用以畫分唐代歷史。❿崇徽　指北宋徽宗崇寧年間。⓫黃鵠　黃色的天鵝類大鳥。⓬鸞鏡　妝鏡。⓭髩　通「鬢」。⓮寶劍會延津　典見《晉書・張華傳》：「煥為豐城令，煥到縣，掘獄屋基，入地四丈餘，得一石函，光氣非常，中有雙劍，並刻題，一曰龍泉，一曰太阿……遣使送一劍並土與華，留一自佩。……華誅。失劍所在。煥卒，子華為州從事，持劍行經延平津，劍忽於腰間躍出墮水，使人沒水取之，不見劍，但見兩龍各長數丈，蟠縈有文章，沒者懼而返。」這裡意指唐鏡又歸原主。延津，指延平津。⓯紫珍　事見《異聞集》。隋時有胡僧至王度家，云宅上有碧光連日，絳氣屬月，此寶鏡氣也。以金煙熏之，玉水洗之，金膏塗之，珠粉拭之，雖久藏泥中不晦。以鏡照病者，如冰著體，即時熱定，名曰紫珍。度得鏡，命張龍駒持照病者，其夜鏡於匣中泠然自鳴。這裡藉以喻唐鏡之珍貴。⓰夜燈隨錄　清初筆記。⓱岳鍾琪　字東美，號容齋，清四川成都人。康熙末年率軍入西藏平亂，雍正時隨年羹堯破羅卜藏丹津於青海，後又率軍進攻準噶爾部，官至川陝總督，寧遠大將軍。以漢人而握重兵，為清代太平天國前所僅見。⓲裨將　副將。

【語譯】田耕野老先生統領軍隊駐紮在巴爾庫爾時（即巴里坤。「坤」字用吹唇聲讀它，就是「庫爾」的合聲），軍士鑿井得到一面鏡子，製作精妙，鏡子上的銘文字形既不是隸書，也不是八分書（隸書就是現在的楷書，八分書就是現在的隸書），好像是唐代景龍年間的鐘銘，只是因為受到泥土的侵蝕有多處剝落損壞。田老先生極其珍惜這面鏡子，經常帶在身邊。田老先生後來死在廣西軍府時，把這面古鏡交給我姐姐的丈夫田香谷。這面古鏡傳到田香谷的孫子時，忽然不知到哪裡去了。後來，有位姓戈的親戚在市場上得到這面古鏡，把它還給了田家。去年，田家想為這面古鏡製作鏡屏，把古鏡寄到京城來請我考訂。我把古鏡交給翰林院檢討翁樹培，請他考訂古鏡銘文的內容，才知道是唐代的文物。我替田家把翁樹培檢討的釋文刻在屏腳上，而且題寫了三首詩在屏背上：「曾經追逐著氈車出了玉門關，中唐時期的銘文字跡一半還存在。幾回反覆仔細察看，恐怕留有北宋徽宗崇寧年間的舊時手摸的痕跡。」「黃鵠沒有緣由返回故鄉，空留下鸞鏡埋沒在沙場。誰知泥土侵蝕千年後，又能照映將軍兩鬢的白髮。」「古鏡暫別仍歸了舊時主人，居然像寶劍相會於延平津。就像用盡珍珠粉揩拭，滿匣的龍吟聲送別紫珍寶鏡。」田香谷的孫子自己有題識，也刻在鏡屏背，詳細敘述這面古鏡的來龍去脈。《夜燈隨錄》中記載，威信公岳鍾琪西征時，有一位裨將得到一面古鏡，岳鍾琪向他索取而沒有得到，這個裨將因此遭到災禍。這件事發生的時間和地點與田老先生得到古鏡的時間、地點完全相同，我懷疑就是田老先生得到這面古鏡一事的訛傳。

【研析】古鏡得之不易，珍惜也是題中之意。尤其是失而復得，更是彌足珍貴。加之作者紀昀的三首題詩，遂成一段佳話。只可惜如今這面古鏡不知流落何方，叫人悵然無限！

割耳奇聞

門人邱人龍言：有赴任官，舟泊灘河❶。夜半，有數盜執炬露刃❷入。眾皆懾伏❸。一盜拽其妻起，半跪啟曰：「乞夫人一物，夫人勿驚。」即割一左耳，敷以藥末，曰：「數日勿洗，自結痂愈也。」遂相率呼嘯去。怖幾失魂，其創果不出血，亦不甚痛，旋即平復。以為仇耶，不殺不淫；以為盜耶，未劫一物。既不劫不殺不淫矣，而又戕其耳；既戕其耳矣，而又贈以良藥。是專為取耳來也。取此耳又何意耶？千思萬索，終不得其所以然。天下真有理外事也。邱生曰：「苟得此盜，自必有其所以然；其所以然亦必在理中，但定非我所見之理耳。」然則論天下事，可據理以斷有無哉！（恆蘭臺❹曰：「此或採補折割之黨，取以煉藥。」似為近之。）

【章旨】此章講述了一夥強盜不殺人、不搶劫，只是割取官宦夫人一隻耳朵的故事。

【注釋】❶灘河　即灘頭。指江、河、湖、海邊水漲淹沒、水退顯露的淤積平地。❷露刃　利刃。❸懾伏　因畏懼而屈服。❹蘭臺　官名。漢代宮內藏圖書之處。以御史中丞掌之，後世因稱御史臺為蘭臺。又東漢時班固為蘭臺令史，受詔撰史，故後世亦稱史官為蘭臺。

【語譯】我的門人邱人龍說：有位去赴任的官員，他坐的船停泊在河灘邊。半夜時分，有幾個強盜手執火炬和利刃闖到船艙裡，船上的人都被嚇得趴在船上。一個強盜拽起這個官員的妻子，半跪著說：「向夫人乞討一樣東西，請夫人不要驚慌。」隨即割下她的左耳，在傷口上敷上藥末，說：「這幾天不要洗，傷口自然會結痂痊癒了。」這些人於是相互呼喊著離去。這個官員的妻子驚恐得魂飛魄散，她耳朵上的傷口果然沒有流血，也不很痛，不久就平復痊癒了。說這些強盜是來報仇的吧，但他們既不殺人又不姦淫婦女；說這些強盜是來搶劫的吧，但他們卻沒有搶劫走一件東西。既然不搶劫、不殺人、不姦淫，然而卻又割了這位夫人的耳朵；既然割了這位夫人的耳朵，然而卻又贈送給夫人治療傷口的良藥。這些人是專門為割取夫人耳朵而來的。取走這隻耳朵又是什麼意思呢？我反覆思考，終究不知其所以然，天底下確實存在情理之外的事。邱人龍說：「如果抓住這些強盜詢問，他們這樣做自然必定有這樣做的道理。他們的理由也必然是在情理之中，但肯定不是我們所能想到的道理。」既然這樣，那麼議論天下事，怎麼可以據常理來推斷它們的有無呢！（恆蘭臺說：「這些人或許是採補折割之流的黨徒，取耳朵來煉製藥物。」似乎較為接近事實。）

【研析】強盜僅割取夫人的一隻耳朵，使得整個事件撲朔迷離。人們作出種種猜測，還是百思不得其解。那個邱人龍說得是，這些強盜自有他們的道理，而不是常人所能理解的。也就是說以不解而解之。如此說法，似乎頗近佛家的「天下事了又未了，還是以不了了之」的禪理。

狐女求畫

董天士❶先生，前明高士，以畫自給，一介❷不妄取，先高祖厚齋公❸老友也。厚齋公多與唱和，今載於《花王閣剩稿》❹者，尚可想見其為人。故老或言其有狐妾，或曰天士孤僻，必無之。伯祖湛元公曰：「是有之，而別有說也。吾聞諸董空如曰：天士居老屋兩楹，終身不娶；亦無僕婢，井臼❺皆自操。一日晨興，見衣履之當著者，皆整頓置手下；再視則盥漱俱已陳。天士曰：『是必有異，其妖將媚我乎？』窗外小語應曰：『非敢媚公，欲有求於公。難於自獻，故作是以待公問也。』天士素有膽，命之入。入輒跪拜，則娟靜好女也。問其名，曰：『溫玉。』問何求，曰：『狐所畏者五：曰凶暴，避其盛氣也；曰術士，避其劾治也；曰神靈，避其稽察也；曰有福，避其旺運也；曰有德，避其正氣也。然凶暴不恆有，亦究自敗。術士與神靈，吾不為非，皆無如我何。有福者運衰亦復玩之。惟有德者則畏而且敬。得自附於有德者，則族黨以為榮，其品格即高出儕類[6]上。公雖貧賤，而非義弗取，非禮弗為。儻準奔則為妾[7]之禮，許侍巾櫛[8]，三生之幸也；如不見納，則乞假以虛名，為畫一扇，題曰「某年月日為姬人[9]溫玉作」，亦叨公之末光矣。』即出精扇置几上，濡墨調色，拱立以俟。天士笑從之。女自取天士小印印扇上，曰：『此姬人事，不敢勞公也。』再拜而去。次日晨興，覺足下有物，視之，則溫玉。笑而起曰：『誠不敢以賤體玷公，然非共榻一宵，非親執媵御之役，則姬人字終為假託。』遂捧衣履侍洗漱訖，再拜曰：『妾從此逝矣。』瞥然不見，遂不再來。」豈明季山人[10]聲價最重，此狐女亦移於風氣乎？然襟懷散朗，有王夫人[11]林下風[12]，宜天士之不拒也。

【章旨】此章講述了一個狐女向明代畫家董天士求畫的纏綿故事。

【注釋】❶董天士 清初畫家。❷一介 猶一個。含有藐小、微賤的意味。❸厚齋公 即紀坤。作者紀昀高祖。字厚齋，明獻縣（今河北獻縣）人。崇禎諸生。詩學蘇軾，有《花王閣剩稿》。❹花王閣剩稿 明人紀坤撰。詩文集。一卷。今有《畿輔叢書》本。❺井臼 打水舂米，指家務勞動。《後漢書・西羌傳》：「（傅育）食祿數十年，秩奉盡贍給知友，妻子不免操井臼。」❻儕類 同輩；同類。❼奔則為妾 《禮記》：「聘則為妻，奔則為妾。」奔，指女子私自與男子結合。❽巾櫛 巾和梳篦。泛指盥洗用具。代指娶為妻妾。❾姬人 指小妾、侍女。❿山人 指隱士。⓫王夫人 即謝道蘊。晉陽夏（今河南太康）人。謝安從女，王凝之妻。聰識有才辨。⓬林下風 《世說新語・賢媛》：「王夫人神情散朗，故有林下風氣。」後因稱婦女儀度閒雅者為有「林下風致」。

【語譯】董天士先生是明代的高士，以繪畫為職業養活自己，一分一毫的財物都從不胡亂取得，是我的先高祖厚齋公的朋友。厚齋公常和他以詩詞相唱和酬答，這些唱酬詩詞如今都刊載在厚齋公的《花王閣剩稿》中，從中還可以想見他的為人。董天士的老朋友中有的說他有狐妾，有的說他性格孤僻，肯定沒有這種事。我的伯祖湛元公說：「是有這麼回事的，然而另有一種說法。我聽董空如說，董天士居住在兩間老屋裡，終身沒有婚娶；也沒有奴僕婢女，打水舂米等家務活都是他自己來做。一天清晨醒來，董天士看見應當穿著的衣服鞋襪，都被整整齊齊地放在床邊；再看看四周，洗臉漱口的水都已準備好了。董天士說：『這必定有什麼怪異，莫非是妖魅要來媚惑我嗎？』窗外有個聲音小聲回答說：『我不敢媚惑先生，只是想有求於先生，因為難以自我主動獻身，所以做這些事情來等待先生的垂問。』董天士向來有膽量，就叫她進屋子來。她一進來就跪拜在地上，是一位溫柔美麗的女子。董天士問她的名字，她回答說：『名叫溫玉。』董天士問她有什麼請求，溫玉說：『狐狸所畏懼的是五種人：一是凶暴之人，要躲避他的盛氣；一是術士，要躲避他的鎮治；一是神靈，要躲避他的稽察；一是有福之人，要躲避他的旺運；一是有德之人，要躲避他的正氣。然而凶暴之人不是常有的，而且這種人終究也會自取敗亡。術士和神靈，只要我不為非作歹，他們對我也無可奈何。有福之人，在他們運氣衰敗時我也會玩弄他。惟獨有德之人，我們見了就畏懼而且恭敬。我們如果自己能夠依附於有德之人，那麼同族的人會引以為榮，他的品格也就高出同類之上。先生雖然貧窮地位低下，然而不義之財分文不取，違背禮儀的事不做。如果您能按照私奔女子成為妾的禮儀，允許我侍候您的生活，那是我三生有幸了；如果您不肯接納我為妾，那麼請求借這個虛名，替我畫一把扇子，題寫上「某年月日為姬人溫玉作」，我也算承叨受到了先生的餘光。』溫玉說著立刻拿出精製的扇子放到書桌上，並研墨調好顏色，拱手站在旁邊等候。董天士笑著同意了這個女子的請求。這個女子自己取出董天士的小印蓋在扇子上，說：『這是姬人的事，不敢勞累先生了。』再三行禮而離去。第二天清晨醒來，董天士發覺腳後有什麼東西，坐起來一看，卻是溫玉躺在那裡。溫玉笑著起床說：『我確實不敢以賤體玷汙先生，然而不是同床一夜，不是親自操持侍妾的事務，那麼姬人兩字終究是假託。』她於是遞衣服給董天士，侍候他洗漱完畢，又再次行禮說：『妾從此離去了。』轉眼就不見了，於是就不再來了。」難道明末遺民隱士的聲價最高，這個狐女也受到了風氣的影響嗎？然而，這個狐女胸懷灑脫開朗，有東晉時王夫人謝道蘊的超凡脫俗的風度，難怪董天士沒有拒絕她了。

【研析】顯然，這個故事是由董天士編造出來的，以此來炫耀自己的清正高潔。窮畫家的小小虛榮心，在這個故事裡得到了極大的滿足。看來作者也不忍心說明實情，以免敗了人們的雅興。

書痴之死

先姚安公曰：「子弟讀書之餘，亦當使略知家事，略知世事，而後可以治家，可以涉世。明之季年❶，道學❷彌尊，科甲彌重。於是黠者坐講心學❸，以攀援聲氣；樸者株守課冊，以求取功名。致讀書之人，十無二三能解事。崇禎壬午❹，厚齋公攜家居河間，避孟村❺土寇。厚齋公卒後，聞大兵將至河間，又擬鄉居。瀕行時，比鄰一叟顧門神歎曰：『使今日有一人如尉遲敬德❻、秦瓊❼，當不至此。』汝兩曾伯祖，一諱景星，一諱景辰，皆名諸生也。方在門外束襆被，聞之，與辯曰：『此神荼、鬱壘❽像，非尉遲敬德、秦瓊也。』叟不服，檢邱處機《西遊記》❾為證。二公謂委巷小說不足據，又入室取東方朔❿《神異經》⓫與爭。時已薄暮，檢尋既移時，反覆講論又移時，城門已闔，遂不能出。次日將行，而大兵已合圍矣。城破，遂全家遇難。惟汝曾祖光祿公、曾伯祖鎮番公及叔祖雲台公存耳。死生呼吸，間不容髮之時，尚考證古書之真偽，豈非惟知讀書不預外事之故哉！」姚安公此論，余初作各種筆記，皆未敢載，為涉及兩曾伯祖也。今再思之，書痴尚非不佳事，古來大儒似此者不一，因補書於此。

【章旨】此章講說了作者的兩位曾伯祖在生死危急之時，還與他人爭辯史事，遂導致全家被害的故事。

【注釋】❶季年　末年。季，一個季節或一個朝代的末了。❷道學　宋儒的哲學思想。以繼承孔孟道統，宣揚性命義理之學為主。元朝人寫《宋史》，把這類哲學家歸入一類，列為〈道學傳〉。❸心學　即宋明理學中的陸王學派。南宋陸九淵、明王守仁把「心」看做宇宙萬物的本原，提出「聖人之學，心學也。」（《象山全集・敘》）因此後來有人稱此派為「心學」。❹崇禎壬午　即明崇禎十五年，西元一六四二年。❺孟村　村鎮名。在河北滄州東南。是通往山東的要道。❻尉遲敬德　即尉遲恭。唐初大將。字敬德，朔州善陽（今山西朔縣）人。歷任涇州道行軍總管、襄州都督等職。

❼秦瓊　唐初將領。字叔寶，齊州歷城（今山東濟南）人。官至左武衛大將軍。❽神荼鬱壘　亦作「荼與鬱雷」。傳說中能治服惡鬼的神，後世遂作為門神，畫像醜怪凶惡。❾邱處機西遊記　參見本書卷九〈丹方〉則注釋❶、〈西遊記〉則注釋❶。❿東方朔　參見本書卷七〈劉某滑稽〉則注釋❸。⓫神異經　志怪小說集。舊題漢東方朔撰、晉張華注，實為偽託。一卷。其最初傳本，後亦散佚；今本乃輯錄唐宋類書所引逸文而成。仿《山海經》體例，但略於山川道里而詳於記敘神怪異物，間有嘲諷之作。

【語譯】先父姚安公說：「我家子弟在讀書之餘，也應當讓他們稍微懂得一些家事和世故人情，然後他們才可以治家，才能經歷世事。明朝末年，道學地位越來越尊貴，科舉越來越被人們看重。於是生性狡黠的人坐講心學，企圖攀附更高的聲望名氣；樸實的人就死啃課本書籍，以求博取功名。以至於讀書人中，十個人沒有二三個人能夠懂得事理。明朝崇禎十五年，我的高祖厚齋公帶著家眷遷居河間府，躲避孟村的土匪。厚齋公去世後，聽說大兵將來河間府，家裡人又打算遷居鄉下。臨走時，鄰居一個老頭看著門神感歎地說：『如果今天有一個人像尉遲敬德、秦瓊那樣，我們應當不會落到這種地步。』你的兩個曾伯祖，一個叫景星，一個叫景辰，都是有名的秀才。他們兩人正在門外捆紮衣被，聽他這樣說，就與老頭爭辯道：『這是神荼、鬱壘的畫像，不是尉遲敬德、秦瓊的畫像。』老頭不服氣，找出邱處機的《西遊記》來作證。兩位曾伯祖認為那種街談巷議的小說不足為據，又走進房間取出東方朔的《神異經》與老頭爭辯。當時已近傍晚，翻檢尋找書籍已費了很多時間，反覆講說爭論又過了很長時間，城門已經關上，於是就出不了城。第二天他們將要出城，但大兵已經把城包圍了。城被攻破，於是全家遇難。只有你的曾祖光祿公、曾伯祖鎮番公及叔祖雲台公活了下來。在死生之際，安危存於呼吸之間，形勢間不容髮之時，還去考證古書的真偽，難道不是只知道讀書而不參預世事的緣故嗎！」姚安公的這番議論，在我當初寫的各種筆記中，都不敢載入，因為涉及兩位曾伯祖。如今我再三考慮這件事，做書痴尚且還不能說是什麼不好的事，自古以來的大儒像這樣的也不止一人，因而補寫在這裡。

【研析】明朝末年，儒者空談心性成為時尚流行。作者所說的這個故事，就是明儒空談誤身、誤家的典型事例。這些儒生不知世事，不知輕重緩急，只知爭一時的高下，以致害了自己的性命。明末清初思想家大聲疾呼讀書要「經世致用」，其中所蘊含著的慘痛教訓值得後人記取。

劉福榮與范玉

奴子劉福榮，善製網罟❶弓弩，凡弋禽獵獸之事，無不能也。析炊❷時分屬於余，無所用其技，頗鬱鬱不自得。年八十餘，尚健飯❸，惟時一攜鳥銃，散步野外而已。其銃發無不中。一日，見兩狐臥隴上，再擊之不中，狐亦不驚。心知為靈物，惕然❹而返，後亦無他。外祖張公水明樓，有值更❺者范玉，夜每聞瓦上有聲，疑為盜；起視則無有，潛蹤偵之，見一黑影從屋上過。乃設機瓦溝，仰臥以聽。半夜聞機發，有女子呼痛聲。登屋尋視，一黑狐折股死矣。是夕聞屋上詈曰：「范玉何故殺我妾？」時鄰有劉氏子為妖所媚，玉私度必是狐，亦還詈曰：「汝縱妾私奔，不知自愧，反詈吾。吾為劉氏子除患也。」遂寂無語。然自是覺夜夜有人以石灰滲其目，交睫❻即來，旋洗拭，旋又如是。漸腫痛潰裂，竟至雙瞽，蓋狐之報也。其所見遜劉福榮遠矣，一老成經事，一少年喜事故也。

【章旨】此章講述了兩個僕人一個沒有傷害狐狸，而另一個無故傷害了狐狸精，故而導致兩人結局不同的故事。

【注釋】❶網罟　指漁獵的網具。❷析炊　分立爐灶。指分家。炊，炊煙。❸健飯　食量大；食欲好。❹惕然　惶恐貌。❺值更　猶值夜。❻交睫　上下睫毛相交接。意即合眼而睡。

【語譯】我家的奴僕劉福榮擅長製作網罟弓弩，凡是捕鳥獵獸的事情，他是無所不能。分家時，把他分給了我。他的技藝沒有機會可用，很鬱鬱不得志。他八十多歲時，還很能吃飯，只是時常帶著一支鳥銃，到野外散步而已。他放銃百發百中。有一天，他看到兩隻狐狸躺在田隴上，開了兩槍都沒有打中，狐狸也不驚慌。他知道這一定是靈物，恐懼地回到家中，後來也沒有發生什麼。我外祖父張公的水明樓有一個叫范玉的值夜人，夜裡常常聽到屋頂瓦片上有聲音，懷疑有盜賊；起身去看就又看不出什麼，他暗地裡偷偷查看，看見有一個黑影從屋頂上經過。他就在瓦溝中設置機關，自己仰面躺著聽動靜。半夜裡聽到機關發動，有女子的喊痛聲。他爬上屋頂尋找察看，有一隻黑狐狸折斷了大腿而死。當天夜裡，他聽到屋頂上罵道：「范玉你為什麼殺死我的侍妾？」當時鄰居劉氏的兒子被妖魅媚惑，范玉私下猜測一定是這隻黑狐，也就回罵道：「你放縱侍妾私奔他人，自己不知道羞愧，反而來罵我。我是替劉氏的兒子除掉災禍。」於是屋頂上就寂然無聲了。然而，從那時開始，范玉發覺夜夜有人用石灰滲入他的眼睛。他只要一合眼，那人就來。剛洗拭完畢，一會兒又有人來滲石灰。他的眼睛逐漸紅腫疼痛潰爛，最終竟導致雙目失明，這大概是狐狸在報復他。范玉的見識比劉福榮差得遠了，是因為一個老成處事，一個少年好事的緣故。

【研析】無故傷害他人，哪怕是狐狸精，也要遭到報應。故而為人還是應該謹慎小心，不可胡作非為，招來報應。作者的這番拳拳之心還是應該記取的。雖說有些迂腐，但也是一片赤忱。

世態人情

門人有作令雲南者，家本苦寒，僅攜一子一僮，拮据往，需次❶會城❷。久之，得補一縣，在滇中，尚為膏腴地。然距省窵遠❸，其家又在荒村，書不易寄。偶得魚雁❹，亦不免浮沉❺，故與妻子幾斷音問。惟於坊本搢紳❻中，檢得官某縣而已。偶一狡僕舞弊，杖而遣之，此僕銜次骨。其家事故所備知，因偽造其僮書云，主人父子先後卒，二棺今浮厝❼佛寺，當借資來迎。並述遺命，處分家事甚悉。初，令赴滇時，親友以其樸訥❽，意未必得缺；即得缺，亦必惡。後聞官是縣，始稍稍親近，並有周恤其家者，有時相餽問者。其子或有所稱貸，人亦輒應，且有以子女結婚者。鄉人有宴會，其子無不與也。及得是書，皆大沮，有來唁者，有不來唁者。漸有索逋者，漸有道途相遇似不相識者，僮奴婢媼皆散。不半載，門可羅雀矣。既而令託入覲❾官寄千二百金至家迎妻子，始知前書之偽。舉家破涕為笑，如在夢中。親友稍稍復集，避不敢見者，頗亦有焉。後令與所親書曰：「一貴一賤之態，身歷者多矣；一貧一富之態，身歷者亦多矣。若夫生而忽死，死逾半載而復生，中間情事，能以一身親歷者，僕殆第一人矣。」

【章旨】此章講述了一個縣令在雲南為官，因其生死傳聞不實，在家鄉引起種種猜測和波瀾，於此可見世態人情的故事。

【注釋】❶需次　清代官吏授職後，按資歷依次替補官員職務空缺。❷會城　省城。❸窵遠　遙遠。❹魚雁　古樂府〈飲馬長城窟行〉：「呼兒烹鯉魚，中有尺素書。」《漢書・蘇武傳》：「教使者謂單于，言天子射上林中，得雁，足有繫帛書。」後因合稱書信為「魚雁」。❺浮沉　稱書信沒有送到為「付諸浮沉」。《世說新語・任誕》：「殷洪喬作豫章郡，臨去，都下人因附百許函書。既至石頭，悉擲水中，因祝曰：『沉者自沉，浮者自浮，殷洪喬不能作致書郵。』」後因稱不可信託的寄書人為「洪喬」。❻搢紳　此指《搢紳錄》，清代官場流行的職官姓名錄。由書坊逐年刊行，詳載內外官吏姓名、籍貫、出身等。❼浮厝　謂暫時把靈柩停放在地面上，周圍用磚石等砌起來掩蓋，或暫時淺埋，以待改葬。❽樸訥　質樸而不善言詞。❾入覲　諸侯於秋季入朝進見天子。《詩・大雅・韓奕》：「韓侯入覲，以其介圭，入覲於王。」此處指官員入朝晉見皇帝。

【語譯】我有個門生在雲南擔任縣令，他家境本來貧寒，到雲南候補時只帶著一個兒子和一個家僮，一路上生活很拮据，來到省城等待補缺。過了很長時間，他才得到一個縣令的職位。那個縣地處雲南中部，還算是個較富裕的地方。然而距省城路途遙遠，這個縣令的老家又在荒僻的村莊，書信不容易寄達。偶然有了捎書信的人，也不免寄丟，因此這個縣令與妻子兒女幾乎斷絕了音信來往。人們只有從書坊間刊刻的《搢紳錄》上，翻檢查到他在某縣任官的消息而已。他官衙裡偶然有個狡黠的奴僕徇私舞弊，縣令將他打了一頓並趕走了，這個奴僕對縣令恨之入骨。他對縣令的家事本來就瞭如指掌，因此偽造縣令家僮的家信，聲稱主人父子已先後去世，兩具棺材如今寄放在佛寺中，應該借錢來把棺材接回家去。同時記述了縣令的遺囑，對家事的安排也很詳細。當初縣令到雲南候補時，親友們以為他質樸不善言詞，認為他未必能夠補上缺；即使得到補缺而當官，也必定是個很差的差事。後來聽說他當了這個縣的縣令，這才稍稍和他家人親近起來，並且還有人周濟他家，有時也有人來送禮問候。他的兒子有時向親友借貸錢物，人們也都答應借給他，而且有人把自己女兒許配給他家。鄉里有人舉行宴會，他的兒子每次都被邀請參加。等到人們見了這封信，都極為沮喪，有人來弔唁，也有人沒有來弔唁。縣令家漸漸有人上門來討債，有的人在路上相遇卻裝作不相識，縣令家的家僮奴婢老媽子都相繼散去了。不到半年，縣令家冷冷清清，已經門可羅雀。不久，這個縣令託進京的官員捎來一千二百兩銀子到家裡，迎接妻兒去雲南，人們這才知道上次那封信是偽造的。縣令全家破涕為笑，好像在夢中一般。親友也漸漸聚攏過來，也有些人迴避而不敢再見面的。後來，縣令在給親友們的信中說：「一時顯貴一時貧賤的世態，親身經歷的人很多，一時貧窮一時富庶的世態，親身經歷的人也很多了。如果像我這樣本來好好地活著卻忽然死去，死了大半年時間而又復活，這中間的人情世態，能夠由一個人來親身經歷的，我恐怕是第一個了。」

【研析】世態炎涼，本是極尋常事。《史記・孟嘗君列傳》曾記載這麼一件事：孟嘗君相齊，門下食客三千。齊王廢黜孟嘗君，門下食客除馮驩外全部捨棄他而去。後來孟嘗君復相齊，原來那些食客復聚其門下。孟嘗君要將他們全部趕走，馮驩勸說道：「生者必有死，物之必至也；富貴多士，貧賤寡友，事之固然也。」故而不足以責備那些人。這是馮驩將世態參悟透了。而這位縣令言辭中頗見牢騷，可見還沒有達到馮驩的境界。

社公之言

門人福安❶陳坊言：閩有人深山夜行，倉卒失路。恐愈迷愈遠，遂坐崖❷下，待天曉。忽聞有人語，時缺月❸微升，略辨形色，似二三十人坐崖上，又十餘人出沒叢薄❹間。顧視左右皆亂冢，心知為鬼物，伏不敢動。俄聞互語社公❺來，竊睨之，衣冠文雅，年約三十餘，頗類書生，殊不作劇場白鬚布袍狀。先至厓上，不知作何事。次至叢薄，對十餘鬼太息曰：「汝輩何故自取橫亡❻，使眾鬼不以為伍？飢寒可念，今有少物哺汝。」遂撮飯撒草間。十餘鬼爭取，或笑或泣。社公又太息曰：「此邦之俗，大抵勝負之念太盛，恩怨之見太明。其弱者力不能敵，則思自戕以累人。不知自盡之案，律無抵法，徒自隕其生也。其強者妄意兩家各殺一命，即足相抵，則械鬥以洩憤。不知律凡殺二命，各別以生者抵，不以死者抵。死者方知悔之已晚，生者不知為之彌甚，不亦悲乎！」十餘鬼皆哭。俄遠寺鐘動，一時俱寂。此人嘗以告陳生，陳生曰：「社公言之，不如令長言之也。然神道設教，或挽回一二，亦未可知耳。」

【章旨】此章講述了社公勸化橫死之鬼，告訴他們生前不珍惜生命，死後不得超度的故事。

【注釋】❶福安　縣名。今福建福安。在福建東北部，北鄰浙江。❷厓　通「崖」。指山崖。❸缺月　不圓之月。❹叢薄　草木叢生的地方。❺社公　古指土地神。❻橫亡　即橫死。猶言死於非命。

【語譯】我的學生福安人陳坊說：福建有個人夜裡在深山趕路，匆忙之中迷了路。他擔心迷路後會越走越遠，於是就坐在山崖下，等待天亮。他忽然聽到有人說話，當時殘月剛剛升起來，藉著月光大致能夠分辨出人的身形，好像有二三十個人坐在山崖上，還有十多個人在草木叢中出沒。他環顧左右都是亂墳堆，心裡明白那些人都是鬼魅，便趴在那裡不敢動彈。繼而聽到鬼魅們相互傳告說社公來了，這人偷偷地看了一眼，只見社公穿的衣冠文雅，年齡約三十多歲，很像個書生，根本不像劇場舞臺上那種長著白鬍子、身穿布袍的樣子。社公先走到山崖上，不知道幹什麼事。接著走到草木叢中，對著十幾個鬼歎息說：「你們這些人為什麼要自尋橫死，使得眾鬼們不願與你們為伍？你們飢寒交迫確實可憐，如今我有少量的食物給你們食用。」社公就抓起飯撒向草叢間。十多個鬼爭搶著吃，有的笑有的哭。社公又歎息著說：「這個地方的風俗，大概爭勝負的觀念太強烈，恩怨的心思太分明。那些弱者力量敵不過別人，就想用自殺來拖累別人。他們卻不懂得自殺的案子，按法律是沒有抵罪這一條規定的，只是白白地斷送了自己的生命而已。那些強者妄想兩家各殺了對方一條人命，也足以相互抵罪了，就用械鬥來發洩私憤。他們卻不懂得法律規定凡是殺死兩條人命，要分別用活人來抵罪，而不是以死人來抵命的。死了的人這才知道悔恨，卻為時已晚；活著的人不知道，變本加厲地幹，不是很可悲嗎！」十幾個鬼都哭了起來。不久，遠處寺廟裡的鐘響了起來，一時間周圍就寂靜無聲了。這個人曾經把這件事告訴了陳坊，陳坊說：「社公說的那些話，不如由縣令長官講那些話來得更有效。然而神靈設置教化，或許能夠挽回一些衰敗的世風習俗，也未可知。」

【研析】這實際是個寓言故事，主要在告誡那些血氣方剛、爭強好勝、不懂得珍惜生命的人，如果逞一時之強，終究要落得個長久悔恨。作者講述這個故事，勸世之意也十分明白。當然，效用如何，難以一言蔽之。然而作者的拳拳之心，讀者還當體會，不能以迂腐視之。

十剎海之鬼

嘉慶丙辰❶冬，余以兵部尚書❷出德勝門❸監射。營官❹以十剎海❺為館舍，前明古寺也。殿宇門徑，與劉侗❻《帝京景物略》❼所說全殊，非復僧住一房佛亦住一房之舊矣。寺僧居寺門一小屋，余所居則在寺之後殿，室亦精潔。而封閉者多，驗之，有乾隆三十一年❽封者，知曠廢已久。余住東廊室內，氣冷如冰，爇數爐不熱，數燈皆黯黯作綠色。知非佳處，然業已入居，姑宿一夕，竟安然無恙。奴輩住西廊，皆不敢睡，列炬徹夜坐廊下，亦幸無恙。惟聞封閉室中，喁喁有人語，聽之不甚了了耳。轎夫九人，入室酣眠。天曉，已死其一矣。飭別覓居停❾，乃移住真武祠。祠中道士云：聞有十刹海老僧，嘗見二鬼相遇，其一曰：「汝何來？」曰：「我轉輪期未至，偶此閒遊。汝何來？」其一曰：「我縊魂之求代者也。」問：「居此幾年？」曰：「十餘年矣。」又問：「何以不得代？」曰：「人見我皆驚走，無如何也。」其一曰：「善攻人者藏其機，匕首將出袖而神色怡然，乃有濟也。汝以怪狀驚之，彼奚為不走耶？汝盍脂香粉氣以媚之，抱衾薦枕以悅之，必得當矣。」老僧素嚴正，厲聲叱之，欻然❿入地。數夕後，寺果有縊者。此鬼可謂陰險矣。然寺中所封閉，似其鬼尚多，不止此一二也。

【章旨】此章講述了作者夜宿十刹海，見寺廟有許多屋子曠廢，後來聽說此寺中鬼多而狡黠的故事。

【注釋】❶嘉慶丙辰　即清嘉慶元年，西元一七九六年。❷兵部尚書　兵部的長官。參見本書卷三〈死不悛改〉則注釋❶。❸德勝門　城門名。在北京北部。❹營官　指負責地方武備和治安的官吏。❺十剎海　亦作「什剎海」。湖泊名。後來用作地名。在北京西北部、北海以北。元代叫「海子」。因四周原有十座佛寺，故名。❻劉侗　明代文學家，字同人，號格庵，湖廣麻城（今屬湖北）人。崇禎進士。於赴任吳縣知縣時，死於揚州，年四十四。曾與于奕正合撰《帝京景物略》，詳記北京風物，頗有史料價值。❼帝京景物略　明地方志，八卷。劉侗、于奕正合撰。內容包括北京城郊景物、園林寺觀、陵墓祠宇、名勝古跡、人物故事等等。❽乾隆三十一年　即西元一七六六年。❾居停　寄居的處所。❿欻然　忽然。

【語譯】嘉慶元年冬天，我以兵部尚書的身分到德勝門外視察軍隊射箭。營官把十剎海作為館舍，這裡是明代的古寺。十剎海的殿宇門徑和劉侗在《帝京景物略》中所記載的完全不同，不再是和尚住一個房間，佛也住一個房間的舊格局了。寺裡的僧人居住在寺廟山門旁的一間小屋裡，我所居住的屋子就在寺廟的後殿，室內收拾的也很精緻清潔。然而寺廟內有很多房間封閉著，仔細查看那些封條，其中有乾隆三十一年封閉的，因而可知這些房間曠廢已經很久了。我住在東廊的屋子裡，空氣冷得像冰一樣，點燃幾隻火爐也不覺得暖和，幾盞燈都發出黯淡的綠光。我知道這裡不是好處所，但是已經住進來了，姑且就留宿一夜，居然安然無恙。奴僕們住在西廊，都不敢睡覺，點著燈燭整夜坐在廊下，也幸好安然無恙。他們只是聽到被封閉的室內，有人在喁喁地說話，聽他們說話也不很清楚。轎夫有九個人，進了屋子就酣然熟睡。天亮時，其中有一人已經死去。我要求手下另外尋找住處，於是就移居到真武祠內。祠中道士說，聽說有個十剎海的老和尚曾經看到兩個鬼相遇。其中一個鬼問：「你從哪裡來？」另一個鬼回答說：「我的轉輪期沒有到，偶然到這裡閒遊。你從哪裡來？」前一個鬼回答說：「我是上吊而死的鬼魂來尋求替代的。」另一個鬼問道：「在這裡住了幾年？」前一個鬼回答說：「十多年了。」另一個鬼又問：「為什麼沒有找到替身？」前一個鬼回答說：「人們看到我都驚慌逃走，這是無可奈何的啊。」另一個鬼說：「善於攻擊別人的人往往藏起鋒芒，匕首將從袖口裡抽出來時而臉上神色怡然自如，事情才能成功。你以鬼怪的形狀去驚嚇他們，他們怎麼會不逃跑呢？你為什麼不塗脂抹粉去媚惑人，用要和人家同床共枕來取悅他人，這樣肯定就能有機會了。」老和尚平常一向嚴肅正直，大聲叱責那兩個鬼魂，那兩個鬼魂忽然間沒入地下不見了。幾天後，寺廟裡果然有人自縊。這個鬼可以說是太陰險了。然而，這座寺廟所封閉的屋子裡，像這樣的鬼似乎還有很多，不止這一兩個。

【研析】鬼魅以其本來面目見人，人們自然會警覺而拒而遠之。但是如果加以偽裝，並投人所好，往往就會得逞。這是人性的弱點，也是世上鬼魅般惡人之所以能夠屢屢得逞的根本原因。作者用這個故事告誡世人，其用意也在於提醒人們防備那些用種種手法偽裝的惡人。

為屠者誡

汪閣學❶曉園言：有一老僧過屠市，泫然流涕。或訝之。曰：「其說長矣。吾能記兩世事：吾初世為屠人，年三十餘死，魂為數人執縛去。冥官責以殺業至重，押赴轉輪受惡報。覺恍惚迷離，如醉如夢，惟惱熱不可忍。忽似清涼，則已在豕欄矣。斷乳後，見食不潔，心知其穢；然飢火燔燒，五臟皆如焦裂，不得已食之。後漸通豬語，時與同類相問訊，能記前身者頗多，特不能與人言耳。太抵皆自知當屠割，其時作呻吟聲者，愁也；目睫往往有濕痕者，自悲也。軀幹痴重，夏極苦熱，惟汨沒泥水中少可，然不常得。毛疏而勁，冬極苦寒，視犬羊軟毳厚氄，有如仙獸。遇捕執時，自知不免，姑跳踉奔避，冀緩須臾。追得後，蹴踏頭項，拗捩蹄肘，繩勒四足深至骨，痛若刀劀❷。或載以舟車，則重疊相壓，脅如欲折，百脈湧塞，腹如欲裂。或貫以竿而扛之，更痛甚三木❸矣。至屠市，提擲於地，心脾皆震動欲碎。或即日死，或縛至數日，彌難忍受。時見刀俎❹在左，湯鑊在右，不知著我身時，作何痛楚，輒簌簌戰栗不止。又時自顧己身，念將來不知磔裂❺分散，作誰家杯中羹，又淒慘欲絕。比受戮時，屠人一牽拽，即惶怖，不昏瞀，四體皆軟，覺心如左右震蕩，魂如自頂飛出，又復落下。見刀光晃耀，不敢正視，惟瞑目以待封剔❻。屠人先剚刀於喉，搖撼擺撥，瀉血盆盎中。其苦非口所能道，求死不得，惟有長號。血盡始刺心，大痛，遂不能作聲，漸恍惚迷離，如醉如夢，如初轉生時。良久稍醒，自視已為人形矣。冥官以夙生尚有善業，仍許為人，是為今身。頃見此豬，哀其荼毒❼，因念昔受此荼毒時，又惜此持刀人將來亦必受此荼毒，三念交縈，故不知涕淚之何從也。」屠人聞之，遽擲刀於地，竟改業為賣菜傭。

【章旨】此章以一個老和尚說前生為豬的寓言故事，告誡屠夫不要殺生。

【注釋】❶閣學　即內閣學士。參見本書卷二〈知命〉則注釋⑮。❷劃　割。❸三木　古時加在罪犯頸項和手足上的刑具。❹刀俎　刀和砧板。本為宰割工具，亦比喻宰割者。《史記．項羽本紀》：「如今人方為刀俎，我為魚肉。」❺磔裂　車裂人體。後亦指淩遲處死。❻刲刳　屠殺剖解。《新五代史．楊行密》：「是時，城中倉廩空虛，饑民相殺而食，其夫婦、父子自相牽，就屠賣之，屠者刲刳如羊豕。」❼荼毒　猶言毒害、殘害。唐人孔穎達疏：「《釋草》云：『荼，苦菜。』此菜味苦，故假之以言人苦；毒，謂螫人之蟲，蛇虺之類，實是人之所苦；故並言荼毒，以喻苦也。」

【語譯】內閣學士汪曉園說：有一個老和尚路過屠宰場時，悲傷地流下眼淚來。有人感到奇怪。老和尚說：「這個話說起來長了。我能記住兩世的事情。我前世是個屠夫，三十多歲死去，魂被幾個人捆縛而去。冥官責備我殺生的罪孽深重，押到轉輪那裡承受惡報。我感覺恍恍惚惚、迷迷糊糊，像喝醉酒又像做夢，只是苦於酷熱難以忍受。忽然覺得似乎清涼起來，卻已經落在豬圈裡了。斷奶後，我看見豬食不乾淨，心裡明白它很汙穢，但是飢腸轆轆，餓火難忍，五臟都像被燒焦裂開一樣，不得已而吃了那些豬食。後來，我漸漸聽懂豬的語言，時常和同類互相問訊，發覺能夠記得起前身的豬很多，只不過不能和人說話而已。大概豬都知道自己要被屠宰，牠們時常低聲發出呼叫呻吟，那是因為發愁；牠們的眼睛睫毛之間往往有潮濕的淚痕，那是因為牠們為自己感到很悲傷。豬的身軀笨重，夏天很為炎熱所苦，只有浸在泥水中才會稍稍涼快些，然而這種機會也是不常有的。豬身上的毛稀疏而硬，冬天極其怕冷，看見狗、羊身上的厚軟細毛，如同看到仙獸一般。豬遇到被捉時，自知免不了一死，仍然跳躍奔跑逃避，希望能夠延緩片刻。被追上之後，屠夫用腳踏住豬的頭頸，用手強扭轉豬腿豬蹄，用繩子緊緊勒住四隻豬腳，深至腿骨，這樣的疼痛就像刀割那樣。人們有時用車或船載運，豬就層層疊疊互相壓在一起，身上的肋骨好像要被折斷那樣，百脈好像已經要湧出又被堵塞住，肚子好像要漲裂開來。人們有時用竹竿穿過四隻豬蹄抬著走，那種疼痛比犯人帶上三木刑具更痛苦。來到屠宰場，豬被提起來扔在地下，心脾都被震動得要破碎了。有的豬當天就被殺死，有的豬被捆縛幾天，更加難以忍受。豬時時看到刀俎放在左邊，熱湯鍋放在右邊，不知道屠刀插進身上時有什麼樣的痛苦，就簌簌地發抖不止。又時而回頭看看自己的身體，想想將來自己被分割剁碎不知道成什麼樣子，會成為哪戶人家碗裡的肉羹，心中又淒慘欲絕。等到被殺戮時，屠夫一牽拽，我就驚恐害怕得幾乎昏厥過去，四肢都已癱軟，感覺心在胸腔裡左右震盪，魂好像從頭頂飛了出去，又落了下來。我看到刀光晃動，不敢正視，只是閉上眼睛等待屠宰。屠夫先用刀割開我的喉嚨，用力搖晃擺動撥拉，讓血流淌到盆中。這種痛苦不是嘴巴能說清楚的，真是求死不得，只能連續長嚎。等血流光後，屠夫才用刀刺向心臟，這時極其疼痛，於是就不能發出聲音來，漸漸進入恍惚迷離、如醉如夢的狀態，就像當初轉生投胎時那樣。過了很久之後才慢慢醒來，我一看自己已變為人形了。冥官認為我前生中還做過善事，仍然允許我投生為人，這就是現在的我。剛才看到那頭豬，可憐牠遭受到的痛苦，就想起以前我受殺戮時的情形，又惋惜這個拿刀的屠夫將來也肯定得遭受這樣的痛苦，這三個念頭糾纏在一起，所以不知不覺中涕淚橫流。」屠夫聽了老和尚這麼一席話，就立刻把屠刀扔在地上，竟然改變職業當賣菜人去了。

【研析】老和尚勸人不要殺生，用心良苦。只是如此說，還只是治標，而不是治本之策。因為屠夫殺生，是因為有人要吃肉。既然有吃肉之人，必然有殺生之屠夫，將殺生的責任歸於屠夫，未免失當。如果人們都不吃肉而茹素，又豈來殺生之屠夫。只是人們吃肉者多，茹素者少，屠夫這個職業還是會有人繼續做下去的。

屠人轉世成豬

曉園說此事時，李匯川亦舉二事曰：有屠人死，其鄰村人家生一豬，距屠人家四五里。此豬恆至屠人家中臥，驅逐不去。其主人捉去，仍自來；縶以鎖，乃已。疑為屠人後身也。又一屠人死，越一載餘，其妻將嫁。方彩服登舟，忽一豬突至，怒目眈眈，徑裂婦裙，齧其脛❶。眾急救護，共擠豬落水，始得鼓棹❷行。豬自水躍出，仍沿岸急追。適風利揚帆去，豬乃懊喪自歸。亦疑屠人後身，怒其妻之琵琶別抱❸也。此可為屠人作豬之旁證。又言：有屠人殺豬甫死，適其妻有孕，即生一女，落蓐即作豬號聲，號三四日死。此亦可證豬還為人。余謂此即朱子所謂生氣未盡，與生氣偶然湊合者，別自一理，又不以輪迴論也。

【章旨】 此章又列舉了幾個事例來說明屠夫轉世投生為豬的故事。

【注釋】 ❶脛　人的小腿，也指禽獸的腿。《論語・憲問》：「以杖叩其脛。」❷鼓棹　亦作「鼓櫂」。划槳。❸琵琶別抱　指婦女改嫁。

【語譯】 汪曉園說上述那件事時，李匯川也舉了兩件事說：有個屠夫剛死去，他鄰村的一戶人家母豬就生下一頭小豬。這戶人家距離屠夫家有四五里路，這頭小豬經常跑到屠夫家中躺下，驅趕牠也不離開。牠家主人把這頭小豬捉回去，牠仍然自己跑來。主人把牠捆住鎖在家裡，牠這才跑不出去。人們懷疑這頭豬是那個屠夫的後身。又有一件事：有個屠夫死了，過了一年多，屠夫的妻子將要改嫁他人。正當屠夫的妻子穿著彩服上船時，忽然有一頭豬突然奔過來，瞪著雙眼怒視著她，徑直扯破新娘的裙子，咬住她的小腿。大家急忙救護，共同把那頭豬擠落水裡，這才得以開船航行。那頭豬從水裡跳上岸後，仍然沿著河岸急追。船正好遇上順風揚帆快速駛去，那頭豬這才懊喪地回去了。人們也懷疑這頭豬就是那個屠夫的後身，惱恨自己妻子的改嫁。這兩個故事可以作為屠夫來世轉生為豬的旁證。李匯川又說：有個屠夫剛把一頭豬殺死，恰好他的妻子懷孕在身，即刻生下一個女孩。這個女孩剛出生，就發出像豬一樣的叫聲，號叫了三四天就死去了。這也可以作為豬投生為人的旁證。我認為這就是朱熹所說的一個生氣未盡，與另一個生氣偶然湊合而產生的情況，這另有一番道理，不能用輪迴來解釋這種事。

【研析】人要吃肉，但又想要積德，便將殺生的罪孽全部推到屠夫身上，以為這樣自己就可以放心地吃喝。如此的言行脫節，豈不是人性的弱點？孔老夫子雖有「君子遠庖廚」的說法，但還沒有將自己的責任推給他人。後世的儒者遠不如孔子，竟然沒有勇氣承認自己的責任，卻一味地怪罪屠夫，非要將他們的來生變成豬，如此不公，恐怕也只有那些儒者想得出來。

夢境與占夢

汪編修❶守和為諸生時，夢其外祖史主事❷珥攜一人同至其家，指示之曰：「此我同年紀曉嵐，將來汝師也。」因竊記其衣冠形貌。後以己酉❸拔貢❹應廷試❺，值余閱卷，擢高等。授官來謁時，具述其事，且云衣冠形貌，與今毫髮不差，以為應夢。迨嘉慶丙辰❻會試，余為總裁，其卷適送余先閱（凡房官❼薦卷，皆由監試御史先送一主考閱定，而復轉輪公閱），復得中式，殿試以第二人及第。乃知夢為是作也。按：人之有夢，其故難明。《世說》載衛玠問樂令夢❽，樂云是想，又云是因。而未深明其所以然。戊午❾夏，扈從灤陽，與伊子墨卿❿以理推求。有念所專注，凝神生象，是為意識所造之夢，孔子夢周公[11]是也。有禍福將至，朕兆先萌，與見乎蓍龜[12]，動乎四體相同，是為氣機所感之夢，孔子夢奠兩楹[13]是也。其或心緒瞀亂，精神恍惚，心無定主，遂現種種幻形，如病者之見鬼，眩者之生花，此意想之歧出者也。或吉凶未著，鬼神前知，以象顯示，以言微寓，此氣機之旁召者也。雖變化杳冥，千態萬狀，其大端似不外此。至占夢之說，見於《周禮》，事近祈禳，禮參巫覡，頗為攻《周禮》[14]者所疑。然其文亦見於《小雅》[15]「大人占之[16]」，固鑿然古經載籍所傳，雖不免多所附會，要亦實有此術也。惟是男女之愛，骨肉之情，有凝思結念，終不一夢者，則意識有時不能造。倉卒之患，意外之福，有忽至而不知者，則氣機有時不必感。且天下之人，如恆河沙數，鬼神何獨示夢於此人？此人一生得失，亦必不一，何獨示夢於此事？且事不可洩，何必示之？既示之矣，而又隱以不可知之象，疑以不可解之語（如《酉陽雜俎》[17]載夢得棗者，謂棗字似兩來字，重來者，呼魄之象，其人果死。《朝野僉載》[18]崔湜夢座下聽講而照鏡，謂座下聽講，法從上來，鏡字，金旁竟也。小說所說夢事如此迂曲者不一），是鬼神日日造謎語，不已勞乎？事關重大，示以夢可也；而猥瑣小事，亦相告語（如《敦煌實錄》[19]載宋補夢人坐桶中，以兩杖極打之，占桶中人為肉食，兩杖象兩箸，果得飽肉食之類），不亦褻乎？大抵通其所可通，其不可通者，置而不論可矣。至於〈謝小娥傳〉⓴，其父夫之魂既告以為人劫殺矣，自應告以申春、申蘭。乃以「田中走，一日夫」隱申春，以「車中猴，東門草」隱申蘭，使尋索數年而後解，不又顛乎？此類由於記錄者欲神其說，不必實有是事。凡諸家所占夢事，皆可以是觀之，其法非大人之舊也。

【章旨】此章作者論述了夢境產生的原因，以及歷代筆記小說中記載的所謂占夢術的虛妄。

【注釋】❶編修　參見本書卷二〈知命〉則注釋⓬。❷主事　參見本書卷七〈盜呼〉則注釋❸。❸己酉　即清乾隆五十四年，西元一七八九年。❹拔貢　清代用作貢生的別稱。❺廷試　科舉制度中，皇帝對會試錄取的貢士在殿廷上親發策問的考試。也叫殿試。❻嘉慶丙辰　即清嘉慶元年，西元一七九六年。❼房官　即房師。科舉制度中，舉人、貢士對舉薦本人試卷的同考官尊稱為房師。因為鄉試、會試的同考官各占一房，試卷必須經過某房的同考官選薦，方能錄取，故稱。❽世說載衛玠問樂令夢　參見本書卷九〈伶人方俊官〉則注釋❺。《世說》即《世說新語》。❾戊午　即清嘉慶三年，西元一七九八年。❿伊子墨卿　即伊秉綬。字組似，號墨卿，清寧化（今福建寧化）人。乾隆進士。守惠州，再知揚州，父憂歸。工詩，善書法。有《留春草堂集》行世。⓫孔子夢周公　《論語・述而》：「甚矣吾衰也，久矣吾不復夢見周公。」孔子對周公仰慕不已，甚至於做夢也要夢見。後來詩文中常以夢見周公作為緬懷先賢的典故。⓬蓍龜　蓍，指蓍草，古代用它的莖占卜。龜，指龜甲，古代用它來占卜。⓭孔子夢奠兩楹　《禮・檀弓》載，孔子夢見奠於兩柱之間，懷疑自己將死。果然七天後病逝。⓮周禮　參見本書卷一〈漢學與宋學〉則注釋⓰。⓯小雅　《詩經》組成部分之一。七十四篇。大抵產生於西周後期和東周初期。⓰大人占之　語出《詩・小雅・斯干》。大人，古代稱太僕一類占夢的官。大，通「太」。⓱酉陽雜俎　參見本書卷九〈轉生〉則注釋❸。⓲朝野僉載　參見本書卷十〈死有其地〉則注釋❷。⓳敦煌實錄　唐宋筆記小說集。⓴謝小娥傳　唐傳奇，李公佐撰。講謝小娥報殺父、夫之仇的故事。

【語譯】編修汪守和還是秀才的時候，夢見自己的外祖父史珥主事帶著一個人一同來到他家，指著這個人說：「這是我的同年紀曉嵐，將來是你的老師。」他因而暗暗記住這個人的衣冠和形貌。汪守和後來以乾隆五十四年拔貢身分參加廷試，正是由我閱卷，把他錄取在高等。他被授予官職後來拜見我時，詳盡地敘述那個夢裡的情況，並說夢中人穿著的衣冠、形貌和現在的我毫髮不差，認為是應了那個夢境。到了嘉慶元年會試，我擔任總裁，他的考卷正好送給我先閱（凡是房官推薦的試卷，都由監試御史先送給一位主考官審閱確定，然後再輪流由大家評閱），他又被錄取，殿試時以第二名進士及第。這才知道那個夢是為這件事而做的。按：人之所以會做夢，其中的原因難以明瞭。《世說新語》中記載衛玠問樂令夢是怎麼回事，樂令回答說是心中所想，又說心中所想是做夢的原因，而沒有深入闡明其所以然。嘉慶三年夏天，我隨從皇帝來到灤陽，與伊墨卿先生以理推求夢境。有的夢是因為意念所專注於某個人，凝神專注而產生那人的形象，這是由意識觀照所形成的夢境，如孔子夢見周公就屬於這一類。有的是因為禍福即將降臨，事先出現了徵兆，這和顯像於蓍草和龜甲、身體有所感應的情況相同，這是由於氣息感動而形成的夢境，如孔子夢見奠於兩楹之間就屬於這一類。有的是因為心緒混亂，精神恍惚，六神無主，於是就會產生種種幻影，比如有病的人夢見了鬼，眩暈的人眼睛昏暗發花，這都是因為意識產生偏差而造成的夢境。有的是因為吉凶還沒有明顯表露出來，鬼神卻已事先知曉，而用某種形象來顯示，用語言來隱喻暗示，這是事物氣機互相感應而從另外途徑招來的夢境。夢境雖然變化無窮，千姿百態，但大體上不外乎上述這幾種。至於占夢的說法，從《周禮》的記載來看，這件事近似祈禱求福、祛除災難，並且還要以禮來參拜巫婆神漢一類的人，這些情況就很被攻擊《周禮》的人所懷疑。然而，這些文字記載也出現在《詩經・小雅》的〈斯干〉篇中，如「由大人來占夢」，確確實實是從古代經籍中流傳下來的，雖然不免多所附會，總括來說，在古代也確實有占夢之術的。只是男女的情愛，骨肉的深情，有的人雖然凝神思念，但始終一次也沒有出現在夢中，那是因為意識有時不能造成幻象。倉猝間降臨的災禍，意外得到的福分，有時忽然而來人們卻不知曉，那是因為氣機有時也未必都有所感應。況且天下人多如恆河裡的沙粒，鬼神為什麼只把夢境顯示給這個人？這個人的一生得失，也必定不止一件事，鬼神為什麼只將這件事顯示在夢境中？況且如果這件事不可洩密，那麼何必顯示給他呢？既然已經在夢境中顯示給他了，卻又隱喻在不可知曉的現象中、使人疑惑在不可解釋的話語中（如唐人《酉陽雜俎》中記載有人夢見得到棗子，解夢的人認為棗字像兩個「來」字，兩個來字重疊，就是呼叫魂魄歸來的跡象，那個人後來果真死了。唐人筆記《朝野僉載》中記載崔湜夢見在座下聽講而照鏡子，解夢的人認為座下聽講是「法從上來」的意思；「鏡」字拆開是「金旁竟」。小說中所記載的占夢的事像這樣迂迴曲折的不止一處），這是鬼神天天在製造謎語，不也太勞累了嗎？事情關係重大，用夢來顯示是可以的；然而有些瑣碎小事，也在夢境中相告那些難以理解的話語（如筆記《敦煌實錄》中記載宋補夢見人坐在一個桶中，用兩根木棍拼命打他，占夢的人說桶中人象徵是肉食，兩根木棍象徵是兩根筷子，他果然飽飽地吃了一頓肉。如此記載就是這一類的），不也太輕慢了嗎？大致說來，對於夢，能夠解釋通的就解，那些無法解釋通的，可以放在一邊而不去管它。至於唐傳奇〈謝小娥傳〉中所記載的那樣，謝小娥的父親、丈夫的魂既然已經在夢中告訴她被人劫殺了，自然應該告訴她是申春、申蘭劫殺的。然而卻以「田中走，一日夫」來隱喻申春，以「車中猴，東門草」來隱喻申蘭，使得她查詢尋找幾年後才解開謎底，這不又是本末倒置嗎？這類事是由於記錄的人想使自己的說法神奇，而不一定實有其事。凡是各家各派的所謂占夢的故事，都可以這麼來看，他們所用的方法已經不是古代大人所用的占夢方法了。

【研析】作者對夢境的分析並不全是迷信，而是極力想從理上推求。至於古人筆記小說中記載的所謂解夢之說，更是不被作者看好，反而引起作者的諸多質疑。當然，作者的見解並非都是正確的，只是合理的成分稍多些而已。

追贈與實授

何純齋舍人，何恭惠公❶之孫也。言恭惠公官浙江海防同知❷時，嘗於肩輿❸中見有道士跪獻一物。似夢非夢，渙然而醒，道士不知所在，物則宛然在手中，乃一墨晶❹印章也。辨驗其文，鐫「青宮❺太保」四字，殊不解其故。後官河南總督，卒於任（官制有河東總督，無河南總督。時公以河南巡撫加總督銜，故當日有是稱），特贈太子太保❻，始悟印章為神預告也。案：仕路升沉，改移不一，惟身後飾終❼之典，乃為一生之結局。《定命錄》❽載李迥秀❾自知當為侍中❿，而終於兵部尚書，身後乃贈侍中。又載張守珪⓫自知當為涼州⓬都督⓭，而終於括州⓮刺史⓯，身後乃贈涼州都督。知神注錄籍⓰，追贈與實授等也。恭惠公官至總督，而神以贈官告，其亦此意矣。

【章旨】此章通過講述小故事，說明在神靈記錄世間人們官職祿位的簿冊上，追贈和實授的官銜是相等的。

【注釋】❶何恭惠公　即何煟。字謙之，清浙江山陰（今浙江紹興）人。雍正間以州同投效江南河工。乾隆間累官河南巡撫，加總督銜，兼管河務。卒諡恭惠，故稱。❷同知　參見本書卷二〈鬼誡〉則注釋❶。❸肩輿　轎子。❹墨晶　即石英。礦物名。三方晶系，晶體呈六方柱狀。顏色不一。無色透明的晶體稱「水晶」，黑色的稱「墨晶」。❺青宮按古制，天子諸侯太子居東宮。《易．說卦》：「震為長男，為東方。」東方屬木，於色為青，故《初學記》卷十謂皇太子居青宮。亦即指太子宮。❻太子太保　為輔導太子的官。西晉設太子太師、太傅、太保，太子少師、少傅、少保，稱為三師、三少。明清以朝臣兼任，三師三少成為虛銜。❼飾終　古代尊榮死者的典禮。《隋書．豆盧毓傳》：「褒顯名節，有國通規，加等飾終，抑推令典。」❽定命錄　唐人筆記小說集。十七則。呂道生撰。❾李迥秀　字茂之，唐涇陽（今陝西涇陽）人。武后時任檢校夏官侍郎，中宗時累拜兵部尚書。兩《唐書》有傳。迥，原作「迴」，據《舊唐書》卷六十二、《新唐書》卷九十九本傳改。❿侍中　官名。秦始置，兩漢沿置，為自列侯以下至郎中的加官，無定員。侍從皇帝左右，出入宮廷。初僅伺應雜事，由於接近皇帝，地位漸形貴重，至南朝、北魏時往往即為宰相，至南宋時廢。⓫張守珪　唐陝州（今山西平陸）人。開元十五年為瓜州刺史。累官輔國大將軍，坐事被貶為括州刺史。⓬涼州　州、衛、府名。今甘肅武威。一九一三年廢。⓭都督　地方軍政長官。魏晉以後，都督諸州軍事往往兼任所駐在之州刺史，總攬本區軍民政。至北周及隋，改為總管，遂成正式官名。⓮括州　隋開皇十二年（五九二年）以處州改名，治所在今浙江麗水東南。大曆十四年（七七九年）仍改名處州。⓯刺史　官名。宋制以朝臣充知州，雖仍有刺史一官，僅屬虛銜，並不赴任；清代也用作知州的別稱。⓰錄籍　即「祿籍」。記載官俸等級的簿冊。錄，通「祿」。晉干寶《搜神記》卷十：「司命按錄籍云：『此人相貧，限不過此。惟有張車子，應賜錢千萬。車子未生，請以借之。』」

【語譯】何純齋舍人是何恭惠公的孫子。他說：何恭惠公擔任浙江海防同知的時候，曾在轎子中看見一個道士跪著獻上一件物品。當時何恭惠公處在像是做夢又不像做夢的狀態中，猛然間清醒過來，那個道士已經不知去向，那件物品卻依然在手中，原來是一方墨晶印章。何恭惠公查驗辨認印章上的文字，印章上鐫刻著「青宮太保」四個字，根本弄不清楚是什麼回事。後來，何恭惠公官做到河南總督，在任上去世（官制有河東總督的官職，沒有河南總督的官職。當時何恭惠公以河南巡撫的身分加上總督的頭銜，所以當時有這樣的稱呼），朝廷特地追贈何恭惠公太子太保的官銜。人們這才領悟到印章是神的預告。案：人在仕途上的升降沉浮，變化很多，難以確定，只有身後朝廷所加的尊榮的恩典，才能夠成為一生的最後結局。唐人筆記《定命錄》中記載，李迥秀知道自己的官職應當是侍中，然而卻在兵部尚書任上就去世了，死後才被贈為侍中。《定命錄》又記載，張守珪知道自己應當擔任涼州都督，然而官最終卻做到括州刺史，死後才被贈為涼州都督。由此可知，神注錄人的官職祿位的名冊上，追贈的官銜與實際授與的官職是相等的。何恭惠公官至總督，而神以朝廷追贈的官銜告訴他，大概也是這個意思吧。

【研析】如果神靈認為人世間的官銜，死後追贈和生前實際授予是相等的，那麼，這個神靈不是有意混淆視聽，就是個不通人間煙火的糊塗蟲。且不說像嚴嵩、和珅那樣的巨蠹，就是俗話所謂的「三年清知府，十萬雪花銀」那樣的官吏，也是只有實授的官職才能做到，而一旦閉眼咽氣，朝廷的追贈恩典再風光，對死人又有何用？

人狐交友

高冠瀛言：有人宅後空屋住一狐，不見其形，而能對面與人語。其家小康，或以為狐所助也。有信其說者，因此人以求交於狐，狐亦與款洽❶。一日，欲設筵饗狐。狐言老而饕餮❷，乃多設酒肴以待。比至日暮，有數狐醉倒現形，始知其呼朋引類來也。如是數四，疲於供給，衣物典質❸一空，乃微露求助意。狐大笑曰：「吾惟無錢供酒食，故數就君也。使我多財，我當自醉自飽，何所取而與君友乎？」從此遂絕。此狐可謂無賴矣，然余謂非狐之過也。

【章旨】此章講述了一個人為謀取私利而與狐狸交友，卻因款待狐狸而花光錢財，還被狐狸嘲笑的故事。

【注釋】❶款洽　親密。❷饕餮　傳說中一種貪食的惡獸。《左傳》文公十八年：「縉雲氏有不才子，貪於飲食，冒於貨賄。侵欲崇侈，不可盈厭；聚斂積實，不知紀極。不分孤寡，不恤窮匱。天下之民以比三凶，謂之饕餮。」杜預注：「貪財為饕，貪食為餮。」後亦專指貪於飲食。如：饕餮之徒。❸典質　以物為抵押換錢，可在限期內贖回。

【語譯】高冠瀛說：有戶人家住宅後的空屋裡住著一隻狐狸，人們看不見牠的形體，然而那隻狐狸卻能與人們面對面地說話。這戶人家是個小康之家，有人認為是那隻狐狸幫助他的緣故。有相信這種說法的人，便經由那戶人家主人的介紹請求與狐狸交朋友，狐狸也和這個人融洽相處。有一天，這個人想擺設筵席款待狐狸。狐狸說自己年紀大了卻越來越貪吃，這個人就準備了許多酒菜款待狐狸。吃喝到天黑時，有幾隻狐狸醉倒顯出原形，這個人才知道狐狸是呼朋喚友引著同類來的。像這樣款待狐狸好幾次，這個人疲於供給，衣物都拿出去典當一空了，於是稍微露出請求狐狸幫助的意思。狐狸大笑說：「我只是因為沒有錢供給酒食，所以幾次到您這裡來吃喝。如果讓我有很多錢財，我就會自己買酒菜自己吃飽喝足了，我有什麼可取的而要和你交朋友呢？」從此，這個狐狸就與他斷絕了交往。這個狐狸可以說是個無賴，但是我認為這並不是狐狸的過錯。

【研析】有所企求而與狐狸結交，卻因沒有達到目的而怨恨狐狸。其實，這個結局是自找的，怨不得別人，紀曉嵐正是從這個角度來說「非狐之過」。處世交友，若以功利之心相待，招致侮辱恐怕是難免的。

卷二十二 灤陽續錄四

老儒墨塗鬼臉

劉香畹言：有老儒宿於親串❶家，俄主人之婿至，無賴子也。彼此氣味不相入，皆不願同住一屋，乃移老儒於別室。其婿睨❷之而笑，莫喻其故也。室亦雅潔，筆硯書籍皆具。老儒於燈下寫書寄家，忽一女子立燈下，色不甚麗，而風致頗嫺雅。老儒知其為鬼，然殊不畏，舉手指燈曰：「既來此，不可閒立，可剪燭❸。」女子遽滅其燈，逼而對立。老儒怒，急以手摩硯上墨瀋，摑其面而塗之，曰：「以此為識，明日尋汝屍，銼而焚之！」鬼呀然一聲去。次日，以告主人。主人曰：「原有婢死於此室，夜每出擾人；故惟白晝與客坐，夜無人宿。昨無地安置君，揣君耆德❹碩學，鬼必不出。不虞其仍現形也。」乃悟其婿竊笑之故。此鬼多以月下行院中，後家人或有偶遇者，即掩面急走。他日留心伺之，面上仍墨汙狼藉。

鬼有形無質，不知何以能受色？當仍是有質之物，久成精魅，借婢幻形耳。《酉陽雜俎》❺曰：「郭元振❻嘗山居，中夜，有人面如盤，瞚目❼出於燈下。元振染翰❽題其頰曰：『久戍人偏老，長征馬不肥。』其物遂滅。後隨樵閒步，見巨木上有白耳，大數斗，所題句在焉。」是亦一證也。

【章旨】此章講述一個女鬼招惹老儒，卻被老儒抹上滿臉墨汁的故事。

【注釋】❶親串　親戚。❷睨　斜視。❸剪燭　剪去燼餘的燭心。❹耆德　年高德劭、素孚眾望者之稱。❺酉陽雜俎　筆記。唐代段成式撰。參見本書卷九〈轉生〉則注釋❸。❻郭元振　即郭震。字元振，唐魏州貴鄉（今河北大名東南）人。咸亨進士。曾任涼州都督、安西大都護、朔方大總管等職，封代國公。❼瞚目　眨眼。瞚，通「瞬」。《莊子・庚桑楚》：「終日視而目不瞚。」❽染翰　指用筆沾墨。翰，毛筆。

【語譯】劉香畹說：有位老儒住宿在親戚家。不久，主人的女婿也來了，此人是個無賴。兩人彼此氣味不相投合，都不願意同住在一個房間裡，於是主人請那位老儒移住到另一間屋子去。主人的女婿斜眼看著老儒而暗暗發笑，老儒不明白是什麼緣故。老儒移住的那間屋子也很雅致乾淨，筆墨紙硯書籍都齊備。老儒坐在燈下寫信寄回家，忽然有一個女子站在燈下，姿色不很美麗，然而風度卻很嫻雅大方。老儒知道她是鬼，但是一點兒也不害怕，伸手指著油燈說：「既然來到這裡，不能閒站著，可以去剪剪燈芯。」那個女子突然間撲滅了油燈，逼近老儒，面對面地站著。老儒發怒，急忙用手抹了一下硯臺裡的墨汁，一巴掌打在女鬼的臉上，而且把墨汁也塗到她的臉上，說：「以這個為標記，我明日來尋找你的屍體，砍成幾段再燒掉它。」女鬼呀地叫了一聲就逃走了。第二天，老儒把昨夜發生的事情告訴主人。主人說：「原先有一個婢女死在這間屋子裡，夜裡經常出來騷擾人。所以，我只是白天在這間屋子裡招待客人，夜裡沒有人住宿的。昨天晚上沒有地方安置您，我覺得像您這樣年高德劭而有學問的人，鬼必定不敢出來。沒有想到那個女鬼仍然現形了。」老儒這才明白主人的女婿竊笑的原因。這個鬼經常在月光下來往於這所住宅的院子裡，後來，家裡人偶爾有遇見她的，她立刻掩著臉急忙走開。這以後家裡人留心觀察她，只見她臉上仍然墨跡汙痕狼藉一片。鬼是有形狀而沒有實質的，不知道為什麼能夠被著上顏色？大概仍然是有質地的怪物，時間長久了變成精魅，藉著婢女的形象來變幻形體而已。唐人段成式《酉陽雜俎》說：「郭元振曾經居住在山中。半夜時分，有個人面孔像盤子那麼大，眨著眼睛出現在油燈下。郭元振拿毛筆沾墨在他臉頰上題辭：『長久戍守邊境人都偏向衰老，長期征伐戰馬不會肥腴。』那個怪物於是就消失了。後來，郭元振隨著樵夫在山中散步，看到大樹上生長著一隻白耳，有好幾斗那麼大，他所題寫的詩句就在白耳上。」這也是一個例證。

【研析】既然沒有本事，就不要去招惹他人。這個女鬼是自取其辱。老儒雖然沒有心理準備，在女鬼出現之時，仍憑著一身正氣，不慌張、不害怕，應對自如，這就已經從氣勢上壓倒女鬼。女鬼熄滅油燈，妄圖作最後一逞，卻還是被老儒一巴掌打出屋子。可見，一身正氣是壓倒邪惡的根本。

盜滅盜

烏魯木齊農家多就水灌田，就田起屋，故不能比閭❶而居。往往有自築數椽，四無鄰舍，如杜工部❷詩所謂「一家村❸」者。且人無徭役，地無丈量，納三十畝之稅，即可坐耕數百畝之產。故深岩窮谷，此類尤多。有吉木薩❹軍士入山行獵，望見一家，門戶堅閉，而院中似有十餘馬，鞍韂悉具。度必瑪哈沁所據，噪而圍之。瑪哈沁見勢眾，棄鍋帳突圍去。眾憚其死鬥，亦遂不追。入門，見骸骨狼藉，寂無一人，惟隱隱有泣聲。尋視，見幼童約十三四，裸體懸窗櫺上。解縛問之，曰：「瑪哈沁四日前來，父兄與鬥不勝，即一家並被縛。率一日牽二人至山溪洗濯，曳歸，共臠割炙食，男婦七八人並盡矣。今日臨行，洗濯我畢，將就食，中一人搖手止之。雖不解額魯特語，觀其指畫，似欲支解為數段，各攜於馬上為糧。幸兵至，棄去，今得更生。」泣絮絮不止。憫其孤苦，引歸營中，姑使執雜役。童子因言其家尚有物埋窖中，營弁使導往發掘，則銀幣衣物甚多。細詢童子，乃知其父兄並劫盜。其行劫必於驛路近山處，瞭見一二車孤行，前後十里無援者，突起殺其人，即以車載屍入深山；至車不能通，則合手以巨斧碎之，與屍及襆被並投於絕澗，惟以馬馱貨去。再至馬不能通，則又投羈紲❺於絕澗，縱馬任其所往，共負之由鳥道❻歸，計去行劫處數百里矣。歸而窖藏一兩年，乃使人偽為商販，繞道至闢展❼諸處賣於市，故多年無覺者。而不虞瑪哈沁之滅其門也。童子以幼免連坐，後亦牧馬墜崖死，遂無遺種。此事余在軍幕所經理，以盜已死，遂置無論。由今思之，此盜蹤跡詭祕，猝不易緝；乃有瑪哈沁來，以報其慘殺之罪。瑪哈沁食人無饜，乃留一童子，以明其召禍之由。此中似有神理，非偶然也。盜姓名久忘，惟童子墜崖時，所司牒報記名秋兒云。

【章旨】此章講述了一家父子強盜隱身於深山之中，搶劫殺人的作案地點遠離其家數百里，作案屢屢得手，但最終卻被一群瑪哈沁所殺的故事。

【注釋】❶比閭　《周禮・地官・大司徒》：「令五家為比，使之相保，五比為閭，使之相愛。」比、閭為古代戶籍編制基本單位。後因以泛稱鄉里、鄰里。❷杜工部　即唐代大詩人杜甫。參見本書卷六〈驅除山魈〉則注釋❹。❸一家村　指一家獨居，沒有鄰里。語出杜甫〈得弟消息〉詩，原句為「寄食一家村」。❹吉木薩　地名，不詳。今新疆有吉木乃縣，在伊犁哈薩克自治州西北部。❺羈紲　馬籠頭和馬韁繩。《左傳》僖公二十四年：「臣負羈紲，從君巡於天下。」❻鳥道　形容險峻狹窄的山路，謂只有飛鳥可度。唐代李白〈蜀道難〉詩：「西當太白有鳥道，可以橫絕峨眉巔。」❼闢展　城名。本唐蒲昌縣治，訛為闢展。清雍正五年（一七二七年）建，城址在今新疆鄯善。

【語譯】烏魯木齊的農民家庭大多就近引水灌田，就近在田地旁建造房屋，所以不能和別人比鄰而居。往往有的人家自己築造幾間房屋，四周沒有鄰居，就像唐代大詩人杜甫詩中所說的「一家村」那樣。而且這兒的人沒有徭役，土地也從不丈量，只要每年交納三十畝地的賦稅，就可以坐擁耕種幾百畝土地的產業。所以在深山窮谷之中，這類情況尤其多。有一批駐紮在吉木薩的軍士進山打獵，望見一戶人家。那戶人家門窗緊閉，而院子裡似乎有十多匹馬，鞍轡都齊備。他們心想那戶人家一定被瑪哈沁所占據，叫喊著把那座院子包圍起來。瑪哈沁見軍士們人多勢眾，便扔了鍋灶帳篷突圍逃跑。軍士們擔心瑪哈沁拼死搏鬥，於是也就不去追趕。軍士們走進院門，看見死人的骸骨遍地狼藉，院子裡寂靜沒有一個人，只是隱隱約約聽到有哭泣的聲音。軍士們尋著聲音尋找，看見有個約十三四歲的孩子全身赤裸著懸掛在窗格上。他們替他解開繩索，詢問他原委。他說：「瑪哈沁是四天前來到的，我的父親哥哥和他們搏鬥，沒有戰勝他們，全家人就被捆縛起來。他們每天拉著兩個人到山谷裡洗乾淨了，然後拖回來，一起割下肉烤著吃，男女七八個人都被吃光了。他們今天臨行前，把我洗滌完，就要吃我的時候，其中一個人搖手制止。我雖然聽不懂額魯特語，但觀察他比劃的手勢，似乎要把我肢解成幾段，各人攜帶一段在馬上作乾糧。幸虧大兵到來，他們扔下我逃跑了，我才得到重生。」那個孩子流著眼淚絮絮叨叨說個不停。軍士們可憐他孤苦，帶著他回到兵營中，姑且叫他幹點雜活。那個孩子說自己家裡還有東西埋在地窖裡，營官就叫他領路前往挖掘，果然挖出了很多銀幣衣物。軍士們仔細詢問那個孩子，才知道他的父親哥哥都是搶劫的強盜。他們進行搶劫的地點必定在驛路靠近山林的地方，遠遠望見是一二輛馬車獨自趕路，前後十里沒有救援的人，就突然衝出去殺死馬車上的人，用馬車載著屍體進入深山。走到馬車不能通行的地方，他們就聯手用大斧劈碎馬車，連同屍體及衣被鋪蓋一起扔到深深的山澗中，只用馬匹馱著貨物離去。再走到馬匹不能通行的地方，他們就又把馬的鞍韂轡繩投入深深的山澗中，放開馬任由牠奔跑而去，然後一起背著錢財從人跡罕見的小路走回家，估計離開實行搶劫的地方已經有幾百里遠了。回家後把財物藏在地窖裡一兩年，再派人假裝為商販，繞道到闢展等地的市場上出賣，所以多年來沒有人發覺。然而沒有想到瑪哈沁滅絕了他們全家。這個兒童因為年幼而免了連坐的罪過，後來也在牧馬時掉到山崖下而死，這家人於是就絕了後代。這件事是我在擔任將軍幕僚時所處理的，因為盜賊已經死了，這件案子就擱置起來而不再追究。如今想起這件事，覺得這家強盜蹤跡詭祕，短時間內很難緝拿歸案；於是就有瑪哈沁到來，以報應他們慘殺行人的罪行。瑪哈沁吃人沒有滿足的時候，卻留下一個兒童，讓他來說明這家人招禍的原因。這中間似乎有鬼神天理在起作用，並不是偶然的。盜賊的姓名我早就忘記了，只是那個兒童掉到山崖下摔死時，有關部門上報的公文中稱這個孩子的名字是秋兒。

【研析】作者講述這個故事，用意在於說明「惡有惡報」的道理。報應之說，雖然亦屬虛無飄渺，但中國大多數的百姓是深信不疑的。正是因為在百姓思想深處還存在著對上天報應的敬畏，這就起到了一種自我約束的作用。

鬼觀戲劇

佃戶劉破車婦云：嘗一日早起乘涼掃院，見屋後草棚中有二人裸臥。驚呼其夫來，則鄰人之女與其月作人❶也，並僵臥，似已死。俄鄰人亦至，心知其故，而不知何以至此。以薑湯灌蘇，不能自諱，云：「久相約，而逼仄無隙地。乘雨後牆缺，天又陰晦，知破車草棚無人，遂藉草私會。倦而憩，尚相戀未起。忽雲破月來，皎然如晝。回顧棚中，坐有七八鬼，指點揶揄。遂驚怖失魂，至今始醒。」眾以為奇。破車婦云：「我家故無鬼，是鬼欲觀戲劇，隨之而來。」先從兄懋園曰：「何處無鬼？何處無鬼觀戲劇？但人有見有不見耳。此事不奇也。」因憶福建囦關❷公館（俗謂之「水口」），大學士楊公❸督浙閩時所重建。值余出巡，語余曰：「公至水口公館，夜有所見，慎勿怖，不為害也。」余嘗宿是地，已下鍵❹睡。因天暑，移床近窗，隔紗幌❺視天晴陰。時雖月黑，而簷掛六燈尚未燼。見院中黑影，略似人形，在階前或坐或臥，或行或立，而寂然無一聲。夜半再視之，仍在。至雞鳴，乃漸漸縮入地。試問驛吏❻，均不知也。」余曰：「公為使相❼，當有鬼神為陰從，余焉有是？」公曰：「不然。仙霞關❽內，此地為水陸要衝，用兵者所必爭。明季唐王❾，國初鄭氏❿、耿氏⓫，戰鬥殺傷，不知其幾。此其沉淪之魄，乘室宇空虛而竊據；有大官來，則避而出耳。」此亦足證無處無鬼之說。

【章旨】此章作者通過講述兩個小故事來證明「無處無鬼」的觀點。

【注釋】❶月作人　按月受雇為人勞作的人。❷困關　地名。即水口。或指今福建古田水口鎮。❸楊公　指楊廷璋。清漢軍鑲黃旗人。雍正間由筆帖式授工部主事。乾隆間歷官浙江巡撫，總督閩浙直隸。後官刑部尚書。❹下鍵　門閂；鎖門。鍵，門閂；鎖簧。❺紗幌　紗製窗簾。❻驛吏　驛站的胥吏。❼使相　唐末常以宰相官銜（同平章事）加予節度使，作為榮典，叫做使相。宋代相沿，以親王、留守、節度使加侍中、中書令、同平章事者皆謂之使相，實際上不預政事。明代沿用以指輔臣督師之人。清代亦用以稱呼兼大學士的總督。❽仙霞關　關名。在浙江江山南仙霞嶺上，為浙、閩交通要道。❾唐王　即南明皇帝朱聿鍵，崇禎五年（一六三二年）繼承唐王封爵。崇禎皇帝死，他在臣下擁戴下，在福州監國，西元一六四五—一六四六年在福建稱帝，年號隆武。後被清兵俘獲，死於福州。❿鄭氏　指鄭成功。明清之際收復臺灣的名將。本名森，字大木，福建南安人。南明皇帝朱聿鍵賜姓朱，遂號「國姓爺」。⓫耿氏　指耿精忠。清漢軍正黃旗人。康熙時襲父爵，為靖南王。康熙十三年（一六七四年）在福建起兵響應吳三桂叛亂，兩年後降清，於三藩叛亂平定後被處死。

【語譯】佃戶劉破車的妻子說：她曾經有一天清早起床，乘著涼快打掃院子，看見屋子後面的草棚裡有兩個人赤裸著身體躺在那裡。她吃驚地呼喊自己丈夫來，一看原來是鄰居的女兒和她家雇傭的短工，一起僵硬地躺在那裡，似乎已經死了。過了一會兒，鄰居也來到了，心裡明白是什麼原因，卻不知道為什麼會僵臥在這裡。人們用薑湯把他們兩人灌醒，他們無法隱瞞，說：「我們相約幽會很久，卻因為家中狹窄沒有機會。昨天晚上，乘著雨後牆頭崩坍出現缺口，天色又陰暗，知道劉破車家的草棚裡沒有人，於是就在草堆上私會。兩人疲倦了而躺著休息，還相戀著沒有起身穿衣服。忽然，雲層開了，月亮出來，月光照得草棚如同白天般明亮。我們回頭看草棚裡，坐著有七八個鬼，指指點點取笑我們。於是我們受驚嚇害怕，以致失魂昏迷，到現在才醒來。」大家都以為是一件離奇的事情。劉破車的妻子說：「我家原本沒有鬼，這些鬼是想看這兩個人作戲，而跟隨他們來的。」先堂兄懋園說：「什麼地方沒有鬼？什麼地方沒有鬼在看人們作戲？只是有的人看見、有的人沒有看見而已。這種事情不足為奇。」我因此想起福建的囦關公館（俗稱為「水口公館」），是大學士楊廷璋擔任浙閩總督時所重建的。正好由我出巡福建，他對我說：「您到了水口公館，夜裡看到什麼，千萬不用害怕，它們不會危害人的。我曾經住宿在那裡，已鎖上門準備睡覺。因為天氣悶熱，就把床移到靠近窗戶，隔著紗窗觀察天氣的陰晴。當時雖然天黑沒有月亮，但是屋簷下掛著的六盞燈還沒有熄滅。我看到庭院中有黑影，略微像人的樣子，在臺階前有的坐著、有的躺著、有的站著、有的在走動，然而卻寂然沒有一點聲音。半夜裡，我再起來看，他們仍然在那裡。到清晨雞叫的時候，他們才漸漸縮入地下。我試探著問驛吏，他們都不知道。」我對楊廷璋先生說：「您身為總督兼大學士，應當有鬼神在暗中護從，我哪裡有這種資格呢？」楊先生說：「不是這樣的。仙霞關以南，這裡是水陸交通要道，是兵家必爭之地。明代的唐王，以及本朝初年的鄭成功、耿精忠等人，都曾在這裡打仗廝殺，殺死的人不知有多少。這些黑影就是他們淪落的魂魄，乘著房間空閒沒有人就住進去，有大官到來，就避了出去。」這件事也足以證明無處無鬼的說法。

【研析】作者是相信世間有鬼的，甚而認為「無處無鬼」，並舉了兩個小故事作證明。然而，這兩個故事均是當事人的自述，自然不會被今人認可。俗話謂：「世間本無事，庸人自擾之。」但將紀昀歸於無事生非的「庸人」，肯定極為不妥。不過，從其迷信鬼神而言，或許真有點痴迷不悟了。

老僕施祥

老僕施祥嘗曰：「天下惟鬼最痴。鬼據之室，人多不住。偶然有客來宿，不過暫居耳，暫讓之何害？而必出擾之。遇祿命❶重、血氣剛者，多自敗；甚或符籙劾治，更蹈不測。即不然，而人既不居，屋必不葺，久而自圮，汝又何歸耶？」老僕劉文斗曰：「此語誠有理，然誰能傳與鬼知？汝毋乃更痴於鬼！」姚安公聞之，曰：「劉文斗正患不痴耳。」祥小字舉兒，與姚安公同庚，八歲即為公伴讀❷。數年，始能暗誦《千字文》❸；開卷乃不識一字。然天性忠直，視主人之事如己事，雖嫌怨不避。爾時家中外倚祥，內倚廖媼，故百事皆井井。雍正甲寅❹，余年十一，元夜❺偶買玩物。祥啟張太夫人曰：「四官今日遊燈市❻，買雜物若干。錢固不足惜，先生明日即開館❼，不知顧戲弄耶？顧讀書耶？」太夫人首肯曰：「汝言是。」即收而鍵諸篋。此雖細事，實言人所難言也。今眼中遂無此人，徘徊四顧，遠想慨然。

【章旨】此章作者追憶老僕施祥的兩件小事，流露出深深的緬懷感歎之情。

【注釋】❶祿命　祿食命運。古人認為人生的盛衰、禍福、壽夭、貴賤等均由天定。漢王充《論衡・解除》：「案天下人民夭壽貴賤皆有祿命。」此處指官運。❷伴讀　陪伴官宦人家子女同在私塾讀書。❸千字文　中國舊時蒙學課本。梁周興嗣撰，取王羲之遺書不同的字一千個，編為四言韻語，敘述有關自然、社會、歷史、倫理、教育等方面的知識。隋代開始流行，有多種續編和改編本。❹雍正甲寅　即清雍正十二年，西元一七三四年。❺元夜　即元宵夜。❻燈市　舊俗以上元節（農曆正月十五日，即元宵節）為賞燈之期，各街市都先期準備放燈，店鋪也出售各式花燈，叫燈市。❼開館　指私塾先生開始講課。

【語譯】我家的老僕人施祥曾經說：「天下只有鬼最痴迷。鬼占據的房間，人大多不去居住。偶爾有客人來住宿，不過是暫時居住而已，暫時讓出來又有什麼害處呢？然而鬼必定出來騷擾客人。遇到那些祿命旺盛、血氣方剛的人，鬼大多自找倒霉；甚至有時還會遭到符籙的劾治，這就更要遭到不測之禍了。即使鬼沒有遭到這樣的對待，但是人既然不來這屋子居住，房屋一定不會再修葺，時間長久了房屋就會倒塌，鬼又能夠住到哪裡去呢？」老僕人劉文斗說：「你說的這些話確實很有道理，然而誰能把這些話轉告鬼知道呢？你豈不是比鬼更痴迷嗎！」我的父親姚安公聽說這件事後，說：「劉文斗的毛病就在於他的不痴迷。」施祥的小名叫舉兒，和姚安公同歲，八歲就成為姚安公的伴讀。幾年後，他才能默背《千字文》，然而打開書本仍然不認識一個字。但是，他秉性忠厚正直，把主人家的事看作是自己的事，即使遭到嫌棄埋怨也不躲避。當時，我家中的事務對外依靠施祥，對內依靠廖媪，所以每件事都處理得井井有條。雍正十二年，我十一歲，元宵夜偶爾買了些玩物。施祥就告訴我母親張太夫人：「四官人今天遊燈市時，買了若干雜物。花了這點錢本來不足可惜，只是先生明天就要開館講課，不知四官人是顧得上玩這些東西呢？還是顧得上讀書呢？」張太夫人點頭贊同說：「你說的對。」母親就把我買的東西收走鎖在箱子裡。這雖然是件小事，但他卻確實說出了別人所難以開口說出來的話。如今我眼前再也看不到他這個人了，徘徊四顧，遙想過去的往事，不勝感慨。

【研析】作者雖出身官宦之家，卻沒有官宦子弟常有的紈袴之氣。對於幼年陪伴自己成長的僕人施祥，仍有著深深的思念。從作者的敘述中，讀者自會感覺到作者與施祥的感情，感到作者的一種惆悵和對於歲月流逝的一種無奈。

從侄紀汝來

先兄晴湖第四子汝來，幼韶秀❶，余最愛之，亦頗知讀書。娶婦生子後，忽患顛狂❷。如無人料理，即髮不薙❸，面不盥；夏或衣絮，冬或衣葛❹，不自知也。然亦無疾病，似寒暑不侵者。呼之食即食，不呼之食亦不索。或自取市中餅餌，呼兒童共食，不問其價，所殘剩亦不顧惜。或一兩日覓之不得，忽自歸。一日，遍索無跡。或云村外柳林內，似仿佛有人。趨視，已端坐僵矣。其為迷惑而死，未可知也。其或自有所得，託以混跡，緣盡而化去，亦未可知也。憶余從福建歸里時，見余猶跪拜如禮，拜訖，卒然❺曰：「叔大辛苦。」余曰：「是無奈何。」又卒然曰：「叔不覺辛苦耶？」默默退去。後思其言，似若有意，故至今終莫能測之。

【章旨】此章作者追述了自己侄兒汝來得瘋病癲狂而死的經過。

【注釋】❶韶秀　美好秀麗。❷顛狂　指精神失常。顛，通「癲」。❸薙　剃；剃髮。❹葛　即葛衣。葛，絲織物的類名。用桑蠶絲作經，棉線或毛線作緯。織物表面起橫棱效應，可以分素織或提花兩類。夏季穿著涼爽。❺卒然：突然；忽然。

【語譯】先兄晴湖的第四個兒子汝來，年幼時聰明俊美，我最喜歡他，他也很懂得讀書學習。他娶妻生子後，忽然得了癲狂病。如果沒有人照顧料理他，他就頭髮不剃，臉不洗；夏天或許穿著棉衣，冬天或許穿著葛衣，自己也不知道。然而，他也沒有其他的疾病，好像寒暑之氣不能侵擾他。人們叫他吃飯他就吃飯，不叫他吃飯他也不來索討。他有時自己拿了集市上的糕餅點心，叫兒童們一起來吃，不問價錢，吃剩下的點心扔掉也不顧惜。人們有時一兩天找不到他，忽然間他卻自己回家來了。有一天，人們到處找他，都沒有找到他的蹤跡。有人說在村外的柳樹林中似乎有人在那裡。家人趕去一看，他端坐著已經僵硬了。或許他是因為內心迷亂而死，這點無法弄清楚了。或許他是自己歷練有所成果，混跡人世間為假託，緣分盡了就坐化而去，這也無從知曉了。記得我從福建回到老家時，他見了我還能按照禮節跪拜。他叩頭跪拜行禮後，突然說：「叔叔太辛苦了。」我說：「這是無可奈何的。」他又突然說：「叔叔不感到辛苦嗎？」然後默默退了下去。我後來想起他說的話，好像有什麼意思，所以至今也沒有能夠揣測透他死的原因。

【研析】一個年輕人得了癲狂病而死，事隔多年，作者還時時想起。當然，這也是因為作者已是遲暮之人，往事在胸中湧騰，無法忘卻，故而記錄下來而已。

小人之心度人

姚安公言：盧江❶孫起山先生謁選❷時，貧無資斧❸，沿途雇驢而行，北方所謂「短盤❹」也。一日，至河間南門外，雇驢未得。大雨驟來，避民家屋簷下。主人見之，怒曰：「造屋時汝未出錢，築地時汝未出力，何無故坐此？」推之立雨中。時河間猶未改題缺❺，起山入都，不數月竟掣得是縣。赴任時，此人識之，惶愧自悔，謀賣屋移家。起山聞之，召來笑而語之曰：「吾何至與汝輩較！今既經此，後無復然，亦忠厚養福之道也。」因舉一事曰：「吾鄉有愛蒔花❻者，一夜偶起，見數女子立花下，皆非素識。知為狐魅，遽擲以塊，曰：『妖物何得偷看花！』一女子笑而答曰：『君自晝賞，我自夜遊，於君何礙？夜夜來此，花不損一莖一葉，於花又何礙？遽見聲色，何鄙吝至此耶？吾非不能揉碎君花，恐人謂我輩所見，亦與君等，故不為耳。』飄然共去。後亦無他。狐尚不與此輩較，我乃不及狐耶？」後此人終不自安，移家莫知所往。起山歎曰：「小人之心，竟謂天下皆小人。」

【章旨】此章講述了一個愚蠢之人以狹隘心態待人的故事。

【注釋】❶廬江　縣名。在安徽中部偏南、巢湖西南岸。❷謁選　官吏赴吏部應選。❸資斧　本義為利斧，北宋理學家程頤解釋為資材、器用，後因以稱旅費、盤纏。❹短盤　古時走旱路，沿路分段以畜力為客戶作短程運輸者。❺題缺　謂奏請任命出缺官職。❻蒔花　栽花；種花。蒔，移栽。

【語譯】姚安公說：盧江人孫起山先生去吏部等候選派官職時，因為家中貧窮而沒有旅費，一路上雇毛驢騎著趕路，這就是北方所說的「短盤」。一天，他來到河間縣南門外，沒有雇到毛驢。突然下起大雨，他躲在一個百姓家的屋簷下避雨。主人看到他，發怒說：「造屋子時你沒有出過錢，築地基時你沒有出過力，為什麼無緣無故坐在這裡？」便把他推出屋簷下站在大雨中。當時，河間縣令還沒有改題缺候補。孫起山到京城沒有幾個月，竟然抽籤得到河間縣縣令的職位。孫起山赴任時，這個人認出他來，驚惶羞愧，後悔不已，打算賣掉屋子搬家移居別處。孫起山聽說這件事後，召來那個人，笑著對他說：「我怎麼至於和你們這類人計較！如今你既然經歷了這件事，以後不要再這樣做了，這也是忠厚養福之道。」孫起山就舉了一個事例說：「我家鄉有個喜歡養花的人，一天夜裡偶然起來，看見幾個女子站在花下，都不是平常所認識的。他知道她們是狐狸精，就立刻揀起土塊投擲過去，說：『妖物怎麼敢來偷看花呢！』一個女子笑著回答說：『你自在白天欣賞，我自在夜裡遊玩，對於你有什麼妨礙？我們夜夜來這裡，花沒有損傷一根枝條一張葉片，對花又有什麼妨礙？你立刻就出來發脾氣，何必卑鄙吝嗇到這種地步？我們不是不能把你的花都揉碎了，而是怕別人說我們的見識也和你一樣，所以不這樣做而已。』說完，這些女子就一起飄然離去。後來也沒有發生什麼事情。狐狸精尚且不和這種人計較，我難道還不如狐狸精嗎？」後來，這個人終究還是因為心中不安穩，不知把家搬遷到什麼地方去了。孫起山歎息說：「小人的心態，竟然認為天下人都是小人。」

【研析】以君子之心度天下人，所見都是君子；以小人之心度天下人，所見都是小人。這是自然之理，不必詫異。要成為君子，首先就是要以君子之心對人對事，這樣才能成為真正的君子。

詩人與學者

太原[1]申鐵蟾，好以香奩豔體[2]寓不遇之感。嘗謁某公未見，戲為〈無題〉詩曰：「堊粉[3]圍牆罨畫[4]樓，隔窗聞撥細箜篌[5]；分（去聲）無信使通青鳥[6]，枉遣遊人駐紫騮[7]。月姊定應隨顧兔[8]，星娥[9]可止待牽牛[10]？垂楊疏處雕櫳近，只恨珠簾不上鉤。」殊有玉溪生[11]風致。王近光曰：「似不應疑及織女，誣衊仙靈。」余曰：「『已矣哉，織女別黃姑[12]，一年一度一相見，彼此隔河何事無？』元微之[13]詩也。『海客乘槎上紫氛[14]，星娥罷織一相聞。只應不憚牽牛妒，故把支機石[15]贈君。』李義山[16]詩也。微之之意，在於雙文[17]；義山之意，在於令狐[18]。文士掉弄筆墨，借為比喻，初與織女無涉。鐵蟾此語，亦猶元、李之志云爾，未為誣衊仙靈也。至於純構虛詞，宛如實事；指其時地，撰以姓名，《靈怪集》所載郭翰遇織女事（《靈怪集》今佚。此條見《太平廣記》六十八），則悖妄之甚矣。夫詞人引用，漁獵百家，原不能一一核實；然過於誣罔，亦不可不知。蓋自莊、列[19]寓言，借以抒意，戰國諸子，雜說彌多，讖緯[20]稗官[21]，遞相祖述，遂有肆無忌憚之時。

如李冗《獨異志》㉒誣伏羲㉓兄妹為夫婦，已屬喪心；張華《博物志》㉔更誣及尼山㉕，尤為狂吠（按：張華不應悖妄至此，殆後人依託），如是者不一而足。今尚流傳，可為痛恨。又有依傍史文，穿鑿鍛煉。如《漢書・賈誼傳》，有太守吳公愛幸之之語，《駢語雕龍》（此書明人所撰，陳枚㉖刻之，不著作者姓名）遂列長沙㉗於孌童類中，注曰：『大儒為龍陽。』《史記・高帝本紀》稱母媼在大澤中，太公往視，見有蛟龍其上。晁以道㉘詩遂有『殺翁分我一杯羹，龍種由來事杳冥』句，以高帝㉙乃龍交所生，非太公子。《左傳》有成風㉚私事季友㉛、敬嬴㉜私事襄仲㉝之文。『私事』云者，密相交結，以謀立其子而已。後儒拘泥『私』字，雖朱子亦有『卻是大惡』之言。如是者亦不一而足。學者當考校真妄，均不可炫博矜奇，遽執為談柄也。」

【章旨】此章論述了詩人在寫詩時借用古代典故和學者在引用古代書籍時的不同，指出詩人可以較為隨意發揮，而學者必須持嚴格考證的態度。

【注釋】❶太原　今山西太原。❷香奩豔體　即香奩體。以唐韓偓《香奩集》為代表的一種詩風。該集中詩多綺羅脂粉之語。後遂稱這種類型的作品為「香奩體」。又名「豔體」。❸堊粉　白石灰。❹罨畫　色彩鮮明的繪畫。明楊慎《丹鉛總錄・訂訛・罨畫》：「畫家有罨畫，雜彩色畫也。」多用以形容自然景物或建築物等的豔麗多姿。❺箜篌　一種樂器。參見本書卷十二〈婚約〉則注釋❸。❻青鳥　《藝文類聚》卷九十一引〈漢武故事〉：「七月七日，上（漢武帝）於承華殿齋，正中，忽有一青鳥從西方來，集殿前。上問東方朔，朔曰：『此西王母欲來也。』有頃，王母至。有二青鳥如烏，俠（夾）侍王母旁。」後因稱傳信的使者為「青鳥」。唐李商隱〈無題〉詩：「蓬山此去無多路，青鳥殷勤為探看。」❼紫騮　古駿馬名。❽顧兔　兔，亦作「菟」。《楚辭·天問》：「厥利維何，而顧菟在腹？」後因用作月的代稱。唐李白〈上雲樂〉：「陽烏未出谷，顧兔半藏身。」陽烏，太陽。❾星娥　神話傳說中的織女。❿牽牛　即河鼓。星座名。俗稱牛郎星。亦指牛郎織女神話傳說中的牛郎。⓫玉溪生　即李商隱。唐代大詩人。字義山，又號玉溪生。參見本書卷十三〈夜宿山家〉則注釋❷。⓬黃姑　牽牛星。《玉臺新詠·歌辭之一》：「東飛伯勞西飛燕，黃姑織女時相見。」吳兆宜注引《歲時記》：「河鼓、黃姑，牽牛也，皆語之轉。」⓭元微之　即元稹。唐詩人。字微之，河南（今河南洛陽）人。早年家貧，舉貞元九年明經科、十九年書判拔萃科，曾任監察御史。因得罪宦官及守舊官僚，遭到貶斥。後轉而依附宦官，官至同中書門下平章事。最後以暴疾卒於武昌軍節度使任所。和白居易友善，常相唱和，世稱「元白」。有長詩〈連昌宮詞〉。所作傳奇〈鶯鶯傳〉，為後世《西廂記》故事所取材。⓮紫氛　即紫氣。祥瑞的光氣。多附會為帝王、聖賢、寶物出現的先兆。⓯支機石　見《集林》：「有人尋河源，見婦人浣紗。問之，曰：『此天河也。』民抱石而歸。問嚴君平，君平曰：『此織女支機石也。』」比喻分情於別人。⓰李義山　即李商隱。見前注。⓱雙文　指元稹所作傳奇〈鶯鶯傳〉中的人物崔鶯鶯。宋趙令畤《侯鯖錄》卷五：「僕家有微之作〈元氏古豔詩〉百餘篇，中有〈春詞〉二首……其詩中多言雙文，意謂二鶯字為雙文也。」⓲令狐　指令狐綯。字子直，唐京兆華原（今陝西耀縣東南）人。大和進士。宣宗時，累官至宰相。咸通九年（八六八年）龐勛起義軍攻占徐州一帶，他受命為徐州南面招討使，屢為龐勛所敗。後任鳳翔節度使，不久死。李商隱曾得罪其父，遂亦為其所排擠。⓳莊列　即指《莊子》、《列子》。《莊子》，參見卷三〈風穴〉則注釋❼。《列子》參見卷三〈紅柳娃〉則注釋❻。⓴讖緯　漢代流行的宗教。「讖」是巫師或方士製作的一種隱語或預言，作為吉凶的符驗或徵兆。「緯」對「經」而言，是方士化的儒生編集起來附會儒家經典的各種著作。㉑稗官　小官。後亦用於小說或小說家的代稱。參見本書卷六〈怪物啖人〉則注釋❺。㉒獨異志　唐人筆記小說集。唐李亢撰。三卷。有《稗海》本。㉓伏羲　參見本書卷二〈鬼醉酒〉則注釋❺。㉔張華博物志　參見本書卷八〈罔兩〉則注釋❺。㉕尼山　指孔子。參見本書卷一〈漢學與宋學〉則注釋❼。㉖陳枚　字載東，又字殿掄，號枝窩頭陀，清婁縣（今上海松江）人。雍正時官內務府郎中。畫人物山水花鳥，得宋人法。㉗長沙　指賈誼。西漢政論家、文學家。洛陽（今河南洛陽東）人。時稱賈生。官至太中大夫，後被貶為長沙王太傅。

著有〈陳政事疏〉、〈過秦論〉等。《史記》、《漢書》均有傳。㉘晁以道　即晁說之。字以道，宋清豐（今河南清豐）人。慕司馬光之為人，自號景迂。元豐進士。蘇軾以著述科薦之。元祐中以黨籍放斥，後終徽猷閣待制。有《儒言》、《晁氏客語》、《景迂生集》。㉙高帝　即漢高祖劉邦。字季，沛縣（今屬江蘇）人。西漢王朝的建立者。西元前二〇二—前一九五年在位。秦二世元年（西元前二〇九年）陳勝起義，他起兵響應，稱沛公。後與項羽領導的起義軍同為反秦主力。西元前二〇六年推翻秦王朝，他被封為漢王，占有巴蜀、漢中之地。不久即與項羽展開長達五年的戰爭。西元前二〇二年，戰勝項羽，即皇帝位，建立漢王朝。㉚成風　魯莊公的妾，魯僖公的母親。㉛季友　魯莊公的弟弟，一稱成季。㉜敬嬴　魯文公的妃。㉝襄仲　魯文公的兒子。本名遂，字仲。襄為其諡。後子孫以諡為氏。仲居東門，亦稱東門氏。事僖公、文公為卿。文公卒，襄仲殺太子及其母弟而立庶長子為宣公。

【語譯】太原人申鐵蟾喜歡寫作多綺羅脂粉的香奩豔體詩，來寄託自己懷才不遇的情感。他曾經去求見某公，沒有被此人接見，就戲作了一首〈無題〉詩：「白灰圍牆裡掛著罨畫的樓閣，隔著窗戶聽到輕輕彈唱箜篌的聲音；本來（原文「分」，讀作去聲）沒有信使送信來，白白讓遊人停住駿馬等候。月中仙姐肯定應隨著月中玉兔，星娥難道只能等待牛郎嗎？垂楊稀疏的地方離雕花的窗櫺近，只是怨恨珠簾沒有鉤起來。」這首詩很有李商隱的風格。王近光說：「這首詩似乎不應該牽扯懷疑織女，詩中這樣寫是誣衊仙靈。」我說：「『算了吧！織女和牛郎分離，一年兩人才相見一次，兩人彼此隔著銀河什麼事會沒有發生？』這是唐代詩人元稹寫的詩。『海客乘著船上天來到天際，織女停了織機來相問。只是因為不怕牛郎妒嫉，故意把支機石贈給君子。』這是唐代詩人李商隱的詩。元稹的意思，在於崔鶯鶯；李商隱的意思，在於令狐綯。文人舞文弄墨，借用來作比喻，其實當初的意思就與織女沒有關係。申鐵蟾這首詩，也像元稹、李商隱兩人寫的詩的意思一樣，不是為了誣衊仙靈。至於純粹虛構，卻像實有其事般地描寫，指明時間地點，撰寫姓名，如《靈怪集》所記載的郭翰遇見織女一事（《靈怪集》如今已經佚失。這一條見於《太平廣記》卷六十八），就荒謬離奇得太過分了。詞人引用典故，廣泛閱覽各家著作書籍，原來就不能一一核實；然而對於過分荒誕虛構的地方，卻也不可以不知道。自從《莊子》、《列子》的寓言，借用虛構的故事來抒發自己的意思以來，戰國時期各家各派的雜說更多，後來的讖緯之書和小說家之流，競相效法前人，於是才有了肆無忌憚、胡亂解說的時候。像李冘在《獨異志》中誣衊伏羲兄妹結成夫婦，已經屬於喪心病狂的了；張華在《博物志》中更是誣衊到孔子，尤其像是瘋狗狂吠（按：張華不應該悖逆荒謬到如此地步，大概是後人依託的），像這樣的事例不勝枚舉。這種種荒謬的說法如今還在流傳，實在叫人痛恨。又有的人根據歷史文獻，穿鑿附會，胡亂牽扯。如《漢書・賈誼傳》中，有太守吳公愛幸他的記載，《駢語雕龍》（這本書是明代人所撰寫的，陳枚刻印，沒有著作者的姓名）就把賈誼列入孌童類中，還在注釋中說：『大儒當了男色。』《史記・高帝本紀》稱高帝母親劉媼在大澤中，劉邦父親太公走過去觀看，看見有一條蛟龍在她上面。宋人晁以道的詩於是就有了『殺死我父親時分給我一杯羹，龍種由來的事情渺茫杳冥』的句子，認為漢高帝是人和龍交媾所生，不是太公的兒子。《左傳》中有成風私事季友、敬嬴私事襄仲的文字記載。所謂『私事』，就是互相祕密結交，以謀求她們的兒子能夠接替登上王位而已。後世儒者拘泥於一個「私」字，即使朱熹也有『這確實是大惡』的評論。像這樣的事例也是不勝枚舉的。學者應當考證核查古代書籍中記載的真偽，都不可以為了炫耀自己學識的淵博和奇特，不加辨別就把它當作談論的資料。」

【研析】詩人與學者的區別，就在於詩人是以激情寫作，用的是賦比興；而學者是以嚴謹寫作，要的是實事求是、一絲不苟。這是兩者最大的不同。我們不能要求詩人也以客觀嚴謹的態度作詩；同樣，我們也不能要求學者放棄求實科學。作者在此文中將兩者的區別論述得極為清楚，值得今人記取。

二少年

從叔梅庵公言：族中有二少年（此余小時聞公所說，忘其字號，大概是伯叔行也），聞某墓中有狐跡，夜攜銃往，共伏草中伺之，以背相倚而睡。醒則二人之髮交結為一，貫穿繚繞，猝不可解；互相牽掣❶，不能行，亦不能立；稍稍轉動，即彼此呼痛。膠擾❷徹曉，望見行路者，始呼至，斷以佩刀，狼狽而返。憤欲往報，父老曰：「彼無形聲，非力所勝；且無故而侵彼，理亦不直。侮實自召，又何仇焉？仇必敗滋甚。」二人乃止。此狐小虐之使警，不深創之以激其必報，亦可謂善自全矣。然小虐亦足以激怒，不如斂戢❸勿動，使伺之無跡彌善也。

【章旨】此章講述了兩個少年想去捕捉狐狸，卻遭到狐狸戲弄的故事。

【注釋】❶牽掣 即牽制。拖住使不能自由行動。❷膠擾 擾亂；攪擾。❸戢 收藏；收斂。

【語譯】我的堂叔梅庵公說：我們家族中有兩個年輕人（這是我小時候聽堂叔說的，已經忘記他們的字和號，大概是伯伯叔叔一輩的人），聽說某座墳墓中有狐狸的蹤跡，便在夜裡攜帶火銃前去，兩人一起埋伏在草叢中等著狐狸的出現，背靠著背就睡著了。醒來時卻發現兩人的頭髮交結糾纏在一起，纏繞成一團，倉猝間無法解開來；兩人頭髮互相牽扯著，不能行走，也不能站立；誰稍微轉動一下，彼此就喊痛。就這樣兩人頭髮牽扯在一起折騰了一夜直到天亮，望見了過路人，這才叫他們過來，用佩刀割斷頭髮，兩人狼狽地回了家。兩人對狐狸極為憤怒，打算前往報復。長輩們說：「狐狸牠們沒有露出形體沒有發出聲音，不是人力所能戰勝的；況且是人無緣無故去侵擾牠們，從道理上說也站不住。你們遭到的侮辱實際上是自找的，又有什麼仇恨可言呢？要是去報仇，肯定會遭到更大的失敗。」他們兩人方才打消了念頭。這是狐狸的小小懲治使他們能夠警悟，而不是嚴重傷害他們，以免激發起他們必來復仇的決心，也可以說是善於保護自己了。然而，稍微戲弄也足以激發起怒火，不如收斂鋒芒深藏不露，使他們窺伺狐狸的動靜而一無所得，這樣就更加完美了。

【研析】狐狸的小小懲治，作者是抱著欣賞的眼光來看的，只是認為狐狸還沒有達到修為的最高境界。收斂鋒芒，深藏不露，這需要氣度和修養，不是一般人所能夠做到的。

丹墀石匱

太和門❶丹墀❷下有石匱❸，莫知何名，亦莫知所貯何物。德眘齋前輩（眘齋名德保，與定圃❹前輩同名。乾隆壬戌❺進士，官至翰林院侍讀❻。故當時以大德保小德保別之云）云：圖裕齋之先德❼，昔督理殿工時，曾開視之。以問裕齋，曰：「信然。其中皆黃色細屑，僅半匱不能滿，凝結如土坯，諦審似是米穀歲久所化也。」余謂丹墀左之石闕❽，既貯嘉種，則此為五穀，於理較近。且大駕❾鹵部❿中，象背寶瓶⓫，亦貯五穀。蓋稼穡維寶，古訓相傳；八政⓬首食，見於〈洪範〉⓭。定制之意，誠淵乎遠矣。

【章旨】此章經過考訂和詢問知情人，對太和門內丹墀下石匱裡收藏的五穀雜糧作了說明。

【注釋】❶太和門　城門名。在今北京故宮午門內，為太和殿的正門。南向。❷丹墀　古時宮殿前的石階以紅色塗飾，故叫丹墀。❸石匱　用石板做的櫃子。❹定圃　即德保。清滿洲正白旗人。姓索綽絡氏，字仲容，一字潤亭，號定圃。

乾隆進士。官至禮部尚書，卒謚文莊。有《樂賢堂詩文鈔》。❺乾隆壬戌　即清乾隆七年，西元一七四二年。❻翰林院侍讀　參見本書卷二〈知命〉則注釋⓮。❼先德　有德行的前輩。也用來尊稱人的父親。❽石闕　闕，古代宮殿或祠廟前的高建築物。這裡指太和門外的石闕。❾大駕　古代稱皇帝的車駕。❿鹵部　亦作「鹵簿」。古代帝王出外時在其前後的儀仗隊。⓫象背寶瓶　即大駕鹵簿的儀式之一，用寶象，絡首鉤膺，背載寶瓶，飾以雜寶。⓬八政　古代八種政事。指食、貨、祀、司空、司徒、司寇、賓、師。八政中以「食」為首。見《尚書・洪範》。⓭洪範　《尚書》的篇名。洪，大。範，法。舊傳為商末箕子向周武王陳述的「天地之大法」，近人或疑為戰國時期的作品。

【語譯】皇宮太和門丹墀下有一個石匱，不知道叫什麼名稱，也不知道所貯藏的是什麼東西。德昚齋前輩（德昚齋名字叫德保，和定圃前輩同名。他是乾隆七年進士，官至翰林院侍讀。所以，當時以大德保、小德保來區別他們兩人）說：圖裕齋的父親過去負責修葺皇宮工程時，曾把石匱打開來看過。我問圖裕齋這件事，他說：「確實有這樣的事。石匱裡都是黃色的細碎屑末，僅有半匱沒有裝滿，這些細屑凝結在一起如同土坯。仔細察看似乎是米穀年歲久遠而化成的。」我認為丹墀左邊的石闕，既然是貯藏良種的地方，那麼這個石匱裡裝的是五穀糧食，較為符合情理。而且在皇帝的儀仗隊中，象背上的寶瓶也裝著五穀。大概人們認為耕種糧食是最珍貴的，古訓代代相傳；治理國家的八種政事中，以「食」為首位，這見之於《尚書・洪範》。朝廷規定制度的用意，淵源確實是十分久遠的了。

【研析】民以食為先。以農立國，重視糧食就不難理解。北京城裡有先農壇、社稷壇，就是帝王乞求五穀豐登的地方。而將糧食藏在丹墀之下的石匱中，也是重視糧食的一種舉措，意在不忘糧食之重要。

五火神墓

宣武門❶子城❷內，如培塿❸者五，砌之以磚，土人云五火神墓。明成祖❹北征時，用火仁、火義、火禮、火智、火信製飛炮，破元兵於亂柴溝。後以其術太精，恐或為變，殺而葬於是。立五竿於麗譙❺側，歲時祭之，使鬼有所歸，不為厲焉。後成祖轉生為莊烈帝❻，五人轉生李自成❼、張獻忠❽諸賊，乃復仇也。此齊東之語❾，非惟正史無此文，即明一代稗官小說，充棟汗牛，亦從未言及斯人斯事也。戊子❿秋，余見漢軍⓫步校⓬董某，言聞之京營舊卒云：「此水平也。京城地勢，惟宣武門最低，衢巷之水，遇雨皆匯於子城。每夜雨太驟，守卒即起，視此培塿，水將及頂，則呼開門以洩之；沒頂則門扉為水所壅，不能啟矣。今日久漸忘，故或有時阻礙也。其城上五竿，則與白塔信炮相表裡。設聞信炮⓭，則晝懸旗、夜懸燈耳。與五火神何與哉！」此言似乎近理，當有所受之。

【章旨】此章考證北京宣武門子城內五火神墓的傳說及其實際作用。

【注釋】❶宣武門　城門名。北京舊城有九門，其南之西門，元代稱順承門，明正統四年改為宣武門，又稱順治門。參閱《大清一統志・京師一》。❷子城　大城所屬的小城，即內城或附在城垣上的甕城或月城。甕城，在大城門外，用以增強城池的防禦力量。❸培塿　小土丘。亦作「附婁」、「部婁」。❹明成祖　即朱棣。明代皇帝。年號永樂。一四〇二—一四二四年在位。朱元璋第四子。❺麗譙　高樓。後亦稱譙樓，即更鼓樓。❻莊烈帝　即朱由檢。明代皇帝。年號崇禎。一六二七—一六四四年在位。統治期間，皇室官僚廣占民田，賦役繁重，天災流行，爆發了農民起義。他依靠宦官鎮壓農民起義。崇禎十七年（一六四四年）李自成率領起義軍攻克北京，他在煤山（今北京景山）自縊，明亡。❼李自成　明末農民起義領袖。本名鴻基，陝西米脂李繼遷寨人。崇禎二年（一六二九年）起義，後為闖王高迎祥部下的闖將，勇猛有識略。高迎祥死後，他繼稱闖王。之後部隊不斷發展，成為農民戰爭的主力軍。崇禎十六年（一六四三年）在襄陽稱新順王。次年正月，建立大順政權，年號永昌。不久攻克北京，推翻明王朝。一說永昌二年（一六四五年）在湖北通山九宮山被地主武裝殺害。所部繼續堅持抗清鬥爭。❽張獻忠　明末農民起義領袖。字秉吾，號敬軒，延安柳樹澗（今陝西定邊東）人。出身貧苦。崇禎三年（一六三〇年）在米脂參加起義軍。自號八大王，初屬王自用，後自成一軍。崇禎八年滎陽大會後，與高迎祥大舉東征，崇禎十一年接受明兵部尚書熊文燦的招撫，因拒絕裁減軍隊，不受調度。次年再起。崇禎十六年，取武昌，稱大西王，旋克長沙，宣布錢糧三年免徵，湘贛農民群起響應。次年再取四川，他在成都建立大西政權，即帝位，年號大順，嚴厲鎮壓當地仕民的反抗。大順三年（一六四六年）清兵南下，他引兵拒戰，在西充鳳凰山中箭而死。❾齊東之語　參見本書卷五〈役雷神〉則注釋❹。❿戊子　即清乾隆三十三年，西元一七六八年。⓫漢軍　即漢軍八旗，清代八旗組織的三個組成部分之一。原指滿州入關前已降滿州或被俘從事兵役的遼東漢人及其子孫。後來擴編為漢軍八旗，與滿族八旗、蒙古八旗共同構成八旗組織的整體。⓬步校　軍官名。步兵校尉。⓭信炮　古時軍隊作戰，為協同動作而放的信號炮。

【語譯】宣武門的甕城內，有五個像小土丘一樣的建築，是用磚砌成的，當地人稱為五火神墓。據說明成祖北征時，用火仁、火義、火禮、火智、火信五個人製造飛炮，在亂柴溝大破元朝軍隊。後來，因為他們的造炮技藝太精湛，明成祖擔心他們或許會被人利用而產生變故，就把他們殺掉而葬在這裡。並且在更樓旁邊樹起五根長竿，每年按時節祭祀他們，使鬼魂有所歸依，不會成為厲鬼害人。後來，明成祖轉生為莊烈帝，這五個人轉生為李自成、張獻忠等賊寇，就是為了復仇。這是毫無根據的齊東野語，不但正史中沒有這樣的記載，即使是明朝一代的稗官野史、小說筆記多得到了汗牛充棟的地步，也從來沒有提及這些人這件事的。乾隆三十三年秋天，我遇見漢八旗的步兵校尉董某，他說從京營的老兵那裡聽說過關於這些小土丘的用處：「這是用來測定水平的。京城的地勢，只有宣武門最低，每當下雨時，街道小巷裡的水都匯集到甕城。每當夜裡下大雨時，守城士兵就起床察看這些小土丘，水將漫到頂部時，就叫人開城門放水。如果水漫過土丘頂部時，城門就被壅塞住，不能開啟了。如今年代久遠人們漸漸淡忘，所以有時會阻礙積水流出了。城樓上的五根長竿，那是與白塔的信炮互為表裡。如果聽到信炮鳴響，就在五根竿子上白天懸掛旗幟，夜裡懸掛燈籠。這與五個火神有什麼關係呢！」這些話好像比較接近情理，應當是有所來源的。

【研析】許多傳說都是以訛傳訛，經不起追究。但人們還是願意相信這些傳說，而不願意去花功夫、動腦筋辨別真偽，這「五火神墓」就是一個例證。此傳說在京城流傳也有一百多年，沒有人來糾正；就是作者，也是到了晚年，才在其著作中記載此事，以免訛誤流傳。可見，世間的傳說還是要仔細辨析的。

師生翰墨情

科場撥卷，受撥者意多不愜，此亦人情；然亦視其卷何如耳。壬午❶順天❷鄉試，余充同考官（時閱卷尚不迴避本省❸）。得一合字卷，文甚工而詩不佳。因甫改試詩之制，可以恕論，遂呈薦主考梁文莊公❹，已取中矣。臨填草榜，梁公病其「何不改乎此度」句侵下文「改」字（題為「始吾於人也」四句），駁落。別撥一「合」字備卷與余。先視其詩，第六聯曰：「素娥❺寒對影，顧兔夜眠香。」（題為〈月中桂〉）已喜其秀逸；及觀其第七聯曰：「倚樹思吳質❻，吟詩憶許棠❼。」遂躍然曰：「吳剛字質，故李賀❽〈李憑箜篌引〉曰：『吳質不眠倚桂樹，露腳斜飛濕寒兔。』此詩選本皆不錄，非曾見《昌谷集》❾者不知也。華州❿試〈月中桂》詩，舉許棠為第一人。棠詩今不傳，非曾見王定保⑪《摭言》⑫、許敏夫⑬《唐詩紀事》⑭者不知也。中彼卷之『開花臨上界，持斧有仙郎』，何如中此詩乎！微公撥入，亦自願易之。」即朱子穎也。放榜後，時已九月，貧無絮衣。蔣心餘素與唱和，借衣與之，乃來見，以所作詩為贄。余丙子⑮扈從古北口⑯時，車馬壅塞，就旅舍小憩。見壁上一詩，剝殘過半，惟三四句可辨。最愛其「一水漲喧人語外，萬山青到馬蹄前」二語，以為「雲中路繞巴山⑰色，樹裡河流漢水⑱聲」不是過也，惜不得姓名。及展其卷，此詩在焉。乃知針芥契合，已在六七年前，相與歎息者久之。子穎待余最盡禮，歿後，其二子承父之志，見余尚依依有情。翰墨因緣，良非偶爾，何嘗以撥房為親疏哉！（余〈嚴江舟中〉詩曰：「山色空濛淡似煙，參差綠到大江邊。斜陽流水推篷坐，處處隨人欲上船。」實從「萬山」句奪胎。嘗以語子穎曰：「人言青出於藍，今日乃藍出於青。」子穎雖遜謝，意似默可。此亦詩壇之佳話，並附錄於此。）

【章旨】此章作者追憶了與學生朱子穎通過詩作相交相識的筆墨深情。

【注釋】❶壬午　即清乾隆二十七年，西元一七六二年。❷順天　指順天府。即京師。今北京。❸本省　指本省的考生。❹梁文莊公　即梁詩正。字養仲，號薌林，清錢塘（今浙江杭州）人。雍正進士。乾隆間官至東閣大學士，兼吏部尚書。朝廷大製作咸出其手，總裁國史、續文獻通考各館，體例多其所定。卒謚文莊。有《矢音集》。❺素娥　古代傳說中嫦娥的別稱。亦泛指月宮的仙女。❻吳質　即吳剛。字質。相傳為月宮裡的仙人。❼許棠　唐代文學家。字文化，詩文有名於當時。❽李賀　參見本書卷九〈說鬼火〉則注釋❻。❾昌谷集　別集名。唐李賀作。原名《李長吉歌詩》。《四庫全書》所收者，名《昌谷集》，四卷，《外集》一卷。❿華州　舊州名。治所在今陝西華縣。⓫王定保　五代南昌(今屬江西)人。唐末光化進士。劉隱辟為幕屬。劉龔時累官中書侍郎、同平章事。善文辭。有《唐摭言》。⓬摭言　即《唐摭言》。筆記。王定保撰。十五卷。詳載唐代貢舉制度和士人參加貢舉的活動，以及與此有關的遺聞佚事。⓭計敏夫　即計有功。南宋文學家。字敏夫，號灌園居士，安仁(今屬湖南)人。紹興初，知簡州，提舉兩浙西路常平茶鹽公事。撰有《唐詩紀事》。⓮唐詩紀事　南宋計有功撰。八十一卷。記載一千一百五十個唐代詩人，採錄詩篇較多，並輯集有關的本事和品評。⓯丙子　即清乾隆二十一年，西元一七五六年。⓰古北口　參見本書卷十二〈楊令公祠〉則注釋❶。⓱巴山　即大巴山。在漢江支流任河谷地以東，四川、陝西、湖北三省邊境。主峰大神農架在湖北神農架境內。⓲漢水　即漢江，長江最長支流。源出陝西西南部寧強，東南流經陝西、湖北，在武漢入長江。

【語譯】科場考試閱卷時調撥中選的試卷，被調撥試卷的房考官內心大多不痛快，這也是人之常情。然而也要看考生試卷的水平怎樣。乾隆二十七年順天鄉試，我擔任同考官(當時閱卷還不迴避本省的考生)，拿到一份「合」字號舍的試卷，考生文章寫得很精采，但詩寫得不好。因為考試制度剛剛改了考試作詩的制度，詩作要求可以從寬論處，於是就把這份試卷呈送推薦給主考官梁文莊公，這份試卷已經決定錄取了。到填寫草榜的時候，梁文莊公認為這份試卷中「為什麼不改變這種制度」一句，和下文的「改」字相衝突，文句不妥貼(文章題目為《論語・公冶長第五》孔子所說的「最初，我對人家」等四句話)，這份試卷就落榜了。梁文莊公另撥了一份「合」字號舍的備取試卷來給我審閱。我先看考生寫的詩，第六聯是：「素娥寒冷中對著自己身影，玉兔夜來睡眠真香。」(詩的題目為〈月中桂〉)我已經喜歡這首詩作的秀美飄逸。我又看這首詩的第七聯是：「倚著樹思念吳質，吟誦詩追憶許棠。」我就高興地說：「吳剛字質，所以唐代李賀〈李憑箜篌引〉詩中寫道：『吳質不睡覺倚著桂花樹，露水斜飄打濕了寒兔。』

這首詩在各種選本中都沒有收錄，不是曾經讀過《昌谷集》的人是不知道的。唐代華州鄉試以〈月中桂〉為題作詩，推舉許棠為第一名。許棠的詩如今已不流傳，不是曾經讀過王定保的《唐摭言》、計敏夫的《唐詩紀事》的人是不知道的。先前準備錄取的那份試卷的『開花面臨天上仙界，拿著斧子有仙郎』的詩句，怎麼比得上現在取中的這首詩！如果沒有您調撥來了這份試卷，我也自願把前一份試卷換成這份試卷。」這份試卷的考生就是朱子穎。放榜之後，時間已經到了九月，他貧窮得連一件棉衣也沒有。蔣心餘時常和他唱和詩詞，借了衣服給他穿，他才來見我，並帶著他所寫詩作為見面禮獻上。乾隆二十一年，我隨從皇上到古北口去時，路上車馬擁擠堵塞，到旅舍稍稍休息一會兒。我看見旅舍牆壁上有一首詩，大半都已剝落殘缺了，只有三四句可以辨認出來。我最喜歡其中「一條河漲水喧鬧於人聲之外，萬座山青翠來到馬蹄前」這兩句詩，認為「雲中路環繞著巴山秀色，樹林裡河流響著漢水的聲音」也沒有超過這種水平，可惜不知道作詩者的姓名。等到打開他的詩卷，這首詩就在裡面。我由此才知道我們兩人性情契合，已經在六七年前就產生了，我們兩人一起感歎了很長時間。朱子穎對待我最講禮節，他去世後，他的兩個兒子繼承父親的遺志，拜見我還是有依依不捨之情。筆墨所產生的因緣，確實不是偶然的，又怎麼能夠因為是調撥試卷而錄取的考生來定親疏關係呢！（我的〈嚴江舟中〉詩寫道：「山色空濛淡似煙霞，參差翠綠直到大江邊。斜陽照著流水推開船篷坐，綠色處處隨著人想要上船。」實際上是從朱子穎「萬座山青翠來到馬蹄前」一句詩脫胎而來的。我曾經對朱子穎說：「人們都說是青出於藍，今天卻是藍出於青。」朱子穎雖然遜謝謙讓，他的意思似乎是默認了。這也是詩壇的一段佳話，一併附錄在這裡。）

【研析】作者好詩，連帶喜歡寫好詩之人。他與朱子穎的翰墨之情就是一段濃濃詩情。以詩為橋，兩人的心因詩而連接在一起。只是因為朱子穎早卒，作者晚年追憶此情此意，文章中瀰漫著一股淡淡的惆悵。

先師介野園先生

先師介野園先生，官禮部侍郎。扈從南巡，卒於路。卒前一夕，有星隕於舟前。卒後，京師尚未知，施夫人夢公乘馬至門前，騎從甚都❶，然佇立不肯入，但遣人傳語曰：「家中好自料理，吾去矣。」匆匆竟過。夢中以為時方扈從，疑或有急差遣，故不暇入。覺後，乃驚怛。比凶問至，即公卒之夜也。公屢掌文柄❷，凡四主會試，四主鄉試，其他雜試殆不可縷數。嘗有〈恩榮宴〉詩曰：「鸚鵡新班宴御園（按：「鸚鵡新班」不知出典，當時擬問公，竟因循忘之），摧頹老鶴也乘軒。龍津橋上黃金榜，四見門生作狀元。」丁丑年❸作也（按：此詩為金吏部❹尚書張大節❺之作，題為〈同新進士呂子成輩宴集狀元樓〉，見《中州集》❻，惟「御園」作「杏園」，「摧頹」作「不妨」，「四見」作「三見」，「作狀元」作「是狀元」）。于文襄公❼亦贈以聯曰：「天下文章同軌轍，門牆桃李半公卿。」可謂儒者之至榮。然日者❽推公之命云：「終於一品武階，他日或以將軍出鎮耶？」公笑曰：「信如君言，則將軍不好武矣。」及公卒，聖心悼惜，特贈都統❾。蓋公雖官禮曹❿，而兼攝副都統。其扈從也，以副都統班行，故即武秩進一階。日者之術，亦可云有驗矣。

【章旨】此章作者追憶了先師介野園臨死前託夢給夫人的故事，並描述了他生前死後的尊榮。

【注釋】❶甚都　很多。❷文柄　有以考試選拔文士的職權。❸丁丑年　即清乾隆二十二年，西元一七五七年。❹吏部　官署名。東漢始將尚書常侍曹改為吏曹，又改為選部，魏晉以後稱吏部。隋唐列為六部之首，掌管全國官吏的任免、考課、升降、調動等事務，長官為吏部尚書。歷代相沿不改。清末併其職掌於內閣。❺張大節　字信之，金五臺（今屬山西）人。天德間擢進士第，累官至震武軍節度使。❻中州集　總集名。金元好問編選。十卷，附樂府一卷。❼于文襄公　即于敏中。字叔子，一字重棠，清金壇（今江蘇金壇）人。乾隆進士，授翰林院撰修。歷官文華殿大學士、文淵閣領閣事。卒諡文襄，故稱。著有《臨清紀略》等。❽日者　指占卜之人，或俗稱算命先生。《墨子‧貴義》：「子墨子北之齊，遇日者。」❾都統　參見本書卷一〈縱惡就是害民〉則注釋❷。❿禮曹　參見本書卷五〈解夙因〉則注釋❷。

【語譯】先師介野園先生官至禮部侍郎。他隨從皇上南巡，在路上去世。死的前一天夜晚，有流星隕落在他乘坐的船前。他死之後，京城裡還不知道，施夫人夢見介野園先生乘馬來到家門前，騎馬的隨從人員很多，但是佇立門前不肯入內，只是派人傳話說：「家裡事好好料理，我去了。」匆匆忙忙就走過家門而去。施夫人夢裡認為介野園先生當時正在隨從護駕，懷疑或許是有緊急差遣，所以無暇進家門。施夫人醒來後，才感到驚恐不安。等到介野園先生去世的凶信傳來，施夫人做夢的那夜正是先生去世的夜晚。先生多次執掌考試選拔文士的職權，一共四次主持會試，四次主持鄉試，其他一些雜試的次數就不勝枚舉了。他曾經寫了〈恩榮宴〉詩，說道：「鸚鵡新班宴會在御花園召開（按：「鸚鵡新班」不知出自什麼典故，我當時打算請教先生，竟然因為拖延以致忘記了），摧頹的老鶴也乘上了軒車。龍津橋上有黃金榜，四次看見門生當狀元。」這首詩寫於乾隆二十二年。（按：這首詩是金代吏部尚書張大節的作品，詩的標題是〈同新進士呂子成輩宴集狀元樓〉，見於〈中州集〉，唯獨詩中「御園」改作「杏園」，「摧頹」改作「不妨」，「四見」改作「三見」，「作狀元」改作「是狀元」）于文襄公也題寫了一副對聯贈送給他：「天下文章是同一個規範楷模，門下桃李有一半是公卿大臣。」這可以說是儒者的最高榮譽。然而占卜人推算先生的命運，說：「您最終會官至一品武官，或許以後以將軍的身分去鎮守一方吧？」先生笑著說：「如果確實像你說的那樣，那麼我這個將軍就是不喜歡習武的將軍了。」等到先生去世，皇帝心裡悼念惋惜，特地贈給他都統的官銜。因為先生雖然在禮部任職，卻兼著代理副都統的官職。他隨從護駕，以副都統的職位排班次，所以皇上就把他從武官的品位晉升一級。占卜者的推算，也可以說是有了應驗。

【研析】作者老了，往事在心中浮起，隨筆記下，遂成文章。故而本卷文章中追憶學生者有之，回憶先師者也有之。我們看到的是一位老者的往事，讀到的是一位智者的心語。

扶乩問壽

乩仙多偽託古人，然亦時有小驗。溫鐵山❶前輩（名溫敏，乙丑❷進士，官至盛京❸侍郎❹）嘗遇扶乩者，問壽幾何。乩判曰：「甲子❺年華有二秋。」以為當六十二。後二年卒，乃知二秋為二年。蓋靈鬼時亦能前知也。又聞山東巡撫❻國公，扶乩問壽。乩判曰：「不知。」問：「仙人豈有所不知？」判曰：「他人可知，公則不可知。修短有數，常人盡其所稟而已。若封疆重鎮，操生殺予奪之權，一政善，則千百萬人受其福，壽可以增；一政不善，則千百萬人受其禍，壽亦可以減。此即司命之神不能預為注定，何況於吾？豈不聞蘇頲❼誤殺二人，減二年壽；婁師德❽亦誤殺二人，減十年壽耶？然則年命之事，公當自問，不必問吾也。」此言乃鑿然中理，恐所遇竟真仙矣。

【章旨】此章講述了兩個扶乩問壽的小故事。

【注釋】❶溫鐵山　即溫敏。清乾隆十年進士，官至盛京侍郎。❷乙丑　即清乾隆十年，西元一七四五年。❸盛京　清留都。即今遼寧瀋陽。❹侍郎　官名。漢代郎官的一種。本為宮廷的近侍，自唐以後，中書、門下二省及尚書省所屬各部均以侍郎為長官之副，官位漸高。至明清遂遞升至正二品，與尚書同為各部的堂官。❺甲子　指年歲；年齡。❻山東巡撫　山東省的長官。巡撫，參見本書卷二〈知命〉則注釋❽。❼蘇頲　唐代文學家。字廷碩，京兆武功（今屬陝西）人。武則天時襲封許國公，後居相位，與宋璟合作，共理政事。工文，朝廷重要文件多出其手。❽婁師德　字宗仁，唐鄭州原武（今河南原陽）人。官至同鳳閣鸞臺平章事，掌管朝政，多次主持屯田積穀事宜。

【語譯】扶乩請來的仙人大多偽託古人，然而有時也有小小的應驗。溫鐵山前輩（他的名字叫溫敏，乾隆十年進士，官至盛京侍郎）曾經遇到扶乩請仙的人，詢問自己的年壽有多長。乩仙的判詞說：「甲子年華有二秋。」他認為自己應當能夠活到六十二歲。後來過了兩年去世，家人才知道二秋是指兩年。因為靈鬼有時也能事先知曉人的命運。又聽說山東巡撫國公扶乩請仙，詢問自己年壽。乩仙判詞說：「不知道。」國公問：「仙人怎麼會有不知道的事情呢？」乩仙判詞說：「他人的壽命可以知道，您的壽命卻不能夠知道。人的壽命長短有定數，一般人只是盡享他所應有的年壽而已。如果是封疆大臣等擔負國家重任的人，執掌生殺予奪的權力，一條政策措施好，那麼可以使千百萬人都得到他的福分，他的壽命就可以增加；一條政策措施不好，那麼可以使得千百萬人都遭受他的禍害，他的壽命也就可以減少。這就是司命之神不能預先為這些人注定壽命的原因，何況是我？你難道沒有聽說蘇頲誤殺了兩個人，減了兩年壽；婁師德也誤殺了兩個人，減了十年壽嗎？既然這樣，那麼您的年壽的事，您應當問自己，不必來問我了。」這話說得確實有道理，恐怕他所遇到的確實是真神仙了。

【研析】扶乩請仙在清朝盛行一時，文人學士常常作為聚會遊戲，並沒有幾個人信奉當真。作者在本書中經常講述扶乩之事，時而調侃扶乩請下的所謂「仙人」，就可知作者的態度了。本文中所記載的山東巡撫向乩仙詢問年壽的小故事，作者以為乩仙的回答「鑿然中理」，反映了作者一意勸善的拳拳之心。

以狐招狐

族叔育萬言：張歌橋之北，有人見黑狐醉臥場屋中（場中守視穀麥小屋，俗謂之「場屋」）。初欲擒捕，既而念狐能致財，乃覆以衣而坐守之。狐睡醒，伸縮數四，即成人形。甚感其護視，遂相與為友。狐亦時有所饋贈。一日，問狐曰：「設有人匿君家，君能隱蔽弗露乎？」曰：「能。」又問：「君能憑附人身狂走乎？」曰：「亦能。」此人即懇乞曰：「吾家酷貧，君所惠不足以贍，而又愧於數瀆君。今里中某甲甚富，而甚畏訟。頃聞覓一婦司庖❶，吾欲使婦往應。居數日，伺隙逃出，藏君家；而吾以失婦，陽欲訟。婦尚粗有姿首，可誣以蜚語❷，脅多金。得金之後，公憑附使奔至某甲別墅中，然後使人覓得，則承惠多矣。」狐如所言，果得多金。覓婦返後，某甲以在其別墅，亦不敢復問。然此婦狂疾竟不愈，恆自妝飾，夜似與人共嬉笑，而禁其夫勿使前。急往問狐，狐言無是理，試往偵之。俄歸而頓足曰：「敗矣！是某甲家樓上狐，悅君婦之色，乘吾出而彼入也。此狐非我所能敵，無如何矣！」此人固懇不已。狐正色曰：「譬如君里中某，暴橫如虎，使彼強據人婦，君能代爭乎？」後其婦顛癇❸日甚，且具發其夫之陰謀。針灸劾治皆無效，卒以瘵死。里人皆曰：「此人狡黠如鬼，而又濟以狐之幻，宜無患矣。不虞以狐召狐，如螳螂黃雀❹之相伺也。古詩曰：『利旁有倚刀，貪人還自戕。』信矣！」

【章旨】此章講述了一個因貪欲而招來狐狸幫助，最終還是遭到狐狸禍害的故事。

【注釋】❶司庖　掌廚；廚師。❷蜚語　指沒有根據的流言。❸顛癇　即癲癇。參見本書卷三〈荔姐智退狂徒〉則注釋❺。❹螳螂黃雀　《說苑・正諫》：「園中有樹，其上有蟬，蟬高居悲鳴飲露，不知螳螂在其後也；螳螂委身曲附欲取蟬，而不知黃雀在其傍也。」後因以比喻只見眼前利益而不顧後患。

【語譯】我的族叔紀育萬說：在張歌橋的北面，有個人看見一隻黑狐狸喝醉酒躺在場屋中（是打穀場上看守穀子小麥的小屋，俗稱之為「場屋」）。這個人起初想捉住狐狸，轉而一想，狐狸能召致財物，於是就用衣服蓋在狐狸身上，坐在一旁守護著牠。這隻黑狐狸睡醒過來時，伸縮了幾次，就變成了人的形狀。

黑狐狸很感謝這個人的守護，就和他結交成為朋友。狐狸還時常贈送一些財物給這個人。一天，這個人問黑狐狸：「如果有人隱藏在你家裡，你能使他隱藏起來而不暴露嗎？」黑狐狸說：「這能做到。」這個人又問：「你能依附在人身上狂奔嗎？」黑狐狸回答說：「這也能做到。」這個人就懇求說：「我家極其貧窮，您贈送給我的財物不足以贍養全家，但是又因多次煩擾您而感到慚愧。如今鄉里的某甲非常富裕，而且他很害怕打官司。我剛聽說他家要找一個婦女做飯，我想讓妻子去應聘。她在那裡住幾天，找機會逃出來，躲藏在你家裡。而我就以丟失妻子，假裝要訴訟打官司。我妻子還稍微有點姿色，我可以用流言誣諂他，敲詐他一大筆錢財。我得到錢財之後，你依附在我妻子身上，使她狂奔到某甲的別墅裡，然後叫人在那兒找到她，那樣我受你的恩惠就夠多了。」黑狐狸按照他說的話去做，這個人果真得到很多錢財。這個人找回妻子之後，某甲因為她是在自己別墅裡找到的，也不敢再問什麼。然而他妻子的狂病竟然沒有痊癒。她常常自己梳妝打扮，夜裡似乎與別人一起嬉笑，而且禁止自己丈夫來到跟前。這個人急忙跑去問黑狐狸，黑狐狸說沒有這種道理，就前去察看。不一會兒，黑狐狸回來跺著腳說：「壞事了！這是某甲家樓上的狐狸喜歡你妻子的美色，乘我從她身上退出，牠就進去迷住你妻子。這隻狐狸不是我所能對付的，我是沒有辦法的了！」這個人懇求不已。黑狐狸板起臉嚴肅地說：「譬如你鄉里某人，殘暴蠻橫像老虎一樣，如果他強占別人的妻子，你能替那人去爭奪嗎？」後來，這個人妻子的癲狂病一天比一天嚴重，並且把丈夫的陰謀全都揭發出來。醫生的針灸、術士的劾治都沒有效果，最終因為癆病死了。鄉里人都說：「這個人狡黠如同鬼魅，而且又有狐狸變幻之術幫助他，應該是沒有什麼差錯了。沒有想到由於黑狐狸的幫助而招來另一隻狐狸的禍害，如同螳螂捕蟬，黃雀在後一樣。古詩中說：『利字旁倚著一把刀，貪婪的人最終還是自己害自己。』這話說的一點不錯！」

【研析】古人有言：「君子愛財，取之有道。」這個道就是正路，就是光明正大。不僅目的要光明正大，而且手段也要光明正大。要用正當的手段謀取財富，而不能以歪門邪道來謀取不義之財。這個人的遭遇就是因為貪婪之念而引狼入室，以致賠了夫人。作者講述此事，就是告誡世人不要因貪婪而引火燒身。

燒金御女之士

門人王廷紹言：忻州❶有以貧鬻婦者，去幾二載。忽自歸，云初被買時，引至一人家。旋有一道士至，攜之入山，意甚疑懼。然業已賣與，無如何。道士令閉目，即聞兩耳風颼颼。俄令開目，已在一高峰上。室廬華潔，有婦女二十餘人，共來問訊，云此是仙府，無苦也。因問：「到此何事？」曰：「更番侍祖師寢耳。此間金銀如山積，珠翠錦繡、嘉肴珍果，皆役使鬼神，隨呼立至。服食日用，皆比擬王侯。惟每月一回小痛楚，亦不害耳。」因指曰：「此處倉庫，此處庖廚❷，此我輩居處，此祖師居處。」指最高處兩室曰：「此祖師拜月拜斗❸處，此祖師煉銀處。」亦有給使之人，然無一男子也。自是每白晝則呼入薦枕席，至夜則祖師升壇禮拜，始各歸寢。惟月信❹落紅後，則淨褫內外衣，以紅絨為巨綆，縛大木上，手足不能絲毫動；並以綿丸窒口，噤不能聲。祖師持金管如箸，尋視脈穴，刺入兩臂兩股肉內，吮吸其血，頗為酷毒。吮吸後，以藥末糝創孔，即不覺痛，頃刻結痂。次日，痂落如初矣。其地極高，俯視雲雨皆在下。忽一日狂飆陡起，黑雲如墨壓山頂，雷電激射，勢極可怖。祖師惶遽，呼二十餘女，並裸露環抱其身，如肉屏風。火光入室者數次，皆一掣即返。俄一龍爪大如箕，於人叢中攫祖師去。霹靂一聲，山谷震動，天地晦冥。覺昏瞀❺如睡夢，稍醒，則已臥道旁。詢問居人，知去家僅數百里。乃以臂釧❻易敝衣遮體，乞食得歸也。忻州人尚有及見此婦者，面色枯槁，不久患瘵而卒。蓋精血為道士採盡矣。據其所言，蓋即燒金御女之士❼。其術靈幻如是，尚不免於天誅；況不得其傳，徒受妄人之蠱惑，而冀得神仙，不亦顛哉！

【章旨】此章講述一個道士用燒金御女之術殘害婦女，最終遭到上天誅滅的故事。

【注釋】❶忻州　今忻縣。在山西中部偏北、滹沱河上游。❷庖廚　廚房。❸拜月拜斗　拜月，禮拜月亮。道教祈禱的一種。拜斗，禮拜北斗星，道教祈禱的一種。❹月信　指婦女的月經。❺昏瞀　迷惘困惑。指神志昏亂失常。❻臂釧　指手鐲。❼燒金御女之士　此指以燒金御女之術修煉的方士。燒金，指方術之士煉丹砂為黃金。御女，謂男子與婦女交合。

【語譯】我的門人王廷紹說：忻州有個人因為貧窮而把妻子賣掉，妻子離去將近兩年了。有一天，妻子忽然自己歸來，說剛被買去時，被帶到一戶人家。隨後有一個道士到來，帶著她進入山裡，她心裡很疑惑害怕。然而自己已經賣給人家，也就無可奈何了。道士叫她閉上眼睛，然後就聽到兩隻耳朵邊風聲颼颼。一會兒，道士叫她睜開眼睛，自己已經在一座高高的山峰頂上了。這裡的屋宇華麗整潔，有二十多個婦女都來和她打招呼，說這裡是神仙的府第，不要擔心苦惱。她因而問道：「你們到這裡幹什麼事？」她們回答說：「輪番服侍祖師睡覺。這裡金銀堆積如山，珠翠錦繡、佳餚珍果等東西，都可以驅使鬼神，隨時吩咐一聲，立刻就會到來。我們的穿著飲食等日常物品，都比得上王侯。只是每月有一次小小的痛楚，但也沒有什麼危害。」她們就指點著說：「這裡是倉庫，這裡是廚房，這裡是我們這些人居住的地方，這裡是祖師居住的地方。」她們指著最高處的兩個房間說：「這是祖師拜月拜斗的地方，這是祖師煉銀的地方。」這裡也有供日常使喚的人，但是山峰上沒有一個男子。從此，她和那些女人一樣每當白天就輪流被叫進去和祖師同床共枕，到了夜晚，祖師升壇禮拜，她們才各自回房間睡覺。只是月經來潮之後，她們就脫去全身衣服，祖師用紅絨搓成的粗繩把她們捆縛在大木頭上，手腳絲毫不能動彈；並用綿團塞住嘴巴，叫不出聲音來。祖師手持一根像筷子一樣粗細的金管，尋找女人身上的脈穴，刺進兩條手臂和兩條大腿的肌肉裡，吮吸女人的鮮血，極為殘暴狠毒。吮吸之後，祖師用藥末撒在創口上，立即就不感到疼痛，頃刻間創口結痂。第二天，創痂脫落，身體完好如初。那個地方地勢極其高峻，低頭俯視，雲彩下雨都在腳下。忽然有一天狂風驟然颳起，黑雲如墨壓到山頂上，雷電激射，情勢極為可怕。祖師驚恐萬狀，叫二十多個婦女都裸體環抱著他的身體，如同一道肉屏風。火光射入室內幾次，都一閃就退了出去。一會兒，一隻龍爪大的如同簸箕，伸進來從人叢中將祖師抓去。霹靂一聲巨響，山谷震動，天地昏暗。她覺得自己昏昏沉沉如同在睡夢中一般，稍微清醒過來，自己卻已躺在路邊了。詢問附近居民，才知道離開家只有幾百里路。她於是就用手鐲換了幾件破衣服遮蔽身體，一路討飯回到家中。忻州還有人看見過這位婦女，她的臉色枯槁，不久就得了癆病死去。大概是她的精血被道士採光了。據她所說的情況來看，那個道士就是燒金御女的術士。他的法術如此靈幻，還是免不了遭到上天的誅滅；何況那些沒有得到真傳，徒然受到妄人的蠱惑，卻希望成仙的人，不也是太痴迷荒唐了嗎！

【研析】以燒金御女之術殘害婦女，以求長生不老之徒，往往不得善終。因為其行為的殘暴，決定了其下場的可恥。祈福也當正道。只有行為的正當，才有可能得到正果。作者講述的這個道理，不僅僅是對那些「冀得神仙」的人說的，難道不是嗎？

吳孝廉之妻

江南吳孝廉，朱石君❶之門生也。美才夭逝，其婦誓以身殉，而屢縊不能死。忽燈下孝廉形見，曰：「易彩服則死矣。」從其言，果絕。孝廉鄉人錄其事徵詩，作者甚眾。余亦為題二律。而石君為作墓誌❷，於孝廉之坎坷、烈婦之慷慨，皆深致悼惜，而此事一字不及。或疑其鄉人之粉飾，余曰：「非也。文章流別，各有體裁。郭璞❸注《山海經》❹、《穆天子傳》❺，於西王母❻事鋪敘綦詳。其注《爾雅·釋地》❼，於『西至西王母』句，不過曰『西方昏荒之國』而已，不更益一語也。蓋注經之體裁，當如是耳。金石❽之文，與史傳相表裡，不可與稗官雜記比，亦不可與詞賦比。石君博極群書，深知著作之流別，其不著此事於墓誌，古文法也，豈以其偽而削之哉！」余老多遺忘，記孝廉名承紱，烈婦之姓氏，竟不能憶。姑存其略於此，俟扈蹕❾回鑾，當更求其事狀，詳著之焉。

【章旨】此章講述了一個孝廉死後顯形讓妻子自盡的故事，他的老師為其撰寫墓誌時迴避此事，遭到別人質疑。作者認為並非刻意迴避，而是文章寫法不同而已。

【注釋】❶朱石君　即朱珪。字石君，號南厓，清大興（今北京大興）人。乾隆進士。官至體仁閣大學士。卒諡文正。

❷墓誌　放在墓中刻有死者傳記的石刻。❸郭璞　東晉文學家、訓詁學家。字景純，河東聞喜（今屬山西）人。❹山海經　參見本書卷三〈紅柳娃〉則注釋❹。❺穆天子傳　晉代從戰國魏王墓中發現的先秦古書《汲冢書》之一，作者不詳。六卷。舊題晉郭璞注，記述周穆王西行之事。❻西王母　神話人物。亦稱金母、王母或西姥。在《山海經》裡，她是一個豹虎齒而善嘯的怪物。在《穆天子傳》裡，則是一個雍容平和、能唱歌謠的婦人。❼爾雅釋地　《爾雅》是我國最早解釋詞義的專著。由漢初學者綴輯周漢諸書舊文，遞相增益而成。今本十九篇。〈釋地〉為其中之一篇。❽金石　《呂氏春秋・求人》：「故功績銘乎金石。」高誘注：「金，鐘鼎也；石，豐碑也。」《史記・秦始皇本紀》：「群臣相與誦皇帝功德，刻於金石，以為表經。」後因稱鐘鼎碑刻為金石。❾扈蹕　謂護從皇帝車駕。《宋史・孝宗紀一》：「高宗因亦欲帝遍識諸將，十二月，遂扈蹕如金陵。」

【語譯】江南吳舉人是朱石君的門生，才華橫溢，卻不幸英年早逝，他的妻子發誓要以身殉節，然而幾次上吊都不能死去。忽然吳舉人在燈下顯出身形說：「你換上色彩鮮豔的衣服就會死的。」妻子依照他的話行事，果然上吊而死。吳舉人的同鄉記下這件事徵集題詩，作詩的人很多，我也為這件事題寫了兩首律詩。而朱石君為他們夫妻撰寫了墓誌，對吳舉人的坎坷遭遇、烈婦的慷慨殉情，都深加悼念和痛惜，然而對於吳舉人燈下顯出身形這件事卻隻字不提。有人懷疑事情是他的同鄉虛構出來的，我說：「這種看法不對。文章有流派，各有自己的體裁。郭璞注釋《山海經》、《穆天子傳》，對於西王母的事情鋪敘得很詳盡。他注解《爾雅・釋地》時，對『向西直到西王母』這一句，只不過寫了『西方遙遠荒僻的國家』一句而已，不再多加一個字來解釋。這是因為注釋儒家經典的體裁，應當如此而已。鐘鼎碑刻上的文字，和史書傳記互為表裡，不可以與小說雜記等同，也不能與詞賦等同。朱石君博覽群書，深深知曉文章著作的流派，他沒有把這件事寫入墓誌中，這是遵循了古代文法的要求，怎麼能說是因為它的虛假偽造而刪削去的呢！」我年紀老了很多事情都遺忘了，記得吳舉人的名字叫承紱，烈婦的姓氏，竟然無法回憶起來了。姑且記敘這件事的梗概保存在此，等我扈從皇帝回到京城後，再仔細探求這件事情的原委，詳細著述出來。

【研析】列婦殉節，在明清兩代尤著，究其原因，一是程朱理學占據了社會思潮的主導地位，其影響深入民間，使愚夫愚婦篤信不疑；二是與封建迷信的結合，使得婦女害怕失節會遭到陰間報應；三是有這麼些文人墨客的推波助瀾，遂使得婦女遭受迫害而不自知。這位吳舉人的妻子為何幾次自縊而不死？為什麼所謂吳舉人顯形就能自縊而死？又為什麼朱石君墓誌不說此事？諸多疑點，紀昀以文章體裁流派不同為由抵擋過去。但如此解說，又豈能服眾？作者用一句自己年老易忘事，待回京後再詳細著述的話草草收兵，也可略見作者的局促和不自信。

九泉之下故人情

老僕施祥，嘗乘馬夜行至張白❶。四野空曠，黑暗中有數人擲沙泥，馬驚嘶不進。祥知是鬼，叱之曰：「我不至爾墟墓間，何為犯我？」群鬼揶揄❷曰：「自作劇耳，誰與爾論理。」祥怒曰：「既不論理，是尋鬥也。」即下馬，以鞭橫擊之。喧哄良久，力且不敵，馬又跳踉❸掣其肘。意方窘急，忽遙見一鬼狂奔來，厲聲呼曰：「此吾好友，爾等毋造次！」群鬼遂散。祥上馬馳歸，亦不及問其為誰。次日，攜酒於昨處奠之，祈示靈響❹，寂然不應矣。祥之所友，不過廝養屠沽耳。而九泉之下，故人之情乃如是。

【章旨】此章講述了一個老僕路遇群鬼，正在危急時刻，得到去世朋友鬼魂相助的故事。

【注釋】❶張白 張白塢。在今河南宜陽西北。東漢末張白據此，曹操遣龐德破之於二崤間。❷揶揄 戲弄；侮弄。❸跳踉 騰躍跳動。❹靈響 猶靈應。此處指魂靈響應。

【語譯】我家的老僕人施祥曾經騎馬夜裡趕路來到張白塢。那裡四處荒野空曠，黑暗中有幾個人投擲泥沙，馬受驚嘶鳴著不肯再朝前走。施祥知道是鬼在作祟，叱喝道：「我沒有到你們的墳墓堆中間去，為什麼要侵犯我？」那一群鬼用嘲笑的口氣說：「我們不過是自己在遊戲而已，誰和你來講道理。」施祥惱怒地說：「你們既然不講道理，那是要打架爭鬥了。」他立刻跳下馬，用馬鞭橫掃抽打他們。雙方混戰喧鬧了很長時間，施祥寡不敵眾，漸漸支持不住了，馬又亂蹦亂跳牽制了他。正當他窘迫危急之際，忽然遠遠看見一個鬼狂奔而來。那個鬼高聲叫道：「這位是我的好朋友，你們不要魯莽亂來。」那群鬼於是就散去了。施祥跳上馬急馳回來，也沒有來得及問那個鬼是誰。第二天，施祥帶著酒到昨天夜裡和群鬼打鬥的地方奠祭後來的那個鬼，祈禱鬼魂顯示靈響，卻寂然沒有回應。施祥的朋友，不過是些僕役和殺豬賣酒之類的下人，然而在九泉之下，朋友之情竟能如此念念不忘！

【研析】下等人的友情有時要比所謂的上等人更為可靠。因為他們的友情沒有利害的算計，沒有得失的計較，也沒有鉤心鬥角的表面敷衍，而是真真切切的情感流露。作者羨慕施祥能有這樣在九泉之下的故人深情，是否感慨自己數十年在宦海中所見的爾虞我詐？

如願

門人吳鍾僑，嘗作〈如願❶小傳〉，寓言滑稽，以文為戲也。後作蜀中一令，值金川之役❷，以監運火藥歿於路。詩文皆散佚，惟此篇偶得於故紙中，附錄於此。其詞曰：「如願者，水府❸之女神，昔彭澤清洪君❹以贈廬陵❺歐明者是也。以事事能給人之求，故有是名。水府在在皆有之，其遇與不遇，則繫人之祿命耳。有四人同訪道，涉歷江海，遇龍神召之，曰：『鑑汝等精進，今各賜如願一。』即有四女子隨行。其一人求無不獲，意極適。不數月病且死，女子曰：『今世之所享，皆前生之所積；君夙生所積，今數月銷盡矣。請歸報命。』是人果不起。又一人求無不獲，意猶未已。至冬月，求鮮荔巨如瓜者。女子曰：『溪壑❻可盈，是不可饜，非神道所能給。』亦辭去。又一人所求有獲有不獲，以咎女子。女子曰：『神道之力，亦有差等，吾有能致不能致也。然日中必昃，月盈必虧❼。有所不足，正君之福。不見彼先逝者乎？』是人惕然，女子遂隨之不去。又一人雖得如願，未嘗有求。如願時為自致之，亦蹙然❽不自安。女子曰：『君道高矣，君福厚矣，天地鑑之，鬼神佑之。無求之獲，十倍有求，可無待乎我；我惟陰左右之而已矣。』他日相遇，各道其事，或喜或悵。曰：『惜哉！逝者之不聞也。』此鍾僑弄筆狡獪之文，偶一為之，以資懲勸，亦無所不可；如累牘連篇，動成卷帙，則非著書之體矣。

【章旨】此章記述了一篇作者門生所寫的意在勸戒世人的寓言文章。

【注釋】❶如願　指事事能滿足人要求的女神之名，是彭澤清洪君的婢女。❷金川之役　金川，原水名，位於四川大渡河上游，其地為土司所居。清康熙間，土司莎羅奔以從征西藏有功，授金川按撫司。莎羅奔自號大金川。乾隆十一年（一七四六年），莎羅奔叛，朝廷命傅恆、岳鍾琪平叛，莎羅奔投降。❸水府　神話傳說中水神或龍王所住的地方。❹彭澤清洪君　見晉人干寶撰《搜神記》卷四：廬陵歐明路過彭澤湖，有數吏來說清洪君邀請他。吏說：清洪君一定會重重賞你，你都不要，只要如願一人。於是歐明見了清洪君只求如願，清洪君同意了。後來歐明將回家時，他所要的東西都得到了，幾年大富。❺廬陵　舊縣名。今江西吉安。❻溪壑　指山谷。❼日中必昃二句　語出《易．豐卦》，原文為：「日中則昃，月盈則食。」昃，日西斜。意思是太陽到了正午就會西斜，月亮在滿月後就會漸漸缺損。❽蹙然　局促不安的樣子。

【語譯】我的門人吳鍾橋曾經撰寫有〈如願小傳〉，寓深意於滑稽之中，是一篇文字遊戲。後來，他擔任四川地區的一個縣令，當時正值金川之戰，他因為監運火藥死在路上。他的詩文都已散佚，只有這一篇我偶然在故紙堆中檢出，附錄在此。〈如願小傳〉原文是：「如願是水府的女神，就是過去彭澤湖神清洪君贈送給廬陵人歐明的那位如願。因為她事事都能滿足別人的請求，所以有「如願」這個名稱。水府到處都有，能否遇見水神，卻是由每個人的福祿和命運決定的。有四個人一同去求仙學道，涉江渡海，到處尋覓，遇到龍神召見他們。龍神說：『鑑於你們精誠努力修煉，如今我賜給你們每個人一個如願。』於是就有四位女子跟隨著他們。其中有一人的請求沒有不得到滿足的，感到極其適意，但沒過幾個月就得了病，並且快要死了，跟著他的女子說：『你今世的享受，都是前生的積德。你前生的積德，如今這幾個月已消耗盡了。請讓我回去復命吧。』這個人果然一病不起。又有一個人的請求沒有不實現的，但他卻還不感到滿足。到了冬天，他要求吃到鮮荔枝，而且要像瓜那麼大。跟著他的女子說：『深深的山谷可以填滿，你的這個要求我卻不能讓你滿足，這不是神道所能供給的。』她也因此告辭而離去。另有一個人的請求，有實現的，也有沒有實現的，他因此責怪跟著自己的女子。跟著他的女子回答說：『神道的能力，也是有差別的，我有自己能夠做到的事和不能夠做到的事。然而，《周易》中說：太陽到了正午必定西斜，滿月之後必定虧缺。有不能滿足的事，正是你的福分。你沒有看到那個已經去世的人嗎？』這個人省悟過來，那個女子於是就跟隨著他而不離去。還有一人雖然得到如願，卻從來不提什麼請求。如願有時自己主動替他做點事，他也感到局促不安。跟著他的女子說：『你的道行很高，你的福澤深厚，天地審察你，鬼神保佑你。沒有提出請求所獲得的，要十倍高出提出請求之人的獲得。你可無須我的幫助，我只是暗中在你身邊幫助你而已。』此後有一天，剩下的三人相遇，各自說出自己的經歷，有的歡喜有的惆悵感歎，說：『實在可惜啊，去世的人已經聽不到這些了！』」這是吳鍾僑玩弄文字的遊戲之作，偶爾寫一篇，用來懲勸世人，也沒有什麼不可以的。如果一直這樣累牘連篇地寫，動不動就成卷成帙，就不是著書立說的本意了。

【研析】吳鍾僑文章的立意，就在於萬事要靠自己努力，不外求他人。這種精神固然不錯，但也隱隱中透露出一絲懷才不遇、孤芳自賞的牢騷和自憤。紀昀是看出這一點的，故而在文章結束時指出：這類文字偶爾寫寫還可以，但不能經常寫。有一位哲人曾有詩：「牢騷太盛防腸斷，風物長宜放眼量。」對待生活，還是積極一些為好。

河南一巨室

郭石洲言：河南一巨室❶，宦成歸里，年六十餘矣。強健如少壯，恆蓄幼妾三四人；至二十歲，則治奩具❷而嫁之，皆宛然完璧。娶者多陰頌其德，人亦多樂以女鬻之。然在其家時，枕衾狎昵，與常人同。或以為但取紅鉛❸供藥餌，或以為徒悅耳目，實老不能男，莫知其審也。後其家婢媼私洩之，實使女而男淫耳。有老友密叩虛實，殊不自諱，曰：「吾血氣尚盛，不能絕嗜欲。御女猶可以生子，實懼為身後累；欲漁男色，又懼艾豭之事❹，為子孫羞。是以出此間道也。」此事奇創，古所未聞。夫閨房之內，何所不有？床笫事可勿深論。惟歲歲轉易，使良家女得再嫁名，似於人有損；而不稽其婚期，不損其貞體，又似於人有恩。此種公案❺，竟無以斷其是非。戈芥舟前輩曰：「是不難斷，直恃其多財，法外縱淫耳。昔竇二東❻之行劫，必留其禦寒之衣衾、還鄉之資斧，自以為德。此老之有恩，亦若是而已矣。」

【章旨】此章講述了河南一大戶人家主人玩弄年輕女性的卑鄙勾當，並嚴正譴責了這種惡行。

【注釋】❶巨室　舊指世家大族。後亦用以指富家。❷奩具　嫁妝。❸紅鉛　指女子月經。❹艾豭之事　典出《左傳》：衛靈公為夫人南子召來宋朝，宋朝舊與南子私通，宋人稱宋朝為艾豭。衛靈公的兒子聽了之後，感到很羞恥。艾豭，老公豬。❺公案　案件；事件。❻竇二東　或即竇爾敦。民間傳說中的大強盜。

【語譯】郭石洲說：河南有一大戶人家，其家主人官場功成名就後退休回到家鄉，年紀已六十多歲了。他身體強壯健康像年輕人一般，常常養著年幼的三四個小妾。等她們長到二十歲，他就置辦嫁妝把她們嫁出去，而這些女人卻都還是處女。娶她們為妻的人都暗中感激他的恩德，而賣女兒的人家也都樂意把女兒賣給他。然而那些小妾在他家時，他與她們同床狎昵親熱，和常人相同。有人認為他只是取月經做藥引，也有人認為他只是享受聲色，實際上因為年老喪失性功能而不能性交，沒有人知道究竟如何。後來，他家的婢女、女僕私下裡洩露了祕密，實際上他是對那些女子施行雞姦。有位老朋友私下裡詢問實情，他並不很隱瞞，說：「我血氣還旺盛，不能斷絕對女子的嗜好情欲。如果和女子發生性交，還可以使她們懷孕生子，我實在擔心成為死後的拖累；如果去漁獵男色，又擔心出現被人家罵作老公豬的事，成為子孫的羞恥。所以想出這樣的辦法。」這件事屬於離奇的創舉，自古以來沒有聽說過。閨房之內，什麼事會沒有呢？男女床第上的事情，就不必深加追究。只是這大戶人家的主人年年更換女人，使得良家女子得到再嫁的名聲，似乎對人的聲譽有損害；但不拖延這些女子的婚期，不損害她們的貞潔，又似乎對人有恩德。這種公案，實在無法判斷他的是非。戈芥舟前輩說：「這並不難評斷。他只不過依仗自己錢財多，在法律允許的範圍外縱欲淫蕩而已。過去大強盜竇二東打劫，必定留給被劫者禦寒的衣服、回家的路費，自以為這就是有德行。這個老人所謂的有恩德，也像竇二東的做法一樣罷了。」

【研析】這個老人無恥之尤，甚於一般蓄養小妾者。這個老人時常更換他蓄養的小妾，對年輕女子的糟蹋迫害也就更多，涉及的面也愈廣，然而表面上卻還博得個好名聲。作者雖然沒有直接表白自己的態度，但通過引用他人觀點，將此人的行徑與大強盜相提並論，由此也可見作者對此事的厭惡和譴責了。

丁一士有恃殺身

里有丁一士者，矯捷多力，兼習技擊❶、超距❷之術。兩三丈之高，可翩然上；兩三丈之闊，可翩然越也。余幼時猶及見之，嘗求睹其技。使余立一過廳中，余面向前門，則立前門外面相對；余轉面後門，則立後門外面相對。如是者七八度，蓋一躍即飛過屋脊耳。後過杜林鎮❸，遇一友，邀飲橋畔酒肆中。酒酣，共立河岸。友曰：「能越此乎？」一士應聲聳身過。友招使還，應聲又至。足甫及岸，不虞岸已將圮，近水陡立處開裂有紋。一士未見，誤踏其上，岸崩二尺許。遂隨之墜河，順流而去。素不習水，但從波心踊起數尺，能直上而不能旁近岸，仍墜水中。如是數四，力盡，竟溺焉。蓋天下之患，莫大於有所恃。恃財者終以財敗，恃勢者終以勢敗，恃智者終以智敗，恃力者終以力敗。有所恃，則敢於蹈險故也。田侯松巖於灤陽買一勞山杖❹，自題詩曰：「月夕花晨伴我行，路當坦處亦防傾。敢因恃爾心無慮，便向崎嶇步不平！」斯真閱歷之言，可貫而佩者矣。

【章旨】 此章講述一位身有絕技的高手因依仗絕技而喪生的故事。

【注釋】 ❶技擊　搏擊敵人的武藝。❷超距　指跳高、跳遠、跳越障礙物。❸杜林鎮　在河北青縣西南七十里。南接交河界，清時有巡司駐此。❹勞山杖　指勞山所出產的手杖。勞山，山名。即嶗山，亦稱「牢山」。在青島東北嶗山縣境，南濱黃海，東臨嶗山灣。

【語譯】 我的家鄉有個叫丁一士的人，他行動敏捷，力氣大，並兼而學習技擊、超距的技藝。兩三丈高的地方，他能輕鬆地一躍而上；兩三丈闊的距離，他能輕鬆地一越而過。我年幼時還見到過他，曾請求他讓我親眼目睹他的技藝。他讓我站在一個過廳中，我面向前門，他就站在前門外面和我相對而立；我轉而面向後門，他就站在後門外面和我相對而立。像這樣有七八次，這是因為他一躍就飛過屋脊的緣故。

後來，他去杜林鎮，遇見一位朋友，朋友請他到橋邊酒店裡飲酒。酒喝到酣暢的時候，兩人一起站在河岸上。朋友問：「你能越過這條河嗎？」丁一士應聲便聳身越過河面到達對岸。朋友招呼他回來，他又應聲跳了回來。丁一士的腳剛踏上河岸，不料這段河岸已經快要坍塌，靠近河水陡立的河岸開裂有裂縫，丁一士沒有看見，誤踏在河岸裂縫上，河岸坍塌了二尺左右。他就隨著崩塌的河岸墜入河中，順流而去。他一向不會游泳，只是從波浪中踴起幾尺高，能夠直著向上卻不能靠近岸邊，仍然掉落河水中。丁一士這樣跳躍了多次，氣力用盡，最終溺水而死。天下的禍患，沒有比自以為有恃無恐更大的了。依仗錢財的人，最終因為錢財而敗落；依仗權勢的人，最終因為權勢而敗亡；依仗智謀的人，最終因為智謀而失敗；依仗力氣的人，最終因為力氣而落敗。這是因為有所依恃，就敢於冒險的緣故。田松巖先生在灤陽買了一根勞山拐杖，自己題寫了一首詩說：「月光之夜、花兒盛開的清晨伴我散步，走的道路應當在平坦之處也要防備跌倒。如果因為依仗你而心中就沒有顧慮，那麼就是走向崎嶇不平的道路了！」這真是有閱歷的話，應當牢記於心，時刻不忘。

【研析】有所依恃而忘乎所以，這是人性的弱點，也是敗亡的緣由。因為任何優勢都是有限的，以有限的優勢去應對無限的世界，如果不謹慎，敗亡就會接踵而至。這是自然之理，值得人們記取。

一尼一僧

滄州甜水井❶有老尼，曰慧師父，不知其為名為號，亦不知是此「慧」字否，但相沿呼之云爾。余幼時，嘗見其出入外祖張公家。戒律謹嚴，並糖不食，曰：「糖亦豬脂所點成也。」不衣裘，曰：「寢皮與食肉同也。」不衣綢絹，曰：「一尺之帛，千蠶之命也。」供佛麵筋必自製，曰：「市中皆以足踏也。」焚香必敲石取火，曰：「灶火不潔也。」清齋一食，取足自給，不營營募化。外祖家一僕婦，以一布為施。尼熟視識之，曰：「布施須用己財，方為功德。宅中為失此布，笞小婢數人，佛豈受如此物耶？」婦以情告曰：「初謂布有數十疋，未必一一細檢，故偶取其一。不料累人受捶楚，日相詛咒，心實不安，故布施求懺罪耳。」尼擲還之曰：「然則何不密送原處，人亦得白，汝亦自安耶！」後婦死數年，其弟子乃洩其事，故人得知之。乾隆甲戌、乙亥❷間，年已七八十矣，忽過余家，云將詣潭柘寺❸禮佛，為小尼受戒。余偶話前事，搖首曰：「實無此事，小妖尼饒舌耳。」相與歎其忠厚。臨行，索余題佛殿一額。余屬趙春澗代書。合掌曰：「誰書即乞題誰名，佛前勿作誑語。」為易趙名，乃持去，後不再來。近問滄州人，無識之者矣。又景城❹天齊廟一僧，住持果成之第三弟子。士人敬之，無不稱曰三師父，遂佚其名。果成弟子頗不肖，多散而托鉢❺四方。惟此僧不墜宗風，無大剎知客❻市井氣，亦無法座禪師驕貴氣；戒律精苦，雖千里亦打包徒步，從不乘車馬。先兄晴湖嘗遇之中途，苦邀同車，終不肯也。官吏至廟，待之禮無加；田夫、野老至廟，待之禮不減。多布施、少布施、無布施，待之禮如一。禪誦之餘，惟端坐一室，入其廟如無人者，其行事如是焉而已。然里之男婦，無不曰三師父道行清高。及問其道行安在，清高安在，則茫然不能應。其所以感動人心，正不知何故矣。嘗以問姚安公，公曰：「據爾所見，有不清不高處耶？無不清不高，即清高矣。爾必欲錫飛❼、杯渡❽，乃為善知識耶？」此一尼一僧，亦彼法中之獨行者矣。(三師父涅槃❾不久，其名當有人知，俟見鄉試諸孫輩，使歸而詢之廟中。)

【章旨】此章講述了一位尼姑和一位僧人的事跡。

【注釋】❶甜水井　地名。在今河北滄州。❷乾隆甲戌乙亥　即清乾隆十九、二十年，西元一七五四、一七五五年。❸潭柘寺　佛教寺廟名。在今北京石景山西。以在西山支脈潭柘山而得名。寺中有銀杏樹，相傳樹齡有千年，民間諺語稱：「先有潭柘，後有幽州。」❹景城　地名。今河北滄州西景城。❺托缽　佛教名詞。佛教戒律規定比丘食時以手托缽(食器)至施主家乞食，故名。今斯里蘭卡、緬甸等國家仍沿用。世因以向人乞求為「托缽」。❻知客　寺院裡專司接待賓客的僧人。❼錫飛　亦作「飛錫」。佛教語。謂僧人等執錫杖飛空。據《釋氏要覽》卷下：「今僧遊行，嘉稱飛錫。此因高僧隱峰遊五臺，出淮西，擲錫飛空而往也。若西天得道僧，往來多是飛錫。」❽杯渡　晉宋時僧人，不知姓名。傳說其常乘木杯渡水，故以杯渡為名。後因以稱僧人出行。❾涅槃　參見本書卷二〈鬼醉酒〉則注釋❽。

【語譯】滄州甜水井有位老尼姑，人們稱呼她為慧師父，不知道是她的名還是號，也不知道是不是這個「慧」字，只是相沿成習這樣稱呼她而已。我年幼時，曾看到她來往於我外祖父張公家。她遵守戒律嚴謹，連糖都不吃，說：「糖也是豬油所點成的。」她不穿皮裘衣服，說：「穿皮裘和吃肉的罪過是相同的。」她不穿綢緞衣服，說：「製成一尺絲帛，需要一千條蠶的性命。」她供佛用的麵筋必定是要自己製作的，說：「市場上賣的麵筋都是用腳踏出來的。」她焚香必定要敲擊燧石取火，說：「灶火不乾淨。」她每天吃一頓清淡的齋飯，自給自足，不鑽營募捐化緣。外祖父家的一個女僕，把一匹布施捨給她。老尼姑仔細察看認了出來，說：「施捨必須是用自己的財物，這才會有功德。府上因為丟失這匹布，鞭笞了好幾個婢女，佛怎麼會接受這種物品呢？」女僕把實情告訴老尼姑說：「我原先以為有幾十匹布，主人未必會一一仔細查點，所以偶然拿了一匹布。沒有想到連累了別人遭受鞭打，天天遭到詛咒，內心實在不安，所以布施這匹布以求懺悔罪孽。」老尼姑把那匹布扔還給她，說：「既然這樣，為什麼不暗地裡送回原處，他人也得以證明清白，你也可以心安了。」女僕死了幾年之後，老尼姑的弟子才把這件事洩露了出來，所以人們才知道事情的原委。乾隆十九、二十年間，老尼姑已經七八十歲了，有一天忽然來到我家，說打算到潭柘寺去拜佛，為小尼姑受戒。我偶然提起上述事情，她搖頭說：「其實沒有這件事，是小妖尼多嘴多舌罷了。」人們都感歎她的為人忠厚。臨行前，她請我為佛殿題寫一塊匾額。我叫趙春澗代為書寫。老尼姑合掌說：「是誰書寫的就請題寫誰的姓名，在佛面前不要打誑語。」這幅題字改為趙春澗的姓名，她才把匾額拿去了，以後再也沒有來過。我近來問滄州人，已經沒有認識她的人了。又有一件事：景城天齊廟有一位和尚，是住持果成的第三個弟子。讀書人尊敬他，沒有人不稱呼他為三師父，於是人們倒把他的姓名忘記了。果成的弟子很不學好，大多分散外出四方募捐化緣，只有這位和尚沒有壞了祖風。他沒有大廟裡管接待應酬的和尚的市儈氣，也沒有法座禪師的驕貴氣。他持戒律艱苦，即使遠行千里，也打包好行李背著徒步行走，從來不乘車騎馬。先兄紀晴湖曾在路上遇到他，苦苦邀請他同坐一輛車，他始終不肯上車。官吏來到廟裡，他接待他們的禮節不增加一分；農夫村民來到廟裡，他接待他們的禮節也不減少一分。不管人們是多布施、少布施，還是沒有布施，他接待他們的禮儀都是一樣的。坐禪誦經的餘暇時間，他只端坐在一間屋子裡，以至於有人來到廟裡如入無人之境，他的為人處事都是如此而已。然而，鄉里的男男女女沒有人不稱讚三師父道行清高。待問到他們三師父道行在什麼地方，清高在什麼地方時，人們就茫然不能夠回答了。三師父之所以能夠感動人心，正是在於不知道是什麼緣故了。我曾就這個問題詢問父親姚安公，姚安公說：「根據你所看見的，他有不清不高的地方嗎？沒有不清不高的地方，就是清高了。你認為必須要有飛錫杖行空、乘木杯渡水那樣的作為，才算了悟一切的和尚嗎？」上述的一位尼姑和一位和尚，也是他們佛法中的獨行者啊！(三師父涅槃時間不久，他的姓名應當有人知曉，等我見到了前來參加鄉試的那些孫子輩的孩子，讓他們回去後到廟裡打聽清楚。)

【研析】作者追憶一位尼姑和一位僧人：尼姑生性忠厚，不貪圖錢財，自足自給；僧人舉止清高，戒律精苦，對待眾生平等。兩位如此篤信佛法之高人，引起作者的滿懷敬意。比起那些身居方外，卻心繫紅塵的所謂佛門弟子，真有天壤之別。

兒子與後媽

九州[1]之大，姦盜事無地無之，亦無日無之，均不為異也。至盜而稍別於盜，而不能不謂之盜；姦而稍別於姦，究不能不謂之姦，斯為異矣。盜而人許遂其盜，姦而人許遂其姦，斯更異矣。乃又相觸立發，相牽立息，發如鼎沸，息如電掣，不尤異之異乎？舅氏安公五章言：有中年失偶者，已有子矣，復買一有夫之婦。幸控制有術，猶可相安。既而是人死，平日私蓄，悉在此婦手。其子微聞而索之，事無佐證，婦弗承也。後偵知其藏貯處，乃夜中穴壁入室。方開篋攜出，婦覺，大號有賊，家眾驚起，各持械入。其子倉皇從穴出。迎擊之，立踣。即從穴入搜餘盜，聞床下喘息有聲，群呼尚有一賊，共曳出縶縛。比燈至審視，則破額昏仆者其子，床下乃其故夫也。其子蘇後，與婦各執一詞。子云：「子取父財，不為盜。」婦云：「妻歸前夫，不為姦。」子云：「前夫可再合，而不可私會。」婦云：「父財可索取，而不可穿窬❷。」互相詬誶❸，勢不相下。次日，族黨密議，謂涉訟兩敗，徒玷門風❹。乃陰為調停，使盡留金與其子，而聽婦自歸故夫，其難乃平。然已「鼓鐘於宮，聲聞於外❺」矣。先叔儀南公曰：「此事巧於相值，天也；所以致有此事，則人也。不納此有夫之婦，子何由而盜、婦何由而姦哉？彼所恃者，力能駕馭耳。不知能駕馭於生前，不能駕馭於身後也。」

【章旨】此章講述有個人娶了後妻。他死後，後妻與前夫偷情，而兒子偷盜父親錢財，遂導致兒子與後媽爭吵的故事。

【注釋】❶九州　泛指全中國。唐代王昌齡〈放歌行〉：「清樂動千門，皇風被九州。」❷穿窬　指盜竊的行為。穿，穿壁。窬，逾牆。❸詬誶　辱罵。❹門風　猶家風。指一家或一族世代相承的傳統。《顏氏家訓．風操》：「篤學修行，不墜門風。」❺鼓鐘於宮二句　典出《詩經．小雅．白華》。意思是：宮廷裡敲響大鐘，鐘聲總要傳出宮廷外。

【語譯】中國地域廣大，姦情偷盜的事情沒有地方不發生，也沒有一天不發生，這些都不是什麼奇怪的事。至於偷盜而又稍稍有別於偷盜，卻不能不說是偷盜；通姦而又稍稍有別於通姦，終究不能不說是通姦，那就很奇怪了。偷盜而別人容許他偷盜，通姦而別人容許他通姦，那就更為奇怪了。兩件事卻又相互接觸立即爆發，相互牽制卻立刻平息，爆發時如同開了鍋似的那麼強烈，平息時如同雷電一閃即逝那樣迅速，不更是奇怪中的奇怪嗎？我的舅舅安五章先生說：有一個中年喪妻的男子，已經有了兒子，卻又買了一個有夫之婦作繼室。幸好他對後妻控制有辦法，還可以相安無事過日子。不久，這個人死了，他平時的積蓄都在後妻手裡。他的兒子聽到一些風聲，就來向後媽索取錢財，但是事情沒有證據，他的後媽不承認。後來，兒子偵察到錢財貯藏的地方，就在夜裡挖牆洞進入室內。剛打開箱子準備把錢財拿走時，被後媽發覺。她大聲呼喊有賊，家裡眾人被驚醒起來，各人拿著器械衝進來。那人的兒子倉皇從牆洞爬出去，被人迎頭擊中，立刻昏倒在地下。人們就從牆洞爬進室內搜查其餘的盜賊，聽到床底下有喘息聲，大家呼喊還有一個盜賊，共同把他拽出捆綁起來。等到拿燈來仔細一看，原來額頭被打破昏倒在地的是兒子，躲在床下的卻是後媽原來的丈夫。兒子蘇醒後，與他的後媽各執一詞。兒子說：「兒子取父親的錢財，不是偷盜。」後媽說：「妻子歸依前夫，不是通姦。」兒子說：「原來的丈夫可以再次結合，然而不可以私下幽會。」後媽說：「父親的錢財可以索取，然而不可以偷竊。」兩人互相吵鬧辱罵，勢均力敵。第二天，族人祕密商議，認為如果打官司必定兩敗俱傷，徒然玷汙門風。於是就暗中為他們調解，將父親留下的所有錢財都歸了兒子，而聽憑後媽回到原來丈夫那裡去，這場風波才算平息下去。然而，已經「在宮中敲鐘，聲音傳到外面去」了。先叔父儀南公說：「這兩件事巧在相互碰上，這是天意。而所以會發生這件事，卻是人為的。如果不娶這個有夫之婦，兒子有什麼理由要來偷盜、後妻有什麼理由而去偷情呢？這個人所依仗的，是自己有能力控制住後妻和兒子。卻不知道能夠在生前控制，在死後卻不能控制了。」

【研析】 這件事說到底，雙方都是為了錢財，故而不惜都幹出些不要臉面之事。作者將這樣的醜事記錄在案，就是想以此告誡世人，勸勉世風。然而作者的努力，會有結果嗎？

卷二十三　灤陽續錄五

以氣凌鬼

戴東原言：其族祖某，嘗僦僻巷一空宅。久無人居，或言有鬼。某厲聲曰：「吾不畏也。」入夜，果燈下見形，陰慘❶之氣，砭人肌骨。一巨鬼怒叱曰：「汝果不畏耶？」某應曰：「然。」遂作種種惡狀，良久，又問曰：「仍不畏耶？」又應曰：「然。」鬼色稍和，曰：「吾亦不必定驅汝，怪汝大言耳。汝但言一『畏』字，吾即去矣。」某怒曰：「實不畏汝，安可詐言畏？任汝所為可矣！」鬼言之再四，某終不答。鬼乃太息曰：「吾住此三十餘年，從未見強項❷似汝者。如此蠢物，豈可與同居！」奄然滅矣。或咎之曰：「畏鬼者常情，非辱也。謬答以畏，可息事寧人。彼此相激，伊于胡底❸乎！」某曰：「道力深者，以定靜袪魔，吾非其人也。以氣凌之，則氣盛而鬼不逼；稍有牽就，則氣餒而鬼乘之矣。彼多方以餌吾，幸未中其機械❹也。」論者以其說為然。

【章旨】此章講述了一個人以其氣勢壓倒鬼魅，迫使鬼魅退讓的故事。

【注釋】❶陰慘　陰森。❷強項　倔強；不肯低頭。❸胡底　謂到什麼地步。胡，何。底，到。❹機械　猶言巧詐。《淮南子・本經》：「機械詐偽，莫藏於心。」

【語譯】戴東原說：他家族的祖父輩某人，曾經在荒僻街巷租賃過一處空宅院。這座宅院很久沒有人居住，有人說宅院裡有鬼。某人大聲說道：「我不怕。」到了夜裡，鬼果然在燈下現出原形，陰森森的氣息，沁入人的肌骨。一個大鬼憤怒地喝斥說：「你果真不怕鬼嗎？」某人回答說：「是的。」這個大鬼就變化出種種凶惡的樣子，過了很長時間，又問道：「你還是不怕鬼嗎？」某人又回答說：「是的。」這個大鬼的臉色變得稍稍緩和了些，說道：「我也不必一定要趕走你，只是怪你說大話罷了。你只要說一個『怕』字，我就走了。」某人發怒說：「我確實不怕你，怎麼可以說怕你的假話呢？隨便你怎麼辦都可以！」這個大鬼說了好幾次這樣的話勸告他，某人始終不答應。大鬼於是歎息說：「我住在這裡三十多年，從來沒有看見過像你這樣不肯低頭的人。像這樣愚蠢的東西，我怎能和你住在一起！」這個大鬼突然間就消失了。有人責備某人說：「怕鬼是人之常情，不是什麼恥辱的事情。你欺騙他說怕鬼，可以息事寧人。如果彼此為這件事互相激怒，真不知道會落到什麼結果！」某人回答說：「道力深厚的人，可以用鎮定靜心驅逐魔鬼，我不是那種人。我以氣勢凌駕於他之上，如果我的氣勢旺盛，鬼怪就不敢逼迫。如果我稍為遷就鬼，那麼我的氣勢就衰弱，鬼就會乘機而入作怪了。那個大鬼正想方設法誘騙我，幸虧我沒有中那個鬼的圈套。」人們議論這事，都認為他的說法是對的。

【研析】人怕鬼，其實是怕在心理上。如果能夠驅除怕鬼心理，鬼魅又豈能害人？此人所謂「氣盛而鬼不逼」，就是說要在氣勢上壓倒鬼魅，鬼魅就無可奈何了。其實，世間也有許多鬼魅般的惡人，只要人們祛除害怕心理，勇於與這些惡人鬥爭，這些惡人又怎能得逞？

以禮殺人

飲食男女，人生之大欲存焉。干名義，瀆倫常，敗風俗，皆王法之所必禁也。若癡兒騃女，情有所鍾，實非大悖於禮者，似不必苛以深文❶。余幼聞某公在郎署❷時，以氣節嚴正自任。嘗指小婢配小奴，非一年矣，往來出入，不相避也。一日，相遇於庭。某公亦適至，見二人笑容猶未斂，怒曰：「是淫奔❸也！於律姦未婚妻者，杖。」遂亟呼杖。眾言：「兒女嬉戲，實無所染，婢眉與乳可驗也。」某公曰：「於律謀而未行，僅減一等。減則可，免則不可。」卒並杖之，創幾殆。自以為河東柳氏❹之家法❺，不是過也。自此惡其無禮，故稽其婚期。二人遂同役之際，舉足趑趄❻；無事之時，望影藏匿。跋前疐後❼，日不聊生。漸鬱悒成疾，不半載內，先後死。其父母哀之，乞合葬。某公仍怒曰：「嫁殤非禮，豈不聞耶？」亦不聽。後某公歿時，口喃喃似與人語，不甚可辨。惟「非我不可」、「於禮不可」二語，言之十餘度，了了分明。咸疑其有所見矣。夫男女非有行媒，不相知名，古禮也。某公於孩稚之時，即先定婚姻，使明知為他日之夫婦。朝夕聚處，而欲其無情，必不能也。「內言不出於閫，外言不入於閫❽」，古禮也。某公僮婢無多，不能使各治其事；時時親相授受，而欲其不通一語，又必不能也。其本不正，故其末不端。是二人之越禮❾，實主人有以成之。乃操之已蹙，處之過當，死者之心能甘乎？冤魄為厲，猶以「於禮不可」為詞，其斯以為講學家乎？

【章旨】此章講述了一個講學家以封建禮教迫害一對青年男女，致使他們死亡的故事。

【注釋】❶深文　謂制定或援用法律條文苛細嚴峻。《史記．酷吏列傳》：「（張湯）與趙禹共定諸律令，務在深文。」❷郎署　官署名。即郎中和郎中員外郎辦公的場所。❸淫奔　古時指男女違背禮教的規定，自行結合，謂之淫奔。❹河東柳氏　柳氏，即指柳公綽。字寬，唐京兆華原（今陝西耀縣）人。初補校書郎，歷官吏部尚書。文宗時累官河東節度使，故稱。據《新唐書．柳公綽傳》稱公綽：「性質嚴重，起居皆有禮法。」❺家法　家長用來統治家族、管教子弟的家規。❻趑趄　指欲進又退，躊躇猶豫的樣子。❼跋前疐後　比喻進退兩難。❽內言不出於閫二句　語出《禮記．曲禮上》。意思是家庭之中外房與內室不能互通消息。閫，內室。❾越禮　越出禮法的規定；不守規矩。晉葛洪《西京雜記》卷二：「（文君）十七而寡，為人放誕風流，故悅長卿之才而越禮焉。」

【語譯】飲食和情欲，是人生的基本欲望，是自然存在的。但是違背道義，褻瀆人倫綱常，敗壞民風習俗，都是王法所必須禁止的事。至於那些痴心的青年男女，他們的感情有所專注，如果實際上並沒有極大地違背禮教，似乎不必援用苛細的禮法條文加以深究。我小時候，聽說某先生在京城郎署當官時，把嚴肅端正氣節作為己任。他曾經把家裡的一個小婢女指定許配給一個小僕人，這事已經不止一年了，這兩人在家裡來往進出，也不相互迴避。有一天，這兩人在庭院中相遇，某先生也恰好來到，看見他們兩人臉上的笑意還沒有收斂，就發怒說：「這是不守禮儀的淫奔呀！按照法律規定，誘姦未婚妻的人，應處以杖刑！」就馬上叫人杖打小僕人。大家說：「青年男女開玩笑，實際上並沒有姦情，從小婢女的眉頭和乳房發育上就可以得到驗證的。」某先生說：「按照法律來說，有企圖而沒有行動，只是罪減一等。減罪可以，免罪就不可以。」最終還是把兩人都打了一頓，兩人被打受傷幾乎死去。某先生自以為就是唐代河東柳公綽的家法，也不過如此罷了。從此，某先生便厭惡兩人不守禮制，故意拖延兩人的婚期。於是這兩個人在一起幹活時，便猶豫徘徊；沒有事的時候，看見對方影子就趕快躲開。他們進退兩難，毫無生活樂趣，憂鬱苦悶漸漸得了病，不到半年，這兩人就都先後病死了。他們的父母可憐他們，請求某先生允許他們合葬。某先生仍然發怒說：「嫁給夭折的人是違反禮制的，難道沒有聽說過嗎？」也沒有答應他們父母請求讓兩人合葬的願望。後來，某先生臨死時，口中喃喃輕語，似乎和什麼人說話，說的話聽不太清楚，只有「沒有我同意就不行」、「按照禮法不可以」兩句話，說了十幾遍，非常清楚。大家都懷疑他昏迷中見到了什麼。男女之間如果沒有媒人介紹，互相不知道姓名，是古代的禮制。某先生在這兩個僕人還是孩子的時候，就給他們先定下婚姻關係，讓他們明白知道自己將來會成為夫妻。他們兩人朝夕相處，又要他們之間不產生感情，肯定不可能。「家裡的話不能傳出家門口，外面的話不能傳入家門。」這是古代的禮制。某先生的僕人婢女不多，不能使每個僕人各自只做一種事情。僕人婢女經常在一起親密接觸，卻想讓他們之間不講一句話，這又是肯定不可能的。一棵大樹樹根不正，這棵大樹的枝葉也不會端正。所以婢女僕人兩人有越禮的行為，實際上是主人造成的。然而主人操之過急，處理又太過分，死者能夠甘心嗎？冤魂成為厲鬼來報復時，主人還用「按照禮法不可以」作為辯解的理由，大概就是他所以成為講學家的原因吧？

【研析】以禮殺人，這是人們對程朱理學的最大控訴。因為程朱理學抹殺人性，抑制人的正常欲望，標榜「明天道，滅人欲」。然而，正如作者所指出的，飲食男女是「人生之大欲」，是一種客觀存在，並不會因為程朱理學的反對而消亡。作者講述這個故事，本身就是對程朱理學的一種批判，且不說作者在文章中對某公的倒行逆施，多處提出的批評嘲諷了。

再娶元配

山西人多商於外，十餘歲輒從人學貿易。俟蓄積有資，始歸納婦。納婦後仍出營利，率二三年一歸省❶，其常例也。或命途蹇剝❷，或事故縈牽❸，一二十載不得歸。甚或金盡裘敝，恥還鄉里，萍飄蓬轉，不通音問者，亦往往有之。有李甲者，轉徙為鄉人靳乙養子，因冒其姓。家中不得其蹤跡，遂傳為死。俄其父母並逝，婦無所依，寄食於母族舅氏家。其舅本住鄰縣，又挈家逐什一❹，商船南北，歲無定居。甲久不得家書，亦以為死。靳乙謀為甲娶婦。會婦舅旅卒，家屬流寓於天津；念婦少寡，非長計，亦謀嫁於山西人，他時尚可歸鄉里。懼人嫌其無母家，因詭稱己女。眾為媒合，遂成其事。合巹之夕，以別已八年，兩懷疑而不敢問。宵分私語，乃始了然。甲怒其未得實據而遽嫁，且詬且毆。闔家驚起，靳乙隔窗呼之曰：「汝之再娶，有婦亡之實據乎？且流離播遷，待汝八年而後嫁，亦可諒其非得已矣。」甲無以應，遂為夫婦如初。破鏡重合，古有其事。若夫再娶而仍元配，婦再嫁而未失節，載籍❺以來，未之聞也。姨丈衛公可亭，曾親見之。

【章旨】此章講述一個山西商人常年經商在外，與妻子失去聯繫，雙方都以為對方已經死了。丈夫再娶妻，妻子再嫁人，誰知夫妻兩人卻再次結為夫妻的巧合故事。

【注釋】❶歸省　指回家探望父母。❷蹇剝　蹇、剝都是《易》的卦名。蹇，難。剝，不利。後因用作不順利的意思。❸縈牽　旋繞牽掛。❹什一　以十博一。《史記・越王句踐世家》：「（范蠡）候時轉物，逐什一之利。」後因以「什一」泛指經商。❺載籍　書籍。《史記・伯夷列傳》：「夫學者載籍極博，猶考信於六藝。」

【語譯】山西人大多到外地經商，十多歲就跟著人家學做買賣，等到積蓄錢財有了資本，這才回家鄉娶妻。娶妻後仍舊出外經商，一般二三年回家一次，這是常例。有的人時運不好，或者被事務牽繞，一二十年都無法回家。甚至有的人本錢耗盡、衣服破舊，沒有臉面回家鄉，便輾轉流落他鄉，漂泊不定，與家鄉不通信息，也是經常有的。有個李甲，流落他鄉過繼給同鄉的靳乙當養子，於是改姓靳。李甲家裡不知道他的蹤跡，人們就傳說他已經死了。不久，李甲的父母都去世，李甲妻子沒有依靠，就寄住在自己舅舅那裡。她舅舅本來住在相鄰的一個縣，又帶著家眷經商，坐著商船南北往來，長年沒有固定的居所。李甲很久沒有收到家信，也以為妻子死了。靳乙考慮給李甲娶妻。恰好這時李甲妻子的舅舅死在旅途中，家屬流落到天津居住。考慮到李甲妻子年輕守寡，不是長遠打算，也想把她嫁給山西人，將來也許還有機會回家鄉。又怕男方嫌棄李甲妻子沒有娘家，因此她的舅母就謊稱是自己的女兒。大家為他們找媒人說合，就成了這樁婚事。結婚那天的晚上，因為李甲與妻子已經分別八年，雙方互相懷疑卻不敢冒然詢問。夜深之後夫妻說起了私房話，才明白了事情的真相。李甲怨恨妻子沒有得到他死亡的真憑實據就匆忙出嫁，對妻子又罵又打。全家人都被驚醒起床，靳乙隔著窗戶叫李甲說：「你再娶妻的時候，有前妻死亡的真憑實據嗎？而且她流離遷徙，等了你八年才嫁人，也應該諒解她嫁人是不得已啊！」李甲沒有話可說，於是和她成為夫妻，和好如初。破鏡重圓，古代就有這樣的事情。然而像丈夫再娶妻子卻仍是元配，婦女再嫁人卻沒有喪失貞節，這是有書籍記載以來，從來沒有聽說過的事。我的姨丈衛可亭先生曾親眼見到了這件事。

【研析】世上無巧不成書。夫妻雙方八年音訊不通，丈夫再娶，妻子再嫁，卻還是成為夫妻，如此巧事，真是難以想像。作者講述這件事，也是作為奇聞一樁，記錄在案而已。

滄州酒

滄州酒，阮亭先生❶謂之「麻姑❷酒」，然土人實無此稱。著名已久，而論者頗有異同。蓋舟行來往，皆沽於岸上肆中，村釀薄醨，殊不足辱杯斝❸；又土人防徵求無饜，相戒不以真酒應官，雖笞捶不肯出，十倍其價亦不肯出，保陽制府❹，尚不能得一滴，他可知也。其酒非市井所能釀，必舊家世族，代相授受，始能得其水火之節候。水雖取於衛河，而黃流不可以為酒，必於南川樓下，如金山❺取江心泉法，以錫罌❻沉至河底，取其地湧之清泉，始有沖虛❼之致。其收貯畏寒畏暑，畏濕畏蒸，犯之則味敗。其新者不甚佳，必庋閣❽至十年以外，乃為上品，一罌可值四五金。然互相饋贈者多，恥於販鬻。又大姓若戴、呂、劉、王，若張、衛，率多零替，釀者亦稀，故尤難得。或運於他處，無論肩運、車運、舟運，一搖動即味變。運到之後，必安靜處澄半月，其味乃復。取飲注壺時，當以杓平挹；

數擺撥則味亦變，再澄數日乃復。姚安公嘗言：飲滄酒禁忌百端，勞苦萬狀，始能得花前月下之一酌，實功不補患；不如遣小豎隨意行沽，反陶然自適，蓋以此也。其驗真偽法：南川樓水所釀者，雖極醉，膈⑨不作惡，次日亦不病酒，不過四肢暢適，恬然高臥而已。其但以衛河水釀者則否。驗新陳法：凡庋閣二年者，可再溫一次；十年者，溫十次如故，十一次則味變矣。一年者再溫即變，二年者三溫即變，毫釐不能假借，莫知其所以然也。董曲江前輩之叔名思任，最嗜飲。牧滄州時，知佳酒不應官，百計勸諭，人終不肯破禁約。罷官後，再至滄州，寓李進士銳巔家，乃盡傾其家釀。語銳巔曰：「吾深悔不早罷官。」此雖一時之戲謔，亦足見滄酒之佳者不易得矣。

【章旨】此章介紹了滄州所產的「滄州酒」的難得、難釀、難貯、難運等種種不易，從而凸顯了滄州酒的名貴和神奇。

【注釋】❶阮亭先生　即王士禛。清詩人。乾隆時改稱士禎。字子真，一字貽上，號阮亭，又號漁洋山人。山東新城（今桓台）人。順治進士。官至刑部尚書。論詩創神韻說，影響很大。❷麻姑　參見本書卷十四〈煙靄乘舟圖〉則注釋❷。❸杯斝　指酒或飲酒。❹保陽制府　保陽，即保定府，今河北保定。制府，清代對總督的稱呼。清置直隸省，以保定府為省治。後總督移駐天津。❺金山　指江蘇鎮江金山寺。金山寺和尚好飲茶，而且講究飲茶之水，坐船到長江江心，以特製取水工具取江心清泉之水。❻錫罌　錫製的器皿。罌，盛酒的器皿，口小腹大。❼沖虛　淡泊虛靜。

❽庋閣 指擱置在架子上。❾膈 即橫膈膜，為人分隔胸腔和腹腔的肌膜結構。

【語譯】滄州酒，阮亭先生稱之為「麻姑酒」，但當地人實際上沒有這個名稱。雖然滄州酒久負盛名，但是評論者的看法卻很不一樣。這是因為坐船往來的客人，都到岸邊的酒店打酒，鄉村酒店賣的土酒酒味淡薄，根本不足以擺開酒杯像模像樣地喝酒。還有，當地人為提防官府徵調好酒不知滿足，相互約定不把真正的滄州酒供應官府，即便是挨打也不肯拿出來，出十倍的價錢也不肯賣。駐在保定府的總督衙門尚且不能得到一滴真正的滄州酒，他人就可想而知了。滄州酒不是普通百姓所能夠釀造出來的，必須是世家大族，他們的釀酒技術世代相傳，才能把握好釀酒的節令氣候。釀酒的水雖然取之於衛河，然而混濁的黃水不可以用來釀酒，一定要到衛河邊的南川樓下，如同鎮江金山寺和尚汲取江心泉水的方法，把錫罌沉到河底，汲取地下湧出的清泉來釀酒，這樣釀出來的酒才有沖淡虛靜的味道。滄州酒的貯藏，怕寒怕熱，怕濕怕燥，如果遇上這種情況，酒味就敗壞了。新釀的酒味道不很好，必須要貯藏十年以上，才能成為上品，一罌酒可以值四五兩銀子。但是，大家都把酒作為禮品互相饋贈，認為把滄州酒拿去販賣是件恥辱的事。而且當地的大姓如戴、呂、劉、王這些大族，如張、衛這幾個大姓，家族大多衰落，只會釀滄州酒的人也很少了，所以更加難得。有人把滄州酒運到其他地方，無論是肩挑、車載、船運，只要一搖動，酒的味道就變了。滄州酒運到一個地方之後，必須安穩地靜放，讓它澄清半個月，酒的味道才會恢復。喝酒時要把酒灌進酒壺時，應當用酒杓平穩地盛起酒，酒杓在酒裡搖擺撥動幾次，那麼酒味也會改變，要再澄清幾天酒味才能恢復。姚安公曾經說：飲滄州酒有種種禁忌，經過千辛萬苦，才能在花前月下喝上那麼一杯，實在是得不償失；不如派小僕隨意到酒店裡買一壺酒來，反而喝得舒適自在，就是因為這個原因。檢驗滄州酒真偽的辦法是：用南川樓下的河水所釀的酒，雖然喝得大醉，胸腹之間不會噁心難受，第二天也沒有喝醉酒的症狀，只不過是四肢舒暢，安然睡覺而已。那些只是用衛河水釀成的酒就不是這樣了。檢驗滄州酒是新酒還是陳酒的方法是：凡貯藏兩年的酒，可以溫兩次；貯藏十年的酒，可以溫十次，味道都一樣，溫十一次，那麼酒的味道就變了。貯藏一年的酒，溫兩次，酒的味道就改變了；貯藏兩年的酒，溫三次，酒的味道就改變了，這是一點也不能做假的，不知道這是什麼原因。董曲江前輩的叔父名字叫思任，最喜歡飲酒。他擔任滄州太守時，知道好酒不會給官員喝，就千方百計勸告曉諭，但本地人始終不肯破壞這個規矩。罷官以後，他再來到滄州，住在李銳巔進士家裡，才盡情品嘗李家釀的這種美酒。董思任對李銳巔說：「我真後悔沒有及早罷官！」這雖然是一時的玩笑話，也足以證明好的滄州酒真是不容易得到啊！

【研析】要喝到一種地方名酒，竟然如此困難，也是罕見之事。文中所說的釀酒用水之嚴、儲存之難、運輸之不便、飲酒之講究，都匪夷所聞。不過，筆者覺得這種種講究，與明清士人飲茶習慣相近。明清士人飲茶講究一種意境、一種氣氛，對水的要求到了苛刻的程度。而此處對滄州酒的描述，我們是否也看到了其中的一點影子呢？

三世之婦償業債

先師李又聃先生言：東光❶有趙氏者（先生曾舉其字，今不能記，似尚是先生之尊行），嘗過清風店❷，招一小妓侑酒。偶語及某年宿此，曾招一麗人留連兩夕，計其年今未滿四十。因舉其小名，妓駭曰：「是我姑也，今尚在。」明日，同至其家，宛然舊識。方握手寒溫，其祖姑聞客出視，又大駭曰：「是東光趙君耶？三十餘年不相見，今鬢❸雖欲白，形狀聲音，尚可略辨。君號非某耶？」問之，亦少年過此所狎也。三世一堂，都無避忌，傳杯話舊，惘惘然如在夢中。又住其家兩夕而別。別時言祖籍本東光，自其翁始遷此，今四世矣。不知祖墓猶存否？因舉其翁之名，乞為訪問。趙至家後，偶以問鄉之耆舊❹。一人愕然良久，曰：「吾今乃始信天道。是翁即君家門客❺，君之曾祖與人訟，此翁受怨家金，陰為反間，訟因不得直。日久事露，愧而挈家逃。以為在海角天涯矣，不意竟與君遇，使以三世之婦，償其業債也。吁，可畏哉！」

【章旨】此章講述了一個男子嫖妓，三十多年中嫖宿了一家三代婦女的故事。

【注釋】❶東光　縣名。在河北東南部、南運河東岸，鄰接山東。❷清風店　地名。即今河北定縣東北清風店。❸髩　通「鬢」。面頰兩旁近耳的頭髮。❹耆舊　年高而久負聲望的人。❺門客　門下客；食客。宋代貴家塾師亦稱「門客」。

【語譯】先師李又聃先生說：東光縣有個姓趙的人（李先生曾經講過這個人的字號，如今我記不得了，似乎還是先生的長輩），有一次經過清風店，招來一個年輕妓女陪酒。趙某偶然說起某年曾經在這裡住宿，曾經招來一位美人一起住了兩夜，估算那位美人今年還沒有滿四十歲。趙某於是說出美人的小名，那個年輕妓女吃驚地說：「是我的姑姑，如今還在這裡。」第二天，趙某和那個年輕妓女一起來到她家裡，果真是過去認識的那個美人。雙方正在握手問好，年輕妓女的姑奶奶聽說有客人來，從裡面出來看看，又大吃一驚，說：「你是東光的趙先生嗎？三十多年沒有見面了，如今你的鬢角雖然都快白了，但相貌聲音，還可以略微分辨得出來。您的號是否叫某某呢？」趙先生詢問這位姑奶奶，原來也是他年輕時在這裡找過的妓女。這家三代妓女同時相見，都沒有什麼迴避顧忌，一起喝酒話舊，迷迷惘惘如同在夢中一樣。趙先生又在她家住了兩夜，才告別而去。臨別時，那個姑奶奶說她家祖籍本來是在東光，從她父親一輩才搬遷到這裡來的，到現在已是第四代了。不知道東光的祖墳還在不在？於是她就把她父親的姓名講了出來，請趙先生回去查訪詢問。趙先生回到家鄉後，偶然把這件事向鄉里的老人們打聽。有一個人愕然了很久，才說：「我如今才相信天道循環的道理。那妓女的父親就是你家的門客。你的曾祖父與別人打官司，那個門客接受了仇家的金錢，暗中出賣主人，使你曾祖父的官司敗訴了。時間一長，事情就敗露了，那個門客羞愧得帶著家眷逃走了。人們還以為他們逃到天涯海角去了，沒有想到會讓你碰上，使他家三代的女子，來補償他過去所欠的罪過。唉，真是可怕啊！」

【研析】作者講述這個故事，意在說明祖輩犯下的罪孽，要由子孫輩償還。即因果報應，絲毫不差。然而，作者講述的這個故事又極其醜陋，趙某人嫖宿人家祖孫三代，沒有一點羞恥感，沒有一點亂倫感，還覺得是風雅事一樁。作者在文章中對趙某沒有任何譴責，由此，我們看到了作者狹隘落後的一面。

狐女戲安生

又聃先生又言：有安生者，頗聰穎。忽為眾狐女攝入承塵❶上，吹竹調絲，行炙勸酒，極媟狎冶蕩之致。隔紙聽之，甚了了，而承塵初無微隙，不知何以入也。燕樂❷既終，則自空擲下，頭面皆傷損，或至破骨流血。調治稍愈，又攝去如初。毀其承塵，則攝置屋頂，其擲下亦如初。然生殊不自言苦也。生父購得一符，懸壁上。生見之，即戰栗伏地，魅亦隨絕。問生符上何所見，云初不見符，但見兵將猙獰，戈甲晃耀而已。此狐以為仇耶？不應有燕昵❸之歡；以為媚耶？不應有撲擲之酷。忽喜忽怒，均莫測其何心。或曰：「是仇也，媚之乃死而不悟。」然媚即足以致其死，又何必多此一擲耶？

【章旨】此章講述一個書生遭狐女戲弄，卻不明所以的故事。

【注釋】❶承塵　天花板。❷燕樂　宴飲歡樂。《史記・李斯列傳》：「於是趙高待二世方燕樂，婦女居前，使人告丞相：『上方閒，可奏事。』」❸燕昵　亦作「燕暱」。親昵；親熱。明劉鳳〈清暑賦〉：「莊服氣而色矜，辭泆志於燕暱。」

【語譯】李又聃先生又說：有個姓安的書生，很聰明，忽然被一群狐女攝入天花板上，吹竹笛調絲弦，勸酒布菜，極盡風流淫蕩之能事。人們隔著紙糊的天花板聽得很清楚。然而天花板沒有一點縫隙，不知道安生是怎麼進去的。宴樂完畢，狐女就把安生從空中拋下來，安生摔得腦袋臉面都受傷損害，有時甚至傷了骨頭流了血。安生經過治療調理，稍稍痊癒，又像當初那樣被狐女攝去。家裡人把天花板拆毀，狐女就把安生攝去安置在屋頂上，也像當初那樣從空中扔下來。但是，安生自己一點兒也不覺得痛苦。安生父親買來一道符，掛在牆壁上。安生見了，就戰戰慄慄地趴在地上，狐精也隨即絕跡了。有人問安生在這道符上看見了什麼，安生回答說，起先沒有看見這道符，只看見兵將面目猙獰，兵器盔甲都明晃晃地刺眼而已。這些狐女是來與安生為仇的嗎？就不應該有喝酒奏樂的歡樂；是來媚惑安生的嗎？就不應該有把他從空中拋下來的殘酷。那些狐女忽而喜悅忽而憤怒，人們都無法猜測她們是什麼心思。有人說：「狐女是來尋仇的，是想媚惑安生讓他至死也不省悟。」然而，狐女媚惑安生就足以導致他死亡了，又何必多此一舉，要把安生從空中扔下來呢？

【研析】狐女戲弄安生，真是不明所以。世上許多事情都難以明白真相，存疑不問，或許是最好的處理辦法。

不怕鬼故事三則

李匯川言：有嚴先生，忘其名與字。值鄉試❶期近，學子散後，自燈下夜讀。一館童送茶入，忽失聲仆地，碗碎琤然。嚴驚起視，則一鬼披髮瞪目立燈前。嚴笑曰：「世安有鬼？爾必黠盜飾此狀，欲我走避耳。我無長物❷，惟一枕一席。爾可別往。」鬼仍不動。嚴怒曰：「尚欲紿人❸耶？」舉界尺❹擊之，瞥然而滅。嚴周視無跡，沉吟曰：「竟有鬼耶？」既而曰：「魂升於天，魄降於地，此理甚明。世安有鬼，殆狐魅耳！」仍挑燈琅琅誦不輟。此生崛強，可謂至極，然鬼亦竟避之。蓋執拗之氣，百折不回，亦足以勝之也。又聞一儒生，夜步廊下。忽見一鬼，呼而語之曰：「爾亦曾為人，何一作鬼，便無人理？豈有深更昏黑，不分內外，竟入庭院者哉？」鬼遂不見。此則心不驚怖，故神不瞀亂❺，鬼亦不得而侵之。又故城❻沈文豐功（諱鼎勳，姚安公之同年），嘗夜歸遇雨，泥潦縱橫，與一奴扶掖而行，不能辨路。經一廢寺，舊云多鬼。沈文曰：「無人可問，且寺中覓鬼問之。」徑入，繞殿廊呼曰：「鬼兄鬼兄，借問前途水深淺？」寂然無聲。

沈丈笑曰：「想鬼俱睡，吾亦且小憩。」遂偕奴倚柱睡至曉。此則襟懷灑落，故作遊戲耳。

【章旨】此章講述了三則不怕鬼的故事，各有不同。

【注釋】❶鄉試　參見本書卷二〈科名有命〉則注釋❷。❷長物　多餘的物品。❸紿人　欺騙人。❹界尺　寫字時用以間隔行距的文具。❺瞀亂　昏亂。❻故城　縣名。今河北故城。

【語譯】李匯川說：有位嚴先生，忘記他的名和字。正是鄉試日期臨近時，學生四散回家後，夜裡他獨自在燈下讀書。一個學館裡的小書僮送茶進屋來，忽然叫了一聲倒在地上，茶碗也摔碎了。嚴先生吃驚地站起身來察看究竟，就看見一個鬼披頭散髮，瞪著眼睛，站在燈前。嚴先生笑道：「世上哪裡會有鬼？你一定是狡黠的強盜偽裝成這個樣子，想把我嚇得逃跑躲避而已。我沒有多餘的物品，只有一隻枕頭一張席子。你可以到別的地方去了。」鬼仍然站著不動。嚴先生發怒說：「你還想騙人嗎？」舉起界尺打過去，那鬼轉眼間就消失了。嚴先生環視四周沒有發現什麼蹤跡，便靜靜思考了一會，說：「世上竟然有鬼嗎？」接著又說：「魂升上天，魄降入地，這個道理很明白。世上哪裡會有鬼，大概是狐精作怪罷了！」他仍舊在燈下不停地大聲讀書。這位嚴先生的倔強，可說是到了極點，然而鬼竟然也躲避他。大概是執拗固執的氣質，百折不撓，也足以戰勝鬼怪吧。又聽說有個儒生，夜晚在走廊下散步。忽然看見一個鬼，便把鬼叫過來對他說：「你也曾經當過人，為什麼一變成鬼，就不懂得做人的道理呢？哪有深夜光線昏暗，不分內外，竟然闖入人家庭院裡來的呢？」那個鬼於是就不見了。這就是心中不驚嚇恐怖，故而神智就不昏亂，鬼也就無法得到機會而來侵犯人。還有，故城人沈豐功老先生（沈豐功老先生名叫鼎勳，是我父親姚安公的同年），有一次夜晚回家時遇到下雨天，路上到處是泥濘積水，難以行走。他和一個僕人相互攙扶著走路，無法辨認道路。他們路經一座廢棄的寺院，過去常說這座寺院裡鬼很多。沈老先生說：「這裡沒有人可以問路，我們姑且到寺院裡找個鬼來問問路。」他們就直接走進寺裡，繞著大殿的走廊叫喊道：「鬼兄、鬼兄，請問前面道路水有多深多淺？」寺院裡寂然無聲，沒有回答。沈老先生笑著說：「想來鬼都睡覺了，我們也暫且稍稍休息一會兒吧！」就和僕人靠著柱子睡到天亮。這是沈老先生胸懷瀟灑豪爽，故意開開玩笑而已。

【研析】嚴先生執拗之氣百折不回，足以勝鬼；某儒生義正詞嚴，鬼不得侵；沈鼎勳襟懷灑落，竟然覓鬼為遊戲。可見，怕不怕鬼，關鍵還是在於自己本身。

奇聞二則

阿文成公❶平定伊犁❷時，於空山❸捕得一瑪哈沁❹。詰其何以得活，曰：「打牲為糧耳。」問：「潛伏已久，安得如許火藥？」曰：「蜣螂❺曝乾為末，以鹿血調之，曝乾，亦可以代火藥。但比硝磺力少弱耳。」又一蒙古台吉❻云：「鳥銃貯火藥鉛丸後，再取一乾蜣螂，以細杖送入，則比尋常可遠出一二十步。」此物理❼之不可解者，然試之均驗。又瘍醫❽殷贊庵云：「水銀能蝕五金，金遇之則白，鉛遇之則化。凡戰陣鉛丸陷入骨肉者，割取至為楚毒❾，但以水銀自創口灌滿，其鉛自化為水，隨水銀而出。」此不知驗否，然於理可信。

【章旨】此章講述了用蜣螂替代火藥射擊、用水銀融化鉛彈治療受傷者的兩則奇聞。

【注釋】❶阿文成公　即阿桂。阿克敦子。清滿洲正白旗人。字廣廷，號雲崖。官至武英殿大學士。定伊犁，平兩金川都有功。卒贈太保，諡文成，故稱。❷伊犁　在伊犁河北，今新疆伊寧市及伊寧、霍城等地區。❸空山　幽深少人的山林。❹瑪哈沁　清代新疆地區對強盜、劫匪的稱呼。❺蜣螂　一種昆蟲。俗稱「屎克郎」。❻台吉　歷史上蒙古貴族的稱號。源出於漢語「太子」。成吉思汗時只用於皇子，後來漸成為成吉思汗後裔的通稱。清朝沿用這一名稱作為封爵之一。❼物理　事物的道理。❽瘍醫　指專治瘡傷的外科醫生。❾楚毒　指如受酷刑般的痛苦。

【語譯】阿文成公平定伊犁時，在沒有人煙的深山中捕獲一名瑪哈沁。審問他靠什麼活下來的，那人回答說：「我打野獸當糧食。」又問那人：「潛伏了這麼長時間，怎麼會有這麼多火藥？」那人回答說：「把屎克郎曬乾，研為粉末，用鹿血調和後曬乾，也可以用來代替火藥。這代用品只比硝磺的藥力稍差一些罷了。」又有一個蒙古台吉說：「鳥銃裡裝上火藥鉛彈之後，再把一隻乾屎克郎，用細棍塞進槍管裡，那麼彈丸射出去的距離要比平常可以遠一二十步。」這都是從事物的道理上無法解釋的事，然而這些方法經過試驗都得到應驗。又聽傷科醫生殷贊庵說：「水銀能夠腐蝕五金，黃金遇到水銀就變成白色，鉛遇到水銀就融化。凡在戰場上被鉛彈打進骨頭肌肉的人，開刀取出鉛彈時要遭受極大痛苦，只要把水銀從傷口灌進去，直至傷口灌滿，那鉛彈會自動化成液體，隨著水銀流出來。」這個辦法不知道是否應驗，然而從道理上講是可信的。

【研析】用蜣螂代替火藥，用水銀治療槍傷，如此奇聞，經作者記述，我們今天才得以見識。不說是天方夜譚，至少可說是異想天開。古人之想像力，今人不可低估了。

除惡務本

田白巖言：有士人僦居僧舍，壁懸美人一軸，眉目如生，衣褶飄揚如動。士人曰：「上人不畏攖禪心❶耶？」僧曰：「此〈天女散花〉❷圖，堵芬木❸畫也。在寺百餘年矣，亦未暇細觀。」一夕，燈下注目，見畫中人似凸起一二寸。士人曰：「此西洋界畫，故視之若低昂，何堵芬木也。」畫中忽有聲曰：「此妾欲下，君勿訝也。」士人素剛直，厲聲叱曰：「何物妖鬼敢媚我！」遽掣其軸，欲就燈燒之。軸中絮泣曰：「我煉形將成，一付祝融❹，則形消神散，前功付流水矣。乞賜哀憫，感且不朽。」僧聞俶擾❺，亟來視。士人告以故。僧憬然❻曰：「我弟子居此室，患瘵而死，非汝之故耶？」畫不應，既而曰：「佛門廣大，何所不容？和尚慈悲，宜見救度。」士怒曰：「汝殺一人矣，今再縱汝，不知當更殺幾人。是惜一妖之命，而戕無算人命也。小慈是大慈之賊，上人勿吝。」遂投之爐中。煙焰一熾，血腥之氣滿室，疑所殺不止一僧矣。後入夜，或嚶嚶有泣聲。士人曰：「妖之餘氣未盡，恐久且復聚成形。破陰邪者惟陽剛。」乃市爆竹之成串者十餘（京師謂之火鞭），總結其信線❼為一，聞聲時驟然爇之，如雷霆砰磕，窗扉皆震，自是遂寂。除惡務本，此士人有焉。

【章旨】此章講述一個士人對化成美女的妖魔毫不手軟，除惡務本的故事。

【注釋】❶禪心　佛教用語。謂清靜寂定的心境。❷天女散花　佛經故事。謂以天女散花試菩薩和聲聞弟子的道行。據《維摩經》：有一天女，以天花散諸菩薩，悉皆墮落，至大弟子便著不墜。天女曰：「結習未盡，故花著身；結習盡者，花不著身。」❸堵芬木　明畫家。生平事跡不詳。❹祝融　神名。帝嚳時的火官，後尊為火神。亦以為火或火災的代稱。❺俶擾　原指開始擾亂。見《書・胤征》：「俶擾天紀。」後泛指動亂。見《宋史・安丙傳》：「今蜀道俶擾，未寬顧憂。」❻憬然　覺悟貌。❼信線　指導火線。

【語譯】田白巖說：有個書生租了寺院的僧房居住，看見牆壁上掛著一幅美人畫，眉目栩栩如生，衣帶飄揚，好像在舞動似的。書生說：「大師不怕干擾了清靜修禪的心思嗎？」和尚回答說：「這是〈天女散花〉圖，是堵芬木的畫，在這座寺院裡已經有一百多年了，我也沒有功夫細看。」一天晚上，書生在燈光下仔細看這幅畫，看見畫中的美人似乎凸起一二寸高。書生說：「這是西洋畫，所以看起來好像有高有低，哪裡是什麼堵芬木的畫。」畫中忽然有聲音說：「這是妄想要下來，你不要驚訝。」書生性格一向剛強正直，就大聲罵道：「什麼妖魔鬼怪，竟敢來媚惑我！」說著就立刻拉下畫軸，打算拿到燈火上燒掉。畫軸中傳出絮絮叨叨的哭聲，說：「我修煉形體快要成功了，一旦被燒掉，我就會形消神散，以前修煉的功力都付諸流水了。懇求你可憐我，我會永遠感激你的。」和尚聽到這邊的喧鬧聲，趕快過來察看。書生告訴他事情的經過。和尚忽然省悟說：「我的弟子住在這間屋子裡，得了癆病而死，不就是你的緣故嗎？」畫中沒有回答。過了一會兒才說：「佛門廣大，有什麼不能寬容呢？和尚是慈悲心腸，應該拯救超度我。」書生發怒說：「你殺了一個人了，今天再放了你，不知道你還會殺幾個人。我今天放了你，是憐惜一個妖魔的性命，而戕害無數人的性命。小慈悲是大慈悲的禍害，大師不要憐惜她！」書生就把畫軸投到火爐中。火焰一冒出來，血腥味滿屋子都是，人們懷疑這妖魔所殺死的人不止一個和尚。後來到了夜裡，書生有時還會聽到嚶嚶的哭泣聲。書生說：「妖魔的餘氣還沒有散盡，恐怕時間長了會再凝聚成形體。破滅陰邪氣息，只有用陽剛之氣。」書生就買來成串的鞭炮十幾掛（京城把這種爆竹稱為火鞭），把引信編結在一起，一聽到妖魔的聲音就點燃鞭炮，一時像炸雷似的砰然大響，窗門都震動了，從此就沒有妖魔的聲音了。剷除邪惡一定要從根本上下手，這位書生就是這樣做的。

【研析】人們常說除惡務盡，而作者在此處提出「除惡務本」。一個是說除惡要徹底，一個是說除惡要從根本上去剷除，其實兩者的意思是相同的，即不能讓惡死灰復燃，再來禍害人民。這是拋棄東郭先生式小慈悲的一種大慈悲，是對惡的正義，是對善的伸張，值得讚許。

徼友天狐

有與狐為友者，天狐❶也，有大神術，能攝此人於千萬里外。凡名山勝境，恣其遊眺，彈指而去，彈指而還，如一室也。嘗云：惟賢聖所居不敢至，真靈❷所駐不敢至，餘則披圖按籍，惟意所如耳。一日，此人祈狐曰：「君能攜我於九州❸之外，能置我於人閨閣中乎？」狐問何意。曰：「吾嘗出入某友家，預後庭絲竹❹之宴。其愛妾與吾目成，雖一語未通，而兩心互照。但門庭深邃，盈盈一水，徒悵望耳。君能於夜深人靜，攝我至其繡闥❺，吾事必濟。」狐沉思良久，曰：「是無不可。如主人在何？」曰：「吾偵其宿他姬所而往也。」後果偵得實，祈狐偕往。狐不俟其衣冠，遽攜之飛行。至一處，曰：「是矣。」瞥然自去。此人暗中摸索，不聞人聲，惟覺觸手皆卷軸，乃主人之書樓也。知為狐所弄，倉皇失措，誤觸一几倒，器玩落板上，碎聲砰然。守者呼：「有盜！」僮僕坌至，啟鎖明燭，執械入。見有人瑟縮屏風後，共前擊仆，以繩急縛。就燈下視之，識為此人，均大駭愕。此人故狡黠，詭言偶與狐友忤，被提至此。主人故稔知之，拊掌揶揄曰：「此狐惡作劇，欲我痛抶君耳。姑免笞，逐出！」因遣奴送歸。他日，與所親密言之，且詈曰：「狐果非人，與我相交十餘年，乃賣我至此。」所親怒曰：「君與某交，已不止十餘年，乃借狐之力，欲亂其閨闥❻，此誰非人耶？狐雖憤君無義，以遊戲儆君，而仍留君自解之路，忠厚多矣。使待君華服盛飾，潛挈置主人臥榻下，君將何詞以自文？由此觀之，彼狐而人，君人而狐者也。尚不自反耶？」此人愧沮而去。狐自此不至，所親亦遂與絕。郭彤綸與所親有瓜葛，故得其詳。

【章旨】此章講述一個人與天狐交友，想借助天狐之力調戲他人家眷，卻遭到天狐戲弄的故事。

【注釋】❶天狐　傳說狐活千歲可與天通，叫做天狐。參閱宋《太平廣記》卷四四七引《玄中記》。❷真靈　真人；神仙。❸九州　古代分中國為九州。說法不一。《書‧禹貢》作冀、兗、青、徐、揚、荊、豫、梁、雍。《爾雅‧釋地》有幽、營州而無青、梁州。《周禮‧夏官‧職方》有幽、并州而無徐、梁州。後以「九州」泛指天下、全中國。❹絲竹　古代對絃樂器（如琵琶、二胡等）與竹製管樂器（如簫、笛等）的總稱，沿用至今。亦泛指音樂。❺繡闥　原指裝飾華麗的門。此亦指女子所居裝飾華麗的閨房。❻閨闥　宮院或後宮；內室。此借指婦女。

【語譯】有個人和狐狸精交朋友，這隻狐狸精是天狐，有極大的神通，能攝起這個人到千萬里路之外。凡是名山勝境，任憑他遊覽眺望，彈指之間就去了，彈指之間就又回來了，如同在一個房間裡一樣。天狐曾經說過：唯獨賢聖所居住的地方不敢去，神仙所住的地方不敢去之外，其他地方就可以按照地圖記載，想到哪裡去就到哪裡去。有一天，這人請求天狐說：「你能攜帶我到九州之外去，能不能把我放到人家的閨房中去呢？」天狐問他這是什麼意思，這人回答說：「我曾經出入一個朋友家裡，參加朋友在他家後園舉行的歌舞宴會。朋友的愛妾和我眉目傳情，雖然我們一句話也沒有講過，然而我們兩人心思已經相通了。但是朋友家是深宅大院，如同隔著清澈的河水，只能惆悵地遠望而已。您如果能在夜深人靜的時候，把我攝到她的房間裡，我的事肯定就成功了。」天狐沉思了很長時間，說：「這沒有什麼不可以辦成的。如果主人剛好在那裡，怎麼辦呢？」這人說：「等我打聽到主人住在別的姬妾那裡時，我才去吧。」後來，他果然打聽確實，請求天狐帶著他前往。天狐不等他穿戴好衣帽，立刻就帶著他飛行，到了一個地方，天狐說：「就是這裡。」把他放下，天狐轉眼間就走了。這人在黑暗中摸索，聽不到人聲，只是覺得手裡摸到的都是圖書畫軸，原來這是主人的藏書樓。他知道這回是被天狐戲弄了，驚慌失措，不小心把一個几桌碰倒了，上面放著的器物古玩掉落在地板上，發出破碎的聲響。守夜人大聲呼叫：「有強盜！」僕人們紛紛趕來，打開藏書樓門鎖，高舉火炬，拿著武器衝進樓來。僕人們看見有個人瑟瑟發抖蜷縮在屏風後面，就一起衝上前把他撲倒，急忙用繩子捆綁起來。僕人們把他提到燈下看時，認出這個人，都感到很吃驚。這人一向狡猾，就撒謊說一時和狐狸精朋友鬧翻了，被狐狸精提到這裡來的。主人原先就熟悉他與狐狸精交往的事情，拍著手嘲弄取笑他說：「這是天狐的惡作劇，想讓我痛打你一頓而已。如今姑且免去打板子，趕出去！」主人於是就派僕人把他送回家去。後來有一天，這人對自己的一位密友說了這件事，而且罵道：「狐狸精果然不是人，和我交往十幾年了，竟然用這樣的方法出賣我！」這位密友也生氣了，說：「你和那個朋友交往，已經不止十幾年了。你還想借用狐狸精的力量，去勾搭別人的小妾，擾亂人家的門風，究竟誰才不是人呢？狐狸精雖然憤恨你不講道義，用惡作劇來警告你，但仍留下讓你自己解說的餘地，已經夠忠厚的了。如果等你穿戴得整齊漂亮，再悄悄把你放到主人床底下，你打算用什麼藉口來為自己解釋呢？從這件事來看，那個狐狸精，但做人的事；而你雖然具有人形，實際上卻做狐狸精的事呀！你還不自我反省嗎？」這人慚愧沮喪地走了。那個狐狸精從此不再來了，那個密友也和他斷絕了往來。郭彤綸和這人的密友有些關係，所以知道這件事的詳細經過。

【研析】這人與天狐交往，因為天狐的法術，引發其淫亂之心；但如果能夠記取天狐的懲戒，尚可有救。然而，他將天狐對自己的懲戒，看作是天狐責友，這就將朋友之義僅看作是利益相交，也就是君子所不齒的「小人之朋」，無怪乎其密友也會棄他而去了。

劉泰宇無以自明

老儒劉泰宇，名定光，以舌耕❶為活。有浙江醫者某，攜一幼子流寓，二人甚相得，因卜鄰。子亦韶秀，禮泰宇為師。醫者別無親屬，瀕死託孤於泰宇。泰宇視之如子。適寒冬，夜與共被。有楊甲為泰宇所不禮，因造謗曰：「泰宇以故人之子為孌童❷。」泰宇憤恚，問此子知尚有一叔，為糧艘旗丁❸掌書算❹。因攜至滄州河干，借小屋以居；見浙江糧艘，一一遙呼，問有某先生否？數日，竟得之，乃付以侄。其叔泣曰：「夜夢兄云，侄當歸，故日日獨坐舵樓望。兄又云：『楊某之事，吾得直於神矣。』則不知所云也。」泰宇亦不明言，悒悒自歸。迂儒拘謹，恆念此事無以自明，因鬱結發病死。燈前月下，楊恆見其怒目視。楊故獷悍，不以為意，數載亦死。妻別嫁，遺一子，亦韶秀。有宦室輕薄子，誘為孌童，招搖過市，見者皆太息。泰宇，或云肅寧❺人，或云任丘❻人，或云高陽❼人。不知其審，大抵住河間之西也。跡其平生，所謂歿而可祀於社者歟！此事在康熙中年，三從伯燦宸公喜談因果，嘗舉以為戒，久而忘之。戊午❽五月十二日，住密雲❾行帳❿，夜半睡醒，忽然憶及，悲其名氏翳如⓫，至灤陽後，為錄大略如右。

【章旨】此章講述一個老儒遭人誣陷，生前無以自明，死後，誣陷者得到報應的故事。

【注釋】❶舌耕　古時教書授徒的人依仗口說來謀生，猶如耕田求得粟米，故稱。❷孌童　古時指被人狎玩的美貌男子。❸旗丁　猶旗兵。即八旗兵。❹書算　指管理文書帳目。❺肅寧　縣名。今河北肅寧。❻任丘　縣名。在河北中部、白洋淀東南，冀中運河流貫。❼高陽　今河北高陽。❽戊午　即清嘉慶三年，西元一七九八年。❾密雲　縣名。在北京東北部、潮白河上游，鄰接河北。❿行帳　行軍或出遊時所搭的篷帳。此處指作者隨駕出行所住的帳篷。⓫翳如　指逐漸淡忘。

【語譯】有位老儒生叫劉泰宇，名定光，以教書授徒過活。有位浙江人以行醫為職業，帶著一個小兒子流落到劉泰宇所在的村莊居住，兩人相處很投機，因此便在同一個地點租房成了鄰居。浙江醫生的兒子也很聰明可愛，拜劉泰宇為師讀書。醫生沒有別的親戚，臨死時把兒子託付給劉泰宇。劉泰宇看待這孩子就像對自己兒子一樣。當時正值寒冬季節，夜裡劉泰宇讓這孩子和自己一起睡。有個叫楊甲的人被劉泰宇所看不起，就造謠誹謗說：「劉泰宇把老朋友的兒子當作孌童玩弄。」劉泰宇知道後氣憤極了，就詢問孩子，知道他還有個叔父，給押運糧船的旗丁管文書帳目。因此，劉泰宇就帶著孩子來到滄州河邊，租一間小屋子居住；見到浙江來的運糧船，就一一遠遠地呼喊，詢問有某先生嗎？過了幾天，劉泰宇竟然找到了孩子的叔父，就把孩子交給他領走。孩子的叔父流著眼淚說：「夜裡夢見兄長說，侄子應該回來了。所以我每天都坐在舵樓上張望。兄長又說：『楊某的事，我在神前申訴得到支持。』這就不知道是指什麼事了。」劉泰宇也不明說，自己悶悶不樂地回家了。這位老儒生為人迂闊拘謹，常常想到這件事自己無法說清楚，所以鬱結在心，生病死了。這以後，在燈前月下，楊甲經常看見劉泰宇怒目而視。楊甲本性強悍凶狠，也不把這事放在心上。過了幾年，楊甲也死了。楊甲妻子改嫁，留下一個兒子，也長得聰明清秀。有個官宦人家的輕薄子，引誘楊甲的兒子當了孌童，還在大街上招搖過市，看見的人都歎息不已。劉泰宇，有人說他是肅寧人，有人說是任丘人，也有人說是高陽人，不知究竟是什麼地方的人，大概是住在河間府以西地區的吧。考察他的平生，就是所謂去世後可以放在土地廟中享受祭祀的人物了。這件事發生在康熙中期，我的三堂伯燦宸公喜歡說因果報應，曾經把這件事作為例子告誡他人，時間長久了，我也忘了這事。嘉慶三年五月十二日，我住在密雲的行帳中，半夜睡醒，忽然想起這件事來，感傷他的姓名事跡會漸漸被人淡忘，到了灤陽後，就把他的事跡大略地記錄如上。

【研析】老儒迂闊拘謹，楊甲蠻橫強悍，兩個人物，一是實寫，一是虛寫，然而兩個人物都使人印象深刻，作者駕馭文字的功力可見一斑。文章主題無足道，還是宣揚因果報應。雖然作者用心可嘉，多讀也難免使人厭倦。

常守福身手矯健

常守福，鎮番❶人。康熙初，隨眾剽掠，捕得當斬。曾伯祖光吉公時官鎮番守備❷，奇其狀貌，請於副將韓公免之，且補以名糧❸，收為親隨❹。光吉公罷官歸，送公至家，因留不返。從伯祖鍾秀公嘗曰：「常守福矯捷絕倫，少時嘗見其以兩足掛明樓❺雉堞❻上，倒懸而掃磚線之雪，四圍皆淨（劇盜多能以足向上，手向下，倒抱樓角而登。近雉堞處以磚凸出三寸，四圍鑲之，則不能登，以足不能懸空也。俗謂之磚線）。持帚翩然而下，如飛鳥落地，真健兒也。」後光吉公為娶妻生子。聞今尚有後人，為四房佃種云。

【章旨】此章講述了作者家一個老僕身手如何矯健的故事。

【注釋】❶鎮番　縣名。今甘肅民勤。在甘肅河西走廊東部、石羊河下游。❷守備　武官名。清代綠營統兵官，分領營兵。❸名糧　名冊、糧餉。此處指讓他在軍隊中吃一份口糧，意即從軍當兵。❹親隨　親信隨從。❺明樓　碉樓。古時北方鄉居，樓房蓋瓦者為暗樓；上層作雉堞形，供候望偵伺用者，稱為明樓。❻雉堞　城上排列如齒狀的矮牆，作掩護用。

【語譯】常守福是鎮番人。康熙初年，他跟著別人去搶劫，被捕獲後要被斬首。我的曾伯祖光吉公當時擔任鎮番守備，看常守福身形相貌奇特，就請求副將韓公赦免他的罪，而且在營中給他補了份糧餉，把他收為自己的親隨。光吉公罷官回家時，常守福護送主人到家鄉，就留下不回去了。我的堂伯祖鍾秀公曾說過：「常守福矯健敏捷超過常人。我小時候曾經看見他把雙腳倒勾在明樓的雉堞上面，倒掛著去掃磚線上的積雪，周圍都掃得乾乾淨淨（大強盜大多能用腳向上，手向下，倒抱著樓房的拐角爬上去。靠近雉堞的牆壁上用磚砌出三寸寬，整個樓房四周都這樣鑲出邊來，強盜就爬不上去了，因為他的腳不能懸空而沒有著力的地方。老百姓把靠近雉堞凸出三寸的地方叫做磚線）。然後，常守福手拿著掃帚，翻身飄然而下，像飛鳥落地似的，真是個身手矯健的漢子！」後來，光吉公給常守福娶了妻子，他還生了兒子。聽說如今他的後人還在，當我本家四房的佃戶。

【研析】作者老矣，故而往事常常湧上心頭。如常守福，作者祖父輩人在少年時才見過，而作者也只是聽說。作者將其作為奇聞記述在此，也是為了彌補無法出外蒐集素材的缺憾。

戲謔易惹禍

門聯唐末已有之，蜀辛寅遜❶為孟昶❷題桃符❸，「新年納餘慶，嘉節號長春」二語是也。但今以朱箋書之為異耳。余鄉張明經❹晴嵐，除夕前自題門聯曰：「三間東倒西歪屋，一個千錘百煉人。」適有鍛鐵者求彭信甫書門聯，信甫戲書此二句與之。兩家望衡對宇，見者無不失笑。二人本辛酉❺拔貢❻同年，頗契厚，坐此竟成嫌隙。凡戲無益，此亦一端。又董曲江前輩喜諧謔，其鄉有演劇送葬者，乞曲江於臺上題一額。曲江為書「弔者大悅」四字，一邑傳為口實，致此人終身切齒，幾為其所構陷。後曲江自悔，嘗舉以戒友朋云。

【章旨】此章列舉兩個小故事，說明戲謔容易惹來禍害的道理。

【注釋】❶辛寅遜　五代時人。後蜀學士。生平事跡不詳。❷孟昶　五代時後蜀國君，孟知祥第三子。初名仁贊，字保元。即位後，抑制權臣，加強集權。得後晉秦、階、成三州歸附，又攻取鳳州，悉有前蜀故地。宋乾德三年（九六五年）宋兵入成都，降宋，至開封，被封為秦國公。❸桃符　古時習俗，元旦用桃木板寫神荼、鬱壘二神名，懸掛門旁，以為能壓邪。五代時後蜀的宮殿裡開始在桃符上題聯語，即後世題寫春聯之始。按，《宋史・蜀世家》：「孟昶命學士為題桃符，以其非工，自命筆題曰：『新年納餘慶，嘉節號長春。』」與作者所說不同。❹明經　清代用作貢生的別稱。❺辛酉　即清乾隆六年，西元一七四一年。❻拔貢　參見本書卷二〈知命〉則注釋❿。

【語譯】門聯在唐代末年已經有了。五代後蜀大臣辛寅遜為孟昶題寫桃符，寫在桃符板上的「新年接納餘慶，嘉節號稱長春」這兩句聯語就是門聯。只是如今門聯都用紅紙書寫，和以前不同罷了。我家鄉有個拔貢叫張晴嵐，除夕前自己題寫了一副門聯說：「三間東倒西歪的屋子，一個千錘百煉的人兒。」剛好有個打鐵匠請彭信甫寫門聯，彭信甫就開玩笑地順手寫了這兩句給了打鐵匠。張晴嵐和打鐵匠這兩戶人家正好門對著門，看到這兩家貼著一樣門聯的人，沒有不笑出聲來的。張晴嵐和彭信甫本來是乾隆六年的同年拔貢生，情誼很深厚，竟然因為這件事有了誤會隔閡。凡是開玩笑都沒有好處，這也是一個例子。還有，董曲江前輩性格喜歡開玩笑，他家鄉有人因送葬而請來戲班演戲，請董曲江在臺上題個匾額。董曲江給他題寫了「弔者大悅」四個字，一縣的人相傳成為話柄。致使那個喪主終身對他切齒痛恨，董曲江幾乎被這個人設下圈套陷害。後來，董曲江也很後悔，曾舉出這件事來告誡朋友。

【研析】從文章中看，作者並不喜歡戲謔，認為「凡戲無益」，這與如今電視、電影中描繪的紀曉嵐全然不同。看來，作者的自我表白要比後人的塑造來的更可靠些。不知讀者以為如何？

真假張某妻

董秋原言：有張某者，少遊州縣幕❶。中年度足自贍，即閒居以蒔花❷種竹自娛。偶外出數日，其婦暴卒。不及臨訣，心恆悵悵如有失。一夕，燈下形見，悲喜相持。婦曰：「自被攝後，有小罪過待發遣，遂羈絆至今。今幸勘結❸，得入輪迴，以距期尚數載，感君憶念，祈於冥官，來視君，亦夙緣之未盡也。」遂相繾綣❹如平生。自此人定恆來，雞鳴輒去。嬿婉之意有加，然不一語及家事，亦不甚問兒女，曰：「人世囂雜❺，泉下人得離苦海，不欲聞之矣。」一夕，先數刻至，與語不甚答，曰：「少遲君自悟耳。」俄又一婦搴簾入，形容無二，惟衣飾差別，見前婦驚卻。前婦叱曰：「淫鬼假形媚人，神明不汝容也！」後婦狼狽出門去。此婦乃握張泣。張惝恍莫知所為。婦曰：「凡餓鬼多託名以求食，淫鬼多假形以行媚，世間靈語，往往非真。此鬼本西市娼女❻，乘君思憶，投隙而來，以盜君之陽氣。適有他鬼告我，故投訴社公，來為君驅除。彼此時諒已受笞矣。」問：「今在何所？」曰：「與君本有再世緣，因奉事翁姑，外執禮而心怨望，遇有疾病，雖不冀幸其死，亦不迫切求其生。為神道所錄，降為君妾。又因懷挾私憤，以語激君，致君兄弟不甚睦，再降為媵婢。須後公二十餘年生，今尚浮遊墟墓間也。」張牽引入幃。曰：「幽明路隔，恐干陰譴，來生會了此願耳。」嗚咽數聲而滅。時張父母已故，惟兄別居。乃詣兄具述其事，友愛如初焉。

【章旨】此章講述了一個淫鬼假冒他人妻子亡靈去媚惑人，後來被該人妻子亡靈揭破的故事。

【注釋】❶州縣幕　指州縣官員的幕僚。❷蒔花　種花；養花。❸勘結　指衙門審核查問結束。❹繾綣　纏綿。形容感情深厚，亦指男女戀情。唐元稹〈鶯鶯傳〉：「留連時有恨，繾綣意難終。」❺囂雜　喧鬧嘈雜。❻娼女　妓女。

【語譯】董秋原說：有個張某，年輕時擔任州縣衙門的幕僚，中年時估計已經積攢下足夠自己生活的費用，就閒居在家，以養花種竹來自得其樂。他偶然外出了幾天，妻子突然得了暴病而死，來不及臨終訣別，為此他心裡常常憂傷失意，若有所失。一天晚上，燈下妻子現出身影，張某夫妻兩人悲喜交集，相互擁抱。妻子說：「自從我被陰司拘去後，因為有小小的罪過等待處置，於是就延誤到今天。如今好在已經查清結案，我得以進入輪迴轉世投生。因為距離規定投生的期限還有幾年，我被你的追憶思念所感動，就向陰間官員請求，前來看望你。這也是因為我們前生緣分還沒有盡呀！」於是夫妻兩人如同活著時一樣互相親熱纏綿。從此，妻子每當夜深人靜就回來，雞鳴時就離去。妻子親熱柔順的情意比以前更加濃烈，然而沒有一句話問到家務事，也不大過問兒女的事，說：「人世間喧鬧嘈雜，死去的人得以離開人世間這個苦海，就不想再聽到人世間的事情了。」有一天晚上，妻子比預定時間早了幾刻鐘到，張某和她說話，她不大回答，只是說：「過一會兒你就明白了。」不久，又有一個婦人掀開門簾進來，和先來的妻子長得一模一樣，只有衣服首飾有些差別。後來的婦人看見先來的婦人，吃驚地退卻。先來的那個婦人喝叱說：「淫鬼假冒別人形狀媚惑人，神明不會寬恕你的！」後來的那個婦人狼狽逃出門去。這個婦人才握住張某的手哭起來。張某恍恍惚惚不知道究竟是怎麼回事。那個婦人說：「凡是餓鬼大多假託別人名字以尋求食物，淫鬼大多假託別人的形象媚惑人。世上那些好聽的話，往往不是真話。這個鬼本來是西市的娼妓，乘你思念我的機會，鑽空子就來了，要盜取你的陽氣，恰好有別的鬼把這件事告訴我，因此我就向土地神投訴，來這裡為你驅逐淫鬼。她這個時候大概已經在挨鞭打了吧！」張某問妻子：「如今你在哪裡？」妻子說：「我和你本來有再世姻緣，但是因為我侍奉公公婆婆的時候，表面恭敬有禮而心中懷著怨恨，遇到公公婆婆有病，我雖然不希望他們死去，也不迫切地祈求他們活著。這些被神明記錄在案，把我降為你的侍妾。又因為我懷著私心發洩私憤，用話來刺激挑動你，致使你們兄弟不很和睦，為此把我再降為是你的婢女。我必須在你身後二十多年才能投生，如今我還在墳墓之間游蕩！」張某拉著妻子上床，她說：「陰、陽是兩個不同的世界，這樣做我怕犯了陰間法律遭到懲處，來生我會滿足你這個願望的。」她嗚咽哭了幾聲就不見了。當時，張某的父母已經去世，只有哥哥和他分居。張某就來到哥哥那裡，詳細說了這件事，兄弟兩人又像最初時候一樣和睦友愛了。

【研析】淫鬼假冒亡靈媚惑人，亡靈將淫鬼驅逐也就了事。然而作者還要寫這個亡靈因生前不孝敬公婆，不友愛兄弟，故而來生要遭報應。如此陳腐的說教，讀來實在乏味。如果要說本書的瑕疵，類似篇章難逃其咎。

孝子殺人，不彰母過

有嫠婦[1]年未二十，惟一子，甫三四歲。家徒四壁，又鮮族屬，乃議嫁。婦色頗豔。其表戚某甲，密遣一嫗說之曰：「我於禮無娶汝理，然思汝至廢眠食。汝能託言守志，而私昵於我，每月給資若干，足以贍母子。兩家雖各巷，後屋則僅隔一牆，梯而來往，人莫能窺也。」婦惑其言，遂出入如夫婦。外人疑婦何以自活，然無跡可見，姑以為尚有蓄積而已。久而某甲奴婢洩其事。其子幼，即遣就外塾宿。至十七八，亦稍聞繁言。每泣諫，婦不從；狎昵雜坐，反故使見聞，冀杜其口。子恚甚，遂白晝入某甲家，剚刃於心，出於背，而以「借貸不遂，遭其輕薄，怒激致殺」首於官。官廉得其情，百計開導，卒不吐實，竟以故殺論抵。鄉鄰哀之，好事者欲以片石表其墓，乞文於朱梅崖❷前輩。梅崖先一夕夢是子，容色慘沮，對而拱立。至是憬然曰：「是可毋作也。不書其實，則一凶徒耳，烏乎表？書其實，則彰孝子之名，適以傷孝子之心，非所以安其靈也。」遂力沮罷其事。是夕，又夢其拜而去。是子也，甘殞其身以報父仇，復不彰母過以為父辱，可謂善處人倫❸之變矣。或曰：「斬其宗祀❹，祖宗恫焉。盍待生子而為之乎？」是則講學之家，責人無已，非余之所敢聞也。

【章旨】此章講述一個寡婦與人私通，其兒子憤而殺死姘夫，在官府審訊此案時，兒子堅不吐實，最終被判處抵命的故事。

【注釋】❶嫠婦　寡婦。❷朱梅崖　即朱仕琇。字斐瞻，號梅崖。清乾隆進士，官夏津知縣，改福寧府教授。工古文，有《梅崖居士集》。❸人倫　封建社會指人與人之間的關係和應當遵守的行為準則。《孟子．滕文公上》：「使契為司徒，教以人倫：父子有親，君臣有義，夫婦有別，長幼有序，朋友有信。」❹宗祀　謂對祖宗的祭祀。

【語譯】有個寡婦年紀不到二十歲，只有一個兒子，才三四歲。家裡很貧窮，親屬又很少，於是就商議改嫁。這個婦人姿色很豔麗，她的表親某甲暗中派個老媽子來遊說她說：「按照禮儀規矩我沒有娶你的道理，然而我思戀你到了廢寢忘食的程度。你如果能夠假裝說守節，而私下和我幽會，我就每月給你多少多少錢，足以贍養你們母子。我們兩家雖然各住一個街巷，但是我們兩家的後屋只有一牆之隔，搭上梯子來往，別人不會發現形跡的。」寡婦受了某甲的引誘迷惑，於是就出入某甲家共同生活，如同夫婦一般。外人懷疑這個寡婦怎麼能夠養活自己，但沒有發現什麼形跡疑點，姑且以為她還有積蓄罷了。時間久了，某甲的家奴婢女就把這件事情洩露出來。寡婦的兒子年幼，就被她送到外面私塾中住宿讀書。兒子到了十七八歲，也稍稍聽到一些風言風語，常常哭著勸說母親，寡婦不肯聽從。有時寡婦和某甲親熱地坐在一起，反而故意讓兒子看見聽到，希望能夠堵住兒子的嘴巴。兒子氣極了，於是就在大白天闖入某甲家裡，用刀刺中某甲的心臟，刀刃從後背穿透出來，而且以「向某甲借貸沒有成功，還遭到某甲的侮辱，被激怒之下，所以殺人」為供詞，向官府自首。官員經調查了解了事情的真相，千方百計開導他，他終究不肯說出真實情形，最終以故意殺人罪被判處抵命。鄉親鄰居們同情可憐他，有好事的人想在他的墓前立個石碑來表彰他，就請朱梅崖前輩寫篇碑文。朱梅崖在前一天夜晚夢見這個年輕人，神色慘淡沮喪，和朱先生面對面拱手站立。到這時候，朱先生猛然省悟說：「這篇碑文可以不必寫了。如果碑文不寫實際情況，那個年輕人只是一名性情殘暴的人罷了，有什麼可以表彰的？寫了事情的真實情況，那麼表彰了孝子的名聲，恰恰傷害了孝子的內心，這不是安定他靈魂的方法。」於是，朱梅崖極力阻止立石碑這件事。當天夜裡，朱梅崖又夢見那個年輕人來向他跪拜行禮才離去。這個年輕人，甘願捨棄自己去為父親報仇，又不公開母親的過錯以免羞辱父親，可以說是善於處理人倫關係的變化了。有人說：「這個年輕人斬斷了他祖宗的祭祀，祖宗會傷痛的。何不等生下兒子以後再幹呢？」這是講學家說的話，責備他人沒有止境，但不是我所能同意的了。

【研析】責怪寡婦不能守節，而讓一個十七八歲的年輕人成為殺人凶手，封建禮教的毒害於此可見。作者對那個年輕人的舉動是讚許的，雖然作者也責備了講學家的苛求，但在維護封建禮教上，他們是一致的。

小人之謀福君子

小人之謀，無往不福君子也。此言似迂而實信。李雲舉言其兄憲威官廣東時，聞一遊士性迂僻，過嶺干❶謁親舊，頗有所獲。歸裝襆被衣履之外，獨有二巨篋，其重四人乃能舁，不知其何所攜也。一日，至一換舟處，兩舷相接，束以巨繩，扛而過。忽四繩皆斷如刃截，訇然墮板上。兩篋皆破裂，頓足悼惜。急開檢視，則一貯新端硯❷，一貯英德石❸也。石篋中白金❹一封，約六七十兩，紙裹亦綻。方拈起審視，失手落水中。倩❺漁戶沒水求之，僅得小半。方懊喪間，同來舟子遽賀曰：「盜為此二篋，相隨已數日，以岸上有人家，不敢發。吾惴惴不敢言。今見非財物，已唾而散矣。君真福人哉！抑陰功得神祐也？」同舟一客私語曰：「渠有何陰功，但新有一痴事耳。渠在粵日，嘗以百二十金託逆旅主人買一妾，云是一年餘新婦，貧不舉火，故鬻以自活。到門之日，其翁姑及婿俱來送，皆羸病如乞丐。臨入房，互相抱持，痛哭訣別。已分手，猶追數步，更絮語。媒媪強曳婦入，其翁抱數月小兒向渠叩首曰：『此兒失乳，生死未可知。乞容其母暫一乳，且延今日，明日再作計。』渠忽躍然起曰：『吾謂婦見出耳。今見情狀，淒動心脾，即引汝婦去，金亦不必償也。古今人相去不遠，馮京之父❻，吾豈不能為哉！』竟對眾焚其券。不知乃主人窺其忠厚，偽飾己女以紿之，儻其竟納，又別有狡謀也。同寓皆知，渠至今未悟，豈鬼神即錄為陰功耶？」又一客曰：「是陰功也。其事雖痴，其心則實出於惻隱。鬼神鑑察，亦鑑察其心而已矣。今日免禍，即謂緣此事可也。彼逆旅主人，尚不知究竟何如耳。」先師又聃先生，雲舉兄也。謂雲舉曰：「吾以此客之論為然。」余又憶姚安公言：田丈耕野西征時，遣平魯路❼守備李虎偕二千總❽將三百兵出游徼❾，猝遇額魯特自間道❿來。二千總啟虎曰：「賊馬健，退走必為所及。請公率前隊扼山口，我二人率後隊助之。賊不知我多寡，猶可以守。」虎以為然，率眾力鬥。二千總已先遁，蓋紿虎與戰，以稽時刻；虎敗，則去已遠也，虎遂戰歿。後蔭⓫其子先捷如父官。此雖受紿而敗，然受紿適以成其忠。故曰，小人之謀，無往不福君子也。此言似迂而實確。

【章旨】此章列舉三個小故事，說明小人用盡心計利己害人，然而最終還是君子得福。

【注釋】❶嶺干　嶺南。❷端硯　參見本書卷八〈孟達遭誣〉則注釋❺。❸英德石　廣東英德縣山溪中所產的一種石頭，有微青、灰黑、淺綠、灰白等數種顏色。其形如峰巒峻峭，千姿百態。可用作假山、製作盆景等。❹白金　指白銀。❺倩　請；央求。❻馮京之父　馮京之父買妾，得知妾被迫賣身，便叫她回家，也不要原來繳付的賣身錢。這個故事載於宋羅大經撰《鶴林玉露》。馮京，北宋大臣。字當世，鄂州咸寧（今屬湖北）人。官至太子少師。❼平魯路　即今平魯。在山西北部、桑乾河上游外長城內側，鄰接內蒙古自治區。❽千總　參見本書卷八〈地水風火〉則注釋❸。❾游徼　原指古代鄉官。秦始置，掌一鄉的巡察緝捕。西漢至南北朝多沿置不改，後廢。此指派小股軍隊巡視偵察。❿間道　偏僻的小路。⓫蔭　封建時代子孫因祖先有官爵、功績而受封。《隋書・柳述傳》：「少以父蔭，為太子親衛。」

【語譯】小人的耍陰謀，沒有一件不是降福給君子的。這句話好像迂腐，但確實是可信的。李雲舉說，他兄長李憲威在廣東做官時，聽說有個遊學的書生性格迂腐孤僻，到嶺南拜訪親朋故舊，很有點收穫。這個書生回家時除了衣服鋪蓋行裝之外，還單獨帶有兩隻大箱子，重得要四個人才能抬起來，不知道他是怎麼帶著這兩隻箱子的。有一天，書生來到一個換乘船隻的地方，兩條船的船舷互相靠在一起，船工把箱子用粗繩綁緊，扛過船去。突然四條繩索都斷掉，就像刀切那樣整齊，箱子砰的一聲掉在船板上。兩隻箱子都破裂開來，書生急得直跺腳痛心惋惜。便急忙打開箱子檢查，原來一隻箱子裝著新端硯，一隻箱子裝著英德石。裝石頭的箱子裡有一封白銀，大約六七十兩，紙包也破裂了。書生正拿起紙包仔細看時，失手掉落到水裡。書生請求漁民下水尋找銀子，僅僅找到一小半。書生正在懊喪的時候，同來的船夫馬上祝賀他說：「強盜為了這兩隻大箱子，跟隨我們的船隻已經好幾天了，因為河岸上有人家居住，他們不敢行動。我心裡惴惴不安，又不敢說出來。如今看到箱子裡並非是財物，強盜們已經唾棄四散走掉了。你真是有福之人！還是您積有陰功而得到神靈保佑呢？」同船的一位客人私下對人說：「他有什麼陰功，只是最近做過一件傻事。他在廣東時，曾經用一百二十兩銀子託旅館主人去買一個侍妾，旅館主人說買的侍妾是結婚一年多的婦人，因為家裡窮得沒飯吃，所以賣掉她來養活全家人。這婦女上門的那一天，她的公公婆婆丈夫全部來送行，每個人都面黃肌瘦、瘦弱疲病像乞丐一樣。要進洞房時，家人互相擁抱，痛哭訣別。已經分手後，這個婦女還追上幾步，絮絮叨叨又說些什麼。媒婆強拽著這婦女進屋，她的公公抱著一個幾個月大的嬰兒，向書生叩頭說：『這個孩子沒有母奶吃，能不能活都很難說，請求讓他母親再餵一次奶，且活過了今天，明天再作打算。』書生突然跳起來說：『我以為這婦女是被趕出來的而已。如今看到這種情況，淒慘得讓人心痛，你們立即把你們媳婦帶回去，銀子也不必償還我了。古人和今人相去不遠，北宋馮京的父親能做到的事，我難道就不能做到嗎！』書生竟然對著眾人把賣身契燒了。他不知道原來是旅館主人探知他性格忠厚，就把自己女兒偽裝了來欺騙他。如果他真的娶了那婦女，又另外有狡猾的陰謀了。住在同一旅館的人都知道這個陰謀，只有書生至今還沒有省悟，難道鬼神就是把這件事記錄為陰功嗎？」又有一位旅客說：「這是陰功。雖然他辦這件事有點痴傻，但他確實是出於惻隱之心。鬼神明鑑細察，也是鑑察他的內心而已。書生今天得以免除災禍，說是因為那件事是可以的。那個旅館主人，還不知道最後會是怎麼樣呢。」先師李又聃先生，是李雲舉的哥哥。他對李雲舉說：「我認為這位旅客說的話是正確的。」我又想起姚安公說的一件事：田耕野老先生帶兵西征時，派遣平魯路守備李虎和兩個千總率領三百名士兵出營巡邏偵察，他們突然碰到額魯特軍隊從小路過來。兩個千總對李虎說：「賊人的馬跑得快，我們退走一定會被敵軍追上。請您率領前隊人馬扼守山口，我們兩個率領後隊人馬支援您。敵人不知道我軍兵力有多少，還是可以堅守住的。」李虎認為有道理，就率領前隊士兵盡力與敵軍搏鬥。兩個千總卻早已先逃回去了，他們騙李虎與敵軍交戰，是為了拖延敵人進攻的時間。李虎戰敗時，他們已經逃得很遠，於是李虎就這樣戰死了。後來李虎的兒子李先捷受到其父親的蔭庇，擔任了和父親一樣的官職。這雖然是李虎受了騙才戰敗的，但他的受騙恰巧造成他的忠烈。所以說，小人的陰謀，沒有一件不降福給君子的。這句話似乎迂腐，然而是確實正確的。

【研析】俗話說：「吃虧是福。」這個道理雖然淺顯，然而還是有許多人不懂。多少人在名利場上血拼，到頭來又得到了些什麼？為人還是應該以忠厚為本，以謙讓為先。我想，這就是紀曉嵐撰寫本文的主旨吧！

博施為福，愛人以德

雲舉又言：有人富甲一鄉，積粟千餘石。遇歲歉，閉不肯糶。忽一日，徵集僕隸，陳設概量❶，手書一紅箋，榜於門曰：「歲歉人飢，何心獨飽？今擬以歷年積粟，盡貸鄉鄰，每人以一石為律❷。即日各具囊篋❸赴領，遲則粟盡矣。」附近居民，聞聲雲合，不一日而粟盡。有請見主人申謝者，則主人不知所往矣。皇遽❹大索，乃得於久鎖廠屋中，酣眠方熟，人至始欠伸。眾驚愕掖起，於身畔得一紙曰：「積而不散，怨之府也；怨之所歸，禍之叢也。千家飢而一家飽，剽劫為勢所必至，不名實兩亡乎？感君舊恩，為君市德。希恕專擅，是所深禱。」不省所言者何事，詢知始末，太息而已。然是時人情洶洶，實有焚掠之謀。得是博施，乃轉禍為福。此幻形之妖，可謂愛人以德矣。所云「舊恩」，則不知其故。或曰：「其家園中有老屋，狐居之數十年，屋圮乃移去。意即其事歟？」

【章旨】此章講述一個狐狸精假冒主人，廣施德行，以此來報答主人的故事。

【注釋】❶概量　亦作「槩量」。概和斗斛等量器。概，量穀物時刮平斗斛的器具，又叫平斗斛木。❷律　此處指規定。❸囊篋　袋子與箱子。❹皇遽　驚懼慌張。皇，通「惶」。

【語譯】李雲舉又說：有個全鄉最富有的人，積存的糧食一千多石。遇到有一年莊稼歉收鬧饑荒，他關上門不肯把糧食賣給人家。突然有一天，這個富人把僕人們召集起來，準備好概和斗斛等量器，親手寫了一張紅紙，張貼在大門上，說：「今年莊稼歉收人人飢餓，我怎能忍心獨自一個人吃飽？如今打算把我歷年積存的糧食，全部借給同鄉鄰里，每人限一石。即日起各自帶著口袋籮筐來領取，遲到的話，糧食就分光了。」附近的居民聽到消息都湧來，不到一天，糧食就分光了。有人請求拜見主人表示感謝，但主人卻不知道到什麼地方去了，大家驚慌地到處尋找，才發現他在一間鎖了很久的破屋子裡，正在熟睡之中，眾人來到面前他才打呵欠、伸懶腰地醒來。大家驚愕地把他扶起，在他身邊發現了一張紙條，上面寫著：「積存糧食而不散發掉，是產生怨恨的根源；怨恨集中到一處，災禍就要叢生了。千家飢餓而一家吃飽，剽掠搶劫就成為形勢發展的必然結果，這樣不就名譽和實際兩者都喪失了嗎？我感謝你舊日的恩德，現在為你購買德行。希望你寬恕我的獨斷專行，這是我最深切的祈求。」富人不理解紙條上講的是什麼事，經詢問知道分糧事情的來龍去脈，只是深深歎息而已。然而當時人們情緒十分激動，確實有放火搶掠的陰謀。富人因為廣為分發糧食，才得以轉禍為福。這個變成富人模樣的妖物，可以說是用德行來友愛這個富人。紙條上所說「舊時的恩德」，就不知道是怎麼回事了。有人說：「富人家的院子裡有間老屋，狐狸精住了幾十年，直到老屋倒塌了才離開。也許就是指這件事吧？」

【研析】富人遭到嫉恨，往往是因為他們為富不仁。如文章中所說的那個富人，在災荒年月還囤積糧食，不賣給缺糧百姓，激起民憤是必然的。好在那個狐狸精及時為其散發糧食，安撫百姓，才得以轉禍為福。《史記・孟嘗君列傳》中也有類似故事：薛地百姓欠孟嘗君錢，孟嘗君門客馮驩為其到薛地要債。馮驩到薛地，召集欠債人集會，能還債的還債，不能還債的就把債券燒掉，不必還錢。馮驩此舉為孟嘗君博得美名，即馮驩所謂的「令薛民親君而彰君之善聲」。孟嘗君與這個富人前後相隔兩千年，但他們所遭遇的事情卻相似，都相當發人深思。

奴不及狐

小時聞乳母李氏言：一人家與佛寺鄰。偶寺廊躍下一小狐，兒童捕得，縶縛鞭捶，皆懾伏不動。放之則來往於院中，絕不他往。與之食則食，不與亦不敢盜；飢則向人搖尾而已。呼之似解人語，指揮❶之亦似解人意。舉家憐之，恆禁兒童勿凌虐。一日，忽作人語曰：「我名小香，是鐘樓❷上狐家婢。偶嬉戲誤事，因汝家兒童頑劣，罰受其蹂躪一月。今限滿當歸，故此告別。」問：「何故不逃避？」曰：「主人養育多年，豈有逃避之理？」語訖，作叩額❸狀，翩然越牆而去。時余家一小奴竊物遠揚，乳母因說此事，喟然曰：「此奴乃不及此狐。」

【章旨】此章講述一隻小狐狸受主人懲治不敢逃避，而作者家的一個小僕卻偷了東西遠走高飛，引發講故事者有「此奴乃不及此狐」的感歎。

【注釋】❶指揮　指示；指點。❷鐘樓　寺廟中設置大鐘的樓閣，樓內按時敲鐘報告時辰。❸叩額　即叩頭。伏身跪拜，以頭叩地。古時為最鄭重的一種禮節。

【語譯】我小時候聽奶媽李氏說：有戶人家和佛寺相鄰。有一次，在寺院走廊上偶然跳下一隻小狐狸，被兒童們抓獲，用繩子捆綁了鞭打，小狐狸嚇得趴在那裡都不敢動。放開牠，小狐狸就在院子裡走來走去，也絕不到其他地方去。給牠食物牠就吃，不給牠食物，牠也不敢偷吃，餓了也只是向人搖尾巴而已。叫牠時，小狐狸似乎聽得懂人話；指示牠幹什麼好像也懂得人的意思。全家人都喜歡這隻小狐狸，大人經常禁止兒童們不要去欺負虐待牠。有一天，小狐狸忽然講起了人話，說：「我名叫小香，是寺廟鐘樓上狐狸精家裡的婢女。偶然嬉戲誤了事，因為你們家兒童頑皮搗蛋，主人就罰我被這些兒童虐待一個月。如今限期滿了，我要回去，所以向你們告別。」這家人問小狐狸：「你為什麼不逃避呢？」小狐狸說：「主人養育我多年，怎麼會有逃避的道理？」說完，小狐狸作出叩頭的樣子，然後輕飄飄地越過牆頭走了。當時我家有個小奴僕偷了東西遠走高飛，奶媽便說了這件事，感歎地說：「這個小奴竟然及不上這隻小狐狸。」

【研析】小狐狸受主人恩，雖受懲治而不敢逃避；小奴僕偷竊東西，未加懲處就遠走他鄉。作者講述這個故事，認為人不如動物，是發洩對奴僕的不滿。然而作者高高在上，又豈能知道奴僕的辛酸？

高僧與群小

陳雲亭舍人言：其鄉深山中有廢蘭若❶，云鬼物據之，莫能修復。一僧道行清高，徑往卓錫❷。初一兩夕，似有物窺伺。僧不聞不見，亦遂無形聲。三五日後，夜有夜叉❸排闥❹入，獰猙跳擲，吐火噓煙。僧禪定自若。撲及蒲團❺者數四，然終不近身。比曉，長嘯去。次夕，一好女至，合什作禮，請問法要。僧不答。又對僧琅琅誦《金剛經》❻，每一分訖，輒問此何解。僧又不答。女子忽旋舞，良久，振其雙袖，有物簌簌落滿地，曰：「此比散花何如？」且舞且退，瞥眼無跡。滿地皆寸許小兒，蠕蠕幾千百，爭緣肩登頂，穿襟入袖。或齕齧，或搔爬，如蚊虻蟣蝨之攢咂；或抉剔耳目，擘裂口鼻，如蛇蠍之毒螫。撮之投地，爆然有聲，一輒分形為數十，彌添彌眾。左支右絀，困不可忍，遂委頓於禪榻下。久之蘇息，寂無一物矣。僧慨然曰：「此魔也，非迷也。惟佛力足以伏魔，非吾所及。浮屠❼不三宿桑下❽，何必戀戀此土乎？」天明，竟打包返。余曰：「此公自作寓言，譬正人之慍於群小耳。然亦足為輕嘗者戒。」雲亭曰：「僕百無一長，惟平生不能作妄語。此僧歸路過僕家，面上血痕細如亂髮，實曾目睹之。」

【章旨】此章講述一個高僧孤身前往荒寺卓錫，妖魔在變成夜叉、美女無法戰勝他後，最終以群小之手將其驅逐的故事。

【注釋】❶蘭若　指佛教寺廟。梵語 Āranyaka 或 Āranya「阿蘭若」的省稱。意為寂淨無苦惱煩亂之處。❷卓錫　卓，立。錫，錫杖，僧人出外所用。因以稱僧人在某地居留。❸夜叉　參見本書卷二〈鬼怕人〉則注釋❾。❹排闥　推開門。闥，門。❺蒲團　信仰佛教、道教的人，在打坐和跪拜時，多用蒲草編成的團形墊具，稱「蒲團」。❻金剛經　參見本書卷一〈暗鬼〉則注釋❸。❼浮屠　佛教名詞。梵文 Buddha 的舊譯。因此有稱佛教徒為浮屠氏、佛經為浮屠經的，此處指佛教徒。❽三宿桑下　《後漢書・襄楷傳》：「浮屠不三宿桑下，不欲久生恩愛，精之至也。」意即佛教徒不在一處較久地停留，表示無愛戀之心。

【語譯】舍人陳雲亭先生說：他家鄉深山中有座荒廢的佛教寺院，傳說被鬼怪占據了，沒有人能夠前去修復。有個和尚道行清高，就直接到那裡去居住修行。剛去的一兩夜，彷彿有怪物暗中窺探他。和尚好像沒有聽見沒有看見的樣子，怪物也就沒有了形跡聲音。三五天後，夜裡有夜叉推門進來，面目猙獰地蹦來跳去亂扔東西，吐火噴煙。和尚坐在蒲團上打禪，鎮靜自如。夜叉多次撲到和尚坐的蒲團邊，但始終沒有靠近和尚身體。到了天亮，夜叉長嘯一聲就走了。第二天夜晚，有個美貌女子來到，對著和尚合十行禮，恭敬地詢問佛法。和尚不回答。這個女子又對著和尚琅琅誦讀《金剛經》，她每誦讀完一段，就問和尚這段作什麼解釋。和尚還是不回答。這個女子忽然旋轉跳舞，舞跳了很久，女子抖動雙袖，有東西悉悉窣窣地落了滿地，女子說：「這比天女散花怎麼樣？」女子一面跳舞一面後退，轉眼間就不見了蹤影。滿地都是一寸多高的小孩子，蠕動著有幾千個，爭先恐後沿著和尚的肩膀爬上頭頂，穿過衣襟爬入和尚的衣袖中。有的用牙咬，有的又抓又爬，就像蚊蟲蝨子般叮咬；有的扒撥耳朵眼睛，拉裂嘴巴鼻子，像毒蛇蠍子的毒刺螫人。和尚抓起這些小人摔到地上，發出爆響聲，一個小人就又分裂成數十個，越來越多。和尚左右掙扎，四處抵抗，終於累得支撐不住，於是就癱倒在禪床下面。過了很久和尚才蘇醒過來，周圍寂然沒有任何東西了。和尚感慨地說：「這是魔，不是迷惑呀。只有佛力才能夠降伏魔，不是我的道行能達到的。古人說和尚不在同一棵桑樹下睡三個夜晚，我何必戀戀不捨這個地方呢？」天亮時，和尚就收拾包袱回去了。我說：「這是陳先生你自己編寫的寓言，比喻正人君子被那些小人憎恨嫌棄罷了。然而也足以讓那些冒然採取行動的人引以為戒。」陳雲亭說：「我一生什麼長處也沒有，只是平生不會說假話。這個和尚回來時路過我家，面上的血痕又細又多，像亂頭髮似的，這確實是我親眼看到的事。」

【研析】正如作者所言，此篇是「自作寓言，譬正人之慍於群小」。因為對於凶暴、美色，人們還可以抗拒；然而對於來自小人們不擇手段的圍攻，卻苦於應付。至於那位陳舍人的辯白，自然是此地無銀三百兩，不值一駁。

石翁仲幻化

老僕劉廷宣言：雍正初，佃戶張璜於褚寺東架團焦❶（俗謂之「團瓢」，「焦」字音轉也。二字出《北齊書》本紀❷）守瓜，夜恆見一人，行步遲重，徐徐向西北去。一夕，偶竊隨之，視所往，見至一叢冢處，有十餘女鬼出迓，即共狎笑媟戲。知為妖物，然似是蠢蠢無所能，乃藏火銃於團焦，夜夜伺之。一夜，又見其過。發銃猝擊，訇然仆地。秉火趨視，乃一翁仲❸也。次日，積柴燔為灰，亦無他異。至夜，夢十餘婦女羅拜，曰：「此怪不知自何來，力猛如羆虎。凡新葬女鬼，無老少皆遭脅汙；有枝拒者，登其墳頂，踴躍數四，即土陷棺裂，無可棲身。故不敢不從，然飲恨則久矣。今蒙驅除，故來謝也。」後有從高川❹來者，云石人窪馮道❺墓前（馮道，景城人，所居今猶名相國莊，距景城二三里。墓則在今石人窪。余幼時見殘缺石獸、石翁仲尚有存者，縣志❻云不知道墓所在，蓋承舊志之誤也），忽失一石人，乃知即是物也。是物自五代❼至今，始煉成形，歲月不為不久；乃甫能幻化，即縱凶淫，卒自取焚如之禍❽。與邵二雲❾所言木偶，其事略同，均可為小器易盈者鑑也。

【章旨】此章講述一個石翁仲幻化成妖，禍害陰間，最終自取焚如之禍的故事。

【注釋】❶團焦　圓形草屋。《北齊書・神武紀上》：「後從榮（爾朱榮）徙居并州，抵揚州邑人龐蒼鷹，止團焦中。」❷北齊書本紀　即指《北齊書・神武紀》。《北齊書》原名《齊書》，宋時加「北」字，以與蕭子顯的《南齊書》區別。唐李百藥撰。五十卷。紀傳體北齊史，無表志。❸翁仲　傳說秦始皇時阮翁仲身長一丈三尺，異於常人，始皇命他出征匈奴，死後鑄銅像立於咸陽宮司馬門外。後就稱銅像、石像為翁仲。❹高川　鎮名。在河北交河東北，滹沱河邊。❺馮道　參見本書卷六〈石馬為妖〉則注釋❶。❻縣志　此處或指《獻縣志》。清萬廷蘭修，二十卷，乾隆二十六年（一七六一年）刻本。❼五代　據北宋歐陽脩《新五代史》，指梁、唐、晉、漢、周五代。❽焚如之禍　遭到被烈火焚燒的災禍。❾邵二雲　即邵晉涵。字與桐，一字二雲，清餘姚（今浙江餘姚）人。乾隆進士，曾任纂修官參預編修《四庫全書》，官至侍讀學士。

【語譯】我家老僕人劉廷宣說：雍正初年，佃戶張璜在赭寺東面架設團焦（當地百姓把這種草棚叫作「團瓢」，「瓢」是「焦」字的轉音。團焦二字，出於《北齊書・神武紀》）看守瓜田。夜裡經常看見一個人，行走時腳步沉重，慢慢向西北方向走去。一天夜裡，張璜偶然偷偷跟著他，看他到哪裡去。張璜看見他走到一處亂墳堆，有十幾個女鬼出來迎接，就在一起狎昵嬉笑淫亂。張璜知道那是妖怪，但似乎是個行動笨拙，沒有多大能耐的蠢傢伙，就把火銃藏在團焦內，天天夜裡都等著。一天夜裡，張璜又看見那個妖怪走過，就擊發火銃突然射擊，怪物轟然仆倒在地上。張璜點起火把趕過去一看，原來是一個石翁仲。第二天，張璜在石翁仲身上堆了柴草，把石翁仲燒成灰，也沒有發生什麼異常的事情。到了夜裡，張璜夢見十幾個婦女團團圍著他叩拜，說：「這個妖怪不知道從什麼地方來，力氣大得像熊羆猛虎。凡是新安葬的女鬼，無論老少都遭到他的威脅姦汙了。有抗拒的，他就登上那人的墳頂，跳幾下，墳墓就會塌陷棺材開裂，鬼魂沒有地方棲身。所以女鬼們不敢不聽從他，但是大家心中懷恨已經很久了。如今蒙您把怪物消滅，所以我們來感謝您。」後來，有個從高川來的人說，石人窪馮道墓前（馮道，是景城人，所居住的地方如今還叫相國莊，距離景城二三里路。馮道墓就在如今的石人窪。我小時候看見過墓前殘缺的石獸、石翁仲還有存在的。縣志上說不知道馮道墓在什麼地方，這是因為繼承舊志書上的失誤所造成的），忽然少了一個石人，才知道就是這個妖物。這個石人從五代到現在，才修煉成人形，歲月不能說不長久。誰知他剛能幻化形體，就放縱逞凶淫亂，最後自取被焚身的災禍。這件事和邵二雲所說的木偶故事大致相同，都可以作為小有成就卻容易狂妄的人的鑑戒。

【研析】石翁仲修煉千年才成人形，卻逞凶淫亂，禍害陰間，遭到焚身之禍也是咎由自取。作者以為可以告誡那些小有成就即狂妄胡為之人，這是肺腑之言。人生在世，就是取得些成就，也容不得狂妄。禍福相倚，能不謹慎嗎？

狐女月下賞花

外叔祖張公蝶莊家有書室，頗軒敞。周以迴廊❶，中植芍藥❷三四十本，花時香過鄰牆。門客閔姓者，攜一僕下榻其中。一夕就枕後，忽外有女子聲曰：「姑娘致意先生。今日花開，又值好月，邀三五女伴借一賞玩，不致有禍於先生。幸勿開門唐突，足見雅量矣。」閔噤不敢答，亦不復再言。俄微聞衣裳綷縩❸聲，穴窗紙視之，無一人影；側耳諦聽，時似喁喁私語，若有若無，都不辨一字。跼蹐❹枕席，睡不交睫。三鼓以後，似又聞步履聲。俄而隔院犬吠，俄而鄰家犬亦吠，俄而巷中犬相接而吠。近處吠止，遠處又吠，其聲迢遞向東北，疑其去矣。恐忤之招祟，不敢啟戶。天曉出視，了無痕跡，惟西廊塵上似略有弓彎印，亦不分明，蓋狐女也。外祖雪峰公曰：「如此看花，何必更問主人？殆閔公莽莽有傖氣❺，恐其偶然衝出，致敗人意耳。」

【章旨】此章講述一群狐女深夜來居民家賞花的故事。

【注釋】❶迴廊　曲折回環的走廊。唐杜甫〈涪城縣香積寺官閣〉詩：「小院迴廊春寂寂。」❷芍藥　參見本書卷八〈虞美人花〉則注釋❹。❸綷縩　也作「綷䌨」。衣服摩擦的聲音。❹跼蹐　亦作「局脊」。形容戒慎、畏懼之貌。❺莽莽有傖氣　有魯莽粗俗的習氣。莽莽，草率；魯莽。傖氣，粗俗的習氣。

【語譯】外叔祖張蝶莊先生家裡有間書房，很寬敞，四周是迴廊，中間種著三四十株芍藥，開花時香氣四溢，飄過鄰居的牆頭。有個姓閔的門客，帶著一個僕人下榻在書房裡。一天晚上，閔某剛剛躺下，忽然窗外有個女子的聲音說：「姑娘向先生致意。今天芍藥花開，又正值月光明亮，便邀請了三五位女伴借這個機會來賞花，不會給先生帶來什麼災禍。請不要開門出來干涉，以免唐突客人，也足以見先生的雅量了。」閔先生嚇得不敢開口回答，那女子也不再說話。不久，閔某微微聽到有衣服摩擦發出的聲音，閔某在窗戶紙上挖個小洞朝外偷看，沒有看見一個人影；閔某側耳仔細傾聽，時而聽到似乎有人在竊竊私語，這說話聲若有若無，一個字都聽不清楚。閔某局促不安地躺在床上，怎麼也睡不著。三更天以後，閔某似乎又聽到腳步聲。一會兒，隔壁院子裡的狗叫了起來，接著鄰居家的狗也叫了起來，隨後街巷裡的狗都跟著吠叫起來。近處的狗叫聲停止了，遠處的狗叫聲又響起來，這狗叫聲由近及遠逐漸向東北方面傳遞過去，閔某猜想那些來看花的女子走了。閔某擔心冒犯了這些女子會招來災禍，不敢打開書房門。

等天亮時出門察看，什麼痕跡也沒有，只有西廊的塵土上似乎有彎彎的弓鞋印，也不很分明，原來是狐女來賞花。外祖父雪峰先生說：「這樣來看花，何必再問主人呢？大概閔先生有點粗鄙魯莽的習氣，狐女怕他偶然間衝出來，敗壞她們月下賞花的雅興罷了。」

【研析】以閔某在屋中的局促不安，凝神靜聽，寫出狐女月下賞花的風雅，有實有虛，給人無限遐想。

董華妻殉夫

滄州有董華者，讀書不成，流落為市肆司書算❶。復不能善事其長，為所排擠。出以賣藥卜卦自給，遂貧無立錐。一母一妻，以縫紉浣濯❷佐之，猶日不舉火。會歲饑，枵腹杜門，勢且俱斃。聞鄰村富翁方買妾，乃謀於母，將鬻婦以求活。婦初不從，華告以失節事大，致母餓死事尤大，乃涕泗曲從，惟約以儻得生還，乞仍為夫婦，華亦諾之。婦故有姿，富翁頗寵眷，然枕席時有淚痕。富翁固問，毅然對曰：「身已屬君，事事可聽君所為。至感憶舊恩，則雖刀鋸在前，亦不能斷此念也。」適歲再饑，華與母並為餓殍❸。富翁慮有變，匿不使知。有一鄰嫗偶洩之，婦殊不哭，痴坐良久，告其婢媼曰：「吾所以隱忍受玷者，一以活姑與夫之命。一以主人年已七十餘，度不數年，即當就木；吾年尚少，計其子必不留我，我猶冀缺月再圓❹也。今則已矣！」突起開樓窗，踊身倒墜而死。此與前錄所載福建學院妾相類❺。然彼以兒女情深，互以身殉，彼此均可以無恨。此則以養姑養夫之故，萬不得已而失身，乃卒無救於姑與夫，事與願違，徒遭玷汙，痛而一決，其齎恨尤可悲矣。

【章旨】此章講述一個讀書人遇到饑荒，無以養活家人，就把妻子賣給富人。妻子猶希望有一天能夠夫妻團圓。但其丈夫和家人不幸餓死，其妻子遂殉情自殺。

【注釋】❶書算　此處指管理文書帳目。❷澣濯　指給人家洗衣服。❸餓殍　指飢餓而死。❹缺月再圓　指破鏡重圓，夫妻團聚。❺前錄所載福建學院妾相類　可參見本書卷十二〈姬妾墮樓〉則。福建學院，即福建學政。

【語譯】滄州有個叫董華的人，讀書沒有成就，流落成為市場商鋪裡的帳房先生，又不能善於仕奉自己的上級主管，因此遭到主管排擠丟了飯碗。董華只好出門以賣藥算卦維持生活，於是就窮得沒有立錐之地。正逢這一年鬧饑荒，董華的母親和妻子替人縫縫補補、洗洗衣服補貼家用，但仍然不能每天有飯吃。董華全家人餓得閉門不出，眼看全家就要一起餓死。董華聽說鄰村的富翁要買侍妾，就和母親商量，準備把妻子賣了以求母親和自己活命。董華妻子最初不肯，董華告訴她，女子失去貞節的事情雖大，但導致母親餓死的事情更大。董華妻子痛哭流涕被迫同意了，只是和董華約定，如果她還能活著回來，請求仍舊和董華做夫妻，董華也答應了。董妻本來長得有幾分姿色，富翁很寵愛她。然而她和富翁睡覺時經常流淚，富翁一再追問原因，董華妻子毅然說：「我身子已經屬於你了，什麼事都可以聽憑你為所欲為。但是我感觸懷念舊時夫妻恩愛，即使是刀鋸放在我前面，我也不能割斷這種念頭。」恰好又遇上鬧饑荒的年頭，董華和他母親都餓死了。富翁擔心董華妻子知道後會有變故，就隱瞞消息不讓她知道。有個鄰居老太太偶然把消息洩露出來，董華妻子一聲都沒有哭，只是痴痴呆呆地坐了很久，對侍候自己的婢女僕婦說：「我之所以隱瞞痛苦忍受屈辱，一是為了讓婆婆和丈夫能夠活命，二是因為主人年紀已經七十多歲了，估計過不了幾年，就會去世；我年紀還輕，心想他兒子必定不會留下我，我還希望能夠和丈夫破鏡重圓啊。如今一切都完了！」她突然站起來推開樓上的窗子，踴身跳出窗戶，頭朝下倒墜著摔下樓死了。這件事和我前面記載的福建學政所買侍妾殉情的故事相類似。然而，那個侍妾是因為兒女情深，相互以身殉情，彼此都可以沒有遺恨了。這個董華妻子是因為要養活婆婆丈夫的緣故，萬不得已而失身，最終仍然沒有能夠救助婆婆丈夫，事與願違，自己白白遭到玷汙，因此沉痛地訣別人世，她抱恨而死，這就更加可悲了。

【研析】董華妻子的悲劇，令人惆悵。似乎只能怨恨老天爺，讓這一家三口懷恨而死。怨恨這無情的世道，讓有錢人在災荒年娶妾玩樂，窮人無米下炊而餓死。兩相對比，震撼人心。

槐鎮和尚

余十歲時，聞槐鎮❶一僧（槐鎮即《金史》❷之槐家鎮，今作淮鎮，誤也），農家子也，好飲酒食肉。廟有田數十畝，自種自食，牧牛耕田外，百無所知。非惟經卷❸法器❹，皆所不蓄，毗盧❺袈裟❻，皆所不具；即佛龕香火，亦在若有若無間也。特首無髮，室無妻子，與常人小異耳。一日，忽呼集鄰里，而自端坐破几上，合掌語曰：「同居三十餘年，今長別矣。以遺蛻❼奉託可乎？」溘然而逝，合掌端坐仍如故，鼻垂兩玉箸❽，長尺餘。眾大驚異，共為募木造龕。舅氏安公實齋居丁家莊，與相近，知其平日無道行，聞之不信。自往視之，以造龕未竟，二日尚未斂，面色如生，撫之肌膚如鐵石。時方六月，蠅蚋不集，亦了無屍氣，竟莫測其何理也。

【章旨】此章講述了一個槐鎮和尚臨死及死後的種種奇異情況。

【注釋】❶槐鎮　即槐家鎮。參見本書卷三〈真魅〉則注釋❶。❷金史　二十四史之一，記載金代歷史。參見本書卷三〈真魅〉則注釋❷。❸經卷　指佛教經書。因佛教古經都是卷本，故稱。❹法器　指僧道舉行宗教儀式所用的鐘、鼓、鐃、鈸、引磬、木魚等器物。❺毗盧　此指「毗盧帽」。放焰口時主座和尚所戴的一種繡有毗盧佛像的帽子。亦泛稱僧帽。毗盧，佛名。毗盧舍耶之省稱，即大日如來佛。❻袈裟　佛教僧尼的法衣。❼遺蛻　佛教、道教認為死是遺其形骸而化去，故稱其屍體為遺蛻。❽玉箸　指鼻涕。

【語譯】我十歲的時候，聽說槐鎮有個和尚（槐鎮就是《金史》上記載的槐家鎮，如今寫作淮鎮，是錯誤的），是個農家子弟，喜好飲酒吃肉。他所在的廟宇有幾十畝田產，他自己耕種自己食用，除了放牛耕田之外，他什麼都不知道。廟裡不但沒有儲備佛經法器，沒有準備毗盧帽袈裟；就連佛龕的香火，也是時有時無。只是這個和尚頭上沒有頭髮，屋子裡沒有妻子，和一般百姓小小的不同罷了。有一天，他忽然招呼鄉親鄰里聚集到廟裡，自己則端坐在破舊的几案上，合掌對鄉親們說：「我和大家一起住了三十多年，今天要永別了。我把遺體託付給大家，可以嗎？」和尚說完就閉目安然去世，雙手合掌，仍然像剛才一樣端正地坐著，鼻孔垂下兩條鼻涕，有一尺多長。大家極為驚奇詫異，一起為他募捐木料建造佛龕。我的舅舅安實齋先生住在丁家莊，和槐鎮相近，知道這個和尚平日沒有什麼道行，聽說這件事，心裡不相信，親自前往察看。因為佛龕還沒有造好，和尚遺體停放了兩天還沒有入殮。安實齋先生見和尚的面色如生，摸摸他的肌膚，像鐵石一樣冰冷堅硬。當時正是六月天，但是蒼蠅蚊蟲卻都不往屍體上叮，也沒有一點屍臭的氣味，人們終究想不出這是什麼道理。

【研析】這個和尚臨終把後事託付給鄉親們，鄉親們也能不負重託，為他建造佛龕。和尚的信任、鄉親們的忠厚、世風的淳樸，均在作者筆下流露。還須指出，看來這個和尚或許吃過什麼藥物，使得屍體入夏不腐。

兩黑狐報仇

喀喇沁❶公丹公（號益亭，名丹巴多爾濟，姓烏梁汗氏，蒙古王孫也）言：內廷❷都領侍蕭得祿，幼嘗給事其邸第。偶見一黑物如貓，臥樹下，戲擊以彈丸。其物甫一轉身，即巨如犬。再擊。又一轉身，遂巨如驢。懼不敢復擊。物亦自去。俄而飛瓦擲磚，變怪陡作。知為狐魅，惴惴不自安。或教以繪像事之，其祟乃止。後忽於几上得錢數十，知為狐所酬，始試收之，祕不肯語。次日，增至百文。自是日有所增，漸至盈千。旋又改為銀一鋌，重約一兩。亦日有所增，漸至一鋌五十兩。巨金不能密藏，遂為管領者所覺。疑盜諸官庫，搒掠訊問，幾不能自白。然後知為狐所陷也。夫飛土逐肉❸（「斷竹續竹，飛土逐肉」，《吳越春秋》❹載陳音所誦古歌，即彈弓之始也），兒戲之常。主人知之，亦未必遽加深責；狐不能暢其志也。餌之以利，使盈其貪壑，觸彼禍羅，狐乃得適所願矣。此其設阱伏機，原為易見；徒以利之所在，遂令智昏。反以為我禮即虔，彼心故悅。委曲自解，致不覺墮其彀中。昔夫差❺貪句踐❻之服事，卒敗於越；楚懷❼貪商於之六百，卒敗於秦；北宋貪滅遼之割地❽，卒敗於金；南宋❾貪伐金之助兵❿，卒敗於元。軍國大計，將相同謀，尚不免於受餌；況區區童稚，烏能出老魅之陰謀哉，其敗宜矣！又舉一近事曰：有刑曹⓫某官之僕夫，睡中覺有舌舔其面。舉石擊之，踣而斃。燭視，乃一黑狐。剝之，腹中有一小人首，眉目宛然，蓋所煉嬰兒⓬未成也。翼日，為主人御車歸。狐憑附其身，舉凳擊主人，且厲聲陳其枉死狀。蓋欲報之而不能，欲假手主人以鞭笞洩其憤耳。此二狐同一復仇，余謂此狐之悍而直，勝彼狐之陰而險也。

【章旨】此章講述了兩隻黑狐狸精用不同手法報復仇人的故事。

【注釋】❶喀喇沁　即喀喇沁部，原屬內蒙古卓索圖盟二部之一。現為河北、內蒙古、遼寧三省區交界處。❷內廷　指皇宮內廷。參見本書卷六〈夢仕途〉則注釋❷。❸飛土逐肉　指人們用彈弓打野獸的情景。後借指彈弓。❹吳越春秋　東漢趙曄撰。原書十二卷，今存十卷。敘吳自太伯至夫差、越自無余至句踐的史事。於舊史所記外，增入不少民間傳說，有補充正史缺漏的史料價值。❺夫差　春秋末年吳國君。吳王闔閭之子。初在夫椒打敗越兵。十年後反被越兵攻滅，夫差自殺。夫椒，古山名。在今江蘇吳縣西南太湖中：一說即洞庭西山；一說夫、椒為二山。❻句踐　春秋末年越國君。越王允常之子，又稱菼執。曾被吳國大敗，屈服求和。自己和范蠡入吳，卑事吳王夫差。回越國後，他臥薪嘗膽，刻苦圖強，十年以後終於轉弱為強，滅亡吳國，成為霸主。❼楚懷　即楚懷王。戰國時楚國君。熊氏，名槐。《史記・屈原列傳》：秦派張儀至楚離間楚齊聯盟，張儀對楚懷王說，如楚與齊絕交，秦國願獻商於之地六百里給楚。楚懷王貪地，便與齊斷交，並派人去秦國受地。張儀卻抵賴說，他答應楚懷王六里地。懷王大怒，發兵攻秦，結果大敗於丹陽（今陝西、河南二省間丹江以北地區）。❽北宋貪滅遼之割地　宋徽宗重和元年（一一一八年）派使者從山東渡海，和金太祖策畫攻遼。宣和二年（一一二〇年）又派趙良嗣赴金約定，金取中京，宋取燕京，事成，金承認將燕京一帶舊漢地歸宋，宋允許以贈遼之歲幣贈金。既而宋攻遼燕京屢敗，金攻取燕京，既而背約，並興兵分道南侵，以致宋徽、欽二帝被俘，宋政權南遷。❾南宋　北宋欽宗靖康元年（一一二六年）金兵攻入開封，北宋亡。次年趙構（宋高宗）在南京（今河南商丘）稱帝。後建都臨安（今浙江杭州），史稱南宋。❿伐金之助兵　南宋理宗紹定五年（一二三二年），蒙古派遣使臣赴宋，商議夾攻金，成功後，以河南地歸宋。宋理宗同意該計畫。及金亡，蒙古引兵南下，最終滅了南宋。⓫刑曹　參見本書卷六〈某公〉則注釋❺。⓬嬰兒　道教內丹名稱，也叫聖胎。內丹家以母體結胎比喻凝聚精、氣、神三者煉成之丹，為內丹的別名。

【語譯】喀喇沁部蒙古王公丹公（丹公號益亭，名丹巴多爾濟，姓烏梁汗氏，是蒙古王族）說：皇宮內廷都領侍蕭得祿，年幼時曾在他府邸做事。蕭得祿偶然有一次看見一個黑色的動物像貓，躺在樹下，就開玩笑地用彈丸打過去。那動物剛一轉身，就變得像狗那麼大。蕭得祿再用彈丸擊打過去，那動物又一轉身，就變得像驢子一般大。蕭得祿害怕了，不敢再打彈丸，那動物自己也就走了。一會兒，瓦片亂飛，磚塊亂擲，變怪之事突然間發生。蕭得祿知道是狐狸精作怪，心中恐懼不安。有人教他畫了那動物的畫像來供奉，狐狸精才不再作祟。後來，蕭得祿忽然在几案上發現有幾十文銅錢，知道是狐狸精給的酬勞，便試著悄悄收下，沒有告訴任何人。第二天，几案上的銅錢增加到一百文，蕭得祿又收下了。從此銅錢數量每天都有所增加，漸漸增加到了一千多文。不久，又改為出現一鋌銀子，重約一兩。也每天有所增加，漸漸增加到一鋌銀子五十兩。金錢太多，蕭得祿就不能祕密收藏，於是就被總管發覺了。總管懷疑蕭得祿是從官庫中偷盜的，就對蕭得祿拷打審問，蕭得祿幾乎不能為自己洗刷清白。蕭得祿這才明白自己是被狐狸精所陷害了。「飛土逐肉」（「斷竹續竹，飛土逐肉」這兩句話，是《吳越春秋》記載的陳音所誦讀的古代歌謠，說的是彈弓的起始），是兒童經常玩的遊戲。主人知道了，也不一定會立刻深加責備，狐狸精就不能痛快地達到報復的目的。而用利來作誘餌，使蕭得祿的貪欲越來越大，最後他自己觸犯了法網而受到禍害，狐狸精就達到報復的目的了。那個狐狸精所設置的陷阱、埋伏的圈套，原來是比較容易識破的；只是因為利益所在，就讓當事人神智昏亂，反而認為我供奉狐狸精很有禮節、很虔誠，狐狸精心裡高興就賞賜我了。為了貪圖利益而找出牽強的理由來解釋，導致他不知不覺中掉進狐狸精設下的圈套之中。古時吳王夫差貪圖越王句踐的侍奉服從，最終敗給了越國；楚懷王貪圖秦商於六百里的土地，而最終敗給了秦國；北宋貪圖消滅遼國後能獲取割讓的土地，最終敗給了金國；南宋貪圖討伐金國時得到蒙古兵的幫助，然而最終敗給了元朝。軍國大計，即使將軍宰相一起商量，還不免於受騙上當，何況區區這麼個小孩子，怎麼能覺察老妖精的陰謀呢！蕭得祿的倒霉也是難免的了。丹公又舉了一件最近發生的事說：有個刑部某位官員的僕人，睡覺時感到有舌頭舔他的臉，就拿起石頭打過去，把舔他臉的怪物打倒在地下死了。僕人點起蠟燭一看，原來是隻黑狐狸。這個僕人把狐狸剝開時，發現狐狸肚子裡有一個小人頭，眼睛眉毛等五官都已經相當像人了，原來是這隻狐狸修煉的內丹，還沒有完全成人形。第二天，僕人為主人駕車回家，那狐狸精的鬼魂就附在僕人身上，舉起凳子要打主人，還大聲陳述那隻狐狸精冤死的情況。原來狐狸精的鬼魂想報仇而又不能夠，就想借主人的手，鞭打僕人一頓，發洩自己的憤恨而已。這兩隻狐狸精同樣都是報仇，我認為這個狐狸精強悍而坦率，勝過那個狐狸精陰毒而奸險呀！

【研析】 貪圖小利而吃大虧，類似事不勝枚舉，甚而導致亡國亡身之事也不鮮見，作者就列舉了歷史上的多個事例。此文雖說的是狐狸精報復，毋乃說是人生哲理。諄諄告誡，可見作者的拳拳之心。

煉形之鬼

丹公又言：科爾沁❶達爾汗❷王一僕，嘗行路拾得二氈囊，其一滿貯人牙，其一滿貯人指爪。心頗詫異，因擲之水中。旋一老嫗倉皇至，左顧右盼，似有所覓，問僕曾見二囊否？僕答以未見。嫗知為所毀棄，遽大憤怒，折一木枝奮擊僕。僕徒手與搏，覺其衣裳柔脆，如通草❸之心；肌肉虛鬆，似蓮房❹之穰。指所摳處輒破裂，然放手即長合如故。又如抽刀之斷水。互鬥良久，嫗不能勝，乃捨去。臨去顧僕詈曰：「少則三月，多則三年，必褫汝魄！」然至今已逾三年，不能為祟，知特大言相恐而已。此當是煉形之鬼，取精未足，不能凝結成質，故仍聚氣而為形。其蓄人牙爪者，牙者骨之餘，爪者筋之餘，殆欲合煉服餌，以堅固其質耳。

【章旨】此章講述一個僕人銷毀了鬼嫗遺失的人牙和人指爪，鬼嫗無法戰勝這個僕人，只好大言恐嚇，但對僕人一無傷害的故事。

【注釋】❶科爾沁　科爾沁部。內蒙古哲里木盟四部之一。在內蒙古自治區東部，臨近遼寧和吉林。❷達爾汗　蒙古王公稱號。❸通草　參見本書卷七〈敝帚成魅〉則注釋❸。❹蓮房　蓮蓬。因各孔分隔如房，故名。

【語譯】丹公又說：科爾沁達爾汗王的一個僕人，曾經在趕路時撿到兩隻用毛氈做的口袋，其中一隻口袋裡裝著滿滿的人牙，另一隻口袋裝著滿滿的人指甲。這個僕人心裡感到很吃驚奇怪，就把兩隻口袋都扔到水裡去。一會兒，一個老太婆神色倉皇地跑過來，左看看右看看，似乎在尋找什麼東西，問這個僕人是否看見過兩隻毛氈口袋？僕人回答說沒有看見過。老太婆猜想是被這個僕人所毀壞丟棄了，立刻勃然大怒，折下一根樹枝奮力打向僕人。僕人徒手和老太婆搏鬥，發覺老太婆穿的衣服又柔又脆，好像是通草心；老太婆的肌肉又虛又鬆，好像是蓮蓬的穰。僕人手指摳到老太婆身上的地方馬上裂開，但放手之後立即凝合起來像原來一樣。又好像是抽出刀來砍斷水流的情形。那個老太婆和僕人相互搏鬥了很長時間，老太婆不能取勝，才放開僕人離去。老太婆臨走前還回頭罵僕人說：「少則三個月，多則三年，我肯定來要你的魂魄！」然而，那個老太婆說話到如今已經超過三年，老太婆不能作祟降禍，人們知道她只是講大話來嚇唬僕人而已。這個老太婆應當是修煉形體的鬼，取得的精血還沒有滿足她煉形的需要，不能凝結成有實質的形體，所以仍然凝聚氣息成為形體。她積蓄人的牙齒指甲，因為牙是骨頭之餘，指甲是筋之餘，大概是想把這兩樣東西合起來煉製成藥服食，用以鞏固她的實質罷了。

【研析】空講大話嚇唬人，這個老太婆可謂黔驢技窮；還得有那個僕人徒手搏鬥不怕鬼，才能形成這麼一段故事。

見鬼說鬼

田侯松巖言：今歲六月，有扈從侍衛和升，卒於灤陽。馬蘭鎮❶總兵❷愛公星阿❸，與和親舊，為經理棺衾，送其骨歸葬。一夕如廁，缺月微明。見一人如立煙霧中，問之不言，叱之不動。愛公故能視鬼，凝神諦審，乃和之魂也。因拱而祝曰：「昔斂君時，物多不備，我力綿薄，君所深知。今形見，豈有所責耶？」不言不動如故。又祝曰：「聞歿於塞外者，不焚路引❹，其鬼不得入關。曩偶忘此，君毋乃為此來耶？」魂即稽首至地，倏然而隱。愛公為具牒於城隍，後不復見。又扈從南巡時，與愛公同寓江寧❺承天寺，規模宏壯，樓閣袤延，所住亦頗軒敞。一日，方共坐，忽樓窗六扇無風自開，俄又自闔。愛公視之，曰：「有一僧坐北牖上，其面橫闊，鬚鬑鬑如久未剃，目瞪視而項微僂，蓋縊鬼也。」以問寺僧，僧不能諱，惟怪何以識其貌，疑有人洩之。不知愛公之自能視也。又偶在船頭，戲拈篙刺水。忽擲篙卻避，面有驚色。怪詰其故。曰：「有溺鬼緣篙欲上也。」戊午❻八月，宴蒙古外藩❼於清音閣，愛公與余連席。余以松巖所語叩之，云皆不妄。然則隨處有鬼，亦復如人。此求歸之鬼，有繫戀心；開窗之鬼，有爭據心；緣篙之鬼，有競鬥心。其得失勝負、喜怒哀樂，更當一一如人。是膠膠擾擾，地下尚無了期。釋氏講懺悔解脫，聖人之法，亦使有所歸而不為厲，其深知鬼神之情狀矣。子貢❽曰：「大哉死乎，君子息焉❾！」莊周❿曰：「嗟來桑扈乎，而已反其真⓫。」特就耳目所及言之耳。

【章旨】此章講述一個官員能看見鬼，並認為鬼的得失勝負、喜怒哀樂都和人一樣的故事。

【注釋】❶馬蘭鎮　即馬蘭峪。在河北遵化西北七十里。清朝在此處建有關城，關外六十七里有牽馬嶺，與此關城相為犄角。清設馬蘭鎮總兵官守護清朝皇家陵寢。❷總兵　官名。清代總兵為綠營兵高級武官，受提督節制，掌理本鎮軍務，又稱為總鎮，所直轄之營兵稱鎮標。❸愛星阿　清滿洲正黃旗人，姓舒穆祿氏。曾擔任馬蘭鎮總兵。❹路引　古代的通行憑證。❺江寧　今江蘇南京。❻戊午　即清嘉慶三年，西元一七九八年。❼外藩　古稱分封的藩臣。❽子貢　春秋時衛國人。端木氏，名賜。孔子學生。❾大哉死乎二句　意思是：「最大便是死吧，君子安息而已。」表示君子坦然面對死亡。❿莊周　即莊子。戰國時哲學家。名周，宋國蒙（今河南商丘東北）人。道家學派開創者之一。⓫嗟來桑扈乎二句　語出《莊子・大宗師》。意思是：「啊，桑扈呵，這樣就回復到他的純真了！」嗟來，猶「嗟乎」，歎息聲。桑扈，隱士名。《楚辭・九章・涉江》：「桑扈臝行。」

【語譯】田松巖先生說：今年六月，有個扈從皇帝的侍衛名叫和升，死在灤陽。馬蘭鎮總兵愛星阿先生，與和升是親密的好朋友，他為和升置辦棺木壽衣，護送他的遺骨回家鄉埋葬。一天晚上，愛星阿先生去上廁所，一輪彎月，月光不很明亮，愛星阿先生看見一個人好像站在煙霧中，問話他不回答，喝叱他也不動。愛星阿先生本來就能看見鬼魂，就凝神仔細觀看，原來是和升的鬼魂。愛星阿先生於是就拱手行禮禱告說：「先前收殮你的時候，有很多物品沒有齊備，我的財力微薄，你是非常了解的。如今你現形相見，是不是對我有所責備呢？」鬼魂還是和原來一樣不說話不行動。愛星阿先生又禱告說：「我聽說死在塞外的人，不焚燒路引，他的鬼魂不能夠入關。過去我偶然忘記這件事，你難道是為了這件事來的麼？」和升鬼魂就深深行了個禮，轉眼間就隱沒了。愛星阿先生為和升準備了公文報告城隍，後來再也沒有見到和升的鬼魂。又有一次，田松巖先生扈從皇上南巡時，和愛星阿先生同住在江寧的承天寺。這座寺院規模宏大壯麗，樓閣眾多，他們所住的地方也很寬敞。一天，兩人正一起坐著，忽然樓上窗戶的六扇窗門沒有風吹便自行打開，一會兒又自行關上了。愛星阿先生看著那個窗戶，說：「有個和尚坐在北窗上，他的面孔橫闊，滿腮亂蓬蓬的鬍鬚好像很久沒有剃過，眼睛直瞪著看，而脖子有點彎曲，原來是一個吊死鬼。」愛星阿先生就把看見的情況去問這座寺院的和尚，和尚不能隱瞞，只是奇怪為什麼愛星阿先生能知道吊死鬼的相貌，懷疑有人把這件事透露出去，卻不知道愛星阿先生能看見鬼魂。又有一次，愛星阿先生偶然站在船頭，拿著竹篙插入水中戲水玩，忽然他把竹篙扔了回身躲開，臉上現出驚恐的神色。田松巖先生感到奇怪，就問他什麼原因。他說：「有個淹死鬼想順著竹篙爬上來！」嘉慶三年八月，皇帝在清音閣宴請蒙古藩王，愛星阿先生的席位和我連在一起。我把田松巖先生所說的故事請問他，他回答說都不是假的。那麼就是說到處都有鬼，就好像到處都有人一樣。那個請求入關回鄉的鬼，有依戀故鄉的心；那個開窗戶的鬼，有爭奪占據住處的心；順著竹篙朝上爬的鬼，有競力搏鬥的心。他們的得失勝負、喜怒哀樂的感情，也都一一像人一樣。這種紛爭糾纏不休的狀況，在地下也沒有結束的時候。佛家講懺悔自身罪孽以求解脫；聖人的說法，也是要讓鬼魂有所歸依而不至於變為惡鬼，他們是深切知道鬼魂的實際狀況的。孔子學生子貢說：「死亡真是大啊！這樣君子就可以安息了！」莊周說：「啊，桑扈呵，這樣就回復到他的純真了！」這都是僅就自己的所見所聞來說罷了。

【研析】作者信鬼，故而說起鬼故事來不厭其煩。作者以為鬼與人同，具有人一樣的情感。這就是將人的情感世界又移植到了陰曹地府。虛幻而離奇，但作者深信不疑。

卷二十四　灤陽續錄六

狐畫

狐能詩者，見於傳記頗多；狐善畫則不概見。海陽❶李文碩亭言：順治、康熙間，周處士❷璕薄遊楚豫❸。周以畫松名，有士人倩❹畫書室一壁。松根起於西壁之隅，盤拏夭矯，橫徑北壁，而纖末猶掃及東壁一二尺；覺濃陰入座，長風欲來。置酒邀社友共賞。方攢立壁下，指點讚歎，忽一友拊掌絕倒，眾友俄亦哄堂。蓋松下畫一祕戲圖❺，有大木榻布長簟，一男一婦，裸而好合；流目送盼，媚態宛然。旁二侍婢亦裸立，一揮扇驅蠅，一以兩手承婦枕，防蹂躪墜地。乃士人及婦與媵婢小像也。譁然趨視，眉目逼真，雖僮僕亦辨識其面貌，莫不掩口。士人恚甚，望空指劃，詈妖狐。忽簷際大笑曰：「君太傷雅。曩聞周處士畫松，未嘗目睹。昨夕得觀妙跡，坐臥其下不能去，致失避君，未嘗拋磚擲瓦相忤也。君遽毒詈❻，心實不平，是以與君小作劇❼。君尚不自反，乖戾如初，行且繪此像於君家白板扉，博途人一粲矣。君其圖之。」蓋士人先一夕設供客具，與奴子秉燭至書室，突一黑物衝門去。士人知為狐魅，曾詬厲也。眾為慰解，請入座；設一虛席於上。不見其形，而語音琅然；行酒至前輒盡，惟不食肴饌，曰：「不茹葷四百餘年矣。」瀕散，語士人曰：「君太聰明，故往往以氣凌物。此非養德之道，亦非全身之道也。今日之事，幸而遇我；儻遇負氣如君者，則難從此作矣。惟學問變化氣質，願留意焉。」丁寧❽鄭重而別。回視所畫，淨如洗矣。次日，書室東壁忽見設色❾桃花數枝，襯以青苔碧草。花不甚密，有已開者，有半開者；有已落者，有未落者，有落未至地隨風飛舞者八九片，反側橫斜，勢如飄動，尤非筆墨所能到。上題二句曰：「芳草無行徑，空山正落花。」（按：此二句，初唐❿楊師道⓫之詩。）不署姓名。知狐以答昨夕之酒也。後周處士見之，歎曰：「都無筆墨之痕。覺吾畫猶努力出棱，有心作態。」

【章旨】此章講述一個狐狸精善於畫畫，並作畫戲弄責罵他的讀書人的故事。

【注釋】❶海陽　今山東海陽。❷處士　古時稱有才德而隱居不仕的人。❸楚豫　指湖北、河南一帶地區。❹倩　請人代做之意。❺祕戲圖　繪有男女性交的淫穢圖畫。❻毒詈　惡聲痛罵。❼小作劇　即惡作劇。令人難堪的戲弄。❽丁

寧 亦作「叮嚀」。一再囑咐。❾設色 著色。❿初唐 指唐代初期。即從唐高祖武德至玄宗開元為初唐。⓫楊師道 唐代人。字景猷。清警有才思。客居洛陽，為王世充所拘押，逃歸唐高祖。尚桂陽公主，官太常卿。唐太宗貞觀中拜侍中，參預朝政。遷中書令，罷為吏部尚書。卒謚懿。

【語譯】狐狸精能寫詩的，見於傳記記載的很多；而狐狸精善於畫畫，就不大多見了。海陽人李碩亭老先生說：清順治、康熙年間，有個叫周璕的處士遊歷湖北、河南一帶。周璕以善於畫松樹聞名，有個讀書人請他在自家書房的一面牆壁上畫一幅畫。周璕畫的松樹根部從西牆角起來，枝幹盤屈矯健，松枝橫過北牆，而樹的末梢還延伸到東牆一二尺的地方。人們看畫時只覺得滿座都是濃濃的松樹綠蔭，大風似乎正要吹來。讀書人於是就準備了酒菜邀請經常在一起作文吟詩的朋友來共同欣賞。大家圍站在書房的牆下指指點點讚歎不已，忽然有個朋友拍手大笑，朋友們跟著馬上也哄堂大笑。原來在松樹下面畫有一幅男女淫樂的圖畫：有張大木床上鋪著長長的竹席，床上躺著一個男子和一個婦人，赤裸著正在性交。男女雙方相對含情脈脈，媚態十分逼真。旁邊有兩個侍婢也裸體站著，一個搖著扇子驅趕蒼蠅，一個雙手托住那個婦人的枕頭，以防性交高潮時枕頭掉到地下。這是那個讀書人和妻子、婢女的畫像。大家哄笑喧譁，走近牆仔細看，畫中人像的面目非常逼真，即便是僕人們看了也能夠認出是誰的相貌，沒有人看了不覺得好笑的。這個讀書人十分憤恨，對著空中指指點點，痛罵妖狐。突然屋簷上有人發出一陣大笑，說：「你這樣的舉動太傷風雅了。過去聽說周處士善於畫松樹，我沒有親眼看見過。昨天晚上，我能夠觀賞到這幅佳作，坐臥在畫下流連忘返，以致忘記躲避你。我也沒有拋磚擲瓦來得罪你，你卻立刻就惡毒地責罵我，我心裡實在感到憤憤不平，因此對你做一個小小的惡作劇。你自己不反省，還像昨天那樣粗暴無禮，我就要把這幅畫像畫到你家的白門板上，來博得過路人的一笑。你自己考慮吧！」原來是前一天夜晚，讀書人正在準備接待客人的用具物品，和奴僕拿著蠟燭來到書房，突然有個黑色的動物衝出門去。讀書人知道是狐狸精，曾破口大罵。大家都出來安慰勸解雙方，還請狐狸精入席坐下喝酒，在筵席上放一把空椅子。人們看不見狐狸精的身形，而能聽見他響亮的說話聲。斟酒的人來到狐狸精前面勸飲時，狐狸精就一飲而盡，只是不吃菜肴，說：「我不吃葷腥食物已經四百多年了。」酒席快要散的時候，狐狸精對那個讀書人說：「你太過聰明，所以往往盛氣凌人。這不是修養自己德行的方式，也不是保全自身的方式。今天的事，幸好遇到的是我；如果遇到的是脾氣大得像你一樣的，那麼災難就從此發生了。唯有讀書學習能夠改變一個人的氣質，希望你注意啊！」狐狸精鄭重地叮囑一番就告別走了。大家回頭看牆上狐狸精所畫的那幅男女淫樂的畫，已經不見了，好像用水洗去似的。第二天，書房東牆上突然畫上了幾枝著了顏色的豔麗桃花，下面襯托著青苔碧草。花兒不很繁多，桃花有已開的，有半開的；有已經凋謝落在地下的，有還沒有落下的，有飄落但還沒有到地下，隨風飛舞的八九片；花瓣有的正面、有的側面；有的橫飛、有的斜落，就像被風吹著在空中飄舞的樣子，這尤其不是筆墨所能畫得出來的。上面題有兩句詩：「芳草滿地沒有道路，空曠的山谷正在落花。」（按：這兩句詩是初唐詩人楊師道的詩句。）沒有署名。讀書人知道是狐狸精為了報答昨夜酒宴而作的。後來周瑒看到這幅畫，讚歎說：「這幅畫一點筆墨的痕跡都沒有！使我覺得我的畫還有努力經營出某種風格、有心作成某種姿態的不自然的地方。」

【研析】恃才傲物，盛氣凌人，都是為人處世的大忌。然而許多人明知自己有此不足，卻難以改掉。一定要等到碰壁受挫，才知道回頭，豈不是太晚了嗎？作者講述這個故事，其孜孜勸導之意，讀者當能體會。

廟祝棋道士

景城北岡有玄帝廟❶，明末所建也。歲久，壁上霉跡隱隱成峰巒起伏之形，望似遠山籠霧，余幼時尚及見之。廟祝❷棋道士病其晦昧❸，使畫工以墨鉤勒，遂似削圓方竹❹。今廟已圮盡矣。棋道士不知其姓，以癖於象戲❺，故得此名。或以為齊姓誤也。棋至劣而至好勝，終日丁丁然不休。對局者或倦求去，至長跪留之。嘗有人指對局者一著，銜之次骨，遂拜綠章❻，詛其速死。又一少年偶誤一著，道士倖勝。少年欲改著，喧爭不許。少年粗暴，起欲相毆。惟笑而卻避曰：「任君擊折我肱，終不能謂我今日不勝也。」亦可云痴物❼矣。

【章旨】此章講述一個道士痴迷下象棋的故事。

【注釋】❶玄帝廟　指供奉玄帝的廟宇。玄帝，指道教所信奉的真武帝。❷廟祝　指神廟裡管理香火的人。❸晦昧　昏暗；陰暗。❹削圓方竹　參見本書卷十一〈朱盞〉則注釋⑩。❺象戲　即中國象棋。❻綠章　即青詞。古時道士祭天時所寫的奏章表文，用硃筆寫在青藤紙上，故名。❼痴物　蠢人；笨東西。原指罵人的話。此指對事物入迷發痴。

【語譯】景城的北岡上有座玄帝廟，是明朝末年修建的。歲月長久了，廟宇牆壁上的霉跡隱隱約約化成峰巒起伏的形狀，望去像遠遠的山峰籠罩著雲霧，我小時候還見過。廟祝棋道士不喜歡這牆壁上霉跡的隱晦陰暗，就請了畫匠用墨勾勒，結果就像把方竹都削成圓竹一樣大煞風景。如今這座玄帝廟已經全部倒塌了。棋道士，不知他姓什麼，因為喜好下象棋成癖，所以得了這個名號。有人認為是姓齊而誤以為是棋字。他下棋的水平極其低劣，然而又十分好勝，整天和人下棋而不願意罷手。和他對局的人有時感到疲倦要走，他甚至會跪下來挽留人家。曾經有人指點與他對局的人一步棋，棋道士恨之入骨，就用祈禱的青詞稟告上天，詛咒那個人趕快去死。又有個年輕人和他下棋時，偶然下錯了一步，棋道士僥倖獲勝。那個年輕人想悔棋，棋道士大聲爭吵不答應。那個年輕人性格粗暴，起身就想打棋道士。棋道士只是笑著避開說：「隨便你打斷我的手臂骨，然而你終究不能說我今天沒有贏棋呀！」棋道士也可以說是個對於下棋入迷發痴的棋痴了。

【研析】作者用幾件小事刻畫了這麼一個人物：品位不高，修養有限，然而痴迷下棋。為了下棋可以不顧一切。通過畫壁、跪留、詛咒、不怕折斷手臂等這麼幾個情節，使得我們記住了這位棋道士。

酒有別腸

酒有別腸❶，信然。八九十年來，余所聞者，顧俠君前輩稱第一，繆文子前輩次之。余所見者，先師孫端人先生亦入當時酒社❷。先生自云：「我去二公中間，猶可著十餘人。」次則陳句山前輩與相敵，然不以酒名。近時路晉清前輩稱第一，吳雲巖前輩亦駸駸❸爭勝。晉清曰：「雲巖酒後彌溫克，是即不勝酒力，作意矜持也。」驗之不謬。同年朱竹君❹學士、周稚圭觀察❺，皆以酒自雄。雲巖曰：「二公徒豪舉耳。拇陣❻喧呶，潑酒幾半，使坐而靜酌則敗矣。」驗之亦不謬。後輩則以葛臨溪為第一，不與之酒，從不自呼一杯；與之酒，雖盆盎無難色，長鯨一吸❼，涓滴不遺。嘗飲余家，與諸桐嶼、吳惠叔等五六人角至夜漏將闌，眾皆酩酊，或失足顛仆。臨溪一一指揮僮僕扶掖登榻，然後從容登輿去，神志湛然，如未飲者。其僕曰：「吾相隨七八年，從未見其獨酌，亦未見其偶醉也。」

惟飲不擇酒，使嘗酒亦不甚知美惡，故其同年以登徒❽好色戲之。然亦罕有矣。惜不及見顧、繆二前輩，一決勝負也。端人先生恆病余不能飲，曰：「東坡❾長處，學之可也；何並其短處亦刻畫求似！」及余典試❿得臨溪，以書報先生。先生復札曰：「吾再傳有此君，聞之起舞。但終恨君是蜂腰⓫耳。」前輩風流，可云佳話。今老矣，久不預少年文酒⓬之會，後來居上，又不知為誰？

【章旨】此章作者列舉了其一生所遇見的善於飲酒之人的軼事。

【注釋】❶別腸　與眾不同的腸胃。比喻能豪飲。❷酒社　猶酒會。❸駸駸　漸進貌。❹朱竹君　即朱筠。字竹君，一字美叔，號笥河，清大興（今北京南部）人。乾隆進士。曾任翰林院侍讀學士。博聞宏覽，有《笥河集》。❺觀察　清代對道員的尊稱。❻拇陣　指喝酒時猜拳。❼長鯨一吸　意即「長鯨飲」。語出唐代詩人杜甫〈飲中八仙歌〉：「左相日興費萬錢，飲如長鯨吸百川。」後以「長鯨飲」喻豪飲。❽登徒　即「登徒子」。宋玉有〈登徒子好色賦〉，登徒是姓，子是男子的通稱。後因用來稱好色的人。❾東坡　即北宋大文豪蘇軾。參見本書卷四〈殺生之報應〉則注釋❾。❿典試　主持考試之事。⓫蜂腰　比喻中間細。此處指師生三代，老師善飲，學孫也善飲，而中間一代卻不善飲。⓬文酒　謂飲酒賦詩。

【語譯】有人特別善於飲酒，確實是這樣。八九十年以來，據我所聽說的，顧俠君前輩的酒量可以稱第一，繆文子前輩為其次。據我所看見的，先師孫端人先生也加入了當時的酒社。孫先生自己說：「我的酒量和那兩位先生相比，中間還可以排上十幾個人。」其次是陳句山前輩，他的酒量可以和孫先生相匹敵，然而他卻不以善於飲酒出名。近年來，路晉清前輩酒量可以稱第一，吳雲巖前輩也差不多可以和他相匹敵。晉清先生說：「雲巖喝酒後更加溫和克制，這是因為不勝酒力而刻意作出矜持的樣子。」人們經過驗證，果然不錯。和我科舉同年中榜的人中，朱竹君學士、周稚圭觀察，都是自己以酒量好而稱雄。雲巖先生說：「兩位先生只是喝酒時豪舉而已。他們兩人在猜拳時大聲呼叫，酒杯中的酒潑灑出去將近一半了。如果叫他們坐下安安靜靜地喝，他們就不行了。」人們經過驗證，果然也不錯。後輩中以葛臨溪的酒量為第一。不給他喝酒，他從不自己要一杯；給他喝酒，即使一盆一盎也沒有為難的樣子，張開嘴巴深深吸一口，一滴酒也不會剩下。他有一次在我家喝酒，和諸桐嶼、吳惠叔等五六個人鬥酒到天快亮時，大家都喝得酩酊大醉，有人還失足跌倒在地。葛臨溪指揮僕人，把他們一一都攙扶到床上，然後自己從從容容地上車回家，神志清醒，好像沒有喝過酒似的。他的僕人說：「我跟隨他七八年，從沒見過他獨自喝酒，也從沒見過他喝醉酒。」只是他喝酒時不選擇酒的品種，讓他品酒，他也不很知道酒的優劣，所以他的同年用登徒子好色娶醜女的故事來取笑他。不過，他這樣的酒量也是很難得了。可惜他沒有趕上見到顧、繆兩位前輩，在飲酒上和他們決一勝負。孫端人先生經常不滿意我不能喝酒，說道：「蘇東坡的長處，是可以學習的，何必連他的短處也要刻意模仿以求相似呢！」等到我主持科舉考試時錄取了葛臨溪，寫信告訴孫先生。孫先生回信說：「我的再傳弟子中有這個人，我聽到這消息高興得手舞足蹈。但終究遺憾的是你夾在我們兩人中間卻沒有酒量。」前輩性格的風流瀟灑，可以說是一段佳話。如今我年紀老了，很久沒參加青年人論文品酒的集會，酒量後來居上的人，又不知道是哪一位了？

【研析】文士以善飲而聞名者歷朝並不罕見。文士善飲，在於酒能助興：酒助詩興，李白斗酒詩百篇；酒助文興，美酒百杯，文思泉湧；酒助書法，張旭醉酒狂草，筆走龍蛇；酒助遊興，遊山玩水豈能無酒？……文士以酒助興，酒以文士傳名，每種美酒都與文士有牽連不斷的故事。文士離了酒，還能算是文士嗎？作者列舉了這麼幾位善飲之士，是否也有如此意識呢？

牛馬有人心

高官❶農家畜一牛，其子幼時，日與牛嬉戲，攀角捋尾皆不動。牛或嗅兒頂、舐兒掌，兒亦不懼。稍長，使之牧。兒出即出，兒歸即歸，兒行即行，兒止即止，兒睡則臥於側，有年矣。一日往牧，牛忽狂奔至家，頭頸皆浴血，跳踉❷哮吼，以角觸門。兒父出視，即掉頭回舊路。知必有變，盡力追之。至野外，則兒已破顱死；又一人橫臥道左，腹裂腸出，一棗棍棄於地。審視，乃三果莊盜牛者（三果莊回民所聚，滄州盜藪❸也）。始知兒為盜殺，牛又觸盜死也。是牛也，有人心焉。又西商❹李盛庭買一馬，極馴良。惟路逢白馬，必立而注視，鞭策不肯前；或望見白馬，必馳而追及，銜勒❺不能止。後與原主談及，原主曰：「是本白馬所生，時時覓其母也。」是馬也，亦有人心焉。

【章旨】此章講述一頭牛殺死盜匪為主人報仇和一匹馬尋找母親的故事。

【注釋】❶高官　地名。或指村莊名。❷跳踉　騰躍跳動。❸盜藪　強盜聚集的地方。❹西商　指山西商人。❺銜勒　馬嚼口和馬絡頭。《孔子家語・執轡》：「夫德法者，御民之具，猶御馬之有銜勒也。」

【語譯】高官地區有戶農民家裡養了一頭牛，他兒子小時候，天天和牛嬉戲玩耍，攀著牛角，拉著牛尾巴，牛都不亂動。這頭牛有時嗅嗅孩子的頭，舔舔孩子的手，孩子也不怕。這個孩子稍稍長大了些，這家主人就叫孩子去放牛。每天孩子出門，牛就跟著出門；孩子回家，牛就跟著回家；孩子走，牛也走；孩子停，牛也停；孩子躺下，牛就躺在旁邊，這樣有好幾年了。有一天，孩子離家去放牛，忽然那頭牛狂奔到家裡，牛頭頸上都沾滿鮮血，咆哮跳躍，用牛角撞門。孩子父親出門來看，牛立刻掉轉頭朝著原路奔去。孩子父親知道一定出事了，就跟在牛後面極力追趕。到了野外，孩子父親看見孩子已經腦袋破裂而死，又有一個人橫躺在路邊，肚子開裂，腸子流了出來，一根棗木棍丟棄在地上。孩子父親仔細一看，原來是三果莊偷盜牛的賊人（三果莊是回民聚居的地方，是滄州的強盜窩）。孩子父親這才知道，孩子是被偷牛的強盜殺死的，牛又把強盜頂死了，這頭牛真是具有人的心腸。又有一件事：一個山西商人李盛庭買了一匹馬，極其馴良。只是在路上遇見白馬，這匹馬必定會站下來注視一番，用鞭子打也不肯朝前走；或者遠遠望見有白馬，這匹馬必定會飛奔去追上那匹白馬，用馬韁繩勒也勒不住。後來和這匹馬原來的主人講到這件事，原來主人說：「這匹馬原是白馬所生的，所以時常要尋找牠的母親。」這匹馬，也是具有人的心腸的。

【研析】獸有人心，知道報恩，知道尋母。然而有些人卻不如畜生，沒有絲毫人性。作者講述這個故事，似乎有許多感歎。

復仇之犢

余八歲時，聞保母❶丁媼言：某家有牸牛❷，跛不任耕，乃鬻諸比鄰屠肆。其犢甫離乳，視宰割其母，牟牟鳴數日。後見屠者即奔避，奔避不及，則伏地戰栗，若乞命狀。屠者或故逐之，以資笑噱，不以為意也。犢漸長，甚壯健，畏屠者如初。及角既堅利，乃伺屠者側臥凳上，一觸而貫其心，遽馳去。屠者婦大號捕牛。眾憫其為母復仇，故緩追，逸之，竟莫知所往。時丁媼之親串殺人，遇赦獲免，仍與其子同里閈❸。丁媼故竊舉是事為之憂危，明仇不可狎也。余則取犢有復仇之心，知力弗勝，故匿其鋒，隱忍以求一當。非徒孝也，抑亦智焉。黃帝❹《巾机銘》❺曰（「机」是本字，校者或以為破體❻俗書，改為「機」字，反誤）：「日中必慧❼（按：《漢書·賈誼傳》引此句，作「熭」。《六韜》引此句，作「彗」。音義並同），操刀必割。」言機之不可失也。《越絕書》❽子貢謂越王曰：「夫有謀人之心，使人知之者，危也。」言機之不可洩也。《孫子》❾曰：「善用兵者，閉門如處女，出門如脫兔❿。」斯言當矣。

【章旨】此章作者以一頭小牛復仇為例，說明隱藏心計、等待時機的重要。

【注釋】❶保母　替人照管兒童、料理家務的婦女。❷牸牛　母牛。牸，本指牛。也泛指雌性的牲畜。❸里閈　鄉里。❹黃帝　古帝名。傳說為中原各族的共同祖先。《史記·五帝本紀》：黃帝者，少典之子。姓公孫，名曰軒轅。生而神靈，弱而能言，幼而徇齊，長而敦敏，成而聰明。❺巾机銘　銘文。不知何人託黃帝之名而作。因黃帝本是傳說人物，不可能撰有此文。❻破體　指不合正體的俗字。❼日中必慧　意思是太陽到了正午就要曝曬衣物。《六韜·文韜·守土》：「日中不彗，是謂失時。」彗，曝曬。慧、彗，在「曝曬」的意義上音義相同。❽越絕書　一稱《越絕記》。東漢袁康撰。原書二十五卷，現存十五卷。記吳越二國史地及伍子胥、子貢、范蠡、文種、計倪等人的活動。多採用傳聞異說，與《吳越春秋》所記相出入。❾孫子　即《孫子兵法》。中國古代的軍事名著，中國現存最早的兵書。春秋末孫武作。❿善用兵者三句　出自《孫子．九地第十一》。原文為「是故始如處女，敵人開戶，後如脫兔，敵不及拒」。意思是在作戰開始前要像處女那樣沉靜，使敵人不加防備；一旦戰事發動起來，就要像逃脫的兔子那樣迅速，使敵人來不及抗拒。

【語譯】我八歲的時候，聽保姆丁老太太說：某家有頭母牛，因為腿瘸了不能耕田，於是主人就把牛賣給隔壁的屠宰店。這頭母牛有頭小牛剛剛斷奶，看著屠夫宰殺其母親，哞哞地叫了好幾天。小牛後來一看見屠夫就奔逃躲避，奔逃躲避來不及時就趴在地上渾身發抖，好像請求饒命的樣子。屠夫有時故意追逐小牛來開玩笑取樂，卻也並不在意。小牛漸漸長大，身軀十分壯健，但仍然和過去一樣害怕屠夫。這頭牛等到自己牛角長到堅硬鋒利時，就趁著屠夫側身躺在凳子上的時候，用牛角一下就把屠夫的心臟刺穿，接著立刻跑掉了。屠夫的老婆大聲叫喊抓牛，大家都同情這頭牛為母親復仇，故意慢慢追趕，以致這頭牛逃掉了，竟然不知道跑到什麼地方去了。當時，丁老太太的親戚殺了人，遇到朝廷大赦而得到免罪，仍然和死者的兒子住在同一條街巷。丁老太太所以私下舉這件事作為例子，是為他感到擔憂，說明對仇人是不能掉以輕心的。我卻從這個故事中認識到牛犢有復仇的心情，牠知道自己力量勝不過對方，就故意藏起鋒芒，隱忍著以求一舉成功。這不僅是有孝順之心，而且也有機智之心。黃帝的《巾机銘》說（「机」是本字，校書人或許認為這樣寫是破體的俗字，就改寫為「機」字，反而是錯誤的）：「太陽到了正午就要曝曬衣物（按：《漢書．賈誼傳》引用這句時「慧」寫成「彗」字。《六韜》引用這句時「慧」寫成「彗」字。三個字音義相同），拿起了刀就必須宰割。」這是說時機的不可喪失。在《越絕書》中，子貢對越王說：「如果有謀害他人的心思，卻又被他人知道，那就危險了。」說的是機密的不能洩露。《孫子》中說：「善於用兵的人，關上門像處女那樣安靜，出了門像脫逃的兔子那樣迅速。」這句話說得真是恰當啊。

【研析】作者從小牛復仇的故事中，看到了掌握時機的重要和保守祕密的重要，即所謂「機不可失」、「機不可洩」。這是作者幾十年宦海生涯的體驗，從中不難看出世道的艱難和人心的險惡。

江南舉子

姜慎思言：乾隆己卯❶夏，有江南舉子❷以京師逆旅多湫隘❸，乃稅❹西直門❺外一大家墳院讀書。偶晚涼樹下散步，遇一女子，年十五六，頗白皙。挑與語，不嗔不答，轉牆角自去。夜半睡醒，似門上了鳥❻微有聲，疑為盜。呼僮不應，自起隔門罅窺之，乃日間所見女子也。知其相就，急啟戶擁以入。女子自言：「為守墳人女，家酷貧，父母並拙鈍，恆恐嫁為農家婦。頃蒙顧盼，意不自持，故從牆缺至君處。君富貴人，自必有婦，儻能措百金與父母，則為妾媵無悔。父母嗜利，亦必從也。」舉子諾之，遂相繾綣，至雞鳴乃去。自是夜半恆至，妖媚冶蕩，百態橫生。舉子以為巫山❼洛水❽不是過也。一夜來稍遲，舉子自步月候之。乃忽從樹杪飛下。舉子頓悟，曰：「汝毋乃狐耶？」女子殊不自諱，笑而應曰：「初恐君駭怖，故託虛詞。今情意已深，不妨明告。將來遊宦四方，有一隱形隨侍之妾，不煩車馬，不擇居停，不需衣食；晝可攜於懷袖，夜即出而薦枕席，不愈於千金買笑⑨耶？」舉子思之，計良得。自是潛住書室，不待夜度矣。然每至秉燭，則外出，夜半乃返；或微露鬢亂釵橫狀。舉子疑之而未決。既而與其孌童⑩亂；旋為二僕所窺，亦並與亂。庖人知之，亦續狎焉。一日，晝與孌童寢。舉子潛扼殺之，遂現狐形，因埋於牆外。半月後，有老翁詣舉子曰：「吾女託身為君妾，何忽見殺？」舉子憤然曰：「汝知汝女為吾妾，則易言矣。夫兩雄共雌，爭而相戕，是為妒姦，於律當議抵。汝女既為我妾，明知非人而我不改盟，則夫婦之名分定矣。而既淫於他人，又淫於我僕，我為本夫，例得捕姦。殺之，又何罪耶？」翁曰：「然則何不殺君僕？」舉子曰：「汝女死則形見，此則皆人也。手刃四人，而執一死狐為罪案，使汝為刑官，能據以定讞乎？」翁俯首良久，以手拊膝曰：「汝自取也夫！吾誠不料汝至此。」振衣自去。舉子旋移居準提庵，與慎思鄰房。其孌童與狐尤昵，銜主人之太忍，具洩其事於慎思，故得其詳。

【章旨】此章講述一個江南舉子與狐女相好，而狐女又與他人淫亂，舉子憤而殺死狐女的故事。

【注釋】❶乾隆己卯　即清乾隆二十四年，西元一七五九年。❷舉子　被舉應試的士子。即舉人。明清時則為鄉試考中者之專稱，作為一種出身資格。❸湫隘　低下狹小。❹稅　租借；租賃。❺西直門　原北京城西北門。如今成為北京市區中的一個地名。❻了鳥　門窗上的搭扣，亦稱「屈戌」。唐李商隱〈病中聞河東公樂營置酒口占寄上〉詩：「鎖門金了鳥，展障玉鴉叉。」❼巫山　在湖北、重慶邊界，長江穿流其間，成為三峽。相傳赤帝之女瑤姬，未嫁而卒，葬於巫山之陽。楚懷王遊高唐，晝寢，夢中與其神相遇，自稱「巫山之女」。後人附會，為之立像，稱為「巫山神女」。後亦用為男女幽會的典實。❽洛水　指傳說中的洛水女神，即宓妃。後詩文中常用以指代美女。漢魏時曹植〈洛神賦〉中寫了與宓妃相會之事。❾千金買笑　《東周列國志》第二回：「褒妃在樓上，憑欄望見諸侯忙去忙回，並無一事，不覺撫掌大笑。幽王曰：『愛卿一笑，百媚俱生，此虢石父之力也！』遂以千金賞之。至今俗語傳『千金買笑』，蓋本於此。」此處指用重金嫖妓。❿變童　美好的童子。古時指被人狎玩的美貌男子。

【語譯】姜慎思說：乾隆二十四年夏天，有位江南舉子因為京城裡的旅舍大多低矮狹窄，就在西直門外租了一處大戶人家的墳院讀書。舉子有一次趁天晚涼快在樹下散步，遇見一個女子，年紀十五六歲，皮膚很白皙。舉子上前挑逗和她搭話，她不生氣也不回答，轉過牆角自己就走了。舉子半夜醒來時，似乎聽到房門上的門環略有聲響，懷疑是盜賊。舉子叫書僮沒有回應，只好自己起床隔著門縫偷偷朝外看，原來是白天所見的那個女子。舉子知道她是主動來投懷送抱，便急忙開門擁著她進屋。這女子自己說：「我是守墳人的女兒，家裡非常窮苦，父母都忠厚老實，因此時常擔心被嫁給農家當媳婦。剛才承蒙您看得上我，我也控制不住自己的感情，就從牆頭缺口處翻牆進院子來到你這裡。您是富貴之人，自然肯定有妻子。如果你能籌措一百兩銀子給我父母，我就是當你的侍妾也毫不後悔。我父母愛錢財，也必定會同意的。」舉子答應了，於是兩個人纏綿調情做愛，到雞叫的時候女子才離去。從此以後，那個女子經常半夜來，妖媚淫蕩，做出種種的姿態。舉子認為即使是遇見巫山神女、洛水女神也不過這麼快樂。有一天夜晚，女子來得稍為遲些，舉子就在月下散步等著她。舉子忽然看見她從樹梢上飛下來，就頓時省悟過來，說：「你莫非是狐狸精？」女子也不很隱諱掩飾，笑著回答說：「我當初怕您驚恐害怕，所以說了假話。如今我們情意已經很深，不妨明白告訴您。將來您到各地做官，有一個隱形跟隨伺候你的侍妾，不用煩勞車馬，不需選擇住處，不需要衣食，白天可以放在懷中衣袖帶著，夜裡就出來陪你睡覺，不是比你花錢嫖妓好得多嗎？」舉子想想，這樣確實很好。從此，這個狐女暗中住在書房裡，不再每天夜裡來了。然而每到晚上點燈的時候，這個狐女就要外出，到半夜才回來；有時還微微顯出頭髮凌亂、首飾斜插的匆忙樣子。舉子有些疑心但又不能肯定。狐女漸漸和舉子的變童淫亂，不久被兩個僕人看見，狐女索性又和兩個僕人一起淫亂。廚師知道了，狐女也和他發生性關係。一天，狐女白天和變童睡覺。舉子偷偷跑進去把狐女掐死了，狐女於是現出狐狸的原形，舉子因而把她埋葬在圍牆外面。半個月後，有個老頭來找舉子，說：「我女兒做了你的侍妾，為什麼突然把她殺了？」舉子憤憤地說：「你知道你女兒是我的侍妾，這就容易講清楚了。兩個男人共同占有一個女人，為了爭奪女人相互殘殺，這叫做妒姦，按照法律殺了人應當抵罪。你女兒既然成了我的侍妾，我明明知道她不是人類，但還是不改變婚約，那麼我們夫妻的名分已經確定了。但她既和他人淫亂，又和我的僕人淫亂，我作為她的丈夫，按理可以捉姦。捉姦時殺了她，我又有什麼罪呢？」那個老頭說：「那麼為什麼不殺了你的僕人？」舉子回答說：「你女兒死了原形就顯了出來，而其他的都是人。我殺死了這四個人，而拿一隻死狐狸作為他們犯罪的證據，如果你是法官，你能根據這點證據來定案嗎？」老頭低頭想了很久，用手拍著膝蓋說：「這是你自取的啊！我確實沒有想到你會變成這個樣子！」老頭抖了抖衣服就走了。舉子立刻搬家到準提庵居住，住在姜慎思的隔壁房間。舉子的變童和狐女尤其親昵恩愛，怨恨主人太過殘忍，把這事的經過都告訴了姜慎思，所以他知道這件事的詳細經過。

【研析】舉子一時怨憤殺死狐女，情有可原；狐女為了滿足自己的情欲，到處留情，全然不顧廉恥，遭殺身之禍也是咎由自取。故而狐女父親會歎息說：「汝自取也夫。」

老頭受姦淫

吉木薩❶（烏魯木齊所屬也）屯兵張鳴鳳調守卡倫❷（軍營瞭望之名），與一菜園近。灌園叟年六十餘，每遇風雨，輒借宿於卡倫。一夕，鳴鳳醉以酒而淫之。

叟醒大恚，控於營弁。驗所創，尚未平。申上官，除鳴鳳糧。時鳴鳳年甫二十，眾以為必無此理；或疑叟或曾竊汙鳴鳳，故此相報。然復鞫❸兩造，皆不承，咸云怪事。有官奴玉保曰：「是固有之，不為怪也。曩牧馬南山，為射雉者驚，馬逸。懼遭責罰，入深山追覓。倉皇失道，愈轉愈迷，經一晝夜不得出。遙見林內屋角，急往投之；又慮是盜巢，或見戕害，且伏草間覘情狀。良久，有二老翁攜手笑語出，坐磐石上，擁抱偎倚，意殊褻狎。俄左一翁牽右一翁伏石畔，恣為淫媟。我方以窺見陰私，懼殺我滅口，惴惴蜷縮不敢動。乃彼望見我，了無愧怍，共呼使出，詢問何來；取二餅與食，指歸路曰：『從某處見某樹轉至某處，見深澗沿之行，一日可至家。』又指最高一峰曰：『此是正南，迷即望此知方向。』又曰：『空山無草，汝馬已飢而自歸。此間熊與狼至多，勿再來也。』比歸家，馬果先返。今張鳴鳳愛六十之叟，非此老翁類乎？」據其所言，天下真有理外事矣。惟二翁不知何許人，遁跡深山，似亦修道之士，何以所為乃如此？《因樹屋書影》❹記仙人馬繡頭事，稱其比及頑童，云中有真陰可採。是容成術❺非但御女，兼亦御男。然採及老翁，有何裨益？即修煉果有此法，亦邪師外道而已，上真❻定無此也。

【章旨】此章講述一個青年屯兵強姦一個六旬老頭，人們以為此事難以理解。而一個官奴以親眼所見，說明此事是確實存在的。

【注釋】❶吉木薩　地名。在烏魯木齊附近。❷卡倫　清代在東北、蒙古、新疆等邊地要隘處設官兵瞭望戍守，並兼管稅收等事的地方。❸復鞫　復審；復查。鞫，審訊；查問。❹因樹屋書影　一說清代周良工撰。❺容成術　講採補陰陽之道。容成，傳為黃帝大臣，發明曆法。後道家將其附會為仙人。❻上真　道教稱修煉得道的人為真人。上真即上仙、真仙。《八素真經》：「太上之道有三：上真之道有七；中真之道有六；下真之道有八。」

【語譯】吉木薩（烏魯木齊所屬的地方）的駐屯兵士張鳴鳳調防駐守卡倫（軍營瞭望堡壘的名稱），和一個菜園鄰近。種菜的老頭年紀已經六十多歲，每遇到風雨天，就到卡倫借宿。一天晚上，張鳴鳳用酒把老人灌醉而姦淫了老人。老人醒來極其憤恨，向軍官控告。查驗他所受的創傷，傷口還沒有恢復原狀。軍官報告上級，剝奪了張鳴鳳應得的軍餉。當時張鳴鳳才剛二十歲，大家認為他肯定沒有強姦老頭的理由。有人懷疑這老頭是否曾經偷偷姦淫過張鳴鳳，所以張鳴鳳用這樣的方式來報仇。但是在復審的時候，雙方都不承認有那樣的事。大家都說這是一件怪事。有個官奴叫玉保的說：「這種事確實是會有的，沒什麼可奇怪的。從前我在南山放馬，被打野雞的人驚嚇，馬受驚跑了。我怕受到責備懲罰，便到深山裡去追尋。我慌亂中走錯了路，愈轉愈迷糊，經過一天一夜也沒有走出來。我遠遠望見樹林裡有屋子的一角露出來，急忙奔過去投宿；又擔心是強盜窩，可能會被強盜殺害，就暫且趴在草叢中觀察情況。過了很久，我看見有兩個老頭手拉手說說笑笑地走出來，坐在大石頭上，相互擁抱偎倚，看上去樣子極為親暱猥褻。不久，左邊的老頭拉著右邊的老頭趴在大石頭旁，肆意淫亂。我正在擔心因為偷看到他們的陰私，怕他們會殺我滅口，提心吊膽地蜷伏著不敢動。他們卻看見了我，一點羞愧之色也沒有，共同把我叫出來，詢問我為什麼而來；還拿出兩隻餅給我吃，並給我指明回去的道路說：『從某處看見某棵樹就轉彎向某處，看見深澗就沿著深澗行走，一天就可以回到家了。』又指著一座最高的山峰說：『這是正南，迷路時看著這座山峰就知道方向了。』他們又說：『荒山沒有草，你的馬已經餓得自己跑回去了。這裡熊和狼很多，不要再來了。』等我回到家，那匹馬果然已經先回來了。如今張鳴鳳喜歡六十歲的老人，不就是那個老頭一類的人嗎？」根據玉保所說的話，天下果真有常理以外的事了。只是兩個老頭不知是什麼人，他們隱居深山，似乎也是修道的人，為什麼他們做出的事情竟然是這樣的呢？《因樹屋書影》記載仙人馬繡頭的事情，說他連孩子也要姦淫，說是孩子身體中有真陰可以採補。那麼，容成術不但姦淫女性，兼而也有姦淫男性。然而，姦淫老頭有什麼益處呢？即使修煉中果真有這種方術，也是邪魔外道的方法而已，真仙肯定不會使用這種方術的。

【研析】一個年輕人姦淫老頭，說來也是容易理解：即青年孤身戍守卡倫，性欲無法發洩，一時將老人當作發洩工具而已。只是青年為了發洩性欲而姦淫老人，未免與禽獸無異。至於後來兩個老頭相親相愛並發生性關係，或許這兩個老頭是同性戀。當時人們並不懂得同性戀，故而當成怪事傳說。

香魂怨詩

張助教❶潛亭言：昔與一友同北上，夜宿逆旅。聞綷縩❷有聲，或在窗外，或在室之外間。初以為蟲鼠，不甚訝；後微聞歎息，乃始栗然，偵之無睹也。至紅花埠，偶忘收筆硯，夜分聞有擱筆聲。次早，几上有字跡，陰黯慘淡，似有似無。諦審，乃一詩，其詞曰：「上巳❸好鶯花，寒食❹多風雨。十年汝憶吾，千里吾隨汝。相見不得親，悄立自淒楚。野水青茫茫，此別終萬古。」似香魂怨抑之語。

然潛亭自憶無此人，友自憶亦無此人，不知其何以來也。程魚門❺曰：「君肯誦是詩，定無是事。恐貴友諱言之耳。」眾以為然。

【章旨】此章記述了一首倩女怨詩。

【注釋】❶助教　學官名。協助國子博士傳授儒家經學。❷綷縩　衣服摩擦聲。《漢書・孝成班倢伃傳》：「紛綷縩兮紈素聲。」❸上巳　節日名。古時以農曆三月上旬巳日（初三）為「上巳」。❹寒食　節令名。清明前一天（一說清明前二天）。相傳起於晉文公悼念介之推事，以介之推抱木焚死，就定於是日禁火寒食。❺程魚門　即程晉芳。字魚門，清歙縣（今安徽歙縣）人。乾隆進士。曾任《四庫全書》纂修官、翰林院編修等。參見本書卷三〈宿怨〉則注釋❶。

【語譯】張潛亭助教說：過去和一位朋友一起北上，夜間投宿旅舍，聽到有窸窸窣窣細碎的聲響，有時在窗戶外，有時在屋子的外間。兩人開始以為是昆蟲老鼠，不覺得很奇怪，後來微微聽到有輕輕的歎息聲，這才開始害怕，起身來查看，又沒有看見什麼。兩人走到紅花埠，偶然忘記收拾毛筆硯臺，夜裡聽到有放下毛筆的聲音。第二天早上，几案上寫有字跡，黯淡朦朧，若有若無。仔細辨認，原來是一首詩，寫道：「上巳日好鶯花，寒食節多風雨。十年你想著我，千里我隨著你。相見不能親近，我獨自悄立淒楚萬分。野水青青茫茫無邊，這次相別萬古永訣。」詩句彷彿是女子鬼魂怨恨憂鬱的語氣。然而張潛亭自己回憶不認識這樣一個人，朋友自己回憶也不認識這樣一個人，不知那個鬼魂為什麼會跟來的。程魚門說：「你肯給我們念這首詩，肯定沒有什麼事。恐怕你的朋友不肯說出來吧。」大家認為他說得有理。

【研析】倩女香魂，幽怨抑鬱，多愁善感，情意綿綿，這正是文人喜歡的一種情調。這首詩或許就是那位張助教自己的作品，藉一個故事公布於眾而已。

胡牧亭之僕

同年胡侍御❶牧亭，人品孤高，學問文章亦具有根柢。然性情疏闊，絕不解家人生產事，古所謂不知馬幾足者，殆有似之。奴輩玩弄如嬰孩。嘗留余及曹慕堂、朱竹君、錢辛楣飯，肉三盤，蔬三盤，酒數行耳，聞所費至三四金，他可知也。同年偶談及，相對太息。竹君憤尤甚，乃盡發其奸，迫逐之。然積習已深，密相授受，不數月，仍故轍。其黨類布在士大夫家，為竹君騰謗❷，反得喜事名。於是人皆坐視，惟以「小人有黨，君子無黨」，姑自解嘲云爾。後牧亭終以貧困鬱鬱死。死後一日，有舊僕來，哭盡哀，出三十金置几上，跪而祝曰：「主人不迎妻子，惟一身寄居會館❸，月俸本足以溫飽。徒以我輩剝削，致薪米不給。彼時以京師長隨，連衡成局，有忠於主人者，共排擠之，使無食宿地，故不敢立異同。不虞主人竟以是死。中心愧悔，夜不能眠。今盡獻所積助棺斂，冀少贖地獄罪也。」祝訖自去。滿堂賓客之僕，皆相顧失色。陳裕齋因舉一事曰：「有輕薄子見少婦獨哭新墳下，走往挑之。少婦正色曰：『實不相欺，我狐女也。墓中人耽我之色，至病瘵而亡。吾感其多情，而愧其由我而殞命，已自誓於神，此生決不再偶。爾無妄念，徒取禍也。』此僕其類此狐歟！」然余謂終賢於掉頭竟去者。

【章旨】此章講述侍御史胡牧亭遭僕人欺騙，至死不悟。其死後，一個僕人良心發現，在其靈前懺悔的故事。

【注釋】❶侍御　官名。即侍御史，在御史大夫下，或給事殿中，或舉劾非法，或督察郡縣，或奉使外出，執行指定任務。❷騰謗　謂肆意誹謗、大加指責。❸會館　古時同省、同府、同縣或同業的人在京城、省城或國內外大商埠設立的機構，主要以館址的房屋供同鄉、同業聚會或寄寓。

【語譯】和我同年科舉中榜的胡牧亭侍御史，人品孤僻清高，學問文章也極有根柢，然而性情疏懶迂闊，根本不了解家庭過日子的情況，古代所說的那種不知道馬有幾條腿的人，他就有點類似。奴僕們玩弄他如同玩弄嬰兒一樣。他曾經請我以及曹慕堂、朱竹君、錢辛楣吃飯，只有三盤肉菜，三盤蔬菜，幾杯酒而已，聽說所花費的銀子有三四兩，其他可想而知了。我們這些和他同年中榜的朋友偶爾談到這些事，都相對感歎。朱竹君尤其憤怒，於是就把胡牧亭僕人所幹的壞事都揭發出來，迫使他把僕人都驅逐出去。然而僕人們的壞習慣已經形成，他們彼此暗中傳授，沒有幾個月，胡牧亭家的僕人仍然和過去一樣。僕人的同黨分布在士大夫家裡，到處誹謗朱竹君，反而使朱竹君得了個喜歡鬧事的名聲。於是，人們都對胡牧亭的事坐視不管，只能以「小人有同黨、君子沒有同黨」來自我解嘲。後來，胡牧亭終於因為貧困憂鬱而死。胡牧亭死後的第一天，有個舊時的僕人來弔喪，哭得非常悲哀，拿出三十兩銀子放在几案上，跪著禱告說：「主人沒有把妻子接來京城，只是獨身一人寄住在會館，每月的俸銀本來完全足夠溫飽生活了。就是因為我們這些人的剝削，以至於連柴米都不能保證。當時因為京城的長隨僕從都結成一夥，誰要忠於主人，大家就共同排擠他，使他找不到吃飯住宿的地方，所以誰也不敢標新立異表示不同意見。

沒有想到主人竟然因此而死。我心中慚愧後悔，夜裡睡不著覺。如今我把自己的積蓄都捐獻出來，資助棺木收殮費用，希望能稍稍贖回一些下地獄的罪過！」禱告完，這個僕人就走了。滿堂賓客的僕人，相互看看，臉色都變了。陳裕齋於是舉出一個事例說：「有個舉止輕薄的青年看見一個少婦獨自在一座新墳前哭泣，就走過去調戲她。少婦嚴肅地說：『實在不想騙你，我是狐女。墳墓裡的人沉湎我的美色，以致得了癆病而死。我感念他的多情，同時慚愧他因為我而喪命，我已經向神發誓，今生絕不再找男人。你不要有胡思亂想，否則只會給自己招來災禍！』」這個僕人大概就有些像這個狐女吧！」然而我認為這個僕人的品德總是要比那些掉頭而去、不管不顧的僕人好得多。

【研析】作者對僕人心存成見，在文章中屢屢提出譴責。僕人欺騙主人以謀取錢財，本來不是稀罕事，如同官員在朝廷上欺瞞皇帝，中飽私囊一樣。如果要求僕人對主人絕對忠誠，就像要求「文官不貪財、武官不怕死」一樣不合世情。唯一可以做到的是，當權者的明智和犀利，以盡可能地減少類似損失。或許，這樣比單純的譴責更有效一些。

鐵蟲冰蠶

田侯松巖言：幼時居易州❶之神石莊（土人云，本名神子莊，以嘗出一神童故也。後有三巨石隕於莊北，如春秋宋國之事❷，故改今名。在易州西南二十餘里），偶與僮輩嬉戲馬廄中，見煮豆之鍋，凸起鐵泡十數，並形狹而長。僮輩以石破其一，中有蟲長半寸餘，形如柳蠹，色微紅，惟四短足與其首皆作黑色，而油然有光，取出猶蠕蠕能動。因一一破視，一泡一蟲，狀皆如一。又言：頭等侍衛❸常君青（此又別一常君，與常大宗伯同名），乾隆癸酉❹戍守西域，卓帳❺南山之下（塞外山脈，自西南趨東北，西域三十六國，夾之以居，在山南者呼曰「北山」，在山北者呼曰「南山」，其實一山也）。山半有飛瀑二丈餘，其泉甚甘。會冬月冰結，取水於河，其水湍悍而性冷，食之病人。不得已，仍鑿瀑泉之冰。水竅甫通，即有無數冰丸隨而湧出，形皆如橄欖。破之，中有白蟲如蠶，其口與足則深紅，殆所謂冰蠶者歟？此與鐵中之蟲，鍛而不死，均可謂異聞矣。然天地之氣，一動一靜，互為其根。極陽之內必伏陰，極陰之內必伏陽。八卦❻之對待，坎以二陰包一陽❼，離以二陽包一陰❽。六十四卦之流行，陽極於乾，即一陰生，下而為姤；陰極於坤，即一陽生，下而為復。其靜也伏斯斂，斂斯鬱焉；其動也鬱斯蒸，蒸斯化焉。至於化則生，生不已矣。特沖和之氣，其生有常；偏勝之氣，其生不測。沖和之氣，無地不生；偏勝之氣，或生或不生耳。故沸鼎炎熇、寒泉沍結，其中皆可以生蟲也。崔豹《古今注》❾載，火鼠❿生炎洲⓫火中，績其毛為布，入火不燃。今洋舶多有之，先兄晴湖蓄數尺，余嘗試之。又《神異經》⓬載，冰鼠生北海冰中，穴冰而居，齧冰而食，歲久大如象，冰破即死。歐羅巴人⓭曾見之。謝梅莊⑭前輩戍烏里雅蘇臺⑮時，亦曾見之。是獸且生於火與冰矣。其事似異，實則常理也。

【章旨】此章作者講述了兩種分別生活在鐵鍋和寒冰中的蟲子，並努力用陰陽理論來解說這種蟲子的由來。

【注釋】❶易州　即今河北易縣。❷春秋宋國之事　《史記・宋微子世家》：「（宋）襄公七年，宋地霣星如雨，與雨偕下。」意思是宋襄公七年，宋國境內流星像雨一樣墜落，和雨點一同落下。霣，通「隕」。❸侍衛　官名。清制選滿蒙勳戚子弟及武進士為侍衛，分一、二、三等。又在其中特簡若干為御前侍衛及乾清門侍衛，為最高級。❹乾隆癸酉　即清乾隆十八年，西元一七五三年。❺卓帳　設立帳篷。卓，建立；豎立。宋沈括《夢溪筆談・異事》：「熙寧中，予使契丹，至其極北黑水境永安山下卓帳。」❻八卦　《周易》中的八種基本圖形，名稱是乾、坤、震、巽、坎、離、艮、兌。《易傳》作者認為八卦主要象徵天、地、雷、風、火、水、山、澤八種自然現象，並認為「乾」、「坤」兩卦在「八卦」中占特別重要的地位，是自然界和人類社會一切現象的最初根源。❼坎以二陰包一陽　指坎卦卦象為「☵」，是兩陰爻包一陽爻。「⚊」是陽爻；「⚋」是陰爻。❽離以二陽包一陰　指離卦卦象為「☲」，是兩陽爻包一陰爻。❾崔豹古今注　參見本書卷十一〈方竹青田核芸香〉則注釋❺。❿火鼠　傳說中的異鼠。其毛可織火浣布。宋《太平御覽》卷八二〇引晉張勃《吳錄》：「日南比景縣有火鼠，取毛為布，燒之而精，名火浣布。」宋蘇軾〈徐大正閒軒〉詩：「冰蠶不知寒，火鼠不知暑。」⓫炎洲　神話中的南海炎熱島嶼。亦泛指南方炎熱地區。⓬神異經　志怪小說集。舊題漢東方朔撰、晉張華注，實為偽託。一卷。其最初傳本，後亦散佚；今本乃輯錄唐宋類書所引逸文而成。⓭歐羅巴人　歐洲人。⓮謝梅莊　即謝濟世。字石霖，號梅莊，清全州（今廣西全州）人。康熙進士。雍正時官御史，正直敢言。⓯烏里雅蘇臺　清政區名，指駐紮於烏里雅蘇臺城的定邊左副將軍的轄區。乾隆中葉後統轄喀爾喀四部和科布多、唐努烏梁海二區。清季通稱外蒙古。

【語譯】田松巖先生說：他小時候住在易州的神石莊（當地人說本來名字叫神子莊，因為村莊裡曾經出過一個神童的緣故。後來有三塊大隕石隕落在村莊北面，如同春秋時宋國的事一樣，故而改為如今的莊名。

莊子在易州西南二十多里），偶然和小僮們在馬廄中玩耍，看見煮餵馬豆子的鐵鍋裡，凸起了十幾個鐵泡，形狀都是窄長的。小僮們用石頭敲破一個鐵泡，鐵泡中有一條半寸多長的蟲子，形狀像柳樹的蠹蟲，顏色微微發紅，只是蟲子的四條短腳和頭部是黑色的，而且蟲身油光發亮，拿出來時還會蠕蠕地爬動。小僮們於是把所有鐵泡都一一敲破，一個鐵泡裡有一條蟲，蟲子的形狀都一樣。田松巖先生又說：頭等侍衛常青先生（這又是另外一位常青先生，和禮部尚書常先生同名），乾隆十八年戍守西域，在南山下架設帳篷（塞外的山脈，從西南延伸向東北方向。西域的三十六國，分布在山脈兩邊。在山南的國家把這條山脈叫做「北山」，在山北的國家把這條山脈叫做「南山」，其實都是一條山脈）。半山腰有一處兩丈多高的瀑布，這道泉水很甘甜。遇到冬天泉水結冰，駐軍便到河裡取水，河水湍急而且水性寒冷，人喝了會生病。不得已只好仍然去鑿開瀑布冰塊取水。泉眼剛剛打通，立刻有無數的冰球隨水流湧出，形狀都像橄欖。敲破冰球，球中有白色的蟲子，形狀像蠶，蟲子的嘴和腳都是深紅色，大概就是人們所說的冰蠶吧？這種冰蠶和鐵鍋中經過鍛燒也不會死的蟲子，都可以說是奇聞了。然而天地的氣息，一動一靜，互相成為對方的根基。極陽之內必然潛伏著陰，極陰之內必然潛伏著陽。八卦的對峙，坎卦是二個陰爻包一個陽爻，離卦是二個陽爻包一個陰爻。六十四個卦輪流變化，陽的極點在乾卦，就有一陰生長，下面就成為姤卦。陰的極點在坤卦，就有一陽生長，下面就成為復卦。在相對靜止之時，陰陽都處於潛伏收斂狀態，收斂時就在鬱結了；在相對活動之時，陰陽都會處於鬱結蒸騰狀態，蒸騰時就會發生變化了。有了變化就有化生，化生不會停止。只是沖和的氣息，它的化生是經常而有規律的。偏勝的氣息，它的化生就難以預料了。沖和的氣息，任何地方都可以化生；偏勝的氣息，有時會化生有時不會化生而已。所以不論是熾熱的鐵鍋，還是冰凍的寒泉，其中都可以生出蟲子。崔豹的《古今注》記載，火鼠生長在炎洲的烈火中，把火鼠的毛織成布，放到火裡也燒不著。如今西洋商船經常有這種布，先兄晴湖收藏有幾尺，我曾經試驗過它。還有《神異經》記載，冰鼠生活在北海的冰中，這些冰鼠挖冰洞居住，咬食冰塊當食物，時間久了就長大如同大象一樣。冰塊破裂時，這種冰鼠就會死亡。歐羅巴人曾經見過。謝梅莊前輩駐守烏里雅蘇臺時，也曾經看見過這種冰鼠。這是有獸類卻會生長在火或冰中了。這種事似乎很奇異，實際上卻是平常的道理。

【研析】世界上奇異的動物很多，然而生活在鐵鍋中或生活在冰塊裡的所謂「鐵蟲冰蠶」，卻是聞所未聞。或許是筆者的孤陋寡聞，還是作者的傳聞失實，讀者自當識別。至於火鼠布，可能是石棉布，故而能入火不燃。北海的冰鼠，可能是海象、海豹一類動物，因為其生活習性與文章中所說的動物相近。

司閽之爭

數皆前定，故鬼神可以前知。然有其事尚未發萌，其人尚未舉念，又非吉凶禍福之所關、因果報應之所繫，遊戲瑣屑至不足道，斷非冥籍❶所能預注者，而亦往往能前知。乾隆庚寅❷，有翰林偶遇乩仙❸，因問宦途。乩判一詩曰：「春風一笑手扶筇❹，桃李花開潑眼濃。好是尋香雙蛺蝶，粉牆才過巧相逢。」茫不省為何語。俄御試翰林，以編修❺改知縣❻。眾謂次句隱用河陽一縣花❼事，可云有驗；然其餘究不能明。比同年往慰，司閽者❽扶杖蹩躠出。蓋朝官僕隸，視外吏如天上人。司閽者得主人外轉信，方立堦上，喜而躍曰：「吾今日登仙矣！」不虞失足，遂損其脛，故杖而行也。數日後，微聞一日遣二僕，而罪狀不明。旋有洩其事者曰：「二僕皆謀為司閽，而無如先已有跛者。乃各陰飾其婦，俟主人燕息，誘而蠱之。至夕，一婦私具餅餌，一婦私煎茶，皆暗中摸索至書齋廊下。猝然相觸，所齎俱傾；愧不自容，轉怒而相詬。主人不欲深究，故善遣去。」於是詩首句三四句並驗。此乩可謂靈鬼矣，然何以能前知此等事，終無理可推也。（馬夫人雇一針線人❾，曾在是家，云二僕謀奪司閽則有之，初無自獻其婦意，乃私謀於一黠僕，黠僕為畫此策，均與約：是日有暇，可乘隙以進。而不使相知，故致兩敗。二僕逐後，黠僕又黨附於跛者，邀遊妓館。跛者知其有伏機，陽使先往待，而陰告主人往捕，故黠僕亦敗。嗟乎！一州縣官司閽耳，而此四人者互相傾軋，至輾轉多方而不已。黃雀螳螂之喻，茲其明驗矣。附記之，以著世情之險。）

【章旨】此章講述一個外放縣官的守門人職位，引來四個僕人拚死相爭的故事。

【注釋】❶冥籍　傳說中世人在陰間的戶籍簿。❷乾隆庚寅　即清乾隆三十五年，西元一七七〇年。❸乩仙　扶乩時請託的神靈。乩，古時求神降示的一種方法。由二人扶一丁字木架，下面放沙盤，謂神降時執木架畫字能為人決疑治病，預示吉凶。通稱扶乩。❹笻　杖。笻竹可以作杖，因即稱杖為笻。宋黃庭堅〈次韻德孺新居病起〉：「稍喜過從近，扶笻不駕車。」❺編修　官名。清代翰林院編修以一甲二三名進士及庶吉士之留館者擔任。❻知縣　官名。明代以後稱一縣的長官為知縣。❼河陽一縣花　晉代潘岳任河陽縣令，種植桃李，號稱「河陽一縣花」。河陽，古縣名。治所在今河南孟縣南。❽司閽者　看門的人。❾針線人　專為他人縫紉的婦女。

【語譯】氣運都是前世注定的，所以鬼神可以預先知道。然而有的事情還沒有跡象，當事人還沒有這個想法，又不是關係到人的吉凶禍福、因果報應之類，只是遊戲瑣碎般不值得一說的事情，絕對不是陰間記載所能預先注明的，但也往往能事先知道。乾隆三十五年，有位翰林偶然遇見扶乩請仙，便趁機詢問自己的仕途。乩仙判了一首詩說：「春風一笑手中扶著筇杖，桃李花開滿眼都是濃郁色彩。好比尋香的一雙蛺蝶，粉牆才過恰巧相逢。」這位翰林茫然不明白說的是什麼意思。不久，這個翰林經過皇帝親自考試，官職從編修改任知縣。大家說，乩仙的第二句詩隱用河陽一縣花的典故，可以說是有了應驗，但其他句子究竟還是不明白。等到他科舉同榜的朋友前往慰問時，守門人卻扶著竹杖瘸著腳走出來開門。原來京官的僕人把外放的官員看作如同是天上人。守門人得到主人轉為外放官員的消息時，正站在臺階上，高興得跳躍起來，說：「我今天登仙了！」沒想到失足跌下，於是跌傷了自己的小腿，所以拄著拐杖行走。幾天以後，人們隱約聽說那個翰林一天之內打發走了兩個僕人，但又不清楚他們的罪狀。很快有人把這件事情洩露出來，說：「這兩個僕人都想謀取守門人這個職位，但無奈已有原先那個小腿受傷的僕人了。於是，兩個僕人各自暗中打扮自己老婆，等到主人睡下時，去引誘迷惑主人。到了夜晚，一個婦人私下悄悄準備點心，一個婦人私下悄悄煮好茶水，都在暗中摸索到書齋的走廊下。兩個女人突然間撞在一起，手裡拿的東西都打翻在地上；這兩個女人慚愧得無地自容，轉而又惱羞成怒相互對罵起來。主人不想多加追究，就把兩個僕人好好打發走了。」於是，乩仙詩的第一句和第三、四句都應驗了。這個乩仙可以說是個靈鬼，但是他為什麼能夠事先知道這件事，始終沒有道理可以解釋。（馬夫人雇用一個做針線活的女人，曾在那一家幹過活，說那兩個僕人謀畫奪取守門人職務的事是有的。最初並沒有讓自己老婆去勾引主人的想法，而是私下和一個狡猾的僕人商量。那個狡猾的僕人給他們謀畫了這個計策，又都和他們約定：那天有機會，可以乘機會把老婆送進去。然而這個狡猾的僕人又不讓雙方相互知道，所以導致兩敗俱傷。那兩個僕人被驅逐後，這個狡猾的僕人又依附於那個摔傷腿的僕人，邀請他去妓院玩。摔傷腿的那個僕人知道他有陰謀，假裝讓他先去妓院等待自己，而自己暗中報告主人前往妓院抓捕，故而那個狡猾的僕人也失敗了。唉！不過是一個州縣長官的守門人，就有這四個人互相傾軋爭奪，甚至用盡種種方法而不停止。螳螂捕蟬，黃雀在後的比喻，這就是個明顯的事例。我把這件事附帶記述在這裡，用來揭示世情的險惡。）

【研析】知縣守門人的職位之爭，爭奪的不是守門的職責，而是這個職位後面的好處。知縣乃一縣之長，求知縣辦事之人自然不會少，而這些人都要從大門進去才能見到知縣，由此可知守門人職位的重要和好處的豐厚了。推而想之，職權比守門人大的，好處不是更大嗎？清代官場的腐敗，於此可見一斑。

題壁歸雁詩

余官兵部尚書時，往良鄉❶送征湖北兵，小憩長辛店❷旅舍。見壁上有〈歸雁詩〉二首，其一曰：「料峭西風雁字斜，深秋又送汝還家。可憐飛到無多日，二月仍來看杏花。」其二曰：「水闊雲深伴侶稀，蕭條只與燕同歸。惟嫌來歲烏衣巷❸，卻向雕樑各自飛。」末題「晴湖」二字，是先兄字也。然語意筆跡皆不似先兄，當別一人。或曰：「有鄭君名鴻撰，亦字晴湖。」

【章旨】此章作者記述了在旅舍中發現的題寫在牆壁上的兩首〈歸雁詩〉。

【注釋】❶良鄉　舊縣名。在北京西南部。今北京房山區。❷長辛店　地名。在北京西南部。❸烏衣巷　地名。在今南京秦淮河南。唐劉禹錫〈烏衣巷〉詩：「朱雀橋邊野草花，烏衣巷口夕陽斜。舊時王謝堂前燕，飛入尋常百姓家。」

【語譯】我擔任兵部尚書時，到良鄉去送駐防湖北的軍隊，在長辛店旅舍稍事休息。我看見旅舍牆壁上題寫有〈歸雁詩〉二首，第一首詩說：「料峭西風中雁群斜行南飛，深秋時節又送你還家。可憐飛到家沒有多少日子，二月仍要回來看杏花。」第二首詩說：「水波闊雲層深伴侶稀少，蕭條只能與燕子共同歸來。只是嫌來年烏衣巷，卻向著雕樑各自飛去。」詩後題著「晴湖」兩個字，這是先兄的字。然而詩的語氣筆跡都不像先兄，可能是另外一個人。有人說：「有位鄭先生名叫鴻撰，也是字晴湖。」

【研析】作者愛詩，凡是看到好詩、有趣之詩，必然記錄在冊。這兩首詩的意境並不深邃，表達的情感也是常見的離愁別恨，憂鬱惆悵。只是詩末題寫作者兄長之字，故而作者錄寫在此。

卓悟庵

偶見田侯松巖持畫扇，筆墨秀潤，大似衡山❶。云其親串德君芝麓所作也。上有一詩曰：「野水平沙落日遙，半山紅樹影蕭條。酒樓人倚孤樽坐，看我騎驢過板橋。」風味翛然，有塵外之致。復有德君題語，云是卓悟庵作，畫即畫此詩意。故並錄此詩，殆亦愛其語也。田侯云，悟庵名卓禮圖，然不能詳其始末。大抵沉於下僚者，遙情高韻，而名氏翳如❷。錄而存之，亦郭恕先❸之遠山數角耳。

【章旨】此章通過一把畫扇上的詩，以記錄一位社會下層文人的才情。

【注釋】❶衡山　即明代書畫家文徵明。初名壁，字徵明，以字行。號衡山居士，長洲（今江蘇蘇州）人。書畫名重當代，學生甚多，形成「吳門派」，與沈周、唐寅、仇英合稱「明四家」。有《甫田集》。❷翳如　湮滅無聞。❸郭恕先　即郭忠恕。宋初畫家、文學家。字恕先，又字國寶，洛陽（今屬河南）人。官至國子監主簿。因批評時政，遭貶謫，死於途中。工畫山水，尤擅界畫，所繪重樓複閣，頗合磚木諸工規矩。現存〈雪霽江行圖〉，傳是他的作品。

【語譯】我偶然看見田松巖先生拿著一把畫扇，筆墨清秀圓潤，很像明代書畫家文徵明的風格。他說這是他的親戚德芝麓先生所作。畫扇上題寫有一首詩，說：「野水平沙落日遙遠，映照半山紅樹影子蕭條。酒樓上人兒依傍著酒杯獨坐，看著我騎毛驢走過木板橋。」這首詩的風味自然無拘，有超脫紅塵之外的情致。畫扇上還有德芝麓先生的題詞，說詩是卓悟庵所作，扇子上的畫便是畫這首詩的詩意，所以把詩也一起抄錄在上面，大概也是喜愛這首詩的緣故。田松巖先生說，卓悟庵名字叫卓禮圖，然而不能詳細說出他的生平經歷。卓悟庵先生大概是長期沉淪在下層僚屬的人，性情文思高雅，但他的姓名卻不為人知。我記錄並保存這段軼事，也算是宋代郭恕先畫的遠山只露出幾個山頭罷了。

【研析】作者對於稍有情趣的詩，是有詩必錄。作者的這一習好，使得這些無名氏的詩作得以傳世。

假冒蔡邕之鬼

古人祠宇，俎豆❶一方，使後人挹想風規，生其效法，是即維風勵俗之教也。其間精靈常在，肸蠁❷如聞者，所在多有；依託假借，憑以獵取血食者，間亦有之。相傳有士人宿陳留❸一村中，因溽暑散步野外。黃昏後，冥色蒼茫，忽遇一人相揖。俱坐老樹之下，叩其鄉里名姓。其人云：「君勿相驚，僕即蔡中郎❹也。祠墓雖存，享祀多缺；又生叨士流，歿不欲求食於俗輩。以君氣類，故敢布下忱。明日賜一野祭可乎？」士人故雅量，亦不恐怖，因詢以漢末事。依違酬答，多羅貫中⑤《三國演義》⑥中語，已竊疑之；及詢其生平始末，則所述事跡與高則誠⑦《琵琶記》⑧纖悉曲折，一一皆同。因笑語之曰：「資斧匱乏，實無以享君，君宜別求有力者。惟一語囑君：自今以往，似宜求《後漢書》⑨、《三國志》⑩、中郎文集⑪稍稍一觀，於求食之道更近耳。」其人面頳徹耳，躍起現鬼形去。是影射斂財之術，鬼亦能之矣。

【章旨】此章講述一個鬼假冒蔡邕以騙取野祭，卻被人識破的故事。

【注釋】❶俎豆　祭祀；奉祀。俎和豆都是古代祭祀用的器具。❷肸蠁　亦作「肹蠁」。散布；瀰漫。多指聲響、氣體的傳播。此處指聲名傳播。❸陳留　舊縣名。治所在今河南開封東南陳留城。一九五七年併入開封縣。❹蔡中郎　即東漢蔡邕。字伯喈，陳留圉（今河南杞縣南）人。著名學者。曾官左中郎將，故稱。❺羅貫中　元末明初小說家。名本，號湖海散人，山西太原人，一說錢塘（今浙江杭州）或廬陵（今江西吉安）人。相傳是施耐庵的學生。撰有長篇小說《三國志通俗演義》、《隋唐志傳》、《三遂平妖傳》等。❻三國演義　全稱《三國志通俗演義》。長篇小說。為元末明初羅貫中根據陳壽《三國志》和裴松之注，以及范曄《後漢書》、元代《三國志平話》和某些有關傳說，經過綜合熔裁，再創作而成。❼高則誠　元末明初劇作家。名明，字則誠，號菜根道人，瑞安（今浙江瑞安）人。取蔡邕、趙五娘故事寫成南戲《琵琶記》。❽琵琶記　南戲劇本。元末高則誠作。取材民間傳說「趙貞女蔡二郎」故事，寫蔡邕與趙五娘悲歡離合的故事。❾後漢書　參見本書卷十〈真偽顛倒〉則注釋❺。❿三國志　西晉陳壽撰。六十五卷，分〈魏〉、〈蜀〉、〈吳〉三志。紀傳體三國史，為二十四史之一。⓫中郎文集　即《蔡中郎集》。東漢蔡邕作。原集久佚，現傳本皆後人所輯。

【語譯】古人的祠堂廟宇，都祭祀著某一方面的人物，使後人遙想他們的風範榜樣，萌生效法的願望，這就起到維護風化、鼓勵風俗的教化作用。這其中古人的精神靈魂常存，靈驗的名聲遠揚的，到處都有；然而依託或假借古代名人，憑藉古人來獵取酒肉祭祀的，有時也是會有的。相傳有個書生住宿在開封陳留的一個村子裡，因為天氣炎熱，到野外散步。黃昏之後，暮色蒼茫，書生忽然遇見一個人向他作揖行禮，兩人就一起坐在大樹下，書生請問那個人的姓名籍貫，那個人說：「你不要驚嚇，我就是蔡中郎。我的祠堂墳墓雖然存在，但卻經常缺乏祭祀。而我生前又是讀書人，死後不願意向那些世俗之徒請求飲食。因為你也是讀書人，我們氣味相投，所以敢向你說說我的心事。你明天能否給我在這荒郊野外祭祀一次呢？」這個書生本來就氣度寬宏豁達，也不感到恐懼害怕，就向他問起漢代末年的事情。那個人就一一回答，回答的內容大多是元末明初羅貫中《三國演義》中所說的話，書生心中已經暗暗有點疑問；又問他生平經歷，那個人所說的事跡和元末明初高則誠《琵琶記》中的情節完全相同。書生於是就笑著對他說：「我的旅費匱乏，實在沒有辦法祭祀你，你可以另外請求有能力的人來祭祀你。唯獨有一句話囑咐你：從今以後，你似乎應該找來《後漢書》、《三國志》、蔡中郎的文集稍稍看一看，這樣對於你尋求祭祀的路子就更接近些了。」那個人突然面紅耳赤，跳起身來顯出鬼的原形就跑了。如此說來，假借別人姓名斂取財物的方法，鬼也是會的。

【研析】人性的醜惡，並不因為人變成了鬼就會消除。這個書生不乏幽默，而這個假冒蔡邕的鬼也還知道羞恥，漲紅了臉而逃走。就怕那些無恥之徒，在真相被戳穿後還振振有辭，這種醜陋，世人難道還見得少嗎？

城隍和稀泥

梁豁堂言：有客遊粵東者，婦死寄柩於山寺。夜夢婦曰：「寺有厲鬼，伽藍神❶弗能制也。凡寄柩僧寮者，男率為所役，女率為所汙。吾力拒，弗能免也。君盍訟於神？」醒而憶之了了，乃炷香祝曰：「我夢如是，其春睡迷離耶？意想所造耶？抑汝真有靈耶？果有靈，當三夕來告我。」已而再夕夢皆然。乃牒訴於城隍，數日無肸蠁。一夕，夢婦來曰：「訟若得直，則伽藍為失糾舉，山神社公為失約束，於陰律皆獲譴，故城隍躊躇未能理。君盍再具牒，稱將詣江西訴於正乙真人❷，則城隍必有處置矣。」如所言，具牒投之。數日，又夢婦來曰：「昨城隍召我，諭曰：『此鬼原居此室中，是汝侵彼，非彼攝汝也。男女共居一室，其僕隸往來，形跡嫌疑，或所不免。汝訴亦不為無因。今為汝重笞其僕隸，已足謝汝。何必堅執姦汙，自博不貞之名乎？從來有事不如無事，大事不如化小事。汝速令汝夫移柩去，則此案結矣。』再四思之，凡事可已則已，何必定與神道爭，反激意外之患。君即移我去可也。」問：「城隍既不肯理，何欲訴天師，即作是調停？」曰：「天師雖不治幽冥，然遇有控訴，可以奏章於上帝，諸神弗能阻也。城隍亦恐激意外患，故委曲消弭，使兩造均可以已耳。」語訖，鄭重而去。其夫移柩於他所，遂不復夢。此鬼苟能自救，即無多求，亦可云解事矣。然城隍既為明神，所司何事，毋乃聰明而不正直乎？且養癰❸不治，終有釀為大獄時；並所謂聰明者，毋乃亦通蔽各半乎？

【章旨】此章講述陰間一個惡鬼欺壓其他鬼魂，一女鬼的丈夫投訴城隍，然而當地的城隍卻用和稀泥的辦法來解決問題。

【注釋】❶伽藍神　佛教寺院中的護法神。❷正乙真人　即正一真人。參見本書卷十〈克己〉則注釋❹。❸癰　喻禍患。《後漢書・馮衍傳下》：「衍娶北地任氏女為妻。」李賢注引漢馮衍〈與婦弟任武達書〉：「養癰長疽，自生禍殃。」

【語譯】梁豁堂說：有個人遊歷廣東地區，妻子死後，他就把棺木寄存在山中寺院裡。他夜裡夢見妻子說：「這座寺院裡有惡鬼，伽藍神無法制服他。凡是棺木寄存在這座寺院裡的，男鬼都要被這個惡鬼所奴役；女鬼都要被這個惡鬼所姦汙。我極力抗拒，但也沒有能夠倖免。你是不是可以到神靈前面去告這個惡鬼呢？」這個人醒後還記得清清楚楚，於是就點了一炷香禱告說：「我做這樣的夢，是因為春天睡眠神志迷糊呢，還是因為心中思念妻子而造成的呢？或者還是因為你是真的有靈呢？如果你果真有靈，就應當一連三個夜晚都來告訴我。」接著兩天這個人夜裡做的夢都相同，於是，他就寫了訴牒向城隍投訴，過了幾天沒有任何動靜。一天夜裡，他夢見妻子來說：「你的告狀如果情況屬實，那麼伽藍神就是犯有失於糾察檢舉的過錯，山神土地爺就是犯有失於約束管理的過錯，這些過錯根據陰間法律都要獲罪，故而城隍左右為難沒有作出處理。你還不如再準備一份訴牒，聲稱將要到江西去向正乙真人投訴，那麼城隍必然會處理這件事。」這個人按妻子的話辦理，準備好訴牒在城隍面前焚燒報告。過了幾天，這人又夢見妻子來說：「昨天城隍召見我，告訴我說：『那惡鬼原就來住在這房間內，是你侵犯了他，不是他侵犯你。男女共同住在一間房間裡，他的奴僕來來往往，生出些男女嫌疑的跡象，也是在所難免的。你的控訴也不是沒有原因，如今替你重重地鞭打他的奴僕，已經足以給你謝罪了。何必堅持說他姦汙你，自己落得個不貞節的名聲呢？從來都是有事不如化為無事，大事不如化為小事。你趕快叫你丈夫把你的靈柩搬走，那麼這個案子就可以了結了。』我再三考慮，凡事可以了結就了結，何必一定要和神道爭論，反而激發起意外的災禍。你馬上把我的棺木移走好了。」這個人問妻子說：「城隍既然不肯審理，為什麼一說要向天師投訴時，他就作出這樣的調解呢？」妻子回答說：「天師雖然不治理陰曹地府的事，然而遇到有人控訴，可以直接上奏章給上帝，各路神道都不能阻攔。城隍也是恐怕激發意外的災禍，所以委婉地消解官司，使雙方都可以接受來了結這個案子。」說完，妻子鄭重告別後就走了。這個人把妻子的靈柩移到別的地方，就不再夢見自己妻子了。這個女鬼只想著能夠救助自己，就沒有更多要求，也可以說是明白事理的。然而城隍既然是清明的神靈，他所管轄的是什麼事，難道不是雖然聰明卻不正直嗎？而且有了禍患不去治理，將來終有釀成大案的時候；連他所謂的聰明，難道不也是一半明白一半糊塗的嗎？

【研析】官員信奉大事化小，小事化了，以不發生事為好。然而，是非、公平、道義、正直，在他們眼裡都可以交易，唯一關注的就是不要影響到他們的仕途。作者講述這個故事，不知是說陰曹地府的大小陰官，還是在說滾滾紅塵中的袞冕君子？

朱子青狐友

田白巖言：濟南❶朱子青與一狐友，但聞聲而不見形。亦時預文酒之會❷，詞辯縱橫，莫能屈也。一日，有請見其形者。狐曰：「欲見吾真形耶？真形安可使君見；欲見吾幻形耶？是形既幻，與不見同，又何必見？」眾固請之，狐曰：「君等意中，覺吾形何似？」一人曰：「當龐眉皓首❸。」應聲即現一老人形。又一人曰：「當仙風道骨。」應聲即現一道士形。又一人曰：「當星冠羽衣❹。」應聲即現一仙官❺形。又一人曰：「當貌如童顏。」應聲即現一嬰兒形。又一人戲曰：「莊子言，姑射神人❻，綽約若處子，君亦當如是。」即應聲現一美人形。又一人曰：「應聲而變，是皆幻耳。究欲一睹真形。」狐曰：「天下之大，孰肯以真形示人者，而欲我獨示真形乎？」大笑而去。子青曰：「此狐自稱七百歲，蓋閱歷深矣。」

【章旨】此章藉一個狐狸精不肯將真面目示人的寓言故事，影射世人的虛假和偽裝。

【注釋】❶濟南　山東濟南。在山東中部偏西、黃河下游南岸。❷文酒之會　指文人飲酒作詩的聚會。❸龐眉皓首　眉髮花白，年老的形貌。❹星冠羽衣　星冠，道士的帽子。羽衣，《漢書・郊祀志上》：「五利將軍亦衣羽衣。」顏師古注：「羽衣，以鳥羽為衣，取其神仙飛翔之意也。」後常稱道士或神仙所著衣為羽衣。❺仙官　道教稱有尊位的神仙。《太平廣記》卷三引《漢武內傳》：「阿母必能致汝於玄都之墟，迎汝於昆閬之中，位以仙官。」❻姑射神人　語出《莊子・逍遙遊》：「藐姑射之山有神人居焉，肌膚若冰雪，淖約若處子。」姑射，山名。後因以形容女子貌美。

【語譯】田白巖說：濟南人朱子青和一個狐狸精交朋友，但是只能聽見他說話的聲音而看不見他的模樣。狐狸精有時也參與朱子青等人飲酒賦詩的聚會，說話議論縱橫雄辯，沒有人能說得過他。一天，有人請狐狸精現出身形相見。狐狸精說：「是想見見我真正的身形嗎？我的真正身形怎能讓你們看到；想見我幻化的身形嗎？那麼我的身形已經幻化，見和不見相同，又何必相見呢？」大家堅持請求狐狸精顯形，狐狸精說：「你們心目中，覺得我的形象應該像什麼？」有一個人說：「應當是眉毛頭髮花白的老人。」

隨著說話聲出現一個老人的形象。又有一個人說：「應當是仙風道骨的道士。」隨著說話聲就出現一個道士的形象。又有一個人說：「應當是戴著星冠披著羽衣的樣子。」隨著說話聲就出現了一個仙官的形象。又有一個人說：「應當像兒童的臉色。」隨著說話聲出現一個嬰兒的形象。還有一個人開玩笑地說：「莊子說姑射山的神人，溫柔美麗像處女，你也應當像這個樣子。」就隨著說話聲出現一個美人的形象。又有一個人說：「隨著說話聲而就變化，都是幻形而已。我們還是想看看你的真模樣。」狐狸精說：「天下這麼大，誰肯把自己的真實面目顯示給人看，為什麼卻只想著要我獨自把真實形象顯示出來呢？」狐狸精大笑著就走了。朱子青說：「這個狐狸精自稱有七百歲，大概他的閱歷是很深的了。」

【研析】這個狐狸精閱世可謂深矣。當今世道，以真面目待人的能有幾人？世人總是有種種理由掩飾自己的真面目，而以自己想讓他人所見的面目示人。故而，真誠待人，說來容易，付諸實施，又談何容易？

南士妾索命

舅氏實齋安公曰：「講學家例言無鬼。鬼吾未見，鬼語則吾親聞之。雍正壬子❶鄉試，返宿白溝河❷。屋三楹，余住西間，先一南士❸住東間。交相問訊，因沽酒夜談。南士稱：『與一友為總角交❹，其家酷貧，亦時周以錢粟。後北上公車❺，適余在某巨公家司筆墨，憫其飄泊，邀與同居，遂漸為主人所賞識。乃摭余家事，潛造蜚語，擠余出而據余館。今將托缽❻山東。天下豈有此無良人耶！』方相與太息，忽窗外嗚嗚有泣聲，良久語曰：『爾尚責人無良耶？爾家本有婦，見我在門前買花粉，詭言未娶，誑我父母，贅爾於家。爾無良否耶？我父母患疫先後歿，別無親屬，爾據其宅，收其資，而棺衾祭葬俱草草，與死一奴婢同。爾無良否耶？爾婦附糧艘尋至，入門與爾相詬厲，即欲逐我；既而知原是我家，爾衣食於我，乃暫容留。爾巧說百端，降我為妾。我苟求寧靜，忍淚曲從。爾無良否耶？既據我宅，索我供給，又虐使我，呼我小名，動使伏地受杖。爾反代彼揿我項背，按我手足，叱我勿轉側。爾無良否耶？越年餘，我財產衣飾剝削並盡，乃鬻我於西商。來相我時，我不肯出，又痛捶我，致我途窮自盡。爾無良否耶？我歿後，不與一柳棺❼，不與一紙錢，復褫我敝衣，僅存一褌，裹以蘆席，葬叢冢。爾無良否耶？吾訴於神明，今來取爾，爾尚責人無良耶？』其聲哀厲，僮僕並聞。南士驚怖瑟縮，莫措一詞，遽嗷然仆地。余慮或牽涉，未曉即行。不知其後如何，諒無生理矣。因果分明，了然有據。但不知講學家見之，又作何遁詞耳。」

【章旨】此章講述一個書生抱怨他人沒有良心，然而他也欺騙霸占他人房屋錢財，甚而把遭自己欺騙的姑娘迫害至死，最終遭到報應的故事。

【注釋】❶雍正壬子　即清雍正十年，西元一七三二年。❷白溝河　即白溝鎮。在河北容城東三十里，北接新城，以瀕臨白溝河而得名。❸南士　出生南方的士人。❹總角交　童年的交情。總角，古時兒童束髮為兩結，向上分開，形狀如角，故稱總角。後借指童年。❺公車　官車。漢代以公家車馬遞送應舉的人，後因以為舉人入京應試的代稱。❻托缽　佛教名詞。佛教戒律規定比丘食時以手托缽（食器）至施主家乞食，故名。❼柳棺　棺飾。古代棺飾和柩車飾的總稱為柳。

【語譯】我舅舅安實齋先生說：「講學家總是說沒有鬼。鬼我沒有見過，而鬼的說話聲我倒親耳聽過。雍正十年鄉試，我回家時住宿在白溝河。那個旅舍有三間屋子，我住在西頭一間，先來的一個南方書生住在東頭一間，我們見面互相問候交談，於是買了酒夜晚喝酒聊天。南方書生說：『我和一個朋友是童年的交情，他家裡極其貧窮，我也時常用錢糧接濟他。後來他北上京城參加科舉考試，剛好我在某位大官家裡負責筆墨文字，同情他到處飄泊，就邀請他和自己一起居住。他於是漸漸被主人賞識，就收集我家的私事，暗中製造流言蜚語誹謗我，把我排擠出去而占據了我的位置。如今我要到山東去謀生。天下怎麼會有這樣沒有良心的人呢！』兩個人正在相對感歎時，忽然聽到窗外有嗚嗚的哭泣聲，過了很久，有人說話道：『你還責備別人沒有良心嗎？你家裡本來有妻子，見到我在門前買花粉，撒謊說自己還沒有娶妻，欺騙我的父母，就讓你入贅到我家，你這樣做有沒有良心呢？我父母患瘟疫先後去世，因為沒有別的親戚，你便占據了我家房子，繼承了我家的財產，然而在操辦我父母喪事時，棺材壽衣祭品下葬都草草了事，和死掉一個奴僕婢女一般。你這樣做有沒有良心呢？你妻子搭運糧船找到我家，進門就和你互相大聲爭吵，就想把我趕出去；後來知道這原來是我的家，你依靠我生活，才暫時容忍我留下。你就花言巧語，把我降為侍妾。而我只要求苟安偷生，安靜度日，故而含淚委曲服從。你這樣做有沒有良心呢？你妻子既然占據我家房子，花費我家財產，又虐待使喚我，叫我的小名，動不動讓我趴在地上挨打。你反而替她揪住我的背脊，按住我的手腳，呵叱我不准翻身轉動。你這樣做有沒有良心呢？過了一年多，我的財產、衣服、首飾都被你們剝削用光，就把我賣給山西商人。山西商人來看我的模樣時，我不肯出來，你又痛打我，以致我走投無路，自殺身亡。你這樣做有沒有良心呢？我死了以後，你連一口棺材也不肯給我，不肯燒一文紙錢給我，還把我的衣服剝光，身上僅剩一條褲子，用蘆席把我屍首捲上，葬在亂墳堆裡。你這樣做有沒有良心呢？我向神明控訴，如今特來取你的性命，你還責備別人沒有良心嗎？』她的聲音悲哀淒厲，書僮僕人們都聽見了。這個南方書生驚嚇恐怖，渾身發抖蜷縮著說不出一句話來，突然他慘叫一聲仆倒在地。我擔心或許會牽涉到自己，沒有等天亮就上路出發了。不知那個南方書生後來怎麼樣，猜想他沒有還活下去的道理了。這件事因果很分明，證據也確鑿。但不知道講學家聽了這件事，又會有什麼樣的話來作辯解了。」

【研析】無良書生，如此虐待迫害一個弱女子，聞者無不扼腕歎息。陽世間沒有公理，只能向陰司控訴。好在陰司為她伸張正義，聊以慰藉人心。其實大家都明白，哪裡有什麼陰司地獄？作者藉此抨擊理學無鬼論，未免牽強。

作者告白

張浮槎❶《秋坪新語》❷載余家二事，其一記先兄晴湖家東樓鬼（此樓在兄宅之西，以先世未析產時，樓在宅之東，故沿其舊名），其事不虛，但委曲未詳耳。此樓建於明萬曆乙卯❸，距今百八十四年矣。樓上樓下，凡縊死七人，故無敢居者。是夕不得已開之，遂有是變。殆形家❹所謂凶方❺歟？然其側一小樓，居者子孫蕃衍，究莫明其故也。其一記余子汝佶臨歿事，亦十得六七；惟作西商語索逋事，則野鬼假託以求食。後窮詰其姓名、居址、年月與見聞此事之人，乃詞窮而去。汝佶與債家涉訟時，刑部❻曾細核其積逋數目，具有案牘，亦無此條。蓋張氏紀氏為世姻，婦女遞相述說，不能無纖毫增減也。嗟乎！所見異詞，所聞異詞，所傳聞異詞，魯史❼且然，況稗官小說。他人記吾家之事，其異同吾知之，他人不能知也。然則吾記他人家之事，據其所聞，輒為敘述，或虛或實或漏，他人得而知之，吾亦不得知也。劉後村❽詩曰：「斜陽古柳趙家莊，負鼓盲翁正作場。死後是非誰管得，滿村聽唱蔡中郎❾。」匪今斯今，振古如茲矣。惟不失忠厚之意，稍存勸懲之旨，不顛倒是非如《碧雲騢》❿，不懷挾恩怨如《周秦行記》⓫，不描摹才子佳人如《會真記》⓬，不繪畫橫陳如《祕辛》⓭，冀不見擯於君子云爾。

（按：劉後村詩，一作陸游詩）

【章旨】此章作者藉他人記述他家之事有不實之處，委婉地表白自己的記述或許也有疏漏不實之處。但表示自己撰寫此書心懷忠厚之意，存勸懲之旨，希望讀者能夠諒鑑。

【注釋】❶張浮槎　清初人，生平事跡不詳。❷秋坪新語　筆記小說集。張浮槎撰。❸明萬曆乙卯　即明代萬曆四十三年，西元一六一五年。❹形家　看風水的人。即所謂的風水先生。❺凶方　不吉利的地方；凶宅。❻刑部　官署名。為六部之一，掌管國家的法律、刑獄事務，長官為刑部尚書。❼魯史　指孔子筆削的《春秋》，是春秋時魯國的國史。❽劉後村　即劉克莊，南宋文學家。字潛夫，號後村居士，莆田（今屬福建）人。官至工部尚書兼侍讀，以龍圖閣學士致仕。有《後村先生大全集》。❾斜陽古柳趙家莊四句　這首詩收在南宋陸游《陸放翁集》中，當是陸游所作，或作者一時誤記。❿碧雲騢　筆記小說名。宋魏泰作，託名梅堯臣。宋張邦基《墨莊漫錄》卷二：「魏泰有一書，譏評巨公偉人闕失，目曰《碧雲騢》，取莊獻明太后垂簾時，西域貢名馬，頸有旋毛，文如碧雲，以是不得入御閑之意。嫁其名曰都官員外郎梅堯臣撰。」⓫周秦行記　筆記小說。唐牛僧孺撰。一卷。⓬會真記　又名〈鶯鶯傳〉。傳奇小說。唐元稹作。寫崔鶯鶯和張生相識相愛的故事。⓭祕辛　即《雜事祕辛》，筆記小說集。漢佚名撰，今存一卷。

【語譯】張浮槎《秋坪新語》一書，記載我家的兩件事，其中一件記述先兄晴湖家東樓鬧鬼的事（這座樓房在兄長宅子的西面，因為上代沒有分家時，這座樓房在宅子的東面，所以沿用這座樓房原來的叫法），這件事不假，但細節記得不夠詳盡而已。這座樓房建於明朝萬曆四十三年，距今已經一百八十四年了。樓上樓下，一共吊死過七個人，所以沒有人敢住在這座樓房裡。那天晚上，不得已而打開了這座樓房，於是就發生那樣的變故。這大概是風水先生所講的凶方吧？不過，在這座樓房的旁邊有一座小樓，居住的人家卻子孫繁衍，真不明白究竟是什麼緣故。另外一件記載我兒子汝佶臨終時的事情，但記述的真實性也不到十分之六七。只是以山西商人的口氣來討債的事，卻是野鬼冒名假裝來騙取祭品。後來一再追問山西商人的姓名、住址及欠債的年月日期和見過聽說過這件事的人，野鬼才無話可說而去了。汝佶和債主打官司時，刑部曾經仔細核對過他欠債的數目，都有文件記錄，也沒有這件事。原來張家和紀家世代通婚，兩家婦女們相互傳說，不會沒有一點添枝加葉的。唉呀！所看見的相同而說法不同，所聽到的相同而說法不同，傳聞相同而說法又不同，像魯國國史這樣的正史尚且如此，何況稗官野史、小說筆記呢！他人記述我家的事，哪些符合事實、哪些不符合事實，我是知道的，別人不會知道。那麼，我記述他人的事情，是根據別人的傳聞再記述下來的，有的是虛假的，有的是真實的，有的有所遺漏，別人能知道，我也不得而知了。南宋詩人劉後村的詩說：「斜陽下古柳樹旁的趙家莊，背著鼓的瞎眼老人正在說書。死後的是非誰能管得了，滿村人都在聽著唱蔡中郎。」可見並非今天才如此，從古到今都是這樣。我的記述只求不失忠厚的意思，稍為存有勸善懲惡的宗旨，不像宋人魏泰《碧雲騢》那樣顛倒是非，不像唐人牛僧孺〈周秦行記〉那樣帶著個人恩怨，不像唐人元稹〈會真記〉那樣描繪才子佳人，不像漢人

《雜事祕辛》那樣描寫男女淫亂，希望不會被君子所唾棄就是了。（按：劉後村詩，一作是陸游詩）

【研析】此篇可以看作是全書的結語。作者為全書一千二百多篇短文中偶有失實之處作了辯解，表明自己的記述即使與事實有所出入，也是因為輾轉傳聞，難以考訂的緣故，而絕不是有意所為。作者並將自己著作與歷史上的種種訛書偽作及所謂的有傷風化之書劃清界限，表示自己撰寫此書的宗旨，就是「不失忠厚之意，稍存勸懲之旨」。雖然作者的表白今天看來有其陳腐封建之處，但其拳拳勸善之心還是難能可貴的。

附：紀汝佶六則

亡兒汝佶，以乾隆甲子❶生。幼頗聰慧，讀書未多，即能作八比❷。乙酉❸舉於鄉，始稍稍治詩，古文尚未識門徑也。會余從軍西域，乃自從詩社才士遊，遂誤從公安❹、竟陵❺兩派入。後依朱子穎於泰安❻，見《聊齋志異》❼抄本（時是書尚未刻），又誤墮其窠臼，竟沉淪不返，以訖於亡。故其遺詩遺文，僅付孫樹庭等存乃父手澤❽，余未一為編次也。惟所作雜記，尚未成書，其間瑣事，時或可採。因為簡擇數條，附此錄之末，以不沒其篝燈呵凍之勞。又惜其一歸彼法，百事無成，徒以此無關著述之詞，存其名字也。

【章旨】此章作者簡要講述了在本書末尾選取自己亡兒遺作的原因。

【注釋】❶乾隆甲子　即清乾隆九年，西元一七四四年。❷八比　八股文的別稱。❸乙酉　即清乾隆三十年，西元一七六五年。❹公安　即公安派。明代後期的文學流派。以袁宏道及其兄宗道、弟中道為首。因三袁是公安（今屬湖北）人而得名。他們反對前後七子的擬古風氣，主張文學要抒寫性靈，企圖在一定程度上突破儒家思想對文學的束縛，在當時很有影響。其部分作品抨擊時政，表現對道學的不滿。❺竟陵　即竟陵派。明代後期的文學流派。以鍾惺、譚元春為首。兩人都是竟陵（今湖北天門）人，故名。他們反對擬古，要求寫性靈，其主張和公安派基本相同。但又以公安派的作品有浮淺之弊，企圖以幽深孤峭的風格矯之，以致流於艱澀。因公安、竟陵兩派文風與科舉考試不符，故而紀昀稱其「誤從」。❻泰安　今山東泰安。❼聊齋志異　清初蒲松齡所著短篇小說集。❽手澤　《禮記・玉藻》：「父沒而不能讀父之書，手澤存焉爾。」孔穎達疏：「謂其書有父平生所持手之潤澤存焉，故不忍讀也。」按：「手澤」原意為手汗所沾潤，後亦借指先人的某些遺物。

【語譯】亡兒汝佶，生於乾隆九年。他年幼時很聰慧，還沒有讀多少書時，就會寫八股文了。他在乾隆三十年鄉試考中舉人，這才開始稍稍學習寫詩，寫作古文還沒有了解入門的路徑。恰好我從軍去了西域，他就自己跟隨詩社的才子們交遊，於是就錯誤地從公安、竟陵兩派的文風入手寫文章。他後來在泰安跟隨朱子穎學習，看到《聊齋志異》的抄本（當時這本書還沒有刊刻），又誤入它的那種模式中，竟然沉迷其中而不知自拔，直到去世。所以他的詩文遺作，只交給了孫子樹庭等人來保存他們父親的手跡，我一點也沒有參預為他編詩文集的工作。唯有他寫的雜記，還沒有整理成書，其中有的寫些瑣事，有的還可以採用。因此，我選出幾則，附錄在本書的末尾，以此表示不埋沒他深夜燈下、隆冬嚴寒寫作的辛勞。我又惋惜他學習一旦誤入歧途，就百事無成，只靠著這些無關緊要的著述文字來留存他的姓名了。

【研析】作者對自己兒子學習公安、竟陵兩派文風是極其不滿的，更不滿的是兒子竟然會沉湎於《聊齋志異》而不能自拔。其實，公安、竟陵兩派文風並無不好，而《聊齋志異》更是世界名著。雖然《閱微草堂筆記》類似《聊齋志異》，但兩者還是有著顯著差別。《閱微草堂筆記》滿篇是說教，即作者所謂的「不失忠厚之意，稍存勸懲之旨」。而《聊齋志異》則重於文學創作，塑造的狐仙鬼女、花妖木精有著和人類一樣的七情六欲。紀昀信奉文以載道的正統儒家思想，自然不屑《聊齋》之無助於勸懲和風教。同時，作者還以科場考試作為人才成功與否的標準，那麼他的這個兒子自然是不能符合他的要求了。不過，我們在行文中還是可以看出作者對亡兒的骨肉深情和惋惜之意。我們應該諒解一位老人對自己兒子的期望。儘管這種期望如今看來是愚昧和保守的。

花隱老人

花隱老人居平陵城❶之東，鵲華橋❷之西，不知何許人，亦不自道真姓字。所居有亭臺水石，而蒔花尤多。居常不與人交接，然有看花人來，則無弗納。叟杖傴僂前導，手無停指，口無停語，惟恐人之不及知、不及見也。園無隙地，殊香異色，紛紛拂拂，一往無際；而蘭與菊與竹，尤擅天下之奇。蘭有紅有素，菊有墨有綠，又有丹竹純赤，玉竹純白；其他若方若斑，若紫若百節，雖非目所習見，尚為耳所習聞也。異哉，物之聚於所好，固如是哉！

【章旨】此章記述了一位愛花老人的痴迷。

【注釋】❶平陵城　即平陵縣城。漢置東平陵縣。晉永嘉年間移郡治歷城，稱平陵縣。故城址在今山東濟南。❷鵲華橋　在山東濟南大明湖南岸。古名百花橋。元易今名，遂以百花名其南橋。兩橋相望。

【語譯】花隱老人住在平陵縣城的東面，鵲華橋的西邊，不知道他是什麼樣的人，他也從來不說自己的真實姓名。他的住處有亭臺水石，而且種的花尤其多。他平時不和人家交往，然而如果有人來看花時，則沒有不接待的。他拖著拐杖傴僂著腰在前面引路，手不停地指點，嘴不停地介紹，惟恐人家不能知道、不能看到他種的花。園子裡沒有空地，各種花木奇香異色，紛紛拂拂，一望無邊。而且，這個園子裡的蘭花、菊花和竹子，尤其集中了天下的珍品異種。蘭花有紅色的有白色的，菊花有墨色的綠色的，又有丹竹是純紅色的，玉竹是純白色的，其他的品種還有如方竹、斑竹、紫竹、百節竹等，這些竹子是人們雖然不能經常看得到，但還是經常能夠聽到的珍品。真是太奇怪啊，世上萬物能夠聚集在喜愛它們的人那裡，確實是這樣的啊！

【研析】此文明顯看出《聊齋志異》的影響。《聊齋志異》中有篇故事講一位秋圃老人，愛花成癖，後來得道成仙。此文摹仿的痕跡頗深。

承塵美婦

士人某寓岱廟❶之環詠亭。時已深冬，北風甚勁。擁爐夜坐，冷不可支，乃息燭就寢。既覺，見承塵❷紙破處有光。異之，披衣潛起，就破處審視。見一美婦，長不滿二尺，紫衣青褲，著紅履，纖瘦如指，髻作時世妝；方爇火炊飯，灶旁一短足几，几上錫檠❸熒然。因念此必狐也。正凝視間，忽然一嚏，婦驚，觸几燈覆，遂無所見。曉起，破承塵視之。黃泥小灶，光潔異常；鐵釜大如碗，飯猶未熟也；小錫檠倒置几下，油痕狼藉。惟爇火處紙不燃，殊可怪耳。

【章旨】此章講述了一個美婦人在天花板上生活的故事。

【注釋】❶岱廟　祭祀泰山神的神廟，在山東泰安城內。❷承塵　天花板。❸錫檠　錫製的燈架。也指燈。

【語譯】有個書生借住在岱廟的環詠亭。當時已是深冬季節，北風勁吹。他夜裡圍著火爐坐著，還是冷得受不了，於是就熄滅蠟燭睡覺。一覺醒來，這個書生看見天花板紙破的地方透出亮光，覺得奇怪，就悄悄披上衣服起來，朝著破洞裡仔細看。書生看見一位美麗的婦人，身高不滿二尺，穿著紫色衣服青色褲子，腳穿紅鞋，小腳纖細得像手指一般，髮髻梳成當時流行的樣式，正在燒火煮飯。灶邊放一張短腿茶几，放在茶几上的錫燈架燈光明亮。書生因而想這一定是狐狸精。書生正在凝神察看，忽然打了一個噴嚏，那婦人一驚，碰了茶几而燈檯倒下，於是就什麼也看不見了。書生第二天早晨起床後，撕破天花板上糊的紙觀察，見有個黃泥做的小灶，異常光潔；鐵鍋子像碗一般大，鍋裡的飯還沒有煮熟。小小的錫製燈架倒在茶几下面，油漬狼藉一片。只是那個婦人燒火做飯的地方糊的紙並沒有燒著，特別使人感到奇怪。

【研析】此篇除了美婦人身高二尺，在承塵上做飯外並無新奇之處，手法也落俗套。筆者以為其父挑選此篇也是聊以充數而已。

徂徠山巨蟒

徂徠山❶有巨蟒二，形不類蟒，頂有角如牛，赤黑色，望之有光。其身長約三四丈，蜿蜒深澗中。澗廣可一畝，長可半里，兩山夾之，中一隙僅二尺許。遊人登其巔，對隙俯窺，則蟒可見。相傳數百年前，頗為人害。有異僧禁制，遂不得出。夫深山大澤，實生龍蛇，似此亦無足怪；獨怪其蜷伏數百年，而能不飢渴也。

【章旨】此章描述了徂徠山中兩條巨蟒的情形。

【注釋】❶徂徠山　一稱尤崍山、龍崍山。在山東泰安東南。為大、小汶河分水嶺。

【語譯】徂徠山上有兩條巨蟒，形狀不像一般的蟒蛇。牠們的頭頂長角，像牛一樣，紅黑色，遠遠望去有光亮。巨蟒身長大約有三四丈，蜿蜒盤息在深澗中。這條山澗有一畝那麼寬，長有半里，在兩山夾峙之中，山澗中有一處縫隙只有三尺多闊。遊人登上山頂，對著縫隙處低頭俯視，就可以看見巨蟒。相傳幾百年前，這兩條巨蟒經常傷害人。有個神異的和尚把巨蟒鎮治制服，巨蟒於是就爬不出來了。深山大澤之中，確實會生長龍蛇，出現這樣的巨蟒似乎也沒有什麼可奇怪的。人們唯獨奇怪的是巨蟒潛伏幾百年，卻能不感到飢渴。

【研析】徂徠山巨蟒，作者姑妄言之，讀者姑妄讀之，可矣。

韓鳴岐遇怪

泰安❶韓生，名鳴岐，舊家子❷，業醫。嘗昏夜騎馬赴人家，忽見數武❸之外有巨人，長十餘丈。生膽素豪，搖鞭徑過，相去咫尺，即揮鞭擊之。頓縮至三四尺，短髮蓬鬙，狀極醜怪，唇吻翕闢，格格有聲。生下馬執鞭逐之。其行緩澀，蹣跚地上，意頗窘。既而身縮至一尺，而首大如甕，似不勝載，殆欲顛仆。生且行且逐，至病者家，乃不見，不知何怪也。汶陽❹范灼亭說。

【章旨】此章講述一個醫生在去病人家的路上遇見怪物的故事。

【注釋】❶泰安　今山東泰安。❷舊家子　世家子弟。❸武　古以六尺為步，半步為武。❹汶陽　古地名。治所在今山東泰安西南一帶。因在汶水之北，故名。

【語譯】泰安有個姓韓的書生，名字叫鳴岐，是個世家子弟，以行醫為職業。他曾經夜晚騎馬到病人家裡去，忽然看見幾步之外有個巨人，身高十幾丈。韓鳴岐生來膽大豪邁，騎著馬就跑過去，相距一尺左右時，就揮舞鞭子擊打巨人。巨人頓時縮成三四尺高，短頭髮亂蓬蓬，樣子極其醜陋奇怪，這怪物嘴唇一張一合，發出格格的聲音。韓鳴岐跳下馬，拿著馬鞭追打著他。那怪物行動緩慢遲鈍，在地上蹣跚行走，樣子很窘迫狼狽。那怪物接著身體又縮小到一尺左右，但腦袋大得像隻甕，身體似乎支持不住腦袋的重量，幾乎就要摔倒。韓鳴岐一面趕路一面追逐那個怪物，到了病人家時，那怪物就不見了，也不知道是什麼妖怪。這是汶陽人范灼亭說的。

【研析】編故事要讓人有興趣閱讀，就要注意情節不能過分誇張，要把握「情理之中，意料之外」的尺度。看來此文在分寸上的把握就有欠缺。如既說怪物身高十幾丈，卻又說韓鳴岐騎馬趕上，「相去咫尺，即揮鞭擊之」。一座小山樣的怪物在面前，又如何「相去咫尺，即揮鞭擊之」？令人費解。這就是作者為了表示韓鳴岐之勇，而不惜生編胡造的緣故。

吐煙成戲

戊寅❶五月二十八日，吳林塘年五旬時，居太平館中，余往為壽。座客有能為煙戲者，年約六十餘，口操南音，談吐風雅，不知其何以戲也。俄有僕攜巨煙筒來，中可受煙四兩，爇火吸之，且吸且嚥，食頃方盡，索巨碗瀹苦茗，飲訖，謂主人曰：「為君添鶴算❷可乎？」其張吻吐鶴二隻，飛向屋角；徐吐一圈，大如盤，雙鶴穿之而過，往來飛舞，如擲梭然。既而嘎喉有聲，吐煙如一線，亭亭直上，散作水波雲狀。諦視皆寸許小鶴，鴶䲳❸左右，移時方滅，眾皆以為目所未睹也。俄其弟子繼至，奉一觴與主人曰：「吾技不如師，為君小作劇可乎？」呼吸間，有朵雲飄緲筵前，徐結成小樓閣，雕欄綺窗，歷歷如畫。曰：「此『海屋添籌❹』也。」諸客復大驚，以為指上毫光現玲瓏塔❺，亦無以喻是矣。以余所見諸說部，如擲杯化鶴❻、頃刻開花❼之類，不可殫述，毋亦實有其事，後之人少所見多所怪乎？如此事非余目睹，亦終不信也。

【章旨】此章講述兩個藝人能夠吐煙成畫的故事。

【注釋】❶戊寅　即清乾隆二十三年，西元一七五八年。❷鶴算　鶴壽；長壽。唐無名氏〈上嘉會節賀表〉：「值清明馭氣之時，當仁壽悅隨之始，固可年同鶴算，歲比山呼。」宋劉克莊〈賀新郎・二鶴〉詞：「古云鶴算誰能紀。歎歸來，山川如故，人民非是。」❸鵠鴻　猶頡頏。鳥飛上下貌。❹海屋添籌　祝壽之詞。典出宋蘇軾《東坡志林》卷二：「嘗有三老人相遇，或問之年。一人曰：『吾年不可記，但憶少年時與盤古有舊。』一人曰：『海水變桑田時，吾輒下一籌，爾（邇）來吾籌已滿十間屋。』」❺玲瓏塔　前秦王嘉《拾遺記》載：「申毒國有道術人，名尸羅，於指端出浮圖十層，高三尺。」申毒，古印度的別譯。❻擲杯化鶴　典出晉葛洪《神仙傳》，記術士左慈擲酒杯化為仙鶴，戲弄曹操事。❼頃刻開花　典出宋劉斧《青瑣高議》。書中說韓愈的侄子韓湘能使剛種下的種子開花。

【語譯】乾隆二十三年五月二十八日，是吳林塘的五十歲生日。他住在太平館裡，我前去為他祝壽。在座的客人中有個人能表演煙戲。這個人年紀約六十多歲，說話帶南方口音，談吐風趣文雅，人們不知道他是怎樣表演的。一會兒，有個僕人拿了一支巨大的煙筒來，煙筒中可以裝下四兩煙絲，這個人點著火就吸起煙。他一面抽煙一面吞嚥，一頓飯時間才把這筒煙抽完。他要來大碗沏上濃茶，喝完茶，對主人說：「為你添鶴祝壽好嗎？」他張嘴吐出兩隻鶴，向屋角飛去；他又慢慢吐出一個圓煙圈，像盤子那麼大，兩隻鶴穿過圈子飛來，在空中往來飛舞，就像織布時飛梭似的。接著他喉嚨發出嘎嘎的聲音，吐出一條煙線，筆直向上，散開形成水波雲的形狀。人們再仔細觀看時，都是一寸左右長的小鶴，上下左右盤旋在周圍，過了很長時間才消失。大家都認為這是從沒見過的表演。不久，那個人的徒弟也接著來了，向主人敬了一杯酒說：「我的技藝不如師傅，給你表演個小戲法可以嗎？」很快，有朵雲飄飄然地飛到筵席前，慢慢凝結成一座小樓閣，雕刻的欄杆、用綺絲糊的窗戶，清清楚楚像畫出來似的。這個徒弟說：「這是『海屋添籌』呀！」客人們又大驚，認為神仙手指上的毫光現出玲瓏寶塔，也無法與之相比。從我所讀的筆記小說中，如擲酒杯變成飛鶴，頃刻間鮮花盛開之類，說都說不完，不也是實有其事，後人卻少見多怪的嗎？如果這件事不是我親眼所見，我也終究不會相信的。

【研析】吸煙能玩出如此把戲，真是開人眼界。不過，今人大都知道吸煙有害，要再玩這樣的把戲也就沒有了市場。

烏雲托月馬

豫南李某，酷好馬。嘗於遵化❶牛市中見一馬，通體如墨，映日有光，而腹毛則白於霜雪，所謂烏雲托月者也。高六尺餘，騣尾鬈然，足生爪，長寸許，雙目瑩澈如水精❷，其氣昂昂如雞群之鶴。李以百金得之，愛其神駿，芻秣❸必身親。然性至獰劣，每覆障泥❹，須施絆鎖，有力者數人左右把持，然後可乘。按轡徐行，不覺其駛，而瞬息已百里。有一處去家五日程，午初❺就道，比至，則日未銜山❻也，以此愈愛之。而畏其難控，亦不敢數乘。一日，有偉丈夫碧眼虬髯，款門求見，自云能教此馬。引就櫪下，馬一見即長鳴。此人以掌擊左右肋，始弭耳不動。乃牽就空屋中，闔戶與馬盤旋。李自隙窺之，見其手提馬耳，喃喃似有所云，馬似首肯。徐又提耳喃喃如前，馬亦似首肯。李大驚異，以為真能通馬語也。少間，啟戶，引繮授李，馬已汗如濡矣。臨行謂李曰：「此馬能擇主，亦甚可喜。然其性未定，恐或傷人，今則可以無慮矣。」馬自是馴良，經二十餘載，骨幹如初。後李至九十餘而終，馬忽逸去，莫知所往。

【章旨】此章介紹了烏雲托月馬的神奇之處。

【注釋】❶遵化　縣名。在河北東部，鄰接天津，北靠長城。今河北遵化。❷水精　即水晶。一種無色透明的結晶石英，是一種貴重礦石。❸芻秣　飼養牛馬的草料。❹障泥　馬韉。因墊在馬鞍下，垂於馬背兩旁以擋泥土，故稱。《世說新語．術解》：「王武子善解馬性。嘗乘一馬，箸連錢障泥。」❺午初　午時初刻。十一時至十三時為午時。❻銜山　指太陽落山。

【語譯】豫南人李某，酷愛好馬。他曾在遵化的牛市上看到一匹馬，全身像墨那樣黑，在太陽下閃閃發光，而腹部的毛卻比霜雪還要白，這就是人們所謂的烏雲托月馬。這匹馬高六尺多，渾身鬃毛茂密翻捲，馬蹄上長著爪子，有一寸多長。馬的雙眼晶瑩清澈像水晶，氣宇軒昂像雞群中的仙鶴。李某用一百兩銀子買下這匹馬，喜愛這匹馬的神采駿逸，餵草料時必定親自動手。然而這匹馬的脾氣極其凶暴頑劣，每次把馬韉放上馬背時，必須要把馬拴上絆馬索，幾個力氣大的人在左右拉住，然後才可以騎坐。人騎在馬背上提著馬韁徐步而行，沒有感覺牠快跑，而轉眼間就已經跑了一百里路了。有個地方離家有五天的路程，李某騎這匹馬在午時初刻上路，到達目的地時，太陽還沒有落山。因此，李某更加喜愛這匹馬。但害怕這匹馬難以駕馭，李某也不敢經常騎牠。有一天，有位身材魁梧、藍眼睛捲鬍鬚的大漢登門求見，自稱能馴服這匹馬。李某就把大漢帶到馬廄，馬一看見大漢就長嘶。這個大漢用手掌擊打馬的左右兩肋，這匹馬才低頭不再亂動。大漢把這匹馬拉到一間空屋裡，關上門和馬兜起圈子。李某從門縫中偷看，見大漢手提著馬耳朵，喃喃地說些什麼話，馬似乎點頭同意。大漢慢慢又提著馬耳朵，像前次那樣喃喃地說些什麼話，馬也似乎點頭同意。李某極為驚訝，以為大漢真的能夠通曉馬語。過了一會兒，大漢開門出來，拉著馬韁繩交給李某，這匹馬已經渾身汗濕了。大漢臨走時對李某說：「這匹馬能選擇主人，也是很可喜的事。然而牠的性情沒有定型，恐怕還會傷害人，如今就可以不必擔心了。」這匹馬從此變得很馴良。過了二十多年，骨架仍然和從前一樣。後來，李某活到九十多歲去世，這匹馬忽然跑了，不知到哪兒去了。

【研析】作者從馬的外形、性情、馳騁之速來刻畫這匹好馬，已經使人對這匹馬印象深刻。然而作者還要故弄玄虛，找來一個碧眼虯髯的大漢馴服此馬，使得文章增添了神祕色彩。

附錄

詩兩首

平生心力坐銷磨，紙上煙雲過眼多。
擬築書倉今老矣，只應說鬼似東坡❶。

前因後果驗無差，瑣記搜羅鬼一車。
傳語洛閩門❷弟子，稗官原不入儒家。

觀弈道人❸自題

【注釋】❶東坡　即蘇軾。東坡，原為地名。在湖北黃岡東部。北宋元豐年間蘇軾謫黃州住此，遂自號東坡居士。❷洛閩門　洛指洛學，其代表是洛陽人程顥、程頤兄弟；閩指閩學，其代表是定居福建的朱熹。❸觀弈道人　作者紀昀自號。

清乾隆五十八年跋

河間先生典校祕書廿餘年，學問文章，名滿天下。而天性孤峭，不甚喜交遊。退食之餘，焚香掃地，杜門著述而已。年近七十，不復以詞賦經心，惟時時追錄舊聞，以消閒送老。初作《灤陽消夏錄》，又作《如是我聞》，又作《槐西雜志》，皆已為坊賈刊行。今歲夏秋之間，又筆記四卷，取莊子語題曰《姑妄聽之》。以前三書，甫經脫稿，即為鈔胥私寫去。脫文誤字，往往而有。故此書特付時彥校之。時彥嘗謂先生諸書，雖託諸小說，而義存勸戒，無一非典型之言，此天下之所知也。至於辨析名理，妙極精微；引據古義，具有根柢，則學問見焉。敘述剪裁，貫穿映帶，如雲容水態，迥出天機，則文章亦見焉。讀者或未必盡知也，第曰：「先生出其餘技，以筆墨遊戲耳。」然則視先生之書去小說幾何哉？夫著書必取熔經義，而後宗旨正；必參酌史裁，而後條理明；必博涉諸子百家，而後變化盡。譬大匠之造宮室，千楹廣廈，與數椽小築，其結構一也。故不明著書之理者，雖詁經評史，不雜則陋；明著書之理者，雖稗官脞記，亦具有體例。先生嘗曰：「《聊齋志異》盛行一時，然才子之筆，非著書者之筆也。虞初以下，干寶以上，古書多佚矣。其可見完帙者，劉敬叔《異苑》、陶潛《續搜神記》，小說類也；《飛燕外傳》、《會真記》，傳記類也。《太平廣記》，事以類聚，故可並收。今一書而兼二體，所未解也。小說既述見聞，即屬敘事，不比戲場關目，隨意裝點。伶玄之傳，得諸樊嫕，故猥瑣具詳；元稹之記，出於自述，故約略梗概。楊升庵偽撰《祕辛》，尚知此意，升庵多見古書故也。今燕昵之詞、媟狎之態，細微曲折，摹繪如生。使出自言，似無此理；使出作者代言，則何從而聞見之？又所未解也。留仙之才，余誠莫逮其萬一；惟此二事，則夏蟲不免疑冰。劉舍人云：『滔滔前世，既洗予聞；渺渺來修，諒塵彼觀。』心知其意，儻有人乎？」因先生之言，以讀先生之書，如疊矩重規，毫釐不失，灼然與才子之筆，分路而揚鑣。

自喜區區私議，尚得窺先生涯涘也。因附記於末，以告世之讀先生書者。

乾隆癸丑十一月，門人盛時彥謹跋

清嘉慶五年本序

文以載道，儒者無不能言之。夫道豈深隱莫測，祕密不傳，如佛家之心印，道家之口訣哉！萬事當然之理，是即道矣。故道在天地，如汞瀉地，顆顆皆圓；如月映水，處處皆見。大至於治國平天下，小至於一事一物、一動一言，無乎不在焉。文其道之一端也，文之大者為「六經」，固道所寄矣。降而為列朝之史，降而為諸子之書，降而為百氏之集，是又文中之一端，其言皆足以明道。再降而稗官小說，似無與於道矣；然《漢書・藝文志》列為一家，歷代書目亦皆著錄。豈非以荒誕悖妄者雖不足數，其近於正者，於人心世道亦未嘗無所裨歟！河間先生以學問文章負天下重望，而天性孤直，不喜以心性空談，標榜門戶；亦不喜才人放誕，詩社酒社，誇名士風流。是以退食之餘，惟耽懷典籍；老而懶於考索，乃採掇異聞，時作筆記，以寄所欲言。《灤陽消夏錄》等五書，俶詭奇譎，無所不載；洸洋恣肆，無所不言。而大旨要歸於醇正，欲使人知所勸懲。故誨淫導欲之書，以佳人才子相矜者，雖紙貴一時，終漸歸湮沒。而先生之書，則梨棗屢鐫，久而不厭，是則華實不同之明驗矣。顧翻刻者眾，訛誤實繁；且有妄為標目，如明人之刻《冷齋夜話》者，讀者病焉。時彥夙從先生遊，嘗刻先生《姑妄聽之》，附跋書尾，先生頗以為知言。邇來諸板益漫漶，乃請於先生，合五書為一編，而仍各存其原第；篝燈手校，不敢憚勞。又請先生檢視一過，然後摹印。雖先生之著作不必藉此刻以傳，然魚魯之舛差稀，於先生教世之本志，或亦不無小補云爾。

嘉慶庚申八月，門人北平盛時彥謹序

清道光十五年本序

河間紀文達公，久在館閣，鴻文巨制，稱一代手筆。或言公喜詼諧，嬉笑怒罵，皆成文章。今觀公所著筆記，詞意忠厚，體例謹嚴，而大旨悉歸勸懲，殆所謂是非不謬於聖人者與！雖小說，猶正史也。公自云：「不顛倒是非如《碧雲騢》，不懷挾恩怨如〈周秦行紀〉，不描摹才子佳人如〈會真記〉，不繪畫橫陳如《祕辛》，冀不見擯於君子。」蓋猶公之謙詞耳。公之孫樹馥，來宦嶺南。從索是書者眾，因重鋟板。樹馥醇謹有學識，能其官，不墮其家風云。

道光十五年乙未春日，龍溪鄭開禧識

◎新譯唐傳奇選

束忱、張宏生／注譯　侯迺慧／校閱

唐傳奇承襲前代志怪小說與傳記文學的寫作經驗，又充分吸收當代抒情文學的精華，將現實精神與浪漫手法完美地結合，是中國小說發展成熟的表現，更是後代小說戲曲汲取原料的寶庫。本書選錄三十五篇具代表性的唐傳奇小說，注釋簡明準確，語譯曉暢明晰，篇後並有多角度而深入的賞析，讓讀者能透過本書了解唐傳奇的精華與發展特色。

◎新譯宋傳奇小說選

束忱／注譯

宋傳奇在中國小說發展史上扮演著繼往開來的角色，它一方面繼承唐傳奇遺留的財富，另方面則發展出朝通俗文學演進的趨勢，主角著眼於寒微的知識分子、破落貴族乃至市井小民，書寫主題則反映市民生活實況。本書精選流傳廣泛、文詞優美、影響力深遠的宋傳奇作品三十八篇，注釋明確，語譯流暢，研析精當，讀者可藉以體驗宋傳奇不同於前人的新面貌、新格調與新趣味。

◎新譯明傳奇小說選

陳美林、皋于厚／注譯

明代傳奇小說遠紹唐人傳奇，近規宋元傳奇和話本，在內容和形式上均有開拓和創新，為後代的白話小說和戲曲提供了大量的創作素材。本書選錄注譯三十八篇有代表性的明傳奇小說，期使讀者能透過本書了解明傳奇小說的發展概貌和成就，並從小說家們描寫的種種平民生活細節中，感受明代逐漸奔湧的人文主義思潮與平民意識。

◎新譯西京雜記

曹海東／注譯　李振興／校閱

《西京雜記》是一部優秀的筆記雜著，所記多為西漢京都之事。雖是「野史」，然其記載內容繁博，涉及面相當廣，有記述人物、宮庭軼事、時尚風習、奇人絕技等等，讀者可由此認識西漢政治、經濟、文化、民俗等多方面的狀況。本書為幫助讀者了解，特別針對其中所提名物制度、掌故史實的來龍去脈解釋清楚；譯文部分則力求既忠於原文，又曉暢通達。

◎新譯越絕書

劉建國／注譯　黃俊郎／校閱

《越絕書》雖屬野史，但其警世之語如暮鼓晨鐘，至今仍發人省思，提供我們「知古鑑今」的歷史教訓。書中對春秋時期吳地風土文物的詳實記載，開「方志」的先河，實為研究當時政治、經濟、社會的重要文獻參考資料。配合本書淺明注釋、白話翻譯，能引領讀者優游於古老的吳越風光。

◎新譯戰國策

溫洪隆／注譯　陳滿銘／校閱

《戰國策》是一部記載戰國時期以策士言行為主的史書。戰國之際各國之間攻伐會盟頻仍，合縱連橫之術盛行，《戰國策》中記載了策士大量的智謀，也運用大量的寓言故事來說理，在語言藝術上甚具特色，不僅可以當作史書看，也可以當作智慧書、文學書來讀。本書「導讀」析論詳盡，校勘謹嚴，注譯精當，是今人研讀《戰國策》的最佳讀本。

◎新譯經律異相

顏洽茂／注譯

《經律異相》將散見於浩繁的佛教經典中，被稱為「異相」的故事、寓言、譬喻和傳聞等匯集並分類編纂，以達到勸喻醒世的目的。除了勸化的功能外，《經律異相》還具有文獻學和文學上的價值。它所載錄的佛教故事，大多構思奇特，哲理深邃，有的演化為家喻戶曉的成語典故或民間傳說，有的則成為話本、戲曲的素材，充實並擴充了中國文學的領域。本書選錄其中的二三〇則，詳為導讀、解題與注譯，讀者可藉此吸收領會《經律異相》的內容與特色。

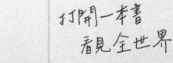